刘益善 著

刘益善文集 ❶

诗歌卷

武汉大学出版社

图书在版编目(CIP)数据

刘益善文集.1,诗歌卷/刘益善著.—武汉:武汉大学出版社,2016.3
芳草文库
 ISBN 978-7-307-17499-3

Ⅰ.刘…　Ⅱ.刘…　Ⅲ.①中国文学—当代文学—作品综合集　②诗集—中国—当代　Ⅳ.I217.2

中国版本图书馆 CIP 数据核字(2016)第 006685 号

责任编辑:聂勇军　张　璇

出版发行:**武汉大学出版社**　(430072　武昌　珞珈山)
　　　　　(电子邮件:cbs22@whu.edu.cn　网址:www.wdp.com.cn)
印刷:虎彩印艺股份有限公司
开本:720×1000　1/16　印张:26.25　字数:483 千字　插页:3
版次:2016 年 3 月第 1 版　　2016 年 3 月第 1 次印刷
ISBN 978-7-307-17499-3　　定价:142.00 元(全三册)

版权所有,不得翻印;凡购我社的图书,如有质量问题,请与当地图书销售部门联系调换。

"芳草文库"序

刘醒龙

  武汉有一批年纪不算太老,但肯定不再年轻的作家,既往作品每出无不风行江汉,后来平淡了些。二〇一五年初,恰逢一场小聚,其间有老朋友提议给这些在文学创作上颇有成就的作家出版文集,且当场做出关键决策。老朋友提及的作家也是我的朋友,他们的处境很有代表性。

  世事流逝到今天,说一点不残酷是不真实的,说太残酷似乎也不科学。值此宁翔雁前羞跟牛后世风,普天下之莫不借口追求日新月异,其实是乡下俗语说的,人人都想一锄头挖出一口井。宁肯臭名远播,哪管丑态百出。忘却不该忘却的,强化不该强化的,是世情中一大不敬。这几年为一位已故作家出版文集,好不容易才成,一来二往之间,见识了足够多的现世生态。似这等才华出众的作家,若非上苍失察,弃之英年,敢不是当今文坛大旗一帜?同理,那些在喧嚣背后悄然尘封的作品,谁能说不是日后人有所诵的典范?天地同根,不是没有高下之分,而是天有天的高度,地有地的厚重。

  常住武汉三镇之人,最能体会大江东去、流水落花深意。也是体恤的缘故,又于旷野之间留下高山流水千古知音,以为勉励,兼作念想。朋友提议,饱含诗情,深藏灵性。没有太多商量,三言两语之间,就达成共识,以《芳草》杂志名义,逐年排选,将这批作家的代表性作品编成文集出版。只是由于执业所限,本套书只能以"芳草文库"相称,名头虽小,相信份重不轻。

  哲学教会人们认知正确与错误,自然科学是要让人懂得成功与失败。然而,短短人生,包罗万象,其善其美,何止兴衰胜败!文学的存世与流传,其意义正是超然前二者,不以成败对错为目的,也不以卑微尊贵定价值。人非草木,却如同草木,这是文学理由之一,生命不能永恒,却绝对永恒,这是文学理由之二。文学根本理由是,协助芸芸众生在庞杂得无可把握的宇宙间,在神与鬼、灵与欲、虚与实等一切冲突与对立之间,寻找适合每一个体的美妙平衡。

二〇一五年十月十五日

自　序

如果从 1969 年发表在武昌县文化馆油印刊物《武昌文艺》上的庆国庆诗算起，至今年已有四十多年的创作年龄了。我 1973 年 10 月由华中师范学院中文系毕业分配至《长江文艺》做编辑，到 2012 年 4 月退休，在《长江文艺》干了 42 年。退休后，得武汉市老市长袁善腊和《芳草》杂志主编刘醒龙信任，聘我到大型农民工文学生活杂志《芳草潮》当特邀主编。我这辈子当编辑与作家是无法更改的事，我将把文学编辑与文学创作坚持到最后。

我当编辑，先是从诗歌编辑当起，那时跟着老编辑一起，到工农兵中去，今天在省内国内都有大名的诗人与作家，有不少是我们发现与发掘出来的。后来我改做小说编辑，再又做诗歌散文组长，1986 年 4 月提拔我当编辑部副主任（那时是主任负责制，就如现在的副主编），我是作家协会很年轻的处级干部。后来我担任副主编、常务副主编。1997 年 10 月我做了《长江文艺》杂志社的社长、主编，这一干就干了 15 年。我做编辑，是很认真投入地做的，不搞帮派，不分亲疏，能够尽力帮上一把的作者与作品，都会全心去帮。这个岗位不是升官的阶梯，不是发财的位子，只能是一种事业，我是热爱这事业的。为自己热爱的事业去工作，本身就是一种快乐与幸福。关于做编辑，我曾撰文说过"三爱"：即爱职业，爱作者，爱稿件。在发现和培养作者方面，我也撰文说过我的"三梯队论"。《长江文艺》是省级文学杂志，我们不去盯名家，把自己打扮成一个全国性的大刊。我们的工作重点在中层作者。我的"三梯队论"是这样的：第三梯队是千千万万的爱好文学的青年，是大量的投稿者。对于这些作者和他们的稿件，用我们的"三爱论"中的爱稿件爱作者精神，选出他们的成功稿件，给予扶持，发表出来。这批作者中出现写得越来越好的人才，在省级刊物发表一批成熟稿件。第二梯队就是这些成熟起来且具有实力的作者。我们对第二梯队的作者，给他们提供大块版面，创造条件，让他们参加笔会，给他们的作品评奖，他们很快就走向全国。第一梯队就是在全国都有影响的作家，他们成功了，他们的稿件不愁发表了，他们活跃在全国的大刊名刊。我们与他们交朋友，但我们的主要目标不是他们，而是第二梯队的同志们。我们不断从第三梯队中发现人才，让他们进入第二梯队,再把第二梯队推进第一梯队。应该说我的"三梯队论"对于省级文学刊物的定位是比较准的。如果自我表扬,我当了这么多年的编辑,除了上述的两点经验与体会外,还有一事值得说说,那就是我给《长江文艺》撰的一句广告语:"长江不断流,文学旗不倒!"这10个字的广告语,得到不少作家朋友的肯定,文学之旗是会永远飘扬在人类天空的。这辈子当编辑,虽然辛苦些贫穷些寂寞些,但我无怨无悔,而且乐此不疲!

1969年我在乡下当农民,在油印杂志发表的那首《亿万人民庆国庆》的诗,是我的处女作。后来上大学中文系,后来又当文学期刊编辑,当编辑和在大学里上学时,我都在坚持写作。因为出身农民,血管里流的是农民的血,我对农民父兄的那种情感,那种血肉相依那种刻骨铭心的联系是与生俱存的。我写了许多农民与农村题材的诗,在20世纪80年代,我是湖北乃至全国的乡土诗人代表之一。我的乡土诗,除了一批咏吟水乡山乡的美丽风情之外,写乡村人物与为农民生存状态鼓与呼的组诗很多。其中受到读者与评论界注意的有三组,分别是发表在《长江文艺》后被《诗刊》转载的《我忆念的山村》,发表在《诗刊》的《没有万元户的村庄》,发表在《人民文学》的《乡村忧思》。这三组诗被评论家称为"刘益善乡村忧愤诗"。《我忆念的山村》被诗评家张同吾评为"刻画中国农民性格特征的力作",获《诗刊》奖,并被选入《中国新文艺大系》中。90年代之后,诗坛的变化很大,我自那时到现在,游离在诗坛的边缘。看诗关注诗坛的风云,自己写得很少,每年大约10来首诗,当年的那种激情好像离我远去了。但是我仍然是诗坛的一员,但已是比较冷静的老同志了。诗写得渐少,我开始写小说及其他文体。散文集出版了几本,长篇纪实文学出版了几本。我开始是想好好地写小说的,20世纪90年代有三四年,我一口气发表了四五十部中短篇小说,平均一年发表上十部,除了两个短篇被《中华文学选刊》、《中国文学》转载外,基本没什么反响。我觉得我的小说是冲不上一个高地了。过了十来年后,我的几部中篇小说被《十月》发表,其中一部《回家过年》,一部《河东河西》,前者写低层农民工生活,后者写我熟悉的乡土。这两个作品放了十来年,竟然发表,且前者被《中篇小说选刊》转载,后者被《北京文学中篇小说月报》、《中篇小说选刊》、《小说月报》三家选刊转载,这是出乎我意料的。我的中篇小说《向阳湖》在《芳草》发表后,获得汉语女评委奖和湖北文学奖,另有一个短篇小说《冬天一朵云》也获湖北文学奖。我现在的写作心态很平静了,如今的文学作品可谓是车载船装千车也载不尽万船也装不完,你写的平庸之作出版了几十本书,那在这车载船装的作品中不过是沧海一粟,过不了几年就是垃圾一堆。要写点精彩的作品,即使发不了,放上一些年,再发表出来也可以。精彩的作品虽说也不一定能流传多久,但能给人一些启悟与阅读快感也好。好作品终究会流传得久远些。我今后的打算是,以阅读为主,再好好思索一番,写出尽可能精彩一些的作品,不一定要写那么多。

再次感激袁善腊与刘醒龙两位先生,他们策划出版"芳草文库",嘱我编一套文集。我已发表的作品,编个八九卷不成问题,但与其多编不如编精一些。我只选编了三卷,一卷诗,一卷散文,一卷小说。我想这样出版后送朋友,摆在人家书架上占的地方也少。

文集编好后,前面是光秃秃的,本想请人写篇序,后来又想到别人写序要阅读我这堆东西,费力费时,不如我自己写一篇吧,写写我的编辑和创作经历,权当自序。自选文集配上自序,也许更合衬!

感谢你还能翻翻我的这些作品,我的读者与师友们!

2015 年 7 月 19 日武昌东湖翠柳街

目 录

20 世纪 70 年代

歌乡纪行（二首）	/3
访老歌手	/3
赛歌会	/4
的答的答	/6
槲树叶上的诗篇	/8
三治号子（二首）	/10
拉	/10
搬	/11
车城诗草（三首）	/12
深山车城	/12
嘱咐	/13
试车	/15
历史的公正结论	/17
闻一多颂（五首）	/19
先生，不要遗憾	/19
满江红	/20
流囚	/22
尾巴	/24
最后的演讲	/25
枯荷	/27
迎接八十年代的第一束诗叶	/29

20 世纪 80 年代（上）

桂林山水（八首）	/33

独秀峰 /33
　　斗鸡山 /33
　　冠山 /34
　　骆驼山 /34
　　叠彩山 /34
　　净瓶山 /35
　　伏波山 /35
　　象鼻山 /36
煤田诗草（五首） /37
　　在地球心脏 /37
　　闪亮的矿灯 /38
　　黑牡丹 /39
　　班后浴 /40
　　唱给煤河的歌 /41
故乡的莲湖（四首） /43
　　绿色 /43
　　童年的梦 /44
　　船 /44
　　采藕 /45
就是这条田塍 /47
我忆念的山村（三首） /49
　　房东 /49
　　派饭 /52
　　大妮子 /54
大别山中（五首） /57
　　月夜捕鱼 /57
　　小镇 /58
　　崖畔小花 /58
　　松圃 /59
　　独木桥 /60
乡情（三首） /61
　　老石桥 /61
　　一抹白墙 /62

故乡的河 / 63
浪尖上的阳光 / 65
分界线 / 66
啊，田野 / 67
那块稻场 / 69
收割之夜 / 71
眼睛 / 73
换亲 / 76
草地，我的摇篮 / 78
草地，一串美妙的故事 / 80
我们在草地上数星星 / 82
蛙声 / 84
乡戏 / 86
村头泥屋 / 88
拾穗集 / 90
祖国，我植了五棵树 / 92
长江边的小村 / 95
故乡与土地（四首） / 97
　　故乡的湖 / 97
　　雨中 / 98
　　我与土地 / 99
　　童年地头 / 100
秭归，一支盼归的歌 / 102
江边童年（四首） / 107
　　江边，外婆的杨树湾 / 107
　　夏夜，我枕着涛声入梦 / 109
　　我的船呢？ / 110
　　妈妈，紫色的头巾 / 112
巍巍丰碑（三首） / 115
　　突破口 / 115
　　墓地 / 116
　　烈士纪念碑 / 117
那个山村（四首） / 119

老牛车　　　　　　　　　　　　　　／119
　　手　　　　　　　　　　　　　　　　／120
　　磨坊小屋　　　　　　　　　　　　　／121
　　菊子　　　　　　　　　　　　　　　／122
乡村之晨　　　　　　　　　　　　　　　／124
峡江，铁青色的浪朵（五首）　　　　　　／128
　　孟良梯兴叹　　　　　　　　　　　　／128
　　纤夫的路　　　　　　　　　　　　　／129
　　悬崖边的小屋　　　　　　　　　　　／130
　　铁锁关遗迹　　　　　　　　　　　　／131
　　滟滪堆凭吊　　　　　　　　　　　　／132
三峡，奔流的诗行（五首）　　　　　　　／133
　　江那边有一个山洞　　　　　　　　　／133
　　船，从神女峰下经过　　　　　　　　／134
　　远了！白帝城　　　　　　　　　　　／135
　　驰过漩流，我们的船向前　　　　　　／136
　　打开，夔门　　　　　　　　　　　　／137
武当拾诗（五首）　　　　　　　　　　　／139
　　犟山精神　　　　　　　　　　　　　／139
　　金顶　　　　　　　　　　　　　　　／140
　　我用硬币掷钟　　　　　　　　　　　／140
　　飞升崖的梦　　　　　　　　　　　　／141
　　紫霄宫的昨日今天　　　　　　　　　／142
母亲　　　　　　　　　　　　　　　　　／144
乡店　　　　　　　　　　　　　　　　　／145
奉节城门　　　　　　　　　　　　　　　／146
夜泊　　　　　　　　　　　　　　　　　／147
江边的那个村子　　　　　　　　　　　　／148
江上秋风　　　　　　　　　　　　　　　／149
船过洪湖　　　　　　　　　　　　　　　／150
大宁河拾诗（三首）　　　　　　　　　　／151
　　大宁河，一只诗船驶过　　　　　　　／151
　　赤壁摩天　　　　　　　　　　　　　／152

崖壁上，残破的梦　　　　　　　　　　　／153
昭君故里（三首）　　　　　　　　　　　　／154
　　香溪上游有一个山村　　　　　　　　　／154
　　随着清亮亮的流水　　　　　　　　　　／155
　　昭君台上北望　　　　　　　　　　　　／156
塞北诗笺（四首）　　　　　　　　　　　　／158
　　张家口　　　　　　　　　　　　　　　／158
　　桑干河上　　　　　　　　　　　　　　／159
　　逶迤之诗　　　　　　　　　　　　　　／159
　　烽火台　　　　　　　　　　　　　　　／160
塞外行吟（三首）　　　　　　　　　　　　／161
　　高原印象　　　　　　　　　　　　　　／161
　　塞外矮杨树　　　　　　　　　　　　　／162
　　漠地　　　　　　　　　　　　　　　　／163
挑夫，你倒在了山腰　　　　　　　　　　　／164

20世纪80年代（下）

土地，淡蓝色的旋律（三首）　　　　　　　／169
　　犁沟里，升起一个太阳　　　　　　　　／169
　　地头，土地庙的遗址　　　　　　　　　／170
　　屋顶上，她扬起手臂　　　　　　　　　／171
田间，我唱起晨曲的时候　　　　　　　　　／173
沿着田间的大路　　　　　　　　　　　　　／175
喜鹊搭窝的地方（四首）　　　　　　　　　／177
　　思念　　　　　　　　　　　　　　　　／177
　　清凌凌渠水绕着村庄　　　　　　　　　／178
　　门前，喜鹊在树上搭窝　　　　　　　　／179
　　晚霞烧红西天的时候　　　　　　　　　／180
湖　　　　　　　　　　　　　　　　　　　／182
船娘　　　　　　　　　　　　　　　　　　／184
桥　　　　　　　　　　　　　　　　　　　／186
白云从我头顶飘过　　　　　　　　　　　　／188
平原之歌（五首）　　　　　　　　　　　　／190

平原的期盼　　　　　　　　　　／190
　　伸展，明晃晃的柏油路　　　　　／191
　　平原大风　　　　　　　　　　　／192
　　平原的跋涉　　　　　　　　　　／193
　　江河的孕育　　　　　　　　　　／194
冰锣的故事　　　　　　　　　　　　／196
蚕豆花开了　　　　　　　　　　　　／198
雨中玫瑰　　　　　　　　　　　　　／200
思乡小曲（三首）　　　　　　　　　／201
　　跫音　　　　　　　　　　　　　／201
　　思念　　　　　　　　　　　　　／201
　　面容　　　　　　　　　　　　　／202
神农架诗草（十七首）　　　　　　　／203
　　进山　　　　　　　　　　　　　／203
　　燕子洞　　　　　　　　　　　　／204
　　酒壶峰醉酒　　　　　　　　　　／205
　　深山稻田　　　　　　　　　　　／206
　　崖上杜鹃　　　　　　　　　　　／206
　　路边遗杉　　　　　　　　　　　／207
　　林中感觉（一）　　　　　　　　／208
　　林中感觉（二）　　　　　　　　／209
　　山晴　　　　　　　　　　　　　／210
　　林中人家　　　　　　　　　　　／211
　　路边溪流　　　　　　　　　　　／211
　　绿色的脊梁　　　　　　　　　　／212
　　大山的耳朵　　　　　　　　　　／213
　　山林哨卡　　　　　　　　　　　／214
　　喷香的黄昏　　　　　　　　　　／215
　　山巅岩石　　　　　　　　　　　／216
　　一只松鼠穿过公路　　　　　　　／216
远山的呼唤　　　　　　　　　　　　／218
出发　　　　　　　　　　　　　　　／220
挡浪墙　　　　　　　　　　　　　　／222

旅途远寄 /224
开了，夜来香 /225
戈壁，我是长江一滴水 /226
欢乐的绿洲（四首） /228
  手鼓响了 /228
  那一串葡萄 /229
  羊群撒欢的时候 /230
  跳麦西来甫的诗人 /231
秦陵漫步（三首） /233
  始皇帝墓 /233
  兵马俑坑 /234
  题一座武士俑 /235
乌市集景（三首） /236
  集贸市场一瞥 /236
  拉条子面 /236
  乌市之夜 /237
大戈壁（三首） /238
  戈壁之海 /238
  车向大戈壁 /239
  戈壁在等待 /240
遥寄新疆（四首） /242
  天山一条路 /242
  我们谈起新疆 /243
  新疆葵花子 /244
  遥寄乡亲 /245
长江七月（五首） /246
  冷静些，长江 /246
  我在队伍里 /247
  远望分洪的土地 /248
  激流中的手臂 /249
  防汛纪念碑前 /251
天山风情（四首） /253
  叼羊赛 /253

姑娘追	/254
抓羊肉	/255
冬不拉响了	/256
大漠行旅（三首）	/257
驼队晓行	/257
沙丘绿色	/257
大漠红柳	/258
乡党委书记	/259
能人冯奎	/261
女乡长	/263
我的心交给了碧色波涛	/265
父亲	/267
留赠东方红号客轮	/269
江鸥之歌	/271
江上夕阳	/273
波涛卷走的记忆	/275
长江边的歌吟（十七首）	/277
眺江	/277
石岸	/278
黄皮肤的江	/278
我从长江起步	/279
标灯	/280
江湾	/281
趸船	/282
西塞山	/283
长江流向	/284
泊船的早晨	/285
归航	/286
江那边好地方	/287
江上一条小船	/288
老水手	/289
开航	/289
泊船	/290

悼一位水手　　　　　　　　　　　　　/ 291
江南雨季（七首）　　　　　　　　　　　/ 293
　　雨季的心　　　　　　　　　　　　　/ 293
　　走出雨季　　　　　　　　　　　　　/ 294
　　乡村雨后　　　　　　　　　　　　　/ 294
　　江南的儿子　　　　　　　　　　　　/ 295
　　惊蛰雷声　　　　　　　　　　　　　/ 296
　　碧色的思绪　　　　　　　　　　　　/ 297
　　土地舞曲　　　　　　　　　　　　　/ 298
没有万元户的村庄（三首）　　　　　　　/ 300
　　这里不长万元户　　　　　　　　　　/ 300
　　茅屋里的祝愿　　　　　　　　　　　/ 301
　　售粮　　　　　　　　　　　　　　　/ 302
乡村的忧思（五首）　　　　　　　　　　/ 304
　　赤脚医生走了　　　　　　　　　　　/ 304
　　村长敲锣修水利　　　　　　　　　　/ 305
　　村头有座土地庙　　　　　　　　　　/ 306
　　人人都来打麻将　　　　　　　　　　/ 306
　　村子里最破的房子　　　　　　　　　/ 307

20世纪90年代

三月的歌思（二首）　　　　　　　　　　/ 311
　　小村塑像　　　　　　　　　　　　　/ 311
　　稚嫩的小手　　　　　　　　　　　　/ 312
我的祝福　　　　　　　　　　　　　　　/ 314
中学教师自白　　　　　　　　　　　　　/ 315
短诗38首　　　　　　　　　　　　　　 / 316
血色红安（八首）　　　　　　　　　　　/ 327
　　红安的土地　　　　　　　　　　　　/ 327
　　第七十二名　　　　　　　　　　　　/ 328
　　李家大屋　　　　　　　　　　　　　/ 329
　　铜锣　　　　　　　　　　　　　　　/ 330
　　乘马岗乡　　　　　　　　　　　　　/ 331

  新四军茶园 / 332
  王秀松的故事 / 333
  干娘 / 334
生命的原色 / 336
葛店开发区诗情（三首） / 337
  决策者的眼睛 / 337
  土地的新收获 / 338
  新城遐想 / 338
清江之歌（四首） / 340
  清江 / 340
  隔河岩大坝 / 341
  武落钟离山 / 342
  清江走排 / 343
中山舰 / 344
长江抗洪诗抄（三首） / 345
  荆江大堤 / 345
  好兵 / 346
  重建家园我们播种 / 347
写给三峡工程的诗（四首） / 350
  贡献 / 350
  移民 / 351
  记入史册的日子 / 352
  他们在谈什么 / 353
文学之舟 / 355
黄钟大吕（三首） / 356
  一首诗的诞生 / 356
  浇铸大钟 / 358
  钟鸣江天 / 359

2000年之后

题楚人《金秋夕照图》 / 363
荷花映日 / 364
写在桥梁建设工地（三首） / 365

芜湖长江大桥	/365
桥梁工程师	/366
桥工的家	/366
我们的诗歌父亲	/367
石牌保卫战	/369
胜利	/371
普希金之死	/373
曼陀罗花	/375
流泪的镜头（四首）	/376
瓦砾中的高中生	/376
走向废墟的老农	/377
千秋脊梁	/378
公路边的孩子	/379
西岳诗抄（三首）	/381
感受华山	/381
天梯	/382
华山夫妻松	/383
北部湾拾撷（四首）	/384
银沙滩	/384
红树林	/385
合浦南珠	/386
海景大道	/387
青海湖畔（三首）	/388
青海湖	/388
青海湖诗歌墙	/389
一只藏羚羊	/390
三苏园苏轼布衣像前（外一首）	/391
苏轼墓前	/393
2014年的乡愁（三首）	/395
翠柳街	/395
八大家	/396
村子边的河	/396
南水北调画册配诗	/398

第一首 / 398
第二首 / 398
第三首 / 399
第四首 / 399
第五首 / 400
第六首 / 400
第七首 / 401

20 世纪 70 年代

歌乡纪行（二首）

访老歌手

向阳坡前向阳屋
访问老歌手李德玉
堂屋里奖状亮闪闪
大门口松树枝叶绿
墙上门上贴满歌
字迹工整笔画粗

老歌手今年六十五
四十年苦水染白头
昔日山歌唱千首
首首悲来声声愁
黄连苦水唱不尽
长盼高山太阳出

山有顶啊水有源
穷人的日子出了头
砸断枷锁得解放
泥巴腿子做了主
土改互助组大跃进
山歌阵阵唱不休

声声唱哟唱不休

一片深情飞出喉
讨论会上唱起歌
山区人要走大寨路
荒山坡上垒梯田
山歌声里劲头足

老歌手哟歌不断
劳动生产走前头
政治夜校学理论
戴着花镜把书读
六十花甲入了党
继续革命不停留

赛 歌 会

云好白哟天好蓝
群山怀中一平川
四方歌手赛歆来
浩浩荡荡不断线
青布包头花衣衫
男女老少笑开颜

人好多哟旗好艳
歌台搭在半山间
党委书记先登台
大手挥拍歌冲天
千支歌喉一个调
人民江山万万年

你唱完了我来接
歌手一个个走上前
妈妈唱了公社好

女儿接唱山乡变
婆媳同唱学毛选
两个亲家唱路线

首首山歌绕云天
字字喜来句句甜
马列主义指方向
贫下中农力无限
提着河水上山岗
穷山变成米粮川

山上树木数不清
心中歌儿唱不完
夜里唱得月亮出
白天唱得日落山
万首山歌千钧力
革命路上永向前

1975年7月湖北长阳
农民歌手习久兰家乡

的答的答

南昌八一起义指挥部里有一座钟

的答！的答
敲开了灯花
桌上铺着地图
红色铅笔在画
从这里出击
向城西进发
攻敌军司令部
把守城部队拿下
张开天罗地网
铁手把龟抓
总指挥望望钟
只等它敲两下
图上的箭就飞起
胜券手中稳拿

的答！的答
脚步声踏踏
夜幕下的南昌
集合了千军万马
红领带颈上系
白毛巾臂上扎
仇恨握紧枪
怒火把刀擦
起义者静悄悄

只待命令下
当时针指向两点
信号弹天上开花
那时猛虎下山
夜空响彻杀

的答！的答
冲锋号哒哒
枪声响暴雨
大刀舞唰唰
火光映红暗夜
炮弹敌群炸
敌军的司令部
在炮火中坍塌
一万余守军
被彻底打垮
三个小时后
钟声还在的答
鲜艳的红旗
已在南昌城头高插
迎灿烂曙光
映漫天朝霞！

1977年1月南昌

槲树叶上的诗篇

井冈山黄洋界口挺立着一棵高大的槲树,
当年毛泽东、朱德挑粮上山时,就在这棵树下休息

　　一片片缀满高大挺拔的树干
　　黄洋界高擎一柄翠绿的巨伞
　　我从千里之外来到槲树下
　　在槲树叶上寻找战斗的诗篇

　　槲树叶飒飒地轻声朗诵
　　动人的诗句扣动我的心弦
　　当年毛委员朱军长挑粮上山
　　休息时就坐在这槲树下面

　　热了,汗水把他们军装湿透
　　槲树叶赶忙摇起了风扇
　　让他们休息好,他们为革命
　　吃尽了辛苦,历尽了艰难

　　冷了,他们还只穿两件单衣
　　槲树叶用身体挡住风寒
　　不要冻着了这些红军战士
　　他们是人民的希望、中国的明天

　　敌人的围剿、封锁算什么
　　井冈山巍然挺立在天地之间
　　红色根据地是一把星星之火

要把熊熊的革命大火点燃

毛委员一句句革命的道理
朱军长那朴实生动的语言
听了，红军战士心明眼亮
听了，槲树叶也直把头点

出发了，槲树叶朝红军招手
山路上行进着红军的粮担
毛委员的箩筐，装得沉沉
朱军长的扁担，压得弯弯

前行，毛委员朱军长领路
队伍越过千岭，跨过万山
培育中国革命胜利的成长
就用这南瓜汤和红米饭

我轻轻地抚摸着槲树叶
把革命的诗句记在心间
沿着当年红军走过的道路
豪情满怀，重上井冈山

      1977年1月江西井冈山

三治号子（二首）

拉

拉哟拉——
把嫌短的天
一把拉长
拉起太阳早点出
拉住夜幕慢点放
治山治水又治窝
把乡村细细扮装

拉哟拉——
把满山的石
一车拉光
再拉千车沃土
细细铺上
拉住平脊的荒山
翻滚金色的稻浪

拉哟拉——
把粮食亩产
拉过长江
把千山万岭
拉到虎头山旁
把金色的丰收

拉到天安门广场

搬

搬嗨搬——
把嫌窄的土地
搬得宽宽
搬得石头溜溜滚
搬得山头团团转
搬得千年沉睡的荒山岭
一下成了个大平原

搬嗨搬——
搬走贫穷落后
搬走重重困难
搬漫天白云成棉垛
搬丰收五谷成金山
搬来社会主义
装在社员心间

搬嗨搬——
使出拔地的气力
挥洒如雨的热汗
拍着地球的肩膀
抒发胸中的情感：
一定要把你老兄
搬到和平富裕的乐园

1977年冬房县

车城诗草（三首）

深山车城

这里原是荒僻的山沟
只产穷困，只长石头
山里人第一次见到汽车
说吉普是卡车生的小犊

方圆百里就这个小镇
铺子里卖点油盐酱醋
要说这里的工业么？
有！两个铁匠一盘洪炉

忽如一夜春风吹花蕾
芦席棚搭满了沟底山头
开山炮吼得嗓子冒烟
推土机的铁嘴拱平了山丘

汽车城就选在这里落脚
根子深深地扎进了石头
大型设备源源运进山里
山沟里竖满了厂房高楼

小镇变了，面目全非
夜晚请你登上山头

深山里哪有狼鸣虎啸
夜空里不再是月弯星疏

看，银河在天边缺了口
满天的星辰流进了山沟
一颗星星下是一部车床
车床如琴正把乐曲弹奏

与钢铁打交道要有钢铁志
钢铁部件在自动线上奔流
浇铸厂的炉火正红
添一抹红彩在四化的蓝图

啊，百里车城沸腾如潮
新车一溜溜开出了山沟
留一道深深的辙印在山里
像怀念车城的情丝断不了头

于是那个说卡车生吉普的人
突然像发现了新大陆
嘿！咱们山沟才是母亲啊
生出了这无数的钢铁牛犊

嘱 咐

总装线上的老师傅
负责装配最后一道工序
当他拧紧最后一颗螺帽
心里感到无比的幸福

这时，他就拍拍新车的车头
说上几句殷切的嘱咐

然后怀着不舍的心情
看着新车踏上征途

人说老师傅也真怪
你装的车多得无数
你的嘱咐能起什么作用
只有老天爷才清楚

也怪,一次老师傅去看儿子
老远看到场上停的车面熟
当他走拢去一看厂标
高兴得紧紧拉住司机的手

司机竖起了大拇指
提起这车,谁不佩服
跟我跑了十几万公里
还没出过一点障故

爬雪山过沙漠走海南
攀过悬崖,越过险阻
越野性能十分良好
每次都胜利完成任务

老师傅摸着车亲不够
眼角笑开了两朵纹菊
把接他的儿子忘在一边
只顾心里一阵阵甜酥

对着儿子,也对着车子
老师傅又开始了嘱咐
沿着四化的道路迅跑
跟着华主席可别停步

谁说老师傅的嘱咐无用
车城的十万工人清楚
那是工人阶级的一颗红心
装好每辆车，让祖国验收！

试　车

试车了，山坡像陡峭的墙
小树摇摆，石头张望
车城几十面试车的山坡
斜面都在四十五度以上

山脚下刚出厂的越野汽车
像出征的战士整齐昂扬
早就盼望着能有这一天
在总装线时发动机就蓄满力量

伴着送行的阵阵欢呼
钢铁骏马张开了翅膀
轮子紧贴着峻峭的山坡
像铁脚板踩得石子扎扎直响

出发了，钢铁骏马走得多稳
一步一个脚印身子不摇不晃
坑洼，呼地冲过去
顽石，唰地甩身旁

钢铁骏马迈开了第一步
将一往无前不可阻挡
试想在未来的战场
它定能碾碎侵略者的梦想

我们亲爱的记者同志
请空临车城照一张相
在深山几十面陡坡上
有多少花朵正在开放

这是钢铁开出的花朵
草绿、深灰、浅黄
在那些坚实的花瓣上
车城人的汗水散发馨香

我在车城采一束钢铁花朵
献给祖国的四化献给党
让深山里生长的钢铁花朵
绽放在中华的北国南疆!

1978年7月 十堰二汽

历史的公正结论

打开报纸,读着头版头条新闻
眼发潮啊,我们拥抱却又无声
天安门事件平反了!终于平反了
心海的涛声啊,喧响在一片无声之中

战友啊,把闪闪泪花留在眼眶里
请仔细体会"人民"这一伟大名称
人民的愿望就是正义就是胜利
在那黑暗时期,我们没有动摇信心

在阴云密布,乌鸦展黑翅的时候
正义与邪恶,人民区分得最分明
谁会胜利,谁将受到应有的惩罚
历史会作出最公正的结论

有什么罪?人民纪念敬爱的总理
他的形象在人民心中巍然高矗
为了使古老的中国年轻富强
他洒尽了一腔血,操碎了一颗心

有什么罪?人民怀念敬爱的总理
天安门前的白花犹如天空洁白的云
白花象征着周总理白璧无瑕的人生
白花是周总理崇高而纯洁的心灵

有什么罪?人民悼念敬爱的总理
那一行行诗句啊,八亿人用心血写成

诗词的海洋，垒起了一座璀璨丰碑
巍巍丰碑记载着周总理的伟大功勋

有什么罪？人民在使用着民主
人民有权利爱！人民有权利恨
扬眉剑出鞘啊，那闪光的利剑
对准"四人帮"一伙罪恶的心

没有罪！可是乌云遮住了日头
"四人帮"及爪牙举起了大棒水龙
朝人民头上砸来，向人民身上冲来
比一九一九年五月四日的军警还狠

天安门广场，这庄严神圣的地方
竟被兽蹄践踏，民主遭到蹂躏
天安门广场，五四青年流血的地方
竟再一次被人民的鲜血染红

面对茫茫大地，面对浩浩苍穹
我们曾经深重而又高声地发问
凶手和暴徒，何日才得应有下场？
人民的受诬和冤屈，何日才能澄清

啊，到了！华主席为首的党中央
斩妖除魔，收拾了大大小小的帮凶
一举把天安门事件的铁案翻过来了
给"四人帮"的余孽敲响了丧钟

再读一遍各报刊的头版头条新闻
我们拥护！我们欢呼！我们赞成
天安门事件，是一次伟大革命行动
历史啊，终于作出了公正的结论！

1978年11月16日武昌

闻一多颂（五首）
——纪念先生诞辰八十周年

毛泽东曾指出："我们应该写闻一多颂。"
闻一多（1899—1946），湖北浠水人，著名学者、诗人、民主战士。

先生，不要遗憾

闻一多曾遗憾地说：我生长在长江边，写过几年诗，但没有写过一首长江的诗，实在对不起长江。

是的，你落生在长江的岸边
儿子对母亲有着特殊的情感
晨风里，纤夫的号子拉开了江上的薄纱
悲壮的号子震动了水上的樯帆
一步步哟，背着艰难赶路
一声声哟，对着苍穹呐喊
奔腾的江水哟，是沸腾的血液
一开始就注入了你强健的血管

长江用乳汁哺育了你的成长
长江用风浪锤炼了你的肝胆
对着东去的江水，你曾长久沉思
从朦胧的清晨，到落日的傍晚
你渴望长江不流痛苦，只流欢乐
你渴望长江不卷忧愁，只泛笑颜
你带着儿子对母亲的留恋离开了长江

但海角天涯，长江却奔流在你的心间

是的，你是一个诗人，这样一个诗人
正直，豪放，像长江一样坦然
你挥起拳头擂着大地的赤胸
迸着血泪，为我的中华大地呐喊
你的诗，是一股刚烈的旋风
搅动着几千年的死水一潭
你的诗，是一支燃烧的红烛
用自己的身子，照亮着无尽的黑暗

是的，你没有专门写一首长江的歌
但是先生啊，你用不着遗憾
你学者与战士的伟大一生
就是一首歌颂长江母亲的宏伟诗篇
看，宁肯在贫穷困苦中跋涉
不向权贵折腰，你没半点的媚骨奴颜
你有大江席卷腐臭的气势
把恨，变成射向黑暗社会的子弹

先生啊，不要遗憾！不要遗憾
一代代后人，将牢记住你壮丽的诗篇
你横眉怒对国民党反动派的手枪
你拍案而起，浩气冲天
你表现了中华民族的英雄气概
作为民主战士，你战斗在最前沿
啊，大江东去，东去的大江
流淌着先生追求真理的志向不变！

满江红

五四运动这天，清华大学因帝国主义阻拦，没参加北平的学生游行。当夜,闻一多手抄岳飞的《满江红》,贴在清华校园。

问你胸中,此时有什么在奔涌?
问你手上,此时攒了多大的劲?
看啊,你的胸脯在剧烈地起伏
看啊,你手中的笔攥出了指印

怒发冲冠,怒火烧红了你的双眼
仰天长啸,你高唱伟词《满江红》
一字字,何等悲壮,字字裹着仇
一句句,何等激烈,句句挟着恨

北洋军阀,这伙当代的秦桧
趴在洋人脚下,把中国主权奉送
靖康耻,南宋苟安局面又将重现?
臣子恨,人民涂炭,国家又被瓜分?

不!中华有饥餐胡虏肉的英雄
不!中华有渴饮匈奴血的民众
反帝反封建,争民主,争自由
神州大地,卷起了十二级飓风

清华校园,这帝国主义禁锢的土地
怎经得住爱国的烈火在地下运行
四堵高墙,帝国主义设置的地狱
怎关得住历史的潮流呼啸奔腾

推开窗,你面对浓重的夜色
张开臂,你呼唤历史的暴风
紧攥的笔啊蘸着胸中的火
在洁白的纸上有力地挥动!挥动

于是《满江红》词成了一星火种

撒到了清华园爱国者的心中
千万人心中的火燃烧起来了
照彻了校园里黑茫茫的夜空

高墙倒塌了，禁锢崩溃了
清华园吹进了战斗的旋风
清华，和全国人民站到一起
合力敲响旧世界的丧钟

你，奔走在向旧世界进军的前列
游行的队伍像一条蜿蜒的长龙
不，这是奔流在神州的又一条大江
看江上旗翻浪卷，啊！满江红！

流　囚

1922年至1925年闻一多留学美国时，在给亲友的信中说："我是一个流囚。"

眼见得，祖国像风雨中的破舟
在苦难的海洋里颠簸，漂流
压在重重大山下的同胞啊
怎样才能摆脱这灾难的渊薮

挺身而出，且把救国出苦难的重担
昂然地承放在自己稚嫩的肩头
怀着一腔热血，向着西方而去
将拯救祖国出苦难的方法寻求

你踏上了这大洋彼岸的帝国
所见的是纸醉金迷、灯红酒绿
但是摩天大楼掩盖不了破房陋屋

富丽堂皇中弥漫着熏天的铜臭

贫富不匀啊,贫民窟里的饥号
你懂了在这里幸福不是人人都有
种族歧视啊,黑人区的惨状
你明白了什么是女神手中的自由

海关边走狗凶神恶煞的盘问
你眼看着祖国的尊严受到污辱
那些白眼,蔑视,傲慢无礼
只能空增你一肚子愤怒

因为你是有色人种,天生低下
这样的日子,真使人难以忍受
唐人街,洗衣妇搓着血泪
苦难同胞,诉不尽无边的苦楚

远离亲人,你犹如一个孤儿
落入了这近代的文明地狱
鸿雁传书,你裹着忧郁写道
你是一个漂流海外的流囚

冷酷的现实使你从梦中醒来
这里不可能找到救中国的道路
你渴望快点结束这流囚生活
你希望早日回到自己的国土

终于,你这个流囚从大洋那边回来
回到了仍是黑暗破败的神州
但你的一颗救国之心在更激烈地跳动
朝着民主朝着解放迈开了大步!

尾 巴

  反动文人污蔑闻一多是共产党的尾巴，闻一多却自豪地说："有头就有尾，我甘愿当共产党的尾巴。"

尾巴，这字眼虽然不够庄重
但有头就有尾，本来如此
共产党是解放中华民族的头
就必然要千千万万的人作尾巴和身子

面对对手的恶意污蔑和攻击
闻一多的回答是多么坚定有力
心甘情愿做中国共产党的尾巴
就是投身民族解放要坚定不移

尾巴，并不是卑贱下作
而是革命队伍不可分离的整体
他跟着队伍向黑暗世界冲锋
他跟着队伍向反动势力进击

党的大脑指挥他感应的神经
党的心脏供给他奔流的血液
他和头一起行动，一起思考
头的思想，就是他坚强的意志

自从他找到了这个伟大的头
一切紧跟着头，不徘徊不犹豫
在这夜气如磐的森冷季节
他挺立着从头延伸而下的强硬骨脊

这尾巴，锐利如同利刃

一次次剥开反动派的画皮
这尾巴，锋利如同刀剑
一次次向魑魅魍魉砍去

啊，尾巴，伟大的尾巴，
党的战士才是他真正的含义
党为有这样的尾巴而高兴
革命有无数尾巴才能取得胜利

先生啊，你应该自信和骄傲
让反动派在你面前丧胆，悲泣
最终，他们被钉上了耻辱柱
而尾巴却载入了不灭的青史！

最后的演讲

1946年7月15日在昆明举行的报告李公朴被害经过的大会上，闻一多作了最后一次演讲，傍晚被国民党特务杀害。

国民党反动派成了一条疯狂的狗
已把内战的大火燃遍了苦难的国土
这样的日子啊，春城的春天在哪里
白色恐怖的魔影，踯躅在昆明街头

然而，反内战、争和平的大潮
正在黑暗统治下人们心中奔流
民主，罪恶的黑手扼杀不了
正义，何惧面对黑洞洞的枪口

李公朴先生英勇地倒下去了
站起了千万个李公朴的战友
闻一多，早把生死置于度外

此时，为了民主正在四处奔走

谩骂，恐吓，怎能阻止历史的前进
绑架，暗杀，怎能扼住真理的咽喉
闻一多，拍案挺立在黑暗的寒流里
向着国民党反动派发出了声声怒吼

无耻啊无耻，反动派无耻至极
李先生有什么罪？为何遭此毒手？
特务们，你们站出来！站出来
是个人就站出来说说你们的理由

正义是杀不完的！真理永远存在
李先生的血，人民不会让他白流
反动派，你们快完了，快完了！
光明就要来了，这个日子绝不会长久

先生的呼吼，像号角响彻天宇
鼓舞千千万万民众团结战斗
正义的吼声，像炮弹炸响敌群
反动派在吼声中惊慌，发抖！

几十年郁积在诗人心中的怒火
在今天终于喷出了火山口
闻一多，踏着李先生的血迹走去
生命在黎明前化着照亮黑暗的火烛

反动派，残忍地杀害了闻一多先生
最后的演讲刻在了历史的心头
伟大的诗人！伟大的战士
英名载史册，伟绩传千秋！

1979年7月武昌吴家湾

枯 荷

有过翡翠般的青春
翡翠的腰肢翡翠的裙
塘水映亭亭风姿
空气飘淡淡芳馨

和莲花妹妹为邻
风来翩翩起舞
雨过戏珠纷纷
生活像翡翠般的梦

秋风秋雨过后
残酷的严冬来临
一场自然界的浩劫
谁都没有侥幸

凋残了,翡翠般的青春
逝去了,翡翠般的梦
干巴巴的身躯
满是刻下的伤痕

对着残暴是迎上去的
没有苟且偷生
挺起枯萎的腰
冷风中严厉坚定

最后是死了
是站着死去的
留下了泥水中的洁白
留下了衷心

1979年12月23日武昌吴家湾

迎接八十年代的第一束诗叶

1

历史掀开了八十年代的门帘
诗的枝条吐出了翠绿的叶片

2

生活脱去了过时的旧衣
诗歌也该穿上现代的春衫

3

长久地抚着伤口流泪
不如包扎好伤口向前

4

腐朽盖满鲜花还是发臭
痈疽挤出脓血即可愈痊

5

群众受了冤枉想有个包青天
古代的包拯并不是共产党员

6

民主印在洁白的纸上
代表在陌生者名下画圈

7

他有功住几百个平方

你无禄三代人挤在一间

8

乞丐在门前歌功颂德
是想得到半碗剩饭

9

铁饭碗移个位置
它还照样盛饭

10

诗被权势收买做喇叭
是因为诗人的脊梁太软

11

黑暗终于过去,太阳升起
小草擦干泪水,扬起笑脸

12

生活需要各种色彩装扮
也永远少不了诗的花瓣

1979年12月武昌

20 世纪 80 年代（上）

桂林山水 (八首)

独 秀 峰

传说桂林群峰像烈马日夜奔腾，
毁坏着庄稼，践踏着人们，
你，突然南天一柱拔地起，
一下子勒住了奔马的缰绳。

马群不动了，桂林才有奇山，
绚马柱，一峰独秀入青云，
人们赞叹、歌颂这大智大勇，
登三〇六级石阶，怀深深崇敬！

斗 鸡 山

各据阵地一方，漓江东西，
昂冠振羽，两只好斗的公鸡；
有什么解不了的仇？解不了的恨？
无非是在一只笼里都想争第一！

不去按时啼明，催人早起，
年年相斗，斗了几个世纪？
历史惩罚：成了两匹僵死的石山，
啊，游人，有多少教训让你记取。

冠 山

王冠一样的山，山一样的王冠，
被遗弃在这美丽的漓江岸边，
红花开了，冠上缨络还十分鲜艳，
春草绿了，紫金锈成了块块绿斑。

是被起义者的丈八长矛挑落？
还是一场父兄之间的宫廷政变？
丢落王冠的君王是贤是暴？
历史自有结论，人民会公正评点。

骆驼山

沙漠之舟怎跑到这里蹲着？
春花怒放，身披绚丽彩霞；
看昂起的头，高耸的驼峰，
经受了多少世纪的风吹雨打！

站起来，高大而温驯的动物，
迈开跋山涉水过沙漠的步伐；
而且，在背上搁最重的担子，
一步一步地前进，再不要躺下。

叠彩山

搜罗天下最美的彩绸锦缎，
一层层地叠垒成这座奇山；
爱美的民族，是伟大的民族，

宁可少穿点，也要把山河装扮。

游览的人流荡着彩色涟漪，
少女们的衣裙灿烂鲜艳。
美是绝对禁锢不住的，
她们从山上又获得新的美感。

净 瓶 山

被人一脚绊倒的平卧的花瓶，
一半变作山，一半没入水中，
江水用清波细细地濯洗，
洗得瓶儿多少光洁、干净。

花瓶里原来插着的花束呢？
随着江水漂浮到两岸生根，
婀娜多姿、呈红献紫，
装点了一个如画的桂林。

伏 波 山

狂潮在江里暴跳、翻滚，
盲目地冲闯，呼吼得哑了喉咙，
胆小的，躲在一边暗暗发抖，
只有你迎上去，挺起钢铁的胸。

一半身子压潮头，一半身子傍大地，
伏波镇澜，你分外坚定英勇，
狂潮在你面前投降了，变得驯服，
从此漓江才有了碧水澄明如镜。

象 鼻 山

因为你竟敢违抗玉帝的命令,
迷恋桂林山水,不愿返回天庭,
当你把鼻子伸到江里吸水解渴,
一把宝剑插背,你再也不能走动。

并没有痛苦,也不乞求赦免,
你甚至暗暗有些高兴,
虽然背上有剑——普贤塔,
但却遂了心意:永在山水中。

1980年4月于桂林

煤田诗草（五首）

在地球心脏

坑道像长长的血管，
通到了地球的心脏，
煤层像地球的肌肉
紧抱着繁忙的采场。

在这里工作又苦又累，
矿工却有他们的理想，
每上一个新的班次，
风枪就哒哒叫嚷。

煤河在他们手下发源，
煤河上飘着他们浓郁的汗香，
沿着坑道蜿蜒地流出，
地球的血液汩汩流淌。

眼盯着的是四壁乌金，
心想着的是产量增长；
采场离地面很远很远，
祖国却在矿工的心上。

不要说井下乌黑一片，
矿工们的身边是堵堵黑墙，

可矿工们的热血和忠心,
红得像井口上的国旗一样。

意志和风枪一起掘进,
矿工们的理想在煤田里闪光,
煤田如花开在祖国的怀抱,
矿工如心跳在地球的胸腔。

闪亮的矿灯

干完一个夜班,他从井下上来,
黑了工作服,黑了面孔;
灯房窗口,还去手中矿灯,
矿灯玻璃上落满了煤尘。

他曾有过许许多多的理想,
就是没想到当一个采煤工,
第一次戴上倒霉的矿工盔,
觉得生活虐待了他这个高中生。

他想弄张有病的证明,
却说动不了矿上的医生,
于是,他怠工,找人争吵,
很快就在矿里成了个名人。

那天,在灯房窗口领取矿灯,
姑娘美丽的眼睛朝他轻轻一盯,
他看到两湖清彻的湖水,
他看到了两盏闪亮的心灯。

他低下头,脸上微微一红,
拿起矿灯,离去的脚步匆匆,

从此后,矿区的林荫道上,
晚间增加了两个年轻人的身影。

姑娘做的是保养矿灯的工作,
每天要擦拭千百盏矿灯,
如今,她用一块理想的绒布,
细细擦拭一颗沾了灰尘的心。

他变了,完全成了另外一个人,
理想扎根在矿区的煤层,
最苦最累的活他抢着干,
年终还被评上生产标兵。

每次下井,他第一个到灯房窗口,
迎接他的是那双明亮的眼睛,
他领走了一颗裹着爱的心,
那是他心中不灭的矿灯。

黑 牡 丹

在绿荫掩映的井口,
徐徐升起一丛黑牡丹,
黑的工装,黑的长靴,
黑的帽盔,黑的小辫。

初来矿上,分在井上,
一个个翘起小嘴:不干!
姑娘家偏喜欢井下,
有人背后说都是些傻蛋。

戴上帽盔,提起矿灯,
好不潇洒,好不威严,

可第一次拿起风枪,
双手直打抖颤。

没有人打退堂鼓,
新一代女矿工不姓软,
青春要在煤田摔打,
咬着牙赶走困难。

半年后班班刷纪录
一个心眼夺高产,
她们拥有一个美称:
千里煤田黑牡丹。

黑牡丹,黑牡丹,
开在了小伙们心间,
开在了深深的井下,
开在了新长征的光荣栏。

班 后 浴

班后,往浴池里一躺,
浴池漾起层层波浪,
只留一张脸在水面,
看水蒸气变幻花样。

温热的水,像柔软的手,
抚摸得四肢轻松舒畅,
六月炎天遇凉风,
有一种浸到骨子里的清爽。

井下干了一个班次的疲劳,
煤屑留下的污脏,

用呼哧呼哧的皂泡搓去,
让一股清水冲个精光。

浴巾裹着健壮躯体,
躺椅上的梦好香,
集蓄着下一个班次的力气,
翻番的产量得个嘉奖。

浴室走出来翩翩儿郎,
采煤工一身笔挺衣装,
吱吱的皮鞋声响向夜大学,
再去用知识把头脑武装。

唱给煤河的歌

你哪里是一条河,
河床里不见一星水波;
你分明是一条河,
溜槽里奔流着煤的浪朵。

你流自地层深处,
你流自采煤工的心窝,
你流进一列列车皮,
不怕路遥长途跋涉。

你来到沸腾的工厂,
烟囱把花束举着,
感谢你给它动力,
给它生存的光热。

你去高大的发电厂,
在炉膛里跳跃闪烁,

输电塔伸出千万双纤手,
点亮了万家灯火。

你到一家家砖瓦厂,
把砖坯瓦坯染成红色,
你到一户户的小煤炉,
给人炒菜煮饭蒸馍馍。

啊,你走遍祖国四方,
来到生活的每一个角落;
你是人类的需要,
矿工愿为你辛勤劳作。

今天,我给你唱一支歌,
歌唱煤矿工人的功绩显赫,
我的歌在煤河里漂流,
流遍奔"四化"的中国!

        1980年7月6日于武昌

故乡的莲湖（四首）

绿　色

水像绿色的缎子，
草叶挂绿色的露珠，
荷撑绿色的伞，
掩着绿色的莲蓬。

吹过一阵绿色的风，
驱散了绿色的雾气；
湖上飘过绿色的云，
落下了绿色的雨丝。

绿色里荡一只莲盆，
绿色的小褂和裤子，
采莲女悠扬的歌声，
竟也跳着绿色的旋律。

啊，故乡的绿色，
我曾长久地失去了你！
你青春和生命的颜色啊，
快染遍故乡的土地！

童年的梦

绿荷在风里轻摇,
摇起湖面串串涟漪,
摇动我平静的心海,
泛起童年的记忆——

戴荷叶做成的头盔,
披荷的盔甲、战衣,
折根带蕾的长荷梗,
作我手中的武器。

湖畔的田野辽阔深远,
田野上滚动着一群孩子,
"英雄"们"大战"过后,
脸上沾满汗水黄泥……

童年的梦没有消逝,
疯狂的年月成了事实:
戴着柳条头盔,
铁矛上有同志的血滴……

我终于没有做成"英雄",
悄悄把袖章摘去;
我回到故乡的莲湖畔,
把新的梦境寻觅!

船

大水牛是一条船,

它温顺、和善，
驮着光脊梁的我，
把个大莲湖游遍。

青蛙蹲在荷叶上，
瞪着两只圆眼；
一捧湖水浇去，
早已蹦得远远。

躲进荷叶林里，
任太阳把大地晒得冒烟，
放开肚皮吃莲子，
临回家颈上还吊一串……

啊，美好的童年，
好像就是昨天。
我真想、真想转回去，
趴在牛背，驾驶我的船。

采　藕

轻轻一个猛子，
湖面留几串水泡，
小妹睁着惊恐的眼，
吓得大哭大叫。

水里是个澄净的世界，
柔软的泥，各色的草；
一只小腿沿荷梗伸下去，
勾起嫩藕一条。

圆脑袋钻出水面，

小妹的泪眼又变做笑；
又嫩又白的甜藕，
管我们的肚子吃饱……

这页书已翻过好久，
岁月在额头刻下了道道；
但在我心室的一隅，
永留着绿湖、甜藕、小妹的笑。

1980年9月10日于武昌

就是这条田塍
——悼念一位老农

就是这条田塍,
如今芊草青青;
十年后我重来,
何处把你找寻?

我不想拿生命开玩笑,
为那个路线冲锋,
拿铁矛去捅自己的弟兄,
于是溜回故乡的小村。

我跟你踏着露水,
第一次走过这条田塍;
是早牧的牛
在田塍上拉一摊牛屎。
你把牛屎捧到田里,
再用脚搅匀。
我望着你微驼的背,
从这里开始认识
一个老农的一生。

城里那么多人造反,
乡里这么多人革命,
你却天天微驼着背
在田里耕耘——
说是眼不看为净。

就是这条田塍,
我何处把你找寻?
你那当了妈妈的女儿,
含着泪给我指
山坡上的一座荒坟。

你也没能幸免啊,
当了埋头拉车的走资兵!
一群年轻娃娃拉走你,
回来后肋骨断了三根。
从此,再也没能站起,
了却了你平常的人生。

就是这条田塍,
我久久地沉吟。
我采了一束野花,
编织了一个花环,
我深深地悼念一位老伯,
一位中国普通的农民。

1980年9月11日于武昌

我忆念的山村（三首）

在那种年代，我作为一名工作队员，在山村待了一年。今天，我深深地怀念我熟识的乡亲。

——摘自给友人的信

房　东

夕阳中晃来一个身影
山岩般的脸膛
刻满岩缝般的皱纹
纹沟里盛满纯朴的笑
抓起我的行李
领我走进茅棚
这就是我的房东

每夜无休止的会议
谈不完的阶级斗争
尽管我唇干舌焦
却提不起疲劳人们的精神
他蹲在墙角
一声不吭
尺把长的烟杆
冒出烟雾腾腾
深夜，伴我回家

他提着马灯

几口之家的衣食
老婆长年久病
一切,他默默担承
冬天,一件空套棉袄
腰间系根麻绳
却硬给穿大衣的我
端来一个火盆

工作队开始割尾巴:
砍掉房前屋后的树
限制社员饲养家禽
他有几只山羊
他有几棵枣树
我住在他家
割尾巴得先从他实行
我和他谈话
他脸色难看
也不作声
是个岩石脑袋
我说他和党不一条心
他陡地站了起来,走了
(我伤了他的心)
深夜,羊栏里几声惨叫
枣树放倒刨根
天明,只见他脸上
留有几道泪痕
枣树能结两月粮
羊身上长着孩子的衣衫
对他来说,这太重要了
他的日子太多了艰辛

我病了，发高烧
说着胡话
他守我几个日夜
当我醒过来
他满是血丝的眼
竟也有了光明
递过来蛋汤
漂几片油星
我知道，我喝去了
他炒菜的盐
和上学儿子的练习本
泪在我颊上淌
他伸出岩石般的粗手
给我轻轻擦去
这深情的擦
触到了我的心灵

当我就要离去
他屋里一夜亮着灯
第二天，提一袋苕粉
瞪着红红的眼睛
送我起程
车开了好远好远
他还站在路边
直到溶进了重重山影

我思念我的房东
山岩般的脸
山岩般的手脚
山岩般的人
在我的心灵深处
他是我慈祥的父亲
他是勤劳、淳厚

中国农民的缩影
该去看看他了
一定！一定！

派　饭

听说工作队来吃饭
三天前就安排打算
倒出留着过节的米
到邻村孩子舅家
借两斤白面
坛子里掏几个鸡蛋
烙一只饼
熬小半锅稀饭
口说同志辛苦
没有好招待
一家人迎在门前

男人坐在桌旁
陪一个笑脸
把桌上的菜
往我碗里拣
女人坐在灶下
手里做着针线
见我吃得有味
脸上露着舒坦
几个孩子
站得远远
睁几双小眼
灶上另一口大锅
焖着红苕干
杂一点包谷面

那就是一家人的早餐

我不忍心吃饱
我装做吃得很饱
一股咸涩
吞进了胸间
放下半斤粮票
一毛二分钱
主人执意不收
拉扯了半天
我赶快告别
因为我不走
他们不会端碗

气候只寒不暖
离春还有些时间
久病未愈的山村
虚弱了身子
在山道上步履维艰
我就是这样吃着派饭
我是个农民的儿子
我想起三年困难时
饥饿的一家
瘦弱的童年
我的心在绞痛
在这深山小村
派饭是一场灾难
这是社会主义？
这样的大寨县？
而我还要割尾巴
我还要批资本主义
我还是个人？
我还有心肝？

几年了,我端起碗
眼前就浮现
男人的笑
女人的脸
孩子们饥饿的眼

大 妮 子

妮子就是姑娘
她在家里是老大
村人喊她大妮子
本可以提个漂亮小包
乘公共汽车上下班
晚饭后漫步林荫道
挽着男朋友的手臂
但她是生长在山里

她要早早起来
煮好早饭
洗完一家人的衣
然后含着饭出工
收工后,不顾疲惫
顺便扯一篮猪草
捡捆烧饭的树枝
老爹身体不好
母亲去世
留下了一排弟弟
虽说家境贫寒
一家人也被她
拉扯得整整齐齐
没有多的要求

没有多的话语
埋着头干活
除了队里就是家里
没有歇工的时候
没有休息的日子
年年如此
天天如此
村人说是好妮子
谁娶去这妮子
就是谁的福气

我叫她上政治夜校
她说没读过书
不认识字
俊俏的脸上红红
大眼里滚下了泪滴
我安慰她
心中感到惋惜

村人上山砍柴
挑到镇上换些油盐
对这种资本主义
我一只眼睁
一只眼闭
竟获得村人的感激
但我现在很悔
要是我禁止砍柴
大妮子也许不会死

是一个冬日的中午
雪片纷飞
北风凄厉
村里一阵骚动

传来嚎哭与悲泣
大妮子的老爹
怀里紧抱着女儿
已经僵硬的躯体
她冒雪上山砍柴
滑落在崖底
对着悲戚的老爹
哭叫着的弟弟
她的脸上永远失去了笑意
我默默无语
我默默无语

如今，大妮子的坟上
怕已是荒草萋萋
大妮子啊
你可曾安息？
老爹是否健在？
一群弟弟是否成年？
贫困的家
是否和山村一样
正一天天富裕？！

      1980年10月4日于武昌吴家湾

大别山中（五首）

月夜捕鱼

山是青的，
树是绿的，
水是蓝的，
路是白的。

圆月掉进水里，
水鸟游进月里；
小船来到波心，
水面荡起涟漪。

一网撒下，
罩住了月亮；
拉起一网月光，
欢乐装满船舱。

船儿走了，
月亮还在水里，
风是轻的，
夜是静的。

小 镇

绿褐色的山水,
流泉绕着白练,
粗心的画家,
遗下的浓墨一点。

青的屋瓦,
青的砖墙,
燕子的翅膀,
翘起的飞檐。

一截小街,
三家铺子,
杂色的鹅卵石,
铺成凸凹的路面。

在遥远的山里,
坐着的老祖母,
黑色的衣衫
慈祥的笑颜。

崖畔小花

只有米粒大的一点,
一簇簇,一串串,
偏把纤细的根,
倔强地扎在崖缝间。

对生活满怀希望,
阳光下张开小小花瓣,

用点点鹅黄,
把深秋装扮。

秋天是严肃的季节,
严肃得有些伤感,
山崖庄重的脸上,
却露些微的笑颜。

再小也是花,
也有正直的心肝,
当黑暗吞噬了世界,
她是忧伤的,
黎明,她擦去眼泪,
把腰肢伸展。

松 圃

柔嫩的叶尖,
五寸高的躯干,
挤挤挨挨一起,
多么快乐的童年。

我爱这片淡绿,
在山坡久久流连,
淡绿的回忆,
把我带进昨天。

本可以成为栋梁,
覆盖这贫瘠的山间,
一场暴风袭来,
梦被撕成碎片。

我请求看山的大伯,
把松圃精心看管,

他向我报以微笑,
抬头注视蓝天。

独 木 桥

那边是有光明,
还是有希冀?
是有企求的温饱,
还是有快乐的领地?

虽然隔着沟壑,
深得不可见底,
藏着艰险、灭亡
和前行者的尸骨。

人类总是要前进,
追求是人的天职,
要想得到的东西,
总是冒险去取。

于是在死亡之上,
留下老祖父伸出的手臂,
那干枯、焦黑、朽陋,
经历了多少时日?

我看见旁边有座石桥,
生活在桥上向前走去,
几十年前,老祖父们的
不懈的追求,
给我们留下了生存的启示!

1980 年 10 月于英山

乡 情(三首)

老石桥

那时,这石桥还年轻
我也正当混沌时候
书包、裤衩扔在岸上
到桥洞下去摸泥鳅

小学校的女教师来了
小伙伴们飞一样逃走
我太小,来不及爬上岸
乖乖当了女教师的俘虏

我蹲在水里不起来
六岁的孩子竟也知害羞
她央求我快点起来
并红着脸儿转过了头……

如今,石桥已老态龙钟
桥面满是蛛网般的褶皱
年轻的女教师也老了
两个孩子喊我叔叔

啊,故乡是嫌苍老了些
虽然还不到苍老的时候

只是十年漫长的岁月
他们经受了太多的忧愁

一抹白墙

可是我梦绕魂游的地方?
可是我苦思苦恋的地方?
啊,那在绿荫波涛中隐现的
一抹白墙!
母亲是否就立在树影下,
白墙可是她慈祥的目光!

该回家了。
父亲当年挑着粗布被子
走百里乡路送我,
一路的叮咛、一路的希望……
啊,十几年了,
我该回家了,
我该回来看看故乡!

我家那三间土屋该没垮吧,
虽然这十年风太骤、雨太狂!
我想有我那老实厚道的父亲,
土屋还有结实的大梁。
(不过,土屋也该换上白墙了)
屋门前的塘水还是那么碧清吗?
就是我最爱游狗趴的那口塘,
十年里该没卷起太大的浪吧!
这淳朴的土塘
不比那些混河、那些浊江。

啊,我亲爱的故乡

绿荫中隐现的一抹白墙,
土路,温热的土路
把我引到你的身旁,
还是那副勤劳的模样。
不认识你的儿子么?
我轻轻喊一声:娘!

故乡的河

金水河啊,故乡的河
一条长长的青罗带,
在故乡的腰间绕系;
深秋的田野
袒露着黝黑的躯体,
你是朴素原野的装饰。

金水河啊,故乡的河,
你流进我童年的梦里。
我拾来一把瓦片
在水面打飘飘,
串起一河的涟漪;
我童稚的心
曾随着那水面连绵的圈圈,
飘过了千里万里……

金水河啊,故乡的河,
你流着我儿时的记忆。
农闲,父亲荡着小船,
桨声呀呀咿咿;
我盘脚坐在船头
往水里放着钓丝,
父亲抽着烟卷,

以桨作舵,
悠闲自如。
一个金色的傍晚,
我用钓丝扯起
一串丰收的诗句,
父亲的嘴边留着笑意……

金水河啊,故乡的河,
你哺育了千千万万的儿女。
我是你浪中的一缕!
我是你流水的一滴!
你永远在我心里流着,
流淌的不是水,
是永久的怀念!
是不尽的情思!

        1980年11月18日于江夏

浪尖上的阳光

满江波浪
伸出无数的舌头,
在吞吃着阳光。
庞大的肚皮,
被胀得发黄——
啊,贪婪的大江
边吃边发出声响,
直到把最后一缕
吞进肚里,
黑暗便一下临降。

阳光是吃得完的吗?
黎明到来,
东方又升上一个太阳,
照样把光洒向万物,
也洒向满江波浪。
阳光,是谁也吞不了的!
与宇宙共存,
在浪尖跳荡。

1980年11月写于武昌

分 界 线

汉水长江汇合处
清浊分明，壁垒森严
呼吼从浪底升起
陷阱遍布江面
汉水欲用自己的碧绿
把大江浸染
大江想让自己的浑黄
把汉水霸占
力量在这里抗衡
意志在这里交战
虎视眈眈，胸脯相抵
两不相让，月月年年
最后，只好达成协议
划定一条笔直的分界线
清浊各在分界线一边
瞪着警惕的眼。

1980年11月于武昌

啊，田野

窄小纵横的田塍
老父亲脸上的皱纹
根根绵长无尽的线啊
拴住了我的一颗思心

啊，田野，我的摇篮
母亲把我绑在背上
麦草帽遮一小片凉荫
一根棍子撑住身子
双脚给稻秧中耕
我在母亲背上睡去
直到饥饿把我惊醒
我趴在母亲的后颈上
把咸涩的汗粒舔吮

啊，田野，我的课堂
当我从噩梦中明白过来
悄悄摘下了袖章
你张开双臂把我欢迎
三月，赤着脚下田
八月，烈日烤着光脊梁
谁也顾不上直直腰身
病了也不向队长请假
难道是舍不得几个工分？
你使我懂得了啊
平凡，崇高

纯朴，艰辛！

我放下了挽起的裤腿
穿双解放鞋
父亲挑床粗布被送我起程
望着辽阔无边的一片
田野啊，我的双脚
怎么变得这般的没劲？
稻秧、犁耙、水车、老牛
啊，一切都显得这么可亲！
就这样告别了么？
我一步一回头
泪水湿了衣襟

啊，田野
月月年年，你在我的心中
吃着家乡带来的糍粑糯米
盖着那床粗布被子
我仿佛看到你那明净的面庞
听到你深切的叮咛
啊，田野——

1981年2月18日武昌

那块稻场
——给二妹

那块稻场！那块稻场
大约有四五亩的面积
我想起了你的空袖管
和那繁忙的夜夜日日

脱粒机震天作响
夜战的人没工夫喘息
小学校的学生也来了
你穿着妈妈的旧罩衣

灯泡眨着昏黄的倦眼
滚滚的灰尘遮天盖地
一声撕裂心肺的喊叫
脱粒机绞进了你的袖子

脱粒机还在哐咚咚地吼
吐出了一把把带血的谷粒
我抱着昏死过去的你啊
你的一只手就这样失去

终于,人散了,场净了
兜头却来了一场大雨
脱粒机默默地蹲着
我看见了那上面的泪滴

那块稻场！那块稻场
连着我们生息成长的土地
我忘不了那温热的故土啊
土地中有我家族的血液！

      1981年2月20日武昌

收割之夜

割完了最后一棵稻子
人们拖着疲惫的步履
暮色中的屋顶上
风把淡淡的炊烟扯起
我彻底崩溃了
扑向了光秃的田地
听任腰肢,臂膀
被千万根针去刺

什么时候?
天空被如水的月光
冲洗得洁净明丽
稻茬里叫不上名的虫儿
有一声无一声地唧唧
谁?一双粗糙的手
在我身上轻抚
会作凉的,孩子
回去吧,用热水洗洗……

蛾眉月儿
挂在天际
多么像把镰刀
啊,镰刀?
镰刀还在我手里

父亲,让我躺着吧!

我喜欢这夜晚
我喜欢这割倒的稻子
散发出来的特殊香气
我还要研究一下
怎样使那弯月
和收割机联在一起!

　　　　　　　1981年2月19日武昌

眼　睛

眼睛，眼睛
好大一双眼睛
淡淡的眉毛
蜡黄的面庞有些冷
没戴帽子的圆头摇动——
问他上几年级
哧溜一声鼻涕
冻裂的小手摆弄
破棉袄上系的草绳

端着大黑碗喝粥
蹲在一旁是他父亲
——我们三代贫农
种田为本
我没上一天学
劳动一天
少不了那几个工分
捆着肚子供他叔上学
落得个知识分子反动
右派帽子重千斤
翻不了身
到今日还是一条光棍……

眼睛，眼睛
好大一双眼睛
有凄凉的眼神

山道是腰上的草绳
绕过山岭
穿过草丛
一双小草鞋
底子磨穿
血滴殷殷
瘦弱的小腿
两根移动的麻棍
两小捆柴
在肩上颤动
换回包谷一升
小东西天天砍柴
搞资本主义
——有人这样反映

眼睛，眼睛
好大一双眼睛
有疲倦的神情

啊，孩子
还是撒娇的年龄
肩上的担子却过早地沉
想过明天吗？
明天是什么样子？
还是喝稀汤
日值一角五分
还是这样的穷？
啊，孩子
我有点担心
明亮的眼睛
怕是一个盲人？！

眼睛,眼睛
好大一双眼睛
山里有一片眼睛!

1981年2月27日武昌

换 亲

送亲的喇叭声咽
迎亲的锣鼓声急
病老爹周旋
瞎老娘悲泣
乡亲们赶来贺喜
除却一块心病
三十六七的儿子
终于有了个媳妇
但赔了一个闺女
让那傻乎乎的黑大个
把她娶去
驴背上麻木的人
挂在眼睫的泪滴
茫然的眼光
不尽的叹息
鞭子抽在哥哥心里
跟在驴后走了几步
说句：妹妹
我对不起你
爹娘在心中说：
孩子，委屈了你
送亲的喇叭声咽
迎亲的锣鼓声急
是悲？是喜？

隔壁的小伙

把自己关在屋里
不吃，不喝
躺在床上不起
喇叭声声剜肉
锣鼓阵阵刺耳
心儿已被驴驮去
山坡上的恋情
竹林中的絮语
爱情的坚贞
海盟山誓
变做被风吹去的云雾
痴痴、呆呆
时笑、时哭
十岁的小妹走来
拉住哥哥的手臂
含着泪水
拉着哭腔
——哥呀，不要急
再过几年
让我去给你换回个嫂子！

1981年3月2日武昌

草地,我的摇篮

母亲挽起袖子
提着镰刀割草去了
把我放在草地上
我自由了
我在草地上竖蜻蜓
尽情地滚爬
草地无边无沿
好大好大
等到母亲割满一筐草
找了我好半天
我睡着了
——在一条土坎下……
啊,草地,我的摇篮

草地有一口塘
浅得能看到水底的青蛙
夏天中午
我溜到塘里游狗趴
塘里扑腾扑腾直响
爬起来
身上尽是泥巴
顺手抓了几条小鱼
用草梗串成一挂
找一处草深的地方睡觉
当父亲揪出我这条泥鳅
就在屁股蛋上揍几下……

啊，草地，我的摇篮

爸爸，这一大片绿的是什么——
是爸爸的摇篮
爸爸在这里长大
我带着孩子回乡度假
晚饭后沿着草地散步
和孩子谈着话！

1981年6月27日武昌

草地，一串美妙的故事

牛群在悠闲地踱步
扛个圆鼓鼓的肚子
独眼老爹捋着胡须
不紧不慢地讲着故事
瞪着小眼睛
扬起蓄着马桶盖的头
扎着小独辫的头
草地上，围坐着我们一群孩子

啊，老爹的故事
美妙，神奇
是串起孩子们心灵的
一根长长的游丝
我们到了一个崭新的世界
我们到森林高山游历
我们和兔子大象做朋友
我们懂得了劳动与诚实
我们到东海游泳
我们到长城寻觅
去找哪吒的红兜肚
去找哭倒长城的孟姜女……
老爹讲啊
直讲到天暮日西
奶奶站到村前喊吃晚饭
并骂着：死独眼子
我们才爬上牛背

浩浩荡荡回到村里

啊，草地
一串美妙的故事
这里是我最早的课堂
这里有我的启蒙老师
多少年过去了
我想那独眼老爹
怕早已不在人世
老爹啊
请接受当年草地上的孩子
献给你的一首小诗！

1981年6月28日武昌

我们在草地上数星星

大人们摇着芭扇
槐树下，又把那说过
上千遍的话重复一遍
我扯扯她的衣角
夜色中，我们溜出村子
伸开手脚，躺到草地上面
我们数星星
她说是一万
我说是八千
不行，再数一遍
她却说是八千
我又说有一万

天空划过一颗流星
长长的扫帚尾巴
曳着光焰
我们高兴了
赶忙在裤带上打结
听奶奶说
这样会捡到钱
我说一定是我先捡
她说一定是她先捡
晚风吹过草地
飞来莹莹的光点
我们又数起来
可总是数乱

我说萤火虫
是月亮下的蛋
她说萤火虫
是星星流的汗
我们争着，吵着
笑着，闹着
抱成一团
啊，两小无猜的时代
天真无邪的童年
今天，当我看到她粗黑的手臂
羞涩的笑脸
我的儿子和她的女儿
手拉手在玩
啊，阿妹
记得草地吗？昨天
昨天是多么遥远！

      1981年6月28日武昌

蛙 声

水乡的夜,月光如泼
朦胧中好一片大漠
绿禾遮掩着辽阔的田畴
田畴里好像藏着什么

静谧,无边的静谧
静谧里突然响起冲天的浩歌
呱呱的蛙声如滚沸的水
打破了夜的深深寂寞

是十万大军蜂拥而上?
两军交战,挥枪操戈
听这不绝于耳的激烈的鼓声
就知道双方厮杀得十分凶恶

是地平线外那道堤防溃倒?
倾泻而下的是天上银河
震耳的涛声从远处响到近处
那波翻浪涌的场面一定壮阔

是一处万人大会的会场?
精彩的报告获得掌声不落
是一支庞大的交响乐团?
正在演奏着田园交响乐……

水乡的夜,月光如泼

水乡的夜,蛙声如泼
丰收踏着进军的鼓点
正朝百里水乡走着!

1981年7月6日武昌

乡 戏

那泥巴垒成的土台
那门板搭成的板台
那床单拼成的幕帘——
啊,一切使我不能忘怀

早早地吃过晚饭
从四乡八井走来
牵着儿女,扶着老人
高举起照明的木柴

那锣鼓的喧响
那唱腔的婉哀
那武生翻的二十四个跟斗
那丑角笑断肚肠的道白

父亲让我坐在肩头
我伸着小小的脑袋
那舞得像风一样的大刀
佩服得我久久地发呆……

啊,一年碰不上几次的乡戏
乡亲们掰着指头等待
多么难得的几次享受
今天,引起我无限的感慨

故乡哟，我的故乡
你在我心中是那般可爱
我真想再看一次那样的乡戏
再坐在父亲的肩头，伸着脑袋！

       1981年9月20日武昌

村头泥屋

你好,村头的泥屋
我记忆中最小的房子
母亲含着饭上工去了
这里是我欢乐的领地

你好,慈祥的曾奶奶
我记得你高寿已满九十
那时,我摸着你的瘪嘴
曾奶,你怎没我这多牙齿?

多么动听的嗡嗡纺线声啊
我伏在你温热的怀里
嘴里嚼着你纺线换来的花生
听我父亲小时曾听过的故事

啊,曾奶,谁说你是孤老?
你带大了多少儿子,孙子
我趴在你耳边悄悄说
我长大了,赚钱来养你

你的瘪嘴吻痛了我的腮帮
你笑了,笑出了泪滴
收工了,母亲抱我回去
你往我手里塞个芝麻饼子……

啊，曾奶，我特地看你来了
我给你带回了许多好吃的
你的泥屋顶上长了一片绿草
生活可使你的白发变成了青丝！

       1981年9月20日武昌

拾 穗 集

我拾穗，拾饱满的麦粒
拾起一串童年的记忆

1

我趴在麦地掏蛐蛐
扒坏了柔嫩的麦畦
老社长从那边走来了
用带茧的手轻轻打我的屁股
从此，我再也不弄坏麦畦了
真的，不信你问小菊

2

别人说小菊是捡的
是妈妈养着给我做媳妇的
我大声说：不！她是我妹妹
我问妈妈，妈妈说是的！是的
于是，我拉着小菊的手
奔出去了，又玩得欢欢喜喜

3

她提只小口袋，我提只小竹篮
我们拾穗在散发麦香的土地
太阳晒红了我们的脸庞
我们装满了口袋、篮子
擦擦额上的汗，我们一起
把拾的麦穗全部交给社里

4
我们一起玩耍
我们一起做家家
妈妈送我们一起上学
我们同坐一张桌子
小菊啊，当你大了一点
你为什么要不好意思

5
当我也懂点事的时候
我也知道了大人们的心思
但我终究只当了一个哥哥
你也终究只做了妈妈的女儿
你嫁到很远的地方去了
我像失去了什么，心中常荡起涟漪！

1981 年 10 月 3 日武昌

祖国，我植了五棵树

年满十一岁的中华人民
共和国公民，除老弱病残者外，
因地制宜，每人每年义务植树
三至五棵
　　　　　　——五届人大四次会议决议

我是一个公民
我挺直了弯下的腰身
轻轻地对您说
祖国，我植了五棵树

我选择了这一隅
荒瘠的一隅
背阴的一隅
风化的碎石，僵死的红土
枯黄的草茎耷拉着脑袋
崖壁在一边板着冷峻的面孔
我举起镢头
高高地举起镢头
用我的力，对碎石僵土
挑战，对崖壁挑战
为了那绿色
为了那青春
为了那希望
我掘土，深深地挖掘
那也许几个世纪无人问津的

碎石、僵土
我的手起泡了
泡破了，流血了
我掘土，把汗水
把手上流出的血
一起洒入坑中
作为给荒土施放的
第一批肥料
我躺在这荒瘠的一隅
把伸直的腰身
火辣辣的手掌
贴向土地
我喘着气，我望着
望着五个深深的坑

我把五棵树苗
那稚嫩的柔弱的
毕竟带着希望的树苗
轻轻地放在坑中
我把一颗心放进去了
我把一个梦放进去了
我把一柱栋梁的种子
一个森林的胚胎
一个浓荫的先驱
一个勇敢的
向荒瘠进军的
绿色士兵
轻轻地、郑重地
放进去了

我培土
我浇水
我微笑

我望着那五个孩子
然后举起双手
对着天空
对着山野
我大声地说
祖国，我植了五棵树

      1982年1月31日武昌吴家湾

长江边的小村

长江边的那个小村
可还是昔日模样？
平野上一团墨绿的杨柳
和风吹过
柳丝洒洒扬扬
轻舞那变黑了的茅屋顶
上面再生出的嫩绿草秧
那土墙，那有些圮旧的
土墙，贴膏药般贴满牛粪饼
绝无一点臭味
村人能闻出它的新香
啊，长江边的那个小村
生我养我的地方

母亲从田里回来
我趴在地下睡得正香
鼻涕糊满了小脸
泥巴涂遍了粗布衣裳
我抱着母亲的腿
我饿！娘
从灶灰里扒出两只烧熟的芋母
啊，那甜
那美那香
我再也没吃过那样的美味
我至今不能遗忘

啊，长江边的小村
那穿过村子的土路
我们路这边的孩子
和路那边的孩子打仗
临了，敌我双方趴在路边
用草棍伸进泥洞里
钓那不知是否在洞里的螳螂
啊，我儿时的乐园
我儿时的伙伴
生我养我
我永远不能忘怀的地方

母亲从故乡来信
说是新谷登场
家家装满了大囤小缸
村里在盖楼房
那些个和我打仗的伙伴
如今的日子，美得
像牛粪饼烧出的火一样
啊，长江边的小村
当我再回到你的身边
你会装束一新
迎你从远方归来的儿郎

1982年2月3日武昌

故乡与土地（四首）

故乡的湖

太阳像只火炉子
高高地挂在头上
我们在田里拾稻穗
热汗像水样流淌

那浮着云朵的湖
抖着绿绸的湖
晶莹透澈的湖
我们多么向往

塞满了手中的布袋
装满了臂上的小筐
我们一阵冲锋
像群鸭子叫嚷

啊，故乡的湖
我心中的湖
我们跳进你的波涛
你给我们多少欢畅

湖水染绿了我们的童年
我们在湖面打起水仗

久久地没入湖水
我们打捞湖中的夕阳

湿淋淋地爬上湖岸
我们又跳又唱
抬着满筐满袋的稻穗
走向那飘着炊烟的村庄

雨 中

那时，我们混沌未开
在湖边挖野菜
那时，我们多么快乐
童稚的友情两小无猜

我们掐打碗碗花
我们挖饭藤藤菜
我们乐而忘返
湖边，是我们的世界

六月天是孩子的脸
一场阵雨袭来
我们偎在湖边
肩膀挨肩膀，膝盖靠膝盖

一只翡翠硕大的荷叶
把我们两个孩子覆盖
我们在荷叶下听雨
雨说什么？我们弄不明白

我说：阿妹，唱个歌吧
她说：阿哥，讲个故事吧

于是，我讲起了"狼外婆"
她唱起了"油菜花开"

雨停了，我们钻出荷叶
啊，天上好美丽的虹彩
我说：等我长大了，阿妹
我就去把那虹帮你摘下来……

我与土地

我的土地是黝黑的
就像我黝黑的皮肤
我的土地是平坦的
就像我平坦的胸脯

土地，黝黑的土地
是我的汗水浇黑的
是我的热血染黑的
是我的身子捂黑的

土地，平坦的土地
是我的镢头挖平的
是我的犁杖耕平的
是我的双手抚平的

我在土地里生长
土地给我丰富的营养
我的根扎进土地
我才生长得这般茁壮

我伏在黝黑的土地
土地里跳动着我的心脏

我把种子交给土地
土地给我丰收的理想

啊,黝黑的温热的土地
我们紧紧连在一起
土地——我,我——土地
谁也不能使我们分离

童年地头

钟声响了,母亲含着饭
匆匆地赶忙出工
肋下挟着一个我
地头,任我竖蜻蜓

地头,我童年的乐园
这里有我一班小伙伴
我们在地头做家家
泥土拌水煮稀饭

我们趴在地头瞄准
我们拿高粱秆冲锋
我们在地头唱啊跳啊
我们在泥土里打着连滚

我们玩累了,躺在地头
做着童年时代的好梦
收工了,母亲带我回家
地头上我这小泥人睡得正沉

啊,那童年的地头
土地,是我的母亲

我是从泥土里长大的孩子
土地,我怎能对你不亲

土地,当我离开你
我将一把黑土攥得紧紧
这把土伴我走南走北
故乡的土伴着我,我的心中才安宁

      1982年2—3月武昌吴家湾

秭归，一支盼归的歌

湖北秭归，楚大夫屈原故里，相传屈原姊女嫛盼弟归来，因而得名。

这是一支古老的歌
古老得有两千多年历史

面前是浑黄的大江
急涌的奔驰的江
浪头捶打着铁青色的崖
崖面是严峻的沉默的
歌在江面漂流，跳荡
雄浑的，悠长的
深情，又有些悲壮
你唱了两千多年么？
倚着山的斜壁
(那叫归山啊
山也忘不了一个归字)
你唱着，你盼着
你是苍老了些
石头垒成的灰色墙
墙壁露着裂纹
可是你陈旧打皱的裙子
黑色屋瓦上摇曳的枯草
秋风中，是你斑发摇曳
你唤着，你盼着
你又是年轻的

满山的橘林
墨绿色的，闪动金色的星
你穿着一件春衫
橘林里闪光的是你脸上的红晕
结实的，丰满的身躯
那倚山而起的新楼幢幢
两柱高大的烟囱
多么强壮的两只手
乳白色的烟缕
那是在云空里飘动的手巾
你唤着，你盼着
那洞开的门
那敞开的扇扇窗户
你张开了千万张口
你唤着，你盼着
归来啊，异乡的弟兄
归来啊，远方的亲人
还在漂泊
还在漂泊么？

日子的落叶浮在水面
江水流逝了
岁月消失了
一支盼归的歌
一支古老的歌
两千多年，你就这样
唱着，唱着
倚着那山
望着那水
一个世纪，又一个世纪
这歌唱了好长好长啊
这歌飘了好远好远啊
归来，远方的亲人

归来,异乡的兄弟
听见这支歌了吗
听见这哀婉的心声了吗?
你站着,渐渐苍老
你站着,不断年轻
风来了,你不动
雨来了,你不动
雷劈来,你不动
浪打来,你不动
有酷烈的暑日
有冷冻的冬晨
你站着,你站着
你是一个理想
你是一个愿望
你是一个民族的意志
你的面前是浑黄的长江
你的脚下是铁青的崖
那是力量,那是坚强
你唱着,你唱着
一支古老的歌

浪头举起来
橘林挂起来
崎岖的山道上蜿蜒
险峻的峡谷里回旋
船夫的号子里飘洒
背木的农夫嘴里低吟
归来的歌,故乡的歌
在云头翱翔
是那彩云中的亮光
在香溪里翻滚
是清水里斑斓的石子
归来吧,兄弟

归来吧,亲人
故乡的山青了
故乡的水绿了
故乡的橘子熟了
可以再谱一曲橘颂
故乡的土是温的
那果实嘟嘟的土豆
那红缨吐穗的玉米
那甜橙,那香柑
那香溪里的桃花鱼……
故乡的怀抱是暖的
这里可以歇足
有撑伞的大树
这里可以安魂
有故人的心灵
这里可以挡风雪啊
没有那游子的艰辛
归来吧,兄弟
归来吧,亲人

这是一支古老的歌
这是一支唱了两千多年的歌
还要再唱下去吗?
远在异乡的兄弟
还要漂泊?
还要漂泊么?
归来吧!归来吧
秭归,一个惊心的归字
归山,一个石写的归字
一支盼归的歌啊
多深的情,多深的意
大江,把歌送到远方
峡风,把歌吹向远方

归来吧，兄弟
归来吧，亲人
我，一个两千多年后的子孙
也唱一首盼归的歌

1982年2月于秭归，3月于武昌

江边童年（四首）

江边，外婆的杨树湾

那是温暖的臂弯
老人的胳膊是瘦弱的
我枕着，枕着
一个慈爱的舒坦
故事是古老的
牙齿只剩下几颗
说话不关风
我听得懂，我听着
在新奇中睡眠
我要听，我喜欢听
虽然妈妈说
她都从她的外婆那里听过十遍

一半傍倚着堤坡
背着一条浑黄的江
大门被树荫遮掩
屋顶又新加盖了稻谷草
牛粪糊的墙
有些老了，外婆
慈祥打皱的脸
杨树真多啊
这遗在长江边的一团

锦绣，杨树湾
我的慈爱的外婆
我渴望听一声：小心肝

那是我梦中的向往
那是我的等待与期盼
妈妈，我要外婆
望到那杨树
小心眼里满了喜欢
我的舅舅们
我的姨姨们
我的小伙伴们
我的快乐的领地哟
我的童年的乐园

那绿叶带刺的树
那树上闪烁的红点
我的可口的枣子呢
家家（外婆）都把我的肚子填满
那油炸面捏的
我那小兜兜装不下的
狗爪爪果呢
真脆、真香、真甜哟
我是你杨树湾的外孙
杨树湾，杨树湾
那炊烟
那江堤
那三间草屋在么？
装满了我的向往
思念、回想
那三间草屋
那个杨树湾
还在么？在么

江边，外婆的杨树湾

夏夜，我枕着涛声入梦

来了，那牛群从远方
轰隆隆，轰隆隆
奔跑在乡间的土路
来了，蹄子踩出声响
我被扬起的灰尘
迷住了眼睛
千百只牛蹄踏进了水田
那蓄了一层晶亮的水田
哗哗，哗哗
晶莹的水花溅起
声音由远而近
盖过来了
我伏在牛背
那黑缎子般的水牛背
风在耳边呼啸
一阵快意，我好舒畅
那头牛，大角牛
扬着两个酒杯鼻子
呼——呼——
好有规律的喘息
我醒了
我睡在席子上
席子铺在江边
波涛在夜色中哗哗
一片都是席子
有鼾声一阵一阵
升起

过年了么？
我穿着新衣
牵着小叔叔的手
那是一片攒动的头
光头，白头
黑头，扎绸结子的头
我坐在小叔叔肩上
嗡轰轰，嗡轰轰
有卖甜甘蔗的
泥巴筑的乡戏台子
红布幕飘着
穿着红衣的娘子
拿扇子的丫鬟
扭捏着身子
唱戏，哗哗，哗哗
这是什么戏？
那画着花脸的黑头
喔——
好长好长的喔——
我睁开眼
身下一张席子
波涛在身边哗哗
一只夜行的船
正拉响汽笛
灯火，在江面缓缓移动

我睡了，夏夜
梦又随着涛声
把新故事编织

我的船呢？

我的船是从这里下水的

那长空远影的线
那褐黄色的波涛
那是我自己叠的,是我
叠得最好最好的一只
我整整叠了一个上午
小姨姨给我红蜡笔
我在船烟囱上画了一面红旗
那是一只漂亮的船
小舅舅这样说
外婆说:真是乖孩子

他俩跟在我身后
我双手捧着我的船
小心翼翼走到江边
我说,我的船
要走很远很远
他俩说,几远?
我说,有一兆里
他们说,那里有西瓜吗?
二蛋啃一瓣西瓜,提着裤子
牛牛用手背擦去了掉出来的鼻涕
我说,有高到半天云的楼
还有电灯呢
我的船要去那里
很远很远的地方

我的船是从这里下水的
我把船轻轻地放在水面
那褐黄的水面
那是个风轻日丽的日子
我们看着,我的船
流走了,流走
那朦胧的希望

那幼稚的向往
那一颗童心
流走了，流走了
岁月，我的童年

我的船是从这里下水的
我的船踏上了波涛滚滚的航程
我趴在沙滩
久久地望着，望着
我的船远去
口里嚼着芦根
我的船是从这里下水的
那长空远影的一线
那褐黄色的波涛
看不见了，我的船呢？
一定在波涛上跳荡
我的船，啊！

妈妈，紫色的头巾

江边，码头
江浪拍打船板
桐油油的，有些发黑
帆扯起了
乳白色，打几块补丁
我的心在波涛上跳荡
我走向长江
妈妈，单薄的身子
江风中，乱了头发
飘飞，紫色的头巾
系着母爱
也有希冀

更有一分沉沉的担心
慈母的心，在波涛上
随我去远了
那紫色的头巾
扬起来，张开了翅膀
随我去远了
飘到我的梦中
拂着我的心灵

江上，风大了
浪大了
船在颠簸
我有些摇晃
我去远了
那新的太阳
升起的地方
前面，有紫色头巾
那是一面旗帜
我没有迷航
我把住了舵
我操起了桨
船在颠簸
船在摇晃
但是在向前
雨猛了
还有雷
闪电在舞着恐怖的蛇影
我胆怯了么？
前面，紫色头巾
在飘展，是旗帜
我使劲推桨
妈妈，紫色头巾
我有胆子

江边，码头
江浪打着船板
我是一个水手
一个壮实的水手
波涛，卷去了童年
妈妈，紫色头巾
江风中，飘展
飘展，妈妈
紫色头巾
我们在一起！

      1982年3月15日襄樊（现名襄阳）

巍巍丰碑（三首）
——献给解放襄阳战斗中的勇士们

突 破 口

专制的城墙坍塌了一片
那是仇恨与爱拌的火药
用愤怒点燃导火线
轰的一声　胸中迸出的怒火

突破口　硝烟弥漫
火力把死亡向攻城者倾泼
反动与腐朽在拼死挣扎
守着旧王朝不愿退却

勇士　把恨推进枪膛
把爱贴上发热的枪托
竹梯竖起来　又倒下了
热血浸烫了护城河

恨　化作了腾腾的火
爱　吹旺了熊熊的火
炸药包举起来　举起来
举起了燃烧的红心一颗

坍塌了　坍塌了　那城墙

黑暗在这里被突破
冲锋号吹起了　激越响亮
吹沸了汉江千顷碧波

踏着战友的热血　冲
踩着敌人的尸体　冲
黎明在枪炮声里降临
光明从突破口通过

降临了　解放和自由
降临了千年古城襄阳
突破口　竖起鲜艳的红旗
攻城勇士擎着新中国的曙光一抹

墓　地

这里是一片静悄悄的墓地
一千多位烈士在这里安息
解放襄阳的激烈战斗中
他们的鲜血染红了城头的云霓

这里是一面向阳的山坡
烂漫的山花点缀着如茵的草地
春风深情地从这里吹过
满山的松涛在轻声讲叙

可在叙说那悲壮的战斗？
可在叙说勇士们不朽的业绩？
闪着寒光的刺刀插进敌人的胸脯
裹着仇恨的子弹索取残敌的尸体

一个固若金汤的城池崩溃了

一个建在沙上的政权訇然倒地
凶残的子弹带着顽抗飞来
勇士倒下了　牺牲在黎明前夕

在一个风清日丽的春季
我来到墓地久久地沉思
我静听松涛的娓娓话语
思绪借着春风展翅飞驰

今日的襄阳　阳光温暖
繁华喧闹　充满蓬勃朝气
芸芸众生　你来我往
向土地取财　在天空写诗

可你们是否知道身边的这座山
和山上的这片墓地
这里有一千多双眼睛啊
他们在默默地把你们注视

烈士纪念碑

沿着红花翠柏掩映的石级
我们攀向羊祜山的高处
在那旭日霞光普照的地方
襄阳烈士纪念碑高高矗立

啊　巍巍烈士纪念碑
那是一只高高扬起的手臂
冲锋的信号升上夜的天空
勇士们端起刺刀出击

冲锋　他高扬起的手臂

指挥一阵旋风一阵霹雳
铁脚踏破敌人牢固的工事
炮火像疾风扫荡守城顽敌

啊　巍巍烈士纪念碑
那是勇士们挺立的身躯
夜的城墙边　勇士们伏着
泄光的子弹像蝗虫般密集

登城的梯子被炮火炸断
他如一只猛虎跃起
他挺立着把战友送上肩膀
城墙边血肉搭起了一架人梯

啊　扬起的手臂　不倒的身躯
六十多年经历了风风雨雨
清晨　他摘一片灿烂朝霞
在晨风里抖开一面鲜艳的旗

今天　我们一群后来者
结伴向纪念碑的高度攀去
我们高扬手臂呼唤人们冲锋
我们挺立着　愿当攀登者的人梯！

1982 年 4 月 2 日武昌

那个山村（四首）

老牛车

那是山乡一个古老的故事
四只木轮在石板路上磕碰出来
老爹的牛鞭在手中摇晃
大黄牛用蹄印写在路面

那是山村的最高礼遇
队长说：老爹，套牛车
进山的干部，出山的学生
一只手抓着晃动的车栏
一只手揉着颠得酸痛的腰
哐当哐当，像山里人的大嗓门
有些刺耳，但却是一片盛情

啊，老牛车，那是我
曾经丢失了的一个梦
在老爹的叮嘱絮叨声中
我出山了，再也没有回去
我曾说，老爹，城里有柏油路
还有流线型的小汽车
他的皱纹挤到一块
眼里笑出了泪滴
孩子，我等着这个梦

老爹,那不是梦
今天,你的孙子给我写信
村里新添了两部农用汽车
那出山的路也铺上了水泥

啊,老爹,那个梦
我们应该拾起
听说你已经退休了
还有那老牛车

手

那双手,曾抚平了我的伤痕
在我身上留下永不消退的体温

我是个可以教育好的子女
命运将我丢在那个山村
挑着两只粪桶
拿着还不会用的打杵
晚上,拖着疲惫
和改造灵魂的一身累
我倒在床上
跌进了一个不可开拔的深坑
啊,一双手,是妈妈?
解开了衣服的领口
用盐水擦我血肉模糊的肩
那双手抚摸着,抚摸着
那是一双粗糙的手
满是茧巴的树皮一般的手
用温暖触摸着我的心灵
孩子,吃点东西吧

一碗蛋汤,漂着油星
啊,大山的妈妈
煤油灯下,那满脸的皱纹
那挂在眼角的泪痕

我忘不了那双手,大娘
请收下儿子给你的一双手套
那双手,长年浸泡着艰难酸辛
今天,也该握着富裕和欢欣

磨坊小屋

还在么?你村头的磨坊小屋
还在么?树皮盖的屋顶
黄泥坯垒的矮墙
那头小毛驴,被蒙上双眼
永远哼着那支单调的曲子
沿着窄窄的磨道,走哟
走哟,永远没有一个尽头
三叔,一头一身的白面
招呼着前来磨面的乡亲
送上一撮金黄的烟丝
然后叉开大手
拍一掌小毛驴的屁股

还在么?你村头的磨坊小屋
还在么?那亮在墙凹处的小油灯
晚上,这里是个新闻发布处
叶子烟带着辣味翻滚
各种轶事、笑话
各家的故事在这里传布
笑声在这里自由地轰响

啊，自由的小屋
乡亲们能互见肺腑
啊，欢乐的小屋
这里能清除一天劳累的辛苦

还在么？你村头的磨坊小屋
还在么？小屋的那个角落
那是我的位置哟
每晚，我必须来
我喜欢那辣味的烟雾
我在这里读一部人间的大书

菊　子

菊子，我的妹妹
你现在是个大姑娘了吧
你那圆圆的脸蛋，澄澈的眼睛
你是我在山村的朋友
你的纯洁，永在我心里

我背捆柴走在坎坷的小路上
远山埋下了落日
我一步一挨回到村里
暮色中村头一个小小身影
大哥哥，你回来了
我麻木的心里响起了一串银铃
你等着我回来
从家里端来了一大碗山芋

我昏迷了三天
醒了，你趴在我的床边
用湿毛巾给我冷敷

大哥哥，你痛吧
小手摸着我的额头
我哭了，你帮我擦泪
你也哭了，那晶莹的眼泪哟
浸润了我心上枯萎了的苗

从此，我的小屋里
常有你和小伙伴送来的柴
灶头一瓢玉米面
缸边一棵大白菜

菊子，我的妹妹
当我离开山村
你送我好远好远
我回头，村头还有你小小的身影
菊子，我的妹妹
山乡富了，你长大了
你还记得那个流眼泪的大哥哥么？

1982年5月1日武昌吴家湾

乡村之晨

是在门轴的吱呀声中
鸡鸭蹒跚地走出埘门
一阵低音与高音的重唱
吸几口清新的空气
吐出昨夜的郁闷
满瓢银晃晃的鸡蛋
两个舒适的呵欠
村妇一手掩着衣襟
一手拿一把烧饭的柴薪
妈妈给起床的孩子穿衣
梳妆台前的明镜上
姑娘在梳一个新发型
井台上放下了绳子
一双有力的手
拉开了生活的长剧
一个清亮亮的序幕

夜在匆忙离去时
留下东一团西一团的残块
雾像破棉絮在空中漂浮
第一缕光亮的到来
人们除了欢欣
眼前和心上总还有些阴影
只有当火红的太阳之神
赤剌剌地降临人间
那金色的翅膀

扑扇着耀眼的光明
阴影不得不离去
虽然在树叶、草尖和茅屋檐
留下了泪滴
显得那样伤心

捡粪老人的腰再也不佝了
他曾有过风寒腰病
羊皮袄穿在身上
替换了开花絮与草绳
背着粪筐不慌不忙
在村头巷尾出巡
田里的事还不够儿女做
他捡起老年的日子
给庄稼增加收成
几个相好的在村中相碰
烟窝碰出了火星
田头种的一小块烟
施的全部是猪粪
尝尝这，伙计
这光景可真带劲

黑毛牯身上闪着缎子的光芒
啃着带露的青草
尾巴有节奏地摆动
横骑着牛背
横握着竹笛
孩子撒下一片清韵
纯净，这早上的空气
婉转，躲在秧棵子中
秧雀带着绿色的啼鸣
向着初升的太阳
奉上一曲童贞的赞美

在从夜幕里过来的田野
播种流动的玉音
那在田边握锹的汉子
停下了手中的劳动
看那纯朴的笑容
是不是在笛音中辨识
他失去的童年脚印

水塘里荷叶亭亭
托着串串晶莹的珍珠
几尾小鱼啜着露水
逗得映在塘底的村庄
绽开了淡淡的笑纹
少女前来涮衣
塘里不见昨日苍白的脸
那粉嘟嘟的是你吗？
荷花羞展嫣红
裸现一颗金心
衣服上的苦辛与汗酸涮进水中
只闻得见晨空飘散
鲜荷甜涩的香馨

当炊烟升上了屋顶
融进了那绿色的树
银灰色的云
放早学的孩子书包敲着屁股
从田里回来的人裤腿没有放下
手里提一串田缺边捉的鲫鱼
一支晨曲又奏向了高潮
蹲在屋场前
那大海碗里
有鸡蛋与煎鱼的黄色
炒莲藕的雪白

韭菜与小白菜的青
白米饭香溢满了乡村
收音机里天气预报：晴
《我们的生活充满阳光》
动听的女高音！

     1982年5月16日武昌吴家湾

峡江，铁青色的浪朵（五首）

孟良梯兴叹

传说是一个虚无的幻影
怎载得起人的海样情感
梯是一个幻影
路是一个飞着的彩泡
只有这插入云表的山巅
挺着裸露的胸脯
能把一切幻想的翅膀折断
梯呢？路呢？
绝壁悬崖上斜凿出
一排碗大的石孔
那是一个执著的思想
那是一个向往的故事
那是一个向上的灵魂
到了山腰，没有了
石孔、思想、故事、灵魂
是落进了湍急的江水么？
我望着那云中的山巅
似乎在把那个灵魂慨叹
不！我是不信
不能开出一条路上这座高山！

纤夫的路

是汗水,那弓样的
黑脊梁上流下的汗水
是生命,维系那百里外
小茅屋一群生命的生命
是脚板,结着厚茧
岩石般坚硬的脚板
大的脚板,小的脚板
裂开的口子,伤痕累累
一寸一寸,从悬崖上
从乱草中,从石丛里
开掘出来的路啊
这不是路,这是绳索
纤夫用生命踩的绳索
有几千年了,沉重的歌
还在江上漂么?拉着
长江,拉着一个民族
在缓慢地一寸一寸地走哟
悬崖下,曾掩下多少次
跌下的惨叫,和那爬起来
又躬身一寸一寸前行的躯体
崖壁哟,生命在你胸前
擦下了一条漫长的伤痕!

悬崖边的小屋

人的生命力的顽强
是不必说的！不寂寞么？
这悬崖边用石块垒的小屋
望着过往的船，船
永远也靠不了你的岸
中国的土地这么大
你偏选这险峻与艰难
我在船上向你招手
背着背篓的主人在坡上
收获着长在崖缝里的包谷
两个孩子，望着船笑
小手里捏着两块土豆
我歌唱生命哟，我歌唱
顽强，中国人的顽强
峡江，用浪头拍打着
岁月，用刀锋镂刻着
生活，用苦难煎熬着
顽强啊，那悬崖边的树
根从崖缝里伸进去
吸取土地的营养而生存！

铁锁关遗迹

江南江北两根孤立的铁柱
可还在锈蚀的梦里？
横江拉起七根铁链
就是铁锁了？锁得住
锁得住上下的舟楫
可锁得住岁月
锁得住春风
锁得住浑黄的江流么？
当年的江流与今日的江流
不是在向东，向东
在流么！岁月在江流上跳荡
长江，祖国母亲的河
是不朽的，而桎梏
枷锁，终究要腐烂
要消失，要成为遗迹
当我的轮船从这里经过
拉响了嘹亮的汽笛
五星红旗在船顶飘扬
生活和江流在一起前进
铁锁关远远地留在后边！

滟滪堆凭吊

大如马,不可下
大如象,不可上
——古民谣死了
滟滪堆死了
岸边剩一块黑色礁石
在空自悲秋
曾经不可一世地狂吼
暗伏江底,诗人吟出
"不知滟滪在江底
但觉瞿塘如镜平"
你吞噬多少船只
多少舟人渔子丧命
多少贾客胡商沉江?
你这长江的刽子手
狞笑了多少个世纪
还能让你狞笑么?
一次震天撼地的爆破
是就地正法的日子
你死了,阴险,残酷,狠毒
永远地死了,刽子手
留一块残骸,作你的耻辱柱!

1982年7月2日三峡

三峡,奔流的诗行（五首）

江那边有一个山洞

我们才从那个洞里出来
我拾到了一缕不长不短的思绪
那是一个很大的岩石山洞
现代派建筑家们设计的
一个没有规则的厅室
起风下雪，放牛的砍柴的
倒也可以避避风雨
顶上壁上有古人与近人
留下的诗词、题字
他们留下一段游兴与什么感叹
真的是那三个诗人到此一游
所以三游洞才有那么大的名气么？
如今有个管理处，三分钱门票
江那边有一个山洞

深山里有那么一棵树
一个孩子在树上刻下了一行字
又有一个不知情者说是神留下的
若干年后，树还是树
可观者云集，游人如织
拍照的，题诗的，树碑的
洞还是洞，树还是树

传说就是传说
可以创造，可以杜撰
可以是一首短小的抒情诗
说的人多了，就是根据
江那边有一个山洞

船，从神女峰下经过

船，从神女峰下经过
诗留下了，那个山巅
那云雾中蓝色的山巅
那个石头少女
石的筋骨，石的肌肤
意志也是岩石的哟
俯瞰一条不尽的江
她静静地等待
几千年了，她还在等待
等待，那是一个希望

世人端着污水
朝她兜头泼去
她还是她，不脏
世人采集神话
给她编织缥缈的风衣
她还是她，一个纯真少女
诋毁的，赞誉的
几朵白云，从她身边
飘过去，飘过去
她还在等待！等待
等待是年轻的，不会苍老

船，从神女峰下经过

诗留下了，那个山巅
伴着那个石头少女
俯瞰着一条不尽的江
在等待！等待！

远了！白帝城

我们是顺着江流航行的
远了！远了！白帝城
山冈上的土红色庙宇
绿荫掩映的一段历史
从八百级台阶上下来
历史走了一段多么遥远的旅程
托孤？江山是你私营的么？
孱弱昏庸的阿斗扶得上去么？
虽然尚有勇猛的良将
更有神机妙算的辅臣
最后还是一个悲剧
引多少后人的叹息
远了，白帝城
把叹息丢在江面吧
随着泥沙，让江水卷去

我们是顺着江流航行的
从白帝城里带回一片绿叶
一片绿叶的沉思
我把绿叶夹进一本书里
那是一本还在写的历史课本
贤明者，我们拥护你来掌舵
在三峡这湍急的江流里
我们的船才会奔驶不止
不会偏航，不会的

不会撞上历史的礁石
远了！远了！白帝城

驰过漩流，我们的船向前

险恶藏在江底
发出哗哗的笑声
竟然，竟然笑出了
那看似甜蜜的酒窝
恐惧，那浑黄皮肤的手
横伸过来把船只攫取
我们的木船在江上跳荡
木船上有一些乱
望远镜停止了观赏两岸绝壁
照相机忘了拍摄险奇的风景
笔来不及记下漂在江面的诗
船翻人亡了？
一驾长稳操舵把
把航向指出
二驾长举起长篙
那多像古代的兵器
似乎要鏖战一场
船到漩涡的边缘
当！长篙与岩岸相碰
木船以凌厉暴发的力
压过去！那险恶与恐惧
驶过漩流，我们的船向前
将那哗哗的响声丢在船尾吧
那是失败的哀鸣
我写记叙过去的诗
是为了向前，我们的船向前！

打开，夔门

打开，夔门！快打开
让我出去！出去！
我从遥远的高山上来
我曾被严寒冰冻
信念是坚硬的晶体
当阳光给我一分热
我苏醒了，泪滴汇成了生命
那溪涧中的一缕
那草尖上的一粒
那崖缝中的一注
那湖港中的涟漪
我壮大，我前进
开始了黄色的旅程
巉岩卡得住么？
巨崖挡得住么？
我跳下去，我冲上去
我向往那浩瀚的海
那蔚蓝色的天地
打开，夔门！打开
我要出去！我要出去！

我积聚力量
我挺着坚强的胸脯
你这封闭的凶煞
你这无情的岩石
门，算什么？
我禁锢够了
我苏醒了的生命
再也不愿意窒息

冲过去！撞过去
用我的生命和血
门勿开，宁愿死
终于，开了！夔门
我的生命又获得巨大活力
我奔流，我呼喊
无暇回首看那残破的门
门，再见
啊，大海，我蔚蓝色的向往

1982年7月武昌

武当拾诗（五首）

犟山精神

众山都在朝拜，面对金顶
躬腰垂首，毕恭毕敬
你不理会，扭过头去
现出后颅上的那块反骨
高扬起反叛精神
你藐视了他，那个权威
那个至高无上的尊神

谣曲说：叫你朝，你不朝
一年拔你三千毛（注）
几百年过去，你的毛拔不尽
仍是郁郁葱葱
坚持自我，才能保持青春

犟山，一座倔犟的山
我敬你，歌唱你
献给你一首诗
众山中你显得那么魁伟
你是武当群峰中的精英
虽然你那么高，我这么矮
不迷信权威坚持自我
我们站在一起
（注）武当群山唯犟山拐杖有名，年产三千根。

金 顶

金顶，那不是我的目标
虽然有真武帝的真身
威武的塑像令人尊教
有人诚心朝拜
乞求保佑他的一生
我的命运自己掌握
不靠万能的真神
他是铜铸的偶像
虽说历经了几个朝代
得到朝拜者的一片虔心

金顶，那也是我的目标
翻过那陡峭的山
攀过那险峻的崖
腿脚疲软汗湿衣襟
我是追求那浩瀚的云海
观看那云涛是怎样舒卷翻滚
我是追求那壮丽的日出
向往那又一个崭新的黎明
我将在黎明中寻找
那超越金顶的人生

我用硬币掷钟

一群人用硬币掷钟
据说掷得越响越有运气
一元比五角掷得响些
神仙也按价出售商品

我也用硬币掷钟
只求在武当得一首好诗

钟下是白花花黄灿灿一片
游人在这里买得了满意
一枚硬币可买一个
这运气真便宜
虽然这是一个肥皂泡
肥皂泡在空中也很艳丽
但遇不得风,遇风
就会随风而去
化做一缕水汽
别人是否走运我不知晓
但我确实得了这首诗
因为我只掷了五角硬币
五角钱的价值
只能写出这样的句子

飞升崖的梦

千里之外一步一叩来到这里
我佩服那一片虔诚
从这悬崖边跳下去,跳下去
据说就可以飞升
肉体落进万丈深渊
就这样脱离了尘世的苦难
我不知道那一刻的心情
那是很迷人的么?
灵魂到达了天国
享受了天上的圣品
从此就是神仙了
飞升崖,一个残酷的梦

假如当时我在
我会喊吗?
去惊破那血淋淋的梦?
但是一个愚昧的头脑
雷霆也难以惊醒!
可我肯定会喊
不要往悬崖下跳
那是一个骗人的梦
你不会飞升成仙
凡人,永远就是凡人

紫霄宫的昨日今天

你有一个辉煌的昨日
紫霄宫,繁华逝去
我从缺了头的驮碑龟旁看你
我从断了香火的焚香炉前看你
虽然还有宽敞的大殿
一群没有活力的仗仪
灵官瞪眼,文臣武士肃立
金童玉女却失去了青春
灵武大帝脸上没有朝气
衰老了,暗淡了
那是旧日香火的熏染
那是岁月的烟垢沉积
不用再寻找了,在武当
寻找不到你当年的金碧
你的过去是一页昨天的历史

敲钟吧,晨钟
敲响我无边的思绪

逝去的,就让它逝去
虽然有过辉煌,也不必惋惜
看看宫墙外的天地吧
那才是我们要的灿烂今日

      1982年8月丹江口

母 亲

母亲,我轻轻地喊您
在盛夏的稻田
你发黑的麦草帽
该换一顶新的
深夜,油灯下
您补缀着我们兄妹的旧衣
该给您配一副老花镜了
五更里纺车声嗡嗡
在为我奏一支催眠曲
低矮的灶前塞一只稻草把子
您不该为我煎三个鸡蛋
而自己喝包谷糊糊
猪圈里的猪肥了
您瘦了,白发在鬓边
杀年猪时,多留些肉吧
再不要只剩下猪头与猪蹄

母亲,我轻轻地喊您
您抬起头,鱼尾纹
张开了,眼里的两朵光
儿回来了,获得了
一个伟大的慈爱
又走了,那额上的皱线
牵住了我一颗乡心
母亲,我在轻轻地喊您!

1982年9月11日武昌

乡 店

曾经有过一个夜晚
我投宿在这乡村旅店
茅檐下的一盏风灯
在黄昏前给旅人亮一星温暖

木脸盆里的粗布手巾
能洗得尽一路的倦尘？
拐腿老爹递过一撮烟叶
粗壮的烟杆装着多少乡野趣闻

竹楼梯咯咯地响了
一支蜡烛点着了夜的寂寞
我曾经在那白木桌上
写过一首十四行小诗

黎明，我付过店钱
脚步却迟迟不想移动
拐腿老爹的女儿正在灶下烧火
我望见了她明亮的眼睛

我走了，回首告别了茅屋顶
那淡淡的烟缕
皂角味的粗布被盖下
我是否失落了一个少年的梦？

        1982年9月11日武昌

奉节城门
——怀彭咏梧烈士

凄雨冷风，冷风凄雨
城门悬挂着烈士的头颅
刽子手，你们失策了
那是爱的灯盏恨的大纛！

咬牙从城门离去
步百级石阶远溯江流
架起百门解放的大炮
把仇恨向旧世界倾吐！

含泪从城门离去
走上华蓥山艰险的小路
心中的灯盏照尽了寒夜
血染的旌旗飘在黎明的国土

我今远眺城门
一股豪气透过肺腑
烈士，我望见你的身躯
记下了你殷切的嘱咐！

1982年9月14日武昌

夜　泊

我从薄暮中走来
灯火阑珊，橘色天地
车笛、喧嚣、人声
夜泊不夜的都市

我静静地向你注目
钢缆把我们连在一起
这是钢铁的紧握
再不让我们分离

我欣然地走来
我深情地走向你
采撷一捧都市的浪花
带回一束感人的满意

船在喧嚣中睡去
我在友谊中睡去
黎明，不见了你
未道声再见，各自东西！

1982 年 9 月 14 日武昌

江边的那个村子

看见了，那个村子
惹起我心跳的村子
远远的那团翠绿
我梦里的一朵锦绣

近了，江边的那个村子
我只能深情地看上一眼
这一眼里有我童年的记忆
溢出我对乡亲的思念

江边那个浣衣老人
可是我慈祥的母亲？
弟妹们都下田去了吧
母亲总是那样勤谨

远了，江边的那个村子
眼前只剩下一片朦胧
我忘情地挥手，故乡
你可听见儿子的一片心声？

1982年9月武昌

江上秋风

秋风，强劲的军旅
驱净忧郁的浓云
江滨的芦荻白了
江浪簸扬着碎金

江堤伸出无尽的长臂
让我在她臂弯里旅行
江鸥在头顶盘旋
翅膀在水面沾两圈波纹

我盼望的船来了
丢过来汽笛两声
秋风撩拨银丝
嬉戏彩色的衣裙

我走了，走向遥远
船舷边秋风一脸严峻
将故乡对游子的期望
在我耳边一遍遍叮咛！

1982 年 9 月武昌

船过洪湖
——怀贺龙元帅

一声深长的汽笛
抒发一船沉重的感情
轮船微倾着身躯
是在向您鞠躬致敬!

这时,一曲"洪湖水……"
多少人泪湿衣襟
在阳光下的那片土地
可还有你驰马的蹄印?

有!你屹立江畔
巍峨的纪念碑系一抹白云
我见你抽着烟斗
烟缕正在江上飞升

洪湖,红色的土地
洪湖,红色的歌声
元帅,道一声再见
我去走你未完的旅程!

1982年9月武昌

大宁河拾诗（三首）

大宁河，一只诗船驶过

记不得从何处驶来
忘记了驶向何方
颗颗诗心生出了翅膀
翩飞在峻岭秀峰之间
起伏在碧落明镜的波浪
穿过缭绕峦巅的云絮
轻拂小神女飘逸的衣裾
扑闪过两岸无名的小花
满河流过浓郁的芬芳
舞动葱茂的林木
听云雀唱一支美的鸣曲
苍青色的巨石
怪兽夹岸
前方，一条白龙
凌空飞过
挟风带雾，一片喧响
瞬间，按响了快门
一方山河的色彩
在心灵曝光
翅膀染得绿了
诗心熏得香了
终于缓缓飞回船上

只是疾驶的柳叶舟
一阵摇晃
载不动满船丰收的诗行!

赤壁摩天

幽深,奇丽,秀美
大宁河上,使人
独自沉醉,沉醉
一壁峭然陡立
呼啸,莽壮的雄风
立时又豪情奋飞
宽广、博大的胸脯
坚强、钢铁的胸脯
是在将一个理想守卫?
身后的土地
春姿万千,花木争荣
丽日当空,四季明媚
是敌强来侵?
胸脯挡住了蝗飞的羽箭
鲜血染红了身躯
一堵赤胸闪着光辉
凛然正气,惊天呼吼
将强敌击退
就这样壁立着
崖顶几株松柏
正伸手扣动云中的门扉
摩天赤壁啊
一个民族的化身
战斗、胜利纪念碑
广袤的大地哟
明亮的笑语

正逐崖下的流水！

崖壁上，残破的梦

死了也要高高在上
也许是绫卷缎裹
一具大红棺木
悬吊在绝壁旁
是想如流水一般不腐
是想如坚岩一般牢固
是让太阳最早照射
是要崖坎遮挡风雨？
梦如大宁河一般迷人
棺里装的是个什么样的灵魂？
我想绝不是平民
风雨无情
流水无情
岁月更无情
崖壁上裸露的几段朽木
嵌一个残破的梦
枯黑的灵魂
跌落何处？
历史乘坐轻舟
在水上飞驶
我说，生命的归宿
还在黑色的泥土
或不息的流水
育小草一株
流向大海
作一滴透明的水珠！

1982年6月巫溪/9月武昌

昭君故里（三首）

香溪上游有一个山村

沿着长江拐入香溪
香溪上游有一个山村
很久很久以前
一个姑娘在这里诞生

姑娘在橘园里出没
汗水洒在橘园的土地
满园的青枝绿叶呀
给了姑娘一身的秀丽

姑娘在香溪河里浣衣
河里的游鱼和她嬉戏
一河碧澄碧澄的清波呀
给了她明净的面容

姑娘和姐妹们一同生长
姐妹们给了她温顺的脾性
姑娘和乡亲们一同生活
乡亲们给了她纯洁的心灵

啊，香溪上游的那个山村
有谁不知道姑娘昭君

她的歌哟像黄鹂婉转
她的笑哟像三月的春风

她勤劳，善良，美丽哟
她是山乡的一个女儿
今天，我来到这个山村
乡亲们谁不争话昭君！

随着清亮亮的流水

漫挽青丝，望望山乡
满山树木摇纷纷
轻擦珠泪，照镜香溪
一河离乡泪晶莹

江边尽是熟识的面孔
难舍难离的乡邻
有白发苍苍的老奶啊
有默默垂泪的双亲

载着嘱咐，也载着希望
山的女儿要进宫
随着清亮亮的流水，她去了
浅浅河水难载心的沉重

送她出山是乡间的小舟
还是官家富丽的华艇？
只有香溪水哟
给她一路的温馨

眼望眼的线断了
云彩，你不该遮断乡心

山哟水哟请记下昭君的话别
话别声中断不了缕缕离情

随着清亮亮的流水,她去了
香溪荡漾着她的倩影
随着清亮亮的流水,她去了
故乡记着她的芳名!

昭君台上北望

乡人念昭君　筑台而望之

——县志记载

台是土筑的
乡亲们筑进了思念
台上青青草
那是思念长绵绵

我在台上北望
望见了塞上烽烟
辽阔无际的草原哟
牛羊连接远天

那个汉家女儿
出入篷帐之间
民族团结的佳话
青春写就的诗篇

本是一个中华
何必相残自践?
昭君出塞了
兄弟携手言欢

理想哟，生命哟
向一个目标贡献
虽有出生的故里
但塞外是她的家园

我在台上北望
心随北去的大雁
塞外的昭君哟
故乡把你牢记心田！

　　　　　　　1932年6月兴山/9月武昌

塞北诗笺（四首）

张家口
——平津战役，我军攻占的第一座城市

历史的一道重门
自古兵家必争
连绵不绝的山脉
雄奇险峻的壕城
嚼碎过王朝的骸骨
宫廷的腐败荒淫
壮士的血缨
汇进马蹄践迸的火星
从寂静山林
贫瘠的乡村红色土地
洪流般的解放之伍哟
爆响了沉重的炮声
最后一个王朝缺口了
张家口开放了崭新里程
革命、共和国、人民政权
胜利从这里挺进
张家口，一道钢铁的门
岿然！永固！长镇
高飘和平的旗旌

桑干河上

太阳曾经照在桑干河上
小时，我从您那里读到
桑干河，一条民族的河
春风里淙淙地流响
暴风雨来了，河水
卷起了大波，滚翻着浊浪
桑干河，您流向了何方
在荒野里消逝
在苍茫里消逝

太阳仍旧照在桑干河上
河面闪耀着鳞鳞金光
您从那深处流来了
灌溉着荒原、渴地
流进我年轻的胸膛
在阳光下写我的心曲
桑干河，民族的河
带着我的诗篇
流吧，流向遥远的地方

逶迤之诗

古长城，逶迤的诗
峭拔，险奇，豪壮
龙旗卷朔风
残阳映着刀光
塞笳胡角频吹
军柝敲着冷月与营帐
一部民族的史诗

血肉筑成的诗行
古长城逶迤在边关
崇岭,中国的胸膛
辨识青色砖块上的文字
读着中国人民的伟大
是骄傲?是创举
毕竟是历史,是山河的脊梁
而今,将赤心与赤心
砌起一道新的长城
书写一部鲜亮的诗行
没有那么多的凝重与苍凉!

烽 火 台

褐黄色的泥土、砖石
古长城碟畔遗忘的堡垒
血肉、泪水浇拌
遥远漠北的眼睛
苍老而高举的胳臂
烽火燃起来了
狼烟在高天抖颤着
恐怖,苍凉,紧急……

消失了,那个时代是否过去
久远了,有些颓败的古城
烽火台成为遗迹
眼睛还睁着,清亮
胳臂还举着,有力
我望见毗连的营房
和那雄壮的军旅
一个民族正在烽火台下
生长!繁息!

1982年10月张家口

塞外行吟（三首）

高原印象

我从遥远的南方来
那里虽然已进入秋天
却没有秋的容颜
平野上仍腾跃着绿色火焰

我兴冲冲来到塞北
第一次顶着这苍色远天
高原用裸露的胸脯欢迎
风沙友好地撩拨我的双眼

田野上的绿色庄稼呢
蝈蝈是不是过早地冬眠
土圆仓像排立的墩鼓
遗给我的是黄蒙蒙的一片

这里的阳光也变得温柔
和主人的豪放相反
主人邀我吃大块羊肉
阳光抛洒我软绵绵的光线

啊，塞外，啊，高原
是不是你巍立在风沙前沿

才有南方的一片锦绣
才有我故乡的丰饶温暖

塞外矮杨树

你和白杨本是一个家族
却和白杨有各异的风度
他高大挺拔仰天哗笑
你粗壮敦实簇居起舞

伏立着你等待风沙的到来
太高大会把目标暴露
你是高原绿色的斗士
护卫着羊牛、庄稼、房屋

那厮杀是酷烈的啊
漠野上冷落、萧条、光秃
只有你用身躯、枝叶拼挡
长年的战斗，使你干粗枝突

啊，无边风沙中的旗帜
风沙里屹立一个勇敢的民族
世世代代繁衍生长
在漠天里绘一幅壮丽蓝图

歌唱塞外的矮杨树哟
我将一腔热情向你倾注
白杨的潇洒美在外表
你的顽强美在心灵深处

漠　地

曾有过蓝天下翻滚着碧浪
碧浪中星星花散发着芬芳
白云在碧浪里嬉戏欢跳
千百种虫儿在草地上演奏乐章

那是春天，现在是深秋
繁华的岁月似被人遗忘
一个褪尽红颜的老妇
听任漠风高唱着苍凉

啊，漠地，寂寞中度日
他有过奉献，有过青春
却没有消沉，没有悲哀
他不需要别人怜悯的目光

在寒冷里他没有发抖
还将那枯黄的鬓发高扬
有种子，有根深藏在心里
热血在地底下滚烫

他在沉寂中等待
他在肃杀中盼望
还会来的，那逝去的春
那人欢马笑，那春深草长

1982 年 10 月大同

挑夫,你倒在了山腰
——读蒋筑英、罗健夫事迹报道后含泪命笔

你倒在了山腰,挑夫
我的尊敬的兄长
我不该只顾欣赏那油画
你光裸的臂、铁铸的肩
粗壮的双腿
迸发出力的旋律
汗水在背肌的峰壑中
奔流,闪亮
浇湿脚下陡峭的石级
我应该跟上去啊
和你一道,分担你肩上
沉重沉重的担子

你倒在了山腰,挑夫
我的尊敬的兄长
你的肩上压着
历史庄严的使命
我们时代的浓缩
民族的愿望与荣辱
沉重沉重的担子啊
你没有吆喝,甚至没有
号子,默默地提起双脚
朝前,向上,攀登
前面是九道弯
前面是十八盘

有鹰愁岭，有鬼见愁
没有犹豫，没有徬徨
没有什么看破红尘
你默默地，走着
从黑暗的林子里穿过
从动乱的石丛里穿过
从荒芜的草丛里穿过
路，青苔，石渣
突然从坟穴中窜出的蛇
你走着，攀着
紧闭着嘴唇，任日头
滑下你黝黑的肩头
黎明，扛起山上早到的晨曦

你倒在了山腰，挑夫
我的尊敬的兄长
太累了么？太苦了么？
是肩上的担子太沉太沉
你倒下了，你还是倒下了
任兄弟滂沱的泪雨
任母亲的心在抽泣
你凝固了，凝固成
山腰一座巍峨的路标
指着前面的路，还远
那盛开的花
那头顶的蓝天
山巅，那红日映照的金顶
你在微笑，我的兄长
我也有你一样铁铸的肩
裸露的臂，粗壮的腿
背肌的峰壑中吹过力的风
沿着你脚下的路
山花，蓝天，金顶

朝前，向上，攀登
放心吧，挑夫
我的尊敬的兄长
我接过了你肩上的担子
继续向上！

        1982年12月16日武昌

20世纪80年代（下）

土地，淡蓝色的旋律(三首)

犁沟里，升起一个太阳

我有一头牛，剽悍的
拉满弓，一架木犁
还有一块供我使用的土地
驾！我骄傲地吆喝
比我父亲和祖父响亮的吆喝
在黎明的田野里张翼
融进土地上空乳白色的雾絮
犁头，我明晃晃的箭矢
掀翻了冻结，荒草盘踞
冬天，一个漫长的季节
我耕耘，犁翻起黑色
土地的波浪，一颗年轻的心
我的，一代农民
在黑色波浪里畅游的鱼
啪，一扬手，没抽在
牛身上，只是虚张声势
浓雾吓得溃逃
鞭声一下被露水浸湿
多么庄严，多么宏伟
我倚着木犁凝视
东方，我的太阳
从土地那边的犁沟里

冉冉升起，升起
驾！我骄傲地吆喝
我的牛，我的木犁
我土地一般黝黑的臂肌
蕴藏的青春活力
我掀起土地的波涛啊
掩埋住苍白的昨日
翻开一个清香的农家世纪！

地头，土地庙的遗址

那两口子，舒舒服服
曾在这里住了很久很久
有香火供奉，微笑
偶尔也溜达在地头
袅袅的烟缕，怎系得住
靠汗水浇灌的丰收
抛弃他们，我们不需要
保佑！抛弃他们
于是，他们走了
他们走了，留给了
我们种植的自由

于是，地头留下了
土地庙的遗址，残砖碎瓦
常磕碰我的犁头
从土地里清除出的
残乱的一堆，土地庙的遗址哟
总在我眼前晃动
那两口子，会回来吗？
回来也好，让他们看看
我年轻的犁尖，科学的初萌

带来沉甸甸的秋
我不会再给他们修庙
而且不供奉香火
但是分给他们一块地
两口子如果勤扒苦做
劳动,就会富有
生活,靠自己的双手
我将在土地庙的遗址
掘一个坑,种上
一棵长青的树,永远不朽

屋顶上,她扬起手臂

我的爱,尽情地给予
给予我黑色的土地
二月浸脚的冰凌
六月炙烤的骄阳
八月稻浪的涟漪
我的爱,尽情地给予
给予她,一个年轻的农妇
地头对视的一笑
雨里抢插的背影
收割时那健壮的手臂
一前一后,形影不离
生活中,坚强的伴侣

屋顶上,我那熟悉的屋顶
透过那绿色的树荫
淡淡的炊烟扬起
扬起,她扬起手臂
我会心地笑了,她
没有多的话语

举手投足，眼光闪动
无声的语言，我知
此时，菜已上桌
饭已下锅，十分钟后
我将从田里回去，看看手腕
明晃晃的时间
种田人也争朝夕
饭罢，还有小憩
我给她一个故事
然后挽着手下田，像城里人
让她羞涩的笑
荡漾在我欢乐的心里

        1983年1月武昌吴家湾

田间，我唱起晨曲的时候

童年的竹笛里吹出的纯净
大田里秧雀子叫出的清新
悄悄洗濯了一宿，洗去了
哀婉、低沉和忧郁
挂在稻叶上才如此晶莹
默默沉淀了一夜，沉淀了
叹息、眼泪和艰辛
飘在空间才这般轻盈
张开我青春的双臂
扶犁挥镰的粗壮的臂
肺扩量是大的，如这田野
当我唱起晨曲的时候
那翅膀啊，腾飞起来
驮着我的满意和欢欣
我歌唱，我的田野是美丽的

田间，我唱起了晨曲
粗犷的，清柔的旋律哟
晨雾里，牵出了那从漫长的
夜色里走来的一缕红色
是我年纪并不老的母亲
脸上绽放的红晕么？
她是第一次露出笑颜
啊，母亲，用她温热的手
抚摸着清晨、田野、儿子
生活，是一片永不消逝的红晕

于是，我的晨曲里融进了光明
啊，我高唱！这时候
田野是我的！生活是我的
我才是新一代的农民！

        1983年2月武昌吴家湾

沿着田间的大路

沿着田间的大路,看不见
弯曲着脊梁喘息的泥埂
赤脚踩着土黄色的岁月
肩扛着落日,无力地走向
没有炊烟升起的村庄
把一声粗鲁的骂,趁夜色
丢在这枯草抖索的傍晚
泥腿不用洗了,政治夜校
昏黄的灯光下,还等待着诗
像我的脸一般苍白,勒紧腰带
声嘶力竭还能喊出几句

沿着田间的大路,走着
一个农民,一只绿色的叶片
主干与辐射开去的支线
擎起了一块肥沃的土地
习习的四月风,晃动的叶子
胶轮车过来了,化肥的白雾
静静地潜入了稻棵的根际
拖拉机发着突突的叫声,打破寂静
随着肥堆卸下的,还有一家人的笑声
只有老汉板起面孔,心中插一根闩
想闩住记忆的大门
沿着田间的大路,走着
一个农民,他走向太阳升起的地方

啊,我高诵着从田里捞起的诗句
如朝露般彤红,或者稻秧般翠绿

1983年2月武昌吴家湾

喜鹊搭窝的地方（四首）

思 念

那是我的思念，故乡
我久久的久久的思念哟
四月的风悠悠地吹过
绿色的云朵绞出了雨丝
瓦屋顶洗得青蓝青蓝
屋顶下那个恬静的农家
围着小方桌吃饭的孩子
有我么？那小小粗瓷碗
盛着雪白雪白的米饭
母亲煎的鸡蛋，两面发黄

那是我的思念，故乡
我久久的久久的思念哟
挂在屋檐下的鸟笼
高粱篾编的，是爷爷的手艺
斑鸠呢，那只虎皮斑鸠
可否记得有一个孩子
冒着骄阳在田里捋稗粒
鸡蛋壳盛水，鸟笼里的晚餐
风雨夜，它终于撞开鸟笼飞了
留下了童心盛着的惆怅

那是我的思念，故乡
我久久的久久的思念哟
屋后碧翠翠的园子
那株带刺的老枣树
包菜心里抓肉球球的绿虫
喂那只花尾巴的母鸡
还有水井，井里有一只老蛙
泥土的颜色，寂静的夜晚
它在唱歌，那歌声我记得
我记得，是一支深情的歌哟

啊，故乡，我的故乡
我久久的久久的思念哟！

清凌凌渠水绕着村庄

漂着绿树轻掩白墙
白墙折射耀眼的晨光
浣衣女的歌声涮去了
昨日的酸楚、悲凉
清晨里盘旋，如她的明眸
一般妩媚而又清亮
汉子肩犁牵牛走过
稳健的步子响着安详
哞哞，母牛召唤调皮的牛犊
种田人同牛一样强壮
赶早集回来的二爹
篮子里有一挂肉、两瓶酒
说是城里的媳妇要回来看望
那边屋里的大嫂嗓尖
喊睡懒觉的孩子起床
一个拖长了声调的早晨哟

清凌凌的渠水绕着村庄

一段鱼肠草顺流漂淌
几条翘翘白追逐着碧浪
尾巴划起一圈圈波纹
田野的笑涡在渠面徜徉
抽水机一头扎进水底
一头把大田的庄稼眺望
村边新仓库正在动工
等待着一个丰收上场
啊，清凌凌渠水绕着村庄
绕着村庄哟，心灵的舒畅
日子的甜蜜，我的农家哟
被渠水映照出的丰满
青春，泛着红晕的面庞
如那渠畔红艳艳的野花
在春天里悄然开放！

门前，喜鹊在树上搭窝

门前，那是一株老杨树
很老的树，粗黑发裂的皮肤
扭曲着的秃枝抖颤地举起
只有乌鸦，在幕色中啼叫
农家的贫困和沉重的忧郁
当春风吹来，轻轻地吹来
老树才从容地挺起了腰肢
蓬松的柳鞭中，遮掩着
一只搭窝的喜鹊，喜气
在屋中散飘，欢乐被衔来
门前，居住着一只喜鹊

那是盼望了很久很久的啊
从远古的传说,到不远的年代
那农家经常吟唱的俚歌
从老奶奶迷信的双眼的亮点
到窗玻璃上红纸的剪贴
是从这个时候开始的吧
在喜鹊的吉利叫声中
种田人第一次从劳动中体会到欢愉
傍晚,背着夕阳回家
赤脚走在田埂上,有那么多
舒适和对明天的盼望
电视机在堂屋摆好,小伙
调整树上架着的天线
轻轻地,别惊动归窝的喜鹊
睡觉的安稳,生活的定心丸
烟窝里飘出老爷子惬意的笑
梦,久久地绕着窗上的喜字
啊,吉祥鸟,希望鸟
门前,居住着一只喜鹊
富足驻扎!幸福搭窝
我屋门前那只搭窝的喜鹊哟!

晚霞烧红西天的时候

晚霞烧红西天的时候哟
灶膛里传出了哗哗的笑声
火焰飞上了母亲打皱的脸
敷上了一层薄薄的胭脂
母亲,这是您的笑声么?
动情的笑,没有拘束的笑
开怀的大笑哟
田野上滚动,晚霞里

燃烧，那是深埋在心的底层
经过了长久地发酵的笑声啊

母亲，为家人在备晚餐
大田的人们，披着晚霞
向着灶火，那是温暖的
回来了，那是舒坦的
红色，兴旺的色，青春的色
浸染了田野、村庄，还有皮肤
笑声也装在每个宽厚的胸脯
这才是个真正的家哟
饭香渗入了傍晚的风
再闻不到那野菜的清苦味
放学的孩子追逐着鸡鸭
媳妇在叠着红绿衣裙
最是沉醉的时刻哟
父亲抿一小口酒，就着虾米
微闭着眼品尝，品尝这
田园生活的甜馨
脸上是红的，眼里有光
不要唠叨了，母亲
也该让他多喝几盅
儿女们拣了满碗的菜
串门去了，母亲你也该消停消停
享受一下子吧，在这该享受的时候！

1983 年 3 月武昌吴家湾

湖

1

一个深沉而冷静的思考
在这初冬之晨
延续着悠长的寂静
几只早起的小鸟
溅落单调的啾鸣
早锻练的人绕着你
作 O 形的奔跑
在这都市一隅
小草扛着露珠
昆虫还在睡眠
一个多么宝贵的思考
深沉而冷静的思考哟

2

混浊的灰蒙蒙的
沉重的或轻飘的
时间的经
生活的纬
历史的紊乱
苍茫而浩瀚一团
有多少深奥的道理
容注着多少疑难
沉思，蕴含在心底
沉思，冷静地韧性地
即使凝成晶体

太阳升起了
那是沉思的果实
一切都清楚了
多么明了多么透明
湖面升起几缕水汽
那是淡淡的思絮

3

都市,喧闹而繁忙的白日
带来了希望
涌进了追求
蓝图在绘制
计划在执行
财富在创造
商品在流通
一切,按正常的轨道
畅流的血管
搏动的脉搏
只有远离繁华的一隅
我窥见了他冷静的思想
一颗充实的清亮
纯净的心灵
啊,湖!

1983年3月13日武昌吴家湾

船　娘

1

盛着满舱的悠闲雅致
一束野花在船头微笑
她倚着船梢的身姿
是春天了，她牵着索线
在用钢针纳缀一曲春歌
小木船，是浮动的标点
在这浩瀚的湖面
漂流着蓝色的抒情诗

2

船在行进，木桨
在水面拨起欢乐的花朵
云彩追逐着船舷
她的笑语在水面滚动
溅起晶莹的珠串
双手推桨，一前一后
湖面，蔚蓝色的舞台
尽她施展娴熟的舞技

3

一声再见响在微笑里
生活给你太多的馈赠
湖光山色增你的秀美
碧水明镜映你的倩影
美在自然，也在你心中

当游客留下了脚踪
也留下一段美好的记忆
船娘,你在春天里

      1983年3月13日武昌吴家湾

桥

1

一个长久又长久的鞠躬
在湖水中晃动荡漾
其实它没动。鞠躬
向远天,向飘逝的云
向游湖的熙攘人群
不论你显赫或平凡
要想它直起腰身
砸断它的脊梁也是枉然

2

碧水潺潺从它底下流过
欢声笑语朝它身上倾泼
有共着彩伞挽臂的情人
提着相机和蛤蟆镜里的眼睛
扎蝴蝶结的小辫和老奶奶的银发
轮椅摇过来了,一步步
平稳,迟缓,小心翼翼
都在它结实的躯体上

3

美存在着,等待着发现的眼睛
半圆,弧形,没有言语
园林是美丽的,这一大片
绽开的百花是美丽的
小手上飘动的汽球,那笑

绿色树叶沙沙在响
生活在这里浸透了甜蜜
它弯曲的腰也是美的啊!

      1983年3月22日武昌

白云从我头顶飘过

1

不就是她那条白纱巾么?
蓝色的背景下悠悠地悠悠地飘
她在等待,焦急地等待
却又要托付给风,悠悠地
召唤,我偏偏装着不知
绿色的草地托着我的疲倦
悠悠地,我看见又闭着眼
心里在笑,甜甜地笑

2

不就是那群驯顺的羊么?
辽阔的地方,辽阔的年代
放羊铲扔在一边,任它们
悠悠地吃草,缓缓地移动
我听到它们的咩咩叫声了
草地拂过柔软的清风
帮我掀动了书页
我的心在吮吸着春的乳汁

3

不就是那刚起步的棉车么?
闲悠地慢慢上路了
怀抱着鞭杆,真想
我真想唱一支歌
啪!领头的鞭声响了

那是银灿灿的奔驰
那是乳白色的旋律
我走了,走向蓝色的远方!

        1983 年 3 月 25 日武昌

平原之歌（五首）

平原的期盼

眺望是只彩蝶张开翅翼
笔直的射线，遥远，遥远
没有深壑的下陷
没有高崖的壁立
甚至没有土包隆起
啊，平原，我的大平原

记忆擦着摇曳的稻秧滑行
平原上翱翔着少年的期盼
无边无沼的期盼哟
纯真无邪的期盼
随同无风驾孤烟缭绕
随同落霞归碧水盘旋

那是荷叶伞上滚动的露珠
那是清晨笼罩了村庄、田野的雾幔
那是静夜里蛙鼓的躁鸣
那是村姑唱的小曲柔温婉转
那是从天的尽头驰来的车辇哟
啊，我的期盼，一个少年的期盼

青年，没有阻遏地来了

爱情，没有阻遏地来了
生活，没有阻遏地来了
来了，田野上的青葱日子
一切都来了，一个少年的期盼
阳光下，平原上没有阻拦

飞吧，我张开翅翼的彩蝶
彩翼上系着新的期盼
我遗失了什么？在这黑土地里
是少年的心？生长了这花色的斑斓
平铺万里，碧色连天哟
啊，平原，我的期盼！

伸展，明晃晃的柏油路

伸展，那是笔直的伸展
没有弧形的抛物线
直接了当，这里不需要
转弯抹角与兜圈圈
明晃晃的柏油大马路哟
放开手脚，尽情地伸展

因为平，才叫一马平川
随处都是生活的起点
因为平，不需躬身蹉腿
每个人都应该挺直腰杆
思绪可以顺着每条道路
回顾，展望，以至想到永远

啊，明晃晃的柏油大马路哟
我的大平原的粗壮脉管
日夜奔流不息的是血液

血液畅通才有碧绿的春天
春天，从这里流进我的心中
心中，荡着绿茵茵的情感

奔流吧，那卡车、交通车的河
也让嘣嘣的小手扶夹在里面
从这里流向四面八方
那美的田畴，美的自然
芬芳的气息，甜蜜的花蕊
给母亲细展儿女的容颜

伸展，明晃晃的柏油大马路哟
伸展，我的思绪不绝绵绵
平原，是大显身手的地方
平原，是诗思喷涌的源泉
伸展，明晃晃的路伸向远方
远方，金灿灿的没有终点

平原大风

起风了，大平原起风了
村旁和路边的树一片惊惶
麦田簌簌地抖起绿缎子
簌簌抖动着的明镜般的小水塘
鸡尾巴的羽毛吹得翻起
晚归的自行车紧摇着铃铛

起风了，大平原起风了
田野成了喧嚣的海洋
从此岸推向望不见的彼岸
绿色的波浪压着绿色的波浪
一头水牛在田野里哞叫

像一叶小舟迷失了归去的航向

大风鸣叫着滚过大平原
粗暴地将一切摇晃
将残存的枯草烂叶扫荡
紧追着行人匆匆脚步
将路面的灰尘漫天撒扬

都弯腰了，小草与绿树
麦秆和豆棵朝着一个方向
尘土也飞向那边
渠水顺风流淌
却有一株杉苗，笔直的
被大风吹折了脊梁

高压电塔在风中呼啸挺立
还有村中新起的几幢楼房
有笑语从那里飞出
有明亮的灯映着玻璃窗
大风息了，悄悄地息了
平原的大风啊，终于失却了力量！

平原的跋涉

我的一次平原的跋涉哟
没有马，任双脚踏过
平坦的土地，柔嫩的土地
泛着清香清香的土地
任双眼的视线放开
那是没有尽头的瞭望
东方，西方，南方，北方
平原，平原，平原，平原

何处是我的起点？我在何处
终止？我平原的跋涉哟
告诉我，大道上空掠过的乳燕
你躲在草丛中歌唱的蟋蟀
还有那在远方鸣啭的鹧鸪
你们见过高山吗？
抑或起伏的丘陵？不知高山
焉知平地，不！我要说
平原，那壮美辽阔的境界
无边无际，流泻奔驰
高山能比吗？风声呼啸
穿过沃野千里万里
一个舒展，尽情的舒展
土地展开宽阔的胸脯
湛蓝的天宇，一缕黑云
一只雄鹰从头顶飞过
那是湛蓝的轨迹，平原的轨迹
没有弯曲，没有弧线
啊，我平原的跋涉哟
美的跋涉，无边的跋涉
没有止尽，永久的跋涉哟
前面，还是无边无际的平原

江河的孕育

不见了，云梦古泽的氤氲
密集的芦林，秋风中
芦花似残雪飘落
紧逐水鸟苍凉的啼叫
沼泽下，那时就埋下
一颗生命的种子么？
长江，父亲的江

汉水，母亲的水
执著、坚韧、日复一日
历史走过了多少世纪？
于是，云贵高原的泥沙
黄土高原的红壤
都被淘洗、筛选
漫长的跋涉、远征
滞留了、聚集了、站起了
一片黑色的土地
这是漫长又漫长的孕育
这是缓慢又缓慢的凝固
那颗种子，生命的种子
发芽了、生长了、壮大了
江汉平原，肥沃富饶
长江与汉水的子孙哟
枕着父母粗犷的臂弯
唱着铁琶铜琶的悲歌
迈着由蹒跚而坚定的步子
从黑暗走向黎明
从黎明走向黄昏
而在我中华的版图上
诞生了，一片雄伟有力
而又年轻的土地

1983年4—6月武昌吴家湾

冰锣的故事

洁白透明的愿望
冻红的小手从塘面揭起
我和你用根竹棍
穿过,抬起
嘴里叫喊,嘡!嘡!嘡
手拿树枝敲着
那声音是从冰锣发出的
我们相信,而且
要所有的人相信
那时候多么快乐
从村前跑到村后
任水滴打湿了粗布鞋袜

后来,那冰锣掉下来
从竹棍上掉下来
摔了一地碎片,洁白
透明的碎片,我们多么难过
望着一地忧郁的眼睛
太阳出来了,我们的冰锣
变成了水,那是泪滴
我们的泪滴
再也没有冰锣

兄弟,那洁白透明的愿望
没有破碎吧

我们装在什么地方了?
今天,我久久地寻找!

       1983 年 6 月 19 日武昌

蚕豆花开了

妈妈,你手握的那铁铲
还有光滑的柄
你在冻土地里
掘开一个个小坑
那是一张张小嘴
饿了吧,我从布口袋里
掏出豆子,一个坑
放进两颗,圆圆的豆子
我那么小心翼翼
跟在你后面,妈妈
我在喂着饥饿的土地么?
你笑了,笑得那么好看
脸上有汗没有皱纹

妈妈,那片土地开花了
蚕豆花,淡紫色的
多好看哟,那土地
我喂着的土地
你笑了,笑得那么好看
像地里的蚕豆花

蚕豆花又开了
那铁铲还在
还有光滑的柄
妈妈,你蚕豆花般的年华呢

消逝了,遗落在
这片黑色的土地
而脸上却是土地的沟垅
蚕豆花开了,开在我的心中

1983年6月19日武昌

雨中玫瑰

我匆匆地跑来看你
沿着那条幽静的小路
我的心突然颤抖
喊声浸着泪水迸出
哪里去了？那一树灿烂希望
那绽开的一脸温柔的笑
那丽质、那纯净
那绿荫掩映的娇羞哟
我来迟了，我懊悔
昨夜为什么睡得那么沉
以致忘了那场风雨
风雨中你的呼唤
你的搏斗，用尖刺戳破雨珠
夜色，绿叶啪嗒下泪
哀悼你的残落
我来迟了，我来迟了么？
我来了能做什么
在那场风雨中
手帕包起一地落红
一缕残香和着泪水
我埋葬在心的深处
还剩半树绿叶，希望
藏在那里
不会死去的！

1983年7月3日武昌

思乡小曲（三首）

跫 音

夜半的跫音响起
响起在故乡的木窗下
你轻轻地唤我的名字
我们走向微明的曙色

夜半的跫音响起
惊扰了一颗思念之心
沉重的跫音远去
温暖的梦踏在脚底

思 念

我是都市忍不住的思念
街市上寻觅你绿色的眼睛
公园里有荡漾的微笑
草坪上才拾得一缕乡情

我是都市忍不住的思念
人流中一声亲切的乡音
心中咚咚跳荡一回
思念又振翅腾飞

面 容

闲时我拿起儿子的积木
总想摆出你的面容
苦楝树下的三间茅屋
茅屋上生长的草儿青青

闲时我拿起儿子的蜡笔
总想描出你的面容
踏着夕阳从田间归来
做好了饭菜盼儿的母亲

1983年7月武昌

神农架诗草（十七首）

进　山

我是一片飘荡的叶子
飘荡进幽深的山林
沿着峰峦上下盘旋
牵着云絮左右穿行

我是一颗微小的星星
跋涉在无际的天庭
领略远山的浩茫空阔
饮啜莽林的馥郁清新

我是一只欢乐的小鸟
飞落进千年的浓荫
山风鼓荡腾起的双翅
啼叫溅落远古的寂静

我是一个远方来的孩子
寻找人类诞生的母亲
我的母亲古藤般苍老
我的母亲松柏般年轻

我是千万进山者的一个
采撷遍地生长的诗情

神农架,写不尽的诗篇
处处滴落着绿色的音韵

燕 子 洞

注:神农架山中一洞,洞里有成千上万燕子

不要攀越,不要进洞
不要扰乱那甜蜜的梦境
那是一个安定的国度
那是一个和睦的家庭

清晨,燕翅剪开晓岚
浓雾里洒下婉转的啼鸣
空山里增添一缕生机
沉睡的大山开始苏醒

天空,一只乳燕划过
消逝了一只黑色的流星
而一道黑色的弧线
却在飘逝的云彩里显影

当成群的燕子飞回
预兆了一场风雨来临
任风雨在山林咆哮吧
燕子洞栖息着和平的灵魂

不要攀越,不要进洞
不要伤害大山的精灵
请把平安系上燕翅
让她在千里林海巡行

酒壶峰醉酒

注：神农架山中有酒壶峰，酷似酒壶

好客的神农端起酒壶
欢迎四方来访的客人
浓郁的芬芳浸泡着诚挚
纯朴的友谊把杯盏满斟

我不是好饮的酒徒
却禁不住主人的一片盛情
举杯！为了幸福的未来
三杯下肚，我醉得酩酊

我驾起轻风飞到峰顶
抚着满山林涛狂啸歌吟
我随神农遍山跋涉
听他讲百草的作用与功能

我采摘五彩的花朵
装饰峰顶舒卷的白云
我张开双臂尽情搂抱
将锦绣装进我的胸襟

我攀着酒壶大声呼唤
五洲的朋友四海的弟兄
来吧，这里有美酒佳酿
来吧，这里的风光醉人

深山稻田

开掘在这崇山峻岭
开掘在这莽莽丛林
石头剔除了,树根斩断了
一块稻田在深山里诞生

没有百里稻浪奔涌
没有春夜热闹的蛙鸣
伴着松鸡拉长的啼叫
冷落里度着寂寞的晨昏

轰轰然然的一次生长
平原的稻海使人称颂
安安静静的一次生长
山中的收获更叫人尊敬

任他人占住魁首显耀
任他人春风得意骄矜
而我甘在深山瘠地
贡奉我微不足道的青春

山风轻轻地吹拂
吹拂着稻田摇摆的心旌
进山人在田边久久伫立
从稻田得到的启示很深

崖上杜鹃

先行者在高崖上倒下

崖坡上洒下鲜血一片
在鲜血浸泡的地方
生长起一片火红的杜鹃

那是高崖悬挂的红云
那是开发者留下的旗帜飘展
那是攀登者洒下的鲜血哟
被西下的夕阳点燃

夕阳点燃了高崖上的杜鹃
也点燃了我热烈的情感
敬礼！一切开发者先行者
我读懂了你们生命的宣言

攀着高崖，我采摘一把
我采摘一把执著的信念
我把她插进心中的花瓶
用热血滋养她永远鲜艳

此去莽莽林涛千里
此去茫茫万里关山
在我人生的征途上
将有一束杜鹃照我向前！

路边遗杉

你有些老态龙钟
不！你正年轻苍劲
你本是原始森林的一棵
那是一个盛大的家庭

是一次凶猛的山火

是一次人为的祸行
你的那个家庭消失了
遗留下你孤孤零零

那是多么美好的时期
大森林一片郁郁葱葱
百鸟四季弹唱乐曲
百兽在林中追逐奔行

风雨呼啸起一片大海
你和你的家族起舞歌吟
那是远古的森林谣曲
气魄宏大，旋律雄浑

过去了，一切都过去了
你在路边向我叹息伤情
望着你孤独的身影
我祈求这样的事再不发生！

林中感觉（一）

有种紧迫感，有种压力
绿色的压力
从两旁挤过来
我感觉肩头的重量

只有不停止
吉普车抛下轻烟
沿绿荫盘旋
加大油门奔驰
想挣脱无形的羁绊

枉然！一种压力
追随进山的人们
那巍然的古松
那峻拔的冷杉
青藤绿叶织成的网
总使我在想
该做些什么
我这歇荫者
我感到肩上的重量
会持续到久远的时光

林中感觉（二）

没人来这么？千年古林
风也侧着身子行进
还是被树干撞肿
爬上树梢将就秋叶拨动
我遗失了什么

是的，我看不见太阳
那给我抚慰与温暖
照耀我生长的太阳
没有了，在千年古林中
我感到湿气上升
沁凉在蔓延

我找的太阳
变成了数不清的叶片
每片叶子都是绿色的眼睛
只有林中的空地上
剩几缕斑驳的残阳
太阳在这里被融化

成了大森林的鳞片
在绿色中微笑

我遗失了太阳
捡到了绿色的阳光

山　晴

喜好大晴天，早晨
紫岚从山背后爬起
在丛林和山坡
斜挂的玉米田里
洒下淡淡的温馨

阳光携着青烟
从遥远的地方降临
山岩罩在暖暖的光里了
青烟弥漫
淡了，几朵洁白的云
和暗绿的山尖对话

岩壁上有光了
裸露着胸脯
铁青的肌肉
泛着青幽幽的波纹
是力的象征
几块突出的褚石
赤红着脸
有些灼人

伐木工斜扛着斧锯走来
正是伐木的好时候哟

林中人家

一道黑色的脊线
画在林子梢头
拨开掩映的绿荫
两堵洁白的墙里
有多少安然恬静
闹市艳羡的幽深

晨起坡上耕耘
粗犷的民歌拌种
暮归牵两只山羊
从天上摘回白云

女人背一捆枯枝
捎带猴头香菌
有燃灶的柴薪
有佐饭的佳肴
有山里人家的韵味
和生活的笑声
山太高，一年难得看一次电影
收音机可以收听戏文

来往的客人太少
主人向客诉些许寂寞

路边溪流

路有多长，溪流
就唱多长的歌

给旅途的疲困
送股清新
摇着春草和枝条
流动绿色在我眼前
驱除枯燥和寂寞

路有多长，溪流
就唱多长的歌
掬起一捧，沁凉
一支动情的歌
一支幽深的影
伴着我的跋涉
走向远山

路，没有消逝的时候
我的溪流，也没有
消失的时候！永远
涤净我的心灵
给染上绿色
我就永远年轻了
啊，溪流，动听的歌！

绿色的脊梁

土地隆起的脊梁
挡着雨，挡着风
挑起千万人休养生息的
担子，默默地
护卫着森林
和柔弱的草
你的脊梁是绿色的啊

你的脊梁是坚强的
岩石的坚强，轰击
只能迸出火
决不会折腰
这是土地的性格

在山里，我看见
蜿蜒的绿色的脊梁
默默地隆起
看苍鹰穿云
春色降临
百花悄然开放
有多么高远的天穹
就有多么骄傲的脊梁
我的祖国哟！

大山的耳朵

轻轻，脚步儿轻轻
汽车请不要鸣笛
寂静，大山没有睡去
看这满坡满崖
短木搭成的人字形
她有数不清的耳朵

我想悄悄地来
我想悄悄地去
可好客的大山哟
警醒的大山
却让我过了个热闹的假日

有花栗木的地方

就有人字形的棚架
一阵春雨过后
漫山遍野
都是她水淋淋的耳朵

什么都别想瞒过她
在春天，风声雨声
连一丝虫鸣
她都听得清楚
这是她生长耳朵的季节

山林哨卡

山口，威严地站立
有一只巨臂
和一双亮眼
心和亮眼一般明
臂如山岩一样坚定

出口的山货
满车原木
数不清的山宝山珍
扬臂欢送
捧出山里人的真心

红黄栏木一横
手臂不动
也不讲人情
这里没有漏洞
这里逃不了蛀虫
他是山林踏实的眼睛
偷盗与私欲

无法通行

山口，威严的面孔
栏木涂着爱憎

喷香的黄昏

落日敛起金翅
墨绿色的傍晚
沁人肺腑，我嗅着
遥远的大山里
喷香的黄昏

松针挑起的两缕夕照
摇着淡淡的清新
归鸦就着蛋清色的
蜃气，在枝头栖落
夜色在杉林里嘀嗒
还有清脆的声响
而一个朦胧的希望
装在年轻的伐木工心里
明天或许会明白

黄昏在恬静中来临
在木棚的炊烟上飘落
场坪上挂起银幕
银幕前摆起高矮的木墩
黄昏，在一个林场
喷香，我尽情地嗅着

山巅岩石

山巅本来很高
很高的地方又凸出一块
更高了，岩石
人说是山林的哨兵
守候着白云
早雾和
绚丽的落日

那是一块岩石
绛色的崖壁上
风雨，岁月长年撰写
斑驳的古文字
是大山的警示

抗住谗言的雷电
抵住妒忌的箭矢
堂堂正正地高
威威武武地高
自有山民良好的想象
是美的寄寓
是英雄的象征

一只松鼠穿过公路

公路，盘绕山林的弦
一只灰色的点
一道灰色的闪电
扯起车上一阵惊羡

寂静里弹起喧闹
滑落崖底
幽远！幽远

童心在大尾巴上摇曳
蹦上了松枝
嚼脆脆的松果
黑豆眼悠闪悠闪
古松上是愉快的领地
尽它吱吱撒欢

急坏车上少年：
叔叔，帮我逮一只
我做它的伙伴
车鸣笛声走了
心中抱歉：孩子
让它自由吧，生命
离不开生长它的土地

1983年7—8月神农架武昌

远山的呼唤

1

我听见远山的呼唤了
从大山的心底迸出
跃上古杉的顶梢
在岩壁间回荡
于是，我的心弦响了
发出了遥远的和声
山民的一根打杵
作为我跋涉的伴杖
沿着那曲绕的石径
我走向远山了，朋友

2

我分得清呼唤里
松涛雄浑的轰鸣
她等待寂寞的结束
是该给她重用的日子了
我听到岩层下富矿的梦呓
沉睡得太久太久
该让她苏醒了
现在是她发光的时候
崖头上叹自息是杜鹃么
也该出山了，你这英雄的精灵

3

远山发出深沉的呼唤

山风尖厉的啸声
雷霆甚至发怒燃起山火
还不能惊醒你么?
走向远山吧,朋友
我们去那里拾回青春
理想、逝去的年华
大山永远是绿色的
人生的绿色也在那里
上路吧,我的朋友!

1983年3月19日武昌

出 发

我们集结好了队伍
胸腔里的心一同激跳
攒足了的劲，那是力
在结实的肌腱里
和年轻的血液中躁动
等待爆发的一瞬
我们眼里有渴盼
那是对远山，对高天
对地平线外看不见的大地
绿色的渴望哟

我们的背囊不是一座山
却有些许的沉重
那是一样都不能丢下的
我们这负重的一代哟
用身躯和上坡的路
组成一个 60°的锐角
我们就是这样出发
在蓝色辽阔的背景下
白云和强劲的风
投射一幅水印木刻

雕刀下我们是黑色
是土地一样的颜色
和山岩一样的颜色
凝重艰辛背上隆起的包

一长列前倾的身躯
和身后遗下的深深的脚印
我们的队伍出发了
向那山的高处
向那天的深处
向那地平线的远处,走着!

      1983年3月19日武昌

挡 浪 墙

1

浊黄的吼叫散发着疯狂
疯狂驱赶波涛，堆起
千座山峰，无一星绿色
血腥气在洒落，死亡
披戴黑色的头纱
借着闪电的光在窥探
百年未有的，收音机报着
水位又爬高了两公分
影剧院在上映国产新片
车轮照固有的速度旋转
镇定与安宁的夜
城市盛着孩子甜蜜的梦境
而沉重沉重的担子
搁在挡浪墙的肩头

2

深知肩上的重量，挡浪墙
昼昼夜夜，每一根神经末稍
都系着一个醒目的警惕
胸脯高挺着，挺着
一个城市的自信和力量
咆哮，暴怒，一万次的猛扑
血肉的躯体击碎黄色的梦幻
喧嚣的花朵败了
漫江漂流残落的花瓣

和沉重的叹息，挡浪墙
做一分钟的休整
等待又一次更凶猛的轰击
再来一万次的锤打吧
信念将安全昭示给背后的城市

3

高墙和洪峰的一次碰撞
一次奇异的闪光，心与心相联
意志和坚强浇筑复合体
蓝工装与红星映衬
分得清汗雨和水沫么？
夯声把胜利钉牢
高挺胸脯，我们和城市
战歌和抒情诗
把疯狂的嘶吼撞成碎片
波垒的山峰坍塌
死亡永远沉入泥沙
挡浪墙，巍然屹立
看江水沮丧地流去
一抹朝霞，在我们
和城市的脸上留下微笑！

1933年8月武昌

旅途远寄

旅途是遥远遥远的
穿过静默的山,而水
轻轻流动如你的絮语
漫长的戈壁滩,阳光
反射给我闪烁的记忆
怎么会寂寞呢,我的心灵?
周围就是生活
何况我还有泰戈尔诗集
及你的不会消逝的赠言

心室已经满载,满载
朋友的热情,旅途的感受
一如这拥挤的列车,货架上
高垒的式样无穷的旅包
却有一间门扉紧闭
珍藏着站台上你的叮嘱
钥匙在你手中,等待着
我等待着你亲自开启!

1983 年 8 月 27 日西去列车

开了，夜来香

我们聚会的季节
绿洲，新城，温煦的风
傍晚，浓郁的友谊
脚步踏动诗的节奏
街心花园漾起
一片彩色的微笑
夜来香举起蓓蕾
花瓣缓缓展开
裸露一颗黄金的心

干渴曾经扼杀春天
多么坚强的种子在大漠
播下，就要生长
汗水与热血浇灌
我看到你的花了
而果实滴落甜蜜的音韵
当我作别的时候
我将拾一捧喷香的精英
走向我的故乡

1983年9月4日石河子

戈壁，我是长江一滴水

父亲黝黑的脊背，戈壁
袒露干旱和贫困
从远古延伸下来的小路
沉重的脚步铭刻不屈的信念
我是奔腾长江一滴水
我扑向戈壁
寻找一个实实在在的春天

那是一颗绿色的种子
砍土镘开拓的土地上
父亲发出了深情的呼唤
我从遥远的故乡出发
在大漠里跋涉
红柳丛树起飘展的旗旌
任漠风捶打我稚嫩的筋骨吧
任飞沙堆起拦阻的山丘
酷烈的骄阳投下考验
我艰难地跋涉不止
终于没有窒息
我寻找到了归宿
生命在戈壁里浇灌
倾尽了一滴水的全部
一个微小的全部
我没有保留

当绿洲在大漠里摇起裙裾
钻天杨仰天哗笑的时候
我骄傲，绿洲里有我的生命
我是钻天杨的一枚绿叶
我是花丛里一缕馨香
我是九月的季节
流蜜的果园里一缕甜蜜
戈壁，黝黑贫困的父亲哟
我是你忠贞的儿子
我的生命在你身上再现

从此，迟迟不来的春天来了
春天在大漠里永驻
三十圈年轮藏在绿洲心里
裸现于我的额际
收获的日子到了
我采撷一星绿色
向长江投寄
请将绿色放在江面吧
那曾经是我
长江的流水一滴哟！

1983年9月4日石河子

欢乐的绿洲（四首）

手鼓响了

深情的轻轻的一声招呼
细碎的足音匆匆出迎
亲切的问候，女性的寒暄
初识时羞涩的笑
奶茶和杯盏端上来了
葡萄架下叮咚作声
喜悦漫溢出来
啊，手鼓响了
轻洒悠扬的音韵

奶茶越喝越浓
友情越来越深
男子汉的豪放
各自敞开了心胸
嗓门大了，说到痛快处
笑语爽朗地飞腾
相见恨晚一如兄弟
啊，手鼓响了
拍奏出激越的豪情

相别在大漠边上
手握手不愿离分

马蹄声响起，依依响起
远了，远了一缕清风
离别的眼泪落了
浸润了一株红柳的须根
久久地久久地伫望
啊，手鼓响了
响起多少怀念和思情

那一串葡萄

瓜果喷香喷香的晚会
我被甜蜜和芳香陶醉
红的，给我甜的畅想
黄的，给我香的回味
旋转了，大屋顶在旋转
友谊张着臂膀在飞
滚圆的西瓜在飞
熟透的苹果在飞
啊，我看见她的眼睛了
那一串葡萄
她的眼睛如晶莹的翡翠

朋友，请给我一串葡萄
生活原本就十分醇美
那是汗的珠串
那是力的发挥
那是土地的贡奉哟
那是爱情的复归
旋转，大屋顶在旋转
诗情伴着旋律在飞
啊，我看见她的眼睛了
那一串葡萄

荡漾着一池澄碧的春水

朋友，请给我一串葡萄
我将深藏在心内
我不会忘记
我怎能忘记
绿洲，你的多情秀美！

羊群撒欢的时候

当羊群撒欢的时候
绿洲荡漾起来了
荷叶上晶亮的水花
天上的白云落到草地
云团的奔逐，滚动
好一片欢乐的原野哟
我看见你笑了，牧羊小妹
笑得像那开朗的天空
蔚蓝得如海

当羊群撒欢的时候
动听的歌儿唱起来了
春风掠过草尖
掠过喧闹的羊群
那里经过了夜的沉淀
绿洲才撒满了清亮的歌声
我看见你笑了，牧羊小妹
笑得像这春天的草地
铺展着锦绣

当羊群撒欢的时候
我在这绿洲上瞩望

生活长起翅膀
在遥远的边地起飞
阳光拉起了金线
在编织闪光的日子
我看见你笑了，牧羊小妹
向我扬起了手臂
是听到我的祝福了么？

跳麦西来甫的诗人

你是严肃的诗人
当我们谈论着诗
但是欢快的曲子已经奏响
麦西来甫已经跳起
我看见你脸上柔和的色彩
嘴唇在轻轻地翕动了
或许逝去的青春又重返回
你终于搁下拐杖
走进了欢乐的圈子

忘了，那已经过去了的
岁月沉重的阴影
还有那拐杖，风雨
留给你后半生的伴侣
手臂自由地摆动
步子规律地迈进
热血在我全身涌动
时间在舞蹈中停止了
相通的眼光和心灵
世界合着旋律转动

麦西来甫,旋转
麦西来甫,加快
这是一个激流的漩涡
这是一个欢乐的漩涡
诗人,沉浸在漩涡的中心
我愿你忘掉拐杖
永远,唱欢乐的歌
可是你走出来,笑了笑
扶起拐杖,但步子不一样了!

1983年9月石河子

秦陵漫步（三首）

始皇帝墓

我一口气登上这绿色的土堆
跨过二千二百多年的历史
我的脚步轻叩这沉默的土地
黄土下的始皇帝能否悉知

我敬佩你十三岁登基
雄心勃勃少年有志
北击匈奴，内扫六合
一统中国建立了功绩

我痛恨你生前残暴凶狠
死后还不忘骄奢淫侈
奇珍异宝，宫殿辉煌
还有千万生命被埋进地底

埋进地底的终究会腐烂
包括你想不朽的尸体
唯有地面上这旺盛的生命
松柏青青报道春的消息

历史如海浪奔腾不止
岁月将多少风流人物淘洗

该唾骂的，该赞扬的
人民心中自有一把尺子！

兵马俑坑

一排排一队队列成方阵
著短褐披盔甲威严逼人
操戈执弩所向无敌
只因有良将才有精兵

战马萧萧，战车辚辚
遥想秦王当年的雄风
驰骋南北气贯宇内
挥师斩将掠地夺城

统一天下的那个时候
秦王的功勋达到了峰顶
而在最繁华最强大中间
失败和覆亡也随着滋生

当陈胜吴广揭竿而起
天下的人民纷纷响应
我想这兵马方阵一定会乱
武士良将一起反戈诛秦……

然而，这些毕竟是陶人陶马
管不了人世沧桑朝代变更
只给后人留下不尽的慨叹
把一页历史塑得栩栩如生！

题一座武士俑

是人民使你终于出土
结束了两千多年黑暗日子
你在地下为始皇帝站岗吧
用青春装点他繁华的墓地

我想你一定有个家庭
家中还有个新婚的妻子
你想到她思念你的样子么
你听没听过孟姜女的故事？

你在半世征战中度过
你与千千万万的奴隶写成了历史
你们使秦王留下了显赫的功名
到头来还要陪着他去死

你的家园呢？你的亲人呢？
我知道你绝没有忘记
只是两千多年过去了
你找寻不出昔日的村邑

你看这阳光多么明媚
你看这鲜花多么绚丽
笑笑吧，你这秦代的武士
应该庆幸来到二十世纪

1983 年 9 月西安

乌市集景（三首）

集贸市场一瞥

每个城市都有这样的地方
街两边的繁茂任你欣赏
物资的富足装点了城市的丰满
生活的波浪在这里悠悠荡漾

我在这里看到了什么？
压断街的葡萄串鲜丽芬芳
买上一挂吧，是这里的特色
乌鲁木齐，你的眼睛分外明亮

拉条子面

吃过拉条子面念念不忘
念念不忘你拉条子的姑娘
一团面被你拉得柔软如丝
你的巧手久久吸引我的目光

劳动本身蕴藏着无限美感
你发掘美的本领实在高强
你创造了美味食品供给顾客
你给顾客留下了一个美的形象

乌市之夜

在遥远大西北的夜晚
乌市的灯光辉煌灿烂
我正感受着大西北的呼吸
是这般粗犷而又雄健

乌市，祖国千万城市的弟兄
此时仍在繁忙不眠
你屹立边疆西天一柱
闪烁的灯火向祖国报着平安

1984 年 1 月乌鲁木齐

大戈壁（三首）

戈壁之海

一片大海，一望无涯的大海
深沉的海，铁青色的海
边沿呢？地平线那边
仍是一片凝固的大海
海鸥沾不起晶莹的水花
怏怏地拢起腾飞的双翅
一声尖利的唿哨
响彻云霄九重外
是风，吹起肆虐的魔笛
只有芨芨草漫不经心地摇摆
而波浪，连绵的波浪
在继续着千百个世纪的遐想
对风的挑衅睬也不睬
睬也不睬，我戈壁的海

帆没有，只有几缕发蔫的云彩
几多世纪，千代万代？
忽一日来了航行的船队
驼铃摇醒了寂寞的情怀
几顶帐篷撑开了蘑菇
在一块有水的地方
生命安营扎寨

一个绿色的村庄,一个团队
戈壁海上的第一个绿岛哟
结束了,结束了永久的徘徊

凝固的海,无涯的海
地平线外蜃气隐现
重楼,碧树,车声人流
一个繁花似锦的所在
那是幻景?那是现实?
那是戈壁的明日和未来
播在海里的种子
正在生根,拔节,花开
孕育着一个复活之海的胚胎!

车向大戈壁

朝西!朝西!车向大戈壁
从青葱芬芳的田野
从繁华喧闹的都市
我走向酷热的盛夏
我走向冷寂不毛的土地
无遮无拦,无边无际
生命呢?我寻找春天
伏地索索草,点点红柳丛
隐蔽着散乱的印迹
春天曾经来过?
这里从来没有春季
牛羊也没有,千里无鸡鸣
路呢?那发烫的片片石
记载着跋涉者的历史

朝西!朝西!车向大戈壁

车厢里温度陡升
脱掉吧，夹衫与毛衣
我想起一个晴朗的夜晚
伏在窗口吟诵的诗句
那是进军，那是不眠的夜
那是走向戈壁的一支劲旅
戈壁，你感情不外露的国土
曾经洒下前行者的血滴
这里需要开拓，这里需要贡献
事业，爱情，生命在这里
寻找到沉甸甸的价值
春天会来的，盛夏过后
是一个收获的秋季

戈壁，后来者向你报到
我稚嫩的胸脯和双臂
与你一般黧黑发烫了
而生命，而绿色，而春天
升起了一面飘荡的旌旗
朝西！朝西！我们走向大戈壁！

戈壁在等待

将日精月华，声色光电
将矗峰跌壑的波澜
古木参天的葳蕤
百兽跃动的神采
任大自然化合分解
一起在心底掩埋
裸露一片黧色的肌肤
荒凉，贫瘠，平铺无垠
鳞片般的风化石

睁着幽深灼人的眼
戈壁在等待！久久地等待

——这是多么可怕的地方
这里是墓地一块。曾有人来了
又走了，留下几缕遗憾
和无可奈何的悲叹
跌跌撞撞又去远方发财

不动声色，冷峻的嘲讽
骆驼刺挑起冒险者的悲哀
深深的心底，化合分解
能源在生长，宝藏在生长
生长起五色斑斓的世界
任寒鸟几度飞过
任岁月驱走几道阴霾
戈壁在等待，静静地等待

等待，一个晴朗的日子
一个崭新的时代
一群开拓的子孙，迎着漠风
坚定地走来，拥有多少豪迈
根子扎进来了，扎进
浩瀚戈壁的心底
浇灌热血，浇灌热汗
钻机旋转得飞快
戈壁发出爽朗的笑声
民族的宝库终于打开
等待！等待，戈壁在等待
等待着他来！你来！我来！

1934年1月武昌

遥寄新疆（四首）

天山一条路

新疆留在我记忆之壁上
一道永不消逝的擦痕
天山的那一条路哟，延伸
漫长而布满坎坷
我们曾经挽着臂膀
相互支持着跋涉，攀登
太阳怯怯地洒下柔光
松涛呜呜地弹奏竖琴
山泉淙淙地流淌
不知名的小花独自沉吟
不止的跋涉，我们谈着诗
我愿在这条路上，你永是
我相知的旅伴和长兄

新疆接受我趔趄的双脚
留下一行浅浅的脚印
天山的那一条路哟，延伸
前方有奇峰和幽深的巅顶
我仍然在走，亲爱的兄长
在这江南四月的田野上
有菜花，豆荚和早育的秧苗
我怎能忘却天山一条路

和路上洒落的笑语与音韵
走在故乡的小路上
江南田埂与天山之路遥遥相连
我们走向一个百花呈艳的春！

我们谈起新疆

你是我尊敬的老作家
当我们相握，我们谈起
新疆，天山和终年积雪
天山脚下的路，哈萨克毡房
我看见你的双眼明亮了
脸颊上有红晕，红晕在闪光
啊，我扳动了你话匣的开关
你匣子中飞出了色彩
往事，和那难忘的激情
语言在你口里揉搓，组合
我嗅到奶油的芬芳
手抓饭的甘美，烤羊肉
香味弥漫了我们交谈的厅堂

你哪里年近古稀
你分明正年轻力壮
我看见你骑着马驰过沙丘
我听见你唱着牧歌在天山下
驾着白云，追逐牛羊
青春回来了，我尊敬的老人
你笑得那样开怀，动情
如大沙漠一般辽阔空旷
你多么兴奋，我们相握
于是，我又读到你那本
《阳光灿烂照天山》
你的青春永远留在新疆

新疆葵花子

在我的城市，在武汉
在节日市场，在市场橱窗
——新疆葵花子，价廉物美
我停下了，久久伫立
眼前是一片戈壁的黝黑
黝黑得使人感到苍凉
突然，前方一片轰轰烈烈
一片轰轰烈烈的金黄
驱散了旅途的疲倦
和诗人心上潜藏的感伤
向日葵，这不是向日葵么？
种在地边田头房屋旁
把那大脸盘执拗地
朝向太阳，永不转向
你大漠中的向日葵哟
你这漠风中屹立的生命哟
列队成排，熙熙攘攘
好一片黄色的海洋
根子扎得很深很深
你这开发者的形象
从此，在我脑海中摇曳
金黄的忆念，久久不忘
——新疆葵花子，买上一兜
我细细品尝着你的芳香

遥寄乡亲

在车上,我们认的乡亲
同生在长江边的一个古镇
进疆二十年,消磨尽南方痕迹
偏只留一口浓重的乡音

你念念不忘故乡的湖泊
湖泊中的莲藕远近闻名
你津津乐道童年的趣事
趴在江堤边放过江的风筝

故乡终于没有留住你
你随车队唱豪壮的歌声
一朵江南的云彩飘到塞外
大西北上空出一颗无名小星

你谈你的工作和事业
你的小学和你的学生
你脸上荡漾幸福的微笑
我看到的是一颗发光的星

我曾经拜访过你的家庭
干打垒的墙壁粉白洁净
你捧出一串莹晶的葡萄
我抚着一颗透亮的心灵

我在故乡给你写信
写给远在塞外的乡亲
寄给你故乡的一片绿叶
那是母亲对儿子的一片思情

1984年1月15日武昌吴家湾

长江七月（五首）

冷静些，长江

这是沐浴蛋黄色夕阳
绽开千朵金黄色花束的长江么？
敞裸宽柔黄亮的胸脯
任如林的帆樯飘逝
巨轮犁起一江波涛
汽笛吐露和平的颂歌
诗人久久歌颂母亲
多么平静而不舍昼夜
流向东去的长江，怎么
发出轰雷的咆哮
闪电扯起喷火的怒发
举起一江拳头，吞没
江岸如茵的绿柳
而芦苇早在江底发出
无声的呻吟，拳头
捶打黝黑的土地
挺立的江堤的躯体
呼吼着！呼吼着
金黄色呢？柔顺呢？
浊浑的声波，野蛮的冲撞
你要干什么？要暴跳而去
毁灭那飘香的田园

新起的楼群，炊烟系着
才开始的富裕，你要
毁灭这一切么？谁给你的
权力？我没给！
请你冷静些，冷静些
长江！我们接受挑战
你看看这森严的铁阵
雷雨中，指挥部的一角旗旌
扇起了万丈心火
芦席棚伏着百万精兵
风雨帽下星星一般的眼睛
拖轮来了，汽笛响了
是战斗的宣告，久久响在
发怒长江的上空
冷静些，长江——
我发出最后一声警告
就默默走进了风雨

我在队伍里

百年未有，百年未有的洪峰
峰头推起狂暴和不可一世
迎面而来，迎面而来的战歌
旗帜，浩荡百万抗洪之伍
蓝工装，绿军服，杂色装束
英勇的父兄哟，红星闪在
浓黑浓黑的夜深处
我是钢铁意志中的一缕
用血肉筑成墙壁，迎上去
我是墙壁中的一堵胸脯
挥动百万双有力的臂膀
我是臂膀中蕴藏的力度

誓把肆虐的洪峰扼住
号子里，大头挥动
挥动着山一样的气势
我是夯入堤根之桩中的一柱
垒起土包，垒起石篮
我是垒在峰口浪尖的
一方坚定而顽强的土石
如泼的风雨，浇不灭
胸中的热流，双手抹去
遮断视线的雨珠
我是双双不眠之眼中
缕缕红艳的血丝
指挥若定，命令执行
我是奔跑在阵地的
阵阵不知疲倦的脚步
我是士气！我是警惕！
我随着洪峰的高涨而高涨
我醒在指挥部，醒在话机旁
醒在百万抗洪大军的心里
我是欢呼！我是胜利
我响彻在大江的两岸
我紧握在大江的主人手里！

远望分洪的土地

不见了，我的汗水和心血
新盖起的那幢向阳瓦房
穿过村子的铺砖小路
屋后泛绿漾翠的菜圃
老枣树苍劲的枝干
曾经记下多少个甜蜜的夜
那怦怦跳动的心音

还有水井，井里呱呱叫的青蛙
我怀念那土地，土地上
正摇动绿色的棉铃
奏响着丰收的音韵
那稻浪，那踏过千遍的
田埂，田埂上摇曳的狗尾巴草
浊浪，浊浪，浊浪压着浊浪
浑黄，浑黄，浑黄旋转浑黄
压过了我的绿色哟，我的
怀想，被深深地压过
不堪远望！又要远望
我却高举镢头挖掘
将缺口扩大！扩大
而我的村子淹得更深了
而我的怀想埋到了深处
挖！挖！我的绿色土地
浑黄的一片哟，浩荡的
分洪区，我的胸膛
我变得宽阔起来的胸膛
让我承受的压力再大些
让我容纳的水量再大些
我挖，但我也怀想
怀想我的土地我的家园
而我更想那繁闹的都市
窗口透出的安详和爱
叫他们肩上再少些分量
我远望，我望到了
望到那遥远的地方！

激流中的手臂

分不清是雨水还是泪滴

分不清是痛苦还是力气
一切，和着这泥土，和我的
身躯，在堤防倒口的地方
在无数的奔驰的脚步声里
在无数的默默的暴发里
沉下去！沉下去！沉下去
堵口，机械人流风雨
信念和意志。而犹豫和胆怯
早已不属这里，怎能属于这里？
在那一刹，在那倒口的时候
我看见了激流中的你高举的手臂
我的兄弟！我的
兄弟，没有你的呼喊
没有你的求救，只有你的
手臂，高举在激流中的手臂
只有一刹那呀，兄弟
你二十多年的语言说在这一时
说在这漫天风雨里
沉落在大江狂暴的激流里
只有一只手臂，只有一刹那
我的兄弟，人们狂奔
人们猛冲，人们上阵
机械人流风雨
雨水泪水力量
沉下去！沉下去！沉下去
在曾高举过手臂的地方
竖起了一堵新堤，一个
奇迹，一只巨臂哟
从此，举在我的脑海里
新堤上默立的人们
分不清是雨水还是泪滴
分不清是痛苦还是意志
一切，早沉在深深的心底！

防汛纪念碑前

过去了,刚刚过去了昨天
江城依旧繁华,车笛
搅起生活的激流
在大街小巷奔腾不息
草地,红花,高高防汛纪念碑
插身云空,静静瞩望
身边的长江,息了
狂涛,息了风雨
滚滚而东的磅礴气势
走过来,一个防汛战士
高高额头,宽宽的胸脯
溅满泥点的工衣
没有剃去的胡须
有些蓬乱的长发
没有言语,没有言语
静静地,默默地
和防汛纪念碑站在一起
是想起刚刚过去的夜夜日日
呼声和高度绷紧的神经
神经上系着受到威胁的土地
泥里水里,摔打滚爬
难记清几月几日?
没有言语,没有言语
是悼念随江而去的战友
战友的热血浇进了大堤
大堤和乡村在一起
大堤和都市在一起
和高高的纪念碑在一起哟
静静地,默默地

有一个防汛战士
才从阵地上下来
没有去洗涮休息
和防汛纪念碑站地一起
红花草地江城
防汛纪念碑高高屹立
瞩望着大江，默默地
我听见了他的话语
我听见了他的话语！

1984年2月武昌吴家湾

天山风情（四首）

叼 羊 赛

草地上一场真正的交战
骑手们甩下串串尘烟
马蹄达达急骤热烈
锐眼盯着洁白的光点

一只纯白纯白的羔羊
羊上面凝结着吉祥平安
吸引了哈萨克一群雄鹰
使出了浑身的机智和勇敢

追逐如流星划过
争抢如迅雷闪电
羊一忽儿到了你有力的手里
一忽儿又到了他的坐骑上面

欢呼声鼓劲声震动了草地
民族的意志得到了展现
获得也许只有一刹那
失败促使你再去追赶

当羔羊被英雄叼到
其他骑手远远落在后面

得到吉祥和平安的英雄
把胜利向整个民族奉献

姑 娘 追

沿着草地，沿着山坡
骑手心生出了双翼
飞驰，向前飞驰
爱是向前的动力

身后是花朵般的姑娘
身后有高高举起的鞭子
鞭子抽来了，抽来了
骑手只有欢乐，没有躲避

轻轻地抽，轻轻地抽
鞭鞭都是爱的柔语
骑手眨巴着眼睛
在品尝着爱的甜蜜

鞭子重了，鞭子重了
骏马又飞快地奔驰
哈萨克的传统
谈恋爱也要前进不止

沿着草地，沿着山坡
姑娘紧追着骑手而去
我愿人们在前进的路上
身后都有爱的鞭子

抓 羊 肉

啤酒嘟嘟泛着气泡
毛毡铺盖着芊芊绿草
快围上来呀,朋友
友谊把客人请邀

香味在空气中弥漫
笑语在毡房前洒飘
大盆羊肉已经摆上
大碗奶茶已经倒好

抓羊肉的酒宴开始
不需筷子也不需叉刀
手抓羊肉吃得津津有味
哈萨克待客情真意豪

高举酒杯相碰
抓起羊腿啃咬
主客谈得兴浓
草地上比赛摔跤

天山下温暖的家庭
我忘了故乡千里迢迢
诗情在草场腾起
兄弟情谊与天山比高

冬不拉响了

冬不拉叮咚响起
潺潺溪流泛着涟漪
醉了巍巍天山
流进了牧人心里

小伙腿在抖动
姑娘摇晃头上的翎羽
终于,啊嗬声飞扬
开始了一场欢乐的舞曲

麦西来甫,麦西来甫
旋转了毡房天宇
旋转了高山积雪
旋转了羊群草地

欢乐属于哈萨克人
欢乐属于天山儿女
老牧人舞着,小孩子跳着
马群也频频扬蹄

冬不拉叮咚响起
奏响一支崭新的乐曲
天山下有一个勇敢的民族
和祖国踏着同一步子

1984年2月武昌吴家湾

大漠行旅（三首）

驼队晓行

一枚冷月挂在驼峰
驼队没有停止前进
昂起的头远望朦胧的旷野
不倦的旅人走向大漠
背负着隆起的行囊
和恬淡冷清的月色
驼铃蘸着幽光撒播
一个没有苦涩的春天
叮咚叮咚，从远古走到现代
一个脚窝就是一颗铭文
跋涉者将心迹写下
等待诗人拾取，而我
迎着黎明的曙色
放飞心中殷切的祝愿
朋友，在你走过的地方
将有"勿忘我"的小花开放

沙丘绿色

春天，我一身稚嫩的筋骨
需要洗礼，于是
我扑向沙丘

让那金黄色的沙流
掩盖我微小的躯体
我是一颗发芽的种子
在我躺卧的地方
我愿有一棵小树屹立
当漠风刮来的时候
多么柔软的金黄的缎子
竟也掀起了波澜
我终于没有离去
黎明,太阳又一次升起
我的筋骨已经淬火
新生的叶片频频絮语
沙丘,我是绿色

大漠红柳

散落在瀚海深处
沙漠里绿色的星星
因为不停掘进,掘进
得深,才牢牢站住脚跟
沙砾的鞭打,忍受了
骄阳的酷烤,忍受了
想拔你起来,失败了
漠风,只有叹息
生活贫困,却有不死的生命
我抚着你低矮的家族
慨叹你倔强的子孙
也是默然前行
伴我有你闪动的灵魂
大漠红柳,在我眼前
你是飘展的旌旗

1984年2月武昌吴家湾

乡党委书记

在与来访的客人握过手之后
他没有马上滔滔地发表演说
只是顺手摘下宽边眼镜
用一块干净的手绢擦着，擦着
他这般年轻，像个中学教师
文质彬彬，似乎还有些腼腆
眼镜戴上后，轻轻咳嗽一声
好，现在开始报告！客人想
却不见他掏出牛皮纸封面的小本
而数据的小河在淙淙流淌
使人感到那源头的丰富和幽深

光当这农业书记么？八十年代了
中国的乡村还有工业、市场
他开始这样发问，发问得平平静静
于是，关于全乡的工业布局、产值
生产资金、市场的流通、以及信息
原料、扩大再生产、工资、经营
宏伟的规划，具体的措施
过去，今天，有些迷人的远景
他微微激动了，解开了衣领上的扣子
又摘下眼镜，用手绢擦着擦着
这是个冷静的头脑，不会发热
这是个清醒的头脑，条理分明
这是个现代的头脑，紧跟着时代
客人早就窥见了他胸中的激情

是从他擦眼镜的动作上发现的
是从他流畅而严密的语言中发现的
还有，他起伏的胸脯，发光的眼睛
他的一身知识分子打扮
文静中的蕴含，蕴含的力
与坚定，他胸腹中的经纶
他领着客人参观他的工厂
他的加工作坊，生产出的商品
没有过多的介绍，由客人看吧
看看他的规划和现实是否离分
他在给自己的宣言提供佐证
他与工人认真的交谈
他抚摸他的产品，带着深情

在与来访的客人握过手之后
他静静地微笑，看着客人登车
挥挥手，轻轻地挥挥手
完全是一个知识分子脾性
这样的人交一个乡给他没问题
锻炼几年，交一个县给他也行
客人点着一颗烟，思絮与烟缕飞升

1984年3月凤阳

能人冯奎

当你的后代回忆你的时候
他们应当怎样评说？怎样评说？

人家说你是这一方的能人
有一把算盘在心中响得劈啪
粗通文墨，识得几个字
背靠着一片山地，村里第一个
建起了漂漂亮亮的二层楼房
靠的是你的能？靠的是你的算盘？
靠的是你审时度势，从宰牛场
牵回瘦牛，牛在山上饲养
你把心放进去了，血拌进去了
半夜几次起床添草加料，牛
下了崽，快乐的小犊，翘鼻子
哞哞的叫声，何等动听！何等动听
一群瘦牛变得膘肥体壮
你这养牛户也就名声远扬
你养了很多牛，这不否认
从墙上挂着的锦旗奖状知道
从你那双拌料，出圈，放牧的手知道
家里架着的粉碎机，撒晒的精饲料
可以看到牛在你心里，你和牛的亲密
所以你就发财了？富起来了？
你精精干干，扎扎实实，过五十好几了吧
为什么几十年没富，现在才富
前些年甘愿受那种窝心的气？

你的话匣开了，本是好汉不提过去事
过去事怎能忘记，你是党员
曾当过生产队长，可栽下水稻
公社命令犁掉，为的是让参观者看了整齐
你精心饲养的牛，被人拉去
说是资本主义，要牛还是要党籍？
牛拉走了，你看着儿子拳头打在墙壁上
让它鲜血淋漓，鲜血淋漓
那是贫穷的年代只能产生贫穷
乡村怎么能富？冯奎怎么能富？
冯奎能人无能，愧对子孙
本也失了富的信心，心中的算盘断了桥
却又碰上致富的年月，能人能了
不是冯奎的本事，是政策明白
恰逢春天，使能开的花都开
所以你冯奎能富起来！富起来

当你的后代回忆你的时候
他们会这样评说，这样评说——
有个祖先冯奎，逢上好时代
一是勤劳，二是有把小算盘
所以家族就从那时富起来，再不衰败！

　　　　　　　　　　　　1984年3月盱眙

女乡长

黄酒在铝壶中蕴藏着芬芳
蓝花大瓷碗呼唤着海量
乡间的一顿午餐,女乡长说
这哪算是请客,如今乡下
哪家没酿造黄酒几缸?
我们是相信你的,一个上午
你陪着我们采访了专业户
科技中心、乡办服装厂
一座农民文化中心大楼
使我们这些文化人变了眼光
今天的乡村是真富了!真富了
富了吃富了穿,富了日日夜夜
富了久储心中的每一个向往
年轻的女乡长,干练豁达
谈起规划,谈起商品,谈起管理
谈起改革,谈起干部,谈起文化
如雨落瓦顶,如潮起大江
三碗黄酒下肚,我们没醉
争评乡村的昨日今朝明天
明天的设计才使我们醉得酣畅
年轻的女乡长,面带桃花了
黄酒能活血络筋解乏开胃
更能叫人豪气顿生一吐衷肠
高中毕业成绩在班上是尖子
心中热烈奔涌过升学的愿望
但终于没有进考场,却回到土地

让人笑你傻蛋讽你出风头
你两年苦干，第三年光荣入党
责任制实行了，乡办企业办起来了
乡村彻底翻了身变了样
乡民代表会上选出了第一个女乡长
有多少干部不安心哪！工资五十几元
还不如企业工人每月的超产奖
又一碗黄酒下肚，真是好酒量
你笑了，脸上两朵桃花又艳又亮
共产党人不为己不为欲
为的是事业，为的是民富国强！
社员家家富了，你的心富了
乡村面貌一新，你才心中欢畅

黄酒在酒碗里散发馨香
乡间一顿午餐，一位普通的女乡长
年轻，两颊红润，我们看到了
看到了锦绣田野里，屹立着
中国乡村美丽而年轻的形象！

1984年6月武昌吴家湾

我的心交给了碧色波涛

我要回去了,都市
面对你的繁华你的喧嚣
你的霓虹灯你的立交桥
我忍受不了思念之苦哟
我只能是你的乡村客人
心已交给了碧色的波涛

那曲折的田埂已经拉直
拓宽成了四通八达的机耕道
那道旁有清亮亮的渠水
有含苞的野花带露的青草
在一片碧色的云雾下面
有我方方正正的责任大田
有我真切的寄托和自豪
清早,扛起一把铁锹
我像一个勘察阵地的将军
查看我的育种畈、杂交稻
大田里蓄水的深度
正在发蔸分蘖的秧苗
朝日从东方喷射霞彩
我在大田边留一张逆光小照
而那大田里蓬勃生命哟
鹅黄,淡绿,沉碧,墨绿
阳光在魔幻般地变换色调
涂染着我的希望和我的理想
我的劳动和我的骄傲

我醉了，我醉在大田的清晨
我的心交给了碧色的波涛

我要回去了，都市
几回回梦里，我开着小手扶
奔行在乡间的机耕大道
我运送着春天的色彩
我收获劳动后的欢笑
我的心在碧色大田里
正将我深情地呼叫

再见了，都市
第一次认识你我感到满足
感谢你的接待你的友好
也欢迎你到乡下做客去
但你这里的绿色太少、太少
乡下多哟，欢迎你去车载船装
生活哪能缺少碧色？
缺少碧色的生活多么单调
在乡村，在我的大田里
我的心交给了碧色的波涛！

1984 年 8 月武昌

父 亲

父亲，十二岁开始
就用稚嫩的双手侍弄土地
种籽、稻秧、谷粒
循环往返，年年重复
太阳从他背后上升
他肩起沉重的白天
太阳在他前方沉落
他不怕黑夜的吞噬
没有呻吟，他默忍着
他默忍着，没有叹息
他用自己的手掩埋痛苦
他用自己的手创造衣食
土地走着曲折的道路
别人的，自己的
集体的，承包的
人生也是曲折的
稚嫩的肩，粗壮的臂
挺拔的胸，微驼的背
他在劳动，他在流汗
他的忠厚和勤劳
他的坚韧和毅力
全写在他额前的纹沟
蕴蓄深藏在他的心底
儿女们要回来帮他劳动
他发怒，他痛骂
直到儿女背着书包走回学校

他才消了满腔的怒气
父亲，我如土地般的父亲哟
你如土地一样朴实
你如土地一样温暖
你如土地一样博大
你也如土地一样没有话语

土地的道路走到承包
父亲的道路也走到平直
拒绝了别人邀你做生意
拒绝了与别人合伙养鸭养鱼
我的父亲，离不开老朋友
要了十亩责任地
从此，他如鱼得水
从此，他有了傍依
太阳在他前方上升
父亲有一个希望的白日
太阳在他的背后沉落
父亲将黑夜留给了历史

望着走向大田的父亲
土地上他雕塑般的背脊
我大步走向我的田野
前面有父亲不倦的背影
我的脚步坚实有力
我怎么能枉做土地的儿子！

1984年8月武昌吴家湾

留赠东方红号客轮

我们相伴了三天
三天,相见时陌生
拉拉手,我们就是熟人
在这块嗡嗡奏着谣曲
晃动着前进的土地
我们曾经播种语言
收获在你我心中贮存
看轮首如剑
劈开浊黄的江面
溅起的哗哗涛浪
我们的启示相同
生活,就是这样
我们在船尾眺望
落荒而去的潮沫
在远方消失,消失
你似乎在沉思
朋友,我们还是转过头
看明天,即将开始的黎明
江花胜火,沸了你我的血液
真想在晨光中长啸呀
我们只是相视一笑
一切都在无言之中

目的地到了
我们默默走上码头
就要消失在都市

拉拉手,我们相伴了三天
珍贵的三天,难忘的三天
我留赠在客轮上的诗句可以作证
你我不再陌生
在人生的征途上
我们遥相呼应

        1984年9月16日武昌

江鸥之歌

你烟波中洁白的翅膀
你大江上腾飞的精英
你是敏捷你是矫健
你是欢乐,你是轻灵
你是美的闪现
你是力的弧形
你是追求,在波涛上书写
你是抒情诗,在江风里咏吟
清晨,心随你的翅膀翱翔
沾一朵水花,带几分清新
清亮的啼鸣在晨雾里滴洒
立即感染了大江上
一次黎明的航行
有人在船尾谛听
这纯洁而动人的清韵
太阳出来了,金色
涂染了大江微笑的波纹
你此起彼落,斜刺而飞
闪电而降,和谐的一群
在阳光里翩翩起舞
甲板上船舷上有热情的欢乐
啊,江鸥,航行中的伴侣
看到你的欢乐,旅途的寂寞
早化做轻风无踪无影
船行三天,你寸步不离
你的顽强鼓舞了每一个旅人

人生何不是一次飞行?
快乐的飞行,顽强的飞行
穿过波涛,穿过风雨
穿过夜色,迎接黎明
夕阳西下,夜幕降临
江鸥啊,晚安!祝你夜飞无恙
而今夜,不是你入我的梦中
就是我入你的梦中
我的梦会长出洁白的翅膀
在江上不倦地飞行!

1984年9月23日武昌

江上夕阳

夕阳的长袍轻轻一抖
抖落了金色,江上荡漾着
一片耀眼的金黄
江岸罩在长袍里了
绿树,青草,几匹晚归的牛
那轻轻的哞声也透出了颜色
一切都如那油菜地的波浪
小村的炊烟是软软的
在扬手招唤儿子
熟悉的小餐桌摆着酸菜
母亲正在备着晚餐
一晃都过去了,过去了
我们的船在金色里航行
驶向金色的远方
旅人有淡淡的乡愁
有一刹那金黄色的遐想
啊,无限好的夕阳
年华,短暂的,太短暂了
有多少,未完成的计划
有多少,要实现的理想
船首轻捷的冲击
冲击开乡愁的慨叹
迎来又一幅绚丽的图案
深红色,在那前方
江上暗了,江岸暗了
绛红色,暗红色

夜的先驱正悠悠地走来
江的那头，我们要去的地方
抖开了耀眼的红缎
夕阳变做一粒红豆
相思的红豆，向我们的船眺望
深深的望，轻轻滑下
滑下了江心，江上
有一片红色，相思的血
于是黑暗走来，大踏步走来
我能摸到夜的衣袂
轮船拉响了汽笛
深情的汽笛，轮首
朝夜的胸脯撞击
我们在夜色里远航
没有忧思，没有惆怅！

1984 年 9 月 23 日武昌

波涛卷走的记忆

夜游扬子江,一日本青年在纸片上写了他祖父的名字,然后将纸片撕碎抛入江中。他祖父在侵略中国时被打死

  朋友,你是我们的客人
  千里迢迢而来,领略尽
  中国青年的友谊
  和我们的兄弟感情
  是这满江雄浑的汽笛
  劈波斩浪的江轮
  是前方那灿烂的灯火
  我们携手共进的航程
  引起了你的沉思么?
  心上的阴影应该驱散
  未来要剔除块垒的沉重

  于是一段痛苦的记忆
  你捧到了我的眼前
  或许你供奉着他的遗像
  那个武士道军人
  你未见过面的祖父
  曾在中国举起血淋淋的屠刀
  最后也毁灭于那场战争
  而中国,而日本
  心灵都留下深深的伤痕
  撕碎了它,将它撕碎

抛入江心
让岁月的波涛卷走
这痛苦的记忆，永不复返的
两个民族的灾星
今天的历史由我们书写
让我们携手走上甲板
朋友，你看这彩色的夜景
明天多么美好，从现在开始
让我们在友谊的路上
留下并排伸延的脚印！

        1984年10月9日武昌

长江边的歌吟（十七首）

眺　江

推开明亮的窗扇
敞开封闭的胸扉
望莽然东去
浩荡荡一江流水

百舸在江上迅行
将流逝的光明紧追
汽笛从胸中响起
把进军的号角频吹

阳光洒的都是金箔
岁月比金箔珍贵
江上没有人叹息
时间拽在手内

一只江鸥自水面腾起
翅膀闪着光辉
心的翅膀张开
寥廓江天任我奋飞！

石 岸

我在石岸边流连
石岸对我默默注视
扯过一缕晨风
凛然之气在我们中间
严肃冷峻地升起
我开始了呼叫
浪涛跳起来了
如千万头怪兽猛扑
千万只晶莹的小拳头
腾起的泥黄腿
猛擂猛扫，千万颗细密的牙齿
搂住石岸啃啮
石岸似乎有一刹颤抖
马上又是冷峻的坚定
胸傲然地挺起，几棵小草
在头顶悄悄叹息
波涛无可奈何地走了
还要来的，我知道
石岸听见我的呼叫么？
我却听见了石岸的默语
我扬起手再见
我的石岸，永远
永远地屹立！

黄皮肤的江

长江是黄皮肤的江
是黑色土地，铁青色崖壁

绿色的原野里流动的
黄皮肤的江
是太阳与土地的儿子
我是太阳与土地的后代
我也是黄皮肤的子孙
太阳与土地的结合
诞生了花与草
诞生了城与乡
诞生了岁月
诞生了生活哟
诞生了黄皮肤的江
和黄皮肤的中国
我的头上有太阳
我的脚下是土地
我在太阳照耀下行走
我在土地里辛勤劳作
我的晶莹的汗滴
我的祖先的晶莹汗滴
中华几千年的汗滴
是太阳与土地的颜色
汇成了一条大江
和在长江上行驶的
黄皮肤的我们!

我从长江起步

一片金色的沙滩
写下我深深的脚窝
我从长江上起步
走向远天的辽阔
那边有山,有山的险峻
有云,有云的变幻

有杜鹃，燃烧似火
我带走了一条大江
在我胸中昼夜奔腾扬波
回首我留下的诗行
一阵狂风刮去
新的沙层掩埋
长江的波涛卷走
在母亲的心里沉落
我走了，母亲
再也没有回头
我在长江的记忆里
长江在我的血液里
汇合，我朝向风雨
谱写一曲浩歌
终有一天，我的脚印
会在阳光照耀的沙滩上
闪烁！

标　灯

是傍江而建的宾馆
倚着晾台的栏杆
我看夜的长江
有绿光在胸上一闪一闪

是一朵妩媚的花
开了又谢，谢了又开
正用自己的生命
给夜航指一条坦途

是温柔的眼睛
一眨一眨

在静夜里寄托深情
给旅人一个好梦

是一个勇敢的精灵
有浪涛的拍击
有风雨的洗礼
她娇小的身躯饱含毅力

倚着晾台的栏杆
我望她孤独的身影
你不是寂寞的
我的心与你为伴!

江　湾

流水的胳膊肘一拐
又畅畅快快地走了
在这里留下了江湾
巴望着母亲不见踪影

在这里留下了江湾
留下了港口的喧哗
一个热闹的避风地
挤满了高的低的桅樯

留下了一截生活
傍晚船上有炊烟升起
沙滩上有人溜达
而船与船的对话是呼喊

小镇应运而生
油盐、酱菜总是俏的

半爿半爿的猪肉
嘿嗬嘿嗬地往船上搬

来了又走了
迎来送往的江湾
四层楼的大客轮挺胸走过
可惜她不在这里靠岸！

趸　船

我想起了门卫老头
叼着烟斗坐着
盘问来往客人
什么都公事公办

江边蹲着的趸船
工龄肯定不短
大风大浪它见过
把世态看得轻淡

有船向它靠拢
它伸出手，说不上热情
船只离它而去
它挥挥手，说不上留恋

它就这么蹲着
看着江水流过
它是忠于职守的
听着汽笛高声呼唤

它再服务不了几年
看它这身老人斑

一生没到江上自由行驶
这是它最大的遗憾!

西 塞 山

千寻铁锁沉江底
一片降幡出石头

——刘禹锡《西塞怀古》

有秋山的雍容大度
枫林叶红蓬茅入暮
樵哥在坡头吟诵
我道西塞也不过如此
却是错入她的后岭
借问老翁遥指
羊肠小径挂在绝壁
瘦人路仅容瘦人侧身
西塞西塞你才露真容
以胸截流,是想涉江
却被江流阻住
于是轰然激漩,凝成
千古雄风峻貌
永难解除的僵持
山难挺进一步,水难有
半点疏忽退缩
山与水的拼搏,壮伟
气概袅袅驾云腾雾
一只出击的拳
勇猛的大江接住

而那千寻铁锁呢?
沉江了,和那降旗

和那歌舞升平和那
黯然王气一起沉江了
沉不下的是刘禹锡的诗句
走到《名胜词典》中作了注释
和逗人难以按捺的倾慕
结伴登山不为怀古
只为倚壁问江
让千秋豪气纳入肺腑！

长江流向

长江流向朦胧
流向朦胧的晨雾深处
烟波茫茫，世界混沌
远山呢？洁云呢？
我向往的江畔碧树呢？
云雀的歌喉婉转
鸣蝉的拖长音调
一齐淹没于无边的灰暗
长江静静流，长江静静流
流向蒙蒙的远方

长江流向璀璨
霞彩锦绣流苏飘扬
一眼穿透朦胧的弹孔
鲜红迸流了
铺摊了，一只红球
跃上东方，我的太阳
艳丽光辉透亮
发出纯净的音乐
在世界诞生处轰响
（我肯定听见了）

世界诞生了，一切
生气勃蓬充满了力量
春天出现了，百花绽开了
绿树摇曳着新生的欢悦
汽笛拉响了，悠长
雄浑的汽笛响了
我放声呼喊！呼喊
长江上的一天开始
做一次晨的礼赞
长江静静流，长江静静流
流向遥远的东方！

泊船的早晨

是一首优美的抒情诗
江风擦净了早晨
擦净了江边码头
在泊船上留下了汗滴
姑娘的长辫在腰间晃动
一只拖把蘸着江水
轻舒臂膀
慢挪美足
甲板上擦得如一面镜子
腰肢如江岸的花枝摇曳
倾注了热情
倾注了细腻
我敢说，那是一种享受
肯定有无限的乐趣
泊船鲜亮了
如早霞般鲜亮
泊船明净了
如这透明的空气

甲板真的是一面镜子了
照见她的影子
面颊上有晶莹的汗粒
是一枝带露的花蕾

船顶有株钢铁树
万国旗在哗哗絮语
一夜的歇憩
她精神十足
去走新的旅程
我记下了泊船的名字
泊船上的一个姑娘
装点了江湾的早晨
给早晨揭示了美的含义!

归　航

三天的江上盼望
一颗思心的晃荡
同舱旅伴的交谈
谈不尽的故乡

妻子温情的笑靥
小儿甜嫩的脸庞
一个温暖的归属
浮在前方

拐过多少江湾
甩下多少漩浪
甩不下甩不下
甩不下一分儿女情长

前方！前方
前方曾经茫茫
只一声真切的汽笛
心就长出翅膀

灯火阑珊处
熟悉的城市熟悉的楼房
熟悉的身影
灯下熟悉的盼望！

江那边好地方

江那边，好地方——
灯下我娘轻轻唱
那边的红旗哗啦啦飘
那边的队伍人马强

江那边，好地方——
那边的孩子上学堂
吃的白馍白米饭
穿的新鞋新衣裳

我爸就在江那边，
红星帽子驳壳枪
我娘常在江边站
盼望我爸过大江

江那边，好地方——
儿时的记忆在心上
我娘唱的欢乐调
我爸抱我喜气扬

四十年华弹指间
一支小曲未遗忘
江那边,好地方——
江南江北年年唱!

江上一条小船

长江是一条宽广的大路
行人奔向各自的目标
千帆万轮匆匆行驶
犁起满江喧腾的波涛

烟波江上有只黑点
那是行进的小船一条
柴油机啪啪的运转
小船紧贴着前进的航道

和大客轮比她显寒酸
和千吨驳比她实在小
别人的轻视和嘲弄
她无时间也不想去计较

她走自己的路扎扎实实
她干自己的事件件求好
她在江上留下自己的轨迹
默默无闻她并不求显耀

在航道中她有自己的位置
在生活里她有自己的信条
虽然渺小,但她也在前进
进军的汽笛中有她的呼叫!

老 水 手

夕阳把他的影子拉长
他在岸边伫立
身子紧贴着长江
怎么能不牵挂长江?
五十年的岁月
在波涛里颠簸摇晃
老伙计哟,他望
那只油漆一新的船
船已经开航
他的心离他而去
胸中空空荡荡
眼泪,与江水颜色一般的眼泪
爬满他江水一般颜色的脸庞

一只小手拉他
——爷爷,回家
——唉,老了,老了
他把外衣往肩上一搭
把叹息留给波浪
牵着孙子回家
我还要回来,他想
即使死了烧成灰
骨灰也要交给长江!

开 航

车钟响了,开航了
船首犁开江面

把浪朵泡漩甩下
甩到身后去
现在想的只能是朝前
昨夜的儿女情长
码头上的含情相望
（水手的妻子总是多情）
和小儿子的稚嫩再见
以及休假的日子
做好的煤球
买足的米面
给儿子的作业辅导
也一起甩到身后去
现在想的是开航
是船速，是航线
流到后面去了
码头，人影，叮咛
拉一声汽笛
有人懂得这特殊的语言
甩到后面去的一切哟
躺在舱房里还可细细体会
现在开航，前进三！

泊　船

傍晚的江面
落日浑圆
江风拂拂
江鸥翩翩
把短暂的悠闲
让给年轻的伙伴
他们上岸去了
窄窄的后舱里

两人留船值班
棋子敲响了寂寞
烟卷点着了傍晚
静,真静啦
江浪轻拍
远看都市的华灯
棋子儿不和不战
他有他的冥想
你有你的思念
他有乡下的妻子
七八亩责任田
你有纱厂的爱人
可能正上夜班
沉思冥想
还是棋子儿打破寂静
两人相视而笑
又把烟卷点燃!

悼一位水手

那船的吨位不大
也经过不少风险
但在一个平常的夜里
骤降的灾难导致沉船
一个生还的水手告诉我
你正在底舱休息
船舱做了你的铁棺
再也不会回来了
你沉到深深的江底
永远,永远
(不会为了打捞一只小船而断航江面)

你留下了什么？
这浩荡长江啊
曾经有过你的身影
你的足迹
你的呼喊
而一切都流过去了
江水并无变化
（江水是无情的）
只有无止无境的忆念
在盼你归航的码头
在你瘦弱的妻子
和未成年的孩子心间
一条船消失了
一个水手消失了
大江依旧东去
看我把酒酹浪
将你祭奠！

        1984年10月黄石海观山

江南雨季（七首）

雨季的心

立春立在雨季，立在
雨季不急不缓漫无边际
的答的答的雨声里
乡村的心在这些日夜
被浸泡得湿漉漉的了
立春立在湿漉漉的心上
雨季的心是发芽的土地
那些静夜的思考
那些贴耳悄悄的絮语
烟杆交叉反复的讨论
在宽阔的胸间捂了许久
变得成熟的种子撒下去
雨季是多种子的季节
湿漉漉的心上绽出了芽苞
在漫无边际的雨声里
有火暴暴的夏正在抽叶
有沉甸甸的秋正在扎根
一朵乡间野菊花般的希冀
正从湿漉漉的心上走出
走出立春！走出雨水！

走出雨季

不能再等了,江南的雨天
太多了阴沉太多了絮叨
太多了闲暇太多了烦躁
要说还没有说的太长了
该做还没有做的太多了

要说的赶快出去说
该做的赶快出去做
我们还能怕这点寒意
脱掉鞋袜挽起裤腿
我们走进泥泞走进雨季
走进了一个冬的渴盼
走进了早春的急不可待
走进了土地的温馨与亲昵
把祝福向春天述说
把计划对土地执行
我们把嫩黄接来
我们把绿色接来
我们把太阳接来了
江南的天空有粉红的笑
宣告:世界走出了雨季!

乡村雨后

漫长的雨季过去了过去了
从雨中走出的乡村吐一口长气
烟岚从屋顶袅袅升起
看檐水还在窗前滴滴滴

树们年轻了又年轻了许多
乡村被洗浴得更加秀丽
被洗去的有陈年的尘垢
还有关于冬天的记忆

漫长的雨季过去了过去了
花在田塍上开了开了
草在地角边绿了绿了
土地袒露黑黝黝的胸脯
呼唤耕耘呼唤播种
呼唤一个色彩斑斓的季节
乡村有驾牛的吆喝了
喑哑过的拖拉机又发出欢悦
年轻人性急地脱下棉袄
孩子已冲到场坪上游戏
啊，漫长的雨季过去后，乡村
多么精神多么富有生气！

江南的儿子

土地孕育生命的时光
土地充满活力，充满
热情和爱恋的时光
筷子插下去生出竹子
电话线的木杆长出枝丫
当我立在江南的原野
再也难以离开，我的根
扎进了雨中的江南，从此
我是江南的儿子

我的血管遍布河港沟渠
我的眼睛在春水里荡起涟漪

我的四肢是平坦的大道
我的胸脯是一片肥沃的土地
我的毛发是土地上绿浪翻滚
我的歌唱是江南二月的和风
我的汗水流出了江南的雨季
我的心是富饶丰足的仓廪
在江南在一阵蒙蒙的雨中
我骄傲我是江南
我是江南年轻的儿子

惊蛰雷声

昨夜那响声从远方出发
隆隆脚步震动我感应的神经
是该收起一个春节的闲散
亲朋好友之间的交杯把盏
单车后架驮着妻子的满足
清脆的铃声洒下男子汉的欢欣
是该收起这一切了！是时候了
昨夜那响声从远处出发
我听见了整个乡村都听见了

毫不犹豫地，在今日的乡村
清晨挽起裤腿脱掉鞋袜
我走下那还有冰碴的大田
诗人歌唱过乡村腊月的火爆
春天里大野万物葳蕤嫩黄
和溢流缤纷色彩的秋
但离得开这早春刺骨的滋味
使浑身起一层疙瘩的冰凉么？
我的筋骨是土地给的没那么娇气
当我驾起我忠实的老牛

犁铧翻起沉睡了一个冬的土地
刺骨的滋味变了浑身的疙瘩消了
太阳在我翻开的大田里诞生
嫩黄碧绿和那个扎扎实实的秋
在我眼前接踵而来
踏着远方隆隆的节奏
我赤着脚乡村赤着脚
在冰碴还未化尽的土地上留下脚窝
留下信念和向往的省略号
啊,那响声隆隆而至隆隆而至
最早醒来是我和我的乡村!

碧色的思绪

春天,三月,我碧色的乡村
碧色的麦田涌起柔波
含苞的麦穗蓄着一次发动
青草覆盖的小径联缀着原野
纵横交错欲理还乱
我碧色的思绪不是古诗伤心碧

我的思绪不是失血的记忆
乡村瓦房毗连炊烟绘着富庶
村女头上有蝴蝶飘飞了
活泼的顽童书包敲着屁股
囤里是满的碗里是满的
为什么我的心里一角是空的
盛着我的思绪
如这满野沉郁郁的碧色哟

我的思绪连着无边的碧野
为什么还叫这交错的小径分割

这原本应该是整块的土地
为什么还有老牛拉着木犁
慢腾腾地走向二十一世纪？
为什么我必须早出晚归去耕种
每一个时日和节季
而没有闲聊的时间
进修大学课程抑或
研究古典音乐和新诗
让每天的劳累把我的精力啃啮
我渴望现代的机械在土地上奔驰
我渴望碧色的春天碧色的三月
碧色的麦田下不再挤满
我沉甸甸的汗粒
春天，三月，我碧色的思绪哟
不是伤心的思绪而是青春的思绪
青春的思绪必定是充满希望的思绪！

土地舞曲

早春里我甩手一串响鞭
惊开了晨雾蒙蒙的帷幕
彤彤的旭日高悬聚光灯
世界在观看我的旋舞

裸着脊梁我躬起一座山峰
让太阳在山峰上汗淋淋地滑落
镢头是我简单的道具
我高高扬起，扬起青铜臂肌
土地（是我宽广的舞台）
在我的舞蹈下翻起身来
接着是一段抒情的旋律
双臂摆动着粗壮的腰肢

也扭动起来,指缝洒落
一阵金色的细雨和希望
我拱起肩来扛着风扛起雨
握起拳来将暴雷捏碎
我的双脚把灾祸踩在泥里
胸脯挡住洪涛和旱魃的袭击
当我捧着一个血红色的收成
那大步的旋舞让我的情感奔泻
腮边挂着晶莹泪珠
我双手举向天我双手扑向地
我推走那个苍白的昏暮
我抱来这个艳丽的新日
就这样旋舞着扑腾着飞驰着
让世界观看我体魄的强健
和我粗犷而又朴实的舞步

叫能开花的都绽开笑脸
叫能长叶的都鼓掌欢呼
在笑脸和欢呼声中,我等待
夜色降下金丝绒的大幕
弯月和繁星在大幕上书写
我的旋舞的名字:土地舞曲

1985年2月武昌吴家湾

没有万元户的村庄（三首）

这里不长万元户

这里的土地平坦辽阔
这里的土地黝黑肥沃
这里的庄稼旱涝保收
这里却长不出万元户

春三月，踩碎薄冰
他们赤脚下田育种
手指扯起金色雨
雨落在静静的田畴里
汗洒在静静的田畴里
躬腰在静静的田畴里
心血流在每一株禾根
化成一片碧色海

五月，踩响了喧腾的蛙鼓
惊起温吞吞的小南风
吹拂吹拂吹拂
碧色海动荡起来动荡起来
笑容在黝黑的脸上滚过
镰刀在月色下霍霍响了
镰刀磨得如月色一般光亮
他们收获春收获夏

收获岁月收获全部寄托

汗流光了今年的心血浇光了
他们累了他们疲倦了
倚着山样的谷堆
听中央台广播万元户
他们心中盘算后很失望
除去化肥农药水费电费
一年汗珠用箩装和麻袋装
堆满了仓库堆满了心室
但他们成不了万元户
他们离万元户还差很远
虽然血汗流了这么多这么多

茅屋里的祝愿

灿烂星群中的黯淡光点
瓦屋丛中夹杂灰色茅屋
中国，在这一处乡村
并不是每家都富
跨进低矮的门楣
诗人啊，你歌唱的彩电呢
你歌唱的三人沙发呢
自鸣钟缝纫机自行车不见了
主人递过来"圆球"牌纸烟
哪里有带嘴的"红双喜"
在辣呛的蓝色烟缕中
有一个诗人的大脑在深思
诗歌啊，在耀人的光环里
不要忘了这偏僻的一隅
写写这里吧，我决不是抹黑
我渴盼这灰色也光亮起来

快了，等几个孩子读完书
我就少交一批赞助费（注）
等妻子病好就有了帮手
只是乡间各种各样的税款太多
田种好点，还是出得来的
主人信心十足地笑了
那笑里有光明也有力量
茅屋是暂时的暂时的
灿烂的星群将消失暗淡
彩电会有的！三人沙发会有的
自鸣钟缝纫机会有的！自行车会有
我有信心和力量的茅屋主人呵
我祝愿你，祝愿你
拥有诗人歌唱的一切
那是明天，明天在心中
而今天还是踏踏实实
去你的大田劳作，流汗！

注：我家乡的一所中学，在第一个教师节时，每个学生要交60元赞助费

售 粮

不需要动员不需要督促
不需要喜报不需要奖励
不需要政治工作不需要大批判
一船船的谷子运来了
一车车的谷子拖来了

粮站前摆起了谷子的长龙
粮站前堆起了谷子的高山
这个季节能出动的全部出动
能装的地方全部装满

公路上扬起了遮天的尘土
板车手推车拖拉机
轮子转动转动转动
小河没有平静的时刻
大船小船衔尾而飞
压得河水上涨上涨上涨

收下吧收下吧收下吧
他的谷子风干扬净颗粒饱满
收下吧收下吧收下吧
他的谷子成色好颜色鲜
找领导递条子走后门
他们在粮站前等了三天
他们等着钱交水费电费
他们等着钱给儿女置衣衫
他们等着钱安排下步生产
两担谷子就三张大团结
一个小贩一天就可以生产
收下吧收下吧收下吧
黝黑的脸诚恳的眼
朝着那个抽烟的傲慢粮管员
铁门哗啦关断今日的希望
叹一口气再等再等明天

农民父兄啊，我要为你们呼喊
为什么你歉收难丰收也难
祖国，请关照一下这些售粮的儿子！

1985年10月5日武昌东湖

乡村的忧思（五首）

> 我说的是白话我说的是实话，你说不是诗就不是诗，我原来就不想写诗
>
> ——作者自白

赤脚医生走了

走了，他们都走了
多么好的小伙子
多么好的大嫂子
叫村里人想你们流着泪

小伙子的医务室关了门
放药的架子结了蛛网
赤脚医生到城里打短工去了
小伙子走时烧了全部医书

大嫂子中暑倒在稻田
赤脚医生走了
没有人抢救她
她就死在送往城里医院的路上

她走了，走到坟墓里了
丢下个上一年级的女儿

他走了，走向挣钱的工地
丢下了一村人的疼病和死

为什么他要走啊？
乡村的赤脚医生都走了
没有人给他们钱买药
他们已属于历史

村长敲锣修水利

抽水机站的电动机
夜里被谁偷去卖钱了
抽水机站的小屋子
成了狗们偷情的场所

村长敲锣叫人们上水利
人人都没听见
他们说没有时间啊
要在家里种田种地

水库的堤坝垮了
有人把石块搬回去砌猪圈
浇灌渠道淤塞了
有人往渠道里倒垃圾

旱魃黑着脸来了
村里人跪在田里求雨
涝魔呼啸着来了
大家就在白茫茫的水边哭

村头有座土地庙

李家做生意发了财
李家的女儿好多啊
李家在村前修座土地庙
修得好漂亮哟

李家的媳妇早晚烧香
跪在土地爷面前乞求
她乞求什么呢?
她乞求一个儿子

李家媳妇生了儿子
李家公公放挂万字头鞭
李家请了六十桌酒
李家把土地爷镀了金

土地庙前排起了队
土地庙的香火好鼎盛
善男们磕破了头
信女们跪肿了膝盖

人人都来打麻将

不开会了不学习了
乡村的夜晚好寂寞
土地分了活路少了
村民们好闲逸

家家做了新房子
家家添了好东西
家家买了麻将牌
人人都来打麻将

输了钱了赢了钱了
输了的输得越多
赢了的赢得越多
钱是人们追求的目的

于是田忘了种地忘了种
输红了眼睛输发了疯
输光了钱就卖房子
房子输了就输妻子

不开会了不学习了
乡村的夜晚好热闹
人人都来打麻将
麻将声中没粮食

村子里最破的房子

村里盖起了许多小楼
好多人家买了电视
村里最破最差的房子
是孩子们读书的学校

孩子们在教室里上课
趴在泥墩上写字
天晴就戴顶草帽
变天就坐着淋雨

上课的钟声响了半天
老师才走进教室
老师刚从田里起来
腿上还沾着稀泥

校长找村长乞求
老师三个月没发工资
村长苦着脸说
没有钱真对不起

老师不愿住最破的房子
老师辞职去做生意
孩子们就自己放假
村里多了好多小劳力

       1989年3月10日武昌东湖

20 世纪 90 年代

三月的歌思（二首）

小村塑像

村里人的双手都是耙子
耙着哗啦哗啦的钞票
瓦房小楼一幢幢竖起
彩电音响小汽车锃锃闪耀

桌上有鱼肉杯中有醇酒
兄弟俩却为一只鸡蛋争吵
一件小事能闹得邻里不和
劈里叭啦的麻将声响彻通宵

有人不声不响拉来沙石水泥
请来砌匠师傅量量瞄瞄
在三月一个晴朗的早晨
矗立的塑像朝小村微笑

小村一刹感到震颤
喧腾的早晨怎么静悄悄？
塑像是亮在村头的一把火
把人们的记忆点燃灵魂烛照

于是有人早起扫了村道
闹了意见的邻里主动检讨

麻将声从此掩旗息鼓
敬老院收到好多水果蛋糕

小学校给塑像系上红领巾
老师正给孩子们作介绍：
他叫雷锋，是个好叔叔
他呀，特别好！特别好！

稚嫩的小手

一只稚嫩的小手伸向柜台
踮起的脚跟踮起一脸稚气
稚嫩的嗓音一声声呼喊：
阿姨，请给我雷锋的故事

柜台里的阿姨无言以对
书架上摆满了厚的薄的书籍
有网络有游戏有传奇有动漫
就是没有雷锋的故事

稚嫩的小手像一株嫩芽
渴盼春风渴盼春雨
渴盼浇灌渴盼滋养
渴盼那本红封面的小书

稚嫩的小手发出呼吁：
我们的小说我们的新诗
看到了这片嫩绿么？
你们在这里洒了多少雨滴

一只稚嫩的小手伸向柜台
人们为什么经常把他忘记？

三月，春风吹开百花的季节
雷锋才又回到中国的土地

拉起那稚嫩的小手
无言的售货员同志
到大街去到人群中去
那里会有许多雷锋的故事

1990年3月18日武昌

我的祝福

我的祝福是普通的祝福
来自一个中国人的赤忱心底

我祝福那圣火点燃的刹那
就点燃了一个十二亿人的中国

从此那圣火就燃在我的眼前
燃在探求者那蓝色的夜空

燃在风雨未归人母亲的窗前
燃在跋涉者漫漫长途的驿站

我的祝福是永恒的祝福
圣火永燃！圣火不灭

因为这圣火属于强盛
因为这圣火属于中国！

1990 年 8 月 28 日武昌

中学教师自白

职业只是提供了一块土地
如何开垦如何撒种如何培育
是收获狗尾巴草还是收获谷粒
一切全决定于每个人自己

社会分工我成了中学教师
我就默默地进出于办公间和教室
同一群学生共了命运
就如我抚育了一群孩子

我用粉笔和语言在心田耕耘
种下的庄稼生长得茁壮翠碧
把青春把岁月把热血浇洒
我的庄稼丰硕饱满没有瘪粒

秋天,一阵收获的欢笑之后
我的心有一刹的落寞空寂
孩子们飞了,飞到了远方
我又去抚育一群新的孩子

职业无所谓崇高无所谓低贱
一切全决定于每个人自己
假如下辈子让我选择职业
我还是去当一个中学教师

1990年8月武昌

短诗 38 首

1

已经很深邃了
深邃得有些暗淡
深邃里透出恬静
成熟才能深邃
裸的树沉默的山
柔柔的水中荡着力

2

流动总是愉快的
山崖抖成瀑布
有绿树伴你而行
有山花朝你挥动
叫黢黑的老根
羡慕你的年轻

3

并肩联手
聚齐在这远山的怀抱
读一泓静水
荫庇一方土地
是材总会有用
那团白雾透出了消息

4

紫红着蹦跳着

一种浓得化不开的绿
被轻快的白剪开
丰满了的野外
绽开了悄悄的笑
山里的嫁娘是开朗的!

5
自由的解释就是
愿绿的绿
愿黄的黄
愿赤的赤
你裸着青色也无妨
世界因此更加美丽

6
高扬起一树灿烂
欲去点燃蓝天
白云和那平卧的坦山
只有湖水是明了人
一切只是开始
一切是生命的展现

7
海浪沙滩没有仙人掌
不是外婆的澎湖湾
却有沙滩脚印
走向嬉戏的水
啊,我的椰子树
摇曳在无垠的心空

8
爱是热烈的
火辣辣敞开了心胸

山里的爱没有遮拦
山里的爱炽热无私
青山可以作证
这一片爱火燃得真诚

9
恨不能轻搂袅枝
沐一身洁净与清新
我们并肩而立
朝远方眺望
那淡淡的轻云
正是春的思念

10
海浪轻拍
拍你成一处风景
就严峻地远眺
海平线外的蓝
蓝得悦目
蓝得赏心!

11
明媚翠碧才是青春
三月花开一脸粉红
心镜是晶亮的
晶亮得没一丝杂质
淙淙地歌唱
山里的处子艳着而不躁动

12
问你横空出世几千年
白了毛发
衬了蓝空

一身的琳琅叮当
寂寞么？
你很凛然！

13
一瀑飞挂
刹时枫叶红了
红在风光处
人生有限
要红就红得热烈
要迸就迸出壮丽

14
午后深潭
流云在远处漫游
唤不来风
碧波不兴
树们在默读
一片凝固的静

15
昂首入云空
一颗高贵的头颅
倒映在水中
世界满是难题
人与自然
荡起思索的波纹

16
远山也濛濛
近水也濛濛
远山近水晨岚中
一树白梅俏

数枝红梅带露浓
人在何处听春风

17
雨后深山落彩虹
几枝松柏翘
雾里阳光分处鲜
山悄悄桥悄悄
跫音响起
可有神女到？

18
园深沉
日月已成熟
金叶挂满树梢头
竹篱石条路
一地落叶何须愁
满眼亮色好个秋！

19
山青青
水深深
青山绿水绕白云
缕缕初阳开烂漫
小镇晨妆对镜
一指向长空

20
梦里山在何处
几片绿树红叶
一座巍峨城堡
晋天尽是乳色
山在浮游城在浮游

世界在梦里飘摇!

21

雪冻远山
锁村铺荒原
唯有河深盖不住
静悄悄流去
几蓬嫩枝未折
明春与水天共颜色!

22

这个世界很美
红红绿绿五彩缤纷
大家都在装扮生活
大家都在礼貌文明

压抑了好久
本想发泄个充分
可一抬头就变初衷
翩翩起舞也作一处风景

23

幽处藏着恬静
挂几尺涧水叮叮咚咚
涧瘦竹艳花一片
秋色更浓更深

秋天是成熟的季节
成熟了色彩和生命
秋天是充实与沉着
涧水都流得稳重

24

春色满园关不住
满园秋色扑面浓
浓在铺花的小径
浓在沉甸甸的背景

绿亭屹立凝重
石桥鞠躬几点花红
秋色在园中也在园外
秋色在育在人心中

25

一个民族举起鲜花
一个国家绽开笑颜
来吧,朋友
我们在北京相见

友谊是热的
如这火红一片
感情是深的
如这蓝天般高远!

26

中国人喜欢白鸽
她是可爱的生灵
中国人饲养白鸽
中国处处飞翔着和平

把白鸽放进花丛
和平被鲜花簇拥
白鸽展翅高飞
和平遍撒宇中!

27

睡狮早已醒
沐一片阳光
凛然大气
不愧百兽之王

雄风抖擞
抖出红花金菊开放
啸一声吧中国
那声威如雷震响

28

凌波踏浪
一片花的海洋
举足扬首
东天一道金光

长吟一声奋起
沸了五湖三江
传人十一亿
都在奋发图强！

29

土地有无限滋养
播下一枚构思
就长出个绿色宝塔
一根竖起的手指

绿色是不朽的颜色
笔蘸绿汁
就能在大地书写
不朽的生命之诗

30

马踏飞燕
那个传说不论
扬起你的劲蹄
驰过铺花的草坪

奔驰才有价值
远方有迷人风景
披一身风雨
踏不歇足音

31

是大显身手的时代
有色彩就绽放色彩
有热情就释放热情
花山花海处处沸腾

孔雀是爱美的族类
孔雀有寻求美的心灵
在这争妍斗艳的地方
孔雀哪能不开屏!

32

嬉戏在花圃
你们这一对国宝
人民给你们什么寄托
你们可曾知道

你们纯洁可亲
你们代表美好
见到你们就见到中国
熊猫,一种美的代表

33

世界向北京瞩目
亚洲朋友光临
不仅仅是体育盛会
中国在鼓掌欢迎

百花开放友谊
彩旗摇动心旌
亚洲心跳成一个频率
东方在跑道上前进!

34

在这无声处
听见锣鼓敲得激昂
一排绿色的狮子
把欢乐踩响

是盛大节日
还是嘉宾来访
欢声笑语里
一个民族自信而有力量

35

一只盛装的孔雀
歇在天安门广场
刹那间北京尽春色
中国处处呈吉祥

一只盛装的孔雀
朝着远方眺望
她怎么可能东南飞
吉祥鸟有了永久的故乡

36

可以是安静的处所
但不是怡然自得的地方
虽有不谢的花簇
虽有鹤在水面徜徉

可以在静中沉思
可以在怡中遐想
总应有新的东西
在静怡园里成长!

37

陆地上的海啊
起伏迭宕
落下红的波谷
卷起黄的巨浪

陆地上的海啊
彩波荡漾
荡开红润的笑脸
耸启黄皮肤的脊梁

38

心中飞出的半圆
色彩搭成的桥
连接了你我
从此我们分离不了

向着彩虹走
脚下是宽展的大道
肩并着肩手挽着手
彩虹是我们的笑!

1990年11月为湖北美术出版社出版的几种挂历配诗。武昌

血色红安（八首）

红安的土地

这是一片普通的土地
在中国这样的土地到处都是
山凹的瘠土不生长财富
高崖的陡峭悬挂着贫穷
真正是斗笠般的田畴哟
低矮的茅屋里只能走出
黑手黑脚的造反者

梭镖大刀长矛的兵器
暴动在那个冷凄的夜晚
飘动的红色标识带
蘸着血火与硝烟
写这块土地的第一页履历

诗人的避讳我无法绕开
要准确地写出这块土地
我要让数字入一次诗
为了人民共和国的诞生
这个县死了十四万人
其中有二万二千五百五十二名烈士
这里走出了三支红军队伍
这里出了二百二十三名将军
这里出了两任国家主席

将军们骑马走了之后
主席们没有再回来
纪念碑高耸在蓝天
陵园花木蓊郁翠碧
还活在这块土地上的人们哟
他们静静地和共和国站在一起
看着陵园的花开与花落

第七十二名

村里有个老人死了
全村人都为他送行
花圈摆了许多许多
县里省里北京的领导
都来悼念他的英灵
他是村里的普通农民
他是村里第七十二名红军

村里人在好多年前
送走了他们七十二个
共和国诞生的一个早上
村里回来一个老兵
他们呢？那七十一个呢？
家乡的青山瞩望
老区的流水发问

老兵默默地俯首
躬着满是伤痕的腰身
从此他晨起赤脚下田
暮归时牵牛肩犁走过田埂
战场上未流尽的热血洒在田野
绽一畈红花殷殷

红军时尚存的汗水浇在故土
长一片丰收告慰乡亲

几年后才知他是红军团长
肩负七十二人的追求
记着七十一人牺牲时的叮咛
老人皓首不绝的奉献
书写了一代人的精神
村里人送走了第七十二个
第七十三第七十四第七十五……
队伍里走来一群一群

李家大屋

屋里走出个小木匠
小木匠背着斧头刨子
走在不平的山路上
早出晚归小木匠很勤劳
仗义执言扶困帮贫
小木匠心肠好

小木匠后来走了
参加暴动当了苏维埃主席
小木匠带着许多人马走了
转战南北白了鬓发
小木匠后来当了国家主席
斧头和刨子还留在李家大屋

山里的树疙瘩多
小木匠用斧头砍削
小木匠用刨子刨平
小木匠用树木做成家什
那家什又鲜亮又结实

治理国家要呕心沥血
国家要繁荣要强盛
国家主席很勤劳
他全心全意工作着
虽然不用木匠的斧头刨子
国家也很鲜亮结实

许多年过去了
后来者前来参观
李家大屋其实只两间小房
后来者在这里看斧头刨子

铜　锣

颂歌已经唱了许久
大别山腹地的红安
红安的一面铜锣
举在高大的赤卫队员手中
被激越豪放的诗句
擦得闪闪发亮
像陵园墓地的一面太阳

那首民谣那首　铜锣一响
四十八万　男将打仗　女将送饭
民谣印在书上流传口上
年年清明花圈从中
静默的致敬时刻
那首民谣被人念起
念起就望见陵园的铜锣
被高大的赤卫队员举着造型

我见到那面铜锣了

革命文物陈列馆里的铜锣
很朴实很暗淡很久远
历史的烟尘染得很严峻
在回忆在深思令人肃然

我站在铜锣面前久久不语
铜锣是老区一只不闭的眼睛
我突然觉得颂歌很苍白
重要的是那喤喤的声响
八十多年前使四十八万人暴动
八十多年后使六十六万人奋起

乘马岗乡

乘马岗　乘马岗
穷得丁当都不响
阴阳先生看不透这里的风水
朝朝代代统治者都不愿光顾
茅房烂屋冒不出炊烟
讨吃打工卖儿女
人人脑后都有反抗之骨
人人脸上都有富贵之势
乘马岗　乘马岗
穷山恶水之地
藏龙卧虎之邦

风雨硝烟九十年过去
乘马岗有三千烈士户
山山留了战痕
岭岭响过枪声
中国革命在这里
造就了十二名将军
三十四名省军级干部

从这里乘马上征程

乘马岗　乘马岗
一块风水宝地
将军们都乘马去了
后来者乘马跟上
汗水浇穷山山山绿
热血染恶水水水清
乘马岗　乘马岗
大别山中一个乡
老区一面不倒的旗

新四军茶园

四月的茶园摇曳少女
茶树很绿很绿
绿遍大别山的岭岭坡坡
少女很红很红
红成一片烂漫的山花
四月开始采新茶
茶园和少女构成风景

击退反动派的一次次进攻
山坡成了劫后的土地
树倒了山焦了战友牺牲了
热血把土地染得好湿
司令员踏着静悄悄的阵地
默默地举起了修工事的镢头

一把把镢头举起
一颗颗茶籽播下
浓郁的硝烟还未散去
大别山的土地就开始孕育

嫩锐的芽尖朝上伸展

队伍突围出去了
战士又倒下许多
只有山坡还在
只有茶籽还在
在战士流血的地方
茶叶长得很茂盛
采茶的少女开成红花

四月的茶园摇曳少女
年年清明采摘新茶
漫山遍野碧绿的思念
种茶人播下的种子年年发芽

王秀松的故事

父亲生了他爱了他
供他上了洋学堂
父亲却没能阻止他
参加一次穷人的暴动
建立了苏维埃政权
他是暴动者的领袖
领着穷人分了父亲的土地
父亲痛骂这个王家逆子

他的故事在鄂豫皖
如漫山遍野的茅草
生长在每一个角落
他带着队伍上了山
他的父亲就开始反攻倒算
要回了分出去的土地
公开和红色苏维埃

竖起了对立的旗杆

墨黑的夜山风吹轻寒
他潜伏在山林之间
他堵了父亲的窝子
父亲喊着他的小名
他却默默地摇头
就送给他父亲
一颗震撼大别山的子弹

不知他当时是否犹豫？
父子情是否闪过一瞬间？
枪声是最终的回答
革命者用血写的事实
让我写成故事朝下流传

干　娘

干娘在地里锄草
日头正烈蝉鸣山野
干娘是八十岁的孤老
默默地干地里的活儿

豆苗和杂草分得很清
汗水从干娘沟壑般的皱纹里
滴落进土地
干娘在地里锄草
想唱一支年轻时的歌
嗓子却像干涸的河
喑哑得没有一点水声

将军从很远的地方来了
翻过了几重山越过了几道岭

将军在地边愣了
立正站成一棵松树

枪声像爆豆般响过来
红军战士藏进干娘的怀抱
干娘交出了自己亲生的儿子
让敌人在河滩上杀死"红军"
两只红薯送战士上路
干娘　战士在心里一年年喊着

将军两肩上的金星沉默了
日头把金星的光泽反射很远
干娘　将军把几十年的思念
迸聚进这一声呼喊
喊声里储藏的分量
大别山的土地也压得颤抖

干娘拄着锄柄眺望
喑哑的嗓子终于唱出一支歌
送儿当红军！

　　　　　　　　1991年4月武昌

生命的原色

颜色不能涂写季节
并不是冬天就白春天就绿
颜色一是能书写生命
管你寒来暑往春夏秋冬
该红就红该褐就褐
褐就褐得厚重挺拔有力
红就红得妩媚艳丽热烈
生命是一次自然的裸露与爆发
褐色的胸脯　褐色的深刻　褐色的思索
力量　意志　深邃　冷静　凝成的色啊
红色的脸庞　红色的血液　红色的欢快
青春　活力　热情　俊美　染成的色啊
当火红的月季与苍褐的树身相依
生命就完成了一次完美的组合
组合成青春与岁月的和弦
组合成朝气与成熟的人生！

1992年1月27日武昌

葛店开发区诗情（三首）

决策者的眼睛

决策者的眼睛很亮
睿智的头脑两盏明灯
透过世界缤纷的色彩
他们看明白了许多事情
决策者的眼睛很忙
读世界经济一本大书
睿智的头脑不断思索
思索得明晰思索得冷静

地球上屹立的一只金鸡
决策者的眼睛注视一个地方
葛店，金鸡翅上的一根羽毛
让每根羽毛都振起
一个民族才能腾飞
决策者的眼睛很亮
葛店开发区被画了个红圈
就像他们熬红了的眼睛

决策者的眼睛很亮
来访者透过这双眼睛
看到了希望和决心

土地的新收获

年代悠久了许多世纪
岁月辗转在这块土地
我的农民先辈挥汗如雨
翻耕播种脊梁让日头
晒成一片紫褐色如土
收获过麦子大豆谷粒
收获过贫困收获过停滞
收获生老病死离不了这块土地

当代魏武挥鞭
这块土地上开始了新的耕耘
经济驾起巨大的犁
开发成一头拓荒剪影
晨晨暮暮日落西山日出东海
挥洒智慧播下科学种子
这块土地绽第一片绿色
蓝色黄色火红色高大硕壮
越悠久年代没有过的庄稼

二十世纪九十年代
葛店这块土地很肥沃
土地上收获着繁荣与昌盛

新城遐想

走在这条还有泥泞的路上
路基很硬很坚实
他们说这是中部的深圳

大楼正在往蓝空中升高
开发区人的一种意气
已经在四周回荡
推土机吼叫着什么
那是一句推掉陈旧的口号

走在新城的大道
霓虹灯在夜空中闪烁
摩天大厦宾客如云
绿色广场上情侣徜徉
度假村飘逸小夜曲
下夜班的三资企业工人
走进咖啡店消逝疲劳
卡拉OK抒发一怀情愫
新城之夜是一只五彩凤凰

葛店新城正在诞生
他们说这是中部深圳
要遐想就早点来感受气氛！

1992年10月武昌

清江之歌（四首）

清　江

是根碧绿的带子
系在母亲的身上
逶迤辗转了八百里
一片亮丽的风景
欸乃的橹声响起
桨片拨起笑涡
白帆高扬起
鼓笃笃的风啊
船队载满了山色
向着前方行进
号子响起来了
船歌唱起来了
雄浑深沉婉转
没有妹妹坐船头
哥哥在岸上走
拉纤者赤脚踩在江滩
只有喘息只有汗水
脚印深刻有力
云来了雨来了
云飞清江雨洒清江
是根绿色的带子
抖开了八百里岁月

系住了数千年历史
只是沧桑变化
浑不了一个清字!

隔河岩大坝

在这秀色漫溻的山中
沉寂而深远的岁月里
一只硕大无比的手巴掌
有力地竖立起来
拦住了一江水流
和万顷喧腾的碧波
有了一块与云相映的镜子
一片绿色的平湖
手巴掌并没有合拢
水头由指缝间一泻而下
扯起了一挂云帆
留下了力留下了电
留下了光明和财富
这是一只钢铁的巴掌
这是一只巨大的巴掌
这是万名水电建设者
伸出的血肉巴掌啊
静静地默默地
在这万山丛中
在这远离都市的地方
伴着江流伴着涛声
伴随着历史的脚步
创造着不落的太阳
啊,隔河岩大坝
一道建设者们的丰碑!

武落钟离山

一个民族的发祥地
清江畔高耸的奇山
武落钟离我来看你
怀着深深的敬意
盔头岩那顶头盔
牛角岩那支牛角号
廪君啊向王啊
你是一个民族的象征
掷剑击穴土船渡江
你是土家族勤劳勇敢
善良执著的凝注
向天吹起牛角号
吹出一条清江啊
我从心里相信
这一条清澈无比的江
是你的创造
是你领着土家儿女
数千年的创造
这是一条民族的江啊
像这个民族一样的美丽
一样的富有奉献精神
武落钟离山顶
我站在向王庙前看清江
一个民族与一条江
在烟雨中流出魁伟的历史！

清江走排

绑扎得很紧很紧
像并排挽臂的弟兄
从此命运与共
从此只有一个朝前的方向
水很清很清
水很急很急
暴跳起来滔涌天浪
咆哮起来举万只拳
掀你到高的浪尖
扑你到底的深谷
撕扯你颠簸你
湿你衣襟砸你身躯
诱你以深潭
骗你以礁滩
陡峭的波峰与惊险的浪谷
给你重重考验
清江走排的汉子
双脚钉在了木排上
稳稳地紧紧地把准方向
不断随河床变化而变化
在急流上奔行
那是人生的一大快意
什么都奈何不了你
只要把稳了那把舵
就一定能到达目标！

1997年7月21日武昌

中 山 舰

岁月的风尘蒙难的历史
五十八载的沉睡等待
在这一刹那轻轻抖落
呼啸而出昂首凌空
灿烂了云霞沧海
还我英雄本色
直指苍穹锷未残
高挂长帆向明天
一代名舰巍然
矗起中华民族魂!

1997 年为中山舰照片配诗

长江抗洪诗抄（三首）

荆江大堤

高空下，大野里
胸脯抵住一江浊水
你巍巍站立
我用意志筑你
我用血肉筑你
我用嘶哑的呼吼
我用奔跑的脚步
我用风用火
用滚滚沸沸的激情
身躯倒下成一包土石
筑你加固你保卫你
荆江大堤啊我的生命之堤

疯狂没有理智
浩茫茫一江浊水啊
伸出浪牙啃噬你
撞击你，刺杀你
从你身上踏过去
集聚了汹涌而来的膂力
狞笑着要摧毁你
你是英雄你是硬汉
你顶风冒雨你泥里水里

你迎上去你抵挡住

伸出铁臂击水千丈

抖起长缨缚住苍龙

荆江大堤我的生命之堤

你身后的江汉平原

你身后的大武汉

在歌赞你在瞩望你

在给你力量给你信念

人民不倒

钢铁长堤不倒

高空下，广野里

笑对浊水巍巍屹立！

好　兵
——致一位十八岁的战士

没有战争的年代

你参加了战斗

五十多个日与夜

一条失去理智的大江

把你与大堤拴在一起

土包是你的血肉

石块是你坚硬的骨头

雨猛风啸压不下你的呼吼

巨浪狂澜掩不住你的身躯

缺口处你是挡浪的木桩

管涌里你是堵漏的意志

骄阳烈日几十度高温

超不过你血的炽热

千里长堤处处战场

哪里有险情哪里有你的身影

哪里有浸漫哪里有你的冲锋

旌旗飘扬处
我看到你的红心闪耀
人在堤在的标牌上
我看到你精神的升华
啊，一个十八岁的战士
我最亲最亲的兄弟
领导看望你们来了
大堤上将星在烈日下闪烁
堤下是你一片绿色的战友
力量的方阵肃穆庄严
将军一声 同志们
方阵里爆发响亮的回应
这时你却在方阵里倒下
你太累太疲倦了呀
年轻的承受力已到极限
泥里滚水里爬冲锋陷阵
你挺过来了挺过来了
在这光荣的时刻
在亲人前来慰问的时候
你却倒下了我的兄弟
战士们立即填补了你的位置
我看到将军的睛睛湿了
泪水伴着自豪迸出
你们都是好兵！
都是好兵！都是好兵！

重建家园我们播种

过去了，猖獗肆虐的洪水
我们用血肉意志
击退呼啸而来的浪峰
凯旋奏鸣曲响过之后

胜利的旗帜招展之际
我们回望灾后的家园和土地

坍塌的房屋，废墟般的村庄
田野只剩下一片疮痍
几十年的心血毁于一旦
毁不掉的是我们的志气
把腰杆挺起来
把头颅昂起来
我们身后有伟大母亲
我们身后有十亿兄弟
重建家园，我们宣告
走向田野
走向大地
就像我们七十多个日夜
坚守在不倒的钢铁长堤
抓一把热土捂胸
驾起牛，扶起犁
让肩胛上的汗粒闪亮
让胸脯上的腱肉鼓起
扬鞭，弓背，向前
中国农民的塑像在大地屹立

灾后的土地一片空白
空白的土地好重新设计
我们要收获理想
我们要绘制美丽
千里迢迢，无私的支援
优良的种子送到我们手里
精心培育，一颗一颗
苗壮的幼苗满含情意
我们用理想播种
我们用信念浇苗

我们播种，我们栽种
播下党和政府的巨大关怀
种下全国人民的深情厚谊

面对损失，面对困难
面对颗粒无收的秋季
气馁不属于我们
我们夺取的只能是胜利
重建家园的时候
我们想起刚刚过去的日子
冲锋抢险军旗红星
风浪里并肩的搏击
抗洪的精神与我们同在
英雄的军队和我们一起
坍塌的房屋竖起来
毁坏的村庄建起来
劳动的号子在田野回荡
进军的脚步彻夜不息
啊，重建家园我们播种
把太阳播下去
把月亮播下去
把一个崭新的明天播下去
啊，重建家园我们播种
把理想播下去
把希望播下去
把一个硕大的丰收播下去
明天，我们收获一个大海
富庶与繁荣在海面荡起
永远永远的涟漪！

1998年8—9月荆州武昌

写给三峡工程的诗（四首）

贡　献

我和我的家人们
我们天天用许多电
照明，洗衣，取暖或降温
烧水，煮饭，听课或看电视
我们按月交纳电费
用我们有限的工资和收入

和那些伟大的决策者
和那些杰出的设计者
和那些英勇的建设者
和那些用劳动用心血
用生命用毕生的精力
投入三峡工程建设的人们
我们怎能比啊
我们从电视里注视着
我们从报纸上阅读着
一种尊敬从心底涌起
一种惭愧留在心中

我和我的家人们
我们天天用许多电
我们每度电多交4厘钱

据说这也是一种贡献
这是一种贡献么?
啊,三峡,人民心中的工程!

移 民

生你养你的地方
生你养你祖辈多少代人的地方
这小路这菜园这猪圈
这老榆树这高高的老门槛
还有啊,水井,竹林,橘园
小学校,石板街,吊脚楼
都在心里焐热了在手里
摩挲得圆圆滚滚
就告别了吧,扶着父母
背着七十岁的老奶奶
告别了家乡告别了这熟悉的一切
移民,为了三峡工程
库区大移民从我开始

走吧,爹啊娘啊
那些坛坛罐罐那些鸡呀鸭呀
那些挂在树上未成熟的果
不能收获了,拿不了啦
这就叫做牺牲
奶奶,坐在背篓里的奶奶
莫回头了,我们去的地方
和这里一样好呢

走啊走啊,朝前走啊
车队人群牲口,背驮肩挑
人生的一次大转移

为了世代人的梦想
为了中国人的憧憬
我们移民，用双手
重建一个家园

记入史册的日子

八点，我打开电视
我到了大江截流工地
都准备好了，整装待发
巨大的翻斗车群
700匹马力的推土机
工地肃穆而庄严
江面有团团飘动的雾气
而人们，此刻正在等待
我听见中国的心在胸腔里跳动

信号弹升起来了
太阳就出来了
山呼海啸万马奔腾
翻斗车举起翻斗倾倒
成万吨的石头跳进龙口江面
戗堤，那建设者伸出的手臂
那是领袖那是国人
也是我伸出的手臂
缓慢地有力地不可更改地伸出
伸出，伸出，当两臂相握时
世界在这一霎感到振动
三峡工程大江截流成功

江上的雾早已散去了
明媚的太阳出来了

1997年11月8日
这个记入史册的时间
将随着长江的流水流淌
将随着三峡电站的电流
永久地闪光!

他们在谈什么

一位是党的总书记
一位是国务院总理
在三峡工程大江截流现场
他们并排坐在一起
脸上是庄重沉静的笑容
他们瞩望繁忙的工地
那车吼人流,江声浩荡
他们胸有成竹他们镇定若如
共和国的领袖啊
他们在看着一场
史无前例的开天辟地战役

他们在静静地交谈着
他们在谈着什么呢
在截流工地露天指挥台上
在秋日的艳阳中
在全国人民观看的电视直播里
他们在交谈着
那么平静那么融洽那么协调
党的总书记和国家总理
他们在谈什么呢
在谈三峡工程
在谈截流气势
在谈高峡出平湖的理想

在谈中华民族的当代壮举
总书记和总理轻轻交谈
信心成功和胜利就一起走来！

1997年11月9日武昌

文学之舟
——《长江文艺》50年刊庆

你航行了50年你这艘文学之舟
你运载一批批乘客到达理想之岸
你栉风你沐雨你驶过岁月历史
你从起航那天开始就没降下过风帆

少年就捧读你我的文学之父啊
青年就投身你我的精神家园
坚守的旗帜在你桅杆上高高飘扬
风浪中我们与你同在,直至永远!

1999年5月3日武昌

黄钟大吕（三首）

一首诗的诞生

一个市民将写给市长的信
投进他身边的绿色邮筒
一首即将流传千古的诗
构思在一个武汉人心中

你把对历史的思考
你把对现实的叩问
你把对祖国的热爱
你把对新世纪的憧憬
凝成了热烈的语言
深情地写在薄薄的纸上
寄给你的城市的市长
铸造千年钟的建议就此诞生

你是个工人，或者已下岗
你是教师，或者是在校学生
是个普通干部或者知识分子
商人？或许是个总经理
不需考虑，你的职业重不重要
我说你是一个普通的诗人

啊，尊敬的市长同志
你捧读的信是一首诗
是个精巧构思，是武汉
700万人民的心声啊
浇筑个千年的大钟
用钟声迎接21世纪的黎明
这是大手笔啊市长
构思于民间写作于政府
在二十世纪之末
一首壮美的诗篇写成
市长同志，谁说武汉无诗意
谁又能说你不是一个诗人！

浇铸大钟

操作工立于宏大浇铸场
风呼火啸钢铁铿锵
飘扬跳荡的火焰
舞一条条红绸于灰色
增添生活的明亮

操作工立于巨大熔炉边
熔炉里的汁液激荡
好滚沸的激情啊
这些铜的水金的水
全都是一片红色汁液翻滚
还要加热，加热到1200℃
操作工你把我的心血和热情
你把我们的心血和热情
你把700万武汉人的心血和热情
加进去，让温度达到标准

操作工立于雄伟铸模旁
铸模是慈祥博大的母亲
操作工扬臂挥起那火红
熔炉，小心翼翼小心翼翼
移动，移动到铸模身边
轻轻，缓缓，一缕缕地
让那铜的水，金的水
进入模墙，铸进灵魂
啊骨骼，啊血液，啊肌肉
铸模母亲已经孕育
一个集日精月华五古十代
700万武汉人精神和意志的儿子
啊，操作工我的兄弟
我们一起欢呼他的诞生吧！

钟鸣江天

大钟在蛇山之巅敲响
沉伟宏大挟风裹浪
犹如迅疾飞翔的信鸟
穿过旧世纪的浓雾层云
穿越中华5000年的历史
迎来21世纪的第一缕阳光

大钟在黄鹤楼边敲响
清亮寥远声韵悠长
犹如一双温情的手
抚摸着醒过来的城市
轻叩着700万武汉人的心房
新的一天开始得温馨舒畅

大钟在长江之滨敲响
急切铿锵声调昂扬
犹如进军号进行曲
激起浩浩荡荡一条长江
千轮万帆汽笛长鸣
南来北去东进西往

大钟在我心中敲响
亲切深情声声慈祥
犹如母亲呼唤着儿子
切莫负这新世纪的春光
生活是一种创造
生命要谱写华章
奋斗啊，在新世纪之始
我拿起诗笔，写我的祖国
用我的衷肠　千年大钟
你永远传播着吉祥！

1999年12月4—5日武昌东湖

2000 年之后

题楚人《金秋夕照图》

这是繁荣茂盛之后
繁荣茂盛之后的成熟
瘦金是你的躯干
铮铮　呈现硬度

这是放开伸展之后
放开伸展之后的成熟
饱满是你的思想
沉静肃杀垂挂深度

生命有不同的线段
有春有冬有夏也有秋
复杂的人生展示
理想在繁复中昂首

我们举起丛生的胳膊
我们高扬秋天的头颅
我们把世界放在心里
清茶一杯当酒！

2000年1月5日武昌

荷花映日

在大地之腹孕育
冲出黑暗的泥潭
别纠缠我　水草
别遮盖我　绿荷
我渴盼着温暖

抖开命运的羁绊
撕开紧裹的衣装
张开粉嫩的脸庞
我裸露金子的心
向着东边的方向

啊，那一轮太阳
我的追求我的向往
沐浴我吧照耀我吧
用你的金色之光
纯净我的灵魂

我在阳光下展现风姿
我在蓝天下绽开笑颜
我用生命，还有
我的一腔热血
装点世界几片红色！

2000年1月5日武昌

写在桥梁建设工地（三首）

芜湖长江大桥

万米长桥横亘
谁写下惊天一笔
连接了阻隔千年的心愿
突然停止的脚步
和隔岸相望的思念

芜湖市通畅了你
就迈开大步走过去
摆在江边的汽车轮渡
火车轮渡
叫它们休息了
永远停靠在历史博物馆里

我是赞美这美丽的桥
你的智慧他的力量
千万个桥工的青春年华
心血汗水和默默的牺牲
万里长江伸展的臂膀啊
我们从20世纪
跨到21世纪！

桥梁工程师

超过40度高温的桥面
安全盔下黢黑的脸
眼镜被汗水浸染
胡子拉碴多久未剃
那身旧工装难掩
刺鼻的汗酸味

太阳底下躬身忙碌
测检各项工程数据
执行施工的每项标准
那精神的贯注
那细致入微的眼神
就像我如今在精雕细刻着的
一行行诗句

他们是一群　他们
散布在大桥每个关键部位
随便与他们中的一个交谈
不是本科就是硕士
啊，桥梁工程师
你们多么不像工程师
你们多么像工程师！

桥工的家

是温暖是温情是与妻儿
亲人同桌吃饭一起谈笑
是检查儿女作业是妻子

送上一杯清茶饭后一根烟
看完新闻联播翻翻晚报
或读几页书的地方
这是家啊家啊

在紧挨桥梁工地的江滩
那紧挨在一起的一片
用红砖砌就的简易平房
平房中一床一桌饭盒开水瓶
塑料头盔脏了的工作服
少了妻子的温馨
没有小儿女的稚声的地方
是桥工的家啊

修桥梁　吃食堂
住工棚　作牛郎
年年月月　月月年年
另外那个家在节假日
在梦里出现　四年
二个月在那个家
四十六个月在这个家
家啊家啊有修大桥的地方
就是家！

2000年8月24日武昌东湖

我们的诗歌父亲

在四月一个静谧的下午
默默地我独自坐在书房里
我久久地怀念，怀念
怀念我们的诗歌父亲

父亲诞生在苦难的年代
父亲成长于烽火的岁月
父亲战斗在民族解放的战场
父亲却落难于一桩千古奇冤里

坚强的父亲，韧性的父亲
受尽折磨没有倒下的父亲
你是悬崖边的一棵松树
你是波涛中一名永不言败的水手

当阳光重新照到你的头顶
你沉寂后重新的歌唱
是一面旗帜，是一片甘霖
催生了诗歌土地上的一排树

你走了，父亲，静静地走了
在一个四月的傍晚，父亲
我为你送行，诗歌为你送行
你的千千万万的读者为你送行

您走好，我们的诗歌父亲
在我的书房的书架上
你还站着，你的诗歌在站着
你在静静地看着我们，
陪伴我们永远歌唱！

2002年4月14日匆草武昌，
为15日曾卓追思会而准备

石牌保卫战

五月的一个傍晚,在 1943 年
战火映红了一条大江
那些从东洋来的入侵者
刺刀上挑着膏药旗
顺着长江而来,海陆空立体
妄图实现他的大东亚共荣

弹雨夹着死亡倾泻
炮火腾起硝烟翻滚
在长江,在一个叫做石牌的地方
中国军队筑起了钢铁防线
用有力的臂膀扼住了
敌人进军的咽喉

血雨纷飞,杀声遍野
疯狂的进攻,坚强的抵抗
用肉体用意志用民族的自尊
击溃小日本的黄粱美梦
从五月那个傍晚开始,30 多个昼夜
终于阻止了日寇西行的脚步

是东方的斯大林格勒啊
石牌写进了中华民族的历史
1943 年 5 月的那个傍晚
在战斗的间隙在中国军队的防地
我看见了那位指挥战斗的将军

采摘崖畔的一朵山花,血红血红!

60年之年,我和一群诗人
凭吊旧战场寻找当年的弹痕
江山依旧,石牌巍然
抗战纪念碑利剑入云
在崖畔,我看见那簇簇山花
如60年前将士的热血一样火红。

        2002年7月2日武昌

胜 利

我们，将意志垒起
成墙成城成防线
还有什么不能阻挡
还有什么不能战胜

我们，大中华民族
在贫穷落后的进攻面前
在外来强敌的进攻面前
曾经取得了一个个胜利

SARS，一个潜藏的敌人
在一个漆黑的夜里
踮着脚尖悄悄袭来
散发死亡和恐怖的信息

于是墙垒起城筑起防线织就
狙击手，最优秀的战士
用热血用青春用智慧用勇敢
向顽敌发起了攻击

我的兄弟我的姐妹
我们的心在一起跳动
我们里应外合
国家和民族是坚强的后盾

笑脸映着鲜花开放
春风骀荡一片信心
高扬右手 Victory
胜利一定属于我们!

2003年5月18日武昌
为《长江文艺》封二抗非典照片配诗

普希金之死

一百七十年前
那个法国人丹特士
手中的枪响了
一个伟大的诗人倒下
俄罗斯的诗歌太阳陨落了

普希金　诗歌的父亲
那一首首的诗歌
如一条闪着阳光的河水
流淌一个世纪又一个世纪
冲击出一块美的高地

一百七十年后
我们还责怪丹特士吗
如果诗人的枪先响了
那个法国人死了呢
我们还会怀念普希金吗？

有位诗人对我说
普希金从流放地回来后
在彼德堡日日放荡
夜夜进入上流社会交际
诗神已离他而去！

于是普希金选择决斗
不能看做仅仅是为了妻子

他的死保持了他的光荣
他的死维护了伟大的诗!

2007年12月14日,我57岁生日,
比诗人已多活了20年,于武昌

曼陀罗花

在空间在时间里
芳香艳丽地开放
白色的花朵好洁白
青青枝叶好青翠
装点了一方风景
曼陀罗花是怎样的花

自认为的辉煌灿烂
权高一品　位极人尊
大师啊　流芳百世啊
经典啊　富豪榜首啊
曼陀罗花美丽的花
她是麻醉品的原料

实实在在地活着
安安静静地做事
活成一棵柳树
轻点湖面碧水
荡一圈波纹
也是一种情趣
曼陀罗花
你热热闹闹地开放一季
我平平淡淡度过一生！

2007年12月16日武昌

流泪的镜头（四首）

瓦砾中的高中生

孩子们　头挨着头
静静地躺在瓦砾中
他们睡了　睡在
大地的溃疡上面

母亲们围着孩子坐着
他们已经流干了泪水
看着自己的孩子睡着了
她们怕哭声吵了他们

昨天夜里催他们早点睡觉
今天早晨喊他们按时起床
煨好了准备给他们晚上喝的汤
也被大地震掀翻了

母亲们围着孩子坐着
孩子们头挨着头
他们在瓦砾中睡着了
睡着了　从此不再醒来

他们好疲倦好疲倦啊
进入高三开始的冲刺

孩子们就像上紧了的发条
一刻也没有松弛的时候

睡吧　我的孩子
妈妈陪着你　直到你醒来
然后跟妈妈回家
我们不用参加高考！

走向废墟的老农

一根门框楞木做扁担
一头是斑驳的油漆桶
一头是破旧的编织袋
你挑着走向那片废墟

是的　你的家成了废墟
大地的一次痉挛
你的家没了　家里人
也没了　永远没了

你被从废墟中救出来后
如今又走向废墟
你记挂着家　家里的猪和鸡
还有地里的麦子与油菜

你埋着头在公路上走
迎着从废墟中逃出的人群
你带着分发的饼干和水
你回去收割麦子和油菜

那废墟中的家是你一辈子的心血
那地里的庄稼是你一季的汗水

怎么能扔下不管呢
你要那个家你要麦子和油菜

公路上你埋头朝前走
人活着就是要朝前走
你向关心你的人道声谢谢
然后继续朝那片废墟走去!

千秋脊梁

妻子用毛巾拭擦你
把你的脸你的眉眼
你的四肢你的胸脯
拭擦得干净圣洁

妻子拭擦你的脊梁
坚强的脊梁　女儿
趴在上面汲取父爱
支撑起一个家的柱子

谭千秋　一个普通教师
在大地震动的那一霎
用脊梁顶住了坍塌的楼板
用胸脯护住了四个学生

这是一副为人师表的脊梁
在灾难到来时冲向死神
把生留给学生把死留给自己
一尊彪炳千秋的丰碑

这是中华民族的脊梁
挺起来威风凛凛

趴下去撑起一块空间
给生命留下通道的钢铁

谭千秋　妻子轻轻呼唤你
谭千秋　女儿深情喊爸爸
有你钢铁脊梁的支撑
她们永远拥有一片晴空！

公路边的孩子

爷爷奶奶埋在废墟里
父亲母亲下落不明
老师走了　同学们长眠不醒
幼小的心灵　也有彻骨的痛

破碎的家园　太阳出来了
公路上车辚辚马萧萧
救援的车队马不停蹄
百万大军朝着灾区日夜奔行

你们聚集在公路旁边
举起硬纸盒上稚嫩的字
举起几颗纯洁幼小的心：
你们辛苦了！感谢你们！

你们扬起了右手
那是呼唤 那是敬礼
你们从早到晚站在公路边
站成了一处感动中国的风景

救援车奔驰不绝
救援人员昼夜不停

扑向震区　扑向汶川
救助灾区　抢救生命

站在公路边的孩子
山里的孩子　农家的孩子
我的小弟弟小妹妹啊
民族大爱与感恩的剪彩！

2008 年 6 月 7 日　武昌

西岳诗抄（三首）

感受华山

北峰云台　坐在一块石上
我躲着人群抽一支烟
让烟雾与华山云相缭绕
我与云雾共飘缈相融
我是华山的云雾一缕
是悬崖上的一块石头
是上山路上的一棵草
挺拔伟岸松上的一根针叶

华山东峰南峰西峰中峰包容
我是这只中华大包子中的馅肉
华山　我的父亲之山
让我回归到你的体内
再蕴含再生长千年万年亿年
增添我你的高峻
和坚韧强悍与大气
在云海蓝天中屹立雄奇

阳光冉冉而来照耀
云淡风清烟雾渐渐远去
父亲　我仰望着你
请给我一次新的生命
我的名字就叫做中华

天　梯

我的日月　我的星辰
我的白云　我的彩霞
我的天　我生命的质量
在前面在顶上在华山最高处

我跋涉千里　我不畏
路途遥远　山重水复
我走向你　华山
挂在绝壁上的铁链
冰凉而闪着无情的幽光
没有选择　要达华山之巅
我从这里攀登上去　这里
是勇敢者之路　是我的路
是上天之路　我手足并用
抓住那维系生命的铁
朝下看　下面是深涧
左右望　两边是死亡
一步步　就是前进
一级级　就是提升

向上向上　我的灵魂
被洗涤　我的目标
变得十分单一纯粹
攀越不止　是勇敢者的命运
华山　天下的有志者
都奔向你这道天梯！

华山夫妻松

造物主把两粒种子
撒放在险峻的华山
我们寻找岩隙中的泥土
扎根　集山光水色日月精华
以顽强与韧性生长
成两棵挺拔的大树
晨迎东来的朝阳
暮送西去的落日
静夜　在如水的月色下
我们喁喁细语
经年历月　千年相守
天长地久　没有尽期

春风里　我们摇曳问候
风雨中　我们相互遮掩
冰雪下　我们相互取暖
雷电来　我们并肩相迎
日日厮守　夜夜相伴
用我们的信念和英姿
装点一座雄伟的华山
给雄奇险峻的华山
带来一片恩爱与柔情
我们是一对夫妻
我们的爱情巍巍乎
我们的相伴摇摇乎
愿我们两颗赤心
给千千万万华山游客
一片爱的祝福！

2008 年 9 月 10 日华山

北部湾拾撷（四首）

银 沙 滩

蔚蓝的大海激动难捺
波涛自远方急切地涌来
像离家的游子看到故乡
像母亲看到久别的孩子
波涛把沙滩抚摸又抚摸
天下第一滩变得更加晶莹

赤脚在沙滩上行走
让心通过脚板亲吻沙子
体会柔软体会温情
感受银子一般的质地
知道什么叫纯净与清洁
银沙滩是没有杂质的地方

在南方在北海有绵延的海岸
一面透明的银色镜子
照见了海照见了树照见了城市
蓝得深沉绿得透心，城市
五彩缤纷年轻而又俊美
夜晚月光在海滩分外明亮

从北海银滩走进海水里沐浴
我的灵魂受到了一次洗礼！

红 树 林

微风吹来轻轻摆动
城市就飘逸俊美起来
如少女的身躯高挑
凸凹有致圆润健康
在南方在海边
我把一腔爱献给你

碧绿无瑕柔软如丝
天空蔚蓝大海蔚蓝
空气里荡漾着清新
道路是宽敞洁净的
楼房高矗亭亭玉立
鸟语花香中有歌声传来

北海滩涂的红树林
生长百年千年的绿绸缎
大自然精心裁剪
成一条性感的短裙
穿在你的身上
北海是婀娜多姿的少女

你说：欢迎来北海做客
我说：来了就不愿离去

合浦南珠

南珠生在南国
合浦一个近海的地方
海是一棵卧生的大树
树上结着颗颗珠子
集日精月华经岁月孕育
圆润生辉明净剔透

爱子的眼睛晶莹
少女的眼泪透亮
献给爱人的一颗心
赠给朋友的一腔情
结成一串挂在脖子上
亮丽成一道风景

修炼是久远的
磨洗是长期的
只要把真情凝进去
只要把心血拌进去
焚膏继晷矢志不移
每个人都可以是珍珠

合浦我朝圣来了
我崇拜孕育珍珠的海蚌

海景大道

北海是从这条路起步的么?
有海岸的地方就有路
有路就能行走
行走就能到达目标
沿着海景大道走
北海在南中国起飞

高高的棕榈树是景
开放的四季花是景
绿草坪恬静着是景
隔离带的灌木墙是景
繁忙的车流人流
城市的血脉畅通无阻

海景大道是张照片
海景大道是幅油画
一百五十万人在书写
南中国一座城市崛起的历史
碧海蓝天白云暧睫
海景大道是北海华丽的腰带

不去问产值和 GDP 了
一条路是一座城市的名片!

2009 年 6 月北海

青海湖畔（三首）

青 海 湖

我到高原拜访你
带着一千个湖的水声
和湖面扬起的白帆
啁啾的鸟鸣鱼的跃动
向你问候　青海湖

我是千湖之省的儿子
湖水给了我强健的生命
我用双手轻抚你的波涛
就是在抚着我远方的亲人

独坐高原的圣湖哟
你的浩瀚你的深沉
第一蓝的蓝天第一白的白云
我看见了伟大之后的宁静
和宁静之中的力量

我沐着你的湖风
感受着你生命的气韵
当我别你回到故乡
带着你的宽广宁静和力量
从此走遍山山水水
你的教诲我牢记在心！

青海湖诗歌墙

你和我　我们手拉手
在青海湖畔站在一起
站成一堵诗歌墙
把我们的照片刻上去
把我们的名字刻上去
不分时代不分国籍
我们拥有一个共同的称呼：诗人

是把心血拌进文字的人
是把灵魂坦露世界的人
是把思想制成诗行的人
是把日月星辰万事万物
酿制美酒的人
是有责任感使命感
热爱生命热爱自由
保持着人性尊严的人

把心血、灵魂、思想
责任、使命、自由、生命
凝成一块块石头
昂首站立在青海湖畔
在绿色草地的簇拥下
在蓝色湖水的滋润下
成为一道壮丽的风景
栉风沐雨百载千年
永远不会倒下！

一只藏羚羊

你美丽的躯体是我向往的
你轻灵的四肢是我向往的
你头顶举起一双微翅的羚角
是我向往的啊　藏羚羊

当高原的风暴袭来
你用躯体挡着苦难
那疾如闪电的奔跑
不是逃离而是迎击

在草地丛林中生活
停下来啃啮着草根
你的娴雅如大家闺秀
透出的温馨令我感动

太阳下的那双眼睛
穿过洁白的云彩
那是在憧憬一种什么
和平、善良或是一首抒情诗？

在青海湖畔　在管弦齐奏
动听美妙的音乐声里
你被授予一位老者
那个从大洋彼岸来的诗人怀里

金色的藏羚羊　那一尊象征
勇敢善良和平的精灵
向世界宣告　诗人
所追求的境界与目标！

2009 年 12 月 19 日武昌

三苏园苏轼布衣像前（外一首）

很潇洒地站在中原
晴朗无云的天空下
看一群崇拜者　穿过
夹道松柏走来　走来
登二十五级石阶
站到你的面前
你面带着微笑　我们
仰望先生　并问：你好！

你坎坷的一生　阅尽
天下疾苦　你几度沉浮
时而朝堂　时而阶下
先生历练出的这身硬骨与侠气
引我做你永久的粉丝
一介布衣才是我敬畏的东坡

我愿侍立苏门　听你
吟明月歌大江东去
我为你研墨铺纸　看你
狼毫翻飞酒后一帖寒食
墨香越过千年
在华夏大地弥漫

先生　你潇洒地站在中原大地
我静静地肃立在你面前
文人之心　渗透岁月的烟雨

和千里万里的距离　相融
你手握那卷翻开的书
可是文学永远的象征？

苏轼墓前

先生　我自黄州来
带来黄州人对你的问候
你曾躬耕的那块东坡
如今林木葱郁　坡上的杜鹃
正开着浓烈的思念

我在东坡麦田里除过杂草
拣去夹杂在土地里的石块
先生　九百多年前为什么没有我
为你的地头送去茶水
递上你擦拭汗滴的手巾

那个长江边的月夜
一个拄杖的诗人在此
踽踽独行　田间小道旁
虫鸣鸟叫　诗人长吟
——雨洗东坡月色清
还有前后赤壁赋　而一曲
大江东去　崛起了中国诗坛
一座不可逾越的高峰

先生，我自黄州来
你墓前草木葳蕤
墓后的思乡柏林　思的何乡？
我想那一定有黄州
黄州　有你生命五十个月的驻留

黄州　你泛舟之下的赤壁仍在
黄州　你躬耕的东坡仍在
黄州　有你喜欢的东坡肉东坡饼东坡羹
先生啊　故园神游
黄州时时等待着你的归来！

      2010年5月30日武昌东湖

2014年的乡愁（三首）

翠 柳 街

武昌东湖边很小的一条街
街两边种的是樟树而不是翠柳
停满了没处停放的私家轿车
人们穿过车阵的缝隙
才能进入到一家家的小铺面
小餐馆最多　其次是理发店茶叶店
缝纫店门窗加工花圈寿衣店
盲人按摩收废品与东北饺子店
一间屋的超市咖啡店带棋牌室

腊月间　小店门前的晒衣架上
吊满了一串串的腊鱼腊肉腊鸡
一嘟噜一嘟噜丰满的香肠
太阳出来　这些腊货们金色的笑
在都市里闪耀着温暖的光泽
小街上有个省直机关
叫做湖北省作家协会
院子里有一个秃了顶的诗人
在腊味飘散的阵阵馨香中
在小街店铺老板的外县口音里
在一条没有柳树三百米小街上
读到了一街筒子的乡愁

八 大 家

四哥是腊月三十做完工程
从老板那里领到工钱赶回家的
他把一叠钞票交给四嫂
他将一挂万字头的鞭炮
给儿子在大门口点着
轰隆隆爆响旧年的辛劳
轰隆隆炸响新年的希望
四哥打工的省城已经禁鞭
乡下放过鞭后再吃年饭
这才像个过年的样子

八大家是武汉南边的一个村子
城镇化正向它一步步走来
平房楼房掩在杨树苦楝树里
还有我家无人居住的旧屋
门上都贴了鲜红的对联
远远望见村子上空袅袅的炊烟
年香味能飘散十里八里
正月初一恭喜发财
拜年的人络绎不绝
还在城里没回家的人
正想象少年过年的麦芽糖味
——大哥　马年吉祥平安
手机里的短信响了
传来我长在村里的乡愁

村子边的河

村子边的那条小河

河面越来越窄了
河水越来越黑了
河里打不起鱼来了
河里没有船行了

河边的村子楼房多了
村子里的人却少了
八爷九爷都是癌症死的
十三叔五十岁花光他
办涂料厂赚的钱
也死了　那个办水泥厂的
河南来的厂长走了
走的时候被人用担架抬着
他的肝上据说尽是瘤子

村里的年轻人都走了
到南方到北方到省城
去卖力气去各种工厂打工
把些老的和弱的丢在村里
住空荡荡的楼房
患没法治愈的病

村里唯一的读大学的孩子
张家那个叫张新村的
在省里报纸上发表了一首诗
说小河上游的那家化肥厂
杀死了村边的小河
杀死了河边许多乡亲
杀死了他永久的乡愁

2014年春节写于武昌翠柳街

南水北调画册配诗

第一首

毛泽东在邙山的山坡上
坐着抽了一支烟
青烟一缕袅袅升起
脚底下的黄河如线
他看了北方又看了南方
他说：南方的水多
北方的水少，如有可能
借点水来也是可以的
南水北调，始于一位伟人
六十多年前的一个构想

第二首

碧波荡漾的水下
留下了美丽的家园
百年的老井留下
留下深情的瞩望
满坡的桔林留下
留下挂满枝头的乡愁
面朝祖山
齐刷刷跪倒一片

叩别后的男女老幼
带着相思上路

第三首

把最好的土地让出来
把粉墙黛瓦的楼房建好
让门前的道路平坦宽展
让屋后的园子花朵开放
我张开热情的怀抱
欢迎远道迁徙来的兄弟
从此我们就成一家人
从此我们挽起了手臂
站在江汉平原站在大别山麓
成荆楚乡村最亮丽的风景

第四首

用我们几千万双手臂抱着
用我们几千万面胸脯焐着
用我们几千万张肺腑过滤
用我们几千万缕血管沉淀
捡去每一片落叶每一根枯草
拂去每一粒粉尘每一丝杂质
一座硕大的水库一面仰天的脸庞
笑漾一池洁净一池晶莹
我们哺育着一库最优质的水啊
鄂西北镶嵌着一面照天的明镜

第五首

当北方的土地在缺水中枯萎
当北方的人民在缺水中喊渴
当黄河边那个构想产生
就有一个伟大的中国梦
在中国几代人中间延伸
研讨设计，院士专家论证
勘察踏访，领导现场调研
举全民之力举全国之力
几千万人几十年的血汗奉献
在世界东方，南水北调梦想成真

第六首

2014，中国的地图上
新画了一条长线
起笔在丹江口陶岔
落笔在北京团城湖
长线明渠三千里
滋润沿途亿万人
起笔时丹江口腾起欢歌
落笔时北京城尽是春色
喜我中华新添一条血脉
庆我北方水润城乡遍地青碧

第七首

谁引清泉润京华？
是那个黄河边抽烟的伟人
是那个霜鬓苍发的院士
是千万手推肩拉奋战的民工
是日夜在工地奉献的工程技术人员
是那个让出家园远迁异地的老奶奶
是那个累死在移民工作岗位的弟兄
喝上清洌甘甜之水的北方啊
请记住，谁绘长龙大地舞
请记住，水中的爱意与深情

2014年10月9日武昌翠柳街

刘益善　著

刘益善文集

散文卷

武汉大学出版社

图书在版编目(CIP)数据

刘益善文集.2,散文卷/刘益善著.—武汉:武汉大学出版社,2016.3
芳草文库
ISBN 978-7-307-17499-3

Ⅰ.刘… Ⅱ.刘… Ⅲ.①中国文学—当代文学—作品综合集 ②散文集—中国—当代 Ⅳ.I217.2

中国版本图书馆 CIP 数据核字(2016)第 048019 号

责任编辑:聂勇军 张 璇

出版发行:**武汉大学出版社** (430072 武昌 珞珈山)
(电子邮件:cbs22@whu.edu.cn 网址:www.wdp.com.cn)
印刷:虎彩印艺股份有限公司
开本:720×1000 1/16 印张:36.5 字数:671 千字 插页:3
版次:2016 年 3 月第 1 版 2016 年 3 月第 1 次印刷
ISBN 978-7-307-17499-3 定价:142.00 元(全三册)

版权所有,不得翻印;凡购我社的图书,如有质量问题,请与当地图书销售部门联系调换。

"芳草文库"序

刘醒龙

武汉有一批年纪不算太老，但肯定不再年轻的作家，既往作品每出无不风行江汉，后来平淡了些。二〇一五年初，恰逢一场小聚，其间有老朋友提议给这些在文学创作上颇有成就的作家出版文集，且当场做出关键决策。老朋友提及的作家也是我的朋友，他们的处境很有代表性。

世事流逝到今天，说一点不残酷是不真实的，说太残酷似乎也不科学。值此宁翔雁前羞跟牛后世风，普天下之莫不借口追求日新月异，其实是乡下俗语说的，人人都想一锄头挖出一口井。宁肯臭名远播，哪管丑态百出。忘却不该忘却的，强化不该强化的，是世情中一大不敬。这几年为一位已故作家出版文集，好不容易才成，一来二往之间，见识了足够多的现世生态。似这等才华出众的作家，若非上苍失察，弃之英年，敢不是当今文坛大旗一帜？同理，那些在喧嚣背后悄然尘封的作品，谁能说不是日后人有所诵的典范？天地同根，不是没有高下之分，而是天有天的高度，地有地的厚重。

常住武汉三镇之人，最能体会大江东去、流水落花深意。也是体恤的缘故，又于旷野之间留下高山流水千古知音，以为勉励，兼作念想。朋友提议，饱含诗情，深藏灵性。没有太多商量，三言两语之间，就达成共识，以《芳草》杂志名义，逐年排选，将这批作家的代表性作品编成文集出版。只是由于执业所限，本套书只能以"芳草文库"相称，名头虽小，相信份重不轻。

哲学教会人们认知正确与错误，自然科学是要让人懂得成功与失败。然而，短短人生，包罗万象，其善其美，何止兴衰胜败！文学的存世与流传，其意义正是超然前二者，不以成败对错为目的，也不以卑微尊贵定价值。人非草木，却如同草木，这是文学理由之一，生命不能永恒，却绝对永恒，这是文学理由之二。文学根本理由是，协助芸芸众生在庞杂得无可把握的宇宙间，在神与鬼、灵与欲、虚与实等一切冲突与对立之间，寻找适合每一个体的美妙平衡。

二〇一五年十月十五日

目 录

杂文随笔

常翻书　多受益	/3
有鸟相伴	/5
发在封面上的奇妙文章	/6
梅派《起解》两俯首	/7
不赶热闹的作家	/9
谢谢三百六十五个关照	/11
不声不响地做自己的工作	/12
作家的作秀	/14
延年益寿的秘诀	/16
防止老一套	/18
有空请多笑	/20
摆脱是一种疗法	/22
不能忍受的半途而废	/24
耐心、恒心与报酬	/26
学识与创作	/28
作家的尊严	/30
编辑的修养	/31
信任与责任	/33
"白日见鬼"说	/34
节水模范贾平凹	/36
不要活得太累	/37
不妨来一点阿Q精神	/39
《包青天》与包拯读错字	/41
"闻腥即止"精神说	/42

思索的快乐	/44
"中国文坛第一拍"与点子与广告	/46
别去包装牛粪	/48
电视与文明	/50
儿子的压岁钱	/52
儿子与电视	/53
翻车、地震与人的素质	/55
哥伦布的老婆是个什么样的女人	/56
假医假药和假医药广告	/58
老百姓的良心	/60
别一种生财之道	/62
赔你一只烟灰缸	/63
情人节消费与三毛钱买盐	/65
反省你的店名	/66
孩子为何要当"职业杀手"？	/67
假钞票和识钞机	/69
教授为什么不看电影	/71
她为什么不说声对不起	/73
开发区随谈	/75
两万元假钞与纳税教育	/77
屏幕上的"嘿嘿"声	/79
人过四十不醉酒	/81
听摇滚乐记	/83
夏天的女人	/85
窨井盖子问题	/87
儿子买的蛋糕	/88
读词典与直播	/89
一种道理	/90
我是模范丈夫	/92
长江不断流　文学旗不倒	
——主编隽语	/95
觅尾寻头说编辑	/96
欢迎读书节	/98

买《贾平凹散文自选集》记 / 100
我的收藏 / 102
理解编辑 / 104
体谅主编 / 106
办杂志与坚守 / 108
千变万变　操守唯重 / 110
精品难得　必欲求之 / 112
不要忘了编辑 / 114
我们一群编辑 / 116
编辑的欣慰 / 118
文学编辑的爱心 / 120
永不分离的告别 / 124
农民工文学的写作及其意义 / 126
生命至上　国家理念 / 128
三十一位农民工代表的声音 / 130
我们的付出一定会有回报 / 132
珍爱生命　平安回家 / 134
从农民工第一个捐款说起 / 136
关注留守儿童　给出一份爱心 / 138

序跋评论

易建新李鲁平诗集序 / 145
《采紫藤花的少女们》序 / 146
《傅加华诗集》序 / 148
《擎一片蓝天》序 / 150
《山的心事》序 / 152
《烟霞晚唱集》序 / 154
《那一片绿色》序 / 157
《月光里的河》序 / 159
《存在与家园》序 / 161
《走向生活》序 / 163
《巴山楚水处处情》序 / 165
《青春风铃》序 / 167

《隔岸琵琶》隔岸弹 /169
《荒原绿树》序 /171
《曾经才会永远》序 /174
《时间寻找长久的爱情》序 /176
情浓于酒 杯杯醉人
　　——序李友清《岁月的回声》 /180
静水如蓝
　　——《乡村影象》序 /182
《夏日风》序 /184
思索、使命和热情
　　——序《走近家园》 /186
《人生难老得永年》序 /188
长江文艺六十年丛书序 /190
美丽 丰富 真情
　　——序《蓝色心语》 /192
《纤笔风韵》序 /194
扬正气 惩腐恶
　　——序刘明恒的《官场纪实》 /196
《涌向自己的海》序 /200
《没有回音的山谷》序 /202
向往诗情的风景
　　——序诗集《绿叶萧萧剑雨潇》 /204
真切而鲜明的表达
　　——序《凝望岁月》 /207
言志易懂无定法
　　——读许水旺诗集《水天一色》 /209
大气与质朴是一种追求
乡土与情感的抽屉
　　——序刘志毅诗集《船在湖心》 /212
《父老乡亲》序 /214
唯情入诗《水戒指》 /216
《我忆念的山村》后记 /218

《红帽子黄帽子》后记	/220
《三色土》序	/221
《向警予之歌》后记	/223
《吸毒者》前言	/224
《吸毒者》后记	/227
《东天一朵云》后记	/229
曾卓和他的《母亲》	/231
《威风凛凛》绘画评点本记	/233
真切情感　务实精神	
——读《我与武汉三十年》	/236
《秀才人情》纸上长	/238
诗的田禾与田禾的诗	/240
阎志的乡土诗	/249
哨兵其人其诗	/251
永远的良才村	/252
在路上的感动	/255
以湖北文学为骄傲	/257
李德复的《四十年思索的一个人》	/259
读陈谢的虎画	/261
昌永和《大江赋》	/263
轻悄深情的倾诉	
——读周中的几组诗	/264
火中的凤凰	
——读《突破火线》	/266
为低幼儿童写作是一种奉献	
——写在《吕书臣文集/儿童文学卷》出版之时	/267
芸芸众生细描画	
——读张慧兰的小说	/269
文化的魅力	
——读子力《12国风情纵览·流淌的文化》	/271
内在精神	/273
亲切的散文	/274
"南方诗派"的最后坚守者	

——元平和他的《赤色诗屋》　　/ 276
热土下相握的根
　　——杨有元《情感地带》读后　　/ 278
生活的歌者　　/ 280
诗人的呼唤
　　——读《与缪斯女神握手》　　/ 282
姜华与她的《心旅》　　/ 284
李修平和他的《浮生独白》　　/ 286
写出你的发现和寄托
　　——昌永和他的《碧珠》　　/ 288
青春的诗　　/ 290
读余叶的三组诗　　/ 291

散文纪实

玛瑙石　　/ 295
跋涉者的明天　　/ 296
太阳天天升起　　/ 298
崖畔水滴　　/ 300
出发　　/ 302
黄鹂湾　　/ 304
故乡月　　/ 306
江湾的傍晚　　/ 307
默默的开拓者　　/ 309
山魂　　/ 310
崖上杜鹃　　/ 311
山中人家　　/ 313
深山稻田　　/ 315
路边遗杉　　/ 317
香溪河的源头　　/ 319
燕子洞　　/ 321
酒壶峰　　/ 323
绿色的压力　　/ 325
脊梁　　/ 327

路旁的溪流	/329
神农架的耳朵	/331
秋天的小树林	/333
野菊花	/335
田野里的采撷	/336
菜花林里的少年	/338
少年的月夜	/340
大别山二章	/342
捐献三章	/344
望海	/346
青铜之光	/348
峡中小屋	/350
鄂南有个太乙洞	/352
咸宁温泉记	/355
亚洲第一渡槽记	/357
游寓言园记	/359
夏夜滴答听水声	/361
他乡月下听故乡	/363
坛子岭抒怀	/365
木兰武校观舞剑	/367
风雪年关盼归帆	/369
武落钟离白虎记	/371
夏日携儿游泳记	/373
晨泳之乐	/375
梨乡梨香	/377
酒乡酒香	/379
谒施洋烈士墓	/381
龟山五月杜鹃红	/382
石牌的胸怀	/385
黄鹤楼以及登临	/387
第一次到武汉	/391
飘在田野上的白发	/393
借书	/395

阅览室里的梦	/ 397
罗老师和我的作文	/ 399
扶我上路的人	/ 401
写春联	/ 403
梁上泉和《小白杨》	/ 405
绿碑	/ 410
烛烬笔折悼苏群	/ 413
何帆其实是诗人	/ 415
纪念刘绍棠先生	/ 418
戴厚英死了	/ 420
悼念诗人昌耀	/ 422
我们仨的老大	/ 424
我心中的香格里拉	/ 427
竹溪古关说秦楚	/ 430
秦巴山里民歌乡	/ 432
羊楼洞茶事春秋	/ 437
红安长胜街的洪炉	/ 440
鹤峰淘书记	/ 442
恩施土家女儿会记	/ 444
谁引清泉润京华	/ 447
红叶招展大别秋	/ 454
母亲的银元	/ 456
中心控制室的隽语	/ 458
拭擦亮丽城市的使者	/ 460
闯王陵前萧萧风	/ 462
我上大学	/ 464
第一次买书	/ 473
农民代表周宝生	/ 476
中国GPS的奠基人	/ 478
DNA第六种元素发现的引领者	/ 484
徐迟先生纪事	/ 490
徐迟先生与《我忆念的山村》	/ 503

日记演讲

参加全国五次作代会日记（1996.12.13—12.22） / 515
参加全国六次作代会日记（2001.12.15—12.23） / 522
参加全国七次作代会日记（2006.11.7—11.15） / 529
参加全国八次作代会日记（2011.11.19—11.27） / 542
纪实文学材料的获取与思想内涵的提炼 / 553
当代文学的现状与作家的使命感 / 562

杂文随笔

常翻书　多受益

开卷有益，这话我信奉不疑。已是人到中年的时光了，这辈子没其他嗜好，只是喜欢在工作之余写点东西读点书。少年时在乡下，没有书读，那种饥渴感至今难忘。因工作的关系，如今我有读不完的书刊，只是缺少些时间。有些书刊不能细读，只能翻翻了。

翻翻也好，经常翻书，对于搞创作的人来说，会是很有益处的。书刊中的知识，大量的信息，无疑会起到丰富充实创作的作用，甚至有时一句话一则趣闻，会捅开你头脑中素材蕴积的那道泉眼，立时涌出耀眼的景观来。

那年我随省青年作家采访团去湘西，看了一个山洞。山洞深远，岔洞纷繁，景色奇异。这山洞确实是处景观，却由一个生产队管理，卖门票作副业收入。几个老头看守洞门，随便拉了几条电线进洞，挂几个灯泡照明。

看完山洞出来，见那几个守洞的老头在喝酒，很有意思。我不知怎么脑子中突然冒出了一个想法：如果老头们喝醉了酒，洞里的电断了，在洞里游览的人走岔了路，出不来怎么办？这个想法只是一闪念，很快就被其他的事情冲淡了，再也没有去从中思索出点什么东西来。好几年之后，在一次翻阅《读者文摘》杂志时，见上面摘了篇《纽约大停电》的文章。纽约这个现代大都市，一旦没有了电，会发生些奇奇怪怪的故事可想而知。一群人因在地铁车站黑暗的地道里，恐慌至极，找不到通向地面的通道口，却有一个女人，把几百人引出了地道，带到地面。到了地面后，人们才发现她是个瞎子。

停电后地铁车站上的故事，立刻使我想到湘西的那个山洞。这一想就不愿丢开了，于是一个完整的短篇小说的构思在我头脑中成形了。刚巧，当时在《芳草》做编辑的池莉，写信约我给篇稿。我就很快把这个山洞的构思写出来了，写了万把字，这就是后来发表在《芳草》月刊上的《暗洞之光》。我写了一个瞎子少女与断电后迷失在山洞里的小伙子的故事，着重写瞎子少女的美好心灵与超凡的感觉能力。明眼人看不清，瞎眼人却辨得明，生活中这种哲理含义，俯拾皆是。我的这篇小说还很得到几个文坛友人的称赞，盲人的启示永在。

读书是很快乐的事情,翻阅杂志报刊是很惬意的事情。书籍能告诉我们许多道理:生活的道理,为人的道理,甚至写作的道理,是不是这样呢?

开卷有益,我永远信奉。

有 鸟 相 伴

余秋雨先生的散文蕴涵深邃，文化味浓，风采斐然，是大家手笔。对余先生的散文，我是见到就读，他的散文集也是见到就买。

那是余秋雨的《文化苦旅》刚刚出版的时候，我曾四处寻觅此书不得，新华书店和街头书摊均不见。后来从武钢的一位朋友那儿借到此书，如获至宝，燃灯夜读，跻身于余先生营造的文化之旅中，如行在山荫古道，别有一番享受。《文化苦旅》是我欲藏之书，但朋友的藏书我又不能据为己有，只能还他。我等待着此书的再次印刷。果然不久，此书再次印刷，新华书店与书摊摆出许多，我买了一本，虽说是第四次印刷的，且定价比首次印刷的贵了许多。

我买到的这本《文化苦旅》是本宝贵的本子，发现其宝贵是在几天之后。我的一个写诗的学生特地买了本《文化苦旅》送我，我把两本书摆在一起时，就突然发现了我自己买的《文化苦旅》的奇异。奇异在哪里？我发现我的一本封面上多了一只小鸟。怎么回事？我再细看，原来是印刷工人在制封面压膜时，将一块褐黄色的薄塑纸片压进去了。这块薄塑纸片如一只飞翔的小鸟形状，这只小鸟就永远地留在《文化苦旅》的封面上了。封面原本是深蓝的天，深蓝的天下是无尽的沙丘和沙丘下的沙路，现在添了一只快活飞翔的黄褐色的鸟，变得广漠中有了生命的穿行，壮阔中有了灵动的游走。我久久地把玩着，体验着造物主无意中给我的收获。

后来，一个写小说的朋友刘醒龙来我家，见书架上有两本《文化苦旅》，让我送他一本，我将写诗的学生送我的那本给他了，留下了有小鸟的一本，珍藏着。收藏者有的收藏错版邮票，有的收藏错版人民币，我很高兴自己收藏了这么一本宝贵的书。

文化苦旅，漫漫长途，学子旅人在艰难地跋涉着，这时从沙丘那边突然飞来一只轻灵的小鸟伴着你，使你的旅途少了许多的寂寞与孤单，你能听到小鸟的歌唱吧！

发在封面上的奇妙文章

　　1995年4月号的《四川文学》封面，是我很少见到的设计。在一幅小黑白画的上方，用2/3的版面发表了贾平凹的一篇900字左右的文章。文字与黑白画和谐地配在一起，挺别致的，效果显然比那些大红大紫美人图之类的要好。

　　我现在写这篇短文的原因，一是期刊封面干脆发表一篇文章使我觉得新奇，二是贾平凹的这篇文章所写的内容使我更觉得新奇。

　　贾平凹文章的题目叫《水不淹书》，文风质朴一如以往，仍是大家手笔。对于贾氏的散文，我是很喜欢的。《水不淹书》写了两件事，都发生在1993年。第一件事是他把《贾平凹自选集》百余册堆放在家里的地板上，出门去忘了关水龙头，回来后发现水漫了房间，地板上的东西都被水泡了，而书堆周围有一匝竟是干的，书安然无恙。第二件事过程也如此，他将《废都》原稿放在墙角的地上。这次水漫得更厉害，连楼下也被渗下来的水淹得不成样儿。他走进门，水深脚面，有报纸和一只拖鞋在厅里转悠。他第一个念头是《废都》原稿完了。周围的报纸泡得提不起来，"但《废都》却好，六七寸高的一摞稿纸一张也未湿，抱起来放在桌上，墙角就显出一个白白的方块"。

　　这真是令我感到十分惊奇的事情，贾平凹自己也觉得奇怪，所以才写出来。贾氏曾写过一些神秘氛围浓郁的小说，从禅学的角度观照人生和人的命运，比如他的那组《太白山记》的短篇。但《水不淹书》不是小说，是作者自己的记事。作者写这篇文章，绝不是故弄玄虚，目的是为了让人从中悟出点什么来，作者在文中让王先生说："八卦上讲艺书为离，为火，水火不相容吧。"可为我们解读这短文提供一些思绪，其意义自不必说。

　　我写这短文的目的倒是另有所求。其一，让更多的读者知道有这篇奇妙的文章（我想这文章会收入贾平凹的集子中的），先睹为快；其二，假如贾平凹为了表达自己的禅悟而编造这两件事的话，就是很不应该的（我相信他不是无中生有的编造），这不是小说；其三，这两件事情是真的，但怎么解释这种现象呢？希望有能人作出解答。

　　生活中确实是有许多事情是解释不清楚的么？

梅派《起解》两俯首

很惭愧，只知京剧有流派，但具体都有哪些派及每派各自都有些什么风格特点，却是我辈说不清楚的。这是因为我们无缘观看京剧大师们的演出又未去研究京剧的结果，只能遗憾。今日写此小文的缘起，是读到一篇文章中论及梅派演《起解》折子戏的一个细节，很有感触。但此文与京剧流派与风格特色本身无多大干系。

说是梅兰芳演折子戏《起解》时，曾给山西洪洞县一位熟人写信，询问苏三监狱情况，熟人将苏三监狱画了一张草图寄给梅先生。从此，梅派演《起解》时，苏三走出监狱，要俯身弯腰两次。因囚禁苏三的是死牢，两重牢门都只有1米高。据说梅派这个细微的动作，是其他流派演《起解》时所没有的。啊，尊敬的梅兰芳大师，对艺术的要求之严之诚，细微如此，令我辈仰望。

想想当今的演艺界，如今的电视连续剧多矣，明星灿烂，明星什么都能演，明星演在歌厅舞厅谈情说爱当第三者喝酒抽烟的角色是拿手好戏，但如演山姑村妇老农，他们虽没下过乡但也能演，凭想象觉得八九不离十，就那么回事吧！我看电视里那些乡姑村妇的做派长相，还是城市女孩，那么漂亮娇柔，好像今日乡村城市没多少区别，看起来就假。

又读过一则报道，说是电视连续剧《水浒》剧组，带着杠铃拉力器等体育器材上马，一边拍摄一边锻炼体力。说是演员们腾跳打斗尚不行，一演就演成歌厅舞厅大城市的那一套，全然少有梁山好汉的风采。于是导演就抓着他们练单杠双杠仰卧起坐俯卧撑，练出好汉们的味儿来。读这则报道，我倒佩服导演认真从艺，对演员从严要求的精神。

对艺术的马虎、不严肃，不仅是演艺界，文学界有没有？其他艺术门类有没有？肯定有。比如说，那种一边拉纤一边唱歌，唱得出来么？船行上水才拉纤，那纤绳荡悠悠，哪里有牵引力？这是脱离生活的艺术。有人说艺术源于生活高于生活，但高也要有个谱，离了谱就是笑话。

想想梅兰芳先生唱《起解》，再想想我们所干的每一行，严肃认真过没有，从细微处要求没有？如果没有，我们就应该脸红就应该反省。

那些脱离生活不严肃地对待演艺的人，在梅兰芳先生面前一比，我们很快就辨出了谁高谁低，谁是大师谁只是艺人！

不赶热闹的作家

诗人、散文家周涛在一篇文章里说:"真正公正的准则,永远不会来自所谓文坛,而是来自民间,来自读者个体的判断。"周涛这里所说的是对文学作品的判断。

读到这句话时,我心里一震,这家伙语出惊人,敢于藐视文坛,道出实情,其勇气可佩可嘉。只是可惜像他这样头脑清醒而又敢于将真话写成文章公开发表的人太少了。他们明显有别于那些庸庸碌碌、满足于写出一些迎合时尚世俗而获所谓文坛叫好的作品的作家。

历史将证明,现今一些被文坛炒得沸沸扬扬的东西,不一定有生命力。

我们要更多地面向民众,寻求读者个体对我们作品的评价,人民对我们的作品说好说坏,那才是真的判断,那才有价值。

文坛上总是热闹的,总有热闹的作品热闹的作家。文坛上有专门设计操作方案,使某一流派某一作家某一作品热起来的人。这种人巧舌如簧,他们受一批欲借其力量热闹起来的报刊与作家的簇拥,南来北往,把文坛弄得五颜六色,眼花缭乱。但是过不了几个月时间,热闹劲一过,文坛就落满彩色纸屑,随处扔的是一次性饭盒水杯易拉罐的残骸。就像散过的宴席或舞会,参与者打个饱嗝快乐了一宵,事后什么也没留下。热闹劲过了的作家的作品,好比前些年市民手里的各种过期票证,留到今天或者好玩,或者干脆弃于纸篓。而在文坛上可能热闹不起来,很冷清的作家,如果在读者个体中得到知音,引起共鸣,拥有一批热爱者,有时不一定写得很多,但这些作家的作品是有真价值的。这类作品所能释放的精神能量,肯定会超过那些五颜六色的肤浅东西。

周涛是我的朋友,诗和散文写得都好,特别是他这些年的散文,雄劲苍茫,内在的力量撼人。周涛说这几句话,是他得知一位朋友,手抄了一本他的17万字的散文集《稀世之鸟》之后。那是需要何等的心劲啊,青灯黄卷,字字心血。而且他的这位朋友与他同住在乌鲁木齐市,本可以向周涛要一本的,但却一字一字地抄。周涛是幸福的,他拥有这样的一位读者的热爱。我认为此举超过了所有的评价。周涛说这是社会给他的一份最高奖,这奖掺不了假。周涛说,他的这位朋友并不一定喜欢他这个人，却说："不管周涛那个人怎么样，我佩服他的作品。"

　　周涛，和像周涛这样在普通读者中寻求知音的作家，是有不少的。他们基本上不在意文坛对自己是怎么评价的，埋头写自己的东西，他们和人民在一起，和读者在一起，他们是有出息的作家，他们是不赶热闹的作家。

谢谢三百六十五个关照

陆续收到不少贺年片，那些吉祥的祝辞，令我愉快。作家刘醒龙写道："谢谢三百六十五个关照！"这话令我心里一动，温馨向周身弥漫。倒不是说我对刘醒龙真的有多少关照，在醒龙的创作上，假如他当年从英山起步时，我和我服务的《长江文艺》月刊对他有什么帮助的话，那也是应该的。他的中篇小说《秋风醉了》最早向我谈故事时，我就叫他快写，写出来后便立即签发了，使得此稿与他的《村支书》、《凤凰琴》成为他的代表作，被多家杂志转载。后来上映的电影《背靠背脸对脸》，正是根据《秋风醉了》改编的。醒龙在《长江文艺》发表过不少中短篇小说，这其实对我和我服务的杂志也是一种关照。如今写下这些文字决不是表白什么，而是写我读到醒龙的祝辞时的那一刹那的感觉：关照。是的，我们太需要关照了，我们需要友谊，需要一份真情一份爱。随着经济大潮的到来，人们的商品意识越来越强，人与人之间的交往，金钱、利用的成分增多了，而人情与爱心似乎越来越淡薄了。有人落水，站在岸上看热闹，救人？给多少钱？看到歹徒行凶，赶忙弯路，把脸侧到一边，少惹是非，保住自己的平安要紧。周围的人有困难，明明可以帮助一下，但干吗要帮助他呢？帮助他有什么好处？没有好处的事做了何益？人们啊，怎么这么生分了？怎么这么没善心了？怎么这么没同情心了？让人与人之间，少一分麻木，多一些关照吧。

关照，不是停留在口头上的两个字，是人的一种教养，一种品质，一种档次。你可以没有多少财富，你可以能力不大，但你拥有关照别人之心，就是一个有教养有品德的人。缺爱人之心，缺少关照之心的人，虽是大款，虽有很强的能力，甚至位列高官，但仍然是一个人格不完善的人。西装革履，文质彬彬，见人握手，腰肢微躬，口里说着"请多多关照"的场面我们见得多了。但要人关照，首先自己要关照人。口说关照，实际上只要人家关照你，自己却不关照人，更是可鄙自私的了。让我们每个人在日常生活中，尽自己的能力关照别人吧！唯其如此，世界就进步，社会就前进，人间就会充满了更多的温暖。世界才会变得更美好！新的一年，愿我们每个人都付出三百六十五个关照。

不声不响地做自己的工作

我很喜欢读沈从文，七十年代初我从大学毕业出来做编辑时，还不知道沈从文，中文系的教师不讲沈从文，图书馆里也从没借到过沈从文。参加工作后，单位里有个资料室，藏了一些当时从港台引进的书籍，我看到一本香港出版的《沈从文散文选》，厚厚的一本。当时我接到去宜昌、秭归等地出差的任务，就带上了这本厚厚的《沈从文散文选》。我在火车上轮船上读起来，没想到这一读，叫我大吃一惊。我真不敢相信，世界上还有这么美，这么朴实，这么深刻，这么有趣的散文。从这时开始，沈从文三字就深深地刻在我的脑子里了。在出差宜昌的旅途，我带着一本沈从文的散文，觉得非常愉快而充实。

八十年代之后，沈从文的文集、小说选、散文选、传记、丛书，改编的电影，一下子出得很多很多了。今天不知道沈从文的人，恐怕很难在文学圈子中找到。我仍然非常爱读沈从文，他的所有的书我都读，有关他的一切研究文章，以及消息报道轶事书信，只要见到的，都会想办法了解。我曾经是在湘西，在一个傍晚，是在凤凰，在那古城墙上留过影。并到过茶峒，据说是沈从文写《边城》的那个小镇。我们去时，为拍电影而搭的吊脚楼与一些布景还没撤去。

毫不夸张地说，这辈子我热爱沈从文，却不仅是他的作品。在我书桌的玻璃板下，压着一封巴金先生写给沈从文夫人张兆和的信。这封信只有几百字，是我从一张报纸上剪下来的，现在剪报已经发黄陈旧了，但那铅字却变得更醒目，更能静静进入我的心灵。

这封信发表时，标题是"不声不响地做自己的工作"。信是巴金先生在沈从文去世后写的，巴金称张兆和为三姐，信中回忆了三十年代四十年代巴金在沈家做"食客"的事情，写了张兆和对沈从文的照顾。信中提到沈从文时，巴金说："想到从文，我觉得眼前多了一个榜样：不声不响地做自己的工作。我要向他学习，这不是客气话。"几句很补实的话，巴金却给了沈从文一生以很高的评价。榜样，是巴金先生的，也是我们一切热爱沈从文先生的人的。我想巴金老人确实不是说的客气话，而我们读到这封信的人，也不会只是在口头上说说，而是已经入脑入心了。

沈从文在中国现代文学史上的地位,在国际上的影响,他的为人,他的文学及新中国成立后在文化研究上的成就,不是我这篇小文章所叙述得了的。沈从文这一辈子不为名困,不为官累,而只是不声不响地做自己的工作,淡泊明志。连他去世时,也是巴金在信中所说——"去得安安静静,没有痛苦,又不惊动别人"。他这一生,确确实实是我们的榜样。

沈从文,以他不声不响的创造,为人类留下财富,然后又悄悄地离去,这种品格,这种境界,不是极高极高的么!

不声不响地做自己的工作,我永远记住这句话。我读沈从文时,我会记住这些伟大作品都是他不声不响地工作的结果。

作家的作秀

近读庄周先生发表在《书屋》上的连载文章《齐人物论》，很有感受。庄周对现当代文学的作品作家及文学现象的评点，虽有些条目过于苛厉，但大都是一语中的，令读者十分痛快。庄周论及"当代作家十大病"中，有一病为"作秀的太多，优秀的太少"，引得我想就这种病说几句。

作秀和优秀是相对立的词。善于作秀的作家，也可能写过些好作品，有的甚至在当下是很热的作家，但从根本上来说，这类作家绝不是优秀的作家。而优秀的作家，是凭自己的作品屹立文坛的，他是不会去作秀，也不屑于作秀的。作秀这词是新词，在词典里查不出，是个贬义词，我的理解是故作姿态，故意表现或干脆就是：作秀。作秀对于作家来说，是一种"功夫在诗外"的行为。

比如说谈家庭出身，叶赛宁自传开头就说自己是个农民的儿子，沈从文说自己是个乡下人，余华说他是个乡下的牙医，这很好，读者喜欢他们的作品，并不觉得他们出身的低下。而作秀的作家呢？在他的自叙中说他的父亲在某个重要革命根据地做共产党的某一级书记。要知道这个作家是50年代中出生的，他的这种表述好像他的父亲是个多大的官，其实他的父亲也就是做过现在的乡镇级党委书记吧！如果很明白地说出来，难道就影响了你的声誉了么？再比如说读书，米兰·昆德拉热时，他就说他喜欢昆德拉，当记者问他喜欢昆德拉哪本书时，他却一本也说不出来，事实上他一本昆德拉的书也没读过。时隔不久，博尔赫斯热起来，他不吸取教训，又说喜欢博氏，结果又闹笑话。再比如说学历，他本是上了某个大学的不脱产函授之类的班，可他经常在文章里回忆他上某大学中文系的事，让人觉得他是正规科班出身。还有，他特别喜欢在文章中写到，刚与某位作家通过电话，或是《人民文学》某编辑刚给他写约稿信，他正为某名刊写什么稿子。还有，名片是见人就撒的，名片上密密麻麻的有上十个会员、理事、委员的头衔，他是一个不落的。如果有幸是个"创作一级"的职称，他定会印上"国家一级作家"，哎呀呀，看那名片，就要令人拜倒。如果出过一次国，那他在几十篇文章中写到，"那年我到法国"之类的文字。这类人出过一次国，回来后，那出国的文章是要写许多的，在哪里上车在哪里吃饭在哪里做什么，细得很，只可惜败了读者的口味，弄得读者一见到作家回国后写的出访文章就不看。

　　作家的作秀，还可以列出好多种类型来，但列得再多，也无非是说明一个问题：作家的作秀，是一种自我炒作，是一种想通过捷径使自己变得更受重视，更走红更畅销更出名的方式。这种作秀也可能达到一定的目的，有一群读者就信这个，这是没办法的事。但最终，作秀的作家如果拿不出优秀的作品，还是要被读者抛弃遗忘的。

延年益寿的秘诀

看过这题目,熟悉我的朋友也许会说,刘益善现在就开始研究延年益寿,是不是太早了点。这些朋友大约是这样想的:青壮年时期,应该是干事业,下苦功,做奉献的时候。而延年益寿,是应该在退休之后,年老之时再研究的。现在研究延年益寿,工作怎么能干好?这些朋友的想法,不能说没有道理,我过去也是这么想的。不过现在我做了修正,理由有两点:

其一,保护身体,延年益寿,这是人生的特殊功课,应该早点提到每个人的议事日程上来。我们有许多同志,很好的同志,都是在青壮年时去世的。在科学界,文艺界,以及我们的身边,都能列出一串名单。我想说的是,他们若是早点注意身体,研究一下延年益寿的秘诀,这样的早逝也许不会发生。

其二,这篇文章中所说的延年益寿的秘诀,并不是要我们花许多时间去研究,也不会妨碍我们事业的进行。仅仅只是要求改变一下我们的性情,换一种思维方法,调整一下心态。只是要求我们进行一番自我锻炼,自我修养,在心情和心理上达到一种理想状态,就可以延年益寿,这应该是很好的事情。何况人一生是要不断地进行自我修炼的,只是要求人在自我修炼之时,加进这方面的内容而已。

这话是培根说的:"经常保持心胸坦然,精神愉快,这是延年益寿的秘诀之一。"

培根是英国十七世纪杰出的唯物主义哲学家。我手头正好有一本《培根论人生》的小册子,我从这本小册子中,找到了我压在玻璃板下这张字条的出处了,这句话在这本书的《论健康》一节中。不知朋友们信不信这句话?我自己是很相信的,而且我把这话作为座右铭一般地记住了。想想有些同志,英年早逝,除去生活困窘,工作劳累的原因外,心情忧郁,长期愁肠百结,精神压抑,是更重要的原因。据医生说,人类的大敌癌症,患病原因多起于心情不好,精神不畅。

明白了这点,我们就努力去做。但是,要达到经常保持心胸坦然,精神愉快这一境界,也不是很容易的。有一种人,长期处于顺境,好事总是让他碰上了,事业,爱情,金钱无一不满意,真是春风得意,心想事成。这种人经常保持心胸坦然，心情愉快，自然很容易了。而另一种人，人生之路艰难坎坷，挫折、打击、失败总是跟他结伴而行，命运对这种人毫不照顾。这种人要坚持下来，达到自己的人生目标，必须要付出比另一种人多得多的努力和辛劳，而胜利和成功迟迟不来。这种人，要经常保持心胸坦然，精神愉快就很难了。而恰恰这种人，要保持心胸坦然，精神愉快的心态，比另一种人重要得多。因为弄不好，这种人就会"出师未捷身先死，长使英雄泪满襟"。而这种人，在逆境中，能够经常保持心胸坦然，精神愉快，就更难能可贵，更令人尊敬。这种人，才是大境界之人，大气概之人，是真的英雄。

  我的这篇小文，如果有那么一点小意思的话，我愿意献给这样的在逆境中而心胸坦然且精神愉快的朋友。

  但愿我自己能经常保持心胸坦然，精神愉快，能延年益寿。

防止老一套

报载：担心老一套遭观众厌烦，陈佩斯告别小品。陈佩斯的告别词是："拿不出好作品，年年晚会都是那一套，等到观众厌烦了，一脚把我踢下舞台，说行了陈佩斯，下去吧！那时我会更加悲哀。"陈佩斯就此演电影去了。

在陈佩斯之前，宋丹丹也告别了小品，也拍电影电视去了。不过宋丹丹演《爱你没商量》里面的一个角色，却没怎么演好，我还是更喜欢她演的小品。

陈佩斯和宋丹丹都是演小品出的名，正在热头上，他们能看清形势，急流勇退，真是难为他们了。改换一种形式，来一点新鲜的，不断地保持自己在观众眼里的新形象，这是大智大勇，大家风范、高尚追求，是有出息的艺术家，是十分可贵的。

这比那些耍贫嘴，在电视剧里当侃爷，一部是这样，两部是这样，三部还是这样，侃得观众烦透了的人，是要聪明多了，也理智多了。

"防止老一套"，这五个字压在我的玻璃板下有两年了。这五个字我是摘自美国的广告商人雷蒙德·鲁比肯的文章，是这个美国人工作的信条，人生的座右铭。真好，这五个字，通俗易懂，却又蕴含无穷，运用的面既宽又广。

初看到这五个字，我心里一震，于是赶紧写下来，自觉得很有用，且是可以用一辈子的。

当了多年的编辑，编一本省级文学刊物，每期都是小说、诗歌、散文、报告文学、理论几大版块，多少年不变，是不是老一套？年年如此，月月如此，编得烦不烦？烦，就要想办法改换面貌，编出新意来。如今期刊如林，谁办得最好看？读者层不同，标准不一样，但出新弃旧，则是大家共同的追求。当然，一个刊物有一个刊物的方针和风格，不能今天一种风格明天一个方针。但是在稿子的形式与内容的选编方面，难道不可以出新吗？难道不可以防止老一套吗？当然可以，而且更应该更重要。我们要不断地动心思，想主意，给读者一期一个新面貌。

我写诗也有好多年了。写乡土诗，写农村，写了好多好多。现在是不怎么写了，是怕老一套。离开农村很久了，今天农村的变化知道得不太多，难以写出今日乡亲们的情感和内心来。有次读到一位理论家的文章，文章中有段话说：有的作家，一写起他那一亩三分地，那小河边的家，那童年捉萤火虫来，充满了感情，诗思不断。可是，昨天是这样写，今天还是这样写，明天仍然这样写，还有谁读？对新事物难以接受，对新变化不去体验，这类作家迟早会被时代抛弃，被读者疏远。我读了这段话后，出了一身冷汗，就再也不敢轻易写那一亩三分地了。不仅写农村诗的诗人，还有写长江的，写钢铁的，写石油的诗人，如何在老题材中写出新意，防止老一套，真是十分重要的事情。几十年了，还是搭肩一抖、杠子一抬的装卸工，是跟不上时代了。

夫人颇喜欢时装，虽说不能像有钱人家里的眷属，高级时装不断地更换，但在有限的经济条件下，更换一下装束，不敢说一天一个新模样，只说一周一个新模样，一月一个新模样，也觉得赏心悦目，使人没有陈旧之感，这是让我颇有点内心引以为自豪的事。我比较赞赏这样做，是因为心里有"防止老一套"这五个字。

演员的演出老一套，作家写作品老一套，女人穿服装老一套，工厂生产的产品其样式、包装和质量老一套，都是跟不上时代的。这是一个求新潮的时代，这是一个要变化的世纪。求新，求变，要不断地冲向前面去，高举一面旗帜，旗帜上写着：防止老一套。

我想，美国人雷蒙德·鲁比肯一定是个了不起的广告商，从他说的这五个字就可以推断出来。电视里，广播里，大街上，听的看的，广告形形色色，琳琅满目，有的能给人耳目一新的感觉，有的则使人腻味翻胃。广告商都要"防止老一套"，作家艺术家以及其他领域的人，难道能够忘记这句话么？

防止老一套。我们人人都这样念叨，我们才能前进。

有空请多笑

在我写字桌玻璃板下压着的许多小字条中，有一张写着：有空请多笑。每逢看到这几个字，我就开始笑。起初是强迫自己笑，后来就习惯了，竟然能笑得自然随便，确实是真笑。笑了笑，就读点什么或写点什么，而且读与写还挺出活。你相信我说的么？

人生不可能不遇到烦恼事、伤心事、不畅快的事，或是受骗，或是被人误解，或是遭到失败，丧失了机遇，失了恋，受了污辱，等等，当然还可以写出无穷无尽的不好的事。这时候，人的心情无疑是不好的，情绪低到极处，心在痛苦之中颤抖，可能一夜之间白了头发，老了十岁。这是人之常情。遇到不幸，如果困扰在长期的痛苦之中，既于事无补，难以消除不幸，又于身心健康极端不利。怎么办呢？就自我调节吧，想办法从痛苦与不幸中走出来，抛弃烦恼，疗治创伤，向明天看，朝未来想。让自己多想些好事，多笑笑。对，一有空就笑，开始可能是勉强地笑，强迫自己笑，不自然的笑。想点办法，读本幽默故事，看看笑话大全，尽量去找能使自己笑起来的事情做，最后你就能真正地笑了。你的烦恼和痛苦在这不断的笑中会消逝的，心情会变得好起来。

有个美国人叫马尔兹的，写了一本小书，叫《活着不是为了痛苦》。这本小书是上海文化出版社出版的"五角丛书"中的一本，写的也是这个道理。我一直珍藏着这本小书，常翻翻，也很有益于身心健康。

多笑笑，想法子笑，一个人关起门来笑，绝对有好处。笑能平静人烦躁不佳的心情，能使人活得更轻松愉快些。笑还能治病健身，这绝不是天方夜谭。

1993年1期的《海外文摘》上载有篇小文章，题目《有病吗？请大笑》。文中说，英国卫生服务署在伯明翰城开办了个"健康店"，店里笑声阵阵，这些人都是病人或失业者，这店又叫"笑诊所"，这些病人或失业者能在这里治疗。一百多年前，法国有关研究人员就揭示，笑可以触发脑中有治疗力的化学物质。两名美国人研究发现，人们在笑时，身体放出安杜芬，这种荷尔蒙是身体的天然止痛药。微笑是唯一对身体有好处的面部表情，可减低心跳、脉搏、平静身体的各系统。

我的身体尚无大病，所以一般不大笑。我经常遇到一些烦恼的事情，所以我就常常练习微笑，有空就练，关起门来一个人练。这是一种颇有意味而又独特的练习，我练习的微笑既是对生理的，又是对生活的。目前我尚未练到炉火纯青，一年四季在任何场合都保持微笑的水平。我将继续练习下去。

"我们不因为快乐而笑，我们为使自己快乐而笑。"请记住这句话。

我非常看重写字桌玻璃板下压着的"有空请多笑"这五个字。按照这五个字去做，你会过得很快乐的，把我这五个字送给你。

读了我这篇不伦不类的小文，你可能会发笑。好，我的目的达到了。

摆脱是一种疗法

人自离娘怀，到这个世界上，总会遇到许多的不幸。当人有了思想，由混沌的孩童到有了思维与精神，这些不幸就影响到了思想，精神上就出现了负担及压抑，时间久了，这些负担与压抑就会影响人的正常生活与工作。人处在一种痛苦与煎熬中，度日如年，活得很累很累。这种境况如果不改变，人的思想在承受不了的时候，就会发生神经错乱，发生精神崩溃，影响到肉体，发生早衰、夭折，有的干脆自戕，用一根绳索或一个刀片，结束自己的生命，以逃脱精神上的负担与痛苦。

这是人生很悲哀的事情。

这种情况是不是每个人都会有呢？没有做过统计，生活中可能有少数人，一生顺境，无灾无难无烦恼。我想这种人是少之又少的。我看大多数人在自己的一生中都会遇到逆境与灾难的。凡人如此，伟人亦然。有的人遇到灾难与逆境，意志坚强，克服灾难，走出逆境，到达人生的另一种境界。灾难永远也难以击倒他，只会给他搏击的力量。这种人是伟人，虽说他可能在事业创造上未成伟人，但他是精神上的伟人。有些人经受不了灾难与逆境，就会出现上述所说的早衰、夭折或自戕。

关键是如何对待不幸与灾难。不同的对待，就会有绝然不同的结果。伟人与凡人都是人，伟人也是凡人成长变化而来。凡人应该不断朝伟人目标努力。人要不断完善自己，修正自己，争取做一个伟人，精神上的伟人。

"安静，摆脱，放松——坐禅疗法"，我觉得这几个字对我们走出灾难与不幸，无疑是一剂良药，具有奇效。我用这个方法试过。

我的勤劳善良苦做一辈子，抚养了我们兄妹七人的母亲，五十八岁那年去世。我对母亲的爱，只是记在心里，平时很少在面上表现出来。我是立志让她有个好的晚年的，可她没享受到儿女给她的一天好日子，就突然地走了。母亲的去世，对我打击很大。那时我痛苦不堪，精神上已经有点受不了。这时，我突然看到"安静，摆脱，放松"这句话，心里一动。我把自己关在书房里，寂思冥想，使自己变得安静，放松自己的全身肌肉。我让自己的思想极力摆脱痛苦，凝想着我的农民母亲脱离了苦海，进入了天堂。我要是思念我的母亲，最好的办法是让自己好好生活，发扬母亲的勤劳与善良，做出成绩来。我这样做了一段时间，精神上的痛苦得到了疗救。

我还遇到过不少的挫折与打击，包括受人排挤，包括事业的败绩，包括遭人误解而又无法解释。我往往只用很少的时间就使自己从这种精神的压抑与低谷中走出来，摆脱种种灾难与不幸，使自己活得鲜活而有力量一些。

当你遇到精神的灾难与不幸时，你不妨试试这种疗法。

先使自己安静，摒心静气，排除杂念，让全身放松，像打坐入禅一般。使自己安静，静得如无风湖面的水，静下来后，再将各种灾难、不幸、负担与压抑，从思想上清除出去，完全地摆脱开那一堆俗念与杂思，让思想变得单一起来，清晰起来，只想明天，只想下一步，走进一个亮丽的新境界。

每天这样冥想打坐一番，要不了几天，你会从灾难痛苦中走出来，你会觉得生活又是那样美好。

生活本来是美好的，生命也是美好的，关键在于我们要善于摆脱那些不美好的东西。

不能忍受的半途而废

罗素·贝克肯定是个外国人，但是否就是那个英国哲学家、数学家、逻辑学家罗素，我不敢肯定。查词典，罗素的全称是伯特朗德·阿瑟·威廉·罗素。罗素·贝克说：如果有什么是我不能忍受的，那就是半途而废。

这话说得好，简直就是在表述一个真理。试想想看吧，凡是有事业、学术成就的人，有哪一个干事不是锲而不舍，一竿子插到底，有始有终，而是半途而废的么？不说干大事有大成就者，就说我们一般的人，为执行一项任务，达到一个目标你干到一半停下来，能成吗？任何人，任何事，如果半途而废，就不可能把事情干成干好。做事情不半途而废，应该说是我们作为一个人的起码要求，是我们人类生活中离不开的一个成功经验。

这话说得通俗，又好记。我记住罗素·贝克的这句话，受益不浅。对我为人、读书、写作都产生了很好的影响。

小时候在乡下，条件所限，没书读。捞到手上的书，不管好看不好看，不管是文学书还是其他书，都能一口气读完。现在反思起来，那时候读的书，记得最牢。后来工作了，到了城里，见到好书就买，买不到就四处写信找朋友设法邮购。藏书多起来了，天天还是读书。但是有个习惯很不好，站在书架前，抽出这本书，计划中必读的，读了一章两章，有时是一半，就放下了。抽出那本书，也是计划中必读的，也是读了开头或是一小半，又放下了，再去抽出另一本书。下次见了第一次读了一半的书，拿起来又从头读起，读了一半又放下，如此反复，一本书从头读到尾的不多，而且现在读完一本书要下好大工夫。这样读书，效果很差，真不如在乡下没书读的日子，逮住一本读一本。

读书不扎实，读一半丢一半，就是一种半途而废，不是读书人的正道。我是在读了罗素·贝克这话时受到震动的。我的脸红了，读书的问题上，竟然容忍了半途而废这么久，与其长久地读不完一本书，不如捞起一本就一鼓作气地读完，我这样要求自己。

写作的人，有时写到一篇感觉很好的文章时，能一气呵成，有一种快感，这种文字写起来，不会半途而废。但有时候你想得好好的，写起来时，却遇到阻碍，写不下去了。特别是长篇作品，遇到这种情况，作家是最痛苦的时候。思想发生动摇，想自己为什么要写这玩意，写出来后还不知成不成得了呢？这时候，去和三朋四友聊聊天，喝点小酒，搓搓小麻将，该是多么快活啊！好了，放下笔，去喝酒聊天搓麻将，或者做其他事情，所写作品就半途而废了。再回过头来写，怎么也续不下去了，原来怎么想的甚至都忘了。但是写作又丢不了，那么再从头写一个作品吧，写着写着，又遇到了前述的情况，就又丢下了。最终呢？是底稿残稿一大堆，而成功的作品一篇也没有。这种时候，就要记住罗素·贝克的这句话了，写下去，咬着牙写下去，决不半途而废！不管这作品能成不能成，将来能不能发表，但我要把它写完，写完了就是一个胜利。在心旦永远唾弃半途而废，永远记着写一部作品就必须将其写完的决心，坚持下去，养成习惯，你就会进步，就会成功。你就不会有许多的废稿和残稿了。爱好写作的朋友，不妨试一试。

　　我们做事要有始有终，不可半途而废。罗素·贝克的话很值得我们干各种事业的朋友记取。

耐心、恒心与报酬

"耐心和恒心总会得到报酬的。"爱因斯坦这样说。我的一位写诗的朋友在几年前看到这句话，一定要我抄给他，我就把这句话写在一张纸上送给他了。后来这位朋友去了深圳，诗是没怎么写了，却给一个企业家当秘书，听说干出了不错的成绩，正鼓捣着自己创办一家公司。我不知这张字条他带着没有？或许他记在心里吧！

就我看来，爱因斯坦说这句话，是有他切身体会的，这是他的一种宣告，而绝不是写出来教训人的。我们来仔细地咀嚼体味这句话的三个基本词吧：耐心，就是不急不躁，不厌不烦；恒心，就是持久不变；报酬呢？就是一定的付出得到应有的报偿，这不是专指金钱。爱因斯坦被称做是开创了现代科学新纪元的伟人，他创立了代表现代科学的相对论，并为核能开发奠定了理论基础，他的名字传遍了全世界，他为科学所作出的贡献使他的声誉辉煌。如果爱因斯坦在瑞士专利局当一名小职员的时候，不是摒弃一切世俗生活的干扰而专心研究关于测定分子大小的问题，写出了一批论文，他能成为一名科学家么？如果爱因斯坦在十六岁时，去追求有些青年所热衷的浪漫、游乐、享受，满足于学业的完成，而没有从那时开始，就苦苦思索空间、时间的本质，除了把自己关在物理实验室做实验外，精读了从伽利略、牛顿到基尔霍夫、马赫等一流物理科学家的著作，一边提出疑问，一边做出回答，他是不会成为一代科学巨星的。爱因斯坦是个伟人，我们不排除他的天分，但如果他做事浮躁，短时没出成果，失败了就半途而废，灰心丧气，他能成功么？所以耐心和恒心是爱因斯坦成功的两块基石，可以说他是踏着这两块基石上升的。

不仅爱因斯坦，一切有成就干大事业的人，耐心与恒心都是少不了的。他干成的那些事业，他的成功，都是因为他紧紧抓住了目标，不急不躁，持之以恒，排除一切困难，吃尽千般苦楚，一年两年五年十年，在未成功之前，名声及世俗的欢乐享受与他无缘，他是苦行僧，他默默无闻，他不羡慕别人的荣华富贵，他只醉心于自己所做的事。每一点进步成功，在他看来，都比那些获得金钱、美女、虚名、利禄要重要得多，幸福得多。当他成功了，他创造的成果能为这个世界服务，能为人类服务，人们将会永远记住这样的人，而那些拥有金钱美女高官厚禄之人，会很快被人遗忘。

是的，人不会天生就有耐心与恒心，耐心与恒心是我们在生活中锻炼熬制而成的。要想有耐心与恒心，就必须有抗干扰的力量和意志。世俗的引诱很多，干扰很多，它们时刻都在动摇你的耐心与恒心。只有那些能抗得住干扰的人，能不被世俗的引诱所动的人，才能成功，才能有真正的耐心与恒心。

商品经济的大潮涌来，人们在那里大把大把地挣票子，住花园楼房，开名车，豪华酒宴，一掷万金。你一介寒儒，国家给发点工资，你咬定一个课题，日夜探索、攻关，头发日益稀疏，人瘦如柴，你付出的努力与心血比常人多得多。这时就是检验你耐心与恒心的时候了，你如果走出了自己的精神天地，投向市场经济，你的耐心与恒心就没有了。或许还有，但只是用在市场上如何挣钱发财。你对那些诱惑不闻不问，还是潜心静气地干自己的事，吃差点，穿差点，住挤点，还是孜孜不倦地干你的工作。这种人，才是我们民族的希望，是中国的未来。

耐心和恒心是会得到报酬的！爱因斯坦的这句话绝不是空言。你们的成功将是真正的成功，你们得到的报酬，将是整个世界。

人们啊！让我们永远尊敬那些现在还默默无闻，而具有耐心和恒心地在干自己事情的人吧！

学识与创作

　　学识是无止境的，学识与创作的关系极大。学识不高的人可以搞创作，而且还能写出作品来。但学识高的人搞创作，所写的作品在品位与档次上往往不是学识不高的人的作品所能比的。不断地读书思考，提高自己的学识水平，提高自己的创作档次，我是这样勉励自己，也是这样去行动的。

　　我记得几个因学识功夫不到家，而在创作中闹出笑话，出现错误的例子，这例子有的是我亲眼见到，有的是从报纸上读到的。

　　有一次评奖，评委们对某部历史题材的小说的赞扬是一致的，舆论对这部作品也给了很不错的报道。这作品获奖好像已成定局。不料一位资深评委提出了作品中一个不可原谅的错误，即作品中写到主人公读的一段古文，是主人公死后，主人公的孙子辈的人写的。这位评委把原文都引了出来，确实是作者因不太了解这段历史而犯下的错误。这位资深评委的发言，大家很信服，而这部小说未能评上奖也是正常的了。还有一部写蒋介石的作品，其中写到蒋介石收买韩复榘时，蒋从衣袋中掏出一个钱包来，从钱包里取出一张支票，然后拿起笔，当场在支票上填写多少万元，再签上自己的名字，递给韩。这段描写看上去好像合理正常。但是理智的读者却不免要问，蒋介石身为"最高统帅"，这种收买下属的事情，只要授意，自有人为他去办妥，何必要他亲身动手呢？何必要像商人一样，当场交易，一给一受呢？而且，身为"最高统帅"身上装着钱包有什么用，难道他要经常上街买东西吗？闹出这类的笑话，当然是作者的无知，凭想当然想象出来的，是作者的学识水平太低的缘故。还有一个例子，是某部获奖作品，其中写两个人对话，甲问候乙的父亲说："家父身体好吗？"读者读至此不禁愕然。这就如一个相声的情节，作者在这里是连起码的常识都不懂了。

　　我们的作品中时常出现一些错误，迫切需要创作者不断地提高修炼自己的学识水平。任何人都不敢保证自己的作品不出错，但学识水平高的人，就能少出差错或不出差错。再好的作品，假如不小心地出了那么一两个小差错，都会使作品的档次受到影响的。

　　是的，学识不高的人可以搞创作，但搞创作的人一定要提高自己的学识。作者的创作态度是个方面,而学识修养是更重要的方面。不注意提高自己的文化学识素养,你的无知与浅陋终究会在你的作品中表现出来,闹出笑话,丢人现眼。不断地提高自己的学识水平,是我们每个搞创作的人都不可忽视的事情。

作家的尊严

省委宣传部、省作家协会、省科学技术协会三家组成了个编委会，请了一批作家，准备写我省的一批科学家与科技人员，宣传他们所创造的业绩，然后编成一本书，作为我省"五个一工程"的项目，省里拨了专款。

我被邀参加此书的写作，分配给我写的是一位私营科技企业家。作家们要写的对象，都是省科协提供的名单，有不少专家教授、学部委员的名字，过去都知道，他们是我们民族、我们湖北的骄傲。我写的这位，摆在名单的最后，过去没听说过。据说此人年龄不太大，比起前面那些科学家老教授来，他是年轻人了。我很有信心，摩拳擦掌，做了充分的准备，要给我的这位主人公好好地写一篇文章，把任务完成得漂亮一点。于是，我很慎重而又礼貌地给他写了一封信，说了省里三个部门编写此书的意图，希望他在工作不太忙时，安排一个时间，我专程前往采访。我在信里把我办公室和家里的电话都告诉他了，希望他在合适的时间通知我，我就立即去找他。但是一个星期，一个月，半年过去了，他既不回信，也不打电话。这期间，省委宣传部有关同志给他打了几次电话，他也置之不理。我还托与他在同一地区的朋友从侧面了解一下是怎么回事。那朋友告诉我，他在家里，没有其他原因。其他领了任务的作家，早已将那些老科学家老教授等写出来了，据说那些学部委员、科学家、教授们都很配合，态度和蔼可亲。唯独只有我，碰到了这么样的一位，既不回信也不回电话。其实，他只要说一声，他不愿意被采访被宣传，别人也不会死皮赖脸地去找他。这种不理睬的态度，就显得太傲慢，太没礼貌了。

我是个作家，我也有我的尊严，我没有必要低三下四地去找他，我想这种人恐怕也没什么好写的。后来此书编写的组织人员找我，我很明确地表态，我不写这么个人了。我不是那种招之即来挥之即去的文人，我是一个独立的有自己人格的人，我看不起一切没有礼貌没有教养的人。这种人，即使发了再大的财，再有钱，也是一个有缺陷的人。

作家，应该有自己的尊严。

编辑的修养

我曾写短文,谈编辑的不负责任,粗心大意,把别人的照片署上我的名字发表,印出来我的一首诗,前半截是我的,后半截却是别人的。文章发表后,似乎意犹未尽,干脆再写一篇,也是谈编辑的事,也是我的亲身经历。

先说一件最近的事。某经济报一位朋友约我写了篇一千五百字的文章,我交给这家报社后,这朋友说,可以用。等了好久,问这朋友,这朋友说马上发表,稿子已送到印刷厂了,但被版面编辑删得只剩几百字。这可是我写作以来碰到的最尴尬的一件事了。我当即表示,希望把文章撤下来,把稿子还我。报社领导知道此事后,算是高抬贵手,把文章撤了,但稿子一直不退我。事后,听别的同志说,删这稿的是个刚大学毕业二十来岁的编辑,还说,刘益善不就是个小有名气的作家么?我听了,只好苦笑。我当了二十多年的编辑,倒从来不敢这样说自己的作者。

第二件事使我难忘。我给一家书刊类报纸寄了三篇评论我省诗人诗集的千字文,是个系列。责任编辑来信,说三篇都留用。不久,发了一篇出来,我看了看,千把字的文章,错字、脱漏的地方有四五处,其中的"天籁"全错成"无籁"。我好心好意地给这位编辑写了封信,指出了错处。这位编辑立即回我一信,称我"刘益善同志"(这编辑过去一直喊我老师,他在下面时,最早的报告文学作品是经我的手反复修改后发表在《长江文艺》上的。据说他后来上某大学插班生,那报告文学起了些作用),然后把剩下的两篇文章退给我了,有一种恼怒与惩罚之意。我与这报纸的总编是朋友,但我一直没对总编说这件事。后来总编问那两篇稿子,这编辑慌了,写信道了歉,把文章再要回去。还好,他能知错改错。

第三件事,是我给一家日报的周末版写文章,按报上登出的责任编辑名字寄去,并写了很客气的信希望不用时退我。两个月没消息,我又给这位编辑写信,再次恳求退稿,并附了邮票,但这位编辑仍不予理睬,我有点伤心。后来这个周末版的负责人找我几次约稿,我均未能给她写稿,心里有对这位负责人的内疚。但想起她领导下的那个麻木不仁的编辑,我就再不愿给这周末版写稿了。咱们敬而远之，让你高傲个够，好吧！我后来重抄了这文章，在广东省的一个杂志上发了，那杂志不比这周末版差，使我从心理上得到了某种补偿。

这是我近两年内投稿遇到的事情，本来是琐屑事，但给人感慨颇多。我们的编辑，对作者是热情负责，还是冷淡摆架子，这是个职业修养问题。想想老一代的编辑，与作者交朋友，满腔热忱地培养帮助作者，对事业是无私的奉献，更使我们尊敬和怀念他们。

我是个编辑，我所工作的《长江文艺》月刊，历来就有对作者热情负责的传统，二十世纪五六十年代，有口皆碑。今天，这些好作风我们是否忘了呢？我不敢说现在做得很好，但是决没有忘乎所以，麻木不仁，听到作者的意见后恼怒并以退稿为惩罚的现象。

回想一下我遇到的几件事，我更不敢随便地对待作者的来稿与来信了。我觉得这是个编辑的起码修养，我们要不断努力。

但愿我们的老一代编辑不要感叹：如今的编辑，是一代不如一代了！

信任与责任

我有一个公安部所属群众出版社颁发的特邀作家聘书,还有一本《武汉公安报》颁发的特约撰稿人聘书。在许多的聘书中,我对这两本聘书是十分看重的,这是我与公安战线的一种联系,是公安战线的干警对我的信任与希望。

是一种机缘,我受《警探》杂志之邀,采写原荆州地区公安处千里赴福建解救被拐卖的八名男孩的事迹。接着我受《警笛》杂志之邀,再赴荆州,采写小北门派出所干警破获特大抢劫团伙案的事迹。这两次采访,我都写了中篇报告文学发表。后来我又受群众出版社之约,三赴荆州,将小北门派出所破获抢劫团伙案扩写成一部长篇纪实文学出版。1998年长江大洪水,公安部宣传局与群众出版社又约我采写湖北公安消防总队在簰州湾溃口后,进行了生命大营救的事迹,写成六万字的中篇报告文学。

几次深入到公安干警中采访,我一直处在一种激动之中。这些祖国的优秀儿女,这些可爱可敬的人们,他们为了保卫人民的生命财产,为了社会主义建设的安定与繁荣,为了人民生活的幸福与安乐,日夜都在繁忙,都在战斗。他们没有节假日,他们与犯罪分子斗智斗勇,他们没日没夜,狠狠地打击着各类犯罪分子。他们不怕流血不怕流汗甚至不惜牺牲自己的生命,他们是人民的保护神。特别是在采访湖北公安消防总队总队长、一等功臣李金文时,我被他的那种救人民于水火,"要死我先死"的大无畏精神所感动。这样的好人们,他们做的大量工作,他们做出的奉献,应该让更多的人知道。应该说,我们的传媒做得还是很不够的,公安战线还有很多人物与事件没有被写出来,还不被人知道,他们的奉献与牺牲被埋没了。

我有幸成为公安战线的特邀作家与特约撰稿人,我感到光荣,但更感到一种责任,要写好人民的公安干警,要歌颂他们中的英雄,要让全国人民爱护这个战线的成员。否则,我会觉得不安,那是有负于干警们的信任的。

"白日见鬼"说

近日整理剪报，看到这样一则文字：《语言大典》厚厚的 16 开本两大册，4600 页。我想，这词典若是烫金精装，竖在书架上，可谓煌煌然也！但其定价怕也要普通工人半月的工资数。看该典内容，我却默然，忍不住要说几句。

有读者从这"大典"中随意抽样挑出一个"四"字，其释文为："四年：为期四年；四大威胁：任何四种威胁力量；四开本：一张纸裁切成四张后尺寸；又指这一大小的纸或书页；四点：扑克牌或者骰子上的四；四壁：用东西把（房间的）墙壁遮住。

另有词条其释文为：谈恋爱：特指散步时求婚；菜单：菜单上的菜。当我看到"白日见鬼"的词条的释文为"大白天看见鬼"时，不由笑得把刚喝到嘴里的一口茶喷了出来。白日见鬼，我在我的书桌上真是大白天见到鬼了。

平时闲逛书摊书店，前些日子逛了在武汉举办的全国书市，看到我国的辞书出版业是大大地繁荣起来了。那一本本像砖头厚的烫金精装辞典，豪华辉煌，摆成一排排的在架上傲然示人，真使我肃然起敬，恍如面对着一座座知识文化的高山，深感自己的渺小。据说辞书词典类销售得不错，其品种类别五花八门，齐全得似乎一切学问都包容其间。使得搞研究做学问的人大可不必再去苦思冥想，你搞的那一套这些厚得像砖头的典们都有，你只要买上一本与你的专业有关的"大典"，一切都是现成的。

在各种各样的典们面前，我很彷徨，因而我的书架上除了几种已有定评的辞书外，其他的"典"我很少买，也不去列在书架上给自己增加压力了。现在，我很有点庆幸自己的做法，假如我买了像《语言大典》这样的东西，而且去翻它，那我还真是大白天见到鬼了？！

书摊书店书市，不仅辞书大典之类的出版物中有白日见鬼的内容，其他的出版物白日见鬼的东西也很多。出版体制的改革，我国的出版事业正朝着规范化法律化的方向发展，在其发展的进程中，泥沙俱下是免不了的。剪刀加浆糊，几个人加几天班就可以编出本书来。高小毕业初中毕业文化程度的人，能够编出语言学者和其他专家终其一生才能编纂出的大典来，这类出版物不白日见鬼就不正常了。

  在社会的转型期，假货劣货见空子就钻，充斥市场，打假打劣的斗争不断。辞书及其他出版物的出版过程中，也要打打假打打劣，把那些貌似庞然神圣厚得吓人在华美包装之下的假货劣货，从架上拉下来，让其轰然倒地，扔到茅厕里去做解手纸。

  关键在于读者要有一双识别鬼魅的眼睛，让"白日见鬼"见鬼去吧！

节水模范贾平凹

水是一种资源，这资源在中国的分配，是极不平衡的。多水的南方，江河湖泊多，人们把水不当回事，谈不上珍惜，如遇汛年，比如1998年的大抗洪，人们对水就是诅咒与痛恨了，那时希望水少一些方好。

但是，中国西部的一些省份，那里的水奇缺，别说种庄稼用水，人畜饮水都困难。西部一些地方贫困，与缺水关系很大。为了水，人们苦苦煎熬，攒下一点雨水，人饮用牲口饮用，用处多啦！为了争水源，村与村发生械斗而流血死人，小说和电影里说的故事倒不是戏说。

除了西部外，我国还有一些城市也缺水，北京、天津，那水的使用就得十分的节约，浪费不得。国家有南水北调的大工程，把湖北丹江的水利用渡槽和运河的形式调到京津，花费之艰巨可想而知。我曾在湖北枣阳看到过调水的渡槽，大地上许多的水泥柱子托起长龙一般的渡槽，遇到低洼的地方还需要用动力将水提升起来。

这样说来，水是十分重要的。据媒体说，我国缺水或严重缺水地区的比例是很大的。节约用水，我们为什么不多提倡呢？

我写以上文字其实缘于作家贾平凹的一件轶事。那文章好像说平凹小气，朋友进卫生间拉尿，贾平凹也跟进去了。朋友撒完尿准备拉水箱冲厕所时，平凹即拦住，也上前挤出一泡尿。完了后，平凹喊客厅其他朋友，叫他们有尿快进来撒，完了他好拉水箱冲洗。撒一泡尿放一箱水冲实在是太浪费了。别人笑贾平凹小气，我却笑不起来。因为我自己有些生活习惯与平凹相同。这放水冲厕所的习惯就与他一样。我还经常用桶子把洗衣机漂完衣物放出来的水接起来，留着冲厕所。为什么不这样呢？恐怕不是为节约那几个水费钱，而是因为水，即使是一桶水，也是资源啊！

在不影响生活质量的情况下，能节约而不节约是不好的习惯。从作家贾平凹的这件轶事，我认为贾平凹是节约用水的模范，我们应该向他学习。

不要活得太累

首先声明,我这篇短文所说的"累",不是那些为了民族、国家、人民的强大与富有而勤奋工作忘我劳动的累。这些人民的公仆、民族的脊梁之累,是值得我们永远歌颂的。

我这里所说的,是另外一种类型的累。

比如说,我最近读到一位青年作家的创作谈,他说:"目前,我过着一种比较舒适的生活,有条不紊地写作使我活得不是很累。那些活得很累的人,都是一些志向远大的人,他们想要的东西太多,不能不累。再说,累一下也是应该的。"

再比如说,我时常听到周围有些人说自己"活得太累了",说这些话的人我是了解的,他们所说的累,绝不是为了民族与人民的事业干得太累,而是另一种累,是那位青年作家所说的想要的东西太多而引起的累。简单些说,就是一种精神上的疲乏,心理的劳顿。这些人所说的累,与民族的兴盛强大关系不是很紧的。

干吗活得太累呢?太累,自然是想要的东西太多。熬了几十年,官阶总要一级一级地往上升,升到能住大房子能坐小汽车的光景,还不满足。涉足商海的,拼命地扒分赚银子,五位数六位数七位数地积累,不当个亿万富翁不罢休。当明星的,希望自己红得发紫;搞艺术的,希望自己得尽天下大奖。这些人渴望自己报上有名,电台有声,屏幕有形象。目标的追求是永无止尽的啊,日复一日,月复一月,年复一年地苦心经营,殚精竭虑,冥思苦想,上奔下跑,走门子,献笑脸,费心血,下力气,可怜见的,这还有不累的么!头发累白了,腰累弓了,皱纹累多了,人也老了。老了还不算,哪能停歇呢?还要为儿子辈孙子辈操劳呢!为儿孙弄套好房子,找个好位子,攒多些票子,或是送到国外,寻个好前程。这些人是真累啊。

你想要获得的东西太多了,你就默默地去干去,你就不要叫累了。你想不累,过得轻松些,过得舒适点,你就清心寡欲一点,除了自己必要的东西外,其他的东西则少要一些。这就是有得必有所失。

"累"字在《新华字典》上的解释是:疲乏,过劳。这个疲乏过劳我想恐怕是指体力的。有的人干得很多，体力上确实疲乏过劳，但精神上却轻松快乐，一点也不感到累。有的人干事并不多，体力并不疲乏过劳，精神上却长期处于紧张疲惫，反而感到很累。世界上的好东西太多太多，人的欲望呢，也是太多太多。人生有限，这些好东西是要不完的，人的欲望也是永远满足不了的。再说，那些东西，有时并不是你想要就能得到的。有时你并不想要这些东西，而这些东西却偏偏又给你送来了。这也真是一个奇妙的规律。有规有律地过日子，快快活活，轻松愉快，活得不累的人，也并不是得不到好东西的。

　　我说的那位青年作家，我是读过他不少的小说的，他每年的产量不低，档次也较高。他说自己过得舒适，不累，是因为他在有条不紊地写，能成则成，成不了再来，精神上没有非弄一个获诺贝尔文学奖的负担，所以他很潇洒。

　　人生是短暂的，活得潇洒些，活得快活些，不要那么累，是何等的好啊！

不妨来一点阿 Q 精神

鲁迅先生写了篇伟大的《阿 Q 正传》，概括出了国人的一种精神，即精神胜利法。鲁迅先生的笔如刀如剑，把国人潜意识中的这种劣根性揭示得赤裸裸的令人心惊。先生的用意在于指出这种精神是误人，甚至是误国的。先生是哀其不幸，怒其不争。但先生也并没有将这阿 Q 精神一棍子打死，毕竟是人民内部矛盾，还是以批评教育为主么！

半个多世纪过去了，中国人中的阿 Q 精神绝迹了么？没有没有，阿 Q 在我们生活中处处存在。当然我们也在不断地去除，不断地矫正，使人们的心理更加坚强和正常化。但是，让我们生活中留一点阿 Q 精神，在必要的时候当一回阿 Q，是不是可以呢？

近读到一篇小文章，好像是与我的这种想法相同。而且文章从生理和心理健康的角度论述，证明何 Q 精神有那么一点是有益的。生活中，我们会常常遇到不如愿的事，遇到不可更改的事实，遇到比自己强大得多的力量。怎么办？如果认真下去，既改变不了已存在的事实，还会把自己气死，有损身心健康。

比如说，评职称，可能业务比你差的人评上了，你自己却没评上；再比如说，当官，能力比你差的人提升了，而你却在原地踏步，一个副职当了半辈子，心理不平衡，气就不顺畅。怎么办？你去要，别人不仅不给，还会说你这个人伸手要，下次仍然不会给你。如果生闷气，你会气死，至少要生一场病。假如这时有阿 Q 精神，问题就能解决了。算了算了，有什么了不起，你的运气好而已。我的业务能力和工作能力比你强，今后还有机会的。饭照样吃，觉照样睡，心理上的不平衡会慢慢变得平衡起来，有的人运气比我还差呢！

我这人不喜欢阿 Q，平时做事也很认真的，像个血性汉子。但随着年龄的增长，我有时也学学阿 Q，觉得这样做似乎也不是什么坏事。那年上武当山，和一个作者在一起，我们从南岩上了一辆旅游车，武当山这样的旅游车有好多，我们的住地在紫霄宫。上车后，我买了两个人的票，钱给了司机（无售票员），他没撕票给我。车到紫霄宫时，我们下了车，找司机要票，因为我们的车票是可以报销的。司机个头大，长了一身的横肉。他跳出驾驶室，撕了两张票给我，顺手给了我一拳。我大叫起来，你为什么打人？还有王法没有？司机笑了笑说：这里我就是王法，你不服气，还想吃拳头么？我看到车上一车人都没谁做声，而与我相伴的那个作者，早躲一边去了，大气不出。我只好噤了声，忍住了心中的火气。我打不过他，说不准他还会几手武当拳的。这个狗日的司机，儿子打老子。我在心里学阿Q，灰溜溜地回了招待所。这是我永远记住的一件事，我在武当山当了一回阿Q，没有和那个家伙拼命。与他拼命不值得，与他生气，只会对自己的身体有害。我就在心里骂他，在这文章中骂他，说儿子打老子，搞个精神胜利法，事情也就过去了。

　　我写这篇小文章，决不是提倡阿Q精神，也绝不是反对鲁迅先生的《阿Q正传》。我只是说，人生偶尔来点阿Q精神，大约不会坏大事吧！现在写出来，以求教于各位朋友。

《包青天》与包拯读错字

近些日子有好几家电视台在播放电视连续剧《包青天》,我估计收看率绝不低,连我这个不怎么看电视剧的人,也连着看了几集。这部电视剧什么机构拍摄,其中的演员叫什么名字,我不怎么关心。演包公的那个演员的演技似乎还不错,那种正义、铁面无私为民做主的性格基本出来了。包拯,封建社会的一个清官,他的故事在民间流传了将近千年,他是正义清廉公正的化身。当人们受到冤枉和苦难时,都会情不自禁地呼唤青天大老爷,呼唤各个时代的包公。

所以包公戏,总是不缺少观众的,虽说演了数百年,仍不衰竭。而最近放的《包青天》中,我还看到加进了不少的机关布景,那人能飞能变,格斗起来,声光电色的都用上了,更是好看。

但我这篇小文要说的,却是我在看这部电视剧时,发现的一个小问题,这问题很小,可能不注意的观众没有发觉。可我确实发现了,这里写出来,但愿不是吹毛求疵。

那天晚上,我们一家人看《包青天·青龙珠》,看到包拯王在痛斥那个坏人王干时,包公抑扬顿挫,振振有词地大声说了句你这个"奸妄之人"。

我们一家三人,一个是作家,一个是中学语文教师,一个是初中三年级学生。我们听了包公的话,面面相觑。过了一会,我问那个中学生与语文教师,他们都说是听到"奸妄之人"了。这时,我们笑了,显然是包拯读了错别字,把"奸佞"读成"奸妄",使一个好端端的清官形象,开封府的大老爷,变成一个文化不高的工农干部。遗憾,遗憾!

是的,演员不是教师,可能会有读错字的情形。我曾写过小文章,谈电视、电台播音员读错别字的情况。但是现在我要加上电视剧演员了,特别是像包拯这样的人,读了错别字,影响就更不好了。我这里诚心提出:希望包拯在办案之余,常翻一下字典,尽量少读错别字。

谁也免不了读错别字,我这个有点吹毛求疵的人,也经常读错别字。但演员、播音员读错别字就不一样了。

"闻腥即止" 精神说

近日，在湖北咸宁温泉，与温泉开发区一位负责同志同桌吃饭。不知谁谈起今年年关期间，一些单位的车辆忙着给有关领导和部门送年货的事，引起了开发区这位负责同志的感慨。这位负责同志是当通讯员出身的，他说起了六十年代他给地委某领导当通讯员时遇到的一件小事。

那时地委领导只有吉普车坐，领导、通讯员和司机三人一起下去，到鄂南各县检查工作，布置任务。每到一县，除了工作外，吃饭住宿，按规定交钱。那也是临近年关的日子，领导特别嘱咐过了，不许接受任何单位任何个人的任何礼物。在蒲圻县时，当地同志悄悄放了六条鱼在吉普车的后面，然后悄悄告诉司机与通讯员，这是给他们带回去过年的，每人两条。司机和通讯员要当地同志拿走，当地同志坚决不拿，并说："这算什么，鱼是我们自己的，又不是什么贵重物。"司机和通讯员无法，只好接受。第二天早饭后，他们离开蒲圻回地委。车开后不久，领导皱了皱鼻子，闻到了一股腥味，不对头！他立即命令司机停车，说车内哪来腥味，这是怎么回事？司机和通讯员瞒不住了，只好如实汇报。领导当场把他们批评了一顿，并让吉普车马上掉头，把鱼送还给蒲圻的同志后，才回地委。

开发区负责人讲完三十多年前的那件小事后，满桌人都没做声。我沉默了一会，问道：这样闻腥即止的领导今天还有没有？

半天没有人回答我。最后还是开发区的负责人回答了我。他说：这样的领导肯定是还有的。我从他的回答里听出另一层意思：但这样的人太少了。

现在的风气是，不论你是领导干部还是一般干部，只要你手中掌握了一部分权力，这权力能控制一些部门和个人，那么你下基层，必定是前迎后送，陪吃陪喝陪玩，离开时，大包小包的礼物或纪念品早塞满了你的车后盖下的空间。即使你人没去，节假日时，也会有人把礼物给你送到家里来的。虽说有关方面三令五申，禁止请客送礼，但一些地方却照行不误。如果出现了某个干部拒收礼品，或是将别人送的礼品交公，那就视为不正常了。别人可能会说你是装姿态，捞资本，而新闻媒介还会宣传报道，觉得这是了不得的事情。其实是完全没有报道的必要的。不拿群众一针一线，是毛泽东同志早年就制定了的共产党人的纪律。不收礼物是应该的，有什么先进可言，还值得报道？

温泉开发区负责人讲的三十多年前的小事，我称其为"闻腥即止"精神。我们的干部和一些领导，缺少这种闻腥即止精神久矣！送礼是行贿的前奏，收礼是受贿的起步。而闻出腥味，马上警觉，及时抵制，是拒贿的先声，是反腐倡廉的最有效的预防针。这次送你两条鱼，你收了，下次送你一台电视，你也收了。再下次，他会送你现金美元，你收吧，最后你会被他送上法庭。闻到腥味时，要赶快止步，像三十多年前的那位地委领导一样，把两条鱼送回去，这样你才不会掉落进腐败的泥淖里。

"闻腥即止"的精神，是了不起的精神，是每一位共产党员干部应该拥有的精神，在反腐倡廉的今天，这种精神更加难能可贵。

我真希望在我提出"这样闻腥即止的领导今天还有没有"时，有许多人异口同声地回答：

"有！有！这样的干部和领导在今天有很多。"

而不是沉默。

思索的快乐

除了傻瓜与神经系统有严重疾病的人，凡正常人都会思索。会思索也是人类与动物相区别之处。人类的发展，社会的进步，文明的形成，都是思索的结果。人大脑的重要作用就是思索，如果长个脑子不思索，也就与动物无异了。正常人都会思索，也都在思索，但思索是有高低之分、难易之别的。人的创造之大小，科技上学术成就的高低，都与思索紧密联系在一起。平凡简单的劳动者，他们的思索是与科学家政治家艺术家的思索不一样的。一个人只会思索他的衣食住行，是简单的低等思索，一个人能思索新问题寻找新领域，思索他感兴趣的一切复杂事物，并且锲而不舍，是高等思索。高等思索就有高等的收获，他在事业上就有大成就。

能思索，思索着是快乐的。"思索吧，思索能引人入胜。"十九世纪俄罗斯的大评论家车尔尼雪夫斯基这样说。

思索能使人进入到一种境界，这种境界是逐步清晰而美妙的。开始思索，只见一个大概的轮廓，若再进一步细细思索，将那轮廓的细部都看得清清楚楚。遇到某个难点，碰到某处障碍，苦苦思索，难以解决，连续不断思索，越不过障碍，还是要思索下去，不可半途而废。就不断地攻坚吧，思索难点就像攻打一座久克不下的城池。退一步思索，换个角度思索，正面进攻，迂回包抄，突然的，火光一闪，那难点那障碍的症结露出端倪，再一进击，问题迎刃而解。难题的解决，方案的形成，对于思索者来说，都有一种由衷的欣喜，一种获得的快乐，一种圆满完成任务后的愉悦。

世界是复杂的，生活是多种多样的。思索也是有一定条件限制的。有从事简单劳动的人，却能思索出复杂难懂的东西来，从平凡岗位上走出的科学家政治家艺术家，例子举不胜举。也有在重要岗位上工作的人，由于懒于思索，一辈子平庸地过去了。也有一种情况，本来有才气，上进心也强，但他从事的工作是机械性的，不容他有半点疏忽。他愿意思索，但他的工作实在是不容许他去思索，他无时间，没办法思索，他的才智与创造的火花，就淹没熄灭在日复一日的机械性劳动之中。这种人在生活中是有许多的。

思索是快乐的，但愿意思索而又没有时间和条件思索的人，是痛苦的。

我所认识的一位老编辑，有很高的创作才能与天赋。但他从事的是编辑工作，每天每月都有那么多的稿件要看，又要接待作者辅导作者，又要参加各种会议，又有那么多的书刊报纸要读，因为不读，就无法更好地了解这个世界和时代，办不好刊物。上班干这些事，下班后又有作者来找，还有家务事，还有上班时没干完的事要拿回家做。他心里积存了不少东西要写，真想找个安静的时间和地方好好地思索一番，寻找一个角度，碰撞出灵感的火花，把心中的作品写出来。可他就是找不出这个时间，刚想思索，刚想坐下来动动笔，又有其他的事情找来了。几十年都这样过去了，他多想安静下来好好思索好好地写东西啊！后来，他从编辑岗位上退下来，他摆脱了行政工作，放下了抓稿件培养作者的担子，时间属于他了，他有了整块的时间思索，他感到十分的快乐。他以每年一部长篇小说的速度出版了他思索的成果，他的创造才能到晚年得到了充分的发挥。

我们应该对那些为了事业而牺牲了思索的快乐的人，表示一种社会的尊敬。

思索能引人入胜，脑子经常思索，会越来越灵，思想也会越来越活跃。经常思索的人，生性愉快、豁达，生活里充满了阳光，热爱世界，健康长寿，会少走弯路，少跌跤。

世界因为思索的人多起来，会变得越来越光明。人因为思索，会变得越来越聪明。

"中国文坛第一拍"与点子与广告

在报上读到一则消息，开始有点不理解，甚至觉当事人不是疯子，就是神经有毛病，后来与"点子"联系起来想，就觉得很合理。

某地有一位"著名作家"近来创下个奇迹，他的一篇散文、一首诗、一部短篇小说、一部中篇小说、一部长篇小说五年的使用权被当地的几个企业单位商业单位买去，共卖人民币42.4万元。其中一篇散文8万元，一首诗6.6万元。散文写得如何没有透露，而诗呢？据介绍题目为《悟》，诗句只有两个字："……来/去……"两个字6.6万元，平均每字3.3万元，这价码是否创造了世界之最我不敢说，但在中国是创下了第一的。所以在拍卖场上高悬的280平方米的巨幅上所写"中国文坛第一拍"倒没吹牛，可谓名副其实。呀呀呀，我辈写了二十年三十年四十年五十年诗的诗人，着实惊讶惭愧，这两个字这么值钱么？我们写了那么多诗，如果细挑一下，挑个十首八首与这《悟》不相上下的诗还是不成问题的。为何我辈的诗即使发在中国最权威的《诗刊》杂志，还被转载被翻译到海外，而稿酬无论如何也超不出一元钱一个字呢？这是运气呢，这运气为何没被我辈碰上？

据报道，"中国文坛第一拍"是由某地的十几家企业单位与商业单位鼎力协办的。买去这个"著名作家"作品五年使用权的单位为的是什么？是为了支持文学吗？但他们为什么只支持这一个"著名作家"呢？是买去创造经济效益吗？不可能。那么，这些单位不是亏了吗？他们是傻瓜是疯子是神经不正常？不，他们既然是搞企业搞商业的，没有赚头没有利益的事他们是不会干的。他们到底是为什么？这好像是个谜，但若一联想到"点子"的作用，这谜也便好猜了。所谓"中国文坛第一拍"就似一个点子，是个哗众取宠的广告行为。

试想想，这么多个企业与商业单位花了钱买"著名作家"的作品，每家出个几万十几万元的，也不多。拍卖时声势造得不小，再把当地大小新闻单位的记者请到，再冠以个"中国文坛第一拍"。成交了（我认为这是个形式），传媒就纷纷报道。因为这事情有点离谱，必定引起人们的好奇与争议。有争议，那么全国的许多大小报刊就要转载转摘，从而使得这事情越传越远，而花了钱的企业、商业单位的名字也就传远了,这比他们花几万元十几万元做个广告的效果要大得多。这实在是个好点子、金点子呢。

最后我也出个点子:我家乡的村子正在修小学兴文化,他们找我想筹点钱。我收入不高,只能自掏腰包表示一点心意。但我有不低于《悟》的水平的诗。我愿将我的诗以千元一首卖出,哪个企业和商家愿买,请与发此文的报纸联系,我卖的钱将全部捐给我家乡的村子修学校。

我知道我这个点子不高明,是学别人的么!

别去包装牛粪

"包装"一词,查《辞海》有两义,一指盛装和保护产品的容器;二指包扎产品的操作活动,两义颇相近。近期,我们生活中使用"包装"这个词的频率很高,也很时髦,但多与经济行为联系。有朋友来电话,问他忙什么?他说他正在为某企业和老板搞包装。怎么个包装法?他说,你这都不懂呀,就是造舆论做广告,使其在社会上有个好形象。这个我怎么不懂呢,我说这不就是出版社给某作家搞包装,穴头或是音像公司给歌星搞包装么?给企业和老板搞包装就是这个意思吧!朋友说,Yes!

我却立即想到关于包装而引起的不舒服来。某次参加一个座谈会,所获纪念品有一盒卡拉OK音像带,包装漂亮极了,塑料盒子,歌星的彩照印在上面,外有一层薄膜覆面,盒子上印有八首歌曲的名字。我很高兴,拿回家放着,在一次朋友的聚会上拿出来卡拉一回。结果电视上只见麻点,不见图像,虽有音乐,却只一首曲子,令我十分的尴尬。朋友说:水货。

而这水货却是在这家音像出版社社长在场的情况下,发给大家的。

发现一双式样很好的皮鞋,鞋盒也很漂亮,印有中外合资生产的字样。买回来,穿了不到一个星期,鞋帮裂口,鞋底翻卷得像西瓜皮。给厂家写信,杳如黄鹤,我只好苦笑,骂了声:骗子!再一次,在公共汽车上,见一打扮时髦漂亮的女郎,金项链金耳环,艳丽的服装,皮鞋跟高而尖,站在那儿,亭亭玉立,引一车的男人注视。车子开动,一农民打扮的人不小心撞碰了她一下,她立即一连串地骂出:妈的X,婊子养的!字正腔圆的武汉话,好倒人胃口。

我举出这三件因包装而引起不舒服的事来,目的并不是要诋毁上面说的给歌星给作家给企业搞包装的做法。我是想说,包装是包装,内容是内容,我们不能一味地迷信那漂亮豪华的包装而上当受骗,应该看重内容。内容的真实与漂亮的包装统一起来,才是好货。内容是假的劣的,包装再漂亮,只能骗人一次,第二次就骗不了啦!

我国音乐界的权威徐沛东有句论包装的话说得很好:牛粪再怎么包装也是牛粪,乌金不用包装也是乌金。

包装这词在我们的生活中出现得多了，这并不是坏事。好的东西有好的包装，是好事，可以提高人们的购买欲。只是我们的出版社、音像公司以及善于给人搞包装的朋友，千万别去包装牛粪。如果为了几个小钱而昧心去包装牛粪，你自己也会弄得满身牛粪臭的。

电视与文明

我们应该十分肯定地说：电视的普及，对推动人类文明的进步，起了巨大作用。文明也即文化，是靠传播来推动来提高的。电视是一种传播媒介，试想一下，目前有什么传播工具能超过电视？

文字、图画、声音、表演等，从单个比较，都不如电视。电视将文字、图画、声音、表演等综合起来，是一种全方位的，逼真而又快速的传播形式。我们读文字，首先的条件是要识字，然后需要许多的书刊报纸；看图画，就要画幅和画册；听声音，要收音机和音响；看表演，你要买票进剧场。读文字时就仅仅是文字，看图画仅仅是图画，没有动感，听声音只有声音而没有图像，看演出倒是既有声音又有演员表演，但如今星们的演出票价太高，工薪族哪里买得起。还是电视好，就放在自己家里，想看时，舒舒服服往沙发上一坐，打开电视机，文字图画声音表演都有了，你想怎么看都可以。电视的频道多，节目也多，这节目不想看了，再换一个台，一天二十四小时，总是有东西供你看的。你不想看了，关上就是，没人干扰你。电视是多么好啊！

电视的普及，使得这种传播媒体的覆盖面大得没有边沿。电线拉过去，建个转播站，就能接收到电视信号了。电视对文明的促进，最明显最巨大是在乡村。中国幅员辽阔，乡村的面积和人口所占比例很大。长期以来，乡村是闭塞的，农民埋头耕耘，没有机会接触外界信息。报纸看不到，村里订的报纸可能被村干部拿回家糊了墙。电影有时去放一下，都是几部老片子。演出呢，更是难以看到了。外面的世界是个什么样子？城里人怎么生活的？楼房有多高？火车是什么样子？外国人长得是否青面红发？这些对于那些一辈子没走出过山里的农民来说，都是个谜。改革开放了，农村都有了电视，啊，外面的世界多么精彩！电视给农民带来了多少信息，农民通过电视了解了多少新鲜的东西！他们的眼界提高了，胸怀变大了，政策通过电视传到他们耳里眼里，致富开发。农民走出了山村，农民闯到城里，少数在城里站住了脚，也能像城里那些人一般生活了。落后闭塞的乡村进步了，农民与乡村文明有了飞跃进步。这一切，除了党的政策，电视难道不是一大功臣么？电视的传播作用功不可没。

人类文明在不断进步，但就电视从产生以来到目前所起的作用与影响，我愿高呼电视万岁。真不敢相信，我们今天的生活里，突然没有电视，将会是一种什么情况。对于中国老百姓来说，电视是他们生活中不可缺少的一种需要。就像不能缺少的吃饭、穿衣、睡觉一样，人们不能缺少电视。

电视有没有负面作用？有专家曾写过文章进行了讨论。如电视文化的泛滥，使人们对高深一些的文化失去兴趣，电视培养了人们的浅表思索，缺少深沉。我想，即使这些负面影响存在，但弊比起利来，则是很小很小的了，只要加以正确引导，是会得到矫正的。

电视，人类文明进步的功臣，实在应该为你写点颂歌了。

儿子的压岁钱

年底，以儿子的名字存的六百元定期存款到期。这钱是儿子过年得的压岁钱，儿子嘱咐我：爸，再帮我存起来。

小时候在乡下，过年时我也得过压岁钱，但哪有这么多？那时一年能有十几元的压岁钱，就是很阔绰的了。这是一笔不小的进项，我就用它来买笔买本子，跑十几里路到镇上新华书店买几本爱看的书。这一年家里也就不再给零用钱了。

给儿子谈这些时，他沉思一会，说：爸，你们那时候是够苦的，不过现在好了。我们班有个同学，去年她爸带她去给几个人拜年，她总共得了三万元的压岁钱。

儿子说完，我和他妈都很惊讶。儿子的脸色倒很平静，那上面并没有羡慕和向往的神情。显然，儿子是漫不经心地说出来的。我放心了，那一刻觉得儿子长大了，有自己的头脑了。

儿子还是个初中生。

我老家的亲戚大都在乡下，儿子的外公外婆舅舅姨妈在城里，但也都是工薪阶层，收入都不高。每年过年，儿子在城里给各位长辈拜年，能收到几百元的压岁钱就不错了。农村的那些亲戚是没办法给儿子压岁钱的。儿子收到钱，过完春节，就上交我们。但是，六百元和三万元比起来，相差何其远！

大约是因为我这当爸的影响，儿子比较节俭，一般不乱花钱。我曾给儿子说过一个故事：某亿万富翁使用竹制牙签，总要一折两半，分两次用。这绝不是亿万富翁小气舍不得多买牙签，而是富翁一种为人的准则。我生长在乡下，自幼受过困难生活的磨练，知道乡下人一分钱掰两半用的艰辛。

几百元钱存起来，我问儿子这钱将来他打算用来干什么？儿子说，将来上大学时用，现在也花不了什么钱。我又问他对他的同学收到三万元压岁钱是什么看法时，儿子说，她的压岁钱是别人给的，她爸爸是个官。用自己的劳动获取报酬才是真本事。再说要那么多钱，怎么花呀？

十五岁上初中三年级的儿子啊！他说这话时很自然，很平静，可我眼中甚至要涌出泪花了。儿子，我会帮你把几百元压岁钱存起来的。钱虽然少，但我看重的是儿子你对人生的认识。我将把它作为一笔珍贵的精神财富存入我的记忆之中。

儿子与电视

十几年前，妻患病住院手术，我来往于医院，一日送三顿饭并兼任护理。儿子当时只三岁，我从乡下把母亲接来照顾儿子。母亲按照乡下的习惯，对城里这个孙子疼爱是疼爱，但不去多管他，让他自己玩。老人家洗衣买菜做饭，为病人做好吃的东西，成天忙。

那是个星期天，我从医院回家取午饭。走上宿舍楼的走道，只听家家屋里都传出电视连续剧《霍元甲》的音乐与打斗声。那时《霍元甲》在武汉放疯了，家家户户都看。走近我家门旁，我突然发现我三岁的宝贝儿子四肢贴地，趴在隔壁一家门口，从人家的门缝里看《霍元甲》，看得津津有味，身边放着他的一把玩具木刀。那一刹那，我愣了，心里很不是个味儿。儿子，你为了看电视《霍元甲》，竟然这么个姿势，好可怜啦，弄得爸爸心酸。我们家里有电视，但是儿子的奶奶不会开，而且老人家忙她的事去了，全然忘了孙子在干什么。儿子最爱看那些英雄打斗的电视，见了这类电视节目，非看不可。今天的这种看电视姿势，恐怕只有我三岁的儿子才做得出来。我冲动地从地上抱起儿子，几步跨进家门，打开我家的彩电，让儿子舒舒服服地坐在凳子上看。儿子马上就进入电视剧情之中了，看得手舞足蹈，嘴里哇哇地叫着。事后，我问隔壁人家，原来那家人也只顾自己看电视，居然没有发现一个三岁的孩子趴在地上从他家门缝里看电视。

多少年过去了，我总忘不了这件事，每每想到儿子小时候趴在地上看电视的可怜样儿，就有一种内疚之感。因此，我们家看电视，多少年来，总是先满足儿子的要求，让他选择他愿看的频道。小时儿子总是看《动物世界》，《聪明的一休》，《忍者神龟》，《星球大战》，等等。有次儿子坐在小凳子上看《西游记》，突然哇地哭起来，问他怎么回事，他说唐僧这坏蛋总是冤枉孙悟空，他是为孙悟空受委屈而急得哭起来的。还有一次，电视里主持人向参加知识竞赛的人提问：刚才放的是支什么曲子？那个大人回答不出来。儿子却嘻嘻笑起来，说：连这个都不晓得！我晓得，这是某某电视节目的开场曲子。儿子是天天听熟了，当时他只有五六岁。现在，儿子还是喜欢看电视，但喜欢的是足球，能一看就是半夜。对于足球界的各种情况，哪个队的实力，哪个球员的情况等等，都很熟。他都高中生了,学习紧张,凡电视里有足球赛,他是非看不可,我和他妈怎么说都不顶用。儿子和电视的这种亲密关系,看来是从小结下,难以分开了。儿子还喜欢的航空知识、兵器知识、舰船知识等等,除了从杂志上看的外,许多都是他从电视上看来的。

电视与儿子,都是我离不了的东西。

而且,自小就在电视熏陶下长大的孩子,他们对电视的体验,比我们这一代是要强烈得多的。

翻车、地震与人的素质

碰到熟人A，向他打听熟人B的情况。A说B遇车祸受伤住院。详情是：一辆中巴车翻倒了，B侥幸从车窗里爬出来，转头就跑。B边跑边想，中巴车可能马上爆炸起火，那些人非死即伤，自己连点皮都没碰，真是祖宗保佑。没想到B在奔跑时摔到山崖下受了重伤，而翻倒的中巴车上旅客遇救，除几个轻伤外，竟然都平安无恙。

我听到这件事时，刚好读到一篇写日本神户大地震的报道。神户地震发生在1995年初，无数幢房屋倒塌，火灾四起，死亡人数达5300余人。但是，当时从死亡中逃出来的人，并没有丢下城市去逃生。在没有人组织的情况下，自动地投入到救人灭火的行动中。没有工具，他们用双手扒砖石瓦砾，抢救压在下面的人，冒着生命危险。那些人双手扒出了血，忍着饥饿，只要听到哪儿有呻吟声，就奔向哪儿扒砖石。震后的街上丢弃着俯拾皆是的财物，没有人去动一动，没受损失或损失不大的市民，倾其家中所有，吃的穿的用的，全搬出来救助灾民。避难所里，妇女们主动承担服务性的工作，帮助老人孩子及残疾人。没损坏的私人电话，都拉到街头使用，不论你是打长途短途，都不收费。总之，神户人民在灾难面前表现出来的团结互救精神，是令人感动的。

我把听到的翻车事件与看到的神户大地震事件联系起来，对比一下，说实话，心里很有点不是滋味，除了B之外，在生活中我们还遇到过不少不仅不救人，还趁火打劫的事，作为同胞，感到脸红。这种人在神户地震那样的灾难面前，你指望他自发地组织起来救人，那是不可能的。

当然这种人只是少数。中华民族中，在危险灾祸面前表现出无私大勇，敢于牺牲的人还是很多的。唐山大地震，那感人的事也是很多的。神户地震中，日本人的那种精神是可贵的。不论哪个民族，那种素质高的人所作所为与素质低的人的所作所为是绝然相反的。我们要颂扬那些在灾难面前勇敢无私的人，要批评那些自私怕死者。

提高人的素质，是每一个国家每一个民族共同的任务。

哥伦布的老婆是个什么样的女人

有则外国幽默，说是有人这样问：如果哥伦布有个老婆，他还能够发现美洲新大陆吗？他老婆会说："你上哪儿去？和谁一块去？去找什么？什么时候回来？我看你们这次航海什么也别想得到！"

五百年前，意大利人克里斯托福罗·哥伦布在西班牙女王的支持下，第一次向西远航，企图找到一条通往印度的航道，到达了今天的巴哈马群岛和古巴、海地等岛屿。接着他又三次西航，到达中美、南美大陆沿岸地带，据称是第一个发现美洲的人。当哥伦布归来时，凯旋的队伍在塞维利亚和巴塞罗那穿过拥挤的街道，他为人们展示了无数的稀世珍宝、红种人、奇禽异兽——呱呱叫的斑斓鹦鹉、笨拙的貘和不久在欧洲安家落户的植物和谷类——玉米、烟草和椰子。从此哥伦布名声大振，在历史上的地位也就确定了，他的事业到达了光辉的顶点。

哥伦布航海出发前，是否有个女人做他的老婆，尚未有资料记载。但人们可以设问，如果他当时有个老婆呢？他如果有个老婆，她会不会说："你上哪儿去？和谁一块去？去找什么？什么时候回来？我看你们这次航海什么也别想得到！"

哥伦布的老婆这样问了，哥伦布怎么回答呢？哥伦布愿不愿意回答呢？如果他的回答老婆不满意，又会怎么样呢？老婆也许就拉住他，一把鼻涕一把眼泪的撒泼哭叫："你不能走，你走了丢下我们婆娘儿女一大堆，谁来管？谁知你这个没良心的会不会找上别的女人？我看你根本就没安好心，家里有吃有穿，你还要往外跑，不就是想扔下我们娘儿吗？要走我们一家都走，不带上我们娘儿们，你休想走。"

哥伦布被老婆闹得没办法了，看着哭叫着的女人和孩子，他只好苦笑着摇摇头说："我不去了好不好？就在家里陪着你们行了吧！"老婆这时会破涕为笑，上前搂着哥伦布说："这才是我的好老公呀！"

但是，五百年后我们就没哥伦布可说了，发现美洲大陆的可能是另一个人，哥伦布也就没有成功和荣耀了，历史是另外一种写法。

如此说来，女人对男人的影响是何等的重要啊。

但是，女人就不能产生积极的影响，使男人成功，到达光辉的顶点吗？我说：如果哥伦布有个老婆，他也能够发现美洲大陆。

他老婆会说："你放心地出去吧，家里事你不要管了，儿女们有我照看呢！你要挑选几个好帮手，去寻找宝贵的东西，你一定会成功的，祝你平安！"

哥伦布受到老婆的鼓励与支持，一鼓作气西航，终于取得了巨大成功，发现了美洲大陆。

关键在于哥伦布的老婆是个什么样的女人。

《幸福》杂志有个"男士观点"栏目，要求从男士视角出发，谈对女性的选择等问题。我想，一般男士都不会选择那种爱问：你上哪儿去？和谁一块去？去找什么？什么时候回来等问题的女性的。这种女性烦人，你说她是关心你么，不是！她是不放心你，是要把你控制在她的手心，使你干不成什么事。其实这种女性也许不太坏，但是不讨人喜欢。

男士们会选择那种鼓励哥伦布远航，相信哥伦布一定会成功，并且默默地祝祷和等待哥伦布回来的女性。这种女性可能本事和才能都不出众，但她有理解相信男士的一颗心，并全心支持男士，这种女性是可爱的，她是成事的保证。

哥伦布如果有老婆，关键是他老婆是个什么样的女人。

假医假药和假医药广告

我大学时的一个同学的女儿，十三四岁，患淋巴癌。我这个同学荒了学问，变卖家产，带着女儿治遍了国内的许多医院，女儿终于还是死了。同学说起爱女的死，悲痛欲绝，我也陪着流了半天泪。我的作家朋友中，有几位三十多四十岁或五十岁还不到的，患癌症死去，大家参加追悼会时，也是唏嘘不已。本来，生老病死，是自然规律，无话可说。我们只是惋惜那些英年早逝，本可以再活些年的人。但没办法，大凡患了不治之症的人，医院虽说尽了全力，还是不能挽救其生命，我们只有悲悼了。癌症和其他一些绝症，全世界都没有办法，人类在这些绝症面前，暂时是束手无策的。

和几个朋友议论此事时，却有朋友说：不对，你应该去看看时下的医药广告，你会觉得你说的话是站不住脚的。癌症，癌症算什么！那些贴在车站、码头、电线杆上的广告，那些登载在大小报刊中缝、杂志尾页的广告，所说的医术和药品，或祖传秘方，或最新发明，或独家生产，或个人专利，什么病都可以治，什么病都可以医，别说癌症，连艾滋病都不在话下。还有，有气功大师级的发功者，只要对着患者的癌肿块发功，癌细胞就会消除。你如有朋友或熟人患了癌症，就应去找他们，按广告上提供的地址，或寄上人民币若干元，他们就会给你寄药来，将你朋友或熟人的癌症治好。

如果治不好怎么办呢？我问。治不好怎么办？那些广告上没有说，朋友回答道。

我很困惑，在当今世界，谁能攻克了癌症，肯定是可以得诺贝尔医学奖的。我们报刊登载的广告和街头电线杆、车站、码头贴的广告，如果能治好各种癌症，为什么不去申请诺贝尔医学奖呢？如果能得诺贝尔医学奖，会有很大一笔奖金，比人到处贴广告登广告行医卖药所赚的钱要多得多，而且那是何等光荣的事，为民族也争了光啊！可惜他们不去申请。

到处都有治癌的医生，到处都可买到治癌的药，但在我们周围的人群中，患癌症不治而死的事经常发生。

这种现象只能说明一个问题，就是那些治癌医生治癌药品都是假的，是骗子，他们的目的是为了骗钱。据报载：山西运城市区不足十二平方公里，十余万人口，却有医药医疗门市部四百多家，市内密布各种药医广告，迄今世界都没有攻克的疑难病症，都可以在运城找到良方。

为什么会这样？据说是国家目前对社会办医、个体医疗基本不收经营税，医疗行业有巨利可图。

呜呼，要发财，就去开诊所卖假药吧！

但我要呼吁，患了病的朋友，千万别听那些医药广告上说的那一套。你如果信了，只会是赔了钱又误了病。

文明中华，泱泱大国，怎么能容忍这些骗子和假药贩子行世？该是打击假医假药和假医药广告的时候了。

老百姓的良心

良心是个道德概念，良心是平民老百姓区分人的优劣的一种通俗标准。老百姓说这个人有良心或是无良心，就是在说这个人是好人或是不好的人。良心在以阶级斗争为纲的时代，前面是要加上定语的，或是革命的良心或是反革命的良心，否则就是人性论。但在任何时候，老百姓心中的那杆秤是不变准星的，老百姓说不出更多的理论，他们的话简单明了，有良心就是有良心，没良心就是没良心，并不去区别什么阶级性。就我的认识，老百姓说的有良心的人，就是一个人品比较高的人。

甲戌年腊月尾，我与几个朋友结伴去武昌县城纸坊。纸坊对我来说是个在情感中忘不了的地方，我在这里上的中学，然后又从这里上大学进入武汉。同行中的青年作家Y，是纸坊乡下人，与我毕业于同一个中学。乘车回武汉时，Y带我们到他老家看了看。车从宽阔的公路拐向一条凸凹不平的土公路，土公路窄，旁边还有座小学校。走完土公路就到了Y的家。Y的父亲，淳朴温厚，给我们递烟倒茶，Y则忙着与村里的乡亲们打招呼问家常。村里虽说有几幢楼房，但土砖平房居多，十分的简陋。我们在村里逗留了一会，就在乡亲们的送别下离开了。我看到乡亲们对Y很亲近，那份情感是真切的。

我们的车还是沿土公路行进，汽车颠簸不止。我说：Y，想法筹些钱来把这路修一下。Y听后停了一会，说：其实这条土公路还是我找有关部门弄的两万块钱修的哩！他顺手指了指路边的小学说：我还为这学校也筹了几千块钱。我家是村里比较穷的一户，我没给家里弄钱。Y的话说得很随意，全不像表白。我心里却一热。我与Y同为农民的儿子，在乡下都有一个尚未脱贫的家，我与他交往的时间不短了，他平时为人真诚直爽，对朋友的关爱之心，这时都在我脑子里浮现。他出生在这样的小村，他有这样的父亲，这乡村的质朴之气孕育了他，他的作品里也处处透露出质朴的风格。这是我们的根啊！这样的朋友，这样的友谊，值得珍惜。

修路，支持教育，乡亲们没有当我们的面夸赞Y什么，但我想他们有句话肯定是要在心里经常说的：这孩子有良心。没有进了城市就忘了乡村，没有当了作家就不认乡亲，他支持过家乡，他的笔写的也是乡亲们的生活。一个有良心的农家孩子，不忘根本，肯定是一个有良心的作家。

平民老百姓用有良心来评价他们心目中的好人，你给他们办了事，他们是不会忘记的。他们口里不说，心里却记住了。良心啊，是人生的金子，对于我们每个人来说，都是宝贵的，万万不可丢掉。一个没有良心的人，丕谈什么人品文品道德修养呢？

从武昌县纸坊乡村出来的那个写小说的孩子，是个有良心的人，老百姓会这样说。

别一种生财之道

　　生活发展到新世纪的第一个十年，丰富无比，什么事都可能发生。比如说，占着茅坑不拉屎，便是新近在上海被人找到的一种生财之道。

　　据报载，在上海街头的公厕里，出现了不少占着茅坑不拉屎者。他们煞有介事地蹲在坑位上，向排队急需方便者索要小费，最少一元，待钱到手后，他才起身让位，又到另一处去占位子。

　　这真是个好办法，这占坑者虽说闻的臭气多一点，但他只需每天钻厕所蹲坑，弄个二十元三十元的，不在话下。他们每月的收入，够他们生活的。这种人的这种做法，好像也不太好治理。你说他犯法，法律上又没有这一条。你说他敲诈，这又是周瑜打黄盖，一家愿打一家愿挨的事。他占着茅坑不拉屎，愿占多久就多久，你还不能赶他是不是？治理这种现象真还有点难呢！报上只登了这种现象，也没登载上海人是如何治理这些人的，想必是治理的办法还没找到。

　　占着茅坑不拉屎，这句话在我们生活中是经常使用的，但过去把这现象来比喻某种人，占着某个位子不干事。这意思是很明白的，就是你在岗位上，就要干这岗位上的事。如果不干，就是占着茅坑不拉屎，是贻害人民和事业的。治理的办法，就是把这人撤换下来，让那些能做事的人上去。过去我们理解这句话时，到这个层面为止，还没有更深入一层。

　　现今上海公厕里出现的某些人，把这个占着茅坑不拉屎的本意发展了，他们挖掘了这话的本来意思：占着茅坑不仅不拉屎，还要赚钱"扒分"。在厕所里干蹲着闻臭味呀，那不是神经病么！干蹲着闻臭味，目的是为了赚钱，这才是真正的本意呢！我们理解占着茅坑不拉屎这结论的意思，要追索到其本意才行。

　　某些人占着某个岗位，不愿干事，也不愿退出来，你以为他是怕闲得无聊才占那个岗位吗？不！他是因为占着那个岗位有好处，所以才不让，而这好处，其内容就很丰富，绝不会比上海公厕中让一次茅坑收至少一元钱的好处少。

　　占着茅坑不拉屎，确实不犯法，但又是一种很坏的现象。而我们只能从道义上去谴责它，批判它。我们是否应该研究确立一种法，即在我们的法律中加一条占着茅坑不拉屎罪？有了这一条法律，我们才能处罚那些害国害民的占着茅坑不拉屎又要得好处的人。

赔你一只烟灰缸

我们到珠海参加笔会的作家和编辑们住的地方，叫翠海大厦，坐落在一条颇热闹的街上。这是一家很一般的饭店，虽说名字叫大厦，但绝对上不了星级。听珠海的朋友说，这饭店是渔民办的。当然是过去的渔民啦，今天在特区这块土地上，他们都是开发者。

我们住的房间，有彩电，有电话，但放了四张床。每晚收多少钱，我们不知道。只听《中国故事》杂志的同志讲，这次笔会是给珠海有关方面承包了的。《中国故事》杂志把钱交给他们，食宿他们安排。

我们在珠海听政府部门的同志介绍情况。那个年轻的女同志，从湖南来的，口才了得。她把珠海的发展以及未来的远景说得十分灿烂，令人振奋。我们随后又进行了参观，到了拱北，看了许多的度假村、建设工地和大饭店。我们看到了珠海这座城市的美丽和辉煌。

故事是我们离开珠海前往深圳那天发生的。笔会的主持者在结账，我们收拾好了行装，准备离开房间。这时，一个近五十岁的女服务员到房间里来了。她进来后，不问也不说，就在房间里查看起来。床在被子在彩电在椅子在电话在枕头在枕巾也在，但是只有三只烟灰缸，她说：还差一只烟灰缸。

要说明的是，我们这房间的四人，有三人不抽烟，只有一个是抽烟的。我们住进来时，压根就没注意这房间里有几只烟灰缸。那烟灰缸是很一般的厚玻璃制成，绝无任何纪念意义与保存价值。而且我们在珠海买了不少的衣服之类的东西，提包装得鼓鼓的。大家是从湖北、江西、江苏来的，还要去深圳与广州呢，有什么必要拿这么一只丑陋的烟灰缸，给自己的行李增加一块沉甸甸的负担呢？

但那老服务员非常坚持原则：你们这房间里差一只烟灰缸，你们要赔。你们不赔，就不能离开这里。

我们是四个作家，我们苦笑了。有什么话说，说不清楚，差一只烟灰缸，就得要赔。三大纪律八项注意中的一条：损坏东西要赔（天知道是怎么回事，我们四人绝没有砸坏那东西）。我们问了价，三元钱。算是好，没有丢了彩电，要不然就不是三元而是三千元了。

我们就掏了三元钱，赔你一只烟灰缸。

珠海，给我留下许多美好的记忆，也留了这一只烟灰缸的故事。翠海大厦的管理是真不错，到底是搞开发的渔民，连一只烟灰缸都不能少的，财富是不容有一点损失。

我们作家这种职业的坏毛病不少，其中有一条就是到了一个地方，某一细小的情节使他不忘，他就要写出来。不为什么，只为记叙生活。

我这文章也是这样的。

情人节消费与三毛钱买盐

这题目的组合实在有点不美，全由我读几则报道之后所得，有一种非说不可的欲望。

情人节本是西方人的风俗。随着改革开放，这风俗也于近年开放进国内了。情人节这天的消费，西方人与东方人平均各是多少，没有人统计过，但这天无疑是男人或女人为情人大把花钱的日子。仅我读到的有限报道，就有香港一名男子花四万港元买下《南华早报》半个版面，向他的女友示爱，称女友为浪漫女神，使他生活充满了意义。另有几则说是各大城市的鲜花店顾客盈门，鲜花的销售额是平日的数十倍。南京城花店的玫瑰卖到十五至十八元一支，最高的卖到七十八元一支。南方的一张报纸登载一幅照片，一位男青年抱着一捧鲜花走出花店，旁边的文字介绍：这位男士花一千多元买了这捧花去送给他的心上人。据说有位公司总经理的女秘书这天收到七捧玫瑰花，她都无法应付了。这一天，请情人上舞厅进酒店，给情人买礼物，这类消费当然是不会少的啦。玩的就是心跳，花的就是心跳，这是当今潇洒一族的风尚。

说到这里，我就想起前不久读到《中国青年报》头版上的一则报道，把两种报道比较一下，心里就有一些想法。《中国青年报》的报道说，云南昭通那地方，今日仍然很穷。一老太婆用五分钱买盐，下乡检查工作的地委宣传部长看不过去，掏出三毛五分钱补上，给老太婆买了一斤盐，老太婆感激涕零。另有一农妇带三毛钱去买盐，在路上不小心把钱弄丢了，回家后暴怒的丈夫用刀把农妇的三根手指头剁掉了。我的天哪，仅仅是三毛钱，那穷极了的丈夫丧失理智残妻，那三毛钱可能是他家的全部积蓄。云南昭通那农村穷到如此地步，也着实令人震惊。五分钱三毛钱，在大城市里，丢在地上可能没人捡。

情人节消费和贫穷地方农民的消费比起来，天壤之别，差别之巨，在二十世纪九十年代中期，令人沉重。

有钱人该消费的还是要消费，但我想，如果他们拿些钱来支持一下贫穷地方，比如那些上不起学的孩子们也好啊！而贫穷地区，也要想办法发展起来，改变自己的面貌，再别让为三毛钱剁掉三根手指的事情发生啊！

把两种消费的报道比较一下后，我应无言。

反省你的店名

酒家、娱乐场及各种商业服务店堂，都有个名字。取名者对这些名字都是有个讲究的。或求发达，或求和气生财，或求一种特色。店子的名字取得如何，可以看出店家的寄托及文化品位来。

中国的名店很多，那店名越响亮，那生意就越兴隆，那店老板也渐成名人。北京全聚德的烤鸭，武汉四季美的汤包，老通城的豆皮，长沙火宫殿的臭豆腐，都是饮食文化发达的中国人想法子要进去吃一顿的东西。这些店名，或雅，但雅得明白，不难理解；或俗，但不低级可笑。这些店名的出现，给城市给街巷增添了色彩，增加了地方的文化特色。店名或是名店的名字，不可小视。

改革开放，城市乡村的各种店子是雨后春笋，大小店铺挤满了凡是有人群的地方。但这些大店小店店名中，却出现了一批千奇百怪、莫名其妙的字眼，什么南霸天、恺撒大帝、帝国、大亨、夜猫子、魔鬼、黄世仁、一撮毛、三缺一、寡妇门，等等。我们设想，这些老板取这样的店名，为的是什么？一种大约是为了体现出自己的霸气和有钱有派吧，结果沦入哗众取宠。另一种大约是想招人注意，结果变成了庸俗。

店名是一种文化现象，实际上担有传播社会主义精神文明的责任，既要使群众喜闻乐见，更要有高的格调，健康的内涵。据报载：浙江省和杭州市工商部门已开始在省内对一些格调不高、低级庸俗的店名进行整改，勒令这些店子改名。浙江省工商部门的做法，各地的有关部门很有仿效的必要。

我们的生活要一天天美好，我们的文化空间要不断地净化。

店名，老板们的文化窗口。

孩子为何要当"职业杀手"？

广东的《南方周末》曾发表一篇文章，母亲与九岁儿子对话，母亲问儿子将来想干什么？儿子回答说，想当"职业杀手"。此话引起母亲惊恐，因而有了一番感慨。老作家陈荒煤先生就此事写了一文发表在《随笔》杂志上。荒煤老认为，这些年电影电视引进西方太多，这类影视片中凶杀情节占的比重大，而其中的"职业杀手"往往是英俊青年，活得潇洒，有豪华的住处有漂亮的情人，玩起枪来百发百中，很有英雄气概，引起孩子们的崇拜与羡慕。荒煤老呼吁：两亿多儿童中，即使有一个儿童想当"职业杀手"，也是文艺工作者的耻辱。其言外之意，是希望我们的文艺工作者应尽快拿出教育孩子们当英雄走正路的影视作品来，取代这些西方凶杀片。

荒煤老的意见是十分中肯与正确的。为了孩子们不当"职业杀手"，文艺工作者们是应该感到肩上担子的重量，是应该认真思考不断努力的。

但是，孩子有当"职业杀手"的愿望，仅仅只是文艺工作者的耻辱么？让孩子们不当"职业杀手"，而具有高尚的道德情操及理想，仅仅是文艺工作者的责任么？

在这点上，我要补充一点自己的想法，是孩子当不当"职业杀手"，文艺工作者有责任，整个社会也都有责任。社会的风气与不良现象的影响比文艺作品的教化更具体，更直观，所起的作用更大。

我熟悉一个孩子，是个不错的初中生。有一次，他对我说，他要找一个师傅，学成一身武功，成为武林高手。我问他成为武林高手后干什么？他说：杀人。我吓了一跳，忙问为什么！他就十分愤怒地讲了他的事情。

一件事是，他爸给了他二十元钱去交班上的什么费用，在路上，三个高中生拦住他，把钱抢走了。他只有哭了，他打不过那三个高中生。再一件事是，孩子妈妈的一辆新女式自行车放在自家楼下的门洞里，被偷走了。妈妈又买了一辆新车，和孩子的一辆只骑了半年的三档变速山地车放在一起，在一个晚上，两辆车一齐被偷了，也是在自家楼下门洞里。妈妈又给孩子买了一辆山地自行车，不到两个月，又被偷走了。不到一年的时间里，孩子和他妈妈的四辆自行车，价值近三千元，就这么没有了。孩子上学必须骑车，他只好弄了一辆破车，再也不敢买新车了。孩子说，我要抓住偷自行车的贼，我要杀了他。

为什么派出所和机关的保卫科还有门房的守卫保护不了一个孩子的自行车？孩子觉得这些人没有本事，只能靠自己了，而自己要保护自己和家人，就要学武功，就要成为武林高手。

"职业杀手"与"武林高手"杀人，其实质是一样的。孩子心里向往的这些事情，绝不是平白无故的，应该引起我们大人的警醒。面对孩子要当"职业杀手"要当"武林高手"杀人，文艺工作者感到耻辱，全社会都应该感到耻辱。为什么社会风气不好？为什么盗贼这么猖狂？这是一个全社会都要来努力解决的问题。

社会风气的廓清，社会道理的高扬，才是疗治孩子心疾的根本。文艺工作者，各行各业的人，都有着推卸不掉的责任。而保护人民群众的生命财产安全，更是我们公安干警的责任。

我们要为千千万万孩子的健康成长而努力！

假钞票和识钞机

　　读过几篇报道，说是不法分子假造人民币，其手段技术之高，已经达到了乱真的地步，而犯罪分子造的假钞，多是百元或五十元的面值，大约是骗一次算一次。因而市面上流通的人民币中，混有假钞是肯定的了。有次我去商场买只不锈钢的煤气炉，递给售票员几张百元的票子，售票员就拿着一张一张地验证。她说，如果收了假票子，就得自己赔。她后来找了几张十元的票子给我，我也故意地拿到眼前仔细看，她一笑，说十元的票子不会假的，造十元的假票子不划算。其实我照票子是开玩笑的，即使我拿的是假票子，我也是认不出来的。

　　一个朋友在县里工作，有个月发工资，他的工资袋里的两张百元钞票是假的，拿出去用时，被别人认出来，没收了。苦了这位朋友，那个月的生活费就成问题了。现今的工薪阶层，每月的工资都只是那么两三张大钞，如果碰上了假的，简直叫苦不迭。商场的营业员如果疏忽了一下，收了假钞，他的月工资能赔几次呢？

　　真是该杀的制造假钞的罪犯啦！你害得老百姓提心吊胆，你扰乱了金融、商业、人们的日常生活，其危害之大，罪不可恕。

　　市场经济的大潮滚滚而来，我们的社会有些管理和法制还来不及完全配上套，总会出现一些问题。市面上何止是假钞票？假烟假酒假药什么假的都有。一些不法分子，利用假冒商品，大赚昧心钱，坑害消费者，这类报道已有不少了。近日又读到一则消息，说是某地某执法部门，没收了一批假酒，却又当真酒运到外地去卖，获取暴利达几十万元。本是打击假冒商品的，却反过来去卖假冒商品，真是利欲熏心，知法犯法，使他走了个怪圈，最后栽在怪圈里，也是罪有应得。

　　还是说假钞票的事。说是现在有一种识别假钞的机器，钞票放在这个机器里，真假就识别了。这真是个了不得的发明。但是我第一次看到这个机器时，却有点失望。一是嫌它个儿大，一般人难以携带在身边随时使用；二呢，是它不尽如人意，灵敏度不高。那天，我刚好得了一笔稿费，从一家工商银行取出，然后又存到附近一家银行里。负责存款的小伙子拿钱，也不数，径直走到一个机器旁，把那叠百元的票子放进机器，然后开动机器，让票子从机器里通过，这就是识别钞票的机器了。糟糕的是，我那叠票子经过机器时，机器连着叫了几声。小伙子就把那使机器鸣叫的票子抽出来，大约有六七张。我的心慌了，怎么是假票子，我刚从银行领出来的，有六七百元呢！小伙子脸上阴着，另有一工作人员走过来，两人把那六七张票子放在眼前反复地照着，最后说：是真的。就给我办存款手续。

我说：既然是真的，那机器干吗叫起来，吓我一跳？小伙子却不作任何解释。算了，我是虚惊一场，看来识别钞票的机器，也不是万能的。

近来听说又发明了一种识别假钞票的笔，能随身带着往钞票上一划，真假就出来了。

还是这种笔好，这笔带在身边方便，适合每个消费者。但是，我真诚地希望，这个世界上消灭一切假的东西的，没有假商品，没有假钞票，没有假心假意假情假意，当然也就不需要什么识别钞票的机器和笔了。

这样，人民才放心。

教授为什么不看电影

近读一则报道，说是北京大学、清华大学等高校的许多教授、副教授不看电影，原因是受不了当前电影中那种"没文化的折磨"。北京大学中文系被调查的二十位教授、副教授中，90%以上没有看过《摇啊摇，摇到外婆桥》、《阳光灿烂的日子》、《红粉》等走红电影。他们不进电影院是因为受不了一些电影在文化思想方面的平庸和浅薄。一位老教授曾与一位获过国际电影奖和国内电影奖的导演交谈。这位导演正在拍一部讲秦始皇的故事的电影，他反复强调自己不懂历史，也没读过任何与秦始皇有关的史书，他拍戏全凭感觉，瞬间感觉的历史就是影片要表达的主题。老教授说他真不理解这样无视文化的人怎么能成为获奖的电影导演。

教授们不看电影是很正常的事。如今的电影界，影片尚未拍好，各种宣传媒介早就炒得热闹而响亮，令你觉得如果不看这部影片就会终身遗憾。好吧，就去看吧！看了后却觉得这部影片远非那么回事，其平庸浅薄令人大倒胃口，上当了。而且越是传媒炒得邪乎的影片，你看了后，那上当的程度越是成正比。不是获奖了吗？有些影片专拍些旧社会腐朽落后畸形的东西，甚至不惜假造民俗去讨好外国人，弄个什么奖回来蒙人。这种电影你看过后，仔细想想吧，确实没能给观众什么有益的东西，对民族文化不仅没增添什么、开发什么，反而是丑化歪曲了民族文化。编剧导演不懂历史，没有思想，甚至没有起码的政治头脑，仅是凭着自己那一瞬间的感觉弄出来的东西，你能指望它深刻伟大么？那些吹得很响的电影，卖不出票，拷贝发行很少，就是证明。现在有些电影，不要说教授们不愿看，受不了，就是我辈一般知识分子，甚至工人农民也不愿看，也受不了。电影院赔钱，电影业萎缩，这恐怕是一个很重要的原因。大家不愿看，你不赔才怪。

教授们批评电影"没文化"，难道仅仅是电影没文化吗？不然。电视剧与电影很亲近，而电视剧制作中表现出的某些平庸浅薄没文化，比之电影是有过之而无不及。劳神费力，动用巨额资金拍摄出的二十集四十集的连续剧，看得你晕头转向，看得你絮絮叨叨不知所云，看得你对编导的水平之低、演员的水平之低先是愤怒、继而怜悯。对电视台安排这样的节目浪费观众时间很有意见，于是啪的一声关上电视机,叫做眼不见为净。据说这些电视连续剧,是几个人关在屋子里侃出来的故事,然后卖钱,每集开价先是几千后是几万。这些人没生活,你能指望他们写出伟大作品?而导演呢,在电视剧组混过几天就敢导戏,你想他导出有水平的电视剧那不是笑话?教授们不看电影,我敢肯定他们更不会看电视连续剧,因为有的电视剧是比有的电影更差,是更没文化的东西。

  提高我们电影电视的收视率,让教授们、知识分子们、各行各业的人都喜欢看,就得从编导抓起。我们的编导们,不要太自信,不要对传统文化、现实生活不屑一顾,不要太相信自己的独特"学问"与感觉。只有老老实实地学习,提高自己的文化水准,懂历史,懂文学,懂哲学,使自己成为有文化的人。有文化的人才能拍出有文化的好作品。

她为什么不说声对不起

我们一群内地来的作家，到了珠海后，当地的一个作家朋友对我们说：这里是特区，金钱的味道是很浓的。你有钱就好办，没钱，谁都看不起你，连妓女都看不起你。说这话的作家是从大西北来的，他到珠海谋职有大半年，这大约是他大半年生活的体验了。

我心想，看不起就看不起，我们实事求是，是穷文人，不是大款，你看不起，我不招惹你就是了。拿钱吃饭住店买东西，过几天就走人，还没准备来此地谋职，有这样的心理总可以吧！

那天我们观光旅游了大半天，很有些疲惫。吃饭时间到了，就到饭厅里围了两桌坐下，等着吃饭。服务小姐在另外几张桌子旁边站着，年轻端正，穿着一色的服装，挺像一回事的。一会，那几张桌子上的菜都摆上了，服务小姐的态度特别的好。只有我们这两张桌子没人理会。领头的人上前去交涉，回答说：马上给你们上菜，不要急。于是我们耐心地等待，边聊着观光时的见闻，边嗅着从厨房里飘过来的香味，心里盼望着服务小姐快点送菜过来。

终于有服务小姐出来了，端了两盘虾，往我们的两张桌上一放。我们动筷夹了一只，服务小姐又急急忙忙地把虾端走了，大约是送错了。随着就又送菜来，那服务小姐脸上阴沉着，无一丝笑意，把菜盘往桌上一丢，碰得桌子乒乓响，好像我们得罪了她。我心里想，这小姐是怎么啦？遇到什么不痛快的事，也不该朝顾客发气呀！最后一道菜上的是汤，她端着汤碗从我的肩膀上往桌子上放，汤泼洒出来，全部洒在我的T恤衫上，烫得我一哆嗦。服务小姐仅仅只是望了我一眼，不作声响地噘着嘴走了。

我再也受不了啦，我掏钱吃饭，凭什么受你的这等对待？特区人的服务态度怎么是这个样子？据说是我们这两桌饭菜的标准低些，所以服务小姐不高兴。但是你把汤泼到我的身上，是你的不对吧！你为什么连声对不起都不说？我火起来了，甚至跳起来，要维护我的人格。我把T恤衫脱了，光着膀子，朝着那服务小姐叫着：你过来！你把汤泼到我的身上，连声对不起都不说，叫你的经理来说说理。

服务小姐是对有钱人热情,但又欺软怕硬。我这么一声吼叫,饭店的顾客都把眼光转向了我们,这下服务小姐有点慌了,连忙跑过来,一连声地说:对不起先生!对不起先生!

　　很快地来了另一个服务小姐,把泼汤的服务小姐换下。

　　还是那位从大西北来的作家,走过来劝阻我说:算了哥们,她已经赔不是了,弄不好老板要炒她的鱿鱼,就算了吧!

　　听他这样说,我也就算了,把洒了菜汤的湿衣服穿上,吃完了这顿很不痛快的饭。同伴劝我别生气,我说我没生气,我是要找回个道理。她要是说声对不起,不就完了吗?

　　特区繁荣,先进,但也有不少不尽如人意的地方。

开发区随谈

我去过不少个经济开发区，是作为作家被请去参观的。这些开发区有省级有地级有县级也有乡镇级，都是经过某级政府批准建立的。开发区的领导一般都是被认为具有改革精神的人，这些人向我们介绍情况，口若悬河，一套一套的，把开发区的前景说得十分灿烂光明。比如将引进多少多少个项目，外商将投资多少多少亿资金，给人的感觉是，当地政府和人民将依靠开发区发很大的财，本地的经济建设将因有了开发区而突飞猛进。我们在开发区看到的是一大片圈起来的土地，土地上是推土机和脚手架，土地边竖着大牌子，牌子上描绘的是高楼大厦花园别墅。开发区这片土地被描绘得花团锦簇。开发区的人说，这就叫筑巢引凤：我们把房子修好了，外商就会带着项目和资金来这儿生产居住，开发区就能高速地发展。参观完开发区后，作家们回来，总要写点小文章，把开发区歌颂一下。我自己也写过几首诗，来赞美开发区的。

几年过去了，开发区的巢筑好了么？凤凰引来了么？不知开发区是否已建成像它旁边竖着的牌子上描绘的那般宏伟？不知当地政府和人民因了开发区的建设，赚了多少钱，发了多大财？

我得到的消息是，一些经济开发区（不是所有的，肯定有一些开发区搞得不错）热闹了一阵子，占了农民大片的土地，借了银行大批的钱，提拔了一批各种级别的干部，把那肥沃土地推平了，挖了基脚，修了些房子和道路，通了水和电，但是引来的凤凰却少。造好的房子只好空起来，银行的钱只好欠着，年年付利息，没建房子的土地就那么荒芜着，附近的农民看了心里疼，那是种庄稼的土地啊！开发区萧条荒凉，他们也不再让作家们去看了，也不无好意思再谈未来的宏伟了。经济开发区处于一种十分尴尬的境地。

中央有过整顿压缩甚至撤销某些开发区的指示，我想各地政府和人民是应该很拥护很支持的。与其让不起作用的开发区的土地荒着，让资金压着，让房子空着，让人闲着，不如下决心把这些开发区撤掉。把那里的房子用来做其他之用，把土地还给农民种庄稼，让闲着的人干些实事，来慢慢地还花掉的钱。开发区不能一窝蜂地搞。每个乡、每个县、每个地区、每个省都搞开发区，赶时髦追风头，好像不搞开发区不划一块地不拿出一些钱来，就不改革开放似的。改革开放，要实事求是，要扎扎实实埋头苦干，不能搞花架子，否则就是劳民伤财，就会白费工夫和钱财。

经济开发区，不能空有其名，要有经济效益，要于国于民有利，这样才是改革。

两万元假钞与纳税教育

据报载：在川鄂交界的四川省巫山县楚阳乡九湾村，有一天来了个做猪生意的老板，他挨家挨户地传话，有生猪卖吗？七块钱一公斤，今晚送到村头，一手交钱一手交猪，并反复叮嘱不要声张，别惊动了收税的。

这个价钱在山里面很有诱惑力。当晚有三十三户农民把猪送到村头，猪老板一面称猪一面装车一面付款，然后满载生猪融进夜色。卖了猪的农户握着新崭崭的票子，喜形于色。但是第二天他们用手上的钱买东西时，发现那钱全是假钞。九湾村三十三户农民卖生猪共得假钞两万余元，喜悦变成了悲哀，农民的辛苦被骗子骗走了。

农民为什么不将生猪卖给收购站？原来是为了逃税。卖给收购站每公斤七元，但到手只有五元二角，一元八角交纳生猪税。小农意识害了他们，逃税者的悲哀令人深思。

据有关部门调查计算，我国目前国营和集体企业的偷税漏税面约占50%至60%，个体和私营企业偷漏税面高达90%，偷漏税款约占实缴税款20%以上。按近年我国每年税收平均达三千亿元算，那么偷漏税款就达六十亿元。我国现有十二亿人口，就是说，全国每年偷漏税款人平五元钱。摊到每个人身上确实不高，但聚在一起数字也是惊人的。问题是，这些偷漏的税款，并没有落到普通人民手上，而是装进了少数人的口袋，或作为某些人的小金库，用来挥霍掉了。就说九湾村那三十三户农民，他们逃税的结果，好处不是全给了骗子吗？他们自己是猪财两空。

反偷漏税，在人民群众中进行税收法制教育，任务重大，意义也重大。

这里要区别开来的是，在逃税偷税者中，有些是故意对抗税法，把国税据为己有的犯罪分子，道理他们都懂，他就是偷税。对这种人，要给予打击，绳之以法。而另有一些人，比如像九湾村的三十三户农民，他们的逃税行为，则属于认识问题，观念问题，对他们主要是进行纳税教育，讲清道理，转变观念。

首先，要让他们知道，税收是干什么的。在一般人简单的理解中，好像税收就是收钱。我赚了点钱，你要按一定的比例收一些去。我辛辛苦苦地赚的钱，为什么要给一些你呢？似乎没有道理，于是他们就要想办法逃税，不给你。九湾村三十三户农民就是这样想的，还有其他的一些群众，特别是赚辛苦钱的人都是这样想的。这些人的一个根本误区就是他们不明白国家将这些钱收去干什么！

那就告诉他们这个道理。马克思在资本主义商品经济粗具规模的时候说：捐税体现着表现在经济上的国家存在，官吏和僧侣，士兵和舞蹈家，教师和警察，希腊式的博物馆和哥特式的尖塔，王室费用和官阶表这一切童话般的存在物于胚胎时候就已经安睡在一个共同的种子——捐税之中了。马克思讲的这段话，用于社会主义国家，用简单的话说：就是税收支持国家机器，支持着上层建筑，支持着国家建筑，支持军队、教育、科技和一切拿国家工资的人的存在。国家如果没有税收，这一切该找谁要钱去。如果没有税收支撑着这一切，人民群众能够在国家的安定平稳中享受着和平么？所以就要纳税。照章纳税是每个公民应尽的义务，皇粮国税，自古皆然，天经地义。如果一个纳税者逃税，两个纳税者逃税，国税收不到一分钱，国家支撑不下去，那人民还能过好日子么？皮之不存，毛将焉附？国家制定税法，每一个公民都要遵守，否则就是违法。

这就是道理。

我们的人民是讲道理的，只要我们的税法教育宣传到了位，人民是遵守的，大家是爱国的。不守法故意偷漏税的人只是一小部分。譬如四川九湾村那三十三户农家，还是属于不懂法的范围。如果他们懂得了税法，心甘情愿地售猪纳税，他们也不至于受骗子的害了。他们的遭遇也反过头来教育了其他人：不照章纳税，最后吃亏的还是自己，这个教训是深刻的。

屏幕上的"嘿嘿"声

小时候在乡下,看一次电影如过节。听说邻村放电影,十里八里都跑去看。有时消息弄得不准确,白跑一趟的事也常发生。那时,把电影看得很神圣,特别是战争片,小孩们说打仗,更是看得大气不出。红军、八路军、解放军,我们受到的好人与坏人的教育,有相当一部分是从电影上看来的。

如今人到中年,加之住的地方偏僻,看电影很少。偶尔看一部两部的,倒胃口的多。而且电视机已走进千家万户,有些电影在电视上也能看到。电影的神秘性离我已经远矣,即使是那些已被传媒炒得沸沸扬扬的片子,真的去看了,也少有激动的时候。

我想这是由于年龄渐长,生活阅历变化所致,大家都这样,怪不得如今电影院生意不好。

儿子是少年,是中学生,应该是最爱看电影的时光。但奇怪的是,他也不怎么看,这真是稀奇的事,与我们少年时大不一样了。但儿子还是喜欢看一种电影,也包括电视,即银幕屏幕上出现对打,并且嘴里发出"嘿嘿"声的片子。每晚客厅放电视,儿子在他房间。突然听到电视里"嘿嘿"声响起,他就飞快地跑出房间,激动地看那对打,"嘿嘿"声不断。我也看这片子,明知其档次不高,故事瞎编,但因打得热闹,看着看着也就不想离开了。

说了这么多,是说了一个意思,即如今屏幕上的武打片吃香。管你拍得如何,只要大致过得去,就有不少的人来看。这样的片子消磨时间很不错。

所以,当我读到一则消息,说是一段时间来,各电影厂家或独资,或与境外合资,已经立项开拍的古装武打片多达数十部,而且来势凶猛,有增无减时,不禁有些想法。听听这些片名吧:《西门无恨》、《将邪神剑》、《冷血十三鹰》、《飞狐外传》、《火烧红莲寺》、《天涯明月剑》,等等,嗬,好热闹。到时候,屏幕上拳脚交加,刀光剑影,"嘿嘿"声不断,真是一片威武雄壮景象。

而且,据说拍古装戏武打片,明星们纷纷加入,收益丰厚;电影厂家还不愁资金,境外投资者大大的有。说是拍《东邪西毒》一片,某制片商一下就投资五千万元港币。参与拍片的人钱多,拍出的片子卖的钱多,有人投资,又无风险，真是一个好方向，一条光明的路子。我们的电影，似乎可以繁荣一阵子了。

这当然是市场经济的规律在电影界所起的作用。

但是，银幕上的"嘿嘿"声多了，其他的声音就少了，生活的时代的抒情曲就少了。儿童们，少年们，通过电影电视来认识红军、白军，好人、坏人，共产党、国民党反动派的机会就要少得多了。

我也不知道这到底是好事还是不好的事。电视屏幕上的嘿嘿声又响起来了，原来是妻子拿回一盘录像带，正在放着。我忙将此文收尾，赶到客厅里看热闹。于是我们一家看那武打场面，眼都不眨。

人过四十不醉酒

　　四十岁前，和朋友在一起闹酒，喝醉了的事常有。那时，醉就醉了，醉得高兴，醉得快乐。虽然说着酒话，走路摇摇晃晃，见人傻笑，拉住个不相干的人说上半天话；回家后，吐得一塌糊涂，挨妻子批评，遭儿子埋怨，事后仍然不悔，觉得自己很豪爽，很够意思，醉了酒，值得。

　　就那时的体会，在两种情况下，是非醉酒不可的。一种是好朋友来了，高兴，边喝边唱行酒令，一杯一杯地干，确实喝了个八两一斤的，过了量。一种是心情郁闷，喝个三两五两的闷酒，也醉。

　　前一种情况，我大醉过两次。一次是北方有许久未见面的朋友来，说好来家喝酒。妻子在城市的另一端教书，带儿子住在学校，我一人住在作协大院。我骑了自行车到集市上买菜，一网兜的鱼肉蛋和各种小菜提回来，就自己动手做起来。菜做好了，朋友也到了。他们吃了我的菜，评价很低。但菜的水平低白酒的度数却高，四个人就开始喝起来。这一喝不打紧，从中午开始，喝到晚上十点，还完不了。我们都醉得差不多，东北的一个朋友就用沙哑的嗓子唱起了歌，唱得我们四个醉鬼眼泪汪汪的。那是一首相思的民歌小调，苍凉而又动人。

　　口干了要喝水，一个自告奋勇地去烧，醉眼蒙眬点火时，把火柴对着煤气罐的出口，"呼"地就蹿起火苗一大片。另一个醉得轻些，手疾眼快，拿起拖地的湿拖把扑上去，把火捂熄了。差点酿成大祸。这一夜闹到凌晨，四个人东倒西歪地在沙发和床上睡到第二天红日高照。醒过来，忆起昨夜情景，惊出一身大汗。另一次是在夏天，我用全家一个月的肉票买了八斤排骨，放在冰箱里。妻子回来拿出来闻了闻，说是快变味了，批评了我买的时候就不新鲜，她很快就又走了，嘱我早点把排骨处理掉。我怎么处理？只有吃掉。我把排骨烧了一脸盆，叫了三个朋友来喝酒，把排骨消灭掉。我们吃那烧排骨，味道还不错。酒是从中午开始喝的，又是高度白酒，而且品种不一样。四个人喝了三斤半，当场有两位就先醉了。这次喝酒，我们除了吃完八斤排骨外，还把冰箱中的五斤黄瓜、六斤橙子吃了。我家桌上铺的新台布，被醉酒的老兄用刀子切橙子时，切割得四分五裂，上面还满是烟烧的窟窿。妻子当晚回来，一顿严厉的批评是免不了的。我醉得吐了满地的酒菜，酒气熏得满屋子里睁不开眼。三个朋友眼睛喝得发红，摇摇晃晃的，都声称自己没醉。其中一个还骑摩托车从大街上驶回家。事后我听说，倒真是后怕极了。

　　心情郁闷喝醉酒的事，在我只有一次。而这种醉，醉得伤身，醉得铭心刻骨。那年，我在乡下勤劳苦作一辈子的母亲，只活了五十八岁就去世了。办完丧事回城来，心里一直是忧伤的，加上又遇到另外不快之事，特别想找个地方倾诉一下。我的两个朋友在家乡县里做副局长，我就乘车去找他们，结果两个人都不在县城。县政府办公室的一个副主任招待我，中午喝酒。陪同喝酒的几个人不是很熟。大家一劝，我就喝了几杯闷酒，没想这几杯闷酒一下子就把我醉倒了。我当场头重脚轻，支持不住，在饭店里找几张凳子一拼，就躺下了，很是丢丑。另几个人不好意思了，草草地收了场，把我送到招待所房间里休息。他们走后，我在房间里抱头痛哭，哭得好伤心，我是想把我心中的忧伤郁闷哭出来么？我不知道。那天下午在房间里折腾得好厉害，胃里翻江倒海，将中午吃的东西全吐出来外，还吐出了血块子。这在过去是全没有的事情，过去就是喝三倍这样多的酒，也不会醉的。傍晚，我那两个朋友赶来了，在房间里一直陪我到半夜才离去。

　　四十岁后，我突然明白了许多的道理，对于醉酒，也有新的看法了。这醉酒确实不好。社会上现在流行的许多关于喝酒的民谣，一些作家写的喝醉酒的小说，我自己也写过一篇《酒姐儿》的小说，是一种情形。我们这档子文人和那情形不一样，只是寻找一种痛快寻找一种宣泄而已。但细细一想，痛快一下，宣泄一下，又能起什么作用呢？有些事实并没有因为醉酒而改变。重要的是，醉酒伤身体，影响健康。前年我的胃部就开始不舒服，做了胃镜，医生说是萎缩性胃炎，这吓了我一跳。医院做了活检，说是阴性，我才略微放心。我另有一种病，胆结石。女作家方方在一篇散文中写她有胆结石，而且说文人一般都有胆结石，"比如刘益善兄"。别人见了我就问胆结石的病，而不知我的胃病。胆结石与胃病，都与饮酒有关系，这两种病都不宜饮酒，特别是不宜醉酒。所以，我现在是少饮酒，坚决不醉酒的。人过四十岁，似乎身上的那种豪气也少了，更多的是冷静，是实在。我真的不得不与昔日的酒友告别了，我只能陪你们饮一小杯。

　　喝酒，是痛快，是宣泄，醉酒，是高兴得喝过了量，是借酒驱赶忧愁。人过四十后，对于一般的悲喜也看得平常了，不会引起情绪的大波动。何况我也在不断地操练自己，欲走入一种"宠辱不惊，看庭前花开花落；去留无意，望天上云卷云舒"的境界，何需醉酒呢！

听摇滚乐记

1992年12月31日，天阴，但无雨。朋友送我两张武昌洪山体育馆的演出票，看那票后定价，二十五元一张。朋友说，是黑豹摇滚乐队，听说很不错。我本不喜欢看这类演出，一个大场子，你坐得远远的，听歌星在池中唱，又看不清楚，还不如坐在家里听磁带或看电视来得清楚明白，但听说是黑豹摇滚乐队，觉得去看看也不错。到底怎么个摇滚法，也长长见识。

等妻回来已近七时，说了票的事。妻是教师，挺累的，不想去。我就竭力动员。于是匆匆吃饭，收拾完毕，两人骑车从东湖往洪山体育馆踩。存好车进场找位子坐下，已经过了演出时间二十分钟。

进场一霎的感觉是，我们进了一座硕大的蜂箱，洪山体育馆嗡嗡嗡地响成一片。一位女歌手在台上声嘶力竭地唱着，舞着，歌声通过巨大的音响在每一个观众的耳边炸着。那声音嘶哑含混，直通通的没拐弯儿，像叫唤，你根本就听不出她在唱什么，只是感觉到一种很强烈的节奏。我和妻并排坐着，看对面的楼座边横扯的条幅，上写"狂欢之夜"，乐手只有两三个人，把他们手边的乐器弄得轰轰的，一种怪响。那女歌手做着各种动作，我看她自己都不知该怎么动，脚动着，手动着，头摇着，屁股摆着，一派乱舞。

观众只有六七成，没有满座。随着歌手的唱喊，观众席上不断有年轻人呼应。有一排人嘴里衔着哨子，不断地吹，我不知什么意思。妻说：那大约是拉拉队，特地请来助威的。突然，旁边坐席上有人打架，立时就有穿保安服的保安队员前来制止。那边又打起来了，他们又朝那边跑，他们很忙。

我不知女歌手是不是黑豹摇滚乐队的，但可以肯定地说，她是在混时间。我想等她下场，定有好歌手上来。没想到她就一直不下去，唱了一首又一首，还不断地朝观众席上弯腰说：谢谢！唱着唱着，嗓子喊不出来了，她就停下来，到乐手身边拿瓶矿泉水喝，喝了几口，又唱。唱一会，又去喝。她的自我感觉太好了，要观众跟她一起唱，为她喝彩。有人耐不住了，喊着：滚下去！啊啊，滚下去！女歌手还以为是喝彩声，躬起屁股说：谢谢！谢谢！就接着唱，唱得更带劲了。

我看看手表，八点多了，这女人在池中乱蹦乱唱已经近一个小时了。实在扫兴，受不了。

终于那女人下去了。静场了几分钟，上来三个穿着不同凡俗的衣服蓄着两三尺长披肩发怀抱古怪乐器的人，看不清是男是女。他们唱起来他们奏起乐来，那音乐立即轰隆起来。坐席上有人欢呼：黑豹！黑豹！有人随那音乐的节奏在座席上扭动起来了。这才是黑豹么？当然那歌声那动作比刚才那女人好多了。但也听不清，只感觉着一种嘶叫一种节奏。

对面坐席上突然亮起一星一星的烛火，一会儿那烛火连成一片，随着喝彩声摇曳着，哨子更响了。黑豹们的激情高涨，拖着带线麦克风满场跑。忙坏了工作人员，跟在他们后面把线拉直，免得绊倒了场上的各种物体。

烛火成片了。坐席上方那电脑控制的条屏亮着字：为了你和公众的安全，请不要玩火。

条屏在不断地亮着字，可烛火时灭时亮，形成了一种有趣的对抗，也是一种风光。

老是在唱，老是在舞，没什么新花样了，唱了一会就停下来喝矿泉水，喝了再唱，观众有不少人离席而去。大约今晚上就是这么回事了，唱来唱去一个味。我和妻站起身，也离席走了。出了体育馆，来到广场上，音乐喷泉正在随着悠扬音乐，喷出五光十色的泉水。嘶吼和轰鸣关在体育馆了，我松了一口气。

有人拍我的肩膀：要票吗？我说：开演了这么久，还有谁要！他说：只收半价。我说：我这里也有两张，你要不要？那人就笑笑走了。

骑车回到东湖家里，已九时多了，乡下的老父亲来了。老父亲说：如今乡下的粮食卖不出钱啦，一百斤谷十五元钱，还没人要，要了也给你打白条。

我与妻想起今晚的演出票，二十五元呢，相当于多少斤谷子呢？而农民为收获这些谷子，又要流多少汗水？

哈，黑豹，摇滚，我的心也摇滚起来。

夏天的女人

　　夏天的女人使男人们兴奋，据说男人的本性是他爱，女人的本性是自爱。男人他爱就是爱别人，特别是爱女人；女人的自爱是希望得到别人的爱，特别是男人的爱。一个爱别人，一个需要别人的爱，这就是男女相吸了。夏天，女人们穿得单薄，娇小的身躯美好的线条毕现，苗条的、丰满的，各展丰姿。白皙的手臂，美丽的长腿，丰满的胸脯，白嫩的颈脖，都得到显现。不像冬天那么臃肿，不像春秋那么遮掩，夏天的女人来得直接真实，形体的美得到最充分的表现。男人们在夏天的街头走一圈，看到的女人个个好看，女人们把夏天的城市装点得五彩缤纷，琳琅满目。年长的男人兴奋，他们为自己的晚辈女人如此美好与幸福而欣慰。中年男子兴奋，他们欣赏女人的美，也回忆起自己的爱情季节。青年男人们兴奋，是去追求、去努力，以成功博得他心目中的女子的爱。连小男孩也兴奋："妈妈阿姨大姐好漂亮，我好爱你们啊！"没有女人便没有人类，没有女人生活就失去了光彩。夏天的女人最美（这里也包括我的妻子妹妹及所有的女亲属），为了她们的永远美好，咱们男人要干得更好更成功啊！

　　夏天的女人是服装展示的模特。女人喜欢服饰是天性，如果不关心服饰不讲究服饰，那就少了女人的一大特点。讲究服饰是要有经济条件的，但经济条件好的和经济条件差的女人都讲究，只是讲究的档次不同。再穷的女人，她也讲究服饰，即使穿件有补丁的衣服，她也要把那补丁弄得好看些。夏天是女人讲究服饰的高潮季节，这个季节里，她们购买起服饰来，能倾其所有。只要是她看中了，而口袋里又有钱，她就一套一套地买，买多少套也不嫌多。夏天的服饰生意老板总是要赚一笔的。当丈夫或当父亲的男人，看到妻子或女儿这么不顾一切地买衣服，往往是敢怒不敢怨的。夏天的女人换衣服换得勤，她们都成了服装展示的模特。早上穿一套，中午又穿另一套，晚上再换一套，是很一般的情况。而一天换五六次甚或七八次衣服的女人多得是。她们向人群展示自己的服装，然后达到一种拥有的骄傲心理。夏天的女人出门前，在镜子前试衣服，一般要试上三四套，直到她自己满意为止。所以针对男人而言的新"三从四得"中有"妻子出门要等得"。这个等的时间就是留给女子去打扮。

夏天的女人火气可能大些，这里我用了"可能"两个字，可不敢说绝对了。是因为夏天天气热气温高？还是因为出汗容易毁了女人装扮而使心情变坏？或许是因为夏天女人觉得充分展示了自己的美而骄傲起来？总之，夏天的女人脾气要比春天秋天冬天大些，容易发火。这一现象在武汉就更多些。武汉气温高，武汉女人又是有名的厉害，你要是一不小心惹烦了她，她一开口就是"婊子养的"、"个板妈的"，字正腔圆的武汉口音。而且她穿着打扮及长相都是令男人兴奋的，可她柳眉一竖粉脸一板小口一张，你就觉得遗憾了。好在武汉市政府最近公布了武汉市民"十不"行为规范，这种遗憾会减少的。但是作为丈夫，夏天在家里最好是谨慎一些，主动多做点家务事，否则你的妻子的火气就会冲你而来。这不是我的体会。

　　夏天的女人还有许多可说的美好。以上所说有不当之处请女同胞们见谅！

窨井盖子问题

读到一则报道，1996年12月21日，西安一个上小学六年级的男孩，晚上和妈妈从亲戚家出来，往公共汽车站准备乘车回家。因一截街道的路灯坏了，男孩一脚踩空，掉进没有盖子的窨井中，被水冲走，一星期后的12月28日才在城市的污水出口处捞到尸体。据说在几个城市，此类事不止一次地发生。可怜的父母啊，失去了孩子的痛苦是多么深重呵。

大街上的窨井为什么没有盖子？因为窨井盖子是铁铸的，被人偷走了，偷去卖给了废品收购站。一只窨井盖子有多重？又能卖得了几个钱呢？但这种黑了良心的缺德事却不断有人做。我想这个窨井盖子的问题怕不会是难得不得了的问题吧！不就是小偷偷么，公安部门就认真地查，抓住这些小偷就严惩。小偷不是将窨井盖子偷去卖废铁么？把那些敢于将窨井盖子当废铁收购的废品收购站好好地整治一下，凡敢于收购窨井盖子的收购者，被视做违法，看你还敢不敢收？你不收，那些人偷了窨井盖子就换不成钱，他也就不会冒险再去偷了。就我等的想法，这是很简单的事，哪至于一年又一年，这个城市那个城市的窨井盖子被盗，还发生如西安男孩落进窨井而死的悲剧？

可是我等认为很简单的事情却没有那么容易去做，而且悲剧经常发生，这其中的原因何在呢？我们不能仅仅是为失去子女的家长一掬同情之泪，我们应该呼吁：市长同志，管理窨井的部门，还有公安部门，请下个决心，把你这个城市的窨井盖子管好，狠狠打击偷盗窨井盖子的小偷，整治那些收购窨井盖子的收购站，让我们城市的大街上不再出现黑洞洞的圆口，让我们的孩子，还有大人，再不担心有落进窨井里被水冲走的危险。

每一个城市都有下水道，都有窨井，我不知道这个窨井盖子问题在多少城市存在？但是在西安，悲剧出现了，这就是一个问题了。西安那个落水而亡的男孩的父母，你们是有权利向有关部门寻求赔偿，向社会呼吁，让大家保护孩子的生命安全的。

儿子买的蛋糕

我过去写的小文章中，写到我碰到的古怪事。比如说某本诗选选我的一首诗，诗的前半截是我的，后半截却是别人的。再比如说，某青春年历印我的小传照片，署着我名字，照片却是别人的。这当然是编辑工作的差错。有朋友看到这些小文章，就说：这些稀奇事怎么都被你碰上了。我笑笑，不好回答这是我的运气好还是不好，只说是生活丰富。

今天我又要写十二月我过生日碰到的古怪事。生日那天，虽说有几个作者从我的一首诗中知道我的生日给我来了电话，但我没告诉其他朋友，只是家人庆祝。上中学的儿子把节约的零用钱凑起来，给我买了个生日蛋糕。看到儿子懂起事来，我很高兴。因为平日为了他的成长，妻子和我投入了不少的精力。儿子给我送蛋糕，这种稚子之爱，令我心里充满了温馨。晚上，妻子做了几样菜，我和儿子像两个男子汉般的碰杯喝酒。儿子祝我生日快乐，我祝儿子学习进步！喝完酒，就吃蛋糕。儿子揭开蛋糕盒子，盒子里有一张小纸片，是产品合格证。为了判明蛋糕是否新鲜，合格证上印有出厂日期，当然也有厂家的地址和厂名。

儿子把小纸片抓在手里看了看，却咧了咧嘴没说话。妻子见状，接过纸片看了看，却哈哈大笑起来。怎么回事？我从妻子手中接过纸片看了，却皱了皱眉。这是一张出厂合格证，合格证上印的这只蛋糕是13月14日出厂的。这就是说，儿子给我买的这盒蛋糕，是它还未生产出来就被买来了，或者说是提前生产的，是个不足月的早产儿。这是怎么一回事呢？这家食品厂的时间概念是怎么弄的，这印在合格证上的日期有什么意义？蛋糕的保质保鲜还有什么可谈的！这月生产的蛋糕，可以印上下月出厂的日期。这就是说，蛋糕放到一个月后，还是不过期的新鲜货。多么好的合格证书啊！

问题是我们的公元纪年一年只有十二个月，世界有史以来，我没见到哪年有13月。合格证上印的13月，这不是超历史的笑话吗？13月，是一个不存在的时间，是一个莫须有的日子，是食品厂的伟大创造。

整张小纸片的合格证我保存起来了，说不定是个好的收藏品。这纸片上有武汉某食品厂的地址与门牌号，我在这里就不写出来了。

读词典与直播

很难说一个人不读错字，即使是某些专家也不能避免。中国的汉字也太复杂了，你要想将其弄懂弄通，怕是要耗费毕生的精力。好些年前，我参加一个评论电影《闪闪的红星》的座谈会，一位著名的老作家发言，将影片中的椿伢子读成椿伢子。有人笑话，我想他是把字看别了。

不久前，我编发了一位朋友的散文，题目叫《读词典》。这位朋友先是当工人，后来做校对，现在一家出版社当编辑。据他说，他的业务水平的提高，主要得助于读词典。他读过多部词典，能指出许多作家著作中某字用错了（包括获得茅盾文学奖的作品）。他还多次指出中央人民广播电台播音员的错误读音，每次都能得到热情谦虚的回信。当著名播音员夏青将刹（chà）那的"刹"念成 shà 时，他去信纠正，夏青不仅回信，还在《人物》杂志发表文章提到此事。我的这位朋友的精神可敬，而播音员能勇于接受意见的精神同样可敬。

现在不少地方电台，改成了直播。播音员的普通话不标准，听众尚可原谅，但读错了字，听众可就要起哄了。我每天早上都要听广播。听中央台时，那播音员的水平确实技高一筹。当听地方台时，播音员直播，有时用夹生普通话东扯西拉无话找话说，真有点让人倒胃口，特别是播音员读错字，更是让人哭笑不得。比如说，有一次播音员播广告，把鹿茸的"茸"读成"耳"，而且一遍遍重复。还有一次，播音员读一篇报道，读到"亳"字时，她说："这个字我不认识，就是毫字下面的毛字少一横。"她很勇敢，我不禁笑了。这个字读 bó，是安徽省的一个县名。

播音员偶尔读错字也可原谅，但是如果经常读错的话，恐怕就有点不称职了。电台广播发展快，从社会上报考进来的新手多。搞直播，对于识准字音尤为重要。我想，我那位朋友读词典的办法，可以适用于他们。

读词典是个好办法，不仅播音员要读，一切从事文字工作的同志都要读。读与不读效果是大不一样的。

一 种 道 理

　　人的一生难免受到伤害。我当然也受到过伤害，但如今我能在受到伤害后，平静地抚摸着伤痕，寻找化解办法，使其尽早结疤。结的疤多了，对再来的伤害就有了一种抵抗力。我说的伤害是指心灵的，但要声明，伤害我的对方，有的是一种无意，叫误伤；有的则是有意的。即使对这些有意者，我也能一笑了之，能避则避，不能避就迎上去，我首先是不怕。

　　我忘不了少年时受的一次伤害，现在想起来，心里还隐隐作痛。

　　在生产队贫协组长的家里，我们一群十几岁的少年，正跟社教工作组的女大学生学唱歌，那真是我们乡村少年的快乐时光，大家唱得卖力而兴奋。工作组长进来了，板着个脸，叫着我的名字让我出去，说是要开会了。我一时还没领会过来，为什么一群少年偏偏要我一个人出去？贫协组长赶紧把我拉到大门外，说："回去吧孩子，今晚开贫下中农会，你家是中农，不能参加这个会。"说完他叹了口气，进屋去了。我站在夜的乡村里，四周很安静，时有犬吠声，听着屋子里工作组长讲话的声音，我痛苦极了。我被抛弃了，因为我家是中农，没有和同伴们一起参加会议的资格，被人家赶出来了。那一年，我是在县一中上学，因身体不好休学一年在家。而农村的四清运动把我排除在外，我似乎觉得面前没路可走了。一个十四岁的乡村少年，在乡村的夜里委屈地哭了。那晚，我拖着沉重的脚步回到家里，倒头便睡。母亲问我怎么了，我什么也不说。我辗转反侧，久久难眠，独自咀嚼着自己的痛苦。四十多年了，今天的青年读者看这件事，可能觉得好笑，不就是没让你开一个什么会吗？可那时我不这样认为，我觉得我被剥夺了某种权利，在人格上似乎低人一等。

　　我的祖父是个乡村裁缝，靠自学达到阅读《水浒》、《三国演义》的文化程度，是个开明的乡村知识分子。他开导我，给我讲了一种道理，即人与人相比，既要与比自己强的人比，也要与比自己差的人比。与强的比，能使自己有一种前进的激励；与差的比，能使自己在挫折面前平衡心理。祖父说，你与贫下中农比，无非是不参加会，但你如果与那些地富子弟比，你不比他们强多了吗？地富子弟在乡村永远也没前途，受管制，做最苦的活，连老婆也找不到。祖父的话，化解了我心中的痛苦。而且自此之后，每逢遇到挫折与伤害，就想起祖父所说的道理。那心理很快也就平衡下来。但是，我也不一味地与比我差的人比，否则就是一种阿Q精神。我时时也与比我强的人比，向他们学习，增强一种奋进的激情。

几十年过去了，少年时代的许多事都忘了，但那天晚上被四清工作组长赶出来的事却忘不了。这少年时受的伤害啊，虽然结疤，今日抚摸一下，悟着某种道理，不无益处。人免不了受伤害，但受伤害后能自我化解，想想那些比我们更惨的人，从而从惨痛中走出来，继续朝着自己的目标前进，我想这种人生态度是积极的吧！

我是模范丈夫

我一般是不给自己戴桂冠的，我是个平庸的人，也没资格给自己戴桂冠。比如说我是个编辑兼作家，我就从没说过我是著名作家，资深编辑，那样做，我感到脸红。有朋友说我自己不会推销自己，缺少现代人的意识。我想想也是，就决定现在推销自己，宣称我是模范丈夫，给自己弄顶桂冠戴在头上也荣耀一番。

我的模范表现，是我在家做不少家务事。我每天做的家务事排列如下：早上六点半起床，去食堂买早点。妻子儿子上班上学后，我就洗碗盘，收拾房子，擦地，待一切收拾清爽了，已到我上班的时间了。好在我上班就在院子里，不用急。中午妻子儿子在学校不回来，我可以轻松一下。下午下班之后，我就快快地打开水，然后做晚饭。妻子儿子六点半左右回家，再炒点菜，一家人边吃晚饭边看新闻联播。新闻联播一完，当教师的妻子去备课，儿子做作业，我就洗碗，收拾厨房，弄完了，我才可以坐下来读读书，写点小文章。

家里衣服总是我洗。妻子说，不对，不是你洗，是洗衣机洗。我说，我还得把衣服放进去，加洗衣粉，再加水，按开关呀！何况衣服甩干后，还得我晾晒，这当然算是家务事啦！

好几次，住在我们家旁边的一位老同志夸奖我爱劳动，是个好丈夫。而几个与我年龄差不多的同事，碰到我就说：他们在家里，他们的妻子"教育"他们说，要向刘益善学习，看人家做了多少家务事。这几个同事也被迫加入了每天下班去食堂里打开水的行列。他们埋怨我说，都是我害的。我说，我这也是没办法的事啊！我如果有计划煤气或是煤气管道牵到家里来了的话，我干吗不在家烧开水而提着一串开水瓶穿过院子招摇过市去打开水呢？我难道不知道时间的宝贵么！我们省作协没办煤气户口，每次煤气用完了，都得用自行车驮上煤气坛子走好远的路，去买那几十元一坛的议价煤气。为了节约煤气，就打开水，因为煤气烧完了，去买煤气的事还是我干。

洋洋得意地将别人表扬我、以我为榜样一事对妻子说了。妻子却委屈了，说，你不过就做了这么点事，我成天带儿子，辅导儿子学习，照顾儿子的生活，别人倒是没看到。你那么一点事,倒张扬开了,图表现。我说:我怎么图表现?妻子说:那个夸奖你的老同志我问了,他说总是看到你在晾台上晾衣服。我们家住在四楼,你晾衣服,别人都能看到。你打开水也是让别人看到。我说,我无法叫人不看到我,要不,这两件事交由你做。妻子说:不行呀,我要不是当老师,成天忙,我肯定是不会让你做这些事的。妻子的话,倒是说得很温情,我也就不再坚持要她减轻我的负担了。说实话,她的任务是重的。别人不知当老师的苦,我这个教师家属是深深知道的。

  我的模范表现,还在于我能宣传我的妻子。这些是妻子的同事们说的。这几年,因为一些生活类报刊约稿,要写些家庭生活的小文章。我自己的生活情趣不多,不会玩,不会潇洒,没什么好写,我就写当教师的妻子。这类文章在报刊上一发,后来又收到一本集子中去,别人看到了,妻子的同事说:你们家里刘益善,写文章宣传你,既讨了你的好,又得了稿费。一举两得,妻子回来对我说,今后不要再写她的事了。如果发现我写了,稿费她将没收,作为补偿。我现在写的这篇小文章,稿费肯定就是她的了。我写妻子的文章也就那么几篇,那其实也是我在发牢骚。比如,她晚上出去家访,要我在人家屋子外等她,我只好在路灯下读那些贴在电线杆上的各种交换房屋推销产品治疗性病的告示,等到她从人家屋子里出来,再陪她回家。再比如,约好了一起去看电影,时间到了,她却和学生家长谈学生情况没完没了,硬是把那场电影耽误了。再有,我还写过她几首诗,无非是写她与学生那种动人的关系,写她由一个二十来岁的充满青春活力的女孩变成了今日母性十足的老师,粉笔染白了她的青丝。这些也是我对所有教师发自内心的一种礼赞。我还写过妻子的一个生活细节。那次她的一个学生从北京到广东,经过武汉特地下车来看她,那是个星期天,刚好我们一家人外出了。那学生用红砖头在我家门前的水泥地上写上:老师,我从北京来看您未遇,只好赶车走了。祝您圣诞快乐!妻子回后,看到地上的字,后悔不迭。我的文章叫《一张特殊的贺卡》,老作家碧野读了这文章,在给我的集子写的序中,还写了一段很感人的话。

  我的模范表现,再找一条出来,是不是可以说,我这人除工资外,还能爬格子赚点小稿费,使家里的日子过得不是太紧巴。我还有一大优点是,不怎么乱花钱。钱到了我手里,除了买书外,好像再没什么东西可买。我穿的衣服无高档,妻子买什么样的衣服我就穿什么样的衣服,而且还很爱惜,一件衣服能穿好几年。这无形就给家里节约了一些钱。这个习惯的养成,是我自小在乡下受过生活的磨炼,吃了许多苦的缘故。不管人家怎么说我这种消费观念落后,我还是认为这是一个优点,是一种模范表现。可惜的是妻子对我这点并不欣赏,说是缺少些现代意识，但我想这条至少不能叫缺点吧！

　　我的模范表现本还可以再列出几条，还是到此为止吧！妻子对我不满意时，我就说：你也该知足了，我这样的丈夫不是太多，完全可以当模范的。是不是？

长江不断流　文学旗不倒
——主编隽语

1949年6月18日，在解放战争的隆隆炮声中，《长江文艺》创刊了。回顾来路，《长江文艺》穿越了60年的风雨岁月，在党的领导下，在党的文艺方针政策的指引下，在一代代编辑人员的竭力奉献下，为中国当代文学的发展与繁荣，做出了自己的贡献。

60年，《长江文艺》秉承的宗旨不变，那就是发现培养文学人才，推出优秀文学作品。60年间从《长江文艺》走出了一代代的作家，他们在《长江文艺》上发表了大量的优秀作品，这些作品在当代文学史上留下了不可或缺的篇章。《长江文艺》在六十年里共出版了620期，这620期杂志是众多的作者与编辑共同生产的文化砖块，垒砌起的中国社会主义的文学之墙，为提高民族文化水准，凝铸的赤诚结晶。

长江不断流，文学旗不倒！这是我们的口号。《长江文艺》走过了第一个60年，现为全国中文核心期刊、中国期刊方阵双效期刊、湖北省优秀期刊。《长江文艺》还要走过第二个、第三个60年，以至永远。

觅尾寻头说编辑

从学校出来时乃毛头小伙，时光倏忽而过，而今人到中年，做编辑已多年矣。刚做编辑时，毛毛糙糙，如今已深知干这行工作认真严肃的重要，也能对刚入门的年轻人说：要仔细啊，出了差错，白纸黑字，想纠正已经无法了，只能是永远的遗憾。

我说这话是有体会的。我做编辑，不能说没出过差错。我也是写作的，我的作品被别人编辑出来，出的差错却不少。这里只说两个很有些奇特的差错，令我啼笑皆非。

1985年，某出版社出版了一本新诗日历，选了我的一首诗，寄来样书与稿酬，我颇高兴。打开诗历，翻到我的那首《乡店》，读下去："曾经有过一个夜晚/我投宿在这乡村旅店/茅檐下一盏风灯/在黄昏前给旅人亮一星温暖……"接下去，我发现从诗的第7行开始，那诗句不是我的了，陌生得令我结舌。怎么回事？诗的意境与情绪完全遭到了割裂。我翻遍了全部诗历，我那首诗的后半部分杳无踪迹，只好叹息一声。

事隔几年之后，南方某一家出版社拟出一本诗历，约稿者还让寄一张只有头像的照片，并嘱将名字写在照片后面。我照办了，有人约稿总是好事。后来这本新诗历出版了，既不见样书也不见稿酬，我也就算了，因为我曾遇到过许多次这类事情。后来我终于得到了这本新诗历，发现其中选的《背景》一首诗，诗是我的，可照片不是我的。署着我名字的照片是个长头发戴眼镜的小胡子，完全是个二十来岁的现代派青年。我苦笑了，心想我如果像照片上的人那样年轻就好了，但我即使在二十来岁时，也不曾留过小胡子的。我在这本新诗历中寻找我的头像，算是还好，没丢，我的头像安在另一个年轻诗人的名下，而安在我名下的那头像不知是不是那年轻诗人的，无法落实，因我没见过他。

两本新诗历，由于编辑的疏忽与不负责任，使我失尾错头。幸亏头像还在我的颈上，那失尾的诗，后来我自己弄明白了。我那诗是发表在《文汇月刊》上的，与我发表在同一版面上的诗是另一位老诗人的作品，诗历上我那诗的后半部分都是那老诗人的。大约是编辑从刊物上抄这首诗时，发生了转行的错位，将他的诗尾抄到了我的诗后,而我的诗后半部分呢?还留在《文汇月刊》上了。

这两本错了的诗历,我还保存在我的书架上,偶尔扫一眼,能引起我的警觉,使我在编辑工作中细心再细心,认真再认真。

当编辑的人,真真是马虎不得啊!

欢迎读书节

媒体报道，有关部门提出动议，请政府批准将每年的 12 月 22 日确定为中国读书节。

这是一个何等明智何等有见识有意义的动议啊！我相信中国人都会拥护和欢迎这个动议，并且呼吁政府早日批准这个节日。中国读书节，多么有独创意味有内涵的一个节日。

我们生活中大大小小的节日已经很多很多了，多得一般老百姓都记不全。你看看日历吧，翻开一页一页，那各种节日三天两头就蹦出来。但是许久以来，我们的日历上为什么就没有蹦出一个读书节呢？

我们太需要读书了，我们的生活不能没有读书。三日不读书，言语无味，面目可憎：苏东坡这样说。生活里没有读书，就好像没有阳光：莎士比亚这样说。读书足以怡情，足以长才。培根这样说。几乎每一本书都在我面前打开了新的世界的窗口：高尔基这样说。成功的人其成功的重要原因就是读书，所以他们论起读书来，无不充满了深刻的体验和带有真理性的启示。古今中外，有多少关于读书的故事啊！而我们每个人，只要是爱读书的，也能说出许多与读书相联系的遭遇来，那是有苦有乐，但又充满了无限温馨的回忆。一间洁净的书房，书架上摆满了一排排的书，或有闲的冬日，或无事的雨天，或宁静的夜晚，泡一壶清茶，捧一本书卷，平心静气地读着。窗外或雨打芭蕉，或雪落无声，或明月照地，屋内气息宜人，那清新之气，那浩然之气，那灵动婉约俊美之气，一缕缕从书卷中飘出，混合着茶香，沁入读书人的肺腑。这是我想象的一幅读书图，在这样的读书图中生活，是一种洁净心灵壮人筋骨养人之寿增人之道的修炼，是人生的享受。

我们欢迎读书节的到来，我们要自己拷问自己，我们读书么？我们是怎样读书的？我们读书后获得了什么启示？

市场、商品、物欲满世界，我们处在一个喧嚣浮躁充满着变更的世纪末，我们想象的桃花源里的读书环境难得出现，但是那种读书的意境是可以营造的，关键在于我们的自身。我们在当下生活的海洋里搏击，我们要能掌牢我们的生命之舵。开放的年代，我们面临多少新的诱惑啊！大款大腕、明星炒作、酒店宾馆、卡拉OK、三陪小姐、多媒体、因特网、酒吧茶吧、劲舞桑拿、按摩洗头、崩极股市、老板别墅、广场平价、一日游二日游、下岗奋斗……眼花缭乱的生活真是一片大海，我们每个人都难以避免这片大海，都得在海里航行，不愿在大海里翻船沉舟，我们就要把准自己的舵。

　　读书节，是高悬在每年年尾的一盏灯，照亮着我们的记性：不要忘记读书，一本一本地阅读我们能得到的一切好书吧，它能使我们充实而丰满，茁壮而有力，扳牢我们的生命之舵，前行的方向才能正确。

　　法国设有一种影响很大的文学奖，称做"女读者奖"，这个奖的评委是从千千万万个志愿者选出的一百二十名女读者担任的。要想竞做这个奖的评委，第一个条件就是她必须有每年至少读三十本书的习惯。这真是一个好办法，比起某些奖项的评委只有虚名而没读多少书显得更科学。

　　真的，读书是一种习惯，是一种不可或缺的习惯，是一种值得赞美的能使我们生活得更美好更有质量的好习惯，这习惯能提高个人的素质，也能提高一个民族的素质。

　　12月22日，中国的读书节，从今以后，我们为什么不能养成一年至少读三十本书的习惯呢？

买《贾平凹散文自选集》记

很早很早就注意到贾平凹这个名字，读他的小说、散文、诗歌，很是喜爱，从中觉到许多相通的东西，后来读了几篇介绍他生平的文章，及至前几月读到一本四川文艺出版社出版的《贾平凹之谜》，就不光是觉得许多相通的东西了，有好些方面我们有相近之处。

他出自山中，上的工农兵大学，我也出自乡间，上的工农兵大学。他大学毕业做编辑，后来当专业作家；我毕业后，也是做编辑，一直做到今天，当作家只是业余的。

但我与他是不能比的，他三十八岁出了四十一本书，我四十岁，虽说出了几本小册子，但只能是他这座山边的一个小土堆。我未见过他，也未通过信，但我敬重他，凡载有他的作品的报刊，我都要找来看。他不愧是三毛所称赞的大师。

我购买搜集了贾平凹的好几本书，他的重要作品基本都弄到了，摆在书架上，觉得是一种财富，常取出来把玩吟读。

一日，一位朋友从县里来，住在招待所，我去看他，见他捧一本《贾平凹散文自选集》在读。此书我知道出版了，但一直没见到。我从朋友手上拿过来翻看，沉甸甸的好厚一本，大32开，六百多页，四十一万多字，选收了贾平凹的散文代表作。我爱不释手，问朋友哪儿买的？朋友说：县里买的，但早卖完了。本想开口找朋友要，又觉得那样有点自私了。你喜爱的东西，难道别人就不喜欢么？读书人把好书当宝，哪有割舍的道理！于是我只有羡慕了。

朋友走了，而这本厚书就常在我脑子中出现。怎么才能得到这书呢？我突然想起漓江出版社有位朋友在做副总编，而书正是他们出的。由于想得到此书的心太切，也就顾不得不好意思了，给这朋友写信索书。信寄出好久无回音，没指望了。又想起与该社一位编辑有过通信联系，就给这位编辑写了一信。这位编辑来信说：此书已经售完，一本也没有了。但是社里正在印第三版，待三版出来后，一定给我消息。过几天当副总编的朋友也来了信，说其他事却没提我要书的事。我想这口已经开了，面子总是用了的。就给他第二次写信，再次索要此书。

一两个月过去了，我终于收到了一包书，急急拆开，眼前一亮，纸包里正是

《贾平凹散文自选集》和朋友副总编新创作的一本书。我抚书挥笔,在《贾平凹散文自选集》的扉页上写下:"三次信索,某某兄寄来此书,大喜过望,永存。1991年11月19日秋高气爽。"此书从此列于我的书架上,引得不少朋友羡慕。

又一日,在东湖边的一个书摊上,见到此书,驻足翻阅,见与我得到的版本一样,1991年6月第三次印刷本,总印数为23645册。在如今书价大涨,一本定价为6.95元的散文集能印到这个数,也是少见的。摊主说他进了二十多本。我立即回机关,给曾向我打问此书的朋友通了电话。接电话者马上跑到书摊,兴高采烈地买了此书回来,还忙不迭向我道谢。我统计了一下,省作协院内买了此书的有十多人。

如今,我与爱好贾平凹散文的朋友,拥有了这本厚书了。我想,我们也该要写点什么。

我 的 收 藏

我的收藏既无收藏家或收藏爱好者们那种目的性系统性，自己也不是具有收藏癖好的人，见了自己爱喜的东西就据为私有，收藏起来慢慢享用。前者的收藏具有文化思想方面的价值，意义不凡，后者只有实用价值，是一种物欲的表露。我的收藏居于两者之间，不如前者那么的专一有意义，又比后者要高明许多。我的收藏有点随意性，自得其乐而已。

我爱书，见了好书就购买之，买不到就向在出版社工作的朋友索要之。几十年下来，我书房里整面墙到顶可竖放两排的书架都满了，还有装不下的就用纸箱装了放在别处。这是我最用心的收藏，投资最多，目的性最强，也最爱惜。其中有些重要书的收藏，每本书都可写篇书话的。我收藏有两只袖章，一只是1966年我十六岁，当红卫兵串连到北京，参加毛主席接见戴过的红袖章，一只是我为勤劳一辈子抚养我们兄妹七人长大，五十八岁去世的母亲送葬时戴过的黑袖章。前者纪念那个难忘的年代，后者纪念我的农民母亲。我收藏有武汉卷烟厂的一组烟盒。那是他们请我为他们的卷烟厂写几句诗而送来做样子的。我诗写了，看那纸烟盒印刷很漂亮，就夹在本子里了，如今市面上再见不到这种几十年前印的烟盒了。我收藏了少数几个现代名画家名书法家的字画，但不是我蓄意去谋得的，是一种机缘所获。我想我如果成心去谋求字画，我的收藏一定比现在丰富多了。在我收藏的字画中，有一幅最后去世的辛亥革命老人喻育之写的字，那时他有一百零三岁，是真正的辛亥革命最后一位老人。我收藏有徐迟先生送给我的一把扇子，那是七十年代末，我在《长江文艺》当诗歌编辑，随徐迟、黄声笑从武汉坐轮船沿江而上去三峡。当时徐迟先生辅导黄声笑写作长诗《站起来了的长江主人》第二部。徐迟先生带的一把白纸折扇，两边扇面上他用蝇头小楷写满了隽永优美充满了哲思的语录体文字。从长江上回来，徐迟先生将这把扇子送我了。我后来读先生翻译的《瓦尔登湖》，才知扇子上的文字是从书中摘出的。我还收藏有1983年1月湖北省青年创作会议的出席证，出席证背面写着我的名字和519号房间。我当然也收藏着1991年5月我参加全国青年作家代表大会的出席证、1996年12月出席中国作协代表大会的出席证。说句实话，不少收藏品是无意之间留下来的，没有刻意追求。这些东西的意义只对自己而言，自娱自乐吧！

我最后要说的一件收藏却有点特殊，其物可称为长江的浪渣。是的，我收藏着一片长江浪渣。

1998年8月上旬，长江洪水肆虐，举国上下关注，党和国家领导人亲临抗洪前线，百万军民奋力拼战，保护家园。湖北正处抗洪中心，8月1日嘉鱼县簰洲湾倒口，随即公安县孟溪大垸倒口，荆江分洪区随时准备分洪，数十万灾民栖居在帐篷之中。我随几位搞摄影画画的人组成一个班子，到了长江防汛最危险的地段荆江大堤。荆江大堤遍布抗洪军民，我们在大堤上采访感受那沸腾的场面和艰苦的保堤战斗。浑浊的江水自上游汹涌而来，江面变得宽阔无比，原来布满江滩的防浪林只露几片绿枝叶在江面，江水与荆江大堤几乎持平，筑在堤上的子堤，像是用编织袋土包垒起来的碉堡。江浪一阵阵扑向子堤，像张着牙齿啃咬着子堤。拥到子堤边的江水上，浮着许多的渣滓，叫浪渣。这时我在浪渣中间发现了我的收藏品。我弯腰伸手从江里把它捞了起来，它很轻，木质的，形状如一颗拔出的牙齿，还带着牙根。不过这牙齿长约半尺，宽约三寸，厚约两寸，顶端有凹槽，如牙槽一般。这是一颗惟妙惟肖的牙齿。这又是一片浪渣，它是一截木头，在长江里经过多少时日的冲激淘洗，而变成这副模样呢？我手捧长江浪渣，伫立子堤之上，朝长江上游眺望。又有几处垸子倒口，那些来不及或根本不可能搬走的物资交付波浪了，波浪把这些东西卷走，而让它们变成了浪渣。我手上捧的这颗牙齿形状的木头，或许是某幢房屋的檩子，或许是某个家庭的木菀子坐凳。不管它原来是什么，但它被岁月被长江变成了浪渣。

浑浊的江浪还在汹涌地啃咬着荆江大堤，大堤挺胸迎上了波浪，击得波浪碎沫纷飞。我突然想，我手上捧着的这片浪渣，是江浪的牙齿，是的，是牙齿，我拔掉了长江啃咬大堤的一颗牙齿。1998年的长江大抗洪，终以人类的胜利而结束。

而我，从抗洪前线带回了一片浪渣，带回了长江的牙齿。记得在从荆江回武汉的车上，那几个画画的摄影的同事看到了我的浪渣，觉得造型不错，提出用东西跟我交换。因几个人都想要，就有人提出拍卖竞价，我报出了一个起拍的价码，他们就都不敢应声了。他们知道我是不会转让的，君子不夺人所爱，所以他们也就没有再开口了。

如今，这片长江的浪渣还在我的书房里摆着，成为我杂七杂八的收藏品之一。

理 解 编 辑

写这么个题目，并不仅仅因为我是个编辑，而且更因为我是个作者，以编辑与作者的双重身份来写这文章，可能更有些意味吧！

在编辑这个岗位干了三十多年，认识的朋友也就多起来，因此每天寄给我私人的各类稿件就有许多。对这些稿件，或自己读了或转给某编辑处理了，我每每总有个交代。从寄给私人的稿件中选出来发表的稿件少，退去的稿件多。对这些退稿，大部分朋友能理解，但也有少数朋友略有怨言，说我不帮忙。

我其实是很愿意帮忙的，我希望寄给我的都是好稿子，使我们的刊物办得更好。但我不能把不适合刊物发表的稿子发出来呀，这里就有个原则问题。何况报刊用稿都有个审稿程序，先是责任编辑，再到编辑组长，最后到副主编、主编，层层审稿签字，不达质量，这个忙就帮不上，你怨我也没办法。

我业余写诗写小说，写成后也要往外寄，以求发表。收到多少退稿信现在说不清楚了，总之是在退稿中有所进步。也有不少稿子寄出去泥牛入海无消息。这几年写小说，一篇稿转五六家才发出来是常事。有时也寄给熟识的编辑，还附上邮票。久不见回音，就写信去小心翼翼地询问，一问二问三问，仍不见回音或退稿。心里很不舒服，但也没法子，你得理解人家，我自己也是做编辑的，怨也无益。要怨就怨自己的稿子没写好。那时没时兴用电脑，一个短篇万把字，光抄一遍就需要一天。一部中篇两三万字，抄一遍得好几天。那就再重新抄一遍吧！有时偷懒，没留底稿，从此这作品也就彻底死亡了。我是被别人丢了好多篇稿子的。

现在刊物不退稿，退一篇邮资要好几元钱，退不起。但人家附了邮票的，不用，还是应该退给人家。将心比心，我体会到人家写作的艰难。

编辑长年累月地在稿堆中觅宝，一天下来，读得头昏眼花，却觅不到一件可发稿，也是苦。有时读到一篇好稿，而且是个新人，其乐趣也是无穷的。我们的老编辑，就这么读了几十年，从青丝读成白发，从青春年少读到老态龙钟。真真的蜡烛呀，燃尽了自己照亮了别人。对编辑，我是怀着深深的崇敬的。有多少作者，从编辑手中出来，最后功成名就。而编辑还在伏案读稿，地位待遇比起作家们来，相差甚远。可编辑没有怨言，这是工作。对这些可敬的编辑，我们还能有怨言吗？即使他们退了你的稿，也不能有怨言。这话是我以一个作者名义说的。

我自己也在努力做一个好编辑。真正做到与作者亲如手足，做到有点奉献精神。编辑总是要人来当的。

理解编辑吧，这就是我要说的话。

体 谅 主 编

做了几十年的编辑,编发过许多作者的各类稿件。现在有好些在省内或全国有影响的作家诗人,还记得我给他们发第一篇稿的情景,更有许多尚未出名的作者记得我给他们写的信,对他们的稿件提的意见,言谈中都是感谢。这使我很感动,也觉得这编辑当得无悔无怨。当然,这么多年,我也肯定做过留下遗憾的事,这在我是教训在心的。

1997年省作协让我做了刊物的主编,开始是很有些惶恐的。过去未做主编不当家,天塌下来有长子,现在我成了长子了。刊物要办好,当主编的必须要非常投入非常认真,要付出许多心血。对这点我是做好了心理准备的,不就是少写些东西,把精力多放在刊物上,兢兢业业,勤勤恳恳,少有私心,多作奉献么?一段时间过去了,在杂志社同志们共同努力下,编出的刊物没有问题,订数大幅度上去了,发表出来的作品在读者中颇有反响。这样,我的惶恐也就变成信心与干劲了。

惶恐没有了,另一种担心又出现了。作为主编,对于刊物上发什么稿件是握有生杀大权的,这权在某些人眼里虽说有些好笑,但对于写作者来说却是重要的。主编有权,作者给你直接寄稿的就多起来了,且不说当主编的人是实在无法将寄给他私人的稿件都看完的,只说那写稿人的心情:希望主编先生高抬贵手,把我的这稿件发了吧!好稿件是主编求作家,一般化稿件是作者求主编。但是许多的一般化稿件,主编如果出于亲情友情或者心太软,在刊物上发表出来,这刊物绝对平庸,非办砸不可。偏偏给主编直接寄稿的人中,有许多是主编的朋友或由朋友推荐来的朋友。怎么办?退了吧,会得罪朋友;发了吧,会影响刊物。思考再三,我的原则是稿件标准第一,朋友感情第二。每遇此类稿,谨慎处理,退稿时态度好,想办法让收到退稿的人不至太生气太伤感情。当然也会有少数个别朋友从此就生气了,朋友感情也就没有了。有人甚至扬言:某某主编是扼杀我创作才能的刽子手。还有的说:某某当主编,湖北的文学创作就没希望了。这都是因为没有发表他的稿件,而且说这话的人应该有点常识:一个人的创作才能不会因一个不识货的主编被扼杀;一个省的文学创作有无希望,也不受是谁当主编的影响。对于退稿，如果是真朋友，即使心里有点不舒服，但他最终是会理解的。

　　主编是欢迎朋友寄稿荐稿的，支持刊物的朋友越多，刊物就会办得越好越有生气。但是，主编也希望朋友谅解，假如退了你的某篇稿，那是出于刊物选稿标准的考虑，希望给予体谅。

　　体谅刊物主编吧，真朋友们！

办杂志与坚守

作为湖北省作家协会的机关刊物,《长江文艺》已经创办了五十多年。我们已经举行过五十周年的刊庆,新闻媒体均作了报道。作为现任主编的我,也写过几篇文章,谈论《长江文艺》坚守纯文学方向不变的问题。《长江文艺》五十多年来推出的作家,发表的作品,其在新中国五十年文学历史中的重要作用,是摆在那儿有目共睹的事实,希望有心的文学研究者们写出实事求是的文章谈一谈。

近日听到这样一种说法:《长江文艺》在坚守么?只是在办!我不知持这种观点的人是个什么用意?办与坚守,严格说应该是两个不相对立的词。我们办杂志是一种正常工作,我们坚守纯文学的方向,是一种办刊的思想。我们既在办《长江文艺》,又在坚守一种办刊方向,这一点都不矛盾,应该无话可说。但是持这种说法者把"办"与"坚守"两词相对立,好像意思是说:你们只是在办杂志,就是一天天的维持而已;你们说是坚守,是不是在抬高自己。

按照这种人的说法,好像办杂志是很容易的事,是不值得一提的。也不知说这种话的人办过杂志没有?办杂志特别是办严肃的纯文学杂志,是很艰难的事。经费不足,稿费偏低,又想组织些好稿子,编辑与主编们是想尽了法子的。除此外,还要搞发行,拉广告创收,这其中的辛苦,是没办过此类杂志而说说风凉话,在那里装深沉,其实很浅薄的人体会不到的。纯文学杂志编辑们的辛勤劳动,是一种工作,一种对社会的贡献。我们办杂志,并不觉得被人看不起。至于说到《长江文艺》是不是在坚守,这也要以事实为依据来说话的。湖北地区的作家,有许多人的第一篇作品或重要作品都是在《长江文艺》发的,《长江文艺》在推出湖北作家方面是做了无愧的工作的。在市场经济大潮的冲击下,《长江文艺》的读者少了些,当年的风光不再。但我们并没有去迎合市场,改变自己的初衷,而去改版办成通俗文学或生活消闲杂志,还在抱定纯文学的宗旨不变。你说这不是坚守吗?是不是要《长江文艺》也办成十分畅销的通俗文学或生活消闲杂志呢?《长江文艺》现在的编辑们也不是不会办那种杂志。办那种杂志发行量大收入也高,何乐而不为呢?但是《长江文艺》就是《长江文艺》,《长江文艺》是湖北省的纯文学期刊,它是不能办成另外种类的杂志的,它的任务就是推作家发作品，为繁荣和发展湖北地区以至当代中国的文学事业作出奉献。也许我们的奉献还不够，我们的工作肯定还存在着不小的差距，但我们的纯文学方向是必须坚守的。

回顾新时期以来的《长江文艺》，我们的坚守没动摇过。湖北省在新时期以来搞过三届期刊评比，《长江文艺》连续三届都被评为湖北省优秀期刊，得了个三连冠。最近，《长江文艺》又成为湖北省新闻出版佳作奖获得者。这些奖励，说明了《长江文艺》办得还好，坚守得也不错。

世纪末的钟声即将敲响，新世纪的曙光即将照临，《长江文艺》将跨入21世纪，它还得办下去，它还得坚守自己的纯文学方向。

千变万变　操守唯重

近年来，纯文学刊物阵营在市场经济的影响下，不断发生嬗变与剥离。剥离的，有的是落旗停刊，有的是利用原刊号办成非文学杂志，铺盖地摊走畅销之路。嬗变的，先是将月刊变成双月刊，再是将16开本变成32开本；还有的是变更文学品种，如将综合性文学杂志变更成专发小品文或报告文学之类；再有的就是加大杂志内容的先锋性另类性思想文化性。到了年底征订刊物的时间，报纸上就不时有消息报道某某杂志有新动作、新打算，如何变换栏目，等等。这类消息明眼人一看就知道是炒作，吸引读者订一份。当然有这种炒作比没炒作好。什么是纯文学刊物，这大约是个常识性问题，把栏目标题做得再哲学、再诗意、再大气、再俏丽、再有刺激点，但栏目下面发的还是小说、散文、诗歌、文学批评、报告文学，如此就不是纯文学刊物。

一切的变化，一切的刻意制作，一切的机关算尽，作为编辑同行，我们是理解的，敬重的，并且仔细琢磨，然后学其先进性的，我们是为我们的这些同行的敬业与奉献而殚精竭虑的精神而感动的，也受到触动而要求自己更敬业更好地办杂志。

真正地进入了21世纪了。不断有朋友问我们，《长江文艺》有什么变化？我们的回答是：没什么变化，照过去的方针办。以不变应万变，以不变包容万变！

《长江文艺》是1949年大军南下创刊的老牌刊物了，50多年来，她的宗旨与纯文学方针没变，她的推出文学新军力举文学力作的方向没有变。在70年代、80年代改刊名成时髦的时候，有人说把《长江文艺》改成《长江文学》吧，但我们就坚持了这个"一字不改"。今天，我们还是继承50多年的传统，连栏目也没改：仍然叫"中篇小说"、"短篇小说"、"散文随笔"、"诗歌阵地"、"理论批评"等等。我们的想法是：这样设栏目，更直截了当，不用那些花哨的栏目来遮掩住了我们实在的作品内容。是的，栏目的名字是一方面，更重要的方面则是栏目下所发作品的内容与水准。我们不敢说我们发出的篇篇是精品，但我们是将每篇作品进行了认真的挑选与编辑，我们希望我们刊发的作品更贴近时代更好读，更有文学水准，我们将为这些作品的出现更加努力地工作。

发表高水准、高品位的文学作品，是一个刊物的操守。

我们有不变的原则，但我们在不变中包容万变：那就是不断地提高编辑的素质，不断地提高刊物的版面及四封以及印刷水准，不断地推出好作品，不断地推出文学新人，以适应市场的变化。但决不迎合市场，纯文学有个重要任务就是要提升和培养高水准的读者和高水准的市场。

纯文学刊物阵营有自己的操守。变也可，不变也可，千变万变，操守唯重。

精品难得　必欲求之

近期关于文学创作的精品意识强调得多了，但强调是一回事，行动则是另一回事，可强调一下总比不强调要好。

精品不是很多很多，偌大文坛，每日生产的作品，能有几多精品？不是没有，而是很少很少，真正是凤毛麟角。

因为精品难得，所以要呼唤精品。

作为文学期刊的主编副主编们，精品意识不是现在才有，而是早就存在的。不想在自己刊物上发表堪称精品的作品，提高刊物的质量和扩大影响，那是什么主编？

什么是精品，大家都能慧眼识珠，不需要在此概定。主编的审稿，是凭一种感觉的，而这感觉是从长期的编辑工作中积累起来的。举个实际例子来说吧。一段时期，作家诗人写的歌颂张志新的诗文成千上万，但韩翰的小诗："她把带血的头颅/放在生命的天平上/让所有的苟活者/都失去了/——重量。"使所有写张志新的诗文都相形见绌。这首标题为《重量》的小诗就是精品，因为直到今天，它还能流传下来，人们还记得。

我们这些编刊物的，每天都在渴望精品。可事实是，像我们这种文学刊物，一年能遇到两三篇拍案叫好的精品，就很不简单了。武汉地处长江中游，每年来往武汉的各兄弟刊物的同仁们不少。在一起谈起刊物来，谈起稿件来，都有一个共同的感慨：精品难得。可发表的稿件排队发不完，而期期又都为头条以及二三条的稿子发愁。

最后只能实事求是，没有精品，就矮子里面挑长子，挑好一些的往前面排。一年的刊物办下来，大家都叫累。如果有几篇东西被转载了，收了集子或改了电视电影，或被理论家们评论了一番，那这一年大家累得也有价值。假如刊物无人问津，丢到水里连个泡泡都不冒，大家心里就更加难受，当主编副主编的人，恨不得去跳楼。

精品确实难得，怎么办呢？当然是不应因为精品难得就畏而退却，必须要去寻求，要去获得。

精品有时并不一定产生在名家之手，名家的作品也不一定篇篇是精品。我们还应该脚踏实地，从我们脚下的土地耕耘起。省级文学刊物的口号都是立足本省面向全国。名家（主要是本省名家）是要盯住的，每年或许能盯得几篇好作品。而那些有潜力扎扎实实埋头苦干的非名家的中青年作家，则是我们的主要对象，可以不惜版面不惜力气地推举他们，他们中间是很有希望出精品的。文坛代有人才出，一代代的名家都是从这一部分中走出来的。同时，我们也要注意千千万万的文学爱好者，从他们的来稿中沙里淘金，也不是没有淘出精品的可能，至少可以淘出些好坯子吧，那就再培植再加工。

　　主编们天天渴望稿件中的精品，又天天想尽办法去寻求。越难得，就越去求，求得一篇算一篇。这就是我们的工作，这就是编辑的生活，我们的生活很有意思。

不要忘了编辑

最近参加了一次旨在研讨全省文学发展战略的会议，会开得热闹，到会的有领导、作家、理论家、大专院校弄文学的教授和新闻单位的记者们。我被邀与会，并做了发言的准备。会议主持者先请各级领导讲完话后，再根据理论家、教授、作家的大小一一请起来发言，少数人看得出来没做什么准备，说说套话而已。待点到我发言时，已是会议尾声。大家开了一天会，正等着快点结束吃晚饭呢。我无法宣读已写成文字的稿子，只简单地提了一条意见，即这种会议不应忘了编辑，不应忽略文学期刊及编辑的作用（会场里只我一个编辑，邀我与会，可能考虑到我虽是编辑，但也是个作家）。

一个地区的文学事业繁荣与否，是与这个地区的政治、经济、文化的大环境紧密相连的。在这个大的环境因素中，可以分出许多具体的因素，比如说这个地区的党政领导是否重视，文学界的领导是否得力，知识分子的政策是否落实彻底，作家之间是否团结，等等。在这些大大小小的因素中，我们特别不应忘记这个地区的文学刊物所起的作用，不应忘记文学刊物编辑们的创造性劳动。界定一个地区文学水准的高下，是看这个地区有多少作家与作品，这些作家的知名度与这些作品的分量。知名度高的作家多分量重的作品多，这个地区的文学水准就高，但是这些知名度高的作家和他的写出的分量重的作品，有几个与这个地区的文学刊物没有关系呢？他们是从地方文学刊物走出来的，他们最早的作品最重要的作品大都是在地方文学刊物发表的。有地方文学刊物做他们操练的场地，有编辑们为他们热情地辅导，他们才得以有今日的知名度，才得以写出分量重的作品。一个地区文学事业所取得的成就中，这个地区的文学刊物与编辑功不可没。

讨论一个地区未来文学发展的方向及战略，领导重要，作家重要，理论家重要，他们的意见都要听，都是发展这个地区文学，制定这个地区文学发展战略的金玉良言。但是这个地区的文学期刊与编辑的意见就不重要么？江山代有才人出，各领风骚数百（十年或三五年）年。一个地区的文学发展战略，着眼当前正领风骚的作家作品是应该的，但更应该着眼众多的目前尚未成大名却又很有发展前途的作家。否则几年之后目前领风骚的作家不再领风骚了，就会后继无人。

要保证后继有人，就要不断地培养与推出文学新军，准备领风骚的后备队伍。而做这些工作，靠领导靠理论家，更要靠文学期刊和编辑。地方性的文学期刊做的是基础工作，其重要任务就是不断地推出文学新人与新作，准备文学的一个个梯队。文学期刊的这个工作做好了，这个地区的文学事业发展才有保障，才能保证这个地区文学上的"江山代有才人出"。

　　文学期刊重要啊！文学编辑的工作不可忽视啊！研讨一个地区的文学发展战略，怎能不听文学期刊编辑的意见呢？我虽然没有机会在会上读我的发言稿，但我把发言稿拿到刊物上发表了，我要自己看重自己的职业与工作。

我们一群编辑

最近,梵净山中国百家期刊编辑研讨会在贵州省铜仁地区举行,与会的各期刊的社长、主编、编辑们在爬了一次梵净山后,坐下来研讨文学期刊的发展,交流各期刊的办刊经验。办刊,各刊社都有自己的一招,大家都在想方设法提高刊物的知名度,发现好作品,扩大发行量,能过好日子。但严格地说,除了像《收获》、《十月》等少数几家日子好过点外,其余省级文学期刊的日子都过得挺紧巴的。可令人振奋的是,各期刊的社长、主编、编辑们斗志昂扬,都在设想明年的奋起和坚守,坚守纯文学阵地,使自己主办的刊物再上一个台阶。我自己是个编辑,我的苦衷和大家一样,且信心也和大家一样。我在心里为我们这群编辑同仁们叫好,真是可尊敬的一群,有事业心的一群,勤勤恳恳、兢兢业业甘于受苦的为文学献身的一群啊!敬礼,我向我们编辑们敬礼!

也是在梵净山的会上,曾担任过文化部副部长、中国作协党组副书记的陈昌本讲话。陈昌本长期担任文化文学部门的领导,业余也写了好多文学作品,这回退下来后,和我们一起爬了山。陈昌本在讲话中满含深情地回忆了他的创作,回忆了给他创作许多帮助的文学编辑们,他不忘编辑们在他的创作过程中给予的无私奉献,他感激编辑,他激动地说,没有许多的默默苦干的编辑们的工作,我们的文学能如此繁荣,我们的作家能如此顺利成长吗?老部长陈昌本说得中肯,获得了我们在场的编辑们的热烈掌声。

梵净山的会,除了交流办刊经验,就是谈编辑自身的修养与完善,以及如何呼吁让有关部门对文学期刊编辑这个行业的关注与重视。大家呼吁,中国作协和各地作协在谈创作成就时,举出已出版发表长篇小说多少短篇小说多少,诗歌多少散文多少的数字,表扬一批作家时,想过文学编辑没有?没有编辑能有这些作品吗?表扬作家也应该表扬优秀编辑,作家和编辑们的劳动都是值得尊重的。中国作协有许多个的专业委员会,如小说创作委员会、诗歌创作委员会、散文创作委员会、理论创作委员会、青年创作委员会、少数民族创作委员会,就不可以成立个文学期刊委员会么?中国作协每年组织了多个代表团到世界各地访问、参加国际文学活动,有的作家每年出国数次,最后都不愿去了。组织者们是否能安排一些优秀的编辑们参加这些代表团呢？今年，鲁迅文学院开办了首届高级研讨班，参加学习的是各省的优秀中青年作家，是否也可以让一些优秀中青年文学编辑参加这个班？

编辑们在一起，谈编辑的事情。大家发言很热烈，既要让社会承认重视我们这一群，而我们自己也要干好我们的工作。把刊物当做自己的一块地，辛勤耕作，勤施肥、勤浇水，多出一些好作家，多出一些好作品，即是编辑们的丰收。

以梵净山回来，我们就《长江文艺》这一年的刊发的作品所推出的作家作了个回顾，明年，我们充满了信心，要种好我们的这块地。我们是一群编辑，我们是文学园地里的耕耘者。

编辑的欣慰

精心组稿策划，大家辛苦了几个月，《长江文艺·长篇小说》赶在湖北省作家协会第五次代表大会召开前夕出版了。拿着沉甸甸的刊物，我们当编辑的有一种辛苦之后终于取得成果的欣慰。这本新出的刊物刊发了三位著名作家的三部长篇小说，内容是厚重的，文学水准都是上流的，但它到读者手中之后，将得到怎样的反映呢？我们心里还是有些忐忑不安的。我们把四百多本《长江文艺·长篇小说》送到湖北饭店，给参加五次作代会的代表人手一册。参加作代会的代表，是湖北文学的精英，是内行。《长江文艺》是湖北作协的机关刊物，创办五十八年来，一直是为湖北作家的成长发展服务的。《长江文艺·长篇小说》是《长江文艺》的又一本专发长篇小说的刊物，我们创办的目的同样是为了作家的作品有更大更好的发表平台与阵地。现在请大家检验吧，提提意见。

我是九月二十日到大会报到的。我碰到的第一位代表是从下面县里来的。我们握手，他第一句话就是说："刘老师，我昨天晚上读你们的长篇小说杂志，读到今天早上两点，把乔叶的《底片》与王松的《流淌的夜色》读完了，写得好，也好读。这本杂志相当不错，设计装帧印刷也是一流的。刘老师，你们为湖北文学的发展繁荣做出了新的贡献！"

我接连碰到许多的代表，都是熟人朋友，互相握手，问候，然后都对我谈《长江文艺·长篇小说》，都是称道，说好的。我说，这是创刊号，今年冬季号十二月出版，明年就按春夏秋冬一年四季出下去，大家多支持，多出好点子。后来果然有几位代表到我房间里谈了好多建设性意见。

九月二十一日上午，湖北省八次文代会五次作代会在武昌洪山礼堂开幕，中共中央政治局委员，省委书记俞正声、省长罗清泉、省委副书记杨松、省委宣传部长张昌尔等一批省委省政府领导出席了会议，俞正声书记在会上作了报告。开幕式结束后，俞书记、罗省长、张部长等省委省政府领导与全体代表照合影照。我当即抓住这一时机，和杂志社的同志把《长江文艺·长篇小说》给坐在第一排的领导每人送了一本。当时俞书记的左边坐着的是四届省作协主席王先霈，右边坐着的是中国作协党组书记、副主席金炳华，俞书记拿着《长江文艺·长篇小说》与金炳华和王先霈交谈，说这杂志印得不错嘛！感谢海滨先生用相机拍下了这一难得的镜头。事后我曾打电话问王先霈老师俞书记当时的准确谈话。王老师说，俞书记才拿到杂志，也不可能说很多。但是这本杂志，是去年底我省代表赴京参加全国作代会时，俞书记与张昌尔部长赶到泰华酒店为代表送行，王先霈老师、方方和我等人提出办一本长篇小说杂志，俞书记和张部长当场就表示了支持。后来在省作协党组与主席团的运作下，得到省政府财政的支持，才使得这本杂志正式诞生。

俞正声书记和王先霈主席、金炳华书记谈《长江文艺·长篇小说》的照片，在《湖北日报》头版发表了。

《湖北日报》、《楚天都市报》、《楚天金报》、《长江日报》、《武汉晚报》、《文艺报》、《文学报》等都报道了《长江文艺·长篇小说》出版的消息。《长江文艺·长篇小说》已经发往全国各省市，摆上了书店和书报亭。

我们编辑部也收到不少读者来信，对我们的工作给予了肯定与鼓励。

一本新的杂志产生，流通到市场还不足半月，能有这么多的好的反映，我们这些当编辑的，有一种欣慰的感觉，是的，我们的劳动没有白费，我们的劳动有了成果，我们的劳动得到了大家的肯定。

文学编辑的爱心

1973年10月我从华中师范大学中文系毕业，分配到《长江文艺》当编辑，这一干就干了三十四年。从当年二十多岁的毛头小伙到如今的半老头，朋友说：你干得还蛮得劲的，一辈子做一件事，有味吗？

是的，还有几年我就退休了。假如没什么变化的话，我这辈子就只干了文学编辑这件事，这其中的味道，我自己知道。本来在有些机会里我可以做其他事情，但我放弃了，我还是喜欢这个职业。有一种爱在我心里存在着，在一次有关职业精神与职业道德的研讨会上，我谈了文学编辑的职业爱心。这种爱心表现在三个方面。

第一，爱文学编辑这个职业。作家的出现，作者的成长，作品的产生，是离不开编辑这个职业的。文学编辑的劳动，就是为了作家的作品能够发表，产生更大影响。有助于或促进一个作家的成长、成熟，最后使他成名，使他的作品产生更好的社会效应，这就是文学编辑的职业意义。文学编辑这个职业应该是很重要的。我参加过第五次、第六次、第七次全国作家代表大会，中国作协的领导人在做会务工作报告时，大谈作协工作的成绩，产生了多少作家，出版了多少作品。这些成绩当然作协的领导出了力，但他们忘了文学编辑。没有文学编辑的辛勤劳动和无私奉献，这些成绩能够出现吗？在小组讨论会上，我是毫不客气地提出了这个意见，结果引起了全体代表的共鸣。遗憾的是第五次作代会、第六次作代会、第七次作代会，三次会议我都提了这个意见，我只希望下次作代会的主题报告，把文学编辑的劳动给予充分的肯定。我们文学编辑是作家协会组织中的重要组成部分，文学编辑应该为自己的劳动感到骄傲，我们热爱这个职业，我们一点都不自卑。

是的，具有一定文学水准和敬业精神的人都能当文学编辑，但是编辑的眼光有高下之分。有的目光敏锐，一下了就发现作品的成功之处，能够看到作家的发展前景。但有些编辑却眼光不准，放跑了一些好稿子。作为文学编辑，眼光是非常重要的。

文学编辑要有职业的责任感。文学编辑握有对作品的生杀之权，可使一位作家出现，也可使一位很有创作前途的作者夭折。当然，成熟的作家是扼杀不了的。但是对于初学写作者来说，因为编辑的采纳与否，可能被推迟出现、成名或从此被埋没。编辑确实要慎重，要如履薄冰。编辑这个职业，必须要有高度的责任感，任何时候都不能掉以轻心。我在《长江文艺》工作的这些年，曾亲眼见到有三篇后来获得全国短篇小说奖的稿子从这里漏掉。我对我们的编辑说，要永远记住这漏掉的三篇小说，成为我们职业的警示。《长江文艺》漏掉的稿子，前两篇尚还可以扯点客观原因。一篇是姜天民的《第九个售货亭》，由于他寄给一个老编辑，这老编辑回河南老家三个月，回来后，稿件已在别刊发了。第二篇是俞杉的《女大学生宿舍》，初稿寄给一位老编辑，老编辑提了修改意见，俞杉也按编辑意见改了，但她却将修改后的稿拿到别刊发了，这小说后来还改了电影，有些影响。第三篇是楚良的《抢劫即将发生》，责任编辑选出来，主要领导不在家，留在家负责的编辑部秘书认为写农民抢劫化肥犯忌，就把它退了。后来此稿在《星火》杂志上发表，得了全国奖。到了我在杂志社有权力决定稿件命运的时候，我对稿件终审是认真负责的。我判定了一个制度：一篇稿子，责编选了，经二审、三审退稿，我们这里没发表，别的刊物发了，不算责任事故，因为各家刊物选稿标准视点不同。但是如果从我们这里出去的稿子，别的刊物发了，在全国产生了影响，或者得了全国的重要奖项，就要追查责任，并且给予处罚。我在当了《长江文艺》的社长、主编后，尚没出现这种责任事故。我想，对一种职业，只有爱，才能投入，才能有创造性的劳动，才能认真地对待工作。

文学刊物办到现在，是越来越窘迫了，特别是省一级纯文学刊物，还担负着发现人才培养本地区作者的任务，发行量不高，国家给钱又少，生存非常艰难。这种时候在文学杂志当编辑，特别是当主编、社长，需要更多的投入与奉献。为了杂志生存下去，为了经费，还要寻找社会支持赞助，那苦处，所有文学期刊的同仁都是知道的。但人是要有一点韧劲的，地要人种，机器要人开，文学期刊的编辑也要人当，难就难点，就坚守到底吧！

第二，对文学稿件有一种热爱。编辑要编好一本杂志，靠的是稿件，自由来稿也好，约稿也好，有了好稿件，刊物才能作有米之炊。找作家约稿，从自由来稿选取好稿，是编辑的基本工作。对这个组稿与选稿越投入，编辑工作的成就越大，选稿是沙里淘金，编辑要爱这个事。我想我这三十多年来，看了多少稿件怕是说不清楚了。由于对这个事有兴趣，在阅读稿件中也得到了许多的提高与乐趣。比如在看了上百篇稿子之后，突然发现一篇使你眼睛一亮心头一震的稿件，就像采矿者采得一块黄金。那稿子发表了，产生了影响甚至获奖，那种成就感不比作者本人少多少。朋友说我读稿有瘾，这也是一种职业兴趣。读稿选稿，还给许多出集子的作者读原稿写序，做这些事乐此不疲。我想再大的作家，他的作品也是从第一个编辑看他的稿子时开始的。

当我拿到一篇稿件时，首先想到的是作者点灯熬夜，苦思冥想一个字一个字地写出来，倾注了大量的心血。他把稿子寄来，是满怀着希望的。编辑如果对稿子不认真，就是对作者的劳动不珍重，对自己的工作不负责任。我读业余作者的稿件，有了想法或意见，都要给作者写封信或通个电话。我省作家如方方、刘醒龙、熊召政、邓一光、陈应松等，我对他们当年在《长江文艺》发稿，都有过书信联系。方方对我说：1977年她在长航码头当工人时，我给她写的谈稿子的信，她还保存着。方方说这很珍贵。

我记得非常深刻的一件事。1976年《诗刊》复刊时，河北著名诗人刘章借到《诗刊》工作，来湖北组稿。我当时是诗歌编辑，接待刘章。刘章说他早年在乡下当农民，写了许多民歌，投了许多报刊，就是发不出来。他后来写了一组民歌，寄给《诗刊》，并在心里决定，这一次如果发表不了，他就安心当农民再不写诗了。后来《诗刊》用了整整两个页码发表了刘章的民歌，从此刘章就在写诗的路上走到今天。但是刘章的这组民歌的发现过程却有传奇性。本来初选编辑已经把他的稿子归于没选用的废稿堆中，而另一编辑从废稿堆中抽出这叠稿子上厕所准备作解手纸，在蹲厕所时把稿子读了，觉得很好，就重新选出发表了。编辑对稿子的态度，能使一个诗人或者成长或者消失。

我当主编后，有一天收到陕西作者刘剑峰的信，信中说，七年前他有一部中篇小说《小矮人》寄给《长江文艺》，收到留用通知，但一直没发表出来，不知什么原因？我立即查找，但没见这个稿子，一位退休的老编辑说有这事。我复信刘剑峰，说明由于人员变化交接失误，稿子没见到，麻烦他再把稿件寄来。刘剑峰把稿子再寄来，我看了后觉得基础不错，提了意见，作者修改后，以《狗坨的演员生涯》发表，后来这部小说被《中篇小说选刊》转载。刘剑峰给我写来长信，就这件事谈了他对一个好编辑的尊敬与感谢。我觉得这是一个职业编辑对稿件应有的态度。职业编辑是热爱尊重稿件的。

第三，编辑要爱作者。文学编辑工作的对象第一是作者，然后才是读者。这里所谓的爱作者，就是要把作者当成朋友当成同志，要与他们坦诚相处，赤诚相见，处理好与他们的关系。作者有个成长的过程，编辑与他们打交道，交朋友，通过稿件的来往，通过办笔会，形成与作者的一种默契与交流。我们与作者交往日久，友情愈深，终成知己，还怕作者的好稿不给你么？作者在未成名时对编辑尊重有加，老师前老师后，他成名后可能会喊你老刘前老刘后，这很正常，编辑不要心理不平衡。同时也要理解成名后的作者，他要给许多刊物写稿，给你写稿不多了，这也正常。但是真正的朋友，什么时候告诉他，你得马上给我一篇重头稿。他虽知名了，但你这么一说，他也照办，这就是编辑与作者的铁关系。我在湖北，这样的铁关系有不少，比如方方、刘醒龙、邓一光、陈应松、熊召政等，《长江文艺》要什么稿和他们打招呼，他们都写。拿远在北京的湖北籍作家野莽的话说，"《长江文艺》是我们的母刊！"这些人都是从《长江文艺》起步的，《长江文艺》待他们不薄。

  编辑可把作者分成三个层次：一是广大自由来稿者，二是有一定水准已达到省内知名者，三是在国内外产生影响的高层次作家。对第一层次的作者，要认真地阅读他们的来稿，从中发现好的稿件与好的作家苗子。对这部分作者，要细心选拔，热情呵护，给予培养，重在发现。从自由来稿中，每年能发现几个有苗头的作者，这就是收获。第二层次的作者，往往处在旺盛期，正在爬坡往上冲的时候，他们或者能冲上全国知名的行列，或者冲不上去到此为止。对这一层次的作者，编辑的做法应该是尽力推举。对他们的稿子，要帮助出主意想点子，当达到一定的火候时，刊物要不惜版面，重点推出，让其产生的影响越大越好，有这么几次推举，说不定他们很快就上去了。湖北出的几位名作家，应该说《长江文艺》都在他们处于第二层次时，做过大的推举。对第三层次的作者，因为他们的名气大了，而我们又是省一级的文学刊物，就不要指望他们给许多好稿你了。但我们与他们是朋友，期期赠送刊物，经常找他们要些稿子，他们也热心支持，一年或两年，争取他们一两篇稿子在刊物上发发，也就行了。总之，对作者，不管你是不知名者，还是准知名者、知名者，我们都与他们以诚相待，充满爱心，就是好编辑。

  我作为一个文学期刊的编辑，干了三十多年，付出了许多，但也得到了许多回报。2003年10月，是我当编辑三十周年，许多作家朋友要给我搞个纪念活动，我没让搞。结果管用和、映泉、李道林画画，熊召政、梁必文写书法，方方、田禾送书，刘醒龙、邓一光、陈应松、马竹、徐鲁写文章。这些人平时都喊我老哥，他们的文章在《湖北日报》、《长江日报》、《光明日报》、《文学报》、《文学自由谈》、《芳草》、《中国新闻出版报》上发表，那题目是《老哥刘益善》、《文坛老哥刘益善》、《老哥老师刘益善》，等等，文章中溢出的友情亲情令我读后不只是感动，而是泪水盈眶。我的作家朋友待我不薄，我的成百上千的作者对我很好。每年新年，当我收到一张张的贺年片，读着贺年片上的祝愿的话，我觉得我的编辑人生很充实。

  只要你投入了爱，你就会得到爱的回报。当编辑也是如此！

永不分离的告别

　　编完《长江文艺》2012年第4期稿件，我就退休，离开《长江文艺》杂志社。从1973年到这家杂志当编辑，至今已是四十个年头了。即将离开干了四十年的岗位，心中感慨万千，想和《长江文艺》的作者、读者与编辑同仁们要说的话很多，千言万语凝成一句话，那就是我们虽然告别，但在文学的道路上永不分离！

　　感谢时代，感谢《长江文艺》，让我实现了生命的价值。我一个乡下的孩子，受乡土文化影响，自小立志就是献身文学，成不了什么大气候，但为文学做些事，就是快乐与幸福。我是幸运的，我到一本资深的文学期刊做了二十五年编辑，当了十五年的社长主编。我做了我乐意的事，且一干四十年，心无旁骛，只做一件事，我觉得很幸福。到退休时静夜思想，人一生干大事干小事干不大不小的事，但都是自己乐意干的事，且这事于社会于人民有益，就是体现了人的生命价值。是这个时代让我到了《长江文艺》，是《长江文艺》给了我人生的平台，工作的平台，我永怀感激。

　　感谢《长江文艺》的作者和读者，有了你们的存在，才有《长江文艺》存在的可能。《长江文艺》从1949年6月创刊到今天，有多少作者为《长江文艺》写稿投稿啊！有多少读者来订阅或购买《长江文艺》啊！作者和读者在一代代地更换，但任何时候杂志都离不开读者和作者的支持与参与。我本应在这里列出要感激的一批作者名单，但这名单太长太多，就不一一列举。他们有闻名国内外的大家，也有埋头生活扎实写作正一步步走向文坛的业余作者。而在我工作的这四十年内，这些作者中的许多成了我的亲密朋友与兄弟，他们给了我许多的帮助与支持。朋友们兄弟们，感谢你们的无私支持。我虽然退休了，你们还要继续支持《长江文艺》！

　　感谢《长江文艺》的编辑老师与编辑同仁们，是你们的帮助与支持，我才能顺利平静地走过这四十年，才能有些进步做出点成绩。在我进入《长江文艺》这个集体时，才二十郎当岁，是老一代的编辑们对我手把手的帮助，我才能掌握读稿选稿编稿等编辑业务。《长江文艺》老一代编辑是一批南下的干部，他们中的最老资格者是延安鲁艺出来的。他们待我如子女，我视他们如父母。他们的奉献无私精神影响了我，教会了我，我以他们为楷模，并以此来影响我下一代的编辑。文学编辑是一种奉献事业，要把作者当朋友，从万千之众中发现可造者，然后热情扶持帮助，使他们成功。《长江文艺》一代代编辑都是这样做的。当作者们成功了，走向了文坛的高处，而编辑们还是默默无闻的，他们把目光又转向了下一批的可造者。从青丝到白头，老一代编辑老师是这样的，而我今天也这样了。这就叫蜡烛精神，这就叫奉献。他们无怨无悔。我也无怨无悔。和我同辈和更年轻的编辑同仁们，我也怀着深深的感激。在我当编辑和任社长主编的这一万四千多天的日子里，我们一同工作，紧密团结，互相帮助，曾走过艰难的时期，也分享过成功的快乐。当《长江文艺》遭到经费短缺发行量锐减的困难时，大家同心协力，举起"长江不断流，文学旗不倒"的旗帜，走出困境；当《长江文艺》连续几届获得湖北省优秀期刊，并成为中国期刊方阵的双效期刊，全国核心中文期刊，国际龙源期刊网国内国际点击前百名，湖北省农家书屋必备期刊时，我们的欣慰是共同的。虽然我退休后不能再和你们并肩工作，但我的心还是和你们在一起的，我的爱还是在《长江文艺》，我衷心祝愿我们的《长江文艺》在新的社长主编的领导下，在你们的辛勤工作下，办得更好！

  真的还有许多话要说，这四十年，是我人生的黄金时期，该有多少事情要回忆，但不能再说了，再说我的老泪就要纵横了。读者们作者们编辑同仁们，对于我工作中的过失或不足之处，请你们原谅！我在岗位上和你们告别，但我的心与你们永不分离！

农民工文学的写作及其意义

中国城镇化开始时，大量农民进城打工，于是产生了一个新的群体：农民工。农民离乡离土，走进城市，这是中国改革开放，向工业化现代化发展过程中必走之路。上世纪美国作家斯诺到中国访问时，告诉毛泽东主席，说美国农民只占全国人口的8%，毛主席不相信。现在美国农民占全国人口还不到2%。中国农民人数要达到先进国家的比例，路途还很遥远。在中国，农民工这一特定时期的特定称呼，还将持续相当长的时间。

据最新统计，中国农民工人数达2.63亿。这些人在城市生活与工作，他们的理想，他们的追求，他们的生存状况，是文学作品表现的重要内容。农民工的文学写作，早已存在。这一特定的类型写作，应该进入中国文坛，农民工文学写作在当代中国文坛应该占据一席之地。

农民工文学，农民工写，写农民工，内容反映的是农民工生存状况和农民工的内心世界。农民工文学写作者，数量巨大，他们在劳动之余，用文学来表现自己的生活，他们中出现了一批优秀的作家与诗人，写出了一批优秀的小说、散文与诗歌。四川省作协与《星星》诗刊举办的首届中国农民工诗歌大赛，在不到一个月的时间里，收到两万多首诗。获奖的一百三十名作者中70%是农民工，获二万元大奖的诗歌《究竟是什么让我的心如此热爱》，作者白连春就是位在北京打工的农民工。在深圳，在农民工文学大赛中的前三十名获奖者，可获得深圳户口。陕西省文化厅、群艺馆、群众文化学会与陕西农民工诗歌学会联合举办的"写给大地的诗行——陕西省农民工诗歌朗诵会"，产生了重大影响。农民工出身的作家王十月以其创作的小说《国家订单》获鲁迅文学奖，优秀诗人郑小琼根据自己打工多年的生活积累，写出了农民工的群像《女工记》，成了农民工诗歌写作的佼佼者。除农民工作者写自己的生活外，还有一批非农民工出身的作家在写农民工，他们对农民工充满了感情，对农民工为国家建设为现代化发展所作出的贡献进行了歌颂与赞扬，这些作家是令人尊敬的。

农民工文学写作，在当代中国文坛很成气候，我们绝不能看低它的出身，而是要认识到它的重要意义。文学是时代的记录，我们从古往今来的文学作品中，都能够读出作者所处时代的气息,读出那个时代的政治经济文化的状态来。而始于新旧世纪之交的农民工文学,记录了亿万农民从田野走向城市,由农民变为工人的历史,记下了他们的希望、理想、痛苦和辛酸。若干年后,当农民工这个群体不再存在,当下一代或下几代人不知农民工为何物时,他们会从这些农民工文学作品中知道这一特殊时代的特殊群体。这是农民工文学存在的历史意义。

农民工文学,通俗易懂,情感真实强烈,具有大众特色,比起现在的一些新潮文学来,好像显得旧派一些,缺少一点所谓高贵的气质。但就是这些作品,在农民工兄弟中不胫而走,丰富了他们的文化生活,抒发了或者说倾泻了他们的情感,为他们在城市的生活提供了精神食粮。其他读者读了这些作品,了解一下农民工的生活与劳动,体验一下农民工的感情,也是一种启发和教育。这是农民工文学的现实意义。

生命至上　国家理念

今年四月二十日四川芦山7.0级地震，五年前的五月十二日四川汶川8.0级地震，三年前的四月十四日青海玉树7.1级地震，都是发生在春天。三个灾难的春天，我们亲眼见到，我们亲身参与，那举国上下的生死营救，那万众一心的民族精神，那百折不挠的坚韧品格，为我们绘出无数震撼心灵的画面，凝固成我们坚实的国家理念：生命至上。

"把抢救生命作为首要任务，千方百计救援受灾群众"，"科学施救，最大限度减少伤亡"，"第一任务是救人，要抓住黄金救援期，一刻不能停"……

以人为本，生命至上。芦山地震发生时，在第一时间，习近平总书记作出重要指示，李克强总理飞赴灾区，中共中央政治局常委召开会议，一切为了救人，一切为了那些压在废墟里的生命。没有生命，那些成千上万的援救物资何用？没有生命，那些医疗队奔向灾区何用？没有生命，那些疏通道路引流堰塞湖重建家园的日夜奋战何用？总之，没有生命，我们的抗震救灾就没有意义。

在震区，救援人员用机械挖掘、用木杠铁杆撬、用手扒、用切割机切割石块水泥板，能用的所有办法都用上，小心翼翼，倾尽心力，顾不上吃顾不上喝顾不上歇口气，一切都是为了救人。哪里压着人，哪里就有救援者在搬去压在生命上的砖块；哪里有生命迹象，哪里就有救援者在挖掘着希望，不言放弃。冒着一次次的余震，克服难以想象的困难，一切都是为了压在废墟下的生命，哪怕牺牲了自己的生命。我们看到太多在震区现场拍摄的场面，我们的心也揪着。当有一个被压在废墟下的人被救出时，我们欢呼，我们庆祝。救出来的是我们的亲人，是国家的一员民族的一员。每救出一人，就是一个胜利，是国家的胜利民族的胜利。

芦山地震中，农民李安全在察看修建道路时被埋，他的当过兵的大儿子李文超和乡亲们拿着镐锹挖掘。成都军区某炮团强行军经过这里，听说有人被埋，留下八十四人参与救人。外出的路被一块六层楼高的巨大岩石所阻断，大型机械无法进入。部队强行军好几个小时，又累又饿，只带了简单工具，他们只能依靠手搬斧凿的方式展开救援。雨水，余震，山上不时滚下飞石，这是一场几近绝望的挖掘。部队官兵和李文超用双手挖着堆成山的泥土，指甲全是黑泥，手指挖出了血。李文超说：爸爸平时在这里种树，他与乡亲们凑钱修路，是为了更好地种树。村民们说：李安全是个好人。是个好人更要援救。官兵们愚公移山式的挖掘，整整过去了五天，磨破的手套有三百多双。一百二十五个小时后，李安全的遗体终于挖出来了。李文超和妻子看到官兵们太累太危险，曾几次欲提出放弃，但最终还是和官兵们一起坚持着把父亲找回家。李安全的小儿子李小龙和家里的亲戚给官兵们下跪，被官兵们扶起。而李文超则给所有的官兵敬了一个军礼。

这是无数救援故事中的一个。八十四名官兵用一百二十多个小时，冒着余震飞石随时都有的生命危险，用简单的工具，挖掘出已经消失了生命体征的李安全。他们没有放弃，他们对生命无比尊重，他们书写了一支生命至上、生命第一的壮歌。

灾难到来，我们要抢救的第一是生命，生命至上，这是国家理念。

三十一位农民工代表的声音

举国关注的全国十二届人民代表大会在北京召开。出席大会的来自全国各行各业的代表2986名,其中有31名农民工代表。这是一条吸人眼目的新闻,比起五年前的十一届全国人代会只有三名农民工代表,这届人代会农民工代表增加的幅度是空前的。据报道,这三十一位农民工代表的背后,是全国2.6亿农民工的群体。这表明,农民工群体在中国现代化建设中所起的作用是不可替代的,在管理国家、参政议政方面,农民工拥有充分的话语权,他们是不容忽视的。

农民工代表在最高国家权力机关有了话语权,他们代表2.6亿农民工表述自己的利益和诉求,他们提交的议案和建议近百条。"我们希望依法约束用人单位、依法保障农民工工资,别再让我们苦苦讨薪!"陕西安康京康建筑工程有限公司北京地区项目部瓦工班班长高小宏代表拿起话筒在会上慷慨发言。上海德力西集团变压器制造公司的代表周振波说话很干脆,他的两条建议是:"让农民工有房子住,让农民工下一代有书读!"浙江代表团的三位农民工代表陈腊英、吕华荣和杨映霞与分管教育的副省长郑继伟代表讨论农民工子女的教育问题,浙江产业集群的特点是大量农民工分布在县里甚至乡镇,让外来的孩子得到公平的教育,才是浙江的目标。南京浦口霞光幼儿园园长蒋宇霞代表说:"知识改变命运,我会为农村幼儿园教师鼓与呼,让农村孩子受到更好的教育。"谢智波、谢利英和卢金生三位农民工代表就农民工返乡创业、流动党组织建设、强化农民工"五险一金"等问题向大会提交了建议。福建厦门三度足浴有限公司职工刘丽代表在中央电视台新闻联播接受采访时说:"认真履职,就是要将我所了解的农民工群体的心愿说出来。我了解到,目前全国2.6亿农民工中,有不少人从事足疗。他们是这样一群人:顶着农民的身份,干着工人的活,过着流浪的生活。"刘丽在参加会议前,通过上门、打电话、聚餐等多种形式,找了三十多位不同行业的打工者,了解他们的想法,并结合自己和身边人的打工经历,写成了《农民工生活基础保障系列问题的建议》,就农民工养老保险、教育、保障房等提出了多条建议。朱雪芹是两届连任的农民工代表,她履职五年多时间,一共提过十四条建议和一件议案。她曾提出过社会保障异地转移的建议,现在社保异地转移接续已在全国推开。今年朱雪芹的建议是长达7822字的《要预防农民工二代犯罪》，这条建议饱含了她的情感与心血。在上海少管所，朱雪芹得知，这里85%的孩子是农民工子女。她发现，和父辈相比，这些孩子的城市梦更执著，漂泊感也更强烈，更容易产生偏激观念和过激行为。"要改善农民工子女的教育、生活环境，让他们健康成长！"扎实的调研之后，朱雪芹大声疾呼！……

31位代表，代表了背后站着的2.6亿农民工，敞开心扉，说出他们的理想与追求。在中国，农民工群体是连接城市和农村的纽带，在推进中国工业化、城镇化过程中承担重任。这个群体的声音得以传达受到重视，对促进中国可持续发展具有重要意义。

2013年的春天，31位农民工代表的声音在中国大地回荡，温暖的春风，吹拂着2.6亿农民工理想的绿洲。

我们的付出一定会有回报

我们农民工兄弟姐妹到城里打工，干活累，收入低，生活条件差，这是不争的事实。随着党和政府关心农民工的各项规定的出台，各级农民工办公室为农民工的生存状况和维护正当权益，做了许多工作，这些都是改善农民工生存生活环境，使农民工真正融进城市成为真正的市民的保障。我们农民工要满怀希望，看到前途，心中充满阳光，保持积极的心态，干好自己的工作。我们的付出是会得到回报的。

有一位送奶工叫杨琴，她到城里打工，每天凌晨三点半起床送奶已经十二年了。十二年前，她刚接手送奶，爬到某栋楼的五楼时，楼道里黑黢黢地候着一个人，是一位七十来岁的老爷子，估摸着杨琴四点钟要经过这里，特地提前等着她。老人压低嗓音问她："姑娘，你明儿来，开奶箱的动静能不能再小点？麻烦你了！"老人的老伴有严重的神经衰弱，是惊醒了就得睁眼到天明的人。杨琴默默点头，从此改掉戴粗线手套放奶瓶的习惯。奶箱那么小，要摸黑无声无息地放入，不碰到奶箱壁，得靠手上的感觉，这就不能戴手套。代价是冰凉的奶瓶，把她手上的温度与油脂水分带走了。杨琴的手，只有夏天才不长满裂口子。杨琴特置了一套装备：厚护膝，爬楼无声无息的软底鞋。杨琴的记性好，她在某单元房的门口停下，手脚麻利地抽去门把手上插着的广告纸，有些老人到南方儿女家过冬去了，她记得这些门牌号，就顺手清理掉乱塞的小广告。据说有些小偷，专靠这个判断人家家里有没有人。

杨琴是个普通的送奶工，她的工作应该是很辛苦的，她的收入肯定也不高，但她没有抱怨生活，没有对生活失望。她热爱自己的工作，待用户如亲人，细心体贴，表现在每一个细节上，一切为用户着想。如果我们所有的人，包括农民工兄弟姐妹，都像杨琴这样对待自己所干的工作，对周围的人体贴关爱，那我们的社会变得更美好，我们的国家变得更美好，我们的生活变得更美好，就不是一句空话。

付出是会有回报的，虽然我们在付出时并不是想着为了回报。送奶工杨琴的贴心负责，她的用户都记在心里。杨琴去收奶款的时候，有的老人专给她留了稀奇水果，有的老人把报箱的钥匙交给她，说要出国探亲三个月："要劳烦你帮我清下报箱。"话讲得很婉转，并无"我把报纸送给你"的居高临下。还有的老人把空瓶放回奶箱时在里面放一张纸，纸上写："闺女，我去医院疏通下血管，也就五天时间，奶不退了，从今天起，你帮我喝了吧！"

杨琴给她的订奶用户付出了细心体贴的爱，用户们对于杨琴的付出给予回报，虽然这些回报不是金钱，甚至可以说是微不足道的，但是这种回报来自人的心底，真诚感人，是一种对劳动的尊重，对人的尊重！

我们的农民工兄弟姐妹们，杨琴是我们中的一员，她所做的事，我们都能做到，向她学习吧，做好我们每个人的工作，我们的付出，一定会有回报。

珍爱生命　平安回家

中国人的传统，春节期间，父母在，不管远隔多少距离，都要回家过年，图个一家人团团圆圆。中国有两亿多离乡进城打工的农民工，春节期间农民工返乡过年，南来北往地流动，产生了一个专有名词：春运。改革开放后，中国交通运输虽然发展很快，但到春运期间，票价较适合农民工的火车仍然是一票难求。早早订票，从黄牛手上买高价票，站几天几夜的队在窗口购票，但人多票少，还是有一些人买不到票。我曾经采访过一个农民工，有年春节，他夫妻二人带孩子从广东东莞回湖北新洲，在路上乘火车转汽车竟然走了四天四夜。

要回家，又买不到车票，乘飞机坐高铁的花费又太高，于是他们干脆骑摩托车回家。据广西梧州市政府对媒体透露的消息称：2013年、2014年春运期间，过梧州境的农民工返乡的摩托车大军分别是四十万辆次和三十五万辆次，今年春运期间过境摩托车是三十万辆次。

那是一种什么样的景观啊？公路上奔驰着一群群的各种牌子的摩托车，车上除车手外，后座上一般都带着人或大小包裹，这人一般是家人或亲友，女人紧紧抱着驾车的男人，有的甚至中间夹坐着孩子。而大小包裹里装着的是带回乡下过年走亲戚送人的礼物。摩托车呼啸而来，又呼啸而去，烟尘腾起，风声萧萧，经过村庄时，引起鸡飞狗跳。驾车人很辛苦，晓行夜宿，几千里路云和月，终于到家，举家欢呼，欣喜过年。人是苦一点，又节约了一些路费。苦算什么？打工者最能吃的是苦。

但是，千里奔行的回乡过年的摩托车队，悲剧时有发生。说起这些悲剧，令人心里发痛。摩托车途中出故障，车手摔个手折腿断的，生命尚可保住。有个农民工车手，在途经一个小镇时，与一名过路老人发生擦碰，老人倒地后，被后面同向而行的卡车碾死。还有一对夫妇，骑摩托车返乡，将两个小孩夹在大人中间，当车停下来休息时，一个孩子已没了呼吸，被闷死在母亲怀里。

回家过年，图的是团圆是喜庆。但出了车祸，死了人，孩子没了，那这个年还能过么？受了伤住医院，一年打工的收入不知够不够付医疗费；那个撞死老人的，赔钱负法律责任。而那个把孩子闷死在怀里的母亲，那个孩子死在自己背后的车手，家中等待着孙子回家的留守老人，他们只有泪洒寒冬，过一个凄凄惨惨没有一丝喜气只有痛苦的年了。

　　看到这个报道，我一个从农村走出来的人，心里十分难受。我想，这些可能是个案，但却是痛苦的事。他们如果钱多些的话，可以坐飞机坐高铁回乡，他们也能费多些时间去买火车票坐火车回乡，可是他们选择了摩托车。根据梧州市政府公布的数字，虽然摩托车春运回乡的数量在减少，但春运期间奔驰在全国各地公路上的摩托车，数量还是很大的，这是短时期内不可能消失的风景。我只是乞求：农民工回家过年的摩托车，所经过的城镇，在他们休息时，给他们一杯热水一碗热饭，并给他们一句亲人般的叮嘱：注意安全，一路平安！我还要再加上一句，兄弟，珍爱生命，平安回家！

从农民工第一个捐款说起

2015年4月25日,尼泊尔加德满都河谷地区发生8.1级大地震,在连续发生余震后,至5月15日,在地震中失踪死亡人数达八千余人。尼泊尔地震后,各国纷纷派遣人员到现场施救,或捐运物质进行救助。一方有难八方支援,国际主义人道精神再一次得到张扬。回想中国2008年的5.12汶川大地震,国际援助民间援助也是空前的热烈,出现了许多现场救人捐款送物的感人事迹。我们不可能人人都去现场救援,更多的人是为地震灾区捐款捐物,以尽自己的微薄之力,帮助灾区人民度过难关重建家园。那时有人捐款百万千万,也有小学生捐出自己的早点钱一元两元,百万千万与一元两元同样宝贵,大家的心是一样的,情系生命情系灾区,献一份爱心。

尼泊尔地震时,总部在武汉的中交二航局一公司在沙特海尔港正建一个项目,承接1258米重力式码头泊位的施工任务。这个项目部有36位工人来自尼泊尔灾区,这些人的家庭在地震中受了严重损失,房屋垮塌,人员受伤。与这些尼泊尔人同一项目部的中国工人,他们许多人是农民工,虽说他们的收入不高,一点储蓄还是离乡背井用辛劳血汗换来的,但他们纷纷向尼泊尔工人捐款。来自黄石的农民工张绪发,第一个将200元沙币交给项目部,项目部的其他成员和农民工也慷慨解囊,共筹得善款15800沙币(约合人民币26000元)。农民工张绪发是两个尼泊尔籍工人的师傅,教他们干活已一年。他说:"这几天看他们干活心神不宁,作为师傅,我心里很难受。钱不多,算是表达我的心意吧。"

多么朴实的话,我们的农民工就是这样的一些人,他们来自乡土,他们做人做事说话都这么实在。改革开放以来,他们离开土地,参加城市的工业建设。高楼矗立,一个个大型项目的建成,高速公路,高速铁路,跨江跨海桥,甚至一些高科技产业,都有他们辛劳的背影,都有他们流下的滚热的汗水,都有他们奉献的智慧和力量。农民工是纯朴善良的一群,他们干活扎实,做人扎实,充满了爱心。我们看到过不少报道,公益性捐助,有农民工;平时同伴中有困难,掏出刚领的工资去帮别人解难;有的见义勇为,舍己救人,甚至献出自己宝贵的生命。有一则报道说,一位农民工从工地返回住地,乘上了一辆公交车,他未来得及换下工装，就尽量地缩到车厢角落里，怕别人蹭上他工装上的灰痕。刚好他身边有个空座位，别人叫他坐，他说他站一下没关系，他怕把座位弄脏了别人不能坐。当我们听到这位农民工兄弟不是作秀而是出自内心的平常话语，我们难道没有看出其中闪耀出来的光芒么？如果我们的世界，人人都能像这位农民工这样，那么这世界是不是就会变得更加美好一些。

尼泊尔地震，农民工张绪发第一个在项目部给受灾的尼泊尔工人捐款，是出自心底的一种自然人性的表露，他并不需要别人的赞扬，他觉得不帮助一下受灾的人心里就会不安。

我的农民工兄弟，他们的纯朴爱心是闪亮的。

关注留守儿童　给出一份爱心

留守儿童是20世纪末农民进城打工，把未成年的子女留在乡下而出现的新名词。全国现在有农民工2.7亿，留守儿童有6100万。《新民周刊》2015年第25期报道，有15.1%的留守儿童，也即近1000万的孩子一年到头根本见不到父母，这同以往人们普遍认为留守儿童至少在春节能够见到父母的印象完全不同。调查显示，如果保证不了每三个月见一次父母，孩子对于现在生存状况的焦虑也即"烦乱度"会陡然提升。而在看到调查结果前谁都难以想象，一年连一次父母的电话都接不到的孩子竟然有4.3%，也即260万。

毫无疑问，留守儿童是随着这些年农民工成为人们关注的热点而成为热点的。还有，几起有关留守儿童非正常死亡的报道，更是引起国人在痛心之后而发出呼唤的原因。

先从最近发生的悲剧说起。2015手6月9日23时许，贵州省毕节市七星关区田坎乡茨竹村，整个村庄渐渐进入了沉睡。村民张启付家里正在装修，他睡不着，一个人在房前拾掇了一会儿，觉得累了，就靠在摩托车上休息。这时，他听到附近邻居家的房子里有响动，以为进了野猪，就打着电筒循声而去。映入眼帘的一幕令人惊心：四个孩子躺在地上，其中一个男孩口吐白沫，正在抽搐。张启付在第一时间打电话报警。不到十分钟，村干部和公安人员赶到，将四个孩子送到最近的卫生服务中心抢救，但为时已晚，四个儿童全部死亡。这四个孩子系兄妹，最大的哥哥13岁，三个妹妹分别是9岁、8岁和5岁。经公安部门调查确定，这四个孩子是喝农药敌敌畏而中毒死亡的。孩子的母亲任希芬因家庭纠纷，2014年3月外出后一直去向不明，孩子的父亲张方其常年在外打工，过年时回过家，3月份外出打工后，至今没有回来过。孩子的爷爷奶奶已经过世，外公外婆住得很远，四个孩子的食宿都靠13岁的哥哥打理。很显然，哥哥太小，难当重任，除了家里乱七八糟的没收拾外，四个孩子平时也穿得破破烂烂。

再说一件还是贵州省毕节市七星关区的事。2012年11月16日清晨，毕节市七星关区学院路，毕节学院附近，陶中井、陶中红、陶中林、陶冲、陶波五名流浪儿童死在一只垃圾箱中。这五个孩子是堂兄弟，最大的13岁，最小的9岁。

他们都是来自于250公里外的偏远乡村海子街镇擦枪岩村,父母都在外地打工,一个孩子的奶奶说,打工的儿子两三年不回家很正常,留在家里的孩子不听话,不好好读书,爷爷奶奶根本就管不了。五个孩子没大人管,就结伴在城里流浪。露宿街头有些冷,有四扇门的垃圾箱可以住进他们五个孩子。垃圾箱中有可燃烧的垃圾,孩子们就点火取暖,悲剧就此发生,取暖垃圾产生一氧化碳让他们中毒死亡。

两起悲剧都发生在贵州毕节,实际上这样的悲剧在全国其他地方也发生过多次。2014年,安徽省望江县一名9岁留守儿童上吊自杀;2013年,江苏省盱眙县两名留守儿童因缺乏父母关爱相约服毒自杀;2012年,浙江省玉环县6岁留守儿童看电影触景生情跳海自杀;2011年,陕西省蓝田县10岁留守儿童喝农药自杀;2010年陕西省扶风县杏林镇五名留守儿童相约自杀;2009年,广西贺州一乡下鞭炮作坊发生爆炸,造成2死12伤,除一名老人外,其余13名全为留守儿童,据说孩子们在作坊打一天工可挣1元钱。

纪录短片《棉花村的孩子》中有这样的镜头:一个13岁的小女孩承担了所有的家务,还要照顾弟弟妹妹。卸下表面的坚强,她抹着眼泪说:"妈妈出去打工走了之后,那几天,我有时看到她的拖鞋都忍不住会哇哇大哭。"

"好久没人牵我的手,好久没人摸我的头,冰凉的小手发烫的额头,生病是最想你们的时候……"

"我有一个美丽的布娃娃,她和我一样都是一个人在家,因为我没有见过她的爸爸妈妈,也没见过她给她们打电话,布娃娃,布娃娃,你想不想你的爸爸妈妈,天黑的时候你会不会孤单害怕……"

某报登载一幅儿童画,在一面乡村房屋的墙上,小女孩用铅笔在墙上画了一幅画:一个男人和一个女人牵着他们中间的女孩,女孩好高兴啊!画的旁边写着:"爸爸妈妈你们在外还好吗?"画画的女孩久久站在墙边看画,女孩身边陪着的是一只孤单的小狗。这幅画有两首配诗,题目都是《心声》,其一:"挣钱顾家难两全,少了亲情苦了娃。终年不见爸和妈,幼小心灵如上枷。千万儿童心声发,儿盼双亲早回家。化解留守一起抓,家人相守诚无价。"其二:"爸妈到城里,打工也不易。一年四季啊,整年难见你。留我在农村,成天特孤立。急盼爸妈归,家庭团聚齐。"

这些诗画与记录,都是留守儿童的心声,读来令人动容。

留守儿童之殇,留守儿童的心灵孤单,留守儿童的生存状况,留守儿童的心理形成的关照缺失,如不引起全社会的重视,如不能改善环境创造条件让他们健康成长,将会是整个民族的悲剧、整个社会的悲剧。6100万留守儿童啊,他们是否能正常成人，是关系到国家和民族的命运，关系到中国的改革开放能否成功的事情！这绝不是危言耸听。

如何解决问题？先分析一下原因是必要的。中国改革开放，城镇化进程加快，大量农民进城务工。农村只剩下老人和儿童了。进城的父母为什么不把孩子带到城里上学呢？他们想啊！但他们办不到。一是流动儿童在城里读书太难，程序繁琐、手续繁杂，无尽的白眼，冷漠的拒绝，还有令人想象不到的隐性收费。打工者每月收入就那么多，租房子吃喝等生活费用扣除后，所剩无几，假如把一个两个甚至四个孩子带到城里的话，那大人小孩都无法生存。关于农民工子弟在城市接受教育的问题，国家早已确立了流动儿童义务教育"以流入地为主，以公办学校为主"的原则，但原则归原则，不少公办学校一直为农民工子弟入学设置了种种障碍。

怎么办？要减少留守儿童，就让农民不进城打工或少进城打工，有人这样说。但是，农民在家种田地，能吃饱却不能吃好。要想富，要想日子过得好，要想让孩子们读书，就必须做小买卖和进城打工。而城镇化发展，也需要大量的农民进城，成为新城市人，在城市生活。现实是农民工虽然进城了，但他们在城市里没有稳定的工作，没有稳定的住处，没有平等的市民待遇，他们只好把孩子留在农村当留守儿童了。农民工进城，把青春献给了城市发展，孩子们留在家里，他们的人生是残缺的。而相关部门又没有关注他们，慰藉他们，善待他们，监管不力，使他们滋生心理问题。有的留守儿童还成为犯罪分子觊觎的对象，比如引诱他们滑入犯罪的深渊，比如拐卖他们以谋利。而留守儿童自杀前已有的种种迹象，留守儿童在鞭炮作坊当童工等，事前人们知道了，也没有关注介入与制止。

贵州省毕节市四个留守儿童自杀事件发生后，引起了社会的轰动与党和政府的高度重视，国务院总理李克强十分关切并作出重要批示，要求有关部门对各地加强监督，把工作做实、做细，强调临时救助制度不能流于形式。对不作为、假落实的要严厉整改问责，悲剧不能一再发生。李克强总理批示后，毕节市委和七星关区委对事件相关责任人进行了处理：七星关区人民政府副区长杨黔、教育局局长叶荣和田坎乡茨竹村包村领导薛挺猛被停职检查，七星关区田坎乡党委书记聂宗献、乡长陈明福被免职。贵州省立即启动留守儿童全省大排查，将各地留守儿童的人数、姓名、监护人情况、父母动态、学习状况、生活状况等信息查实，建立留守儿童信息库，做到不漏一户、不少一人、不留死角、不走过场，做到政府尽责、社会尽力，彻底发现、排除存在悲剧隐患的死角，做好留守儿童的管理扶助工作。

全社会的关注，党和国家的重视，有关专家和部门纷纷发表言论。专家说：

政府应对留守儿童问题给予高度重视,积极推进户籍制度改革,建立和完善优秀农民工配偶、子女的落户政策,为外来务工者家庭融入城市创造积极条件。加强对农村留守儿童的管理与保护,及时摸清辖区留守儿童底数,加强对这一人群在教育、医疗、社会救助、心理干预等方面的服务,月温情温暖幼小的心灵,让阳光照亮曾经的阴霾。

国家民政部新闻发言人陈日表示:民政部会同有关部门推进留守儿童关爱服务工作的同时,也充分发挥社区建设、社会组织、社会工作等方面的作用,形成工作合力,推动建立留守儿童关爱服务体系。

重庆市委宣传部、市文明办主办"重庆市2015年高中毕业生阳光天使暖山乡"志愿活动,22万应届高中毕业生利用暑假,走进全市贫困山区236所乡村学校,送温暖、献爱心,拥抱一个留守儿童,温暖一片贫困山乡。活动从7月初开始,持续到8月中旬。行动将对贫困山区留守儿童进行心理健康疏导、学业功课辅导、扶贫济困救助、独立人格培育等,结成帮扶伙伴,建立起长效结对帮扶机制。

全社会都来关注留守儿童,人人都来关注留守儿童,这是社会的事,政府的事,而不仅仅是有关部门的事。只有全社会关注,人人都给出一份爱心,留守儿童的问题才能得到解善,留守儿童之殇才能得以消除,留守儿童心里才会充满阳光。

人们啊,请关注留守儿童,给出一份爱心吧!

序跋评论

易建新李鲁平诗集序

给别人的作品写序，在我来说是第一次。好在易建新和李鲁平既是我的校友，又是我的诗友，权当做在一起聊几句天，不叫做序也可以。

两个人都是六十年代出生的，二十挂零，又都是当代大学生。按照当前诗坛年龄结构的划分，他们似乎应该是属于诗的什么代的，他们的诗也应该完全不是这么个样子。可他们的诗却偏偏是这个样子：南方的土地和河流，南方的乡村和少女，南方的父亲和母亲……他们的诗雄浑深沉、纤秀细腻，有历史感又有现实感；他们的诗明朗，都能读得懂。他们是现实主义，这也许是因为他们都是从农村来城里上学的孩子，他们脚下的土地使他们长成了如今这个样子，他们是茁壮的。我自己是愿意与诗坛的各种代交朋友的，我也愿意读各种代的各种流派的诗。但我还是我自己，我与易建新李鲁平属于同一个方队。我们都是朋友，我们各人写各人的诗，这样才有一个繁荣热闹的诗坛。

他们两人的诗是写得很有些好的，但也不是首首都好。这本集子毕竟是他们诗的生命的第一根枝条，当他们满身披挂绿叶的日子，他们才是成熟的。两年前，我曾应邀作为武汉地区大专院校诗歌大奖赛的评委，看到他们当时的一枚枚诗叶都变成了获奖证书。或许不久，那获奖证书会换成全国性的吧！

把你们的诗写得更好些，把你们的歌唱得更高昂些！李鲁平，你不再是沙洲上的孩子了，但不要忘了你的巴河的沉雄！易建新，当你的妹妹走后，你红肿的眼睛不再只盯着你妹妹的背影了，应该盯着她——缪斯。

1986 年 11 月 25 日

《采紫藤花的少女们》序

出差住咸宁市招待所，临走前一夜，柯于明来看我，嘱我为他的诗集写序，并当夜骑自行车去温泉镇取原稿，来回数十里，其精神感人。

这种精神，是他对文学的虔诚、执著、苦干精神的缩影。文学需要灵性，但文学是绝离不开苦干的。凭着小聪明弄文学，绝无大的发展。文学的成功属于既有灵性又有苦干精神的人。灵性来自何处？娘肚子里带不出来，更多的是后天的培育与熏染，多读善读渐悟很重要。

认识柯于明时，他在阳新，那是个老苏区县。他送我一本自费印刷的小册子《三月的心事》。那时许多的青年都自费印这种诗集，一个或两个印张，广为散发。出版社出不了，就自己出，以表达自己对缪斯女神的一种挚爱。这许多的数不清的自费诗集，在中国诗坛上展示过一段热闹的风景。

柯于明朴实，干事不声不响的，写诗之外，还写小说散文报告文学。他的报告文学集《微笑的星辰》已经出版了。而这本《采紫藤花的少女们》即将发排，这不能不说柯于明是勤奋的，他的文学成绩也是优秀的。

选入这本诗集中的一百首诗，良莠不齐，但都是绿色，长成一片草地，装点了诗的春天。

哪个诗人的诗，都是良莠不一的，不可能首首都好。

柯于明的诗，首首都是出于他的心底，是他用情感用心血浇灌出来的。没有无根之苗，没有无情之花，如塑料纸花一般无香味。

故乡的山故乡的溪，故乡的山月和少女，田野、柴垛，都被写入诗中，都被柯于明用浓情泡过，读起来使人心跳。故乡，是中国历代数不清的诗人写不竭的题材。你偏偏要写，那就必须要写出每个诗人自己的故乡来，否则就会被浩如烟海的故乡诗淹没。柯于明的《乡情》是这样的："信手插下一枝别绪／那时我不经意／今日却成了浓绿的乡情了／／浓绿的只长在异域／长在我久离乡土的日子／那时我不经意／那时为何没有这样的树／蓊郁得我不堪沐浴／高悬得我不堪采摘／乡情是个甜甜涩涩地想／那时我不懂得／／当我再不能踏上归途时／我才发现无数个 回字／绣满我这双袜底／那时我不经意／不经意那女子颤颤的手／／乡情乡情／你注定只能是一段距离么?"

少小离家,一切都不经意,到不能回归时,那袜底上的"回"字,那女子颤颤的手,才历历在目,乡情陡地升起,这才是柯于明自己的独特感受。

旅途所见,名胜古迹皆可入诗。写这类诗,则可见出诗人的眼光是否敏锐、洞察力是强还是弱来。写某处风景,人云亦云,陈词滥调,实在败坏读者口味。没有新鲜的发现,还不如像李白到黄鹤楼一般,说两句直话:眼前有景道不得,崔颢题诗在上头。

柯于明诗集中这类诗有二十余首,大都有自己的发现。如把长城比做中国方块字的狂草,"写了个狼烟烽火将士血/写了个古月千秋照豪情",足见出他的想象天地宽广。而写得最好的一首诗是《北方的眼睛》:"风雪帽,大口罩/遮盖得严严实实/把一双眼睛/遮成了大特写//柔媚中透出刚毅/恬静中勃动着激情/这是北方的眼睛/风雪雕刻的北方的眼睛//一切都可以遮盖/一切都可以省略/唯有这眼睛必须开放/于寒流中开成不凋的花朵//白茫茫的不一定是北方/冰与雪不一定是北方/北方的特写是一双大眼睛。"

这只有一个南方人才能写出来,乍一到冬日的北方,只看到一双眼睛。眼睛能说明多少问题?眼睛能象征多少东西?作者最后写的三行,隽永而又幽默,足见诗人的聪颖与灵性。

柯于明的诗,如他的人一般,朴实无华,少些花言巧语,少些装腔作势。没有云天雾地地装潇洒,装先锋。朴素就是朴素,生活的本色如此。朴实也是一种美,一种更高层次的美,一种民族推崇的美。

但是,朴实不是让你在诗中说大实话,把实话说尽了,没有了想象的空间,没有了诗意。朴实是一种美,但朴实太过,却又走向反面,就显得呆板,平实,浅陋了。

我在前面说过这本诗集良莠不一,是指其中有少数诗作,显得过于平实了些。相信柯于明在今后的创作中能注意这个问题。

写到这里,觉得我这文章也实在算不了序,只算是两个写诗的朋友之间说的家常话吧!

鄂南的柯于明,那一片诗的绿地,莺飞草长,更茂更盛些吧!

1991年3月20日

《傅加华诗集》序

作家映泉拿了傅加华即将出版的诗集打印稿给我，言作者希望我写篇序。

我很少给人写序，但读了傅加华的这本沉甸甸的诗集后，我愿意写了。因为这诗集中的大部分作品，都是写乡村的生活和作者对乡村的感受。我也是写乡村诗的，因此感情上就有了很多相通之处。

同时，我想借此机会呼吁：中国的乡村渴望自己的歌手，中国的农民在呼唤自己的诗人。

当代的中国诗歌史，以题材分类，乡村诗是占了重要部分的。从五十年代开始，各个年代都有自己的乡村诗人，他们忠实于时代与历史，忠实于自己的乡村生活体验与感受，写出了无愧于每一个年代的乡村史诗。这中间的代表诗人及优秀作品，不胜枚举。

已经到了九十年代了。九十年代的中国乡村，经过了十年的改革，农村责任制经受了岁月的考验与淘洗，中国农民在改革的大背景下，商品意识与小农意识互相渗透，他们如今生活得怎么样？他们的所想所思是什么？中国农村今天的面貌怎么样？作为一个有历史使命感的诗人，你是现实主义也好现代主义也好，这些都应该从你的诗中读到。

我从傅加华的部分诗中读到了。诗集中的"乡情"一辑，全部是写的今日的乡村与农民。其他的几个小辑中，也能读出许多来。

乡村的水塔："家家的水龙头打开了/急盼中　流出一串甜蜜的欢乐"；农家的电视天线："啊 这是伸向宇宙的爱/农家把平面的希望/酿成立体的形"；乡村有了洗衣机："旋转的水花/把农家的疲劳/搅成欢歌笑语"。还有穿着西装的父亲，骑着摩托车的大爷，乡村的青年之家，等等，傅加华写出了今日乡村的一个方面。虽说这只是表层的变化，但今日农民的内在变化多少也从这表层中得到了反映。直接写农民思想深处的状貌，从《别了，石磨》、《我是半边户》等诗作中可以读出一些来。当然，我希望傅加华并相信傅加华在今后的创作中，会写得更充分更深刻。

不说傅加华这个热爱写诗，坚持写诗十几年的县文化馆干部，在反映今日农民的深层世界还有待努力，就是进入九十年代的中国诗坛，又有多少诗写出了真正的今日农村和农民呢？有一些诗作，是很浅层的东西，写写表面变化，这是很不够的。农民们不读，他们不买你的账，所以你的那些诗就没有市场。

九十年代的中国农村，在呼唤自己的歌手！

傅加华，希望你能响应这个呼唤，当一个真正的乡村歌手，不负于这个时代。

傅加华收在这个集子中的另一些短诗，是写得好精美的。记得有一次老诗人徐迟在谈诗时说："把诗写得小一点，美一点，深一点。"徐迟的这话是很值得我们听取的。小，美，深的诗，能使人细细把玩，品味出其中的美来。傅加华的《黎明》中有这么三节："羞答答的熹微/扬起手指/弹落了天幕/战栗的晨星//文静的上弦月/抱着柿树/留下一个/告别的亲吻//斑驳的树影/摇着残梦/筛露了一片/蛙鼓虫鸣"，是好美的。

并不想来全面评价傅加华的诗，拉杂写出以上闲话，以为序。

1991年7月7日

《擎一片蓝天》序

这是一本报告文学集,作者陈世国、李专、梅贤玉都是湖北阳新县人民政府办公室的干部,陈世国还是办公室主任。就我所知,县级政府办公室的同志,是既能干事,又能动笔写的实际工作者,他们掌握了一个县的政治、经济、人文、地理各个方面的情况,由他们执笔写的作品,都来得真切、自然,没有做作。

这本集子选收了三位作者或个人或合作撰写的二十四篇报告文学,写的都是阳新的人、阳新的事。阳新人民在新时期的经济建设、改革开放的实干精神和光辉业绩,所取得的巨大成果,都在其中。

阳新是个老苏区,1925年,这里就有共产党的地下组织。阳新的龙港,在土地革命时期即是湘鄂赣革命根据地之一,是鄂东南革命的中心。阳新城关,矗立着湘鄂赣边区鄂东南革命烈士纪念碑。阳新,曾为中国人民的革命事业,献出了二十多万儿女的生命。人民共和国赋予了阳新一个崇高的称号:烈士县。

阳新有一片红色的土地,红色的土地上矗立着革命的丰碑,革命的丰碑记载着革命的先烈,曾在白色恐怖岁月里擎起了一片蓝天。

今天,敢于改革,敢于搞高新科技开发,敢于领着乡亲艰苦创业的周佐才、黄修本、王仲子、余本栋、石章才、王贵安、汪洵、夏毓芬等本书中所歌颂,所记叙的数十名同志,他们有的是厂长、经理,有的是矿长、村支书,如一排挺立的劲松,在新的时期又擎起一片蓝天。

阳新代有人才出,各擎蓝天显英姿。

本书中所写的几十名先进人物,都有一个共同的特点,就是在新形势下不徘徊,不犹豫,敢于抓住机遇,在各自的岗位上,身先士卒,吃苦在前,领着一班人在干。他们的成绩是干出来的,是他们用智慧,用心血浇灌出了一朵朵社会效益和经济效益的鲜花。

鲜花装点了蓝天下的土地,当年烈士献血染红的土地上,还有更多的人在成长,更多的鲜花在含苞待放。

他们是阳新人民中的一部分,但是他们代表了阳新人民的意志和追求。

陈世国、李专、梅贤玉三位同志,都写过不少文学作品,因而他们的文笔不枯燥不单调。不论是叙述、描写还是议论抒情，都挺有文采的。更重要的是，他们的笔下都带着一个情字。能够称得上报告文学的，没有这个'情字，没有一点文采，恐怕是不行的。由于他们对所写的对象熟悉，材料掌握得比较充分，因而写起来就充实，厚重，不空洞，没有花架子。

我们周围出现了许多的新人物新事物，他们是改革开放的闯将和勇士，我们干实际工作的同志，不论是业余还是专业的作者，拿起笔写一写他们，为改革开放这一曲交响乐增大一些音量，我觉得这是应该提倡的。

还是看看这些擎一片蓝天的人们和蓝天下盛开的鲜花吧！

1993 年 7 月 19 日

《山的心事》序

诗友梁必文送给我陈熙利即将出版的诗集《山的心事》原稿，说是作者希望我写篇短序，我与作者尚不认识。显然，陈熙利是属于对诗有执著追求，孜孜不倦地写着，写出了一定成绩的一群年轻人中的一个。在商品大潮冲击着一切的今天，还有一群年轻人在追逐着诗，实在是难得，也是可敬的。

泱泱中华大国，无论到了什么时代，都是需要诗的。我们的生活也缺少不了诗，我们要诗，要真诗。

待读完了《山的心事》的全部稿子，我就认识了陈熙利，而且有一种熟悉的感觉。他是鄂南山乡的孩子，童年是在茅屋中度过的。"我的诗离不开故乡，我把它抛向崖头的山雀，让它歌唱。唱清澈的河水、漫山的秀竹；唱山涧的细流、欢笑的田野；唱山峰的云雾和莽莽的森林。"陈熙利这样说。

每个人都有个故乡，故乡在诗人的吟唱中，总是那么深情而感人。"双手推开黎明/让晨风梳理我的思绪/就在街道上的浓雾/把故乡的山路/快要在我心中覆盖得模糊的时候/我们怀恋/露珠儿绊响牛铃的山村小径"；"我是山的孩子/映山红燃烧成不会忘却的记忆/楠竹林长出香甜的梦境/如血的夕阳/点燃了煤油灯的明亮/就是这盏小油灯/照亮我从山间走向院校的方向/也照亮了父亲欣慰的脸膛"。陈熙利这些关于故乡的诗句，缓缓吟出，深情婉转，能打动读者的心灵。另有一首《妻子，我走了》的诗，把对妻子的爱，把离别的情，把不得不别离妻子远行的那种无奈，写得细腻，入情入理，怅然十分，这也是一首好诗。

这本分为五辑的诗集中，并不是每首诗都好。作品质量参差不齐，即使是再成熟诗人的诗集，也有这种情况。但陈熙利的诗都写得朴实自然，没有做作，完全是山里孩子那种天籁之音。而有的小诗，哲理味十足，这又是我十分喜欢的。有一首《既然》，这么写的："既然/上了这条船/就不要看前方是否有岸//既然/脚踏艰难/就不要想前方有没有平坦//既然/注定你我相识/就不要装着陌生"。其诗味韵味都不错，读起来也美。

注定我这是篇短序，不多写了。陈熙利，我们没见过面，但从诗中感受到你的心迹。写下去吧，生活需要诗，诗要在艰难的道路上前进。

而更多的年轻的诗爱者的出现，是最大的希望。

1993 年 10 月 20 日

《烟霞晚唱集》序

湖北文艺界口碑极好的老领导邓泽民书记把《烟霞晚唱集》交我,言作者陈映宜先生希望请个作家写篇序,他嘱我写。这对我来说,是有些力不胜任的。我虽说写诗写小说有二十年,如今混了个诗人作家的名号,但对于旧体诗词,懂得不多。而像映宜先生这样的年长诗人,在经历和创作方面,都可做我的师长。所以我说的话,只能是一管之见,映宜先生万勿认真。

创作从生活出发,各类文学体裁,莫不如此。生活是流动的海,生活之海激起的浪花,激起了作者心灵的跳动,有了倾吐的欲求,因此发而为诗。陈映宜先生的《烟霞晚唱集》所写二百首诗,俱是从生活出发,写他的所见所闻。开会,出差旅途,扛烟包,读报,参加舞会,赠人,访友等,体裁广泛,纪实性强,犹如一厚本诗的日记,读者从诗中可以看出作者的生活剪影。1988年作者当选为省人大代表,即赋七律一首:

> 分外殊荣望外临,人生路上小阳春;
> 愧无练达千条计,空有炽红一片心;
> 他日是非人眼在,今朝利弊吾舌存。
> 关情最是办实事,莫负殷殷同志们。

1983年,烟厂初建,作者与人到郑州请教烟草专家,曾租小车,即有小诗纪之:

> 车费卅元卅里程,司机犹自意嫌轻。
> 车轮沿路八千转,总觉一转心一疼。

也是这一次,他以私人关系借来资料,限期一夜归还。是夜为端午节,被邀看描写屈原的名剧《国魂》,他婉谢了,他要《夜抄资料》:

> 卷翻笔走敢稍停？五十六页一夜成；
> 沥血行行如血贵，似珠字字胜珠珍；
> 豫风扇送半身爽，楚曲透窗满耳新。
> 今夜他山同采石，《国魂》未睹效忠魂。

这类例子很多，我不过是在此随便举了三例。现在旧体诗写的人不多，特别是年轻人中。我读过一些现代人写的旧体诗，多是记叙抒发作者个人的心绪与一己得失。从这个方面来说，映宜先生写生活记实事，应该说是很明显的特色之一。

红安是一片红色的土地，在这里走出过两位国家主席，出了两百多位将军，这里的山山水水，一草一木，都有故事和深情。陈映宜工作在这片土地上，在红安卷烟厂任技术厂长。长期搞技术经济工作，业余时间不去"筑方城"，而是"索句到深夜"，酬唱生活，这是难能可贵的。旧体诗词读者少，写旧体诗词的诗人，自吟自赏，自得其乐，这是一种高雅追求，这是一种难得的精神境界，而且"还要反映今天的红安人"！《烟霞晚唱集》中，直接反映红安这块红色土地，直接写陈映宜工作的烟厂的诗，占了绝大多数篇目。作者写作的这类诗，情感真挚，格调高昂，如《二百将军同故乡》，他一气呵成四首，其中之一写道：

> 茫茫往事如轻烟，零落人间五十年，
> 忽见华章和泪出，雄风一代赖君传。

再是写红安烟厂十年连上台阶、名列全省同行前茅，这类诗写得激情充沛。写了烟厂的发展，也就是歌颂了红安的经济腾飞，这种歌颂，出自作者的心底，是对老区人民的歌颂。此为诗集的特色之二。

风格淳朴，语言素净，极富生活化，这是《烟霞晚唱集》的特色之三。有的人写旧体诗，用典多，追求一种深奥难解的文字，那实在是给本来很少的旧体诗读者再造一道阅读的障碍。旧体诗为争得读者，语言的通俗晓畅实在是重要的一招。映宜先生旧体诗的语言生活味浓，好懂，使得整本诗集的风格淳厚朴实，实在是不可多得的追求。他写在工会听到职工吵架的三首诗之一是：

> 满堂风雨夹霹雳，狮吼河东又吼西，
> 摔本撕书沿旧制，高声破口进新词；
> 杯弓蛇影汇编久，蜚语流言记录齐；
> 始信人生第一事，温良恭俭不应疑。

他写求人办事难的两首诗，其中之一是这样写的：

急事求难办亦难，骆驼针眼且强穿；
登门问讯先含笑，落座殷勤频敬烟；
冷脸常看擦眼过，门牌暗探到家谈；
只缘一诺千斤重，目的不达心不甘。

他的《家中即事》三首诗中，有这样的句子：

"忽听雀跃开门处，欢报又得红小花。"（《待儿放学》）"字成三改仍思改，纸破四擦难再擦。"（《家庭作业》）"兴来要练黄沙掌，挨打老爹敢嫌疼？"（这首无题，全诗写的是小儿在床上练武事）以上所列数例，均可看出作者口语入诗，语言晓畅，使得他的诗形象逼真，易于流传的特点。

我已在前面说过，陈映宜先生是我师长，我乃后生，只是不负邓泽民书记之嘱，拜读过《烟霞晚唱集》之后，写了上面的几点粗浅看法。如蒙映宜先生不弃，在他的诗集正式出版时，印在集前，勉为其序，我当愧领了。

1994 年 8 月 10 日

《那一片绿色》序

  李国新是位基层乡镇企业工作者，他在工作之余坚持业余文学创作，发表了不少短小的作品。最近他的《那一片绿色》即将成书出版，他很费了一番周折找到我，要我为他的这一本书写序。我非大家，只是个文学编辑，我是愿意为像李国新这样的青年文学爱好者做些力所能及的帮助的，因为作家以至大作家，都是从这些青年文学作者中冒出来的。

  《那一片绿色》是一本小小说与散文的合集。李国新的小小说《黑道》写了这么个故事：某位从高墙里面放出来的青年，回到家里后，家里人对他冷淡，与他只过了三个月生活的妻子也离婚走了，他后悔，他决定重新开始自己的生活。所有的单位都不接受他，他就自己摆个摊子修自行车。昔日的哥们来找他，接济他，他拒绝了。哥们都笑他不像原来的老大了。有天晚上散步时，他碰到昔日的几个哥们正在抢劫一个外地商人，他上前制止，哥们叫他不要管，他硬要管，放走了外地商人，而他却被昔日的哥们捅倒在血泊中。第二天，镇电视台播出了一条短讯，说是昨晚镇上发生一起因抢劫后分赃不均而引起的流氓斗殴，参与抢劫的劳教释放人员郭勇被刺死。我把这篇小小说在此详细叙述，是想说这篇作品体现了李国新的创作水平。小小说在当今文坛，以自己的奋斗与努力占据了一块地盘。小小说是一种轻灵的体裁，为越来越多的读者喜爱。小小说构思要求精巧，短小的篇幅之中，人物故事要有特色，且越深刻越好。语言呢，当然与其他文学体裁的作品一样，要有个性。而李国新的《黑道》在上述几点中，都能有所体现，且堪称优秀。所以这篇小说被选刊转载，且被评者发文评论，是当之无愧的。除《黑道》之外，还有《庚爹》、《路》、《辣儿》、《情殇》等篇，都是较好的小小说。

  以篇名做书名的《那一片绿色》是篇小散文，清新静谧的林场之夜，月朗星稀，萤火虫纷飞，小河水潺潺，小木屋静静伫立，树影摇曳，真是迷人的山乡之夜。守林的少男少女，心地如林空般清纯。说说笑笑。夜深了，女孩困了，歪倒在枝叶柔软的木床上。男孩脱下身上的衬衣，轻轻盖在女孩身上。不足千字的一篇短文，却被作者写得那么细腻，甜柔，美妙，如诗如画，营造了一种意境。

这也许是作者少年时的一段经历，如今回忆起来，才那么美好难忘。那一片绿色，蕴含了生活的多少美？经历过的人难忘，待读者读了这样的文章，也能享受到美。散文不论写人叙事，贵在自如亲切，不事雕凿，出自本然。除了《那一片绿色》之外，本书选的《父亲》以及一些既像小小说又如散文的《老党员》、《老伴》、《土生》、《爷爷》等篇，都是朴实自然，富有生活气息，是从土地上生长而用农家肥未用化肥的瓜果。

我没见过李国新，但从这些作品中认识了李国新。我想李国新会更加勤奋，不断努力，提高自己的文化素质，用心去感受生活，用心来表现生活，克服某些作品中的平铺少匠心的缺陷，把作品写的更多更好。李国新还很年轻，年轻而有追求，才是最大的希望。

1997 年 4 月 6 日

《月光里的河》序

蒲圻有陆水中的百岛千山，有赤壁古战场的雄风旧痕，有雪峰山中的万杆绿竹；蒲圻有叶文福、饶庆年、梁必文、叶应昌等一批当代诗人。八十年代上半期是诗的黄金时代，蒲圻举办过几次全国性的诗会。那时诗人云集，长歌短吟，一时唯楚有诗，蒲圻为甚。

本书的作者欧阳明是当时拥在各路诗人身边诸多年轻爱诗者中的一员。十多年过去了，诗坛相对沉寂了，只剩下少数坚守者。我读完《月光里的河》的清样后，我认定了欧阳明是坚守者中的一员，而且是个初衷不改还将继续坚守的战士。

这本《月光里的河》读完之后，掩卷静思，我感到的不是轻松。浸透在诗集的字里行间的，是一股冷峻苍茫而又略带忧郁的情感。《月光里的河》不是一本田园牧歌，这里少有心花怒放、芳草遍地、莺飞燕舞和一派歌舞升平。我不知道作者过多的经历，但从他写的后记中读到，他十岁时带着两个年幼的弟弟在陆水河里挑沙赚学费，还有那"在高墙隔开了阳光隔开了月光隔开了自由的一百三十四个日日夜夜"，我释然了。欧阳明是有着自己独特人生经历和艰苦的少年时代的。诗为心声，欧阳明记叙青春时光心路历程的诗，你就不用去寻求轻松和供人消遣的内容了。

这部诗集选编了欧阳明十来年的诗作，共有四辑，作者把自己十来年的心情和思考袒露在读者面前，这些思考和心情都有些沉重和深刻。即使第一辑写的是恋曲，也没有花前月下。《春望》是一首艺术感染力很强的诗，作者却写的是："你说过：阳雀啼春，一定要来/那时，故乡的山茶花开了，和我一同去采//春来了，满山的阳雀都叫了/在你去年指定的柳荫，我静静等待//春来了，所有的山茶花都开了/熬红的思念染透了天边的云彩//没有，你没有来/阳雀一声声低诉着悲哀//没有，没有，你没有来/山茶花滴嗒着殷红的爱……"这里有一种失落而又执著的追问。第二辑《昨天的脚步》，作者写长城、圆明园，献给为中国革命和建设牺牲的先烈；还有《楚魂》、《中国麋鹿》等，从历史着眼，富有一种深沉的思想和痛切的感受。而《母亲》与《村女》，把那种乡土的沉重与抑郁叙说得令人心颤。第三辑的开篇短诗《石林》，是一首典型的形体诗，文字的象形排列，排出了一株石笋，"滴/滴/滴/滴了千年/万年/你站成了这片凝固的风景//想哭—没有泪/想笑—没有回声"，石林"在痛苦中扭曲自己不愿扭曲的人生"的内心独白，是能撞击读者的心灵的。"我始终无法摆脱/你总影子般跟在身后/到我所去的任何地方/我永远不得安宁//无月之夜/有雨在下/路灯如你忧伤的眼睛/心 四处漂泊流浪/找不到/找不到回家的路程"（《写给孤独》）。孤独的人生是沉重的，或许过去的岁月太沉重了些，所以作者写出的诗是沉甸甸的很有些重量的。

  生活有轻松，生活有沉重，轻松是诗，沉重也是诗，诗人对自己人生感受的释发，形成自己有个性的抒情方式。只要是真，只要是美，都能到达读者的心里。《月光里的河》在流着，虽说有些沉重，但我是从沉重中读出了一个精神追求者的跋涉与追求，读出了一个孤独者欲冲破孤独走向明天的一片豪情。作者把第四辑定名为《走出孤独》，是一种呼唤和自信。

  内容是深沉的，欧阳明就少了轻灵与明快，而用的是一种冷调语言，犹如朴实的泥土，有力度和韧性，其中也不乏诗意与韵味，这是关于本书艺术方面的一点特色。

  是河就要流，逝者如斯。欧阳明的下一本诗集，或许是另一种风貌。

1997年6月11日

《存在与家园》序

诗这一文学样式与其他文学样式最根本的区别在于：诗是最富于诗意的。所谓诗意，就是一种氛围，一种境界，一种情感的营造与融汇。读诗者可千万不要指望在诗里读到故事，了解知识，获得某种思想。读诗者只能情不自禁地走进那种氛围，使自己情感与诗里的情感达到契合，最终走入到一种境界，获得一种精神的提升与美的享受。

青年诗人阿鹏从宜昌来，携来他即将出版的诗集《存在与家园》的原稿，希望我读一遍，写点什么。据说他在国内不少诗歌刊物上发表过诗作，可我对他的诗与他的人却是陌生的。我们弄诗的，是以诗来了解来认识来相交朋友，其他一切都是次要的。我把阿鹏的这一本诗稿通读了一遍，给我一个较强的印象就是阿鹏有一颗诗心，他的诗诗意较浓。我读过许许多多的诗稿，初学者最大的毛病就是诗写得太实，过于注重交代、叙述，少氛围与意境，诗的翅膀腾飞不起来。阿鹏呢，却从开始写诗时就没有这毛病，这真是个好的开端，阿鹏特别善于营造氛围与环境，而他的某种对生活的感受与体验．对世界的看法对生命存在的思考就在这种氛围与环境中氤氲弥漫开来，给读者一种影响一种体悟。

"圣地有深蓝色的湖/湖边的石子雪白雪白/远处的高山/沉在水底/体验着寂静中的颤抖/并且让鹰的翅膀/划出极富韵律的弧线/牵引着什么"（《圣地》的第一节），深沉辽远明静，且存着几分神圣感。我这是随便翻开阿鹏的诗，摘引的一小节，足可见出他造境与渲染氛围的能力。造境也好，渲染氛围也好，都是为了表意，境与意完美的结合，就是意境，就是好诗。《存在与家园》这本诗稿中，意境结合得好，好诗真还有不少，如《夜渡》、《独之趣》、《发至三月的消息》、《黑色窗口》、《小桐》、《锄草者》等，都值得一读。这里再引一首短诗，以示其妙："另外一种永恒/生长得如此美丽/曾是初创的季节/那种灿烂的温暖/在一个早晨失之交臂/残存的天空因黑夜而丰富/就在梦魇的森林沉醉吧//让另外一种永恒/美丽地生长/就是要让凝固的形象/成为心瓣的纹理/触摸一次记忆/就是呼吸一次彩虹"（《贺年片寄语》）。这首诗是写给谁的呢？总之其中蕴含的内容，读来确实能引人遐想。

诗人之间是通过诗来交往相识的,我想我读过《存在与家园》后,我就认识了青年诗人阿鹏。文如其人,阿鹏来的那天不多话,但话说得都有分寸而热情,挺有诗人气质的。

当然《存在与家园》中有几首诗写得过实,有几首诗又写得过于晦涩。但总的来说,这是一本不错的诗集。

1997 年 9 月 14 日

《走向生活》序

在我多年的编辑生涯中,与我接触过的作者可谓多矣,其中的许多人被我忘却,其中又有一部分人被我记住。被我记住的人多是一门心思热爱写作而不放弃,十年八年的总是不断地写不断地发,虽无大红大紫,但每每总有收获。这是文坛人数众多的基本队伍,没有他们,衬托不出少数人的走红,没有他们,文坛将会冷落萧条许多。庞良君是这部分作者中的一个,我记住他熟悉他,除了他的坚持之外,还有一缕乡情在,他是鄂州人,我的祖籍也在鄂州。

庞良君的书稿《走向生活》是他从事业余创作十多年所发各类作品的精选。他散文、诗歌、随笔(杂文)、报告文学都写,且数量不少。但这本书稿所选作品并不多,只能印成薄薄的册子,可见他对自己的作品是有要求的。书稿共七辑,诗歌占了四辑。他的诗写得情感饱满,节奏舒徐,气韵悠长。"携着温柔亲切的祈愿/绕出雾罩的诸岭、密林与峡谷/绕出布满履痕的埠头、船歌与岸/去找寻你所有的涓涓 细流么/去殷殷为你所有的支流哺乳么/去慈爱你的岸边所有渴望雨季的小树么/我的母亲河/我的清清苦苦的母亲河啊"(《母亲河》)。诗如果没有情感与气韵,就是一个干巴乏味的女人,不会有美感,读者见了只会厌烦,何谈品味?庞良君《致友人》诗中:"已入渡口/对岸遥遥地飘来一种淡淡的离愁/从一座雕像前默默走过/你是想/把自己囚禁在一列无端的墙下/还是徒然地淹没心灵的窗口……"这样的句子,读者是值得去品味的,而且能品出滋味来。

这本书稿的第一辑是散文,庞良君的散文也满偺着诗意。乡村中学的小屋,作者人生的第一个驿站;乡村中作者能与之谈诗论文的忘年交,走在街上的老兵;写重庆的歌乐山,写三峡,写武昌农民运动讲习所旧址,无不充满了深深的情浓浓的意。庞良君的散文都短,几百字,千把字,实在是他心中的诗意的另一种分行的表达。这本书稿中的随笔,应该是杂文,作者愤世嫉俗,针砭时弊,也是一种情,是一种激愤忧民之情。而书稿中的报告文学一辑,所写几个人物,也写出各自的性格来了。

庞良君坚持业余创作已有十多年了,他的创作还在发展之中。他的作品目前尚未达到一定的高度,但他还年轻,他有一种默默的孜孜不倦的精神,他是一定会有大的进步的。千千万万的业余作者,他们把文学创作当成种精神的追求,这是十分可贵的。只要永不放弃,即使最终成不了大家,也没关系,因为你追求过,你的生命是丰富而有意义的。

1998 年 4 月 23 日

《巴山楚水处处情》序

鄂西的巴东县，是个令人瞩目的地方。三峡建大坝，库区大移民，山体滑坡，路桥垮塌，土、苗、汉民族的团结，山区群众生产生活水平的提高，都是热门话题，而这些话题都涉及巴东。程远斌在这么一个地方做县委书记，要做的工作要投入的精力之多之大是可想而知的。程远斌是湖北省作家协会的会员，湖北作协会员中官当得大的有不少，但作为在职的县委书记他是第一人。程远斌是写诗的，写一本《巴山楚水处处情》，我们从这本诗集中看他是怎样写诗的，也从他的诗中看他是如何当县委书记的。

程远斌的诗直抒胸臆。《夜返巴东城》是他从巫山考察后乘江轮回巴东，沿途所见，联想翩翩，尽情的抒发。江轮如犁耕耘长江，汽笛长啸为巴东呐喊，巴东城的夜景，灯之彩练从天飞挂而下，城区的夜生活，繁荣丰富，巴东汉子背巴山背太阳，豪情无限。正当诗人尽情抒发之迹，诗中突然凸起一景："一位年过半百的老汉/背着一头好大的活猪/他要赶船去卖个好价/手中的打杵/撑直早已压弯的腰/拭一把额头的汗/舒展的皱纹里/寄予了他春华秋实的希望"。老汉背猪的形象描述很细，诗人由这形象一转，其县委书记之志就出来了："从背负沉重的老汉身上/我已掂出肩上这副担子的分量/面对五十万巴东父老/我该怎样去拼搏去攀登"。

抒情诗离不开一个情字，这是写诗人的常识。但诗人所抒之情则区别大矣，这中间有矫情、虚情、柔情、真情、挚情的区分。而诗的价值就在诗人所抒之情中见出大小了。程远斌《巴山楚水处处情》中所抒之情，是一种挚情。他是从江汉平原调任巴东任职的，短短几年，他眼中的"巴东的山/三山盘踞俊秀雄"；"巴东的水/源远流长永不断"；"巴东的人/善良朴实 勤劳勇敢"。而对巴东境内的旅游胜景神农溪，他则直呼：《神农溪，我爱你》。他游马渡河时，将马渡河老船工的号子，马渡河古朴自然的美，游马渡河的旅人中的那种回归人类本性的追求叙述出来后，再抒发自己的一腔挚情："就让我一生为你痴情/用你纯洁的圣水把我灵魂净化/用你柔意的纤手/梳理我冗杂的事务/马渡河哟/你使我缠绕得零乱不堪的思绪/得到陶冶/你使我知天命的人生焕发青春/站在风口/高唱《大风歌》/为我执著的事业/耕耘 耕耘……"对巴东的山水人之爱,程远斌在诗中呼唤出了他的挚情。读程远斌的另外两首诗,我又发现了这位县委书记心中那一片对美的柔情。游神农溪时见到的女导游,诗的开头四句就是"见到你/人们惊叹不已,这里/竟来了天的女儿"。在铺排了女导游的纯净之笑后,他说:"上天竟把这样的女儿/赐给了巴东/赐给了人间。"(《神农溪导游颂》)在《浣衣小女记》中,作者记叙假日里的小溪边,"小女在溪边浣衣/一张秀丽的脸/一双圆亮的眼/一身淡红/笑意嫣嫣/潺潺溪流停止跳跃/静赏小女的仙容……"巴东的女儿之美,县委书记诗中的一片柔情中也有十分的骄傲。读几首这样的诗后,使我觉得程远斌为人的真实。

一个官场上干事的诗人,他的诗怕是难以离开他的工作和事业。程远斌的诗集中有不少这样的诗,如《祝"两会"召开》、《扶贫攻坚赞歌》、《官勤民亲》、《二次创业兴巴东》等。这些诗有激情,有鼓舞人心的力量,有促进人奋进的作用。但如何使这类的诗既有以上的作用,又有文学性,即诗味与意境,这是所有写这类诗歌的作者都要解决的事,程远斌也要想法解决这个问题。诗永远是诗的,决不能是口号和历史事件的罗列。我们大家都努力吧!

程远斌诗歌的语言是明白畅晓通俗易懂的,这点与文人诗及先锋诗区别较大,这也可能因了他是县委书记,他的诗是写给他的人民看的。

2000 年 7 月 8 日

《青春风铃》序

接到耿峥要我给他的作品集《青春风铃》写序的电话时，我正在江夏参加一个旅游文化笔会。当时我在江夏青龙山下的项英烈士铜像前肃立。铜像的底座旁，雕塑家刘开愚塑了一座山，山是安徽泾县的赤坑山，赤坑山上的蜜蜂洞，是叛徒杀害项英的地方。从江夏回武汉的第二天，耿峥送来了书稿。书稿的第二篇是散文《蜜蜂洞》，写项英在"皖南事变"突围后进入苍茫深山，带领新四军余部等待时机渡江再起，却不想被副官刘厚总杀害，一代名将之花凋谢。读过《蜜蜂洞》，想起昨天还在项英铜像前肃立默哀的情景，我觉得我与耿峥在心灵上有种默契。项英之死及死后的境遇，当是中国革命史上悲壮的一笔，令我怆然肃然。

《青春风铃》共四辑，第一辑散文，第二辑杂谈，第三辑小说，第四辑传记。综览收集其中各个门类的作品之后，觉得耿峥的创作是坚持着走一条实在之路。我说的这个实在，是说他为文的真实，生活的扎实，语言叙述的朴实。文学必须立足于生活，从生活出发，就不会有那种虚幻的天马行空的玄而又玄的东西。实在的文学是一种品质，是一种更能深入普通读者的品质。只有对生活全身心的投入，才有对生活的深刻体验，写起作品来，胸有成竹，文有其魂，这就是一种实在。

耿峥是学历史的，在大学时就喜欢舞文弄墨，文学是他的副业，历史应该是他的专攻。大学毕业之后，他却被分配到筑路工程队，开始修路，后来到公路局机关。这种情景是历史使他不能专攻历史，专业变成了书架上不常翻动的藏书。专业的变更，文学却是终身不变的，耿峥的作品中，大量的篇幅写的是修路筑路生活，还有大量的历史题材的散文及传记，这是很自然的，与他的生存环境有关。

《青春风铃》作品集中，历史的含量是厚重的，那些与《蜜蜂洞》排在一起的历史题材散文，无不散发着令人沉思与缅怀的气息。这本书中最值得提起的是传记《枪声，在这里回响》，这是一篇追寻历史，欲还历史本来面目的严肃作家，对一个历史人物的公正评价与真实记叙。难怪此作发表后被《新华文摘》

等几种报刊转载。高敬亭，这位坚持大别山三年游击战的一代名将，敌人的围剿强力追捕没有撼动他，艰苦的物质生活和危险的处境没有压垮他，他高擎革命大旗在大别山浴血飘展。毛泽东主席说，"他们在极端困难的情况下，坚持共产党的领导，与强大的敌人作殊死的斗争，很不容易啊！从他们派联络员转交给党中央的报告看，他们取得了很大的成绩，了不起！请你们代表党中央向他们表示敬意和问候！"可是，这样一位英雄，却在国共合作时，根据蒋委员长的"所请将高敬亭处以枪刑照准"的电报，由新四军军长叶挺执行枪决了。此奇天冤案直到1975年才得到毛泽东的批示："要重新审理高敬亭一案"，才得以平反昭雪。历史是曲折的，历史上的烟雾重重，还历史本来面目，作为一个学历史而又喜爱文学的作者，耿峥的选择是对的。沿着历史与文学相结合这条路走下去，耿峥的创作之路将会越来越宽广。

耿峥与我同为华中师范大学的学子，他学历史，我学中文，作为校友，匆匆写了以上文字，以为序。

2000 年 8 月 3 日

《隔岸琵琶》隔岸弹

兰干武是我的乡党，我们同孕于湖北江夏的土地上。初见兰干武，给我的印象是谦恭朴实真诚又有些文人气。待交往多了，对他的这种印象就更深刻了。那年我随铁道部大桥局的一批作者到汕头海湾大桥工地采访写作，兰干武也在其列。在大桥承建单位的基地广东花都，我患急性胆囊炎，痛得死去活来，大家把我送进医院，兰干武就在医院陪护我，使我得到弟兄般的照顾。这是我一段难以忘怀的记忆，也是兰干武真诚待人的一例。

兰干武习书法练文学，他的稿件用钢笔写，那字个个有体，他的毛笔字也写得很好。我对书法处于学习阶段，对他在书法上的造诣尚无能力评议。兰干武练文学，写得多的是随笔散文，也写报告文学。他经常给我寄随笔散文稿。兰干武的稿子我是都看的，但有时工作一忙，就拖很长时间，他从没催过我。我做《长江文艺》月刊主编好些年了，兰干武从不在我面前提出给他发什么文章的要求。《长江文艺》至今只发过他的一篇散文。我对这个小我年岁的乡党照顾帮助不够，心有惭意，可兰干武没有过怨言。生活中的件件小事大事，是能看出一个人的品质与修养来的。

文如其人，大体如此。文与人不一样，在今日也是有不少例子的。兰干武的文章与他的人有着惊人的一致。他的文章质朴，实实在在的道来，叙人叙事，没有大话空话，没有漂亮得令人耀眼的词语，也没有前卫得令人佶屈聱牙的内容。他写父亲，写祖母，写舅父，写蔡哥，写女儿胜蓝的几篇文章，亲情真意都是在朴实的叙述中透射出来的。

兰干武对人谦恭，即使是对很平常的人，总是脸露笑容客客气气。兰干武的几篇写师长及朋友的文章，这种做人的谦恭表露得恰到好处。《神交余光中》、《莫伸和莫伸的两句话》、《西陵三友》等，写了他尊敬的师友身上令人可学可仿的品质，宣扬了做人的品德之美，其实就蕴含了作者自己做人的准则。作家善于从旁人身上发现人性美，并写出来让大家学，这比那些专挑名人刺专骂名人短，鸡蛋里面挑骨头，把个文坛弄得乌烟瘴气的行为要好。

兰干武身上有文人气，有夫子味，这在他的文章中也流露得十分充分。他写他访文友，写他读书藏书买书，都是很见他的学习的勤奋与追求的。《读书随笔》（二则）、《苦旅与奇葩》、《我的藏书梦》、《我读〈胡适杂忆〉》，从这些篇章见出他读书的层次，不是休闲读书，不是市民寻刺激，而是一种文人的读书。他说："我平生最大的愿望是拥有四壁图书，独拥书城，在空灵的古典音乐声中，焚一炷印度香，随便翻着诗经、楚辞或《本草纲目》……"（《我的藏书梦》）他连《本草纲目》也读，他为什么不翻翻那些走红小说明星传记呢？这就是文人的气味。兰干武还有篇文章叫《姓名与斋号》，研究自己的姓名并给自己的斗室起了好几个斋号。他年纪轻轻，给蓝氏宗谱续修写序，文言用得不错，颇见功夫。

兰干武将他的随笔集取名《隔岸琵琶》，我在这里弹了一通，以示祝贺。兰干武的文章最大特点是朴实，朴实是一种美，但朴实中也要见内涵，要有深意。否则，朴实也可能成为一杯白开水。

《荒原绿树》序

夏天，湖北省文联组织全省产业文联系统的一批作者到崇阳县开笔会，我与几位大学教授应邀前去讲课。我们住在青山镇旁边的青山水库，住的房间建在水面上，晚间在潺潺流水声中入梦。这期间，我曾两次从青山镇坐三元钱一张票的小面包车到崇阳县城，一是想采访崇阳一位做了许多好事善事的甘伯炼老人，二是想找几个文学作者聊聊天。我的两个目的都没达到。甘伯炼老人两次都不在家，而崇阳县城里还真找不出几个在全省能叫得出名字的文学作者。我带着遗憾想，崇阳是鄂南山区，经济不甚发达，文学创作与一些经济发达的平原县市比，自然要滞后一些。

在崇阳没找到甘伯炼，我却得到一本写甘伯炼的书：《甘伯炼先生的七彩人生》，编著者叫王旺国，书由新华出版社出版。

忽然的一天，我二十多年没见过面的大学同学带一中年汉子找到我家。中年汉子携来一叠文稿，他说他叫王旺国，在崇阳县文化馆工作。我当即记起他编的甘伯炼老人的那本书，并说了夏天我的崇阳之行。我们都为夏天没见上面感到遗憾。

王旺国携来的文稿，是他将崇阳县业余作者们创作的小说散文进行编辑而成，书名叫《荒原绿树》，他准备找个能合作出版的出版社。我知道做这事很麻烦，要找人又要筹措资金，劳神费力。王旺国是文化馆干部，他们县没有文联。王旺国做的这件事既可说是他分内事，又可说不是他分内事。不做这件事，没人去找他的责任。王旺国现在这样做了，难道说他不是在为崇阳的业余作者们做一件功不可没的事吗？不是在为崇阳的文化建设打基础吗？这本书正式出版，说不定是崇阳县有史以来很少的纯文学集子（也可能是唯一）中的一本，有着重要意义。

王旺国要我为这本书写序，难道我能推辞吗？

我读完了《荒原绿树》的全部稿件。书稿分小说、散文两辑，字数也不太多。我对这本书的总体印象是，虽说没有令人拍案叫绝的顶尖优秀之作，但整体水平都达到了出版标准。作品内容扎实，不漂浮不装腔作势，写故事写人物都言之有物情感真挚，语言朴实自然。到底是大山里作者写的作品，这本书就像大山里山民那样实实在在。

如今的文坛，有着许多的名称的流派，先锋主义，现代后现代主义或者新生代等，热闹非凡，美女作家们纷纷登场，弄出了什么身体写作，引得一批人叫好一批人皱眉甚至痛骂。任你们去热闹吧，还是咱们这山里人像山一样不动。我们不搞这些新名堂，我们坚持的就是现实主义，像山一样实在，写我们像山一样具体的事，写我们像山一样实在的人，写山里面每天发生的事情，写自己的生活。《荒原绿树》书稿中的作者就是这么做的。

甘振雄《大山深处》，所写故事不算新鲜，当年的下乡知青在山里，遇见美丽的山里女孩，两人有着美丽的初恋感情。多少年后，当年的知青如今的县城最年轻的副局长，回到当年下放的山乡当领导，是自己主动向县委要求去的，抛下不同道的妻子与可爱的女儿。主人公回到当年待过的地方，是寻找失去了的初恋，还是为了报答大山曾给过他的滋养，他要来重新变换山里面貌，使山乡变得更富庶美丽？这是作者的寄情所在。两者都有，似是而非，主人公自己都不清楚，只是一种情绪告诉他要下去，要回到山里去。当年美丽的山女，如今成了山里的富户，她承包了茶园发了财。当年阻隔他与她所住地方的银线河，如今架起了一座青石拱桥，这拱桥是她把赚来的钱全部拿出来修的，而且把桥取名为"相思桥"。相思什么？当年轻的乡秘书告诉新来的乡领导：这座桥花费了云竹的全部积蓄，它是一首诗，包含着云竹对大山的挚爱。

"不，不。"他在心里争辩，"青年人，你并未完全理解它的内涵；生活中有些东西，你是读不懂的。"

这么一篇不足万字的小说，甘振雄写得如诗，写了这么个不太新鲜的故事，但作者重在写一种情绪一种美感，这是许多写同类题材"小芳"故事的作者所不及的。

章光柱的《挣钱难》，题目实得像石头，故事和人物也实得像石头，是十分难得的。农闲时老黑带一伙人出外打工，卖火柴的嫂子没一分零钱找他，他非要她找一分钱的硬币。在山里，一分钱也重要哩。两元五角钱一天的工资，在大冷天挖冻土，那劳动的报酬低啊！为了与人赌十元钱的输赢，老黑挑两大块冻土，压得吐血，终于赢了。他们的劳动，连刻薄的工头都感动了，主动给老黑加三元工资。冬瓜偷了工地的铁棍准备带回去打角锄，被抓住了，老黑觉得坏了自己一伙的名声，要冬瓜自己提了锣在工地游行示众，须知那铁棍仅仅是废品啊！终于老黑带着同伙离开了工地，还是去过他那山民的生活去了。这部短篇写出了山民的忠厚、耿直、甚至有点愚蠢的性格，但作品的意义也在这里。

王旺国的《小街弯弯》写的是一个在深山小街开店的女人故事。芳嫂承租了本应由她继承的一处房产，将其改修成一座客店。由于芳嫂的精心经营服务，也因为镇上领导的支持，客店办得十分的红火。芳嫂人长得漂亮，可谓"小镇皇后"，她店里的服务员拒绝那些见不得人的活动，深得各方面的好评，成为精神文明先进单位。当支持芳嫂的李书记对芳嫂另有所图时，芳嫂能有理有节地予以制止。芳嫂终于遭到工商税务的查封。芳嫂不屈不挠，最终不仅纠正了工商税务部门的错误处罚，而且正儿八经地继承了房产。这部作品写了芳嫂这个聪明能干却有着自己人格的山里的妇女，是当今山区在经济发展过程中的新人形象。

散文的写作，题材是宽泛的，写法是自由的，似乎没有什么规范的条条框框。如今好像能识几个字能写几个字的都能写散文。洗澡时水烫了写一篇，星期天见两个人吵架回家也写一篇。写得特别多的是张三李四王五出国走一趟，或到香港台湾转了转，回来就大写特写，把个散文弄得味同嚼蜡，名声不怎么好。

但是真散文好散文还是有不少的。这些真散文好散文是作家心灵蕴蓄许久的抒发，是真情挚爱的表露，没有花哨的包装，只有坦诚的奉献。《荒原绿树》中所收录的散文作品，虽说文字存在着粗浅或嫩拙之处，但情感是真挚的，可说是一批较真较好的散文。像《父亲的足迹》、《竹斋情趣》、《二胡情思》、《弟弟》、《怀念江叔》、《在鲁迅文学院的日子》等，作者都能以自己亲身经历独特感受写出风格各异的篇章。

我在前面说过，书中没有几篇顶尖优秀之作，因为这毕竟是一个山区小县一群业余作者的创作，他们还缺少更多的锤炼与实践，缺少必要的引导与提高。但就现在这些作品来看，他们的起点不错，他们的路子很正，他们的精神十分难得。相信他们在今后的创作实践中，能将自己周围的生活经过更精心的提炼，挖掘出更深刻的内涵，采用更新的形式，写出更美好的篇章来。

我再到崇阳，会找到一群文学朋友聊天的。

2000年11月12日

《曾经才会永远》序

  鄂中荆门黄旭升，将他写作多年的诗结集出版，我有幸先读为快。读了集中的近万行诗，我发现这些诗主要写在八十年代，而九十年代黄旭升的诗写得很少。是啊，八十年代，那是中国新诗繁荣的年代，写诗的多，读诗的也多，一个诗人可以凭借一首诗而走上诗坛，在全国引起反响。那时湖北，那时荆门，写诗的也是一群一群。荆门几个写诗的当时要办一个诗刊，要我取名，我当时就取了《诗门》的名。这刊物办了多少期我不知道，但荆门的诗歌那时在我们湖北诗坛是很有影响的，黄旭升就是其中的一员。

  黄旭升的诗，就如他的人一样，质朴淳厚而又有较深的内涵。一味淳朴而无深的内蕴，做人与作文都不可取，那只是老实无用的别名，那是寡淡无味的文字。黄旭升的诗，语言是很质朴的，没有那种佶屈聱牙绕来绕去或是故作高深来一番新词轰炸的东西，他说的大多是日常用语，用这些语言组成一种明白晓畅但又有内涵的作品。

  "城市吐出的鸦片烟"（《废气》）；"城市患的耳鸣症"（《噪音》）。这是黄旭升的两首诗，一首诗只有一行，但是写得十分贴切质朴且又有内涵。集子中像这种例子还能找出许多，我这里说的是黄旭升诗歌的第一个特色。

  诗歌是情感的产物，诗歌当然也有理性，但情感在诗中是永远摆在首位的。黄旭升的诗中，写爱情、乡情、亲情的，都有很动人的篇章。读这些诗篇，那种情絮情丝在周身缭绕，我们似乎又回到了故乡的河边，听那月夜下的捣衣声；似乎又回到童年的乡村小学，在课桌中间画一条线，"五分之二的那边是你的纤弱/五分之三的这边是我的强悍"；似乎又在给初恋的情人写信，第一封第二封第三封，"都说你是不测的港湾/可我偏要做一次爱的探险"。而真正引出了我的眼泪的，却是集中的《保姆》这首诗，这首只有二十三行的短诗，写出了一个农妇勤劳辛苦的一生："你枯槁的手你手中温暖的棉条/你在煤油灯影里转动着的纺车/你花白的头发你头发下的岁月/留下了疤痕的面庞……""保姆/打猪草归来的你/舂米归来的你，磨面归来的你/迈着小脚匆匆收工的你/坐在灶前添柴映红了面颊的你/用古老催眠曲伴我入睡的你……"黄旭升用很简洁的诗行，勾勒出了这个农妇的生活。接着作者用四行诗结尾，引起你的情感共鸣："保姆/你的丝已吐尽泪已流干/你在另一个世界聆听着/那首五音不全的赞美你的歌/是我并不矫揉造作的男中音"。读黄旭升这首《保姆》，我就想起了艾青的《大堰河，我的保姆》，不能说黄旭升的这首诗达到艾青那首诗的高度，我是说在情感的抒发上，他们是一样炽热而深远的。

情感的抒发是黄旭升诗歌的第二个特色，黄旭升诗歌的第三个特色就是他的现实关怀。诗离不开生活，诗人对现实的关怀，取决于他生活的环境及他的思考范围。黄旭升从小被父母寄养在乡下保姆家，回城后，他在纺织厂工作过，他生活在荆门炼油厂旁边，他居住的地方是个中等城市，因而他的诗歌就写到了"织女星"，写到了炼油厂北方人的后代，写到了"小城故事多"等。这都是他熟悉的，他写了一个熟悉的存在，他的一股诗情倾注在这些现实上，表现出了一种诗人的关怀。八十年代中，南疆在打仗，黄旭升一鼓作气写了三首《致我南疆的同龄人》。"以血肉之躯筑起边陲的是我南疆的同龄人/用弹片裁制五星红旗的是我南疆的同龄人/焦土上镌刻壮丽诗行的是我南疆的同龄人/当和平与腾飞在大地的怀抱里艰难妊娠/然后再孪生兄弟般相约相挽向我们走来/我们都将作为种子播进共和国的编年史/下一辈同龄人将为我们这一辈同龄人/在历史的丰碑上塑一组不朽的浮雕"。诗人如果不关心现实与人民，那将是一个悲剧。

黄旭升的诗歌发展下去，需要加强的恐怕是进一步的锤炼与纯净诗句，把诗歌写得更完美更有意境些，这是希望。

2000 年 12 月 3 日

《时间寻找长久的爱情》序

荆州有位作者叫王芸，曾在中国妇女出版社出版散文集《经历着异常美丽》。有一日，一位编辑送上她写湘西沈从文家园的万余字散文，是分节写的，编辑只选了其中的几节。我读了全文，被作者的细腻而有韵致的文字打动，就签了全文发表的终审意见。但此文《长江文艺》还没来得及发出，人民文学出版社的《中华散文》抢先全文发表。王芸来信言歉，并寄来《两张碟 平凡生活中的父亲母亲》，发表在《长江文艺》2003年8月号上。《长江文艺》年度作品评奖时，评委全票评出此文获《长江文艺》劲酒杯散文奖。今年三月，湖北省作家协会在宜昌龙泉山庄举行创作基地挂牌仪式暨青年作者笔会，我在笔会上才见到王芸，一个很文静秀气的女子，七十年代出生，曾就读于湖北大学中文系。几天的笔会，无论是采风还是讨论，她都是文文静静的，那是在用心读社会读生活，用她的眼光来摄取现实的模样。我想，这是位全身心投入于写作且有潜力的作者。

也是在这次笔会上，王芸给了我一叠她的中短篇小说稿，其中一部分已在《青年文学》、《作品》、《清明》等刊物上发表，有的还被《小说选刊》选载。王芸说，她要出一本中短篇小说集，希望我能写序。

王芸的短篇小说《日近黄昏》，读后令人不忘。她写了一个老公安，能用自己独特的令人想象不到的方式把顽固不化的犯人审得服服帖帖，将所犯罪行交代得清清楚楚；患"癌症"已没多长时间可活的人，使用偏方，右手一根竹竿，左右一只葫芦，到处抓蟑螂，捉到蟑螂后就放进嘴里嚼得咯吱咯吱响，大口咽下，再喝一口葫芦里的"神药"。吃了五年蟑螂，竟然把"癌症"吃没了；年龄到了，要他退休，他偏不退，与领导打持久战，天天上班，拼命破案，最后在追捕一名杀人犯时，与犯人同归于尽，牺牲在岗位上，其生命闪耀出了光辉。这篇小说，与当下许多名家作品相比毫不逊色，怪不得被选入《2003中国年度最佳短篇小说》一书中。王芸用独特的情节与细节来写人，刻画人物的性格，写得生动，刻画得极有个性。小说是什么？小说不就是写人物写故事，通过人物与故事来展现或折射某种思想主题么！从《日近黄昏》这篇小说能看出王芸对小说创作艺术的把握与追求,独特的情节与细节是小说成功的重要因素。王芸的另一部中篇小说《海蓝蓝天蓝蓝》,写的是当代年轻男女的情感婚姻故事,用的是另一种笔法,絮絮叨叨,密织如网,写女人心态,男人德行,细致真切入微,颇有几分像张爱玲,写得一如她的散文风格。比起《日近黄昏》语言的叙述简捷、推进性强,《天蓝蓝海蓝蓝》则另有一种韵味。王芸作为七十年代人,写作中没去赶新潮追时尚,倒也难得。

我是个编辑,只能谈此印象,能为序么?

2004 年 4 月 16 日

情浓于酒　杯杯醉人

近些年读作家朋友的散文集子不少，这些文章所写事情千千万万，所抒情感丰富多彩。但是，只要是作家的笔触伸入到故乡亲人，那笔下流淌出来的浓浓乡情就立即产生一股力量，打动读者的心灵，引发了读者的共鸣，有时甚至把阅读者感动得热泪盈眶。我自己就有过多次这样的感受。故乡人人有，亲情人人有，即使你远在万里之外，那一份故乡亲人的情结，你逃得过吗？

黄河的散文集《趟过岁月的河》，就是这样的一本书。除少数文章外，集中大部分文章都是写的童年、故乡、亲人、故乡的历史与民间传说。这些文章读来亲切感人，融入了作者的思念、情感和那一份永不消逝的乡心。

黄河的故乡有一条府河，这是一条滋润了抚育了黄河家乡的河，黄河的童年与少年都是在这条河的旁边度过的。府河上的老艄公，府河边的黄龙庙，拉纤喊号子的船夫，藏宝之地金雁洲，在黄河饱蘸如血的浓情之笔下，写出其沧桑悲壮深沉的历史来。府河是黄河青少年时期的生命河，他写出了它的美丽温顺伴着岁月流淌的历史。但黄河文章中写府河留给我刻骨铭心引起我深深震撼的却是几个血泪的故事。《哭泣的古渡》中那满载乡民和货物的木船被恶浪掀翻，十四个鲜活的男女葬身河底，成为在府河中漂流的不安灵魂，而岸边的人们只能把恸哭洒满河面。《轮渡冤魂》中，那辆满载乘客的汽车从河坡的渡口爬上轮渡时，坠入汹涌的河水中，汽车如一具巨大的铁棺，将几十个无辜的生灵囚禁于水府。三十五人死亡，十九人获救，死亡的人之中有一对刚去县城领取结婚证书的年轻人。黄河说，在二十世纪末的十多年间，这条河上发生事故四十余起，死伤一百余人。当《天堑变通途》了，这些悲剧不再有了，府河有了大桥了。黄河还写了一篇《洪水中挣扎的村庄》，那记叙也是触目惊心的。大水来了，村庄与土地尽没水里，人们逃难的惊慌与号哭声震四野。华太家的四口人落水，妻子和两个孩子趴着救命的摇窝，华太推着摇窝拼命往堤岸游去，摇窝负载太重，两个孩子要丢一个在水里，否则全家都难保命。妻子狠心把四岁的大女儿丢到水里，紧紧护着两岁的儿子在水中挣扎，终于获救。

黄河写故乡的这条河，裹着血泪，带着挚爱，让我们领略了这条府河的春秋与个性。

　　写故乡，离不了亲情，在"往事悠悠"与"亲情如灯"中，给我留下最深印象的，是黄河写自己的父亲。黄河笔下的父亲一向严肃，总是板着冰冷的脸，好像没有给孩子们笑容和温暖，以至黄河小时候与父亲发生对抗经常打《父子之战》。父亲生性耿直，总是跟自己过不去，跟家人过不去，跟他看不惯的人过不去，吃了不少闷亏，教了一辈子书，到七十多岁还在郊外开荒种菜。当儿子无钱集资建房时，亲却送来一张二万一千元的存折，存折上写着儿子的名字。这是父亲一辈子的积蓄，儿子在父亲一辈子的严格中体会到了那种无言的深爱。黄河写母亲的爱，那是苦难中的一种慈爱。风雨之中，母亲腋下夹着雨伞朝学校蹒跚走来，雨大路滑，母亲掉进沟里，一次两次扒着沟沿往上爬，泥里水里赶到学校，是因为给上小学的儿子送伞。为了给儿子买一支笔，母亲在下工后到野外挖地骨皮晒干卖给中药店，终于攒到了买一支笔的钱，当母亲用满是血口子的手给儿子一支笔时，儿子的眼泪奔涌而出。黄河三岁时，母亲和村里劳力到十里外的地方筑堤，十几天不能回家。姐姐带着弟弟在家，已经两天没有吃的东西了。母亲在风雨之中，涉着齐腰深的河水，用布包严严实实包着两块炕粑，送给儿女吃，而自己挨着饿，喝两瓢冷水。读着黄河写父亲母亲的文字，令我想起我勤劳的父亲和慈爱的母亲，我泪满双襟了。黄河，我们都是农民的儿子，我们的父亲母亲是平凡的，但我们也可以说，我们的父亲母亲是伟大的。

　　为什么写故乡写亲情的文章容易感动人呢？这是因为作者写自己经历的事情写得真，而且在心里存储的时间长，留有刻骨铭心的记忆。当一种需要使得作者动笔时，那情感之河开放，汩汩滔滔，一泻千里，情浓似酒。这多情之酒亲情之酒，因酿造的时间长，所以杯杯醉人。

　　《趟过岁月的河》有一辑写的是伍子胥留在云梦的民间传说故事，有些认识价值。而"蓝天观云"和"雪域奇观"两辑，是游记文章，留下了作者的所见所闻所感，虽说文字晓畅灵动，但是感人的力量是不如他的那些写故乡与亲情的文章的。写游记如果所写的东西不是自己深刻而独特的感受，要想打动人，那也是很难的。

　　黄河出生农家，小时受过苦，凭着一种奋斗进取的精神，写下了不少好文章。这是黄河的第二本散文集，题目用了"趟过岁月的河"，但是乡情与亲情的河，我们是趟不过去的。

　　是为序。

2005 年 6 月 6 日

时代与历史的显现
——序李友清《岁月的回声》

诗歌除了抒发情感表现自我之外，还有个重要的功能就是反映时代记录历史。有的诗人追求性灵与诗意，其诗作透射出历史与时代的印痕是不自觉的，有的诗人重在记叙，其诗作显现的时代与历史脚步完全是自觉的追求。这种自觉不自觉的反映历史与时代的诗人与诗作，在古今中外的诗坛，举目皆是。

李友清是个学者型官员，从他的诗作中可以看出，他十七岁当兵，十八岁入党，后来当宣传部长，县长县委书记，再做孝感职业技术学院党委书记、常务副院长，现任咸宁学院党委书记，他是一名官员。他是华中师范大学行政管理硕士研究生，华中科技大学高等教育博士，职称是教授，他又是一个学者。我与他能扯得上关系一是我们是华中师范大学的校友；二来他是湖北省作家协会会员，我是湖北省作家协会副主席。当他出版诗集《岁月的回声》，邀我为他的诗集写序时，我就不能辞谢，只有勉力为之了。

李友清的诗作，显然是自觉地在记录时代与历史，这从诗集的名字《岁月的回声》即可看出。诗集最早的组诗《成长》写于一九七零年四月，这是他刚刚入党的时间，才十八岁。在《穿上绿军装》、《北苑新兵连》、《警卫战士》、《入党》四首诗中，他记叙了"五十名应征入伍青年，/生龙活虎聚集大礼堂！"穿上绿军装；然后是"一群英俊青年，/一队雄壮新兵，"聚集在北苑村新兵连；然后是到北京，"我能成为一名警卫战士，/为您放哨站岗，/深感无限光荣，/一颗赤诚的心/就像天安门城楼的明灯闪亮！"再然后是"这是最难忘的一天，/是最幸福令人陶醉的一天，/我举手宣誓——加入了伟大的中国共产党！"这是李友清从一个农村青年当上解放军然后入党的一段人生履历，是他官员与学者的人生起步，也是他开始学诗的起点。李友清后来的诗，基本上是走的记录自己人生道路与经历的路子，读完《岁月的回声》集子，读者能清晰地了解李友清的人生及情感。

这本诗集共有四辑，第一辑《故乡歌吟》写的是故乡、童年、父母和有关故乡的传说；第二辑《天涯诗路》写的是东奔西走所见到的一些城市及名胜古迹和出国访问的观感；第三辑《现实情怀》记录了从当兵开始到当县长当学院书记所经历的一些事情；第四辑《人生感悟》写了从人生经历中悟出的许多道理。

  李友清的这许多诗中，我还要挑出一首说一说的是《民乐闸抢险》。一九九八年是中国人民难以忘怀的一年，这一年的大洪水让举国上下都在抗洪救灾。长江大洪水是全国抗洪中的最大战场，百万军民开往前线，党的总书记与国家总理亲临现场，长江大堤上，将星闪耀，激战不分昼夜。当时李友清任汉川市（刚刚县改市）委书记，长江最大支流汉水紧压着汉川，李友清领着防汛大军死守大堤。"汉北河水水涛天，／昼夜寸长乌云滚，／长江顶托无出处，／南北夹击险象生。／／十万军民联防守，／排队滚动盘查险，／夜间河堤两岸增，／如同巨龙卧人间，／洪水涨高堤更高，／麻袋草包物资全"。水大险象众生，他领十万军民防守。民乐闸倒口了，"水魔如同脱缰马，／洪水胜似箭离弦。／／飞浪直泄三千尺，／怒吼狂啸惊心魂。"这么大的水情，作为第一责任人的市委书记，在现场指挥抢险，在省市领导亲临现场八方援兵物资调运到场的情况下，石料几百方地朝水里放，沉船沉车仍然堵不了口子，最后采用三峡截流工程所用的软丝石笼才堵住了口子，才排除了民乐闸的险情。而李友清自己是"吾喉失声不能语，／腰疾难忍封闭针。／／钢板护腰身溃烂，／五个昼夜为人民"。《民乐闸抢险》这首诗有声有色地记录了那些难忘的日夜，那种场面和系在心头的担子对李友清来说是终生难忘的。

  李友清《岁月的回声》这部诗集的艺术特色一是真实，二是淳朴。真实是作品的生命，对于诗歌来说，记叙事件抒发感情，来不得半点虚假的东西。李友清的诗是真实的，真实得如他的纪年体自传。李友清诗歌的语言，十分口语化，淳朴自然，没有做作，完全是自然的流露。

  希望李友清在今后写诗的道路上，越走越宽广。

2007 年 11 月 30 日

静 水 如 蓝
——《乡村影象》序

我在《长江文艺》做编辑，发表过温新阶的一些散文与小说。在湖北的散文作家中，温新阶的散文创作是卓有成就的，他的《豆芽菜》曾在日本获奖，散文集《他乡故乡》曾获得国家四大奖项之一的"骏马奖"。这在湖北的散文作家中是少有的。我认识温新阶也有二十多年了，他就一直以散文写作为主，独自不声不响矢志不移地写着，时有优秀作品出现。他不浮躁不张扬，只让心中的那条情感之河静静地流淌到纸面上，让读者读去。

我在《长江文艺》发表温新阶的最好散文是《故乡三月》，这篇长达一万二千字的散文深深地打动了我，除了文章本身的魅力外，还有三十多年前我到过文章中写的秀峰桥这个地方。一九七五年的长阳县景峰公社可是全国全省知名的山歌之乡，长阳的五句子山歌鼎鼎有名，最有名的是《开创世界我工农》。长阳有著名农民诗人习久兰和蔡梓三。那年景峰公社举行赛歌大会，我和省音乐家协会、省歌舞团、省曲艺团、省新闻电影制片厂一干人坐车乘船走路并用，花三天时间到达秀峰小镇，景峰公社就在小镇上。那是成千上万人的大赛歌，那是特定年代长阳山里的一次盛会，那也是我一生难忘的诗歌采风。

温新阶的文章中说他回故乡的第一站就是秀峰桥，他在镇上中学教了十一年语文。我们那次就是住在中学教室里，十几人住一屋。秀峰桥真是个美丽的地方，我读着温新阶所写秀峰桥的日常生活和今天的变化，回忆三十多年前的那次采风，一种怀念惆怅和感慨在心中久久不散。《故乡三月》接着写椰坪的木瓜，写到乐园公社的宣传员秦尚丰，我前面提到的《开创世界我工农》就是秦尚丰写的。文中说秦尚丰因酒殒命，又令我一阵伤感。再接着温新阶又写到一个著名人物覃祥官，这是20世纪六十年代中国农村合作医疗的创始人，被西方媒体称做"合作医疗之父"，毛泽东主席对他创办的合作医疗制度作过批示。当时全国二十八个省市都推广了他的合作医疗制度，覃祥官为中国农民创造了福音。覃祥官后来调到湖北省卫生厅做副厅长，他适应不了，干脆回到故乡，还是搞他的合作医疗，当他的农民，七十好几的人，还种他的地。《故乡三月》最后一部分是写作者的父亲母亲，那种亲情，那种对农民父亲母亲的叙写，又引起我强烈的共鸣。我也有与温新阶同样作农民的父亲母亲，作家写自己的农民父亲母亲，心灵总是相通的，那种血肉相连的情感也是共同的。

温新阶散文写作的题材，主要是他故乡的山水、场景、人物，《秀峰桥的月亮》、《风吹燕麦》、《在书页中流淌的聂河》、《鄂西女子》、《铁匠铺》、《大姑父》、《大舅》等篇都是。可以说是鄂西长阳那地方，是鄂西土家族的文化与生活哺育出了温新阶，哺育出了温新阶这个具有十分浓烈的乡土气息的作家。在温新阶的散文中很难看到都市的喧嚣与繁华，看不到那种尔虞我诈的人与事，这是一种难得的纯净。作家的写作，都有自己的那块地，他的文章就如他在自己的那块地上辛勤耕耘之后长出的庄稼。沈从文的地在湘西，温新阶的地在鄂西在长阳，许是从大师那里得到启示而几十年不离开，还在那里辛勤地开掘。

温新阶出了好几本散文集，一些评论家们对他的作品都给予了很好的评价。他在即将出版新的散文集时，嘱我给他写点什么。我就写了对他的散文的这种感觉。毫无疑问，温新阶的散文语言是朴实的，简洁的，但这种朴实与简洁中却透出了一种动人的美。"静水总是很深的，有多深，也说不准，本来这水清澈无比如玻璃一般，玻璃厚了，也变得不怎么透明，却只是一个蓝，蓝如玉，蓝似翡翠，蓝得叫人心悸不已。"我这里随手引用的是温新阶描写聂河之水的一段话。我愿意温新阶的散文写作不断打磨修炼，能如他笔下聂河的水一样，让人读得心动。

2007 年 12 月 6 日

《夏日风》序

那是二十三年前,《长江文艺》杂志办刊授,我担任辅导老师,给学员的作品作点评。有个叫陈士秀的乡土诗写得还可以,我选了几首发在刊授版上,并作了点评。二十三年后的某一天,我见到陈士秀,他已从一个乡村中学教师岗位上退下来了。他送来了一叠诗文稿,想出版一本集子,集子名字叫《夏日风》。这个我第一次见面却一提名字就记起来的陈士秀,要我将他的诗文集读一读,并且写一点文字。

陈士秀有四个儿子都已成人,他把这本诗文集称为他的第五个儿子,可见他对这本诗文集的看重。乡村教师,业余时间写些长短不齐的诗文,退休后欲将其印出来作为自己一辈子爱好的总结。我为他的这种执著文学的情感感动。我不能拒绝,我要读完他的这本诗文集稿子,我要写点文字,祝贺陈士秀的第五个儿子的诞生。

陈士秀所写的这些诗与文,应该说水准是不一致的,有的文字很打动人,有的则平淡一般。但他的这些作品,却都是出于内心,有感而发,没有空洞无聊的东西,有的都是实实在在的记叙与认识,这是难能可贵的。写文章,虽写不了美文,但写的是自己想要表达的东西,且能给读的人一些启示或审美的享受,就是成功的。朴素真实的文章更能打动人。陈士秀在《雪的回忆》中写他小时被送给人家做养子,领养他的人家给他找了个童养媳水儿,水儿对他的好,水儿做许多事,水儿挨打,水儿和他在雪地里欢乐,真是生动而又心酸,特别是他终于与水儿未成夫妻,几十年过去了,今天水儿过得好吗?诗文集中另一篇好文章是《侃妻》。陈士秀在这里写了他妻子陈玉美开始当老师时是一个美丽文静的姑娘,在当了三十多年的民办教师后,因当民办教师的时间太长,失去了转正机会。知道这个消息后,陈玉美只是淡淡地说:几十年没转正我不一样教书吗?只要能教书我就知足了。"好像她生来只为教书,其他都是身外之物。一进学校的门,她都不属于自己了。"陈士秀写出了一个好教师好妻子,平凡朴实又感人。难怪这文章发在《湖北教育报》后,被评为"民办教师春秋"征文一等奖。

陈士秀的诗与他的文一样,其特色也是朴实真切不空洞。我当年评点他的

《春讯五章》，在诗文集中也选进去了。我当年是这样点评这组诗的："乡村的作者写的乡间农事诗，说不上很深刻，但有生活气，是从生活中捕捉到的情感。从踢破雪被的胖娃娃，表达了走向田间的迫切心情。选种，育秧，插秧，都是具体的农事活动，作者用朴实的语言写出来了，不干巴，有些诗句还不错。诗能写到这样，也不错了。比起那些在那里故作深刻吟哦出谁也不明白的句子的诗要好。"二十三年前我对一组诗的看法就是对陈士秀所有诗的看法，所以抄在上面。

写诗作文，个人爱好与追求，成大作家大诗人也好，成小作家小诗人也好，重在一个心情。陈士秀把自己多年的诗文编成一册，印出来，也是一个心情。

谨此祝贺！

2003 年 12 月 9 日

思索、使命和热情
——序《走近家园》

王振权的文集《走近家园》由散文、杂文、文学评论三类文章组成。按照一种文章分类学的分法，所有文章分为小说、戏剧、诗歌、散文四大类，散文包括除戏剧、诗歌、小说外所有的文章。《走近家园》是一本大散文集，这是毫无疑问的。

读完王振权的这本文集，我没有像读到一般散文集子那样，看到的是对风景、文物、旅途见闻、故乡情感的叙述与抒写。如今写散文的人是太多太多，似乎过了初中作文关的人都能写，大量的是平实、罗列、资料的引用。出国旅游的人，回来写欧洲或其他国家，大同小异，很少见到作者的灵魂感动与生命的悟觉。王振权的文章，不是这些，而是一种思索，一种使命和热情，虽说不是篇篇深刻，但却有一种理性的光芒，能给人不少的启迪与升华。

王振权是个写作者，在《走近家园》这篇开卷之作中，他纠正了过去那种极端的人生信条，渐渐明白，人生这部战斗的史书其实并不欢迎那种盲目的反叛和对抗。生活不仅仅只有诗，我们不必老是像虫子在松果里穿行一样在诗歌语言和童话幻想中作茧自缚。人是属于社会的，在现在这样一个极度物质化和生活具体化的社会里，意欲追求并拥有一种永恒或绝对的人生境界是不可能的。人生其实是一个过程———一个跋涉的过程，只要我们曾经"上下而求索"过，即使未能历其藩篱，达其至高，或至中途跌倒于荆棘丛中，也如屈子所谓"亦余心之所善兮，虽九死其犹未悔也"。在接下来的《孤独小语》、《坚守日记》、《拷问灵魂》诸篇中，作者对生活对文化的思考，时时闪现出其思想的火光：

"孤独不是甘于平庸，不是无所作为，也不是一种人生的无奈，而是一种达到某一高度后才会有的真正的人生况味，是一门高深的艺术和一种最高的秩序。"

"苦难让我觉得一个人活得不容易，活着伟大而备感自豪。在苦难面前，我没有理由沮丧，我没有任何理由让自己的信念不昂扬。"

"我便是我，我便是一切，我生命的画板不需要别人着色，我生命的太阳只等候自己去点燃！"

上引这些文字，是王振权愈来愈走近的精神家园，这是从那些所谓散文中难以读到的，这是这本文集的内涵及意义所在，是其鲜明的特色。

王振权文章中的使命感，可以从他大量的杂文中看出来。这些杂文的写作，我看都是来源于媒体。当下媒体报道，其公开性与透明度与二十世纪七八十年代是不可同日而语的，既报道正面也报道反面，既报道社会的光明面也报道社会的黑暗面，这是一个巨大的进步，是改革开放的结果。对于社会上存在的溃疡，有些人视而不见，有些人见了，麻木起来，或只是破口大骂，这都无益于社会的进步。而有责任感使命感的作家见了，写出一篇篇的文章，对这些溃疡进行再批判，并进行分析解剖，寻找疗救的药方。鲁迅先生是写这类杂文的旗手，王振权继承衣钵，写出一批杂文来，其战斗性与使命感表现得很充分。有房地产商建议炸掉故宫修住宅楼、黑砖窑事件、恶搞新诗、网络血腥味、学费害人命、高考舞弊、"抄袭门"，等等，无不是将事件捡出来解剖一番再以示众，以起到呼喊更多的人来批判这可恶之事。王振权杂文中也有赞扬的篇章，如对救灾中国家领导人的民本情怀的歌颂。杂文不光是批判，当然也可以赞颂。

我说王振权文章中的热情，是指他写的一批文学评论。这些评论都是评介麻城或黄冈作家或诗人的作品的，这些人是王乐元、李明、董胜素、王明晴、杨思金、凌礼潮、罗登求、熊明修、郑重建、王浩洪、曾铎、缪益鹏、刘淑萍。如今的文学评论家们，认认真真地阅读原著，写出有分析有见解的文章有，但不多。因为写这样的文章，是要花工夫用气力的。我们见多了那种在作品研讨会上敷衍成篇的赞扬再加一点希望后，拿了红包走人的评论家，他们中有的人没有读过原著或只是翻了一下原著而已。对于基层作者们的创作，他们是无眼相看的。王振权一下子写了对十几个基层作者作品评论的文章，我是很惊讶也很敬佩的。王振权对所评作者的作品，是认真地读过的，在分析原著进行评点时也是认真且尽力的。对于王振权的这样精神，我称其为热情。不论他的评点对作者与作品起多大作用，但他做了，就了不得，就一定有作用，对作者就是一种友情与鼓励。

关于王振权的这本书，我还要说的是，他的语言是实在的理性的，有着诗意的美。我们见了太多滥情空洞做作的语言，而王振权的语言就十分难得。一个能把散文、杂文、文学评论统一在一种语言风格下的作家，是难得的。王振权写过诗，写过诗的人再写散文与小说等，其诗性在其语言中就像春日行走在大别山中，遍野绿色中时现艳丽的红花。

我祝王振权早日走进自己的精神家园。

《人生难老得永年》序

友人荐来杨斌庆先生的散文《江南学书三得》，细读其文，作者对书圣王羲之的《兰亭集序》产生的环境与心境作了描述，从而得出"书法就是写激情"的心得。文中还可以看出，杨斌庆是个弄书法的，他对书法的见解有自己的体悟。普陀山看观世音有三十二个化身，而书法同观世音一样，同一个字，有许多种写法。书法要变体，是因为书法是艺术，就必须给人以生动感，给人以美的感受。这同人体一样，在一般情况下，看不出惊人之处；如果舞动起来，多种造型优美的动作，就会给人耳目一新的感觉。因此，中国书法之成为艺术，就是因为文字的变体。《江南学书三得》是杨斌庆散文中的佼佼者，我当时任《长江文艺》主编，就签发在《长江文艺》发表，并且做该文的责任编辑。后来在《书法报》上，读到杨斌庆的书法作品，那字是有功力的，且在字的变化与结构上出新，颇有个性。就想，这位杨先生是个书法与散文都写得不错的人，是个有追求的人。

其实我也早就知道杨斌庆是我华中师大中文系的学长，而且多年从政，大学毕业后即得到湖北的老省长张体学的青睐，从乡下基层干起，做到襄樊市委书记，在湖北省政协副主席任上退休。像他这样的副省级干部，退休后选择研习书法与散文，怡情养性，进行艺术创造，真是难能可贵，我想这与他在大学学的文科有关系吧！

杨斌庆这次把已发表的诸多散文辑成一集，准备出版。我先得到原稿，从头到尾读了一遍，就产生了写此短文的冲动。我只挑出书中的《只把老年当作童年》、《人之初》两文，来说说杨斌庆的年轻心态和他追求的永年境界。

《人之初》有个副标题是"小石头一岁半日记"。爷爷代孙子写日记，一岁半的孙子的可爱、聪明、纯真无邪、童性思维、助人、爱美等等，写得生动真切，令人读后对小石头产生了亲他一口的愿望。我想杨斌庆可能为小石头写了长长的日记，这里收的只是其中的十二则。如果将来把长长的日记整理出版，那将是一本可爱而令人愉快的书。而作者能在日常生活中观察一岁半孩子的生活与言行，并津津有味地记下来，作者没有一颗童心是不会记得如此生动的。

《只把老年当作童年》谈的是六十岁以后的追求。六十岁了，并不甘心就此休息，还有使不完的劲哩！八大山人朱耷在反清复明累遭失败后，只好遁入空门装哑巴。五十九岁还俗归隐，从六十岁开始移情书画，并且摆脱前人窠臼，突破"馆阁"樊篱，纯朴圆润，自成一体的"八大书体"令人耳目一新。朱耷的水墨画亦成大气，笔法简括凝练，形象夸张生动，意境冷寂深远。八大山人是在六十岁到八十岁二十年间走向辉煌的。从朱耷的成功，杨斌庆得出结论：六十岁是新的人生起点，是攀登新高峰的起点，是走向新辉煌的起点。就此，他调整心态，估量着自己的能力和条件，筹划自己的目标和措施。杨斌庆练书法，对着米芾、王铎的字帖勤学苦练，每天临习几个小时，达到如痴如醉的程度，并请专家名人指教，终有收获，举办几次个人书法展，出了几本书法集。除了书法之外，杨斌庆还写散文，每次外出考察都手里拿着小本本，走到哪里记到哪里，回家之后就写散文游记。并自费订阅《散文选刊》等杂志，研读鲁迅、余秋雨、贾平凹等名家散文，提高自己。他如今已在《人民日报》、《湖北日报》、《长江文艺》、《芳草》等刊物上发表散文十多万字。

杨斌庆从官员位置上退下来后，在散文和书法中追求自己的第二次青春，是成功的。他没有失落感，他过得很充实，他继续磨砺自己的意志，保持一种良好的心态和精神面貌。"清泉难老人亦然，耕耘岁月得永年。"我们读杨斌庆的这本散文集，所受启发应在这里。

长江文艺六十年丛书序

一九四九年六月十八日，在解放战争的隆隆炮声中，《长江文艺》创刊了。回顾来路，《长江文艺》穿越了六十年的风雨岁月，在党的领导下，在党的文艺方针政策的指引下，在一代代编辑人员的竭力奉献下，为中国当代文学的发展与繁荣，作出了自己的贡献。

六十年，《长江文艺》曾受到历次政治运动的影响，受到极"左"路线的干扰与破坏，有过一九五三年一月至七月、一九六零年十月至一九六一年七月、一九六六年七月至一九七三年四月的三次停刊；一九七三年五月至一九七八年四月用《湖北文艺》刊名出版。《长江文艺》出版五百八十八期，《湖北文艺》出版三十二期，两者相加，总共出版了六百二十期。这六百二十期不是一个简单的数字，而是众多作者与《长江文艺》编辑们共同生产的文化砖块，垒砌起的中国社会主义的文学之墙，为提高民族文化水准，凝铸的赤诚结晶。

六十年，在《长江文艺》编辑部工作的人员有踏着解放战争炮火而南下的于黑丁、俞林、李季等，也有稍后进入编辑部担任领导从延安来的骆文、王淑耘等，他们属于创办的一代，是老一辈文艺工作者。按十年一代人分，《长江文艺》有六代编辑。根据统计，先后在《长江文艺》工作过的人员有七十余人。这延续了六代人的辛勤工作，是值得永远尊敬的，是不应该被人忘记的。

六十年，《长江文艺》秉承的宗旨不变，那就是发现培养文学人才，推出优秀文学作品。刊物创办之初，就开展了"长江文艺通讯员"的活动，聘请了六十多位有成就的专业作家为通讯员解答问题，在刊物上开辟各种专栏，为通讯员服务。解放之初，文学杂志开展这种活动，是个创举，一批后来在中国文坛卓有影响的诗人与作家都曾当过长江文艺通讯员，《人民日报》在当时作过专题报道。后来，刊物通过办刊授、笔会、设奖等各种活动，从广大文学新军中挑选将才，提供他们展示身手的平台，使得一代代的作家们在这里脱颖而出。他们的名字从解放之初到现在，可以列出一长排来，其中担任着中国作协副主席、省作家协会主席的就有好几位。刊物发现了作者，作者也写出了优秀作品，支持张扬了刊物。六十年来，《长江文艺》发表的优秀作品举不胜举，有诗歌、小说、散文、评论、电影文学剧本、报告文学等，这些作品在当代文学史上留下了不可或缺的篇章。《长江文艺》现为湖北省作家协会会刊，全国核心中文期刊，湖北省优秀期刊，中国期刊方阵双效期刊。

在《长江文艺》创刊六十年之际，我们即将迎来中华人民共和国建国六十年大庆。我们庆祝刊物创刊六十周年，是为庆祝建国六十周年敲响开场锣鼓。《长江文艺》与新中国同龄，没有新中国，也就没有《长江文艺》，因此我们将把《长江文艺》的命运与新中国紧紧联系在一起，永远坚持文艺为人民服务，为社会主义服务，为祖国的发展繁荣效力。

我们编辑出版了这套"长江文艺六十年丛书"，丛书共五本，即《长江文艺志》、《长江文艺六十年中篇小说选》、《长江文艺六十年短篇小说选》、《长江文艺六十年散文选》、《长江文艺六十年诗歌选》。编选撰写这套书，是一件繁重的工作，六百二十期杂志都要翻到，刊物上发表了那么多作家的作品，对比挑选还要顾及作品的思想内容和时代意义。虽然我们尽了最大努力，这套书终于出版了，但肯定留下了许多缺憾。受丛书篇幅限制，每位作者只能进入一种选本，而该选而未选上的作品肯定还有许多，我们只能在此对作者表示歉意了。

长江不断流，文学旗不倒，这是我们的口号。《长江文艺》走过了第一个六十年，还要走过第二个第三个六十年，以至永远。在党的领导下，在广大作者及读者的厚爱下，《长江文艺》将再创辉煌。

2009 年 6 月 10 日

美丽　丰富　真情
——序《蓝色心语》

　　这不是一本纯粹的文学书，它是由诗歌、散文、格言、曲艺，甚至还有领导讲话、工作总结、新闻报道组成的一本集子。读完这本集子，我想起诗人徐迟先生在旅行云南之后写的一首诗，诗名《美丽 丰富 神奇》。多少年过去了，概括云南风光再也找不出比这六个字更准确的语言了，今天人们只要到云南，就会想起"美丽、丰富、神奇"六个字。而我读《蓝色心语》，借用徐老的前四字，再将后二字"神奇"改为"真情"，来概括这本书，想必是恰当的。

　　先说这本书的丰富。写作体裁的多种多样如前所述，书中所写的内容，更是林林总总，无所不包。抗震救灾、征税的酸辣苦甜、读书感悟、学习体会、旅游观光、故乡情亲人爱，写尽了税务人员的生活、情感。"站起来，汶川！/不要哭泣，/把眼泪擦干。"全国人民在支持你们，税务人员在支持你们："献血车旁，募捐箱边，/爱心汇成一股股温泉。""我喜欢读书。我知道，读书不可能改变人生的起点，但能改变人生的终点；读书不可能改变人生的长度，但能改变人生的宽度。"这是一位税务人员谈的读书体会，多么有启迪意义。谁说我们的税务人员只会征税收钱，他们的文化素养很高啊！成天忙于工作，到晚回家头昏脑涨，突然悟出身体是革命的本钱，要想工作好，必须要有好身体，于是制订了跑步计划，坚持下来，头昏胸闷减轻了，每天都有充沛的精力，工作起来效率更高。这是吕永泽《运动等于财富》一文所写的体会，这体会难道不是对所有不注意锻炼的人的一种警钟与良药么！丰富除了文体、内容的多样性，还有思想内涵的深刻多样。

　　再说美丽。这美丽不是说这么本书的文字有多精美，而是我在读了书中的税务人所写税务生涯之后，感到千千万万税务人员的灵魂之美。皇粮国税，自古以来，天经地义。国家政权，社会公益，军队警察等，全靠财政支持，而财政靠收税人征收税款集攒。这巨大的财政，全靠我们的税收人员一分一厘地收起来啊，没有他们，我们的政权就不能巩固。当我读到基层的税务员，拿着税票一家一户征收税款，跑东家走西家，每天回家一身臭汗，为了一块钱的税，对方甚至拿刀威胁；为了堵截逃税的猪贩子，雨夜里在路边伏击，浑身湿透，冷得直打颤，终于让逃税者交了2100元的税款；从一则收树的小广告而寻到树贩子，树贩子驾车逃跑，树从车上滚下来差点砸死我们的收税人员，我深深地为我们的税收人员的精神所感动。农村的税收工作是艰难的，小商小贩有时为了逃税，对税收人员拳打脚踢。卖牛肉的摊贩见收税的人来了，开车就走。税务人员冲上去，抓住拖车不放，牛肉贩子对其进行殴打，仍不放手，终于收到了50元的税款。为了核对砖窑的砖块数，税务员一块块地去数那砖，让国家的税一分一厘都不少。有人笑着说，少宰一头猪，多跑一车货，与你有多大关系，你起五更爬半夜为的啥呀？你是不是疯了。我们的税务人员回答：那可都是国家的税款呀？我宁肯少睡一会，也不能让一分钱白白流失！《走好，老战友》中记载一个分局的四位退休税务干部先后去世，他们中有1949年就参加税务工作的老同志，他们把一生献给了税收事业，无怨无悔，他们临终时的要求是穿上税服火化。聚财为国，执法为民，《蓝色心语》中所收诗文，全都由税务人员和他们的子女亲属所写，有许多税收人员的生活细节，都很感人。我们要向这些税务人员致礼，你们的工作是美丽的，你们的灵魂是美丽的。

最后说真情。从文学角度来说，没有真情就没有文学。你的写作是虚伪的、做作的，写出来的东西就绝不会感人。诗与文，要写真心抒真情，像巴金先生那样不说假话。《蓝色心语》，就书名来释义，我想是税务人员心灵上的震动用文字来抒写大约不会错。而蓝色是象征税服税帽的颜色。写故乡、写亲人的诗文，更是离不了真情。想起童年，想起乡村，想起老奶奶、想起操劳的父亲母亲，谁的心中不涌起一股温馨甜蜜或许是苦涩难忘的情感。《老家》、《老屋》、《故乡——你是永远不断线的风筝》，读读这些题目，你就能想象得到作者心中那浓得化不开的情。即使如《宏物龙》一篇，写一小儿，那小儿的雅智、可爱跃然纸上，童真的情趣盎然、妙趣横生。情真而又妙趣，文章又上了一个层次。写文章必须真情，真情之文才感人，这在《蓝色心语》中得到又一次明证。

《蓝色心语》是湖北省仙桃市国税局的员工们共同写作的一本书，这是一本体现了国税文化的书，是一本记载了仙桃国税人前进足迹与心路历程的一本书。我读了，写了以上体会，以求教于仙桃国税系统的朋友们。

2009年3月1日

《纤笔风韵》序

朋友墨然电话让我为一本旧体诗词集作序，我犹豫了片刻。墨然说这些旧体诗词都写得很明朗易懂，我就答应了。我做文学编辑三十六载，写诗作文时间还要长一点，这些年来为作者的诗文集作序也有几十篇了。在我看来，当编辑读稿天经地义，把即将出版的文稿读了，写上自己的见解，就是序了。我的老师徐迟碧野两位先生在二十世纪八十年代给我的诗集散文集写的序，言简意赅字字珠玑，那是留给我的珍贵礼物，当为我的楷模。

很快我就读到雷宜水先生已出版的《纤笔歌韵》、《纤笔雅韵》和即将出版的《纤笔风韵》稿。这是三本旧体诗词集。不是墨然说作者写得明朗易懂，我或许就不会答应写序的，就无缘结识雷宜水的这三本诗词集了。少年时我曾读过王力先生很厚的《诗词格律学》，后来又读过吴丈蜀先生写的诗词格律的书，但我自己不写格律诗。倒也不是反对旧体诗词，可能是自己写新诗，对于格律诗不上心吧！

我一直认为，无论新诗旧诗，都要写得明白晓畅，让人能懂。新诗里玩先锋现代佶屈聱牙虚无缥缈和旧诗里堆典故用僻字求深奥都是不可取的。读诗本是一种享受，你弄得太深奥别人读得艰难，你就是一种失败。历代诗词中，妇孺皆知朗朗上口的名诗已成经典。"床前明月光，疑是地上霜，举头望明月，低头思故乡"多么明朗易懂！"锄禾日当午，汗滴禾下土，谁知盘中餐，粒粒皆辛苦"多么通俗晓畅！"翠岭碧水相辉映，蓝天白云两色分。放眼长空心向远，脚踏峰巅我为尊。"这是雷宜水集子中的《登高》一诗，读来上口，不须注解，有点文化的读者都可以读懂，而作者在诗中寄寓的追求与抱负也很了然。"全民救灾捐善款，感同身受岂旁观。漫漫长路有终点，抚平伤口建家园。"《捐款救灾》一诗写的捐款者感同身受与愿望，也是简洁明了。《纤笔风韵》一集中所收作品，可以举出许多这样的诗与词。我一直觉得，在当下写旧体诗词的一些诗人，把诗词写得通俗易懂，形成新格律体的诗派来，当是中国格律诗词发展的方向。雷宜水先生三本旧体诗词集，我认为是一种很好的实践。

诗言志。毛泽东主席当年在重庆手书这三字，赠送给诗人徐迟。这三字指出了诗的宗旨与目的。我觉得这三个字是写旧体诗词者更应奉为圭臬的。旧体诗词高度凝练，锤字炼句，字字都有意义，不像新诗中大量铺排叙述，还有许多口水。写旧体诗词的人，每写一诗，都是抒发自己所思所感所悟。网上曾传得沸沸扬扬的梨花体代表作："毫无疑问，我做的馅饼，是最好吃的。"这种所谓的诗是言不了什么志的。读《纤笔风韵》一集中所有诗词，没有不抒发作者心中之志的诗，也没有为赋新词强说愁的无聊口水之作。"除去烦恼须无我，历尽艰辛好作人。"（《坐窗心语》）"失误每从勉强起，烦恼皆因嫉妒生。良言似宝终身用，心作良田一世耕。"（《自得残悟》）两诗中都写了烦恼，烦恼因嫉妒所生，良言似宝，人要自耕心田，不断修炼自己作一个真正的人。'除却私欲清贫乐，洗尽杂念归自然。"《聊记》中的这两句诗，表达了诗人的人生追求与境界。"斜阳西下白鹭飞，南山湖畔乘兴归。洗去心中贪念，荡却昨日是与非。"《偶笔》一诗，言的是作者的清正廉洁之志。贪欲之念能把人引向泥潭，现如今那些贪污受贿腐化倒台的人有多少？最高的有中央政治局委员省部级干部，事发之后杀头判刑的有许多，最终是家破人亡。如果这些人不断洗去心中贪念，就不会有今天的下场。雷宜水的诗词中言向上之志，修身之志，养性之志，能给读者许多启发与精神的提升。

　　读雷宜水的履历，得知他在财政岗位上干了三十多年，而且对业务研究颇深，在专业刊物上发表过财政、税务、经济、会计类论文六十余篇。他在搞好业务工作之余，喜欢赋诗作词，且有成就，2005年和2007年先后出版了两部诗词集，这是他的第三部诗词集。这是非常难得的，这是非常令人敬佩的，这也是非常值得提倡的。当下世界五光十色，诱惑多多，各种消遣也多，而避开这些，把业余时间放在阅读，放在赋诗作词上，这无疑是一种高雅的人生追求。人的热爱是多种多样的，在寻求这种热爱中享受愉悦和快乐，写诗填词也是如此。"吟得佳句眉飞舞，读到奇书手拍胸。"这是雷宜水的自况。"赋诗待客春如意，品茶谈天好舒心。富贵乃为身外事，贫寂不忘心中情。"《快乐情趣》中这四句把沉浸在赋诗品茶中的乐趣再来一次提升，真是感染读者的抒写。做好本职工作，又有一业余爱好，这爱好高雅且有乐趣，人生难得的境界也！

　　雷宜水1950年5月生人，我乃1950年12月生人，同属虎，难得同庚。谢谢朋友墨然的电话，让我们有此文学邂逅。以上谵语，谨作序言，并祝宜水兄诗词写作再上台阶。

2009年3月12日

扬正气　惩腐恶
——序刘明恒的《官场纪实》

近些年来，文坛上的官场小说很是风行，一部分作家专写官场，以至他们的名字与官场联在一起。更有些作家跟风而上，不熟悉官场也凑热闹，使得这类小说几乎泛滥成灾。说实话，这类所谓官场小说开始读几篇还有些新鲜感，待多读几篇，就倒胃口了。好像官场小说就是"新官场现形记"，把那当官的、掌权的，往腐败处写，往丑恶处写，就能迎合读者对当官的搞腐败痛恨的心理，书就能畅销，作者就成了反腐败的英雄。不是说官场的腐败与黑暗不能揭露不能写，而是你写的不真实不全面。不真实，读者就觉得你虚假，不能让他信服；不全面，好像官场黑暗无边，没一个好人，令人觉得官场没一点希望。虽然"洪洞县里无好人"的地方确实有，但整个官场绝不是这样。作家的责任感使命感何在？文学作品的作用是什么？这也许是个小儿科的问题，但就是这个小儿科的问题，也要向某些作家提出来：作家的使命感责任感就是要引导人们朝前看，文学作品的作用就是要给人希望与力量。

鄂南作家刘明恒，曾经写诗二十多年，近些年却写起了官场小说，这些小说曾获刊物奖，被小说选刊转载，有一篇竟被《领导科学》转载。刘明恒挑选了七部中篇结集出版《官场纪实》小说集，使得我有机会把他的官场小说读了一遍。刘明恒在鄂南的一个县级机关工作了十几年，对县级与由县级上下延伸的乡镇和地区级的官场是十分熟悉的。他对这个空间官场上的阿谀奉迎，尔虞我诈，行贿受贿，买官卖官现象见得很多，他也对这个空间官场上的正直官员廉洁干部清纯真诚的办事员以至官员家属见得很多。因为有长期的生活积累，对这些生活又有一个正确的认识，刘明恒的这些官场小说的故事读起来真实，使我们比较全面地认识了官场。刘明恒的小说背景是在远山县的这个地方，这个地方的官场既不是充满了黑暗，也不是光明一片，这个远山县既不是没好人，也不是没坏人。刘明恒从生活出发，把握住现实的本质，区别了黑暗与光明、好人与坏人的界限，运用自己的作品，扬了正气，惩了腐恶，读者看到了希望：正与邪的斗争，正必胜邪。这正是刘明恒的官场小说与另外一部分作家的官场小说不同的地方，这个不同是十分难得的。

扬正气，就是要在一种浑浊不清善恶同在的环境下，树起一批不入俗流，关心人民群众疾苦，真正为老百姓办事的共产党员领导形象。分管组织、人事的县委副书记任发奎调任县人大主任，在"党委挥手，政府动手，人大举手，政协拍手"的旧观念里，他名义上提升到正县级，实际上是被踢到了权力的边缘。往日的笑脸逢迎点头哈腰立即变成了冷淡讥讽公事公办，实际上什么事都不给你办。在经过了消沉痛苦之后，任发奎觉得自己这个党培养的干部还是要为老百姓办事。他振作精神，下到基层调查，充分发挥人民代表大会的权力，顶着县委书记的压力县长的不配合，搞起一府两院的负责人述职，然后进行评议，检察院法院政府的领导向人大常委会述职，让人大代表给这些人在测评表上打勾，县长被评个"基本称职"。这一招影响很大，对一府两院领导人是一个促进与监督，这无疑触动了那些为官不正的人的痛处。任发奎大刀阔斧地开展工作，远山县人大从来没这么红火过。好吧，你任发奎不听话，县委书记在人大例会时，提议调整领导班子，免去任发奎主任，选举新的人大主任，候选人员是邻县调过来的县委副书记，上级组织部门认可。出乎意料的是参加选举的代表二百五十七人，收回选票二百五十七张，正式候选人得票四十七张，提议免职的任发奎得票一百八十九张，任发奎继续担任人大主任，会场上掌声雷动，县委书记坐立不安。这是民心的鼓掌，这是正气的掌声（《县人大主任》）。

刘明恒在《人事变动》中写的县长赵山泉，不拉关系，为了群众的利益，为了全县的经济发展竭尽全力，却不按官场的潜在规矩办事，于是地委调整干部的方案下来，调他去不景气的地区外经贸委当主任，实际上也是某些人要拔掉他这个不听话的钉子。在官场失意难以施展抱负，妻子患癌症离他而去之际，赵山泉经受了内心的痛苦煎熬，这时却出现了转机。赵山泉大学的女同学的丈夫，是省委分管组织的副书记。这个女同学与赵山泉偶然遇上，了解了赵山泉的情况后，回去对丈夫说了。最后地委调整班子的方案下来，那个苦心钻营准备当县委书记的人走了，赵山泉担任县委书记与县长，他可以施展他的宏图抱负了。在《打工干部》中，刘明恒写了一个乡镇党委书记朱天福，也是一个不合时宜的人，但却是一个愿干事有正气的干部。在县委书记搞的一个派上百名干部南下打工的活动中，寻找到了自己的位置，回到家乡搞农民脱贫致富的项目。刘明恒的这几个人物，应该说都是官场中的好干部，是他张扬的官场正气的代表。

扬正气，写官场，刘明恒的小说中却写到了两个与官职不沾边的人物，一个是门卫，一个是副县长的夫人。《门卫牛一氓》中的门卫，当过兵，上越南打过仗，立过功，回家乡务农，被评为模范退伍军人，由于他生性耿直好打抱不平，得罪了村官。后来在战友的帮助下到县委县政府当了门卫。他收入不高,工作却十分认真,重事脏事抢着干。由于他坚持原则,遇事不拐弯,又得罪了他的领导,被辞退。作者在这部小说中,写的是一个普通门卫的正直,但却衬托出了出入政府大楼的县长局长主任们的日常生活与政务活动,他们品质的高与低。在门卫牛一氓面前,在做人做事方面,他们应该向牛一氓学习。在另一部中篇小说《吴县长和他的夫人》中,作者写了关云霞这个副县长的夫人,具有拒腐蚀永不沾的正气,给他们家送礼,她不开门。熟人进屋,若是送钱,她赶你走,你提东西来,她将东西放在门外,哪怕是同学亲戚也不例外。而她的父亲患胃癌却无钱医治,家里生活也不宽裕。正是因为她的廉洁,在领导干部夫人中,受到了攻击和讥讽,说她不懂人情世故。当然,也正是她的把关,远山县腐败窝案查清,在全县常委、副县长中,唯独关云霞的丈夫吴正宇没问题。这个关云霞,被人称为铁关嫂,是个楷模,是所有领导干部的夫人学习的榜样。吴正宇副县长之所以没有被行贿者拉下水,是因为有这个贤内助防微杜渐。《吴县长和他的夫人》这部小说,在《长江文艺》杂志发表后,被《领导科学》杂志转载,其意义和作用是十分清楚的。

刘明恒的官场小说,扬正气,惩腐恶。在他的每部作品中,写的正面人物的对面,总有一个甚至一群投机钻营,行贿受贿,为了当官朝上爬不惜采取一切手段的官场腐恶。作者没有正面去写这些人,只是在写正面人物遇到的困难处境时,来表现这些腐败的存在,造成了正气难以上扬。官场的腐败,看上去是个顽疾,但在正气面前,在中国共产党领导下的政权中,是终究会被惩治的,这顽疾迟早会被除祛的。正义战胜邪恶,刘明恒的官场小说中揭示了这个道理。而在作者营造的整个环境氛围中,人民是有力量的,法律是公正的,水落石出,善与恶,正与邪,都将找到归属。这正如刘明恒的另一部中篇小说《正本清源》的题目所示,一切都将正本清源。《正本清源》里写了一个曾经是远近闻名的柑橘专业户,被村支书的堂弟和县法院执警队长陷害诈骗,告了十三年状,到县首脑机关上访两百多次,到市里省里甚至中央上访。一个明明白白的诈骗或可说是公然抢劫的案子,仅只因为法院执警队长说自己是县委书记的爱人的表弟,而得不到处理,弄得上访人家破人亡,百病缠身,被人认为是疯子乞丐。终于,在媒体的干预下,又在省信访局遇到省纪委书记接待来访,冤案终得以平反,作恶者被绳之以法,而那个被犯罪者称为表姐夫的县委书记,根本不知道自己有这个表内弟。县委书记在这件案子材料上批示过好几次,但他一次也没仔细阅读材料。假如他阅读了材料,这冤案早就解决了,由于他的官僚,致使一个柑橘专业户破产,家破人亡,走上十三年的漫漫上访路。作者的批判锋芒直指党内的官僚主义者，这种批判十分有力，而为官者的怕麻烦给人民群众造成的痛苦，令人震惊与愤怒，这样的官员，人民群众要他何用？

《官场纪实》，七部中篇小说，部部都有沉甸甸的分量，部部都在张扬正气批判腐恶，这是这本书的最明显的特色。官场小说近几年多到泛滥，由于泥沙俱下，读者对这类题材已有逆反心理了。读者需要的是那种扬正气惩腐恶的官场小说而不是那种胡编乱造的假故事假情节专门展示腐败丑恶的伪官场小说。

刘明恒的小说语言明朗晓畅，故事叙述有章有法，紧凑完整，很注意有特色的细节的使用，人物刻画寻求个性。这些艺术手法的使用，使得他的小说具有可读性，读者读来容易被打动，而不干巴枯燥。

《涌向自己的海》序

因为湖北画报社社长晏良忠和省文联文学艺术院院长刘书平的推荐，我读了林莉《涌向自己的海》一书的校样。这是一本在体例、内容、思想观念及文字书写方面都有个性的书，我在这里只择取一二评说之，以作为序。

无疑，林莉是个情感丰富的女子，她书写的亲情与友情，正如此书第一辑的标题，令人有种"深入骨髓的感动"。她写了自己的妈妈、爸爸、祖父、外公和一个军人亲戚，没有一般人写的柔情，而是一种大的爱情。十八岁妈妈秀丽到极致的美，一辈子追求进步，入团入党，丈夫常年在外地工作，家庭和事业的担子全压在她的身上，她没有怨言地辛劳着。她将逝去的姐姐姐夫留下的五个孩子全迁到自己的眼皮底下，坚定地挥舞起了指挥大棒，指挥着他们求学，奋斗，最终使他们成人。林莉笔下的妈妈是位坚强伟大但又普通的女性，即使在晚年患病时也能坚强地活着。如同写妈妈一样，林莉笔下的爸爸、祖父、外公和那个军人亲戚，都是生活在芸芸众生中的强者。"文革"中，祖父被造反派批斗，因为身躯的高度和气势，造反派们要踮脚才能按下他的头，也因为他壮士般的力量而退避，只能用木板敲击他失去自由的躯体，而他的威严却时时震慑那帮猥琐之人。林莉在第一辑中回忆了她的五位亲人，这五个人都是有棱有角的，而林莉对他们的感情真可谓深入骨髓了。这本书中，还有大量的篇章是写给朋友们的，有倾诉，有友情的回忆，有日常的聊天，但都动人。"岁月在苍老了，我不知你何日再归，你每次来去匆匆，你总说想见我一面，我却失约了一次，而你却电话来向我道歉，我该如何你呢？""你是一个涌动的女人，永远合着风！这一刻，我昂扬在清晨，全心书写你我的芬芳之旅，书写你永不凋敝的真情和风度……"（《内心平和是王道》）

从林莉的一些自述性的文字里可以看出，她是一个热爱生活，喜欢读书写作的人，闲暇时她逛书店淘书而且特别喜欢历史，尤其是二战的历史。这种喜好真是难能可贵，特别是作为一位女性，不去美容不去逛超市不去挑服装，而是沉迷于读书写作，真不容易。我特别喜欢"穿梭于灵魂的英雄"一辑中的写佐尔格与杨靖宇的两篇。很显然这都是林莉阅读有关历史传记后而写的，这两位都是二战期间反法西斯的英雄。佐尔格是前苏联谍报人员,他于一九四零年十一月十八日,从东京向莫斯科发出警报:"德国已开始准备对苏联作战。"佐尔格最后被捕,走向绞刑架时高呼:"苏联、红军、世界共产党万岁!"杨靖宇是我国人民熟悉的抗日将领,他领导的抗联勇士在自然环境异常恶劣和日伪军反复进攻围剿下而坚持战斗。被捕后,日本人把将军的腹部切开,他们是要看看这位中国军人是如何在零下四十二度的原始森林里一个人饥寒交迫鏖战五天五夜,让六百多日伪军只剩下六十几个残兵败将。但将军的胃里只有树皮棉絮和草根。

林莉的文章,不论是记人叙事或抒情,都在寻找表述某种意义与哲理,没有小情趣,没有小女人味,而有一种男子汉的气概。即使是一片落叶,她也能写出:"阅读脚下每一枚叶片,想必现在是他们一生中最没落的时期,没有一枚是相同的,但他们共同张扬过属于它们的花期。现在是它们沉睡的日子,忍耐的日子,牺牲的日子,它们在为来年的蓬勃而蓄势待发。"(《落叶》)

关于林莉的语言得说两句,她的语言有诗意,不是明白如话、流利得一泻无余,她的语言甚至有点滞涩,让你读得有些用力,但是那种蕴含及韵味就在这用力与滞涩中体现了出来。这也许是林莉的一种刻意亦或是习惯。但文字写得更流畅更轻松也是一种境界,也许更高。

《没有回音的山谷》序

　　武钢是出过一批优秀诗人的大型国企，论资历，彭卫华可算是武钢的第三代诗人。武钢的前两代诗人写得多些的是钢铁的铿锵，劳动的壮美，抒发的是豪情壮志。彭卫华的诗写得多些的是个人的情感，生活的感受与启悟。他们的不同，是时代生活变换使然，没有高下之分。

　　《没有回音的山谷》这本诗集，如果挑除写旅途见闻等少数几首，就是本比较纯粹的爱情诗选了。一个在大型钢铁企业中工作的中层干部，写出这么多柔情缠绵和惆怅婉转的爱情诗，也确属难能可贵。诗本是诗人有感而发的产物，心中有块垒，抒发而成诗，不去做作与压抑，写作的过程就是一种快感。而写出的诗又能给读者一种阅读享受，就是真诗人。

　　意义的表述，现代诗是通过一些意象的组合来体现，虽说有时过于生涩的意象给读者造成阅读障碍，但那是一种写作的境界。彭卫华写诗没有玩现代主义，也没有当下的口语诗的那种故意的直白，他使用的是一种直抒胸臆的写作，把情感凝进去，这是他的诗歌特点之一。

　　"我心的红帆船/正张满情地驶向你的大海/姑娘莫怪船载过重/莫怪船走太快/因为它装着我全部的爱"；"心爱的姑娘啊/我多想那感情的狂涛/将我的船底掀翻/让我永远沉入你的胸怀"（《红帆船》）。心是红帆船，装满爱，要沉入所爱姑娘的胸怀。"你看看我/我看看你/眼睛对着眼睛说话/心和心零距离"；"还奢求什么呢/金山银山不值一提/深情的凝眉/两颗心永远贴在一起"（《零距离》）。两人相爱在见面时的那种亲密贴近，十分传神。《追寻》是写给少男少女的一首两百多行的长诗，阶梯式的分行，短促干净的诗句，更是直抒胸怀，畅快淋漓，朗朗上口，适合朗诵，突出地体现了彭卫华的诗歌特色。在《握不住的花香》中，作者对爱之后的分离与惆怅，也写得十分动人。"我们爱过了也痛过了，/世事变迁，物是人非，/如今的你我早已各奔东西。/你说有种感情叫无缘，/我说有种挚爱叫放弃。""不敢问泪之淡咸，/不敢问岁月久远，/只将那段情永远珍藏在心底。"

　　诗有抒情与叙事之分，但是在抒情诗中掺入叙事的成分，也能使诗更加感人与有力，这在许多中外名诗中可找到例证。我自己写诗多年，在我的许多诗中，加进叙事成分，效果不错。我认为这是抒情诗创作中的一种重要手段。彭卫华的爱情诗中，可以见到不少的情节与细节，他把叙事与抒情进行了恰当的结合，产生了很好的效果，这是他的诗歌特点之二。

十八岁的姑娘从小镇参军了，乌黑的发辫一身戎装，欢送的锣鼓把静寂的小镇震得热火。昨晚月光朦胧之下，我与你在垂柳下告别，情意绵绵，说不完的知心话，在那种年代，"没有拥抱／没有接吻／甚至保守到／连手都不敢碰一下"。离别后，我到广阔天地当知青，你到部队里先来了几封信后，就再也没有信息了。我不知你去了哪里，那也许是军机不可泄漏。我只有思念回忆着你。最后等来了你的噩耗，在中越之战中你长眠于南国冰凉的土地上。我千百次唱起《血染的风采》，来告慰你的亡灵，在心灵的一隅，为你披上黑纱，几十年后，我还在铭记着你思念着你。这是《心动的季节》一诗所写的内容，既是叙事又是抒情。《相亲》是一首二十四行的短诗，写的是我从学校毕业后分配进工厂，接我的女师傅一见面就说：你要好好工作，不要着急婚姻事，我把女儿介绍给你。我有点可喜又有点可恨，天底下竟有这样的母亲，强拉郎配与女成婚。一个温馨的周末，女师傅改善我的单身生活，做了好吃的叫我去，并说把我与她女儿的终身大事定下来。我抱定决心不能任人宰割，哪想见到姑娘后方知自己憨，"天上掉下个林妹妹／错过姻缘那才是大笨蛋。"一幕小喜剧，把女师傅的性格刻画得十分鲜明。一首短短的诗，写了一个小故事，刻画了一个人的性格，显得十分鲜活有趣。

古往今来的爱情诗很多很多，专写爱情诗的诗人却很少。爱情诗既然是诗，是一种表达爱情的独特形式，就应该是一种超出具体对象的大情爱，是一种美好情感的张扬。有人对诗人的爱情诗搞求证索引，这诗是写给谁谁的，是诗人的第几个情人等等，这是没多少意义的。爱情诗中肯定有一些诗是写给具体人的，但是更多的是诗人心中的一种爱的倾诉，是聚合了诗人心中的追求与寄托，不是对某个人的具体的情爱。我把这种爱情称作大爱。彭卫华的爱情诗，其中可能有少数几首是写给具体对象的，但更多的是写一种大爱，是超越具体对象的。写给具体某个人的爱情诗，有好诗，但即使这样的诗，也是融入了诗人的理想与想象，不是完全的对象本身。我更赞同爱情诗要写给全人类，写给所有的寄托作者的理想与美感的爱人。彭卫华写出这么多对象不同的爱情诗，但情感还是他的一贯情感，这大约是彭卫华诗歌的第三个特点。

我做了多年编辑，这编辑也快退休了。当编辑时间长，作者成了朋友，彭卫华是其中之一。朋友出本诗集，嘱我写序，也就慨然应诺，写出以上见解，不知彭卫华以为如何？

2010年10月

向往诗情的风景
——序诗集《绿叶萧萧剑雨潇》

很多人在追求诗意的生活,可在这个崇尚高科技的时代,人们被桎梏在了程序的列车上,把思想掩藏,让物欲飞奔,因而有许多人感慨,为什么诗意难觅,为什么难写出好的文章。

我们还是要拿出这一经典的名言来说话,"生活不是缺少美,而是缺少发现美的眼睛。"

读了周志新的诗,我分明感受到了那扑面而来的真情与哲思的潮涌。他给心情放假,把目光停留在了一片树叶、一滴雨珠上,让心灵如蝶一般,轻盈在花蕊绿叶之中,用纯澈的阳光和绚丽的色彩,酝酿了一杯又一杯滋润心灵的甘醇,他珍爱那清清的雨、飘飞的风。他对风儿说:"风儿啊/你轻轻地吹/我让白絮跟着你/遇到困难别叹息/跳一曲春天的芭蕾/向着炫彩的方向/换一种姿势/再向前。"他憧憬着:"喜鹊儿喳喳,莫非来了远方的阿娇。"他陶醉在"人面桃花映朝阳,醉了风景醉了画"的徜徉。他凝视着:"谁的花衣裳/那么灿烂/明媚着春光/全写在了脸上/寻找了那么长时间/幻想出现了神奇的色彩/美丽的容颜/多少尘封的往事/懂得昨天的春/承载着今日的愁。"他呵护着美丽:"那一眸/惊艳的美/是灵动山河的陶醉/不论你 你是谁/美在山水间/不经意的打碎/五彩的缤飞/是静静的秋水/荡漾着羞涩的青葱/是破晓的芙蓉/嫉妒了两岸的轻舟/美在人心里。"周志新带领着我们在平平常常的生活中,感受到了美,感受到了久违的诗意。

诗情不是写出来的,诗应该是情思的泉涌。也许每个人的心里,都有那么一块柔美的天地,那里播种着至死不渝爱恋的种子,那里飘动着唐宫霓裳的华丽。周志新的许多诗都有着独特的文风呈异,我不知道当时的写作背景,但依然能读懂一些,文字是那样的缠绵婉转,令人心醉。他又在寻找、等待着什么呢?《你啊 你啊》:"唯美的景致/穿越了天长地久的力量/那些斑斓的色彩/是缱绻的爱恋/缦妙的风纱/那翩跹如幻/重逢的娇媚/低吟/风花雪月的柔美/你啊 你啊。"《一生在为你等待》:"找不到释手的爱/一遍遍寻找着你的消息/煎熬的心承载不了 太多太久/泪水流尽的时分/怎么能够把心交付 给你/一生在为你等待/愿为你活好每一天/不论你在哪里/一定要等你 做你的唯一/不再说海枯石烂/来生也要守候 等你回来。"

一些人在良苦用心地写诗，可又有那么一些人却用生命在写诗，用生命诠释和践行着诗意的唯美和崇高。屈原把生命写进了《离骚》，然后化为汨罗江的一轮明月。海子追寻着诗意，用韶华青春去诠释那铁轨伸向了远方，再也没有回来。周志新从军从警的履历，不凡的视野，特殊的心路历程，该有怎样的悲怆、痛苦、迷惘、惆怅，我们难以设身处地去担承和分忧，但我们感受到了作者的宽大胸襟和坚强。他心忧江河的沉重，与江河一起呼吸，学会了哭泣。他为摩奴法典的女儿祈祷，需要的不仅仅是甜点和黄油、腰果和莱杜，更需要自尊和自由。他心忧北国的嫂子，责问"漫漫的黄沙，为何逼进了故宫的门槛"。他深情地为农民工呐喊："骨子里镶刻着劳者的基因/传承着祖先的衣钵/却要被时刻拷问几多的尊卑/不再被称为巴人 而叫农民工。"

我能想象到作者有着悲伤的泪水和不眠的夜晚，他俯视着现实，他还有着趁时间老人不注意而先跑到时间那一端的思考，他把爱国爱民的忧思与追求真善美的理想都纳入到了诗中。

据说，泰戈尔的诗集《吉檀迦利》获得了诺贝尔文学奖，而泰戈尔得奖之前，瑞典科学院是有争议的。一位瑞典诗人说，泰戈尔的作品没有争执、尖锐的东西，没有伪善、高傲或低卑，如果任何诗人能够拥有这些品质，那么他就有权得到诺贝尔奖。我无意说些什么，但我从不觉得那种横眉冷对，那些辛辣的讽刺，那些投枪与匕首，那些个呐喊就有什么不好。周志新也在学习着但丁、彭斯、屈原、鲁迅等大家的风范，在为民鼓与呼，在聚集着从善从美的力量。诗集《绿叶萧萧剑雨潇》的字里行间，心灵的清澈，风格的优美和自然的激情，都是那么的水乳交融，揭示出一种完整的、深刻的、罕见的精神美。

人们向往生活的恬静自若，人们痴迷于淡然高雅的生活气质，周志新也有着常人的向往和追求，他有过这样的表述："春暖花开 不要诗意/只想 放下曾经/去听芭蕾的脚步/点点向上 伸展/美丽的轻盈/无关风月/就这样 恬静淡然"。《生命中的江河》有过这样的文字："伫立河边/看着河水自由的奔流/时而急 时而缓/心底的河流/该有怎样的共鸣/没有仇恨/没有暴戾/只有月白风清的淡定/人淡如菊的从容。"

进得去，还要出得来，我们陶醉在风景里，我们沉浸在作品的喜怒哀乐之中，可我们依然要面对作品外面的世界，诗人更应该是如此。要追寻，还要等待；要缠绵醉迷，还要留一半清醒。我们为屈原哭号，我们为海子哀婉。难能可贵的是周志新拥有了诗人的另一份思考："就把早晨折叠/一份留作写生的画板/

一份留作正午的朝阳/只是忆起遥远的山冈/如何驮回明亮的月亮/把青草撒上白霜。"

  读着周志新诗集里的时而喃喃细语，时而高亢宣泄的诗句，可以感觉到他的语言节奏鲜明，朴实平易，有着一定古典诗词的功底。作为一位人民警察，在保卫人民安全的同时，献出一首首美的诗歌，是可喜可贵的。愿周志新志常在，诗常新。

2011年12月11日

真切而鲜明的表达
——序《凝望岁月》

　　遍观当下诗坛,为民生主正义斥腐朽揭黑暗的诗是越来越少了,而那些书写个人生命感受、伪先锋假现代、离老百姓越来越远的口水诗倒是大行其时。这样的生态环境,使得一些有良心关注现实的诗人干脆不写诗了,与当下诗坛保持距离,我就是这样的诗人。

　　那年参加第八次全国作代会,碰到鲁迅文学院公安作家班的学员刘国震,他见了我就背出一段我过去写的诗,令我记忆深刻。前不久,我的师弟湖北宜昌市作协主席、《三峡晚报》社长张泽勇电话告我,刘国震新出诗集,希望我写篇短序。当我读完《凝望岁月》的全部诗稿后,很愿意为这本书写点感受,权当是序。

　　刘国震的诗是贴近生活的现实主义写作,与现代先锋相去甚远。他直抒胸怀,歌颂他认为该歌颂的,鞭挞他眼中的丑恶,态度十分鲜明。他的立场是站在党和人民一边的,没一点含糊。他写邓小平是个诗人,"黑猫　白猫／是两个最鲜活生动的意象／让老百姓拿起筷子吃肉的同时／读懂了政治经济学";他写人民的公安局长任长霞牺牲后,群众为她送行:"四月　干旱缺水的登封／被泪水濡湿／哀乐声声／催开大街小巷的白花／万人空巷的古城啊／十里长街　载不动那么多哀痛";他写抗震救灾女民警蒋小娟为灾区孤儿喂奶:"一个年轻的妈妈正在喂奶,／丰满的胸乳洁白无瑕。／怀中的乳儿在贪婪地吮吸,／小脸灿烂成一朵鲜花。"爱分明,憎也分明,在《乱世狂人》组诗中,他用匕首般的诗句揭开了林彪、康生、张春桥的画皮,露出他们反党反人民的本性。他对现实生活中的一些丑恶也表现出了一个诗人的愤怒。贵州省毕节某土管所所长酒后强奸陪侍女教师,而当时也参与喝酒的警察却说戴了套子不算强奸。身为公安一员的刘国震以愤激的心情写了七十余行的诗《真想把他们装进套子》,痛斥了这伙小丑们的卑劣行径,伸张正义,呼吁良知。诗的最后他写道:"我用上述分行的文字／记录下一桩荒唐的案件／'你说是诗就是诗,你说不是诗就不是诗,反正,我也不想写诗了。'／——说这话的不是我,／是一位湖北诗人／名叫刘益善"(很荣幸我二十多年前说的话被他用进诗里)。汶川地震一周年之际,"X跑跑"的眼镜竟被地震博物馆拿出来展览,真是无聊之极!刘国震写诗批之,我也觉得批得好。诗坛要现代派先锋主义诗歌,也要刘国震这样爱憎分明的诗,这样的诗老百姓喜欢。

  收在《凝望岁月》集子中的诗,有长诗也有很精短的诗,还有一些四言八句的古体诗。我很喜欢这些精短的诗,简单两行诗,却能说明一个并不简单的道理。"有时握住一缕春风／有时握住一支冷箭"(《握手》);"并非全是／激情的碰撞"(《鼓掌》);"嗜血者／常哼着柔情的小调"(《蚊子》);"情况不妙时／先藏起脑袋"(《乌龟》);"吹得／刺不得"(《气球》)。这些短诗的写作,可见出作者概括事物内在含义,准确表达意义的能力,重要在于作者提炼语言锻造诗句的才能。有人写了一辈子诗,人们却一句都记不得;有人写的诗并不多,人们却能记住他的许多精彩句子。刘国震这本诗集中有不少精彩的诗句,不论长诗短诗都有。他写遵义会议的诗中有"毛泽东艰难地推开平庸的棋手／潇洒地挪动几颗棋子／便满盘皆活";他写西柏坡的诗中有"爬过去黑夜就甩在身后／爬过去曙光就在眼前"。这些句子能流传多久多远不好说,但这些句子精彩隽永却是实在的。

  我是在北京时匆匆见刘国震一面,对他并不熟悉,读他的诗以及他的评论集《感悟浩然》,才觉得他是一条汉子。在一些人嘲笑攻击浩然时,他挺身而出写许多文章捍卫,我以为是难得的。刘国震,我们都是从乡村走出来,心灵有相通之处,愿你诗心常在!

言志易懂无定法
——读许水旺诗集《水天一色》

《水天一色》有四辑，第一辑"百花篇"写一百种花，第二辑"百事篇"写一百种事物，第三辑"百人篇"写给一百个人，第四辑"百联篇"是一百副对联。这四个一百篇所写对象不同，但都是言志，有的是直抒胸襟，有的是以事寄情，全是积极向上记友谊亲情载反思体悟的意绪，无疑对读者有启发作用和审美意义。

郭沫若曾为一百种花写诗，共写了一百零一首，第一百零一首是写所有的花。许水旺也写了一百种花，与郭老所写之花各有特色。他写《杜鹃》："叶影稀疏枝影直，含情数月研花饰。只因有鸟曾血啼，尽染杜鹃色变赤。"虽只四句，却有明确的象征意义。另一首《苦菜花》："苦菜花开几点黄，斯民曾以度饥肠。至今回首当年事，苦尽甜来思我娘。"写花本身只一句，而后三句都是回忆当年娘用苦菜养儿的恩情。还有《地菜花》的"三月煮鸡蛋，一年疾首医"，是写民间传说三月三地菜花煮鸡蛋可防百病，发掘出诗的意义。许水旺的百花诗，将雪花、浪花、火花、烟花也写了，有植物花也有非植物花，可说是他的一个创造。在"百事篇"中，有一首《自重》，"滑落尘埃易，坚持操守难，精心励志去，自重做人还。"自我勉励，要自重做人。《听一则新闻》，杨丹因病辍学，父残母瞎奶病，作者想援助，可自己又没能力，"若能他日得丰盈，济困扶贫多助弱。"在"百人篇"和"百联篇"中，作者赠给亲人与友人的诗，都是美好的期望善良的祝愿。我很喜欢他的一副短联，"妻贤夫祸少 子顺母心安"，言简意赅，强调一种人人明了的道理。许水旺的诗，少有风花雪月，多是言志向前，有思想意义。

诗歌应该走向民间大众，不能躲在象牙塔里供少数人把玩，那是诗歌的歧路。诗歌要走向大众，首先要让人懂，你写的那些佶屈聱牙的句子，别人像猜谜语一样，云里雾里，干脆就不读了。许水旺的诗，明白晓畅，通俗易懂，没有奥典僻语，人人都能一目了然。他有一首《羁所寄儿》，六言人辰辙，一百一十余行，写他接受调查受羁押时对儿子说的话，殷切而情深。全诗语言明畅："一日三餐九两,晚上电灯通明,有时打打扑克,乘兴写点诗文。"这是叙说自己的生活。"家里有你妈妈,我也很少操心,儿子锐意求知,我也基本放心。"这是对家里与儿子的念叨。"我当十年行长,做了许多事情,是非功过曲直,历史自有公论。"这是对自己所做事情的一种坦然自信态度。"自有青天在外,是非必会澄清。"相信法律和党的政策。这些诗句明白如话,是真正写给老百姓读的,无一点语言障碍。

中国诗歌自《诗经》始,是没有什么定法的。"关关雎鸠,在河之洲,窈窕淑女,君子好逑。""采采芣苢,薄言采之。采采芣苢,薄言有之。"这些都是当时老百姓的语言,有诗意有内容,写出其节奏与韵味来,就可以是诗。中国诗歌到格律时代,就有些束缚人了,虽说唐宋诗词有辉煌的成就,但诗词要讲究韵律平仄对仗等规矩,一般人写不了。"五四"之后,诗又回到白话自由体,"两个黄蝴蝶,双双飞上天。不知为什么,一只忽飞还。剩下那一个,孤单怪可怜;也无心上天,天上太孤单。"这是胡适《尝试集》中有名的《蝴蝶》。白话诗革命,打破格律,诗无定法。许水旺的诗,语言整齐,讲究韵律,有节奏感,追求诗意,但在平仄上却没有严格讲究,既像新诗又像旧诗,其实是没有格律的。无定法,自由表达,让人看懂,效果达到就行。

写诗言志,印刷成册,赠朋送友,事业之余,写些长诗短语,也能其乐无穷。

2012 年 7 月 8 日

大气与质朴是一种追求

两千二百零八年（公元前196年）前，我氏高祖刘邦东讨淮南王黥布的叛乱，回归途中经过沛县，邀集家乡的朋友和父老乡亲以酒叙旧，畅饮高歌。高祖当时激昂奔放，豪气冲天，即兴咏吟，击筑而唱《大风歌》："大风起兮云飞扬，威加海内兮归故乡，安得猛士兮守四方。"唱罢慷慨起舞，伤怀泣下。《大风歌》是一首震烁古今、风格豪放雄壮又充满着质朴之情的经典名作。我高祖得天下后，建国汉，乃有汉族汉字之称，而一首《大风歌》，唱出刘氏大汉雄风，千年不绝。

两千二百零八年（公元2012年）后，湖北刘氏联谊总会成立汉风书画院，继承民族传统文化，弘扬社会文明，构建和谐社会，丰富企业文化。这次汉风书画院辑三十七位书画家的作品，出版书画作品集《汉风》，这是湖北刘氏的文化艺术盛事，也当击筑而歌，歌这承汉风展英才的当代奇葩。

绘画与书法，在中国传承久远，风格与流派是百家争鸣百花齐放。这本书画集既名《汉风》，就要引起我想到汉高祖的《大风歌》了。《大风歌》了了数字，千年流传，抒发情怀之大气，语言表述之质朴，实乃罕见，是真正的"汉风"。我们的书画家，不管画什么画，写什么字，都要表现一种气，这种气是作品的生命与灵魂。豪放雄壮的作品，可表现大气，小桥流水古藤老树的深静婉约之作，也能出一种灵正之气，灵正向上之气也是一种大气。《大风歌》除大气之外，还有一种质朴，这质朴是能亲近观赏者或读者的一种基本风格。如果太现代太抽象太变形太探索，可能就没有多少人来观赏来阅读，就没有质朴。同样，矫揉造作神五六道的东西也离质朴很远很远。

由《大风歌》到《汉风》，我在这里提倡大气与质朴。由书及画，及一切文学艺术作品，我们都应该追求大气与质朴。

以上管见，见笑各位方家。

2012年11月6日

乡土与情感的抽屉
——序刘志毅诗集《船在湖心》

刘志毅的新诗集《船在湖心》，所收诗作内容颇丰富。其中有写景点的《温泉，从来就没有冬天》，这首长达一百四十余行的诗洋洋洒洒，写盘古开天地，写十八层地狱，写八仙故事，且引用多位古人对温泉的歌咏，最终落点"只要心中有了温泉，/这个世界，/从来就没有冬天"的诗眼，实为一首厚重之作。此外，还有写防汛抗洪、写爱情写友谊、写生活中种种感悟的诗，都不乏真知灼见和深远意蕴。但这本诗集中最多的还是乡土与情感的诗，乡土情结是《船在湖心》的主旋律，贯穿在诗句中的乡土情丝强韧且不绝如缕。

中国是一个乡土文化浓郁的国家，中华民族是一个乡土情结不解的民族，不论是乡村的城镇化，还是地域的全球化，乡土文化还是以其强大的力量浸透盘踞在我们的文学中，这或许是我们民族文学的个性与特色。

刘志毅有首诗叫《抽屉》："一些珍贵/经常放进抽屉/锁好。"我们不妨把刘志毅的《船在湖心》当做他珍藏乡土与情感的抽屉，当"记忆的抽屉/一拉开/思绪直跳、直蹦"。

"几缕炊烟/几处篱笆/几只小狗/围着你我的脚打转/动不动就甩起快乐的尾巴"（《爱的诱惑》），这是乡村生活生动的素描；"荷塘边，新雨后/淡雅的情趣/随紫色的小花/开满一片草地/一年/又一年/一年又一年"（《淡雅的情趣》），细腻而淡雅的情思，悠长且悠远；"雨点不轻不重/落在身上，好痒/满眼绿色弥漫/由远而近，好香/牛背上的鹭/走进了你诗的意境/走进了心尖/走进了梦"（《去看鹭》），意趣盎然，那牛背上的鹭鸟啊，分明是诗意的化身；"小时候不懂事/总是问：/爷爷，你的头发怎么跟喜鹊一样/有的黑、有的白呀/爷爷摸摸我的头/一笑/一巴掌拍在屁股上"（《突然想起了爷爷》），很生动的爷孙嬉戏图。还有《看电影》："儿时看电影/提着一把小板凳/或者席地而坐/露天/等上几个小时/总是在银幕最近的地方/恨不得钻进银幕/看电影就是过大年。"现在看电影，软包、环幕、空调，"但是总找不回从前的心情"。还有《回味》：找到当年与情侣幽会的地方，山还是那山，泉还是那泉，那块一起坐过的青苔，还是那么清晰，可竹林深处，已是另外一拨年轻人在，使得我"管不住的眼泪太过调皮/往下/滴/滴/滴"。

  我不再引用刘志毅的诗句了，从上引的诗句难道还读不出作者满储的乡情和对故乡亲人儿时生活的深深忆念么？唯有乡情最动人，唯有乡情最感人，唯有乡情入诗最朴实最无华最不无病呻吟。刘志毅，这位出自乡土后来做了副县长如今仍在任上的诗人，在他从政之余，用诗来记下他的生活感悟与内心的情感，最多的是乡土，这很正常也很令人高兴。只有热爱家乡不忘故土的情愫，才能产生为家乡建设为乡亲富裕勤政给力的动力。我真希望有更多从事领导工作的人，能写些诗，抒抒情怀，不忘乡情，关注民生，这对他们的工作，只会产生正能量，而绝不会有反作用。

  刘志毅的诗抽屉打开了，珍藏在他抽屉里的美好与诗意装点世界，增加丰富的色彩。

2013 年 1 月 6 日

《父老乡亲》序

　　武汉作家协会副主席王新民对我说，我老家武汉江夏金水闸街有个写诗的年轻人叫张维清，诗写得还不错。不久，王新民给我发了一组张维清的诗稿，这时我已从《长江文艺》退休，受邀编一本农民工生活文学杂志《芳草·潮》，我就选了张维清的一组诗发在这本杂志上，占了三个页码。这是张维清第一次在公开杂志上发表诗作，且一下子发这么多。我是看中了张维清诗歌中的那一份乡村情结和他叙事抒情的朴实与真挚。这组诗中有一首《打工怀想》，写打工者出门时父亲的送行和母亲的唠叨嘱咐；他在陌生城市，"水泥　黄沙／扬起的灰／脸被细琢成一幅油画／砖在手心转动／一口一口地叠起／热乎乎的汗水／灌溉城市的花朵"；母亲问寒问暖的电话，父亲的短信充满了期盼，而他在劳动中对山村满储着圣洁的爱。不说这首诗写得多么好，只说诗中流露出来的情绪，没有那种被人写得太多的农民工的苦难与城市对他们的不公平（苦难与不公平肯定还存在，还要写），而是健康向上充满了阳光，这是难能可贵的。诗可以写苦难，也可以写生活中的温馨与亲情，只要是真实的表达，不是人云亦云，追赶时髦。

　　张维清的乡村情结表现在他的诗作大量地写了乡村的人物与事物，写土地，写农具，写父亲母亲及其他亲人，写乡村的景色，写乡村人物的内心情感，写得都很朴实与动人。写人物，有关父亲母亲的诗有好多首。他的乡间父母是勤劳善良的人，为了子女，为了生活，累弯了腰，洒干了血汗，最后回归了土地。他的父亲对土地无私奉献，把一点一滴的血汗，喂给了那些日益膨涨的根须，土地也给了他回报："死后／黄土弹了一床被褥／这是送给他／最相思的礼物"（《土地父亲》）。他的母亲："用那双打了四个补丁的黄鞋／叫醒了门栓／扛起随身带着的锄头／让忙碌／去寻觅心中装着的那片土地"（《母亲》）。短短的几行诗，就画出了勤劳母亲的形象。当母亲患了癌症，躺在病床上的时候，"我摸着那嶙峋粗糙的手／宛如摸到了她　养活的那片黄土"（另一首《母亲》）。作者在多首诗作中写到了父亲母亲，处处满溢着对农民父母的深爱与歌唱。在《春耕春耕》一诗中，作者写道："每坑二粒／种进母亲挖好的土眼里／我也悄悄／埋进母亲　辛苦的笑声／让那些日后长成种子／天天听到一种呼唤"。张维清的诗还写了伯父、祖父、乡间老农等其他父老乡亲。一个能长久把亲人挂念在心且付诸文字的人，一个能把乡间的农具、庄稼挂念在心且付诸文字的人，他是不会忘记自己的根本的，他的写作也一定是为了他的乡情与乡亲，他是不会写那些云里雾里佶屈聱牙他的父老乡亲读不懂或不愿读的诗歌的。张维清的诗路很正，一开始就写自己熟悉的乡村生活，写自己的真实乡情，这决定了他今后的创作路子会顺利而有前途。只有那些脱离生活没有地气的创作才是没有前途的。

　　张维清写作很勤奋，他在基层工作，生活是丰富而充实的。如今他要出诗集了，希望我写篇序。所谓写序，不过就是对作者的作品评价一番，顺便探讨一下创作问题，给读者一定的启示。我对张维清的诗说了他的优点，但我也要指出他的诗锤炼得还不够，有些诗句不精粹，如果能有更多的像"我挑着一担水桶/把黄昏叫回了家"（《河》）、"渔民　撒下一张百孔千疮的网/收回白银/在夕阳上跳动"（《炊烟》）、"烟是书家/在夕阳这张红纸上一副狂草"（《河流》）、"泡开昨日凝固的风雨/茶花绽放/世界瞬间变绿"（《泡茶》）等诗句，那就更好。诗人，有时写了一辈子诗，却一句诗也没留下来，有的诗人有几句诗留下来了，人们记住了他，他就是著名诗人了。唐代襄阳籍诗人张继只一首《枫桥夜泊》，就让他流传千古。所以锤炼诗句写出哪怕只一首好诗来，对诗人来讲是十分重要的。张维清写作的路还很长，希望他写出更多的好诗。

　　　　　　　　　　　　　　　　　　　　2013年11月26日

唯情入诗《水戒指》

因为采访中国科学院院士、著名生物学家邓子新，我到武汉大学药学院，接待我的是孙雪女士。孙雪见我名片上有湖北省作家协会副主席的字样，对我分外客气，令我猜测到这人可能有文学情结。果然在我完成采写任务后，孙雪给我打电话，说了她自小对文学的爱好，以及她在网络上发表了作品的情况。我采写的院士邓子新是湖北房县人，孙雪也是房县人，而我对房县有一种本能的亲近感。一九七七年，我作为湖北省委路线教育工作队员，在房县山里待了一年，我八十年代初写的获奖组诗《我忆念的山村》，就是写的房县。之后我对房县人房县事就特别关注，把房县当做我的又一个故乡。孙雪是房县人，又爱好文学，所以我很愿意帮助她。

孙雪有一天就给我送来了一叠诗稿，还有几篇散文与长篇小说的梗概，她说她在哪个网哪个网上发了作品。我很少看网络作品，不知她的那些作品在网民中反响如何？但我读了她的诗稿后，我对自己的猜测确信不疑，这是一个不仅有文学情结而且文学素养不低并且对文学很投入的人。

诗是情感表达宣泄的载体，无情感亦无诗，即使是哲理诗咏物诗与现今流行的口水诗，那里面也是流露出了某种情感的，冰点情感也是一种情感。孙雪的这本诗集，写的全是情，她已入诗歌之门。写诗没有情感，那是门都未入的。"她想种下蓬蓬勃勃的绿荫一片/为我抵挡人世的风暴沙尘/她想挂起晶晶亮亮的星光一串/为我照亮幽暗的漂泊旅程//不管我在哪里/总想着妈妈的嘱咐/那是我的宫殿/里面住着永远也长不大的公主/不管我在何方/总想着妈妈的叮咛/那是我的背囊/里面装着永远也不干涸的清泉/妈妈是我一生的牵挂"。（《妈妈》）在多首写亲情的诗中，写妈妈的这一首，深蕴着女儿对妈妈的牵挂和感恩。

这本诗集的名字取自集子中一首诗的名字，是我帮孙雪定的。水戒指，多么美的一个意象：白金的，钻石的，红宝石的戒指，统统不要，只要一枚特殊的戒指。什么样的戒指呢？"愿跋涉千里去寻觅/愿散尽万金来拥有。"不需要。只需"取滴晨露吧/你捧/青翠竹叶儿呈放我的手心/晶莹的露珠儿闪着我的倩影"；"我转动无名指一圈/你用晨露烙上印/一圈"；"我笑了/谢谢你送我水戒指/泪珠儿滑落/在你转动的无名指上烙上印/一圈";"我们的水戒指/没有人看得见/我们的水戒指/永存天地间"。这么一首短诗,因为有个奇妙的构思,作者的纯情与小儿女态,表现得栩栩如生,有一种纯粹的美感。孙雪写爱情,除了《水戒指》的以物寄情外,更多的是直抒胸臆。"每一朵花都有枝头/花开花落/缤纷了四季/我为你晶莹在空中/一朵朵的花开/一片片的飞散"(《为你花开》)。"我想我的小屋/只有我和你/深深的根交织在一起/绿绿的叶相触在云端/擦根火柴点燃太阳/来吧一同燃烧/今生今世的幸福和痴狂"(《我的小屋》)。

  爱情是文学作品书写不尽的题材,诗歌更是如此。不论现代诗歌怎么发展,人类的亲情爱情友情都是诗歌必写的内容。我们所有写诗的人都要记住:无情即无诗。我深信。

                    2014年7月15日

《我忆念的山村》后记

一九六九年,我十九岁,醒了升学的梦,从武昌县一中回到金水河畔,已经当了两年农民了。白日高强度的劳动,晚间回到茅屋里,骨头简直要散架了,多想睡觉啊!但我似乎总不甘心,有点什么在支持着我,想干一件什么事。这种精神刺激着我,就着昏黄的灯光,看一会儿书。看着看着,疲劳慢慢地忘了,直到大公鸡喔喔的叫声惊动了我,我才合上书本。故乡的田野,辽阔平坦;故乡的人民,勤劳纯朴;那牛背上牧童的嘹亮歌声,那乡亲们中口头文学家的美好故事,是我的新课堂和新老师。我一边劳动,一边学习,想尽办法弄来一切可读的书。大约就是在这时候,我萌动了写点什么的念头,于是拿起笔,写起诗来。这一年是建国二十周年,我们县文化馆办的《武昌文艺》上发表了我的一首诗,如今只记得开头两句:

"红旗飘飘映彩云,

亿万人民庆国庆。"

县文化馆寄给我一张表格,我就成了这家杂志的"工农兵业余作者"了。此后,我在这本油印刊物上发表了数十首所谓的诗。我在正式刊物上发表诗,是一九七三年。而我承认我发表的诗能够称得上是诗的,则是一九七八年底至一九七九年初开始发表的作品。这中间经过十年的涂写,才使我能较正确地认识到,作为一个诗人的社会责任,以及写好每一首诗所应付出的辛勤劳动,我稍稍成熟了一点。

一九七一年二月,我上了华中师范学院中文系。一九七三年十月,我分配到省里一家文学刊物学做编辑工作。我这段时间走的路,如今看来,是历史起的作用,我自己是没有选择的余地的。从在油印刊物上发表第一首诗,到我真正有意识地以一个诗人的责任要求自己,鄂西北那个山村的一年生活起了关键作用。一九七七年,我作为一名省委路线教育工作队员,到鄂西北的一个山村搞路线教育。当时,"四人帮"刚粉碎不久,党的十一届三中全会还未召开,我们仍然搞的是"割尾巴",批资本主义的一套。但我是一个农民的儿子,农民的血统使我深深感受到林彪、四人帮的极"左"路线给山村,给中国广大城乡带来的深重灾难。在与农民相处的一年中，我从那些像山岩一般的农民父兄身上，看到中国农民的勤劳、坚韧、淳朴、不怕吃苦的美德。他们是中国的基石。我深深感觉到：我今后写诗，再不能人云亦云，空喊几句苍白的口号，说几句押韵的套话了。那不是诗。我应该写农民，为农民塑像，刻画他们性格中闪光的东西，这才是我的诗的归属。从鄂西北山中回来，经过一段时间的思索，我写成了组诗《我忆念的山村》，这组诗后来被《诗刊》转载，并能获《诗刊》优秀作品奖，是我对写诗有了新的认识，并有鄂西北山中一年亲身体验的结果。我愿今后更好地来写农民，写我的父兄。

　　这本集子是我的第一本诗集，除了写鄂西北那个山村的组诗"山村集"之外，还收入了我写故乡童年生活的"童年集"。故乡的童年生活，虽免不了苦酸，但更多是明丽、优美和温暖的阳光。每每想起童年，心中总有一种亲切美好的感情。收入集中的"小花集"，都是一些二十行以下的小诗。记得有一次看电影，老诗人徐迟坐在我邻座，他谈起我刚发表的一首诗，并对我说：写诗应该有追求，写得小一点，巧一点，美一点。我牢牢记住了这"三点"。集中的"冬荷集"，是一些思索后的小诗，就不多说了。

　　十多年的努力，除了奉献给读者这一本薄薄的幼稚的诗行外，余下的只有我的惶恐和信心了。感谢徐迟同志热情作序，感谢长江文艺出版社同志的努力，决定出版一套"长江诗丛"，使我等之辈的集子能够问世。

　　我不会忘记给我在创作上许多帮助的前辈与同辈诗友。我将再努力，为了诗！

1983 年 12 月 31 日

《红帽子黄帽子》后记

我的第一本散文集《玛瑙石》是十年前出版的。十年后的今天再将所写的可称为散文随笔的文字汇拢，发现还可出几本集子。前些年还出版几本纪实文学或小说或诗之类的集子，近几年因编务太忙，只能写些千字文，数量不少。这次武汉作家协会编辑"黄鹤文丛"，邀我加入，是个机会，我从杂乱的短文中挑出了十几万字，编成目前这本书。

我固执地将《红帽子黄帽子》当做书名，是因为几年前我就编成了一本集子，以此为名，朋友龚明德为我出了很大的力，终未出来。这次虽说文章换了不少，但书名保留，也是为了对龚明德的一种谢忱。

本集文章写作年限较长，有的文章署了写作时间，是为了让读者明白是那个时间段的事。人事变化是很快的，有的人今非昔比了，但我写的是那个时间里的事，文章留下来，只是个纪念罢了。本集还收了我为一些业余作者出版书籍所写的序。我不是好为人序，我只是一个编辑，为这些朋友出书写些鼓励与批评的话，正合我的编辑身份。

感谢对我写作及本书出版给予过帮助的人们。

2001 年 9 月

《三色土》序

进入二十世纪九十年代，我写诗的狂热趋于冷静，诗越写越少，有时一年写不了几首诗，其他文章多起来了。究其原因，心境使然，激情少了。

回想三十多岁时，所见所闻所感，总有一股诗情在心中激荡，星期天关起门来，提笔铺纸，一天可以写几首诗。一年下来，大大小小的报刊发诗，总有百首以上。每发表一首诗，都有一种收获的快感，就像农民望着田地里成熟的庄稼，有种成就感。哪像如今，即使在大刊名刊上发表了作品，也没有十分的高兴。因为想到自己的这点文字，与中国大海一般的文学佳作相比，只是几星泡沫而已。

诗是属于时代的，只有那些最优秀的作品，才能穿越时空，留传后世。网上曾有一篇《枪挑湖北诗坛》的文章，第一个就是枪挑的我，说我的曾被收入《中国新文艺大系》中的获奖组诗《我忆念的山村》，写得像顺口溜。这是不同时代对诗的不同要求。就像我们读二十世纪五六十年代名诗人的名诗，有时也看不出其好在哪里一样，这是因为我们远离了彼时彼地，用此时此地的眼光看那时的作品，所产生的感受就是如此。但是，五六十年代的诗和我写于八十年代的诗，作者写的时候是真诚的，表现了那个时代的情感与风格，作为一种记录时代感情的文字，是有其意义与作用的。今天的新诗人所写的一些诗，是今天的情感与风格。再过几十年，也会有人说这写的是什么玩意儿，连顺口溜都不如。但这些诗，还是有其认识价值的。

这是我的第五本诗集，所选的诗作基本上写于二十世纪八十年代，只有少数几首写于九十年代。这不是一本诗选集，而是我将写西部、写长江、写乡村的诗编成三辑，取了个名字叫《三色土》。我在八十年代初去过新疆、张家口、大同、西安等地，当时写的诗，都收在第一辑中了。我自小生长在长江的支流金水河边，我的乡村离长江也很近，小时为那巍巍的长江大堤挑过土。我后来读书工作都在江城武汉，而我工作了三十一年的单位也称为长江文艺杂志社，我这辈子就没离开过长江。我写长江的诗不少，第二辑中选编了一部分，以表达我对长江的那种不断的情怀。我生长在农村，学写作后，不论是文是诗，大部分内容都与乡村有关。批评界过去多称我为乡土诗人，确实在我的诗作中，乡土诗给读者的印象更深些。翻检我写的乡土诗稿，数量还真不少。第三辑中选编了一部分，我是离不了乡村的。《我忆念的山村》当年获奖后，诗评家张同吾在《文艺报》撰文，称此诗为"刻画中国农民性格特征的力作"。后来《诗刊》又发表了我的组诗《没有万元户的村庄》，《人民文学》发表了组诗《乡村的忧思》。我把这三组诗都收进了集子，这是我写的三组乡村诗代表作，表达了我作为一个诗人对乡村的忧虑与思考。在一次关于我的诗歌研讨会上，这三组诗被统称为"刘益善乡村忧愤诗"。这忧愤中有深深的爱啊！

  编的是旧作，但我自己读起来，也还是充满了激情与诗意，这些诗还没有因时光的冲洗而变得苍白，这是窃以为安慰的。现在，我把它们交给朋友们指正，或许能为朋友们增加点谈资与启发。

2004 年 8 月 8 日

《向警予之歌》后记

一九七九年是中国共产党第一个女中央委员、第一任妇女部长向警予烈士在武汉牺牲五十一周年。那时,我的诗歌创作热情正高,做编辑的我得到了半个月的创作假,于是就一气呵成守就了这部传记体抒情长诗《向警予之歌》。诗稿写成后,我寄给了出版社,第一家退回又寄第二家,然后是第三家第四家,大约周游了十来家出版社。令我感到鼓励与欣慰的是,这十来家出版社的编辑都给我写了信,并将手写的原稿退回。这些信的意思大致差不多,就是诗还不错,但出版后怕销路不好,怕赔钱。有的编辑给我的回信长达十页稿纸,使我在惆怅中又很感动。

时光飞逝。转眼就到了二零零七年,《向警予之歌》有幸成为中国作家协会重点扶持的出版项目,同时得到了湖北省委宣传部文艺处及部领导的大力支持。武汉市委常委、纪委书记、诗人车延高同志得知这一情况后,热情地向武汉市新闻出版局局长、武汉出版社社长彭小华同志作了推荐,小华局长当即表示长诗由武汉出版社出版。

向警予烈士在武汉领导革命斗争多年,一九二八年由于叛徒出卖在武汉被国民党反动派抓捕,一九二八年五月一日在武汉英勇牺牲。向警予烈士的墓如今还屹立在武汉的龟山顶上,是重要的革命传统教育基地之一。《向警予之歌》由武汉出版社出版一直是我的愿望,在烈士牺牲八十周年时出版这部长诗,更是意义重大。

距离我最初写作这部诗稿时已经过去了二十九年!当年那个二十九岁的热血青年如今早已暗生华发。这些年中,我无数次重读这部《向警予之歌》,每次都会被烈士的精神所感动,被当年创作时的热情所打动。相信这也是二十九年后她能够得以出版的原因之一。感谢这个伟大的时代,不仅从经济上物质上彻底改变了我们的生活,也为我们提供了更为丰富的精神生活和思想空间。但无论时代怎么变化,老一辈革命家的光荣与牺牲我们永远都应该铭记。我不相信有什么"垮掉的一代"!我相信,我们今天的青少年同样崇敬英雄热爱人民,向警予烈士短暂却光辉的一生,一定能够像当年深刻地感动了我一样感动他们!

2008年1月12日

《吸毒者》前言

毒品是指鸦片、海洛因、冰毒、吗啡、大麻、可卡因以及其他能够使人形成瘾癖的麻醉药品。服食或注射毒品直接危害人们的身心健康，给经济发展和社会进步带来巨大威胁。吸毒会引起贩毒、诈骗、暴力犯罪、卖淫、艾滋病传播等一系列社会问题。

一八四〇年鸦片战争之后，毒品给旧中国危害百年以上。究竟有多少人吸食，死亡多少吸毒者，因无完整统计资料，谁也说不清楚。至一九三八年，仅东北地区就有十四万人死于鸦片烟毒。据新中国成立前几年的统计，全国吸毒人数达两千万人，制毒贩毒者达三十万人，罂粟种植面积为一百万公顷。

新中国成立之后，一九五〇年二月，中央人民政府政务院发布《关于严禁鸦片烟毒的通令》，我国开展了声势浩大的戒毒运动，禁绝了为患百余年的鸦片烟毒。二十世纪八十年代中后期，由于境外毒品的侵袭，我国的毒品问题又死灰复燃，吸毒人员随之逐年增多起来。一九九〇年十二月，时任国家主席杨尚昆签署了第38号主席令，宣布《全国人大常委会关于禁毒的决定》立即施行。而在此之前的一九九〇年四月十日，在世界部长级反毒品大会上，中国代表团团长李道豫强调指出：中华人民共和国政府从成立之初就采取严厉措施禁毒，成绩卓著。在很长的一段时间内，中国已经基本不存在毒品问题。近年来，某些国际贩毒集团与中国境内的不法分子相互勾结，利用我国对外开放之机，把中国某些边境省市作为贩毒过境渠道，使得中国某些地区的吸毒人数有所增加。对此，中国政府正在采取有效措施，加强缉毒、禁毒和戒毒工作。

二〇〇五年四月，中国国家禁毒委员会贯彻落实胡锦涛总书记、温家宝总理提出的要打一场禁毒防艾的人民战争。这次禁毒人民战争是以遏制毒品来源、遏制毒品危害、遏制吸毒人员滋生为目标。同时部署开展五大战役，禁毒预防、禁吸戒毒、堵源截流、禁毒严打和禁毒严管五大战役齐头并进，同时开展国际合作，取得了明显的成效。

二〇〇七年十二月二十九日，中国十届人大常委会第三十一次会议审议通过《禁毒法》，这是中国的第一部禁毒法，于二〇〇八年六月一日起施行。

据新华社北京二〇〇八年六月二十四日报道，中共中央总书记、国家主席、中央军委主席胡锦涛，中共中央政治局常委、国务院总理温家宝等对禁毒工作作出重要指示，要求把禁毒工作作为一项长期任务，坚持不懈地抓下去；要认真总结经验，针对新形势、新问题、新特点，继续搞好综合治理，继续深入开展禁毒人民战争；要下大力气，在宣传教育、依法严打、科学戒毒、强化管理、国际合作等方面取得明显成效；要以实施"禁毒法"为契机，加强禁毒执法，努力开创禁毒工作新局面。

国家法令的公布施行，党和国家领导人的一次次讲话，新华社及国家其他重要媒体的报道，一切都明白而无又情地告诉我们这样一个事实：在中华人民共和国这块土地上，曾经禁绝了几十年的毒品瘟疫，又重新蔓延了。

毒品疯狂地吞噬着人们的灵魂，侵袭着健康的机体，毒化着社会的空气，阻碍着改革开放的进程。人类面临着毒魔的威胁，中国面临着毒魔的威胁。白色粉末状的毒品，像白色的幽灵，在中国的土地上游荡着。

据统计，一九九一年中国公安部门登记在册的吸毒者有14.8万人，到二〇〇四年，这个数字达到114.04万人，隐性估计人数有四百五十万左右。截止到二〇〇五年，中国有二千零一十二个县涉毒。如果按目前中国吸毒人数七十万算，每年耗费在毒品上的钱达四百亿元人民币。假如把隐形的吸毒人数都算上，每年耗资的数目将是惊人的。浙江省的禁毒报告指出，浙江吸毒人数在华东居第一，毒品已攻陷了浙江的所有县市，浙江吸毒者每年吸掉三十亿元人民币，是个毒品消费大省。据人民网天津视窗报道：林则徐的后人，我国著名民间禁毒人士林鸿汉表示，我国青少年吸毒增多，一些大学生也加入吸毒者行列。林鸿汉有一次去石佛寺戒毒所，问了四名戒毒者，结果是三名大学生，一名中学生。上海市年龄最小的吸毒者十二岁，云南昆明最小的吸毒者十一岁。

全世界的吸毒者有多少？我们只见到二十世纪九十年代的数字，逾五千万，全世界每年因吸毒而死亡的人有十万余人。十几年过去了，这个数字肯定已经翻了番。印尼官方公布的吸毒者有三百六十万人，泰国官方公布吸毒者有一百五十万人，占泰国总人数的2.5%。

吸毒者平均寿命较一般人群短十至十五年，25%的吸毒者开始吸毒后十至二十年死亡，吸毒人群死亡率较一般人群高十五倍。美国的统计数字，吸食海洛因者不到全美人数1%，但每年直接死亡率达六千人。英国海洛因吸食者死亡率高达全英人口的16.3‰。吸毒者自杀率高于一般人群十至十五倍。

吸上了毒品，吸毒者就陷入了罪恶与死亡的泥潭。万贯家产被吸光，没有毒资，就采取种种办法来获取，不顾廉耻，招摇撞骗，杀人越货，什么事都做得出来。据统计，女性吸毒者80%都有卖淫经历。《南方都市报》有则报道，一女吸毒者毒瘾犯了，在大街边脱了裤子露出半边屁股注射毒品，见记者在拍照，女吸毒者高叫：不许拍，我叫人砍死你。吸毒者的毒瘾犯了之后，完全没有理智，自杀自残的人很多。在我写这篇前言的前几天，即二〇〇八年八月十九日，报纸报道说河南郑州一名吸毒者因吞食铝合金条被送到金水医院急救。而急救的医生说，他们刚从另一名吸毒者肚子里取出十根锈迹斑斑的钢条。

  毒品，是恶魔，它是如何残酷地吞食那些意志薄弱者的呢？当人们了解知道这些灵魂被恶魔附体之后的痛苦和无助，在死亡之中挣扎的过程，我想是能警示更多的人远离毒品的，我愿我的这本书能起到这个作用。

2008 年 8 月 28 日

《吸毒者》后记

十多年前，我与一批作家到云南参加一个笔会，住在大理三塔边的一排平房里，除了看一些地方的人文与自然风光外，我们余下的时间就是互相之间的交流与谈天。昆明市公安局有位警察作者小陈，与我在交往中成了朋友。

我和小陈住一个房间，他给我讲了许多有关云南与金三角毗邻地区吸毒者的故事。开始，我听着只当是消遣解闷，当连着听了几个这类故事后，我突然有了一种冲动，要把这些故事写下来，成为警示世人的材料。于是，我就与小陈进行了有目标的采访式交谈。笔会期间，我们去看了几个戒毒所，见了那些在戒毒所里的戒毒的男女老少，大部分很年轻，有女孩长得如花似玉，是毒品残害了他们。我当时与他们进行了一些交谈。后来在武汉，我也去了一个戒毒所，在这个戒毒所里，有一群少年。看到这些孩子们，我的心里特别特别的沉重。当时我正在省委党校学习，同行的党校同班的一位老大姐对我说：我平时总是埋怨我的孩子这不好那不好，看了这些孩子后，我觉得我的孩子很好，他没有像这些孩子一样，真是万幸啊！

还是说云南的那次笔会，我把小陈和我谈的人物与故事认真地记了下来。笔会离开大理到瑞丽、畹町，那里临近中缅边境，我们甚至跨过国境界碑到缅甸的土地上站了一会。小陈用手指给我一个方向看，他说那里就是金三角，出产海洛因的地方。当时，我朝那个方向瞩望了许久。

我们从瑞丽回到云南省会昆明，小陈突然就一身警服，骑辆三轮边斗摩托车到宾馆接我。他把我拉到一个地方，拿出一堆录像带，用录像机放给我看。那是他们在禁毒工作中录下的许多真实镜头。吸毒者们扭曲的身子，骨瘦如柴的躯体，痛苦变形的脸庞，毒瘾犯了时那种痛不欲生的神情，我的心好痛好痛啊！

海洛因这东西有什么好，毒品就是毒品，那是要人生命的东西，为什么要去吸它呢？珍爱生命，远离毒品，千万千万不要去吸毒。

我开始写纪实文学《吸毒者》，我从手上拥有的材料中选取了一批人物和故事，这些人中有农民、基层干部、教师、个体经营者、演员、中小学生，甚至还有警察，每个人物成一单独的篇章。我断断续续地写，零零星星地发表，这些单独的篇章,每篇都有一个吸毒者,集在一起,就是一群吸毒者,其内在的联系就是毒品这个东西使这些无辜者走向深渊,走向毁灭。这些活生生的人,这些奇怪的吸毒者们的故事,有一个呼唤也即是我的呼唤贯穿其中,这呼唤就是:请读者看看这些人吧!看看他们可悲可惜可叹的下场,你就知道毒品这个东西是沾都不能沾的。珍爱生命,远离毒品,我亲爱的人们啊。切记!切记!

我开始接触吸毒者的材料时,那时毒品还只是在云南、在西北一些地区出现,内地还很少听说。而现在,全国到底有多少吸毒者?国家禁毒委员会有统计数字,年年都在增加。

每年的六月二十六日,是国际禁毒日,这一天,每个地区都要杀一批罪恶深重的制毒贩毒者,都要焚烧一批毒品。那枪声,那大火,那冲天的烟尘,难道还不能警醒人们么?

我愿我的这部作品,也能警醒人们!

谢谢为我的写作提供材料的昆明市公安局的小陈和其他朋友,谢谢为这本书的出版给我提供帮助的朋友和中国城市出版社。

2008 年 8 月 28 日

《东天一朵云》后记

1986年12月号的《北京文学》发表了我的第一篇短篇小说《丛哥儿的红领带》。这是我写诗十几年且写出组诗《我忆念的山村》等当时在全国有些影响的诗之后，写的第一篇小说，小说题目与我的名字且上了刊物封面。那期《北京文学》只有三条稿上了封面。自此之后，我学写小说，连续十来年，有时一年能发表十多个中短篇小说。由于没什么影响，别人总说我是诗人，直到现在还这样。其实我后来写诗写得很少了。1994年，中国文学出版社出版了我的第一个短篇小说集《母亲湖》，收录了二十五篇短篇小说。

1997年秋，我担任了《长江文艺》杂志社的社长兼主编，需要用大量的精力来找经费扩发行组好稿处理杂志社内的各种事务与人际关系。这社长主编一干就是十五年，我没再写小说了，偶尔只能写点诗与小散文。新世纪之后，我发表了十来部中篇小说，北京的《十月》杂志发表了我的四部中篇小说。这些中篇小说曾被《小说选刊》、《中华文学选刊》、《中篇小说选刊》、《小说月报》、《北京文学中篇小说月报》转载，在《芳草》杂志发表的中篇小说《向阳湖》，还获得汉语女评委奖与湖北文学奖。我在选刊转载作品所附的后记中交代，这些小说都是在十几年甚至二十年前写的，放到今天还能发表，说明这些作品能够经受时间的考验，不是应景跟风赶时尚的东西。对于这点，我有些暗自高兴。

2012年春天，我正式退休了。得原武汉市常务副市长袁善腊与茅盾文学奖与鲁迅文学奖获得者、《芳草》杂志总编刘醒龙的信任，聘我担任大型农民工生活文学杂志《芳草·潮》特邀主编，虽说还是编杂志，但不用为经费发行人际关系操心，我轻松很多。我正准备实行原来设想的在退休后要写的作品时，但天不助我。由于长期久坐不锻炼且熬夜，我被查出患有严重的冠心病，三根主血管一根堵100%，一根堵80%，一根堵40%。医生惊讶地说：你这么严重的心脏病，随时都有可能发生心猝死，过去竟然不知情。在亲友的关心支持下，我到医院作了心脏介入手术，安了三支支架，再加药物治疗，情况较好。我的手术是成功的，但医生说，你虽安了支架，并不能说明你再不是心脏病人，你不能劳累熬夜。我现在是一边兼干着《芳草·潮》的编辑工作，一边休养着心脏。

写小说特别是长篇小说，不熬夜不劳累很难。医生的话，给我的警告是明显的。我肯定还要写点小说，但记着医生的话，不要劳累不要熬夜。知道自己有心脏病后，我就把过去发表的一批小说整理出来，制成电子版。有的短篇小说，过去在一些不起眼的杂志发表，知道的人很少。这次整理修改后，挑了几篇发给一些杂志，结果这些杂志都发表了，有的还发在显著位置，如《北京文学》、《天津文学》、《作家》、《福建文学》、《广州文艺》等。我再一次心中暗喜，我的短篇小说也没放过期，二十多年后还能发，我想这才是小说。

湖北省作家协会为离退休的老作家老编辑出版一套"东湖文丛"，嘱我选一本，我就选了二十一篇短篇小说。校样出来后，我校对了一遍，觉得这些作品还有点作用，如有幸被读者读到了，或许会有些启发。但这些小说能留存多久，就很难说了。现在的书太多，其归属，大部分是废品收购站，小部分是书柜，而能归属到读者的灵魂中的，则是凤毛麟角。

这是我的第二本短篇小说集，是上个世纪写的，只有代序和这篇后记，是本世纪写的。

2013 年 9 月 28 日

曾卓和他的《母亲》

我们都是母亲的儿子，当我们决定提笔书写母亲的时候，心中充满感激，眼中满贮热泪。诗人曾卓1974年写《母亲》一文时，52岁，尚因胡风案在管制之中，没有自由。2002年4月16日，在为诗人举行的追思会上，女剧作家沈虹光朗诵了曾卓《母亲》中的一段，听得人泪流衣襟。52岁的曾卓写《母亲》时，我可以想见，他是含着泪蘸着血写成的。

曾卓不知道母亲的名字，问过长辈也都不知道。只听说她出生在贫苦农民之家，父母大概很早就去世了。母亲因"媒妁之言"嫁到曾家，曾卓的父亲是大学生，受到时代潮流的影响，对这种包办的婚姻，当然不满意，母亲受到了冷淡、鄙夷，哪有幸福可言。在曾卓4岁的时候，父亲遗弃了母亲，离家出走。这对母亲是致命的一击，她只能默默地承担起自己的命运，她还只25岁啊！父亲另外成了家，母亲带着曾卓跟祖父祖母在一起生活，一直到死，再也没和父亲见过面。曾卓写母亲的命运，在那种黑暗的年代，一个遭遗弃的25岁的年轻少妇的冷凄痛楚，令我们心颤。母亲把希望和爱全部放到年幼的儿子身上，母亲和那些在悲惨命运前感到痛苦绝望的妇女一样，信佛，试图从佛教里去找寻解脱和渺茫的希望，初一、十五和春节期间吃斋，帮助他人。母亲有颗善良的心，因自己的不幸更同情他人的不幸。曾卓上学，每有一点成绩，都是母亲的安慰，因参加进步学生运动，受到学校"默退"的处分，母亲担忧，母亲憔悴，母亲失神。

战火逼近武汉，曾卓父亲迁到四川一个县里。1938年夏天曾卓初中毕业，为了继续求学，祖父让他到四川去找父亲。母亲默默收拾行装，叮嘱曾卓用功读书，神情凄伤黯然，没有眼泪。曾卓坐上人力车朝码头上去，走了好远，回头看到母亲还站在门边。这是曾卓母子的永别，曾卓从此再也没有见到他苦难的母亲。在武汉沦陷前，祖父祖母叔婶和母亲逃难到广西一个小县。1944年冬，日寇向湘桂发动攻势，国民党军队毫未抵抗一泻千里溃败。曾卓在四川接到信，知道祖父带着母亲与叔婶从广西逃出，计划到贵州。在逃难途中，祖父和母亲、叔婶失散了。后来祖父千辛万苦找到了父亲，与母亲同行的叔婶也到了父亲处，却没有曾卓的母亲。母亲在途中决定不去父亲家，要到重庆找儿子。母亲在兵荒马乱，饥寒交迫的逃难中得了重病，每天挣扎着和叔婶一同步行。几天后终于支持不下去了，风传敌人即将到达，母亲不愿拖累叔婶，要他们先走。她摸出了一个金戒指要叔父带给曾卓，而她身边唯一的东西，是曾卓在中学演讲时得到的奖品：七星剑。她倚坐在一座破屋的墙边，扶着七星剑，望着叔婶等人在逃难的人群中走远，而她，再也没有走到儿子那里去。那地点是贵州的都匀附近。52岁受尽磨难的曾卓写母亲，当他写到"在异乡的土地上，没有一片遮蔽风雨的屋檐，身边没有一个亲人，甚至没有一张熟识的脸，眼前流过的是惊慌的逃难的人群，耳边响着的是凄惨的呼喊声，而敌人的铁蹄随时可到……我不能想象孤独地倚坐在墙边、扶着儿子的一件纪念品的病危的母亲有着怎样的心情；我不能想象那以后母亲的遭遇。我的心沉重、悲痛，却又暗暗地期待着，也许母亲有一天会突然出现在我面前……"时，他难道不伏案嚎啕么？苦难的母亲，苦难的儿子在写您在想念您在痛哭您。

1979年曾卓得到平反重新出现在文坛，他于12月把散文《母亲》修改之后发表。我们才得以读到这篇血泪凝成的文章，我们才得以知道这棵悬崖边的树这位风浪中的老水手有一位苦难的母亲。诗人曾卓早年追求革命，为民族的解放和新中国的建设讴歌而后蒙难，当他重新出山时，他唱出了多少美妙的歌，他写出了多少动人的散文。而他的《母亲》，是他散文中最打动人心灵的文章。我手头有多种曾卓的文集，集子中摆在重要位置上的都是《母亲》一文。关于母亲，曾卓还写有两首题目为《母亲》的诗，我只读到1941年1月写的那首，这首诗与散文《母亲》有相同的叙述，写母亲的苦难，但也抒发了诗人青年投奔革命的激情。"母亲！／只是因为深深地爱您，／深深地爱着这一代／如您一样的／被时代的车轮／轧伤了的母亲，／我热望带给您幸福的暮年，／带给后来的母亲们／不再如您们一样悲惨的命运。""我，无数的您们的孩子们，／都在一滴一滴地／抛出自己的血汗，／用如石子一样的手／一凿一凿地敲打着／通向自由幸福世界的路。／因而，我不能回到您的怀抱，／不能走上您希望我走的路，／不能戴上奴隶者的王冠／而又将那光荣分给您。我不能啊！"

曾卓先生复出后，成为诗坛一代巨匠，到老年时，他还不断地思念着自己苦难的母亲，每出散文新著，他总是把《母亲》选入，不惜重复。曾卓后来还写了篇散文《七星剑》，是在母亲逝去50年的时候，此文中，曾卓写到母亲姓段，仍然不知道她的名字。曾卓欲买一只七星剑悬挂床前，以纪念母亲。按时间推算，这是20世纪90年代的事。

如今，曾卓已仙逝十年，当重读曾卓的《母亲》一文，我想，曾卓先生一定能在仙界找到他的母亲的，他们母子一定团聚了。因为在《母亲》的结尾，曾卓写道："你将永远与我同在，母亲！"

《威风凛凛》绘画评点本记

在刘醒龙已出版的 11 部长篇小说中,《威风凛凛》无疑是他攀上文学高峰最终摘下茅盾文学奖的基石性作品。

《威风凛凛》是刘醒龙的第一部长篇小说,写于 1993 年秋,由作家出版社以"当代小说文库"之一种于 1994 年 1 月出版,1996 年 1 月,作家出版社在更换了封面后出版第二版。大型文学杂志《芙蓉》1994 年第四、五期全文连载了这部小说。2009 年 9 月,作家出版社为庆祝建国 60 周年,出版了一套"共和国文库",选编了新中国成立后一批最优秀的作家的最优秀作品,《威风凛凛》入选"共和国文库"再次出版。2014 年 1 月,上海文艺出版社出版了"刘醒龙作品系列",《威风凛凛》在出版了 20 年后,又被作为"刘醒龙作品系列"摆在第一本出版。《威风凛凛》曾获得长篇小说十佳奖(1996 年),中华侦探小说学会第二届优秀侦探小说奖(2000—2001 年),并为第四届茅盾文学奖入围作品(1989—1994 年)。

2010 年初,由李阳策划、野莽主编、中国工人出版社出版的"中国当代长篇小说丛书(绘画评点本)"开始启动。这套丛书选择当代作家的一本有代表性的长篇小说,请一位画家根据小说内容绘图若干幅,再请一位评论家和编辑进行评点。这套丛书的创意是新鲜的,开创了当代长篇小说绘画评点的先河。丛书先后出版的有贾平凹的《秦腔》、韩少功的《马桥词典》、张炜的《古船》、周大新的《湖光山色》、史铁生的《务虚笔记》等,都是大家力作。这套丛书选了刘醒龙的《威风凛凛》,我被约定为《威风凛凛》的评点者。

关于给《威风凛凛》一书的绘图者,我这里引用该丛书主编野莽在《此情可待》一书中的记载。野莽说:"这套丛书已经出版了十部,再往下我选刘醒龙一部长篇,刘益善评点,配图再找湖北某个会画的作家。刘益善二话不说,一口答应,又建议别找人画了,就让刘醒龙的女儿画!我问刘醒龙的女儿是作家还是画家?刘益善说,都不是,才八岁、三年级、叫刘晚,刘醒龙晚年所生。我用眼睛看刘醒龙,寄希望于他谦虚推辞,这事就取消了,但是刘醒龙比他更加坚定地说,她会画!画得好!

"两人一唱一和,像是在来京的火车卧铺上研究好了。副总编兼副社长李阳还在犹豫行还是不行,我怕他提出拿到编委会上讨论,立刻代他做主说,行,父女合作,这个创意不错,只是别把刘晚的稿费寄到学校去了。"

当代文坛的一件盛事就这样产生了,现在还在读初中的刘晚,在她读小学三年级时,给她爸爸刘醒龙的长篇小说绘画。刘晚给《威风凛凛》一共画了8幅图,这些图是根据小说的内容选择着画的,图意与文意相符,很简单的线条,表达准确,充满了童稚与天真,让人看了后,忍不住要微笑。比如"上美术课画人像时,赵老师总是先画一顶帽子或一堆头发,然后再教怎么画人"这样一段话,刘晚的画面上一块黑板,一个大人站在黑板前画一个圆圈帽子,黑板下面有两排长方形的桌子,每排桌子后面画三个圆头,代表听课的学生,老师和学生的圆头上,画三根毛,表示头发。画就这么简单,但别出一格。我想,8岁的小学生给作家爸爸的长篇小说画插图,在当今文坛,怕是第一个了。

关于我给《威风凛凛》作评点事,在该书出版时,我写了篇评点后记,这里摘抄一点,以就教于各位对《威风凛凛》做专门研究的方家。

在认真阅读仔细咂摸小心翼翼地评点了《威风凛凛》之后,按这套文库的要求,还要写一篇评点后记。关于本书作者刘醒龙,我要说的话很多,这里只能就本书说一点点。

《威风凛凛》出版于1994年。在这一年的年头,刘醒龙由黄冈调入武汉市文联当专业作家。虽说1992年他以《村支书》、《凤凰琴》、《秋风醉了》三部中篇小说耀眼于中国文坛,但《威风凛凛》作为他的第一部长篇小说,绝对是刘醒龙的里程碑式的作品。

1986年,刘醒龙从大别山中的英山县到武汉市的江夏区,参加《长江文艺》杂志的笔会,年轻的他在招待所简陋的房间里伏案苦写,个把星期时间,他写出了一组名为"大别山之谜"的系列短篇小说。我是在这次笔会上第一次记住了他小说中多次写到的地名西河。西河是大别山中的一条河,一个小镇,数千年的山河孕育,日精月华的累积,这一小块土地上有多少英雄与芸芸众生,有多少奇闻与传说,有多少魔幻与不解之谜!从江夏开始,刘醒龙在随后的一批中短篇小说中,写出这里的人物风情,写出了诡异的与谜一样的故事,令读者难以忘怀。

《威风凛凛》写的仍是大别山,写的仍是西河,但这是他第一次用长篇小说来写这片土地这里的人们。11年后的2005年,他则用100万字巨制《圣天门口》,把他的西河与大别山之谜写到了一个极致。我想,西河之于刘醒龙的意义是不是就如约克纳帕塌法之于美国作家威廉·福克纳的意义一样呢!

《威风凛凛》写了西河镇老一代人的传奇与谜一样的人生历练,爷爷与赵老师;写了居中一代的浑浊无秩没有道德标准的生存,五驼子与金福儿;写了年少人的追求与纯洁之爱,我与苏米还有习文。这群生活在大别山中一个叫西河地方的人们,日子过得艰苦缓慢而又故事多多。作者用他特有的短促有节制而又十分精确的叙述语言,像个说话略带滞涩的人在讲述这些故事与日子。你得认真倾听才能入心入脑,他的语言不是一阵风掠过水面,而是一粒粒石子砸入水中。听完了这些故事,见识了西河镇这些人日子的过法,你得到的不是一次仅停留在愉悦层次的阅读,而是得到一次精神的洗礼。刘醒龙在《威风凛凛》里表现张扬的是一种精神,这种精神是骨子里的,是顶天立地泣鬼神,是一种能做各种苦役,受各种欺凌万种折磨甚至肉体被大卸八块都不会改变都会永远存在的精神。这种精神才威风凛凛,连欲扼杀扑灭它的人都胆战心惊。

阅读《威风凛凛》是一次精神的游走,绝不是一种世俗的消闲。

我的评点仅是做了一点提醒、强调、叫好、引领注意的工作,一切都由读者去领会了,这是一本值得一读的书,这也是一本能长久流传下去的书。

真切情感　务实精神
——读《我与武汉三十年》

　　袁善腊出身平民，自小爱好文学，后来从政，官至中共武汉市委常委、常务副市长，退休后，出版了这本文集。文集分"随笔"、"资政"、"附录"三辑。细读所收录的文章，我读出了作者做人的真切情感和从政的务实精神。

　　袁善腊虽说当过多年的副市长，但他在各行各业中的朋友不少，在群众中声望也高。他多次在文章中说自己是农民的儿子，小时候卖过冰棒，当知青时在赤壁羊楼洞茶场劳动多年。这些经历在他平时待人接物所显现的诚恳谦逊中表现出来。文集第一辑，是他对与同学、老师、老领导交往的回忆，对出席新闻、美术、文学界活动的记录，对朋友出版书籍或举办展览所写的序言。从文字看，都是好的散文，从内容看，都很恳切实在，字字浸着浓情真意。这里没有敷衍没有应付没有官样文章。这种文风，是文学中的上品。他在写画家鲁虹的文章中，回忆了他们13岁一起进武汉八中，1972年一起下放鄂南山区羊楼洞茶厂当知青，伴着甜白菜（一种猪饲料，产量高）、腐乳，度过的艰难岁月。油灯下，茶场旁，鲁虹始终没有放下画笔，所以才有今天的成就。文字中流露的情感是对几十年友谊的甜蜜回味。而另一篇《濛濛细雨送张斌》，更是读出了我的满眶热泪。张斌是武汉知青，也是我的朋友，1968年下放到蒲圻（现为赤壁市），任过镇长、副市长。这是个拼命三郎，为了引进项目，带领蒲纺集团走出困境，带着心脏起搏器到处奔波，靠软管灌流汁食物维持生命，却不停止工作，不肯调回武汉。省内媒体曾报道过其事迹。张斌去世，袁善腊带着夫人和当年蒲圻的一批老知青，前往赤壁殡仪馆送行。当我读到"车子下了京珠高速，远远看到头披白纱、戴着黑孝的张斌女儿张婷一行立在赤壁路旁，我的眼泪止不住涌了出来。我恍惚看到那个高大魁梧，操着热情豪爽的武汉口音的张斌大哥，每年守在鄂南山下，赤壁路口，候着我们这些来自武汉家乡的知青朋友。啊，斯人已去，那渐行渐远，那模糊的身影……"作者的那一种痛彻心底的悲情在笔尖流淌。

　　袁善腊1976年从羊楼洞茶场调到武汉市农林局，开始了他30多年的公务员生涯。他1991年到刚刚成立的东湖高新区管委会担任常务副主任，2000年当选武汉市副市长并兼任高新区主任，参与了武汉市改革开放的30年建设。文集中收录的有关他工作的讲话、访谈，记者的报道及别人写他的文章，让我们读到了从政的袁善腊的务实精神。没有空话套话，从每一件实事做起。武汉东湖高新区从没有办公场所，没有地域，只是一个政策概念开始，到今天成为数百平方公里的科技新城，中国光谷，光上市公司就有32家，这其中袁善腊所付出的辛劳是可想而知的。作为开发区的领导者，他依靠专家，勤奋学习，默默苦干，十多年如一日。有记者从深圳来采访袁善腊，等了12天才约到时间。这记者说，他每天8点准时到开发区办公室，花半小时听有关部门负责人简单汇报，签发急件后，便到企业，或接待来访，或陪同调研，或主持会议，或解决问题，即使是周末双休，你也只能在长飞、创奇中心、红桃K、楚天激光等企业现场会上见到他。袁善腊当了三届武汉市的副市长，他给自己的定位是，努力做一名科技市长、法制市长、文化市长、平民市长。他在自己的岗位上，为老百姓办事，为武汉这座中部特大城市的发展献出自己的心血汗水。读文集中的这些文章，我们看到作者像一位务实的农民，在他的土地上辛勤耕耘，只求奉献，不问回报。务实是一种品格，是我们民族的品格。

读《我与武汉三十年》，我们读到了一个人的情感和品格，读出了一颗心的真诚与美丽。

2013年1月25日

《秀才人情》纸上长

《秀才人情》是白雉山先生在出版了《汉语新诗韵》、《白雉山诗选》、《烟雨阁诗抄》、《烟雨阁楹联选集》等著作后，新近出版的一本文集。文集所选百篇文章，记叙了雉山先生几十年间与当代文化界前辈和朋友的交往与友情，给自己作品与朋友作品所写序文，以及朋友为他作品所写的读后感。这些文章，篇幅都不长，文字朴实真切，所记经历充满故事性与命运感，谈诗论文的部分真实有见解，叙友情的篇章则情谊深长。读完这本不厚的书，有叹作者经历坎坷，求知寻问不倦，对师友真诚向往的感觉。白雉山先生的这本书，有其艺术的审美价值与人文意义。

白雉山先生系湖北鄂州人，因家乡有座白雉山，舍本名杨村而用家乡山作笔名。先生1949年15岁时参加革命工作，当文工团的创作员，开始写作。后又任文化教员、政治干事等职。1955年从抗美援朝战场回国，考上了湖北师专中文科，毕业后在一所中专任语文教师。《春风常惠我 化雨总无私》一文中，白雉山记下了他厄运的渊源。那时，武汉图书馆经常举行讲座，武汉大学中文系教授程千帆也去讲演，白雉山每场必听，并回学校动员其他老师也去听。后来程千帆被打成极"右"分子，白雉山就成了"应声虫"与"爪牙"，受到劳教处分，致使妻离子亡。结束劳教后，白雉山被安排在一家工厂当吊车工，一干就是20多年，直到"文革"结束为他落实政策。《秀才人情》中所记他与郭沫若、王力、杨静仁的交往，和他与程千帆的交往一样，都是与他的命运联系在一起的。1964年，时任湖北文史馆长的沈肇年先生在读过白雉山的一些诗文后，大为赞赏。当时中国科学院招收古典文学研究生，沈将白雉山的诗文寄给了时任中国科学院院长的郭沫若，郭沫若给沈与白雉山回了信，很赞赏白的才华，并寄来了报考的表格。白雉山将表格填好，省文史馆与高教厅都签了字，盖了章，但工厂领导却以政审不合格为由，让此事泡汤了。郭沫若知道后，给白雉山写信表示惋惜，并给予了勉励与安慰。白雉山出身于诗书世家，幼承庭训，古典文学基础深厚，他的诗词与楹联堪称大家。还是在他读师专时，看到报上在连载王力的《诗词格律十讲》，他反复研读，发现有两处表述不够精确，便不知天高地厚地给王力教授去信商榷。王力教授很快回信，称他为老先生，说在出书时改正。从此白雉山与王力书信往还，诗词唱和，文字相交30多年，直到王力去世。'文革"期间，造反派抄了白雉山的家，见了王力的信。当时正批"王、关、戚"（即中央文革的王力、关锋、戚本禹），造反派如获至宝，说他50年代就和王力结下"反党集团"，真叫人哭笑不得。白雉山与杨静仁的一次文字缘，则充满了故事性。白雉山给襄阳米公祠写的楹联由书法家曹立庵书写，其联文为"与孟鹿门号两襄阳，书传千古；共苏黄蔡称四巨子，颠压三人"。1989年5月，时任全国政协副主席的杨静仁到襄阳视察，在米公祠看到了这副楹联，反复吟咏，站住不走。工作人员端来椅子请他坐下。他饶有兴趣地问工作人员，写这楹联的白雉山是哪个朝代的人？写得好！陪同他的襄樊政协的同志告诉他，白雉山是当代人，是省里诗词楹联专家，本姓杨，与您老同姓，在民建湖北省委任宣传部长。杨静仁听后很高兴，连称难得难得，还是我们统战系统的干部呢！后来，白雉山与杨静仁有了书信来往多次。

《秀才人情》中还记有作者与许德珩先生、胡厥文先生、钱钟书先生、沈因洛先生、吴丈蜀先生等数十人的交往，篇篇文字充满了感情。其中有些故事虽说荒唐，但毕竟是时代记录，有些情节充满了传奇，但却感人至深。我与白雉山先生相识于20世纪80年代初，他任职于《书刊导报》时，我们同是鄂州乡党。与先生交往30余年，见面不多，但互相关注，他为黄鹤楼、楚天台等处题写的长联以及出版的一些诗词，令我折服。《秀才人情》这本书的出版，对读者认识白雉山阅读白雉山的诗词与楹联，大有裨益。

诗的田禾与田禾的诗

一、诗改变了他的命运，诗造就了田禾

作家与诗人因其对文学的追求和痴迷，而决定了自己的命运。这个规律可以在古今中外许多诗人作家身上找到，用到田禾身上，则更是准确无疑。

1964年，在湖北大冶的一个小山村里，有个瘦小的男孩出生了，父母取名吴灯旺，是希望他将来像那粗捻子的罩子煤油灯，更旺更亮些，日子过得更好些。家庭困难，日子似灯旺不起来，男孩初中未读完就被迫辍学回乡种地。如果按乡下孩子正常发展，吴灯旺的命运大约就是种几年地后，结婚生子，再过艰难日子，与其父辈一样。或者是因他有点文化，在乡村当个小干部，如记工员、生产队会计，如果运气好点调到乡里干点事。农村孩子的命运就是这样。

偏偏这个吴灯旺喜欢文学。乡里有两个懂古典格律诗词的先生，少年的吴灯旺跟他们学古典诗词，居然还写了不少，表现出了浓厚的兴趣。吴灯旺有个堂兄叫吴蒙，在外面工作，见这个小兄弟喜欢古典诗词，觉得不是个路子，就动员他学写新诗，并说写新诗比写古典诗有前途。听从堂兄的教导，少年的可塑性可影响性强，吴灯旺就跟吴蒙学写新诗，吴蒙有一天看到报上登着《诗刊》要招刊授生的消息，觉得这真是一个天赐良机，就让吴灯旺报名参加，吴灯旺成了《诗刊》1985年第一届刊授班学员。这一学不打紧，吴灯旺立即痴迷上新诗了。他给自己取了个笔名田禾，田禾是写诗的，而吴灯旺是个农民。

农民吴灯旺的命运因为诗而改变了。《诗刊》刊授班指定给田禾的辅导老师，为田禾介绍了湖北的一位诗人饶庆年。饶庆年当时正致力于诗歌的组织活动，从家乡蒲圻离职到武汉任湖北青年诗歌学会的会长。80年代中期，那是诗歌的黄金季节，湖北青年诗歌学会旗下的会员达数万之众。没有拨款经费，湖北青年诗歌学会在武昌三官殿村子里租了间小房，把牌子挂起来，把办公桌摆起来，接待南来北往的诗人，举办各种诗歌活动，搞点小经营，以养活自己。田禾

从农村到武汉找饶庆年学诗,湖北青年诗歌学会正需要工作人员,饶庆年就把田禾留在了学会。没有工资,小经营搞活动赚的钱只有够得上吃饭与日常开支。田禾留下来了,住在那逼仄的小屋里的行军折叠床上,一边做学会的所有杂事,一边读诗写诗学诗。日子苦,田禾没有怨言,他在这期间认识了湖北的一批优秀诗人,这些人中后来有不少成了他的严师与挚友。在湖北青年诗歌学会的那段日子里,是田禾由一个农民诗歌爱好者蜕变成为一个诗人的重要阶段,他的视野开阔了,他的诗风逐渐形成,他的人生追求也明确了:此生无他、唯有献给诗歌。

诗的热度一天天降温了,市场经济下的诗人分化了,有的下海搞钱,有的停笔不写,有的改写其他门类的作品。湖北青年诗歌学会热闹了一阵子,因种种原因,最后也关了门。学会关了门,田禾就失去了依托与归属。怎么办?摆在他面前的路只有两条,一条是回到大冶农村,去当他的农民吴灯旺;一条是留下,当个都市打工仔,继续学诗,还当田禾。田禾毫不犹豫地选择了后者,在三官殿村租屋,打工谋生。那段日子苦啊,精神上的苦是学会没有的,往日的诗的热闹与氛围烟消云散;物质上的苦,由于没有资本,凭苦力干活赚不了几个钱,常常是过了一天,第二天的饭钱都没着落。田禾骑一辆旧自行车,从三官殿出发,穿过武昌市区,过长江大桥,到汉口武胜路书市进一二十本书,然后给那些摆小书摊子的人送去,这个摊子两本那个摊子三本,一本书赚几分钱角把钱。田禾就靠这几个钱吃饭过日子。在这种困难的境遇中,田禾还坚持着学诗写诗,省市报刊上不时也能见到田禾写的诗。

在艰难的日子里求生存和发展,乡间来到都市的孩子不怕吃苦,不向困难低头,虚心好学,寻找机会,紧紧抓住到手的任何一次机遇,不惜从细小的事情做起,没有后退的路了,只有向前走,哪怕被碰得头破血流。胜利是属于进攻者的,成功是属于奋斗者的。终于,田禾从给书摊送书,卖挂历卖书,到有了自己的书店,最后成了湖北方圆文化发展公司的经理。田禾成功了,田禾在武汉买了房,有了车,并娶妻生子,安家立业,调进了湖北省作家协会。田禾在都市挣扎奋斗的历史是可以写一篇大文章的,总之他成功了,赚了些钱,有了生存的环境,而且他一天也没忘了写诗。十多年来,他在国内外报刊发表了上千首诗,得过不少诗歌奖,诗作被选入20余种诗歌选本,出版了诗集《黄昏星》、《温柔的倾诉》、《在阳光下》、《抒情与怀念》、《竹林中的家园》、《日禾乡土诗选》等,并且参加过《诗刊》举办的第16届"青春诗会"。华中师范大学新诗研究中心、湖北省作家协会、长江文艺杂志社联合在武汉召开了田禾诗歌研讨会,出席研讨会的湖北省、武汉市文艺界领导专家60余人,对田禾的诗歌创作给予了充分的肯定与赞扬。

湖北大冶的农民吴灯旺因为诗的缘由变成了湖北诗人田禾，他的命运起了根本的变化。但是田禾作为一个人，他的血管里还是流淌着农民的血液，他的心里还装着他的山村与农民父兄，他的性格中那种农民的善良、勤劳、节俭、热心助人，滴水之恩当涌泉相报的美德一点都没变。其他不说，只说他对家乡的奉献，就可看出田禾是个有良心的人。他一年之内，给他出生的那个山村捐助50多万元修路修水塔安装自来水，解决村民的吃水与交通问题。他还给大冶市教委捐助30万元助学助教。田禾的钱赚得不容易，也不很多，自己节俭，但捐给家乡，他愿意。他还连续几年在《长江文艺》月刊设立方圆文学奖，每年出资3万元做奖金。这些都说明田禾作为一个人，是个品位不低的人。

二、田禾诗歌创作中的乡土情结

作家少年时代的生长生活环境及其经历，能决定作家的终生的创作选择和题材的取向，虽然作家随着生活环境的改变和学养的增强而对创作的题材有所改变，但其心中的情结却是难以改变的。沈从文先生从湘西山里走出，他作品的题材都是他的乡土人物和场景，他说他终生是个乡下人，这是指他永远的乡土感情之结，那是解不开的。

田禾亦然。田禾出生农家，少年时代在乡下读书劳动，过着乡下的艰苦生活，承受着乡土人情的浸染，体会着乡下人过日子的那种打算和煎熬，以致最后因家贫辍学。对农村的日子，田禾有爱有恨，有苦有愁，也有甜有笑。这乡下少年时代的全部感受，深深镌刻在田禾的心灵上了，田禾后来到武汉这样的都市生活，但那一份乡心却是长在的。正是由于有这份长在的乡心，田禾诗歌创作中的乡土情结，能表现得那么明显那么顽强那么深厚。

翻读田禾的千余首诗歌，乡土诗占了百分之八十以上，这百分之八十以上的乡土诗，成就了一个风格非常鲜明的乡土诗人田禾。而他的那份乡土情结，系在这些诗歌的字里行间。田禾的乡土情结体现融汇在诗中，他通过对乡村节气、乡村人物、乡村景物场景的描述与抒发，表现得淋漓尽致，具有很强的感染力。

中国农历纪年中有二十四个节气，在乡下种田的农民对二十四个节气是十分看重的，因为要根据这二十四个节气来安排农活，每个节气要做什么，这是几千年传下的经验。即使在科学发达的今天，数字化已经进入生活，但乡下种田人还是要依据这二十四个节气生活。田禾从《立春》写起，一直写到《大寒》，一个节气一首诗，那诗的内容以及情感的抒发，与这个节气大致吻合，意韵相通。这真是一个十分精巧而又独具匠心的构思，在中国乡土诗中留下了精彩的一笔。这组"二十四个节气"，也是田禾乡土诗的精品力作。

比如"立春"这个节气，一般是公历2月底3月初，田禾在《立春》中写道："冬雪还未化完"，"苏醒的阳光/滋生了池塘春草/春风爬上草尖/牛羊的原野　草叶浓密/最轻的触动/是草叶上的露珠/季节开始由冷转暖"。这样的描述，既是诗的，又是对季节的把握，仅仅是对节气进行季节特征的解说，那是没多少意义的，田禾对季节的诗的描述，是为了表现他的乡土风情。"父亲进门出门/把劳动总是随身带着/门角的那把锄头/始终挂不到墙上去。"这几句诗把中国农民的那种勤劳那种辛苦那种从不知闲的性格刻画得多么好啊！田禾的《立夏》："太阳一天比一天辣起来/地头　那手执长鞭的/莳人也怕热地/戴上了草帽"；"田里的稻草/长得有人一样高了/除草剂消灭不掉它/父亲很快就消灭了"；"父亲从稻田起身的时候/禾苗向他深深鞠了一躬"。田禾的《大寒》："清晨担水的村民/用扁担敲开一个/同水缸的缸口一般圆的/冰窟窿　清亮的水/就汪汪地荡漾着"，这是对季节的形象描述。"我抬头的时候/看见母亲的白发/又滋生了许多/母亲真的已经老了"；"出门打工的人/已开始走上回家的路/我知道　又是到了/一年中最后的日子"。这后两节，是作者对生活的抒写，也是一种情感的寄托。《二十四个节气》这一组诗，细细读来，还有实用价值。城里人很少关注二十四个节气的，如果读了这诗，基本能感知哪个节气是什么时候，乡下农民该做什么了。

用诗和文来写乡村人物，写自己的亲人父老乡邻，这是许多乡土诗人和乡土作家共同所为。艾青的名诗《大堰河——我的保姆》堪称典范。田禾的乡土诗中，写了大量的乡村人物。请看这些诗题吧：《祖母》、《杏》、《麻子二伯》、《扶犁的农夫》、《老船工》、《吹唢呐的人》、《一个断腿的山村教师》等。这些诗题鲜明的诗作，刻画了一个个乡村人物，写出了他们的平凡，他们的命运，以及作者对他们的思念与回忆。《女人》："女人还未变成女人之前/跟着娘进进出出/那飘扬着长发的背影/很生动/在父亲身边/她们垦着坡地守着闺阁/足不出户"；接着一段写女人婚嫁后开始生儿育女，心疼男人，孝敬公婆，教育子女，白天下地劳动，晚上操持家务做鞋织毛衣。"从少女变成老妇/是花朵变成果实的过程"，儿女大了，"在祖辈坟前焚香的时候/女人说/我也应该跟你们来了/黄泉路上不能没有女人"。这是一篇论文，乡村女人的一生就是如此。你能有什么变化呢？你千变万变，能变出这道轨迹吗？这是一首颂诗，山村女人的奉献，她们是母亲，她们是劳动者，她们是照顾和陪伴男人的牺牲者，她们是平凡的，她们是伟大的。田禾的诗作中，写父亲的有好多首，有的诗虽然说不是写父亲，但总是把父亲作为一种形象或符号放进去，如前述《立春》一诗就是如此。其实在田禾的诗里，"父亲"已经不是他自己父亲的形象了，而是农民的代名词。父亲是农民，农民是父亲。诗人是这么歌颂抒写着父亲，实际是在抒写和歌颂着农民。《想念父亲》是一首满贮着感情的较长的诗，作者想念父亲，为父亲送葬，哭悼着父亲，回忆着父亲对自己的教育。有着感染人的力量。

我的父亲跟着冬天一起去了
去了再也没有回来
他走时没有跟田野作别
他要去探访祖先的泥土
送葬的那一年那一天
细雨落满我的村庄
唢呐手　深深吹响我的忧郁
乡邻们抬着我苦难的父亲
穿过田野　穿过麦地
仿佛去追求原始的图腾
我们几个不孝的儿子在身后
披着泪湿的麻衣
……

父亲　算命瞎子曾说
你是土命
于是　你把命根
深植入你爱的土地

春天　牛铃挂在你的鞭梢上
你赤脚播下种子
播下一串串的日子和希望
秋天的镰刀闪过
阳光踏过你铁青的脊背
这个季节
都要被你弯下腰拾去
……

当我们读过上引的诗行后，深感到作者对父亲的深厚之爱和对父亲人生的超强概括。是的，中国农民，哪个不是勤劳善良奉献一生给土地和庄稼的父亲呢？田禾诗歌中的乡土情结，可以说更多地体现在他的父亲情结中，这是一个互相缠绕在一起的情结：乡土、父亲、农民。

　　田禾乡土诗中写乡村场景和事物的诗，表现出他的乡土情结则是更直接更鲜明，无一不打上他的思乡的烙印。在田禾的眼里，他的那个山乡所存在所生活着的一切，都是可以写成诗的，都寄托着他的美好情感和对乡土的热爱以及对山乡落后的担忧。麦地、风、碌碡、老牛、鸟巢、牛铃、青蛙、打谷场、一场雨、一个汉字与一粒谷子、苞谷林、炊烟，一棵树一根草，还有什么不能写成诗的呢？照田禾这样写下去，他会把乡村的一切写尽了。写尽了，但都是诗的，都能写出自己的发现与新意来，这才是高明的诗人。田禾的这类诗是很有一些优秀篇章的，写得高度洗练而寓有意义。《老牛》："抬头/走路/低头/拉犁/四个季节/都套在肩上//水的村庄　家/一个简易的棚/那捆青草/是歇下来的/粮/头上弯弯的/两个角　挑着/祖先的/那轮月亮/直到走完/含辛茹苦的/一生。"《村》："四座荒山　两口老井/五百亩坡地/三百多个苦里巴巴的村民//三里水寨　十里狼窝/七拐八弯/背负着上万斤的公粮//一个村民组长外加一个妇女主任/两张嘴巴/吃遍了全村九十多张酒桌//一个臂膀流汗　十张嘴巴吃粮/三百六十五个日日夜夜/最后换来的却是白条一张/一口口干薯饭　一户户旧平房/三十里羊肠山路/通不过百十里外'公仆'们的心肠。"对一头老牛的写照与赞扬，一年四季拉犁耕种。吃的是草住的是简单的棚，含辛茹苦直到死去。这写的是牛，也写的是田禾心目中的山乡农民。而《村》中所描述的村庄，其荒瘠贫穷状况，那个村民组长和妇女主任吃遍全村，讽刺批评了干部的吃吃喝喝，这样的村子被这样的干部领导，村民干了一年，到头来只有一张白条是很自然的事情。田禾在写这类乡村事物的诗，真可谓得心应手，时有妙句出现，这与他少年时的乡村生活是分不开的。

　　细究田禾诗中的乡土情结，牢固而结实，这基本上预示了田禾诗歌的发展趋向。读田禾不多的非乡土诗，但都不如他的乡土诗出色。当下中国诗坛，继续坚持写乡土诗的人为数不多。时代在进步也在变化，如今的乡土诗，应和十年二十年前的乡土诗不一般，要有变化，要有时代的特点。乡土情结可以永远存在胸中，我们眼中的乡土应该是二十一世纪的乡土了，假如我们今天还在写六十年代七十年代八十年代的乡土，那乡土诗也就没有发展了。田禾今后的乡土诗写作，应该有新的视角，新的发现，新的情感，要以自己的创作来带动与促进二十一世纪的中国乡土诗。

三、田禾诗歌创作的艺术特色

诗是情感的产物，诗与其他文学门类最显著的区别是，诗更注重情感的抒发，情动于衷而形于言。没有一个诗人不是感情充沛的人，绝情的人是写不出好诗来的。田禾是一个重感情的人，田禾诗歌创作的第一个特色就是动情。

"故乡 我走了/留下一颗/落泪的心"，这是田禾离开故乡时的离别之情。"酒有多热/饭有多热/我故乡人的心/就有多热//路有多长/水有多长/我故乡人的情/就有多长//天有多深/井有多深/我对故乡的爱/就有多深"，这是田禾对故乡的热爱之情。"今夜月光正好/让我再一次/拥着我久别的故土/睡去/我的乡亲"，这是田禾回到故乡后的欣喜之情。"每当想到我的家园/我为我的乡亲/而泪湿枕巾"；"坐着不安就躺着/躺着又害怕做梦/黑夜来了/以为是魔影//这时候/我渴望同树对话/摸摸口袋/已经空了/找不到一支解愁的香烟/点燃话题"，这是田禾思念故乡而流泪而不知如何打发时间的浓烈乡愁。田禾诗中，写父亲写母亲写奶奶，都满贮着深情、那种亲如骨肉深入骨髓的亲情，令人常有酸涩的泪光不经意地出现，这是情感在诗中的魅力。

诗有抒情诗叙事诗之分，但许多诗既抒情又叙事，你就不好十分准确地区分其是抒情诗还是叙事诗。诗人在写作时，能很好地将两者结合起来，达到自己表现情感的目的。田禾在使用叙事描述细节的手法上，有很突出的创造，这是他在诗歌创作上的第二个艺术特色。

田禾的一批写乡村人物的诗，无不运用了叙事手法。但他的叙事是简洁明了，不像小说里那样铺排细腻的描写，这种叙事，是一种抒情的叙事。"坐小车像乡长/作报告像乡长/说话像乡长/喝酒吃肉像乡长/真正办起事来/就不那么像乡长了"（《乡长》），这几句勾勒的乡长形象，比我们有些小说里花上数千言写的乡长，要明白得多。田禾写了一首《一个断腿的山村教师》："他从战场上归来/战争/已带走了他的左腿/他又把右腿/和自己/一起交给了/山村的孩子们"，断腿的教师为孩子们服务，克服困难办学校，培养了一批有出息的人才。诗人写道："谁也不要在他面前/笑他没有腿/其实他才是一个/真正完美的人/说句实话/那些有好腿而不干实事的人/才是真正的残废"。残废教师的形象在诗中树立起来了，这是山里一个感人的形象，田禾在这里把叙事与议论结合得十分贴切，熔成了一体。

小说家们是离不开细节的，无论什么小说，如果没有细节的描写。那将是不忍卒读的。而诗人有时在诗中使用些小细节，也能使诗歌更生动更感人。田禾有时在诗中使用细节，结果他的诗就更显得有情趣了。在《夏至》一诗中，写阳光下，哥哥在田地里用喷雾器喷洒农药。为庄稼的丰收而劳动，诗的结尾，田禾写道："好沉的一个水壶／远远看见弟弟／肚贴着肚地抱来／村庄那头　母亲的炊烟／又开始升起来了"。临近中午。小弟弟送茶，水壶肚和弟弟的肚贴着，稚态可掬，农村田间的生动场景因了这个细节而更动人。

　　田禾是农民的儿子，他写的是乡土诗，他的读者主要是劳动大众和一般老百姓。他的出生与写作题材及读者的对象，决定了他的诗必须写得明朗朴实易懂，如果他把自己的诗写得晦涩，佶屈聱牙现代先锋，那将是泥腿子穿西装，难以存在，只会是笑料一堆。读田禾的乡土诗，我们被他那明白如话朴实得无任何装饰的诗句所打动，觉得乡土诗的语言就该这样，就该看似大白话，但将其精心布局巧妙组合，又是诗歌，满含哲理与浓情。《土地》一诗只有匹句，一个比喻，但都深含寓意："山村的那面鼓／爷爷敲过／父亲敲过／孙子又接着敲。"《泥工》："给别人／砌一辈子的房子／／一生给自己／只砌了／一口棺材。"这不都是大白话吗？这些话又有谁不懂呢？但这大白话把山里农民和泥工的命运说得却又十分的深刻，而且又很是诗意的表述。

　　田禾诗歌一般没注意押韵，但其韵味却在诗句的内在节奏里，特别是那些写得比较舒展婉转的长句子，如"纺车的轮子无休无止地转着／仿佛纺着生命的经线和纬线"。"那纺线的动作就像太阳的升起和落下／纺出了我们生活中一丝一丝的甜"（《纺线的奶奶》）；在《乡亲》一诗中，那些舒缓而有节奏的长句子，更把作者心中的情感抒发得畅快淋漓。

　　　　是我稻场上打麦稻场上睡水塘里养鱼塘边上睡菜地里种瓜
　　　　菜地里睡过着半人半鬼的生活的乡亲
　　　　是我看戏时手里还捏着针线活赶集时肩上还背着粪筐进门
　　　　出门手里从来不闲的乡亲
　　　　是我高兴时就抱老婆吻老婆亲老婆烦恼时就骂老婆打老婆
　　　　把老婆当出气筒的乡亲
　　　　是我大把流汗大嗓门说话大碗喝酒大块吃肉赚不了大钱却
　　　　又喜欢大把大把花钱的乡亲。

　　这些诗句是自由的，但节奏感在诗句的伸展中体现了出来，畅晓绝不拗口。有的诗虽说押韵，但读起来却拗口别扭，所以诗在押韵不押韵的问题上，是没有什么高下之分的。田禾的诗基本上不押韵，但有节奏感，不拗口不别扭。

　　田禾的人生是诗改变的，没有诗，田禾不会有今天的成功，没有诗，田禾只会是山乡里的农民吴灯旺。因诗而改变了命运，今天的田禾一边搞经营，一边写诗，但他还是运用他的农民的那种勤扒苦做的精神，那种善良忠厚本性来为人处事，他的经营成功，他的诗创作也不断有新的收获与突破。

　　田禾，永远不要放弃诗，失去了诗，你将失去一切。

阎志的乡土诗

湖北是乡土诗比较发达的省份，20世纪80年代湖北的乡土诗在全国诗坛曾独领一段风骚，出现过一批代表诗人与代表诗作。可以看得出来，阎志诗歌创作的起步与发展，受过这样一批诗人和诗歌的影响。如果分类的话，阎志的诗应该划为乡土诗。他写出："夕阳把稻香藏进欣喜中/五月里裹着雨季的女子/让山村摇曳成一片辉煌/麦穗与翠绿是历史的颜色/土地是生动的粮食"（《五月的山村》）这样的句子，还写出"醉了夕阳的你/还想半夜染得更浓吗/大别山的女子哟/你是一杯浓浓烈烈的米酒"（《大别山女子》），与80年代的一批乡土诗人的表现手法十分近似，一种质朴一种直喻，营造的是一种明朗而浓烈的氛围与意象。能够继承与学习优秀的乡土诗歌传统，吸取其有用的东西来滋补充实自己，这是作为诗人阎志的一种品质。

继承与学习是为了发展，如何在优秀传统基础上提高，开拓出一片新的艺术天地，形成自己的个性特色，这是一个优秀诗人最起码的追求。如果亦步亦趋地跟在前人后面，学老师不离左右，虽然觉得很像，但也只能算是鹦鹉学舌，唱不出自己独特的声音，这不是好学生，这是没出息的诗人。读阎志的诗，虽然还难以看出他有十分鲜明的个性特色，但他没有仅仅停留在学习前人的传统上，而是在寻找变革与新路，目前已经有了自己的风格。说阎志的诗是乡土诗，但阎志又不是80年代湖北一批乡土诗人的那种写法，阎志的诗中有不少现代的东西，他是用一种现代的方式去写熟悉的乡土。湖南近年有一批乡土诗人打出了新乡土诗的旗帜，有理论有创作还出了专集。我想阎志也在写新乡土诗，用自己的创作来推举新乡土诗的繁荣。这是可贵的。"或许每一次的忆念/都已镶进一层纤和的梦色/但家园依旧/家园依旧"（《回首家园》），"黄昏已搭在山民们的背上那长长的纤哟/每一道山痕就可见黄昏的沉重 黄昏沉重/父亲看了一生的山又不拥有一座山峰/父亲本来就是一座山"（《已近黄昏》）。这是从阎志的诗中随手摘下的诗句，这些诗句已经复杂得多，其中的那种淡远的情思和丝丝哲理都可体悟得到，在早期乡土诗的那种质朴直喻上已经进了一大步。前进一步都是艰难的，都要付出汗水，阎志已经在流汗，在诗路上跋涉。

湖北是乡土诗大省，湖北的诗歌创作要发展，我们期待着像阎志这么一批年轻诗人，把湖北的新乡土诗歌带进一个新的天地，走向全国的前列。

哨兵其人其诗

哨兵是个汉子。我们几个朋友到洪湖，他亲自接待，不通知任何有关部门。他带我们坐一条机动船在大洪湖上畅游，看那碧蓝浩荡的水，看那贴浪翩飞的野鸟，看那无边荷叶与芦苇，然后到岛上的一个荡子里摘莲蓬，再到湖边的小镇餐馆里喝酒。那一桌子菜全部是洪湖里的鱼虾野鸭莲藕菱米等等，我是在那里第一次吃到油炸荷花，至今余味袅袅。哨兵到武汉来，我与田禾陪他在水果湖的"洞庭水鱼"吃鱼喝酒。我们都说武汉吃的鱼比洪湖的差得远。

哨兵是个诗人，但我和他似乎没谈过诗，这也许是我是上世纪八十年代写诗的，他是新世纪写诗的，我们的诗观不同，他说不相信"愤怒出诗人"这点我是不赞同的。哨兵告诉我《人民文学》与《星星》发表了他的长诗，我去读了。哨兵发在《诗刊》等处的诗我也读了，哨兵给《长江文艺》寄诗，当然我更要读。哨兵的诗有一种内在的张力，有新奇的意象。他的《与父书》、《秋日札记》无疑是他的代表作。哨兵写得最好的诗是洪湖诗，洪湖是他现在将来以至永远写作的源泉。哨兵与我谈他的小说，《长江文艺》发表过他的中篇小说，但哨兵的小说没有他的诗好。在小说里去追求内在意义制造意象无疑使小说不好读。哨兵写洪湖的龟鳖，"沉默寡言/一年中有四分之一的时间　将大脑缩回心脏位置/它们的思考秘不示众　与神性有关。"这些思考用诗表达可以，用小说来表达就比较难。

永远的良才村

人人都有故乡，故乡生活特别是童年生活的记忆会影响人的一生，那种乡情那种或悲或喜的生活场景刻骨铭心。人人都有亲人，亲属特别是直系亲属的音容笑貌和那种割舍不断的骨肉亲情已经溶入了血液，至死难忘。作家们凡是写乡情亲情的文章，那笔下蘸着的是感情的墨水，流泻着激人心弦的波涛，许多散文名篇都是写的乡情与亲情就是这个道理。

韦启文从政之余，写诗，画画，弄书法，也写散文，这对于一个在作家协会担任领导工作的人来说，比较正常。最近读了他的一组写乡情的文章，被其中蕴含的真切情怀所打动，作为同是农民的儿子，我们的感情上有许多相通的地方，因而容易产生共鸣。

韦启文的故乡叫良才村，曾读过韦启文的一组诗歌，题为《永远的良才村》，良才村不仅是他的故里，也是他阐发诗情文思的故乡。那是广西壮族的一个普通小村，村里人共一个祖先吧（韦的文章写的是除新娶进来的媳妇外，没有外姓人）。这里的人勤劳善良明事理，过着虽说不富裕但却比较和谐的生活。韦启文是村里辈分最低的人，与他年纪差不多的少年中，辈分都高。"我叫阿公、阿叔的人，有的比我大不了几岁，有的甚至比我还小，他们的妈妈还很年轻，我还有一批阿公阿叔还没出生呢！"韦启文的祖父及父母却因此而骄傲与高兴。辈分低，说明他们这一房族人丁兴旺，一代一代繁衍得快速。少年韦启文觉得自信的是，虽说辈分低，他的书却比这些阿公阿叔读得好，当他十九岁离开良才村到武汉上大学时，他就成为良才村的骄傲，他的阿公阿叔都在这个侄子辈孙子辈面前祝贺。

韦启文写的《良才村故事》，还写了《新婶婶上门》、《过年》，读着这些从记忆中翻检出来的文字，像被窖藏的酒一般，自有其芬芳醉人的力量。《良才村故事》有其童年的心理与趣味，《过年》记叙的是壮乡年关时的热闹与风俗。汉族是五月端午纪念屈原吃粽子，壮族是过年吃粽子，出嫁的女儿给娘家送粽子是一件重要事情，这种两头尖中间鼓的粽子，大的有五六斤重，娘家人收到粽子，摆在桌上，供祖宗，给邻里看，那是一种脸面呢！过年小孩放鞭，阿了裤子口袋装满了鞭炮，不小心引燃了，炸得阿了连蹦带跳地叫，孩子们吓得不知怎么办，阿了的裤子烧了一个大洞，这类故事充满了童趣。而《新婶婶上门》则是写壮族的婚娶，有许多壮乡的风情，其唱欢，即唱歌，表现了婚娶的喜庆气氛，也是表现唱欢人才情的场合。"今日相会正逢秋，高楼吹笛声悠悠，千里有缘来相会，一轮明月照九州。""山上开荒靠雨水，种子落山盼花红，哥妹结交讲实心，莫学烟草肚里空。"对《好字歌》，女唱："好花一朵满园香，好茶一杯心里爽；"男对："好酒一杯精神好，好人一双百年长。"这些唱欢的歌词大约有好多，有的是流传的旧歌，有的是即兴创作，韦启文生长在这样的一个环境中，怪不得他后来写的新诗，其中的民歌味道颇浓，肯定从小受过唱欢的影响。

韦启文写亲情的文章有四篇，即《祖父》、《祖母》、《父亲》、《母亲》，这是韦启文生命由来的四个亲人，这是与他一脉相承的四个亲人，这四个人只要缺少一个，就没有韦启文这个生命了。韦启文写他的这四个亲人，看似用的平淡笔墨，写的平常事，但那血浓于水的亲情却是力透纸背的。祖父喜欢抽烟，祖父的烟杆有好几根，最长的一根三尺多长，韦启文非常细致地描写了祖父的烟筒烟嘴，祖父切烟丝，读这文字你能体会到孙子对祖父的深情怀念。祖父喜欢喝酒，祖父对他这个大孙子的严厉管教，祖父说的一句十分普通的大实话，却成了经典，影响了韦启文的一生："写字要一笔一画地写，才能写好字。"当祖父逝世时，韦启文正在千里之外的军马场劳动锻炼，他这个祖父最疼爱的大孙子，"独自一人，坐在小山坡上，望着满天星斗，流下了眼泪。"韦启文的父亲当过乡长，但是个农民身份的乡长。这是一个乡村硬汉子，种田是把好手，耕耙栽割样样在行，风里雨里从没歇过。这是一个巧手的农民，能削篾片、编筐子、篮子、竹箕、鸡笼、鱼篓，还会无师自通地干木匠活，修补房屋和农具，制作桌椅板凳门窗。父亲充满爱心，乐于助人，对新鲜事物充满了热爱。由于孩子多，男孩女孩都上学，家里经济困难。"那年我在三里镇读初二上学期，要开学了，但学费还没有着落。父亲二话不说，扛了一根很重的松木，送我走三十多里山路，到三里镇卖了几块钱。他只留下五分钱吃一碗素米粉，其余全给我去交学费，又走了三十多里山路回家去了。"读到这一段，我想起朱自清的《背影》中的那个父亲，父爱是朴实而又撼人的。

韦启文的祖母是在他不到一岁时就去世的，他对祖母没有多少印象，他只能想象幼时如何被阿婆抱着搂着，直到人过五旬回家走很远的路爬上山巅为阿婆上坟时，才迸发出那一声声呼叫。"但现在，纵我千呼万唤，祖母已经听不到了！"韦启文写母亲，情更深更浓些。幼时母亲蒸糯米，做五彩饭；母亲唱山歌，歌声细细的；母亲纺纱织布，裁衣服缝衣服，往往都是在孩子们睡了之后。在前厅的月光下，纺车嗡嗡，卟哒卟哒地织布，直到鸡叫。韦启文在一首诗中写道："小时候，星期六回家/妈妈说，我的儿子瘦了/后来，寒暑假回家/妈妈说，我的儿子长高了/现在，每年春节寄照片回家/妈妈说，我的儿子老了/几十年了/变的，是妈妈的话/不变的是妈妈的心。"这是寻常的话，却写出了平常母爱的伟大。母亲去世，韦启文送了葬的，那山路的泥泞，那雨夜打着的火把，路边的树木影影绰绰，像是低头致哀。"我的泪水像决堤一样，不停地流着。"韦启文笔下的母亲和母爱，是天下的母亲和母爱。韦启文的良才村还有那个美的善良的慧，慧与韦启文结婚十一年，在三十六岁那年去世，虽说她生长在城市，只跟他回过两次壮乡，但这个壮族的媳妇是属于良才村的，《清明雨打湿的诗笺》是韦启文悼念妻子的一篇动情文章，从他写的诗中可以读出他对慧的深爱，这种爱与母爱相辅相成，也是一种亲情。

　　韦启文的良才村，贮藏着丰富的写作矿产，他的文章，乡情缭绕；韦启文笔下的亲人，善良勤劳，充满了爱心，一片亲情永在。作家有老的时候，但乡情和亲情是永远不会老去的。

　　愿韦启文笔下的乡情与亲情，永远年轻，长存天地之间，让这种大爱，温暖这个世界。

在路上的感动

三年前，我读过赵武松的一本随笔集《红尘绿洲》，那是一本洋溢着哲理性、时尚性的书。一篇篇文风清新、思维敏捷、睿智而又洒脱的文字，耐人品味，读来似有一种身在红尘，心系绿洲的清爽与惬意。

一个人的文学情愫是可以延续的。在这个诗意浓浓的五月，我又读到赵武松的散文选《在路上》。摩挲之余，再一次为他在文学路上的那份虔诚和独有的生活情调所感动。

散文的情感倾诉是"自我"的，读武松的散文，我仿佛看到一个独行侠般的他沐着城市的雨，感受着乡村风古朴的气息，枕着哐当哐当的火车，行走于城市与乡村之间，历史与现实之间，亲情与友情之间，通俗与高雅之间。用他自己的话说，这样的人生既是一种追逐，也是一种等待。在追逐中欣赏风景，在等待中积蓄芳华，在季节的轮回中领悟人生，在情思交融中享受生活。我也知道，身在红尘，他难免会饱受酒精考验。但一旦醒来回到自我空间，他享受难得的书写之娱。

散文贵在写真情，好的散文是心灵流动的写照。《在路上》的每一篇散文都是武松心路历程的再现。面对《东方情人节》，他看重的是亲情的抚慰。"情人节来了，勿谓之没有'情人'，勿淡忘彼此人情。恋人、伴侣、朋友、亲眷，都是这个特别日子的美丽元素。"在《生日》一文里，他悟出"亲情是心灵的鸡汤，生日是生命的永远，一个懂得感恩父母的人，才能算一个完整的人"。行走在《远去的乡村》，作者"心里却布满了惆怅：好不容易找回的与"根须"的我关联的乡村，已渐行渐远，失落在城市的风景里，再也找不回曾经的味道……"《悠悠桂乡情》是写他挂职锻炼地方的桂花："我仰头端详垂吊于枝头的桂花串，体味着它的漫长的心迹和此时心语。这看似不起眼的花串，由一个个颗粒状的花瓣结晶成团，待到凋谢的时候，花香也渐渐变淡，消逝于不知不觉中。这是怎样的一种精神寓意呢？"在作者的文字中，处处流露出对人生、对事业、对家庭、对朋友的感悟。读他的文章就如同跟他摆龙门阵，轻松而愉悦，不知不觉，就走近了他的内心，融入了他的情感。

武松的散文善于在描写中"留白"，辅之与抒情融为一体，引领读者在基于生活本真层面上的拓展。《落叶时节》一文有这样的描述："深秋时节，空气里涌动着寒意。晨雾凝霜里，片片秋叶在眼前轻轻地飘落，把小路两旁点染得一片金黄，远远望去，犹如一幅色彩斑斓的油画，镶在东湖的风景里，引人入胜，撩人遐想。"这样的文字，不仅能够引发读者共鸣，还原成了一幅美丽的图景，直抵读者心扉。《城里的月光》更是他细腻情感的流露："月华似水，我对月光的情结依然如故。走在城市的风雨里，月光照亮了我生命的来路和归途，有月光陪伴，我心存感激，乐此不疲。"《仰望大峡谷》是作者心灵的对白："我得以在一片天地空灵间找到一处仰望大峡谷的最佳视角，这也许是上天的旨意……莫非，我经年的奔波，就是为了这匆匆的一望？"这样的情感叙说，让迁徙于生命旅途的都市人有一种归宿感，进而给人以慰藉。

从某种意义上说，散文的语言是最为灵动的，甚至可以说是天马行空的，"动如脱兔"，方可给人以阅读上的畅快之余"静如处子"。武松的文字无所不及，大到宇宙星空，小到一花一木，他总能在所见所闻，所思所悟中体味生活的每一个片段。他在《酒悟》一文中写道："常言酒如其人，着实不无道理。怡情助兴也好，借酒浇愁也罢，酒在杯中，杯在手中，话在酒里，情在心里。觥筹交错时的率真、耿介、委蛇，酒过三巡后的酒风、酒品、酒态，都折射于杯盏之间；谦谦君子，戚戚小人，人间冷暖，世态炎凉，都尽显于抿呷之中。"简短凝练的语言，本身就如一壶千年醉，既有视觉上的美感，也有舒心润肺的功效，非酒中性情不能体悟。

武松阅历丰富。高中时代怀揣文学的梦想，上山下乡当过知青、民办教师，回城后考上大学，做过编辑、会计、公务员。这些年来，每当夜深人静的时候，他都会把自己关进一间小小的书屋，或托腮凝思，或临屏敲键，在自己的一亩三分地里舞文弄墨，即兴涂鸦，用文字支起一顶顶温暖的帐篷。《飘逝的岁月》、《东方圣城的膜拜》、《走进大水井》、《东坡赤壁咏叹》、《红色的记忆》，或怀人或状景，一篇篇美文，一段段岁月的印记，一路且吟且思，足见一位业余作者广博的阅读、理性的思考和非凡的文字功底。

城市的风，乡村的雨，构成了武松一路走来的文学情结，潜藏在他记忆的深海里，时常被他拈来咀嚼和回味。透过这些行云流水般的文字，我看到的是作者对生活的执著和对文学孜孜以求的渴望。文学需要这样的执著与渴望，时代也需要这样的作者与作品。

每个人都行走在路上，面对沿途的风景，有人会忽略，有人会驻足，有人会迷失。相信爱好文学的朋友，会在一路风景里享受《在路上》带来的不同美感。

好的散文，总是连缀时代的脉搏和读者的情感，给人以清风入怀的享受，读着武松的《在路上》，这个初夏顿时变得凉爽起来。

以湖北文学为骄傲

"湖北作家写作家"这个专栏的策划与开办无疑是成功的。作家写作家过去也有,那多是叙友情谈创作,有一发无一发的。而现在成规模成系统地介绍一个地方有成就的作家,一年推出一百几十位,且篇篇认真精粹,这不说在湖北,在全国都是首创,这也是2012年湖北文学界的一件盛事。湖北当代文学,特别是新时期以来,成绩斐然,人才辈出,在全国位列前排。湖北作协与湖北日报共同推出的这一专栏,全面介绍湖北当代优秀作家与作品,让湖北人民了解这些优秀的作家与作品,必将促进各行各业的发展,起到鼓舞湖北经济更快腾飞的作用。我说的这些不是浮夸与臆想,湖北人民当以湖北的文学为骄傲。

我忝列"湖北作家写作家"专栏的作者与被写者之中,我是当做一件很严肃的事情来做的。省里的党报能拿出这么多版面让作家亮相,这种机会很难得。写作家,我认为一定要写出他的个性与创作成就,不能泛泛而谈。我写的几个作家,都是重新研究了他们的创作经历与主要作品的。虽说我对他们很熟,但没找到好的角度,决不轻易动笔。写这种短文章,说实话,比我写诗写小说写散文都要花力气。你不能编造杜撰啊,你写的那个人,报上发了,看的人多,你写得不好,是给自己丢人。这个专栏我已写了九个作家,感觉到费了不少力。

当然,我在研究他们的材料时,也获得了不少启示,向他们学得了不少东西。在写作这个专栏时,写作者和被写者无形之间增进了了解,增进了友谊,很利于文人相亲。我写老作家刘富道的文章中,谈到了他的长篇纪实文学《汉阳事件》,他多次在不同场合提及我是第一个在党报上披露《汉阳事件》的。我写《文学铁人李德复》,文章发出的头一天,德复先生去世了。在遗体告别仪式上,主办单位将登载这篇文章的报纸复印了几百份,给参加告别仪式的人每人发一份。省委组织部的一位老领导特地让人找到我,非要见我,感谢我,说文章写得实在。德复先生的夫人与子女更是紧握我的双手表示感激。这两个例子是想说明"湖北作家写作家"这个专栏的影响,说明写作者是很认真地当一件严肃的事情在做,说明这个专栏的文章发生了作用。

"湖北作家写作家"这个专栏还将延续下去,目前写的都是有一定影响的健在的作家。当这批作家写完以后,建议再写一批已去世的湖北籍或长期在湖北工作的现当代作家,像闻一多、叶君健、曹禺、胡风、光未然、严文井、秦兆阳、聂绀弩、徐迟、姚雪垠、碧野、曾卓等,只有这些作家得到介绍,那么湖北现当代作家的展现就全面完整了。

李德复的《四十年思索的一个人》

我的书架上摆着一本漓江出版社出版的《1991散文年鉴》，我在此书的扉页上写有："此书妥存，其中李德复文系我做的责编，书中妙文不少"，并盖上我的藏书印。我书房里有数千册书，写上字盖上藏书印的书只是一小部分，我是按书的价值含量取舍的。有相当多的书是没有长久保存价值的，没必要在上面留下什么。

《1991散文年鉴》，有个由严文井、佘树森、杯非、秦牧、涂怀章等九人组成的评委会，从该年度发表在全国（包括港台）各报刊上数万篇散文里评选出来百余名作家的百余篇散文。这其中有史铁生的《我与地坛》、张承志的《离别西海固》、余秋雨的《风雨天一阁》、汪曾祺的《多年父子成兄弟》、贾平凹的《佛事》等。真是名家荟萃，妙文联翩，我敢说，有些篇章是能留传后世的。

李德复的散文《四十年思索的一个人》选入了《1991散文年鉴》，和诸多名家的名篇摆在一起，一点都不逊色。李德复的这篇稿我收到之后，一读即喜欢，就将其发表在1991年9月号的《长江文艺》杂志上。《长江文艺》当时每期散文版面只有六页，一般只发不到两千字的短小散文。李德复的这篇散文有一万多字，我们将其发出，是不多见的。当时我的想法是，这是篇好文章，发表好文章是不应吝惜版面的。

李德复是人到花甲才写这个人的。这个人是他一岁时，在湖南乡下他伯父家认识的，是他伯父家的住家佃户，即种主家的租田，并住在主家，为主家做各种事情。当年的"复少爷"和一个佃户结下的情谊，童年时乡下生活的回忆，孩童的恶作剧，佃户松爷子的质朴、善良、忠诚的性格及心灵，写得栩栩如生。新中国成立后以至"文化大革命"，当年的主家成了阶级敌人，最后回到乡下无人照顾。而当年的佃户却不怕背上阶级觉悟不高的名誉，养主家并为其送终。这中间不是阶级调和，而是一种人性的闪光。四十年后的李德复回忆这一切，笔下满含深情，是忆念，是怀想，是对岁月匆匆而逝的惆怅？都有。感情的倾尽注入，文字就动人感人，说实话，今天我为写此文再重读《四十年思索的一个人》时，眼泪都快要流出来了。这文字能使我们中老年读者进入一种境界，一种对往日的怀想，对我们所经历过的美好人物美好事物不能忘却的境界，我们重温过去，我们的灵魂得到一次洗礼。

《四十年思索的一个人》发表后，得到了读者的好评，许多朋友来电话说我们发表了一篇好文。《1991散文年鉴》所选湖北作家的文章，仅此一篇，选家遴选标准之严之准，可见一斑。

我的书架上的书时有更换，但《1991散文年鉴》没有被我换下来，是因为这是一本很有价值的书，其中有很多妙文，当然也包括有李德复的《四十年思索的一个人》。

读陈谢的虎画

　　认识陈谢几近三十年。在武昌紫阳路原湖北省文艺创作室的一间小房里，我们曾作彻夜长谈。那时他还是个小青年，却在北京和省内一些报刊上发表不少诗与散文，给我一个聪明早慧的印象。后来他到报纸做美术编辑，才知他自小就喜欢画画，且有功力。做美编之余，还写大量的法制通讯和破案之类的纪实作品。

　　陈谢是个充满了活力的人，很早就知他买了私家车，而且这车还经常换，他开起来特别来劲，虎虎有生气。忽一日，他送来一批老虎画给我看，我突然眼睛一亮，那些老虎形态各异，生动传神。他说这些老虎都是他画的，他师从名家汤文选，近年致力于画虎。他还终于画出了一点名堂来。陈谢属狗，如果不是看了他的画，我可能会开玩笑说：陈谢画虎不成，反类其犬。但我现在说：陈谢画虎，真真是虎，他虽不属虎，却有虎的活力与激情，要不他怎么开着车满处跑，一会做工人一会做记者一会写诗写散文，最后又专攻虎画。对这种永远充满了活力虎气的人，我只有学习的份了。我自己虽属虎，喜欢虎，却缺少虎气。

　　细读陈谢所画之虎，别有天地。陈谢不可能到远山大野之中去观察虎寻找虎，他所见之虎都是在动物园里生活着的驯化之物。他对这些虎作长期细致的观察，反复揣摩写生，得其精神，然后张开想象的翅膀，将这些园中之虎放到深山旷野之中，画出它们的神态与内在的品质来。

　　《雄视》，只画一只虎首，重在虎的双眼，那虎眼之光，并无凶神恶煞之气，倒是一种远视雄察，追寻着那远方的风光与生活。《春意暖》，一只长身长尾之虎立于巉岩，虎伸的一个懒腰，透出几多春暖之时的惬意与舒适来，懒洋洋的好悠闲啊！《松风》，松下之虎，如松如风，凛凛然，有雄气有威风，松风啸时，虎也可能长啸，那是动山林的一种虎气哩！《山雨欲来》，天地昏暗，乌云滚滚，风起林末，百鸟归林，只有虎卧地欠身，不惊也不慌，全然不觉风雨之到来。或者它久居幽静，渴望一场山雨的到来吧！《逆风行》，虎雄身阔步，迎风而上，没有一点畏缩与胆怯，风算什么，我就是要冲着风而来。《山中明月知我心》，山中月明更显幽静，而虎巍立，若有所思，在想着什么心事呢？明月知道么？……

陈谢给我看的十余幅老虎图，细细道来，每幅都有一些蕴涵。陈谢，这哪里是在画虎，分明是在传神抒情。当过诗人的陈谢，把他的虎画，写成了诗，传达出了一种情趣与生活的品格。陈谢说：希望自己笔下的虎能够有一种与大自然和谐相处的心态与条件，希望通过在作品中表现出濒于灭绝的美丽生灵深厚的人文关怀。陈谢的这种追求，就我读到的他的虎画中得到了实现。

陈谢之虎，非山林中的凶恶之虎，而是充满了人性的绿色生命，观陈谢之虎，是在观一种生活与人生也！

昌永和《大江赋》

吾友葛昌永，是作家，散文辞赋俱写，系中国作家协会会员；是书家，写得一笔好字，系中国书法家协会会员，湖北省书法家协会驻会副主席。当代文物大家王世襄先生曾对其弟子说过，真正的书法家必须有深厚的古文和文学功底，有吟诗赋词的功夫，诗、词、对联、序文、跋文都能写，不能像现在有的书法家，只会抄写古人的东西。昌永能文能书，是王世襄先生所说的真正的书法家。

近读昌永的《大江赋》，全赋分五节写来，各蕴其意，层层推进，互为辅佐，浑成一体，蔚为大观。长江从唐古拉山流来，到崇明入东海，全长六千三百公里，流域所滋润的土地一十九省。流域内的人文自然景观深远瑰崛，琦丽雄奇，酝成的长江文化与黄河文化比肩，哺育了五千年的中华文明。昌永为这条民族的父亲江作赋，首节叙其在宇宙中自西而东的发源，二节叙其奔腾入海的宏大气势，三节叙其两岸及流域内的自然景观，四节叙其所流之处的人文历史，结尾叙其今日的巨大变化与作者的感叹。昌永在全赋各节的写作上，把握住写作风格的变化，用司空图的《诗品》品之，首节自然，二节雄浑，三节绮丽，四节实境，末节起诣。

昌永的《大江赋》，在古往今来书写长江的千千万万的辞赋诗文中，实为一篇不落俗套，有自己的见解，且词章文采斐然又具有动感的好文字。

轻悄深情的倾诉
——读周中的几组诗

中国抒情诗从五四时期的新诗开始,进入读者的心灵方式是多种多样的,有如长江黄河之急浪以激情直撞心门,有如黄钟大吕呼唤不绝以声音振聋发聩,有如山涧小溪细如白练轻轻入怀,润物无声。

诗人的写作,是一种抒发,要将胸中之情脑中之意抒发出来,进入阅读者的心灵,当阅读者的心灵与诗人的心灵达到一种共振,产生了共鸣,这诗就是成功的。简言之,诗人的写作就是一种进入,进入到读者的心灵。

而我,是喜欢那种轻轻地缓缓地不绝如缕地进入的。"轻轻地我走了,/正如我轻轻地来;/我轻轻地招手,/作别西天的云彩。"(徐志摩《再别康桥》)"撑着油纸伞,独自/彷徨在悠长,悠长/又寂寥的雨巷,/我希望逢着/一个丁香一样地/结着愁怨的姑娘。"(戴望舒《雨巷》)诗人将他的缱绻、淡淡的哀愁和落寞孤寂,朝你扑面撒过来,入心入脑,你不觉进入到诗人营造的那种境界之中,不能自抑了。

周中是个我没见过面的诗人,最近集中读了他近几年发表在《东风》杂志上的几组诗,细细地将他的诗做了些分析,因而就引发了我上面这些叙述与见解,周中的诗,进入读者的方式并不单一,但主要是一种轻轻地进入,细细地润怀,给你以拨动和浸沉,从而展示他的情怀和哲思。

今天的时代与徐志摩戴望舒写《再别康桥》与《雨巷》时是截然不同了,徐志摩戴望舒那样的缱绻哀愁很难见到,现在有的是都市的喧嚣与浮华,人们生存的寻找与困惑。但是,爱情亲情和对事物的体悟总是想向别人倾诉,轻轻地静静地倾诉,这种倾诉在喧嚣与浮华四溢之处显得更为美好与珍贵。"思念总是特别的轻/像一片随风飘荡的羽毛/在一个空落的季节里/或上 或下/不会歌唱 不会抒情/任凭时光的流浪/黑白的交替/歇息在千家的窗棂/万户的屋顶/我的姑娘啊/何时才能飘落在你的手心"(《思念总是特别轻》)。周中的这首诗写得很动情,通过几个意象与具象,把那种感觉细腻地表现出来。周中的组诗《爱·人》共五首,基本上都是使用的轻悄而深情地倾诉的方式。轻悄而深情地倾诉,最适宜写爱情写怀念写回忆，最易抒发感情。"带着与生俱来的安静的微笑／慢慢走来／慢慢走来／让我用一生的日子看着你／你啊／你总是／那么温暖／那么沉着／那么固执／那么孤独而骄傲"（《生命里的奇迹》）。

接下来的《安静地等待》、《孕妻》、《孩子》、《脐带》四首，写得也都动人而抒情，《孕妻》很短："请让我在睡梦中吻你／你的睫毛 你的一尘不染的灵魂／你的独自奔跑的微笑／小豆子在发芽／在你的怀中坦然地生长／透明的生命啊／是谁给你营养和善良／让你一生皎洁／每一个脚步都散发着芳香。"对孕妻的爱与体贴，对孕中孩子的絮语，十分的感人。

而这组诗中的第五首《脐带》则是写母亲的。母爱是天下之大爱，对母亲的爱写得感人生动，古今中外的文学作品已写了许多许多，但这个题材却是永远也写不枯竭的。周中的这首《脐带》有自己独特的深情与倾诉。

"不只是在雨中　撑起／一把油纸伞／从南到北／覆盖了儿 一生的道路／哦　母亲　我的母亲／一声梦中的呼唤／就可以开放您油灯下的笑容／和日渐稀少的牙齿／哦　母亲　我的母亲／是不是在那个凝固的早晨／在儿的第一声啼哭里／您就预备下全部的青春年华／您一生中最美丽　最动人的时光／全部去典当了／换回来却是丝丝缕缕的皱纹和白发／然后　整夜整夜地／盘腿坐在一盏如豆的小油灯下／细细长长地编织成／儿终身也不能与您分割的脐带。"一个儿子，在纸上轻悄地深情地倾诉，随着心中感情的浓度，声音也越来越高了，最后凝成"儿终身也不能与您分割的脐带"。哪个儿子能与自己的母亲（母爱）分开，这母与子的脐带，虽然在生命离开母体时已经剪断，但那无形的脐带却是终身的。

周中还有一组写围棋的诗叫做《中国围棋》，他运用围棋中的术语为标题，不慌不忙地叙述倾诉，把那静静的棋枰，写得战火纷飞，写得慷慨激昂，写得车轮滚滚，写得烽烟弥漫，这是诗人的想象湍飞，小小棋枰，其实也是大千世界。《中国围棋》这组诗，虽说情感的成分不多，但它是另一种倾诉。周中的《怀想春秋六首》中，有两首写得艰涩些，不畅，倒是他在写诗时应该注意的。

周中的诗，从他发表在《东风》杂志的刊期顺序来看，他是越写越好，手法是越来越成熟。而轻悄深情地倾诉这一表达方式，无疑在他的诗中是运用得最好的。

2007 年 7 月 13 日

火中的凤凰
——读《突破火线》

在人们的眼中，消防队员就是救救火，一般人一年甚至几年难以碰上一场火灾，所以他们觉得消防队挺清闲的。对消防人与对警察一样，心里并不敬重他们，甚至对他们看法不一定好。我过去也是这样的认识，但自从我在《长江文艺》编发了报告文学《长江油轮大爆炸》及写了报告文学《营救簰洲湾》之后，我对消防人的看法完全改变了，他们是和平时期的勇士与英雄，是人民生命财产的保护神。我编发武汉消防在长江上扑灭油轮爆炸引发的大火而牺牲多名消防队员时，我在采访写作湖北消防总队李金文带领突击队最先下到簰洲湾大水中舍身救人时，我的眼中一直含着泪水。

沧溟水的长篇纪实小说《突破火线》以大量的救火场景以及消防人生活的情节与细节，告诉了人们一群活生生的消防人，他们是怎样每天与多场火灾打交道，他们时刻与死亡牺牲并肩，他们的正常家庭生活得不到保障，他们却那么坚定地舍弃一切，义无反顾地把消防干到底，一代人不够，下一代人继续干。他们是火中的凤凰，他们是一群最可爱的人。贺子胜的成长，余满江的运筹帷幄，任开山、余立飙的性格与牺牲，赵芳、冯缓缓两位军嫂的奉献，高歆、金梅两位女消防警官的美丽和内心情感，都表现得栩栩如生。这是作者扎实生活的回报。

《突破火线》是一部引领人们认识新中国消防人员奉献与牺牲的成功作品。

2012 年 7 月 25 日

为低幼儿童写作是一种奉献

——写在《吕书臣文集/儿童文学卷》出版之时

文学创作中，我对那些为少年儿童写作的作家充满了钦佩与尊敬之情。而对那些为低幼儿童写作的作家，我更要称赞他们是在做一种奉献。上幼儿园和上小学一二年级的孩子，为他们写儿歌或小故事，让他们从儿歌和小故事中受到教育学到知识并且得到娱乐，是需要一种特别的本事的。据说如今低幼儿童作家越来越少，原来的一批低幼儿童作家都年事已高。我们应该有更多的作家为低幼儿童写作，千万不要看不起"小儿科"。

吕书臣是一位执著而勤奋的作家与编辑，他办过好几种报纸，现在退休了还在主编《炎黄文化》杂志；同时他的创作一直没有停笔，诗歌、散文、报告文学等各种文体都写。《吕书臣文集》诗歌卷、散文随笔卷、杂文卷、报告文学卷已经出版，现在这本儿童文学卷也出版了。在吕书臣的创作中，儿童文学占了很大的比重。阅读《吕书臣文集/儿童文学卷》，其中的儿童诗歌和少儿故事里，低幼儿童文学作品数量不少。这些作品，特别是低幼儿歌，写得十分精彩，这是难能可贵的。本卷中的"名人青少年时代的故事"一辑，写了孙中山、毛泽东、朱德、董必武等革命家的少年故事，是很生动的革命传统教材，非常适合少年儿童阅读，是优秀的儿童文学作品。

吕书臣的低幼儿歌，琅琅上口，通俗易懂，很能为孩子们记忆吟唱，作品内涵都是引导孩子们积极向上，自小热爱党和人民。"街道上，/路两旁，/栽上一排小白杨。/叶儿绿，/枝儿长，/风吹白杨沙沙响。/鸟爱林，/鱼爱水，/树爱阳光我爱党。"（《树爱阳光我爱党》）"小小班，排排坐，/班长指挥唱支歌，/什么歌？幸福歌，/人大召开心里乐。/《东方红》，宝宝唱，/各族儿童都来和。/唱了一遍又一遍，/歌唱太阳永不落。"（《歌唱太阳永不落》）像这类儿歌，在吕书臣的集子中有很多，从孩子们的角度选材构思，诗中所写的事与物，都是孩子们熟悉的，诗中的栽小树、排排坐、唱歌，也是孩子们喜爱的活动。这样的儿歌，教孩子们一唱就会，叫他们不喜欢都难。这些儿歌，在成人看来，可能太没意思，但在孩子们的眼中，却是好儿歌。成人文学与低幼儿童文学相隔太远，而低幼儿童文学必须捕捉拿准孩子们的思维，写作起来比成人文学还难，它需要的是童心与童趣。吕书臣的儿童诗，是充满了童心与童趣的。

低幼儿童的心灵犹如一张白纸，需要阳光白云绿树青草和美丽的花朵去铺写，低幼儿童文学作品就是给孩子们心灵白纸铺写的原料，低幼儿童作家就是生产这些原料的人。为低幼儿童写作，其劳动是美丽的，其事业是伟大的，是一种无私的奉献。吕书臣的低幼儿童作品，是值得称赞的，也是一种奉献。愿吕书臣写出更多更好的低幼儿童作品。

芸芸众生细描画
——读张慧兰的小说

我在《长江文艺》当主编时，发过张慧兰的短篇小说，后来到《芳草潮》当特邀主编，又发过张慧兰的一个中篇小说。当张慧兰把她的中短篇小说集《证人》送给我时，从富道先生写的序言中知道她还写过长篇小说和报告文学等作品。张慧兰作为一个基层的业余写作者，可以说是十分勤奋而且成绩很大的。

我读过《证人》集子中的部分作品后，对张慧兰笔下的芸芸众生立马有了深刻印象。张慧兰用她淳朴细腻的文字，对一群普通的人物进行细细描写，写出了他们的爱他们的恨他们的追求，写他们的日常生活户的苦恼与喜悦，写出了生活的原汁原味。这些普通底层人民的生存状态与生活百态，是中国老百姓的人生风景画，是国情民情的缩影。

《离婚》写的是一对青年夫妻，因为爱而太在意对方的交往，从而产生怀疑，认为对方有异心不爱自己，产生了离婚念头。这种念头一而再再而三，终于离了婚。可他们离婚不离家，还在一个屋子里生活。离婚了，按说已没关系，但他们还互相在意对方。他们各自去过婚介所，男人见过几个女人，都不如原来的女人好；女人见过几个男人，也都不如原来的男人好。终于他们又复婚了。这就是日常生活，拥有时不满足，失去时又想到拥有，当再度拥有时才会珍惜拥有。人间的爱情各式各样，而像《离婚》中徐强与姚玲这种离婚又复婚的爱情，是很普遍的。《离婚》给读者的启示，也可能有好几种。总之你读了这小说不会白读。

《替身》写了在当下生活中一个很少见的故事。男人长得白白净净，在小镇上一个单位里上班。女人秀秀气气，从乡下嫁到镇上，找了个稳定的工作。两人在一起过了二十多年，男人性无能，女人一直是处女。男人让女人走，去找别个男人，女人坚决不走，陪着男人过日子。男人患了抑郁症，几次自杀未成，最后终于吊在客厅天花板上死了。女人在安排好了收养的女儿的嫁妆后，也像男人一样在客厅天花板上吊死了。这故事发生在偏远的山里小镇，它诠释的是中国传统的婚姻观念：嫁鸡随鸡嫁狗随狗。作者在小说里可不是赞扬这种传统观念，但她似乎也不是批判自己笔下的男女主人公。男人生理上的痛苦令人同情，女人善良，压抑着自己的生理需求，令人觉得残酷。作者在作品中流露的是一种同情悲悯，乞求世间这样的事情别再出现。作者是写人，写芸芸众生中的可怜的人。

小小说《愧》写歪嘴对妻子不好，当妻子生气走了后，又悔愧得不得了，当妻子并不是因为生气出走而是去外地买了良种回来时，歪嘴对妻子只会是更爱。《老师，我做你的男朋友》中写的是山村教师的缺乏，城里的女孩芸从师范毕业后到山村当老师，教孩子们知识，与孩子们结下了深厚的情谊。芸的男朋友让芸在他和孩子们之间选泽：要爱情就离开山村回城，要山村孩子他们就拜拜。芸收拾好行李含泪与孩子们告别，孩子们围着芸，知道了真相后，一个男孩勇敢地拉住芸说，老师，我做你的男朋友。等我考上高中读完大学，我就娶你。芸被孩子们的童真感情感动得哭了，芸终于没有走，放弃了那有条件的城里爱情。

小说写人写事，有奇人奇事，属于传奇故事，有凡人小事，属于芸芸众生的展示。这个世界，奇人奇事有，但凡人小事多。作家可以写奇人奇事，能出好作品；作家写凡人小事，也可出好作品。在生活中，凡人小事更多，用心来体验这些凡人小事，用淳朴的语言把这些凡人小事描述出来，更难能可贵。世界是由凡人小事垫基础的，黎民百姓芸芸众生的生存，我们的作家要更多关注，更用心去表现，这是实践社会主义文艺为人民服务宗旨的创作。

张慧兰用一支笔写芸芸众生，愿她把芸芸众描述得更加精彩更加有意义。

2015 年 1 月 22 日

文化的魅力
——读子力《12国风情纵览·流淌的文化》

出访或旅游了几个国家后，回来写出一篇篇的游记文章，又是发表报刊又是出书，甚至还搞个首发式或研讨会，弄得很热闹。但读这些游记，除了知道作者怎么上飞机到了哪个国家见了什么风景与几个外国人外，就再读不出什么有意义的东西。有时还从这些味同嚼蜡的文字中读出些某种得意与炫耀，更是像吞了只苍蝇样恶心。

读到子力即将出版的《12国风情纵览·流淌的文化》一书清样，我没有喝白开水的感觉，却有种如在书香氤氲的静静书房饮一壶新茶的愉悦。我们每读一本书一篇文章，都是抱着目的的，我们说一本书或文好，是我们读了这书与文后，从中得到了收获，这收获或是新知识的增长，或是思想的启示，或是精神得到了沐浴。我从子力的书中得到的是文化，异国的文化风采与中华文化比较后的一种启示。

为什么同是游记文章，阅读后的反差如此之大，这是因为前者没有内容，而后者却有文化的魅力。

德国黑森州的首府威斯巴登，为什么叫"泉城"？是因为这里有众多温泉，早在罗马时期就修建了城堡要塞和温泉浴室，城内共有26处热泉，其中科赫布吕宁最为著名，每天出水达50万公升。1913年建的腓特列皇帝温泉最悠久，可以不着泳装入浴，却氛围优雅，十分协调。法兰克福意即一块福地，说是1500年前查理大帝被萨克森人追杀，一路狂奔到这里被美因河挡住，前有大河后有追兵，几近绝境。这时却有一只鹿在滔滔大河上选了一处河面涉水而过。查理大帝循着鹿的路线过河，死里逃生，后来这里就被称做法兰克福。如今法兰克福是一个国际性大都市，欧洲的工商业、金融和交通的中心。尼泊尔在印度和中国之间，2700万人口，15万平方公里国土。"尼泊"二字在古尼泊尔语中意为夹缝之意，尼泊尔意即夹缝中的小国。子力的游记中，像上述这类蕴含文化因子的记载与介绍俯拾皆是。像我等这样的读书人，也知道一些传说与典故，但出国机会不多，读到这些有关异国与城市名称的传说与记载，也兴趣盎然，长了见识。

子力在书中引用了俄国作家果戈理的话："当音乐和传说都缄默时，只有建筑还在说话。"到国外旅游，世界各地的建筑无疑是重点游览对象，到巴黎不看埃菲尔铁塔和卢浮宫，只购买法国香水，那绝对是腰缠万贯的没文化的土豪。柏林的勃兰登堡门、夏洛腾堡宫、威廉皇帝纪念堂和胜利柱，水城威尼斯的圣马可教堂，罗马的古斗兽场、君士坦丁凯旋门，城中之国梵蒂冈广场中央矗立的有3000年历史的埃及独立方尖碑，印度阿格拉的泰姬陵，哥本哈根的三大古建筑罗森堡宫、克里斯钦宫和阿美琳堡宫。从子力的书中，我们看到了他所到达的城市的大小几十座建筑，这些建筑是艺术，是历史，蕴藏了丰富的内涵，有故事有情节，是一个民族也是整个世界的宝贵文化，是屹立在各地的固体风景，是凝固的文化诗篇。

子力的书中，有多处写到文学与作家。文学无疑是文化的重要内容。法兰克福的歌德旧居，歌德的《少年维特之烦恼》与《浮士德》，那是世界文学经典。而《印度文学的双子星座》则是专章介绍印度的伟大史诗《摩诃婆多罗》、《罗摩衍那》的内容和在印度人民中的巨大影响力，以及首个亚洲诺贝尔文学奖获得者泰戈尔的作品及其影响。特别难能可贵的是作者结合中国现代文学史料，论述了冰心、郭沫若的创作如何受到泰戈尔的影响，徐志摩讲演中对泰戈尔的高度评价：他是三春和暖的南风，惊醒树枝上的新芽，增添处女颊上的红晕。这些记叙与见解，从文学角度看，也是有创见与发现意义的。

随着国门的开放，外出旅游观光的人们会越来越多，而且写游记观感的文字也会越来越多。千万别写那些败坏读者口味的东西，那不是文学那是垃圾。要写就写点有意义有内涵的东西，如《12国风情纵览·流淌的文化》一书，图文并茂，具有文化的魅力。

内 在 精 神

当下世界,喧嚣繁华。文化之风,浮躁、浅薄、花架子、五彩缤纷。到书店去转悠一圈,书籍装帧精美,印刷豪华,定价奇高,数量巨多,但可买的书却极少。花花绿绿的生活期刊,发行量数百万,而严肃文化刊物,读者只有几千。

好在还有极少可买的书,好在还有几千读者,好在还有写出《内在的表情》的作者这样七十年代出生的年轻人。

夏宇红在她的这篇短文中表达与赞扬的东西,正是当下文化缺少的一种内在精神。这是难得的一篇不浅薄而有一定思想深度的文章。

作者的叙述语言与文章的层次结构都有较高的水准,从她在行文中选取的材料来看,她是一个读了不少好书的人,是一个在浮华生活中有定心的人。文章从朱桦唱的《繁星之夜》说起,联想到梵高的一幅画,再说到张爱玲的《倾城之恋》,再说到英国女作家夏绿蒂·勃朗特的《简·爱》,作者的结论是文学、音乐、绘画等艺术作品中所表现出的人性深处的情感是相同的,而好的音乐与好的小说一样,都是使人感觉舒坦的东西,它们像一幅绝妙画一样,让人感觉像呼吸一样单纯。那份除却了所有的繁华与俗艳的纯粹,在稀有而低调的风格里放射出真实的人性光芒。

张爱玲与夏绿蒂的人生,是高贵而遗世独立的,她们是追求超俗精神生活的女子,正是因为她们生命本质里那份固有的执著坚守,她们的作品才有非同寻常的生命力,她们的作品才被称为经典,才能以一种真实的人性光芒而闪烁于文字的天空。

如今像张爱玲和夏绿蒂这样的作家不多,如今像《倾城之恋》与《简·爱》这样的作品也不多。夏宇红在这里表现的是一种渴望,渴望如张爱玲、夏绿蒂这样的作家多起来,像《倾城之恋》、《简·爱》这样的作品多起来,只有这样的作家与作品多起来,才能抵御浮浅表面俗艳的文化之风,我们的文化才能回到内在,回到精神的层面。

夏宇红的文字洗练干净,分析透彻明了,结论干脆坚决,她是一个有内在追求的人,这也是一篇有内在意蕴的好文章。

2008 年 1 月 3 日

亲切的散文

近几年接触了公安文学，并写过几部公安题材的作品，因此在读到一些写警察生活的文学作品时，就有一种亲切感。经朋友介绍，认识了邢玉玺，知道他是个从警察干起，后来干到公安局长，如今是某县级市委常委、政法委书记的官。邢玉玺写过不少文学作品，他拿了一叠即将付梓的散文稿，要我写点什么。读他的散文，其中有一部分是写他的警察生活的，我的感觉是亲切，同时在感情上也与他亲近了不少。这与我的警察情结有关。

邢玉玺的散文，内容大致可分三部分。一部分是写作者到过的名胜景点或名山大川，属游记散文。一部分是直抒胸臆或人生感悟，抒情味重，都较简短。再一部分就是写警察生活。有对警校生活的回顾，有对牺牲的战友的悼念，有对从事警察工作本身的认知与追求。邢玉玺写的游记散文与人生感悟文章，寄托了他的情怀和对世界对生活的一些发现与体验，批判了一些东西，呼唤了一些东西，都有一定的社会意义和文化内蕴，是一些不错的篇什。但是我更喜欢和推崇的是他写警察生活的这一部分作品，这部分作品更真切更实在，行文朴实，情感细腻，作者娓娓道来，没有空洞和虚幻的成分。这是与他从事公安工作几十年，对这方面的生活最熟悉、感受最深刻有关的，我想这不仅仅是我的偏爱。我称他的这些文章为亲切的散文。

公安局长早上进办公室，看到办公桌上有一封字迹幼稚且有不少错别字的信。信是个小学生写的，说是自家的耕牛被盗，爷爷因为牛被盗而急得病倒在床。孩子写了信，然后步行几十里山路到邮局把信寄出。末尾写着："叔叔，我每天在山路上等你们，把我们家的牛找回来，把坏蛋抓住，我爷爷的病也会好起来。"孩子的信打动了公安局长，邢玉玺带着信赶到发案地派出所，找到所长，督促破了案。几天后，他和所长去老农家，不通车，翻过几座山，见到了老农和那个写信的十一岁的孩子。农家生活还那么贫穷，老农却对公安人员那么感恩戴德，连连说："你们是好人！"孩子说："我长大了，一定当警察。"从山里回来，局长的心里久久不能安定。夜半更深，辗转反侧难以入眠。"到底是因为什么？今天，我忽然又想到那个老人，那个孩子，那件事……"（《夜半归来难入眠》）

读了这篇文章后，我认为邢玉玺是个爱民的有良心有责任感的好警察。作为局长的他，本可以派个人或打个电话让下面把这件盗牛案处理好，但他亲自出马，是孩子的幼稚的信打动了他，他不能让那颗幼小的心灵失望。邢玉玺写了他经历过的许多事情中的一件，他只是记叙了他的一种心情，并无意来自我张扬，但我们却从他的记叙中看到了人民警察金子一般的心。

  散文这种文体，原本就十分的自由。近年来散文创作的繁荣与发展，使得这种文体变得更丰富多彩了。有人可以把散文写得典雅古朴，充满着文化意味，有人可以精雕细刻，字字推敲，把散文写得美如珠玉。但我们也可以把散文写得朴实大方，更接近生活，让读者读了自然亲切，能使读者与作者的情感更加贴近。对这种散文，我认为是更应该提倡的。朴实是一种美，亲切自然也是一种美。散文创作百花齐放，各类散文都有自己的读者。而亲切的散文，可能更易于接近群众吧！

  邢玉玺，能在繁忙的工作之余写作，是难能可贵的。希望他更进一步挖掘警察的生活，写出警察身上更多的闪光之点来。

  还有，坚持把散文写得亲切。

"南方诗派"的最后坚守者
——元平和他的《赤色诗屋》

当代诗歌很热闹的八十年代,"那时候诗歌像油锅里炸出的新鲜黄豆,香而脆,每个人都能嚼出响声,嚼出新的意象"(元平语)。当时湖北有几个刚从高校走出的年轻人打出了"南方诗派"的旗号,他们苦心经营,写出了一批清新明丽,有南方山水的倩影有南方雨季的潮湿有南方少女的妩媚的诗来。如今,十多年过去了,当代诗歌由热闹走向冷静,昔日的诗人或倒戈或改行或下海,诗坛一派苍凉。

但是,在这寂寞的诗场上,仍有一批坚强的战士,他们肩起诗歌的旌旗,撑持着诗歌一片纯净的蓝天。湖北"南方诗派"的元平,就是这批战士中的一名坚守者。

元平的坚守,表现在对诗的信心。他在鄂南的那个山城里,一次次地组织起诗歌的信徒们,办笔会,搞诗赛,出诗集,弄得热热闹闹,生机盎然。不论你说"中国写诗的比读诗的还多"也好,还是说"中国诗歌已经走向死胡同"也好,他们干他们的,且乐陶陶,悠悠然,开辟出一块诗的乐土,守一片诗人的精神家园。元平主持办的"九宫山笔会"、"三峡笔会"、"张家界笔会"、"桂林笔会",每次都不要国家一分钱,而参加者云集,这真是个奇迹。

元平的坚守,还表现在他不断地坚持写作上。元平近日出版的诗集《赤色诗屋》(百花文艺出版社),是他近年诗的结集,从中可以见出元平已从当年学子的浪漫神气回到了生活,写出成熟的诗人对生活的感情与认知。

"菜篮子很瘦 牢骚很肥/很贵的排骨煨糊了一个周末"(《江南城》),这种世俗生活的描绘,比那种孤独的抒发更能打动人。"几个爬虫般的记者/饱餐了这办公桌上的秘闻后/一坨坨把它屙在了/早报的重要位置"(《小卧车相撞……》),把那种小城小报的无聊记者对无聊事的兴趣鄙视得入木三分。"你忽然有一种身临危崖的感觉/有三双手阴谋地顶着你的后背/你想这也许并不是因为/在四位科长中/只有你登上了局长的崖顶"(《崖顶》这又是对官场的一种认识。

元平的这本诗集收录了他对爱情、友情、对人们之间关系所歌赞所揭示的诗，写得沉郁，动人心魄。这其中写得最好的要算《将军暮年》这一辑。父亲是老战士，从战场退下来，住进小城。老军人的心境生活以及对后辈的寄托，化而为诗，明朗朴实的诗句，很耐读。"你擦着那把老枪／就像擦着过去的岁月／你把它擦得乌黑发亮／使我们对用枪的年代充满神秘"（《老枪》）；"他从战场回来／他的一条腿／卡在了战争的牙缝里"（《伤残的爱》），这样的诗句很传神。而《父亲种的南瓜》一诗，把老军人的暮年用意象表达得形象而美丽："父亲就是用那南瓜架／才让暮年的生命／仍在土地上爬得／枝繁叶茂。"

《赤色诗屋》无疑是元平的新收获。也许，元平的诗在当代诗坛算不了经典之作，但是他在不断地写着追求着，不断地在为诗奔走呼号着，这是可贵的。

热土下相握的根
——杨有元《情感地带》读后

  我的老家武昌县有我几个亲如兄弟的朋友,他们都是写诗的。二十多年过去了,我们的情谊不变,写诗的初衷也没改。杨有元是武昌县写诗人中的一个,我虽与他接触不是太多,但是熟悉的。如果说过去我与他的交情不如我和另几个朋友那么深的话,在我读了他的这本诗集《情感地带》后,就可以说杨有元是我在武昌县亲如兄弟的朋友中的一个。

  读完《情感地带》,我微闭了眼,默默地思想了一会。我有一种与杨有元的根在武昌县那块热土下相缠在一起的感觉。杨有元早年肯定在武昌县文化馆办的那本油印的不定期的《武昌文艺》上发过诗作,而我最早的诗就是发表在那本油印刊物上的。

  杨有元当过农民,当过乡村小学教师,是打着赤脚从泥里走出来的。我也是这样。我是二十岁后离开那块生养我的热土的,杨有元比我待的时间长些,所以他对故乡热土的情感比我更强炽。出生经历的相同是一方面,而那种对土地的怀念与爱,对贫苦勤劳善良父母刻骨铭心的亲情,更是我们心灵相通的重要方面。杨有元,凭着诗集中的《给父亲》和《致母亲》这两首诗中的几行诗句,我们就要认作同类。我要说一声:兄弟,我们是同一块土地上生长的,我们的根在那块热土下还在相握。

  杨有元在黄昏里给亡父焚烧黄裱纸时,对安眠地下的父亲说:

> 把你的通过岁月的锻打且被磨砺得闪闪发
> 光的渴想与成熟交给我吧
> 把你通过岁月的风风雨雨洗涤过山的意志与
> 沉默交给我吧
> 交给我决不会淡忘你昔日从没有脚印的
> 山那边走过来的那段岁月的艰辛
> 交给我决不会在你开垦过的土地上播种

不属于我的思绪与情愫

——《给父亲》

　　杨有元在《致母亲》一诗中这样写着:"漫步在母亲走过的田塍/心境不再是刚出浴的早晨/左一脚是苦难的故事/右一脚是悲痛的伤痕/每一脚呵/都把往事踩得生疼。""我泥土般淳朴的母亲啊/咬着父亲临去前的叮咛/挑着沉甸甸的岁月/挑着东方女性的自强与自尊/挑着全家老幼四口人的责任/穿过风雨和凶残的雷霆/悲悲切切地与这些窄窄的田塍谈心/凄凄苦苦地期盼着地平线上的黎明。"

　　当我读了上面的这些诗行,说句实话,我的泪在眼眶里打转了。杨有元的父母所受的苦难以及他对父母的那一腔情,与我的父母所受的苦难及我对我父母的情何其相似!我们同是老实善良勤劳农民的儿子啊!我的父母双亡了,我今天想为他们做点什么,他们也享受不到了。我们为父母做点什么呢?我们要做点什么才能安慰他们的灵魂呢?杨有元,我们要做好啊!

　　《情感地带》诗集中还有两首诗,我也是很喜欢的。一首是《他告别了山里人》,写一位乡邮员,几十年为乡民们送信送报,在他静悄悄地逝去时,人们只知道他姓张,尚不知道他的名字。另一首是《邮局门前的思念》,怀念他牺牲在老山前线的弟弟开头四行:"自从你把悲壮的微笑/永远种植在遥远的无名高地/我成扎成扎的信笺/再也无法找到投寄的窗口",浑然质朴,意韵悠然。这两首诗都是将浓烈的情感蕴藏在平白的诗句中,打动人心,吸引读者。

　　杨有元如今有他新的岗位。"哦,即使沐浴的是霜是雪/即使收获的是痛苦或泪水/那也无妨,那也无妨/因为,总有人在南方喊我的名字/就这样,我去了南方。"(《去南方》)杨有元去追求他的南方,他在他的南方实现他的理想与追求。杨有元,当你回到故乡时,让我们一起在那块热土上倾泻我们的情感,那是我们的情感地带啊!

生活的歌者

　　枣阳这几年的文学艺术创作有一批人，形成了一个队伍，使得枣阳的文学创作在襄樊市在湖北省都有一定的地位。黄攀是这个队伍中的一员，他年轻、刻苦，这多年来一直追求文学的女神不辍。现在，他的中短篇小说就要结集出版了，嘱我写几句话，权当做序言。

　　我读了黄攀的几个中篇小说，觉得黄攀的创作基位定得不错：写当代生活中的人，当生活的歌者。

　　田老六死后不久，其寡妻在生下一对双胞胎女儿后也一命归西。双胞胎女儿一个被城里人领养，一个被好心的农妇三娘领养。小姐妹长大后，在商品经济时代走了完全不同的两条路。一个为乡亲的脱贫致富而奋斗苦干，一个在世俗的生活中沉浮堕落。一对同胞姐妹的命运性格在故事中展开凸现，让读者分辨谁是谁非，从而受到启发。这是中篇小说《牧歌与霹雳舞》中所表达的主题。

　　农民汪财对发了财的乡里人与城里人羡慕不已，抓住自己的妻子同村长发生矛盾后喝农药自杀身亡的事件，大做文章。他挑起汪姓族人砸了村长的家，把村长打个半死，几近挑起一场械斗。而后他又带着族人停棺县政府大门闹事，其目的是为了多搞几个钱。汪财终因无道理遭到失败。中篇小说《遗失在夏季》写的是商品经济时代少数人的精神与道德的迷失。

　　中篇小说《梦回家园》则是写的一个现代复仇故事，以废弃的老窑为道具，演绎了几十年刘牛两家的恩怨。牛铸镛借自己在改革开放中做生意集聚的财力，终于整垮了刘达理父子与女儿一家，报了仇。而与牛铸镛有血缘关系的牛铸山一席话，则将这部小说的内涵揭示出来："想想吧，我们这两个家庭相互血斗还少么，还要斗到啥时候哩。难道就跳不出那个复仇怪圈，寻求一个新的生活方式么？"

　　黄攀是从黄土地上走出来的小说作者，他小说的主题、人物、故事、语言，无不带着黄土的泥腥味，保持了一种生活的原汤原汁，这是十分可贵的。面对当代乡村的变化，农民群众的生活生存状况，黄攀用自己的作品作了准确的表达。生活里从来不光是只有牧歌，生活中的沉重与血腥味从来没有消失过。我说黄攀是生活的歌者，是说他的创作是从生活出发，是表现了现实生活的状态。黄攀写的是生活中的一种沉重，是一种复杂而又叫人思索的东西。我说黄攀是生活的歌者，是说他在唱着忧郁而深沉的歌。

　　黄攀的小说创作从主题内容来说，是有认识意义的。黄攀的小说，在艺术上是稚嫩一些。就如唱歌一样，有人可以到北京、上海、武汉等大地方去唱，有人可以到襄樊、宜昌、黄石等中等城市去唱，当然也有人在县城甚至乡镇上唱。黄攀在枣阳这个地方唱着他的生活之歌，他会有一天唱到省城唱到京城去的。

诗人的呼唤

——读《与缪斯女神握手》

王新民在出版了三本诗集后,突然地又出版了一本《与缪斯女神握手》,他说这是一本诗论集。读过这本书后,我觉得与其说是诗论集,不如说是一本诗人的真心话集。就像在与朋友谈心,而且谈的都是真心话。

这本书分三辑。第三辑基本上是用散文笔调写的作者学诗经历的短文章。第二辑是作者读了曾卓等九位老中青诗人诗作后的感受与体会。这九篇文章多了一般理论文章少有的热情,真正是一个诗人的评论,虽没有各种新名词,但话说得实在中肯,不失为一种人格与友情的表露,也是我们当代诗论中不多的一格。

真正使我产生共鸣的文章,是这本书的第一辑中的两篇《呼唤民族诗魂》与《当今诗歌失去了什么》,两文有着振聋发聩的效果。作者在这里对当代诗坛进行了无情的解剖,冷静的分析,没有廉价的恭维,没有歌舞升平的粉饰,而是发出充满了责任感与使命感的呼唤。这种呼唤是响亮的真诚的,我们不能听而不闻。

我们历史上出现了许多民族诗魂,出现了一部部彪炳千秋的史诗。1976年天安门诗歌运动后,出现了一批批与时代与人民同呼吸共命运的诗歌与诗人,这是我们民族诗歌精神的延续与继承。

但是,曾几何时我们的诗坛变了。"时代的黄钟大吕之声哪里去了?时代的金声玉振之韵哪里去了?"作者翻遍了十三年多的诗刊诗集,跃入眼帘的多数诗作却是:"远古神话,纷呈眼底;易经爻卦,举目皆是;深山古寺,覆去翻来;幽径寻春,悠哉游哉;超凡脱俗,空空荡荡;无病呻吟,百般无奈;男女情欲,低下粗野。"数不清的主义,说不完的流派,浅薄的恋情,谁也不懂的玄机,就是少有反映经济改革,反映时代脉搏的现实主义力作。作者说:当今诗歌失去了什么?第一,背离了现实主义创作精神,失去了责任感和使命感;第二,走进了"自我"深渊,失去了文学的母亲——人民。

王新民的呼唤,是出于一个诗人的良知;而王新民的提问与回答,不能不说明他的思考与真诚。

我们的诗坛，民族诗魂要高扬，现实主义精神要回归。我们不能在那里写些自我欣赏而人民却不理睬的所谓真诗，不能光是出版一些浅薄的迎合少男少女恋情初萌心理而意在赚钱的假诗。我们要写出反映时代反映民族精神的好诗，我们要出版培养年轻人向上、深刻的抒情诗，我们不能忘记，我们的诗歌的母亲是人民，是时代。

王新民的这本说真心话的书，其价值在于他作为一个诗人，并不只是埋头写自己的诗，而是关心诗坛，敢于对诗坛不良现状发出真诚的呼唤，这是难能可贵的。

姜华与她的《心旅》

姜华是河南青年女作家，从新近收到中国作家协会编辑的《作家通讯》上看到，姜华加入了中国作家协会。我至今也没见过姜华，有两次她说是要出差到武汉顺便来看我的，均未能成行，我们只有在电话里笑说"无缘"。其实武汉到郑州也近，要见很容易，但作家之间的心灵之交比见面更加重要。我与姜华通信有几年了，缘由是湖北的朋友给我推荐姜华的一篇散文稿，我就在《长江文艺》发表出来。后来就有了交往。我在刊物管了几年散文稿，连着发了她的几篇散文，其中有三篇被散文选刊转载了。姜华的散文写得真实、亲切、美。

姜华肯定是个有才气的女子，也是一个好强的女子。她已经出版了七本书，这七本书是儿童文学、诗集和散文集，我收到过其中的四本。我是从她的散文和她给我写的信中来认识她的。她的父母都是转业军人，她父亲在朝鲜打过仗，得了不少的奖章。姜华小时候拿父亲的奖章玩，曾经弄丢了一枚很漂亮的奖章。文化大革命开始时姜华十岁，十六岁那年她作为知识青年下放到豫南的一个山乡，后来被推荐成了最后一届工农兵学员，上了一个师范学院。姜华自小喜欢读书，喜欢文学，但却让她去读数学系。这段经历我和她有些相似，不过我是最早的一届工农兵学员，我上的是一个师范学院的中文系。姜华她时常听到人家说工农兵学员先天不足。我也听到过。但我们就不必去理会了，这是历史，我们自己是没法重来的。先天不足么？我们就后天多努力多奋斗吧！姜华在大学里迷上了哲学，读叔本华与培根很投入，但她的数学也学得不错。毕业后，姜华在一个中等学校教高等数学。后来为解决夫妻两地分居问题，调到郑州一家出版社，编小学生的作业与练习册，后来又编低幼读物。大约是她干出了成绩，也大约是她的才气与能力，她就当了编辑室的主任，还出了几次国。姜华的丈夫是个搞行政管理的干部，被下派到一个边远小城去锻炼了好几年。姜华一个人带儿子在郑州，既当爸又当妈，既干工作，又要写作，还要读书。儿子带大了，工作也出了成绩，书也写了好几本，这样的女子是确实不简单的。

我揣想姜华一定是个有些漂亮的女子。我最开始是在湖北的《少年世界》杂志得到这一印象的。那期《少年世界》发表了姜华一组回忆少年生活的散文，其中的一篇写到，她放学时听到调皮男生在她背后喊她98分，她有些莫名其妙，想想自己最近没考过98分嘛！当比她大些的女生告诉她，班上男生给每个女生打分，她得了最高分时，她就气得哭了。读到这里，我有些乐了，因为少不更事的时代，我们这些坏男孩确实是这样做过的。姜华就是这样的女作家。

我的案头一直摆着姜华年初寄来的《心旅》，这是百花文艺出版社为她出的散文集。我说过我要写一篇读后感的，可一直没动手。据说姜华的书出了之后，河南的有关部门开了她的作品讨论会，有关报刊发了不少的文章。我没有写文章，是因为这一年来我喜欢上了搓麻将，往往是别人三缺一时，电话打来，我就去了。搓麻将浪费了许多的时间，许多及时该做的事就拖下来了。这次就一鼓作气把《心旅》读完了，有不少篇过去是我读过的。姜华在文章中说："引起大众对散文感兴趣，总比让他们读黄色书刊，打牌，搓麻将要趣味高雅。"此话极是，读散文确实比搓麻将有意义。

《心旅》一书收录长短散文七十九篇，分五辑，记录了作者的心路旅程。这里有她对事物对自然对时光一刹时的充满着哲思的感受，有她对少年时代对青年时代生活的回忆，有她对亲爱的尊敬的难忘的友情、爱情、亲情的抒写，有对她那三口之家生活的絮絮叨叨：儿子如何，丈夫如何，自己又如何，充满了家庭主妇味。姜华是个女子，她在文章中写到的女人的心理女人的特征女人的追求，是那么动人而真切。她的照镜子，她的打扮，她喜欢逛商店，她在三口之家中地位的维护与失去，都写得情趣盎然，活脱脱地现出一个既是贤妻良母又是生活与工作中的能人的形象来。厚厚的一本散文集，十八万字，全是生活的记载，全是心路历程的铺展，全是对平凡人生的思考。《心旅》的最大特色是真实，从对生活的真实记载来闪现出人生的美来。

《心旅》的代后记是《为心留痕》，姜华在此文中写道，她是三十岁才开始用散文来表述自己的心绪的，她自谦说她不懂散文的章法，因为平生渴求抒情的自由，她在散文的园地里得到了极大的满足。这话很有道理。什么是散文的章法？我以为散文无章法为最有章法。书写心灵，自由自在，写出真与美来，你就有了最好的章法。一本《心旅》，就是这样的章法。

姜华说："今天，满世界的女人因为怕老都在拼命美容，以挽回自己不可救药的美丽。我却在忙着美丽自己的心灵，从事散文创作也算是美丽自己心灵的方法之一。"这是姜华写散文的目的。这话说得好极了，散文应该给人一种美的享受。作者写散文是为了美丽自己的心灵，读者读散文也是为了美丽自己的心灵。

那种不能美丽心灵的散文是伪散文。

《心旅》是美丽心灵的一本散文集。

李修平和他的《浮生独白》

我知道保康李修平比知道中央电视台播新闻的李修平要早,原因是我记不住影视音乐界的名人的名字,而给我投稿并且孜孜不倦地写作的业余作者的名字,倒是记得不少。十几年来,李修平就是我所服务的《长江文艺》杂志的投稿者。

李修平是从保康山里走出来的作家,他对文学的虔诚与矢志不移,使我引为同类。李修平在文学这条道上洒下的血汗吃下的苦头,是一切在逆境中追求而运气又不太好的人都碰到过的,我是能够理解的。

《浮生独白》是李修平的第二部散文集。他的第一部散文集《雨夜梦想》据说反应不错,我未细读。这第二本集子,我是从头至尾翻读了一遍的。现在出书也多,有些书你读过,觉得作者是大可不必浪费纸张与读者时间的。而李修平的这本集子,我认为很有出版的必要。它记下了一个小县文人及官员对生命的感悟,对自己家庭生活、读书旅行、写作交友一类的体验。是作者心灵的吐露,很值得一读。

散文贵在真,抒真情,说真话。面对东去的大江,面对五月的原野,李修平抒发的那种在有限生命中做点力所能及的事情,追求精神不死,以及穿过生命之夏开始冲刺的感受显得不做作不空泛。这是生活的一种激发,一个不甘平庸者的自语。面对着商海与仕途,还有麻将桌与夜总会的诱惑,作者有过动摇与向往,但最终还是走进书斋,读点书,写点文章。虽然知道自己可能写不出名著伟作,但自己是在干自己喜爱的一行,生命是充实的。写下去,不断地写下去,作者的这种信念,我是相信的。他没有说假话。《领悟生活》中,那种对官场陪客、开不解决问题会议的厌烦,寻求清静时间读书写作的向往,也是真正的心声。而对婚外恋的排拒与结论,不知是否是生活的体验,很有些深刻警人。集子的文章,首先要说的特色是真实,没有遮遮掩掩的东西,没有隐晦曲折的东西,一切都来得真实,把心袒露给读者,这是难得的。

集子里的散文,作者写自己的生活以及家庭,占了相当的篇幅。这类散文要想吸引人,除了真实外,表达时,重要在于随意亲切,用与人谈家常的口吻。作者将自己当平常人,有平常心,选取平常生活中有含意的内容,不加修饰装潢地表达出来，看似平常，实则动心。《妻子不在家的时候》、《住院琐记》以及游庐山、黄山、西安、神农架等地的日记，都是颇有特色的篇什。生活散文这些年流行起来了，但有人利用自己的名气，开的专栏太多，打个喷嚏都要写成东西发表，令人生厌，缺少内蕴与亲切感。李修平的这类散文尚无此种毛病。

作者是从山里出来的，他的生活离不开山，他的根据地仍然在山里，因此他写起大山写起自己的家乡来，那种感情的充沛，那腔奔泻的亲情，在字里行间跳跃。《家居四快》、《午古清凉地》、《哦，我的白沙河》都是有血有肉的文章，而《走进趟里》中的那个新奶奶，更是令人难忘。作家写故乡的文章都是感人的，这是规律。为什么？是因为他把一腔情感倾倒进去了。情深能动人，这是那些干巴巴的罗列风景、讲解民俗的所谓文章不能比的，是两个层次。

我与李修平见面是在1995年夏季保康笔会期间，他是个纯朴聪明的人，他对文学的忠诚给了我很深的印象。他出第二本散文集，要我作序。写此感觉，权当序言吧！

写出你的发现和寄托
——昌永和他的《碧珠》

初识昌永,纯系偶然。那年枣阳文化馆邀我去辅导业余创作,住在市粮食局办的奎星楼饭店。吃饭时,有人介绍昌永,言他是市粮食局局长,业余搞书法美术写古体诗,给我留下了深刻印象。三十来岁,人很精干,一股文气氤氲左右。枣阳是粮食大市,身为粮食局长,业余有如此高雅追求,实在难得。

再见昌永,是我带着湖北的几个青年作家,到枣阳粮食系统采风,这活动本是冲着他去的。他还是那样,文质彬彬。介绍情况,热情接待,使作家们收获颇丰。

这之后就熟了,有书信来往。他到武汉开会时,晚上抽时间来看了我几次。在我凌乱的书房,谈诗论文,一杯清茶,十分畅快。可惜每次待的时间都不长,我以为原因系他在省城有许多事要办。后听他的办公室一同志说,他是怕耽搁我的时间,这使我十分的感动,也足见他这个人心很细。

昌永将他的古体诗打印成册,送我一本,惜我不太懂这形式,无法与他深层次论及。只有当我读到他的一批散文,我们的交谈与通信才深入起来。散文这文体,要想说清楚也难,各人都能谈出一套来,无定法,全凭种种感觉。昌永的散文,就我读到的看来,可分两类。一类是注重于纯美的追求,抒情味浓。大自然的一草一木,季节的变换,一景一物,皆可入文,关键是写出你的发现你的寄托,揭示出事物本身的美来。天上的一轮明月,他描绘出了"神秘典雅文静"(《西窗月》);"我深深地相信,月儿是有语言的。不信,你就久久地看着她。有时她奏高山铿铿锵锵,有时她奏流水叮叮咚咚"(《听月》)。这些发现,正是昌永这一类散文的蕴含所在。

昌永的另一类散文,是生活散文,叙事多些。日常生活,童年回忆,所见所闻,有所感有所悟,写出那感那悟的哲理情趣来。面对旅馆前的荷池,忆起童稚时荷塘采莲的美妙;大街散步,闻到烤红薯的香味,联想起乡村种红薯以红薯当粮的日月,真是别有滋味在心。《年祭》一篇,是昌永写父亲,融进了无限的深情,写出了一个农民为了养活子女,为子女成人而辛勤劳作的无私奉献精神。这实际上是一代农民的缩影。这篇散文，引起了我的共鸣，我也有这样一位父亲，我们都是农民之子啊。

昌永散文的语言，抒情时细腻、精致，叙事时朴实自然。两种语言交替使用，显出他的散文写作已到一个层次了。

当然，不能说昌永的散文就写得十全十美了。散文这种文体，看似容易，但要达到炉火纯青的境界，则需追求她的人作终生的努力。昌永的散文当然未到这高度，在语言的使用上，还看得出他的挑选与刻意，尚未到浑然天成与挥洒自如。

作为朋友，我痴长几岁，在他出版第一本散文集时，写上这篇小文，既是作为祝贺，又是作为友情的纪念。

青春的诗

我读金海的一叠诗稿时，金海还是在一家省级广播电视媒体实习的大学生，并已被武汉作家协会吸收为会员。金海出生于湖北省房县中堰河金家湾，我曾在他家乡的县委参加过省委路线工作队，那里有我忆念的山村。不过那是二十三年前，金海还没有出生。

读从鄂西北山里走出来的年轻诗人金海的诗，可没有一点我在二十多年前见到的山民们生活的影子，感觉到的只有当代大学生稍带点儿忧伤吟唱的情怀，和他们积极向上追求的执著。金海的追求，是一种诗人的追求，是一个少年诗人尚不识社会生活水性的纯洁而美好的向往。这种诗歌，是年轻心灵的激动，是朦胧爱情的花开，是对未来不太清晰的瞩望，纯情而美丽……

金海是个校园诗人，他的诗是十分适合校园里的莘莘学子阅读而吟唱的，谱上曲子，抱把吉他，边弹边唱，兴许十分动听而感人。

"十六岁没有皱纹的故事/长在十五岁的诗笺里/十五岁的沉思/录音在十六岁的演讲里/在失去与获得在天平上/蓄满痛苦与欢乐/在喧哗与孤高的月台上/铺着废纸与往事。"（《我的十六岁》）这诗的纯粹，是十六岁孩子的真情表露。"荒原把绿茵呼喊/波澜是大海的情感/血管里流淌的黄河长江水/滋润沙洲的心愿/聆听阳春季节的哗哗声/诗人散步的地方/一片黎明的长廊……/凝望远方的海洋/黄皮肤黑色的眼珠里/焕发清香的文章。"（《日出的希望》）这是一种青春的鼓荡，是年轻的呼喊。青春诗人，血脉中有青春的血液，而稚嫩变声期的嗓子，喊出的也是令人向上的呼声。

诗是属于年轻人的，也属于拥有年轻心灵的所有年龄段的人。金海是年轻人，又有年轻的心，他的诗是绝然年轻满溢青春的。诗人是年轻的，金海的诗存在着不成熟，缺少冷静、沉思、深刻也是难免的。

但更难能可贵的是金海诗中的青春，永远的青春！

读余叶的三组诗

几年前见到余叶时,她在一个棉纺厂做合同工,是个刚从农村出来的小姑娘。最近见到余叶,她已是一个银行的职工了,早已从一个单纯的小姑娘变成一个城镇少女。由乡村女孩到正式的县城居民,余叶可说很大的变化,但不论怎么变,她身上的那种质朴善良的气质没有变,这是我一眼就看出来的。

《密泉报》要出余叶的诗专辑,主编谢忠告送来余叶的三组诗,叫我写点什么。这三组诗按其排列顺序,首先是《从油菜花心里飞来的》,写的是乡村童年生活,清新明快,充满了童年生活的欢乐与纯真。"我是小村的女儿/是村头那棵老槐树上的/一只小喜鹊/我是奶奶眼睛里蹦出来的/一篇油菜花金灿灿的童话/——小村一支带翅膀的歌。"把书包藏在麦苗地里,掐支麦管做支麦笛吹甜甜的歌,童心在荡漾,我似乎在青春的田野里听到一个小姑娘的脆脆笑声。

余叶到县城棉纺厂做合同工,离开了可爱的小村,于是就有了《思念的帆》。这组诗是散文诗,余叶在题记中的两句话,真使我心颤:"我真想把泪珠儿串起,挂在乡村的屋檐下。"白天在车间繁忙地劳动,到晚间歇下来,刚进城的女孩思念故乡小村,想得真切想得急迫,想得好苦。"每当都市的晚霞染红了流行裙,我便站在平台上想起你,想起你炊烟飘绕,牛蹄儿悠悠颤颤的黄昏,月光波动的溪水,萤火虫忽闪在草丛……""每天自早至晚我都在放飞思念的信鸽。"对故乡的深情,力透纸背,动人心弦。

在城里待了好些年,正式成为城里人,余叶也大了。姑娘该有爱情了,童年,对故乡的思念埋在心里,不能总是去想,更多的是要想到今天。于是有了余叶的第三组诗《山楂花》。这组诗里处处存在一个"你",这个"你"是余叶的追求,是她意念或现实中的一个人,余叶在恋爱了,这是一组情诗。"你的窗口是菱形的港湾很温馨很宁静,诱惑我走进你的视野走进你的小岛。"爱情诗被她写得很真挚很动情。

读罢余叶的三组诗,虽说内容变换,内涵发展,但与余叶这人一样,万变不离其宗。写乡村,写对乡村生活的思念,写爱情,但都是一条线串着的,那就是质朴的多情的清新的乡村女孩的气质。余叶不论写什么,其诗字里行间弥散着油菜花香，这是可贵的真情与风格。

　　油菜花心里走出来的那个乡村女孩消失了，但油菜花芬芳的香味却久久不散，弥漫在诗中。

散文纪实

玛 瑙 石

　　一条古老的河，源远流长的河。潺潺的碧水，淙淙的琴韵，笑意绵延的波纹，流淌着一个美丽动人的名字：玛瑙河。

　　河滩上，涌来许多拾玛瑙石的人们，我也在其中。

　　或如鹅卵，晶莹剔透，纹理分明，碧胜翡翠，红盖猩染。令人惊叹，艳羡，不过此种很少见，很难得。

　　或如拇指，玲珑小巧，是滴血，是遗珠，我想起爱子的亮眼。多想得到一颗。

　　玛瑙石，玛瑙石，河滩的阳光，生活的亮点。

　　山石的精英，大地的馈赠，岩层下沉默了千百个世纪。崖崩石陷，河水冲击，遥远的旅程，悠久的等待。在乱石中，在杂草下，她渴求发现，她盼望新生。历史、岁月、风烟掩不了她的光芒，她终究要出现，要闪光。我们寻求吧，苦苦地。

　　意志、信念、韧性、耐心都在河滩上经受考验。流水淘汰沉砂杂石，也淘汰侥幸者，三心二意者，在河滩寻找发财之道者。最后留下来的是坚强，追求，事业的雄心。

　　扒过的石头，成吨计，寻觅过的地段，成公里计。骄阳晒得头晕，暴雨淋得衣湿，寻求的双手裂口了，流血了。河滩上印满寻求者的脚印，那红红的野花，是不是血滋润的？

　　苦苦寻觅，踏破铁鞋，全无踪影。有多少失望、打击、眼泪？失败的眼泪。再寻找吧！突然，前方一个光点，掘开，是她！偶然得之啊。兴奋、狂喜、成功。又是眼泪。继续寻找！

　　我寻到了一枚小小的玛瑙石，淡绿色的。纤细的纹路，精巧的脉络，构成了令人赏心悦目的圆。泡在水里，我不敢相信小小的表面，竟有如此惊人的图案！是大自然的杰作，是自然万物的折光。

　　还是看我的玛瑙石吧，她是我的追求。

跋涉者的明天

不知道明天做什么的人,是不幸的人。

——高尔基

1

明天天气晴朗,太阳似乎比以往更温暖,当它升起来的一刹那,是何等壮观、神奇!鱼肚白隐去了,淡淡的裹着忧郁的雾气消散了,而一粒红豆跃上东方,转瞬变成一只火轮,似乎能听见它赤剌剌的奔驰之声了。大地笼罩在一片明丽灿烂的朝霞之中,一个崭新的日子开始编织彩色的羽翼,在起飞了。能看到这景象的,不是睡懒觉的人,不是碌碌陷在书斋里研究世界的人,而是踏着晨露,登上山巅的跋涉者。跋涉者张开了双臂,在呼唤,那是响亮的呼唤,生活的呼唤哟!

2

明天有风雨,有严寒,有酷暑。风雨夹杂着雷鸣电闪,隆隆的吼叫里舞动恐怖的金蛇;严寒冻结了大地,覆盖了绿色,也将深崖沟壑伪装成平坦的雪原;酷暑如火,骄阳放射密集的毒箭,道路都是烙脚的。跋涉者没有停止他的脚步,风雨穿过了,严寒经受了,而骄阳的毒箭却在他那黝黑的肌肤上折了箭镞。跋涉者的筋骨只是炼得更坚硬了,他那钢铁的双脚趟过了荆棘,踢开了顽石,在向前走。而风雨,严寒,酷暑终究要过去,它们过去之后,又是一个晴朗的明天。跋涉者朝着他的明天前进!

3

　　明天的那段路要穿过沼泽地，要穿过大沙漠。沼泽地冒着死亡的气泡，大沙漠裸露失败者的白骨。还能犹豫么？时间在犹豫中消失，生命在徘徊中干涸。沼泽地隐藏着一条小路，这条小路需要探索。那就不休止的探索吧，脚步是小心翼翼的，机智和勇敢能够绕开死亡，而将其丢在身后。大沙漠上不是有勒勒车的辙印么？有人走过，跋涉者就能走。让沙漠的旋风刮吧，抱着一丛红柳，愿与红柳相伴；让沙漠的酷热炙烤吧，伴着驼铃，洒一路生命的进行曲。啊，前面有绿洲，绿色便是生命，那是跋涉者胜利的旗帜。

4

　　明天有成功，有庆贺胜利的酒宴；明天有失败，有失败后的眼泪；明天有幸福，甜蜜的笑靥，鲜艳的花环；明天有痛苦，难咽的苦果，萧索的秋风。明天有爱情，明天有欢乐，明天有无止尽的工作，事业在等待，理想在召唤。跋涉者对明天没有选择，他只有一个信念：坚定地走过去。跋涉者最懂得明天，为了无数个明天的明天，他永不停止跋涉。跋涉者懂得明天该做什么，因为他是幸福的人，永远！

太阳天天升起

　　生活的河水永不会干涸和断流,世界将长久地存在,太阳天天升起。
　　我们生活在有太阳的日子里,天空因为太阳的升起而明亮。蓝天纤尘不染,几缕白云缓慢悠闲地飘飞,飘出许多的韵致来。阳光下,花开了,开得尽情而灿烂,阳光下,草绿了,绿得嫩翠而滋润。树木轻摇着叶片而生长,愉快而丰美。庄稼铺盖着大地,道路伸展四野,有歌声有鸟语,有雄鸡啼叫着生活的殷实和富足。
　　生活在阳光下,我们是幸福的,幸福得张开双臂,欲拥抱大地和天空,欲拥抱绿色和金黄。我们写诗,歌唱这生活,我们挥毫,把这世界画成一方明净的风景。
　　永远在阳光下,抬头就见太阳,那是多么好啊!
　　也有看不见阳光的日子。天空没有太阳,没有我们平日见到的那一轮红色的球体,它不在,它沉落在深渊之中了。天空阴暗,蓝色被一团墨色污染得脏暗不堪。乌色的云块紧紧地压在我们的头顶,肆无忌惮地翻滚着,张扬着,铁青着脸色。
　　风暴来了,数万条鞭子无情地抽打着一切,毫无人性地摇撼着大树,撕扯着绿叶,打落了花瓣,踩躏着绿草。花哟草呀蜷曲着身子,低下可怜的头颅。牲畜躲进了棚圈,屏息噤声;路上行人急匆匆地赶路,凶狠的大风推搡着他们,他们都有些跌跌撞撞了。
　　闪电扯起了金蛇,金蛇飞舞出阴险和恐怖。暴雷轰响了,隆隆声从远方撞过来,像一阵阵践踏生命的脚步,大雨铺天盖地倾泼下来,天河似乎溃决了堤坝,世界顿时罩在雨幕中了。
　　还有那无穷无尽的梅雨季节。阴沉沉的天空见不到一丝笑容。我们的心也发霉了,烦躁不安,生命似乎受到了阻碍和打击,不知如何是好。
　　在没有太阳的日子里,我们盼望太阳。太阳到哪里去了,太阳为什么久久地不升起来?
　　其实,在暴雨天,在阴雨连绵的时节,太阳照样天天升起。升起在东方,用它的笑脸和温暖面对世界。我们看不到太阳，那是我们的眼光穿不透云层和雨雾，看不到那更高处的火球。

我们应该看到太阳，太阳在那里存在着，我们应该长存这个信念。

因此，我们不要烦恼，我们不要害怕这阴霾这风暴，我们很快就会见到太阳的。乌云遮日难持久，风暴的肆虐阴云的包围，那是不堪一击的。

不论晴天丽日，不论风雨浸天，生活的河流都在潺潺奔跳，世界还是那个样子。人们何必忧愁，生活不要烦恼，欢乐愉快才是生活的本质。

驱除心底的乌云，擦净心中的霉点，让太阳在心里照耀，每个人心里都有一颗太阳。

世界长久地存在，太阳天天升起，人们啊，不要辜负了阳光。

崖畔水滴

为了出去！从重压之下，从坚硬之中，将那每一星湿气汇聚拢来，那是艰难的积少成滴地汇聚啊！

钻过每一道缝隙，哪怕只有千分之一头发丝那么大的缝隙也不放过；绕过每一堵冰冷的石块，寻找每一粒泥土，在有泥土的地方渗过去。

我们面对一座高大险峻的石崖，望崖壁斜挂出的刺藤、几丛枯草和三两枝无名小花，我们可曾想到崖壁里面正在进行着坚韧不拔、长年累月的汇聚么？崖壁里有密如蛛丝的缝隙相交，那微弱的湿气正通过这缝隙聚集到一起，形成一个勇往直前的生命，为了冲出去，去见那崭新而光明的世界。

滴答！崖壁上有一粒水珠滴落下来了，滴落在数米之下的一块石板上，散成纷飞的水沫，立即在空气中消失，消失得无影无踪了。

不！它们没有消失，它们的生命仍然存在。它们将重新汇聚，再进行一次新的冲撞，再进行百次千次新的撞击，于是它们的目的达到了，于是它们诞生了强大的生命。

滴答！又一粒水珠从崖壁上滴落下来，在石板上碰碎。然而，在它从崖壁内经过千辛万苦的汇聚，然后从崖缝里挤出来的那一刹那，它看到了一个崭新的世界，蓝天丽日，花红树绿，空气多么清新，春风多么温暖，小鸟唱婉转的歌，蝴蝶跳柔美的舞。黑暗，那崖壁内的无边黑暗永远地过去了，阳光，那灿烂明媚的阳光属于它。它惊喜它欢欣，它是崖壁的一只晶莹透亮的眼珠，它尽情地看这世界。它出来了，那不屈不挠的努力，那矢志不移的追求，不是为了这光明而壮美的一刹那吗？

仅仅只有这一刹那，这一刹那太短暂了，短暂得不到两秒钟。滴答！它从崖壁上滴落下来，又粉身碎骨。

这一声滴答，是崖壁的一滴惋惜的泪珠，还是它领略世界壮美后发出的哗笑？

崖壁上的水滴滴答不绝，不到两秒钟就滴答一声。它勇敢而顽强地跌落下来，前赴后继地滴落下来，滴答！滴答！

一声滴答，它经过了多少时日的聚集和奋斗啊！

一年过去了，十年过去了，一百年过去了！勇敢而顽强的它在跌碎后再汇聚，再冲撞，再领略一次世界后，又重新跌碎。如此周而复始，月月年年，追求没有放弃，冲击没有倒退。

被无数亿次滴答冲撞后的石板，坚硬的石面被滴答成了凹坑，终于，被滴答声击穿了，留下了许多洞洞。

于是，在崖畔，在崖畔石板底下的草棵子里，有一条小溪流诞生了，它只有那么几线水，但它毕竟是条溪。它轻轻地流着，流着。你怀疑过它的生命强力么！

而崖壁内的湿气还在聚汇，还在冲撞，滴答之声不断。

出　　发

我们已经集结好了队伍，腰带系紧了，鞋带结实了，身体的肌腱已经凸起，力气在胴体里运行着，队伍前的旗帜张扬开了。

母亲，让我们走吧！您不必泪光闪闪的，您应该微笑，笑平您脸上的皱纹。儿子已不是那挂着鼻涕掏蛐蛐的愣小子了，女儿已不是在夏夜的凉床上趴在您身边听您讲那古老故事的小丫头了。母亲，我们已经长大了，长得和您一般高了。再不能总是寻找您的庇护，我们眼睛盯着高天，望着远山，向往着遥远的地平线外那看不见的地方。

那里有新奇的世界，那里等待着开拓和创造。母亲，我们就要到那里去了，为我们送行，给我们祝福吧，我们将义无反顾地前行。

母亲，我们手里捧着您的小布包，小布包里包着几只温热的鸡蛋。那温热，是您的体温啊！在我们行进的时候，温热会给我们驱除寒冷和疲累；而鸡蛋，会给饥饿的我们增加热量，使我们更有力地迈进。

我们背上有背囊，我们的背囊不是一座山，但也有些许的沉重。这沉重是不能扔下的，该由我们这一代负起的重量，我们既不能推给上一代，也不能留给下一代，我们毫不犹豫地全部背上，让我们的背上充实而有内容。

不能说我们是负重的一代，每一代人都有每一代人应该负起的重量。

没有怨言，没有牢骚，牢骚和怨言属于懦夫。我们骄傲，我们自豪，我们是时代的行者和勇士。用我们的身躯和上坡的小路，组合成一个60°的锐角。我们就是这样出发的，在蓝天辽阔的背景下，历史蘸着白云和风，把我们雕饰成一幅雄劲的木刻版画。

木刻画里我们是黑色，是与土地一样的颜色，是与山岩一样的颜色，凝重沉实。我们的行进是矫健而稳重的，我们的身后，将留下深沉的脚印，脚印向远处伸延，像山花开遍原野。

母亲，我们与您告别了，扬起我们的手臂！等候我们的佳音吧，母亲。我们认定的路，我们会一直走下去。放心吧，母亲，即使我们的道路有坎坷，有曲折，那也没有什么。我们将跨越障碍，将不断地修正路线，再继续前行。我们决不会倒退,决不会由原路返回。当我们登上前方那巍峨的山峰时,我们会朝着母亲站立的方向呼唤:我们登上了山顶啦!我们还将再行进下去,去寻求更新的天地。

旗帜挥动了,出发的号声响了,我们出发了!出发了,向着高天,向着远山,向着地平线外的那一片新天地。

于是双脚迈开了,于是一条长龙蜿蜒起来,蜿蜒起来,在神州大地上,那是我们这一代!

黄 鹂 湾

1

　　黄鹂湾的傍晚，歌声敛起了翅翼，栖落在林梢歇息了么？四周是这般静，松杉、杨柳、梧桐、暂被遗忘的石凳石桌都在沉默着，夜穿着大氅轻轻走来，林子在夜幕上勾勒出了清晰的影子。风也是悄悄地来的，稍不注意，连它的模样都未看清，它已走了。

　　不远处有一幢小楼，美人蕉的叶子遮住了大门，二楼有一扇窗户的灯亮着，红彤彤的，在这夜色中分外明亮。灯下可还是那个身影在伏案疾书么？中山装披在身上，是由于思考问题，眉头微皱，成了一尊雕像，一尊多么熟悉的雕像。

　　我在此寻找黄鹂，寻找黄鹂的歌声，没有了！那翅膀没有垂下，那歌声却隐进了山林，隐入了心田。黄鹂湾的傍晚，有多少思念在林子里蔓延。

2

　　穿过林子，一方水塘瞪着清幽幽的眼睛，是在暮色中静静地思考着么？水塘倒映着挂在林梢头的几块黄昏云，在冷色中加进了些许的活跃。塘边有手臂伸得很长很长的草藤，野花在寂寞地开着，在耐心地等待着什么。塘边有石块垒起的埠头，埠头边没有呱呱叫的青蛙，蜻蜓也不飞来点水，天晚了，各有各的归宿。

　　没有垂钓者，鱼钩已经生锈，鱼竿也遗忘了许久。塘里的游鱼是愉快的自由的生灵，它们在黄昏到来之时，用尾巴翻起水花，张开圆圆的嘴，啜吃着从水面匆匆滑过的微风。

　　涟漪泛起了，水塘动荡起来，一条大鱼蹿起半尺高，又落进水里，溅起哗哗的水声。我的思绪乱了，生活，哪里有安静的地方！

3

  林中的小路有多长？我想起一句歌词。在落叶覆盖的地方，在树木挤挤撞撞的地方，小路能够避开障碍，认准一个方向，曲曲折折地走到一个出口。这里没有争斗，只有韧性的不声不响的寻找。

  小路驮着林子的阴影，驮着斑驳的月光，当漏进林子的一两颗星星落在它身上时，它那么激动地拥抱起来，似乎在暮霭中翩翩起舞。

  沿着小路我走着，绕开树木，踏过枯枝和刺藤，我相信沿着这条路一定能走出林子。即使前面路没有了，我也会踩出一条路来，决不和树木与顽石纠缠。

故 乡 月

　　今夜，故乡月也如这般的圆么？

　　遥想故乡，透过婆娑的竹影，后园里，小方桌上摆着几块月饼，桌边摆着一圈竹椅子，孩子们团团围坐，听母亲讲月亮公公的故事，父亲在一旁抽着旱烟。母亲今天显得格外的和气，亲切，终年的劳作，此时也缓了缓气。一家人能平安地坐在一起，品尝乡村那廉价的月饼，也就感到满足了。这就是中国，这就是中国的乡村。

　　孩子们格外地守规矩，没有奔跑追逐，没有哭哭闹闹，似乎也被一种严肃崇高的气氛所感染，今日是中秋啊！

　　今夜，那圈竹椅中没有我，也没有我的弟弟妹妹们。我们的翅膀硬了，飞了。父亲母亲两位老人，此时独坐。父亲一定会喝几口酒，母亲也不需再讲月亮公公的故事了。桌上的月饼堆着，再不是那种廉价的小月饼了。中秋前，我们给老人捎去了最好的月饼，暂做儿女的一片心吧！父亲，母亲，儿女们和你们在一起，您看那天上的月亮是圆的，多么皎洁，辉丽，我们的家也是圆的呢！

　　我与妻子和孩子，在小院里赏月。我的新居在一楼，门前也有个漂亮的院子。此时，故乡的父亲母亲也在赏月，分居在各地的弟妹们也在赏月，普天下的炎黄子孙都在赏月。中国的月亮是圆的，是亮的，照彻每个儿女的心房。

　　在那里，在那遥远的地方，有人如我一般思绪，有人在望故乡月么？

江湾的傍晚

　　大江东去滚滚波涛一往无前,喧响起满江的气势与雄浑。江面宛如宽广的大道,东去西来的帆影翩翩,拖驳和大大小小的轮船穿梭交织,犁起一江雪浪,煞是壮观与繁忙。不舍昼夜,日日如此,这是条真实的大江,龙腾虎跃的大江,是条喧嚣的大江。

　　东去的大江在这里轻捷地一转,悠然地留下了一个江湾,隐藏在岸岩与林木间,形成了一个与大江截然不同的去处,留下了恬静。

　　江湾呈半月形,江水在她怀里失却了野性,变得温柔多情,轻拍石岸,荡起微波,像抚着情人的肩膀,涌起百种慈爱与亲密来。

　　一个初秋的傍晚,我从江滨的一座大饭店里出来,沿着江边行走,偶然发现了这个江湾。似在闹市里发现了一位秀美端庄的乡间女儿,我情急急地走向了江湾。

　　在江湾边的一块凸出的石块上,我坐下来,脱掉了鞋袜,把双脚伸进江水里,体味着那种凉浸浸的感觉。那时,我被江湾的晚景迷住了,看那江风拂过林木,看那晚霞融进江水,江湾有一刹变得火红起来。几只江鸥飞到江湾后,一改它在大江上击水翔天的本性,凫在江湾水面,显得安静而驯顺。在晚霞浴水的那一刻,江鸥那洁白的翅翼也染红了。

　　我忘了归去。好在江湾还明亮,夜幕还不会一下降临。多么宁静使人超脱的世界,人身处此地,只想着尽情享受这大自然的美妙和恩赐。不要归去了,就在这江湾边,让江风掀动衣裾,任江水舔着脚掌,让夜幕悄悄到来,让露珠湿了衣襟,而荣辱富贵全忘,烦恼忧愁被排除出胸襟了。

　　这时,一阵咿呀声响起来,我抬头一看,只见一只木船披着暮色驶入江湾,那木船上有弓形篷屋,尾舱一青年男子掌舵,船头一青年男子摇橹,两人配合默契,不紧不慢的。木船在水面轻轻划动,不一会就拢岸了。摇橹者轻捷地跳到岸上,把船缆绳拴牢在岸边的石上。掌舵的男子也挂好了舵把,走到船头。两人朝我不经心地望了望,眼里是善意的光彩。一会儿,两人竟在船头的舱面上,铺开了棋盘,摆起了棋子,走起象棋来。那专心的劲儿,那悠闲的神态,在这江湾的傍晚里，显得多么和谐而又富于生机。

我的心里不知有什么东西动了一下，有股热流涌了出来，我竟莫名其妙地流泪了。是勾起了我的回忆？是引动了我的遐想？这画面，这风景给我一种什么启示？我说不清楚。

不须去问这木船从哪里来，不须打听这木船的主人是干什么的，那都没有什么意义。

我只想保留这晚霞，这江鸥，这静静的江湾里两位对弈的男子的印象，以及这江湾的和谐画面，氤氲的氛围。我想长期保留。

那个初秋的傍晚，我印象何其深刻！

默默的开拓者

真正的开拓者是默默无闻的,他们没有时间张扬,他们要开拓的道路太长。

在神农架大山里,我们的跋涉有些疲倦。四周是寂静的崖壁、葛藤和高大的冷杉,还有半人高的茅草,天气闷热,小小太阳帽难避酷烈的炙烤。公路突然没有了,前面是乱石丛中的小径。

就在公路停止的地方,山坡上有一排低矮的木板房。而在山坡下,一群赤膊的山民,在挥着大锤,在挟着钢钎,在拉着板车,在锤着碎石,叮当之声扬起,又在深山里悄悄消失。那背部,那胳膊是黝黑黝黑的,汗粒在上面闪着晶莹的光泽。

我久久地站在公路尽头,望着他们,一群力的凝固,一群开拓者的塑像,思绪飘得悠远悠远,崇敬和赞美从心中升起。

他们仍在默默地扶钎,挥锤,拖车,砸石。他们这样干了好多年了,公路在一寸一寸地延伸,他们任叮当之声消逝,消逝,从来没有想到张扬。

我们刚走过那半截公路时,我们想到过这群筑路者么?当我们今后再走每一条山中公路时,我们一定能记住这群开拓者,虽然我们并不知道他们的名字。

山　　魂

　　朋友从山中小镇来，告诉我，那个画家死了。
　　死了么？他死了！我久久没有言语。
　　那是神农架山中的小镇。四周都是莽苍苍的山，小镇坐落在山的中央，一块小得可怜的盆地。嵌着碎石的山路爬过杂乱不平的菜园地，菜园里有黄瓜和紫色的茄子。山路旁，晨晖中，有个老人坐着小方凳，斑白的头，裸露着筋络的手臂在动着。他是个画家，一支碳铅笔在画夹上勾描，两只深邃的眼睛长久地望着远山。那高耸的，下倾的，卧伏的山，红日从那里升上来，带给群山耀眼的色彩。老人的笔画得很快，那枯瘦的手臂中似乎蕴含着无尽的灵感与技巧。画夹上，出现了面貌各异，千变万化的山。一幅大山的速写画完了……
　　天天早晨，老人都在这里画画，而我每天的散步，都会碰上他，仍是在画山。我们熟了，他总是儒雅地一笑，而没有言语。我离开小镇回到省城，想到山，就要想到小镇和那个老人。
　　他死了，是死在他的画夹边，死在小镇边，死在大山里的。
　　他是个孤单的老人，人们在他住的小屋子里，只发现了大半屋子画，碳铅笔勾勒的，画面上都是山，高耸的，卧伏的，下倾的山。
　　我的眼前常出现他眺望远山的锐眼，挥动的笔，枯瘦的手臂和那儒雅的一笑。

崖上杜鹃

先行者身背背囊，脚蹬草鞋，手拄探路的树枝。他们不息地跋涉攀登，越岭过涧。在攀跃这个崖头时，他们倒下了。崖壁上洒下了一片鲜血。滚热的血汩汩地流尽了，渗透到崖壁中去了。先行者长眠在深山里，面朝蓝天，带着深深的遗憾。

春天，在热血浸泡过的地方，生长出了一片绿色，繁茂旺盛。在一个早上，绿色突然绽出一片火红，灿烂的火红，热烈的火红，那是一片蓬蓬的山杜鹃。

高崖上悬挂着一团团的红云，凝固而不飘游的红云，是早霞染的，是晚霞映的，山中的红云，好浓好艳。

那是先行者留下的开拓之旗吧，红色的旗旌在崖头飘展，山风拂来，轻轻地漫漫地飘展，飘展出一片明媚一片火光。

那是先行者留下的一片鲜血，红色的温热的血，从每一根血管里流出来，被夕阳点燃了，烧起来了，烧起了一蓬大火，那是理想之火追求之火开拓之火啊！

点燃了高崖上的杜鹃，也点燃了我这后来者的情思，热烈沸腾起来。

我在高崖前伫立，一任我的肃穆庄严的心志搏动。我崇敬我向往这片杜鹃。敬礼，我的先行者们，我能理解你们，我望着那一片火红的杜鹃，我读懂了你们生命的宣言。

也是我的生命的宣言。

不跋涉前行，不如死！死，也要死在攀登跋涉的途中。宁叫热血化杜鹃，蓬蓬勃勃地开在崖头，也不愿去做那岩下的小草，任人践踏，无声无息，连一点火星子也迸发不出。

攀着高崖，不惜叫荆棘扯裂衣衫，不惜叫石尖刺穿脚掌。我攀越上去，采摘了一把杜鹃，我采摘了一团火，我采摘了一把执著的信念。

我将杜鹃花捧在怀里，我把杜鹃花插进我心中的花瓶，我用热血滋养着她，润泽着她，叫她永远地鲜艳。

我的面前是莽莽林涛千里，我的脚下是茫茫万里关山，朝阳在我面前升起，月亮在我背后降落。我还有许多的挫折坎坷要攀越，我还有许多的艰难险阻要克服。我不能在高崖前久留。

在先行者的足迹中断处，我接着走下去，用我的足迹连接开拓者向前延伸的路。

我不感到孤单，也不感到寂寞，在我人生的征途中，有一束杜鹃花伴着我向前！

那是先行者留下的誓言。

山中人家

  我在大山里跋涉着，采撷着。我是在作一次人生的跋涉。人生的跋涉如果没有深山老林，光是一马平川，那将是不完整的。我在神农架山里采撷得许多，这许多正是我的人生所缺少的。

  翻过一道山岭，穿过一片林子，绿荫中露出一抹黑瓦，两缕细细的炊烟，有狗吠声传来，那汪汪汪的叫声，在寂静的山里显得那么清脆，在我心头溅起几分暖意来。

  有一座小山村在前面。真是山重水复疑无路，柳暗花明又一村。人生能有几次逢此境界？

  路是永远有的，即使走到前面的无路处，你还可以在那无路处开辟出新路来。

  而村，并不是都有的。有时，你昏昏然地走了一辈子路，到头来还是没找到那柳暗花明处，真真是悲哀了！而芸芸众生中，怎能完全免除得了悲哀呢？人人都能找到那个村子，悲哀则无。

  我看到了前面的村子，心中一阵欢喜。待转过林子到近前一看，我似乎觉得面前的房屋叫村子不太确切，明白地说，只有两户人家。

  主人早迎到门前，恭敬地在微笑着。那微笑挂在黝黑而皱纹密布的脸上，显得那般纯朴和真诚。女人早下灶房去了，灶房里飘过来一阵异香，那是烧麂肉羊腿香菇所冒出的么？

  没有太多的话，话语简洁得只给客人问过安后就没有了。

  晨起，男女老幼在坡上耕耘，点种那瘦弱的包谷和胖胖的洋芋，粗犷的喊山号子拌种，一起埋进瘠薄的土层里。

  暮归，扛着镢头，牵两只山羊，摇摇晃晃地回屋。那山羊是白色的，像是他从天空摘回的白云。

  女人们顺便背一捆枯柴，捎带着捡了一兜猴头香菌。烧饭的柴薪有了，佐饭的佳肴也有了，包谷酒透亮醇香。晚饭吃出了山里人的韵味，飘扬起山里人的笑靥。

松明子点灯，火塘边夜话。语言被完全删削了，只剩下一片寂静，寂静中烧着的木柴块发出咔叭咔叭的声响，传得好远。

　　女人突然哼起了山歌，男人马上应起来了。唱着应着，越来越热烈，那情形，不亚于火塘里红红的火；那黝黑的脸上漾起的神采，比起火塘里的火焰，毫不逊色。

　　山民们的语言少，山民们的歌儿多。

　　唱起山歌，那是一首语言优美，尽情抒发胸臆的叙事长诗。

　　我不胜包谷酒力，有点醺醺地望着他们，我想我这是到了哪儿？我是沉浸在一个深深的梦里吧！这么多的山歌，要记呀。我不是来采风的吗，快采呀？然而，我的手握不住笔了，我只能用我的心来铭记。

　　天明，当我离开时，回首告别山中人家，一道黑色的脊线，画在了林子梢头。拨开那片绿荫，在那土墙里，有多少安然恬静，有多少闹市艳羡的幽深。

　　主人说：来往的客人太少了。

深山稻田

寂寞是个很好的东西,是人生的一剂良药。搞创作的人,绝然不能少此良药的。常服此药,能使思想深邃,能蕴蓄孕育出深刻不凡的作品。寂寞之后的果实,是丰硕而饱满的。

我在深山里发现了两块稻田。稻田对于我来说太平常了。我在平原上长大,成年累月在稻田里,没有稻田就没有我的平原。

我却在深山里的稻田边停下了步子,我竟然在稻田边沉思遐想,想从中发现点什么来,比如人生哲理之类的东西。

那开掘是艰难的。开掘在这崇山峻岭,开掘在这莽莽丛林。石头一块块地剔除了,树根一截截地清理出来了,再将那四处的薄土一捧捧地撒在这里。这就是稻田了,这是深山里的一块新的生命,它的诞生是悄悄的。

春播,插秧,引来了山泉水,有心血在抚育在浇灌。稻秧返青了,生长了,将那须根,不屈不挠地扎进了深山薄薄的土层。

它生长着,没有百里稻浪的翻滚,熙熙攘攘地装点春天;没有春夜那热闹的蛙鸣,蛙鼓摇着丰收的节拍。它只有松鸡陪伴着,在那悠长的啼叫声里,它在冷落中度着寂寞的晨昏。

轰轰烈烈的一次生长。平原的稻浪绿海摇摆出一片壮阔的寥远,引多少诗人墨客去赞扬,唱出曲曲颂歌来。电视机的镜头也是冲着它们去的,屏幕上那一片翠绿也确实令人喜爱,使人耳目一新,眼光突然变得远大。

安安静静的也是一次生长。山中的稻田就这么安然恬静地生活着,没有颂歌,没有摄像机的镜头。它也在泛绿,也在壮骨也在扬花也抽穗。它没有什么失落感和不平,它在用尽全身的力量来孕育奉献那金色的谷粒,那才是它的追求和生命的全部意义。

也是丰收也是果实也是饱满的谷粒。

轰轰烈烈的提供让人尊敬,不声不响的奉献也让人尊敬。

我更尊敬后者。

让他人去占住魁首,得尽风流,栖居高枝,在鲜花名声美酒金钱中显耀去吧！那也好，那也是辉煌的人生。任他人春风得意骄矜含笑吧，他有那个资本，该他如此。

我愿在深山瘠地冷林中，就这么悄悄地默默地生长，将我微不足道的人生奉献，我觉得也坦然，也安心，也心甘情愿，没有抱怨，没有遗憾。我更关心的是我生长出来的谷粒。

山风轻轻地吹拂着，吹拂着稻田摇摆的心旌，那也是翠绿的稻苗，壮实的稻秆，穗儿还没抽苞呢！好恬静安然。

我在稻田边伫立着，好久好久地沉思。我觉得我一点都不寂寞。

路 边 遗 杉

离原始森林区还远着呢！身边的山峰青幽着，葱茏着，上面也长满了树，但那树连我这刚进山的外地人也知道年龄没有超过三十。它们还年轻，它们的父辈祖父辈甚至更远的祖宗们呢？这四围的山峰为什么没有？

难道都在原始森林中么！那远方的莽林，有高耄千年的树种，有许许多多的关于树的传说。可我现在站立的地方没有。

还是有的，过路的山民们说，再沿着这条路往前走三四里，有一棵大杉树，活了好几百年了。好奇驱使着我，往前疾走一阵，果真看到了那棵树。

树就在路边，笔挺粗大的树干，我量了量，大约需要三个人才能合抱住。树梢入云，树身有许多的枝杈爹煞着，爹煞成一把伞盖。山路高举着这把伞，遮住了方圆数丈的荫凉。

树底下有石块，好地方，为什么不坐下歇歇呢！我背靠着树身，松散开了绷紧的神经，惬意而舒适。大杉树在这山中，亭亭玉立，青苍巍然，如鹤立鸡群之中。相对之下，那些矮树浅草，都如朝它顶礼膜拜的臣民。

背靠大树好乘凉，在这棵祖宗树下，有许多好的梦等着我进入。

我突然警醒起来，为什么四周的树都那么低矮？为什么大杉树孤零零地屹立在此，连个同代的伴也没有？

这里面有着神秘或悲壮的故事么？

大跃进大浮夸的年代，那跃进也跃到山里来了。高炉遍野，烟尘漫山。山上有的是石头，捶碎，用火烧，就能炼出钢铁来，钢铁元帅在深山里升帐。捷报频传，传到省里传到北京，炼出钢铁几千几百万吨。吹牛又不犯法，那些石头烧出的黑疙瘩，你说是金子，头脑发狂的人也会相信。

大片的森林倒塌了，千年的古树倒塌在熊熊的火光之中。那是愚昧之火那是灾难之火，在火光前舞着蹈着的芸芸众生，被一根线牵扯着。叫他们把这个世界毁了来炼共产主义，他们也会毫不犹豫地干下去的。

原始森林在烈火中呻吟，千年古木在狂热中消失。山秃了，林木砍伐完了，原始森林区推远了。

是个什么偶然，留下了这棵孤零零的杉树呢？留下它作证，做逝去的原始森林的纪念碑么？总之，它留了下来，它目睹了那场劫数后活着，活到了今天，活到一个后生在它的荫下做梦。在它的根部，这个后生高叫：

再不要这样的事情发生！

我从梦幻里走出来，从大杉树的荫庇下走出来，我还要赶路哩！

大杉树啊，祝你万寿无疆！

香溪河的源头

一条香溪河,流出了多少美丽的传说与诗文。文人写它,诗人唱它,写它唱它的诗文字字喷香,句句流芳,这些文字也能流成一条河。

香溪河,那是条美丽温情的河,河水碧澄清澈见底,河底彩石密布,游鱼可数。我也曾在河边拣石捉鱼,洗面戏水,其趣无穷。

香溪河的水清香,这是真格的。生在现代的大都市里,见到都市里的湖或是流过都市的江,那水受过污染,漂着油腥气,拿来与香溪水相比,真所谓不可同日而语。我从都市来,我爱香溪水,这香味,谁不陶醉。

据说,香溪河水是因为明妃王昭君回乡省亲,在河边洗过手脸后而变香的。如今在湖北兴山宝坪昭君村边的香溪河段,还可以见到王昭君洗手脸的埠头。这传说固然美好,但毕竟不是科学。两千多年前昭君姑娘在故乡的河边洗过手脸,而香溪河南入长江,东去大海,这么不舍昼夜地奔流,那点香气至今不消失,恐怕是别有原因了。

香溪河的源头在神农架大山里,有六十里河段流在神农架境内,它蜿蜒曲折,穿山越岭,绕崖爬坡,经兴山秭归,南下长江。

香溪河的香气,是大自然给予的,是六十里香草芳卉熏染出的,是六十里的香土清泉培植出的。香溪河,你的香气是神农架母亲孕育和赋予的啊!

神农架是无私的。千万年来,她吸收日精月华,融汇风云霞雾,将那浓绿五彩,将那香花芳草,将那气味将那色泽,将那一切有用的养料,深深蕴含在胸中心底,细细孕育,细细提炼;然后她才将那芳香无私地再给予花草树木,再给予清清溪流。神农架是芳香的山林,神农架是芳香的世界。

从神农架发源的香溪河,从母亲胸怀里流出的河,带着母亲的芳泽和清新,淙淙地流着,唱着清新的歌,散发着一河的芳香。

香溪河,你的香味是这样产生的。

我无意于贬低王昭君。美丽的王昭君以自己的无私,曾经促进了民族的团结,她的功过,自有人评说。我是不平于这香溪河的香,明明是源于神农架,是汇聚了神农架的精华而香的。可千百年来,人们将这记载在王昭君的头上,记载在一个传说上。

是该澄清这个传说的时候了。

倒是神农架母亲的胸怀,不争功,不摆好,任人们说那香气是王昭君洗过手脸而留下的,神农架决不出来辩解。两千多年过去了,她还在培育着香溪河,不断地给香溪河这个美丽女儿晶莹芳香,给其润泽的面容。

香溪河,你应该向人们叙说你的源头。香溪河,你会因为神农架母亲的宠爱,变得更美丽更芳香。

燕　子　洞

神农架大山中已发现和未被发现的洞穴，到底有多少，你说得清楚吗？但是燕子洞却是神农架人和到过神农架的人都乐于谈论的山洞。

是因为燕子洞里有成千上万只燕子；因为有了燕子，燕子洞就成为神农架的风景名胜。

那燕子体形小，嘴短而弯曲，背部羽毛褐黑色，有光泽；翅膀尖而长，合翅时，翼端超过尾端。动物学家说，这是金丝燕，是生活在海边的燕子。

沧海桑田，神农架的金丝燕是活的标本与化石，它们用生命证明，若干万年前，神农架大山是一片海洋。海洋变做了陆地，变做了大山，鱼类藻类都消逝了，唯有金丝燕留下来，显示了它的生命的强韧和活力。

看看吧，晨起，燕子洞在春阳下张开了口，吐出的是一柱褐黑色的涌流。密密匝匝的翅翼，清脆婉转的啼鸣，褐黑色的涌流在奔出洞口的那一刹变大，铺散开来，腾起了黑柱，散发成黑云，燕子洞的上空立时变暗。叽叽喳喳，洒一山清丽而迷人的歌。渐渐地，歌儿变得远了。燕子的云阵升上高空后，变薄变淡，最后分割成条条缕缕，消逝在远天云际。

金丝燕开始了它们一天的飞翔和采撷。

燕子洞里挂满了人耳朵般大小的燕窝，这些小燕窝是金丝燕衔回的草茎、竹叶、须根，用唾液混合垒成，是金丝燕辛勤劳动的成果。

燕子洞在离公路大约五十米远的一处陡坡上，洞口由岩石组成，掩隐在一片绿草红花之中。春夏秋冬，四季更换，洞里的燕子们安定地居住着，与大山为伴，日出而作，日落而息，它们是大海留给神农架的最后一批遗民，也是神农架山中的一群精灵。

山里的暴风雨是说来就来的，人们防不胜防。但金丝燕们却能料事如神。不论它们在多远的山林，在多高的云空，暴风雨的每一丝气息都能被它们感受到。当成群的燕子结伴而归，黑云飘进了燕子洞，暴风雨就踩着它们的脚印到来了。山民们，看燕子的飞升与归来，比听收音机里的天气预报还灵。

面对嵌在陡峭绿壁上的燕子洞，多少游人止步昂首，看那成群结队的燕子们忙碌着,看成一处奇观。

有人在攀越绿壁,想进洞探燕。

我要向游人们呼吁,不要攀越,不要进洞,不要打扰燕子王国的和平与安宁。万燕一洞,亿万年延续不竭,金丝燕是神农架山中的一奇。让它们安定地生活在大自然中吧,让它们和睦地世代繁衍吧!何必为了好奇而去窥探它们的秘密,而去干扰它们伤害它们呢?

燕子洞是和平的国度,洞里生活着一群善良勤劳的国民,它们与大自然为伴,巡视在神农架上空,真使我羡慕。

请保护这群燕子吧,不要让它们消逝。

酒 壶 峰

酒壶峰在西下的夕阳映照下，闪烁着熠熠金光。是谁在神农架这片大山里遗失了这把铜酒壶？那壶盖那壶嘴那把手，逼真而硕大，惟妙惟肖，那壶嘴里，似乎袅袅地溢出一阵阵美酒的醇香来。

是谁的酒壶呢？

除了神农氏老人外，还有谁能掌得起这酒壶饮酒呢？神农老人，那是神，只有神才能把得住这酒壶，只有神才能用口凑在壶嘴上，喝那如瀑布一般的美酒而不醉。

酒壶峰，硕大而雄伟，高峻而奇崛。

我想那神农老人，当年麻衣草鞋，银须飘飘，踏遍千山，尝遍百草。老人顶骄阳，沐风雨，走在崎岖的山路上，他一步一攀，步步为营。绝壁攀过，峭崖翻越，见草就尝，见花就嗅，是何等的辛苦何等的艰难。太阳从他的头上爬起，月亮从他的背后滑落。昼行夜宿，饥餐野果，渴饮山泉。疲倦了怎么办呢？

神农老人疲倦了，坐在山边。老人没有酒是不行的，老人的腰间系着一只酒壶。神农老人不慌不忙地解下腰间的酒壶，咕嘟咕嘟地喝了一气。四山立时被酒香弥漫了，那香气啊，醉了树醉了草醉了百兽。

神农老人的疲倦消失了。他躺下身子，头枕拐杖，伸开双手双脚地躺着，一个"天"字写在深山野岭间。

神农老人尝百草，尔后才有谷子麦子玉米糜子。民以食为天，神农老人为人类寻得了食粮，是可以称天的，要不，他怎么会在山里睡觉睡成了一个天字呢！

晨起，神农老人系好酒壶，拄着拐杖，又到大山里跋涉奔波去了，去尝百草，他老人家可真忙。

或许就是在神农老人尝了一百种有益可食无毒的草之后，他高兴了，他成功了。为了庆祝胜利，他坐在山边饮酒。这次他饮得豪放，是敞怀饮的，他终于醉了。他醉得晕晕乎乎的，拄着拐杖摇摇摆摆地回天上去了。

一只酒壶遗落在深山。

一千年过去了，又一千年过去了，神农架的大山越长越高，神农氏遗忘的那只酒壶也越长越大，高高地屹立在群山间，于是就有了酒壶峰。

酒壶生了绿锈，酒壶上长了草木，开了红花，酒壶峰是被神农老人彻底忘了。

我的联想有点胡说八道了？不！我相信我的联想。一切传说都是人们想象出来的，但愿我的关于酒壶峰的想象也能成为传说。

啊，我看到神农架山中的那座酒壶峰了。满山满谷的芳香，那是酒壶里的酒浇洒出来的。终会有一天，人们会捧起那只硕大的酒壶一醉方休的。

是庆祝什么吧，我想。

绿色的压力

神农架山中的公路上行进。公路在林子中盘旋，像一条游在大海里的带鱼，只是这条带鱼好长好长，我看不到它的头尾。

公路两边是树，是一排排高大挺拔的松木、冷杉，还有些树我叫不出名字。公路在树们的俯视下，自顾自地朝前边游去。没有风，风到哪里去了？或是被树林子挡住了，被撞得鼻青脸肿而颓然退去。很静，一种叫声悠扬嘹亮的鸟儿，使得这静更增添了几分深沉来。

我继续在公路上行进，我双手朝上提了提旅行背包的带子，行进得快速了起来。

当我快速行进时，路两边的树们也快速地朝我逼视过来，然后闪到我的身后去了。

一切都是无言的，但我分明看到树们的俯视，那缤纷的叶片是千万双绿色的眼睛，在默默地看着我，看着我，用它们的绿色。

我突然感受到了一种力，一种绿色的力。

这种感受一出现，我就立刻觉出了身上的重量，沉甸甸地弥漫了我的背部和双肩。我的双脚变得稳重而坚实，我一步步地走着，一步一个脚印，没有停步。

绿色的林木散发出的这种压力，行路者啊，你是否感觉到了呢？感觉到了之后，你应该如何办呢？

是在这种绿色的压力下，抬不起头来，匍匐在它的脚下消磨岁月，永受这种绿荫的庇护？那么，你就不能前进了，只能停留在这原始的林木中，见不到一个新的世界，领会不到那个神奇世界的壮美旋律。

还是勇敢地肩起这种压力，挺胸直背，作一次艰难的跋涉？感谢绿荫，但要走出绿荫！走出力的压迫！这样，你能抛却身后的一切，抛除陈旧的因袭和庇护，世界是自己创造的！自己创造的世界那才是个理想的王国。我愿意选择后者。我立即选择后者。

公路还在林海里畅游盘旋。没有风。很静，那鸟儿悠扬嘹亮的啼声伴我远行。我一步一步地走着，我的脚步快速不起来了，绿色的林木在我身上增加了分量。

　　我愿作负重者,我愿因我的负重,使后来者承担的重量尽可能少些。

　　树木朝我身后退去,绿色的眼睛默默地注视着我,我感到充实而坦然。当我寻到这条大海中的长长带鱼的头部时,我就到达了神农架山中的另一座奇峰。

　　我在神农架山中的公路上行进,没有止歇。

脊　梁

在神农架山中，我看到了脊梁，大地的脊梁，真正的脊梁。

人也有脊梁，有的人的脊梁是软塌塌的，挺立不起来，那是软体，缺少脊梁的真正含义。

暮色中，我伫望那苍褐色的一道山峰梗起，威严而有力度，巍巍乎挺挺然。暮云聚集起重阵，向那道山峰压过去，冷酷无情地倾其全力压过去，我听到那云阵压过去的呼啸之声了。那道苍褐色在挺立着，没有退却，那梗起的峰脊，迎向云阵。哗然的轰响，云和山混在一处。少顷，暮云忽像解体的布帛，在岚风的吼呼下四散成碎片，东南西北地逃窜。

我看那巍然的苍褐色依然梗起，梗起一道坚固的脊梁，在暮色里静静地屹立着，对着散去的残云，发出豪迈的笑声来。

夜色张开它肆无忌惮的黑氅，磨着它锋利的黑牙，在云阵败退后，蜷伏着，从四面包抄过来。在那一刹，朝着那苍褐色的脊梁张开了黑色的大嘴，一口吞了下去。黑嘴里似在啮咬那脊梁，发出咯嗤咯嗤的响声。

世界罩在黑暗中了。

黎明，我瞻望那苍褐色的山峰，依旧梗起，脊峰如故。经过一夜的鏖战，那脊峰显得更加峻峭而雄伟，充满了生命的活力。

暴雨陡起，雨鞭纷纷，向山峰猛扑过去，骤烈地抽打，打得呼呼直叫，山石树木躯裂枝残，山洪泛起一沟的浊流。恶雷张牙舞爪向着山峰轰去，闪电扯开了道道火绳扫向山峰。风雷雨电，狼狈为奸，在天地间蹦跶呼喊，声嘶力竭，不可一世，把个世界扰得阴森可怖。

肆虐的东西不会长久，凛然而坚硬的脊梁永存。风雨消退，雷电匿迹，世界归于平静。

我远望神农架山中那苍褐色的山峰，仍然高高梗起，不动声色。一夜风雨，它未损皮毛，没塌脊梁。太阳出来，山梁在阳光中苍翠起来，光亮起来，给我一种恬静而安然的感觉。

大山的脊梁，土地的脊梁，是山石凝成，是血肉凝成，是正义是不屈是勇敢是日精月华的孕育。

世界因为脊梁而安定，大山因为脊梁而屹立不摧，土地因为脊梁而繁花似锦。

人因为脊梁而坚强而崇高。

我用手抚摩着自己的脊梁，就像用手抚摩着我的心一般。每有大事临头，压力骤至之时，我就想起神农架山中那道苍褐色的山脊。

路旁的溪流

在我寂寞的行进中,她是我忠实的旅伴。神农架大山中的那条无名溪流,总是那么潺潺地流淌着,欢快地,微笑着地。我听到她纯净而淙淙的笑声了,我看见她妩媚而欢乐的面庞了。

道路有多长,溪流就有多长。

我从山上下来,她陪伴着我,紧挨着我行进的路畔。开始我并不怎么注意她。我是个平原的儿子,我见过许多河流和湖泊,而神农架的这条无名小溪流,三两注如线的流水,算什么!

道路上无人,只有我踏踏的脚步声伴着时起时伏的林涛声。我有些寂寞了,我甚至感到了孤单。

溪流,那三两注如线流水,却从那大山的石缝里,从那绿荫覆盖的岩坎坡地,蹦蹦跳跳地流过来,与我同行。

我精神为之一振,我睁开感激的眼睛,久久地注视着她。

路边溪流,难得的解除寂寞消除孤独的朋友。她理解我,她陪伴我。不论路途多么艰险,不论旅途多么漫长,她紧傍着山路,行进着行进着。没有背叛,没有分离,我们同行我们也是同志。

她在悄悄地絮语,如亲人的歌声,她在缠绵地低吟,如爱人的柔情。于是我听懂了她的话,我记住了她的歌。

她在叙说跋涉者的感受和情怀,她在歌唱行路人的追求与豪情。

我在溪边坐下小憩,她清亮的水波亲着我的脸庞,消除我旅途的疲惫和困顿,给我清新和凉爽,给我力量和信心。那凉凉的水波啊,似小儿子柔软的小手,抚得我心醉,抚得我动情。

我无缘无故地流下了男子汉的泪水。是无缘无故么?我也说不清楚。

我精力充沛,我继续前行。

道路有多长,溪流就有多长。

她把我送到宿营地,她把我送入梦乡。那夜,我做了个梦,我梦见了爱人和小儿子的笑脸。

我完成了我的神农架之行。我恋恋不舍地与溪流再见。她也扬起了小手，说着只有我听得懂的告别话语。那深情的话语是：保重！

　　神农架山中的那条无名溪流，随着我流出了深山，走出了神农架。在我人生的道路上，她处处伴随着我，与我同行。

　　我心中永远流淌的溪流啊，潺潺的，三两注水线弹奏的淙淙的歌，旋转着的浅浅笑颜，永远陪伴着我，我的生活不寂寞也不孤单。

神农架的耳朵

神农架是有耳朵的。世纪的变迁，人间的喧嚣，大自然风雨雷电的每一处蛛丝马迹，神农架无不知道，神农架无不受到影响。

神农架的耳朵是灵敏的。生活在神农架怀抱中的每一种生命的声音，无不传到神农架的心里。百兽的呼吼，百鸟的啼鸣，一只松球落地，一片落叶飘零，小松鼠沙沙的足音，石壁旁滴答的水珠，枯叶草的轻微叹息，神农架能不知道吗？没有这一切，神农架还有活力吗？

神农架的耳朵长在草根边地皮上，长在岩石畔石缝里，长在树干上枝丫头。神农架的耳朵是褐色的，是红色的，是雪白的；神农架大山里有血耳岩耳银耳和木耳。神农架处处有耳。一个春雨停歇的早晨，我进了神农架。我想领略神农架的雄峻和奇美，也想体验神农架的粗犷和柔情。我打算轻轻地来，也轻轻地去，不想惊动神农架。我不过是个匆匆过客。

我怎能躲得过神农架漫山遍野的耳朵呢？好客的林场主人留住了我，带我观赏神农架的耳朵世界。

阴坡边，山坳里，到处都是人字形的棚架。棚架由花栗木树干架成，一排排一行行，摆成一大片褐青色的军阵。木架上密密麻麻拥拥挤挤地长着的竟都是黑黝黝水淋淋的耳朵。硕厚壮盛蓬勃，亮晃晃的沉甸甸的，好一片丰收的春耳啊！每一只耳朵都张开着，警醒着，漫山遍野的。想想看，有什么声音能逃过这片耳朵呢！我想轻轻地来又轻轻地去，那只是幻想。

神农架是好客的，神农架用她的丰富和热情留住了每一个客人。

春天，是神农架长耳朵的季节。春耳黏质多胶，含有蛋白质、脂肪、碳水化合物、粗纤维、氨基酸、核黄素、胡萝卜素、抗坏血酸等多种成分，是神农架的珍宝；清肺润津，去淤生新，补血活血，神农架的耳朵，是人类的灵药。

林场的朋友送我一捧春耳。沿途，我捧着这珍贵的礼物，我对着它们絮絮叨叨，倾诉衷情。我倾诉我对神农架的向往和喜爱，我倾诉我对神农架的赞扬和歌唱。神农架的耳朵们在细心地倾听，听得一字不漏，于是，我的心意就达到神农架的心里了。

我与神农架是心灵相通的，因为我是另一处山的儿子，是在山的怀抱中长大的。

　　神农架是有耳朵的，神农架的耳朵是可以馈赠的。神农架的耳朵是山珍。我带着神农架的耳朵回到城里，我将神农架的耳朵融进心肺中，化在血液里。从此我就有了神农架的机敏和灵慧，世纪的变迁，人世的喧嚣，大自然的风风雨雨就声声入耳了。神农架的耳朵长满我的感觉。

　　我向往神农架，我喜爱神农架的耳朵。

秋天的小树林

秋天的小树林是淡泊的,她不是春天的时光。春天小树林翠绿娇嫩,蓬蓬勃勃,一丛丛一片片,密密麻麻,湿润浓烈,野花点缀其中。那时,她妩媚而多情,可总使人觉得少了些成熟老到。

她也不是冬天的时光。冬天小树林有些凄清,风刀将她的每片叶子砍尽,寒冷掠走她的最后一星绿色。她裸露着枝梢,在晨暮中屹立,使几只乌鸦唱出枯涩的歌。那时,她严肃冷峻,使人觉得有些不可亲近。

只有秋天的小树林是我喜欢的。我漫步在林中,脚下是薄薄的一层落叶,那是树们删繁就简而剔下的。脚步踏在这落叶上,既不软乎乎的,又不是干巴巴的泥土。树枝上,飘扬着赤红的、淡黄的、青绿的和深褐的叶片,不疏不密,恰到好处。

到处是成熟的气味和淡泊的风采。枝梢劲翘,拎一嘟嘟一串串青熟的籽果。林间明亮且又有些阴暗,风在这里也是柔柔的,不像春风那样腻人,也不是冬风那样冷酷,有的只是宁静。慢慢地走,树们对着风点着老成而有涵养的头。

林子地上,花儿已开过了盛期,不像春天那么浓艳,倒显得更加馨香而深沉。蒲公英的小伞一只只地举起,优雅而闲散,等待着飞升和飘游的时刻。小路弯曲出一林的韵致,白光光的煞是好看。

秋天的小树林,看上去不像春天那样肥厚丰满,不像冬天那么苍劲而严肃,她恰到好处,像个不胖不瘦的中年人。淡泊宁静,殷实成熟,她拥有沉甸甸的果和淡远的思索。

我既到春天的小树林里踏青,也到冬天的小树林里捡枯枝。但我最喜爱的,是到秋天的小树林里散步漫游。是我的年龄到了既不是浪漫的青年,也不是苍迈的老年,而恰处于生命的秋天——中年所致么?很可能是的。

清晨,我到树林里小路上跑跑步。然后站在一棵树下,把袖珍收音机挂在枝丫上,一边听早晨的新闻联播,一边做广播体操。我离开林子时,觉得这一天的开始不错,体内满贮着精力。这个白天,我将会进行有效率的工作和学习。同时,我不会为遇到一件沮丧的事而过分懊恼,也不会为了一件成功的事而高兴欲狂。我相当淡泊了,我已经宁静而平和,就如身边这片秋天的小树林。

　　傍晚,我或者携着妻儿到秋林中散散步,给儿子讲一个有点启发意义的故事,为妻子新近遇到的难题作一些冷静的分析,站在旁观者的立场,提些好点的建议。更多的时候,是我一个人携本薄薄的书,到秋林中去,享受那四周的宁静幽远。我也许会读那书上的一首隽永的诗,或一章意蕴深含的短文,细细品尝那醇味。有时,我在林子里构思一点什么,或者作些漫无边际的遐想。想了些什么?事后也难以用语言表达得清楚。

　　我感激我的身边有这一片小树林;我特别喜欢秋天的小树林,我从她那里所获甚多。

野菊花

  清秋之晨，漫步田畴，田埂阡陌如纵横柔肠，曲曲折折，缠绕着乡村的平静与慈爱。乡野上遗留的秋草朝我微笑，田埂上的野菊花朝我微笑，他们都是那样恬静而深情。

  在喧嚣的都市远处，乡村是平静的。我寻求这种平静，我愿在一种安静的环境中作一次思考。

  野菊花，田埂上星星点点的黄颜色，一下子点燃了我思想中储存的柴薪，燃迸出一束淡蓝而文静的火花。我吟诵起野菊花来。我自己也变作了野菊花丛中的一朵。

  面对着微微颔首的精灵，我说——

  没有谁来精心地浇灌你们，为你们施肥、松土。只因为有了一粒种子，有了一块土地，你们就生长了，出土了，毫不犹豫地展叶、开花，装点一片秋野。你们健壮，一蓬蓬一束束生活得热烈、豪迈；你们的花是香的，不是那种浓艳娇媚，是淡淡的，不绝如缕的清香。你们开了一个秋。

  在这个世界上，朋友们，你们可以说，你们努力过了，你们献出过色彩；你们并没有枉度生命。野菊花，蓬蓬勃勃地开放吧！

  说完了话，野菊花们在颔首微笑，乡野明亮起来，东天有道道朝霞将野菊花们照得更加璀璨而艳丽。我感受到了早晨的阳光，我和野菊花们一起绽放，绽放开我生命的秋天。

田野里的采撷

我本是乡下的孩子。乡村生下了我，乡村养大了我，乡村送我到都市里工作和生活，但我的根留在乡村了。我的心常飞回到乡下，我的思想经常到田野里去采撷。田野里真是缤纷多彩，我的收获是何等的丰富啊！

那是广袤的平野，季节风从地平线的这头吹到那头，遇不到任何的阻挡与遮拦，那翻滚着麦浪的土地，那涌动着波纹的稻田。我的采撷是平原的采撷。

无边的绿色，无限的平坦，野花在田埂和路边随意地开放，村姑的歌声悠闲而轻盈地翩舞着。躺在绿草地上，无拘无束地摊开四肢，还有什么不能吐放呢？

让淤在胸里的浊气在这澄澈之中稀释和淡化吧，让一切的烦忧和不快像几缕蛛丝一般，被风刮走，刮到大树的枝杈上挂起来，永远再不要纠缠我。我可以大叫，我可以放歌，可以尽情地舞一支曲，可以轻轻地吟一首诗。没有谁来指摘我，没有谁来限制我妨碍我，我回归了乡村，我扑向了土地。

我自由，我轻松，我的胸脯里装下了那一片平野，我的眼前是一片绿色，永远是春天的颜色。在我疲困时，在我于都市的灰色中感到单调时，我就采撷，我能采撷到美好的时光。

那是熟悉的乡亲和父兄，在田野里耕耘，闪亮的犁铧翻起乌色的泥浪，平坦的田畴上，父亲用手播撒成一片金色雨。汗水从那黝黑而健劲的背肌上滚落下来，滚落进泥土里滋育着庄禾。愿我的赤脚与父亲的赤脚一起踏在温热的土地上，舒适而惬意。我愿挽起裤脚，跳进泥水里，让皮肤在稀泥里体会那可心的凉爽。

我跳上牛背，横坐在那宽实的脊背，让我的腿碰撞着牛的肚子，碰撞出乡情来。握一支短笛，吹奏着乡野小曲，唱着我的故乡。

我的父兄我的乡亲，那纯朴的笑，那勤劳的身影，那待人的真诚无私，我的心常留在他们的身边，与他们一起生活一起发出坦荡的笑。

我的城市啊，我恐怕在相当长的时间是你的寄住者，我习惯不了你的喧嚣，我习惯不了你的遮遮掩掩弯弯绕绕，纯朴对你来说，是缺少的一种钙质。你太多了豪华，你太多了享乐，你太多了趾高气扬，而这些我不习惯。

因此，我的思想常回到田野里去，我到那里去采撷清新和纯净。城市太多了烟尘和污染。

我可能会习惯我的城市，我的城市将会少了那些我曾不习惯的东西，会增加更多的绿色和纯净。那时，将不会回到乡间去采撷了，我在都市里会采撷到这一切的。

我喜欢到田野里采撷，我的采撷是丰富的，我丰富的收获将在城市里播种。我的播种会有成果的，那就是绿色和纯净等等一切。

我想我不是自不量力吧！

菜花林里的少年

那年四月,油菜花黄成了一片金色的海,海浪上有蝴蝶翩飞,蜜蜂嗡嗡叫出遍野的芬芳来。我在田塍上走着,随手在田塍边扯起一根草茎,衔在口里,吮吸出淡清的甜味来。

那是个傍晚,没有风,我漫无目标地在田塍上走着,我似乎在一片菜花林里缓缓地游动着,像是在金色海上漂浮着——你过后这样说。你那时还年轻,我喊你大姐。

我从你眼里看出几丝温情几分爱怜来,还有那么多的亲近与鼓励。从此我就记住你的一双眼睛了,你总在我少年的心里浮动。我喊你大姐,你微红着脸答应我,一双眼睛晶亮亮的,那年我十六岁。

后来我就走在傍晚的油菜花林里了,油菜花芬芳而温暖,我就在田塍上走呀走呀。我看见一位老农背只筐弓着腰在我前面走,他的筐里装满了我嘴里衔着的那种青草,一匹胖乎乎的小狗擦着他的裤脚,撒欢地翘着尾巴,摇着毛茸茸的耳朵,蹦蹦跳跳。

小胖狗看见我了,褐黄色的玻璃球般的眼睛朝我望着,有些好奇地停下步子。老农背着草筐走他的路。小胖狗朝我望了一会儿,忽然跳到我的跟前,追逐我的裤脚玩耍。

小胖狗毛色纯黄。好可爱的模样!我为什么那会儿就高兴不起来呢?我心事重重的样子,我默默地走着,朝小狗苦笑笑,望着前面田塍上老农背上的草筐,我好像觉得背上也压着个什么东西。其实我是空着手的,我的手偶尔去抚摸田塍两边的菜花,弄落几片花瓣飘落在叶茎上。我仍然漫无目的地走着,田塍纵横交错,丰富无比,变化无穷。我仍然心思重重的样子。

我少年的心上有一个你,大姐姐。那天,在那座大厅里,我看见你翩翩起舞,我兴奋得心尖发颤,我为你鼓掌鼓得手掌发麻,在那个联欢会上,我是最为你卖力叫好的观众。

你走下舞台,朝我微笑着,我的心要跳出来了。我紧张极了,屏住了呼吸。我的身边有个空座位,我真想你走过来。可是你却到另一个地方去了,那里有个英俊的小伙子。

　　后来我就走在傍晚的油菜花林里。我真是莫名其妙。我真想叫你大姐姐，再看看你那微红的脸庞和明亮的眸子。我好像失去了什么，我少年的心里充满了惆怅。我就走呀走呀，跟着那匹小胖狗。

　　那是一次短期的会议，我是会议上最小的代表。代表们住的招待所旁边，就是那一片金黄色的油菜花林。

　　后来，你问我：在油菜花林里找什么哪？我说：找一首诗。你说：看不出你是个诗人。我说：我肯定是个诗人。

　　后来，会散了，我们就分手了。

　　后来，我写了许多诗。

　　那是十多年前的一件小事。那菜花林那小胖狗那田塍那老农和他的筐子，我怎么记得这么清楚呢？真是奇怪。

少年的月夜

笛　音

没有星星的晚上，有一支竹笛对着夜空悠悠地吹响，六只小孔相继放出执拗的鸟，扑扇着翅翼盘旋。带着多少殷切的期盼和等待，音调有些哀婉而又不失纯真坚定。好心的婶子隔着窗户劝他。没有动摇。笛音响着，夜露和更风没使他的身子有一丝抖颤。

他是要把一颗心吹出来么？

只有他知道，会有星星升上夜空的，夜就要变得透明和热烈了。

乡间篱笆边的竹笛哟，还在执拗地响着。

月　夜

十五的月亮是一面镜子挂在天空，我们照在镜子里了，圆月那淡淡的阴影就是。早稻刚收割，场上堆满了新鲜的稻捆，散发出清新、甜润、成熟的香味。明晃晃的禾场，平坦宽敞，我们曾拉着手，跳过唱过么？白日的辛劳早就融入夜色，剩下的是青春的气息在飘散。

你的嘴角衔着一截青稻秸对我轻轻地笑。那稻秸是甜的，我尝过；那微笑是美的，我望着那轮满月，也在微笑。我的月夜，远远的月夜啊，少年的月夜轻轻微笑。

丁　香

夏天，丁香花开了，开在屋后简朴的园子里。骄阳似火，杨柳树侧过身子，用自己些许的绿荫为她遮凉。她仍是郁郁的，散发淡紫色的忧愁。

少年不知愁滋味，爬上树头打枣，青色的枣子甜少涩多，却是嘻嘻哈哈地吞下，很快就忘了。夏夜游到小河那边去，在瓜地里摘两只香瓜再游回来，把肚皮吃成小鼓，那甜也很快就忘了。

又一个夏夜，摘下了忧郁的丁香，而那淡淡的苦味，久久不能忘怀！不能忘怀！

大别山二章

七 里 坪

　　是长七里？是宽七里？是方圆七里？不！不！七里代表不了这红色土地的面积。啊，七里坪，大别山中的明珠，黄麻起义的集结点，鄂豫皖苏区的重镇，鄂东武装斗争的一面红旗。你的面积到底有多大？我说：绝不是七里！而是千里，万里！

　　在那最黑暗的年代，革命处于低潮。党内右倾机会主义分子背叛了革命，国民党反动派的屠刀流着共产党员的鲜血。七里坪，你没有屈服，没有被吓破胆子；你听从党的指令，掩埋了同志的尸体，揩干净身上的血迹，与"八·一"晨曦中的南昌，与岿然不动的井冈，拉起了手，紧挽着臂，遵照"八·七"会议决议，继续战斗，发动了黄麻起义，高举起武装斗争的火炬。给严寒中的人民送来了温暖，给长夜中的中国照亮了道路，给低潮中的革命带来了无限希冀。

　　啊，七里坪，你是红色的土地，你的烈火燃烧在大别山区，你的革命影响遍及神州大地。

铜锣的呐喊

　　啊，大别山的铜锣，岁月的烟尘并没使你生锈，陈列在晶莹的玻璃罩中，依旧光闪闪的锣身，衬耀眼红绸。铜锣，你是宝贵的文物，历史的明镜，铜铸的碑铭，镌刻着革命春秋。

　　一双耕田耙地、勤扒苦作、粗黑有力的大手，挥起了锣槌，带着对旧世界的诅咒，对新世界的追求，敲响了铜锣——喤、喤……铜锣在呐喊，铜锣在呼吼，与大别山的儿女一样的粗嗓大喉。喊声里，带着必胜的信念，对反动派的深仇，集合了十万大众,梭镖闪寒光,大刀亮雪口,鱼叉扛肩头,过攻的队伍浩浩荡荡,像奔腾的激流。反动派望风披靡,红枪会屁滚尿流。杀土豪,攻县城,苏维埃政府的大红牌挂上了门楼。

啊,铜锣,粗嗓大喉,发布党的号令,指挥着百万农奴,几十年风风雨雨,和革命共着荣辱。今天,我们似听到你仍在呐喊:向四个现代化进军,大别山的儿女,快参加战斗!

捐 献 三 章

1

清晨,你悄悄地走来了。85岁的老红军啊,你严肃庄重地把这还带着你的体温的一叠人民币,交给了救灾办公室。

你军人的腰板挺得很直,你仍然明亮的眼睛望着远方。岁月在你额上留下了纵横的沟壑,旧日的战火熏黑了你的脸膛,两鬓苍苍,你已经离休了,共和国的老战士啊!

但你仍然听见了征战的号角,你恨不能冲上抗洪救灾的战场。

你已经离休了,你只能送来这1000元钱,这是一个老战士的心愿,这也是一股战斗力量。静静地,你向着灾区,肃穆地举起手,行了一个久久的军礼。

2

你或许是承包的厂长,因贡献得了这笔奖金;你或许是作家,多年的稿酬攒了这笔存款;你或许是个体户,生意上赚了这么一笔;不,你就是一个普通干部、工人,或者医生,这是你平生的积蓄,这是你一个久远的计划:给儿子办婚事,或给女儿出国准备的飞机票款。

洪水来了,灾区在呼唤,在求援。那是亲人的呼唤和求援啊!

于是,你把钱送到了救灾办公室,好大一捆,整整一万元。你捐了,捐了你的一份深情,捐了你的一颗心。

没有留单位,没有留地址,你只随手写了"佟苞"二字,佟苞——同胞,哦,我明白了,何需再问!

3

  胡曼莉,年轻的女性,你是母亲的形象,你是爱和温暖的化身,还有人说你是江城的刘慧芳。

  你是个普通的中学教师,你是十五个孤儿的妈妈。你先后收养了这些无父无母的孩子,给他们吃,给他们穿,给他们教育,给他们母亲和家的温暖。

  胡曼莉,东方的圣母。

  一个中学教师的收入有多少?你没有其他经济来源,只有和当工人的丈夫的工资。

  当你交给救灾办公室一千元钱的时候,工作人员真不忍心收下,这一千元是你省吃俭用节约下来的,你的这钱,分量好重好重啊!

  灾区需要你的爱,需要你的温暖与教育,灾区也有许多孩子啊!

望 海

　　我伫立在海边，我眺望大海。大海是平静的。在我的心灵里，大海平静得没有一息涛声，海面没有一丝风，大海完全进入到一种睡眠状态，像位温柔而美丽的处子，恬然无声地面对着我，友好而充满了柔情。

　　我看大海，大海是平静的蔚蓝，柔弱的，平滑光鲜的，是一块硕大无边的蔚蓝色华丽绸。是谁巧手天工？是谁日日夜夜织出了这么大一块面料，盖住了不平，盖住了险恶，盖住了蛮荒和杂色。使得这一片土地蔚蓝无边，美丽而多情。

　　大海南岸，我朝远方伫望，海岸何在？无边无沿，无穷无尽！虽然我站在陆地上，但海的彼岸的陆地呢？海上苍茫，薄雾升起了，蔚蓝色立时罩在雾里。海雾如果浓起来，那是什么情形？如果在海上航行，此时眼前看的是穿不透望不尽的雾团，世界是什么？是一团乳白色么？雾海茫茫，岸呢？海呢？

　　我的船航行在雾海里，我的生命不会停止，我的血液在流动，我的船就会不停地前行。有一只罗盘么，那罗盘上的指针指给了我一个方向，那是我人生的海岸。驶过去吧，虽然眼前还是翻滚着雾团，虽然望远镜望不透这世界的隐秘，但心里的那只罗盘还在。有罗盘就有海岸，血液不停流，生命就常在。

　　我盼望有那么一次海上雾里航行。不，即使不在海上，我的人生航程中不是常有浓雾罩着么？好在我牢牢地把住了人生的罗盘。

　　常在海边居住的人，也许会笑话我这个初次见海的人作如此牵强的联想，他们会说：海的变化千千万万，你如果看到这千万种的变化，你能作千万种的联想么？

　　我想，可以的。生活不也是一样么？海能有千千万万的变化，生活也能有千千万万的变化。大海是生活，生活是大海。

　　我第三次看海，是风雨中的海。海的颜色变了，那蔚蓝的宁静变成了狂躁的暴跳。海浪从远处跌宕着起伏着向海岸撞过来，它联结起一海的浪头攒足了平生的膂力，毫不留情蛮横无理地朝海岸扑过来。扑过来后溅起冲天的浪沫，耸起山峰样的浪头。有什么能够抵挡它？海岸在它撞击过来的一刹那颤抖了。船只呢？已经停泊在平静的港湾。

风雨中的大海是疯狂失去了人性的海，到处是呼吼，到处是铁青的波峰浪谷。到处是撞击扑打，生命似乎在大海里消失了。

会有远航的船只在海上的。船只已经错过了港口码头，已经无处可去，唯一的选择就是在风雨中的大海上。狂暴的大海伸出一万只手攫住了她，拼力地推搡她蹂躏她，一时抛她到峰尖，一时跌她到深渊。帆被撕破了，桅杆断了，船体被浪捶击得百孔千疮。船像断了线的风筝在漩涡里旋转，像一粒嚼不碎煮不烂锤不扁的铜豌豆。船是没有被击沉击穿的，船还是浮在风雨中的海面上，船上屹立着冷静的舵手和敢于搏击的水手。

风雨会过去的，风雨过后，海就平息了暴怒，她将继续航行。

我不敢奢望做风雨中海上航行船只的舵手，做舵手是要伟大人物的。我只愿做这艘船上的一名水手，一名敢与风浪搏斗的水手。

我实际上只了解了海的二三皮毛，海深邃无穷，是读不尽的书学不完的知识。要不，怎么叫海。海，就是很大很大很多很多很深很深很有力量的意思。

我在海边伫望，我望到了一点什么呢？在大海的身边，我只是一粒芥菜籽。

青 铜 之 光

五月在湖北大冶参加青铜之光文学笔会。文学笔会冠名以"青铜之光",是有其深厚意蕴的。大冶有全国重点文物保护单位:铜绿山古铜矿遗址,是世界文化遗产的瑰宝,是中国青铜文化的一座丰碑。大冶地方政府和人民希望作家们以手中的笔,来张扬和发挥青铜文化的灿烂光辉。

大冶有铜绿山,意即铜绿色的山。据清修《大冶县志》载:"铜绿山山顶高平,巨石对峙,每骤雨过时,有铜绿如雪花小豆点缀土石之上,故名。"这是何等的奇观啊,当雨过天晴,漫山的土石上都是雪花小豆的绿色,太阳出来了,照射那片绿色的雪花小豆,何等的艳丽而炫目。这就是光,这就是青铜之光。人有人情,物有物理,铜绿山为何在雨后有这种奇异和反映呢?这是因为铜绿山地底下蕴藏有矿物,从矿物的物理性来看,这是金属光泽的反射,是山丘地表露出的自然元素和金属化合物,经雨水洗刷后,金属表面所显示的固有之光。

青铜文化,那是一个特有的时代,形成于公元前两千年,经夏、商、西周和春秋,长达十五个世纪。当人们从石器时代走出,能冶炼出铜和锡或与铅的合金,成为青铜,并用青铜制作各种器物,运用于生产和生活领域,时代就发生了质的变化。金属代替了石器,人类发生了一次飞跃,这不仅是生活和时代的飞跃,更是一次文化的飞跃。那制作精良的青铜器具,那青铜器具上镌下的铭文,是艺术是历史是中华民族文明的阳光。

但是我们的祖先是怎么样发掘矿物冶炼成铜的,以至最后怎么制作成青铜器具的?这中间的漫长的探索与发掘是一部动人的人类文明发展史。这部发展史我们后人可以想象,但是如果有实物遗址来证明,那该是多么重要多么宝贵的发现啊!然而这种发现几千年都没有能到来。

青铜文化的奥秘就埋藏在大冶铜绿山下,一千年过去,又一千年过去,再一千年过去。20世纪50年代,一位苏联专家带着地质队到铜绿山进行勘探,结论是"矽卡岩区无大矿"而离去。1957年鄂南地质队再次来铜绿山勘探,却发现大量的矿产,品位之高分布之广居全国铜矿首位。于是铜绿山建矿,大量矿石开采出来用于国家的经济建设。在采矿过程中,不断发现一些古巷道和支护井巷的木质构件。1973年，采掘工在一批古巷道中先后发现13把铜斧，最大一把重达3.5公斤。铜斧送到北京中国历史博物馆，于是一支由中国历史博物馆、湖北省博物馆以及黄石、大冶有关部门组成的考古调查队来到了铜绿山。

中国青铜文化的形成发展的轨迹，以大量的实物与遗址在铜绿山的土壤里展现在世界面前，奥秘揭开了。历史揭开了光辉的一页，世界的眼光聚到了湖北大冶铜绿山，铜绿山是中国目前发现的第一处古铜矿遗址，称之为世界文化遗产的瑰宝名副其实。国家领导人来了，联合国教科文组织和世界各国的专家来了，千千万万的人民大众来了，来一睹中华民族青铜文化的历史见证。铜绿山，中华民族的骄傲，人类文明的历史丰碑。

青铜之光文学笔会的作家们，面对陈列大厅的古巷道，面对陈列柜中的文物，心灵的震撼是巨大的。我和我的作家朋友们，走出了展览馆，沐浴在5月的阳光下。铜绿山苍翠碧绿，那是铜绿，也是青春之绿，铜绿山是古老的，也是青春的，青铜之光是青春之光，永远不灭的民族之光。

我想到了那个苏联专家，浅尝辄止，伟大的发现从他眼皮下溜走。而鄂南地质队能深掘进去，一个历史的辉煌就此展现出来。我们搞写作的，要有不畏艰难的探矿精神，深掘进去，生活的富矿才能发现，而一个新的辉煌的文化时代才能到来。

青铜之光，照耀中华民族的历史之光。

峡中小屋

十多年前，我曾参加长江诗会，和一批诗人第一次进三峡。我当时诗思涌流，写了不少诗。今天再翻出这些诗来读，就读出一种岁月倥偬，天地悠悠，人事变幻如飞的感觉来。在这些诗中，我现在能回忆起当时的创作冲动过程的，还有不少。比如说有一首《峡中小屋》，我在开篇的三行是这样写的："人的生命力的顽强/是不必说的！不寂寞么/这悬崖边用石块垒的小屋。"

当时，我和一群诗人站在船舷边，看那船首犁开一江的激流，坚韧而顽强地朝上游驶去。船是诗会租的，船上全是来自全国各地的诗人，他们中有公刘、严辰、蔡其矫、晓雪、徐刚等。第一次进三峡，看那两岸的青峰巨石，巉崖峭壁，白云在天上舒卷，苍鹰在头顶展翅，浪花在脚下咆哮，江流冲撞着陡岸。如丝如带，如江岸壁上一道不愈的伤痕的纤道，沿着峡江逶迤向前。纤夫们的号子，雄壮而苍凉，头弓到裤裆下，背臂如弓。双腿绷得直直的，一步一步地向前走着。诗人们齐聚船的甲板和两舷，尽情地去看，去记，去发现去探究，去撞击灵感，去捕捉诗句。

大约就在这个时候，我发现了那座小石屋。长江流进峡后，江面变得窄了，两岸的青山看上去雄伟，但像隔得很近的样子。船因是行上水，走得好慢好慢。我看见了那小屋，是真正的石屋，用石头垒成，墙是石头，屋顶也是用石片盖的。石屋的门洞开着，像峡中一只幽深的眼睛，望着我们的船和船上的一群诗人，静静的，甚至带抹纯朴的微笑。

屋后有开出的一片片挂坡地，挂在崖坡上，每片都很小。有包谷林长在地里，那包谷很矮。我看到一男一女两个大人，背着背篓在地里收包谷。包谷地边，有两个孩子，手里拿着两只煮熟的土豆，边啃边吃边朝我们的船张望。那两个大人也看见我们的船了，便停了手里的劳作，朝我们看着，那男人还朝我们招了招手。两个孩子见父亲招手，便也朝我们扬起手，嘴里还呵呵呵地叫着。

小屋孤零零的，前后左右都没有人家，小屋里显然住着的是一家人。小屋临江靠岸，而江岸陡而峭，根本不能靠船，小屋周围，除了一根细小的纤道经过，也没见其他的道路。

看了这情这景之后，当时就有一股热浪冲撞着心扉。中国的土地这么大，为什么选在这里筑屋居住生活？他们与外界的接触，通过什么？仅仅是看着上溯下驶的船只和船只上的人么？哦，还有纤夫经过，但纤夫经过小屋时，是不能停步的，他们可能会对几句话吧！为什么要在这里筑屋？选择这样险峻与艰难的地方，有什么缘故呢？小屋的主人对于我和船上的一群诗人们，是一个谜，一个永远的谜。十几年过去了，这个谜至今没有猜着。

也许什么都没有，仅仅是一种生活，一种生存。你在大都市生活是一种生存，他在悬崖绝壁处生活也是一种生存，很简单的事。

我的诗是这么续写的："望着过往的船，船／永远也靠不了你的岸／中国的土地这么大／你偏选这险峻与艰难"；"我歌唱生命哟，我歌唱／顽强，中国人的顽强／峡江，用浪头拍打着／岁月，用刀锋镂刻着／生活，用苦难煎熬着／顽强啊，那悬崖边的树／根从崖缝里伸进去／吸取土地的营养而生存"。

忘不了峡江边的那幢小屋。十几年了，那小屋还在吗？那小屋的主人无恙、孩子长大了么？而三峡大坝修起来，他们终究会迁到一个阳光明媚的地方去吧。

鄂南有个太乙洞

自武汉往东南行两个小时,即到鄂南重镇咸宁。咸宁颇有名气,一是有座汀泗桥,北伐战争时叶挺的独立团在此击溃吴佩孚的主力,名扬四海。二是咸宁乃桂花之乡,此地出产的桂花,产量高质地优,为商家所重。还值得一提的是,"文革"中这里搞了个向阳湖五七干校,中国文坛的许多名家巨擘,曾在此劳动过,那时叫住牛棚。这段事实,恐怕不得不记入历史,无形增加了咸宁的知名度。

我要说的是咸宁的一个山洞。这个山洞,目前知道的人还不多,但我预言,不久的将来,这洞将与桂林的芦笛岩、七星岩,江西彭泽的龙宫洞,湖南张家界的奇梁洞等全国名洞齐名。虽说目前出版的名胜辞典、旅游大全等辞书尚未收入,但将来此洞必定在这些辞书中占据篇幅。那时人们游洞谈洞,必定忘不了咸宁的这个山洞。

咸宁市往南,东行25分钟,就到了龙潭乡蒋家洞村。这里是幕阜山的一脉,山不高,周围稻田与麦地环绕,绿树葱郁,外部景观秀丽。蒋家洞村依蒋家洞而得名。蒋家洞是石乌山东侧的一个洞,洞大而浅,只有十来米深,洞里的钟乳石早已被人敲走,或卖钱或装点了自家的一处风景,实际上只留下了一个无人注意的破洞。在蒋家洞的背后,即石乌山西侧的山坡下,有一处小洞,很低矮,终年积水,淤泥堵塞。几千年几万年(据地质学家考证,这溶洞的形成距今有360万年)过去了,没有人去注意它。一个神奇的山洞,藏有千奇百怪的景象,具有很高的旅游开发价值的山洞,沉睡了好久好久,久得人们几乎把它遗忘。

终于到了出头的日子,好像是因为周围的山民在改革开放政策的指引下,日子变得一天天富庶起来的时候,这个山洞觉得是展示风采、出头露面的时刻了。忽一日,那不起眼的低矮山洞,积水没有了,淤泥也冲走了,那水与泥流到哪里去了,谁也不知道。积水淤泥流去后,洞子就展现在人们的眼前。于是在人们的惊讶中,蒋家洞村的几个勇敢者带着电筒,举着火把,第一次走进这古老而神奇的山洞。这是第一批旅游者,他们在远古的山洞中留下了最早的足迹。第一批进洞者发现这洞好长好长,洞里吊着的,蹲着的,挺身而出的,藏头露尾的,展翅欲飞的，单腿独立的，聚众成林的石头，呀，好多好多，好美好美，好怪好怪，好大好大。洞里还有许多岔洞，流泉淙淙。这是一个大溶洞，是新发现的一个大溶洞。勇敢的探险者一出洞，消息就不胫而走，不翼而飞，立即十传百，百传千。市里、地区、省里的有关部门知道了，就来看，就来考察。看了，考察了，都说这洞奇妙无比，好看得不得了。于是，省里重视，地区重视，市里重视，市旅游局与龙潭乡、蒋家洞村联合开发，成立了开发公司，引进了资金，立马动工。目前，第一期工程已完成，洞里的道路因势利导，修得与洞内的景致很谐调。电灯也牵进洞里了，那些该修桥的地方也修了桥。周围的村镇有不少人来看了，而正式开放，将在1994年4月。那时，太乙洞风景区将给湖北、鄂南人民带来一个大惊奇与大喜悦。

我到现在才写到这个洞叫太乙洞，是因为我到这个洞里观看时，几次问到洞名的来历，别人都说，是因为一进洞口，就有一尊钟乳石人形，极像太乙真人。太乙真人云游之态，飘逸之形，惟妙惟肖。那么这太乙洞是因有这尊石像才有名的。太乙洞与蒋家洞，一在山之东，一在山之西，两洞中间只隔十来米，已被凿穿，形成了一个东西相贯2000多米长的山洞。严格地说，此洞可以有两个名字，蒋家洞或太乙洞，现在大家都叫太乙洞，统一起来，也好。

在咸宁市人大常委会和旅游局同志的陪同下，我把太乙洞认真仔细地看了一遍。旅游局的同志把洞内的160多处景点编成了故事或传说，一一向我介绍。他们这种作法无可厚非，而全国各地的旅游区风景点，都是这么做的。我是不受他们的导引与解说影响的，仅凭着自己的想象与一颗诗心，来体悟来感觉那些奇妙的石头带给我的享受，一种美的享受。旅游局同志介绍的有一天门、珠联石、奇石林、鸳鸯弯、擎天柱、天台山、观音台、黄瀑布、朝拜台、卧龙池、龙宫湖、劈光剑等等一大串。这些名字取得好，故事也编得贴切，但给我印象最深的是几个奇妙的地方。一个地方是朝洞壁一侧的高台子爬上去，那里的气温立刻升高了好多度，身上感到热烘烘的，与台子下的气温相差一个季节。那高台旁边有个小洞，仅容一人出进，进去后是一个挺规范的小厅，如果放一张桌子摆四只凳子，在这里玩扑克牌或麻将，真是一种特别的享受。另一个地方，是迎面陡立一堵十多米高的瀑布墙，那钟乳石的波纹飞流直下，气势雄伟。那钟乳全是一色的金黄色，是一面硕大的黄瀑布。我也算是走过一些洞子看过一些瀑布的旅行者，但像太乙洞中金黄色的瀑布墙，可说是全国第一。还有一个地方叫卧龙池的，一池清水，一条青龙蜿蜒曲折而卧。池大两丈见方，水浅浅的，那青龙生动而毕肖，真是少有的景观。中华民族的图腾是龙，到底是真实存在过，还是由后人想象出来的？太乙洞中的这条龙或许就是几百万年前的龙化石，那龙在池中憩息，睡着了，没想到睡成了石头，成了后人观赏的风景。

太乙洞的奇观令人眼花缭乱，来不及细细揣摩。2000余米的洞子，走了一两个小时。从原蒋家洞口走出，再回头看那山，那石乌山静静地蹲伏着，与鄂南群山无二致。但谁知道，它的胸中包容了如此美景。有时那些表面朴实平静的事物，其内在的锦绣，谁能说得清？重要的在于开掘和发现。

咸宁温泉记

全国有许多的温泉，许多许多的温泉各有特色。湖北的多处温泉，给我印象最深的当属咸宁温泉了。咸宁温泉因泉而得地名，咸宁地区行政公署所在地就叫温泉镇。几年前的深秋，我和几个朋友在咸宁地区文联同志的带领下，先到温泉池子里游个痛快，再冲一阵淋浴，然后到饭店去吃火锅喝啤酒，谈论文学，那快乐至今都不忘。

前不久，咸宁地区温泉经济技术开发区把我与另两位作家接去，让我们再一次地看温泉，了解温泉。这样，我头脑里的温泉再不仅仅是那一汤氤氲温暖的水和沐浴后的痛快了，而是有了一种立体的感觉。我们进入温泉镇边的潜山，穿过葱郁茂盛的柏树林和南竹林，登上了建在潜山顶的电视差转塔的最高处，看温泉镇的全貌。这时天高云淡，阳光明媚，山风拂来，心旷神怡，温泉镇的楼群、街道与桥梁，色彩丰富，组合得体，如被人镶嵌在青山绿水中的明珠，描绘在大地的图画。开发区办公室的同志向我们介绍说，温泉镇的居民和周围的土地全由开发区管辖。温泉开发区机构设置精干，他们以温泉地区的资源为依托，吸收外资来开发旅游业。目前投资者纷至沓来，开发温泉穴位浴、旋涡浴、周身浴、桑拿浴、泥沙浴的宾馆、疗养院、健身中心、娱乐中心纷纷上马。光是武汉长印（集团）股份有限公司就与开发区签了合同，控制一万亩土地开发温泉风景旅游度假村。开发区的同志是在扎扎实实地工作，他们没有大轰大嗡，到处吹牛招商，浪费钱财，筑一些引不来凤凰的空巢。温泉离武汉只有两小时的路程，是湖北的南大门，京广线与107国道纵贯南北，接湘赣，锁宁桂，是南行北往的重要通道。在这里开发旅游度假区，是有战略眼光的，温泉经济技术开发区在一些一哄而起如今萧条冷落的开发区中，保持着发展的旺势，是难得的，他们荣获了湖北优秀开发区的金匾。

从温泉回到武汉后，我看了一些有关咸宁温泉的资料。《中国名胜辞典》介绍：咸宁温泉原名沸潭，泉出岩窟，水激石岩，沸涌如汤，雾气升腾，映日耀彩，成温泉虹影为鄂南奇景。有前人诗曰："古柏亭亭立，温泉曲曲绽。"另有一种资料说：温泉地处潜山脚下，淦水河中，泉水含氡、重碳酸盐、钙、镁等十余种成分，氢射线对防癌治癌有一定的作用。沐浴温泉，不仅可以消除旅途疲劳，还可以配合治疗关节炎、皮肤病、神经炎、胃病等多种疾病。咸宁温泉有如此之自然风光，有如此之疗养效果，进行旅游疗养开发，其功无穷。

关于咸宁温泉，我的朋友李专有一种说法，是应该记一下的。李专说，当年文化部五七干校在咸宁向阳湖，中国文坛的许多名家巨擘在咸宁生活过，温泉镇离向阳湖干校只有5公里。但这些名家们离开干校后所写的有关咸宁向阳湖的文章，却没有一字提到温泉。是什么原因呢？李专说，这是因为咸宁温泉与日本侵华派遣军司令官冈村宁次有关。1938年10月，冈村宁次占领了京广铁道线边的小县城咸宁时，竟布下了一个师团的重兵。冈村宁次很快霸占了城南4公里处的温泉群，在当时人烟稀少的温泉边建成了军人疗养院，用温泉水给日本侵略者治病，冈村宁次甚至不嫌麻烦把温泉水运回日本国内使用。冈村宁次的侵华总部在华北，他却在咸宁温泉建豪华别墅、高级浴池，经常来这个地方沐浴。1945年日军投降后，国民党军占领了温泉。1949年9月中国人民解放军解放了温泉，中国人民解放军195医院驻此，后来慢慢发展成温泉镇。李专说，温泉的开发利用始于冈村宁次。

我对李专的说法不以为然。我觉得曾在咸宁向阳湖五七干校待过的那些中国文坛的名家们，他们当时在牛棚里做牛，他们哪有福分去温泉游览和洗澡呢？他们没有去过近在咫尺的温泉，所以他们的回忆文章就不可能提到温泉。冈村宁次曾占领温泉，在此修别墅建疗养院，这是日本侵略者对中国人民的侵略与掠夺，这是抹不掉的历史，这有什么可避讳的呢？至于说咸宁温泉的开发利用，始于冈村宁次，我因没有研究过咸宁温泉的地方史志，不敢妄加否定，但在冈村宁次之前，当地农民知道温泉水可以治病，跑到温泉洗澡，也是一种利用吧！

咸宁温泉镇，幕阜山脉丘陵中的一个山城，不大，街道却宽阔，清洁，交通便利，风景优美，且有温泉群，更添魅力，实在是鄂南的一颗明珠。温泉经济技术开发区的建设者们，正在努力开发，他们将使这颗明珠更加璀璨美丽。

亚洲第一渡槽记

渡槽，指的是湖北枣阳石台寺引唐白河工程的送水渡槽。对于世界范围的渡槽知识，我所知甚少，但枣阳人坚定自信的声称，使我对这座渡槽为亚洲第一深信不疑。

初春的大地，暖气微微，公路上虽有车来人往，村庄里也有炊烟袅袅，但田野上基本还是一片光秃，小麦的嫩绿还不足以掩盖土地的褐色。此时大地上最引人震慑的是这座渡槽。十多米高的水泥架子，在土地上排成一列蜿蜒的纵队，托举起巨大的水泥凹槽，像一排巨人，高举起一条莽苍苍的龙，在高远的天穹下，在深沉的土地上缓缓舞动着，舞动出一股雄风，一段历史。渡槽全长6公里，其长度其过水量都是少有的，这都有具体资料数据为证，号称亚洲第一不谬。

湖北是多湖的鱼米之乡，但湖北也缺少水，三北，即枣北、襄（阳）北、光（化）北都缺水，枣北为甚。枣阳现今已改县为市，枣北有8个乡镇，50万人口，70多平方公里的土地，缺水的直接后果，使得这一带贫困永驻，十年九旱。人饮水靠天下雨，或者跑二三十公里路去运水回来过日子，牲畜无水喝，活活干死。

解决枣北的干旱，为了这一方人民，政府的有关部门下狠心，动大工程，把河南省境内的唐白河之水，引进枣阳。由于地面海拔的差异，引唐白河水，需要三级提水。提水高度达几十米。我随朋友去看了第一级提水泵站，当地人叫机窝，那泵站在地底下十多米深处。机组并列着，各类仪表灼灼耀眼闪光，正在进行有条理的工作。我们又来到二级提水站，即第二机窝，嗬，看那巨型水泵筒子已扬起十几米高，爬上了一座高塔，而渡槽即从高塔处开始延伸。前面的高地处，还有第三级提水泵站，我们没有去。

渡槽送水，所到之处将普降甘霖，不仅人畜用水解决了，庄稼有足够的水源，大地再不会光秃，绿色将覆盖原野，那时的枣北大地，将真正是莺歌燕舞了。几千年啊，没水的枣北，水贵如金的枣北，将彻底结束那可怕的干旱历史。水，对人们是何等的重要啊！

引水工程，修建硕大的渡槽，工程浩大，资金甚巨。地方和国家的财力都有限，却有日本人给予数千万的援助，并派技术人员前来施工、安装。我在一级提水泵站参观时，管理人员告诉我，日方的技术人员工作态度认真仔细，非常负责，一个按钮、一颗螺丝钉，都反复检查，一个不错，工作起来，他们达到了废寝忘食的地步。

　　日本人为什么要跑到枣阳来，援建这个引水工程？我心里有个谜。枣阳市文化馆的老胡给我讲了他的想法，颇有参考意义。抗日战争年代，武汉失守之后，国民党第五战区长官司令部驻在枣阳的王湾。日寇妄图进四川，在枣阳、宜城、襄阳处受阻。日军狂轰滥炸枣阳，曾到枣阳烧杀奸掳，无恶不作。老胡小时候就看到过被日军奸杀的妇女尸体。为了抗日，枣阳的土地、枣阳的人民蒙受了巨大的损失，而日军终于未能突破这通往四川的咽喉之地。或许是一种犯罪感，使得日本人采取援建渡槽的行动，以减轻心灵的负担，为枣阳人民做些好事，以示一种反思，一种日中世代友好下去的意愿吧！

　　枣北大地上，那渡槽的雄伟，那渡槽的功德，是令人叹服的。亚洲第一渡槽，是一条巨龙，能降甘霖，能带动那一方人民腾飞，是一座横卧的长碑，记载了枣阳人民的苦难，也记载下一段不能忘怀的历史。

游寓言园记

那是一次文学界的聚会，我和诗人洪洋、管用和边谈着诗坛的状况，边在武汉东湖风景区里的一座雕塑旁合了影。我们谈得太投入了，竟然没有去细究那雕塑。照片洗印出来，画面上我们三人站在那里高谈阔论，颇有风采。但那雕塑却是一则寓言，三个和尚在睡觉，水桶扔在一边，题目是《三个和尚没水吃》。看着照片，我先是哑然失笑，继而觉得这里面似乎蕴含了一点什么。这寓言的意思小学生都知道，可为何我们三个人偏偏在这里合影？但愿这仅仅只是巧合，我们三人都还没放下诗笔哩。

那次我们是闲溜达走进寓言园，根本就没有想到去欣赏游览这美好的去处。

今年中秋节前夕，我专程游览了寓言园。

进东湖风景区大门右拐朝南，沿着蔚蓝秋波轻拍的湖岸，走四五百米，在林木苍翠蓊郁的一个缓坡上，立有一石雕牌坊，上书"寓言园"三字。进牌坊再上走几步，便是一大片草坪地，夹有修竹矮树，间有房屋坐落。草坪地上，看似无序实则有章地散落着九座寓言雕塑。我逐一看去，《狐假虎威》、《三个和尚没水吃》、《射手与卖油郎》、《盲人摸象》、《叶公好龙》、《滥竽充数》、《曾子不说谎》八座，或立或卧，或松散或紧凑，高低参差，生动古朴。人与物多变形，变形变得传神趣妙，栩栩如生。石材呈青灰色，厚重而沉着，作者将一腔灵气倾注其中，用大方块几何图形来表现，以垂直线与水平线来刻画。而一座《愚公移山》浮雕，则采用摩崖式，长达40米，高达6米。秋日阳光，林木掩映，一面气势恢宏的壁画横亘晴空下，使得寓言园一下变得大气而崇高起来。浮雕上的人物摩肩接踵，愚公的子孙们干得好热火呵！

一大八小，装点了东湖壮美而隽永的风景。园里游人如织，红领巾与笑语声格外醒目悦耳。九则寓言，大多选入了中小学课本。老师课堂里讲，如今园里又睹雕塑，无异于一次形象教学。少年们会把这寓言记得十分清楚，那含义将伴他们的一生。

九则寓言，九座雕塑，何止属于少年们呢？我们每一个人都要常常读寓言。在寓言园里，我们不妨屏息深思一刻，再温习一下这些小故事，或许对我们再来一次启发,使我们的思想修养得到一次升华。

寓言园是少年们的园,也是成人们的园。

在武汉的东湖有一座寓言园,一九八六年兴建,占地四点四公顷,在我国的园林中尚属第一家。

会有第二家的,我国古代的寓言很多,以其精巧和深刻的寓意教育过一代一代人,这些寓言都可以让其再现在祖国的大地上。

我又转悠到《三个和尚没水吃》的雕塑前了。我坐下来,与那三个和尚坐在一起。东湖水在我身边荡漾,野菊花在草地里醒目地开放。有三个诗人偶然地在这里与三个懒和尚合过影,我想这并不是巧合,寓言就是寓言,它是昭示,它是提醒,如此而已。

我站起身,我想我该去挑水了。

夏夜滴答听水声

热夏又到，温度连着39℃、40℃地报着，武汉人都成了耐温将军。不耐温又怎么的？空调并没有进入每个家庭和单位。大家在高温之下，该上班的上班，该吃饭的吃饭，该笑的笑，该玩的玩，也活得有滋有味的，没听说哪位热死了。所以武汉的一个女作家说：热也好冷也好活着就好。

人在无力改变环境的情况下，就努力去适应环境，这其实是一种境界。你叫喊你烦躁你怒骂你痛苦，统统无济于事。还是高温，而且你也并没有因此凉快。最好的办法是：安安静静地过这热夏。

能悟出这点道理，我是有过一段痛苦的心路历程的。

我曾在一幢宿舍楼的一楼住了六年。楼共有五层，二至五楼都有阳台，一楼有个小院子。我在小院子里种了棵葡萄和几株花木，夏天到了，倒也有一丝荫凉。

但我害怕热夏之夜，那于我是一种莫大的痛苦。白天热，夜里有点凉气，想睡睡，刚躺下，耳朵里就是滴答滴答的声音。一声赶一声，一声迭一声，声与声相隔的时间相等，颇有规律。睡不着，起身推门察看，原来是楼上人家在凉台上洒了水，那水一时不干，就从凉台的孔洞里滴下来了，正滴在我卧室的墙边。凉台上洒了水，凉快呢，楼上人家在凉台上睡得正香。我能说什么呢？天热，人家在凉台上洒水降温，也应该，于是我叹口气，悄悄回来躺下，再听那滴水之声。

凉台上洒些水，滴答一阵也会干了。但我听那滴答之声整夜不断。白天去侦察，原来是那家把凉台上放一层水，然后用布块堵住那孔洞，使水能长时间留着。但那布块堵孔洞不可能严实，就渗出水来朝下滴，一天二十四小时滴答声源源不绝。

滴答声夜夜响在耳畔。我难以入睡，我严重失眠，我烦躁不安。越烦躁，那滴答声就越响，响得如一只小锤在敲着我的神经，我实在受不了啦！

这个夏天，我读不进书，我写不了东西，我工作不好，我脾气暴躁，和人吵架。

我向机关提出要换房子，甚至宁愿用三室一厅换人家的两室一厅，但不住一楼，我实在害怕滴水声。

一切的努力都不能改变这一环境。

怎么办？只有静下来仔细想想。机关无房子可调，搬离这里又到哪里去住？不让人家阳台滴水，没道理。凉台上有孔洞就是滴水的。那么唯一的办法，就是适应这一环境，承认这一事实。

我想起了下雨天，窗外雨涟涟，滴答声不断，反而睡得更好。现在这夏夜的滴答声，我为什么不能把它当做雨声，当做一种催眠曲呢！

我开始调整自己的心理，一次又一次滴答之声中，我屏气静心，努力使自己心无杂念，只想这是雨声，在雨夜里，我何不躺在床上作一首诗，想一个人生美好的故事呢！

一个夏天又一个夏天，我终于使自己适应了那滴答滴答的水声，在那滴答声中。我能静静入睡了。我适应了环境，战胜了自己，一切又恢复正常。

去年，机关调房子，我从一楼搬到四楼。今年的夏夜，我听不到滴水声了。我只是怀念那一楼的荫凉，但我决不能让我的凉台朝下滴水，我怕现在一楼住的这家人家也怕滴水声。

人重要的在于自我调整，这确实是一种境界。

他乡月下听故乡

那时，云南的朋友喊去看月亮。我们五六个人就结伴离了驻地的院子，朝那三座塔下走去。三塔明月，是大理城外一景。三座塔比肩而立，像三个静夜里沉思的汉子。我们很快到了主塔下青石垒砌的基座，基座很宽敞，周围有石栏，可以坐人。

上了基座，我们就突然地怔住了，我们立即噤了声，都被那轮月亮所征服。这是苍山下，洱海边，白天的云很白很亮，是天下少有的；没想到静夜的月，也是这么魅人，这么使人做声不得。那挂在暗蓝色夜空里的一轮银盘，亮晃晃的有光辉轻洒的是我们熟悉的月亮么？大，圆，白，净，朝我们每一个人亲切地望着，使你觉得那温情那轻纱般的月华的轻巧，你像洗了个澡，身心洁净。我们就这么在那光泽下立着，陪着三座塔沉思。三塔呈品字形，主塔高耸，两座小塔左右相随，于静夜里沐着月光，有数千年历史了。这一刻，我们前来赏月的五六个人，就成了塔下的几块静石。

没说的，三塔之月，天下第一。我们都静静地立着，各自在想些什么。在这样的时刻，我想什么呢？我想我不过是个过客，三塔是他乡，三塔之月，却不是我的月亮。是的，世界只有一个月亮，但是一百个人却又有一百个月亮。每个人的月亮是不同的，每个人都有心中之月，那是他的精神家园。

远在千里之外的云南，月华之夜我思念起故乡来了。

月下的三塔基座前，有一块形如蛙状的石头，怪愣愣地看着人。云南朋友似乎揣摩到我的心思，轻轻牵我到石前，对我细语：你可拍拍这石，听它发声，然后你就可以听到你想听的东西。说完他飘然而去。

我半信半疑，用手拍拍那蛙石，然后把耳贴在那石上，我听到那熟悉的声音由远而近。果然，那是我的月亮来了。

哗哗的水声。是我故乡村边的小河，水波粼粼，每片水波都荡着个月亮。我们五六个伙伴，脱成光屁股，悄悄下到河里，搅起一片水波。我们游到对岸，潜进瓜地，一人摘两个香瓜，把藤蒂衔在口里，又刷刷地游过河来。那看瓜的大爷，是个聋子。过了河，我们成功了，坐在河滩，把瓜皮吃得一片狼藉。当我们挺着胀得如鼓的肚子回家时,月亮笑眯眯地看着我们,啊,那是我的月亮。

悠扬的笛声。早稻上场,明日就可吃上新米了。生产队的稻场上堆满了散发着清香味的新稻。哨棚子里,单身憨二哥吹起了笛子,那笛声缠绵无限。我正从中学放暑假回家,被这笛声吸引住了,就从家里走到稻场上。那一地的月光也都散发着稻香,憨二哥坐在一捆稻子上,正把那笛子吹得呜呜的,令人心中充满了苍凉和寂寞。故乡的月夜,从此在我心中留下了苍凉和轻寒来。

又是脚步声又是嬉笑声。明月中天,天光如泼,我们一伙青年男女,竟然来回走二十余里路到小镇去看一场电影。看完电影归来,月亮伴着我们,以急行军的速度回村,明日还要出早工呢。那月光的慈祥,至今我都不忘。那时,我正当回乡知青,那晚看的电影是《红灯记》。而那慈爱的月光,却伴着我走向人生。

三塔前的蛙石,我听到了我的故乡,我听到我的月亮。

我的诗文里处处都有我的月亮,那是属于我的,那是令我心动使我忘情的东西,是我的寄托是我的向往。

云南朋友推推我,随同来赏月的伙伴都站到我身后了。回去吧!大家说。

我站起身子。有人问:听到什么了?我笑了笑:听到了,我听到了故乡。

三塔之月,仍是那般亮晃那般明净那般饱满,这无疑是我今生所见最美的月亮了。但我难以忘却的是:在这远在千里的高原之上明月之下,我却听到了故乡之月。是的,我听到了我的月亮。三塔之月与故乡之月是同一个月亮。

那是我精神的家园,是我诗与文生长的土壤啊!

坛子岭抒怀

坛子岭下的一块平地上，铺着绘有三峡枢纽工程平面图的大布，50多岁的水利工程师向我们讲解着，哪儿是大坝哪儿是船闸哪儿是发电机房，在哪里修桥在哪里截流。那块大布是白底子，布上面画出的青山绿水红楼房座座铁塔，分外好看。但是说老实话，我听得不怎么专心，而且对那平面图也理解不清。我的心里涌流着一种什么东西，是一种情绪，一种置身在无可比拟的强烈气氛中的感觉。我的注意力不在那张图上，也不在工程师的解说之中。

我在坛子岭下已经看到了一切。声音，一种轰鸣撼地的呼吼，浑厚低沉；场面，开阔博大起伏，山石咧嘴，土地敞怀；颜色，褐色深红紫绿。而那些巨大的推土机挖掘机拖斗车，红黄绿色都有，色彩艳丽。比起我们平日在公路或在基建工地见到的卡车与推土机来，这里的机械只能用巨大来概定。这些钢铁的汉子们，扬臂挖土，低头啃石，俯身驮运，不急不缓有条不紊步步踏实地忙着。它们在这里挖个坑，在那里啃块崖，把土石从这里运到那里。劳动着是愉快的，操纵这些铁家伙的是人。我看到穿帆布工装的小伙子，把长发塞进帽子里的姑娘，还有穿着武警服装的战士，他们没有去用钢钎铁镐竹筲箕，他们只是握着操纵杆把着方向盘，他们的劳动就变得惊天动地。这时，我突然想起了下乡当知识青年时，我们到水利工地劳动。成千上万的人，红旗如冬日飘展的火。喇叭把口号喊得山响。铁姑娘班，青年排比赛着挖土挑土奔跑，下工回到工棚手上是血泡，肩上脱了皮，躲在被窝里淌眼泪。工地，氛围总是热烈的，而那种热烈与这种热烈是不同的风景。看看坛子岭下的生气，我们这些观光者也有一股劲头涌上来。

我们几个人，沿着陡峭的附梯，爬上了坛子岭顶巅，举目四眺。大江在我们脚下奔流，长水如练，舞在一片锦绣土地上，舞出了千年历史，流泻着一江文化与沧桑。朝长江的上游看，群山如黛，白云绕在峰巅，深处有多少情节。那里我是去过多次的，峡边崖上顽强生命的石屋，往昔纤夫的号子，神女在高处等待，秭归久吟的归歌，香溪里的桃花鱼，白帝城下的阶梯，大宁河，巫山镇……啊，我们站在坛子岭上是几个作家诗人。我们的同行，写过多少与长江三峡有关的诗文，我们到这里踏勘过多少次，可我们是否写出了长江与三峡的无尽底蕴呢？李白的千里江陵，一代伟人的当今世界殊，那是绝唱。可我们还是要写要唱，就写写身边，就写写20世纪后半期在这里劳动着的人们吧！十多年前，在葛洲坝水利枢纽工地，在满地乱石土方，四处机吼人喧中，我陪着写过《哥德巴赫猜想》的老作家奔跑着，进工棚，吃盒饭，踏在土石边交谈。后来，老作家写出了《刑天舞干戚》的力作。三年前，我送一个青年朋友背着个牛仔包上路，他孤身一人深入到三峡移民区中。回来后，他写出了长篇《百家酒楼》，根据长篇改成的电视剧《家在三峡》，得了"五个一工程奖"。我攀过秭归的七里峡，游过昭君村，我陪着几个当代中国诗坛一流的老诗人，虔诚地贪婪地拜谒这里的杰人灵地。中国的版图上，有过多少写三峡颂长江悼屈原怀昭君的诗作啊！现今想起香溪那清澈的流水，有一股悲惜的溪水流在我的心里。那个在长江上当了半辈子水手的作家，是在一个雪天船泊香溪被大自然的灵气激起而生写作念头的。他孜孜以求终以长江三部曲而留下一部史诗，可叹他已逝去。

我们还在坛子岭上，还是回到现实中来吧！西陵峡上，一座悬索大桥飞跨而过，这是长江上第一座悬索桥，桥身分明是架巨琴，悬索乃弦，在奏一曲响彻行云的歌。挖掘机在掘坝基，推土机在垒围堰，截流的日子一天天近了。工地，我看到的工地，不是人海不是旗帜翻飞，而是机械而是钢铁的力，在施展，在垒砌挖掘，在按照一个使命，在重整河山。我是沉浸在一种力的情绪中，我感到的是一种内在的力一种深沉的力。那个日子会很快前来：高峡出平湖。

坛子岭上，我们几个都没作声，我们都在想，都在感觉。江风吹来，衣襟飘起，额发在空中竖起万缕触须。啊，三峡，那千古奇观那百代的历史那一条涌动的文化之江，将要变成万世不绝的光明之源。我们这群作家，在想什么呢？你手中的笔准备写点什么呢？

作品，是无愧于三峡工程这举世无双的作品么？我们从坛子岭上下来，背衬坛子岭，照了一张照片。照片上有字：坛子岭，三峡枢纽工程制高点，海拔262.48米，中国三峡开发总公司立。

木兰武校观舞剑

武汉北去六十公里到黄陂，黄陂为武汉市的一个区，有木兰山、木兰湖，传说是古代女扮男装替父从军花木兰的故乡。这里的山川水泽之间，流传着许多与花木兰有关的景物和故事。人文景观是地方的财富，黄陂区政府在此引资开发，建成生态旅游区，号称武汉的后花园。

盛夏八月，我随一帮文化人去了一趟木兰生态旅游区，我被那湖光山色所陶醉，被那葱茏林木所沉迷，阳光、沙滩、别墅群，还有鸟岛的万千鹭鸟，让我流连忘返。但令我更加难以忘怀的是在木兰武校看到的舞剑小女孩。

木兰武校坐落在木兰山下的一面平坡之上，看外表，与一般的乡镇中学无异。校园里林木葱郁，修剪整齐的冬青夹着水泥甬道，花草葳蕤，学文习武的校训醒目入眼。木兰武校从小学到中学，各个年级都有，一边学国家规定的课程，一边学武术，学生学完高中课程后，同样参加国家高考。

壮实的年轻校长看上去就像个武林中人，他与我们热情握手之后就引我们到演武厅。演武厅是幢平房，地上铺着红地毯，靠墙边摆了两排条凳。我们坐在条凳上，校长简单地向我们介绍了情况，木兰武校在全国与全省的武术比赛中，拿过不少名次。演武厅的一角，七八个穿红衣系青腰带高矮不一的孩子正在做准备工作。

表演开始，持刀挥棍弄三截棒刀枪对练南拳北拳，演武厅里刀光剑影，腾挪闪跳，虎虎有声，看得我们眼花缭乱，只顾着鼓掌叫好。

年纪最小个子最矮的小女孩走到演武厅中央，童花头。白净皮肤，大眼睛，圆脸上的小酒窝盛着微笑。她红衫红裤软底鞋，手持一柄比她的身高短不了多少的宝剑。她持剑的右手朝后背一靠，左手做了一个招式，干净利落，漂亮有神。我们还未来得及给她鼓掌，那剑已经出击，一霎时只见白光飞舞，那剑如蛟龙出海，上下腾飞，前后疾刺。小女孩变成了一只红点，像团火焰在闪烁飘动。红光白光在演武厅交相辉映，那招式那路数明了清晰，干脆果敢，看不出一丝破绽和飘忽之处。小女孩的剑舞到高潮之处，其娴熟其奇妙，我只能用唐代诗人杜甫《观公孙大娘弟子舞剑器行》中的句子来表达，"耀如羿射九日落，矫如群帝骖龙翔；来如雷霆收震怒，罢如江海凝清光。"我们看得如痴如醉，没料到小女孩来了个绝妙的收势，挺胸收腹，长剑在握，气不喘面不变色，微笑从小酒窝中溢出，赢得了满厅的掌声。

这时，坐在我身边与我同行的正读大学一年级的儿子，悄悄地告诉我，小女孩的手太小，还没把剑柄完全握住。儿子说，这是真功夫，苦练出来的啊！儿子的感受恐怕还有不少，但愿他能从中体悟出一些东西来。

武术表演完后，我们和表演的孩子们在一起照相，小女孩刚好蹲在我面前。我问小女孩几岁？她笑而不答。过后有人告诉我，小女孩才四岁多，我惊讶。

从木兰生态旅游区回到火炉般的武汉，我思念木兰湖边的阴凉。而木兰武校那个舞剑的小女孩，她那火一般的红衫和闪着白光的利剑，不断地在我眼前闪烁飞舞。游木兰山木兰湖，看与花木兰有关的景点，听花木兰的传说，我们一边度假消闲，一边也能感受到蕴含在山川水泽之间的木兰精神。花木兰少年习武耕织，当边关遭到外敌侵犯时，能替父从军。奋勇杀敌，保家卫国，这就是木兰精神。木兰武校，学文习武，教育孩子们爱国爱家，是木兰精神的一种体现。

那个舞剑的四岁小女孩，可是童年花木兰再现？长大后，如果祖国需要，她定能上阵杀敌，做爱国爱家的好战士。

风雪年关盼归帆

写下这个题目，自觉有些诗意，但一九六八年元月咸宁向阳湖的淤泥滩上，数百座工棚蹲在风雪里，却是一段严酷的日子。我刚满十七岁，是回乡知识青年，与生产队的一批农民工离家数百里，到此围垦。枯草离离，荒湖无垠，民工以排连营为编制。红旗招展，革命口号喊得响亮，毛主席语录牌成队列。我们挖湖筑堤，泥是稀的，一担泥挑到堤上箕兜带回一半来。最难受的是，天不亮起床，寒风刺骨，胶鞋穿不住，走两步就陷在泥里。干脆打赤脚，腊月间啊，赤脚踩进冰泥，寒彻了身心。咬着牙，继续干，还要比赛进度，看哪个连排先进，哪个营筑的围堤在伸长。白天挑泥巴，晚间回到工棚，胡乱洗一洗，吞咽几碗干饭，钻进被窝就睡，脚是冷的，身上是疼的，我就想家，眼泪悄悄流得一脸。

忽然一夜风雪，晨起雪堵工棚，白了湖滩，也断了交通。咸宁地区九个县的十多万民工困在荒湖里了。开始还能每天少吃一点，凭着一种精神冒雪挑泥。后来粮食就断了，民工没劲干活，大家偎在工棚里等待。已是腊月二十几，年关近了，但指挥部没下撤退命令，谁也不敢走。谁又敢下撤退的命令呢？向阳湖围垦可是中央交下来的政治任务啊！指挥部的喇叭里时常响起革命样板戏和毛主席语录歌，可是这一切再也难激起饥饿人们的干劲了。

饿啊，好饿。冷啊，好冷。我们连的工棚旁边是一条十几米宽的水沟，听年纪大一些的人说，沿着这条水沟出去，过一片湖，就到了金水河，我们的村子就在金水河边。大家没有去挑泥，扛着铁锹到湖滩上转悠。看到有枯荷，就朝下挖，有时能挖到藕。沟坎下有松土，能找到老鼠洞，就挖，能挖到大老鼠，抓了回来剥皮煮了吃。我是不吃老鼠的，就跟着他们去捉鱼。为了抢一条大鱼，我一个村里的叫李大苕的人，差点被另一个村里的人按进淤泥里憋死。李大苕的救命声唤来了同村的民工，才把他拉出淤泥。指挥部的领导来了，鼓励大家克服困难。有一位年纪大的领导，据说是武昌县的县长，望着一群民工，流了眼泪。

啊，一九六八年初的那个冬季，年关近了，我们却在湖滩上冷着饿着，等着援兵。我坐在工棚门口，望着工棚的那条水沟，我盼望水沟里能驶来一条船，这条船接我们回家过年。我就望啊，望啊，盼望着家乡的木船驶过来。傍晚，在风雪中，在我们的盼望里，我们生产队的小木船真的来了，队长亲自荡桨，船上装着大米和猪肉，给我们带来了希望和救星。工棚里沸腾了，我们跑到风雪里欢呼起来。我却哭了，扑在队长的怀里。木船上，那当做帆的床单，鼓满了风，沾满了雪，永远地飘荡在我生命的意识中。

离春节只有两天的时间里，我们回到了家，回到了金水河畔那温暖的茅屋里。过年了，我们给大人拜年磕头，放鞭炮，聚在一起用铜钱押宝赌博，输赢几分几角钱，我们的生活充满了欢乐。一九六八年的春节，在我人生的记忆中永不会磨灭。风雪，淤泥，饥饿，年关和小木船，还有船上那鼓荡的风帆。多年后，我碰到不少在文化部咸宁五七干校待过的老同志，他们的回忆文章令我心动。他们或许不知道，在他们到向阳湖干校之前，我们十几万民工在那里流过血汗和泪水。

三十多年了，今天，在这年关逼近的夜里，我写这篇短文的时候，我还在盼望那片风帆，我真想再坐那河港里的小木船，听那桨声，我要回家过年。

武落钟离白虎记

一九九七年七月十六日,我们几个作家乘一条机动船,在清江隔河岩大坝库区水面行驶。九点钟后,我们的船停靠在武落钟离山下。此时雨下得不小,隔河岩库区水位提得很高,电站管理者们都忙着抗洪,我们应邀而来的几个作家暂时就先看看库区范围内的人文景观。而武落钟离山,是土家族先民巴人的发祥地。有机会对源远流长神奇美妙的土家族文化作些考察了解,于我们来说,是求之不得的事。

我们弃船登山,冒雨而行。武落钟离山,亦称佷山,距湖北长阳土家族自治县城五十公里,海拔三百八十四点八米,山上五峰并立,三面环水,北面清江绕山东流,南面长扬溪绕山注入清江。山腰至山顶峭壁危岩,草木葱茏,景色奇美。雨雾中,山更青,草木更翠,窄窄的山路如带、飘飘绕绕,盘旋而上,我们融入了一种迷蒙而苍翠的景色中。石神台、猪头岩、盐水女神岩、黑穴、赤穴、向王庙,一处处遗迹与庙阁,究其根据来源,土家族先民艰苦创业之志以及其神勇之力,让我们沉入了一片远古悠长的回顾。生为湖北人,对鄂西的这支土家民族祖先的了解不足,我是心有惭愧的。而今进入这土家族文化发祥之地,真有点目不暇接,恨不能挖掘的东西多多,注进自身的教养之中,以壮筋骨。

于是出现了虎。白虎,土家族人的图腾崇拜。

《后汉书·南蛮西南夷列传》中言:"廪君死,魂魄化为白虎。"廪君是巴族首领,与另四个氏族首领斗法,以其英勇和智慧征服了四姓氏族,遂统一,建立夷城,成为西南的大族,即巴族,后为土家族。廪君死后为什么化为白虎呢?据说是因为他降生于寅月寅日寅时,寅属虎,廪君化为虎后,解救保佑民间众生,土家族人奉白虎为族神与家神,有歌谣唱:"四梦白虎当堂坐,白虎当堂是家神。"我在武落钟离山门外的小店里,买了好几本关于武落钟离山与廪君传说的书,编印者都是长阳土家族自治县民族文化研究会和民族事务委员会,想这材料来源当不缪也。书里面有许多关于老虎的故事,但情节重复的多,均为歌颂老虎如何英勇善斗,讲义气,能知恩图报,做好事,不可得罪。我发现至少有三个故事的结尾相同。如有一对老年夫妇,突然怀孕,生下一只幼虎。老两口吓得哭了，不知如何是好，幼虎不为难父母，就隐入山林。有天老婆婆看到猎人抓到一只老虎，老虎见老婆婆就流泪。老婆婆想这可能是自己生的虎儿，于是就买下老虎并放它回山里去。不久，老头子去世了，老婆婆孤苦伶仃无法生活，老虎就每天送一只野物到老婆婆的门口，这些野物是獐子、麂子、山羊、兔子等。第二个故事是有漆农上山割漆，碰到几个猎人抓了一只虎，准备杀了取皮骨和虎肉卖钱。漆农见老虎可怜，遂买下老虎放其归山。后来，漆农家每天都能捡到一只野物，原来是老虎送的。第三个故事讲一对老虎夫妻，母虎生小虎生了三天生不下来，公虎打听到附近有一陶婆婆会接生，于是夜里下山把陶婆婆驮到虎窝里，陶婆婆为母虎接生，使得母子平安。公虎于是把陶婆婆送回家。以此陶婆婆不断地收到礼物，都是老虎送的，这些礼物仍然是獐子、麂子、山羊、野兔，等等。

民间的传说无疑是一种民族文化的衍生与变化。那么多关于老虎（白虎）的传说，而且都是歌颂，把老虎说得那么好，只能证明老虎在土家族人心中的地位是何等的神圣与崇高。一九九七年七月十六日的那场雨中，我们在武落钟离山巅，看到了一尊浑然天成的白色石虎，除了虎口及虎牙有点雕凿的迹象外，虎头虎眼虎身及四肢俱为岩石生成。白虎蹲伏山巅，雨中沐浴，俯瞰山林和山脚下蜿蜒的清江，经年历月，日精月华，注视着世纪的变迁和人间沧桑，凛然威猛，雄风犹生。白虎在雨中，有威有凶，细看，似有几分亲切，且见出了许多的哲思。我在白虎边站住了，我对这土家族的图腾作长久的注视。你是廪君的化身，你看今日这世界和土家族子孙，与你常年在赤穴中创业时的生活相隔多远？你雄视八方，你啸傲山野，你给子孙遗下了勇敢雄心善良勤劳和不败的精神。白虎啊，土家族人的先祖，我们尊崇的精神化身，愿你永存。

我让人为我在武落钟离山巅白虎边照了一张相。雨中的白虎，此时更加苍劲而圣洁，甚至重新焕发了青春。

我们几个作家离开了武落钟离山，离开了隔河岩大坝，回到武汉，我则将与白虎的合影藏入心底。我爱虎敬虎，搜集与虎有关的图片材料，还有另一层意思。我的属相为虎，我生于庚寅年冬月初五寅时，我生辰中有两个寅。我是渴望自己多些虎气多些雄风多些勇敢和不屈的精神的。我从武落钟离山下来半年，写此小文，以记那只白虎。

夏日携儿游泳记

记得家刚搬到东湖边作协大院时,儿子才六七岁,放了暑假,闲在家里,我每天下午一下班回到家里,儿子早把游泳圈与游泳裤准备好了。儿子说:爸爸,快推车子,我们游泳去。

我只有听令,把自行车推出来,驮上儿子,和他妈妈再见后,就朝东湖踩去。

作协大院离东湖骑自行车不要 10 分钟。多少人羡慕,我们旁边有个东湖。湖面浩阔,波涛荡漾,湖岸林木葱郁,绿荫铺地,景点密布,集山水之灵气,聚风光之秀美,真是一个好去处。在这样的湖边居住,又值武汉的酷热之夏,有谁又不愿跳进水里,让柔波舔着肌肤,当一回神仙,享受那份惬意呢?我六七岁的儿子天天要我带他到东湖游泳,每天能在水里泡两个小时,是情有可原的,这于他于我都是一件乐事。

那时,东湖的门票很便宜,我们父子俩加一辆自行车,买一张月票,记得好像只花了一元二角钱。每天进门时,那守门的师傅都笑眯眯地朝我们点头。

到了湖边,啊,那个热闹就没法说了。男女老少,人声喧嚣,各色各类的游泳衣、游泳圈、游泳垫、气垫船,把半边东湖装点得五彩缤纷,丰富充实。锁好自行车,换好衣服,牵着儿子下水,我们也融进了欢乐之波中。

儿子下水,是先将游泳圈扔在水里,然后从游泳池的水泥台子上朝下跳,正好跳进圈子中,叫插冰棍。一到水里,这小子就乐得哇哇直叫。我感受到那水的温凉与柔情,也恨不得能大叫一回。终于没有叫,是因为儿子在一边呢,我毕竟是个爸爸。

儿子仗着游泳圈四处游动着。小孩子学游泳,有一种天然的感悟能力,两只小腿动着,手推着圈子,就那么一下一下地前进。我看到游泳池浅水区的许多小孩,都是这样的。

但是要游出些姿势来,就有些难了。我自小在一条河边长大,也是躲着父母自己学会游泳的。但是什么蛙泳、蝶泳之类姿势,却从没讲究,只是四肢在水里想怎么动就怎么动,更原始的,是两腿打着水花,屁股翘着,双手朝前划着,这叫狗爬式。

狗爬式不教自会，小孩子在水里都是这种姿势。儿子要我教他学蛙泳，我只能凭着在学校里体育老师上课时讲的那一套告诉他，是一种纯理论，可他也竟然学会了。

同院子里有一小孩，比儿子大一点，是儿子的小同伴。那小孩拜院子里的一个司机为师父，学跳水。小家伙学得很认真，从平台上朝水里栽，爬起来，又栽，有时跌得眼睛直翻。那个师父坐在一边看着，指导着。儿子很佩服，叫着也要学跳水，并拜那司机为师父，作了他的二徒弟。

儿子很勇敢，要领还没完全掌握，就朝水里跳，跌得水花四溅。跳了几次后，流起了鼻血，我赶忙抱住他，心里疼了，叫他不要跳了。

第二天，儿子又去学跳水，又跳出了鼻血。第三天也如此。

师父说：你不宜学跳水，你是沙鼻子。

儿子就失望了，再不学跳水了，老老实实地跟我在水里游荡着，用双腿把水花打得直飞。

一个夏天过去了，两个夏天过去了，儿子游泳技术提高很快。不要游泳圈，他能游五百至一千米了。儿子基本上是自学的，我没能力教他更高的技术。在战争中学习战争，在游泳中学习游泳，这话说得极是。

后来，听说东湖水不干净，有了污染。儿子的妈妈就坚决不许我们去游泳。儿子哭闹了好多天，而夏天就在儿子的哭闹中过去了。

再后来，又听说东湖的水没有污染，很干净。但是儿子已经长大了，上了中学。功课多了，也有点不愿意和我这个不会玩的爸爸在一起了。夏天来了，儿子不再缠着我游泳，他已经有了自己的安排。今年夏天，在一个作家伯伯的帮助下，他竟然参加了北京国际少年夏令营，到北戴河去玩，照了许多游泳的照片。

这使我有某种失落感。那种父子戏水，童声琅琅的日子已经远去了。人到中年啦，今天我和儿子之间的感情，与当年不一样了！

东湖游泳，那水声，那嬉语，那快乐的时光，难以忘怀。

记得在一次游泳时，在水里碰到了女作家沈虹光，我还找她约了一篇小说稿呢！

今年夏天，曾想过再去东湖，却听说门票已经涨到20元钱一张了，月票不知要多少钱？院子里有个离休干部，天天去游，他告诉我一个秘密，每晚7点钟后，从一个什么门旁边的围栏里钻过去，可以不花钱的。

但我终于没有去钻。

东湖的美丽依旧，东湖的波涛依然宜人，我想，即使门票再贵，明年夏天，我一定约儿子再去游一次泳，去感受那久违了的东湖水。

晨 泳 之 乐

我们家搬到东湖边的省作协大院已十一二年了。那时东湖的门票月票一元二角,我经常与妻带儿子到东湖游泳池游泳,儿子才六七岁,三口之家泡在水里,其乐融融。我曾写过一篇《夏日携儿游泳记》的散文,发表后,很得几个朋友的夸赞。后来,东湖的门票渐涨,由五元而八元,现在二十元,而且好像没有月票一说了。我们一家三口如果再进一次东湖,每次光门票就需六十元。我们不再去东湖游泳了,有时晚上散步,到了东湖围栅外,偶尔朝游泳池方向望一眼。

不去东湖游泳一晃就好多年了,儿子如今已是一个大小伙子了。

今年夏天,东湖的政策开放(据说武汉许多公园的政策都开放了,真好),每天早上七点钟之前,园门大开,游人可以自由进去晨练。先是我一个人骑车进去,跟那些男男女女老老少少打拳做操跳舞。接着看到东湖里有人晨泳,就回家动员妻子儿子早晨去东湖游泳。妻子是高中三年级语文教师,儿子暑假以后就是高中三年级学生,他们的工作与学习紧张是不言而喻的。"我们紧张了一个学期,好不容易有个暑假,让我们休息一下吧!"他们说。"当然是休息,早上游泳,是最好的休息。"我做起了思想工作。

终于说动了妻儿。于是一家三口六点起床,换上泳衣,各骑一辆自行车,迎着晨风,进了东湖大门,直奔游泳池。

游泳池边停了不少自行车,不少人已经在水里游着了。我们停好车,跳进水里。啊,一股温凉柔软的水意暖人心肺,皮肤的毛细血管张开了,经水去轻轻洗濯荡涤,浑身立时畅快得无以复加。看妻子儿子,面上露出的那表情,眉眼透出的那兴奋劲,当是一种快意与欢乐。多年没到游泳池里游泳了,能在早晨这清新的空气里,淡淡的阴凉里,在这宽广辽阔的大湖里,在这绿如茵柔如缎的水中,迎着湖面款款的晨风,自由自在地放开手脚游动着,真是人乞的一大乐事啊!我们一家三口都会游泳,但又谈不上是游泳高手。我们不用游泳圈,可以游上两三百米吧!我们就各自游起来,不讲姿势,因为我们的姿势都不很规范。我们游的是自由式,这中间既有蛙式、蝶式,又有侧泳、仰泳,间或杂有我从乡下小河边带到城里来的狗爬式。讲什么姿势?我们既不是表演,又不是比赛,姿势是一种束缚。我们想怎么游就怎么游,怎么快活就怎么游,怎么舒服就怎么游。游泳是一种运动,姿势是外在的东西;我们寻找的是一种快乐一种自在一种无拘无束一种尽情的表现。游泳是什么?游泳是一种运动,其目的是要达到一种锻炼休息自娱自乐。我们在水里放开手脚地奔行起来,我们笑着,喊着,唱着,儿子和他妈还撩起水花打水仗。一个小时过去了,我还得上班呢!不断地催促,我们才一齐回了家。在卫生间里冲个淋浴,吃了早饭,我们都精神焕发了。这一天的学习、读书、写作、备课,无疑是一种高效率。好心情有好收获。

夏天,我们一家经常去东湖晨泳,在一种自由自在中发展自己的个性与思想。

晨泳之乐,无可比拟!

梨 乡 梨 香

在湖北枝江县城到百里洲的汽渡船上，看到那一辆辆从广东、湖南、武汉、宜昌、沙市来的卡车，争先恐后地朝洲上去。是去拖梨子的，接我们上百里洲的朋友说。汽渡船载着人与车驶过长江主航道，刚停靠百里洲码头时，我立即看见洲上摆得如长龙般的车队，车上装满一纸箱一纸箱的货。纸箱里是梨，我说。马上就有一股成熟水果的浓香甜腻腻地飘过来，我暗咽了口水，天气好热啊！

去年八月下旬，朋友就邀我们：快来啊，再迟一点，梨就完了，你们就看不到那梨园盛景了。梨当然是有吃的，但哪有从树上摘下来就吃的味道好？

我们就去了。百里洲，湖北枝江县境内长江上的一个大洲，总面积二百二十平方公里，号称万里长江第一洲。当然比不上崇明岛，但崇明岛是长江与大海交汇处的岛，不是洲。百里洲是枝江县的一个乡建制，却有十万人，这是全国少有的大乡哩！这个乡有许多的好处和故事，但我们是奔着梨子去的，所以就不去说那些了，我们只记挂着梨子。

面包车载着我们扑进了一片绿色，司机加大油门一阵疯跑，哪里冲得出那绿色。百里洲是一块绿洲，这绿是芦苇是树是棉花田是晚稻秧稞。还没到梨园呢，但绿色的铺展在我们面前拉开了大幕。

有甜味和香味腻腻地过来了，面包车和我们一起欢叫着跳进了梨树林夹道的沙石路。朋友说，到梨园了，你们看吧，你们跑吧，看够了跑累了，需要在哪里停就在哪里停下来。你们吃梨你们欣赏梨你们感受梨体会梨为梨写诗为梨歌唱为梨摄影，都随便！我请你们来，为的是尽兴，一切有我在这里说话。

朋友是百里洲乡政府办公室主任，我听到当地许多人见了他都喊良勤哥，那喊声很亲近。

那是梨树的海，我们在梨海波涛里行进。梨园的绿带些褐色，比我们刚上洲看到的绿色要深沉得多。路有多长，梨园就有多大，面包车沿着沙石路奔跑着，我看到那矮壮敦实的梨树伸展着枝条，那枝条上是一只只一束束的梨子。是的，是一束束的，有的四只有的五只紧挨在一起。梨子个大褐黄色，挂在枝上，如一只只铜的铃铛。若有风来，那铃铛会发出叮当的声响的。什么叫果实累累，这就叫果实累累。一棵棵的梨树挤着挨着排着队，那枝条是伸展的手臂，手臂上托满了一只只梨。梨树们很老成很稳重，见了我们，没有现出初见生人的那种忸怩与过分的热情。梨树迎接我们很实在很憨厚，以它们满身的披挂，展露土地的富有和丰足。

面包车终于跑累了，停下来。我们也跳下车来，拐进一条梨园巷道，两边的梨树更沉实更负重了。梨树下铺有席子，有坐着或躺着的男人与女人。有一年轻女子，清秀而朴素，朋友认识她，她也叫了声良勤哥。问她家有多少梨树？答曰：不多，只25棵，是她结婚后公公婆婆分给她的。问每棵树可产多少梨？答曰：三四百斤吧！我们看她家的梨树，梨子都大，纷纷赞叹。她说：昨天摘了一只梨，整整三斤。大家奇了，要去看那三斤重的梨，她就带我们上车到村里去了。遗憾的是那梨已被她丈夫卖给了梨贩子。她从家里端出一箱梨来，都是大个的。在村边一处卖肉的摊子上借秤称了，每只都在一斤半以上。有一只两斤只差半两，给我们一行中的朱兄拿了，我拿了只一斤八两的，其余的每人拿了一只大的。然后我们就吃刚从树上摘下来的梨，放开肚皮吃，只吃得那甜甜的饱嗝欲从喉咙脱口而出，那梨香透彻了我们的肝肝肺肺以及每一个毛孔。

在梨园奔行，直到日头西沉，身心已被梨乡的甜香浸透了，我们才到一个叫芦花村的地方吃晚饭。晚饭后我们回到乡政府，住乡政府的宾馆里。

宾馆里住满了外地来百里洲拖梨的人，停满了各种拖梨的车。

是夜，我做了一梦，梦见一棵奇大无比的梨树，梨树上结了一只奇大无比的梨，那梨香飘九州四海。

从百里洲归来，我看到一份材料，言百里洲的梨为沙梨，个大，肉嫩，味美，深受国内外消费者的青睐。百里洲乡年产沙梨五万吨，一九九六年后，年产将达到十万吨，其经济效益是相当可观的。

回到火炉般的武汉，和儿子妻子吃完一箱百里洲的梨后，再分食那只大梨，立时梨香满屋，暑热顿消。妻说，分梨（离）不吉利呢！

我说：百里洲的梨太大，必分食。百里洲的梨，分梨吃了却"不分离"。

想起百里洲，我就嗅到那股梨香，我就突然了解了在百里洲那夜做的梦：百里洲，是祖国这棵大树上的一只大梨。

酒乡酒香

癸未年秋，我们一群文人应枝江酒业公司之邀，前往枝江采风。喝过枝江酒，见过个子不高，浑身透出精明睿智待人却真诚的董事长蒋红星之后，我们驱车到江口。江口现为枝江市的乡镇，是枝江酒业的诞生处发祥地，枝江酒业公司总部虽设在市内，但枝江酒的大部分生产线仍在江口。江口在晚清民初时，是沙宜之间首屈一指的码头，四通八达，商贾云集，物产丰富，乃江汉平原之首的小汉口。此地是楚文化的发祥地，楚人好酒。江口最早的谦泰吉槽坊创办于一九一八年，这就是今日枝江酒业公司的前身。谦泰吉和江口的五家槽坊于一九五二年转为枝江酒厂。自那时算起，枝江酒业公司有一百八十五年历史了。我们采风，当首赴江口。

踏进江口镇，一股微甜醇香的味道已随秋风满世界飘荡了。随着江岸的远离，江口的繁华已经逝去，留下的只有永不消逝的酒香。我们在酒业生产基地，泡在醇香中，见那高大的酒罐排排耸立，看那玉液琼浆从酿造槽内汩汩奔流，观那包装生产线上的成品酒一箱箱下载，我们沉醉在酒国春秋，追念那楚人好酒的历史。

就是在江口老酒厂的生产线旁，我碰到了枝江酒业公司办公室职员张同。张同说是几年前在她老家百里洲见到过我，她说我写的《梨乡梨香》是她读到的写她家乡最好的散文。我没想到几年前写的那篇文章还被她记住了。百里洲是长江穿三峡出宜昌后遇到的第一大洲，方圆百里十万人口，是枝江市第一大镇。长江因在此分枝，所以才有枝江这一名字。百里洲盛产沙梨，全国知名。几年前我曾与刘醒龙、邓一光等人，去百里洲采风，《梨乡梨香》就是那次采风所写。张同是百里洲一个农家女儿，高中毕业回乡，执著文学多年。她干过多种工作，带着儿子随丈夫辗转四处，最后成为下岗女工。宜昌市文联编辑一套"三峡女作家丛书"，由时代文艺出版社出版，丛书选了张同的一本散文集《孤洲心语》。追求文学多年，能有出书的机会，对张同来说是难遇的，但这套书的出版需要作者交几千元钱。孩子还小，自己又下岗在家，一家人全靠丈夫不高的薪金，这钱哪里拿得出来。无奈之下，张同给只知其名未见其人的枝江酒业公司的董事长、总经理蒋红星写了一封求助信。张同在信中写了自己的追求、下岗的苦恼以及希望获得帮助的愿望。张同想，蒋总领导着一个两千多人的企业，工作是那么忙，他会有时间来理会一个普通无名的农村女青年的来信吗？他不理会，张同是能理解的。没有想到的是，蒋红星收到信，不仅理会了她，而且让张同到酒业公司办公室上班，编企业报纸。张同出书的钱，由酒业公司拿出六千元来。张同到公司上班后快一年，《孤洲心语》才印出来。张同拿着散发着油墨香的新书，找到蒋红星的办公室，蒋红星才第一次见到张同。张同说，我感谢枝江酒业，我感谢蒋总，我无以回报，只有用自己的努力工作与勤奋写作，来为枝江酒业和蒋总赴汤蹈火倾尽心力。

在江口酒厂的醇香之中，张同的轻轻叙说感动了我。我突然从张同的经历中，看出了枝江酒业为什么从一个名不见经传的县办小酒厂，而成为今天拥有十八条生产线，年产白酒五万吨，去年实现销售收入六点三亿元，成为全国白酒行业八强之一、湖北白酒行业之首的现代企业的原因了。这就是人本和人格的力量。蒋红星一九九八年挂帅枝江酒业公司时才三十五岁，他和有着"商战巴顿"美誉的公司销售总经理曹生武等人，在白酒行业激烈竞争中冲杀出自己的一块天地，靠的是人啊！一个赫赫有名的企业家，去资助一个不相识的农家女，启用农家女，这是一个人的眼光，这是一个识才善用并有着人文关怀的儒商。张同的故事可能在蒋红星的生活工作中很平凡，但这一平凡之事是能说明枝江酒业的总经理是如何用人关怀人重视人的。这样的领导统领下的人，难道还有不倾力工作尽心奉献的吗？企业家的人本思想和人格力量，是他的企业成功的根本。

在我们离开枝江的告别晚宴上，蒋红星和我们几个作家同席。张同过来敬酒，大家都已经知道了她的故事。张同给每位作家老师敬酒时，不胜酒力。蒋红星站起来说："张同，你要向每个老师敬到，来，我代你喝。"总经理为他手下的普通职工代酒，蒋红星，我算是服了你的心肠和为人。

也是在这个晚宴上，张同说："刘老师你写了《梨乡梨香》，这次你要写《酒乡酒香》啊！"

是的，我在枝江酒乡，沉醉在枝江大曲的醇香之中，我也沉醉在蒋红星人本人格的力量之中，人本人格也是酒，与酒同样有醉人的力量。

谒施洋烈士墓

　　武珞路横贯武昌区，是一条人与车的河，我是这河里的水珠溅到岸边，我拾级登洪山。洪山是喧嚣市声中的一片恬静与绿阴，是平俗浮躁生活中的一分庄重与严肃。

　　我没去听宝通禅寺的晨钟暮鼓，我没去观林木掩映的洪山宝塔，我径直奔向施洋烈士墓，行九十度鞠躬礼后，再将崇敬与思绪编织成花环虔诚地献在墓前。

　　我坐在施洋烈士纪念碑下，伴着纪念碑前的施洋烈士半身塑像，和烈士一同沐浴着和煦的阳光，嗅着碧草鲜花的清香，听着松柏卷起的阵阵涛声，烈士引领着我穿过时间的隧道，到达了七十八年前的那些日子。

　　一九二三年身为武汉工团联合会和京汉铁路总工会的法律顾问，施洋大律师忙啊！他参加各种秘密会议，他出入工人的厂子与家门，他传达中国共产党的指示，他和其他工人领导者一起，拉响了大罢工的汽笛。一时间，1000多公里的京汉铁路瘫痪了，所有车辆停开。在江岸，一万多武汉工团联合会和京汉铁路工人走上大街，举行了声势浩大的游行示威，工人们为自由而战，为人权而战！施洋大律师啊，你和林祥谦等工人领袖走在队伍前面。工人们的怒吼震撼了英帝国的使馆和吴佩孚的官邸，终于，帝国主义和军阀勾结起来向工人举起了屠刀。

　　疯狂的镇压与屠杀开始了，快走啊施洋大律师，快走啊，林祥谦。工人们中弹倒下了，鲜血流满长街。林祥谦落入军阀手中，施洋大律师落入军阀手中。只要下令复工，就恢复你们的自由。"头可断，工不可上！"林祥谦大声说。"你们杀了我一个施洋，还有千百万个施洋！"施洋大律师豪迈地说。施洋、林祥谦倒在了敌人的屠刀下。历史也永远地记住了一九二三年二月七日：二七大罢工。

　　头顶上仍是和煦的阳光，施洋大律师又带我回到了七十八年后的今天。施洋烈士在洪山南麓沉睡了七十八年，他也思考了七十八年，他的结论是：中国就该这样前进！

　　阳光鲜花和都市，施洋墓前我鞠躬九十度，永远地留下了我的崇敬和问候：您好，大律师！我重新投入武珞路这人与车的河，我们向前奔流。

龟山五月杜鹃红

在我心灵的记忆中，龟山的五月，苍松翠柏之间，杜鹃花开得一片火。红与绿的掩映下，白色大理石的雕像，端庄美丽，睿智深沉，手握书卷，凝神远望。看大江东去，看长桥跨南北，车流滚滚，人声鼎沸，武汉三镇在一种热气中升腾。她嫣然笑了，笑得如漫山杜鹃一般灿烂，她变得年轻了，年轻得如一座绿色的龟山。少先队员们捧着鲜花，献在她的墓前。孩子，把那鲜红的红领巾，系在她的脖子上吧！这红领巾的颜色中，融进了她的热血啊！

龟山之巅，一碑巍立，邓小平亲笔题写的"向警予烈士之墓"镌于碑上。那柔润有力的七个大字，沐清风迎朝阳，与武汉人民同在，与中华民族同存，与新中国同生。

一九七九年九月，我作为一名年轻的共产党员，跋涉在历史的案卷中，伏在乡间的一张木桌上，挥汗写下了三千余行的长诗《向警予之歌》。我把自己的虔诚，把自己年轻的活力与激情，凝注在我的诗句中。向警予烈士啊，这三千余行的长诗，是一名普通共产党员献在你墓前的一炷心香。我把诗稿寄了将近二十家出版社，出版社的回信都说诗很好，但诗集赔钱，他们要我筹资合作出版。我曾面对诗稿流泪，但是我坚信《向警予之歌》唱在了武汉人民心中，唱在了历史的岁月里，我将一部复写的《向警予之歌》诗稿燃成一蓬火，奠祭我心中的烈士。

向警予是湖南溆浦人，是毛泽东、蔡和森创办的新民学会早期会员，与周恩来、邓小平等一批青年进步人士赴法勤工俭学，阅读法文版的马克思著作。一九二二年回国，加入中国共产党，参加中国共产党第二、三、四次全国代表大会，均被选为中央委员，是中国共产党第一个女中央委员，第一任妇女部长。

一九二七年向警予从莫斯科东方大学深造回来，被党中央派到武汉总工会宣传部工作。汪精卫在桂系军阀胡宗铎、陶钧配合下，背叛大革命，在武汉进行大清洗，三镇笼罩在白色恐怖中。党的八七会议后，革命转入地下。向警予冒着风险，深入到武汉的工厂、码头、街道的工人群众中，宣传八七会议精神，发动民众与敌人进行斗争，准备武装暴动。敌人大肆搜捕，向警予处境险恶，党组织让她离开武汉。向警予却向党组织要求留下来。"武汉三镇是我党工作的重要据点，现在正要人坚持斗争，我不能离开！"一九二八年三月二十日，由于叛徒宋若林的出卖，向警予在汉口新德里九十六号被捕。敌人从向警予嘴里得不到任何东西，一九二八年五月一日凌晨，武汉警备司令部把向警予押赴刑场。向警予在赴刑场的途中，高唱《国际歌》，向群众演讲革命道理，呼喊打倒国民党反动派的口号。押解她的敌人无法，用枪托打她，用刺刀刺她的嘴巴都阻止不了她的声音。最后，丧心病狂的刽子手把石子填到她嘴里，再用皮带绑住她的双颊。刽子手的枪声响了，向警予倒下了。我在《向警予之歌》第十章《五一火红》的结尾，写下了这样的诗句：

    啊，罪恶的枪声响了
    啊，革命的英雄倒下了
    东方啊，溅起一片红！
    那是赤卫队的袖章
    那是梭标上的红缨
    那是游行队伍的横幅
    那是胜利的捷报满空
    那是插上伪总统府的红旗
    那是开国大典代表们
    胸前的代表证
    那是烈士的鲜血啊
    染红了五一
    灿烂的黎明

  当天夜里，一个叫陈春和的老工人驾着一只小木船，沿着江岸悄悄潜到刑场，把向警予的尸体运到六角亭前掩埋。新中国成立后，武汉人民把烈士的墓迁至龟山，立碑塑像，让向警予烈士在龟山之巅看着武汉在一天天发展，看着新中国在一天天繁荣富强。

  在我心灵的深处，龟山巅上的那尊塑像，是我尊敬的楷模和英雄，她与洪山的施洋烈士塑像，江岸的林祥谦烈士塑像，是武汉人民永远膜拜的革命神祗。当我们遇到困难时，当我们对生活不满足时，当我们怀着怨言时，就想想他们吧，就想想和他们一起，为了今天的生活而牺牲的千千万万烈士吧，我们还有什么可说的？！我们将永远热爱生活，永远去创造，永远不要怨天尤人。啊，龟山五月杜鹃红！我这名普通的共产党员，还是要努力把在二十多年前写成的长诗《向警予之歌》出版，我将捧着这本长诗，站在烈士墓前，轻轻地朗诵，伴着松涛伴着清风伴着江声伴着龟山上的一片红色。

石牌的胸怀

从宜昌沿长江上行，船入西陵峡中段，拐过一百一十度的大弯，眼前突兀一巨大石崖，巍矗南岸，面对大江，背依连绵山麓，成一处奇景。石崖高约四十米，底宽一十三米，顶宽一十二米，厚约4米，石质为坚硬的花岗石。石崖前后左右刀削斧劈般，剖面平整，犹如一块巨大的石令牌，当地人俗称石牌。石牌附近，散居着数十户老百姓，人民公社时代为石牌大队，现为宜昌市夷陵区一小镇。石牌小镇考证起来，始于五代后周，曾作过峡州州治。世纪沧桑，人事变迁，繁荣过，萧条过，石牌小镇现处葛洲坝与三峡大坝之间，是长江三峡黄牛岩旅游风景区的一处重要景点，谁能预料它将来能繁荣至什么程度呢？

作为历史的见证人，花岗岩的石牌在长江边屹立了多少年？它静静地越千年过万年，谁又能说得准确，总之是有了长江就有了石牌，这是肯定的。船过石牌时，汽笛鸣响，回声荡漾，是打招呼：石牌，我来了。

是的，石牌，我来了！在21世纪第二年的夏天，一个游人，来到了你的身边。当我站在你的脚下，怀着崇敬的心情慨叹你的伟岸，慨叹你的峻秀雄浑大气磅礴。我仰望你的胸怀，我折服我朝拜，石牌哟，我要为你唱一支胸怀之歌，因为在那花岗岩后有一腔热血。

那时日寇侵华，抗战烽起，淞沪战败，南京失守，武汉沦陷，蒋介石迁往重庆。日寇继续西进，一九四三年五月，日军沿长江而上，太阳旗上滴着血污，要进攻大西南，拿下重庆，灭掉整个大中华。日寇行径，普天同仇，中华民族岂能任日寇蹂躏，中国军队十五万人在第六战区司令长官陈诚的指挥下，布防石牌。日军海陆炮空立体作战，势将突破石牌防线西进。花岗岩的石牌挺胸而出迎击了日寇的疯狂进攻，抗弹雨冒轰炸，十五万中国军队和石牌凝成了一道钢铁之门，阻住了日寇西进的脚步，粉碎了小日本的扩张美梦。一个多月的血战啊，石牌名扬四海，成了东方的斯大林格勒。日寇败退了，丢下了两万多具尸体撤走了。石牌，是中国军队抗战的胜利之门，是日本帝国主义的失败之门，死亡之门。石牌以它钢铁般的胸脯，保卫了国土，石牌之战是抗日战争胜利的重要战役。

我在石牌小镇住了三天，我在石牌博大的胸怀下生活了三天，我瞻仰石牌抗战纪念碑，我踏访石牌保卫战高射炮阵地遗址、浴血池遗址和抗日阵亡将士纪念塔，我眼前不时有硝烟升起，我耳畔不时回响着枪炮声和喊杀声，战火、弹雨，六十年过去，而我仰望着的石牌，仍然是那么巍然矗然钢筋铁骨胸怀宽阔。石牌，你是千百年来中华民族的化身，你是阻挡侵略者的强大堡垒，你是浴血将士的躯体，你是记载着中华儿女丰功伟绩的纪念碑。

  石牌有钢铁的胸脯，它保卫过国土，抵挡过风雨。石牌也有柔情的胸脯，今天，当千万游人来到它的身边，它默默注视着，任人们在山水里徜徉，一腔柔情在胸腔里升起，你看，那头顶上的几朵轻云，正是它的柔情飘动。

  石牌在柔情轻语：我爱啊，人们！

黄鹤楼以及登临

儿时在乡下，两个小伙伴打架，大人赶来，扯开了打架的，对我们在一旁观战的人呵斥："你们是在黄鹤楼上看翻船。"那时就知道武汉有座楼，很高，在江边，站在楼上可以看到长江上很多船，船翻沉到江里也看得到。

二十世纪七十年代初到武汉上大学，毕业后留在武汉工作，那时从武昌司门口爬到武汉长江大桥的武昌桥头堡，再上蛇山，却没有黄鹤楼的影子。在蛇山看长江上的船只，看得不是很清楚，没什么兴致。那时想到黄鹤楼，怎么就没有了呢？甚至听人说过，黄鹤楼是因为修武汉长江大桥而被拆的，心里觉得遗憾，但此说后来弄清楚是不实的，史料记载，清光绪十年即公元一八八四年，黄鹤楼被一场大火焚毁，蛇山上只有它的废址。那时，作为一个武汉人，看不到黄鹤楼的真身，就从有关资料去了解它的历史与传说了。

首先是传说。关于黄鹤楼的传说我看到的至少有十种以上，这些传说多与神仙有关，充满了浪漫主义色彩。而这些传说中流传最广人们最耳熟能详的一种，也有几种版本。一种版本说，武昌蛇山，古时名黄鹄山，山头有家姓辛的夫妻，老夫妇开了一家小酒店。他们为人厚道，真诚待客，加之酒馆周围风景优美，酒馆里的酒菜也好，前来饮酒吃饭的顾客很多。有个姓费的道士，经常来此喝酒，喝完酒后也不给钱，转身就走，老夫妇从不找他要钱。费道士再来喝酒时，他们仍然热情接待，笑脸相迎。这样不知不觉到了年底，费道士又来喝酒，边喝酒边剥橘子佐酒。喝完酒后，费道士对老夫妇说："这一年来，谢谢你们的款待，我无以回报，给你们画幅画吧！"说完就用剥下来的橘子皮，在酒馆的粉墙上画了一只飞舞的黄鹤。费道士说，今后到此饮酒的客人来了，你们只要拍拍手，墙上的黄鹤就会走下来跳舞助兴。费道士说完，便辞别出门，飘然而去，不知所踪。

费道士走后，喝酒的客人来了，老夫妇便拍拍手，粉墙上的黄鹤果然走下来，在客人面前翩翩起舞，引得客人们酒兴大增，纷纷称奇。此事一传十，十传百，远近客人都到小酒馆来喝酒，老夫妇的酒馆生意兴隆，赚了不少钱。这事很快就传到一个财主的耳里，财主心想，这黄鹤应该弄到我家里来。于是财主坐了一顶轿子来到小酒馆，对老夫妇说：我家的一只黄鹤不见了，有人说飞到你这里来了,赶快还给我。老夫妇说,我这里只有墙上的一幅黄鹤画,你硬想要就拿去吧!财主一看真的是画在墙上的画,而这堵墙他也搬不走,只好灰溜溜地走了。财主总是坏的,这个武汉的财主不甘心,于是跑到官衙,向县太爷告之此事。县太爷一听有这等好事,高兴得不得了,他一直想给皇上送点民间的宝贝,以获得自己更大的前程。把黄鹤弄来,送给皇上,那可是稀奇的宝物啊!县太爷带一帮人赶到酒馆。不管三七二十一,把那堵画有黄鹤的粉墙拆下来搬到官衙。县太爷把粉墙供在大厅里,请来了武昌城里的名流绅士,摆上酒席,然后县太爷拍掌要黄鹤从墙上下来跳舞,试试真假。县太爷的巴掌拍肿了,黄鹤仍是粉墙上的一幅画。这时,只听天空中传来一阵优雅的笛声,一位道士站在云层上吹笛,粉墙上的黄鹤听到笛声,拍拍翅膀,翩翩飞起,直上九天,来到道士身旁,那道士骑上黄鹤,随一朵白云远去。那云中道士正是当年画鹤的费道士。后来,人们在老夫妇开的酒馆边修了一座楼,名为黄鹤楼。

以上这种版本,甚至收进学生课本。但我看到《列仙全传》卷九记载,那结尾却是另外一种。说是老夫妇的酒馆因有黄鹤跳舞之后,很快聚下家产数万。费道士几年后又来酒馆,问老夫妇:"我在你们这里白喝了一年酒,酒钱够了么?"老夫妇忙答:"够了够了,超过了千百倍,我们把多的钱退给你吧!"费道士一笑说:"我来此目的不是这个。"费道士说完,取出玉笛轻吹,黄鹤从粉墙上走下,费道士骑上黄鹤驾朵白云飞去。老夫妇送走黄鹤与道士,就用赚来的钱修了一座楼,取名黄鹤楼。因老夫妇姓辛,黄鹤楼又名辛氏楼。

一个传说两个结尾,我倒更喜欢后一个。前面那个结尾,总感觉到被人加了工,蕴含了阶级与某种人为的思想在里面。关于这个传说的其他版本,只在人名和细节上略有区别,基本的情节差不多,不再赘述。

只有历史才是实在的,而传说只能是传说,当不得真。据史料记载,黄鹤楼始建于三国吴黄武二年(公元二二三年),当时是用于军事瞭望和指挥的一座岗楼。试想一下,龟蛇锁江,大江浩瀚,站在江南蛇山之巅的岗楼之上,望江上的战船,看江北的敌阵,侦察和指挥战斗,是何等好的去处啊。只是这军事岗楼后来就演变成登临游憩,文人吟诗作画的胜地,与湖南的岳阳楼、江西的滕王阁并称江南三大名楼。自魏晋南北朝起,历代骚人墨客荟萃于此,登楼放歌,借景抒怀,给黄鹤楼留下了许多珍贵的人文宝藏,文因景成,景借文传,黄鹤楼遂成为山川人文相互倚重的文化名楼。历史上的黄鹤楼屡毁屡修,仅明清两代,就重修了七次,而且各代风格都有所不同。据专家们说:唐代的黄鹤楼巍峨,宋代的黄鹤楼雄浑,元代的黄鹤楼堂皇,明代的黄鹤楼隽秀,清代的黄鹤楼奇峻。清光绪十年(公元一八八四年)被烧毁的黄鹤楼,是寿命最短的一座。

我终于等到黄鹤楼的真身了。一八八零年武汉市政府重修黄鹤楼，一八八五年五月竣工，整整一百年后，黄鹤楼又获新生。新黄鹤楼主楼五层，高五十一米，攒尖顶，层层飞檐，把唐代黄鹤楼矗立巍峨、视野开阔和明清黄鹤楼如楼似塔的特点熔为一炉。雄伟绮丽，成为当代楼阁建筑的一颗明珠。新黄鹤楼对游人开放，中外游客络绎不绝，凡到武汉的外地人，不登黄鹤楼者就等于没到武汉。黄鹤楼成了武汉这座城市的标志，而用黄鹤楼命名的各种产品、商店、酒店、公司以及杂志、报纸上的副刊，多如牛毛，举不胜举。黄鹤楼，新生的与旧有的，那都是武汉人的骄傲。武汉人在外地，说起黄鹤楼，充满了感情；客居他乡者，想起黄鹤楼，那是有缕缕乡愁在心头升起的。有个故事说，武汉人与四川人在一起吹牛，四川人说："四川有座峨眉山，离天只有三尺三。"武汉人笑了笑说："这算得了什么，武汉有座黄鹤楼，半截插在云里头。"这下四川人服了，倒不是黄鹤楼真的比峨眉山高，而是武汉人会吹。吹嘘自家的事物，也说明对自家事物的深情与热爱。

我是个武汉人，我儿时的故乡现已划为武汉市的郊区，我工作也在武汉，我也就把黄鹤楼当做自家的事物了，这是我家乡的楼啊！出差在外，与人谈起黄鹤楼，也有沾沾自喜之态。但是，黄鹤楼修起开放好多年，我却没有登临过。倒不是因为嫌那门票贵，而是觉得这楼离自己咫尺之远，随时都可去，暂存在那里让别人先看吧！这就像我书架上的一些书，知道这书写的是什么，就先放上架再说，反正这书是自己的，想看随时可看。没想这一放就是好几年。

我第一次登黄鹤楼时人很多，那是由湖南湖北江西三省作家协会组织的三楼文学笔会，三省作家相聚，先看岳阳楼，再看黄鹤楼，又去看滕王阁。江南的三大名楼，一口气看了，算是饱了眼福。那么多名家在一起，交流文学，沿途照相。看黄鹤楼时，从一楼爬到顶楼，见有许多的书画，没时间细看，只能是走马观花而已。后来又有多次到黄鹤楼观看朋友的书画展，参加文学界的一些聚会，都登了楼，也因人多，没什么感触，来去匆匆，日子就又过了一天天。

旧世纪过去，新世纪来临，春三月，我在一个星期四的下午，独自登上黄鹤楼的顶层五楼，依着平台的栏杆，面对大江，放眼江天，沉浸在一种境界之中。这天的登楼，起缘是什么？我是一种什么样的心情？都难以说清，总之是突然决定，我要上黄鹤楼，而且一个人去的，上那顶楼，去看去思去想，呆上半天，什么事也不做。那天的江风不小，江面有些沉迷，但也能看到东去西上的船只，看到江北的大汉口商厦林立，高楼百丈，市声喧嚣尘上。吟诵唐人崔颢的名诗吧！"昔人已乘黄鹤去，此地空余黄鹤楼；黄鹤一去不复返，白云千载空悠悠。晴川历历汉阳树，芳草萋萋鹦鹉洲。日暮乡关何处是？烟波江上使人愁。"啊，长江苍茫，江树历历在目，家园乡关何在？名人墨客易生愁，谁又处此景遇中愁不生呢？事业、人生、家庭、友谊、爱情，当登斯楼，望江天，见流水，能不有万千感慨么？再吟李白的名诗："故人西辞黄鹤楼，烟花三月下扬州。孤帆远影碧空尽，惟见长江天际流。"李白是"一忝青云客，三登黄鹤楼"。李白没有在黄鹤楼上题诗，据说只念了四句打油："一拳捶碎黄鹤楼，一脚踢翻鹦鹉洲。眼前有景道不得，崔颢题诗在上头。"这诗只能算是打油，他要捶碎黄鹤楼踢翻鹦鹉洲的说法我也不能接受。但李白写的这首《黄鹤楼送孟浩然之广陵》，也可称是绝唱，不比崔颢的诗差。从黄鹤楼头的江上出发朝下游而去，西辞黄鹤楼啊，有人在楼上送你，你远了，孤帆远影融进了蓝天，只见长江之水在天边流着。我沿长江朝东望，江上船只倒是不少，却见不到那长挂白帆的航船，有的只是发出轰隆隆声响的拖驳和三层四层舱楼的客轮，来往于武昌汉口的轮渡船，因为有长江一桥和二桥的存在，已减少了许多的班次。长江上的木帆船是少见了，今天读李白送孟浩然的诗，想寻那意境，却是难了。我只是怅怅地东望，希望在那迷蒙的天际，见到那片孤帆远影。我的朋友，那是你的船只么？你们在远方可好，我在黄鹤楼上想念你们呢！

我独自登楼的这天下午，游黄鹤楼的人不多，使得我的凭栏远眺遐思乱想没人干扰。如果当年崔颢李白登黄鹤楼时，楼上人满为患，熙熙攘攘，人来人往，他们能写出这等好诗来么？写出好诗，肯定只能在静静的氛围中，思想进入了某种境界，才能一挥而就。我在静静的下午，独对江流，吟诵唐诗，怀想友人，感叹流水之逝年华之逝，寻找那远处的帆船不得，也想乡关，想起我那儿时的村庄。呵斥我们"黄鹤楼上看翻船"的大人已不在了，我的童年也离去遥远了。啊，黄鹤楼，我家乡的楼，武汉人的楼，从我知道你的名字，到今天在你的顶层与你相依，岁月已经四十载哟。黄鹤楼，你是千年古楼，你能不断涅槃新生，我们人为什么就不能涅槃新生呢！

暮色苍茫之中，我从黄鹤楼上下来。黄鹤楼后新建有世纪钟楼，楼内高悬巨大世纪铜钟，那是武汉市政府在新世纪到来之时而铸造悬挂在此的。雄浑的钟声此时敲响了，那钟声厚重，撼人心魄，在暮色中催人奋起。

我踏着钟声，仰望入夜的黄鹤楼，我突然觉得黄鹤楼很年轻，我也很年轻，那钟声也很年轻。

第一次到武汉

我出生的那个乡村其实离武汉只有百把里路，现在有汽车，一个小时就可以到达。在我们乡下孩子幼小的心灵中，把武汉看得是很了不起的。武汉有汽车，有高楼，有很多很多的人，有很大的官。村里的人有时到武汉，回来说说武汉的好处，羡慕得我们孩子们直眨眼睛。那时，我心里藏着个美好的愿望，就是有朝一日能到武汉去玩一次，见见那大城市的世面。

上小学二年级的时候，班上有个同学随他家的大人去了趟武汉，回来后带了一叠包糖果的玻璃纸，而且说那武汉满街跑的都是乌龟壳似的车，武汉人穿皮鞋走在街上咯吱咯吱响，武汉人天天吃鱼吃肉看电影。我们一人分得一张那包糖用的玻璃纸，心里都在眼红这家伙竟然去了一趟武汉，真是了不起。

没想到我的愿望突然就实现了。一个机会不知不觉地降临在我面前。那年寒假，生产队长派我五祖父到武汉买桐油，五祖父见我没事，就决定带我到武汉玩一趟。

我们起得很早，步行了15里路到金口镇，赶5点钟开往武汉的早班船。其实这天夜里我因太兴奋，一直就没有睡觉。五祖父喊我时，我一骨碌就爬起来，跟他走路，走得特别有劲。

轮船在汉口靠了码头，我随五祖父上了岸。武汉，以它众多的楼房众多的人和满街跑的车，一下子映入了一个乡下八岁孩子的眼中，是何等的伟大何等的神奇啊！而在此前，我从没到过任何城市。这就是武汉？这就是省城？我都看得有些呆呆的了。五祖父因为要抓紧时间办事，拉着我走大街小巷的，而我又偏偏边走边四处张望，使得五祖父走不快。

走到一处街道边，我突然地发现了新奇的东西。一面墙上挂了一块布，布上都是五光十色的娃娃书封面。那时，我们乡下都把连环画叫娃娃书，而我是个见了娃娃书就不要命的孩子。可怜那时乡下很少有娃娃书，谁有一本简直就是财富。给别人看一次，就可以交换不少东西，如玻璃珠子，香烟盒子叠的三角撇撇。我在武汉街头看到了那么多的娃娃书封面，而且还看到在挂着的布下，支着一块门板，门板上摆满娃娃书，我从来都没见到这么多的娃娃书。我的眼睛都直了，我挪不开步子，不愿离开这个地方。五祖父急了，说你是怎么的了？我说我要看书。五祖父没有办法了，就掏出两角钱给我，嘱咐我一角钱看书，一角钱去买两个芝麻饼子充饥。并叫我千万别离开这个书摊子，待他买好了桐油办完事再来接我，我连连地答应。五祖父匆匆走了，我就在那书摊边的小凳子上坐下，开始如饥似渴地读那些娃娃书。

那时书摊子上的娃娃书出租很便宜，一分钱看一本。我忘了肚子饿不饿的事，一心沉浸到娃娃书给我提供的世界里去了。孙悟空大闹天宫，哪吒闹海，长鼻子公主的鼻子一丈长，《水浒传》上的英雄好汉一百零八人，个个了不得。

我知道我只有两角钱，只能读二十本娃娃书，不能读得太快了。因此我一本本地从头到尾仔细地读，认真地读。有好些字不认识，就跳过去，能把大致的故事和人物弄清楚就行了。我像在细细咀嚼优美的食物，品出那里面的味道来。以至时间不知不觉地过去了，夜幕即将降临，那摆书摊的人要收摊子了，而五祖父也来接我了。

我恋恋不舍地离开了书摊，我忘了两顿饭都没有吃，只感到十二分的兴奋和满足。我对五祖父喋喋不休地讲着我读到的娃娃书里的故事。

当晚，五祖父带我到一个本族的叔叔家住了一夜，第二天一早就离开武汉回乡下了。

回到乡下，见了小伙伴，大家也羡慕我，围着要我讲到武汉的见闻，可我却讲不出什么来，我只说，武汉有好多好多的娃娃书。接着，我就给他们讲娃娃书上的故事，听得他们聚精会神的，我也越讲越带劲。

青少年时代过去了，如今我也在武汉生活了三十多年。人世沧桑，武汉天天在变，变得越来越繁华越喧嚣。可我第一次看到的武汉，却久久不忘，记得那么清楚：武汉有许多娃娃书。

飘在田野上的白发

母亲五十岁过了不几年，头发是日渐地白了。先是两鬓斑白，后来是额前白了一绺绺，再后来是脑后远看如沾满了雪花，白了一大半。

母亲是辛劳的。她生养了我们兄弟七人。在乡下，她是没日没夜地劳作，与父亲一道捧出了心血来抚育我们。我们前面六人都成家分散出去了，家中还剩七弟在上高中。父亲呢，被武汉某家医院诊断为一种可怕的病，属不治之症，在家里养病。奇怪的是，父亲养了两年病后竟奇迹般地活过来了，如今已过十年，老人家的身体倒是越来越硬朗了。

就是在父亲养病七弟上高中的那两三年，母亲的头发是完全地白了，白得使我们做儿女的心疼。但没有办法，父母都不愿离开乡下的家，家里有猪鸡水牛，有房子和责任田，还有七弟要人照顾。父亲暂时不能劳动，家里内外都是母亲一人操持，那头发还有不白的么！

记得那是四月份的一个晚上，同事有便车经过我们乡下，我请了假搭便车回老家看父母和七弟。我到家时已是晚上十一点多了，但是家里没人，门上挂了把我熟悉的铜锁。奇怪，这么晚了，父母到哪去了呢？天气还没完全转暖，夜风吹过，我觉得身上有阵阵寒意了。我朝远处的田野看了一眼，怎么回事呀？空旷的田野上有不少灯火在闪烁，且有阵阵敲击铜铁器的声音传来。进不了屋，我就信步朝田野走去，我想看看那些灯火和敲击是怎么回事，我还想看看我家的责任田种了些什么。

到了我家的田边，我像被人使了定身法般地立在夜色里发呆。我看见母亲一只手提着铜脸盆，一只手捏根棒子敲击着，围着田塍蹒跚地转悠，铜脸盆发出当当的声响。田塍角上放着盏马灯，灯火如豆，闪着红红的光。田里是平整的秧圃，秧圃上可以见到撒下的谷种已经发出嫩芽。母亲手里在敲击着，身上披件父亲穿过的破棉袄。我叫了声母亲。母亲见是我，停了手里的敲击，脸上是我熟悉而慈祥的微笑。在母亲停下敲击的当儿，黑影里有一群黑乎乎的东西冲向秧圃。母亲发现了，立刻又敲击起来，那黑乎乎的一群立即奔逃。母亲说，今年是少有的奇怪，撒下的谷籽一个晚上都可让老鼠吃光。没有办法，大家只好日夜在田边守着。母亲告诉我，父亲被三妹接去了，明天早上回来替换她。七弟在学校里住读，星期天才回。母亲已经在田边守了三个昼夜了。

母亲和我说话，手里还在敲击着铜脸盆，沿着田塍蹒跚地走。我跟在母亲后面，心里沉沉的。母亲，您该休息了，把这田退了吧！您劳作了一辈子，难道不该享一享儿女们的福么？我知道，我是劝不动母亲的，她离不开她的田野，我们兄妹劝了多少回，她都摇头。她说：你们不要管了。我跟你父亲做一天算一天，这田是不能退的，等我们死了再退吧！

这个夜晚，我陪着母亲在田野上敲脸盆赶老鼠。母亲的身影在田塍上晃动着。黑暗里，唯有母亲的白发看得清楚。夜风吹着，母亲的白发在田野上飘拂，飘拂，飘拂出我的一脸泪花，飘拂出我的又一段回忆。那是父亲躺倒的一年。正是乡下双抢大忙季节，母亲忍受住我父亲被判为不治之症的巨大悲痛，半夜里起来扯好了秧，运到要插二季稻的水田里。早晨回家服侍父亲吃了东西，母亲就到田里插秧。一大块白晃晃的水田里，就只母亲的孤单身影在移动。母亲劳动是一把好手，她一行行地插着秧苗。在母亲移动过的田地上，嫩绿的秧苗一行行地竖起来，整齐匀称，像块绿色的地毯。母亲是位高明的织工，在织着绿色；母亲像个伟大的蚕，在吐着绿丝。

我原来就打算好回家帮母亲插秧的，待我赶到田边时，一块大田已被母亲插完了一多半。母亲太累了，体力不支，我看到母亲已不是弯腰在田里移动，而是双膝跪在泥水里艰难地爬行。母亲的衣裤没一处干的地方，浑身是泥水汗花。母亲跪在田里插完一行秧，就往后移动一点，又插一行。母亲是在用她的血汗来染绿白晃晃的大田。我迸着泪水冲到田里，我喊着：妈，您不该这样拼命！

母亲见是我下田来，想站起来，努了两次力却未站起。我一把抱起了母亲，我感觉到母亲已瘦得只剩皮包骨头了。母亲脸上仍是慈祥的微笑，母亲的白发被汗水湿透了，沾在脸上脖子上，我为母亲拂了拂头发，一阵风吹来，母亲的白发在田野里又飘拂起来。母亲说：抢季节要紧啦，这秧早插一天就能增收一成。我没说话，我把母亲送回家，我跑到田里，没命地插起秧来。我很累，我腰酸，但我看到母亲的白发在眼前飘拂，我看到母亲跪在田里的身影，我不累了，腰也不酸了。我一口气插完了大田的秧，然后我哭了。

我的母亲是位普通的农妇，她的一生没什么惊天动地的事业，她是平凡人。今年的五月十七日，是她老人家的三周年祭日。我忘不了母亲的白发，母亲的青丝变作了白发，是辛劳所致是岁月所染。母亲是我故乡田野上的一株普通的庄禾，她的一生奉献给了故乡的土地。母亲的白发，装点我故乡的田野，使得我故乡的田野变得苍茫而温暖。母亲的白发飘拂在我的眼前，变作了我前进的一面旗帜。

啊，我母亲的白发哟，还在田野上飘拂么！

借 书

我最怕别人找我借书。当我看到来人在我的几个大书架前逗留着，有时抽一本书出来翻翻，我就担心他要借那本书，特别是借我最珍爱的书。有些人借书，新书借给他，一年半载后还来，已破烂不堪了。有的就干脆说：丢了！你能找他赔吗？有人借书，非常爱惜，及时奉还，很好。但我一下子又分不出来人是属于哪种类型。

多数的情况下还是将书借给来人了，我怕来人是真正的读书人，怕使他失望。因为我忘不了自己借书时迫切的心情，那种怕被人拒绝而鼓了勇气才开口的心理。在书架上贴张纸条：私人藏书，概不外借。我确实做不出来。

我最初向人借书是小学二年级。乡村小学的农家子弟没有自己的图书。我们班有个姓李的女孩子，说起来还是我的小表姐。她有一本《嫦娥奔月》的彩色连环画，我很想看，但她不借。有一次，我从家里带了一瓶凉开水上学，那瓶是装酒的瓶子。这位小表姐口渴了，找我要水喝，我就找她要书看，两下达成了协议。我拿到《嫦娥奔月》就迫不及待地读起来。小表姐喝了我瓶子里的水受不了瓶里的酒味，恶心地吐了。她生气了，把瓶子还给我，把她的书要回去了，可那本书我还没读完，心里很难过。

"文化革命"中间，我们村来了一批插队的知青，其中有一个姓张一个姓李，他俩有一只大木箱子，装的全是书。姓张的有个大哥是华中师范学院中文系毕业的，他带来了他大哥用过的《中国文学史》、《现代文学讲义》、《现代文学作品选》等好大一摞大学教材。

那时，我已读过不少的新旧小说故事，但像文学史和作品选析这类书很少见到。我向姓张的知青借，因为不熟，他不乐意，我感到灰溜溜的。

几天来，我吃不香睡不安，连做梦都梦到我捧着几大本文学教材在读。醒来后，却是一场空。

我一定要借到这些书，我一定要读到这些书。

张李二人住一起，自己开伙，他们除了劳动外，又要挑水又要砍柴，总是累得顾此失彼。在这种情况下，我一有空就跑到他们的小屋，帮他们挑水砍柴，有时还为他们烧火做饭。村里人吃水,要到小河里去挑。小河的坡岸很陡,挑一担水上来,每次都累得气喘吁吁的。为了能和他们交朋友,我咬着牙挑水,而且坚持不断。

我们成了好朋友,他们的书箱向我开放了。我感到很高兴,我觉得付出劳动换取书读,值得。

后来,知青回城了,姓张的知青将讲义送给了我,我是将它作为最珍贵的礼物接受的。

好些年过去了,每每想及少年时借书读的情景,心里总是热乎乎的。如今的条件好多了,我有了自己的书房和藏书,望着书架上那一排排的书,我常督促自己,要想想没有书读的少年时代,要想想没有地方可借书的贫瘠乡村。要快些读才好啊!

而我若找人借了书,一定是早读早还,尽量保存得好好的。因为我知道把别人的书损坏了那是很不好的事情。

阅览室里的梦

从学校走向社会，当了多年的编辑，很怀念学校时的阅览室。

单位里也有一间阅览室，订有许多的报纸和杂志。那些报纸乱糟糟地堆放着，你想查某一天的报纸，费了好大的力，却越查越乱，最后还是查不到。这样的阅览室，你能在里面阅读，那才怪呢！

我想起了大学时代我的母校华中师大的阅览室。华师多桂花，晚饭后，背起书包，踏着桂花的馨香，走进那宽敞宏大的阅览厅，在那红漆洁净的长方形桌边，找到一个空位坐下。阅览厅的人总是满的。可伴着日光灯丝丝的声音的，只有轻微的翻书声，还有钢笔在纸上划出的声音，四周安静极了，一种庄严肃穆的氛围，立刻使我走进了书的世界。我在书海里漫游，直到闭馆的铃声响起，才依依不舍地离开。

在几年的大学期间，我在阅览室里待了不下千次。白天没课的时候去，晚上去的时间更多。啊，母校的阅览室，给了我多少的营养和帮助，我难以忘怀。

更使我难以忘怀的是我上中学时，那间阅览室，阅览室由一个姓胡的男老师管理着。我从乡下的小学里考上了县一中，是父亲帮我挑着粗布被子，送我到县城的。

在乡下，除了课本外，没有其他的书读，有时想尽办法借到手的书，也大多是《封神榜》、《小八义》之类的旧小说。

县一中的阅览室，和我们的教室差不多大，里面摆着几排并拢的课桌，课桌上摆满了书刊。阅览室每天中午开放，姓胡的教师坐在门口守着，学生凭学生证进去，自由地翻读那些杂志。

这是多么令我激动的事情啊！在乡下，我本无睡午觉的习惯，于是，我就天天中午到阅览室里去。我还是初中一年级的学生，对《少年文艺》、《儿童文学》、《中学生》特别感兴趣，有时，连《儿童时代》也读得津津有味。这些书刊，给我开辟了一个全新的天地，这个天地是与那些旧小说绝然不同的。我如饥似渴地读着，拼命地读，就像一个饿久了的流浪汉，突然见到一堆香喷喷的食物一样，不顾一切地吞食。

到阅览室的时间多了,那个姓胡的老师也认得我这个小同学了。每次他都朝我笑笑,有时还将新到的杂志特地留给我读。

县一中的阅览室,是一条船,载着我在知识的洋面上遨游,虽然还只是在海边,但我是从这里起航的!三年的初中时代,我基本上没有睡过午觉。我的午觉变成了阅览室的梦。那时,我梦想着将来能当个大作家。今天,这个梦还没有醒呢。

去年,我去武昌县主办一个笔会。晚间散步时,我走进了中学时代的母校,我特地去寻找那间作阅览室的房子,房子还在,可不是阅览室了,已改作了老师的办公室。

站在那间房子的窗前,我感到深深的惆怅和惋惜。据说,如今的中学已少有阅览室了。学校注重升学率,不提倡学生读其他杂志,有些杂志中学生读了也没好处。

我再难有机会走进那些安静与书香味浓的阅览室了。我要读书,也有自己的书房。可我忘不了学生时代的阅览室和在阅览室做的作家梦。

罗老师和我的作文

我上小学六年级时,新换了个班主任。老师蓄了个分头,大眼睛,小白脸,瘦精精的,显得好英俊,他叫罗万象。当时,我已学会翻成语小辞典,辞典里有个成语叫包罗万象,我觉得很稀奇,怎么"包"我们的老师呢。

大约是前任班主任老师在他面前说了我的好话,他就任命我担任了班上的劳动委员、学习小组长等职务。可惜好景不长,我上课有点不遵守纪律,下课有时打打架,他就分三次撤销了我担任的一切职务,我就成了个普通的小学生。

罗老师很严厉,对我一点面子都不讲,给予的是经常性的批评。但他又比较欣赏我的作文,不仅给我的作文打高分,还经常拿到班上念一通,讲评讲评,致使我骄傲得小尾巴翘翘的。

我觉得作文好很重要,能得到老师的特别青睐,能得到同学们的佩服羡慕,真是个光荣的事情。而在罗老师未来之前,我是没有认识到这个问题的。

罗老师订的杂志有一种叫《作品》,32开本,上面的文章很吸引我,虽然其中许多我读不懂或懂不透。罗老师经常把《作品》借给我看。

在罗老师的影响下,为了写好作文,提高作文水平,我找了许多的书来读。并且尝试着在作文里学着写像书上那样的事情。这个时候我就开始在作文里弄虚作假了,用现在的话说就是虚构。本来我没见过某种事情,却在作文里写得有鼻子有眼的,其实完全是按照我看到的书上的事情来改编的。

有一天又是作文课,罗老师首先读的一篇作文就是我写的。

罗老师有些激动,分头朝脑后捋了捋,就抑扬顿挫地读起来,读到两个转折处,罗老师停下来,提醒大家注意,这里的"但是"用得特别好,恰如其分。教室里静静的,只有罗老师圆润的朗读声,还有我心里的怦怦跳动声。

我幼小的心灵在颤动着,有些惊惶,我不知这是不是好事。因为罗老师朗读的这篇作文,是写一位养猪模范的。我们村里确实有一个养猪的大姐姐,还有点名气。我的作文里,用的是她的名字,地名也用的我们的村名,但事实却不是的了。这篇作文是我看了一小薄本书后,把书中写的事情,套上我的主人公和村名,进行了一番改编。书上的文章有些长,我就掐头去尾,留下中间一截。我想，作文嘛，就是编编写写，真真假假，书刊上都是这样干的，罗老师不会去调查的。没想到罗老师会这么认真地对待这篇作文，而且给予了这篇作文以极大的称赞。我在惊惶之余，甚至感到有些惭愧。文章中的"但是"的用法，绝不是我的创造，而是照书上抄的。

罗老师朗读完了作文，就激情洋溢地进行讲评，同学们也似乎听得津津有味，我不安的心情也就很快消失了，小孩子么，哪有那么多担忧的。

至今，我还弄不清小学生作文，是不是要完全的写真人真事，是不是不能编造虚构？我有时检查儿子的作文，发现他在虚构一些东西，我没有批评他，但我也没有指出来，没有去鼓励他。

我自己是在小学六年级时，受了罗老师一些影响，看了一点文学书，就在作文里开始了虚构。从这个时候起，是不是可以说我开始创作了？如果可以算的话，这应该算我搞创作的萌芽时期。这刚出土的黄秧秧生命力很弱，如果遇一阵风或一场冻，就会很快消失。

我要永远感激罗老师的是，他没有批评我，而是表扬支持了我。他浇灌了这幼芽，他可能是不自觉的，但实际上激励了我，培植了我。

后来，我考上了武昌县一中。据说能上一中，是我的作文得分高。这件事当然是罗老师的光荣，他在我下面几届同学中，大大地表扬我，夸我了不得。

可是我是对不起罗老师的。"文革"初，罗老师也调到县城了，我和几个受过罗老师严厉管教而考上一中的学生，写了几张大字报，贴到罗老师工作的县城小学里，这无疑使罗老师很伤心。

这件事也使我常感内疚，贴大字报时我们才十五六岁，不懂事。

罗万象老师现在还在我的家乡当老师，他如能读到这篇小文章，能理解他30多年前的一个学生的心情么？

扶我上路的人

我的第一篇作品是1969年发表的。那时,我不参加"文化大革命",跑回乡下种田已有两年了。乡下年轻人不少,热热闹闹地成立了毛泽东思想文艺宣传队,演节目。

宣传队缺少编写节目的人,我就成了他们的笔杆子。我给他们写三句半、对口词、鱼鼓、道情以及各种唱词,还写过小剧本。

那年是建国20周年。武昌县文化馆经常发些演唱材料下来,都是油印刻写的。看到这一堆油印本本,我灵机一动,就写了一首唱词,题目是《亿万人民庆国庆》,寄给了武昌县文化馆。我现在还记得开头两句:红旗飘飘映彩云,亿万人民庆国庆。

骑着绿色自行车的乡邮员来了,递给我一个卷成圆筒的邮件,我急忙拆开,是一本带着油墨香的《武昌文艺》,油印的,是红黄绿几色纸装订成的32开小册子,我的名字和我写的《亿万人民庆国庆》赫然醒目地印在上面。

那一瞬间的心情到现在我都不知怎么形容,我也不想很准确地去形容了。总之我当时在路边站了好久好久。这是破天荒的事情。我从这一本油印的小册子中似乎看到了我的未来,看到了我努力的方向。

那时在乡下干活是很累很累的,但从此以后我竟不觉得怎么累了。

我成了作者(那时不敢想作家,能当个作者就了不得了)啦,武昌县文化馆寄了张"工农兵业余作者登记表"来,我填了,大队还盖了章,我是记录在案的工农兵作者了,我觉得很了不起。

我到县城里,找到了县文化馆,见到了何星老师。

何星老师招待我吃饭,晚上让我和他一起睡一张大床,他对我很热情很友好很支持。我永远记得这位在文化馆默默无闻地工作了许多年的何星老师。后来从武昌县出来好几位作者,提起何星老师,都缅怀不已。

我的第一篇作品是何星老师发表的。我不赞同有的人今天说起自己第一篇作品时那种不屑的神情,我们应该永远记住发表我们第一篇作品的刊物和编辑。即使你把你发表的第一篇作品扔进了废纸箱,你也应该记住!即使你将来成了托尔斯泰，也不应该否定自己的第一个脚印。

我的第一篇，第二篇，第三篇，以至好多篇作品，都是何星发表的，因为《武昌文艺》就他一个人编，一个人刻印，他是武昌县文化馆的创作辅导干部。何星老师给在乡下的我寄书寄稿纸，这书这稿纸对于我意义重大，督促着我不停地读书不停地写作。我只要到了县城，就找何星老师，和他抵足而眠，作彻夜长谈。

何星是武汉人，中等个，瘦，戴副白框眼镜，一介文弱书生相。他本来是武汉水利电力学院的大学生，未毕业就随社教工作团下了乡，后来就留在了武昌县工作，大学也没有上完。何星的一家人都在武汉，只他一人住在武昌县文化馆的一间小屋里。

何星老师后来死了，死的时候才四十来岁。他害什么病死的，我一直没打听清楚，因为当时我在武汉上了大学。

我永远也不会忘记何星老师。

写 春 联

我的写得不怎么好的毛笔字，应归功于乡下兴写春联。我不回乡下过春节也有好几年了，我在城里过春节，城里好像不怎么兴写春联。我住的文联作协大院，春节时，没看到哪几家门上贴着红彤彤的春联。我本想在自家门口贴上一副，又怕招人笑谑，也就不写了。大院里的春节，反而比平日冷清了许多，我想是不是没贴春联的缘故，缺少一种气氛。

回想起在乡下写春联，心里立即涌起一片温馨的情感，那乡情就由远而近。啊，我那蹲在田野里一堆房屋的故乡，房屋上炊烟袅袅，村里鸡鸣狗跑，肥猪四处徜徉，牛在栏里像个哲人似的反刍。腊月间，那迎接春节的气氛通过每一物、每一景透露出来。我们村是个大村，有两三百户人家。小卖部早就买回了大量的红纸，然后家家户户都去小卖部买两张或三张红纸。村人腋下夹着红纸，手里端只葫芦瓢，瓢里是几只鸡蛋，或是几块糍粑一瓢豆食。大家都找村小学的李先生写春联。李先生过去教过私塾，一副儒雅之相，毛笔字写得很好，就我的眼光看，他深得柳公权书法的精髓，那字飘逸，清秀，很是灵气。

那几天，李先生家是热闹的，从早到晚都是人来人往，送红纸，取春联。李先生用一只瓦钵装墨汁，饱蘸浓墨，不断挥毫。那时，李先生精神特别好，为人特别亲切，有求必应，别人要他怎么写他就怎么写，从早写到晚，手不打颤臂不发酸。村人送的糍粑、豆食、鸡蛋分三个筐子装着，你自己往里放。你拿东西来他客气几句收下，高兴地给你写；你空着手来，他也高兴地给你写。他那种为村人写春联负责认真的精神，令我至今不忘。

我从村里考到县城上中学后，村人对我父母就另眼相看了，好似我家出了个秀才。我放寒假回到村里，李先生开始为人写春联，一早就派人让我带上一支毛笔，到他家给他帮忙。我先是给李先生当助手，按照李先生的吩咐，把那红纸裁成对联模样，然后帮李先生牵纸。李先生写好一副，我就将其提到空地上摊开晾干。随后，我就帮他写了，我的字无骨架又无体，实在难看。李先生就鼓励我大胆地写，给我讲一些写毛笔字的下笔方法及字的骨架布局，关键是要充满自信，不要畏手畏脚，即使写不好，乡亲们也不会计较的。在李先生的指导下，我每年春节都有几天练习写大字的机会。我写的那些春联的内容，有的是李先生提供的，有的是毛主席诗词中的句子。乡下的春联，没有那么多的讲究，只要图个热闹就行了，对字与内容要求不高。有时帮村人写春联，少数客气的人家，特地请李先生和我到家里吃顿饭，男人还要陪我们喝几口酒。如果是修了新房子或要办喜事的人家，则要把李先生请到家里去写春联，把那新房所有的门窗都贴上火火爆爆的春联。这种人家，除了招待吃喝之外，还要塞上个红纸包，那红纸包里包着两块三块钱。每逢这种时候，李先生总要带上我。几年下来，我的毛笔字在李先生的指导下，在免费提供的春联红纸上练得像那么一回事了。每每春节之后，我偶尔看到哪家门上贴的春联是我写的字，心里还好一阵激动，觉得自己的毛笔字还看得过去。

后来，李先生去世了，村子里上中学的孩子多起来，写春联的人也就多了。过去村里的春联都是李先生的字，那些字一个风格。后来除了李先生的字外，有我的幼稚的字了。再后来，村里的春联就百花齐放了，那字体也就丰富多彩，各式各样了。但再也没有李先生那么有功力的字了。

参加工作后，我前些年每年都回乡下过春节，那写对联的事也是免不了的。许多人家都把红纸送到我家里，我也像李先生一样，高高兴兴地为乡亲们服务，也收下乡亲们给我的几只鸡蛋几块糍粑或一瓢豆食。我写的春联内容都是即兴自撰的。村里人就说：到底是个诗人，出口成章。

春节又到了，我还真想回到乡下，为乡亲们写写春联，享受那份温馨与乡情，领受那份报酬：鸡蛋、糍粑和豆食。

梁上泉和《小白杨》

知道梁上泉老师的诗名很早，但真正见到梁上泉本人，还是在去年夏天北戴河中国作家协会创作之家里。中国作家协会2001年第四批全国会员休假时间是7月25日到8月2日，因通知上写明允许带家属，我们这批会员代表和家属二十多人，每次吃饭开两桌半，是个很大的家庭了。我在饭桌上见到梁上泉，他方脸大眼，前额半秃，身子壮实，全然看不出是七十多岁的人。我写诗也有些年头了，和梁上泉老师见面就有一种亲近感。他说他家里还保存着我给他写的信。20世纪70年代我在《长江文艺》当诗歌编辑时，与许多诗人有过书信往来，我可能给他写过约稿信。

知道梁上泉除了写诗外还写歌词，缘于在这次北戴河休假中发生的一个故事。

7月27日上午，我们全体休假人员和家属乘辆交通车，到联峰山公园游览。天下点小雨，我们买了门票后，分散开登山。梁上泉的夫人浦心玉老师也是六十多岁的人，老两口带着九岁的孙子浦磊走在一起。浦磊上小学三年级，这次跟爷爷奶奶到北戴河玩，兴奋异常。小家伙背着双背带书包，跑在爷爷奶奶的前面，梁上泉老两口跟在孙子后面，不断喊着慢点慢点。联峰山公园占地1636亩，面积一百零九十多万平方米，园内有三座松林覆盖的山峰，有的山路陡峭窄小，巉岩迭出，林木蓊郁，其实是一处森林公园。时正盛夏，全国各地来北戴河避暑的人很多，公园内游人如织。我和妻子随着游人玩了一些景点，已经很疲倦了，找一处山石坐了会，便下山朝出口处返回。联峰山公园里有一处圈地不小的机关，四周围墙耸起，岗哨处处。我和妻子经过这机关的一个侧门时，见到梁上泉的夫人浦心玉眼泪汪汪地站在旁边。我们吃了一惊，忙上前问候。浦心玉老师说：浦磊丢了！梁上泉急得要命，漫山遍野地寻找。浦老师说：我找了解放军，请求他们帮忙找。我们忙安慰浦老师说，您老别急，解放军一定会找到浦磊的。这时我们才明白刚才在山上碰到一队队的战士跑步巡山，肯定是寻找浦磊的。侧门的岗哨站岗的两个战士的报话机响了，报话机里说：注意，请仔细寻找，有目标立即报告。丢失的小男孩子是老首长梁上泉的孙子，就是写《小白杨》的那个作家，我们更应该找到，我们一定要找到。

浦心玉老师就守在那岗哨边等消息，我们游完山的创作之家的人员和家属坐在出口处等梁上泉。这时丢了小男孩的消息已在游客中传开了，公园保卫处的联防队员也骑摩托参与寻找。终于传来消息：孩子找到了。当十多个解放军战士呵护着小浦磊出现在山道时，大家都欢呼起来了。七十多岁的梁上泉此时已汗湿衣襟，累得气喘吁吁。亏他身体好，如果换了别的老人，还能在山里跑来跑去找孩子么！

《小白杨》这支歌很流行，我也会唱，歌词写得很有诗意。但我就没注意这是梁上泉写的。这次发生在联峰山里的故事，使我亲眼见到解放军助人解难的行动，也知道了梁上泉会写歌词。梁上泉笑笑说：我本是搞歌剧的嘛，我写过上千首歌词。

帮助梁上泉找回孙子的是武警河北总队北戴河支队，梁上泉为这个支队写了一首诗，用毛笔写在宣纸上："倾情内卫守边防/都市警营小白杨/枝叶青青干直挺/长成大树护荫凉。"梁上泉的毛笔字写得很好，他的文房四宝随身带着的，他说他是书法家协会的会员。

在创作之家一楼的前厅里，我和梁上泉先生坐在沙发上，他接受我的访问：《小白杨》的创作经过和他的有关经历。那是北戴河海滨一个安静的晚上，梁上泉用他四川话味较浓的普通话和我聊了好久。湖南作家樊家信也在旁边陪着。

梁上泉1931年6月出生于四川达县。1950年面临着高中毕业考试的他，背着家人，放弃了考试，当上了解放军，在川北军区文工团当创作组长。1951年，梁上泉调到了西南军区公安部队文工团创作组，1955年3月调到北京，在军委公安军委文工团，1957年11月，他转业到重庆歌舞团。梁上泉的爱人浦心玉年轻时是达县地区文工团的副团长，是台柱子，两人结婚后经过八年的两地分居，直到1963年才调到一起。梁上泉在重庆歌舞团干到1982年，才调到重庆市文联当专业作家，现在担任重庆市作家协会顾问。

在部队干了八年，梁上泉对军人有一种天然的亲切感，一有机会，他就往部队跑。他刚调到文联的1982年，总政治部组织一些地方作家到新疆，也请了梁上泉。梁上泉"打起背包就出发"了。他本可以坐飞机飞到乌鲁木齐，但他选择了坐火车，先到兰州，再从兰州到乌鲁木齐。看到车窗外茫茫大戈壁无穷无尽，海市蜃楼常在眼前出现，而难见一星绿色，令梁上泉感慨良多。梁上泉有个习惯，他多年写作，深入生活，总是选择步行或是走得慢的交通工具。他引用纪伯伦的话说，乌龟比兔子更多地领略路边的风景。坐飞机只能看到蓝天和白云，徒步能知沿途的民情风俗。到新疆坐火车要走近一星期，这一星期能了解多少生活啊！在创作之家，浦心玉老师有次与我爱人聊天，说是有次梁上泉到西藏深入生活，徒步在原野上行走。这时有辆吉普车开过，车上连司机一起有四个人，还空一个座位。车上人看梁上泉背着背包走得辛苦，就要带着梁上泉一起走，梁上泉谢绝了，他说他要看原野上的风景，了解沿途的风俗。吉普车就先走了。没想到第二天听人说，那吉普车出了车祸，连车带人冲进了金沙江，四人都死了。我爱人是在我采访完了梁上泉之后告诉我这个故事的，我听了后捏了一把汗，梁上泉呀梁上泉，你真是命大！但我对梁上泉的深入生活的观点更佩服了：是的，要多看多问，能徒步就不坐汽车火车，能坐汽车火车就不乘飞机，让我们更多地亲近大地，亲近人民。

1982年8月1日是建军节，乌鲁木齐军区大阅兵，梁上泉赶到了。新疆的白杨树很多，梁上泉看到公路边的一排排参天白杨，翠绿威风美丽，站得笔直，给人一种壮美的感觉。当看到阅兵场上战士的队伍，一个方阵又一个方阵，一条直线又一条直线，绿军装，严整的队形，梁上泉的感觉就上来了，这不是一排排的白杨树么？白杨、军人，在随后的东疆南疆北疆的旅行中，在喀什、伊犁、吐鲁番、塔里木等地，这两个形象一直在梁上泉的脑子里出现。回到乌鲁木齐，梁上泉写了首朗诵诗《林带阅兵曲》，给部队战士朗诵，受到了欢迎。在新疆只安排一个月时间，梁上泉提出希望延长一个月。部队领导答应了，但有意将了梁上泉一军：延长一个月可以，但梁上泉必须为部队写一首歌词。梁上泉有些歌是很有影响的，比如他1956年写的《茶山新歌》流传很广，写采茶女对军人的爱慕，打破了写部队爱情的禁区。此歌很快流传到港台，台湾改成《茶山情歌》，香港改成《茶山姑娘》，很多人唱。这支歌后来在"文革"中成为梁上泉的罪状，说他用歌词来瓦解部队斗志。奇怪的是，当歌词抄出来贴在大字报栏批判时，很多人把歌词抄在笔记本上。梁上泉还写过《峨嵋酒家》，由阎维文唱出，得了大奖。梁上泉答应，他要为解放军写一首歌词，这歌一定要写好，要传唱得开，要雅俗共赏，要有深情又要美。

梁上泉离开新疆时，他答应写的歌词没有写出来，但那种情感在他胸中储藏着滚动着，他在寻找一个角度一个突破口，或者一星点燃激情的星火。

1983年7月，中国音乐家协会组织一批歌词作家到内蒙古和大兴安岭等地采风，梁上泉又出发了。他随着作家们到了呼伦贝尔，在中苏边境，看到我们的战士在岗楼站岗，下岗后抱着吉他唱歌，还养猫，生活过得十分的充实。那天，梁上泉看到了一个场景，心里一动，就走进了场景。哨所岗楼水很珍贵，一个战士捧着他的军用水壶走近哨所旁的一棵小树，用水壶里的水给小树浇洒。梁上泉走近去问战士，你浇的是什么树呀？战士说，小白杨。战士还说，这小树苗是他从家乡带来的。

角度找到了，突破口有了，一簇灵感的火星点燃了梁上泉胸中的激情，在新疆积累的生活立即出现在他的眼前。梁上泉急急回到房间，20分钟后，歌词《小白杨》写出来了。

"一棵呀小白杨／长在哨所旁／根儿深干儿壮／守望着北疆／微风吹得绿叶沙沙响／太阳照得树叶闪银光／来……来……／小白杨小白杨／它长我也长／同我一起守边防。""当年离家乡／告别杨树庄／妈妈送树苗／轻轻对我讲／带着它亲人嘱托记心上／栽下它就当故乡在身旁／来……来／小白杨小白杨／也穿绿军装／同我一起守边疆。"

《小白杨》歌词发表后，士心谱了曲，阎维文一唱，立即传遍军内外，流行很广。1987年建军六十周年时，总政治部给全军发文件：全军必唱八支歌，除了《三大纪律八项注意》、《解放军进行曲》等老歌外，《小白杨》是必唱的八支歌之一。《小白杨》和梁上泉的另两支歌《茶山新歌》、《我的祖国妈妈》还被选入了我国高等师范院校的音乐教材。

怪不得在联峰山公园内，部队领导和战士听到梁上泉是《小白杨》的作者时，对他是一片尊敬之情，一定要帮他找到丢失了的孙子。《小白杨》这支歌，在部队里人人都要唱，是梁上泉在解放军中的一张名片。说到这里，梁上泉给我说了又一个使我十分感动的故事。

梁上泉的舅兄，即浦心玉的哥哥，在武汉的湖北美术学院当教授，舅兄当年与他在四川达县高中是同学。前两年，梁上泉在北京参加完全国七届人大代表会，决定到武汉看望年老有病的舅兄。他到武汉的车票刚好是参加完人大代表会的湖北代表团返回的车厢。他拿着票先登车，进了他应进的软卧包间，放好行李，坐着休息。这时一位军人走进包间，梁上泉一看，此人是个将军，那肩章的金星告诉了他。军人的车票也是这个包间，他放行李，摘下军帽挂起来，与梁上泉打招呼："你不是我们湖北代表团的吧？"梁上泉答："我是四川代表团的，开完会顺便到武汉看望亲戚。"

两人就聊了起来，军人说：你是干什么工作的呀？梁上泉说自己是个作家。军人听后"哦"了一声，接着问：你写了些什么作品？梁上泉是出过25本诗集的诗人，他就报了几部诗集的名字，军人尽是点头，客气地"哦、哦"着，看来他没读过梁上泉的诗。梁上泉又报了自己写过的几部电视剧的名字，如《神奇的绿宝石》、《媚态观音》、《大巴山游击队》等。军人听了仍然只是客气地点头。这时，车厢的广播喇叭正在放音乐，一支歌放完后，播音员说：下面请欣赏《小白杨》。梁上泉听了，随口一说，这支歌是我写的。

军人在与梁上泉聊天时，手正在解军上衣的扣子，准备脱上衣的。当听到梁上泉说"这支歌是我写的"时，怔了怔，立即把解开的扣子系好，把挂起来的军帽戴到头上，在包间里"啪"地来了个立正，向梁上泉敬了一个军礼！军人握着梁上泉的手说："谢谢你为我们军人写了一支好歌。"梁上泉说，这位军人是驻湖北某地的一位军长，临分别时，一再欢迎梁上泉到他们部队去作客。

啊，梁上泉老师，你的故事把我和樊家信说得一愣一愣的。是的，诗人梁上泉，写了那么多的诗，写了那么多的歌词，还有电视剧，人们记住了他。而他的一支《小白杨》，像一缕春风，将永远在人们心头吹拂，给人们带来理想带来温馨带来深情带来美的享受。《小白杨》歌词发表时，梁上泉只得了50元的稿费。而《小白杨》被制成磁带，制成VCD碟子，把正版与盗版都算上，那个数目就无法统计了。

梁上泉老师没法计较这些，他像小白杨一样，绿叶闪银光。

绿　　碑

　　我们湖北省赴老区采访团的几个作家，在这块简陋的水泥碑前合了影。碑身高约1米，是麻城市乘马岗乡党委与政府立的，碑名为：老红军绿化荒山纪念碑。

　　我们是早饭后到达山下这个村子的。那是间普通的乡村住宅，土砖青瓦，堂屋的桌凳破旧，陈设简单。一位老人伏在桌上吃早饭，大米粥与腌萝卜条。

　　我很难把驰骋疆场转战南北的红军团长，与眼前这位喝粥的老人联系在一起。这是乡村随处都可见的老祖父，慈祥和善，步态蹒跚，不多言不多语，成天扛把铁锹或锄头在田边地角转悠。

　　可这确实是他，老红军傅兴贵。

　　老红军绿化荒山纪念碑是这样写的：

　　优秀共产党员、老红军战士傅兴贵同志，1931年投身革命，历二万五千里长征，身经百战，屡建功勋。1951年解甲归农，又为社会主义事业再显身手。尤其是党的十一届三中全会以后，更是忧国忧民，壮心不已。

　　市里陪同我们的一位同志讲了这么个故事：

　　1951年，组织上让傅兴贵从延安回湖北休养，因为在一次战斗中，傅兴贵头部受了重伤。

　　到了湖北，傅兴贵辞谢了省荣军疗养院的挽留，坚决要求回老家麻城，他是从麻城参加红军走的。

　　回麻城，在民政局办手续，工作人员见职务栏未填，就问傅兴贵担任过什么职务？傅兴贵回答是战士。工作人员心想，参加革命这么多年还是个战士，不可能，就好心地给他填了个排长。

　　傅兴贵回到村里，领着乡亲们办互助组、合作社、人民公社，走社会主义道路。

　　傅兴贵被选为湖北省劳动模范，到省城武汉开会。当时的武汉军区司令员陈再道将军也是从麻城出去的，他看到傅兴贵的名字，让秘书一打听，果然是麻城的那个傅兴贵。他找到傅兴贵说：好家伙，你在红军时代就是团长，现在怎么变成了排长？傅兴贵笑着说：他们要给我写个排长么，我能不干吗！陈再道将军握着老战友的手久久不放。乘马岗出了1名大将、3名上将、3名中将、5名少将，出了省军级以上的领导43名，如今又出了傅兴贵这个排长老红军。

参加革命60年，解甲归农40年，1933年入党的傅兴贵，如今正伏在桌上喝粥吃萝卜条，乡村的房屋也是低矮的。

傅兴贵的村子对面是一座山，是傅兴贵一家承包的山，是一座林木荟郁，绿色葱茏的山。老红军绿化荒山纪念碑就立在这座山上。

1981年，农村实行联产承包责任制，傅兴贵一家把良田好地让给别人，主动要求承包了这座当时荒凉光秃的石山。

荒山承包到手，傅兴贵就日夜扑在这座山上，他披星戴月，带着儿子、媳妇和老伴，挖坑剔石，植树种竹。

傅兴贵把自己的荣誉军人补贴费，全用来买了树苗树种，一棵棵地栽种到山上。他挑着水爬山，把水送到山上浇树苗。

10年，3650个日夜，一位老革命战士，就这么默默地干着，把自己的心血和热汗洒在荒山上，洒下一片，荒山就绽绿一片。

夏天挖坑，太阳大，山土硬，老人晒昏了，在地上躺躺，醒过来后接着挖。

石头太硬，握镢头的手打起了血泡，双腿支持不住了，就双膝跪在山上，继续挖坑扒土，跪的时间长了，膝盖上都结了厚茧。

挖一个坑，就是消灭一个敌人；栽活一片林子，就如打了一个胜仗。

10年，傅兴贵把自己的苦乐交给了这座山，他是当代愚公，每天挖山不止；荒山变绿了，70多岁的老人的青春也焕发了光彩。

痛苦的日子突然降临，跟着傅兴贵从延安回到故乡的唯一儿子，不幸病故，丢下了有点残疾的儿媳妇和孙子。白发人送黑发人，老人如挨了一棒，热泪纵横。但他没有被哀痛击倒，把儿子埋在山上，让儿子陪着他来绿化家乡。

在傅兴贵老人家里，老人并没有给我们说什么，没有豪言壮语，只有几句家常话，然后又去忙他的事情去了。

市里的同志带着我们上了老人绿化的山。

昔日的荒凉没有痕迹，如今山上处处竹木。正是4月，桃花正艳。山上的林木已经成了林，林间的空地上，麦苗滴翠，鸟鸣枝头。

我们是在踏过了处处山坡后，才来到水泥碑前合影的。碑上还有一段文字是这样写的：自1981年始，十度春秋，他不顾身残年高，挖山不止，坚持植树，造福子孙，以此山为基地亲手栽植的松、杉、柏、枫、竹等19个品种11000余棵，一片绿郁葱葱，生机盎然。在他的模范行为影响下，全乡绿化蔚然成风。

我们几个人下了山，再回首望那水泥纪念碑时，却模模糊糊，看不清楚了。

但是，我们却看到了一座青山，一座共产党员、老红军用汗水和热血染绿的山，这山难道不是一座高高的纪念碑么？

是的，傅兴贵绿化的山，是矗立在鄂东大地上的一座绿碑，是矗立在子孙后代心头的一座绿碑。

烛烬笔折悼苏群

1994年9月8日上午，我与刘耀仑、吴大洪一起代表《长江文艺》杂志社到医院看望病中的作家苏群，他正卧床吸氧。他伸出手和我们一一握过，说了句：好朋友来了！我那时看到他眼睛有些涩涩的了。他鼻孔里插着吸氧的管道，手不时地抚着胸部，可以看得出，他正在经受肺癌的痛苦折磨。

离开他的病房时，我只乞求出现奇迹，让他熬过这一关，再活几年。

9月9日上午上班，一会来了消息，苏群已于早上8点去世了，享年68岁。

听到这一消息，我坐在办公桌边，呆呆地什么话也没说，我在想着他，心里默念着。

省作协机关的同志喊苏群，都喊他老蔡。他叫蔡明川，苏群是他写小说的笔名。

20多年前，我大学毕业，分配到《长江文艺》（那时叫《湖北文艺》）杂志工作时，老蔡正是我们现在这个年龄，40多岁，正值壮年。那时杂志刚刚恢复，老蔡是杂志的小说组组长，非常精干与潇洒的一个中年人。这多年来他给我的印象是，工作能力极强，说的河南腔普通话，但那话有条理有见解绝无废话。他与各地的作者关系极好，发现苗头，组稿，改稿，快速而见成效。我省"文化革命"后新起的一批中青年写小说的作家，可说很少没有受过他的帮助与扶持的。我记得女作家沈虹光写小说之初，老蔡主持刊物，一连推出她的三篇小说。叶明山、楚良、映泉、李叔德等一大批作家的出现，他都浇注了心血。

他的工作态度，给我们年轻人做了很好的榜样，对我们起了一种潜移默化的作用，他很少对我们说应该这样应该那样。那一年，我和他一起到五峰县参加一个笔会。我那阵子患失眠症，一连几个晚上睡不着觉，白天头是晕的，根本不能工作。老蔡一个人把十几个作者的稿子看了，还一个一个谈意见指导修改。当我们从五峰返回武汉时，提包里的一批成品稿子沉甸甸的，那是老蔡日夜辛劳的结晶啊！到现在，我脑屏幕上映现老蔡的影像是，他抽着烟，握着笔，伏在案上，静静地看稿，不时地用笔在稿上改个字或作个记号。他没有言语，但他的这种影像，却是最好的语言，是他一辈子编辑工作的写照。他无意作楷模，但他是我们最好的楷模；他无意作老师，但他是我们最好的老师！

老蔡 1949 年 4 月参加革命，《长江文艺》杂志创刊时他就做编辑。在离休的前几年，他成了湖北省作家协会的党组成员、副主席。离开编辑岗位后，他就潜心于专业创作了。

搞创作的老蔡就是苏群了。这几年他是丰收的，几乎一年一部长篇小说，出版了《大别山人》、《风雨编辑窗》、《孤岛即将沉没》、《圈套与花环》等多部。《圈套与花环》被改编成电视连续剧在中央电视台播出，中央人民广播电台还连播了他的两部长篇。《风雨编辑窗》获我省首届屈原奖。我的父亲在乡下种田，他来武汉看我时，至少有三次碰到老蔡并聊过天。后来老蔡见到我，就说：我与你父亲是同年的。说这话时，他脸上有种亲切的笑容。

我父亲是农民，他种田收获的是谷子。老蔡他当编辑，当作家，也是种田，他收获的是作品，是人才，还有作者读者对他的无尽怀念。

编辑秉烛，烛已烬；作家握笔，笔已折。但苏群这个名字，将永远活在我心里。

何帆其实是诗人

何帆这个名字最早记住时，是"文化革命"期间。我那时在武昌县一中读初中，我见到一本铅印的小册子，书名为《十月的烈火》，里面有很多诗，其中作者就有何帆。当时读那些诗，总觉有一股激情在胸中滚动，恨不得立马冲到最前线，与美帝苏修真刀实枪干一场，愿洒一腔青春血。

1973年我从大学毕业，分配到《湖北文艺》当诗歌编辑，在给我们投稿的作者中，我发现了《十月的烈火》中诗作者的名字，如何帆、胡发云。胡发云在7435厂当工人，何帆在京山县文工团当创作员。他们大我一两岁，都属"文革"中的老三届毕业生，我们算是同代人，因而从那时起，我们就开始了交往，而且成了朋友。

何帆这人不健谈，很少见他在公众场合口若悬河地谈大道理，但有时碰到他感兴趣的话题，他也是能谈很久很久的，像那清溪流水，潺潺泛波，柔韧不断。我当时住在武昌紫阳路215号一间楼梯拐角间，是间只有六平方米大的小房，房里摆一床一桌一椅一小柜，所余空间就只一长条了。来了客人别转身，坐在单人床上聊天吧！何帆那天到小房里找我，见我墙上钉子上挂着的用铁夹子夹着的一叠诗稿，就取下来坐在单人床沿读起来。那叠诗稿是我新近写的诗，其中有我参观韶山后回来写的一组《韶山灯火》。我当时写了不少诗，诗风多追求清新婉约一派，即使写革命的题材也不喜欢那种大喊大叫，因而被当时许多报刊退稿，意见是缺少激情或说平淡。没想那天的何帆读完我的诗稿后，兴奋起来，跟我打开了话匣子，谈起了诗歌。何帆在京山县文工团编节目，写唱词写诗歌，其风格已与写作《十月的烈火》中那些诗不一样了，上山下乡，与农民在一起的生活改变了他。诗歌还是要扎根于生活，要达于民众，要讲究韵味诗意，要寻求诗美。没有美的追求，即使内容再革命，那也只能是口号，是白开水。何帆对我的那些婉约诗给予了很好的评价，并谈了他的一些写作计划。我们越谈越亲近，并且约定，今后我们要沿着这条路子走下去，多写诗，写了后多交流。在七十年代中后期，在紫阳路那间六平方米的小房子里，就着烛火，两个爱诗的20多岁的青年，谈着热爱的诗歌，很有一点激扬文字的味道。

1979年元月份，我结婚时，何帆与一位工人作者叶永义一起，给我送了50元钱的贺礼。我的家在农村，我参加工作后月工资只有36元，当时，何帆和叶永义的这50元对我可谓雪中送炭了。那时，机关里年轻人办喜事，大家凑份子，一个人只交5角钱。何帆与叶永义当时对我的这份情谊，令我感动。何帆当时对我说，我们是朋友，互相支持是应该的。写这篇短文时，我翻了1979年的日记，在2月4日的日记中有这样一段话："星期天，中午请李德复、谢文礼、何帆、叶永义及学校（指华师二附中，我爱人当时在二附中工作，结婚后我们住二附中）的两位老师一起吃饭，三点多钟才完，喝酒谈天。"这段日记很简单，但我至今都能记起何帆那天喝了酒后，与李德复谈得很多，很兴奋。李德复是"文化革命"前的作家，当时好像正在受审查。但我们并没有另眼相看他，到现在德复谈起此事还好感动。谢文礼那时在武汉医疗器械厂当工人，他的电影《武当》还没写出来。那顿酒饭吃了几个小时，我们谈创作，也谈了不少局势问题。何帆那天是又一次打开了话匣子。

　　今日忆起这件事，我感到十二分的痛心的就是，我结婚给我送50元钱的何帆和叶永义都不在了。叶永义在一个工厂上班，喜写歌词，不知得了什么病，不到30岁就去世了。叶永义去世时，何帆好像还写过一篇文章悼念，那文章我读过。我将永远怀念这两位兄弟。

　　何帆后来考上了武汉师范学院，从京山回了武汉。何帆大学毕业后，分配到湖北省音乐家协会，专职写歌词，编了本歌词刊物叫《长虹》。何帆约我写歌词，我在《长虹》上发表过歌词。何帆和我都在紫阳路215号上班，我们是一个单位的同事了。湖北省文联与湖北省作家协会分家，何帆和我都到了作家协会，他编《长江》丛刊，我编《长江文艺》。1986年4月1日，在同一份红头文件上，他被任命为《长江》丛刊副主任。我被任命为《长江文艺》副主任，我们都成了副处级干部。那时，我们都只30多岁，算得上是春风得意吧！记得省直单位处级干部检查身体，在高家湾医院，医生对省作协负责医疗的干部说，你们单位的处长好年轻呢！

　　何帆编他的《长江》，我编我的《长江文艺》，我们都知道，上级提拔我们，是希望我们好好干，把刊物办好。两个刊物同属作协领导，两个编辑部紧挨着，我们天天见面，我们天天打交道的都是文学，但我们干得都很带劲。何帆一有机会，就跟我谈他的创作计划，他写电视剧本，还要写小说，他是个不满足自己的人。后来他抓创收，办公司，出书刊，赚钱买车，忙得很。他太忙，我们的交谈就少了些。何帆在搞书刊出版时的情况我知道得不多，但我手头还保留着他给我的一本书，这本书是他与文祥编选，由中国文联出版公司出版，书名是《现代小说题材与技巧——当代外国著名小说家访问记》。这本书的印刷装帧很简陋，文字校对也较差，但这真是一本对创作有用的好书，它编选了威廉·福克纳、厄内斯特·海明威、索尔·贝娄、格雷厄姆·格林、加西亚·马尔克斯等20位世界一流小说家的创作谈。这本书我不断地读，已读过好几遍了。读到这本书，我就想起了何帆。

突然地，何帆被查出有病，而且是很厉害的癌症。朋友们震惊了，我也震惊了。这怎么可能呢？他看起来哪像是有那种病的人。但医院查出的结果又是真的。何帆在治疗，在吃药，据说病情一天天好起来。这期间，我曾两次邀了几位朋友，到他大东门的家里，陪他玩麻将。麻将玩得平平的，主要是陪他说说话，解解闷。

后来，何帆又拉起了知青艺术团，排节目，搞演出，很是投入。我想，他大约是把病情控制住了，找些事干，有种精神寄托，这样对他也好。

上天终于无情，何帆在与病魔搏斗了几年后，终于还是离开我们走了。在殡仪馆里，在与何帆告别时，不知怎的，有一个意识非常牢固地盘踞在我的脑子里：何帆本质上是个诗人，何帆的人生应该是一首好诗，但这首诗却半途夭折了。何帆，我怀念你的诗人时代。

纪念刘绍棠先生

突然地，刘绍棠先生就去世了，仅仅 61 岁。读到报纸上发的消息，我心里有种沉痛缓缓升起，眼前出现了他的那张笑脸，还有爽朗的共鸣声强的笑声。实在说，我与绍棠先生并没什么交往，既没与他通过信，也没与他在一起论过文学，但我把他作为尊敬的老师与同志，是因为他的乡土文学和他的那种不断的乡村情结。

我刚开始接触文学时，就听说有个神童作家刘绍棠，他上中学时就出版了小说集子，并用小说的稿费在北京买了四合院房子，当起了专业作家。后来有机会读到他的许多沾满大运河水腥气土腥味的小说，我被吸引了，把他奉为楷模。我是写乡土诗的，后来写乡土小说及散文，不能不说是从刘绍棠先生那里受到了影响。遗憾的是，刘绍棠先生后来的乡土小说，写来写去没多大的变化，有些作品中的人物与故事有重复感觉，这不能不说是种缺憾。但缺憾是缺憾，他在我心目中的地位未变，中国当代文学史，是不能不写刘绍棠的，新中国成立后的中国乡土文学，绍棠先生可以说是旗帜或代表人物。

我与刘绍棠先生的个人联系，虽说有些牵强，但还是有的。1991 年 5 月，我们在北京参加全国青年作家代表大会，在中央领导接见我们并照相时，来了一些不是青年的作家。刘绍棠先生来了，并和我们一起照了相。那张大照片的第一排，有三张轮椅，坐着艾青、张海迪、刘绍棠。那时的绍棠先生，还只 55 岁，虽说坐了轮椅，但精神很不错，身体看上去也健康。

去年上半年，在一次会上，我碰到《湖北日报》的张宿宗先生。张宿宗说："《湖北日报》双休特刊登载乡土诗人王老黑的文章，王老黑到北京去看刘绍棠，刘绍棠让王老黑问候湖北的作家，中间还提到你。"回家后，我赶快找报纸。果然在这张彩印的报纸上看到了这段话，绍棠先生说，问刘富道、刘益善等人好。读了这报纸，我感到一种兴奋和温馨。

去年 12 月中旬，我们到北京参加全国第五次作家代表大会。刘绍棠先生是大会代表，并在会上被选为中国作家协会副主席。那时看到绍棠先生，神采奕奕，春风满面，精神状态十分的好。在这次会上，遇到一件小事，使我与绍棠先生有了面对面的接触，并且说了几句话，还握了一次手。那天，我们从京西宾馆礼堂开完大会出来，回各人的房间。从礼堂到房间要穿过好长并有多处台阶的过道。有人推着轮椅过来了，轮椅上坐的是刘绍棠。轮椅无法上台阶，推轮椅的一个人无法把轮椅搬动。我刚好在一边，就赶快上去帮忙抬轮椅，还有一位女作家也帮着抬。我们护送着轮椅前进，每遇台阶都抬起来，直到把轮椅护送到大厅。临走时，我与绍棠先生说了几句天气与气温的家常话，并握了一下手，他说谢谢我们。绍棠先生并不知道我是谁。问题是，推轮椅的是山西作家韩石山。石山兄与我是好些年的朋友了，头天晚上他还到我住的房间聊过天，但这天他没看出抬轮椅的我来，他的眼镜不知是近视眼镜还是老花眼镜。总之，韩石山给刘绍棠推轮椅，这是很不错的事情。

好像才过去不久的事情，突然地，绍棠先生就去世了，正是壮年，还未入老境呢！前些时，报上还登着他提出建议，把北京的几个老作家聚在一起，大家交心谈心，加强团结。没想到，他就这么匆忙地走了。

但刘绍棠先生留下了12卷本的《刘绍棠文集——大运河乡土文学体系》，他将活在他的读者心中。

戴厚英死了

戴厚英死了，和她19岁的侄女戴惠被人杀死在上海的寓所里。上海警方已经立案侦查，结果尚未知道。最早听到这消息是在湖北省的中国作协会员聚会上。吃饭时，方方在饭桌上告诉我，我一惊，心里立即发闷、哀痛。面前有一小杯白酒，我将白酒洒在地上，以示祭悼。

我是很尊敬戴厚英的，她是当代中国女作家中的强者。闻捷是我喜欢的诗人，他的诗集《果子沟情歌》对我写诗起了引导作用。"文化革命"中闻捷受审查，戴厚英是审查者，后来审查者与被审查者竟然相爱了。在那种年代，当然得不到结合，闻捷就愤然自杀。戴厚英后来就写了长篇小说《诗人之死》。80年代中，《长江》文学杂志在神农架开笔会，戴厚英带着她上中学的女儿参加了。我也参加了这次笔会。在神农架山中踏访奔走时，戴厚英和她的女儿十分活跃，娘俩说笑如平辈，翻山爬坡十分的矫健。那时戴厚英才四十多岁，创作正处旺盛时期。她很随和，和大家聊天，没什么架子。那一次，我们几个人在松柏镇新华书店发现了戴厚英的长篇小说《人啊人》，共5本，我们就一人买了一本，让戴厚英在书上签名。戴厚英签完字，说应该她出钱买了送给我们。我们笑着谢绝了，她连说：不好意思不好意思。现在，这本书成了一个很好的纪念。

自此，我十分关注戴厚英的行踪。她早年离异，与诗人闻捷相爱未成后，一直单身。她女儿后来大学毕业出了国，她曾去探亲，和女儿住在一起，带带外孙女。戴厚英除了写长篇小说外，近些年写了不少的散文和随笔，这些小文章写得十分出色。记得她发表在《随笔》杂志上的一篇文章，写她安徽乡下的侄儿，十分动情，我是读出了眼泪的。戴厚英是个意志很坚强的女人，她从安徽农村考上华东师范大学，就一直在上海工作生活，当了大学教授，成了知名作家，培养了女儿。她不忘农村，还自己跑到安徽农村去防洪救灾。她在上海，始终以一个外乡人自居，她的心留在了乡下。她是上海大学文学院的教授，她的课讲得好，学生们喜欢听。她是一边讲课一边写文章的。

突然间她就死了。是谁杀了她啊，凶手一定要抓住。要让凶手知道杀害的是个什么人。戴厚英今年才58岁。

一位大学生喜爱的教授，一个出版过7部长篇小说和多部短篇小说及随笔集子，读者喜爱的作家遇害了。该杀的凶手啊，太残酷了。我也是戴厚英的一个读者，我在心里深深地悼念她。

此文写到此，有个细节附上：我爱人和儿子每天上班上学，家里经常只有我一个人。爱人说，你可要小心啊，有人敲门你先问清楚了再开门，别像戴厚英那样呢！

我相信我们的社会和警力，任何杀人行凶者终究会被消灭的。

悼念诗人昌耀

今年3月初，久不买诗集的我在书店见到一本《昌耀的诗》，人民文学出版社1998年12月版，当即毫不犹豫地掏钱买下。那天同时还买了其他几本书，收银台小姐为我打折，我说其他书打折卖我可以，但《昌耀的诗》我出全价20.7元，一分钱不能少，因为这本书值这个价。如果我用折扣价买他的诗集，我觉得会亵渎了朋友。

不久，从《文艺报》上见到了昌耀于3月23日在青海西宁去世的消息，我愣了。昌耀，你是我心目中的真正诗人，你怎么就这样去了呢？待我接连读到几位朋友在悼念昌耀的文章中写到昌耀的病情及死，我当号啕一哭。昌耀，你好苦；昌耀，你那些真正的好诗是从你的苦中泡出来的啊！

昌耀死了，中国当代堪称真正的诗人又少了一个。而且像昌耀这种诗人在中国当代是越来越少了，那些伪诗人倒是活得很潇洒，在那里喝酒写诗，写些离诗越来越远的分行文字。昌耀，你的诗不会因你的死而死，它们会长久地活在读者的心中，活在朋友们的思念里。

20年前的1980年，昌耀在《青海湖》杂志做诗歌编辑，那是他的右派得到改正后重新回到文学队伍中不久，我给他寄了两首诗。昌耀对我的这两首诗颇为称赞，很快发表在《青海湖》杂志上。我在其中的一首《冬荷》中写道："秋风秋雨过后/残酷的严冬来临/一场自然界的浩劫/谁都没有侥幸//最后是死了/她是站着死去的/留下了洁白/留下了衷心。"现在想想，昌耀当年称赞我的诗，这几行诗肯定给他留下了印象。我在写冬荷，其实是在写他们这一代受到不公正待遇的人的命运及品格啊！

昌耀是湖南桃源人，17岁便与诗歌结缘，曾在朝鲜战场上受过伤，后来在青海遭流放20余年。他的命运坎坷，但看得出来，他没有向命运低头，而以一颗诗人之心在抗拒着灾祸与苦难，保持着自己的人格尊严。1983年9月，在新疆石河子绿风诗会上，我见到了昌耀，一个穿着朴素，个子不高，面色清癯，戴着宽边眼镜瘦削的中年人。绿风诗会聚集了全国各地赶到的160多位诗人，那时是诗歌的黄金季节，大家在一起谈诗喝酒研讨外加旅游，其乐融融，气氛滚热。但我发现昌耀却有些孤单与不合群。他不大多说话，很有点木讷，没事就一个人坐着，默默的，像在思索着什么。诗会上不断有新鲜事发生，从少年到老年，大家都放开了自己在狂欢。可这一切都与昌耀无缘，我总是能看到他那孤独的身影。

　　绿风诗会期间发生了一件事，使大家一下子记住了昌耀。那天诗人们的车队外出参观，有小车、面包车和大客车，老同志或领导或名诗人坐小车与面包车，其他人坐大客车。昌耀没弄清楚这些，跑到面包车上，被一位工作人员请下来，让他坐大客车。昌耀这时面色苍白，嘴唇颤抖，突然就火起来了，觉得受了污辱，当下坚决不去参观，并且第二天提出回青海，拒绝再参加诗会了。这下可把主持者搞慌了，诗人杨牧向昌耀赔礼，其他朋友也劝解，才算是平息了这场风波。这件事肯定有误会，但昌耀维护自己的尊严以及他执拗的性格是表露无遗了。1996年12月北京开全国作家第五次代表大会时，代表名册上有昌耀，但我在会上却没见到他，这很正常。大家都在热乎地交往时，昌耀肯定又在孤单地走着或坐着想什么。昌耀后来当了青海省作协副主席，据说有些名家到了西宁有意探望，他却拒而不见，原因是他"不会说话"。

　　诗人昌耀走了，他走的形式与老诗人徐迟一样，是从楼上飞升而下的。昌耀患的是腺癌，并且转移到淋巴与全身。昌耀是青海的专业作家，他只写诗而很少写其他作品，而写诗又绝不为写而写，产量很低。他一生写诗不多，三四百首而已。昌耀过得很清苦，诗的稿酬收入低。昌耀有3个孩子，小儿子在上高中，他的生活窘迫，据说在他病痛严重时，都不去医院医治，虽然医疗费用报销80%，20%自己承担，他也不愿。他宁可痛得用膝盖顶着胸部在床上嚎叫，也要节省下很少的几个存款，为他的小儿子上大学用。昌耀的死亡方式，实在是因为疼痛得受不了，而采取的一种自我保护。诗人韩作荣说："他对死亡已无所畏惧，他对生很留恋，只是现实已回天无力。"

　　昌耀死了，中国西部矗立起一尊诗的碑石。昌耀，我在南方朝你拜谒：安息吧，我的一位诗兄。

我们仨的老大

1973年10月15日，一辆武汉牌敞篷卡车把李传锋、刘耀仑和我以及我们的简单行李拉到武昌紫阳路215号。那是一个小院子，门口挂着"湖北省文艺创作室"和"湖北文艺"两块牌子，我们三个是华中师范学院中文系毕业，分配到这里来工作的。《湖北文艺》是本杂志，由湖北省文艺创作室主办，传锋和耀仑在小说组，我在诗歌组，当编辑。这本杂志的编辑大都是原《长江文艺》的老编辑，都是从五七干校回来的，我们到时，《湖北文艺》才出版三期。1979年，《湖北文艺》又恢复为《长江文艺》，我自那时起，一直干到现在没挪窝，传锋和耀仑后来都离开了。

我们三个工农兵大学生的到来，对湖北省文艺创作室来说，是件不小的事。领导和同志们十分重视，当天下午就召开全体大会，对我们表示热烈欢迎。传锋代表我们三人在会上发言。他是个政治上很成熟的人，上大学前就是大队党支部书记，在学校一直担任学生干部。我是在华师中文系入的党，他和蒋大国是我的介绍人。省文艺创作室的党委书记辛雷是个抗战时期的老干部，新中国成立后出版过长篇小说。辛雷同志拿着一叠发言稿，在会上照着稿子念，对我们三个人说了不少好话。传锋代表我们发言时，没有用稿子，却话语清晰，条理分明，分寸感政策性把握得十分到位，把个辛雷同志的讲话比到地上去了。我看到会议室里坐的老年中年男女同事，一个个听得十分专注，对传锋的讲话水平感到惊讶。这是传锋到单位后的第一次亮相，十分成功。

在湖北省文艺创作室以及后来恢复成湖北省文联，传锋在政治上给我和耀仑把着方向，使我们没走弯路。那时工农兵学员是作为新鲜血液输送到文艺战线的，许多老文艺家们还在牛棚里改造，从干校回省工作的同志，也是十分小心，生怕联上文艺黑线。但我们到创作室后，并没有批这个整那个，而是虚心向老同志学习，努力提高业务，争取当个好编辑，与极"左"路线不沾边。几十年过去了，传锋现在是湖北省文联党组书记、常务副主席，我没听说哪个同志挨了他的整受了他的批。我和耀仑也没整过任何人批过任何人，省文联省作协的老年同志以及后来的年轻同志，与我们的关系都非常好。在这一点上，传锋为我和耀仑作了榜样。

我们到湖北省文艺创作室时,传锋26岁,我23岁,耀仑20岁。在华师中文系,我们三个是同年级同学,到创作室成了同事。那时创作室住的房子很小,许多老同志一家几口只住一间房。我们三个就同住一间房,先是在后楼的一楼,后来又搬到办公楼侧楼的二楼。房间十四平米左右,放三张单人床,一张小桌,一只小柜,余下的空间只够走人了。机关有个食堂,但到星期天就不开伙。星期天,我们买了炉子铁锅菜刀砧板油盐酱醋等物件,还拖了一堆蜂窝煤来。我们三个人一块生炉子,只见烟子,煤老烧不着,近两个小时过去了,炉子还是黑的。门房陈爹爹的女儿回家看爹妈,见我们那笨拙样,出手相帮,才让我们生着了炉子。忙了一上午,我们三人吃上了我们自己做的饭。三十多年前的这顿饭啊,我永远也忘不了。传锋在做饭时,动手的时间多,他毕竟大些,做饭做菜的经验多些吧!我们三个人实行的是AA制。买米买菜买油盐还买那些各种各样的票证供应的食物,谁买的,记个账,到月底平摊。传锋老家是鹤峰县,耀仑是英山县,我则是武昌县,我的老家最近。我们回家探亲,带来各地特色食物,有时送点给编辑部的老同志,其余的就我们三人共食。传锋从鹤峰老家带来一大块山里用柴火熏的干腊肉,黑乎乎的直冒油。我心想这能吃吗?传锋说,这是好东西呢!他亲自动手,用刀刮去黑油烟,然后放在瓦罐里面煮,温火煮了一晚上,那香气啊,我与耀仑一夜没睡好。第二天我们大快朵颐,把那一大块熏肉吃得精光,连汤也喝掉了。

武昌紫阳路215号的那幢小楼现在已经拆掉了,侧楼上的那间房子,曾经是我们三个人的家。大学毕业后,我们三人合家过日子好几年,直到传锋结婚后搬去了水果湖。在这个家里,传锋是当然的老大,他在生活上对我与耀仑的关心,那是少不了的。

传锋在《湖北文艺》、《长江文艺》当编辑的时候,是个好编辑,在蔡明川、张忠慧、李文等老同志的帮助下,他选编了一批好的小说稿,帮助了许多作者。我手头有一篇河南省作家协会主席张宇谈编辑的文章,张宇在文章里说:"至今,我还对李传锋感恩戴德。他是我处女作《土地的主人》的责任编辑,这个小说题目还是他自己改写的呢。那时候我在家乡洛宁县工作,就用破纸糊一个大信皮,把小说寄到了《长江文艺》。李传锋回信让我改一改,再寄回去,就发在了1979年11月的《长江文艺》上。还是头题。他自己还配写了评论《赞"土地的主人"》。其实他赞的小说,许多地方都是他自己改过的。马上,《小说月报》转载,我就算会写小说了。这还不算,最有意思的是消息传到我们河南,省作家协会王秀芳大姐马上就赶到我们老家来看望我。老编辑庞嘉季亲自给我写信祝贺。这在如今的现代生活中，都是不可能发生的事情了……"传锋推出张宇的小说处女作，对张宇后来的创作与成名，无疑是起着重大作用的。

　　传锋是鄂西土家族人，不论是开始当编辑还是后来当领导，他都在坚持业余创作，主要是写小说，他的动物小说是很有特色的。当我读着他的那些短篇、中篇、长篇动物小说时，总是会心地笑了。因为这些作品中的动物故事，各种动物的特征与性格，我都不生疏。在我们三人同住一室时，在那些静静的夜晚，我们三人躺在床上，传锋给我们讲他少年时的生活，山里的那些动物，他随大人上山打猎时遇到的种种故事细节，生动有趣，听得我这个平原上长大的人觉得新鲜而刺激。现在传锋讲的这些故事都出现在他的动物小说里面，吸引了更多的读者，形成了他自己的创作特色。他的《退役军犬》、《最后一只白虎》等，都是代表作。最近，湖北少儿出版社出版的"李传锋动物传奇系列"，更是少年儿童的喜爱读物，这当然是生活给传锋的回报。

　　三十多年过去了，我们三人中最小的刘耀仑，也是五十出头的人了。我们三人曾是一个家，传锋是我们三人中的老大。老大，还惦记着我与耀仑这两个兄弟么？

　　当然。我们永远是兄弟。

我心中的香格里拉

湖北作家采风团赴云南采风，这一线最令我神往的地方是香格里拉。到香格里拉走一趟，是我多年的心愿。各种传说中的香格里拉，有我长久以来想要印证的心灵追寻。

香格里拉一词出自英国小说家希尔顿的纪实小说《失去的地平线》，故事说暴乱时英国领事馆领事康威带人乘飞机撤离，飞机被劫持，沿喜马拉雅山由西向东偏北方向飞行。途中，飞机出故障，迫降在万古苍凉的雪原上。飞行员临死前告诉四名乘客，附近有一处叫香格里拉的地方，找到那里，就可以获得生机。四人经过艰难的行走，终于找到了那个与世隔绝的世外桃源———一个没有仇恨没有战争的独立王国，一片宽容、安宁、祥和的净土，一座神奇的、拥有无与伦比的原始自然美的乐园——这，就是香格里拉。评论家说，《失去的地平线》充其量只属三流作品，它的成就就是创造了香格里拉这个新词并营造了那个举世向往的超越人类想象的理想家园，引无数人去追寻和印证的地方。而香格里拉这个词能在全世界传播开来，则要归功于原籍福建的马来西亚首富郭鹤年先生，他从希尔顿的小说中获得灵感，于1971年在新加坡创建了第一家命名为香格里拉的五星级酒店，每一位入住该酒店的客人都会获赠一部《失去的地平线》。如今，香格里拉酒店遍布世界各地，成为全世界酒店业中的响亮品牌、服务标杆。郭鹤年创建香格里拉酒店的初衷，是否就是要为在都市里忙碌奔走的人们，提供一个灵魂和肉体最好的栖息地呢？

香格里拉成为旅游胜地是20个世纪50年代中的事。印度、尼泊尔、不丹等国为了拓展本国的旅游事业，都宣称《失去的地平线》中提到的香格里拉在自己的国境内，印度喜马拉雅山冰峰下的巴乌蒂斯坦小镇、尼泊尔的斯唐小镇都先后被命名为香格里拉，一时间，世界各地的游客纷至沓来，外汇滚滚流入这些地方。香格里拉，似乎成为了圣地与金钱的代名词。直到1992年11月30日，我国才批准云南风景秀丽的迪庆州中甸县对外开放，这位"养在深闺"的美丽少女，刚开始并没有得到多少青睐。1995年6月，一位新加坡游客来到迪庆，面对这里的高原风光，大声惊呼：这不就是世人一直在寻找的香格里拉吗？自此以后，中甸县改名为香格里拉县，迪庆州的首府也设在了这里。香格里拉县下还有个香格里拉镇，在距离长江虎跳峡不远的地方。我们采风团领略了虎跳峡的深峡惊涛后，驶进了香格里拉镇。

2006年6月16日中午，在香格里拉镇用过午饭，采风团到了纳帕草原，在草原上，我们骑了滇种小马。从草原离开，到一专卖牦牛肉的店中买牦牛肉，然后到达迪庆州首府亦即香格里拉县城。晚饭后，到藏民家中喝青稞酒酥油茶，看藏民跳舞唱歌，把地板跺得震天响。这些项目均要收钱，可见，商业化久已。

到过了香格里拉镇，又住在香格里拉县城，在我的感觉里，这些地方都不是令我心驰神往的香格里拉，更不是我心灵追寻的地方，一丝失望的情绪爬上心头。

17日一早，离开香格里拉县城，沿途植被繁茂，山坡、峡谷、草甸，放眼望去，俱是绿色，天低云白，碧空如洗，空气格外洁净清新。草地上有成团的小黄花。导游央宗说，这叫狼毒花，其中，小狼毒花又称格桑花，是藏民的吉祥花。大狼毒花据说能够提炼出某种治疗癌症的药物。沿途山坡上还盛开着成片的娇艳的杜鹃。央宗说，杜鹃花共有270多个品种，而香格里拉就有170多种。我耳听着导游的解说，眼睛却贪婪地一直看着窗外，我们似乎正在经过一个美丽洁净的绿色通道，我仿佛已经嗅到心中的香格里拉的气息和味道。

为了保护环境，我们乘坐的汽车被留在一个距离目的地很远的停车场，全部人员下车，改乘电瓶客车上山，进碧塔海。在山顶停车坪下来，导游领我们走向长长的用原木楞架成的栈道。栈道栏杆两边是草地，碧绿的草，茸茸的嫩。有各色小花点缀其上，还长着芭蕉叶样的我叫不上名字的植物，像内地的白菜或莴苣一样。草地边仍是山，山坡上是密密的小树林，各色树叶把那山坡分出清晰的层次来。山坡与草地之间，有藏民用石头垒成的尖塔，塔上插着挂满红蓝绿各色彩旗的木杆，木杆与木杆之间牵着绳，绳上悬挂着彩色布条，说是经幡。途中，下过几滴雨，似乎是要清洗我们带来的灰尘——这里的空气太纯净了，容不得半点污染。我忽然不想走了，在脚下的草地上席地而坐，让同伴们先走吧！眼前这湖这山这水这空气，分明就是我神往的香格里拉啊！我在想象中描画过无数次的香格里拉不就是这样的美丽景象吗？我武断地在心里说，这里就是地理上的香格里拉！在这海拔3400多米的地方，这方净土这片绿地，我的大自然啊，你让我们到达了净化灵魂的地方。碧塔海，高原之湖，绿水涟涟，照出了我们这批寻找香格里拉人的面孔。我趴在草地上，深深呼吸着大地的芬芳，感恩苍天感恩自然，我消失了，融化了，与这里的空气、山水和绿色融为一体……

不管印度人怎么说，尼泊尔人怎么说，不丹人、俄罗斯人怎么说，此刻，我无比坚信，香格里拉就在我的脚下，我的周围，在中国云南的中甸。

希尔顿在《失去的地平线》中宣扬了一种哲学，香格里拉是人与自身、人与人、人与自然都遵守适度美德才能赢得的恩赐。正是因为适度，香格里拉社会才有了祥和、友爱和康泰，有了小说主人公康威所迷恋的亮丽和恬静。我渴望亮丽和恬静，可我眼前的香格里拉亮丽无比却不复恬静，如织的游人，遍布草地山坡；喧嚣的语声，回响在纤尘不染的空气中，显得格格不入，异常恼人——也许，从开放的那一天起，我们已经失去了真正意义上的香格旦拉。我的香格里拉啊？我的精神世界的香格里拉在哪里？

传说，某人经历了9999次艰难寻找，遇一智慧老人，问香格里拉在哪里。老人说，你不用再到远处寻找了，香格里拉在你心中。

是的，云南归来，我终于悟出了这个道理，香格里拉在我心中。

我心中的香格里拉，亮丽而又恬静。

竹溪古关说秦楚

　　成语"朝秦暮楚"在《辞海》中的解释是战国时秦楚两大强国经常打仗，其他国家根据自己的利益所在，时而助秦时而助楚，比喻反复无常。今年7月，我随中国作家竹溪行采风团到竹溪采风后，却对《辞海》的这种解释不以为然，觉得《辞海》的解释与这成语产生的原意相去甚远。

　　竹溪是鄂西北最边远的县，西与陕西的平利县接壤，南与重庆的巫溪县比邻。县委县政府的领导说，1949年以来竹溪只来过作家碧野，后来写了散文《竹溪》。这次来了作家韩少功、方方、阿成、聂鑫森、野莽等，这是竹溪县志要记载的大事，希望作家们多写竹溪。

　　从竹溪县城乘车西行30公里，就到了横跨鄂陕渝豫皖五省市的楚长城雄关关垭。关垭史称白土关，当地人叫关垭子。关垭两山夹峙，一线中通，横亘南北，分割秦楚，自春秋以来长期为兵家必争的战略隘口。如今的关垭关城，钢筋混凝土浇筑，上世纪90年代重修，城门洞里一条国道由鄂通陕，人来车往，秦楚无阻隔。

　　舍车登关，我们先寻楚长城遗址。从关城的一侧爬一面小山坡，我看到那掩映在杂草树丛中的墙体，高有两丈余，朝北边的山林中蜿蜒而去。这就是筑于公元前7世纪的楚长城了，比秦长城早400年，比明长城早2000年。楚长城夯土而成，夯土里拌魔芋浆、杨桃藤汁做粘合剂，坚如铁壁，两千多年的风雨侵蚀战争摧打，如今还留有300多米的夯土城垣供后人观瞻，叹我楚人祖先的盛衰存亡。

　　登几十级台阶上到关垭城楼。站在城楼上，突然就感到自己高大起来。国道从我的脚下通过，身边山岭起伏，莽莽苍苍。我朝西站，就背楚面秦，我朝东站，就背秦面楚。关垭东是湖北的竹溪，关垭西是陕西平利。关垭城楼的望台上，国务院勘立的省界碑屹立着，傍着界碑照相，你就脚踏鄂陕两省了。两千多年前，我若是楚国的守城将士，面对沿峪口而来的秦兵，马蹄达达，呐喊如雷，我会拔剑而起，带领我的士兵兄弟与秦兵厮杀，用我们的血肉捍卫楚国国土。"身既死兮神以灵，魂魄毅兮为鬼雄！"楚国诗人屈原的《国殇》不就是写的楚人浴血抗秦的英勇么？战争残酷而激烈，血泊中，秦人早晨占领了关垭内的楚地，但是晚上，楚人又夺回了失地，反而占了秦国的领土。关垭内外的土地，早晨是秦国，晚上又可能成为楚国了。战争没有结束，朝秦暮楚的情况就不断出现。朝秦暮楚就这么流传下来，成了成语，其解释演变成反复无常，真没道理，但我们又不能说这是错误。

关垭是一个历经两千多年的古关，现在的关城是第几次重修，谁也说不清楚。当年的国界，今日成为供人凭吊游览的景点。曾经强大的楚国，终被秦灭掉，而秦最后又被楚人灭掉，"楚虽三户，亡秦必楚！"中华的大一统，这是历史的必然。今日的秦地楚土，都是中华人民共和国的江山。而秦人楚人早已是同胞家人了。在关垭旁边，有露水集市，陕鄂人民，平等交易，互通有无，团结共振。

在关垭附近，时有农舍墙跨秦楚，一家人中，有父秦母楚的或母秦父楚的多得很。只是关垭之外的陕西，享受的是国家西部开发的政策，而关垭内的竹溪，享受的是中部省份开发的政策。西部政策与中部政策据说有差别。陪同我们游览的竹溪干部说，这是因为这堵关墙所隔，所以政策不一样。但竹溪人民很有信心，中部崛起的口号会得到实现。湖北陕西，在改革开放之后，都在一天天发展起来，鄂陕人民都在一天天富裕。

竹溪的关垭古关，留下了中国最古老的长城，留下了一个成语的出处，留下秦楚人民由敌我变亲人的见证，留下了一道供游人休闲游览的亮丽风景线。来吧，海内外游客，此地不可不看。

秦巴山里民歌乡

向坝是湖北竹溪县最偏远的一个高山行政乡，深藏在大巴山与秦岭之中。从车城十堰到向坝有 1000 余里，从县城竹溪到向坝 500 余里。向坝 20 世纪 80 年代还没有公路，只有靠一条千百年来被背盐人踩出的古盐道与外界联络。向坝山高山大，最高海拔 2700 多米，最低也有海拔 405 米。土地坡度全是 25 度以上，有的达到 40 多度。向坝的土地似乎都悬挂在崇山峻岭上面。交通不便，这里的自然风光却十分美丽。山高峡深，大峡里面套小峡，峡峡相连，峡峡相通，气候好，雨量充沛，植物繁茂，瀑布溪流，纵横流泻，十八里长峡气势夺人。

2008 年 7 月中旬，我随韩少功、方方、阿成、聂鑫森、野莽等一批作家，在已经通车的公路上颠簸了近一天，由竹溪县城进了向坝，夜宿乡政府简陋的客室。这次采风活动由竹溪县委县政府组织，打出的牌子是"中国著名作家竹溪行"，我忝列其中，不敢称著名。

我的采风选题是向坝民歌。

向坝乡政府坐落在一道坝子的坡面上，县城过来的公路通过坝子中间，围着乡政府聚集着些房子，成一条小街。这里是版图面积 205.2 平方公里，人口 8060 人的向坝乡的中心。农民们住房沿着公路两边稀稀拉拉的建着，农户与农户之间，相隔一里两里，十里的都有。更多的农民的房子建在岩坡上远山里，独家独户的很多。乡政府所在地的村叫向坝村。据老人说，这里原本只有三户姓向的人家，后来由于战乱与灾荒，许多灾民逃到这里，陕西江西及湖北的安陆、咸宁、黄冈人都有，四川人最多，这里就形成了一个中心。

离乡政府二里外的向坝中学，两棵高大挺拔的黄桷树立在操坪边。入夜，人们从四处向这里集中，向坝篝火晚会在这里举行。我们坐在操坪的一排木凳上，操坪边的大树间拉着横幅。旁边的当地朋友告诉我，这两棵大树是 300 年前附近的山体滑坡，被泥石流冲到这里来的小树苗长成的。高寿的黄桷老树，亲眼见过多少代人在这操坪上载歌载舞？今夜这场篝火晚会，原汁原味的农民歌手唱山歌，让我们感受这秦巴山里的人民心中的追求与苦乐。

篝火烧起来了，歌手们上场了。男的女的，老的少的，有夫妻对唱的，有组唱的,有独唱的,那声音或淳厚或尖细,嘹亮的尾音在山间缭绕盘旋。叙事的歌唱在向你动情地叙说,那缠绵的歌唱,引起你初恋的回忆,那深情的倾诉,直达你的心底。围在操坪边和山坡上的听众近两千人,屏声静气地听,热情地鼓掌或者和着民歌应和。熊熊的篝火映亮深山的夜色,动人的民歌打破深山的宁静,火热的听众情绪如沸,啊,秦巴山中的向坝,山民们的一次狂欢。

唱歌的有一矮小的老头,嗓子尖亮,连唱三首;有一对50岁左右的夫妻,唱了一首叙事民歌,那意思是,丈夫对妻子不满意,要把妻子卖给谁,妻子说,卖给他还好些,那人有哪些好处,我跟他能享福。丈夫又说把妻子卖给另一个人,妻子又说了另一人的好处,跟另一人也享福。丈夫接连说了十个人,结果妻子都愿意,每一个人都比丈夫好。丈夫没辙了,最后说不卖,你还是给我当老婆。诙谐的歌唱,引得听众一阵阵笑声,而生活的某种哲理与女歌手的机智,也表现得十分精彩。晚会上,有向坝中学的学生与老师,唱的几首新民歌,味道又不一样。而留给人们更深印象的是一位穿着打扮与民歌手不一样的二十来岁的女孩,唱的是民歌,但那民歌显然是改造过的,有点类似于经过音乐人整理过的《龙船调》的那种。女孩的气质与表演,显然是经过一些训练的。

夜深了,篝火晚会最后的节目是把我们这些客人和县里来的同志请到篝火边,由向坝中学的一群女学生拉着大家的手,围着篝火跳圆圈舞。随着音乐的节奏,双脚踏步甩腿,围着篝火转,转出一阵阵的笑声与欢乐来。

篝火晚会结束了,听众从四面散去,打起火把的长龙,在山道上蜿蜒而行。也有的是开着农用车骑着摩托车来的,那发动机轰鸣着沿公路朝夜色里奔去。乡政府的同志告诉我们,今夜来赶场的,最远的有50多里外的农民。

我们这群作家,也算是跑了不少地方,见多识广。东北作家阿成说,中央电视台搞的心连心节目,也不过如此吧!阿成的这话不过誉。

篝火晚会的第二天,吃过早饭,县里的朋友陪着我,去寻找昨夜那个矮小老头。车行半小时,公路边的一幢平房,我们进屋,这是那小老头的家。小老头叫李明亮,66岁,初中文化,祖籍重庆巫山县。李明亮儿时在山上放牛羊就喜欢敲着石块唱民歌。成年后,当过民办教师和生产队会计。他经常参加乡村红白喜事歌场,通宵达旦唱歌。他能唱400多首民歌,以山歌、薅草锣鼓歌、丧鼓歌见长。他的歌声穿透力强,有很浓的峡山风味。可惜我们来时,李明亮上山打猪草去了,他的儿子去寻找了好久,也没找回来。我们只是与他的儿子聊了聊。李明亮全家17口人,人人都会唱民歌,都是受李明亮影响的。

篝火晚会上唱丈夫要卖妻子的夫妻歌手杨福凤与邵济生,家在金竹园村二组,夫妇二人均为向坝本地人。他们的家离乡政府将近50里,我们车行一个多小时才到。他们的家在一处石岩上,我们沿石级攀到他家门前,几间平房,房门上了锁。陪同的朋友到屋后朝坡地上一喊,两口子正在坡地上干活,听到喊后立马回来。妻子杨福凤见是省里来的人,非要到屋里换了衣服洗了脸梳了头才陪着我们说话。杨福凤55岁,邵济生58岁,他们有两儿一女。两个在外地打工,一个在上学。这是一对勤劳善良且干练的夫妻。说到民歌,女主人公羞涩地笑了笑,说唱得不好,她会唱300多首。小时候父母都会唱歌,他们也学着唱,他们是通过唱歌,唱成夫妻的。乡间邻里有喜事丧事,他们都去帮着唱歌,表达心意。孩子们都不在家,这对夫妻有时略感寂寞,就经常对着唱民歌,自娱自乐。说到昨晚的篝火晚会,杨福凤说,是乡里派车来接他们去的,送回家后,还给了50元钱。这对秦巴山里的农民夫妇,已经把唱歌当做他们生活中的一项内容。离城镇那么远,独家独户住着,种坡地,养鸡养猪养羊,唱着民歌,那日子也就有了滋味。告别时,杨福凤推开另一间房门,那房里堆着一房子土豆,她非要给我们一人装一袋土豆。实在不好拿,我们谢绝了,夫妻俩有点失落。我感觉出他们是诚心诚意的。当我们的车离去时,他们站在岩坝上向我们招手,我只在心里祝福他们日子过得更好民歌唱得更多。

我惦记着昨晚那穿着打扮与唱法不一般的女孩。那女孩叫李仲妮,家在乡政府旁边的向坝卫生院宿舍。回到乡政府,到她家很近。李仲妮的父母都是卫生院的医生,家在卫生院宿舍楼住,家里收拾得干干净净。李仲妮非常高兴我们的到来。她是向坝中学毕业的,后来考到长沙一所大学的音乐系学声乐,是大二的学生,暑假回家。李仲妮告诉我们,她从小就受了向坝人唱民歌的熏陶,喜欢唱民歌,高中毕业时,她到武汉进修音乐,后来才考上音乐系。她的理想是:既然是从民歌之乡走出去的,到高等学校学好专业知识后,再回到家乡来,当个音乐教师,在向坝这个民歌之海里继续汲取营养,挖掘整理一批民歌,做提高工作,让家乡的民歌能够唱遍全国,唱遍世界。土生土长的民歌,进行整理提高是非常重要的。李仲妮还有个想法,她学成回来后,要办个小小培训班,先从娃娃抓起。听完这个从向坝走出去的唯一一个学音乐的女大学生的话,我们几个当场就对她给予了鼓励与赞扬。这是个有理想也比较纯正的女孩子,向坝的民歌如果有更多像她这样愿意当做事业来追求的音乐工作者,那发展的前景将是远大而辉煌的。李仲妮,愿你的理想早日实现。

向坝是一个民歌之乡,我现在的感觉是名副其实了。在竹溪县城听介绍说,在国家启动"中国民间文化遗产抢救工程"中,湖北省民协的同志要为向坝申报"中国汉民族第一民歌乡"。这个"第一民歌乡"的申报是否能被国家某部门批准不去说了,但把向坝称做民歌之乡是完全可行的。

在20世纪80年代全省民歌普查时，工作专班深入到向坝乡各村落走访调查，得出的数据是：向坝民歌有山歌、阳歌、情歌等16种主要民歌形式，有艳、贤、谐、哀、怨为主等五种格调，161种民歌曲牌，6100首完整歌词。向坝乡有2000多名民歌手，60%的成年人能随时随地熟练演唱民歌，200多户祖孙三代能同台演唱。

由中国文联出版社出版的《向坝民歌集》，是在6000多首向坝民歌中挑选出来的优秀民歌，该书的责任编辑李相斌在谈向坝民歌时说：唱歌是向坝人最大习俗。盖房要唱奠基歌、立门歌、上梁歌；生产劳动要唱插秧歌、薅草歌、请禾苗神歌；生活习俗中要唱生辰宴歌、杀猪宰羊歌、年节岁时歌、红白喜事歌。总之，有事就有歌，有歌必有事。每逢歌会歌节，人们更是夜以继日，歌声不断。向坝乡会唱歌的人占全乡总人口的80%，全乡14个行政村，村村都有歌王歌后，他们大都能唱300多首歌。双桥村年逾古稀的王文海可以唱几天几夜不重歌，逾500余首，人称老歌王。高泉村任万美，刚过不惑之年，已是远近闻名的歌后，她在家排行老三，人称任三姐，要与刘三姐齐名。

我最后采访的一个人是向坝乡现任党委书记、乡长万克非。这是个1971年出生的年轻人，从湖北农学院毕业后在县植保站工作，1998年5月到向坝乡当副乡长，后来又当乡长，副书记，后来书记乡长一肩挑。万克非家在县城，与妻子两地分居11年了。谈过乡里的经济发展之后，我们谈起向坝的民歌，这个年轻的书记立即眉飞色舞，看来他是把向坝的民歌与向坝的经济放在同等重要的位置了。他说，乡里干部一直配合专班人员深入村户挖掘整理民歌，已出版第一本民歌集，准备出版第二本民歌集。为配合申报民歌乡，乡财政在有限的资金中拨出专款，修建了一批民歌楼、民歌亭，使得村民能有唱民歌聚会的场子。乡里还对民歌手进行培训，每年组织民歌比赛，并将歌手送到县市省里参加比赛。为让民歌进课堂，乡里的中小学均教唱民歌，从小进行培养。有意识地进行一些新的创作，用民歌调填新词，唱廉政、计划生育、文明创建等中心工作，同时配合十八里长峡的旅游开发，注入文化底蕴。万克非最后总结说，向坝民歌是新农村建设很好的教化载体，用喜闻乐见的形式提升了乡民的文化道德素养，像那些劝谕性的民歌，劝郎莫贪玩，劝郎莫抽烟，劝郎行正道，劝君莫贪花和柳等，有潜移默化的功效。向坝乡民风纯朴，人们热爱生活，很少有刑事案件发生，不能不说民歌起了不小的作用。

千里秦岭大巴山区，莽苍苍一片烟云。在这大山深处，有这么一个8000余人的乡镇，有这多唱民歌的人，有几百上千年唱民歌的传统，不能不说是一个奇迹。向坝是一颗深藏大山里的民俗文化明珠。这里山美水美景色美，这里的民歌堪称天籁之音。朋友们，请到这里来吧，领略这里的风光，听听这里的民歌，你会得到一次人生难得的享受。向坝人新创作的一首民歌叫《客到向坝不想家》，歌中唱道：

    大巴山风光美如画 最美丽的风景在向坝！
    大巴山山歌传天下 最好听的山歌在向坝！
    大巴山好客名气大 最好客的人家在向坝哟……

  我们作家们从向坝从竹溪回到各自的省里去了，但我们是很难忘记向坝的，很难忘记向坝这个民歌之乡。

羊楼洞茶事春秋

湖北赤壁市西去二十七公里处，有一古镇叫羊楼洞。她头枕幕阜群山，背依松峰山北麓，迎送着日月，落寞而清冷。乡道，故墙，房屋老旧，行人稀少，明清时留下的石板街上，只有闲坐的老人和嬉戏的孩子。羊楼洞，像居住在深山的老祖母，脸上的皱纹写出了沧桑。

曾几何时，在清代的地图上，羊楼洞与汉口的标识相同，属于大城镇，就像今日的地图上武汉与北京的标识一样。明嘉靖初年，羊楼洞达极盛期，镇上有德国、俄国、日本、英国等外商，有汉口、镇江、天津卫和广东等内商，还有本地雷、刘、贺、陈、邱、饶六姓所开茶庄茶铺两百余家。那时羊楼洞有五条大街，每条宽达四至五米，街面皆由青石板铺就，街两边除茶铺茶庄外，还有其他各业铺面数百家，常住人口有四万多人。

群山拥抱的羊楼洞，土壤气候适宜种茶。其种茶历史可远溯唐代。唐太和年间皇诏普种山茶，当地山民就培植成功。宋代即开办以茶叶与边疆民族地区进行交易的市场，羊楼洞茶叶一斤易一羊，十斤易一牛，两千斤易马五十匹。长年食用牛羊肉的蒙古族与其他民族人饮茶之后，顿觉神清气爽，遂养成饮茶的习惯，茶叶成为他们生活的必需品，以至于有"宁可三日无粮，不可一日无茶"之说。边疆民族的生存需要与消费拉动了内地茶叶生产的发展，内地茶叶往边疆地区运送，于是茶马古道形成。

羊楼洞周围的山坡与平畈，生长着数万亩茶树，采茶女双手如飞采下的茶叶，山民将采过嫩叶后的老叶与茶梗割下来，老叶嫩叶都运送到茶庄。茶庄的制茶人将收到的嫩叶制成绿茶，将老叶与茶梗压制成茶砖。他们日夜劳作，挥汗如雨，一担担的茶叶在这里制作出来。

茶商趋利而来，他们云集羊楼洞买茶运茶。车粼粼啊马萧萧，路上行人不断线，马背上驮的是茶叶，独轮车和牛拉车上装的是茶叶，还有那精壮农夫背上背的也是茶叶。他们从羊楼洞的石板街上出发，沿着山道，逶迤而行，顶着骄阳，冒着山风，日夜不停，将茶叶运往二十多公里外的新店镇。茶叶旱路运到新店镇之后，装船走水路，沿长江到汉口，再逆汉水到襄阳，在襄阳改水运为畜驮车拉到黄河。到黄河之后，分两路走，一路走东口，到今日河北的张家口，一路走西口，到今日内蒙古的包头。东路的茶叶往北入归化，即今日内蒙古的呼和浩特，再往北到库伦，即今日蒙古国的乌兰巴托，最后到达俄罗斯恰克图，从恰克图转口销往俄罗斯各地及欧洲各国。

羊楼洞至恰克图，一条万里茶马古道，据记载鼎盛期每年输出茶砖几十万担，达数十万斤。那时羊楼洞的川字牌老青茶砖名扬海内外，而羊楼洞三字在蒙古和俄罗斯人的眼中，是个茶叶圣地。清康熙年，羊楼洞茶成为朝廷馈赠外国使团的贵重礼物。清光绪年，俄国沙皇的太子到中国游历，闻讯有俄商委托刘姓人在羊楼洞开办了阜昌茶厂，遂到羊楼洞亲临视察。1883年，俄国人从羊楼洞买了茶籽和茶苗，种植于尼基特植物园内，使得俄罗斯才第一次有了茶叶，俄罗斯茶叶的祖先是羊楼洞。

羊楼洞的昌盛期长达两个世纪。那时，茶香缭绕着深山，马帮络绎，马蹄在石板街上哒哒不绝；那时，人气弥漫着古镇，车队拥拥，车轮在石板街上轧轧有声；那时，羊楼洞的白昼与夜晚，楼台馆阁，酒肆青楼，花天酒地，叫卖声声，笙歌不歇，是幕阜山里的一颗明珠。

俱往矣！如今记载羊楼洞繁荣富有的文字都是过去式的"曾经"与"有过"，这种表述对于国家、民族和任何城市都适用，是时代与历史使其沧海桑田。三十年河东三十年河西，国家民族和许多大都市都如此，何况一个羊楼洞呢？我们大可不必为羊楼洞的萧条与败落而叹息，却应该从历史中寻找启示和可供反思的地方，为将来的发展提供依据。

时代的进步与历史的发展不可阻挡，现代交通的发达使得茶马古道与盐马古道等原始运输线退出历史。1897年平汉铁路通车，1936年奥汉铁路通车，与羊楼洞相隔不到十公里的赵李桥成为铁路边的一个车站。何须马帮与人力车运再水路旱路的折腾呢？茶厂茶坊干脆迁移至赵李桥镇，一切方便多了。这是不是羊楼洞萧条的原因之一呢！1938年11月7日日军占领羊楼洞，烧毁房屋上千间，拆毁栗树咀茶坊街全部房屋。1939年9月上旬，日军烧毁羊楼洞伴旗山房屋数百间，杀害老幼百姓三十余人。日寇侵华期间，在羊楼洞烧杀抢掠，犯下的滔天罪行，更是羊楼洞萧条冷落的根本原因。国内茶叶的生产开发，适合种茶地域的扩大，各地砖茶红茶产量骤增，业内竞争激烈，你的力量不行，只有败下阵来，这也是羊楼洞没落的原因。据报载，与羊楼洞相邻的湖南安化县，正向国家申报"中国黑茶之乡"，而名副其实的"黑茶之乡"羊楼洞，还只停留在"自称"上。

羊楼洞如今只剩一条青石铺路的主街，横贯南北，长约一公里，几条小巷依主街向四周辐射，隶属于赤壁市赵李桥镇管辖，人口不足千人。平日街上只有寥寥前来参观怀古的游人,看街道两旁尚存的明清古建筑,看青石板街面留下的据说是当年运茶车轮碾出的凹痕,想象当年的模样。而有志于羊楼洞茶业复兴的人们也经常来古镇转悠,寻找重振羊楼洞茶叶雄风的契机。

羊楼洞与京广铁路边的赵李桥形成了一个茶叶种植圈,圈内的茶园数万亩。赤壁市政府近年加大发展力度,以羊楼洞茶生态文化产业园为龙头,带动整个种植圈茶业生产的振兴。产业园占地1.3平方公里,总投资10亿元,以"全产业链开发+茶文化旅游"为核心,达到茶产业开发和茶文化旅游开发双丰收的目标。而"羊楼洞"茶业有限公司打造的"羊楼洞"老青茶品牌,正在充满信心地走着复兴之路。

羊楼洞古镇没有必要重现当年的繁华,但要把她的一条古街保护起来,使其成为茶文化旅游的实物。而"羊楼洞"三个字可以作为茶叶品牌打造,使其成为一个具有高品质的产品意味和高内涵的人文意味的名词。羊楼洞,将来不光是一个地名,更是一个中外闻名的茶叶品牌。

红安长胜街的洪炉

湖北红安县七里坪镇有条街叫长胜街，这条长不过一里，宽不过两丈的小街，花岗石铺路，街两边的房屋青砖黑瓦，木格窗，木板门，房屋山墙与隔火墙有龙蛇鸟兽造型装饰。这是一条在中国革命历史中不可不提的小街。它是黄麻起义的策源地，也是中国三大红军主力之一的红四方面军的诞生地，这两件都是有历史记载的大事。即使是那间四平方米的房间，房间里的一盘洪炉，一架手拉风箱，一座铁砧，靠墙放着的钳子与大锤小锤，也有着不平凡的记忆。

长胜街是国务院列入的全国文物重点保护单位。我在长胜街瞻仰了红四方面军指挥部、苏维埃劳工委员会、革命法庭、银行、中西药局与饭堂合作社等遗址后，走进了这间四平方米的小屋。

我站在小屋里，久久没有离去。小屋是一间大厅后面的倒屋，只有很小的门进来，外面参观的人熙熙攘攘，小屋却很安静。我眼前升起了80多年前的火光，小屋洪炉的火光熊熊，粗壮的手臂拉着风箱，炉火中的一块顽铁烧得透红，钳子夹起红铁，放在铁砧上，又一双粗壮的手臂扬起大锤，砸在红铁上，火光四溅，叮当的捶击声，不绝于耳，穿过夜色，在长胜街上飘荡。叮当！叮当！大锤小锤交相捶击，铁钳夹着的红铁渐渐变成青灰色，变成了一支长矛，变成了一把大砍刀，变成了一杆梭镖。成了型的铁器，被钳子夹着，往水槽里一扔，滋的一声长响，长矛、梭镖、大刀，淬了火，一件件冷兵器就此诞生。

我站在小屋里，久久不愿离去，在戴克敏、曹学楷、吴焕先等人领导和发动下，七里坪的农协会、农民自卫队成立起来了，泥腿子背插大刀，手握梭镖长矛，红缨飘展，自卫队员，一个个威风凛凛，打土豪，惩恶霸，革命活动如火如荼。柯义生杂货店的店员成立工会，组织了工人纠察队，纠察队员威风凛凛，手持长矛、梭镖、大刀。工人农民组织成立了法庭，审判镇压了大土豪阮纯青、李介仁与反动商会会长李业阶，而枪决这些土豪劣绅的一把土手枪也是铁匠铺里打造出来的，那是一把唯一的、十分简陋的手枪。威风啊威风，革命的威风，来自力量，来自武装。1927年11月黄麻起义，长胜街是起义队伍的集结点，浩浩荡荡的起义队伍，手握的大多是长矛梭镖大刀，握长矛梭镖大刀的队伍向黄安县城进攻，他们威风啊！当黄安城被攻下，变成了红安，我看到威风在队伍中高扬。

　　我站在小屋里久久沉思着，眼前这间不起眼的铁匠铺十分普通，与旧中国的所有铁匠铺一样简陋，可是，在红安七里坪长胜街，这间看似普通的铁匠铺子却不平凡！它炉火熊熊，它铁锤高举，它风箱不断鼓动，它的叮当之声不舍昼夜，它歇人不歇火，它日夜生产着兵器，武装革命的工农，装点革命队伍的威力。据统计，这间铁匠铺打造出的各类冷兵器达一千余件。洪炉的火啊，在旧中国的黑夜中不熄，觉悟了的工农，在铁砧上不停锻打，锻打杀敌的武器，锻打革命队伍的威风，锻打胜利。当热兵器完全取代冷兵器，当各种先进的武器在战争中施展威力的时候，长矛梭镖大刀，在现代化战争中被淘汰掉，但是，我还要向革命早期的梭镖长矛大刀致敬，没有它们，就没有革命的起步与发展，就没有队伍的威风与力量，就没有今天的胜利与现代化。

　　我从红安县七里坪长胜街一间四平方米的铁匠铺里走出来，蓝天丽日，四处一片繁荣，我走在处处都是遗址的石板街上，耳边仿佛还在响着叮当之声，那铁砧还在锻打着，锻打着历史，锻打着记忆，锻打着觉醒了的民众的威风。

鹤峰淘书记

20世纪90年代初,那是个夏天,时任湖北省作家协会党组书记的毕志伦领着一批作家到恩施鹤峰县,在崇山峻岭围着的县城蓉美镇开民族文学笔会。我是第一次到恩施,那高峻的山,那艰险的盘山公路,那古朴的吊脚楼,令我无限地惊奇与向往。笔会安排很紧,头三天连气都没喘就翻山越岭到土苗山寨采风参观,在篝火边跳摆手舞。第四天开始由作家讲课,我与这作家早说好了,他讲课我可以不听,我讲课他也可以不听。

我不听别人讲课,就自己安排。我首先要去的地方是书店。过去我每到一个新地方,总要到书店里逛,特别是偏僻的小地方书店,总能淘出几本书来。有一年到凤凰,在沈从文《边城》里写到的茶峒小镇书店里,我淘到过一套三本的《宋人轶事汇编》,中华书局出版,只3块多钱。书店里只进了这唯一的一套,让同行的於可训羡慕不已。这次到鹤峰,我有一种预感,我会淘到几本好书。早饭后我去街上找新华书店,经人指路,下了40多级台阶,到了书店门口,但书店关门,还没到上班时间。我等到8点半,那门才开。进了书店,只有一个营业员,没什么顾客。我的眼睛在那一长溜柜台书架上扫瞄着,结果是失望。书架上都是传奇武打和新近出版的书,装帧堂皇耀眼。看中一两本想买,再看定价,都是8元10元的,就不买了。品质这样一般,有也可无也可,而且这么贵,我不买可以了吧,由你在书架上摆着贵去。

书店的一个角落,用柜台围成了一个圈子,五六个书架塞满了陈旧脏黑的书,旁边挂一牌子,写着:优惠价30%。心中大喜,这正是我要找的地方,可惜的是这个圈子锁住了。问店堂的服务员,说是那人还没上班。问什么时间来?答不知道。我一定要进这圈子去翻那书,那里肯定有想买的书。于是我就等着,到10点钟,还不见人来。想那人今天大约不来了吧,决定先回宾馆,明日再来等!

于是就叹口气朝回走,爬那40多级台阶时,遇到了参加笔会的时任恩施州文化局副局长的女作家叶梅。叶梅后来去了北京,担任《民族文学》的主编。当时叶梅问我干什么?我就对她说了买书的事。她说:走,跟我去。她带我到了新华书店楼上的办公室,找到书店经理。经理一边派人去找那卖书的人,一边向叶副局长汇报工作，无非是新华书店钱少书没人买之类的事。叶梅利用参加笔会的时间，顺便检查县里的文化工作。我沾叶副局长的光，被招待了一罐健力宝饮料。一会楼下有人喊：请刘作家下来买书。

我立即下楼，那圈子果然打开了，一个小伙子坐在桌边守着。我进了圈子，立即开始了淘书。我一本本地翻找，生怕漏了好弓。翻到满意的一本，心里一跳，一会儿就将那书柜翻遍，手边已集了好大一摞。我翻到的书是：（清）闲斋氏《夜谭随录》，岳麓书社；徐一士编著《一士类稿 一士谈荟》，文献书目出版社；（明）洪楩编、谭正璧校点的《清平山堂话本》，上海古籍出版社；（宋）方勺《泊宅编》，中华书局；张潮辑《虞初新志》，河北人民出版社；（英）迈位·沙克利《世界野人之谜》，广西人民出版社；（美）雷特蒙·A·穆迪《濒死体验》，上海三联书店；（苏）斯·阿列克茜叶维契《战争中没有女性》，昆仑出版社；（美）杰克·伦敦《热爱生命》，人民文学出版社；（台湾）南怀瑾《静坐修道与长生不老》，三环出版社；秦牧《翡翠路》，上海文艺出版社；周梅森《庄严的毁灭》，江苏文艺出版社。数了数，一共12本。看看快吃午饭了，于是算账，才要16元多钱。我知道这些书的价值。这些书还在我的书架上，如果是现在出版的定价，那要的钱没个三五百的，怕是买不回。

付了款，正准备走，却看到叶梅也在圈子里翻书，已翻到了好大一摞。今天得感谢她，不是她帮助，这圈子就进不了。如果迟一些进这圈子，说不定我翻到的这摞书中的某一本被别人翻走了。我突然想，这买书也有缘呢，某本书到了你的手上，是有千种万种机会的，绝对是缘分。提了一摞书回宾馆，立即吸引了他们一群人，这些人中有不少书痴，于是午觉也不睡，都去书店翻书。他们回来时，每人手上都拎了一捆书，脸上都露出抑制不住的高兴，纷纷向旁人展示他们所买到的书。

我本来很坦然，因为他们买的这些书，都是被我翻拣过了的。但这坦然很快被懊丧打破。时任《民族文学》编辑的尹汉胤竟在书店淘到唯一的一本《编辑笔记》，孙犁先生著。对孙犁先生的书，我是见到就买，特别喜欢。这次却让这本薄薄的书从我手上滑过。尹汉胤现在是中国作家协会创联部的副主任，不知他还是否记得在鹤峰淘书的事？

这又是缘分了，我与《编辑笔记》失之交臂。

鹤峰买的书，质量不错，花钱很少，叫做特价书，这是一次不小的收获，不能忘记。

今天又写这小文，让书痴们羡慕一下。

恩施土家女儿会记

作为一个湖北人,且多次到过恩施土家族苗族自治州,但问起女儿会,我却说不出个所以然来。我只知道恩施市办了本内部文艺杂志叫《女儿会》,前几年该杂志向我约稿,发了我一篇小文章与我在恩施向一群土家族小学生学跳摆手舞的照片。

2013年我随《十月》杂志组织的作家诗人到恩施采风,8月18日即农历七月十二参加了恩施市举办的女儿会,我才真正了解恩施土家女儿会的内涵及其文化意义。女儿会是居住在武陵山脉高山地区土家族的一种民俗,土家人对男女相约称做"会",结婚叫"过喜会"。女儿会即年轻女子相约,其主体是土家女儿,她们以自己的意志为中心选择决定自己的婚恋对象。这无疑比汉民族几千年"父母之命媒妁之言"的封建腐朽观念显得民主与先进,是土家族远古时代母系社会的一种遗风。

石灰窑和大山顶是恩施市东南和西北边远高寒地区的两个乡镇,平均海拔在1800米以上,两地出产名贵中药材当归和党参,被称做"药王之乡"。每年农历五月初三、七月初九、七月十二,除恩施州各县乡镇的男女外,尚有湘西、宜昌、江汉平原和重庆奉节等地的商人前来,赶女儿会,也采购药材。这几天,两个乡镇集市上,人群熙熙攘攘,土家女儿压断街,那真是盛大的节日啊。买卖双方,讨价还价;男女青年,对唱山歌;是在寻找意中人,也是在进行商贸活动。女子看中的男子,用山歌去招呼他,两人对歌对拢了,婚恋也就成功了;男子看中女子,去买女子的山货,如果女子看不上,会开高价,要是女子愿意,会出一个很低的价。买卖谈成了,两人也走到一起去了。当然那些借女儿会做生意的,也能真正地做成一笔笔交易;也有双管齐下的商人,得了个人与物双丰收。未婚男女在女儿会上找到了伴侣,不满婚姻状况的已婚者,也可以在这里找到情人,甚至有婚后不育的妇女到这里借到种子。大山里,集市边,男女相携;树林中,石坡下,小溪旁,唱情歌说情话做情事,都是合理合法的。石灰窑和大山顶,是恩施土家女儿会的原生地,历史久,名声远,也最具原汁原味。女儿会是恩施土家族的情人节。至于有人说女儿会是"野老公会"、"风流会",则是不了解土家族文化的一种粗陋与妖魔化的说法。

除"文革"期间外,女儿会年年都在举办,也不需要什么人去组织操作,民俗学家甚至称女儿会是土家人生命的节日。1995年农历七月,恩施市政府首次将女儿会搬进城市,从此,每年农历七月十二恩施城区及风景区都举办女儿会,赋予女儿会新的内容:给土家族男女创造认识交往谈情说爱的空间,促进女儿会的传承;举行土家文化演出和娱乐活动,达到招商引资推进经济发展的目的。恩施土家女儿会被湖北省人民政府列为非物资文化遗产名录,成为湖北省重要的文化品牌。

我和来自全国各地的作家诗人参加的女儿会,是搬进城市的新版女儿会。天气晴朗,暑气或许是被大山挡住,恩施城里不热。美丽的清江荡着碧波穿过山城,清江两岸林木蓊郁,平坦的水泥路傍依林带而伸延,林萨下石椅错落,恩施人称清江两岸为亲水走廊,今年的女儿会在亲水走廊举行。我们沿清江北岸进入一个写有"2013女儿会"的高大门廊,立即就融进了人流和一种氛围中。我感觉自己置身于一种爱意的温暖里,年轻了一截。林木中的石凳上,坐着一对对身着土家服装的男女,音乐声在清江两岸悠扬,路边,有摆摊子卖各种山货和工艺品的,有演出的一队队土家妹子唱山歌,有电子琴伴奏。唱完一曲后,有游人提议唱《六口茶》,于是一群妹子张口就来,"你喝茶就喝茶呀,哪有恁多话……"我们顺着亲水走廊往前走,看到路左边有一排广告牌,上面贴满了小纸片,凑上去看,那是一个个名字,提供男女个人信息。广告牌的对面林木中,摆满了桌椅,有戴红帽子的志愿者接待求婚的男女,帮他们填写小纸片,然后再贴上广告牌。亲水走廊约三四里路长,走完亲水走廊,我们通过一座风雨桥,从北岸到南岸。风雨桥宽近30米,长约300米,顶盖离桥面十多米高,空间显得阔大。如果说土家男女相亲活动在亲水走廊,那么风雨桥就是商贸活动场所了,这里是一个巨大的集贸市场。风雨桥上摆满了摊位,各种山货及现代商品齐全,那品种可谓土洋齐备城乡结合,不说琳琅满目但也可说满眼明丽。讨价还价声,吵吵嚷嚷声,不绝于耳,男女老幼,人是出奇的多。看那些山货,新鲜水灵,各种时新水果蔬菜,碧绿红艳,煞是爱人。我看中了那绿叶中包着的玉米粑粑,正欲品尝,却被行人裹挟着离开。我们一群人好不容易穿过风雨桥,到达清江南岸。南岸的亲水走廊我们没再走了,时已中午,我们登车回酒店,结束了女儿会的观摩活动。

发源于久远年代的一项民俗活动,规范于盛世之年,恩施土家女儿会,蕴含了一个民族的追求与理想,土家女儿对美好爱情的向往与寻找,使这项民俗活动闪耀着民主和自由的光芒。如果说早年在石灰窑和大山顶举行的女儿会,多了一些野性与原始，而搬到城市里来的女儿会，则多了一些理性与现代。参加了城市新版的女儿会，我领略了她的热闹和传统，但我真的还想去参加石灰窑和大山顶的女儿会，那种原汁原味会让我像饮了土家的包谷酒一般，醉得一个痛快。

谁引清泉润京华

　　生长工作在千湖之省且有长江汉水流过的湖北，从来就没有过缺水的概念。早年看过张艺谋演的电影《老井》，才知道缺水地区人们的困窘。曾写过一篇千字文《节水模范贾平凹》，说老贾上完厕所后，只要旁边还有其他人，他都要别人也去上一次，他好一起冲水，免得浪费。我当时写这短文的心境，可能有一种揶揄，现在看来，自己不厚道。老贾的这种节约用水精神，是如今浪费水资源几近成水盲的人们的榜样，是应该大力提倡的。

　　中国是全球13个人均水资源最贫乏的国家之一，全国658个城市有400个城市缺水，其中110个城市严重缺水。干旱的北方，耕地面积占全国60%以上，人口占45%以上，但人均、亩均水资源量仅为全国平均值的16%和14%，五分之一都不到。首都北京，人均水资源只有100立方米左右，还不到中东地区缺水国家以色列的三分之一。北京缺水只是北方缺水的一个缩影。由于长期干旱缺水，尽管各地特别是黄淮海平原和胶东地区都加大了节约用水的力度，但仍然不得不过度开发利用地表水、大量超采地下水、不合理占用农业和生态用水以及使用未经处理的污水，造成目前黄河下游断流频繁，淮河流域污染严重，海河流域基本处于"有河皆干、有水皆污"和地下水严重超采、地质灾难随时可能产生的严峻局面。

　　上面这些都是我参加中国作家南水北调采风团后所了解到的情况，这是我人生六十多年以来上的有关中国北方资源性缺水的重要一课，从此以后，我会成为一个节水模范的。

　　我们采风团在河北邢台住了一晚，令我再次认识到水资源缺乏的可怕未来。邢台号称百泉之城，"环邢皆泉，遍野甘露溢，平地群泉涌"。但随着人口激增，城市规模扩大，工业化的加速发展，地下水过度使用，用水需求远远超过了区域水资源承载能力，邢台地下水位每年以5至6米的速度下降。百泉断流了，地下水位已降至100米以下，到了危险的边缘。在一个叫狗头泉的公园里，我看到的只有开挖的黄土，没有看到泉水。在河北邯郸，我用电烧壶装了宾馆的自来水烧开水泡茶，一杯绿茶泡得不见了绿色，倒见了杯中不少浮沉物。茶喝到嘴里，味道极差。据介绍，北方有 700 万人在长期饮用高氟水与苦咸水。在整个采风的途中，我的心中仿佛一直在听着，中国北方在喊渴，北京在喊渴，天津在喊渴。中国北方的大地，在静夜里发出了声声呼唤：水！水！清泉水！我曾看到中信出版社最近推出《大水荒：水资源大战与动荡的未来》一书，作者费什曼在书中说："我们亟需重新思考水，因为水的命运就是人的命运。"费什曼说得真对。

伟大的中国共产党领导的中华人民共和国政府，历来都把民生问题放在首位。经过 50 多年的论证，几代人的努力，在 100 多种方案的基础上，2002 年 12 月国务院批准了《南水北调工程总体规划》，一幅南水北调的宏伟蓝图终于绘成。在长江的下游、中游、上游规划三个调水区，形成南水北调东线、中线、西线三条调水线路。三条调水线路，与长江、淮河、黄河、海河相互连接，构成了我国中西部地区水资源四横三纵，南北调配，东西互济的总体格局。这是一个伟大的工程，实施这一伟大工程，须举全党之力全民之力才能完成。这一伟大工程，吸引的眼光和牵动的神经可是整个中华民族啊！这也是惊动世界的一个辉煌举动。

我参加的采风团走的是南水北调中线一期工程。团城湖位于北京海淀区四季青镇玉泉村，是南水北调中线工程的终点，中线一期工程通水后，远涉 1277 公里而达的清波浩淼的水，进入容积 127 亿立方米的调节池，再根据需要分送至北京市内的各个水厂或存放在水库里。站在团城湖的明渠广场上，看着横卧在明渠终端一座石碑上镌塑的"南水北调"四个大字，我突然就有了一种亲切感。再过几个月，中线干渠通水了，那股从长江汉水流过来的水，一定会扬起波浪，向我这个在长江汉水边长大的湖北老乡打招呼的。

我们的采风团从北京团城湖出发，沿着南水北调中线总干渠所经过的省份和城市南下。我想组织者这样的安排，其意深矣。我们逆渠而上，去采访、拜谒、寻找源头。问渠哪能清如许，为有源头活水来。我们南下朝拜给京华送水的源头。

南下，南下，我们走邢台，宿邯郸，过郑州，访邓州，跨河北河南两省，进入湖北地界，在第七天里到达南水北调中线工程的源头丹江口市。在邢台，南水北调中线总干渠穿城而过，我们看到建在干渠上 6 座设计风格各异的景观桥；在邢台市与沙河市交界处，南水北调中线干渠以倒虹吸式穿过南沙河。在邯郸，南水北调中线总干渠与青兰高速公路连接线交叉，干渠以渡槽形式凌空而越。在郑州西 30 公里孤柏山湾处，南水北调中线总干渠在这里由地面一下钻进黄河底部，然后从黄河北岸爬起来，与北去的明渠连接。这是南水北调中线的一个关键性工程，1277 公里总干线的咽喉。南来的水不能与黄河水交叉，要保持水质的纯净，那就从黄河底下通过。穿黄工程全长19.3公里，穿黄隧洞为双线有压输水隧洞，内径7米，采用新型预应力符合衬砌，单洞长4250米。这一工程投资大、难度大、立交规模最大的控制工期建筑物，也是人类最宏大的穿越大江大河的工程，历时5年才完成。在邓州，我们听了邓州人民当年修建南水北调中线总干渠渠首工程的介绍，然后再到淅川的陶岔，看了渠首大闸和闸后连通水源地丹江口水库的4.4公里引渠。最后，我们从邓州再往南20公里到达了丹江口市。

回到了湖北，我要认真仔细地了解一下湖北人民给南水北调工程作了些什么贡献，如果湖北贡献作得不够，我会感到惭愧的。

湖北十堰市所辖丹江口市，是丹江口水库的主要库区，核心水源区和大坝加高工程所在地。丹江口水库首期工程始于1958年，完成于1973年。首期工程，丹江口水库淹没湖北均县、郧阳两座古县城，淹没耕地29.7万亩，移民安迁28.7万人。2002年南水北调工程正式开工后，丹江口水库大坝由160米加高到176.6米，再次淹没158.7平方公里，涉及十堰5个县市，29个乡镇办，淹没耕地12.5万亩，移民安迁18.2万人。数据表明，湖北人民为南水北调工程作出了重大的牺牲和巨大的贡献。我为我的乡亲们感到自豪和骄傲。

丹江口大坝位于湖北丹江口市境内的汉江干流与其支流丹江汇合口下游约800米处，大坝加至176.6米高后，坝顶长3442米，丹江口水库面积达1052平方公里，相应库容290.5亿立方米，总库容达339亿立方米。丹江口水库号称亚洲天池，国家一级水源保护区，中国重要的湿地保护区，国家级生态文明示范区，由汉江库区和丹江库区组成，秦岭山脉和神农架大山的溪水通过汉江支流汇入库区。长江水文局汉江水环境监测中心报告：丹江口水库水质良好，且有硬度低、溶解氧充足等优点。按地面水环境质量标准综合评估，达到一类水标准；单项评价仅高锰酸盐等个别指标稍高，但仍符合二类水标准，是全国水质最好的大型水库之一，完全可以满足城市生活及工业用水的水质要求。

我站在丹江口水库的巍巍大坝上，面朝北方，我眺望我们刚刚走过来的迢迢千里总干渠，那是数万建设者们精心打造的高标准全混凝土浇筑的长河，混凝土的河底，混凝土的坡岸，全砌衬、全立交、全封闭。这条蜿蜒在中国大地上的一条全新长河，也许是可以与古长城媲美的建筑。

我站在丹江口水库的巍巍大坝上，看到我脚底下那一库苍苍茫茫的清水，浩荡奔涌，深蓝如海，碧绿如镜，有一种肃然的感觉在心头升起。这里是源头，这里是起点，这一库生命之水在我们伟大祖国诞生65周年的10月，将听从命令，从陶岔渠首大闸起步，沿着一条混凝土浇筑的1277公里长河，向北流去。

南水北调中线工程通水了，那一渠清泉欢快地、袅娜地、坦荡地、活泼地、自信地、坚定地、深情地、爱意氤氲地、充满激情地向北流去。她与中原大地相拥，她与燕赵大地相拥，她与京津相拥，她用自己的身体，滋润中原滋润华北滋润京华。欢呼吧，跳跃吧，流泪吧，唱歌吧，写诗吧，怎么样歌颂怎么样庆祝都不为过。

　　流淌在南水北调中线总干渠的水啊，是条舞动在五千年历史中的碧色龙，是条飘动在中华大地上的绿绸带，从此以后，她的流动不会停止。可是，得到了碧水清泉滋润的北方，干渴之后得到甘露的人们，你们在走出困境之后，是否还记得给你们千里送水的人们？流淌在南水北调中线总干渠的清泉，是有生命有情感有无尽爱意的水，她是被一种无私、牺牲、奉献精神牵引着流向北方的。

　　谁引清泉润京华？写这篇短文时，我梳理着我的采风笔记，我阅读着有关南水北调中线工程源头移民及大渠建设者们的材料，回忆在采风过程中听到讲述者讲到动情处时也陪着流泪的情形，我想我一定要努力让读者知道谁是牵引着这股清泉滋润京华的人。

　　1952年10月，毛泽东主席视察黄河，在黄河南岸的郑州邙山听了时任黄委会主任王化云的汇报后，望着山脚下滚滚东去的黄河水，以诗人的想象，政治家的胆略，说：南方水多，北方水少，如有可能，借一点水是可以的吧！1953年2月，毛泽东主席视察长江，与水利专家林一山又说起这个话题，南方水多，北方水少，能不能把南方的水调一部分到北方？说这话时，毛主席手中的铅笔在地图上久久地指着丹江口一带。南水北调，伟大的构想，出自一个伟大的头脑，这是一个大胆的构想，具有超人的气魄和战略家的眼光。从1952年10月到2002年12月南水北调工程开工，50年里，几代人论证，研讨，规划，准备，打基础，有多少人付出了心智、劳动与血汗？两院院士张光斗说：水利部对南水北调工程实施意见做了大量工作，是很好的，表示拥护。南水北调势在必行，只要准备工作做好了，越早越好。两院院士潘家铮说：北方水资源严重短缺，成为制约经济发展、人民生活提高的瓶颈和破坏生态环境的主因，这是个不争的事实。长江每年有近亿立方米的水流入大海，适当调水北上，从宏观、全局、远景观点看，都是势在必行的。中科院院士刘昌明说：实施南水北调工程规划的东、中、西三线向我国北方补水方案，是改善我国南北水土资源分布不匀的战略性工程。领袖的构想，科学家的论证，水利部门的规划设计，他们肯定算得上是引水北上的人。

　　丹江汉江是南水北调中线工程的水源地，为了建设丹江口大坝，淹没了均县、郧阳两座古城和河南淅川的几十个乡镇，数十万亩良田好地被淹，世世代代居住在此的湖北河南的人民，他们告别家园，离乡背井，远迁他乡。为了让出家园蓄水北调，两省一次次移民近百万人。特别是丹江口水库大坝加高工程开工后，库区水位升高，湖北河南两省要再次移民34.5万人。这次移民人数多，要求从2010年3月开始，到2013年9月全部完成搬迁，时间紧，任务重，而且是天字号的任务。从中央到地方，各级领导十分重视。移民工作是天大的事，被称作一把手工程，天下第一难事。关于湖北河南两省移民，国内有数位作家写出了好几本感人的书。移民们如何对故乡难舍难离，如何舍小家顾大局，如何千里迁徙乡愁不断，那是读来令人落泪的故事。而负责移民工作的大量干部，那是宵衣旰食，殚精竭虑，扑在任务上，做好每一家每一个人的工作。他们提出的口号是"掉皮掉肉不掉队，流血流汗不流泪"，他们的工作方式是"5+2"、"白+黑"、"雨+晴"。湖北河南两省负责移民的干部共有18人累死在工作岗位上，他们的名字刻在了长渠流经的大地上。

湖北丹江口市均县镇党委副书记刘峙清就是在搬迁移民的过程中猝然倒下的。2010年开始，均县镇作为整体移民的乡镇，任务之重冠丹江口市之首。刘峙清和他的战友们一开始就全身心地投入。2011年4月1日是他告别人世的最后一天，他早上5点就起床了，准备到镇政府食堂吃早饭时，在路上就碰到移民反映问题，带到办公室，更多的移民来咨询、上访、签合同，错过了吃早饭时间，也忘了吃降血压的药。他在办公室解决了所有问题后，又赶往20多里路外的袁家店、马槽沟等几个村子听取建房建议，察看安置现场，到下午2点才回镇政府匆匆吃了午饭，然后又赶往丹江口市城乡规划设计院，沟通十几个安置点的规划事情。晚上9点20分，刚刚吃完晚饭，旁边的人说，早点回去看看老婆孩子吧！他说半个月没回家了，今天顺便回去看看。站起身，头痛欲裂，黄豆大的汗珠滚滚而下，他下意识地想从口袋里掏降压药，却什么都没摸到，他倒在了岗位上，丢下了90岁的老母、相濡以沫十几年的妻子和15岁正上高中一级的女儿，年仅42岁。刘峙清的故事，后来被拍成电影《汉水丹心》，在北京人民大会堂首映，感人至深。

我们的移民干部，累倒在迁安一线，他们没有理由生病，没有时间生病，只要没死，还要站起来，挂着输液瓶继续工作。面对群众的误会和不冷静，受到围攻漫骂甚至殴打，他们打不还手，骂不还口，有的被围困在瓢泼大雨中，仍然耐心地给群众做工作。河南淅川县老城镇陈岭服务区三部安建成，负责区域内的425位移民离开故土。为了让搬迁的车队能顺利进村，他指挥推土机平路，这时冲过来一个手拿石块的老乡，说推土机铲到了他家的祖坟。原来这位村民的祖坟被荒草掩住，推土机误蹭了他家的祖坟。"你们不让死人安生，今天一定要让安建成给俺祖宗磕头祭拜！不然，推土机进不了村！"这话让在场的乡镇干部和村民们呆住了。安建成浑身燥热，男儿膝下有黄金，堂堂七尺汉子怎能屈膝？现场却有上百双眼睛盯着他看。不能因为这事耽误搬迁,影响南水北调。安建成没再犹豫,扑通跪在坟前,恭恭敬敬地磕了三个头,大声说:"老人家,乡亲们要搬迁了,今天惊动了您,我给您老磕头谢罪!"上百人的现场一片寂静,安建民的这一跪,跪出了移民干部的高风亮节和一心为民的精神。在噼噼啪啪的鞭炮声中,推土机顺利进村了。

丹江水库源头近百万人民离家别土,数千移民干部为了移民的安置而流血流汗,他们是千里送水到京华的引水人。

1958年9月丹江口大坝动工修建,1973年建成,湖北河南两省18个县117个公社的10万大军,水利部配调的1800多名水电职工及技术人员,武汉水利电力学院水工建筑系、施工系的毕业生200人,在深山里奋战了15年。这其中正逢三年自然灾害和文化大革命的人祸,有多少牺牲有多少血汗有多少故事我们可以想象得出来。1969年1月26日河南陶岔渠首工程开工,当时的河南邓县即现在的邓州市,先上民工2万人,紧接着又增添2.2万人,河南南阳、新野、镇平、方城、社旗、唐河6县共上4.2万民工。这8.4万人自带口粮铺盖,自带简易工具,英勇奋战在荒凉偏僻的工地上。他们喝的是泥巴水,吃的是红薯面,点的是煤油灯,住的是烂草棚。1970年10月南阳等6县4.2万人奉命撤退,留下邓县4.2万人战斗到1976年。几近7年时间,他们靠的是人海战术,一切靠人拉肩扛,仅邓县就付出了伤残2287人和死亡141条生命的代价,终于建成深49米,宽470米,长4.4公里的引渠和22米高的渠首水闸一座。当时民工们开挖的土石方,若是筑成一米高、一米宽的长城,可以绕地球赤道一周半。

丹江口大坝的修建和陶岔渠首的修建是南水北调中线工程的基本工程,发生在上个世纪的50、60、70年代。那个时候我们国家的物资水平还很落后,机械化程度低,民工们劳动靠的是血肉之躯,靠的是一双手两个肩和一身力气,他们付出的劳动量不可计算。在这里我还要提到当代的两位作家。一位是著名作家碧野,他本是中国作家协会驻会的专业作家,丹江口大坝工程上马后,他主动要求到丹江口深入生活,写出了长篇小说《丹凤朝阳》,这应该是写南水北调工程的第一部长篇小说。也是在这期间,他还写出了后来收入中学课本的散文名篇《情满青山》,碧野最后落户湖北,成为我的同事与尊敬的老师,没再回北京。还有一位是邓县籍的军旅作家周大新,他在给一本书写南水北调工程的文集《穰原浩歌》所作序言中,说他当年作为民工,也到陶岔渠首工程工地干过,这在一个作家的人生经历中,也是难得的。还有一位被毛泽东主席称为才子的时任湖北省委书记、丹江口水利工程指挥部政委的王任重,在丹江口大坝截流成功时,曾赋诗一首:"腰斩汉江何须惊?敢叫洪水变金龙,他年更立西江壁,指挥江流到北京。"也颇有气魄。

上个世纪中期丹江口大坝和陶岔渠首的建设者们，他们中间活着的和死去的，他们是南水北调中线工程早期的建设者，他们也是一渠清水向北流的引领者。

2002年，南水北调中线工程正式上马后，那些在中原大地，在燕赵大地和在京畿开挖千里长渠，修建为长渠配套的各种设施的建设者们，那些让长渠跨公路，过城市，穿黄河，越大野的劳动，比起上世纪中期近似原始的劳动，虽说多了现代机械的使用，但时间紧任务重质量要求高，而且长期坚守工地，那种付出也是巨大的。河南省水利一局南水北调方城6标项目经理陈建国，带领项目部的400余名专业人员和1000多名民工，奋战在7.55公里的渠道衬砌施工工地上。他们的标段地质条件复杂，有5.5公里的膨胀土、1公里的岩石段、1公里的淤泥带，施工困难。但他们创新施工，敢想敢闯敢干，发明了许多施工的新技术，使得工程进度领先，成为国务院南水北调办树立的标杆建设单位。标段刚开工时，陈建国要组建项目班子，修建施工营地，修建沿渠道路，招聘人员，组织机械设备进场，协调征迁与施工环境，每一项工作没他都不行。这期间，他大哥和母亲先后去世，亲人病重期间他都未能回去看望，留下终生的遗憾。父亲75岁，有心脏病糖尿病高血压，老家的兄嫂带着子女外出打工，爱人带孩子住在漯河，也没法照顾老公公。陈建国就把父亲接到工地上，给他办张饭卡，委托门卫帮忙照料。陈建国带着老父修干渠成为佳话，他被评为感动中原十大人物，获河南省五一劳动奖章，入围2012感动中国人物。在采风团过郑州时，我看到陈建国，黑瘦黑瘦的，我和他简单地聊了聊，他沙哑着嗓子说，南水北调中线通水后，他要在他建的渠道里装一瓶水，亲手洒在大哥和母亲的坟头，让长眠在地下的亲人也尝尝甘甜的丹江水；再陪父亲到北京去瞻仰毛主席，是毛主席当年提出南水北调的；他还要把爱人和儿子接到项目部，用引来的丹江水做茄汁面，一家四口坐在长渠旁，边吃茄汁面边看那一渠清水北去。

建设南水北调中线1277公里长渠的建设者和他们的亲人，包括陈建国和他的亲人，他们也是一渠清泉润京华的引水人。

从毛泽东主席开始，中国共产党的历代领导，中华人民共和国各届政府的领导，一代代的科学家们，水利工作者们，所有为南水北调工程出过力作过贡献的人们，他们都是一渠清水向北流的引水人。

南水北调中线工程国家共投资2200亿元，这是2002年正式开工后的投资。

南水北调中线通水后，喝到从丹江口水库流出来的优质甘甜的水的人们啊，请你们永远记住引水滋润京华的人们，还要告诉你们的子孙，让他们也记住。

红叶招展大别秋

红叶是撒在树上的红纸片,我在纸片上读一捧燃烧的诗句;红叶是挂在树上的红铃铛,我在倾听它们轻摇的颂歌;红叶是栖在树上的红蜻蜓,我在等待它们的振翅飞翔;红叶是树上点燃的红蜡烛,它们在暗夜里发出了一片光明。

在大别山腹地的罗田县九资河镇圣人堂村,那是一个秋日的午后,在一片收割后的田畈里,稻茬上生长出几丝绿茎,几头黄牛在田里悠闲地啃着尚还有点滋味的稻茬与杂草。田埂是随意划出的线条,让那田块不方不正,成为或长方形或斜边或不规则的几何图形,但看上去却是那么和谐与顺眼。田埂上,站着一棵棵的乌桕树,这里几棵那里几棵,也很随意。这些树有树冠很大的,有个子不高不矮的,也有像少年儿童一般的小树,它们在秋天的田畴上自由地生长着,长出了一片风景。它们大中小地分布在田野里,树冠上满缀着红叶,像是田畴举着的一蓬蓬火。红叶,是一种随意的红纯粹的红令人心动的红,是一种快乐的红喜庆的红招展的红。

红叶招展大别秋!这是我头脑中冒出的第一个句子。看到田埂稻茬和悠闲的牛,我心中那股乡思立即就被钓了出来,亲切感油然而生。我坐在田埂上,像个老农一般望着那一棵棵的乌桕树,望着那一树树的红叶,心中便吟出了本文开头的八句红叶诗。

大别山的红叶,以罗田为甚。每到秋天,那山坡上,田畈里,乌桕树成团成队,红出一片耀眼的天地。成千上万的旅游者、摄影发烧友,涌到这里赏红叶拍红叶,帐篷带来了,野炊的工具也带来了。在圣人堂村,我看到一架小型直升飞机似的东西在天上飞着,别人告诉我,那是航拍飞行器,由拍摄者在地上操纵。罗田县每年都要举办红叶节,全国各地来参加节日的游客络绎不绝,这些人拉动了地方的消费,我看到九资河镇新建了许多的宾馆酒店与农家乐餐馆,且客人很多。罗田县利用乌桕红叶,既丰富了人们的休闲生活,又创造了一种红叶经济,可谓一举两得。

我们还是围绕着九资河与红叶寻找挖掘一点什么吧。任何一种事物,你只要围绕它寻找挖掘,你总是会有收获的。这地方为什么叫九资河?史料记载,这里为楚国鸠鹚邑旧址，人们大约觉得鸠鹚两个字难写，就写成九资了，旁边有河，就叫了九资河。为什么叫圣人堂？我在乌桕缀满红叶的田畴边看到一块碑，碑文记载，元末明初此地有一个布贩子叫徐寿辉，1351年农历八月，那时乌桕树的叶子红了吧！徐寿辉在大别山主峰天堂寨举行农民起义，打着"摧富益贫"的旗号，杀元军占城池，起义者裹红头巾，谓红巾军，他们是受了满树红叶的启示么？当时有民谣："满城都是火，官府到处躲，城里无一人，红军府上坐。"徐寿辉建立天完政权，前后坚持了10年，对推翻元朝统治，建立大明王朝，推动历史向前发展，起到了不可估量的作用。这里还是京剧鼻祖余三胜的故乡，也是近代资产革命先驱陈翼龙的故乡。解放战争时，刘邓大军千里跃进大别山，摧毁蒋家王朝，解放全中国，在这里留下了足迹。圣人堂，名副其实，一点也不虚啊。

旅游景点，自然风景十分重要，甚至是基础。但同样的风景，有的地方有名气，有的地方却没多少游人，其差别就在对人文景观的开发上。武汉的东湖比杭州的西湖大多少倍，但东湖与西湖比，就输在了人文景观。

罗田九资河的乌桕红叶，有多么丰富的人文底蕴啊！人文底蕴的深厚，使得九资河的红叶与其他地方的红叶不一样，它显得更好看更有内蕴。你不信么？我从九资河的红叶上，看到了徐寿辉领导红巾军起义时那红头巾的颜色，看到了余三胜带着汉班进京与徽班合流诞生了京剧后的大红大紫，看到了资产阶级革命先驱们在革命失败后流淌的血，看到了刘邓大军跃进大别山夜行军的火炬。

大别山的秋天，罗田九资河的秋天，树树红叶，红叶招展，使得这里的天空更明亮，更灿烂，更有一番滋味。

母亲的银元

故乡是你思念的落脚点，母亲是你情感的归属地。不论你是平民百姓，还是高官伟人，莫不如此。

湖北红安李家大屋，是老一辈革命家、曾任国家主席李先念的老家。李家大屋其实不大，土砖墙，茅草顶，长四间，屋后是不高的青山，门前有水塘，四周是稻田。李先念1909年出生在这里，现在这里是李先念故居纪念馆。

在李家大屋，李先念母亲住过的房间，靠墙摆着的陈列柜里，我看到了两块摩挲得亮亮的银元。听着讲解员讲解这银元的故事，看着墙壁上挂着的李先念母亲的画像，我立时被这一段母子情所打动，眼泪溢出了我的眼眶。母亲是一位受尽苦难的农妇，儿子是转战南北的一代豪杰，两块银元如日如月，承载着六十年儿子对母亲的深重情感。

李先念的母亲李王氏，出生在河南东南部的偏僻小村，十六岁讨饭到红安，嫁给穷人为妻。李王氏命运不幸，几度改嫁，嫁给李先念的父亲李承元时，已过了30岁。李先念是李王氏的幺儿子，生下来没有母乳，是同母异父的大姐宝枝的乳汁喂养大的。李王氏和李先念的父亲勤扒苦做，含辛茹苦，供李先念读了私塾，然后送他到武汉的一家棺材店里当木匠。1926年10月，北伐军打进武昌，17岁的李先念返回老家黄安闹革命，为埋葬黑暗的社会打造棺材。1932年6月，蒋介石集中30万大军进攻鄂豫皖苏区。由于张国焘的路线错误，红四方面军被迫进行战略转移。

这天，已是红四方面军师政委的李先念正在河口指挥部队与敌人激战，他的母亲李王氏出现在战场上了。母亲听说红军要转移，心里挂念着儿子，执意要见儿子一面。小脚的母亲跑了几十里的山路，哪里有枪响，她就到哪里去找儿子。战场上炮火纷飞，母亲一点也不惧怕，心里只想见到儿子，她知道儿子能打垮这些敌人。当通讯员把她带到儿子面前时，母亲高兴地喊着儿子的小名。正指挥着战斗的李先念突然看见了母亲，一时急得吼了起来："娘，你怎么跑到这里来了?！这里正在打仗啊！"母亲拉着儿子的衣襟，高兴地说："伢，我来看看你！"战斗正激烈，随时都有危险，儿子顾不得母亲的心情，叫通讯员送走了母亲，然后继续指挥战斗。

红四方面军撤出了鄂豫皖，李先念离开了故乡。行军途中，李先念听到外衣口袋里哐当哐当的声音。他用手一摸，是两块银元。哪来的这两块银元？他明白了，是娘来看他时悄悄放进他的口袋里的。家里穷，娘的这两块银元是她夜夜纺线织布换来的？还是她卖掉了家里喂养的猪或活命的粮食？在当时，一块银元可买一百六十斤大米呀！李先念紧紧攥着两块银元，眼泪迎风而洒。他回头朝故乡方向望了一眼，心里在说：娘，我们还会回来的，儿不该吼你啊，娘是惦着儿啊！娘，等着我回来再好好陪你吧！

但是，万万没有想到的是，就此一别，李先念再也没有见过自己的母亲了。从此，两块银元伴着李先念在反围剿的拼杀中，在西路军的征途上，在中原突围的血战中，在"文化大革命"的漩涡里，在治理国家的日日夜夜，母亲的银元给他力量给他智慧给他才能。一个农妇母亲用省吃俭用攒下的两块银元，悄悄放在儿子的口袋里，是放进了一个普通母亲的惊天大爱，那是太阳那是月亮，照耀着儿子前行的道路，伴着儿子的每一天每一时刻，千里万里，浴血奋战，重大决策，为国操劳。儿子摩挲着母亲的银元，就能正确，就能成功，就能奉献。

1979年6月16日，时任中共中央副主席的李先念，从红安县城坐面包车出发，到达占店镇后，李先念下车，步行回李家大屋。他走在一条条田间小道上，寻找着母亲的足迹，他走进李家大屋母亲的房间，在母亲的遗像前久久伫立。

1992年6月，李先念在病床上，还在想念着母亲，弥留之际，他对女儿李小林说：我梦见你奶奶了。

一位伟人、革命家，在离世之时，把对故乡的恩念，把对母亲的情感，寄托在梦中，飞跃千山万水，穿越时空，回到了李家大屋，回到了与娘的最后告别时。1932年到1992年，整整60年啊！李先念去世后，两块被摩挲的闪闪发亮的银元放到了故乡的房子里。我们看到的是什么啊？是一个感人的故事？是一个母子分别六十年的信物？是儿子对母亲的思念与愧疚？是母亲对儿子的希望与想念？这些都是，更是一个母亲的爱，无私的爱，伟大的爱，永远的爱！

湖北红安李家大屋的两块银元，亮亮的，闪着光泽，那是母亲的太阳和月亮。

中心控制室的隽语

鄂西北山中的湖北黄龙滩水力发电厂是一颗熠熠闪光的明珠。2011年秋天，我们几个作家来访问她时，她已是一个十分成熟的国有大型水力发电企业，总装机量51万千瓦，累积发电量263.5亿千瓦时，为社会主义建设和经济发展作出了巨大的贡献。

我们登上黄龙滩大坝的顶端，看堵河自秦巴山中而来，携雨挟风，蜿蜒百里，淌一河碧水，挽座座青山，在坝前俯首而入，用激流推动水轮，酿造一片光明。此时，我想起了41年前，一万三千多名建设者，住席棚，睡河滩，开山劈岭，用自己的血肉筑起了我们脚下的大坝，留下了一座不倒的丰碑。没有当年的建设者，哪有今日的轮机飞转、厂房巍立、厂区的夹道林荫和鸟语花香？我们看到今天黄龙滩电厂的辉煌，决不能忘记当年筑坝者的牺牲与艰辛。

从坝顶沿山坡公路而下，我们来到了发电厂厂房。厂房安静而清洁，发电厂的操作与管理全部实行了信息自动化，现场看到的人很少。在中心控制室，我们见到了在一排电脑显示屏前坐着的两位值班人员，一位中等身材，显得很精明的年轻人站起来与我们握手，陪同我们参观的厂工会主席向我介绍，他是这个班的值长。中心控制室值班有3个人，我们见到两个，另一个巡查去了。值班人员通过电脑监看电厂的整个生产过程，监控各个环节，保证电厂的正常运行。毫无疑问，中心控制室是个核心部门，是个重要地方，是黄龙滩发电厂的心脏。

我们在中心控制室里停留了一段时间，听两位值班的人给我们介绍各个电脑屏面所显示的内容，而那些水情、气象、各种数字图表对我们这些非专业人员来说，无疑是雾里说雾，到头来还是一片朦胧。就是在这时，我的眼睛离开了电脑屏幕，发现了电脑下的办公桌上的电话机，电话机旁摆放的两块制作精致的长方形塑料牌子，和牌子上的两句令我心里一动的话语。

写在值长黄小飞的牌子上的话是："上有老，下有下，你我平安全家好！妻子梅虹。"

写在职工崔佳的牌子上的话是："你的平安是我最大的幸福！妻子任丽丽。"

安全生产无疑是所有企业的生命。不可想象，如果在黄龙滩这样的大型水电厂出现安全问题，会造成什么样的后果？轻则停产停业，造成重大损失，重则会毁掉整个电厂。陪同我们的另一位厂领导介绍说，电厂上下，齐抓安全，制定和完善了各项管理制度，其中安全生产管理制度有十大类，上千条，大到事关大坝安危的防汛监控，小到电机上的一个小垫片，都有明确的管理标准。曾担任过值长的一位厂领导说："与电打交道要绝对精益求精，巡查要用耳朵听，也要用鼻子闻，更要练出一双火眼金睛，只有睁大眼睛，拿出从鸡蛋里挑骨头的警觉感，才能将安全事故消灭在萌芽之中。"

我在电厂中心控制室看到的牌子，是黄龙滩电厂开展的"亲情助安"活动的一种。值班人员每人都有一块牌子，牌子上的话都是亲人所说。他们上班时，就把牌子摆在眼前，时时看一眼，亲人的话也就记在心上了。亲人的嘱托亲人的期望亲人的爱，那是他们搞好安全生产的强大动力啊！黄龙滩电厂的荣誉很多，他们已连续二十四次荣获湖北省电力公司文明单位，连续四届获湖北省文明单位，并获湖北省五一劳动奖状、湖北省创建学习型组织先进单位等称号，还获得全国模范职工之家，全国安康杯竞赛优胜单位称号。更难得的是，他们连续安全生产4592天，创造了全国同类型电厂的最高纪录，因此获国家电网公司安全生产先进单位称号。这后一项关于安全的荣誉，最重要，与我看到中心控制室的牌子上的话有关，与许多写给亲人而我们没有看到的话有关。

"上有老，下有小，我们平安全家好！""你的平安是我最大的幸福！"多么朴实多么富有人情味的话啊，这两句话会胜过许多空洞的口号与标语，这两句话能入心入脑，这两句话能产生不可估量的力量！感谢写这两句话的两位普通的妻子，你们代表了亲情与爱！

离开了中心控制室，离开了黄龙滩电厂的心脏，我们走在庭院花园式的电厂里，我对在中心控制室里看到的这两句话难以忘怀，这两句话难道不能作为我们所有人的隽语么？

拭擦亮丽城市的使者

一座城市是否清洁、整齐、美丽，是这座城市的城管人员决定的。在访问了武汉市江夏区城管局之后，我一改城管人员就是把街头摊贩撵得到处跑，见违规者就没收罚款的印象，并且得出了城管是拭擦亮丽城市使者的结论。我对城管人员怀着深深的敬意与感激。

我是武汉江夏人，上世纪60年代初到纸坊上学时，那还是一个只有三条街的乡镇。如今江夏以纸坊为中心的城区，已是高楼林立，街道纵横，车水马龙中的城市，人口达30万。走在街上，街树葱茏，道路洁净，街面整齐光洁，见不到烟头废纸，见不到小商小贩四处游动，见不到青烟缭绕的烤羊肉串的炉子，见不到麻木面的满街跑。在大街小巷的墙壁上，见不到牛皮癣似的治性病换房屋办假证电话的广告，取而代之的则是出自江夏京剧谭派的各代名角的剧照，是隽永的诗歌，是江夏画家书法家的作品。走在江夏城区的大街小巷，有一种舒适畅快的感觉。江夏，我的故乡，你变得如此年轻亮丽，我为你感到骄傲而自豪。

亮丽的江夏来之不易，亮丽的江夏靠的是江夏1300余名城管人员的心血与汗水，靠的是他们的无私奉献！

秦鸣，一位普通的清洁女工，每天早晨4点钟顶着星星上街清扫，把她所负责的路面清扫干净，把沿街上百只垃圾桶里的垃圾清理干净并及时运到垃圾站。两个小时过去，街上人流多起来了，她就在街上来回做保洁工作，行人随手扔弃的垃圾她一点点捡起来。无论是烈日下还是风雨中，她双手不离扫帚，双眼不离路面。她16年如一日，扫坏的扫帚有760多把。她所负责的复江道路段连年被评为"样板路"、"群众满意路"。

涂运发，这是位被人称为"一根筋"的专管市容监察的勇士。纸坊有3000多辆麻木、6000多台面的、3000多个门店面，他带着54名队员，宣传发动，疏导麻木流，在一日之内，让全城麻木不复存在。他和他的队员与交管部门协同作战，在区城管局的支持领导下，通过增加公共交通和开设公共自行车，自然淘汰了煞风景的面的。在规范门店面的作战时，不怕谩骂、挨打，组织车辆沿街滚动宣传，密集劝告，终获全胜。10年来，他参与过数十次拆建违章建筑，在挖机轰鸣、哭骂声器，在有人喝农药、拧开煤气罐的威胁面前，沉着应战，最终左腿被铲车链吞噬，成了一位独腿英雄，为了城市的整洁与美丽，他流了血，献出了大半条腿。

程时志，善于说法、调停纷争的城管名嘴。数年占道的钉子户卖水果，患有癫痫病一激动就倒地，怎么说教都无动于衷，几次强行移摊都未成，警察来了都没法。在他一次患癫痫倒地时，程时志送他到医院，且晓之以法动之以理，终于使他规范经营。新疆小伙子在江夏街头烤羊肉串，城管执法时，小伙子从武汉叫来百多人到江夏闹事。又是程时志着便装上阵，和他们谈了几天，并带他们看了纸坊几条街，让他们看到江夏把最好的地段给新疆人经营，对少数民族的尊重，让他们感动了，终于化干戈为玉帛。

在江夏区城管局，像秦鸣、涂运发、程时志这样的城管人还有许多许多。正是这些人的辛勤工作，江夏城区才在武汉市城市综合管理目标考核排名中名列前位。市人大视察城市综合管理工作现场会、全市城市综合管理工作现场会都放在江夏召开，全省市州领导来江夏视察城管工作，江夏区城管局的工作，得到了省市区领导的大力肯定。

江夏区城管局局长范汉斌向我们介绍有关城管工作情况时，用了诗一样的语言，令我印象很深。城管人的理念为"文明、规范、公正、廉洁"八个字；他们的口号有：保洁全天候，管理全覆盖；城管工作永远只有逗号，没有句号，只有起点，没有终点。夜幕降临，一切归零，黎明到来，一切重新开始。他们要为江夏的荣誉而战，为江夏的形象而战！

多么好的语言，多么好的工作，多么好的江夏城管局，多么好的城管员工，多么好的江夏，是我多么好的故乡啊！谢谢你们，谢谢局长范汉斌，谢谢以员工秦鸣、涂运发、程时志为代表的城管员工！城市因你们而美丽，你们为城市美丽而劳动！你们是拭擦亮丽江夏的使者。

闯王陵前萧萧风

在九宫山参加完一次文学活动之后，我们几个人从另一条路下山直奔闯王陵。生长工作在湖北，早有谒陵之愿，1979年建陵，到我们站在闯王陵前，已经30多年矣。

1972年4月在武汉上学时，购得一本人民出版社于当年出版的《甲申300年祭》，曾细细研读过，对郭沫若的这篇雄文佩服得五体投地。郭老在文中论述了李自成失败的原因：文臣以牛金星为首，武臣以刘宗敏为首，他们可以说是李自成的左右二膀。但终究误了大事的，主要也是这两位巨头。进了北京以后，李自成便进了皇宫。丞相牛金星所忙的是筹备登基大典，招揽门生，开科选举。将军刘宗敏所忙的是拶挟降官，搜刮赃款，严刑杀人。纷纷然，昏昏然，大家都像以为天下就太平了一样。近在肘腋的关外大敌，他们似乎全不在意。山海关仅仅派了几千兵去镇守，而几十万的士兵都囤积在京城里享乐。接着牛金星杀头脑清醒的李岩，刘宗敏为红颜惹得吴三桂冲冠一怒叛明降清，引兵入关，使得李自成败局已定，他40天的皇帝梦就此结束。那时，我一青年学子，读到这一切，为轰轰烈烈的农民起义取得成功而高兴，为胜利后的失败而惋惜慨叹，从而深刻地理解毛主席的"我们不做李自成"的伟大和英明。

清兵入关后，李自成亲自引兵出征，四月十九日亲征，二十六日败归，二十九日离开北京，向西安进发，一败于定州，再败于镇定，损兵折将，李自成自己也带了箭伤，为清兵所穷追，终死于湖北通山九宫山，死时年仅39岁（1606—1645）。关于李自成之死，有多种说法。但我更相信流传于通山民间的一种说法。李自成单骑败至九宫山牛迹岭下，那地方现为湖北通山县高湖乡。李自成饥饿疲劳，遇一老妪提篮送饭，李自成掏银子向老妪买到篮中的粑粑然后吃了。老妪给劳动的儿子送饭到地头，少了粑粑，儿子没吃饱，老妪向儿子说了原委，儿子听说有银子，立马领人追来，李自成欲问来人时，那伙人凶猛上前扑向李自成，李自成拔刀自卫，哪知连日厮杀，血封剑鞘，剑抽不出来。就这样，一代英雄，死在了几个乡民的棍棒与锄锹之下，倒在了幕阜山中牛迹岭边。杀死李自成的乡民领头的叫程九百，抢了银子，却发现死者铠甲内穿的是黄色龙袍，左手腕系金印，这才知是闯王，忙去报官，后被封为一团练头目。李自成的尸体，则被附近朱家湾的朱姓穷困山民，用两口石水缸装殓了，惜悄埋葬在九宫山北麓的牛迹岭下。

我们几个人到达闯王陵前的那一刹那，我立即被那种肃然情景以及葱郁的林木庄严的牌坊所感动。征战一生的英雄，虽说结局惨烈，但在历史上留下了重重一笔，死后能得如此山清水秀幽静恬然的栖息地，闯王也可得些安慰啊！进闯王陵牌坊，沿着石级向上攀登，数十级之后达闯王坟台，坟堆前大理石墓碑上，有郭沫若书写的"李自成之墓"五个饱满苍劲的大字。坟台封土约有三米，绿草如茵。一代英雄长眠于此，当年朱姓山民两口石缸之内的躯骨，在此安睡了。沿李自成墓再登石级，即是李自成陈列馆，茅盾先生题写了馆名。馆中有李自成的半身塑像，周围有序地陈列着有关李自成的文献和程、朱姓谱牒，前者为杀李之姓，后者为葬李之姓，旁边还有李自成所用的鎏金双龙马蹬。

谒了闯王墓，参观完陈列馆，沿石级而下，回到闯王陵牌坊前，大家坐在洁净的石级上休息。正是夏日的午后，阳光被满山绿色滤净，游人不多，蝉鸣山更静。此时一阵山风吹来，松柏萧萧而动，我进入了一种幻景之中。崇祯年间，内部腐败，外患无穷，遍地旱灾蝗灾，有典籍记载，延安府，析人骨以为柴，煮人肉以为食，流民揭竿而起，李自成一支即为其一。官军围剿，驰杀疆场，进入北京，黄袍加身，忘乎所以，忘其初衷，终至败入深山，死于刁民之手，一代枭雄，尸塞石缸。这是历史，这是真实，令后人长此叹息。萧萧风声，是旌旗摇展，是厮杀声声，是人呼马啸，是冤魂呼唤。壮哉闯王，悲哉闯王！是真英雄，也是真悲剧。萧萧风中，历史的昭示，长将记起！

一代伟人，警钟长鸣：不要做李自成！有一位终生研究李自成的作家姚雪垠，洋洋数百万言的长篇巨著《李自成》，已载中国文学史中。姚雪垠为闯王所撰长联，当为罕见名联：

纵横半中国，锐意北伐，渡河入晋，过太原，破燕京，何其盛也，终因人谋不藏，山海关大军喋血，前功尽弃，黄尘万里无归处，唯有英雄殉社稷；

苦战十七载，铩羽南来，离陕奔楚，弃襄阳，败武昌，亦云惨矣，毕竟图谶难凭，牛迹岭巨星落地，宏愿皆空，青史千秋悲壮志，何曾怕死遁空门。

萧萧风停，我们几人起身归去，闯王陵在山中长踞。

我上大学

我是1971级的工农兵学员，我上的是华中师范学院（现在是华中师范大学）中文系，我的干部履历表上，按组织部门规定，在学历栏内填的是"大普"。我曾探究过"大普"的意思，终不得要领，后来听说"大普"是专门给工农兵学员定的学历称谓。

从初中开始，我的理想就是上大学中文系，将来当个作家。现在看来，我的理想基本实现，出版发表了一些文学作品，在中国的一本老牌文学杂志《长江文艺》（1949年6月创刊）当了36年编辑，为作家们服务了一辈子。现在回忆一下我上大学的过程，是因为我从那过程中间悟出了一些做人的道理与体会。

比如说人生的机遇与准备。比如说人的努力与坚信。

我是1950年12月出生在武昌县乡下的。我的祖父是乡间的一个裁缝。在我童年的记忆里，祖父腋下夹一只灰布包袱，包袱里是剪刀尺子线粉（用来在布上画线然后裁剪），还有针线。祖父早出晚归，到四乡农家给人缝制新衣。祖父略识些字，能读《封神榜》、《薛仁贵征东》、《五虎平南》等旧小说，他在四乡八井做裁缝，还听到许多的民间故事与各种传闻。我自小依恋祖父，祖父用他的旧小说与民间故事和乡间传说熏陶了我，甚至我小学五年级时，就读完了我们那个村及亲戚中能找到的旧小说。除了前面说的那几本书外，我还读了《薛丁山征西》、《罗通扫北》、《说岳全传》、《粉妆楼》、《小八义》、《施公案》等一批小说。我出生的乡村叫八大家，在长江边，属金口区管辖，中山舰就沉落在那片江面上，1998年长江大抗洪时，溃口的簰洲湾离我家只几里地。如今中山舰已打捞起来，中山舰纪念馆建在金口镇，大约还有一两年就可以对全国开放。我那个村叫八大家，是因最早从鄂州、沔阳、汉川逃荒到那片沼泽地开荒种田八家人家而得名。那八家人先到，把湖滩沼泽地开完了，后来的人家就种他们的土地交租子，土改时，这八家不是地主就是富农。八大家村是个大村，有七个生产队。我在这村里放牛、拾粪、割猪草长大。这里的人喜欢听楚剧，喜欢在冬闲请说书人说书，一说就是一个月。在那些时候，我总是伸着脖子或是站在凳子上把那些传统的楚戏看完；在冬夜，在听书人的堆子中，我是最小的听众，而且天天准时到，直到说书人把鼓板收起，我才恋恋不舍地离开。是我的祖父和我的乡村给了我最早的文学种子，这种子在心中发芽，成长终生。

高小毕业，我以优异的语文成绩考上了武昌县一中。那时上中学很难，一个公社仅考上几个中学生。我到县城上中学，家离学校百多里路，是父亲挑着被子，我用网兜提着木脸盆，随父亲一步步走去的。那是1963年，我们国家还没有完全走出大饥饿的阴影。在中学，我第一学期参加全校作文竞赛，得了个第三名。我到校图书馆借一本厚厚的周而复的《上海的早晨》，管图书的老师用惊讶的口气问我，你个初一的新生，能读懂这书么？学校图书馆有阅览室，中午开放。我不睡午觉，在阅览室里读《少年文艺》、《解放军文艺》、《人民文学》以及我现在当主编的《长江文艺》。那时，学校高三的哥哥姐姐们考上大学的很多，还有一个被派到阿尔及利亚留学。那些喜报贴在学校的宣传栏上，我崇敬得不得了，并决心一定要上大学，上大学中文系，将来当作家。

"文化大革命"开始时，我16岁，背着床棉布被子去串连，到北京赶上了毛主席第11次接见红卫兵，见到毛主席，激动得热泪盈眶。串连回来，把背去的棉被弄丢了，身上长了一身的虱子。武昌县离武汉很近，武汉的两派搞武斗，钢二司与百万雄师对打，死了不少人。我们学校也分成两大派，我是钢二司的小红卫兵。武昌县一中的造反派们，把附近一个兵工厂的枪抢了，用手枪跟武汉的造反派换了卡车回来，县城的武斗也开始了，一中有几个高中学生被打死了。我是乡下孩子，胆子小，害怕打仗，就跑回乡下躲起来。后来毛主席让知识青年上山下乡，我就顺理成章地成了回乡知识青年，在生产队里当上了社员。

我要说到我上大学的理想和作家梦了。

回到乡下生产队，先是到水利工地，然后修江堤，还到咸宁向阳湖围垦造田，为后来的中国一批国宝级文人到咸宁向阳湖干校改造做前期准备。我读过到向阳湖干校劳动过的文化人写的诗文与回忆录，但他们不知道，在1967年冬天，湖北咸宁地区9县十多万民工，在风雪天里踩着半尺深的泥巴筑堤坝，冻饿交加，最后发展到在地里挖老鼠吃的情景。那是一段令我终生难忘的日子，因大雪封住了陆路水路交通，十几万人在工棚里没吃的，还要拼命抢进度挖土方，人饿得在泥土里爬，各县带队的县长看到这些情况都哭了。我后来写了一部中篇小说《梦泽深深》记述当年的生活与感受。我被生产队派出去当民工，常常被安排做宣传工作，我是一边劳动，一边写表扬稿，写快板顺口溜三句半对口词之类的东西做宣传。很苦，但有些乐趣。最苦的是这些工程搞完了，回到生产队和劳力们一起出工，我劲头小，挑担子不如人家，许多农活不会做，每天拿最少的工分，受大人和同辈人的取笑。双抢时节，早晨5点钟起来扯秧，秧把子挑到田里，又插秧。早稻割了，就插晚稻，一日三顿在田边吃，夜里忙到转钟两三点，然后睡两个小时又起来干活。我们家乡是大面积的水稻产区，夏天双抢那一两个月，把人累得都要趴下。这时候我的上大学理想，我的作家梦从脑子中无形地消失了。但在我很快适应了当农民，后来还当了生产队的民兵排长之后，加之农活只是忙那一阵子，也有农闲时间，我的作家梦又在脑子中出现了。我除了白天劳动外，晚上就凑在煤油灯下读书，常常读到鸡叫，在母亲的一遍遍催促下才睡觉。我从县城中学回家时，背了好多本书回来，那是造反派同学抢了图书馆的书看了后扔掉的。武汉市二十七中学不知怎么回事，送了好几纸箱图书到我们大队，书在民兵连长家，民兵连长的爱人以一毛钱一斤卖给我几十斤。这些书中有《钢铁是怎样炼成的》、《牛虻》、《野火春风斗古城》、《野菜花》、《卓娅和舒拉的故事》、《播火记》等等。在农村，除了劳动外，我像饥饿的囚徒扑向面包一样地扑向书籍。当时想，大学已经没有了，我连高中都没上，那个上大学的理想暂时收起吧！但是文学却是不可丢的，高尔基是小学生，他在社会大学里学习，后来成了文豪。奥斯特洛夫斯基不是文化也不高，但他写出了《钢铁是怎样炼成的》，这是一本多么令我虔敬的书啊！还有《牛虻》这本书，也是让我反复阅读的书。保尔·柯察金和亚瑟这两个人物，是我在乡下四年生活的楷模，是我立下奋斗决心，坚信未来一定会干出点什么来的精神支撑。

当时我们大队来了一批武汉知识青年，甚至还有广州来的投亲靠友的知青，他们中有一个来自金口镇的张姓知青，带了一大木箱书。我找上门去与小张交朋友，我们谈得很投机，他读了我写的一些短诗，我也读了他写的律诗绝句。小张的父亲是老红军，他的哥哥是华中师范学院中文系的毕业生，在他的书籍中有一整套华师中文系的教材。如文学史、文艺理论、语法修辞、汉语写作、大学语文、古代文学选讲等。我对这套书大感兴趣。我用帮小张这个知青户挑柴、挑水干活来取得阅读这套书的认可。我非常认真仔细地把这些大学中文系的教材学了一遍，并且作了笔记。小张的同屋知青小李，是我县一中高一届的同学，他父亲是武昌县的驻军。小李有一个很厚的硬壳子笔记本，每页都贴了从报纸上剪下来的诗歌，整整齐齐。那些诗真美啊！小李说，那是他父亲送给他的。我把这些诗也读了，小李见我喜爱，干脆就把这个本子送给我。这个本子前些年还在，后来不知怎么就不见了，我好懊丧。我在上了华中师范学院中文系后，老师给我们讲课，我听着听着，竟然是和那些我在乡下读的教材一样的东西。后来在华师，我学得不费力，比那些从基层推荐上来当过学习毛主席著作积极分子当过大队或公社干部的同学学得轻松许多，是因为我自学过。虽然我在乡下与下乡知青们交了朋友，读了不少书，但当时我并没有想到要上大学。我和小张一起写诗，为大队毛泽东思想文艺宣传队写宣传稿，别人称赞我写得好，特别是有一次我写的庆祝建国20周年的诗在《武昌文艺》发表时，我很有些自得其乐。那天，我在大田里劳动，乡邮递员骑着自行车到田边，给我一只卷成筒子的邮件，我拆开一看，是武昌县文化馆编印的《武昌文艺》，那是一本油印的小册子，小册子上刻着我的名字和我写的诗，那是1969年。天哪，我竟然发表作品了，我已经摸到作家梦的边缘了。我的目标一定要实现，我的目标一定能够实现。从此，我更加努力地阅读，我更加坚信自己目标的伟大与实现的可能。

  慢慢地，我在我们那个公社小有名气了。先是大队学校让我给一个生孩子的女老师代课，女老师满月上班后，大队又推荐我到武昌县教育革命学习班学习三个月。这是个培养民办教师的训练班，我分在初中语文班，班主任叫杨合鸣，从武汉大学中文系毕业。杨老师后来用武文驹的笔名写了首长诗《邢远长之歌》，歌颂武昌县大桥公社老农社员邢远长为了救火车而牺牲自己生命的事迹。长诗先在《长江日报》发表，后来出了单行本。再后来，杨合鸣老师回到武汉大学当了教授。在当年那个培训班上，杨老师很看重我，对我的文学水平的提高很有帮助。从武昌县教育革命学习班回到大队后，又接到公社教育革命组的通知，让我参加咸宁地区教育革命学习班学习，我被分配到生物班，学的是微生物菌种兽医农作物林业农业机构包括开手扶拖拉机。学习班在蒲圻县羊楼洞镇的原蒲圻师范学校内。那是一个山清水秀的地方，有很古老的羊楼洞镇，旧时的砖茶名扬海外，号称小汉口。蒲圻师范还是诗人叶文福的母校。我在这个学校学了三个月的所谓生物，了解了一些常识，却没有兴趣。到这个教育学习班当老师的，大部分是华中师范学院的中青年教师，也有华中农学院的。学习班有中文班，我对自己没上中文班，深感遗憾，常在中文班的教室外站一会，羡慕坐在里面的学员。从咸宁教育革命学习班回县后，先到金口区教育革命组帮一个叫胡宜南的老师搞了一段时间的外调，跑了沙市、洪湖、武汉等地，了解区里受审查老师的历史问题。外调搞完，区教育组让我到范湖中学教书，这已是1970年年底了。范湖中学是由原范湖小学升格而成的，是我读小学的母校。学校领导让我当初中一年级留级班的班主任，我把那些小调皮蛋们整得有些听话了。范湖中学还有个高中班，我和那班上学生的关系搞得很好，那班上后来出了几个教授与组织部长宣传部长之类的人物，他们在武汉碰到我，总还是要喊我刘老师，虽说我没直接教他们，年龄也只比他们大两三岁。

  我在努力当教师时，把上大学的理想忘得差不多了，但当作家的梦想还是坚定地存在着，我边教书边记录生活，基本上每期的《武昌文艺》上都有我的诗歌作品，有的是长诗。

我在范湖小学读书时，校长是夏光钊。我在范湖中学教书时，夏校长在当范湖公社教育组负责人。有天夏校长找到我，说省里的大学马上招生，不用考试，要由贫下中农推荐，范湖公社分了一个指标。夏校长问我想不想上大学。听到这个消息，我一下子愣了，半天说不出话来。我心里在说，刘益善呀刘益善，你怎么把自己的理想忘了呢？上大学不是你的理想吗？你怎么就失望了呢？看，大学现在不是在招生吗？你怎么办？夏校长见我半天不做声，以为我不愿去，就说：你再考虑考虑吧！说完就要走。我立时醒悟过来，马上拉着夏校长说："我愿上大学，我要上大学。"夏校长笑了笑说："那我们一起努力吧，你先回你们大队去，报个名，然后由贫下中农推荐。"

我当天就回到村里，找了生产队长袁福胜，告诉他我要报名上大学，希望队里推荐我。队长与我父亲叔父关系都不错，当时答应得很好。这里要交代的是，我回乡当农民，表现很好，两次被推荐去短期培训学习，然后到公社中学教书，领导们是信任我的。我虽然当老师，但仍然是生产队的人，拿的是工分加补贴。我要上大学，就必须由我所在的范湖公社金水三大队七生产队推荐。

生产队长袁福胜的儿子和我是小学中学的同学，就是因为这点，袁福胜给我写了份很差的鉴定书，说我不爱劳动，追求名利，骄傲自满，这样的人不能上大学。袁福胜写好鉴定书后，找贫协组长陈正中盖章，陈盖了，他找另一贫协组长刘善咸盖章时，刘坚决不盖，说袁队长你这样做不好，会毁了一个年轻人的前途的。鉴定书送到大队后，遭到大队干部们的彻底否定，他们说了袁福胜一顿。袁队长为什么要这样做呢？主要是我要是上了大学，会超过他的儿子。当时他儿子在金水街棉花收购站工作。我能体会到袁福胜队长的心情，事后除了我母亲找他吵了一次外，我们家都没与他计较。大队干部们重新帮我写了推荐鉴定书，实事求是地给予评价，我的名字报到公社教育组。范湖公社有十多个大队，县里只分了一个上大学的名额，每个大队推荐一人，就有十多人，十多人争一个名额，其中的工作量大呢！现在想来，夏光钊组长，我小学的老师是成竹在胸，他要把这个名额给我，他觉得给我最合适。各大队推荐来的人到了四选一的时候，还有我。另三个一是公社党委书记的儿子；一是公社妇联主任的女儿；一是全县有名的学习毛主席著作积极分子的儿子，而且是全省重点高中咸宁高中高三的学生，他是因为"文化革命"失去了上大学的机会，要不然大学都毕业了。我最感惋惜是这第三位老兄，不知他后来情况如何？四个人中，论背景与实力我是最差的，能不能上大学，我是一点底都没有。最后奇迹还真的出现了，那有背景的三个都没有上成，名额给我了。这中间起决定作用的是什么？我一直没弄清楚。但夏光钊老师是起了重要作用的，我在范湖小学读书时，作文成绩很好，他是喜欢我的。我得到了1971年范湖公社上大学的唯一指标。第二年，指标多些了，公社党委书记的儿子和妇联主任的女儿也都上了大学。

当我从夏光钊老师手上接到正式上大学的通知时，现在回忆当时的心情，好像并没有激动万分热泪盈眶。当然我要感谢夏老师，可只是口头的，连一包香烟都没送一顿饭也没请他吃，不像如今人家帮了忙，总得请吃一顿饭表示感谢总得送点烟呀酒的礼物吧！但那时真不兴这一套。

我能够上大学了，在我满20岁时实现了这一目标，是在毫无希望的情景下实现的，真可谓山穷水尽疑无路，柳暗花明又一村。得到这个上大学的通知不容易，有多少双眼睛盯得流血啊！但我为什么不是激动得不得了不是高兴得要发狂呢？这是因为在最苦最难熬的日子里我在坚持，我还在学习，我有自信，我自信总有一天我会做些更有用的事情。生产队长袁福胜在我的鉴定表上写我骄傲，大概就是指的这种自信。天将降大任于斯人也，必先苦其心志劳其筋骨。在我苦了心志劳了筋骨后，大任就会降临。我觉得范湖公社唯一上大学的指标就应该给我，我上大学比别人上大学更合适，我会比别人学得更好，将来报效祖国与乡亲。我没高兴我没激动，我默默地在做去大学里学习的最好的准备。

1971年1月底2月初，春节刚过完，武昌县30多个上大学的青年在县城集中学习几天，然后省里招生老师将我们带到武汉的各个大学。

问题又出现了。我们在县城集中后，分配学校与专业，我被分配到华中师范学院生物系。把我分到这个学校与专业，应该是合理的，因为我是民办教师，在咸宁地区教育革命学习班学了三个月的生物。但我得知这个分配结果后，心里却感到十分郁闷。我对生物专业中那些动植物微生物细胞及农业机械（我在咸宁学习班的生物班上就学了"三机一泵"，这好像不属生物专业）等，一点都不感兴趣。我要上中文系，将来搞文学。我找到县教育局负责分配学校与专业的领导，希望能让我上中文系。这个领导对我说："能让你上大学就不容易了，你怎么能挑专业呢？要服从分配，不要有其他的私心杂念。"这领导不像我的老师夏光钊，我碰了壁。

我有些闷闷不乐。我打听到了，武昌县这30多个上大学的名额中，只有武汉大学和华中师范学院各1个中文系指标，分配到这两个中文系学习的都是我武昌县一中的高中班的校友，而他们对上什么专业好像无所谓。上武汉大学中文系的那徐姓学兄，毕业后果然没有从文，分到中组部，后来当一名副司级的官员。可我欲进中文系却不得！

眼看没有希望了，我做好了去学生物专业那些东西的准备时，一道黎明的曙光出现在我的面前，机遇来临了。

武昌县新屋公社有位叫程光桃的妇女，是位很好的老人，她的经历就像鲁迅先生小说《祝福》中的祥林嫂一样，1949年以前前嫁人，丈夫死了，再嫁人，生了个孩子。祥林嫂的儿子阿毛是被狼吃了，程光桃的孩子是睡在摇窝里被母猪拱翻，然后咬死了。程光桃老人是个很苦很善良的不识字的老人，土改时，毛主席的夫人江青跑到当时的新屋乡当土改工作队员，住在最苦的贫农程光桃家。程光桃后来结婚生了个儿子，江青把程光桃接到北京，毛主席还抱着程光桃的儿子照了张相，这张相后来就挂在程光桃家的堂屋正中。"文化革命"开始，江青红得发紫，程光桃被说成是江青当年培养的土改根子，当了新屋公社革命委员会副主任之类的官。

我们在县城集中学习时，我才知我们这些学生叫工农兵学员，工农兵上大学，是"文化大革命"的新生事物。对于新生事物要宣传，武昌县有程光桃这样一个典型，程光桃对工农兵上大学是个什么态度呢？把程光桃如何支持工农兵上大学，给工农兵学员寄予革命希望写出来，不是一个很好的宣传点子么？于是招生的老师和县教育局的领导召集全体学员开会，说了怎么宣传程光桃与工农兵上大学的明确意图，然后问："你们谁去写？"问了几声，没人敢回答。

我的脑子中有一道闪光，这是机遇，机遇来了，要抓住。我毫不犹豫地站起来说："老师，我去写！"

招生老师与县教育局的领导考虑得很周全，派新屋公社的一名学员江祥必陪着我一起去找程光桃，江祥必与程光桃是一个村。我们到了新屋公社后，找到程光桃的家。

程光桃老人很热情地接待了我，对我谈了她的经历和江青当年土改时在村里的一些情况。程光桃老人真是好人，她并没有借助当时红得发紫的江青的势力而颐指气使，就和普通农妇一样，接受我的采访。后来我上了华师中文系后，老师讲鲁迅小说《祝福》时，还把程光桃作为兼职老师请到课堂上，现身说法。

与程光桃交谈是我平生的第一次采访，我很感谢江祥必对我生活上的照顾。江祥必与我同年上学，他上的是武汉医学院咸宁分院，毕业后分到医院工作，后来当了咸宁地区卫生局副局长兼咸宁医院院长。

从新屋公社回到县城，我很快写出了采访程光桃的报道，交给了招生老师。这个报道后来发在哪里我不知道，发表时也肯定不会署我的名字，但我想这个报道一定发表了。报道交上去的第二天，决定我命运及人生发展方向的转折出现了，我被调整到华中师范学院中文系，原来上中文系的熊姓学兄调到华师数学系，数学系的那位张姓学兄调到华师生物系。熊姓学兄毕业后做了大学老师，张姓学兄毕业后回武昌县一中我们的母校当了中学教员，这都是因为我的原因而变动的。我对张姓学兄有些抱歉。

啊,我要长舒一口气了,我终于到了大学中文系上学,我终于可以一门心思学我的文学了。事后我常想,一个人的命运真是奇怪,有许多不可捉摸的东西,就拿上大学我调换专业这事来说,如果武昌县没有一个程光桃,或者有程光桃却没有江青到武昌县搞土改的事,招生的老师就不会派人去采访程光桃,我也就没机会写文章,那我只有去上生物系,最后就到一个中学里去教书了。但这一切却又是存在的,这种机遇来到我的面前,我及时抓住了,我的命运得到了改变。但是如果我不是从小就喜爱文学,喜欢读书,打下了良好的写作基础,在采写程光桃的机遇虽然降临时,我或者因底气不足不敢去写,或者去写了,写不好,机遇也就过去了。事后我听县教育局知情者说,我写成了程光桃支持工农兵上大学的报道后,华中师范学院招生的老师看了,说这孩子文笔不错,应该让他上中文系学文学。我没有去查找当年在武昌县招生的这位老师,但我是要永远感激他的,是他把我由生物系改到中文系,他也是改变我命运的元素之一。也许有人会说,你干吗把这个改系的事说得这么重要?你就是学了生物还不是一样可以当作家编辑吗?只要你有这个天分。《北京文学》杂志社社长主编杨晓升就是华中师范大学生物系毕业的,他不是把作家与主编当得好好的么!我的回答是,我绝对不是我那个师弟杨晓升,我如果去了生物系,是不可能在后来搞文学的。

每个人一生都有许多机遇,只要你肯努力能坚持,在机遇来临之前苦其心志劳其筋骨,做好充分的准备。当机遇来到你的面前时,你就能紧紧抓住,抓得很有力量,机遇就跑不掉。如果你没有准备好,机遇到来时,你想抓都抓不住,因为你没有力量,机遇很快就远去了。这就是我写我上大学这段经历所要说的一点感悟。

1971年2月,我们被带到武汉上学,各大学领走了各自的学员。在华中师范学院,在那美丽的桂子山,在那桂花林里,在那阶梯教室里,在那绿色琉璃瓦的校舍中,我生活了将近三年。我在大学里怎么样学习应是另一篇文章的内容了,这里再稍稍要说的几句是:我在华师中文系读书还真是读书,我没有热心去参加工农兵学员上大学管大学改造大学的政治运动,那时简称"上管改"。我在认真读书,第一个暑假时,我从图书馆借了20多部文学书籍,背回乡下读完。在华师中文系学员中,我是第一个在《湖北日报》、《长江日报》发表文章的人,那两篇文章都是有关学习鲁迅先生的。三年书读完,我的考试每门功课都是优,临毕业时,我入了党。1973年10月下旬,我被分配到湖北省文艺创作室,在《湖北文艺》(后来恢复"文革"前的名称《长江文艺》)当诗歌编辑,后来又当小说散文编辑,主持杂志社的工作也快20年了。36年在一个杂志社蹲着,看来我得蹲到退休。"把编辑工作进行到底！"在我当编辑30年时，刘醒龙、邓一光、陈应松、马竹、徐鲁等人专门写文章，在各报刊发表，方方、熊召政等送书题诗纪念，他们这样期待我，其实这也是我的想法。

我除了做文学编辑，创作也略有收获，这里就不太好意思提了。

我是终于遂了心愿，上了大学，圆了我的文学梦。

第一次买书

不论怎么说，如今我和妻子的退休工资，除了一家人的衣食住行开支外，每月都还能挤出百把几十元的上书店。

我喜欢买书。出差，不管是到大城市还是去边远小镇，我首先去的地方是书店。出差回来，给家人带的礼物少，提包里多的东西是书。二十多年前到湘西一个三省交界的小镇，叫茶峒，沈从文先生写的《边城》就是这地方。我没去寻找翠翠的渡口，却去了小镇书店。我在小镇书店里买到了一套《宋人轶事汇编》，中华书局出的，上中下三大本，只三元多钱，如今没有上百元是绝买不到的。这套书是我湘西之行的最大收获。同行的武汉大学中文系的一位朋友见了，赶去买时，没有了。书店只进了唯此一套。

我忘不了我第一次买书时的那种心情。

我在乡村里上小学，那时真渴盼着有除了课本之外的书读，而且盼望着有朝一日能拥有自己的书。我想，我要有了自己的书时，一定要像爱护自己的眼睛一样地爱护它，要细细地读，就像我们乡下孩子好不容易吃到一块芝麻饼子，细细地嚼，慢慢地咽，让那香味甜味能在口腔里待的时间长些。

我很长时间没有自己的书，我没有钱去买。父母供我上学，省吃俭用卖鸡蛋的钱只管我缴学费，买那种九分钱一本的练习本。我羡慕那些拥有自己的书的同学，和他们拉近乎，是为了他们能借书给我看，虽然他们也只有一两本。

我终于有了第一次买书的机会，那不是在书店里买的，而且价钱便宜得令人不敢相信。

那些年，武汉的一些中学常到乡下劳动。有个武汉市二十七中到我们村插秧，秧插完了他们就走了。他们回学校后，特地派专人送了两大纸箱子书籍和杂志，说是帮助乡村建立图书馆。这两箱子书交给了民兵连长，民兵连长扛回家后，无地方放，就扔到阁楼上了。这些书是中学生们捐赠的，他们的一片心意也就被民兵连长扔到阁楼上了。

而像我这样渴盼书读的乡村少年们，只能离得远远的，继续饥渴着。

表叔家砌土灶，嘱我去帮忙。一只大石臼里，用水浸泡着满满的撕烂的纸，

473

表婶盼咐我用根大木杵将烂纸捣成纸浆，然后再加石灰与黄泥拌合，用来抹灶面子。

我看了一眼那烂纸，天哪，我都要晕了。这些都是文学书籍和杂志撕碎后泡烂的啊，是我梦寐以求的东西啊！我用木杵捣纸浆，一下一下，像捣着我自己的血肉。我颤颤地问表婶，这些书是哪里来的？表婶愤愤地说：在民兵连长家里称的呀。两角钱一斤。我称了二十斤，要了我四抉钱，这书还是人家中学送的呢。

我捣着纸浆，心里念叨着书。我要想尽一切办法弄到钱，把民兵连长家那些书买过来，那是多么好的东西啊，那是我渴求的甘泉和雨露。那些宝贵的书，怎么能被捣成纸浆呢！

当晚，我步行二十多里路到舅舅家。我找到二舅，说明了来意，二舅拿了五元钱给我。二舅是单身汉，做点木匠活，这五元钱是他的积蓄。我没找父母和其他人，我知道他们拿不出钱来给我买书。

我找到民兵连长的妻子，她让我爬到阁楼上把书搬下来。两大箱书已剩下不多了，都被他们卖了。我真感到惋惜，被他们卖废纸的那些书里，肯定有许多好书。

我称了二十五斤书，基本上把剩下的书称完了。民兵连长的妻子笑眯眯地接过我递上的五元钱，说，你早点来就好了。

是的，我为什么不早点来呢？我不知道他们这样处理书啊！我曾向民兵连长借过，他吼了我一顿：那书是纪念品，你小孩子借去弄丢了咋办！

他要留着卖钱。二十七中师生的一片真情，被他用两角钱一斤卖了。几十年后的今天，我想到这些，心里还感到不是滋味。我的乡亲啊，你们中的愚昧无知，使得文化只能变做纸浆抹灶面子砌墙。

民兵连长的妻子在我提起一摞书就要离开时，又从灶屋里拿了一本书出来，说：这本书也给你，算个搭头。

我一看，那是一本《播火记》，梁斌写的。我连忙接过来，口里说：谢谢婶子谢谢婶子！就快步地走了。我怕她反悔，把这本作为搭头的《播火记》要回去。

这些书伴随了我的整个少年时代，一直到"文化大革命"开始。

啊，我的第一次买书的经历，给我留下了多少美好而心酸的回忆，还有愤慨！

不过，我得到那二十五斤书籍和旧杂志，在当时，我真是满足极了，我觉得我是一个富翁，一个真正的书的富翁！我终于拥有了自己的书籍，而且是那么多。

今天，属于我私人的藏书比那时要多几百倍，但却忘不了我第一次拥有书籍的时光。

我还经常买书。

农民代表周宝生

湖北出席党的十七次代表大会的代表中有一位周宝生，他的行政职务是嘉鱼县官桥8组的组长，人称中国最小的官。我是20世纪80年代初认识周宝生的，我曾经写过一首叙事诗《中国最小的官》发表在《诗刊》上，后来还写过《鄂南第一村》等文章发表在《人民日报》等报刊上，这些诗文都是写的周宝生与官桥8组。周宝生是全国人大七、八、九、十次代表，党的十六大他也是代表。周宝生现在是田野集团的董事长，武汉大学东湖分校的董事长，拥有6家企业，集体总资产达10亿元，但这些都属于官桥8组，周宝生的身份仍然是农民，他是全国优秀共产党员，全国劳动模范，他是中国共产党在中国农民中最优秀的代表。

周宝生到北京参加党的十七大前夕，曾把我接到官桥8组，和我一起重温了官桥8组的发展历史和创业的艰辛。

周宝生是20世纪70年代的初中毕业生，回乡当知识青年，到县城打工时遭人歧视，一气之下回到家乡，决心在故乡的田野上做出一番事业来。1979年他被村民选为生产队（后改为村民小组）队长时，集体账上一分钱都没有，村民缺吃少穿，住的茅草屋东倒西歪，每个劳动日分值9分钱。

周宝生上任伊始，拿出自己家的600元存款，成立了官桥农工商综合公司，在官桥镇办了个冰棒厂和熟食店、杂货店，这两店一厂第一年赚了7000元。官桥8组办店成功，附近农民都拥到官桥镇办店。周宝生经过调查，摸清了市场上钉子缺货，光鄂南几县就需上千吨。他马上把两店一厂出让，到一家三线厂买来了别人闲置的车床、刨床，制钉机和铸造设备，办起了钉子厂和铸造厂。那是1983年，在鄂南的偏僻山乡，代表着工业文明的机器响起来了。轰隆隆的回声，震落了山野的灰尘，压过潺潺的溪流声，奏响了官桥8组第一支希望之曲。钉子厂热火了一阵，原钢材料涨价，市场上钉子销售饱和，周宝生马上将厂子关闭，另寻门路。根据早年的地质勘查，说是官桥8组地下有煤。周宝生就带着人朝地下挖起来，挖啊挖啊，挖出来的都是石头，别人灰心了，走了。周宝生带着几个人继续挖，毫不动摇。当周宝生一镐头下去，挖出煤来时，那是造物主给这几个坚韧不拔的创业者的奖赏。官桥8组的小煤矿办起来了，他们买了两辆东风车跑运输，原煤不断外运，财富就源源进来。接着官桥8组的砖瓦厂、沙发家具厂、钢丝绳厂、制药厂都办起来了。周宝生领着官桥8组的村民，在改革开放的春风吹拂下，在建设社会主义新农村的道路上阔步前进。

随着事业的发展，周宝生把官桥农工商综合公司改名为田野集团。他们从解决温饱问题，到兴办资源型劳动密集型企业，再向高科技产业进军。他们引进人才，招贤纳士，事业日益红火。他们还与武汉大学合作，投资6亿元，兴办高等教育，创办了武汉大学东湖分校。

从武汉到嘉鱼，从嘉鱼到官桥8组，行车两小时，眼前的一团绿荫就是田野集团。当年的官桥8组那低矮破败的房屋早无踪迹，小煤矿停办了，砖瓦厂、沙发厂、家具厂也关闭了。官桥8组如今是现代的高科技园。整齐的农民别墅与员工公寓，功能齐全的文化中心，依山而建的田野山庄，专家公寓，四季常青的森林公园，清澈的人工湖，环村公路四通八达。这里自然环境幽雅，民风淳朴和谐，生活文明富裕，物质文明、政治文明与精神文明协调发展，完全符合中央提出的社会主义新农村的标准。

周宝生是个低调的人，他有许多的荣誉与头衔，但他不愿张扬。我与周宝生是二十多年的朋友了。我与他握着手，我说：兄弟，你是中国农民的代表，中国的乡村应该从官桥8组这里看到实现致富与文明的可能与途径！

中国 GPS 的奠基人

写这篇文章，我本拟用《中国 GPS 之父》作题目，但遭到文章的主人公刘经南院士的竭力反对。我说这是他家乡的报纸《长沙晚报》提的，那是 2004 年的一篇文章。刘经南说，他是搞科学研究的，在 GPS 系统的研究中，他做出了一些成绩，但万万不可用文学的夸张来描写他。我只能惋惜我的这篇文章失去了一个好题目。毫无疑问，刘经南院士在中国 GPS 的应用与发展中，是作出了不可替代的贡献的。他是中国提出分布式广域差分技术第一人，中国第一个 GPS 商品化软件研制者，三获国家科技进步奖，在我国卫星定位导航系统（CNSS）技术领域创下了数个第一。

天降大任于斯　必先苦其心志

刘经南 1943 年 7 月出生于湖南望城县一个殷实之家，祖父、外祖父都是黄浦军校学员，祖父官至国军上校，外祖父兵败随国民党去了台湾，领中将衔。这种社会关系给刘经南的成长留下了一片阴影。当他以优异的成绩中学毕业，参加高考，得到高分，却因档案中有"该生不宜录一类学校"的文字，而与他的高考志愿表中的第一志愿北京大学生物系擦肩而过。1962 年，刘经南被录取到武汉测绘学院天文大地测量专业。回忆青少年时的往事，刘经南充满了深情。中学时，他的作文在长沙市作文比赛中获第四名，他是长沙市中学生歌舞团朗诵队员。他做过学校、青少年宫和省图书馆的义务图书管理员，利用这些机会读了大量的课外书，先是中外经典小说，后是政治家和科学家传记，从小就有当科学家的理想。上了大学，一看搞测绘、搞工程，好像很简单的东西，感觉很痛苦甚至想退学。"随着学习的逐步深入，觉得它也是一门科学，也很有深度，是值得去研究的。有未知的东西，有挑战的东西，我就喜欢，这是从小养成的习惯。"说到这些，刘经南满是激情。

在武汉测绘学院学习期间，他钻进了自己的专业，由不喜欢到热爱，成绩优异。但是他的出身及复杂社会关系的阴影一直笼罩着他,他入不了团,大学毕业分配时,别的同学都分到了单位,他被晾在一边,说是要把他分到农场劳动。后来,把他分配到地震测量队,他总算有了单位,打点行装准备出发。但是地震测量队突然打来电话,说不要刘经南。同学们都为刘经南担心,怕他受不了这种打击。刘经南却很平静地对待这件事,他说我选择不了我的出身和社会关系,我能选择自己怎么做。他照样早起晚睡,在别人闹腾着"革命"时,他读自己喜爱的书,向科学的深处掘进。只要自己有真才实学,终会有报效社会和国家的机会。刘经南的毕业分配经过几番折腾,1968年终于让他到了驻株洲的湖南煤田地质勘探公司,从事物探队的野外勘测工作。

背着沉重的测量仪器,风餐露宿,跋山涉水,走遍三湘大地。1968年到1979年,整整11年,刘经南谈到这段经历时,没有诉说苦难,言谈之中却有着感谢生活对他的磨炼与铸造。在野外工作,刘经南出过车祸,掉进过陷阱,而最危险的是,他跌下悬崖,眼看就要在队友们的惊呼中粉身碎骨,奇迹却出现了,绝壁上的一棵树挡住了他。这位大难不死的人骑在树丫上,大声喊叫,让崖下田边的农民小心他踩落的石头。野外工作,生活的艰苦自不必细说,刘经南在物探队政治上不受信任,但业务上却又是骨干。他平时一有机会就琢磨钻研技术上的问题,在队员们聊天或是休息玩扑克时,他还捧着一本书就着微弱的灯光阅读。在中学和大学时,他学的是俄语,在物探队,他听电台英语广播自学了英语,且达到了熟练运用的程度。刘经南在物探队经过的山野,从湖南,到云南到贵州,看到老百姓的生存环境之艰苦,看到工作中的技术状态之落后,他感到校园生活和书本知识与现实的落差,真是天上地下。他暗下决心,一定要创新要奋斗,要改变这落后。青少年时的人文书籍阅读,十多年的学校教育,刘经南立下志向,要用自己的知识,富国强民。物探队有一个项目,按照原来的设计,所有数据都要从头做起,费时费力又费财。刘经南经过研究,提出可利用大部分原有数据的合理化建议。物探队采纳了刘经南的方案,使得这个项目的经费节省了几百万元。要知道20世纪70年代的几百万元,那可是一笔巨款呀!

刘经南说:我是很随遇而安的,和人相处很融洽。我比较乐观,城府不是很深,悲观沮丧的心情往往就是那么一瞬间,过了以后就忘记了。刘经南在野外作业时,歇下来时还做什米尔德洛夫的高等数学习题集,与物探队的几个大学生在枯燥的生活中做习题互相挑战为乐。在物探队,业务上他是骨干,赢得了同事们的信任,连派来监视他的人都说:我是被派来监视你的,但我觉得你这人很不错。11年啊,4000多个日子,刘经南在准备着,苦着心志,炼着体魄,怀着向往,积蓄着力量,等着春风吹来的那一天。1969年,母校的老师崔希璋教授让人写信通知刘经南让他报考自己的研究生。6月1日考试，刘经南5月31日才从湘西赶回，没有复习时间，却凭着扎实的基本功底考了第二名，而外语考的正是他在物探队自学的英语。36岁再返母校读书，刘经南已是两个孩子的父亲，他的爱人曾有过犹豫，但想到刘经南对科学对知识的孜孜以求，遂下了决心，自己带两个孩子留在湖南，支持他到武汉上学。

路漫漫其修远　吾将上下求索

自幼的强闻博记人文知识的熏陶，大学时期扎实的专业功底，11年的野外勘测实践和没有停止的钻研科学的脚步，36岁的刘经南顺利录取为武汉测绘学院的研究生。大学毕业时，他已经接触到卫星时代测绘科学的一些基本理论和方法，感觉到卫星时代对于测绘科学的巨大推动，在野外工作时，他一直憧憬攻克测绘技术的最高领地。他向测绘技术高地求索，背着药罐子，每天听课，看书，吃中药。野外生活的不规律，使他患上严重的肠胃病，三年的研究生期间，有两年半每天拉肚子超过三次，1.71米的身高，体重只有104斤。这期间还患过一次心脏病，医院下了病危通知，住了40多天医院又稀里糊涂好了。身体的病痛并没有影响刘经南向科学进军的决心，他阅读书籍，查阅资料。当时，卫星测量基准的地心坐标系与地面大地坐标系的转换关系成为国际大地测量界的前沿研究方向，刘经南的学术生涯就是从挑战这一国际性的难题开始。"研究的过程是让人兴奋的。当时特别投入，连做梦都会想，梦中都会出现数据和公式，似乎就在某一天，问题突然豁然开朗。"刘经南说。根据国外专家卫星定位所观测的数据，通过坐标系转换三个不同模型，得出三个模型计算出的结果相同，但精度不同的结论。刘经南经过研究，在国际上第一次从理论和实践上证明了三个坐标转换模型的等价性，为一场历时十几年的国际争论画上了圆满的句号。当时很多老师不相信他的成果，刚好从国外回来的周忠谟教授也在撰写同一论题的博士论文，看到一位普通的硕士生取得的成果显得十分兴奋，他记住了刘经南这个人。刘经南硕士毕业时年已不惑，被分配到湘潭矿业学院任助教。1986年，武汉测绘学院新的领导走马上任，担任校长的周忠谟把刘经南调回了武汉测绘学院，给他提供了研究的新平台。

回到母校的刘经南，如鱼得水，一心扑在教学和科研上，开始了在GPS领域的深入研究。所谓GPS，即全球卫星定位系统，是美国国防部和运输部共同管理的卫星定位、导航、授时、守时系统。中国从20世纪80年代末开始引进GPS

接收机及其应用技术，是 GPS 的用户大国。GPS 接收机在全球任何地点，任何时间提供静止和动态用户的地理位置与时间，其定位精度，动态响应时间和作用空间几乎可以满足任何要求。正因为如此，它在军事上具有重要价值，只有美国及其盟国的军方才能无限制地使用该系统。中国在 GPS 的应用上是受到限制的。对抗美国政府的技术限制，使 GPS 技术的巨大市场潜力和军事价值发挥出来，刘经南选择了这一难题，开始了冲锋陷阵。刘经南搞科研有一种精神："力所能及的事不去做，力所不及的事也不去做，而应该去做那些力所难及的事。这是一种百折不挠的韧劲，是一种迎难而上的激情"。"一接触到专业，一接触到科学，浑身的血液有一种沸腾起来的感觉，就有一种冲动，就有一种激情。""如果我认准了一个东西，有再大的困难，我都要迂回着、周旋着找到解决问题的方法。最困难的时候我就挺一下，往往就是坚持了这么一下，问题就会得到解决。"这些语言，就是他的精神，刘经南精神的内核是一种责任心，是一种使命感。这些是刘经南 GPS 研究获得一个个成功的关键。物探队野外奔波 11 年，GPS 研究十几年，是同一个刘经南。多少个凌晨，多少个深夜，多少个节假日，他在实验室，他在资料库，废寝忘食，为他的目标而奋斗，而求索。他的身体还是不好，心脏病还困扰着他，但到野外测试 GPS 时，他仍像年轻时在野外物探队一样，最困难的地方，最远的地方，都是他去，甚至经常几个晚上不睡，等卫星信号出现。

功夫不负有心人。刘经南提出建立广域差分 GPS 系统以对抗美国政府技术限制的思想，并制定出建设中国广域差分系统的方案，针对我国当时数据通信暂不发达的特点，创造性地提出了分布式广域差分技术，其工程实验结果的高精度，高可靠特征，引起了国内外专家的震惊。刘经南研制出我国第一个 GPS 商品化软件"GPS 卫星定位数据处理综合软件"，被国内数百家单位采用，占领了国内 80% 以上的市场，并出口日本。后来，这一软件设计思想被国际 GPS 商用软件开发界广泛接受采用，他的部分研究成果已成为我国城市 GPS 测量规范。香港九七回归，深港两地划界问题备受关注。由于深圳已建立了高精度的城市 GPS 图，英方专家不得不同意采用深圳城市 GPS 网作为划界依据。而深圳 GPS 图的建设方案和组织实施人员是刘经南。在中国两次南沙科学考察中，启用 GPS 岛礁联测工程，首次以 10^{-6} 量级精度把国家大地图延伸到南沙领域，对维护国家领土具有重要意义，而该工程的设计和数据处理工作负责人是刘经南。1998 年夏天长江流域遭受百年一遇的洪水，荆江分洪在即，炸堤炸药埋好，分洪区 54 万百姓大撤退，941 平方公里变"无人区"。由于清江隔河岩大坝 GPS 全自动监测系统实时高精度提供了数据，中央领导因隔河岩水车高水位蓄洪错洪，撤销分洪命令，保住了长江大堤和几十万人民的家园与财富。而这一 GPS 软件系统的制定人也是刘经南。他驰骋于卫星大地测量与 GPS 技术及应用领域，以一系列开创性的研究成果，成为我国卫星大地测量与数据处理方面的权威。1999 年，刘经南当选为中国工程院院士，这年他 56 岁。

刘经南根据国家重大战略需求，将 GPS 技术与北斗导航卫星系统紧密结合起来。2007 年 4 月我国第一颗北斗导航卫星"北斗 M1"升空，到 2012 年 3 月第 11 颗北斗导航卫星进入太空预定轨道，中国的全球卫星定位导航系统在世界处于领先地位。刘经南作为专家组成员，在该系统的研究中作出了功不可没的贡献。

雄关漫道如铁　迈步从头再越

刘经南一边向科学进军，还一边担任行政与教学工作，他任硕士、博士生导师，任院系领导，2003 年担任了武汉大学校长。在他担任校长的 5 年多时间里，他用在学校改革、发展、管理上的精力很多，但科研和教学却不放松，经常晚上从实验室出来都过了 12 点，电梯停运，他就从 14 层楼上走下来。作为院士校长，他在学生眼里，是著名学者，也是慈祥的长者。他的目标是，要培养大师级的学者和战略性科学家，要为年轻人提供新平台，要扶持一批 30 岁或 40 岁左右的青年才俊，在他们 50 岁左右时，成为世界和国内知名的学科带头人，要使现在二十几岁、三十几岁的学者 20 年后成为世界有影响的学者。他说武汉大学要通过文理工的交叉和融洽造就这样的学者。

2013 年，刘经南进入 70 古稀之年了。武汉大学广埠屯校区教学实验楼第 14 层，还是正月初十，刘经南就在国家卫星定位系统工程技术研究中心办公室上班了，他是这个研究中心的主任。他埋首书堆中，他显不出 70 岁的年龄，人显得儒雅朴实。我们的交谈随意而亲切，按照事先准备的材料，我提出问题，他侃侃而谈，语言简洁条理清晰，这是科学家的风格。有资料说他读了 N 遍《红楼梦》，我问他，他说大约有 20 遍，大部分是在野外物探队工作没事时读的。说到这里，他就情不自禁地背诵《红楼梦》中的大段诗词，他的记忆力令我惊异。办公室里很安静，上午的阳光以南边窗口斜斜地照起来，我看着沐在暖阳中的这位科学家，他曾吃过那么多的苦，他在科学的道路上跋涉不止，他破解了那么多的科学难题，使我国全球卫星定位系统技术走向世界前列，他创造了那么高的价值，使我们的生活得到改变。他是一位令我们社会令我们民族尊敬和骄傲的人。

我问刘经南今后还有什么打算，院士是终生制呢，他没有退休的时间。他笑了，他说，已经做过的事情终究要告一段落，他现在还带有三四十个博士、硕士生，再带几年就不招生了。刚好凤凰网有一篇记者写他的专访，谈武汉大学与美国杜克大学合作创办昆山杜克大学，他出任校长。他对办学目标、方式、特点与理念作了充分的阐述，这将是一个全新的世界一流的优质高校。把这个学校创办起来走上正轨后，刘经南说，他要向他早已作了准备的新领域进军。我问是什么领域？他说是思维哲学，就是研究人的大脑是如何思维的，如何提高人的大脑的思维水平。啊，那将是一片多么美好的园地，刘经南一定会在这片园地里鲜花盛开！

离开刘经南的办公室，我看到楼门口的 GPS 的字母，我将不会忘记：GPS，刘经南。

DNA 第六种元素发现的引领者

在百度搜索 DNA，最简单的一种解释是：是一种分子，可组成遗传指令，以引导生物发育与生命机能运作。主要功能是长期性的资讯储存，可比喻为"蓝图"或"食谱"。

DNA 的组成元素有五种，即碳、氢、氧、氮、磷。

2004 年，中国有位叫邓子新的科学家，领着他的团队在实验中证实了细菌 DNA 分子中第六种元素硫的存在。2005 年，《DNA 大分子上一种新的硫修饰》论文在《分子微生物学》杂志发表，2007 年，他们又相继在《自然·化学生物学》、《核酸研究》、《生物化学》、《分子微生物学》等杂志上连续发表 4 篇论文，获得化学结构和生物学功能的一系列突破。邓子新团队的这项非凡成果获得国际分子生物学界的一片叫好声，称其为一项振奋人心、令人意外的发现，具有最高级别的科学价值。邓子新团队首次提出，在某些微生物基因组中作为生命中枢的 DNA 大分子存在硫元素，而且分离出与硫修饰有关的完整基因簇。DNA 新结构的最终阐明将丰富生物学的基础理论，打开一个新的学科领域，也将为 DNA 损伤，甚至癌症治疗因子的作用机理提供理论基础。

我对邓子新说，你是 DNA 第六种元素的发现者。邓子新想了想后说，是我和团队一起发现的，就说我是引领者吧！

从大山走出　为报国回归

在武汉大学药学院部重实验室，我采访了邓子新。谈到他青少年时期的经历，他感慨良多。邓子新 1957 年出生于湖北房县城关镇小西关村。房县毗邻神农架，古称房陵，为历代流放之地，据记载清之前共有 45 位帝王皇亲或将相流放于此。这里山高岭峻，受流放文化的影响，这里也重视读书立业。邓子新有两个哥哥和两个姐姐，他是老幺，父母希望他能长大成材，所以取名子新。

邓子新家里很穷，生活异常艰苦，常常半个月就将一个月的粮食吃完，剩下的半个月吃红薯，以至于邓子新现在看到红薯就发怵。父母为了让邓子新脱离贫穷，千方百计供他读书，希望用知识改变命运。小学五年，邓子新没买过一本练习本，全是用哥哥姐姐用剩的作业本，本子都是顶格写，纸上连左右那点缝隙都舍不得浪费。每学期两元钱学费，迟迟无法交上。10岁时邓子新就上山打柴，挑着近百斤的柴草走10多里山路。上中学后，星期天还要到砖窑场挑砖，每天8角钱的工钱攒着做学费。砖窑场热，灰尘大，一担砖压得他腰都直不起来，还怕别人看见割资本主义尾巴，往往天不亮就悄悄赶到砖窑场。邓子新中学是在房县一中读的，1975年他高中毕业回到农村，成了家里的主要劳动力。他耕田耙地，筑堰开山，扬场脱粒，农活干得精。在那个极左年代，因为他的家庭出身不好，他在政治上还受到歧视。虽然生活艰苦，劳动强度大，但邓子新没有放弃自己将来要走出大山做出一番事业的景愿，他劳动之余坚持学习，尤其爱好写作。在农村两年多的时间里，他将生活中的农民父兄的真诚质朴勤劳善良品质写成文章，然后向各报刊、广播电台投稿，甚至把稿件寄给了《人民日报》。当他写了100多篇稿件寄出，大多如石沉大海时，却有一篇稿件被一家广播电台播出了，他感到巨大的喜悦。"那种成功的感觉与现在成功的感觉没有丝毫的差别。"30多年后已是中科院院士的邓子新这样说。他还说，他在大学期间曾写过一部记述自己成长经历的10多万字的作品，可惜后来弄丢了。

1977年恢复高考，邓子新的希望之光在那鄂西北遥远的夜空升起，他决心一搏。进入备考阶段，他还在工地上打眼放炮。凌晨4点就要出工，别人放工，他还得留下来点炮。晚上8点，他才拖着浑身的疲惫回家，连吃饭洗澡都顾不上，就温习起功课。两个月来，他每天睡觉没超过3小时，高考前一天，他还在工地上挥锤砸石，第二天才带着满身泥土走进考场。功夫不负有心人，邓子新凭着语文比别人多几分，政治比别人高几分的优势，考上了华中农学院（今华中农业大学）土化系微生物专业。这是邓子新人生奋斗登上的第一个台阶，大学是他生命的一个转折点。

到了省会武汉，走进大学，邓子新就做好了勤奋苦学的准备。上学后的第一次英语考试，他的成绩全班倒数第一。在房县上中学时，连英语书都没有，能认识26个字母就不错了。他每天早上5点起床，跑到后山湖边读英语，凭着一股韧劲，他的英语成绩很快进入班上的前几名。在大学里读书4年，武汉房县，千里迢迢，他寒暑假没钱买车票回家，国家的助学金只够他生活。他利用假期到武昌火车站当装卸工，搬运木头，赚些工钱，来买书和衣服。在家乡时，他政治上受歧视，上大学后他积极要求进步，大一就写了入党申请书，1982年，他大学毕业，光荣地加入了中国共产党，并且留校工作。

回忆这一阶段的经历,邓子新说:我的成长过程中是多了几分寒酸,但也因此多了几分色彩。我坚信宝剑锋从磨砺出,梅花香自苦寒来,在那个特殊的年代遭遇过的挫折和苦难,已经成为我人生中宝贵的财富。我们不能人为地去创造逆境,但逆境却是许多成功者共同的人生轨迹和成功的推动力。苦难,可以磨练人的意志,让人与众不同。

　　邓子新在毕业实习时,第一次走进教授的实验室。那时实验室的条件很差,连一根针都要自己到街上买,邓子新在做好实验和功课的同时,包揽了实验室所有的跑腿活。他的真诚和勤奋赢得了陈华癸、周启才教授的认可,并最终促成了他去英国深造的机会。1984年,邓子新被推荐到英国约翰·因纳斯研究中心攻读博士学位,师从戴维·霍普伍德教授。接触世界顶尖科学前沿,邓子新如饥似渴,沉浸在知识的海洋里,抓紧一切时间学习,从来没给自己放过一天假。他发现一个在教科书和资料中都没记载的"亮点",写成论文,发表在权威科学刊物《基因》、《核酸研究》、《分子遗传和普通遗传学》上,阐明链霉菌启动子在大肠杆菌中的作用,揭示了链霉菌异源基因表达和调节的新内容。因为这一研究,邓子新用3年时间完成了6年学业的两级跳,戴上了英国皇家博士帽。

　　1988年5月,邓子新婉拒了老师的挽留,携妻子一同回到祖国。当时很多人对邓子新的选择不理解,国外的科研条件要好得多。邓子新说他的选择是一个知识分子的报国情怀,这是他的精神支柱。"如果学到知识不能把它带回国用于祖国发展,我就有一种负罪感。家乡土地上农民父兄长满老茧的手在我脑海里留下了刻骨铭心的记忆,想到家乡的农民们过得十分辛苦,想到生我养我的土地,那份责任感让我无法留在国外。"邓子新说。

廿年磨一年　冷门也捂热

　　邓子新回国时,导师戴维·霍普伍德对他说:"邓,你是个做基础科学研究的料,要坚持。"这句话给邓子新的科学研究以莫大的鼓舞与支持。在英国读博士时,1987年邓子新做细菌DNA的电泳实验,注意到在同一块电泳凝胶上,一些细菌的DNA发生了降解,而另一些则没有。这是一个芝麻般小的现象,同领域中的人都习以为常了,对这个现象在很多文献中都有一个同样的解释,即认为是人工操作中不小心污染了核酸酶造成的,显然不值一提。但邓子新看到这个不起眼的偶然现象,却想寻根问底。整个DNA的提取、电泳等过程中都是一个人操作的,为什么在同样的环境、操作方法和实验条件下不同生物来源的DNA会出现降解特性完全相反的差异呢？这不应该是DNA提取过程中人工操作的问题，倒像是由不同生物自身的遗传特性决定的。这是一个谜，这个谜从此萦绕在邓子新的脑海中。邓子新当时提出了这一发现，遭到的却是一片质疑声，得不到认可，"大家不认为你是疯子就不错了。"邓子新说。

邓子新回到武汉他的母校任教。国内大学争相在科研中搞创收。当时月工资只有90多块钱的邓子新不为所动，坚持搞自己的基础研究。他的DNA降解之谜得不到经费支持，得不到行内认可，但他选择了坚持。师从他的一个学生到实验室时，有人告诫说，所谓DNA降解之谜是一个无底洞，千万别跟邓子新一起搞，那会赔掉你一辈子光阴的。

在英国时，邓子新每月有补贴158英镑，他一分钱掰成两半花，用省下的钱和国家给留学生的免税指标买了冰箱，带回国内用来搞科研存放试剂。当时武汉许多试剂买不到，邓子新就自己跑到北京上海购买。试剂怕高温，邓子新每次都要找列车长商量，把试剂放到餐车的冰箱里保存。邓子新得到5万元的青年科学基金，他用这5万元开始起步，进行他的解谜研究。1997年，DNA降解之谜研究得到进展，他们分离出相关基因，第一次得到DNA上存在硫修饰的证据。但当时还没有遗传学、生物化学，尤其是没有化学分析的最终证据，国际国内仍不认可。还要应付同行的质疑，每应付一个质疑，都要花上一年半载的实验过程才能解答。论文也发表不了。申请立项和资助仍然得不到批准，太新的想法容易被人看成是在"忽悠"经费。好在邓子新是个多面手，在微生物分子遗传学、抗生素药物代谢工程和化学生物学领域都做出了很有显示度的工作，发展了一系列重要抗生素产生菌的体内外分子操作技术，设计了一系列新抗衍生物，取得了一批抗生素基因簇或其药物衍生化合物的专利。这些工作使他陆续获得不少经费支持，他就从这些项目中借用资金，来解他的DNA降解之谜。国内做不成的实验，邓子新就通过国际合作来解决。1990年到1999年，他每年都回到英国的约翰·因纳斯中心做一些关键的实验，先把思路想好，到那后就拼命地做三个月，再赶回来做一些，把国内国外的实验连续起来。

2000年，上海交通大学创办了Bio-x生命科学研究中心，邓子新应邀在此中心组建了微生物遗传学团队，从武汉到了上海。上海交大给邓子新提供的较好工作条件与启动经费，无疑是邓子新的研究得到顺利展开的催化剂，原本制约这项研究工作的设备和试剂条件终于得到大大改观。2003年，他申请国家自然科学基金委的重点项目，然而答辩没有通过，认可的程度很低。但基金委认为这是一个有潜力的项目，以基金委生命科学部主任基金的方式给了30万元的资助。这种在非共识情况下得到的经费，无疑是对邓子新挑战常规的一种支持与鼓励。

2004年，邓子新的团队在实验中证实了细菌DNA分子中硫元素的存在，2005年论文《DNA大分子上一种新的硫修饰》在科学权威杂志发表，国际上第一次正式认可这个成果。2005年，国内将这一成果评为中国高校十大科技进展。2007年，这一成果评为全球十大科学新闻。

DNA的第六种元素被发现了，邓子新当年选的一个冷门，终于被他和同事们用心血用智慧用坚忍不拔的毅力用不怕失败不灰心丧气用一种献身精神捂热了。

邓子新和他的团队成功了。2005年，邓子新当选为中国科学院院士，这年他48岁。

回忆这些年的科研历程，邓子新说："我很享受这个发现的过程，失败有时候也是一种美妙的体验，要相信自己，耐得住寂寞，有敢于把冷门捂热的勇气、执著和毅力。"

科学无止境　育人爱家乡

邓子新和他的团队除了发现DNA第六种元素的科学成果外，在抗生素生物合成的生物化学和分子生物学研究方面也取得重大成果，他们开展的提高抗生素药物产量和创新药物的研究，提高了重要药物（如多氧霉素）的产率，获得了数十个新抗衍生物，申请了18项发明专利，包括国际PCT及法、日、韩等国外专利，并具有我国自主知识产权。这些成果标志着邓子新团队转变自然微生物中被动筛选抗生素药物的传统模式，迈出主动高产、创新微生物药物的新步伐。

科学是没有止境的，邓子新说："科学就是一座爬不到顶的山，它没有顶峰。"邓子新在科学的路上，爬山不止。

在英国时，中国是邓子新的家乡，回国后，湖北是邓子新的家乡，在湖北，房县是他的家乡。他是从房县大山中走出来的，他热爱家乡，他感恩心重。2010年他在十堰接受记者采访，谈到他2009年底由上海交大应邀回武汉大学担任药学院院长，同时兼任武汉生物技术研究院院长，除了事业发展的需要外，也蕴含有他热爱家乡，回报家乡的因素。与邓子新交谈，他的普通话里有浓厚的鄂西北味，他说他能说地道的房县十堰话。"从上海到武汉，都是在为家乡的发展尽自己的微薄之力。如果有机会，我一定会为家乡的人民多做点事。相信不久的将来，你就会看到。"他对记者说。

邓子新到武汉大学后，不仅仅是一名科学家，更是一位领导者。这"领"

就是领着一个团队，致力于构建生物药学研究平台，建立丰富的药物基因资源库及化合物分子库，实现生物药物的创新和高产。这"导"就是要指导和培育学生，希望能有更多的优秀科研人才出现。邓子新提出一个"实验室文化"的概念，实验室文化是一种互动交往的团队文化，师生之间好的方面能够相互影响。每个人在实验能力创造能力、科研灵感等方面都有其独到之处，每个人都可以并应该学习别人某一方面的优势，取长补短，成就自己。邓子新这个老师，最喜欢学生与他唱"反调"。在学术问题的讨论过程中，营造一种宽松的环境，让学生和老师能够平等沟通，使学生敢于发表不同的见解。邓子新鼓励学生多思考多表达，若学生提出独到见解，能够驳倒他的观点，他就高兴。因为他觉得每一个有价值的新观点背后，就是一双善于发现的眼睛。

离开邓子新的实验室，在电梯口握手告别，我眼前的这位精力充沛充满激情的中年人，浑身透出一种力量，我想象不出他将达到的高峰在哪里？但我断定那里一定有辉煌。邓子新的实验室在珞珈山的一隅。武汉的三月，珞珈山的樱花开得铺天盖地，赏花人摩肩接踵，而在那花丛间，邓子新正在静静的实验室里，寻找着新的发现。

徐迟先生纪事

徐迟先生一九一四年十月十五日生于浙江南浔,一九九六年十二月十三日逝于武汉,二〇一四年十月十五日是他的百年诞辰纪念日。我有幸与先生在同一单位供职多年,并有多次亲密相随聆听教诲的机遇,受益终生。这里挑选几件与先生有关的事情写出,以纪念先生的百年诞辰。

这几件事都发生在上世纪七十年代。

葛洲坝工地行走

根据我一九七六年四月二日的日记记载:中午,湖北省文艺创作室的赵师傅用吉普车送我和徐迟到汉口海员俱乐部,和黄声孝会合,两点半从汉口码头上了东方红二三一号客轮。三点客轮起航逆江而上。四月四日下午一点,船到宜昌,上岸后,黄声孝先带我与徐迟在宜昌港务局招待所休息,长航(长江航运管理局)宣传处的张强华、宜昌作家李华章、宜昌港宣传科龚科长等人陪着聊天。徐迟很高兴,他本已年过六十,在干校放了几年牛,有关部门通知他退休,他到老家南浔把住处都找好了,准备回到江南小镇去颐养天年。不知什么原因,有关部门又突然通知他不退休,要他到湖北省文艺创作室上班。能够重新领一本工作证,重新回到文学队伍中来,他简直要焕发青春了。徐迟那天下午谈了一些话,主要谈黄声孝的诗和到生活中去寻找素材,他还说他在干校放牛和读马克思的《资本论》,那感觉特别好。晚饭是在黄声孝家里吃的,徐迟还喝了一小杯酒。

从黄声孝家里出来,我们住进了宜昌市革命委员会招待所。这是一处英国人的房子,木楼梯木地板,有古色古香的味道。我们俩住一个房间,徐迟很快就坐在木桌旁,把书摆在桌上,还有几封信。那书里有英语书,在汉口到宜昌的船上,我看见他读过。

徐迟对我说,我要在这里住几天,要到葛洲坝工地好好深入一下,了解更多的情况。一九六六年之后,到现在十年了,我一个字都没发表过,我是个作家哩！我重新回到队伍里来，我要写些东西的。他随手从桌上的信件里拿出一封信，朝我扬了扬，接着说，这是我的老朋友袁水拍的信，他当年写的讽刺诗可是很好的哩，《马凡陀山歌》影响很大，现在却做了官，文化部的副部长啊，可惜。说到这里，徐迟不做声了，似乎觉得不应该给我这个年轻人说这些。

我到卫生间里洗漱完毕，请徐迟也去洗漱。徐迟说，益善你先睡，我还要看一会儿书再去洗，我的瞌睡不多。停了停，他又说，我们住在这里，尽量少让别人知道，要是他们经常来找我们，那我的任务就完不成了。我答应说，我晓得。

那天我有些累，很快就睡了，也不知道徐迟是什么时候睡的。

一九七六年四月五日，北京天安门发生了大事我们还不知道。这天徐迟与我在招待所吃过早饭后，他带我去葛洲坝工地。九点时，我们找到了一个公共汽车站牌，站牌上写着从这里上车可以到葛洲坝工地。徐迟和我在站牌下等车，我们等呀等呀，等了大半个小时，既没有车来，也没见前来搭车的人。我们感到有些奇怪时，一个提菜篮从街上买菜过来的大婶，看到我们这一老一少的在站牌下等车，便赶过来对我们说，这车站早就搬了，这里没有车来的。大婶给我们指明了新车站的地方。徐迟和我谢了大婶，赶到新车站。搭车的人很多，我们好不容易挤上车，一路摇摇晃晃站到葛洲坝。

挤下公共汽车，我第一次看到葛洲坝工地，惊呆了。那是一个什么场景啊，到处是人是机械，大型运土车呜呜地行进着，车上满载着泥土与石块；高大的塔式吊车伸出巨臂，像一棵大树伸出的巨大枝干，把水泥浇注的预制件吊来吊去；挖掘机挖掘出泥土和石块，装到运土车的车斗里。挖掘，搅拌，浇注，机声隆隆，人声鼎沸，热火朝天。

徐迟带着我，小心地绕开机械车流，跳过翻开的土块深坑，在工地上谨慎地行走。徐迟说，我们去长办（长江流域规划办公室，国务院直管的部门）设计代表处。他一边走一边向我介绍葛洲坝的情况。

长江穿过夔峡、巫峡、西陵峡，穿过重峦叠嶂的三峡沿岸的巨石险滩，从南津关口冲刺而出，被葛洲坝与西坝两个小岛分割为大江、二江、三江。在三峡建一座大坝蓄水发电，在四十年代美国人萨凡奇考察过三峡的水流落差后就提出过，苏联专家也建议中国建坝。毛泽东主席的诗句"高峡出平湖"就是写的兴建三峡大坝后的理想。在南津关口葛洲坝岛处修建葛洲水利枢纽工程发电，是给三峡大坝上马打基础。一九七〇年十二月二十六日是毛主席七十八岁生日，这天晚上，毛主席在关于建设葛洲坝的文件上写了一段五十二个字的批示，开始的六个字是"赞成兴建此坝"。批示很快传到武汉，湖北省革命委员会立即集中全省七十多个县的民工，昼夜兼程赶往工地，年底，在宜昌举行了十万人的开工典礼。一九七一年元旦,葛洲坝水利枢纽工程正式开工。但是革命热情代替不了科学,毛主席的批示后面的四十六个字却没引起人们的重视。这后面四十六个字说:"现在文件设想是一回事。兴建过程中将要遇到的一些现在想不到的困难,那又是一回事。那时,要准备修改设计。"十万大军上马,工地由军代表一元化领导,实行三边步骤,即边施工,边设计,边勘察。十万民工住在不蔽风雨的芦席棚里,没有开水喝,更不用说洗澡了。中国农民是世界罕见的巨人,艰苦本是革命传统,在工地上得到了大发扬,围堰硬是靠他们用肩膀挑了起来,一九七一年四月二十日,围堰巍然耸立了。可是,汛期一来,航道淤积,无法按原计划进行下一步施工。图纸没有设计人员签名,不懂技术又不学技术的人在指挥工程。一九七二年十一月中旬,周恩来总理下令:葛洲坝主体工程暂停施工。在修改了设计,听取了专家的意见后,在停工近两年后的一九七四年第四季度,葛洲坝水利枢纽工程又复工了。

我问徐迟,徐老,你怎么对这个工程知道得这么多?

徐迟笑着说,嘿,我六十年代就是为了长江,为了三峡工程,带着全家从北京迁居到湖北的。碧野同志和我一样,是为了丹江口大坝带着全家从北京迁来湖北的。他写了丹江口水利枢纽工程的长篇小说,"文革"开始了,还没来得及出版。我要写三峡大坝,在三峡工程还没上马时,我要先写葛洲坝。我原来采访过长办的主任林一山,那是个了不得的人,是长江王,他的意见直接能影响高层决策者,"文革"开始后,他吃了不少苦头。他是老革命,参加过一二·九学生运动。我从干校回来后,去见过他,葛洲坝的停工与复工都是他告诉我的,他已经被解放了。

四月初的太阳不大,我和徐迟都没戴帽子,又加上在工地上跳跃着行走,我看见徐迟的额头上有汗水了,他已是六十三岁的老人了。徐迟接下来说:益善,写任何作品,特别是报告文学,一定要深入,要多了解材料,要到现场体验,生活是第一要紧的,当然还要多读与你要写的题材相关的书。

终于,我们找到了长办设代处,见到了设代处分管宣传的干部杨声金。杨声金与徐迟很熟,看样子与徐迟打过多次交道。杨声金是个物探工人出身的干部,搞了二十多年的物探,走过许多地方。他文化程度不高,学习十分刻苦,我在徐迟研究他提供的图纸和设计材料时,翻看他剪贴的几大本剪报,剪报中有报纸文章、图片、歌曲。杨声金还给我看了他写的散文,其中有一篇写他当物探队员时在云南虎跳峡落水死里逃生的事,使我在三十多年后到虎跳峡,看到那湍急的江水,脑子中立刻就想到了杨声金,他能从那水中逃出,真是命大。

中午时,杨声金在工地食堂给徐迟和我买了两份饭菜,饭是用一只土钵子蒸的，菜是用一只粗瓷碗装的，有白菜萝卜和几小片肉。我看到工人端了饭菜后，把头上的柳条盔摘下往屁股下一塞，坐在工地上吃起来。杨声金拿来两叠废图纸，让徐迟和我垫着坐。我跟徐迟和葛洲坝的建设者们，在纷繁的工地上，头顶青天，坐在大地，吃了一顿午饭。徐迟把钵子里的米饭分了一坨给我，再把那肉片夹了几块放在我的菜碗里。他说，你年轻，正长身体，多吃点。我说你要吃饱哇！他说，我吃不了这么多。我和徐迟在工地上吃的这顿饭，很香。饭菜是杨声金掏餐票买的，徐迟掏钱给他，他坚决不要。

午饭后，徐迟在长办设代处又看了一会材料，再和杨声金聊天，主要问工地上的基本情况，有些数字，徐迟用笔记在一张纸上，那纸上已记下了他看材料时随手记下的一些文字，那细小娟秀的字写得密密麻麻。

离开长办设代处，已是下午三点钟了。徐迟和我又在工地上行走，继续躲开车辆机械，在土块和石头中跳跃着行进。我紧紧跟着他，准备随时扶掖他，可他一次也没歪倒。他走在我前边，还指给我看，那些被挖掘被炸掉的土堰，叹气说：那是十万民工的汗水啊！不讲科学怎么行呢？

我们晚饭前回到招待所，晚上我去看望我的一个叔辈汪朝东，他也在长办设代处当工程师。徐迟晚上被葛洲坝报社的社长齐克接去了，齐克是老省文联的干部，他与徐迟熟。

我陪徐迟在招待所住了三个晚上，四月七日，我从宜昌码头上了江峡号轮船，前往重庆。船上的大副石若仪说，毛主席曾三次坐过江峡号。徐迟一个人在宜昌待了几天后，回了武汉。

一九八二年三月，徐迟写的葛洲坝枢纽工程的报告文学《刑天舞干戚》完成，在当年五月号的《人民文学》上发表，并获得了一九八一年至一九八二年全国报告文学奖。徐迟在上海文艺出版社出版的报告文学集《结晶》的后记中说："《刑天舞干戚》是八二年春天写的。这篇报告文学有多年积累，还写了五个多月。这篇文章写得比较保守，不够现代化，自己不很满意，虽然写现代化工业，不可能没有现代化笔触，但比较谨守着现实主义的手法，看来没有写好。"

徐迟对自己的作品要求好严格。

夜访创作室事件

我将这件事说成事件，是因为湖北文艺界在"文革"后期发生这样的事，确实是一件不小的事。我的日记记载，一九七六年五月二十九日晚上，朱洪霞、夏邦银、胡厚民到湖北省文艺创作室看望徐迟与黄声孝，我和沈毅参与接待。

朱洪霞原为武汉重型机床厂工人，时任湖北省革命委员会副主任，省总工会副主任；夏邦银原为汉阳轧钢厂工人，时任湖北省革命委员会常委、中共中央九届、十届中央委员；胡厚民原为武汉铸钢厂工人，时任湖北省革命委员会常委、省总工会副主任。这三个工人造反派出身的显赫人物，没与湖北省文化局与湖北省文艺创作室两级领导打招呼，夜访徐迟与黄声孝，他们是要干什么呢？

黄声孝是宜昌港务局的码头工人，也是著名的工人诗人。他的诗句："我是一个装卸工，万里长江显威风，左手搬来上海市，右手送走重庆城"是名句，江青抓的革命样板戏《海港》中有两句唱词："装卸工，左手高举粮万担，右手托起千吨钢"，应是蹈袭他的诗句。徐迟与黄声孝交谊很深，在六十年代就亲自辅导黄声孝写诗。黄声孝的文化水平不高，他的诗句有气魄有奇想，他将这些如珍珠般的诗句用蚕豆大的字写在一张大纸上，得靠别人帮他用线串起来。一九六二年十一月，中国青年出版社出版了黄声孝的长篇叙事诗《站起来了的长江主人》，这是徐迟与他一起谋篇布局，告诉他如何用诗句写人物，如何结构，如何抒情而写成的。长诗的封面题目，是徐迟亲自题写的，那是徐迟特有的书法，隽秀而柔韧。黄声孝在"文化革命"期间，被一些人利用，经常在报纸副刊上发表诗歌，配合形势，颇有影响。其实黄声孝当时的许多诗歌，是编辑给他打电话，让黄声孝在电话里说几句，编辑就帮他写成了，重要的是借"工人诗人黄声笑"（"文革"中黄声孝曾更名黄声笑）这个名头。后来黄声孝调到长航创作组，住在汉口的长航招待所，那些要借用他名字来发挥战斗作用的报刊就更方便了，到招待所给他打个招呼，第二天报纸上就能见到"工人诗人黄声笑"的诗了。

"文革"开始后，文联作协这种知识分子成堆的单位，遭到解散，人员到五七干校劳动改造。一九七三年，在武昌紫阳路（现在的张之洞路）二一五号挂起了湖北省文艺创作室的牌子。创作室陆续从干校调回一些文艺干部，有《湖北文艺》编辑部，即"文革"前的《长江文艺》编辑部；有音乐组，即"文革"前的音乐家协会；有美术组，即"文革"前的美术家协会；还有文学组，即"文革"前的专业作家。湖北省文艺创作室相当于"文革"前的文联，但级别是县团级，隶属于湖北省文化局领导。徐迟在"文革"开始后就全家下放到沙洋五七干校，到他年届六十岁时，有关部门通知他退休，但后来他又突然接到通知，要他到湖北省文艺创作室上班。他不知道这是什么原因，但是他高兴。

武昌紫阳路二一五号是个很小的院子，院子里有前后两幢楼，前幢楼两层，一正楼带两厢楼，呈U字形，办公；后幢楼三层，住人。徐迟到创作室报到后，在前幢楼一楼的右厢住两间十几个平方米的小房子，单位还在二楼办公室边腾了一间屋给他做书房。徐迟回来时，除了老伴陈松外，小儿子徐健、小女儿徐音都回来了，和他们住在一起，他们家的厨房在楼梯拐角处。

徐迟回到创作室时，分到创作室文学组。文学组由沈毅负责，当党支部书记。文学组原来有作家碧野、辛雷、洪洋，现在又增加了徐迟。徐迟到了创作室后，他想做的第一件事就是帮助黄声孝把《站起来了的长江主人》第二部第三部写出来。第二部"文革"前已经写成，先在《长江文艺》上发表，中国青年出版社正准备出版，"文革"开始就放下了（《站起来了的长江主人》第二部在徐迟的帮助辅导下，由中国青年出版社一九七八年六月出版，书名仍由徐迟题写，徐迟还写了篇后记）。徐迟看到了黄声孝被某些人利用，把他作为政治的工具，心里很不安。徐迟向创作室党委提出了自己的想法，帮助工人作家同时也向工人作家学习，这无疑很适合当时的文艺方向。创作室党委很支持徐迟，同意了他的方案。于是黄声孝就从汉口长航招待所搬到武昌紫阳路二一五号，住在前幢楼二楼右厢的一间客室里。我是一九七三年十月由华中师范学院中文系毕业分配到《湖北文艺》编辑部当诗歌编辑的，当时住在二楼一间六平方米的水管房里，紧邻徐迟的书房，离黄声孝住的客房也很近。徐迟辅导黄声孝修改长诗时，有时我也在场旁听，他很细心，肯定黄声孝的句子，告诉他如何打磨，如何围绕人物来抒情叙事。具体细致的辅导后，黄声孝房间的灯光有时彻夜不熄，他趴在稿纸上，精心地创造他的诗句。

一九七六年五月二十九日的那个晚上，朱洪霞、夏邦银、胡厚民到创作室时，还不到九点。我当时正在斗室中看书，沈毅找到我，说朱洪霞等人突然到创作室来拜访徐迟与黄声孝，让我到门房陈师傅那里提两瓶开水，到黄声孝住的客室去帮助招待。我从门房提了开水上楼，进了客室后，看到朱洪霞、夏邦银、胡厚民坐在客室里的床沿上，徐迟与黄声孝坐在椅子上，沈毅用我提上来的开水洗杯子，我帮沈毅泡茶。朱洪霞、夏邦银、胡厚民当时都是四十来岁，看上去也并不趾高气扬。他们在徐迟和黄声孝面前，倒也谦和平常，大约他们都是工人出身，心里还存有对文学的那份尊敬与热爱。朱洪霞在武汉重型机床厂当工人时，就是个业余作者，写过不少诗。现在回忆，他们当时主要是问候徐迟与黄声孝，问了《站起来了的长江主人》的创作情况，并问徐迟与黄声孝在创作与生活上有什么困难没有？如果有，告诉他们，他们愿意尽力帮助。徐迟当时回答说，没有困难，他和黄声孝一定会把长诗改好，歌颂工人阶级。朱洪霞、夏邦银、胡厚民离开创作室时，大约是十点钟，他们在创作室待了近一个小时。

朱洪霞等人夜访徐迟黄声孝，知道的人并不多，徐迟黄声孝也并没把这件事当做多大个事，那段时间，黄声孝还是改诗，徐迟有空就去黄声孝的客室或者到我的斗室里聊天，谈诗，谈读书。徐迟说，老黄的笔头这些年写坏了，大而空的东西太多，是被某些人引导坏了的。我"文革"前就盯准他，要把他引上扎实的创作之道，你看现在，他变了。我一定要把他拉回来。当时我想，徐迟是不愿意让黄声孝的创作之路变歪的，他是在真心地帮助他，把这当做自己的事业来做。自从黄声孝搬到紫阳路二一五号后，那些想借用他的名字当工具的人，就很难得逞了。写什么东西，黄声孝会给徐迟说，徐迟往往就以要抓紧修改长诗为借口，不让黄声孝写那些配合政治事件的表态诗与战斗诗。

一九七六年十月，随着江青、王洪文、张春桥、姚文元四人帮的垮台，长达十年的"文化大革命"也随着结束。粉碎"四人帮"后，拨乱反正，全国各地都在清理四人帮及其在各地爪牙的反革命罪行。湖北的清理工作也在紧张进行，朱洪霞、夏邦银、胡厚民属于四人帮在湖北的爪牙，当然在清理之列。据我的日记记载，一九七六年十一月八日，湖北省文艺创作室党委与驻室工宣队找我谈话，询问朱洪霞、夏邦银、胡厚民五月夜访创作室的情况。他们来的目的是什么？他们谈了些什么？你们受了什么影响？我说，他们好像没谈什么，主要目的是看望徐迟和黄声孝。他们说要写"文化大革命"，写造反派与走资派的斗争。我就这么实事求是地很简单的回答了他们。第二天即一九七六年十一月九日，创作室党委副书记徐寿基与工宣队程师傅把徐迟、沈毅和我（黄声孝回宜昌去了）找到一起，还是谈朱洪霞等人来创作室的事情，我们几人说的情况是一样的。徐迟说，我们要实事求是，他们没谈的，我们不能编造，他们说了的，我们也不会隐瞒。最后商讨的结果是要写一篇揭发材料，与"四人帮"联系起来。徐迟和沈毅要我写，我是年轻人，又是工农兵大学生出身，他们觉得由我来批判比较合适。当天晚上，我到徐迟的书房找徐迟，问这材料怎么写？徐迟说，很好写，就说"四人帮"在文艺创作上鼓吹写造反派与走资派的斗争，就是要打倒一大批革命领导干部，是反对无产阶级革命的大阴谋。朱洪霞他们夜访创作室，也鼓吹写造反派与走资派的斗争，秉承了"四人帮"的衣钵，我们革命文艺工作者决不答应。我从徐迟书房出来回到斗室，连夜写了篇《一个政治大阴谋》的材料，交给创作室党委书记刘文谌、党委副书记徐寿基看了。第三天即十一月十日，湖北省文化局系统在湖北剧场召开全系统批判"四人帮"大会，刘、徐二书记要我上台代表创作室发言，我就照稿子念了一遍。现在看来，我在徐迟指导下的揭发是苍白无力的，实际上就是口号，就是大家都说的一些事情，没有什么具体的东西。当然我也编造不出什么具体的东西来。第四天，即十一月十一日，创作室机关召开批判四人帮大会，我写了篇《摘下红帽子砸烂狗头颅》的稿子，在会上又发了一通言。我这天的日记写着："两天发了两个言，昨天的发言稿被文化局的一个什么人拿去了，今天的发言稿做急用的包装纸。"现在想不起来那是做了什么包装纸。

朱洪霞、夏邦银、胡厚民夜访创作室的事情很快就过去了，徐迟对我在这件事情的处置方法是满意的，我也得到了他的指导。

这件事带来的唯一后遗症是，一九七六年，湖北省文艺创作室评选我为湖北省文化局系统的先进工作者，报到省文化局之后，没有被通过，原因就是朱洪霞等三人夜访创作室时，我在场。

若干年过去，朱洪霞、夏邦银在服完了刑期后，时任湖北省委书记的俞正声同志在一个文件上批示，要有关部门安排好他们的生活问题。而胡厚民则在服刑期间去世了。

《哥德巴赫猜想》前后

徐迟一九三三年十九岁第一次发表作品，一九六六年三日十九日《羊城晚报》发表组诗之后，接下来"文化大革命"开始，一九七六年《湖北文艺》五期（九月出版）发表《"诗言志"——回忆一九四五年在重庆毛主席给作者题词》，这中间有十年又六个月，他一个字都没发表过。综观徐迟之前的创作，还有翻译作品，虽说没有什么轰动效应的作品，但他的诗写得现代隽秀，他的散文写得诗意盎然，他的特写与报告文学充满了激情和时代气息，他的小说内蕴丰厚，他的翻译作品信达传神，徐迟毫无疑问是个文学通才，堪称大家。

作为大作家的徐迟，在文艺圈子里无疑受人尊敬，人人知晓，但在社会各行各业人群中，他们平时不接触文学，却不知徐迟是何等人也。徐迟成为那个时候国人尽知的人物或说大师，是在一九七八年他的《哥德巴赫猜想》发表之后。一九七八年一月号《人民文学》发表了徐迟写数学家陈景润的报告文学《哥德巴赫猜想》，《人民日报》、《解放军报》、《光明日报》加编者按全文转载，随即各地方的大小报纸纷纷转载。一时间，凡能读书读报的人，无人不说陈景润，无人不议1+1那数学上的皇冠，无人不知有个大作家叫徐迟。《哥德巴赫猜想》的发表，犹如一声春雷，响彻一九七八年春天的神州大地。徐迟火了，徐迟热了，徐迟创造了新中国成立以来的文学奇迹。徐迟受到各方面的重视关注，徐迟受到社会各界的欢迎与敬仰，机关团体，大中小学校纷纷请徐迟做报告，报纸杂志找徐迟约稿，出版社争着出徐迟的书，一些科研部门请徐迟去写他们的科学家。徐迟忙坏了，徐迟招架不了，徐迟坐飞机在各大城市飞来飞去，徐迟做报告，听众挤爆礼堂。

可是徐迟在发表《哥德巴赫猜想》之前,在文艺圈虽说受到尊敬,但在非文艺圈、在社会上,甚至在官场,他受到的是什么样的待遇呢?

一九八四年十月,湖北省新闻出版系统在黄石海观山宾馆举行全省新闻行业的记者编辑职称培训考试,通过考试者即可参加职称评定。参加培训的报刊社人员有一两百人,其中有不少年龄较大且担任一定领导职务的人,为了获得一个正高副高的职称,也屈尊参加培训学习。我当时和一批同事也参加了培训。十一月二日中午,黄石市委市政府举办宴会,招待全省各地前来参加培训的人员。会务组给每人发一张宴会券,粉红色的纸印成扑克牌般大小,参宴者凭券入席。我那段时间真没好好学习,写了一二十首诗,与黄石文学界的朋友李声高、龚去浮、胡海波等经常聚会,喝酒谈诗。反正考个七十分,通过资格绝无问题。这天刚好胡海波到宾馆找我聊天,谈到凭券参加宴会的事,胡海波给我讲了一个故事,绘声绘色。胡海波是大冶钢厂宣传科干事,写报告文学、散文与诗歌,是个诚厚温和的人,是个可交的朋友。胡海波当时说这个故事可能是见景而生回忆,随便说说而已。但我听后却哭笑不得,久久无语,而且终生难忘。

大约是一九七七年七八月间,徐迟一个人到了黄石,也住在海观山宾馆。徐迟喜欢往下面跑,不愿久待在城市里,他说下面有新鲜空气,有新鲜事物,可认识新的朋友,听到新的故事。徐迟到黄石,时任黄石市文艺创作室主任的李北桂一手接待,胡海波参与陪同。李北桂一九四九年参加革命,写了黄石市的第一部长篇小说《贼狼滩》,曾得过徐迟的教诲,后来担任过黄石市文联主席、市委宣传部长、湖北省作家协会副主席。李北桂和胡海波对徐迟尊崇有加,安排徐迟到大冶钢厂参观,走访华新水泥厂,走访源华煤矿,考察汉冶萍旧址,踏勘古铜矿遗址铜绿山。

那时间,海观山宾馆正在开一个黄石市的科技大会,那天会议闭幕,中午举办宴会。李北桂是会议参与者,离不开身,就让胡海波陪同徐迟,黄石市创作室司机小张开车,去铜绿山看遗址,并叮嘱他们中午赶到宾馆参加科技大会的宴会。

但是李北桂没想到那天中午参加宴会要凭券,当会务组工作人员把他和小张的宴会券给他时,他才想到徐迟和胡海波中午要回宾馆吃饭,而且他对他们说过是参加宴会的。李北桂当即就给发宴会券的工作人员说了情况,工作人员说这券是按名单人头发的,你想多要就去找会务组长,并告诉他会务组长的房间号。这李北桂平时不求人的,身上那种文人的清高是免不了的。但为了徐迟,他决定去求人了。

李北桂找到会务组长，对会务组长说省里来了位老作家，正好住在海观山宾馆，能不能给两张宴会券，请老作家和陪同人员一起参加宴会。

那会务组长是市委或市政府办公室的一个副主任，对李北桂也熟，但对文人一贯看不起，不就写点小说诗歌的么？凭什么那样清高不愿理人。呵，今天你求到我了，想去讨好省里的老作家，不就是关系户么？老子就不给券，看你怎么样？

那会务组长脸上皮笑肉不笑地对李北桂说：李主任，按说两张宴会券，小事一桩，但我不能给你。如果我给了你两张，张三也来要两张，李四也来要两张，那不就乱套了么？这参加宴会的人员名单，是市委领导圈的，我没权力决定。要不你去找找石书记（我就用黄石的石做他的姓），他在某号房间，让他批准吧！

会务组长给李北桂碰了个不软不硬的钉子，李北桂气得无话可说，扭头就离开了会务组长的房间，心里骂一句狗东西。他决定不就此罢休，找石书记就找石书记，不信就弄不来两张宴会券。

李北桂找到石书记的房间，敲了敲门就进去了。石书记正在看科技大会的闭幕词讲稿，待会他要在会上念的。石书记从讲稿上抬起头，问：北桂同志，有事么？

李北桂说了老作家徐迟来黄石深入生活，住在海观山宾馆，石书记能否抽时间见一见，中午顺便让老作家参加宴会，也算是石书记对我们创作室工作的支持。

石书记站起身，在房间里走动了一下，问：这徐迟是什么人，写过些什么作品？

李北桂说：徐迟在四十年代就有名了，1949年后写诗写小说写报告文学，代表作有《美丽·神奇·丰富》、《祁连山下》、《一桥飞架南北》等，在国内享有名望。"文革"中下放、进五七干校，才解放不久，正在搜集材料写新的作品。

李北桂一口气将徐迟做了介绍，生怕石书记不了解。石书记显然不了解，既没听说徐迟这个人，也没读过徐迟的作品。

石书记在房间里又走动了几步，皱了下眉头说：北桂同志，我看就算了吧，这科技会闭幕忙，我对这位作家也不了解，我就不见了，你接待一下就行了，好么？

李北桂只好从书记的房间里出来，气得直哼哼的。十一点半钟，司机小张开着车把徐迟和胡海波送回宾馆。胡海波陪着徐迟在房间说话，小张到李北桂的房间说：这徐迟老头了不得。他的风度、谈吐、学识的渊博都令小张这个小青年折服了。李北桂不听小张说徐迟，只说让他中午到外面找个好酒店请徐迟吃饭。小张问：不是一起参加宴会么？李北桂摇了摇头，把上午做的努力碰的钉子说给小张听。小张一听，大骂这些狗东西，有眼不识泰山。小张说：李主任，你先去陪陪徐老，将我的宴会券给我，我一定给你弄回两张券来。注意，我不回来你们不要出房间，你们去吃饭会晚一点。

小张从李北桂手上取了一张宴会券，没等李北桂说什么，就匆匆走了。李北桂只好到徐迟的房间，和胡海波一起陪徐迟说话。小张果然在半小时后来到徐迟的房间，交给李北桂两张粉红色的扑克牌大小的纸券，说，这是徐老和胡老师的宴会券，你们快去吧，现在人不多。

胡海波的故事讲到这里，才开始给我揭谜底。原来小张拿了自己的宴会券后，找了一张人不熟的桌子坐下来，把券往桌上一放。别的人也学他样把券放到桌上，他就把大家的券收到一堆，在收的时候他故意把券散落在地上。他赶忙蹲下捡宴会券，顺势把两张券塞进了他的凉鞋里。服务员每桌收宴会券，手里抓了一大把，收到小张这桌时，小张主动把一卷宴会券交给服务员。那服务员连说谢谢，哪里还去数哩。小张在半个小时内吃完饭，推说有事先走，赶到房间给徐迟和胡海波送他藏在凉鞋里的两张宴会券。

半年之后，徐迟的《哥德巴赫猜想》隆重发表，国人尽知徐迟和他的报告文学。黄石的石书记读了《哥德巴赫猜想》后，感动不已，他很想结识一下这位著名作家。石书记打电话给市文艺创作室的李北桂，要李北桂把徐迟请到黄石来，他要亲自作陪，让老作家来写写黄石。李北桂只能答应，他能说徐迟半年前来黄石他当书记的不愿见的事么？李北桂一直没请徐迟到黄石，石书记后来再问，李北桂就说徐迟太忙，安排不过来。石书记只好遗憾了。

胡海波讲的故事，我后来写了一篇短篇小说《苦笑》，发表在大连的《海燕》月刊一九八七年六月号上。小说中我把徐迟的名字改成了余天，其他人物也未用真名。徐迟一生宠辱不惊，得意不忘形，失意不自弃，在他生前，我有多次机会可对他讲黄石宴会的故事，但我终究没说，我不想让他知道这件事。

一首新婚贺诗

我出生在一个贫困的农民之家，我老大，下面有六个弟妹，脱贫是很久以后的事情。一九七九年元月底，我与我大学中文系低一届的学妹刘惠芳结婚，可说是简单朴素，组成了一个十分贫陋的家。我当时到《长江文艺》当诗歌编辑已经六年了，结识的许多朋友与老师听说我要结婚，而且家在乡下，爱人家也比较困难，都纷纷给我们送礼物。有的送一对枕巾或是桌布窗帘，有的几个人合伙送床单，有一个朋友送了只床头柜，机关里的人每个人出五毛钱，给我们买了锅碗水壶水桶开水瓶。有份最大的礼是诗人何帆和工人作者叶永义送的，他们送了五十块钱，这在当时可是一笔巨款呢，我那时每月的工资才三十六元。回忆几十年前的这些往事，我心里总有温暖在涌动，我会久远地记住这些给我友谊和关爱的朋友。

但是在我结婚时给我送的最珍贵的礼物的人是徐迟，他送的礼物不是金钱，不是物质，而是精神的产品，传世的珍物。徐迟送的是一首新婚贺诗。

徐迟先生的诗写道：

祝贺你们开始了，
共同的幸福生命，
这新的历史时期，
开启了远大的前程。

爱情越久越可贵，
要有互让的精神，
还要付出很大智慧，
以培育将来的人。

不要为了家庭的温暖，
忘记了对社会的责任，
强盛的社会还原，
为无上幸福的家庭。

书赠刘益善刘惠芳同志
徐迟一九七九年元月

徐迟平时很少写毛笔字，这次他是用毛笔将诗写在一张两尺余长一尺余宽的宣纸上。他的毛笔字与他的钢笔字很相像，流畅清逸㤗秀，笔画瘦而有筋，是一幅诗与书法都极佳的作品。毛笔题的贺诗后面，还钤了一方徐迟的印章。我和爱人得到这幅贺诗后，高兴异常，忙托人裱装了一下，镶在玻璃柜中，挂在我们新婚的家里。这首诗简短明了，充满了一个长辈诗人对年轻人的祝贺与希望。他站在时代的高度，把爱情与培育后代，对家庭与社会作了非常完美的阐述。短短的十二行诗句，给了我们一种咀嚼不尽的美感和体悟不绝的人生内涵，充满了一种积极向上，好好做人的情感。大诗人毕竟是大诗人，随手写来，特别是在上世纪七十年代末那种时代里，他的诗没有那种政治口号似的说教与帮气，是一种真正的诗。许多到我家里看到这幅贺诗的人，无不称赞这诗的隽永与珍贵。有个写诗的朋友，到我家玩，看到这首诗，悄悄地记下来，写了一篇文章，在一家生活类杂志发表，被我看到了，狠狠地骂了他一顿。没经过我们的同意，他怎么能擅自披露出去呢？现在想来，觉得大可不必。那朋友也是见诗好，披露出去，让更多的人分享。

我和我爱人把徐迟的这份贺礼作为镇家之宝珍藏起来了。几十年了，我们经常想着徐迟在诗中对我们的希望，不敢忘记我们对家庭对社会的责任，我们在各自的工作岗位上认真做事，踏实做人，与人为善，为社会为人民作出自己力所能及的贡献。我们的家庭也很稳定，夫妻二人也能说是相亲相爱，真正体会到了"爱情越久越可贵，要有互让精神"的真谛。有时两口子吵一下，想到"互让"二字，也能很快和好。我们的儿子大学毕业，先到北京的一家建筑公司工作，后来回到武汉，在一家化工设计院工作，已是高级工程师了。应该说在培育后代的问题上，我们也是按徐迟先生在诗中的要求做的。

二〇〇八年，儿子结婚，我请人将徐迟的这首新婚贺诗放大，PS成一幅大照片，把儿子和儿媳的新婚照合成到诗下，放在婚宴的现场，并在婚礼中朗诵了这首诗，作为父母转赠给两个新人的礼物，得到宾客们的夸赞，既赞徐迟的诗好，也赞我们的创意新颖。

一九九六年十二月，敬爱的徐迟先生飞升天国，我和我爱人深感悲痛，站在徐迟给我们的贺诗前久久哀悼。徐迟先生，您在一首小诗中对一对年轻人的希望与祝福，这对年轻人记住了。如今这对年轻人已经不年轻了，他们的家庭，他们的后代，他们的工作，都是按您的要求去努力做的。他们没有辜负您的希望，他们祝您在天国平安！

徐迟先生的一幅新婚贺诗，我们将永久珍藏。

徐迟先生与《我忆念的山村》

2014年10月是徐迟先生诞辰100周年，也是我的由他作序的第一本诗集《我忆念的山村》出版30周年。回忆起先生在我学诗的道路上给我的许多帮助，在我写作组诗《我忆念的山村》和出版诗集《我忆念的山村》时的具体指导，我无限感慨无限怀念。我还能遇到这么无私这么耐心的老师么？先生离开了我们，我们还能感受到先生的关怀，还能记取先生对诗歌的许多真知灼见。

1976年12月，复刊后的《诗刊》在湖南岳阳、江西井冈山等地举办中南5省诗歌创作学习班，沿着毛泽东主席和华国锋主席当年走过的足迹，写出一批歌颂毛主席和华主席、揭露批判四人帮的诗歌。湖北省文艺创作室在报请湖北省文化局批准后，派诗人黄声孝和时任《湖北文艺》诗歌编辑的我参加这次学习班。当时广东派的是西彤与洪三泰，湖南派的是聂鑫森与节延华，广西派的是沙红与于力，江西派的是胡平与李兵。这次学习班无疑是我提高诗歌创作水平的一次重要机遇。当时徐迟已从五七干校回到湖北省文艺创作室搞创作，正在指导黄声孝写作长诗《站起来了的长江主人》第二部，也在指导我写诗。他得知我与黄声孝参加这次活动，十分高兴，连连说这是好机会，你们出去扩大眼界，对你们的诗歌创作会有很大帮助的。《诗刊》通知我们12月18日去长沙报到。我们出发的头天晚上，徐迟找到我，递给我4页16开的印有"湖北文艺"字样的稿纸，说，这是我抄写的毛主席有关诗歌创作的指示，你带着，要不断地学习。

4页稿纸，第1页写着：

毛主席关于革命的现实主义和革命的浪漫主义相结合的指示
未经正式发表，仅供参考

第2页写的是：

一

给延安京剧院的题词

抗日的现实主义　革命的浪漫主义

二

一九五八年三月二十二日在成都会议上的讲话

中国诗的出路：第一条，民歌，第二条，古典，在这个基础上产生出新诗来，形式是民歌的，内容应当是现实主义和浪漫主义的对立统一。太现实就不能写诗了。

第3页写的是：

三

一九五八年五月八日八大二次会议第一次讲话

让高山低头，要河水让路，这句话很好。高山嘛，我们要你低头，你敢不低头？河水嘛，我们要你让路，你敢不让路？

这样说，是不是狂妄呢？不是的，我们不是狂人，我们是实际主义者，是实事求是的马克思主义者。在文学上，就是要革命的浪漫主义和革命的现实主义的统一。我们的革命感情不是与实践相脱离的，而是与实践相结合的。

第4页写的是：

四

一九五八年十一月二十三日武昌会议上的讲话

经济事业要越搞越细致，越深入，越实际，越科学。这个东西跟作诗是两回事。要懂得作诗和经济事业的区别。端起巢湖作水瓢，这是诗。我没有端过，大概你们安徽人端过，怎么端得起来？

三十多年之后，当我看到这4页发黄稿纸上隽秀灵敏的字迹，想到先生当年颀长而俊逸的身影，还有那睿智的微笑，我的心头还热乎乎的。那时，我揣着先生抄给我的文字，跟着时任《诗刊》主编葛洛带的诗人队伍，走洞庭，访板仓，过文家市，谒韶山，越赣水，拜井冈，行程数千里，历时49天。这是我有生以来第一次走最远的路，参加时间最长的一次诗会。途中老诗人西彤、黄声孝、沙红给了我无微不至的关心和指导，与同辈诗人洪三泰、于力、胡平、节延华、聂鑫森，还有中途进入的北京出版社的刘胜旗、寇宗鄂、天津人民出版社的谢大光等人结下了深厚的友谊。我大开了眼界，学到了我在乡下和大学里没学到的东西。在采访学习期间,我经常拿出徐迟给我的4页文字,将文字中有关诗的论述运用到构思和创作之中。湘赣之行,我一共写出了二十多首短诗,其中有一部分发表在《诗刊》、《湖北文艺》《湖北日报》等报刊上,有几首选入北京出版社、天津人民出版社、湖北人民出版社出版的三本诗选中。我的诗歌创作得到了一次小丰收,这是与徐迟先生的帮助和他对我的诗教分不开的,而那4页薄薄的稿纸,无疑是先生给我的精神力量。

从湘赣回来之后,我将写成的二十多首诗交给徐迟,就像学生给老师交作业一样。徐迟接过我抄正在稿纸上的一摞诗稿,用手掂了掂说,写得还不少呢!

湘赣之行不久,湖北省文艺创作室党委通知我,让我参加省委路线教育工作队,到房县农村搞路线教育,时间一年。当时我年轻,又是共产党员,就向党委表态说,我会当好一个路线教育工作队队员的。我把这消息告诉了徐迟,徐迟高兴地对我说:这是好事哟,在农村生活一年,你要了解农民,向农民学习,你的诗会有更大进步的,机会难得,你要珍惜。

我们是1977年2月从湘赣回来的,紧接着是春节,我回江夏老家看望父母。从老家回机关后,我去给徐迟拜年,徐迟在他的书房里递还我给他看的诗稿和写满两页信纸的意见。他说,诗是写得比过去有进步了,但还要努力,我的意见都写在纸上了,你看看。

我看了徐迟写在两页横格信纸上的话,我觉得这些关于诗的意见和论述,不仅对我有醍醐灌顶的意义,而且对于中国新诗的建设与发展,都有十分重要的意义。

还是那隽秀灵敏的钢笔字。徐迟写道:

一,所有四行八节的诗似乎都还有可能凝聚为四行六节,乃至四行四节。我觉得我们继承民歌和古典诗歌传统,在形式上,要凝聚为绝句体(四行一节),律诗体(四行两节,中间相对),以此为基本形式,发展为四行四节(律诗两首),四行六节(律诗三首),四行八节(律诗四首),不再加多,当然也可以加多。形式问题上,李瑛比较严谨,而且长久以来,一直不变,所以渐入佳境了。

二,所看这些诗的内容,有一个特点,即抓住一个细节(一个箭头,一张歌单,一座钟,一架电话机,一个柜台等等),加以抒情,比较动人。写大了的就略为逊色。今后在生活中,还是可以从小而关键的生活凝聚点上取材,进行抒情。抒情诗要减少叙述的句子。叙事一二句尚不为多,便要转入到抒情中去。叙事诗自然又不同了。看来,还是多写点抒情诗好。叙事诗很少写好的。

三,这次到房县去,与湘赣之行不同了,工作队员身份,事情会很多,很忙。有责任感，一定能够更加深入，感受就会完全不同。在有了饱满的孕育之后再写，写得少而精，精是最重要的。酒怕掺水，诗怕不精炼。宁可少些，但要好些。最好的情况是自己并不想写诗，而诗却自己流出来了。苦吟就不好，不提倡苦吟（这也许是我的偏见）。

随读随写，以赠远行。

给益善同志

徐　迟

去江汉油田前一日

1977年3月中旬，我带着被盖行李、书籍和徐迟给我的诗的意见，随着湖北省委宣教系统的几百名工作队员，从武昌出发，第一天到达当时的郧阳地区所在地十堰，住了一晚。第二天从十堰到房县，在县城又住了一晚。第三天才到达房县羊峪公社新农村大队。我和省委驻新农村大队工作组组长胡佐才住在一个农民家里。我们的房东与我父亲差不多的年纪，老伴去世了，和儿子媳妇女儿与三个小孙女一起过日子。我在这家里住了一年，他们待我如亲人，虽然工作队成天学大寨，批资本主义思想，割资本主义尾巴，给他们的生活带来的只是更加困窘。但是中国的农民，他们骨子里是善良忠厚勤劳吃苦的人，他们对党的政策不怀疑，对社会主义热爱，对我们工作队的作为除了拥护还是拥护。房东一家人，还有生产队的其他社员，对我这个年轻的工作队员十分关心关爱。我们吃派饭，轮到哪家，都是尽力拿出好吃的招待我们。他们穷，家里没粮食，就到亲戚家借一碗白面为我们烙张饼，把坛子里攒的准备换油盐的鸡蛋拿出来招待我们。而他们自己吃的是红薯藤煮包谷糁。我发烧生病了，他们背着我上医院，走几十里路到县城医院看望我，手巾里包着几个鸡蛋。工作队晚上开会晚了，房东大叔候在会议室外，点着火把接我回家。我们割资本主义尾巴时，砍掉房前屋后的树，限制社员饲养家禽，他们含泪杀掉山羊，砍掉多余的枣树。当我们结束了一年的路线教育任务离开时，全村人送到村口，依依不舍。

房县属于鄂西北，毗邻神农架。我在房县乡村扎扎实实一年的生活，丰富了我的人生，使我对中国农民有了更深入的了解。在房县期间，我写了《堆金村，多么美好的名字》等十几首诗，这些诗写的都是治山治河和鄂西北山乡的农民生活，但脱不了那个时代的政治痕迹。我记着徐迟的教诲，要有饱满的热情后再写，写得少而精。我写得少（一年才写十来首诗），但不精。

一年的路线教育工作队结束后，我回到原单位，继续当诗歌编辑，继续阅读，继续写诗，陆陆续续在《诗刊》、《解放军文艺》、《湖北日报》等报刊发了一些诗。从房县回到武汉，我就很难见到徐迟了。那时他很忙，到处采访深入生活，不久写出了轰动文坛的报告文学《哥德巴赫猜想》。徐迟在"文革"期间，有10年没发表作品，他的积累他的生活他的激情在上世纪七十年代末到整个八十年代，化成一篇篇脍炙人口的文学作品井喷一般地爆发出来。

从鄂西北山里回到城市，有很长一段时间我还停留在房县的生活中，脑子里不断地出现那里的山那里的人那里的事，熟识的房东大叔、大妮子和那些瞪着大眼睛看着我们吃派饭的孩子。我心里在酝酿着什么，有一种冲动，要为我待过一年的山村和那些善良忠厚的乡亲们写一组好诗。这和酝酿与冲动我小心翼翼地保存着呵护着，不敢轻易动笔去写它表现它，生怕火候不到把它写夹生了。我等待着，寻找着那个突破口的到来那个一瞬间灵感的闪现。1980年10月，编辑部给我一个月的创作假，我选好了去湖北英山县待一段时间，住的地方是当时在英山县文化馆工作的诗人熊召政找的。10月3日，我父亲从乡下来，与我谈了乡下的一些情况。父亲走后，我突然想写诗，写乡村，写鄂西北的那个山村。3日到4日，我一口气写成了组诗《我忆念的山村》。这组诗由《房东》《大妮子》《派饭》三首诗组成，有220余行。7日，我坐长途汽车到了英山，在出了姜天民、熊召政、刘醒龙三个作家的英山县文化馆楼上一间小房里，我改定了组诗《我忆念的山村》。

组诗《我忆念的山村》发表在《长江文艺》1981年2月号上，我日记中记载着时任湖北省文联主席骆文在终审稿签上签的意见："诗不错，同意用。"

《我忆念的山村》很快得到了诗坛和读者的认可，徐迟读过后，给我打了电话，说我在生活中终于有了大收获，还要继续。不久，北京湖北籍老诗人丁力给我写了一封信，信中说：你们《长江文艺》发表了易山（我发这组诗用的笔名）的组诗《我忆念的山村》，这是一组好诗，《诗刊》5月号将全部转载。丁力尚不知易山是我。时任《诗刊》副主编的邹荻帆也是湖北人，得知易山是我之后，写信给我，进行鼓励。不久，《文艺报》发表了著名诗评家张同吾的文章，称《我忆念的山村》是一组"刻画中国农民性格特征的力作"。

那时，全国性诗歌评奖已经停止。1983年初，《诗刊》杂志社举行1981—1982年优秀诗歌评奖，徐迟是评委之一，评委不集中，通过邮寄书面投票。组诗《我忆念的山村》获得了优秀作品奖。那天，《湖北日报》发了个小消息，编辑部同志表示祝贺之时，徐迟把电话打到编辑部了。徐迟在电话里首先祝贺我获奖，然后告诉我，他的那张选票只投了《我忆念的山村》这组诗，其他的诗他没读过，他不能乱投票，这组诗他读了，他觉得应该获奖。不久，我收到《诗刊》寄给我的获奖证书，证书十分精美小巧别致，没有公章，却有严辰、邹荻帆、柯岩、邵燕祥四人的亲笔签名。

很快，组诗《我忆念的山村》被收入各种选本出版，《中国新文艺大系诗歌卷》也收入此诗，我就被人们正式认为是个诗人了。我一直在写诗，整个八十年代是我写诗的狂热期，我每年在杂志报纸发表诗歌百余首。九十年代后我转向写小说散文，但每年还是要写十来首诗的。在诗坛，人们承认我是个诗人，是因为我写了组诗《我忆念的山村》，这组诗是我的代表作。

1982年底，在徐迟的鼓励下，我编了我的第一本诗集，取名为《歪扭的脚印》。我把诗集稿交给徐迟审阅，徐迟很快读完诗稿，并写了4条意见。徐迟在一张方格稿纸上写道：

1，反对用《歪扭的脚印》作诗集的题目。还不如用譬如《我忆念的山村》或别的要好得多。题目很重要。新华书店一看你的《歪扭的脚印》就顶多要500本，看是《我忆念的山村》可能到2000本。如有更好的题目，就可以印到5000或者10000了。

2，可否将你已经发表过的诗，若干首诗，再修改一次，使它们更好些，更光亮些？这再次加工是可以提高质量的。

3，你可以自己选定一下，初选的多些，复选的就少些，最后选一个定本，1500—2000行左右。出一个不太厚的本子。选定后，编个目录，再给我看一次。

4，可以考虑再写几首，然后1993年编定，这出诗集的事还是要严肃对待，是一辈子的大事！

我仔细地研读了徐迟的意见后，按照徐迟的意见对诗稿进行了认真的挑选与修改，最后选定了53首约1500行左右的诗，并将诗集定名为《我忆念的山村》。我将修改选定后的诗稿送给徐迟。不几天，我收到徐迟的信及为诗集写的序言。

徐迟的信：

益善：

集子看过，序文写起，你看看可用否？你有什么意见告诉我，可以再改。但是，序文只给集子用（如果可用的话），不再给刊物用，所以你不必给别人去看了。我现在不想在刊物上发东西。

排列次序，我意可以再研究一下，最好是按编年排列，即按历史的顺序编排,否则在《堆金村》等的后面,又出现《我忆念的山村》就似乎有点颠倒了。

这个意见,仅仅供你参考。

祝好!

迟　9.1.

这是1983年的秋天,徐迟那时因为写了《哥德巴赫猜想》等报告文学之后,名震全国,很多地方邀请他去写作采访,许多单位请他去作报告,他自己的创作计划也很多,总之他很忙。但他在万忙之中,为我这个年轻的诗作者一次次读稿,提意见,细心辅导并很快为我的诗集写了序言,这是我永世不忘的教诲之恩。

徐迟为诗集《我忆念的山村》写的序言:

序

刘益善同志给我看了他新编的诗集,欣然读了一遍。我还挑了我比较喜欢的几首,反复吟咏,感到快慰。

那年他到那个山村去,多少也跟我有一点关系。他可是受惠不浅,写出了很好的诗来,所以要给他写几句,作为诗集序,了却一桩心事。

他写诗的年头不多,从七九年算起,也不过几年。他的诗写得小,他的小诗写得很有一些诗味。这些诗有的仅只十几行,长一点的不过二十来行。当然其中也有一些诗是较长的,但也都不算太长。

读者,包括我在内,虽然也喜欢长诗,但写得好的小诗会得到更多人的喜欢,生命力甚至更强一些。五言绝句是很小的诗了,日本的俳句只三句十七音更小了,还都比十六字令大一点儿。泰戈尔的诗,我看的是英译本,也极小极小。这些诗体,都有最好的诗,或机智富于哲理,或沉郁由血泪凝成。小诗未可厚非。然而现在写小诗的人可是并不很多。

益善同志的《月夜捕鱼》,"拉起一网月光",非常动人;《小镇》,我读时觉得分外亲切。我还特别喜欢《浪尖上的阳光》,写着:

满江波浪
伸出无数的舌头,
在吞吃着阳光。
……
直到把最后的一缕

吞进肚里，
黑暗便临降。

阳光是吃得完的吗？
黎明到来，
……
阳光，是谁也吞不了的！
与宇宙共存，
在浪尖跳荡。

小诗概括的内容竟是这样宽广。本来我还可以举出别一些诗来，但在这里排目录并没有意思。

我想诗还是写得小一点好。这句话说得还很客气，本当说，诗是越精练越好的。虽然，大型史诗，宏伟而壮丽的诗篇更了不起。我们有一些诗人气派也大，热情澎湃，一写就是三五七千以至万行长诗。有人物，有情节，有矛盾展开，又有抒情篇章，令人回肠荡气，但也有较多是令人不忍卒读的。不论大诗小诗，只要是好诗，就能被人赞赏。精品就会传诵一时，神品更会久久地流传。不过好诗是不可多得的。

益善同志的诗还有一个特点，就是易懂。我虽赞成易懂，但也不喜欢那一览无余，易懂而乏味的诗，更不喜欢那种面目可憎的易懂。益善同志的诗，读起来是有回味的，很有一些诗给人深沉的疼痛。

在这本集子中间，很有一些诗是用痛苦的心情写成的。《我忆念的山村》就是一组痛苦的诗。这些诗丝毫也没有愤怒，因为一个人若自己做了蠢事，对自己是愤怒不起来的。人在苦痛之中也有捶打自己的胸口的动作，毕竟与搏斗对打不同。马克思、恩格斯曾谆谆嘱咐我们，在我们取得了政权之后，万万不可以用任何形式来剥夺农民。但我们在这件事情上可是犯了不少错误的，使我们的诗人面对这一切，而无能为力，只有"沉默不语，沉默不语"。

应该让我们记得这样的山村。我们这样多的山村，以及平原上的村乡，都曾经遭受到这种剥夺，被剥夺到荒谬的程度。愚蠢了！世上少有的愚蠢呢！不过，确实不需要愤怒，我们的错误，我们自己会纠正过来。而当我写这序文时，到这本诗集出版时，到读者多年后还读到这些诗时，我们已经聪明得多了。我们已经改变了并刷新了中国农民的精神和中国农村的面貌。人口八九亿的中国农民正在富裕起来，中国也正在富裕起来了。即使如此，或者正是因此，还可以让我们读读《我忆念的山村》，看看我们是怎么走过来的，"悟以往之不谏，知来者之可追。"

1983 年冬

1984 年 10 月，我的第一本诗集《我忆念的山村》由徐迟作序，长江文艺出版社出版，资深编辑家邱祥凯担任责任编辑，印数 5100 册，由新华书店全国发行。当我拿着还散发油墨香味的样书去见徐迟时，徐迟微笑地看着我，我从他那双睿智明亮的眼睛里看到的是慈爱，是对年轻人的无私关怀。我心里一热，当时认定：徐迟是我终生的老师。

三十多年过去了，徐迟给我的关爱我一时也未忘记。此生写诗，没有徐迟的扶持与教导，也可能没有《我忆念的山村》，也就没有我的这点诗名。

日记演讲

参加全国五次作代会日记

(1996.12.13—12.22)

1996年12月13日　星期五　晴

下午两点半，洪山礼堂6号会议室。参加全国六次文代会与五次作代会的代表聚集一堂，省委副书记钱运录和省委常委宣传部长王重农，代表中共湖北省委给大家送行。运录书记走到每位作家艺术家面前一一握手。重农部长讲话，指出全国六次文代会与五次作代会是我国文艺界的一次盛会，是文艺界跨世纪的盛会。我省出席两会的代表要开好这次会议，为发展和繁荣湖北的文艺事业作出奉献。运录书记接着也作了简短讲话。会议由省委宣传部副部长、湖北出席两会代表团团长周祖元主持。湖北出席两会代表团副团长，省文联党组书记潘涛、省作协党组书记蒋林分别代表两个代表团向省委表示了开好文代会和作代会的决心。湖北出席全国五次作家代表大会的代表共18人，是丁永淮、方方、王先霈、叶明山、池莉、刘益善、刘富道、刘醒龙、汪洋、杨书案、於可训、周祖元、骆文、徐迟、董宏猷、蒋林、曾卓、碧野。省委宣传部文艺处长李勇、省作协办公室主任梁必文作为随团工作人员前往。

省委的送行会结束后，作代会代表在另一间会议室开会。蒋林向大家通报了徐迟同志去世的消息，大家悲痛不已。作代会湖北代表团成立临时党支部，周祖元是书记，蒋林是副书记，支部成员为刘富道、杨书案、丁永淮。

1996年12月14日　星期六　晴

下午2点15分。湖北作家代表团13人在天河机场候机大厅厅前聚齐。骆文、曾卓是上届中国作协理事（徐迟、碧野也是），提前一天飞北京开会。徐老不幸去世，碧野老因健康原因不与会了，王先霈因去美国访问请假。我们是坐的1334航班，飞机是波音737。3点15分起飞，到达首都机场已是5点钟过了。中国作协书记处书记高洪波和我省先行赴京的梁必文举着牌子等着。高洪波代表中国作协迎接湖北代表团。高洪波说：每个省代表团到达，中国作协领导都要到机场迎接。今天因为正开上届作协的理事会，他是作代表接大家的。高洪波与刘富道、董宏猷熟，我与他是1980年在南宁首届诗歌研讨会认识的。他悄悄告诉我们：曹禹于昨天凌晨3点去世了。我们心中又是一震。

面包车载着湖北代表团在北京城里行进，夜幕低垂，灯火满天，行了40余分钟，到达京西宾馆。湖北代表团住东楼21层，我与刘醒龙住2115房间。稍作安顿，大家乘电梯到1楼饭厅吃饭。吃饭时有人喊我，原来是云南作家汤世杰，他老家是宜昌。饭后回房间，接到第一个电话是甘肃诗人林染打来的，他竟要我向徐迟老问好，我无以相告。会议已将全部代表名单及房间号电话号印成册子，打电话十分方便。给几个外省朋友打电话，都很兴奋，今天是我的生日，满46岁了。

1996年12月15日　星期日　晴

下午两点半，在京西宾馆礼堂开中国作协五次全国代表大会预备会，全体代表参加。京西宾馆是部队宾馆，进大门和楼栋有两道门岗，进礼堂凭代表证和会议票。湖北代表团坐成一条线，我前面坐的是池莉，后面坐的是刘醒龙，左边坐的是湖南彭见明，右边坐的是四川的邓仪中。趁会议尚未开始，大家立即就熟了。四川的诗歌理论家吕进见到我座位上"刘益善"三字，立即打招呼，问起湖北诗人。作代会共有代表845人，省级最大的代表团是上海，56人，最小的代表团是西藏与青海，8人，还有个延边，也是8人。江西是9人。中央国家机关代表团为78人。

预备会由马烽主持，先念了这次代表大会代表资格审查委员会名单，大会组织委员会秘书长副秘书长名单，大会主席团组成名单。我省作家方方进了主席团名单，她可以坐到台上去了。接着通过了大会议程，举手表决时，没有反对弃权的，全体通过。再接着由张锲作第五次作代会筹备工作报告。张锲报告完了后，就休会。

晚上大会有电影与茶座。福建师大教授孙绍振来电话，我在房间等他。孙是"崛起诗歌"的理论家，他言现在不搞诗论了。他谈起在北京大学作学生时，徐迟当时在《诗刊》做副主编,对他的许多帮助。向他约写悼念徐迟的文章,他当即应允,说是回福州后电传给我。

1996年12月16日　星期一　晴

早6点有人敲门喊起床,即刻忙忙起身,到餐厅吃早饭,然后登上交通车。作代会共40辆大交通车,湖北代表团坐20号车。车队前有警车开道,8点过后到达人民大会堂宴会厅。作代会在东侧,文代会在西侧。各代表团按照指定的位置,排好队伍,准备照相。照相排队的架子是特制的,第一排是中央领导同志和作协领导的座位,后面共有7层。9点,音乐响起,江泽民、李鹏、乔石、李瑞环、朱镕基、刘华清、胡锦涛等中央领导走进宴会厅,热烈的掌声起响起。江泽民等中央领导同志先到西侧,与文代会代表照相,然后再到东侧,与作代会代表照相。代表们抢着与江泽民总书记握手。

照相完毕,文代会与作代会代表到大会堂坐好。湖北代表团坐一楼中1区,我的位子是20排13号,座位很好。在雄壮的国歌声中,中国文联第六次中国作协第五次全国代表大会开幕。中央政治局的7名常委江泽民、李鹏、乔石、李瑞环、朱镕基、刘华清、胡锦涛全部到会。江泽民总书记讲话。江总书记神采奕奕,声音洪亮,充满了激情,而我们听来又十分的亲切。江总书记的讲话是党的第三代领导核心继毛泽东《在延安文艺座谈会上的讲话》和邓小平《在中国文学艺术工作者第四次代表大会上的祝词》之后,又一具有历史意义的马列主义文献。下午各代表团讨论江总书记的讲话。

1996年12月17日　星期二　晴

早饭后都到京西宾馆礼堂,代表们找到标有各自名字的座位。碰到重庆女诗人傅天琳了。找座位时,见到了山东诗人纪宇、桑恒昌,在座位坐下,又见到湖南的作家残雪、何立伟、何顿、聂鑫森、蔡测海等人。这次见到的朋友多,见到的名人也多。曲波、金敬迈、冯德英这辈作家,我们少年时读《林海雪原》、《欧阳海之歌》、《苦菜花》,对他们是何等的崇敬啊!真没想到今天聚在一起开会,他们都已老了。

上午是中国作协党组书记翟泰丰作工作报告,题目为《站在时代前列 迎接文学繁荣的新世纪》，长达 2 万 3 千余字。翟泰丰的报告之后，是通过中国作家协会章程修改草案。通过章程修改案时，会场上有一老者站起提了条意见，老者是诗人、翻译家江枫。上午会开得很长，1 点半结束。

下午两点半各代表团讨论翟泰丰的工作报告。湖北代表团在 21 楼小会议室讨论，不时有摄影摄像记者进来看看，抓拍几个镜头就走。湖北代表对翟泰丰报告提些意见，包括某句话的语法问题。我和方方提出，报告在列举文学成就时，举出长篇中篇短篇小说多少部，散文多少篇，儿童文学多少部，却没说诗歌，这是不对的。

晚上与刘醒龙、董宏猷出去参与一个吃饭聚会，有徐坤、迟子建等人，由《中国城乡金融报》文艺部请客。

据说中央电视台新闻联播中放了湖北团讨论的镜头．还有我的镜头，可惜没看到。

1996 年 12 月 18 日　星期三　晴

早 8 点出发到人民大会堂听钱其琛副总理关于国际形势的报告。因去群众出版社签一本书的合同，我请了假。下午 1 点半由京西宾馆出发再到人民大会堂，听朱镕基关于国内经济形势的报告。大会堂楼上楼下全部坐满了人，文代会作代会的代表，还有北京市厅局级以上的干部，济济一堂，气氛热烈。报告会由丁关根同志主持。

朱镕基副总理讲话，略带湖南味的普通话听起来厚实而亲切。他说，在座的作家艺术家们，我年轻时就读过你们中间的人写的作品。你们是形象思维，我是满脑子数字，我讲的不知是否合你们的口味。为了这个报告，我今天中午都没睡觉。你们如果听得不合口味，可以离开出去转转，但不要一轰而去，可分期分批的走，免得我太尴尬。你们是人类灵魂的工程师，我是个电器工程师。朱副总理从 2 点半讲到 5 点 40 分，讲了通货膨胀、工业经济形势、农业经济形势以及股票市场，他讲得生动而实在，趣味横生，引得大家一阵阵的掌声。作家们说：这个报告实在是好，大家的巴掌拍得发红了。

晚上，《诗刊》杂志在京西宾馆 8 号会议室开茶话会，把出席五次作代会中的诗人诗论家代表请到。我和曾卓老参加了，86 岁的老诗人公木到了场，还朗诵了诗。见到了许多活跃诗坛的老中青年诗人，大家喝茶聊诗，夜阑才散。

1996年12月19日　星期四　晴

上午9点，各代表团分组讨论，议论第五届中国作协全国委员会候选人名单。文代会代表住在亚运村那边的五洲大酒店，周祖元既是我省文代会代表团团长，也是我省作代会代表团团长，他今天到京西宾馆来了，参加了湖北团的上午讨论和下午的选举。对于候选人名单，没什么议的，都是各代表团推选出来的。我省候选人是刘富道、方方、池莉。刘富道是席位委员，每省一人，不用选举的。

下午2点，京西宾馆礼堂选举，分了几个选区坐成块状，湖北团坐在正中间的1排2排。先通过选举办法，反对按得票多少顺序而差额掉8名候选人的有60余人，还有近40人弃权。这部分人要求当选的全委必须过半数票。但反对和弃权者占少数，仍按原定选举办法进行。通过监票人，我省董宏猷当上两名总监票人中的一位。然后发选票，大家用特制笔填写，监票人先投了票，然后站到岗位上。代表按各选区指定的票箱投票。然后由监票人和工作人员人工计票，大家看电影，到礼堂外抽烟。计票是个漫长的过程，我们看了两部美国片，然后去餐厅吃饭，直到9点回到礼堂。晚上9点半公布结果，差额掉8名，共有180人当选。我省方方、池莉都当选了，刘富道是当然委员。票数少的只有200余票，也当选了，投票人共有720名。湖北代表团是表现最好的。可怜董宏猷任总监票人，连续工作近8个小时。

1996年12月20日　星期五　晴

上午9点，京西宾馆礼堂，中国作协第五次全国代表大会最后一次会议。会议由王蒙主持。大会通过五次作代会决议，然后由工作人员宣读几个名单。中国作协名誉职务名单，冰心为名誉主席，张光年、欧阳山、孙犁等12位老作家为名誉副主席。然后是名誉顾问，名誉委员，我省老作家骆文、碧野、曾卓为名誉委员。中国作协主席、副主席、主席团委员名单，巴金为主席，马烽、王蒙、蒋子龙、翟泰丰等14人为副主席，最年轻的副主席是女作家铁凝，1957年生。主席团委员共22人。新当选的副主席蒋子龙致大会闭幕词，稿子上写有：现在我宣布大会闭幕。主持者王蒙说，这话应由我来说。接着又进行了两项议程，王蒙说，我再一次宣布，大会闭幕。会场尽是笑声，气氛很好。

晚上，人民大会堂宴会厅，党和国家领导人与五次作代会和六次文代会代表联欢。湖北团坐两张桌子，我在124桌。舞台在大厅中央，江泽民同志到台上唱他少年时喜欢唱的一支歌："光阴似流水……今天功课明白未。将来治国平天下，全靠吾辈。"掌声雷动。翟泰丰与李维康、耿其昌唱京剧《智斗》，翟泰丰唱胡传魁，味道十足。高占祥唱《牧虎关》也赢得掌声。我与方方、於可训坐在桌边未走动，与天津女作家赵玫聊天。人民日报的李辉是个青年学者，跑到我们桌上来，他是随州人，说是上中学时读过我的诗，很高兴。

1996年12月21日　星期六　晴

代表大会已结束了，但新当选的委员要开会，刘富道与方方、池莉三人去开会，我们则可以上街转转了。上午与梁必文逛了会儿商场，买了点东西。11点半前赶回宾馆，《小说选刊》杂志今天中午请出席会议的各文学期刊的主编副主编与部分作家吃饭，肖复兴嘱我与汪洋一定要到。他们还请了叶明山。刘醒龙被天津电视台请去了，未到。我从事文学编辑23年多了，结识编辑同行与作家是我的职责。吃饭地点在京西酒楼。新当选的中国作协副主席蒋子龙到场了，安徽老诗人公刘由女儿扶着也到了。公刘说他与《小说选刊》总编冯立三是老朋友，所以"混"进来了。一个中号包间，摆了3桌。我与迟子建、蒋韵、李佩甫、张平、上海《文学报》总编郦国义、花城出版社社长肖建国、《湖南文学》主编王静怡、《小说选刊》分管湖北片的编辑冯敏在一桌。王静怡是个刚30岁的女孩，却当了3年的主编了，我们聊起了刊物的情况，相约湖南湖北的文学期刊今后多交流。接着是约稿。河南的李佩甫和张宇都是很不错的青年作家，他们的最早作品，都是80年代在《长江文艺》上发的。和肖建国与山西的张平都是老朋友了，谈话十分融洽。黑龙江女作家迟子建的《亲亲土豆》、《白银那》都很不错。冯敏说他负责选湖北的稿，让大家别误会，他是个男的。《小说选刊》的午餐聚会，十分愉快。

1996年12月22日　星期天　晴

上午10点55分的飞机，湖北代表团一起回武汉。行李比较多，会上发了一批书。《长江日报》罗高林写的长诗《邓小平颂》发给代表人手一册。我和刘醒龙的书特别多。刘醒龙是因为群众出版社出了他的四卷本文集,人民文学出版社出了他的长篇小说《生命是劳动与仁慈》,还有人家送给他的书。我是因为群众出版社朋友送了我整套的《张欣文集》、《毕淑敏文集》、《当代名家随笔丛书》20本、《古案新编》8本,时事出版社朋友也送了我一叠书,而我是爱书如命的人。我们把书装了两箱子,像搬运工般弄到首都机场。又与方方一起帮老同志办行李托运手续。坐的是波音757飞机,到了天河机场,坐上了单位接我们的车,才松了口气。

出席全国第五次作家代表会,对我来说,是荣幸的。受到中央领导同志的接见,亲聆江泽民总书记的讲话,是一种荣幸;见到那么多老作家和我所喜爱的作家,虽说没说话,但远远望上一眼,也是高兴的。同时,许多分别多年或在书信中熟得不能再熟的朋友,这次见上了,分外亲切。在会上我还组织到了稿子,晓雪与孙绍振悼念徐迟老的文章已落实了,林希、尤凤伟等几个作家答应明年寄小说给《长江文艺》,这也是收获。而我自己,愿借这次跨世纪的文学盛会,做好编辑,当好作家,写出好作品编出好作品,当是自然的事了。

参加全国六次作代会日记

(2001. 12. 15—12. 23)

2001 年 12 月 15 日　星期六　晴

今晨早起走路到菜场，为陈松叶买了三斤馄饨皮，他托我带到北京。上午到办公室，把杂志社的有关工作向家里同志作了交代布置，然后回家收拾行装。衣服带足，要读的书带上一本。下午，办公室电话通知，携行李三点半在大院门口集合，作协代表分乘几辆车前往湖北饭店。出席全国六次作代会和七次文代会的湖北代表，均在湖北饭店四楼会议室会合。湖北出席全国六次作代会代表团团长是省委宣传部副部长毕志伦，副团长是韦启文（壮族）、王先霈，代表团成员是方方、邓一光（蒙古族）、叶梅（土家族）、叶明山、刘益善、刘富道、刘醒龙、池莉、张映泉、陈应松、於可训、段明贵、洪洋、骆文、徐鲁、曾卓、董宏猷、谢克强、熊召政、碧野，随团工作人员吴小斌、杜海波、赵金桃。曾卓老因生病在医院不能够成行；碧野老也因身体缘故请假。湖北出席全国七次文代会代表三十二人，两会代表在会议室碰面，大家都是熟人，聊天问好，分外亲切。四点后，省委常委、宣传部长缪合林来了，他代表省委为两会代表送行。缪部长讲了三点：一是统一思想，二是严肃纪律，三是爱护身体。副部长毕志伦就缪部长讲的三点进行强调，叮嘱大家带好感冒药。别吃北京的凉菜，他的经验是一吃就拉肚子。省文联党组书记李传锋和省作协党组书记韦启文分别代表两个代表团发言表态。会开完之后，大家就到湖北饭店一楼餐厅吃自助餐。自助餐之后，文代会代表去武昌车站，作代会代表到汉口车站，分乘两趟快车赴京。作代会代表的车次是 78 次，全部坐软卧，我与张映泉、邓一光、段明贵在一卧间。车厢全封闭，暖气热，我给陈松叶带的馄饨皮不采取措施到明天就会变馊。我找乘务员，二十来岁漂漂亮亮的女孩。我问她：你看小说吗？她说看。我说今天坐在你们车上的有不少写小说的大腕。她问池莉来了吗？我说来了。她说带我见见她。我说你帮我把馄饨皮保管好我就带你见她。她很快把我带的馄饨皮找餐车冰箱放好。然后我带她见了池莉、方方，大家都高兴，欢笑满车厢。

2001 年 12 月 16 日　星期天　晴

早七点半左右，78 次特快到达北京西站，下车后气温就很低了。有中国作协工作人员举着牌子接站。我们上了一辆大面包车。车先到京西宾馆，韦启文、方方、池莉三人先下，他们是五届全委，要先在这儿开一天会。面包车再把我们送到奥林匹克饭店，我住 833 房间，在电梯里碰到安徽的刘祖慈和王英琦。今天是各省代表团报到时间，没有什么具体安排。陈松叶十点半到饭店，他夫人是北京人，偏喜欢武汉的馄饨皮，我给他买三斤，三块六毛钱，千里送鹅毛，却也费了许多心思。陈松叶与王英琦是武汉大学作家班同学，他们俩谈得火热。王英琦的太极拳练得十分了得，得过国际冠军，她一身道姑般打扮，全无女人的那种艳丽。中午，在中国资源卫星应用中心工作的诗人牧南来，请我们吃饭，下楼时碰到刘醒龙、董宏猷，就一起到蜀乡竹林风味酒楼。牧南原籍是湖北人。大家谈文学，陈松叶喝了不少白酒。下午回房间睡了一觉。晚上，野夫驾车来接我和《天涯》杂志副主编李少君、《京华时报》的雅高去一个地方吃饭。晚上我在北京是辨不清方向的，车行了好久，到了使馆区，在一家真正的藏族馆子里吃藏菜、喝青稞酒、酥油茶。湖北籍在北京的自由作家古清生也到了。在那周围充满了藏文化的氛围里，听藏歌，品味藏菜，别有一番感受。古清生送我一本他新出的书《比路还长的日子》，野夫送我他的公司经营的书七本，是（美）詹姆斯·兰迪的揭露巫神骗术的五本，（美）亨利·米勒的《北回归线》和《南回归线》。回到饭店，房间暖气太热，关了也受不了，打赤膊穿短裤睡觉。

2001 年 12 月 17 日　星期一　晴

从武汉穿来的衣服太多了，北京室内温度高，出门有件长防寒衣也够了。广东作家洪三泰到房间里来坐，他是我 1976 年认识的朋友了。十点钟后，乘出租车至方庄，到群众出版社，文艺室主任张蓉也是老朋友了，我的《迷失的魂灵》一书是她做的责编。到张蓉处主要是拿书，我挑了挑，共拿了（日）森村诚一的推理小说六本，"海岩文集"《便衣警察》、《你的生命如此多情》等六本，张成功的《黑冰》、《黑洞》，奎因《现代侦探小说集》八本，（英）佩尼·文森绿"西方最新女性小说"四本，《福尔摩斯探案全集》六本，石钟山的《快枪手》等几十本，捆成一大捆。中午张蓉请吃饭。饭后急乘出租车拎着书回饭店。下午三点，住在奥林匹克饭店的各省代表中的党员，分乘六辆大巴，由警车开路，前往京丰宾馆。这次作代会，代表分两个地方住，大部分省住在京丰宾馆。据说京丰宾馆的住宿设备没奥林匹克饭店好。下午四点，出席六次作代会的全体党员代表在京丰大礼堂开会。会上宣布成立六次作代会期间党的临时组织。接着中宣部副部长刘鹏在讲话，然后是中国作协党组书记金炳华代表临时党组讲话，要求党员同志在大会期间起模范表率作用。党员会后，住奥林匹克饭店的代表又乘原车回去，在饭店吃过饭，再乘大巴到京丰大礼堂。晚上七点四十分，是全体代表参加的预备会。会上，王巨才做六次作代会筹备工作报告，陈昌本做六次作代会代表资格审查报告，审议通过六次作代会议程，审议通过六次作代会主席团及秘书长、副秘书长名单。金炳华最后讲话。会开完回到饭店已十点多钟了。我本与韦启文书记住一间房，他到京西宾馆开会今日应回房间住，但会上给曾卓老人安排了房间，曾老未来，韦书记就去住曾老的房间了。刘醒龙与刘富道住一间房，他怕刘富道的呼噜，就跑到我的房间来住了。他明天晚上就回武汉。

2001年12月18日　星期二　晴

早晨六点钟电话叫起床，昨晚与刘醒龙聊天睡得太晚。洗漱完毕后，匆匆到一楼吃早餐。七点半，大巴从奥林匹克饭店出发前往人民大会堂，代表凭出席证和大会堂的票进入，每人都要安全检查。文代会和作代会的代表会合了，八点半前，大家都在大会堂宴会厅的专供照相的铁架子上站好，文代会代表和作代会代表各站一边，共二千四百余人。九点，随着音乐声响起，江泽民、李鹏、朱镕基、李瑞环、胡锦涛、李岚清等党和国家领导走上宴会厅的红地毯，亲切接见两会代表，掌声热烈。陪同江泽民等党和国家领导接见两会代表的其他领导还有丁关根、张万年、罗干、温家宝、曾庆红、王光英、彭珮云、王兆国、任建新、胡启立。中央领导同志先和文代会代表照相，再和作代会代表照相。接见照相完毕后，两会代表进入大会堂凭票入座。我的票是18排28号，好座号，吴小斌说是"一发二发"。九点半，中国作协第六次代表大会、中国文联第七次代表大会在雄壮的国歌声中开幕。周巍峙主持开幕式，金炳华宣读了巴金给大会的致词《新世纪的祝愿》，团中央书记处书记周强代表全国总工会、共青团、全国妇联、中国科协、全国侨联致贺词，解放军总政治部袁守芳副主任代表解放军和武警官兵致贺词。接着，江泽民总书记作了《在中国文联第七次全国代表大会、中国作协第六次全国代表大会的讲话》报告。江总书记的讲话高屋建瓴，内容丰富，为文学艺术工作者指出了在新世纪前进发展的方向。报告不断引来代表们的热烈掌声。下午在奥林匹克饭店二楼会议室，湖北湖南两省代表为一个组，讨论江泽民总书记的重要讲话。讨论会由湖南代表团长丁素文主持，湖北团的韦启文、骆文、王先霈、於可训等发了言，湖南的赵文智、王跃文、谭仲池等发了言。谭仲池是长沙市长，一级作家。谭说他在武汉空军当过兵。中国作协吉狄马加参加了湖北湖南的讨论会。发言的同志都说江总书记的报告好。晚上安排是到京丰大礼堂听专场音乐会，我因朋友请去"沪上人家"吃饭，未去听音乐会。

2001年12月19日　星期三　晴

早饭后，乘大巴往京丰大礼堂，大巴车队通过之处，其他车辆均让道。九点整，六次作代会全体会议开始。奏国歌。向五次作代会以来去世的副主席、主席团成员、全委和名誉主席、副主席、委员致哀。主持人念了好长一串名字。金炳华作中国作协五届全委会工作报告，题目是《坚持先进文化前进方向 开创新世纪社会主义文学事业新局面》，报告长达二万五千余字，他是一口气讲完的。金炳华报告完后，高洪波作关于修改《中国作家协会章程》的说明，然后休会，我们回奥林匹克饭店。下午三点，仍在饭店二楼会议室，湖南湖北组讨论金炳华的报告和高洪波关于修改"章程"的说明。今日讨论由湖北代表团团长毕志伦主持。叶梅示意我发言，我就第一个说。我觉得金炳华的工作报告很全面具体，对五次作代会后全国文学事业发展的成就和特点给予了充分的肯定和阐述，所说中国作协及各地作协五年来的工作回顾和经验以及今后的工作要求，都很不错。但是，报告对文学编辑的工作奉献没有提及。这次作代会有九百余名代表，作为编辑家身份参加的只有二十人。中国文学所取得的这么多成绩，如果缺少了文学编辑的无私奉献和勤奋工作，是不可想象的。我所工作的《长江文艺》杂志，在几代编人的奉献下，推出了许多的作家和作品。我的发言，引起了湖南作家李元洛的呼应，他发言对《长江文艺》在五十年代给他的帮助表示终生难忘。有代表对报告所提作品及作家提出了疑义。而对高洪波的"章程"修改说明，则只提出了个别字句修改的意见。五点之后，《知音》王唯到饭店，晚上出去吃饭，与董宏猷、张福臣及时代文艺出版社的张明、文欢碰到，就合成一桌。喝了一瓶小糊涂仙酒，酒后到三里屯酒吧一条街泡吧。这条街上有上百家酒吧，据说王朔在这里也开了一家。我们进了一家叫"男孩女孩"的酒吧，喝啤酒吃爆米花和烤红薯条，酒吧里桌子挨桌子人挤人，也是体验了一回生活。别人说三里屯酒吧是北京年轻人夜生活的一个集中地。回到饭店后，倒床便睡。刘醒龙回武汉了，我一人住一间房，睡到凌晨，胃里难受极了，爬起来到卫生间，吐得一塌糊涂。喝酒杂了多了。

2001年12月20日　星期四　晴

早晨起来，头晕脑涨，胃里还难受，强撑着下楼吃了两小碗稀饭。叶梅和骆文老见我这样，问了缘故，骆文老说他房里有胃药，叶梅陪我到骆老房间取药。实在坚持不了，向叶梅请假，上午在房间吃药后睡了一觉。中午，人感觉好多了，只是见到酒就有种恶心的感觉。下午在人民大会堂听朱镕基总理作经济形势报告。这个报告是一定要去的。进了大会堂后，人坐得满满的，除了两会代表外，还有北京市及有关部委、解放军师局级以上干部。五年前，我参加五次作代会时，也是在大会堂也是这个规模，听朱总理的报告，使我终生难忘。三点，朱总理作报告，仍是不疾不徐地用他的略带湖南口音的普通话讲。朱总理对作家艺术家们表示了良好的祝愿，说他是读过许多老作家的书的。朱总理不用讲稿，娓娓道来，分析了国内国际的经济形势，特别是中国加入WTO后，明年我国的经济工作是机遇与挑战并存，对面临的困难和隐忧，一定要有清醒的认识和足够的估计。朱总理的报告风趣幽默，分析透彻入微，数字具体，对今后的应对方针作了明确的指示。朱总理在台上作报告，台下的掌声不断，说到风趣处，笑语不绝。晚上在饭店休息，在一楼饭厅看韦启文书记画国画，谢绝了几位朋友的吃饭邀请。

2001年12月21日　星期五　晴

上午九点，京丰大礼堂全体代表会议，通过《关于中国作家协会章程（修改草案）的决议》。高洪波作《关于中国作家协会第六届全委会委员候选人建议人选推荐情况的说明》。九点半，各代表团分组讨论《中国作协第六届全委会委员选举办法（草案）》，并酝酿中国作协第六届全委会候选人建议人人选。湖北湖南组在在京丰宾馆餐厅一宴会厅里讨论，大家没什么多的意见说，坐着聊天。十一点全体代表集中在京丰大礼堂，由工作人员宣读《中国作协第六届全委委员选举办法》，通过总监票人、监票人名单，然后投票选举中国作协第六届全委会委员。票是特制的，代表只需用特制笔在候选人名字旁边的符号里涂上颜色，就可表示你是反对或是弃权。我划掉三名我觉得不适的名单。投完票后，大家在京丰宾馆餐厅吃自助餐。住奥林匹克饭店的代表就不用回去了。吃饭时与云南的作家汤世杰坐一起聊天，他是湖北人。下午一点，代表又集中在京丰大礼堂，听候宣布全委会选举结果。一百四十七名候选人全部当选，加上四十名团体委员，第六届中国作协共有全委委员一百八十七名。湖北当远为全委委员的有韦启文、王先霈、方方、池莉四人。这次计票用的先进的电子计票法，结果出来得很快，董宏猷也是监票人之一。全委委员留下来开会，余下的代表休会，回到奥林匹克饭店，睡了一觉。晚上张福臣又请陈应松、董宏猷、邓一光、吕植友、李小敏、王唯和我一起吃饭。在酒店碰到何锐、王干、刘华、梁平、谢詹渤、熊正良等人，互相敬酒。

2001年12月22日　星期六　晴

上午十点，我们到京丰大礼堂参加六次作代会闭幕式。闭幕式由丹增主持，首先宣布中国作协第六届委员会主席、副主席、主席团委员和书记处书记名单。巴金当选为主席，当选为副主席的有王蒙、韦其麟、丹增、叶辛、李存葆、张平、张炯、陈忠实、陈建功、金炳华、铁凝、黄亚洲、蒋子龙、谭谈等十四人。主席团委员有二十二人，湖北作家池莉为主席团委员。接着，大会给六届全委会推举出的十三名名誉副主席、一百一十五名名誉委员颁发了金质证章和证书。湖北骆文、曾卓、碧野三老均为名誉委员。王蒙致了闭幕词，很简洁有力。然后大会在雄壮的《国际歌》声中闭幕。回到奥林匹克饭店吃完午饭，睡了一觉。下午，广东《佛山文艺》的副主编史佳丽到房间看望，聊了他们的办刊情况，近五点才抽出空由朋友陪同到附近的家乐福超市买了些有北京特点的小吃点心，准备带回武汉。晚上七点，全体代表乘大巴到人民大会堂，再经一次安检，到达宴会厅，文代会和作代会的两千余名代表联欢，江泽民总书记和国家副主席胡锦涛以及有关领导丁关根、温家宝、曾庆红、王忠禹等出席了联欢会。晚会上，作家艺术家们表演了精彩的节目。江总书记和胡锦涛副主席都唱了歌，江总书记用俄语、意大利语唱。中间，中央领导同志还和艺术家们跳了几支曲子的交谊舞，使晚会达到高潮。湖北代表团坐在51席和66席，离舞台比较近。桌上摆了点心糖果和茶水。晚会到十点多才结束。

2001年12月23日　星期天　晴

　　大会已经开完了，这是新世纪文学艺术界的一次盛会，将在中国文学艺术史上留下闪亮的一页。各省代表团陆续离京返回了。湖北代表团是晚上的火车。与几个省的作家朋友告了别。北京还有朋友要来送别，辞谢了。上午接待了中直机关《党建工作》杂志副主编龚海燕的来访，陪着聊天一小时。到湖北大厦看湖北荆州到京办事的业余作者王君，一起在外面吃了午饭。下午回饭店，收拾行装，一大纸箱书，好沉好沉，亏得饭店的服务员帮助才捆好。会上发的没什么用处的书扔了。只带了影印的《茅盾手迹精选》。四点五十分，离开奥林匹克饭店，大会用大巴送我们到北京西站。晚六点五十分，37次特快离开北京。仍坐的软卧车厢，与骆文老、谢克强、董宏猷在一个卧间。晚饭是在火车上吃的，我省出席文代会的代表和作代会代表同一个车厢，大家聊天，热闹得很。陈应松给我照了两张相。实在太困了，早早爬到上铺睡了。明早就到武汉了，新的一天等着我们。

参加全国七次作代会日记

（2006.11.7—11.15）

2006 年 11 月 7 日　星期二　晴

上午在办公室，把要赶紧做的工作向杂志社留在家里的同志作了布置，然后回家收拾行李，带了本黄仁宇的《赫逊河畔谈中国历史》，准备在车上读。

按照通知，下午 4 点乘省作协的车赶到水果湖泰华大厦。湖北出席全国作代会的代表 20 余人，出席全国文代会的代表 30 余人，现在两会代表齐聚泰华大厦三峡厅，省委领导举行欢送会。会议开始之前，领导与两会代表在泰华大厦门前合影。会议开始，坐在主席台上的是省委常委宣传部部长张昌尔，省委宣传部副部长李以章、孙永平、陈连生，省作协主席王先霈，党组书记韦启文，省文联主席唐小禾，党组书记李传锋。陈连生为作代会湖北代表团团长，王先霈、韦启文为副团长；孙永平为文代会湖北代表团党的书记、李传锋为团长。

李以章副部长主持会议。张昌尔部长讲话。

张部长代表省委省政府欢送大家，并告诉大家，中央政治局委员、省委书记俞正声在宜昌参加完外事活动，正在赶回武汉的途中，他要陪大家一起吃晚饭。张部长谈了湖北文化建设的大好形势，介绍了湖北近年来的文学艺术成果，全省文化队伍建设不断加强，文化投入不断加大。文艺工作者坚持双百方针，成绩不错，在全国也占优势，文学鄂军在全国各类大奖中都有斩获，全省优秀戏剧有 20 多台，群众喜闻乐见，省委省政府和全省人民对文学艺术家们是满意的，他代表省委省政府对大家为湖北文化做出的贡献表示感谢。最后张部长对代表们赴京开好两代会提出了几点具体要求。

湖北音乐家协会方石，京剧演员朱世慧，作家陈应松、刘醒龙、方方发言，为湖北文学艺术建言，表示一定开好会。

我发言，谈《长江文艺》是创刊于 1949 年武汉解放时的严肃文学期刊，为繁荣湖北文学事业推出文学鄂军做出了不可磨灭的贡献，湖北省四连冠的优秀期刊，列入全国核心中文期刊。省委省政府应该把《长江文艺》列入公益性文化事业单位加大投入。《长江文艺》要坚守文学阵地，文学旗不倒，长江不断流！我的发言引起了宣传部领导的重视。

俞正声书记下午6点到达。50余名代表与宣传部领导部分媒体记者围坐在大泰华宫的一张硕大的长方形桌边，俞书记和大家一一握手。俞书记讲话，从宜昌赶回来为大家送行，是想见见大家，许多人是只闻其名未见其人。朱世慧是熟人，但他老要我看京剧。方方、刘醒龙、邓一光、陈应松等作家的小说我读过，今天要见见。俞书记持杯与代表们一一碰杯，欢送大家。欢送宴会气氛很热烈。

晚7点，张昌尔部长、李以章副部长送两会代表上车，前往武昌车站。登上武昌至北京的38次列车，站台上省文联秘书长赖云峰说，站台上挂了一条大横幅，欢送湖北赴京参加文代会作代会代表，但挂错了地方，离代表们的车厢隔了好远，大家没看到，遗憾！作代会湖北代表团都在12车厢，我与刘富道、梁必文在同一包间。

赴京参加全国七次作代会代表名单：陈连生、王先霈、韦启文、方方、邓一光、刘益善、刘继明、刘富道、刘醒龙、池莉、陈应松、於可训、林白、段明贵、洪洋、徐鲁、梁必文、程远斌、董宏猷、谢克强、碧野。

方方、池莉、碧野三人请假，实际赴京代表18人。

熊召政作为中国作协代表团代表参加文代会，早一天赴京；董宏量作为全国冶金行业的代表参加作代会与我们同车赴京。

列车晚上8点35分准时发车，风驰电掣奔向北京。

2006年11月8日　星期三　晴

早晨7点列车准时到达西站，《中国作家》编辑李双丽是湖北代表团的联络员，她和提前赴京作为工作人员的高晓晖早在站台等候。李双丽给每位代表送上一束鲜花，虽说花束不大，但是代表了中国作协对代表们的欢迎，挺亲切的。后来见《文艺报》有消息，江苏代表团到达时，接站的联络员送花，据说他们要联络员把花留给其他代表团，他们领了心意，但花就不收了，为大会节约点。这也好。

面包车载着我们出西站前往北京饭店。车窗外的北京高楼矗立，繁华而亮丽。谢克强说，他第一次到北京到现在已40年了。我说1966年我作为红卫兵串连到北京，受到毛主席第七次接见，如今也40年了。於可训、董宏猷、谢克强马上说，他们是第六次被毛主席接见的，也是1966年11月。刘醒龙与老作家洪洋坐在一起，洪洋说他1956年到北京参加全国青年作家代表会，当时湖北就他与吉学沛两个代表。刘醒龙说：1956年我才出生哩。

8点左右到北京饭店，报到在A座二楼，进饭店大厅，有大红横幅扯起，祝贺中国作家协会第七次全国代表大会召开！上到二楼，大会工作人员沿长条桌坐着在忙，报完到，给每位代表发印有姓名、照片、代表团名称、编号的彩色胸牌，有铁卡子卡在胸前口袋里。而大会工作人员的牌子是挂在脖子上的。因中非合作论坛北京峰会刚散会，北京饭店有的房间尚未退出，我们等了半小时才拿到房卡。王先霈、韦启文要去开中国作协全委会，先给了他们房卡，他们先走了。我的房间是6038号，段明贵、邓一光、林白三人尚未拿到房卡，下午才有房子。由于没能按原先计划安排房间，造成一点错乱，我的房间号在大会住房表上变成了刘继明的，刘继明的房号变成邓一光的，邓一光的房号变成我的，我们三个人的朋友打电话找我们，都互相找错。

这次作代会代表住的饭店是五星级，而且是每人一间房，除了北京饭店外，鸿坤饭店也住的是作代会代表，董宏量住在鸿坤饭店，说是熟人少，不好玩。这次住宿标准是很高的，北京饭店在长安街上，是中国一流饭店。

9点，凭胸牌到一楼餐厅吃早饭。自助餐，食物及水果饮料丰富。在餐厅见到云南作协主席黄尧，今年6月，我带湖北作家采风团到云南采风，他曾热情接待并宴请湖北作家。见到湖南作协副主席水运宪，水运宪的祖籍是湖北鄂州，他到神农架时，我写过文章介绍他这个老乡，在《湖北日报》发表。他的《祸起萧墙》与《乌龙山剿匪记》曾风靡一时。

饭后回房间洗澡休息，起床后给北京的朋友打了几个电话，告诉他们我的住处及大会日程。叶梅来，她从湖北作协党组副书记、副主席的任上调到中国作协，任《民族文学》主编。与我谈刊物事，就是要争取纯文学期刊为政府支持的公益性事业。叶梅约请湖北代表团明天中午到《民族文学》作客。到底是湖北出来的，感情很亲。

中午11点50分，湖北籍现在北京工作的诗人陈松叶到。五年前我来开六次作代会，他要我从武汉带水饺皮到京，这次他要我带武汉锅巴，我给他带了1斤。与梁必文、谢克强一起带他到一楼餐厅吃饭。

吃饭时，紧邻的桌子上有贾平凹、水运宪、张抗抗。早知贾平凹抽烟，吃完饭，我将身上带的一包极品黄鹤楼1916香烟打开，递给贾平凹一支。他见烟盒精美，先要了烟盒仔细欣赏了一番，然后才抽烟。水运宪要了一支，张抗抗不抽烟，我们几个湖北人各点了一支。谢克强说这烟可是要两千元一条，限量生产的。贾平凹见香烟金黄色过滤嘴上印有 1916 的字样，便说这上面印有价钱嘛，不就是 1916 元么。大家一笑说不是这么回事，这 1916 是年号，可能是 1916 年的烟叶，也可能是 1916 年南洋烟草公司开创，它是武汉卷烟厂的前身。水运宪抽了一会说，这烟最大的好处是抽了像没抽一样。张抗抗说，你不错，把烟抽出了禅意来。

下午 2 点与谢克强、梁必文、陈松叶一起，步行几分钟，到王府井新华书店，上到四楼文学艺术类区，看那满架的书，崇敬之意油然而生。我见到了於可训、董宏猷、熊召政、刘继明、田禾的书，梁必文买了好几本书法字帖，我也买了一本《行书百联》的字帖，上面的字与联都写得不错。谢克强买了几本文学书。

下午 5 点，柳火生派司机开车接我，拉到钓鱼台山庄，先在他的办公室里看了看。柳火生是我江夏老乡，曾在武汉作协工作过，后下海做生意，成绩不错。晚上他请我吃饭，桌上坐的多是企业界人，席间从孝感到北京当记者的张莉到了。柳和张都以学生辈给我敬酒。饭后，司机送我回北京饭店。谢克强拿一只北京烤鸭来，说是长江文艺出版社在北京的刊物《报告文学》杂志送的。他们先要请大家吃饭，谢克强说安排不过来，于是他们给湖北代表每人送只烤鸭，另有新出的一期《报告文学》杂志。

2006 年 11 月 9 日　　星期四　晴

早餐时见刘醒龙和四川作家邓贤交谈甚热，我也参与了一会。邓贤的长篇纪实文学写得很好看，我曾在几个大学及武汉图书馆讲纪实文学，他的《大国之魂》曾多次作为例子被我引证。邓贤说他是武汉人，他的祖父是裕华纱厂的创始人，抗战时大撤退到重庆，他正在写这部书。我给他推荐湖北人民出版社的《1938·武汉大会战》，他说他已读过这本书。

10 点钟，叶梅带着车来，接湖北团的代表去她的《民族文学》编辑部。北京后海南沿大翔凤胡同 3 号，原来是已故作家丁玲住的四合院。我们十几人到达时，小院还没完全改造装修完毕，但已初见风格及它的安然恬静来。正房一楼是会客室，二楼为编辑部主任办公室及编辑办公室，正房左右是两排厢房，有食堂、收发室、咖啡厅、主编办公室等。右厢房顶是个平台，阳光很好，我们在平台上喝茶、照相、聊天。左厢房顶上，由隔壁院子里伸过来两棵枣树，成一道独特风景，让我们想起鲁迅先生的一棵是枣树，另一棵也是枣树的著名句式。

11点离开《民族文学》院子，穿胡同走小巷，两边房子古朴典雅，后海碧波涟涟，绿树成荫，路上一排三轮车过来，每辆车上坐两名外国朋友，他们在优哉游哉地观赏真正的老北京风景。这一带是保护地区，不会拆建改造的。吃饭是在孔乙己酒店，坐了满满的两桌人，喝黄酒，吃茴香豆，董宏猷唱歌，陈松叶唱汉剧，大家很是高兴快乐。

下午2点回北京饭店，湖北团与甘肃团为大会第24组，乘24号车。两个团的党员代表上车，车队浩浩荡荡穿过长安街，到全国政协礼堂参加党员会议。3点钟开会，中国作协党组副书记张健主持会议，中组部干部三局副局长宣布成立七次作代会临时党组，中国作协党组书记金炳华任书记，张健任副书记。各省代表团为一个临时党支部，宣布了各临时支部的书记名单，湖北团的书记为团长陈连生。接着中宣部副部长李从军讲话，他谈文学大好形势及当下文学应注意的问题，讲了党员代表在会议期间应起表率作用。最后金炳华讲话，也是对党员代表提出要求。

下午5点散会，坐原车回北京饭店吃饭。

晚6点40分全体代表上车，又到全国政协礼堂，参加七次作代会的预备会议。中国作协副主席张炯主持会议。会议内容共六个：1. 张健作中国作协七代会筹备工作报告；2. 高洪波作关于中国作协七代会代表资格审查报告；3. 审议通过中国作协七代会议程；4. 审议通过中国作协七代会主席团名单；5. 审议通过中国作协七代会秘书长、副秘书长名单；6. 金炳华讲话。湖北代表团的王先霈、韦启文、池莉、陈连生四人进入大会主席团名单。大会秘书长为张健。金炳华在预备会的讲话中强调，七代会从筹备开始就受到中央的高度重视，希望代表们共同努力，把大会开成民主、团结、鼓劲、繁荣的大会，开成振奋精神、开拓进取的大会。

9点之后，预备会散，回北京饭店。

2006年11月10日　星期五　晴

大会秘书处就今天的会议传达了中办的10条注意事项，很详细很具体。早7点起床，8点各代表团集合代表上车，首汽集团的豪华大客车。车队在长安街上行进，很是壮观。到达人民大会堂东门，代表们排队过安检，有人就抓紧时间拍照，我们湖北代表也拍了不少，现在的数码相机十分普及，差不多每人都带了一部。

9点钟之前代表们凭各自的票在座位上坐好，湖北团在中二区，我是20排46号，紧挨过道，左边是於可训。今天会议，文代会与作代会代表在一起，有3000余人，人民大会堂楼下座位全部坐满。主席台上的10面红旗分竖两边，鲜花摆满台沿，既庄重又充满了鲜活的气息。

9点，胡锦涛总书记与中央政治局常委吴邦国、温家宝、贾庆林、曾庆红、吴官正、李长春、罗干走进会场，音乐响起，掌声雷动。中央领导在主席台第一排很快坐好。中国作协党组书记金炳华主持会议，他宣布中国文学艺术界联合会第八次、中国作家协会第七次全国代表大会开幕。中国文联主席周巍峙致了开幕词。中华全国总工会副主席孙春兰代表中华全国总工会、中国共产主义青年团、中华全国妇女联合会、中国科学技术协会、中华全国归国华侨联合会、中华全国台湾同胞联谊会、中华全国新闻工作者协会等人民团体向大家致祝词。中国人民解放军总政治部副主任孙忠同代表中国人民解放军和武警部队向大会致祝词。在主席台上就座的还有其他领导同志 周永康、贺国强、王刚、徐才厚、许嘉璐、盛华仁、陈至立、刘延东、刘云山、陈奎元、李蒙以及本次文代会作代会主席团成员。

当胡锦涛总书记走上发言席作重要讲话时，会场上再一次响起热烈而持续不息的掌声。胡总书记代表党中央、国务院向大会的召开表示热烈的祝贺；向全体代表并通过代表向全国广大文艺工作者致以崇高的敬意和诚挚的问候。胡总书记的讲话约7000字，对文艺工作的重要性及文艺工作者的贡献作了充分的肯定。讲话强调，繁荣社会主义先进文化，建设和谐文化，是我国广大文艺工作者的庄严使命。一切有理想有抱负的文艺工作者，都要担当起时代赋予的神圣使命，积极投身讴歌时代的文艺创造活动；都要密切同人民群众的血肉联系，积极反映人民心声；都要大力发扬创新精神，积极开拓文艺的新天地；都要做到德艺双馨，积极履行人类灵魂工程师的职责。胡总书记的讲话用了近1个小时。当他讲完话，走下发言席先向会场的全体代表再向主席台上坐着的人员躬身致意时，雷鸣般的掌声再一次响起来，胡总书记从座位上站起来再次向大家招手致意。

才过10点，开幕式结束，代表们乘车回到北京饭店。

下午2点半，各代表团讨论。作代会共有43个代表团，分成27个小组。湖北甘肃为第24组，讨论地点在北京饭店A座15楼24号会议室。我们组的会由湖北团团长陈连生主持，讨论内容为胡锦涛总书记在八次文代会七次作代会上所作的重要讲话。第一个发言的是甘肃老诗人高平，他早用一张纸写好了，对胡总书记的讲话给予了极高的评价。高平发言简略，他说这是他第四次参加作代会了。甘肃武玉笑是小八路出身，今年77岁了，老头身体不错，说了胡总书记的讲话后，又说甘肃与湖北分在一个组很高兴，甘肃与湖北有缘，说到徐迟到敦煌、骆文到甘肃，当年李季从玉门到武汉办《长江文艺》，言说中很见情谊。接着湖北团的韦启文、王先霈、陈连生、程远斌、谢克强、刘富道、洪洋、董宏猷、徐鲁都纷纷发言。全部代表基本上都发了言，我也说了自己的体会。胡总书记的报告给大家的心灵带来了春天，是文艺工作者建设社会主义和谐文化的指路明灯。讨论会在下午5点钟才告停。

晚7点在房间看中央电视台新闻联播，今天新闻用了16分钟报道八次文代会与七次作代会开幕式的消息，重点报道胡锦涛总书记的讲话。在电视屏幕上不时见到湖北参加文代会和作代会代表的面孔，在报道代表分小组讨论时，我一下子发现了我的图像，只是扫过了那么一下子，这也是很难得。马上梁必文来敲我的门，说是看见我了，明天要我请客。我的手机响了，咸宁柯于明发短信，武汉王新民等人打电话，说是看到我了，很高兴，祝贺我。谢谢他们关心我。

晚8点，我和梁必文、陈应松、刘继明一起到北京饭店C座一楼金色大厅看文艺节目，碰到湖北籍在北京的作家野莽和住在鸿坤饭店的董宏量，我们边看节目边聊天。节目由中国煤矿文工团演出，翟弦和亲自主持，欢歌曼舞，悦心赏目。

2006年11月11日　星期六　晴

8点半全体代表进入北京饭店C座一楼金色大厅，代表们必须戴着胸牌由电子门走过，在你进那门时，你的头像和所属代表团立即在旁边的屏幕上出现。今天的座位上都有代表的姓名牌，我坐在了第3排，左边是山东的王兆山，右边是广东的韦丘。上午是作代会第二次全体会议，由丹增主持。第一项内容是金炳华作《中国作协六届全委会工作报告》，第二项内容是高洪波作《关于修改〈中国作家协会章程〉的说明》。

金炳华作报告前，全体代表起立，向六次作代会以来去世的中国作协主席、名誉副主席、委员及中国作协会员默哀！丹增念去世者名单时，湖北的骆文老在其中，六次作代会时，骆老和我们还在一起。

金炳华的报告题目是《团结和谐开拓创新　迎接社会主义文学事业的新辉煌》，全文长达27000余字，分四个部分。第一部分：五年来我国文学事业取得的成就及其特点。这部分提了一批优秀作家和优秀作品，我省作家被依次提到的有刘继明、胡世全、陈应松、熊召政、王先霈、池莉、方方、刘醒龙。第二部分：五年来中国作协及各团体会员工作回顾。这部分中提到湖北作协有三处，一是建立创作基地，二是编辑出版《少数民族作家丛书》，三是推行专业作家与合同制作家相结合的管理新机制。第三部分：文学要在构建社会主义和谐社会中发挥应有的作用。第四部分：以人为本，科学发展，开创社会主义文学事业全面繁荣的新局面。金炳华读得还算是快的了，整整读了两个小时。

接下来高洪波读《关于修改〈中国作家协会章程〉的说明》。高洪波的声音洪亮，读得也很快，使得有些疲倦的代表恢复了精神，因为大会很快就要散会。

下午2点半，仍在15楼24号会议室讨论．今日讨论由甘肃省代表团团长张家昌主持。讨论的内容为金炳华所作的会务工作报告和高洪波所作的修改章程的说明。王先霈、韦启文、於可训、谢克强等人就章程事发表了自己的意见，并就金炳华的报告中的某些内容进行了讨论与阐述。甘肃的同志也都纷纷发言，三言两语有话则长无话则短。

我发言时又是说期刊。我说金炳华同志在报告的第四部分的第三段，谈的是更新观念，深化改革，积极发展文学事业和文化产业。中国的文学期刊是文化事业，特别是各省作协办的文学期刊担负着发现培养本省文学新人、推出优秀文学作品的任务，国家应将其列为公益性文化事业，给予扶持，加大投入，更不应指望它去赚钱，去创收。我以《长江文艺》这个老牌刊物为例，说了其在新中国文学发展中所做的贡献，而现在步履艰难，但我们还是要坚持下去。中国作协应该有期刊工作委员会，应该重视文学编辑的劳动，应该为发展文学期刊做些事情。金炳华同志的报告中没提编辑一个字，这是个缺憾。我的发言立即得到甘肃代表和我省同志的呼应，大家立即七嘴八舌就期刊事进行了讨论。小组讨论会在5点左右结束。

晚上6点，在北京搞影业公司的原襄樊作者刘君一到北京饭店门口接我，其他人都不在了，我约了段明贵、陈应松一起坐他的车，前往工人体育馆旁边的"三个贵州人"酒店吃饭。群众出版社文艺室主任张蓉打电话约我吃饭，我让她自己到"三个贵州人"来。我们的包间叫"三个一"。刘君一说，这酒店是个画家办的，档次还不错。我们点了几个贵州菜，陈应松点了个鱼腥草，他说这几天在北京饭店吃好了，现在要吃点清火的东西。喝了一瓶法国白葡萄酒。我们谈文学，谈电影。刘君一谈他当年从襄樊到北京，怎么闯荡，挖到第一桶金与第二桶金，他在投资电影电视上的一些打算。他16岁开始写东西，在《长江文艺》上发小说，口口声声喊我刘老师。大家喝酒谈天，甚是快乐。

刘君一送我们回北京饭店，已是9点半钟了。

2006年11月12日　星期日　晴

今天是此次会议内容最多的一天。8点大会主席团全体成员开会。全体代表9点15分到金色大厅参加第三次全体会议。半个小时，通过《关于〈中国作家协会章程〉的决议》；张健作《关于中国作协第七届全委会委员候选人建议人选情况的说明》。

9点45分，各组到各组会议室讨论：1. 讨论《中国作协第七届全委会委员选举办法（草案）》；2. 酝酿中国作协第七届全委会委员候选人建议人选。今日分组讨论又该湖北代表团团长陈连生主持了。大家坐定，陈连生问大家对选举办法与全委会委员候选人建议人选有无意见？湖北甘肃的代表们马上都说：没有意见。陈连生就说大家没意见，就散会。全委会委员候选人建议人选的情况印成了一个本子发给大家看了后，立即收了回去。本子上印有"机密"二字。

10点20分，各代表团团长又集中开会，汇总代表意见。

11点，大会主席团开会，通过选举办法及几个名单。

11点30分，金色大厅，全体代表参加第四次全体会议。今日的座位又重新排定，每个代表座位上都放一支涂写选票的专用笔。会场四周放着6只票箱。我的座位左边是邓一光，右边是刘继明。大会由张健主持，工作人员宣读《中国作协第七届全委会委员选举办法》，代表们举手通过；工作人员又宣读选举全委会委员监票人建议名单，总监票人：晓雪、严阵；监票人：于建明、王松、王久辛、张玉玺、陈志红、周桐淦、萨仁图娅，代表们举手通过。工作人员把特制选票发到代表座位上，代表们对候选人员不同意或是弃权只需用专用笔涂写某个框框就行，甚是方便。投票开始，大家依次走到票箱边，将自己神圣的一票投进去，然后到会场外或座位上休息，等候电子计算机计票的结果。等的时间并不太长，代表们又回到自己的座位，听工作人员宣布选举结果，个人委员及团体委员共199名全部当选。得票最高为史铁生，有845张。

选举结果宣布之后，已是下午1点钟，代表们才去餐厅用餐，而住在鸿坤饭店的代表还得乘车回去吃饭。

下午2点45分是中国作协七届全委会第一次会议，选上的委员又得去开会。我省共有韦启文、方方、刘醒龙、池莉、陈应松5位委员。其他代表下午自由活动。

我今天早上睡到9点才醒，匆匆起来参加9点15分的大会，早餐都没吃上，中餐又吃得晚，挨了一次饿。下午在房间睡到快4点起来，就一个人沿着长安街往西走，约15分钟，就到了天安门广场。全国各地来天安门的游客很多，外国的游人也夹在人群中，甚是热闹。天有些凉，有小风，我一个人默默地站在天安门城楼边，看高悬在城楼的毛泽东巨幅画像，脑子里真有些浮想联翩了。我一个农民的儿子，已年过半百，要认真做人做事，向伟人学习，做一个有点用处的人啊！

晚7点10分，金色大厅举行音乐茶座。我和梁必文、刘继明结伴进去，找了张桌子坐下，桌上有水果、核桃仁、茶水、糖块等吃喝的东西。同桌的还有河北诗人刘小放与他的亲家徐光耀，徐光耀80多岁了，不论是吃饭还是开会，刘小放总是跟着他，我想主要是照护他了。我对光耀老师说，我是看《小兵张嘎》长大的，你的这部作品在中国可是家喻户晓哩。梅洁大姐是河北专业作家，她的散文与报告文学写得很好。她是湖北人，和段明贵一起来我们桌上聊家常，我们也照了不少相。舞台上的乐队是海军的，有演员唱歌表演节目，作家们也上去唱，我省董宏猷上台唱了一支《三峡我的故乡》，赢得了一阵掌声。隔壁桌上坐着的董宏量跑到我们这一桌上来了，聊天与看演出同样快乐。晚会上有抽奖活动，大小几十个奖，湖北人一个也没轮上，有几个奖与我和梁必文的票号只隔一两个数字。特等奖是部数码照相机，由金炳华抽出，被上海团江曾培获得。同桌的刘小放与徐光耀的两张票号码挨在一起同时中奖，各获一部子母电话机。二等奖是DVD，一等奖是豪华电饭煲。我和必文、继明都说，幸好我们没抽上，否则回家时东西太多，拿不完。这倒也不一定是阿Q的自我安慰。

2006年11月13日　星期一　晴

今天安排了两场报告，三进人民大会堂，文代会与作代会在一起活动一天。8点，乘车到人民大会堂东门，在等待过安检门时大家继续照相。见贾平凹站一边被几个代表作道具似地轮流照相，我和梁必文也上去轮流与他照了一张，老贾乐呵呵地与我们握手。

9点钟，国务委员唐家璇作国际形势报告，他开场声明要讲3个小时，果真就讲了3个小时。唐家璇主要讲中美关系、中日关系、朝核问题。他的精神很好，声气十足，倒是我们听得有点疲倦，3小时没休息，厕所都不能上。唐家璇的报告12点钟结束，大家返回饭店吃饭并略作休息。

下午2点又上车到人民大会堂东门，照例排队过安检，按照各人的票在座位上坐好。3点时，温家宝总理走上台，大家热烈鼓掌。温总理的报告听起来就亲切轻松些了。他说在座的许多老作家，我是读你们的书长大的。冰心先生弥留之际，我到医院与她诀别，冰心的女儿要我在一个小本子上签字，我说冰心先生的文品与风骨都称楷模。到上海时，去看望巴金，读巴老的《随想录》，有震撼的感觉。吴祖光曾送我新凤霞画的牡丹，那画与她人一样的美。我曾托范敬宜带诗给李瑛看，李瑛问范敬宜，总理知道我吗？我给他写信说：我不仅知道你，而且还为你这样的诗人感到荣耀。说到这里，温总理问坐在他旁边的金炳华，李瑛同志参加会了吗？金炳华回答参加了。这时只见台下听众中站起一人，白发苍苍，就是李瑛，会场立时掌声雷动。温总理继续说：季羡林先生在北京301医院住院，我去看他，和他谈和谐社会问题。季先生说社会和谐，人与自然和谐，人也要自我和谐。季先生的话很好，后来十六届六中全会的文件中写进去了。温总理接着谈了我们国家的经济形势，提出当前面临的主要矛盾仍然是人们日益增长的物质文化需要同落后的社会生产力之间的矛盾。他对文艺工作者提出要求：第一，追求弘扬真善美；第二，解放思想，贯彻"双百"方针；第三，文学艺术家要有强烈的社会责任感。温总理在报告中号召大家要用心说话，用心做人，用心作文。他说：我要向大家学习，我是大家的朋友。温总理的报告在热烈的掌声中于5点钟结束。

  晚上8点，文代会与作代会的全体代表，在人民大会堂二楼宴会厅，参加主题为"和谐阳光百花芬芳"的联欢晚会。宴会厅摆满了桌子，有3500余人围桌而坐，桌上摆的是水果点心糖果和茶水，湖北代表团是两张桌子，我和陈应松、刘继明、董宏猷、段明贵进去时，位子已被别人坐了。工作人员把我们带到另一张桌子边，和几个新疆内蒙古的代表坐一起。晚会由著名歌唱家、表演艺术家们演出精彩节目。演唱京剧《我是中国人》的是于魁智、李胜素、孟广禄、袁慧琴，而京胡伴奏是冯巩。当总书记胡锦涛与著名四大男高音歌唱家李双江、吴雁泽、刘斌、刘秉义登上舞台，唱起《在那遥远的地方》时，晚会达到了高潮，会场掌声、喝彩声不断。大家齐声要求总书记再来一首，晚会主持之一姜昆对四位歌唱家说，你们能不能小声点，平时听你们的歌多，这次我们要听总书记的歌声。全场大笑，连总书记都不禁莞尔。胡总书记又和四位歌唱家唱了一首《莫斯科郊外的晚上》，掌声又一次响起，晚会结束时，全场代表和国家领导人齐声高歌《歌唱祖国》，歌声唱出了大家的心声。

2006年11月14日　星期二　晴

　　中国作协新当选的第七届全委委员们上午去人民大会堂听取中央领导同志讲话，代表们自由活动，部分代表到军事博物馆看纪念红军长征70周年纪念。我因受到《北京文学·中篇小说选刊》章德宁、关圣力的邀请，11点要去聚会，就在饭店，顺便把行李整理一下。11点时，与《星火》主编熊正良、《飞天》主编马青山结伴，出北京饭店沿长安街往东步行。在路上又碰到《雨花》主编姜莉敏、《时代文学》主编李广鼐，我们找到北京市政协会议中心。在一间包房里，坐了两桌，参加《北京文学·中篇小说选刊》聚会的还有《江南》主编袁敏、副主编谢鲁渤，《西湖》主编嵇亦工，《清明》主编季宇、副主编潘小平，《作家》主编宗仁发，《钟山》主编贾梦玮，《黄河》主编张发，《山西文学》主编韩石山，《青海湖》副主编风马等。喝北京二锅头酒，谈各自的期刊状况，韩石山热闹人，倡导签名成立期刊联谊会，主编们的签名写在菜单上。中午两点半回饭店。

　　下午3点，全体代表到金色大厅参加七次作代会的闭幕式。新当选的中国作协主席副主席们坐在主席台上。大会由刘恒主持。宣布主席副主席、主席团委员和书记处书记名单。主席铁凝，副主席王安忆、丹增、叶辛、刘恒、李存葆、张平、张抗抗、陈忠实、陈建功、金炳华、高洪波、蒋子龙、谭谈。主席团委员29人，湖北作家中只有池莉进入主席团。书记处书记为金炳华、张健、陈建功、高洪波、张胜友、陈崎嵘。

　　闭幕式的第二项议程是宣读《中国作协七届一次全委会关于推举名誉职务的决定》，并由中宣部领导与中国作协主席副主席们为他们颁发金质纪念章和证书。我省王先霈为名誉委员，获金质纪念章和证书；碧野先生上届就是名誉委员，这届还是。第三项议程是通过《关于〈中国作协六届全委会工作报告〉的决议》。最后由新任中国作协主席铁凝致闭幕词。铁凝是中国作协继茅盾、巴金之后的第三位主席，今年只49岁，此前她是中央候补委员、中国作协副主席、河北省作家协会主席。她1975年开始创作，已经31年了。她的中短篇小说《哦，香雪》、《没有纽扣的红衬衫》是新时期文学的代表作，后来出版的长篇小说《玫瑰门》、《大浴女》、《笨花》都产生过影响。铁凝被选为中国作协主席后，《北京日报》介绍她时，标题是"铁肩担道义 凝聚作家心"，挺贴切的。铁凝的闭幕词是《在构建社会主义和谐社会的伟大进程中创造中国文学的新辉煌》。

铁凝致完闭幕词，中国作协七次全国代表大会胜利闭幕。

晚上6点，谢克强、梁必文和我一起请湖北籍在京诗人叶文福乘出租车，到北京前门全聚德老店吃正宗的北京烤鸭。我们点了一只全鸭以及鸭心鸭肝鸭掌之类的菜，喝了三瓶啤酒，服务员给我们一张全聚德烤鸭纪念卡，卡上写着："您享用的是全聚德第［1：15亿（前）274178］只烤鸭．'"我们没管这只鸭子是第多少只，我们只谈诗与文学，只谈我们湖北，只谈友谊和爱情。叶文福曾患癌症，是妻子的爱把他队死亡的边缘拉回来，使他战胜了疾病。这位写过《将军，你不能这样做》的诗人，年过花甲，仍充满了诗的激情。从前门回到北京饭店后，叶文福上楼聊了会儿天，便告别回去了。

2006年11月15日　星期三　晴

大会散了，各省代表分批离去。湖北代表团买的是今晚8点半的火车票，白天还得在京待一天。早饭后，我找柳火生要车，让他的司机送我到圆明园去看一看。到北京多次，没去看圆明园，岂不遗憾。买票进了园子，看了八国联军抢掠烧砸后留下的遗迹，让司机为我照了许多张相。据说有人提出要重修圆明园，我认为没有这个必要。现在这样子，更是一道震憾中国人心灵的风景。

从圆明园出来，让司机把我送到群众出版社，司机就回去了。见到文艺室主任张蓉，清了一包书准备带回去。中午，陈松叶赶过来，加上群众出版社当过我的《老汉口奇案》的责任编辑张晔，共四人，张蓉请吃饭，喝了酒。

从群众出版社回到北京饭店房间，即开始清理行李，书比较多。晚上7点，湖北代表在一楼大堂集合。退房间时，刘继明因来客喝了房间的两瓶矿泉水，交了108元钱。程远斌与梁必文在房间看电视时，因点了电影频道，程交80元钱，梁交78元钱，梁说他的电影只看了一半。大家笑说：好贵啊！

中国作协新上任的书记处书记陈崎嵘送我们上车，车到北京西站，37次快车，仍是12车厢，我和韦启文、徐鲁、高晓晖在一包间。高晓晖作为随团工作人员，这次累坏了，他说要回去睡3天。

再见了，北京！我们精神饱满地返回湖北。

参加全国八次作代会日记

(2011. 11. 19—11. 27)

2011 年 11 月 19 日　星期六　晴

　　早两天接到通知，参加全国八次作代会的湖北代表今天出发。下午 5 点半，带上行李在作协大院乘车。参加全国文联九次代表会的代表也在院子里乘车，两会代表的车一起到达东湖宾馆宴会厅。晚上由省委省政府宴请并欢送两会代表。因有重要接待任务，省委书记李鸿忠、省长王国生、省委副书记张昌尔不能参加晚上的欢送会了。6 点，欢送宴会由副省长张通主持，先由省文联主席沈虹光讲话。沈鸿光首先感谢了省委省政府领导对文艺工作者的关心，还感谢了全省文艺界人士对代表们的信任，表示一定代表全省文艺工作者到北京开好会，为发展和繁荣湖北的文艺事业作出更大贡献。沈虹光讲完之后，省作家协会主席方方讲话。方方代表作家们对省委省政府的欢送表示谢意。方方说，湖北的作家们都在努力创作，这几年他们写出了不少好作品，得了不少奖。希望下次作代会湖北的代表中，出现更多的年轻人。湖北参加全国作代会的代表一定能开好这次会，不辜负省委省政府和全省人民的希望。

　　两位主席讲完之后，省委常委、宣传部长尹汉宁讲话。尹汉宁部长说，自全国八次文代会七次作代会后，五年来，我省的文学艺术事业取得了很大的成就，出现了一批优秀的文学艺术人才，创作了一批优秀的文学艺术作品。刚刚在武汉闭幕的全国第六届中国京剧艺术节，在获得金奖的七台戏中，我省的《建安轶事》与《水上灯》双双夺金。文学鄂军排位在全国第一方阵，鲁迅文学奖、茅盾文学奖都有我省作家夺魁。尹汉宁部长还说："九、八"代表大会是"八、七"代表大会后的一次重要会议，我省两会代表是"三个五"，即全省五万名文学艺术工作者选出 55 位代表，文代会代表 33 人，作代会代表 22 人。代表中年龄最长的是八十多岁的老画家周韶华，年龄最小的是四十来岁的杂技艺术家梅月波，还有夫妻代表（作代会代表陈应松、其妻李家玉为文代会代表）。代表中的大师精英，有一个重要责任就是培养年轻人，在提携后进中要发挥作用，做好承接工作。最后尹汉宁部长表示省委省政府省委宣传部一定要创造良好的环境，保护作家艺术家的创造性，把全省的文学艺术工作推向一个新的高度。

尹汉宁部长讲话之后，宴会正式开始。两会代表围着一个长方形的宴会大桌子坐着，尹汉宁部长与张通副省长沿着桌子一一给代表们敬酒。7点半，张通副省长作了一个简短的讲话，言代表们是代表全省6000万人民赴京开会的，任重道远，祝大家一路平安。

宴会结束了，两会代表分乘三辆中巴车到达武昌火车站，乘38次列车前往北京。

八次作代会湖北代表团团长为蒋南平，代表有方方、黄运全、王先霈、王新民、车延高、田禾、刘川鄂、刘益善、刘继明、刘富道、刘醒龙、华姿、池莉、何存中、陈应松、於可训、林白、徐鲁、梁必文、董宏猷、谢克强。

2011年11月20日　星期天　晴

早7点，38次列车到达北京西站，中国作协工作人员与湖北代表团工作人员吴小斌在站台上等着。吴小斌是提前一天到北京的。工作人员持一束鲜花献给方方主席。七次作代会时，每个代表都得到一束花，这次是一个团一束花。作代会湖北代表团乘一中巴车，前往北京饭店A座，吴小斌给大家发了房卡，湖北团都住A座，我住5042房，与七次作代会一样，仍是一人一间，条件够好的了。放好行李，洗漱一番，乘电梯到一楼自助餐厅吃早点。端着食物坐下来，江西文联主席刘华刚好过来，我们是老朋友了，就坐下来寒暄。陈应松、田禾也端着盘子过来，湖北与江西、湖南开过两次三楼笔会，大家都是熟人。且方方、陈应松都认为自己是江西人，刘醒龙是江西的女婿，湖北作家王芸近年嫁到江西，湖北、江西作家有说不尽的话题。刘华主要说下届三楼笔会要到江西下面地方去开，不能总是武汉、长沙、南昌的跑。江西可看的地方多呢！我们都表示赞同。

早餐之后，上到五楼，先到吴小斌房间里领了会议材料、纪念品和代表胸牌。拎了东西回到房间，立即细看代表名册，各省代表中有我的许多朋友，这次有了见面机会，可以在一起聊天了。参加全国八次作代会的代表共有977名，其中当然代表196名，选举产生的代表589名，特邀代表192名。代表名册上最年长的代表是杨绛女士，今年100岁，上海徐中玉先生，虚岁98岁，四川老作家马识途，今年97岁。70后80后的代表也不少，而最年轻的代表是北京女作家霍艳，今年24岁，她与杨绛女士相差76岁。当年明月、唐家三少等知名网络作家也作为代表出现在名册上，这是过去不曾有的。金庸、潘耀明、吴志良、陈映真等12名港澳台代表，严哥苓、尤今等11名在海外华人华侨中有影响的作家都出现在名册上。这将是一次文学的盛会。

看完代表名册，给北京的几个朋友通了电话，约好了见面时间。约10点，谢克强打电话来，言张同吾在他的房间里，要见见面。立即到三楼谢克强的房间，田禾也到了。张同吾是中国诗歌学会秘书长，这些年中国诗歌学会可搞了不少活动，为当代中国诗歌作了不少的事。上世纪80年代，我的组诗《我忆念的山村》发表时，同吾兄还在《文艺报》上发表文章，称其为"刻画中国农民性格特征的力作"。张同吾主要是和我们说中国诗歌学会换届的事，征求些意见，之后给我们三人一人送了一套《张同吾文集》，七卷本。11点之后，回到房间。12点，在北京做文化生意的柳火生开车来，接我与董宏猷、王新民。董宏量作为全国冶金作协的代表，住在11楼，把他也喊下来了。柳火生接请我们四人到北京饭店附近的叫南新仓的地方吃饭。柳火生原在武汉市作家协会工作，写诗，江夏人，算是文学界出来的人，他特地为我们接风。南新仓是清代的一个粮食仓库，那老房子还在，算是一个古迹，很难得。柳火生请我们吃饭时，来了一个解放军出版社的女编辑郭宪辉，大家交换了名片，谈文学，很是快乐。

饭后，柳火生用车把我们送回北京饭店。下午，上届中国作协全委会委员开会，我省的委员黄运全、方方、刘醒龙、陈应松去开会，池莉还未到。其他代表自由活动。我在房间睡觉，起来后读了一会儿书。

2011年11月21日　星期一　晴

早饭时碰到刘醒龙，说起两部稿子事。他们上午又去开全委会。与王新民一起到车延高房间聊天，车延高却外出了，与新民回到我房间聊天。群众出版社文艺编辑室主任张蓉来看我，她出版过我的两本书，还出过《刘醒龙文集》。张蓉言已退休，被九州出版社聘用去了，此人编书出版是有成就的。10点后，刘醒龙、梁必文都来我房间看张蓉了，张蓉曾到过长阳省作协办的一次长篇小说笔会组稿，梁必文接待过。张蓉与湖北一批公安作家很熟。大庆市作协主席我的老朋友庞壮国也到房里聊天，甚是热闹。11点半之后，大家散了，各自吃饭去。

下午2点半，代表中的党员到北京饭店C座金色大厅开会，没有标明座位区域，大家随意坐，我就坐到江西陈世旭旁边了。3点钟大会开始，主席台上坐着中国作协领导与中组部、中宣部的领导。主持者宣布中共中央组织部文件，八次作家代表大会成立党组，党组书记副书记及成员名单，也就是现在的中国作协党组人员，另加了廖奔、白庚胜，据说是从中国文联调过来的，而原中国作协党组成员杨承志则调到中国文联去了。宣布完党组人员名单后，接着宣布各代表团支部书记名单，这次作代会有39个代表团，湖北代表团的党支部书记是黄运全。接着，中共中央宣传部副部长翟卫华讲话，强调了八次作代会是在中共十七届六中全会之后的一次文学盛会，党员同志一定要带头开好这次大会，遵守党的纪律。翟卫华副部长的讲话言简意赅，获得大家的掌声。旁边有代表说，五年前的七次作代会上，当时的中宣部副部长李从军在党员代表会上的讲话，可比这个讲话长几倍呢！李从军当时谈了很多文学话题，表示他是个对文学有研究的人。翟卫华副部长讲话完了后，中国作协党组书记李冰讲话，也是从党员代表这个角度讲起，要求大家讲党性，开好会。李冰讲话之后散会。下午4点半，各代表团的团长继续开会。

晚上7点40分，在金色大厅召开八次作代会的预备会议，全体代表参加，中国作协主席铁凝主持会议。中国作协党组书记李冰在预备会上讲话。他说八次作代会是党的十七届六中全会精神的学习会，是贯彻十七届六中全会精神的动员会。这次大会的主要任务是：认真学习党的十七届六中全会精神和胡锦涛总书记在第九次文代会、第八次作代会开幕式上的重要讲话；回顾和总结5年来中国作协的工作，分析和探讨新形势下文学工作面临的机遇和挑战；选举产生新一届中国作协的领导班子。李冰讲话之后，中国作协党组副书记张健作《中国作家协会第八次全国代表大会筹备工作报告》，分别就八代会筹备工作的指导思想和进展情况、《中国作家协会第七届委员会的工作报告》的起草、《中国作家协会章程》的修改、代表和人事工作，以及大会会务和会议的开法，向大家作了详尽的报告。中国作协党组成员廖奔向大会作了《中国作家协会第八次全国代表大会代表资格审查报告》。两项报告均全票表决通过。预备会还全票表决通过了《中国作家协会第八次全国代表大会议程》、《中国作家协会第八次全国代表大会主席团建议名单》和《中国作家协会第八次全国代表大会秘书长、副秘书长建议名单》。预备会散会之后，大会主席团召开会议，代表们自由活动。

2011年11月22日　星期二　晴

早晨7点电话叫醒，用过早餐后，8点半到北京饭店A座大厅集中，住在A

座的各省代表由一人举着牌子聚拢，湖北代表团的牌子由何存中举着。吴小斌四处召集人，大厅里人头攒动，好一派鼎盛景象。湖北团与甘肃团同乘一辆大巴车20号。上次作代会我们也是与甘肃代表团一个组。在车上见到了高凯等人。车队从北京饭店出发，在长安街上浩浩荡荡，很快经过天安门广场，到达人民大会堂门口。出席中国文联全国九次文代会的代表也来了，在门口碰到我省出席九次文代会的代表。文代会作代会两会代表相汇，少数民族代表穿着艳丽的民族服装，分外亮眼。作代会湖北代表团在人民大会堂门前台阶下照了两张合影，各代表团都在照合影。随后凭票过安检。本来会议通知代表不要带照相机，但我见入场券后面规定的是"请勿带专业摄影、摄像器材"，认为傻瓜相机不是专业摄影器材，因而带上了。排队通过安检，我带的小相机被查出来了。换一个地方过安检，还是被查出来。见董宏猷带了包，我与华姿、李家玉把相机放他包里，叶梅与另一女同志也把相机放董宏猷包里了。我们掩护董宏猷闯关，很快董宏猷被拦在外面，我们过去了。我眼睁睁地看着董大胡子为我们的相机进不来，很是惭愧。宏猷后来将包送到车队19号车找师傅存下后，才进来。他自己没带相机，为我们的五部相机而奔波，真是助人为乐也！

我的座位是一楼中四区14排62号，左边是王先霈老师，右边是广西《南方文坛》的主编张燕玲。张燕玲告诉我入场券上有个错别字，这券有收藏价值。我一看，票上印着的"中国文学艺术界联合会第九次全国代表大会"中的"界"字错成"届"字，这种错误是少有的。重庆《红岩》主编刘阳过来喊"大哥"，手里举着照相机要和我们照相，我说你是怎么把相机带进来的？她狡黠一笑说：我是聪明的狐狸嘛！

上午10点不到，音乐声响起，中共中央政治局全体常委依次走上主席台。当胡锦涛、吴邦国、温家宝、贾庆林、李长春、习近平、李克强、贺国强在主席台前排就坐时，全场响起长时间的热烈掌声。10点整，中国文学艺术界联合会第九次全国代表大会，中国作家协会第八次全国代表大会在全场高唱中华人民共和国国歌声中开幕。开幕式由中国作协党组书记李冰主持，中国文联主席孙家正致开幕辞，共青团中央与中国人民解放军总政治部负责人代表人民团体与解放军、中国人民武警部队致贺辞。当主持人宣布中共中央总书记、国家主席、中央军委主席胡锦涛作重要讲话时，掌声再一次长时间热烈地响起。胡锦涛同志走下座位，到台前先向全体代表鞠躬致意，再向主席台上坐着的人鞠躬致意，然后登上发言席讲话。他首先代表党中央、国务院、向大会的召开表示热烈的祝贺，向与会各位代表和全国广大文艺工作者致以崇高的敬意和诚挚的问候。胡总书记的讲话全文4500余字。讲话指出，文艺是民族精神的火炬，文艺事业是中国特色社会主义的重要组成部分。我国广大文艺工作者对祖国和人民有真情挚爱，对国家和民族有担当奉献，对艺术和事业有坚守追求，是一支党和人民完全可以信赖的队伍。他希望广大文艺工作者始终坚持正确方向，更加自觉，更加主动地承担起用社会主义先进文化引领社会进步的历史责任；始终坚持以人为本，更加自觉、更加主动地承担起为人民抒写、为人民放歌的历史责任；始终坚持锐意创新，更加自觉、更加主动地承担起推进文化创造的历史责任；始终坚持德艺双馨，更加自觉、更加主动地承担起弘扬文明道德风尚的历史责任。

开幕式在11点之前结束，代表们乘车回各自的驻地。八次作代会的代表除了住北京饭店外，还有一部分住在首都大酒店。下午两点半，代表们分组讨论学习胡锦涛总书记的重要讲话。湖北代表与甘肃代表在北京饭店A座11层24号会议室讨论。今天首次讨论由湖北代表团团长蒋南平主持，首先发言的是湖北省作协党组书记黄运全，接着甘肃的老作家杨文林发言，我省代表方方、何存中、於可训、林白、董宏猷、谢克强等纷纷发言，畅谈学习总书记讲话体会，表示要领会精神，认真去做。我发言谈了纯文学杂志列入公益性事业问题，立即得到刘醒龙的支持。文学刊物是作家登上文坛的阶梯与平台，文学刊物为作家成长、文学繁荣做出了重要贡献。我们的发言得到许多代表的呼应，甘肃的陈德宏、马青山等代表也就这个问题发表了看法。小组讨论到5点后结束。

晚7点，在房间里看中央电视台新闻联播，报道九次文代会八次作协会开幕的新闻达十多分钟，报道如此显要是少有的。

大会晚上安排的是音乐茶座，代表们自由参加。

2011年11月23日　星期三　晴

上午9点，北京饭店A座金色大厅，全体作代会代表佩戴好胸牌，通过电子门进入，按摆放的席位卡坐好。八次作代会第二次全体会议举行。李冰作《中国作协七届全委会工作报告》，铁凝主持会议。李冰报告的题目是《高兴伟大旗帜　走中国特色社会主义文学发展道路》。报告分"过去五年的回顾"、"把握文学繁荣发展的黄金期"、"坚持文学的正确方向"、"实施文学精品战略"、"建设强大的文学人才队伍"、"扩大对外文学交流"、"加快推进改革创新"和"建设服务型学习型和谐作协"八个部分。报告最后呼吁：时代在召唤作家，人民在呼唤文学。让我们紧密团结在以胡锦涛同志为总书记的党中央周围，高举中国特色社会主义伟大旗帜，为我国文学大发展大繁荣而努力奋斗！李冰报告之后，中国作协副主席高洪波作了《关于修改〈中国作家协会章程〉的说明》。

上午10点半，代表分组讨论，审议《中国作协七届全委会工作报告》和《中国作家协会章程（修正案）》。上午讨论由甘肃代表团孙国秦主持。甘肃老诗人高平谈李冰报告中多次提主旋律多样化，而胡锦涛报告中没有出现主旋律多样化的提法。接着甘肃高凯、湖北梁必文、徐鲁发言，一直到中午休会。下午2点半，继续讨论。到会议室参加讨论的代表少了不少，年轻些的缺席多。刘富道发言，谈作家要写好作品，写对得住人的作品，不要制造垃圾。五年出一万多部长篇小说，垃圾很多。田禾发言，谈这几年诗歌重新振起，政府举办诗歌节，培养年轻人，稿费要提高。这时，工作人员送来一大叠简报，都是各组讨论学习胡锦涛总书记报告的体会。简报上摘要的发言，基本上是事先写好，由大会安排的。我昨天的发言简报不仅没提一字，我的名字也在某某等发言中等掉了。我当即指出为什么不重视我们提的意见，这简报不反映问题有什么意义，我表示愤怒。刚好这时有电话来，我离开会场。

电话是王彬彬打的，她与先生老廖已到北京饭店大厅接我。王彬彬是武汉人，"文革"中在武汉军区大院长大，其父是王群。王彬彬在部队当军医，现已退休，知我来了，盛情邀我去她家。她写散文与诗词。我坐上他们的车，去了他们家，然后在一家酒店吃饭，王彬彬的弟弟王振刚夫妇做东。王振刚在三峡总公司纪委工作。席间谈文学谈武汉谈三峡建设，甚和谐。饭后老廖开车，与王彬彬送我回北京饭店。在大厅碰到叶文福、梁必文、谢克强、黄运全几人，他们晚上在外面请叶文福吃烤鸭。因今晚是作代会代表联欢，我匆匆赶到金色大厅，联欢演出已进行到中场了，董宏猷代表我省作家上去唱《三峡，我的故乡》已经演过了。大厅里摆满一张张圆桌，代表们围桌而坐，桌上有水果点心茶水。杭州的嵇亦工喊我坐到他们桌上，安徽季宇、新疆董立勃也同桌。聊天、唱茶、舞台上在报摇奖号，奖品是手机平板电脑，季宇中了一部手机。湖北代表没得到任何奖品。演出结束后回房间，田禾约我一起到大厅茶室，叶文福、黄运全、谢克强、梁必文在唱茶，我们加入，到11点才散。

2011年11月24日　星期四　晴

今天的会议很琐碎，一个接一个。8点，是大会主席团会议，他们的议程是：听取高洪波、李敬泽关于代表团审议《中国作协七届全委会工作报告》和《中国作家协会章程（修正案）》情况的汇报；审议《关于〈中国作协七届全委会工作报告〉的决议（草案）》；审议《关于中国作家协会章程（修正案）的决议（草案）》；张健作《关于中国作协第八届全委会委员候选人建议人选情况的说明》；审议《中国作协第八届全委会委员选举办法（草案）》；审议中国作协第八届全委会委员候选人建议人选名单。

9点15分，全体代表到金色大厅按座位卡入座。我左边是河南孙广举，右边是湖南汤素兰，前面是刘川鄂，后面是刘继明。这次全体全议只用了半个小时不到，代表们举手通过《关于〈中国作家协会章程（修正案）〉的决议》；张健作《关于中国作协第八届全委会委员候选人建议人选情况的说明》。

9点45分，代表们分组讨论。到11楼24号会议室，湖北与甘肃代表一起，蒋南平主持会议，大家对《中国作协第八届全委员委员选举办法（草案）》没意见，大家对发下来的中国作协第八届全委会委员候选人建议人选，共166名，也没意见。很快散会。

10点20分，各代表团团长，各组召集人开会，汇报各代表团酝酿中国作协第八届全委会委员候选人建议人选和讨论《中国作协第八届全委会委员选举办法（草案）》的情况。

11点，大会主席团开会，他们听取代表团讨论情况的汇报；通过《中国作协第八届全委会委员选举办法》；审议中国作协第八届全委会委员候选人建议名单；通过团体委员人选；通过总监票人、监票人建议名单。

11点30分，全体代表到金色大厅按席位卡入座，代表们必须佩戴胸牌通过电子门入内。大会开始，工作人员宣读《中国作协第八届全委会委员选举办法》，代表们举手通过总监票人、监票人名单。工作人员给代表分发选票，选举中国作协第八届全委会委员。选票为电子票，166名候选人，等额选举。如不同意，只需在候选人名单旁的长方形小方框内涂黑。如同意，则不需要任何记号。我都同意，没有动笔，也有人在动笔涂写或添加。选票填完，然后一排排鱼贯而行，把选票投入箱内，再回原位，等结果。电子计票，结果很快出来了，没有落选的，只是有的票多点，有的票少点，这是意料之中事。我省方方、池莉、刘醒龙、陈应松均以高票当选，黄运全为团体委员，董宏量作为冶金作协代表，也当了团体委员。选举会完，已近下午1点。

下午2点半，新当选的全委会委员举行第一次会议。会议内容为中组部负责人作关于中国作协第八届全委会主席、副主席、主席团委员候选人的说明；分组酝酿《中国作协第八届全委会主席团选举办法（草案）》及候选人建议名单和总监票人、监票人建议名单；通过《中国作协第八届全委会主席团成员选举办法》；通过总监票人、监票人名单；投票选举中国作协第八届全委会主席、副主席、主席团委员；宣布选举结果；通过《中国作协八届一次全委会关于推举名誉职务的决定》。

全委会之后，中国作协第八届主席团召开第一次会议。中组部负责人作关于中国作协第八届书记处书记建议人选的说明；通过《中国作协第八届书记处书记推举办法》；推举中国作协第八届书记处书记。

今天一天开了各层次的会议八个。真是多会之日。代表们下午自由活动。

下午3点，聂鑫森与野莽到我房间聊天，先说了我们几个人的"名家随笔"丛书新书发布会的事，然后野莽说了他母亲之死的经过，网上有文章在谈此事。野莽是个孝子，他母亲八十岁的老人，去冬患阑尾炎入家乡县城医院手术，医生术后将老人置于一间没暖气的病房，室外零下3度，室内只有1度。老人本有心脏病，手术后引发心肌梗塞不幸去世，属医疗事故。野莽要讨个说法，县里动员不少人入京与野莽做工作，要野莽放一马。野莽坚持要医院认错，处分医生，赔偿或315万元，或31万5千元，或3万1千5百元，总之与"315"相谐，目的是要留个警示。而且野莽表示将这笔赔偿金不论多少，都捐出来，用于救助县里贫困老人就医。我很赞赏野莽的这种作法，我们要维护老人的尊严，讨个说法，以告慰老人在天之灵。

4点半，湖北驻京办来了中巴车，接蒋南平、黄运全、梁必文、刘醒龙、谢克强、於可训、董宏猷、董宏量、王新民、吴小斌和我到湖北大厦，在京湖北籍诗人陈松叶也到了。驻京办主任何光忠请客。何的夫人蔡红是我们单位的机会党委专职副书记，何是省作协的女婿；同行的刘醒龙也是省作协的女婿，刘的夫人谢锦在《长江文艺》当编辑。席间董宏猷唱歌，陈松叶唱了汉剧。气氛很轻松也很和谐，大家尽兴而归。

王先霈、刘川鄂、华姿等人去国家大剧院听音乐会去了，其他人各人会各人的朋友去了。

2011年11月25日　星期五　晴

上午9点，在金色大厅举行中国作协第八次全国代表大会闭幕式，全体代表按席位卡就座。

工作人员宣读中国作协第八届全国委员会主席、副主席、主席团委员和书记处书记名单。主席：铁凝；副主席：王安忆、叶辛、刘恒、李冰、李存葆、何建明、张平、张抗抗、陈忠实、陈建功、莫言、高洪波、廖奔、谭谈；主席团委员共 30 人，我省池莉继续为主席团委员，叶梅这次也新进了主席团，她在《民族文学》任主编。中国作协书记处书记共 7 人，他们是李冰、张健、廖奔、何建明、陈崎嵘、白庚胜、李敬泽。

工作人员宣读《中国作协八届一次全委会关于推举名誉职务的决定》。新退下来的中国作协副主席蒋子龙列入名誉副主席名单。我省王先霈先生仍为名誉委员。

通过《关于〈中国作协第七届全委会工作报告〉的决议》。

中国作协第八届全委会主席铁凝致闭幕词。闭幕词很精炼，不足两千字。铁凝说，我们必须直面现实，勇于迎接更多的考验和磨砺，不辜负同行们的信任和期望。未来的大幕已经展开，我们将满怀信心和激情，迎接和创造中国文学更加灿烂辉煌的明天。

八次作代会的议程已经全部完成。回房间，约王新民外出，逛王府井新华书店，从一楼到四楼，买了一本冯骥才的《俗世奇人》。

中午 1 点，到北京饭店贵宾楼 6148 房间，与陈世旭、阿戍、聂鑫森、野莽会合，刘醒龙稍后赶来。出版人尚振山请了北京一些媒体记者，为我们六人的"名家随笔"丛书举行新书发布会。照了些相，记者提问，就这套书，我们每位作者都回答了一些问题。这次新书发布会开得紧凑，也很有成效。因陈世旭、刘醒龙、阿成三位要去人民大会堂参加文联与作协的全委会，听取李长春的讲话，我们的新书发布会也就很快结束了。

下午 3 点半，海南作家杜光辉到房间聊天约 1 小时。杜的创作很勤奋，视小说为生命，令我感动。他的早期小说《浪滩上的女人》是在《长江文艺》上发表的。

晚 7 点半与甘肃代表合乘 20 号车前往人民大会堂宴会厅，参加"百花盛开在和谐年代——中国文联第九次全国代表大会、中国作协第八次全国代表大会联欢晚会"。我与黄运全、池莉、於可训、谢克强、梁必文、陈应松、刘继明围坐在第 157 号桌。李长春出席了联欢会，一批文艺界的人士上台演了些节目，宋祖英唱了歌。10 点后演出结束，回北京饭店。

中国工人出版社副社长李阳到房间见面，聊了 40 分钟才离去。他欲做一套农民工系列丛书。

2011 年 11 月 26 日　星期六　晴

大会已经结束，各省代表在一拨拨地返程了。湖北代表团除了几个人先走了外，大部分都是今晚37次回武汉的火车。上午9点后，刘醒龙、王新民和我一起外出逛街，到王府井百货商店，一层楼一层楼的跑，他们俩给孙子买了小羽绒服，很快回饭店。11点，《民族文学》主编叶梅派辆中巴车来，接了黄运全、梁必文、刘富道、刘醒龙、陈应松、刘继明、田禾、何存中、王新民、华姿、吴小斌和我，到后海一家碗菜馆吃饭，《边疆文学》的潘灵和全国少数民族作家协会的几个人也参加，叶梅带了《民族文学》的几个同志迎着大家。席间很热闹，气氛很好。饭后叶梅带我们参观《民族文学》的办公小院子，在会议室喝茶吃水果，给大家送了杂志、U盘、镇纸等小礼物。3点后，车送大家回北京饭店。

回房间，收拾行李，有些书籍与资料简报类，用处不大，全扔在房间了。5点半下楼吃饭，7点钟会务组派中巴车把我们送到北京西站，上37次列车，返回武汉。在车上又见到我省出席九次文代会的代表。

2011年11月27日　星期天　晴

早6点50分，37次列车到达武昌火车站。高晓晖、黄建华、钱道波领着司机在站台接着。大家自是一番寒暄问候，然后到东湖宾馆餐厅吃自助早餐。早餐之后车送各位代表回家。

湖北作代会代表团顺利开完大会平安归来。

纪实文学材料的获取与思想内涵的提炼

何谓纪实文学？在一些写作分类学上没有明确的定义，但纪实文学是客观存在的，只是过去在有些文体分类的书中没有将它与报告文学区别开来。就我的理解，纪实文学是这样一种文体：它是以真实的历史背景、事件、人物为依据，用文学的手法，在非主要情节、非主要人物与细节上可以概括加工提炼，再现人物与事件，表现一种时代精神。它是纪实加文学，介于报告文学与小说之间的一种文体。

我国新文学最早的纪实文学应该是夏衍的《包身工》，有一些教材说《包身工》是最早的报告文学作品。但《包身工》写资本家如何盘剥童工的那些残酷无人道的情景，应该是作者对上海那些纱厂的真实情况进行了概括与加工的，而非个案。因此这篇收入中学课本中的作品，称其为纪实文学更好。徐迟先生六十年代写的《祁连山下》，当时作为小说发表，后来又收入徐迟的报告文学集中。此文写的是常书鸿在敦煌考古研究，一辈子献身敦煌石窟的故事，它似报告文学，又像小说，称其为纪实文学更好。新时期以来，纪实文学得到了大发展，出现了诸多的中长篇纪实文学名篇，如刘心武的《公共汽车咏叹调》、《五一九长镜头》，邓贤的《大国之魂》，王树增的《远东朝鲜战争》、《长征》，钱钢的《唐山大地震》等等，不一一列举。

纪实文学作品材料的获取

我是上世纪八十年代末开始写纪实文学的，第一本书是与徐世立合写的《万元户大世界》，后来又写了《受贿的女人》、《窑工虎将》、《白色毒魔》、《老汉口奇案》、《迷失的魂灵》、《营救簰洲湾》、《师路跋涉写人生》等书。这些书在读者中产生了一定的影响。

写作纪实文学作品，在所写的题材或说人物与事件确定之后，第一步要做的工作，就是准备材料，材料是纪实文学作家的为炊之米。材料的来源可分两个方面，一是搜集，二是采访。

所谓搜集，是要围绕着我们要写的题材，搜集一切与这题材有关的历史的地理的人文的政治的经济的材料，文字的图片的实物的，越多越好。这些材料在我们动手写作时，会起着重要的作用，会拓展我们的思路，扩大我们的视野，增加我们作品的厚重与深度。这个搜集材料的工作，是细致的艰苦的，上图书馆跑资料室，翻阅旧报旧刊，到实地考察。不要怕麻烦，你做的这些工作，决不会白费，做起来也会有不少乐趣，有时是踏破铁鞋无觅处，得来全不费工夫，具有收获的快乐。

准备材料的另一个方面是采访，采访与搜集对于作家获取材料来说是必不可少，紧密相连，相辅相成的。采访与搜集比较起来，似乎是更重要的工作。

采访可以进行外围人物的采访和核心人物的采访。与所写题材有关的相关人物，只要有可能，都应该与之交访，三言两语或长谈都可以。作家心里要有个方向盘，要紧紧围绕着心中的那个目标，不可离题万里。对核心人物的采访，则是最重要的。对核心人物的采访是否顺利，从核心人物那里获取材料的多少，是决定我们所写作品能否成功的关键。对核心人物的采访，是要作家下大工夫的，不下大工夫，就没有大获取。我在这方面的经验就是，与他交朋友，用真心来换取他的信任，当他把你当做朋友了，我们之间才可作倾心的交谈。

我和徐世立写第一本书《万元户大世界》时，为了取得材料，我们到了汉正街，手持介绍信记者证找到汉正街管委会。人家接待了，但只是说了一些汉正街小商品市场有多大，有何意义，如何发展等一般情况，对我们的写作没有多少用处。必须要深入到汉正街的小商贩大商贩的心里去，才能得到生动真实的材料。于是我们找到了一个朋友，这个朋友又介绍我们认识了汉正街商贩中有影响有威信的郑举选，即赫赫有名的郑麻瞎。我们找到了老郑，和他聊天，他是个豪爽人，见我们是朋友的朋友，备酒招待。那酒一喝，话就十分投机，于是他就畅所欲言，将他的苦难经历与艰难的发展史给我们说了个痛快淋漓。我们边喝酒边交谈，一个汉正街个体工商户的艰难发家史展现在我们面前。这里面有血泪，有灵与肉的搏斗，有非常奇特的故事情节。我们从采访郑举选这儿得到了经验，照此办理，与汉正街数十名个体工商户交上朋友，逐一采访他们，得到了许多第一手材料。我们在汉正街采访了六天六夜，我们满载而归，我们很快写出了长篇纪实文学作品《万元户大世界》，作品于1989年问世，产生了较大的影响，还获得《今古传奇》杂志的大奖。

采访核心人物，还要有十二分的耐心与毅力，要等待，与核心人物交谈还有个缘分问题。1998年长江大抗洪，这年的8月1日簰洲湾倒口，写作报道抗洪和簰洲湾抢险营救的通讯报道、报告文学与各类作品可谓车载船装。1998年长江大抗洪取得了胜利，当时由江泽民朱镕基签署的全国两名一级抗洪英模，有一个是湖北公安消防总队总队长李金文。公安部约我写李金文的报告文学，我去采访李金文时，李金文参加了全国抗洪英模报告团到全国各地讲演去了。我不断地往湖北消防总队跑，他一直没回武汉。我就耐心地等待着，关注着他的行程。他终于回到武汉了，我去找他，他还是没时间，他是总队长，回来后许多事情等着他处理。我就再等着。终于，他抽出空来接待我了，但他不断有杂事干扰，还是无法与我长谈。那天中午他请我吃饭，在饭桌上聊起来，我们就十分投缘了。我和他都是农民的儿子，都是"文化革命"中的老三届初中生，我们的经历很相近，我们对事业对世界的许多看法都惊人的一致。我们十分高兴，竟然一人喝了一斤白酒，双双大醉。从这天开始，李金文放下了其他杂事，与我一起，关在消防总队简陋的招待所里，畅谈了两天两夜。啊，我了解了英雄的湖北消防总队的突击队，在簰洲湾倒口时，如何在漆黑之夜，冒着生命危险，在7米高的水头往圩子里冲而上万老百姓等待着救援的时刻，第一个下水去营救群众的英勇事迹。李金文带着冲锋舟到达时，看着群众在水中呼救，他心如刀绞。他命令冲锋舟下水救人，当时岸上许多人不许他下，说这是作无谓的牺牲。李金文火了，他跳上冲锋舟，说：我们是共产党员，我们是人民的子弟兵，难道我们看到老百姓在水里呼救而不去救吗？要死我先死，下水救人。李金文带着他的战友们踏平惊涛骇浪，绕过死神的围剿，终于救上了第一船人。在李金文的带动下，其他部门的冲锋舟橡皮艇纷纷下水，拉开了营救簰洲湾的帷幕。我从李金文那里，了解了营救簰洲湾的许多真实材料，这些材料生动感人，是那些许多写簰洲湾大营救的通讯报道与报告文学作品中都未涉及的。比如说小江珊是怎么被救的，又是怎么被全国人民知道而产生轰动效应的。

当时，李金文的消防总队突击队救了几船人上岸之后，岸上聚了一批记者。记者要求随船下去救人，都被一一拒绝，理由是下水危险，不能保证记者的安全，同时记者上船，占一个位置，而下水之后救人，就少装一个人回来。湖北电视台某记者，找到消防总队的一艘冲锋舟的领头人某处长。记者认识这位处长，说，我们是老乡，我自小在洪湖边长大，会游泳，你让我上你的船，我能拍下多少救人的镜头啊。我不能上船，这些镜头拍不下来，多可惜啊！这位处长或许是出于老乡感情，或许是出于营救簰洲湾应该留下这些宝贵的镜头的想法，就悄悄地让某记者上了冲锋舟。还真是做对了，这位记者拍下了许多珍贵镜头，其中最珍贵的就是小江珊抱在树上被营救的场面。记者回武汉后，用他拍的东西做了个专题片，播放了，中央电视台新闻联播将其中营救小江珊的场面转播出来，一下子让全国人民看到了，产生的效应是不可估量的。当时，江泽民总书记带着解放军总政治部主任于永波乘飞机飞临长江抗洪前线。江泽民总书记在飞机上看到了这一镜头，就问于永波，这是哪个部队的？于永波就让人查问，解放军在抗洪前线的部队都查了，没有救过小江珊，最后查出是湖北消防总队。因为镜头上救人的战士都是穿的迷彩服，而消防总队则属地方部队。

在我们进行采访时，要与被采访的人，特别是核心人物，交朋友，要心灵相通，那才是最高境界。他明白了你的意图，他会情不自禁地配合你，说出你最想要的材料，他还会情不自禁地说些你在采访时并没有想要的材料，或者说是没有想到的材料。而这些被采访人漫不经心说的材料，看上去与你所写题材无关，但有时却能起到重大作用，在你要写的文章中能产生亮点。要产生这种效果，采访者与被采访者的心理默契至关重要。而这些材料，有时仅仅是一个细节，很不起眼，或者是几句话，看上去也不重要。

我完成对李金文和湖北消防总队的采访后，写出了纪实文学《营救簰洲湾》，完成了公安部宣传局交的任务，作品后由群众出版社出版。当我的稿子写好后，交给李金文审阅，他对我说，他未改一字，他读了两遍，流了两次眼泪。我问他是读到哪里流泪，他说，是写他回家看母亲。李金文回家看母亲，是我作闲笔写进去的，当然与李金文成长为英模有关系，但与簰洲湾抢险无直接关系。

和李金文关在消防总队招待所里相谈，中午就到他们食堂吃工作餐。那天吃中饭时，我随便问李金文的母亲现在怎么样。因为在采访中，我已经知道李金文是在父亲去世半年后出生的，母亲曾带着他讨过饭。李金文参军当消防兵后，母亲总是对他说，儿啊，你是吃百家饭长大的，你是新社会让你成人的，你要做好事，你要报恩。李金文记住母亲的话，埋头做事，报人民的恩报党的恩。他从战士一直当到消防总队队长，正师职，大校。母亲朴素的话语对他的成长是起作用的。当我问到李金文的母亲时，李金文停下筷子，眼睛红了，半天过后才说，我母亲去世了，是我回家看望她老人家后去世的。我忙问原委。李金文说：他家在新洲乡下，离武汉不远。他当兵之后回家不多，特别是当了干部后，回家更少了。每逢节假日，他都要和战士们一起站岗值班，因为节假日火灾多，哪里有火情，他们就要奔向哪里，他有时就亲自指挥。终于，在一个星期日，他开上车带着妻子和儿子，回新洲乡下看母亲了。李金文的母亲眼睛生病瞎了，听到儿子孙子媳妇回家，高兴得不得了，一进屋，她就把李金文一家三口从头到脚摸了一遍。李金文一家和母亲一起吃完午饭，要回武汉了，母亲又把他们一家三口从头到脚摸了一遍，然后把他们送到村口。李金文的车开出了村子好远，他回头望村子，看到母亲还在村头站着，朝他们离去的方向望着。李金文说，那是他看到母亲的最后一眼。他们回武汉后，母亲因为太高兴，患脑溢血去世了。李金文说起农民母亲，眼睛总是湿润的。我把从饭桌偶然得到的这段情节写进了《营救籐洲湾》中，所起的效果是我没预料到的，李金文流了眼泪，许多看过这部作品的读者看到这里也流了眼泪。这段情节无疑加强了作品的深度与感人的力量。这样母亲的儿子，能在群众在水中挣扎时而无动于衷么？他能大呼一声"跟我来，要死我先死"，是因为母亲的嘱托与教导：要为人民做好事，要报恩。

在纪实文学作品材料的获取上，还有一种偶然情况。我有一本书叫《警惕，白色毒魔》，写的是一群吸毒者，他们因为各种各样的原因染上了毒瘾，在痛苦中挣扎，在死亡线上挣扎。这些人中有演员，有老板，有教师，有警察，有干部，有少年，有老人，有青年少女，他们每人从染上毒品到最后走向毁灭，情节与故事性都比较强。写出他们的经历，有很强的警示教育作用。珍爱生命，远离毒品，看过这本书的人都会这样说。而这本书的材料获取，纯属一种偶然。

1991年我去云南参加三塔笔会。参加笔会的作家们住在大理三塔的一排平房里。笔会上，有一个来自昆明市公安局的青年警察叫陈子忠，我们刚好住一间房。这次笔会，我们到过畹町、瑞丽，到了中缅边境著名的毒品基地金三角附近。我和小陈聊天，就金三角毒品话题，我们说到海洛因，说到吸毒者与公安人员的缉毒斗争。小陈给我讲了很多这样的故事。这期间，我们去了戒毒所，看了那些戒毒者，听了管理人员的介绍。当时一个念头在我头脑中产生了，我想我何不如将这些吸毒者的故事写出来，写成一本书。这个想法一经确定，我就有意识地让小陈给我讲吸毒者的故事，并作下纪录。笔会结束，回到昆明，小陈带我去看了一批有关吸毒者的录像带，并给了我一些有关吸毒者的文字材料。我的收获已经很大了，我十分感激陈子忠兄弟，他对我给予了无私的帮助。

回到武汉后，我将从云南带回的材料进行了认真的研究，并且将从小陈嘴里听到的故事作了整理，这样一本书的构想就在脑子里形成了。我将这些吸毒者的故事一个个写来，共写了十三个吸毒者。每个吸毒者写了一万多字，先是在《长江》丛刊杂志连载，一些公安报刊也发表了其中的章节。全部十三个吸毒者写完后，珠海出版社将其出版，题目定为《警惕，白色毒魔》。这是一本产生较大影响的书，而这本书的材料的获取，真的是很偶然。但是偶然中也有必然，因为一个纪实文学作家，生活对于他来说都是材料，他应该热爱生活，仔细地观察留意生活，做个有心人，他遇到的事件人物和生活场景，说不定哪一天就会成为他写作的材料。

纪实文学材料的获取，需要作家去积极主动地寻求，去艰苦努力地挖掘，但有时偶然得来的材料，不费很大的力气，也十分宝贵，也能写出好作品来。关键在于作家有一双敏锐的眼睛,有一双通灵的耳朵,还有不断思索的头脑。否则即使一堆金子出现在你的眼前,你还会认为那是一堆牛屎,全不知其价值的所在。

纪实文学作品思想内涵的提炼

任何文学作品,当然包含纪实文学作品,写事也好写人也好或者只写一种内心意识的流动也好,作家总要告诉读者一些东西,或者说总要表现一些什么。如果不告诉读者什么东西,不表现一些什么,作家的写作就是无聊,或者说是在练习写字,那是不能叫文学作品的。文学作品告诉读者的东西,要表现的主题思想,我们称作文学作品的内涵。文学作品的内涵也即文学作品的意义,否则就是无意义,无意义的东西有存在的必要吗?

作家写任何一部作品,在动笔前,他的头脑中一定会有这部作品要表现的一些东西,也即这部作品的思想内涵。虽然有很多时候作家写作时,随着情节和人物的展开,这思想内涵与初始时有改变,甚至来了个一百八十度的方向调转,但作家在任何时候是不会丢掉这个思想内涵的,他可以重新调整或重新选择,否则他的写作就会进行不下去。硬写下去,那作品一定是思想混乱,难以成功的。有思想有责任感有追求的作家,在他拥有了写作的素材后,他要写的人物和故事已经在脑子里成形了,这个时候他就要思考了:我即将写作的这部作品,内涵要广而深,写成后意义要大。就这么些人物和故事,可以写成思想很浅薄意义很小的作品,也可以写成思想很深刻有重大意义的作品。如何对文学作品的内涵进行开掘与提炼,是检验作家思想水准及文学修养的试金石。作家没有不希望自己的作品意义重大的,因此在动笔以前,总是苦苦思索,前后左右选择,反复提炼,寻找最佳的角度,来提升自己作品的思想内涵与社会意义。纪实文学作品思想内涵的提炼与开掘,与其他类文学作品完全相同。

1998年,群众出版社出版了我的一部长篇纪实文学《迷失的魂灵》,这是该社策划的"九十年代大案要案纪实丛书"的一种,我选择的是发生在江汉平原的荆州沙市一带的一起特大抢劫团伙覆灭经过的题材。在这本书的写作过程中,关于这本书的内涵的开掘与提炼,我是很有体会的。荆州沙市城乡结合部的村子里,租住了一批十几二十岁的年轻人,多是乡下来的打工者。荆沙是个南北交汇的交通枢纽之地,国道207和国道318均穿过这里,南来北往的车辆日夜奔行。这伙租住城边村子的青年人纠合在一起,形成了一个40多人的抢劫团伙,专门在晚上抢劫过往车辆,打伤司机和押车人员,抢了就跑,近一年来,他们作案数百起，有时一天作案数起。有一天，他们发展到大白天在荆州城里抢劫了四川的一辆货车，终于案发。荆州区公安局北门派出所接手了这个案子。北门派出所的公安干警在湖北省公安厅、荆州市公安局的督办下，经过艰苦的侦破，终于把案子破了，将犯罪分子一一抓获归案。这伙人中6个被判死刑，两个被判死缓，两个被判无期徒刑，被判有期徒刑的一大帮。我在阅读了几尺高的案卷之后，采访了公安人员、犯罪分子、受害人、罪犯的家庭，掌握了大量的第一手材料。公安人员侦破的过程、犯罪分子每个人的经历，犯罪团伙内部的许多故事，很有吸引人的地方，写出来可读性会很强。在有了素材，有了大致的构思后，我对写好这本书是很有信心的。但是，我却久久没有动笔。

我在寻找和思索我这本书的意义，也就是说这本书的内涵是什么？我这本书要表现什么？侦破及公安题材的作品，对读者本身是有吸引力的，一般来说，故事性也较强。但是这种题材的作品，要做到既能故事性强，又能有深刻内涵，重大社会意义，却是较难的。我要写的这个荆沙抢劫团伙案子，能写得吸引读者，把故事叙述得栩栩如生，歌颂我公安干警的机智勇敢不怕苦累为保卫人民生命财产而做出的牺牲，这个目标能够达到。但是仅仅写了这些，达到这个目标，我还是觉得这个作品算不上优秀，没有什么深刻的内涵，太平常太一般化了，他会很快淹没在浩如烟海的同类题材作品中，显不出自己的个性来。就我已经掌握的这些材料，我再多思考多提炼，寻找一个最佳的角度，把作品的内涵挖掘得更深，使得它的社会意义更大！我相信这种可能是存在的，我不应该那么匆忙地动笔，我要再挖掘再提炼。

那段时间我坐卧不安，我读书我工作，我上班我睡觉，脑子里全是荆沙劫案的那些情节，全是我在监狱里看到的那些即将执行死刑的年轻人的身影，全是他们的农民父母的那一张张痛苦可怜的满是皱纹的脸。我的心灵在颤抖，我也是个农民的儿子。我们的农民父母勤劳苦作，节衣缩食养大他们的儿女，送他们上学，指望他们成为有用的人，将来赚钱成家立业，可从来没想到他们会去劫抢犯罪，成为死刑犯。看到儿子成了罪犯，他们的心在滴血啊！谁能为这些农民父母说点什么呢？我写抢劫案，写公安干警，写抢劫者，可他们的父母的那一张张痛苦的脸却挥之不去，老在我面前晃动。

我要寻找，我要提炼，我也要为那些罪犯的农民父母的痛苦无奈的脸说出点什么，我要让我的作品能有更深沉的力量。

苦苦寻找的东西，有时候得来全不费工夫，灵感的火光一闪，一下子照亮了你要到达的田园。一个星期六的上午，我骑自行车到菜场买菜，路过武昌新闻宾馆时，我不经意地扫视了下宾馆的大门。大门旁边的墙壁上，这天贴了4张布告，布告上打满了红√。我停下自行车走过去，和站在墙壁跟前的一群人读那布告。4张布告都是武汉市中级人民法院发出的，那天武汉市枪毙了40名罪犯，4张布告，每张布告公布10名罪犯的罪行。我把4张布告仔细地读完了，我把40名罪犯所犯的罪行归类比较了一遍，我站在那里，没有立即走开。我的思想很快就跳到我要写的荆沙劫案，跳到我正寻找的角度，那本书内涵的开掘方向上，一道亮光从我眼前闪过，我看到了我要寻找的东西了，这天，我收获了一笔重要的思想财富。

那天武汉市中级法院的布告里，枪毙了40名罪犯，这40名罪犯，80%是抢劫杀人犯，80%是农民或进城打工的农民，80%是20岁上下的年轻人。而荆沙抢劫团伙40多人，全部是年青的进城打工农民。我曾到那些罪犯生长的村庄和就读过的乡村学校去做过调查。我的结论是，这是一群迷失的魂灵。农村孩子读书，能考上大学离开农村的只是很少一部分，而大部分没能升学的初高中生们只能回到乡村，这些孩子用上世纪70年代的叫法是回乡知识青年。这些人回到乡村后，有的是乡下土地少，没有土地让他们种，有的是有土地，他们不愿种。读了10来年书，在电视里在杂志里看到如今的城市有钱人纸醉金迷的生活，这些孩子是不甘心受穷种地的。乡村的党团组织也没把他们组织起来，对他们进行领导与教育，他们回乡去基本上是没有人管。于是这伙人就都涌到大小城市，做的共同事情就是替人打工。给别人打工，活路苦出力多收入少而且还受人歧视，实在不是个滋味。于是中间有个别人带头变坏，其他的一些意志不坚定者就跟着干，荆沙抢劫团伙就是这样形成的，他们的法制观念也不强，抢了钱分了后就去吃了喝了玩了消费了，到被抓住后，他们还不知自己到底犯了多大罪，以为关几天就完了，当他们接到判决书，才知自己犯了死罪。对这样一些糊里糊涂的年轻人，除了他们自身的原因外，我们的社会，我们的政府，我们的有关职能部门，是不是也有责任呢？这种社会现象是存在的，这种社会现象我们应该将其写出来，引起社会的重视，引起有关职能部门的重视。鲁迅先生当年呼喊："救救孩子！"我们今天应该呼喊："救救这些年轻人！"

我有了这些思考与想法后，我觉得我已经找到了我要写的这本书的灵魂了。这本书的内涵就是要救救迷失了魂灵的年轻人。从那4张布告跟前离开后，我立即就动笔写我的书。很快，我的以荆沙抢劫案为题材的《迷失的魂灵》一书写成了，出版了，22万字，首印3万册，很快售罄，又再版1.5万册，在读者中反响不错，论家认为《迷失的魂灵》除了它的可读性外，还有较深刻的思想内涵，即字里行间透出的那种呼吁：这些没能升学的农村知识青年，社会应该怎么引导他们让他们发挥积极的作用，而不让他们起反面的作用。社会要减少犯罪，就要齐心协力来拯救这些迷失的魂灵。

而我的心灵得到的一些安慰是,我为那些迷失了魂灵的年青罪犯的农民父母喊出了他们的心声,救救这些孩子,不让他们的悲剧重演!

如今书出版了,事情也过去好几年了,但只要想起这本书的思想内涵的开掘与提炼,我就深信作家在创作一部文学作品之前,要多思考多寻找,可以不断地变换角度想,从不同的方位来设计,寻找一个最佳的表现角度。有这种寻找与思考,和没这种寻找与思索,效果是不一样的,作品思想内涵的深浅、社会意义的大小是不一样的。写作《迷失的魂灵》,我有这个体会,写作其他作品,我也遵循这一点去作,效果都还不错。我们平日读到某些作家的作品,读完之后,觉得作家很有才华,所写题材也不错,语言及表现功力也好,但就作品的内涵及社会意义来说,总感到美中不足,觉得这位作家是可以把这部作品写得更深刻些更好一些的,但现在没有达到。这往往就是作家思考不够,对作品的思想内涵挖掘与提炼不够,白白浪费了一个好题材,浪费了作家的文笔与语言,这作品的生命力是不会长久的,实在是可惜与遗憾!

我写以上这些,并不是想说我的《迷失的魂灵》这本书好得不得了,我只是想说明,不断开掘提炼文学作品的思想内涵,对作家的创作来说,是至关重要的,它决定了作家所写作品的优劣。

当代文学的现状与作家的使命感

当代文学现状之我见

中国当代文学的现状如何？各方人士有各种说法。要是从数量上来说，当下文学可谓是空前的繁荣。一是作家多，中国作家协会会员、各省作协会员、地市州县级会员，各文学社团的成员，这是个巨大的创作群体。二是作品多，作家多，都要写作品，这些作品发表在大大小小的刊物上，发表在各种报纸的副刊上，在出版社出各种书，自费的公费的出版社正规出版的，光长篇小说一年就可达两千余部，其他各种文艺书就更多了。还有网络上贴的作品，有什么就敲什么上去，真是让人目不暇接。三是阵地或说是载体多，国家级的刊物如《人民文学》、《诗刊》、《中国作家》、《当代》等等，各省的文学刊物，地市州县的内部刊物，几千种报纸的副刊，几百家出版社，这些刊物都在按期发作品，出版社都在出书，时有对某一作家某一作品或某本书进行炒作，强势宣传，热闹一阵。还有那繁杂的或长或短的电视连续剧，也是文学作品改编的。这样的情势，要说文学萎缩，简直是一派胡说。在全国作家代表会上，大会的主题报告中，对全国的作家创作了多少长篇小说短篇小说诗歌散文进行了罗列，给予了张扬，因为这是当代文学的成就，这是中国文学的繁荣。有了这些数字，我们文学工作者就自豪，与我们国家的改革开放一样，形势一片大好。

但是且慢，对于当代文学的评价，不同的声音出现了。在武汉举行的一位作家作品研讨会上，出席会议的几位思想理论界人士，对当代文学创作的指责是空前的激烈，他们认为当代文学没有良知，当代作家没有良心。

还有，德国汉学家顾彬说中国当代文学是垃圾，引起了国内许多人的愤怒，这就是所谓的"垃圾"事件。顾彬后来解释说，我没说中国当代文学都是垃圾，我只是说中国当代文学中有部分是垃圾，像棉棉、卫慧等的作品就是垃圾。在中国人民大学一个关于汉学的讨论会上，顾彬说中国社会是五粮液，中国当代文学是二锅头,这实际也是否定了当下的文学创作。

我还读过一篇文章,叫《给当代文学洗个脸》,文章认为,当代中国文学已经是红尘滚滚,肉欲横流,不堪入目,要彻底地清洁一下,洗洗脸。还有一个年轻的评论家说每年出版的两千余部长篇小说,大概只有三四部有些价值,其余的都没什么价值。这位评论家的说法出现后,就有人反驳说,一年两千多部长篇,按一年365天计算,你一天要读5—6部。事实是不可能的,你根本读不完这两千多部长篇小说。那么你没读这些小说,你怎么就信口雌黄地说这些小说只有三四部有价值呢?我想这个反驳是会让那位理论家无法回答了。

我对当下文学的看法是,中国的文学创作,从来没有像现在这么繁荣,也从来没像现在这么泥沙俱下鱼目混珠。我从小就喜爱读书,那时在乡下,找一本可看的书真不容易。"文化革命"前,每年全国出版的长篇小说只有两位数,那就是十几部或二十几部吧!那时全国的文学期刊也只几十种吧。而现在,我们根本就读不完每年出的书,现在全国有公开出版号的文学刊物就有四百余种。我在杂志社工作,每月收到的交换杂志上有上百种,别说去读每一篇作品,就是翻一遍也要许多的时间。但是繁荣是一种表象,而真正的精品是不多的。一年到头,年终时想想,这一年给我脑子中留下深刻印象的作品也就那么几篇几部。而大量的作品,都是平平的,可有可无的,看过就看过了,很难传下去。在这点上,我倒是同意德国汉学家顾彬对"垃圾"事件的解释,就是说当下中国文学的部分作品是"垃圾"。精品数量少,而堪称经典的就更少了。在北京的一个会上,著名评论家孟繁华认为:文学经典的时代可能已经终结了。他说的是可能,我认为能称为文学经典的还是会出现的,但那是要几百年几十年为期的。

中国当代文学看起来很繁荣,精品少,垃圾也是不少的。我是把垃圾这样分类的。一种是肉欲横流,身体写作,淫诲不堪,只有感官刺激而无任何意义的作品。这类作品有的包装精美,某些出版社还大肆宣传,以求畅销,污染社会,这种例子我就不举了,如某几个女作家的作品,那几本书早成为垃圾了。还有诗歌,我手头有一本"垃圾诗选",印刷也蛮精美的,自费印,发给有关人,他们公开宣布自己是"垃圾诗派",细读其中诗,也果真是垃圾。但这类东西传播不多,比较那几本印数大弄得热闹的长篇垃圾小说,毒害社会空气要少得多。另一种我称之为垃圾的作品,说句实话,我真是不忍心。当今有这么多写作者,写了这么多作品,就要出集子。如今为作者自费出版书的中介部门不少,你出钱,我帮你出书,而你的作品只要不是反党反社会主义,不违法乱纪,就给你出。作为出书者,拿到印出的书,有种成就感,就送人指正。收到这些书的人,大致翻一下,放一边,积累多了,又没地方放,不就是垃圾了么?有的是企业家朋友,钱多点，就帮你买个几百册拖回来。因为他直接给钱你，怕你觉得是施舍，就以买书的形式来支持你。他买去的是几百本书，过一段日子就进了废品站。我出了二十本多书，也有两本是自费印的，我想那中间也有一部分成了垃圾了。想想也真是难受，省吃俭用积攒的钱，圆自己的出书梦，最后成了垃圾。我还要残忍地举个例子，某乡镇有个乡土作家群，有近百人，人人写书，出版了几十部，都是自费印的。出了书堆在家里，有的人出书后家徒四壁，有的人是卖了房子卖了牛来出书。但出的那些书怎么能是文学作品呢？我要向这些农民兄弟致敬，但我是不愿意鼓励他们出大本的书的。他们编些小演唱或小剧本，活跃乡村文化，是很好的，要去当作家，写书出版，我觉得是得不偿失，很难成功的。

当代文学中的经典作品要过几百年后再看，或许能留存几部几篇下来，精品是有的，我对那种彻底否定的态度是不赞同的。精品有，每年都有，精品却很少。当代文学作品中，垃圾是有很多的，这垃圾有两类，我把它称作有害垃圾与无害垃圾。我前面举的例子，前者为有害垃圾，它毒化污染社会；后者为无害垃圾，将其化为纸浆，还可再造纸嘛，但愿这再造的纸不再去印刷成垃圾品。

当代文学作品中除少量精品和一些垃圾外，剩下的大量居中的作品，怎么称这类作品呢？可以说是较好的有益无害的作品，这类作品也可分层次，我们天天接触的文学就是这类文学，既称不上精品，又不能称为垃圾。医学上有种亚健康的说法，我把这类作品称为亚文学，不知是否妥当？这种亚文学在当代文学中是大量存在的。我们有很多的写亚文学的作家，每天生产一批亚文学，我们的读者阅读的大量是亚文学。这类亚文学中较好的一类，还能得这奖那奖，还能有些小轰动。而更多的是出版发表后，一部分人读了，还没流传开来，人们就忘了它们。我们阅读着这些作品，有益无害，对我们的生活有所丰富，对我们的学识修养有所提高。

当代文学就是这么个现状，是繁荣的，但精品少，垃圾成堆，更多的是亚文学作品。有个八零后的韩寒说：文坛算个屁！他生产了许多作品，他卖了很多钱，出版社也靠他赚了许多钱。他也不能太狂妄说文坛算个屁呀！他的作品我不看，我想那肯定不是经典，是否精品也难说，最多是亚文学，说不定也有垃圾。但是，在贝塔斯曼书友会与新浪网读书频道举行的当代作家最喜爱的100位中国作家活动中，读者评出的前20名里，韩寒、郭敬明、安妮宝贝等人，票数超过了苏轼、李清照、朱自清、徐志摩，这真是中国文学的悲哀啊！当然，这种极不科学的评选推举，不能作数的。清华大学中文系教授，著名作家格非说，谁的作品能流传下来，是由历史来决定的，那些粉丝们，他们推举韩寒等人，却是无法掩饰苏轼李清照这些中国文学家在时间中永远闪烁的光芒。

文坛是有规则的,你说算个屁,只能说明你的无知。

作家要关注民生

民生即人民的生存,关注民生就是关注人民的生存状态与环境。中国作家历来就有关注民生,为底层人民写作的传统,充分表现了优秀作家的良心与良知。屈原的"哀民生之多艰",杜甫在"安史之乱"中写的"三吏"与"三别",他的"朱门酒肉臭,路有冻死骨","安得广厦千万间,大庇天下寒士俱欢颜,吾庐独破受冻死亦足",写尽民生疾苦,写得那么苍凉沉重,显示了一个关注民生的诗人的伟大爱心。当下社会,改革开放,物质极其丰富,人们过着富庶的日子,大家都去追求GDP数字的提高。生活中是不是没有疾苦了?民生的环境与状态是不是没有问题了?作家去写唯美的,"向内转"的,探索的一般人看不懂的或者是消闲无聊的作品,这样做的后果是,文学脱离了群众,作家放弃了自己的责任,文学疏远了社会,社会也就疏远了文学。文学是人学,这是我们学习文学理论时最先记住的一个概念。可一个时期以来,作家们忘记了这句话,文学不是人学了,文学变成了展示浮华、世俗、奢华的工具,或者是试验品神经质的再现,这就出现了被思想界人士指出的作家没有良知,文学丧失了良心。

事实是并不是所有的作家都是这样的。中国文坛,任何年代都有一批有良知与良心的作家,他们关注着民生,他们和底层的劳动人民的心灵是相通的,他们看到了底层劳动者的生存状态和艰难的生活,他们一刻也没有停止反映底层民众生活的写作,他们是真正的关注民生的作家,他们坚持了现实主义的写作道路,他们继承了屈原、杜甫的传统,他们的文学是人学。

我们湖北的作家诗人中,有着关注民生的传统,这是从屈原开始传承下来的楚文化一脉。刘醒龙的《凤凰琴》、《村支书》,池莉的《烦恼人生》、《托尔斯泰围巾》都是写的小人物,有的是收破烂的底层人民的生活,写他们的苦与乐。方方的早期作品《大篷车上》、《风景》,写工人写武汉河南棚子最底层市民生活。方方有部中篇小说叫《乱穿箭心》,写一个下岗女工的生存状态,丈夫及家人抛弃她,她仍然顽强地生活着,写出了武汉底层女人的那种不向生活屈服顽强挣扎的生命活力。

刘醒龙获得茅盾文学奖的长篇小说《天行者》,写的是坚守贫困山区教育的一群民办教师们,受的是不公正的待遇,却为了孩子们奉献全部心力,令人泪流。

陈应松到神农架林区生活,写出了《马嘶岭血案》、《太平狗》等一批反映底层人民生活的好小说,这是生活给予他的馈赠。

诗人田禾的诗集《喊故乡》获鲁迅文学奖,这也是一本关注农民生存、充满了民生意识的诗。田禾写农民,写乡村,是一个有良心的诗人。

一些专写纸醉金迷、灯红酒绿、小姐卖淫二奶思春、或者干脆就是女人上半身写作或男人下半身写作的所谓都市小说,闹腾了半天,除了只落得些许稿酬一片骂声外,毫无所获,进入不了文学的殿堂。你不关注民生,人民也不关注你。

当下时代,改革开放,经济发展,人民生活得到极大的提高。但是中国基尼系数已超过0.47,贫富差距较大,全国约有1亿名低收入者,贫困者及其他需要帮扶者中主要是工农基本群众。这些低收入者的生存环境特别需要作家的关注。高收入者年薪百万几十万元,低收入者一月就弄两三百元钱。在贵州的大山区县里,一个县委书记每月只拿得800元钱。我是个农民的儿子,我的写作一直是围绕着民生关注着民生的。我在下面一个部分要谈的作家的良知与使命感问题时,专门谈我的创作。在这里我只谈我的两篇小随笔,是我遇到的真事。

我曾发表过一篇《情人节消费与5分钱买盐》的文章。那是西方情人节刚刚传到国内来,情人节这一天,男人大把为女人花钱。香港一名男子花4万港元买下《南华早极》半个版面,向他的女友示爱,称女友为浪漫女神。南京这一天的玫瑰花最高一支卖到78元,一幅照片登载着一男子抱一捧鲜花走出花店,旁边文字说这位男子花了1000多元买了这捧花去送给他的心上人。这让我想到刚读到的《中国青年报》头版的一则报道,说是云南昭通,一老太婆用5分钱到小商店买盐,下乡检查的地委宣传部长看到了,掏出3毛5分钱补上,让老人买了1斤盐,老人感激得当场给宣传部长下跪。同一则报道还说,另有一农妇带3毛钱去买盐,在路上不小心把钱弄丢了,回家后暴怒的丈夫用刀把农妇的三根手指剁掉了。我把这些报道一比较,写了这篇文章,结尾我写了一句话:把两种消费的报道比较一下后,我应无言。

我写的另一篇文章是《歌星一张票,百姓一年粮》。是上世纪90年代吧,郭富城到武汉演出,洪山体育馆卖票880元一张,一位在税务部门的领导送我一张票。我乡下当农民的父亲来了,我对父亲说听歌星一张票卖880元呢,父亲沉默了,过一会才说,我一年做到头,种两三亩田才能有这个收入啊!我到街上买米,那时好大米也只5毛钱一斤,我算了算,880元可买大米1760斤,够一个四到五口的人家吃一年。当时我愤怒了,我在激愤中写了这篇文章,发表了。而那晚,我也没去听郭富城的歌,我觉得如果我去听了,我就不是我农民父亲的儿子,我不忍。

近几年来，文学界有一个"底层文学"的口号出现了，评论家们有说好有说不好的。"底层文学"的出现，使得当代作家大规模地面对现实问题，这是好事情。某评论家说，随着"底层文学"从一种"冷门叙述"变为"热门叙述"，从一种"异质性叙述"变成一种"主流叙述"，不少作家赶时髦，希望以题材取胜，致使"低层文学"鱼龙混杂，文学性较差。有作家说，作家应该朝形而上进攻，说是"底层文学"还在临摹鼻子底下发生的事儿，再把它编成所谓的故事。这里面没有形而上，没有哲学，哲学的贫困是可悲的贫困，没有哲学的文学家是苍白的。还有的评论家说"底层文学"窄化了文学的疆域。这些人所说的都有一定的道理，但我认为提倡作家关注民生写低层人民的生活是非常必要的，这是作家良知与良心的体现。一个作家的创作题材是宽广的，他可以写低层也可以写高层中层人士的生活，不存在窄化问题。作家没有低层生活只是去赶时髦写低层，那也是写不出来的，写出来的只能是假的。作家需要哲学，写低层生活的作品难道就不能形而上么？其中就没有哲学的意味么？

作家要有良知与使命感

文学应该崇高和博大，文学应该有对人类心灵的关怀。如果作为创作主体的作家，没有良心缺乏良知，就不会有使命感，创作出来的作品怎么会崇高和博大？怎么会有对人类心灵的关怀？伟大的作品，来自于作家的良知和主动承担的一种使命意识。要让世界充满爱，要让世界变得更加美好，要让人类生活得更幸福，要让人与人、人与社会、人与自然和谐，作家担负的责任十分重大。否则，这个世界要你作家何用？读者阅读作品，是要得到启示，享受美丽得到爱，寻找一种愉悦，要受益。读者花钱买一本文学作品，买一本文学杂志，是要有用，绝不是买垃圾，买有害的毒品。

作家任何时候都要记住自己的使命感，保持永远的良知。否则就放下自己的笔，不要再写作。

前面说过，我要在这部分谈我自己的创作。我从上世纪七十年代开始发表作品，三十多年来，发表各类作品400余万字，出版了二十多本书。我的作品虽说没有很大的影响，作为作家，我也算不上一个大作家，但我的作品是很少有垃圾的，是对读者有益无害的，这个话我很敢说，即使到了我停笔不写离开人世，我也敢说这个话，我让自己写作时怀有一颗良心，拥有良知，想着我的作品要对人类对世界有用，虽然成不了伟大作品，但要有用有益。

我上世纪八十年代初在乡土诗写作方面，在国内有一定的地位，我出版过5部诗集，我的代表作就是三组乡村愤诗。这个乡村忧愤诗是我自己取的名字，在由中国当代文学学会、华中师大文学院、湖北省作协联合为我开的研讨会上，得到了诗歌界的认可。第一组诗《我忆念的山村》发表于1981年的《长江文艺》，《诗刊》予以转载，获1981—1982《诗刊》奖，入选《中国新文艺大系诗歌卷》。那是我在房县当了一年的路线教育工作队员后，回到武汉时写的。在四人帮极"左"路线的统治下，山区人民生活在贫苦线之下，可我们还要批资本主义割资本主义尾巴。作为一个省委工作队员，我实在不忍心看到我的农民父兄一棵枣树几只鸡被当做资本主义割掉。那一年我26岁，我在房县那大山中见识了山民的苦，认识了山民在苦难中的那种坚韧勤劳百折不挠的伟大。我在诗中写了"大妮子"、"房东"和"派饭"两个人物与一个事件，倾注了我的一腔情感。组诗发表后，引起了反响。《文艺报》发文评论这组诗是"刻画中国农民性格特征的力作。"著名诗人徐迟先生为我的第一本诗集写序时说：很有一些诗是用痛苦的心情写成的。《我忆念的山村》就是一组痛苦的诗。我的第二组乡村忧愤诗是《没有万元户的村庄》，发表于《诗刊》1986年。那时到处都在宣传农村实行责任制后，乡村里有许多万元户，好像富得不得了。可我看到的是有许多地方仍然很穷，媒体的报道不真实。于是我就反其道写出了一组《没有万元户的村庄》，组诗发表后，有人写文章批判，说我对党的农村政策实行后农村的大好形势进行涂黑，但广大的农民读者支持我。我的一个诗友，拿一本《诗刊》回乡下，将我的诗读给一个农妇听，农妇说这个姓刘的诗人有良心，他为我们种田的人说老实话。我的第三组诗是《乡村忧思》，发表在《人民文学》1990年上。我写了乡村水利设施遭损害、乡村赌博、乡村迷信、乡村赤脚医生的出走、乡村教育的没落等，也是反映农村中存在的问题，用诗的形式，以忧患的意识向社会疾呼，要看到这些问题啊！这些问题不解决，社会主义新农村怎么建设？中国的四个现代化什么时候才能实现？

我除了写诗外，还写了一批散文随笔小说与纪实文学，我有一本《迷失的魂灵》长篇纪实文学，由群众出版社出版，第一版印了三万册，第二版加印一万五千册，在北京国际饭店开的一次研讨会上，著名评论家雷达先生给我这书较高的评价，认为其提供了当下乡村青年的一种生存状况，具有深刻的警示作用。

湖北荆州与沙市的城乡结合部的村子里，聚合了几十个乡村青年，其中主犯8人，他们每天晚上都在公路上作案，抢劫来往车辆上的司机与押车人员的财物，作案上百次。318国道和207国道都从荆州通过，这个抢劫团伙危害极大。最后他们发展到大白天抢劫，终于被破获。公安部当时组织一批作家写作"九十年代大案要案纪实丛书",也约我写一本,我写了这个案子。当我经过采访,在荆州几个县的犯罪青年家乡调查之后,我久久下不了笔,我的心里很难受。是的,写这个案子的侦破经过,写犯罪人如何作案,这书肯定也能好看畅销,但我心中要表达的一种东西却没出来。就我采访调查之后得来的材料,我的良心和责任感告诉我,决不能就案子写案子,而是要通过案子本身来反映社会问题,要引起人们对这种社会问题的重视。

我在思考,我在寻找一个最佳角度。那一天,我在湖北日报的新闻宾馆墙壁上看到4张布告,那天,武汉市法院判了40名罪犯死刑。我细读了那4张布告,40个人80%是抢劫杀人犯,80%是20岁左右的年轻人,80%是进城打工的农民。我心里一动,我就要从这个角度来写荆州的抢劫案。农村孩子读书到初中高中毕业后,因种种原因上不了大学。他们回乡后,一是受不了面朝黄土背朝天的劳作之苦;二是即使他们愿意在乡下种田,但土地少,没有田地供他们种;三是他们回到乡下后,没有人来引导他们组织他们为农村建设出力,于是他们就涌到城里打工。乡下人到城里打工,做最苦最累的事,挣很少的钱,有时这钱还被拖欠,拿不到手。他们毕竟有些文化,他们又羡慕城里人的那种高消费。这时如果有一两个思想意识不健康者提出抢劫做违法之事,他们会一拥而上,犯下罪行。荆州抢劫团伙案就是这么个情形。我曾到监狱里去看了几个主犯,都是一色的年轻小伙子,长得漂漂亮亮高高大大,但是他们当中有6个判了死刑,有两个判了无期,他们还不知道。我到过他们的家,那些父母都是老实巴交的农民,他们省吃俭用供自己的孩子读书,是指望他们将来走出乡村,成家立业,干些大事的。如今他们犯了死罪,我看他们的父母是已经去了半条命了。这些人,法制观念淡薄,他们以为只关个一年半载的就会放他出去,他们不知自己犯的罪孽有多重。我把我的书名定为《迷失的魂灵》,这是一群迷失魂灵者,我们的国家我们的社会要关注这样的一群人。如果我们的乡村党团组织基层政府在他们一回乡就关心他们,就引导他们走正路,就想法把他们组织起来,发挥他们身上的优点,从事某种正当的事业,他们就不会聚合起来抢劫,就不会走到绝路上来。现在多数的乡村,村里有孩子上不了大学或是初中高中辍学,是没有人管的,你就去痛苦去难过去自己安慰自己吧!现在农民孩子拼命读书,考大学是唯一的出路。可是考上了大学,有的孩子出不了学费啊!乡村的年轻人,我们要关心他们,要爱护他们,要给他们指引一条路。否则在法院判刑的布告上,那三个80%就不会改变。我的《迷失的魂灵》一书,虽说还是写的案子,但书中弥漫着我的忧思,字里行间有我的呼唤,要关注这样一群人,要救救这样的一群人。我想读过我这本书的人,是会听见我的呼唤,是会有一种沉重感的。

我想《迷失的魂灵》是表现出了我的良知与使命感的。

我还写过一本好读的书,珠海出版社出版时,书名叫《警惕,白色毒魔》。1991年我到云南参加一个笔会,到了瑞丽畹町等中甸边境的地方,那里离毒品生长地金三角很近。沿途我听到了许多吸毒者最后自我毁灭的故事,也看了几个戒毒所。笔会上有个昆明市公安局缉毒警察,他让我看了他们抓吸毒者与贩毒者的一些原始胶片。我震惊了,我认识了海洛因这个毒魔对人们的毒害。回来后,我写了十三个人,这中间有学生、教师、演员、警察、干部、个体经营者,他们原本有幸福家庭,有很有前途的事业,由于受人欺骗,好奇心驱使或是不小心沾染上了毒品,最后的结局都是家破人亡。我当时写的这些纪实文章,在国内许多杂志上发表出来,有的还被选作高校的辅助阅读教材。这本书是让人们认识毒品,从这些真实的故事中认识毒品对人类的戕害,让人们远离毒品,让人们远离海洛因。作为一个作家,选准了一个题材,把这些活生生的例子呈现在人们面前,起到一种警醒教育作用。我认为这也是尽到了一个作家的良心的。

作家们,每写一部作品,都要从良知出发,都要有一种使命感,我们的作品才能对人民对社会有用。

刘益善 著

刘益善文集 ❸

小说卷

武汉大学出版社
WUHAN UNIVERSITY PRESS

图书在版编目(CIP)数据

刘益善文集.3,小说卷/刘益善著.—武汉:武汉大学出版社,2016.3
芳草文库
ISBN 978-7-307-17499-3

Ⅰ.刘… Ⅱ.刘… Ⅲ.①中国文学—当代文学—作品综合集 ②小说集—中国—当代 Ⅳ.I217.2

中国版本图书馆 CIP 数据核字(2016)第 047921 号

责任编辑:聂勇军 张 璇

出版发行:武汉大学出版社 (430072 武昌 珞珈山)
(电子邮件:cbs22@whu.edu.cn 网址:www.wdp.com.cn)
印刷:虎彩印艺股份有限公司
开本:720×1000 1/16 印张:32.5 字数:599 千字 插页:3
版次:2016 年 3 月第 1 版   2016 年 3 月第 1 次印刷
ISBN 978-7-307-17499-3 定价:142.00 元(全三册)

版权所有,不得翻印;凡购我社的图书,如有质量问题,请与当地图书销售部门联系调换。

"芳草文库"序

刘醒龙

武汉有一批年纪不算太老,但肯定不再年轻的作家,既往作品每出无不风行江汉,后来平淡了些。二〇一五年初,恰逢一场小聚,其间有老朋友提议给这些在文学创作上颇有成就的作家出版文集,且当场做出关键决策。老朋友提及的作家也是我的朋友,他们的处境很有代表性。

世事流逝到今天,说一点不残酷是不真实的,说太残酷似乎也不科学。值此宁翔雁前羞跟牛后世风,普天下之莫不借口追求日新月异,其实是乡下俗语说的,人人都想一锄头挖出一口井。宁肯臭名远播,哪管丑态百出。忘却不该忘却的,强化不该强化的,是世情中一大不敬。这几年为一位已故作家出版文集,好不容易才成,一来二往之间,见识了足够多的现世生态。似这等才华出众的作家,若非上苍失察,弃之英年,敢不是当今文坛大旗一帜?同理,那些在喧嚣背后悄然尘封的作品,谁能说不是日后人有所诵的典范?天地同根,不是没有高下之分,而是天有天的高度,地有地的厚重。

常住武汉三镇之人,最能体会大江东去、流水落花深意。也是体恤的缘故,又于旷野之间留下高山流水千古知音,以为勉励,兼作念想。朋友提议,饱含诗情,深藏灵性。没有太多商量,三言两语之间,就达成共识,以《芳草》杂志名义,逐年排选,将这批作家的代表性作品编成文集出版。只是由于执业所限,本套书只能以"芳草文库"相称,名头虽小,相信份重不轻。

哲学教会人们认知正确与错误,自然科学是要让人懂得成功与失败。然而,短短人生,包罗万象,其善其美,何止兴衰胜败!文学的存世与流传,其意义正是超然前二者,不以成败对错为目的,也不以卑微尊贵定价值。人非草木,却如同草木,这是文学理由之一,生命不能永恒,却绝对永恒,这是文学理由之二。文学根本理由是,协助芸芸众生在庞杂得无可把握的宇宙间,在神与鬼、灵与欲、虚与实等一切冲突与对立之间,寻找适合每一个体的美妙平衡。

二〇一五年十月十五日

目 录

短篇小说

怂哥儿的红领带	/3
农民毛耕的一天	/13
二道围子	/22
母亲湖	/32
万斤苕	/41
东天一朵云	/52
酒姐儿	/63
一枝梅	/73
铜镜	/83
国道边的人家	/92
藤溪的两个老师	/102
永远的树	/111
书道	/122
单元楼里的最后一对夫妻	/133
空寂	/144
小说	/152
没有绿色的太阳	/164
星期五起飞	/172
他有什么病	/183
错位	/192
清明雨纷纷	/201
黄昏槐	/209
1994 年的标底	/219

中篇小说

向阳湖	／233
巫山之云	／273
诗人谷子	／294
金手镯	／321
河沙场	／342
回家过年	／366
河东河西	／386
远逝的窑场	／410
远湖	／439
包工头余从众之死	／472

附 录

刘益善创作年表（1972—2014）	／509

短篇小说

怂哥儿的红领带

临河湾傍小金河，西去县城五十里，北去省城一百二十里。新中国成立三十多年来，湾里没出过名人。一茬茬的孩子读书，读得最高的是县师范，毕业出来教小学。一伙伙年轻人去当兵，当得最大的是班长，临了复员当农民。老辈人说，这是小金河从湾子边擦过后，又在湾子前拐了个曲尺弯，把湾子的风水斩断了。没名人也没啥，大家照旧种田吃饭，娶妻生子，几十年都这么过了。

时间到了公元一千九百八十四年，忽一日，名人出。临河湾到县城办事的人回来说：啊呀呀，县文化馆门前的玻璃橱窗里，挂着他尺多长的彩色相片哩，穿西装，颈子上还吊个红带带，临河湾出名人了。不久，县广播站的有线广播也播起他的名字。老辈人说，是不是断了的风水又续上了？但出名也不该出在他身上呀，湾子里有的是比他聪明的人，他是个信怂的哥儿哩。

他叫王松哥。在他会唱儿歌的年龄，他成天唱着："一个伢的爹，拉包车，拉到汉阳门，碰到坏人"和"你忙我也忙，牛粪煮鱼肠，你吃三大碗，我一点也不尝。"这类儿歌中有一支是"吃饭像水桶，做事信人怂"，他唱得特别带劲，一边唱，一边用两手提着裤子，使劲地吸着快要流到嘴里的鼻涕。

唱归唱，但并不明白所唱的意思，孩子们都是这样。"做事信人怂"，"怂"是什么意思？他不懂，但大人们懂。"怂"带有怂恿、挑动、鼓励的含义，其中还藏有对被怂的人的一种戏弄。

临河湾的人夏秋时节吃饭，都聚在河边的苦楝树下，一人端只大海碗，饭面上盖满青菜酸萝卜，甚至还有几片煎鸡蛋。他家的饭总比别人家的晚，他在河边玩，望着别人吃饭，就吧嗒起嘴巴吞涎水。有人叫他：

"松哥儿，叫我一声爹，我给你酸萝卜吃！"

他喊了一声"爹"，得到一片酸萝卜，在嘴里嚼得嘣脆响。那人又说："再喊一声，跳起来喊！"

他跳起来，大喊一声："爹！"又得到一片酸萝卜。

又有人说："松哥儿，我碗里有煎鸡蛋，你沿这河滩滚一圈，我给你一块吃！"

他就沿着河滩滚一圈，得到一块煎鸡蛋。他浑身都是泥巴了，脸上糊成个大花脸。

确切说，大人们戏弄小松哥儿，就是"怂"。

他自小就心眼实，信人怂。得到夸奖鼓励，他心里有一种说不上来的滋味，欢喜得很。据说，一个人的性格，在六七岁时就已形成，这种说法是否有普遍意义，不得知。但这个说法对松哥儿却很准确。他从小信人怂，长大了也信人怂。

那年，他混了个初中毕业，学校不上课，就回湾里做事，抵半个劳力。到了过年的时候，几个半劳力孩子打了条狗，用口大锅炖熟，再弄了几斤白酒，围在一起打牙祭。有他在，就有人要怂他。大柱儿说：

"松哥儿，我们比喝酒，一口一杯，谁不喝谁是龟儿子！"

"你们能喝，我就能喝！"他嚼着一块狗肉，快活地应道。

大家就一人一杯，吱溜一声见了底。他从来没喝这么多酒，酒到嘴里，辣得他只皱眉头。大伙都喝，他能不喝吗？他可从来不当龟儿子。他不知道别人喝的是白开水，只知道自己头晕心跳，浑身如腾云驾雾，胃里翻搅得支持不住，扑通一声倒在地上，抽起筋来。大柱儿几个吓傻了，本想玩笑一番，却要弄出人命来。几个人赶忙弄了个竹床，把他送到公社卫生院抢救。他在卫生院里吐呀吐呀，狗肉吐出来了，酒吐出来了，最后竟吐出了乌血坨子。别人在家高高兴兴过年，他却在医院里受了几天罪。

他信人怂的故事是很多的。半夜跑到乱坟岗子上捡骷髅壳，上水库工地，一顿吃二斤肥肉一斤半米饭，等等，都是别人一怂，他就干。爹骂他是个实心苕（苕即傻），娘心疼儿子，教他：不要轻信别人的话，要自己动脑筋，想想哪事能做哪事不能做。都没用，他听不得几句怂话。

他小名叫松哥儿，湾里人都喊他怂哥儿，他答应得挺畅快。也难怪，松和怂两个字的音差不多，连他娘喊他松哥儿，在别人听来，也是怂哥儿。他是个"怂"货。

怂货自有怂货福。老实人终究不吃亏，那可不一定。他老实、信怂，意识中总想当一种受人注意的角色。吃了无数次的亏，也不吸取教训。不过，说实话，他也从受怂中得到过不少好处。比如说他是临河湾三十多年第一个出名的人，系着红领带上了县文化馆的橱窗。再比如说，他娶了个贤惠媳妇，都是受怂的结果。先说说他是怎么捡个媳妇的事。

乡间男女的比例似乎总是男多女少，要不哪有那么多找不到媳妇的小伙子，而绝没有嫁不出去的姑娘呢？他成了生产队的全劳力时，也到了娶媳妇的年龄。他爹他娘四处给他张罗，姑娘家看他的人才，身长个大的，长得不丑，都会同意。可人家打听到他有信怂的毛病，就黄了。有个嘴损的姑娘说："嫁他呀，说不定哪天他信怂，把媳妇捉去卖了！"

东不成西不就，爹娘着急，他不在乎。一晃就三十岁了，已到光棍汉的门口。他快快活活地过生活，仍然受怂，赌吃赌力赌胆大，大家赞扬他，他就在赞扬声里自得其乐，从不掂量一下这些赞扬有几分是真的。

离临河湾五里路远，有个村子叫三家店，三家店有个小寡妇叫桃香。桃香结婚不久，丈夫在一场急病中死去。桃香守了一年寡，寻思着再嫁人，要嫁个身体好的，免得又得病死了。

那天晚上，三家店放电影。桃香早早吃过饭，收拾一番，换上整齐的衣裤，扛条长凳，到放电影的稻场上占位子。

乡村文娱活动差，哪村放场电影，四乡八井的人，走上三里五里的赶来看。他和湾里的大柱儿、四蛋、木水几个人，赶到三家店看电影。电影还没开始，稻场已挤满了人。他们一伙正好站在桃香后面，你搭我的肩，我杵你的腰嘻嘻哈哈地闹着。桃香守着长板凳，空出的一截，是留给和她相好的小姐妹桂桂的，桂桂到现在还没来。

大柱儿瞄了桃香一眼，脸模子还端正，年纪也不大。大柱儿心里一动，鬼点子来了，就附在他耳根子说：

"怂哥儿，前面那个女的看到了吗，模样还周正吧！"

他朝前瞄了瞄，答："嗯，还周正。"

"你看她一个人坐条板凳，还空那么大一截，你敢去陪她坐坐吗？"

要是在往日，大柱这一怂，他早就上去了。可今天他不敢，这么多人，又是个年轻女人，不认识，怎么行呢，他犹豫着。

"怂哥儿真他妈的草包，还英雄好汉呢，兔子胆量都没得！"大柱儿几人开始装怂药了。

"真是，我们平时还蛮佩服怂哥的，今天怎么了，怕起来了！"

"我谅怂哥儿就不敢，看他个缩头乌龟样！"

血在朝他脸上涌，不敢去，他怂哥儿胆小，真丢人。去坐坐，她的凳子本来就空着嘛。这时，放映机旁的灯泡熄灭了，银幕上投了光。电影马上开始，大家静下来，瞪着银幕，生怕漏掉一个镜头。桂桂肯定不来了，桃香旁边的座位还空着。

他不知哪来的勇气，嘴里咕嘟了声："娘的。"挤到桃香旁边，一屁股坐在空板凳上。

影片放完一卷胶带，放映机旁的灯亮了：换片。稻场上的人嗡嗡起来。桃香扭过头，见身边坐了个小伙子，粗眉大眼，长得壮实，朝她憨憨一笑。桃香心里一热，也笑了笑，问：

"哪个湾里的？"

"临河湾的！"他见桃香没赶他走，还主动和他说话，心里很高兴。叫那帮家伙瞧瞧，我怂哥儿是什么角色？坐板凳算什么，还说话哩！

大柱儿一伙看到怂哥儿真的坐到那女的旁边，起哄起来："怂哥儿，坐得蛮舒服吧！"

他朝桃香笑笑，转过头大声回答："嗯，比你们站着要舒服得多哩！"

这桃香是结过婚的人，见身边的小伙子老实样，就搭起话来。他们谈着电影里的情节，问起两个村里各自的熟人，生疏感很快就没有了。大柱儿喊怂哥儿，桃香听到，问他。

"你就是那个一顿吃两斤肥肉的怂哥儿？"

他脸红起来，嗫嚅着："那是打赌玩，我吃下后，第二天一天都没吃东西。"

桃香咯咯笑起来，说："你这人真憨，怎么能赌吃呢？把胃胀坏了，可不好呢！"

电影又开始了，人们重新安静下来。他存心想问问桃香的名字，可一直到电影放完，还没敢问出嘴。

在回村的路上，他又得意了，大有英雄凯旋之状。当夜，他睡了个好觉。

两天后，三家店有个叫桂桂的姑娘找到他，他听了桂桂一番话，怀疑是做梦，连连掐自己的手，手痛，他才信是真的。他连连答应："好，好。我哪有不同意的？就怕桃香看不上我，我有个信怂的病！"

桂桂笑得咯咯的，像桃香一样的笑声。"你知道自个的毛病就改嘛，桃香姐可是个好人啦，不许你欺侮她！"

就这样，他不费吹灰之力，捡得个贤惠媳妇。桃香里外一把手，孝敬公婆，体贴丈夫，一年后，生了个胖儿子。他爹娘喜得合不拢嘴，买了挂大鞭，放得噼噼啪啪响！

大柱儿上门讨赏，"那天看电影，要不是我怂，你哪能有这俏媳妇和胖儿子？你还没谢媒呢！"

他拱手称是，把大柱和其他几个伙伴拉进屋，喝了个云天雾地。

屋里有媳妇，手上抱儿子，他似乎有些长进了。桃香开展了枕边教育："你就不会克制下么？人家怂人，不管是夸赞，还是激你，你就像没听见一样。想要别人注意你，就是想表现自己，你就不能不表现么？"说得他连连称是。

但是，江山易改，本性难移。

实行责任制后，家家日子过得红火。他家劳力多，一家子勤扒苦做，把个土地盘得种啥收啥。这一带产水稻，靠种田很难有万元户。他家收入是湾里最高的，秋收下来，账一算，能有个千儿八百的纯收入。广播里见天喊万元户，宣传以副养农，临河湾的年轻人听得心痒痒的。为什么不能搞点副业，做个生意的，赚他个万元户呢！但做生意要本钱，要本事，弄不好，钱赔进去一叠，还让别人笑话，所以一般都怕担风险，不敢去探路子。几个年轻人找到他，施展浑身的解数，要他上钩。

"哎，怂哥儿，你有几多苕！屋里有那么多钱，留着屁用？不如拿出来做本钱跑生意，能赚一大笔钱。比我们撅着屁股做一年，不强多了？"

他没有出声，不理他们。

"怂哥儿，真他妈的窝囊，守着媳妇不出门，有么本事？我是少本钱，有本钱我就跑两趟省城，把结巴爷爷的手扶租下来。隔两天我就去借钱，男子汉不干点事业还行？"四蛋气鼓鼓地嚷。

"算了，算了，怂哥儿是糊不上墙的牛屎。唉，我们临河湾的风水真的被断了，出不了个万元户的！"

"怂哥儿，你们家有本钱，干吧，我们支持你，一定错不了。"大柱儿说得诚恳极了。

怂药填满了，他不由自主起来，真的可以试试！可是，爹娘和桃香肯定不会答应的，他面有难色。

大柱儿见时机已到，凑到他跟前："你怕你爹娘和媳妇反对吧？不要紧，我们这样……"大柱儿与他咬起了耳朵。

"那贩什么东西好呢？"他嘟囔着说。

"贩鱼，到鲁湖去买几百斤，用手扶送到省城，准卖大价钱。我陪你跑一趟，赚了钱不要你的！"大柱儿把胸一拍。

"行，就这样试它一烙铁！"他激动起来。

一切按计划行事，他和大柱儿贩了五百斤鲤鱼，用结巴爷爷的手扶送到省城。鲁湖的鲤鱼，齐刷，肉厚，一条条红尾巴，两斤一条，不多不少。鱼到集贸市场后，被鱼贩子们一抢而空。来回两天，除去付给结巴爷爷的手扶运输费外，净赚一百八十块。他拿出三十块给大柱儿，大柱儿死活不要，他又非给不可。最后大柱儿只好收了，拿去买了酒肉，请临河湾的年轻人打了一回牙祭。

他贩鱼赚了钱，一下子在临河湾传开了。人们瞪着吃惊的眼睛看着他，嘿，别看这家伙心眼实，信人怂，但肚里的水还是清亮的咧！这不，两天一趟，赚了一两百块呢！照这样下去，一年能赚多少？临河湾要出万元户了。

这头回贩鱼的本钱,是大柱儿给他出的主意,背着他爹娘和媳妇,从信用社取出他家的存款。好在赚了钱,他爹也没说他,桃香在枕边还夸了他几句,把他乐得颠颠的。

　　他尝到了甜头,就干脆和大柱儿合伙,把结巴爷爷的手扶包下来,去跑省城做生意。他和大柱儿谈定,赚的钱三七分成,赔了钱不与大柱儿相干。大柱儿没有本,能每趟赚个几十块钱,何乐而不为呢!

　　他们来往于省城,个把月,他赚了千把块了。

　　那天,结巴爷爷的车从省城开回来,一下子吸引了临河湾的人。车斗里,他坐在一把木椅子上,身上竟穿了一套米黄色的西装,颈上吊着根红带带。大伙儿围着他看,像看一个外国人样。他很有些不好意思,也很有些自豪。他觉得领带系得紧了,颈子上不舒服,想解下来。

　　大柱儿连忙拦住:"不能解,不能解,系着蛮好,精神得很。要有这个气魄和雄心,我们还要做大事业。这西服领带算个么事,城里人能穿,我们乡下人也能穿。看你手上还有鱼鳞咧,不要把领带弄脏了。"大柱儿转过身,对着看稀奇的人说:

　　"乡亲们,怂哥儿要成为我们临河湾的第一个万元户,他是农民企业家,所以要穿西装系领带!企业家们都是要穿西装系领带的,今后,我们都发财了,都穿西装系领带!"

　　有人问:"这衣裳只两个扣子,颈子上吊个红带带,怎样插田割谷?这玩意怕不是我们乡里人用的吧?"

　　大柱儿理直气壮地答道:"乡里人怎么不能用?乡里人还不是人!怂哥儿就带头用起来了嘛!"

　　晚上,枕头边,桃香谨慎地说:"看你买这红带子有啥用,吊在颈上,丑不丑?丢人现眼的!"

　　他说:"是大柱儿要我买的,他说我当农民企业家,非要这玩意不可!"

　　"那他自个为什么不买根吊在颈上呢?"

　　"他说我是老板,他是工作人员,应该我系他不能系!"

　　"屁,什么老板,不就赚了几个钱么?闹得四邻都晓得,你的怂病又犯了!"

　　临河湾有个万元户啦,贩鱼赚了大钱呢!他穿西装,颈上系着根红领带,皮鞋走路咯咯响。听说那领带是从外国人那里买的,要值一百多块钱咧!四乡八井传开了他的故事,越传越神,越传越远。有的人说他家的票子用提包装,有人从好远跑到临河湾,来看他的红领带。这时,他躲也躲不脱,只好让人看个够。来人看他那憨憨的样子,说,人真是不可貌相哟!

事情也巧，刚好县文化馆有个搞摄影的，来到乡下，听说临河湾有个农民企业家，穿西装系领带。这位同志灵机一动，这真是个体现时代精神的好题材。这位摄影师急急赶到临河湾，找到了他。他被摄影师摆弄了半天，终于拍好了照片：一片绿色的田野里，他站在田埂上，穿着米黄色西装，系着红领带，笑眯眯的。

不几天，他的照片被放大，放在文化馆门前的玻璃橱窗里。湾里人从县城回来说，他在玻璃橱窗里可威风哩！临河湾出了他这个名人了。他抽了一天空闲时间，特地赶到县城。他看到自己的照片，憨憨地笑了，还真像回事呢！

三十年河东，四十年河西。人有过五关斩六将的时候，也有败走麦城的光阴。等到他的名字在四方传开，照片在县城悬挂后，他的生意也做不下去了。省城市场上的鱼越来越多，加上别人从他那里得到经验，也纷纷贩起鱼来。鲁湖的渔民见贩鱼的多起来，批发价也抬高了。他和大柱儿赚的钱越来越少，最后连付手扶的运输费都不够了，这生意怎能再做下去?！这贩买贩卖，重在一个信息，还要不断地变换品种。临河湾的村民忠厚老实，根本不会做生意。他和大柱儿不过是凭运气赚了点钱，在市场竞争上，他们根本不是对手。

他收了兵，不干了。桃香说："在家老实种田吧，这才是我们的根本呢！"

他想老实安静地种田，可别人却不让他安静。找他取经的，来看他的红领带的人不少。其中有乡区干部，人家来了，夸赞他，找他聊天，不能做活不说，还要赔上酒饭。他爹有点气鼓鼓的，他娘和桃香就忙进忙出招待客人。

一天，他在田里扯秧草，原来的生产队长，现在称做村民小组长的王剩儿，带着两个干部模样的人找到田边。王剩儿喊："怂哥儿，快起来，有客人来了！"

他停了活路，赶忙洗了手，爬上田埂，朝来人憨厚地一笑。王剩儿指着他向来人介绍道：

"张主任，这是万元户王松哥！"

戴眼镜的那人连忙上前和他握手，热情地说："啊，是松哥同志呀，久仰久仰，我们今天是专程来拜访的呀！"

四人一起回到家里，他忙着递烟倒茶。张主任说："松哥同志，我是县教委会的。县里最近准备办个聋哑人学校，但是由于国家财政困难，我们准备搞公办民助，在社会上寻求赞助。松哥同志的照片在县城里挂着呢，是全县有名的专业户，是不是能给我们一些资助呢？"

王剩儿在一旁把他拿出来待客的好烟大抽特抽，这时忙插嘴：

"这是好事，怂哥儿不要推辞哟，张主任特地和李同志来一趟，不容易哩！"

陪着张主任来的那个李同志朝他点点头。

他憨憨笑着,心想,这办聋哑人学校也是好事。他搓搓手说:"我给五百块吧!"

张主任李同志拿着现款走了,脸上并无高兴的神色。王剩儿起身,顺手把一包没抽完的烟揣在怀里,边走边说:"伙计,是不是给少了啊!"

"还少了,我跑了个把月的生意,赚的钱去了一半啦!"他忙辩解。

"嘿嘿,别打埋伏了,你赚了这个数。"王剩儿伸手张开了五个指头摆了摆,走了。他不知王剩儿那五个指头摆了摆,到底是多少?

他给聋哑人学校赞助五百块钱的事,王剩儿给他在村里广为传播。木水听了,悄悄写了篇广播稿,寄给了县广播站,广播站给木水寄了两块稿费,不几天就向全县广播了。他的名字上了广播,这了不得咧,大柱儿、四蛋等一帮伙伴祝贺他,使他心里甜滋滋的。

隔了几天,村民小组长王剩儿又找他,动员他认购国库券。王剩儿说:"这认购国库券,是大好事哩,我们村分了一千块的任务,你就认了五百块吧!这钱将来国家要还你的,还有利息,帮你存钱!"

他想想,觉得王剩儿说得在理,就认了五百块。木水上次写稿受到鼓励,这次又写了一篇《穿西装系领带的农民,认购国库券五百元》。这次的稿子比上次长些,木水得了三块钱的稿费。稿子广播了,临河湾的人又骄傲了一番:这是临河湾的光荣呢!

又过了几天,他收到一个大大的牛皮信封,里面有一封信与一张表格。信上说,正在编写的一部《中国乡村企业家专业户名人大辞典》,邀请他参加。参加者,请汇款五百元,填好表格,寄省城某杂志编辑部,就可在辞典中占五百字的篇幅。他拿着表格研究了半天,就去找大柱儿商量。大柱儿高兴地说:

"这是大好事呢!名人辞典啦,全国各地都晓得你,子孙后代都知道你。干,怂哥儿,好机会哩!"

"我没钱啦,赚了千把块钱,早没有了,给了聋哑人学校,买了国库券,哪还有五百块!"

"哎,我赚的几百块钱给我弟弟拿走了,他要结婚,去办嫁妆哩,要不我还可以帮凑几个。"

"嗯,还是找你爹去,先把你家存在信用社的钱借五百!"大柱儿想了想,给他出了个主意。

他去找爹,因为上次他和大柱儿私自从信用社取款做本钱后,他爹就和信用社说好了,没有他爹的印鉴,谁也不能取他家的钱。

他爹听了原委,把他臭骂了一顿:"你个苕狗日的东西,三十大几的人了,还是他娘的怂货。赚了那千把块钱，出名了咧，颈上吊个红带带，像你娘的吊颈鬼，丢老子的人。千把块钱被人怂完了，又来想老子的心思，做梦！老子是血汗钱！"

他被骂得蔫头耷脑，晚上，桃香又说了他一顿，他气得把表格和信撕得粉碎。

不几天，又有人找上门来，是省城的个什么开发公司，说是要建国际儿童乐园，对捐款者刻碑纪念。他想捐钱，也想在碑上刻个名字，但他没有钱了。来人怏怏不乐地走了。

不几天，又有个什么"青笋文学社"来信，希望他捐款支持他们办《青笋报》，捐三百，可当社长，捐一百，可当顾问。

不几天，竟然有个姑娘写了封求爱信来。信中说，看了他在县城里挂着的那张大彩照，系着红领带，有农民企业家的风度，越看越爱。并猜想，他们家一定有大瓦屋，有彩电、冰箱、录音机的。姑娘最后表示，如果他还没结婚的话，她愿嫁给他，随信还寄了张照片，是一张圆圆的脸。

桃香看了这封信，生了气，晚上把背对着他，嘤嘤地哭诉着："嫁给你这呆子，为你生儿育女的，没敢偷过一天懒，里里外外死命做，没想到你是这样，人家大姑娘找起你来了！"

他说："这能怪我么？我又没去招惹别人。唉，他娘的当个名人难咧，都怪这红领带，都怪那挂在县城里的照片。"

桃香爬起来说："你去给我把那照片取回来，再也不许你穿那西装，吊那红领带了！要不，我就跟你离……你去找那个姑娘吧！"说完，又趴在枕上哭起来。

他烦透了，爹骂娘着急，媳妇吵，这他娘的万元户有么当头，红领带有么系头？简直使人没有安定日子过。他生平第一次在心里做了个决定，第一次有了不受人怂的想法。

第二天晚上，他突然不见了。他娘和桃香问村里人，都说没看见他。桃香着急了，是不是昨晚吵架，他真的去找那姑娘去了？一家人急得一夜都没睡好觉。天亮时，他满头大汗地回来了。一进屋，他把一尺多长的大彩照递给桃香，照片上，他系着红领带憨笑呢！

他的米黄色西装上衣，叫桃香在上面加钉了三颗扣子，穿在身上。两颗扣子的衣服，不是农民穿的，他说。

这之后不久，有一次，他和人比赛竖石磙，大柱儿、四蛋、木水都把石磙竖起来了。临到他了，他扎扎衣袖，抱住石磙的一头，一用力，只听叭的一声，石磙竖起来了，他的裤子却掉到脚跟。幸亏里面有条短裤，要不就露屁股了。他在大家的轰笑声中，扯起裤子，可那断了的裤带被大柱儿抢到手了。大柱儿说："怂哥儿，这不是你的红领带么？咋派了这用场？这值七块多钱呢！"

这七块多钱花得，唉——

农民毛耕的一天

农民毛耕的基本情况如下：

四十五岁，属虎的。毛家细湾村民，家庭成员有母亲，六十八岁，妻子四十六岁，小儿子在县城读一个财贸学校的专科班，除了每学期交一批钱，每月需生活费一百五十元，毕业出来后自己找工作。大儿子在读初中时到河里玩水淹死了，这是毛耕终生的痛事，要不然毛耕也可以和村里同龄人一样，现在都抱上孙子了。老二是个女儿，出嫁了，当一个农民的妻子。

毛耕这人在村里不笨，甚至可以说是个聪明人。毛耕现有瓦房三间，两亩水面的鱼池一口，就在他屋子后面。毛耕还有两亩责任水田，三亩责任旱地。他买有一辆小四轮拖拉机，除了种地养鱼外，还给村里人跑些运输，挣些钱。

因此，像毛耕这样的农民，不穷，当然也富不到哪里去，主要是他还要供养一个假大学生（村里人背后这样说）。

事情的开始是这样的。毛耕给村里的水安拖一车斗菜送到金水闸镇。毛耕把拖拉机停在集贸市场旁边，水安去找菜贩子谈价钱，毛耕就在驾驶室里坐着抽烟。他显得很悠闲，看着热热闹闹讨价还价的集贸市场，吐着烟圈，有种日子过得很悠闲自得的模样。

这时毛耕就看到了一对男女。男的扛架摄像的机器，女的肩上背只方匣子，手里拿着根黑棒棒，见人就把那棒棒朝前伸，要别人说话。这对男女年龄都在三十岁以内，他们是电视台采访的，毛耕从电视里见过这阵势。

使毛耕感到很快乐的是，那些买菜卖菜的农民或镇上的市民，见那女的把棒棒突然地伸过来，就一阵惊慌，不是结结巴巴说不出话，就是干脆把头一扭，躲开。

毛耕感到有点遗憾了，我们这儿的人怎么这么没出息，见了电视采访说不出话来，还躲躲闪闪。人家其他地方的人，想有这种机会还没有呢。

毛耕只顾自己感叹，没想到电视台的男女朝他这边走过来了。隔得近了，毛耕看到那女的胖乎乎的，长得还端正，是县电视台自办节目中常出现的面孔。这时，那女的突然就把棒棒伸到毛耕的嘴边了。毛耕先是吓一跳，他可是一点准备都没有。但毛耕很快就镇定下来，他毕竟不是个笨人，何况他骨子里是希望有这么一次露脸的机会。

女：请问你是农民吗？

毛耕：是的。我是农民毛耕。

女：这拖拉机是你的吗？

毛耕：是的。这拖拉机叫小四轮，是我买的。

女：毛耕先生，我们电视台准备办个专题节目，叫做"一百个中国农民的一天"。我们请你参加。你能谈谈你的一天是怎么过的吗？

毛耕想，天哪，她叫我先生哩！要我谈我的一天是怎么过的？我将成为"一百个中国农民"中的一个，很光彩的事。

毛耕：可以。但我们农民的一天是很平常的。吃三顿饭，劳动，再就是睡觉。我们每一天都这么过。

女：太简单了。你要谈出你的想法，某一天中发生的故事，要情节，要真实。通过这个节目，我们想表现中国农民的生存环境和生存状态。

毛耕沉吟了一会，抓了抓头皮，想了想。

毛耕：要我说哪一天的事，不记得了。要说想法，就是要多赚点钱，因为现在特别需要钱花。

电视台的一对男女笑了，这时旁边围了不少的人看热闹。水安已和菜贩子谈好了价钱，准备到车斗上卸菜，见了眼前的架势，也停下来看热闹。

女：这样吧毛耕先生，从明天开始，三天内你每天做些什么，你记下来，三天后我们来找你，请你谈其中一天的生活，好吗？你住在哪个村子？

毛耕：好吧！我住在毛家细湾，欢迎你们光临。

电视台的男女朝毛耕招手再见，就离开了集贸市场，上了镇政府的吉普车走了。

毛耕哥，接受电视采访，你要成名人了。水安说。

我要为我们毛家细湾人争口气，这不算什么。毛耕抬手用袖子擦了擦额上的汗。回想着刚才的答话，看是不是有不对的地方。那女的用的是普通话，毛耕本想用普通话回答，他又怕说不好，所以还用的乡下话。其实毛耕是六十年代的初中生，他是学过普通话的，当然没电视台的人说得好。

水安和菜贩子已卸完了菜，毛耕就和水安一起开着拖拉机回毛家细湾了。

毛耕哥，电视台的人还要来采访你？水安问。

他们说是还要来。毛耕答。

他们采访你，会不会给你钱？水安问。

怎么能要他们的钱,那不是显得我们农民太小气了么!不仅不要钱,他们来了,我还得招待他们一顿饭,酒是少不了的。你说是不是?水安!毛耕开着拖拉机对水安说。

那是!那是!水安觉得自己提钱,是没觉悟。

一九九五年四月七日。农民毛耕普通一天的真实记录。上午。

没有人来请毛耕的拖拉机运输,田地里也没什么活儿,鱼池的鱼食妻子去喂了,这是个闲日子。

毛耕睡到快八点钟才起床,洗脸刷牙,母亲端上稀粥和咸萝卜条与腌菜,毛耕就忽拉拉地喝稀粥,喝得十分畅快舒服,喝了一碗又一碗。

妻子说:儿子来信了,要快点寄伙食钱去。这个月要买一套什么书,叫寄一百八十元,你今天就去镇上寄吧!

我晓得。莫听他叫得凶,他不晓得钱是咋样来的。等两天有人叫我的拖拉机送菜时,顺便到镇上寄去,迟两天饿不死他。再说我身上还没得那么多钱呢!

还差几多钱?我这有。老母亲说。

你的钱留着吧,与你不相干,饿不坏你孙子的。毛耕喝完碗底的稀粥,拈了一根萝卜条嚼得脆响。

毛耕哥,三缺一呢!玩去吧!堂弟毛犁从大门口伸进个头来喊。

我这几天不能玩,电视台明后天就要来采访我做的事。我要说我这天玩了一天麻将,那不就完了蛋。毛耕说。

你就不会说你没玩麻将,而是去耕田了吗?毛犁说。

那还行?电视放出来几多万人看,我能说假的。这是个农民形象问题。

算了算了,你去搞你的形象吧!毛犁走了。

毛耕吃完早饭,坐在堂屋里抽了支烟,心想今天我得找点什么事情做做吧!要不采访的来了,我没事情说,那人家会说农民游手好闲。

找点什么事情做呢?要有点情节与故事,采访的那个胖乎乎的女的就是这么说的。平淡无奇不行。

毛耕在堂屋里沉思着,想找点有情节的事来做。

座钟不觉就敲响了十下。

矮个子司机是十点钟急匆匆地走进毛家细湾的。毛家细湾的房屋分成前排后排,两排房子都坐北朝南,南边就是金水河,毛家细湾家家的大门都对着河水。

矮个子司机姓王,就称他小王吧。小王走进毛家细湾。先从第一排房子找起,他找人。第一排房子都找遍了,小王没找到人。那些房子里,有的人家只有老人小孩,有的房子锁上了门。小王数了数,第一排房子共有四桌麻将,有四四十六人坐在桌子边玩得热火朝天。

小王：师傅们，帮个忙吧，我们的车掉到后面的沟里去了，请各位师傅去帮忙拖一下。

汽车掉到沟里去了？怎么不好好开，要掉到沟里去呢？我们没空啊，再说汽车太重，我们几个人也拖不起来。

不管小王怎么求，怎么拿烟给众人发，那些玩麻将的人烟也接过去抽了，就是没人起身去帮小王拖汽车。

小王沮丧极了，这些农民大爷啊，可不像过去那么好说话了。小王又到第二排房子里去找人，情形和第一排房子一样，除了小孩老人，稍年轻些有力气的人都在玩麻将。

小王见人就请帮忙，递烟，那玩麻将的人回答的话高度一致，像受过训练似的。

小王找到第二排屋子的第四桌麻将，进去后又叫开了师傅，又递烟，又说明来意，请求帮忙。小王想，这村子也快走到头了，如果这几个人再求不动，我的车就只好歪在沟里出不来了。可我们的刘局长怎么办？刘局长要发火的。发火又怎么样，只怪他的家乡的人太没好心肠了。

这个村简直是个麻将村。

麻将桌边坐着的人中有毛犁。

毛犁：我们这里不兴喊师傅，师傅是城里人喊的。我们是农民，只兴喊大哥大叔大爷的，你看着年龄喊。我们现在忙，肯定不会去帮你拖车子。我告诉你，离这房子往东走三家，有个人在家里，他有辆小四轮拖拉机，你去找他，给点钱，他一下子就帮你把车子拖上来了。

小王连忙谢了毛犁，往东去找有拖拉机的人家。

小王就找到了正在家里想做点有情节的事的毛耕。

小王看见毛耕的那模样，就喊大叔。

大叔，您家好。说是您家有拖拉机，我的一辆吉普车掉到村子后面的沟里去了，想请您家的拖拉机去拖起来。小王给毛耕递根烟后，又补充了一句：该付多少钱我们付。

毛耕立刻就振奋起来，这不就有事情找上门来了么！

可以的，那我们就去试试吧！毛耕点着烟说。

毛耕把拖拉机发动起来，卸掉拖斗，拿了钢丝绳和铁契等工具，让小王在驾驶室后面站了，就开起拖拉机朝村后去了。

毛家细湾村后三百来米处的地方，有一个小丘陵状的土堆，一头靠金水河，一头靠向乡村土公路。土堆丘陵处是附近各个村庄的坟地,密密麻麻的都是坟堆子。清明节前后,到坟地扫墓的人很多,烧纸放鞭炮给坟堆培土磕头。这天是清明节的第三天,扫墓的已经接近尾声。

拖拉机一出村就上了公路,毛耕一眼就看到由公路拐向坟地的大沟里,一辆土黄色吉普车歪倒着,车篷抵着沟沿。吉普车靠人是很难拖起来的,幸亏有我这小四轮拖拉机。今天这钱是要赚几个的,我付出劳动,他付报酬,天经地义。

你来扫墓啊,哪村的?毛耕问。

是我们局长来扫墓,他是哪村的不清楚,好像家里没人了,都迁进了城镇。小王答。

这土路上开车比城里大马路上开车要麻烦多了哩!

是的。局长走到坟地去了,我是想把车倒过来调个头,却不料就掉进沟里去了。

毛耕把拖拉机停在路上,跳下来,看了看歪在沟里的吉普车。难得拖起来呢,他搓了搓手说:拖起来后你给多少钱?

五十块钱吧!小王朝坟地那边望了一眼,看到刘局长已经扫完了墓,正坐在坟堆边的碑上抽烟,不时朝这边望一眼。小王咬咬牙,说:就五十块钱吧!

毛耕转身就上驾驶室,要开拖拉机走。

五十块钱,你去找别人拖吧!你这是在打发叫花子。毛耕说。

哎,大叔您老别走别走嘛!小王赶紧拉住毛耕的衣襟不放,您说几多钱吧!

我是个爽快人,三百块钱,少一分钱都不干。毛耕口气很硬。毛耕心里说,我不宰你们这些人宰谁呀?你们那钱也是老百姓的,我拿过来供我儿子两个月的生活费。

小王咬咬牙,说:行吧,大叔你就快动手吧!

小王想,他妈的,这哪像农民,这是刁民!趁火打劫呢。算了算了,三百块钱,买汽油的时候充掉,叫刘局长签个字,反正不要我出。

毛耕看样子干这事很内行,他三下五去二地用钢丝绳把吉普车拴好,然后用铁契子连在拖拉机上。毛耕吩咐小王到吉普车上去打方向盘,他在拖拉机上用劲。

一切准备停当,小四轮拖拉机一声呼啸,冒出一阵黑烟,四只轮子朝前缓慢地滚动着。小王在吉普车上把着方向盘。

"呼噜"一声,吉普车就爬到土路上来了。

毛耕解钢丝绳,抽掉铁契子,放好。他不慌不忙地干着,显得很沉着。

坟堆那里坐着抽烟的那个人慢慢地朝吉普车这边走来。那个人好像心事重重的样子，可能在想坟堆里躺着的亲人的往事。

　　小王用擦车布擦掉车篷上的泥巴。坟堆边的那个人走过来了，毛耕和那人打了个照面，那人朝毛耕点点头。毛耕觉得这面孔好熟。

　　小王说：刘局长，上车吧！

　　你还没给钱呢！毛耕待刘局长上车后，对小王说。

　　小王说；怎么会少得了你的钱呢！说着就从口袋里掏出票子，抽了三张百元的递给了毛耕。

　　小王是要让刘局长看到。

　　吉普车就沿着土路拐上公路，朝金水闸镇方向走了。

　　毛耕拿着三张百元的票子，很是高兴，这半天没白过，这半天收获好大。

　　突然，一个名字跳进了毛耕的脑子：刘成功，刘成功，这刘局长就是刘成功，读初中时，我们是同桌呢！他是刘家墩的人，他母亲的坟埋在这里。

　　我赚刘成功司机的三百块钱哩，刘成功刚才肯定认出我来了，司机肯定要对他说的。毛耕想。

　　刚才的高兴劲就没有了，毛耕把拖拉机开回家，刚好毛犁他们的麻将战暂停，回家吃饭。

　　毛犁：毛耕哥，刚才这一趟赚了多少钱？

　　毛耕：赚什么钱？人家给了三十元辛苦费。

　　这是给人帮忙，哪能谈赚钱的话。

　　毛犁摇摇头回家去了。

　　毛耕也进屋吃中午饭。

　　一九九五年四月七日。农民毛耕普通一天的真实记录。下午。

　　毛耕的中午饭没吃好，有心事，烦躁。他埋头吃饭。

　　你快点把儿子要的生活费寄去吧！妻子又说。

　　你就忘不了儿子儿子的，我晓得寄的，你急个么事！人家电视台叫我三天在家里把做的事记下来，明天就来采访的，我怎么能专门跑到镇上去寄钱呢！明天人家采访完了我就去寄，好不好！毛耕说完，把碗一推，回里屋睡中觉。

　　乡村在这个时候不忙，每家每户只那么点田地，该做的事早就做了。毛耕的中觉睡到下午三点钟。

　　毛耕起床后，妻子说：鱼池周围长了不少的草，你去把草铲了吧！

　　毛耕觉得也是，鱼池边整修光溜好。

　　毛耕就提了把铁锹，朝屋后鱼池走去。毛耕经过毛犁的家时，听见里面的麻将搓得哗啦响。毛耕不喜欢玩麻将，实在没办法被人拖上桌时，也玩一会，可就是没兴趣。这些人哪来的瘾头，那玩的有什么味呢？浪费时光。毛耕想。

毛耕家的两亩鱼池，在一片土地中间。鱼池的四道堤埂，结实而光滑，修整得很好看。毛耕的两口子都是勤快人，他们经营的那几块田地，庄稼在村里长得也是一流的。

毛耕开始铲堤埂上和池水边的青草。他把外衣脱了，穿件毛衣，拉开架式，把那铁锹使得龙飞凤舞。青草在锹刃下纷纷倒地折腰。铲了一堆后，毛耕就把青草扬进池里，立刻就有鱼群前来夺食，鱼尾搅动满塘波纹。

毛耕铲了一气青草，歇口气，陶醉地看着池子里的鱼，心里分外畅快。毛耕这两亩鱼池，全部养的是鲤鱼，现在每条都有两三斤重了。等鱼有了五六斤重时，毛耕就把鱼取了，拖到县城，就等着数票子吧。

养鱼一般在春节前后上市，那时鱼多。毛耕打了个时间差，他的鱼上市都在年中，五六月份时，这时的价钱就好得多。

毛耕干起活来，专注投入，认真仔细，能把劳动时的那种节奏那种美表现出来。今天，毛耕就进入了这种境界。

如果在这个时候，电视台的那对男女来拍摄毛耕铲草的劳动，那画面和情景一定是美的。

这个时候，毛耕已经忘了电视台来采访的事。

镇广播站的维修工小李是下午四点半找到毛家细湾的毛耕的。小李从自行车上下来，对鱼池边挥舞着铁锹的毛耕说：大叔，县电视台明天上午来采访你，请你在家里等着，我们广播站的陶站长也来。

采访我?! 毛耕愣了愣，这才记起了电视台的事情，忙说：好的！好的！我明天一定在家等候。

小李告辞，骑着自行车走了。

毛耕的青草也铲光了。电视台那对男女明天真的就来采访了。毛耕回忆这三天做的事：前天是清明节，毛耕一家人去扫了墓。下午毛耕用拖拉机给村里人拖菜去金水闸镇。昨天，毛耕和妻子一天都在水田里整秧圃，平田，准备五月初插秧。再就是今天做的事了。上午拖吉普车赚钱的事看怎么个说法，反正事情做了，要了多少钱，就含糊点吧！下午弄鱼池。毛耕想，这三天就是这样，电视台要我说哪天我就说哪天，农民过日子还能过个花板眼出来？

不过，能有上电视的机会，我要好好地谈出点名堂来，谈出我们今天农民的水平来。毛耕想着时，鱼池的鲤鱼在水面翻了个大花。这下提醒了毛耕，总得准备几条鱼吧，如果他们在这里吃饭，自己鱼池里养的鱼上桌子是应该的，如果他们不在这儿吃饭，给他们一人送两条鱼也是应该的。

毛耕心里头打算好了后，立刻就行动。他提着铁锹回家，把家里墙上挂着的小鱼网取下来。

妻子问：你取鱼网做么事？

毛耕说：去打几条鱼回，明天家里有客来。

毛耕说完，就提着鱼网从家里出来，迎面却碰上了水安。

水安：毛耕哥，去打鱼呀？要卖鱼去？

毛耕：明天电视台不是要来么，我去打几条鱼做菜。水安，你明天如果有时间，来捧捧场啊！

水安：好的！好的！我有时间就来。

毛耕很快就到了自家鱼池边。毛耕想，网几条三斤重以上的才行，太小的就放回去再养一段日子。

毛耕把鱼网抖开，然后提着鱼网右臂一扬，一朵网花浑圆，砸进鱼池。

悲剧就在这一刹发生，多少年后，农民毛耕想起这一刻发生的事，总觉得十分的奇怪。有谁听说过这等稀奇事？有谁倒霉像毛耕这样？凑巧，怎么就巧得这样巧呢？毛耕最后只好想，这是命，农民毛耕就是这样的命。农民毛耕在这天上午就不该赚刘成功司机的三百元钱，这是一种报复，是刘成功的母亲躺在坟堆里指挥这一切的。毛耕后来就越想越信命了，他用这事教育他的儿子切莫做亏心事。这都是后话了。

四月七日下午大约五点钟时，农民毛耕在自家鱼池里撒网。网砸池水时，有一条三斤多重的鲤鱼轻灵地跃起，猛然撞向毛耕的脑门。毛耕立刻一阵尖叫，那叫声惊动了毛家细湾的村人，那八桌麻将立刻就停了。

出了事了，像是出了命案。有人说。

人们跑出了村子，随着毛耕的第二声惨叫，人们涌向毛耕家的鱼池。跑在前面的有毛耕的妻子。毛耕的母亲年龄大了，颠着小脚跟在人们后面，口里说：天哪，我儿毛耕出了么事呀？

毛耕倒在鱼池的堤埂上痛得直叫唤，他双手捂着眼睛，鲜血从捂着的双手间渗出来，还有黑的汁水。

毛耕的妻子一屁股坐在鱼池上哭起来了，她哭得鼻涕眼泪一大把。毛耕的母亲听见儿媳妇的哭声，就跑不动了，也坐在地上哭叫着：毛耕我的儿，你刚才好好的，你怎么了？你不能丢下你娘不管呢！

毛犁一把上前抱起毛耕：毛耕哥，你怎么了？

毛耕说：一条鲤鱼飞起来撞我的脑门，我的眼睛完了，眼球都出来了，我现在捂着哩。好痛啊！

毛犁马上指挥人回村去拿了条干净毛巾，把毛耕的眼睛包扎起来。

毛犁叫毛耕的妻子回家拿了开水瓶脸盆饭碗换洗衣物，还有钱。

快点，嫂子，我们送毛耕到医院去，你跟着去。毛犁说。争取把他的眼睛救了。

怎么送毛耕去医院呢？村里只有毛耕这辆拖拉机，毛耕自己不能开，别人又不会开。弄副担架，抬到镇上去。毛犁说。

半个小时后，四个男人和毛耕的妻子一起送毛耕到镇上医院去。四个男人中有水安和毛犁，他们轮流抬着躺在竹床上的毛耕。毛耕哼哼着。毛耕的妻子提着日用衣物等一兜噜东西，跟在毛耕后面小跑着。

金水闸镇医院在看了毛耕的眼睛伤处后，表示镇医院能力与水平有限，让毛犁他们把病人送到县医院。

毛犁在镇公路边拦了一辆小面包车，司机开价三百元，少一分钱都不送。与毛耕商量，毛耕说三百就三百吧，现在要快点去医院。

毛犁、水安和毛耕的妻子陪毛耕去县城医院，另两个人就把竹床做的担架背回村去。

毛犁和水安是第二天上午从县城坐车回金水闸镇的。

两人在金水闸下车，就碰上镇广播站的维修工小李。

小李：哎呀，碰上你们二位就免得我跑路了。你们回去给毛耕带个信，就说电视台的那个节目不搞了，他们不来采访了，叫毛耕不要等了。

小李说完，跨上自行车就走了。

水安：个婊子养的，毛耕哥就是因为打鱼给电视台的人吃，把眼睛都搞瞎了，他们说不来就不来了。

毛犁：我拉他打麻将他硬是不去，要是打麻将他的眼睛怎么瞎得了。

在一九九五年四月八日的晚报上，有则社会新闻，题目是《捕鱼待客鱼跃脑门　一农民眼睛被鱼撞瞎》。正文是：

本报讯　四月七日下午，武昌县金水闸镇某村村民在自家鱼池里捕鱼待客，一条三斤多重的鲤鱼猛然跃起，直撞其脑门，左眼球当即被撞出，送到县医院做了眼球摘除术。（武昌县医院亦文）

县电视台那个胖胖的女节目主持人读到了晚报上的这条小新闻，觉得很有意思，就在她的节目中播了。

她绝对没有想到这个人是她原准备去采访的农民毛耕，也没想到这件事与她有什么关系。

二 道 围 子

　　蚕豆粒大的雨点在屋瓦上噼噼啪啪地敲了三天三夜,高瘦的杨树矮粗的苦楝树扎煞着枝叶招呼四面来风,东摇西摆了三天三夜。恼人的七月烦人的七月大水的七月,范湖乡一带的乡村都浸在浑浊的雨里了。

　　乡长胡黑大家都喊他黑胡,带着乡干部冒雨在各村组织防洪,三天三夜没回乡政府。乡政府只留了一个干瘦的李教委看守电话。

　　"妈的个×这王八天就这么哗啦哗啦也不嫌累。二道围子外的低湖田泡了,这围子里的田怕也靠不住,要喊人护围子也没得几个人。"黑胡乡长刚走,原来的八队长现在叫做第八村民小组组长李大生,穿着件大号的军用雨衣赤着脚提着锹骂骂咧咧走到村中的一棵苦楝树下,就着锹板把钟撞得轰轰响,响得几个人头从屋门口探出来然后又缩回去。

　　李大生瓮声瓮气地喊:"快点快点乡长布置了快到二道围子去防洪保粮,快点哟!"

　　一分半钟后,苦楝树下增加了四婶,四十多岁的女人,瘦小的个头,黑布裤脚挽到膝盖上,穿一件铁灰色塑料雨衣,雨衣后背上补了块蓝布补巴。四婶的两根小腿肚像两根钉子扎在雨里。两分钟后,苦楝树下增加了李细狗,近三十岁腋下夹把锹脑袋夹在两肩,睁着惊恐的眼。三分钟后,才有三个彪壮的汉子穿着一色的全新雨衣,慢慢腾腾稀稀拉拉地走出家门。

　　李大生小声地骂了句:"妈的个×,如今这钟也没得用了,敲了半天才出门,大概水还没到屋门口。"他朝四婶和细狗挥了挥手,"走,我们先走!"

　　晌午饭后老天大约刚听到李大生的骂,好像感到累了,雨就稍稍停下来。村路上有层稀泥,田埂上有层藤藤草缠绕着,李大生带着他的队伍由村路转上田埂向二道围子走去。

　　村子在一处坡上,坡边有道围子隔开村庄和田野,这围子是用土筑的堤埂,既可防止鸡鸭猪羊到大田糟蹋粮食,也可用来防洪。这湖区洪水泛滥是经常的,三五年都有一次,不过很难有淹到村子的规模,像今年这样泡了低湖田又威胁到二道围子的情况也不多见。村子两头有两条大渠的坝堤,像两条伸出的手臂,村边的第一道围子大约五六百米处，平行地筑着第二道围子，第二道围子的两端也与渠坝相连，离第一道围子的两端也与渠坝相连。两条渠坝与两道围子拼成了一个长方形，这长方形内就是第八村民小组的稻田，大概有五十多亩的样子。

李大生带着他的村民登上二道围子，畏缩的细狗情不自禁地喊了声"妈呦"！二道围子外，是浊黄浊黄的水，茫茫的一片，与范湖和连着范湖的大渠荡漾一起，荡起股股浪头，舔咬着围子和渠坝，窥视着围子里的稻田。前几天摇摆在围子外低湖田的稻子，连个影儿都没有了。多好的稻子啊，沉甸甸的，再过十来天就可收割，可如今都喂了洪水。

不过第八村民小组的村民不是那么痛惜。这个村是个袖珍村，原来叫八队现在叫八组，其实只有七户，这七户人家的村子有个名符其实的名字叫小湾。小湾的大部分田在围子里，低湖田被淹的稻子多是其他村子的。如今小湾的大部分田还是好好的。成熟但未黄透的稻子呈黛青色，密匝匝一大片填满了一个大长方形，遭到三天三夜的雨砸，它们顽强的生命力并未减弱，除少数微低着头外，它们都扬着穗子朝主人笑哩。一台五寸径的小电动水泵，趴在渠坝上的一只小油毛毡棚里，啪啪地把围子内稻田的积水排到大渠。

还是这个电动泵好，又不要人看护，就这么听话地工作着，李大生想。

人都到齐了，连李大生共六人。七户人家怎么只有六个人呢？小湾除了李大生李细狗四婶三户外，再就是熊家大虎二虎三虎三兄弟。三兄弟三户，都是三个棒小伙，老爹熊大壮，年过六十名不虚传又硬朗又健壮，熊大壮老两口跟三儿子三虎一起过，三虎还没娶媳妇哩！按说熊大壮也是个劳力，今天该上围子来的，但他朝门外看了看，都是一户出一个人，他这户何必要出两个呢？三虎出门后，熊大壮就继续趴在桌上喝两盅。

小湾的第七户却不是平头老百姓，户主何光天，是原来的大队现在叫村的党支部书记，虽然叫村党支部书记却管着十几个村子。乡里人嫌这个概念不清楚，所以还是叫他大队书记。

何书记虽为小湾村民，但李大生哪能斗胆管他。他家的田虽说与村里六户人家的田都在围子里，可他从来没到田里去过，犁田打耙插秧割谷，到时自有人来帮他做得利利落落，他家老爹何老汉倒是常拄着拐棍到田边转转，看看是否该除虫施肥了。何书记早在三天前就去了城里，据说他在城里与什么人合办了个农贸公司。何书记不在，他家自然没有人到围子上来了。

李大生带着他的村民把二道围子仔细察看了一遍。围子看上去还结实，围子外的水平线离围子面还有四五寸高，如果老天再不下的话，还没有危险。若老天再下，围子就有被漫和溃口的可能. 那时虽说村子有第一道围子挡着，没有什么问题，但围子里的五十多亩稻子就没救了。稻子被淹，七户人家一年的辛劳将成泡影，最多也只能等水退后捞点芽子谷回来喂猪。

"这几天要是再不下就好了，那就免得老子们再加高围子了！"李大生愤愤地说，他不知道自己为什么有点生气。

"靠不住！"熊家的大虎接过话头。

"我看不会再下了，下了三天三夜哩还会下吗？何况还有几部可以站着走人的大水泵在把湖水朝河里排呢！"熊家三虎是个刚毕业不久的高中生，他可不喜欢在这泥里水里搬泥巴。

"娘卖×的这些水泵抽呀抽呀，到时还不知一户要摊多少电费咧，这点屁庄稼到时卖了付水电费还不够！"熊家二虎也愤愤说。

只有李细狗缩着脑壳没有做声，他还在瞪着惊恐的眼睛望着大片的水。他是个懦弱的人，他的意见从来就连放屁都不如，谁也不会听他的。他说了没用，他也就不说话。

四婶是围子上唯一的女人，别人家的女人都待在屋里，她们有男人上围子，四婶没有男人只好自己来了。她的男人在一个煤矿打工，每月能挣不少钱，一个儿子在省城读大学，这个夏季就毕业。四婶可以不种田完全不愁吃穿，但她有五亩责任田在围子里，她不种心里就不舒坦，她说她是个鸡扒命。在几个男人发表了意见后，虽说这意见都是模棱两可的，四婶还是认真地看看天看看围子看看围子内的田围子外的水，说："大生，雨怕停不了的，我看这围子还是要加一层才保险，要不危险得很的！"

四婶的话音刚落，大生和熊家大虎都说："恐怕要加一层才保险，要不攒了一年的劲卵都没得，叫老小们喝西北风哇！"

三虎却别别嘴："危言耸听，现在谷子又不值钱，小湾哪家没有钱路子，真淹了花几个钱买粮吃，现在米又不贵，饿不死人。"他想快点回去接着看他那本《今古传奇》，实在不愿在这泥水里待了。

"你个臭嘴少说两句，都去买米吃，当初就不该种这田的？"二虎嫌三虎懒，抢白了他几句，三虎撇撇嘴不做声。

李大生毕竟是一组之长，当下决定："加一层！"

决定下了，李大生突然感到有个大问题不好办！二道围子长有五六十米，在这五六十米上再筑三五寸的一层土，他们这六个人半天也够了。但是在哪里去取土呢？围子外是水，围子里是稻田，看来只有从稻田里挖土了。紧挨着围子的一层田是熊家三只虎的，何书记家也有一块挨着。要取土当然只能取第一层田的土，既近又快。取这第一层田的土，谁愿意呢？成熟的稻子挖掉，肥土也被挖掉要挖好大一块哟!

　　李大生抓了抓脑壳望望大虎说:"这土只能从你们田取了,要有些损失啊!"

　　经这一提醒,大虎才想起取土的问题,不是么?肯定要从我们田里挖泥,这一挖稻子挖了肥土层也挖了。不行,挡水筑围子是大家的事,为么事只挖我们姓熊的一家呢?如今这田分到户了,田就是我们自己的了,不像过去生产队挖哪块田都是公家的无所谓。嗯,何书记的田也在围子边,为么事就不能挖他家的田呢?大虎说:"要挖就挖何书记的田,我们的田不能挖!"

　　李大生朝大虎看了看,大虎二虎三虎也一起朝李大生看了看。熊家三兄弟都想到挖田的事情,立刻意见就非常一致了,老大把他们的意见表达出来了。为么事要挖我们的?这田是我们的又不是生产队里的,要是挖了稻子受损不说明年再种一定减产,这田我们挑了多少担大粪施进去了田才肥得很,挖了多可惜,就是应该挖何光天的谁叫他是书记呢!

　　李大生看到熊家三弟兄的神情,心里骂着:"妈的个✕,你家田最多为么事不能挖呢,自私起来三个家伙一样的货,都是熊大壮的种。这何书记的田是挖得的么,挖了我么样向他交账。何况他家今天没人在这里也不好商量。其实呀挖老何的田也该,他得大家的便宜也够多的了。可挖他的田将来毕竟不好对付呀!李大生又望望四婶和细狗,细狗还在自顾自缩着脑壳望水,四婶却在静静地望着李大生。李大生四婶细狗的田都在第二层,离围子远,要挖也挖不到他们三家的田。

　　李大生又转向熊家三只虎说:"你们看想么法子好,何书记家没人在这里,你们家又不愿挖自个的田,这围子还加高不加高呀,呃!"

　　"要加高围子么就挖何书记家的田,我们的田谁也别想动,妈的个✕我们吃亏也吃够了今天还要我们吃亏做不到!"熊大壮不知什么时候赶来了眼红红的满嘴酒气,凶凶的样子。

　　这熊大壮算是这几个人的长辈,除了四婶外,所以他敢骂出声来。他如今在湾里再也不低头了,财大气粗谁也不敢惹他。前些年乡村搞阶级斗争批资本主义的时候,小湾几户人家除他姓熊的外都是贫农,大队要开批判会或是出义务工,派来派去只有他熊大壮去,他家是富裕中农,不是他去难道还叫贫农去不成!那时三虎在上学,大虎二虎也年轻,一切罪孽都由熊大壮顶着,他陪着各队的地富反坏挨批判,一年总有好几十天去为大队白干活没工分还要自己带饭。这股气他是憋在心里了,怪谁呢?怪大队书记何光天!你他妈的开斗争会为么事要平均摊派非要一个队去一个呢?他不怪李大生,李大生是执行者,当然只有派他去不能派别人去,每次开完批判会或斗争会回来李大生都要喊他几声大叔以示安慰,他心里当然清楚。农村实行责任制后他的三只虎都长大了，劳力棒。他还有个本事就是会搞点关系，每年帮乡里的砖瓦厂出去买三次煤，每次都能捞个几千上万元的赚头，他就靠这一年几万块钱和在家指导三个儿子种好责任田，他熊家的日子比他何光天的日子还好过。你当书记怎么样？老子今天还怕你，你能把老子的卵蛋咬一个下来。哼！这靠的是改革开放政策好！熊大壮要出出气，谁也不用想欺侮他姓熊的。响午饭后李大生喊去围子上防洪保粮，他让三个儿子出来，自个喝自个的酒。去他妈的卵蛋，围子破了稻田淹了也没事，我多出去倒两趟煤就够了。老伴见他连喝了几盅，唠叨说："你就不能出去看看，围子里咱家的田最多哩！要是淹了水，我们这一年不是白做了么？你去帮助挖几锹嘛，把围子加一层保住稻子就不好么，一天到晚只晓得喝呀喝，这马尿不晓得有么事味道。"熊大壮吱溜干了一盅，听到老伴说挖几锹，一下猛醒了。这加围子要挖土就要挖第一层田，第一层田就我和何光天的，这不就挖了我的田么？他们敢挖书记的？熊大壮顾不上听老伴唠叨连雨衣都不披提锹就走，赶到围子上刚接到李大生的话，他凭着酒气咧咧地骂起来了。

挖姓何的田没事。今天各家都来了人他为么事不来？他不在他老子他堂客也要来，四婶这大年纪不就来了么？当书记剥削我们也够多的了，老子今天还要为他的田防洪么！挖姓何的田，我们家的田是不许挖的！"熊大壮在围子上大声叫着。

"看哪个有狗胆挖老子的田？娘的个×太岁爷头上动土，谁说姓何的家里没来人，我不就是么！熊大壮你个大中农你个王八蛋在这里骂共产党的书记你太反动了！今天加围子就要挖你的田，不挖你的田难道还挖贫农的田么？"一个苍老沙哑的声音突然响起来，把个熊大壮吓了一跳。

众人转过身来，只见何书记的老爹拄着拐棍七老八十地晃来了。这何老汉别看老但并没有老糊涂。这雨天在围子上防洪就必须加固围子，加固围子就要挖第一层田里的土。老头看到熊大壮急匆匆地朝围子赶去，便也拄着棍子赶来了，正碰上熊大壮骂儿子何光天，这还了得！马上接过话来给予回击，不过何老头不知道他的这些话在前些年能起作用，如今早已过时了。

熊大壮见何老头那气势汹汹的样子，一把火也窜了起来。这老家伙倚老卖老说起什么大中农贫农的，骂你的儿子就反动，老子姓熊的吃了你儿子多少亏，你个老不死的也仗着儿子的势过去没少欺压过我们。你今天还有个么本事，老子不信邪，再不是前几年我听你们摆了。熊大壮说："何老头有哪个文件规定防洪加围子必须挖大中农的田而不能挖贫农的田？我骂你儿子剥削乡民是反动，你去告吧！我等着。今天我熊大壮家的田谁都不能挖，围子溃了就溃了，反正不是淹我们一家！"

"围子溃了就找你熊大壮算账！狗日的东西过去斗少了。我儿子是书记，书记家的田挖了你们是安的什么心？我今天就在这里守着，谁挖我就和谁拼命！熊大壮你来！"何老头浑身抖颤着，嘶哑的嗓子叫出了白沫。

熊大壮提起锹就朝前冲，被李大生一把拉住。熊家三只虎都没插言但都捏紧锹把虎视眈眈站在父亲的后面。

李大生叫起来："我说各位老爹，你们莫吵了好不好？动武伤人命挨枪子蹲班房有人治你们的。算了算了，这田都不许挖土那就不挖，这围子也就不加了好不好！反正淹了大家都倒霉，不过也饿不死人。现在各人都回去回去回去不要在这里吵了好不好？"

李大生说完提起锹带头朝村里走去，却被一直没做声的四婶拉住，四婶说："大生这样要不得要不得，这围子不加高今夜下雨非漫水不可。叫大家别走，挖我家的田好不好！"

李大生望了望四婶，说："四婶，你何必呢？这围子里你的田最少，淹了没事，你到四叔矿上去享福吧！挖你的田，要走多少路，近的不挖挖远的，说不过去。走吧走吧四婶快回去，我看你衣服穿少了快回去加件衣服。"

四婶没动，脸苍白瘦弱的身子抖起来，眼里似乎有许多话要说。

在一边望水的细狗见大家都走了也缩起脑壳喊了声"四婶快走吧！"也走了。

好久好久，四婶叹了口气，提起锹浑身无力慢慢地回村了。

浊黄浊黄的水还在二遭围子外边荡漾着，荡起浪头舔咬着围子。天阴阴的，一块块云团正往西驰去。围子内的水稻还是那黛青着摇晃着，完全没有意识到围子外的威胁。小湾位处在长方形外，静静地蹲着，有炊烟从屋顶上袅袅升腾。

四婶回到家，浑身软绵绵的提不起精神。小湾出现了傍晚前特有的一刹宁静，冲突在二道围子上发生，暂时平息，熊何两家的恩恩怨怨怕一时了结不成的。四婶觉得该去做晚饭了，可又不感到饿，反正就一个人，就免了吧。她不想去烧火，就在床上歪了歪，这一歪就睡着了。

也不知睡了多长时间，四婶醒来时天已经完全黑了，屋外风呼呼刮起来，树摇起沙沙声。呼呼沙沙声响了一会，像是从运处响起鞭爆越来越近，噼噼啪啪响了三天三夜仅只停歇了一个下午的蚕豆般大的雨点又敲起屋瓦，雨越来越急，不是一时半时要停的样子。四婶心头一紧，完了，这二道围子今夜是凶多吉少，看样子保不住了。围子保不住那块到手的稻子也完了。五十多亩好田哟，今年稻子又长得那么好，好几万斤粮食呢！这该死的天这该死的雨。四婶觉得这要怪人怪人心。这人这人心真是说不准哪！多少年住一个湾和和睦睦，哪能为鸡毛蒜皮的事红脸！过去生活清苦一家有点难处，大家都来相帮，一家断粮隔壁左右你一瓢我一碗地接济，那时粮食多金贵！如今可好了，田分了粮食多了日子好了钱也多了，什么都比过去好就是人心有些变了，变得针眼大，为一个蛋一只桃也能吵上半天。你熊大壮前几年窝火是实情，湾里人心里有数从没把你当外人，你挨批挨斗是不该，但如今光找何书记出气也不一定对吧，那些事何书记有责任可不能负百分之百的责任，就是那种世道啊！怎么？如今家里殷实了粮食不金贵了就把粮食不当回事了？有了钱啦，就把到手的粮食糟蹋掉？罪过啊罪过啊，有钱能买粮，那粮食就那么容易得来的？四婶永不会忘记，那几年吃糠咽菜的日子，孩子饿得皮包骨，连哭声都听不到，大人饿得一个个浮肿得像发面馍。那时有粮，能救回多少人的命。粮食是农民一手种的，大生这个组长是怎么当的？

不行，这围子一定要加高，熊家田里不让挖土，何家田里不让挖土，都不让挖土这围子也就不加高了，等洪水把田都淹了你们心里就高兴了。唉，真是人心人心啦不好猜测。

噼噼啪啪噼噼啪啪雨越下越大越急。四婶在屋里转来转去不知怎么办才好！还是去找大生，要他带人上围子这事不是好玩的。四婶穿起雨衣摸着黑到了李大生屋门口，屋子里已经黑了，这家已经睡下。四婶在黑地里喊：

"大生大生，快起来！这雨下得大了，带人上围子去呀！"

屋里没人做声。四婶又喊了一遍，才听到李大生懒洋洋的声音："四婶，有么事呀？明天再说！"

"大生，雨越下越大，快起来喊人上围子去呀，四婶的声音急切而带点哀求的成分。

李大生过了一会才说："我说四婶你又何必呢？你那五亩田淹了就淹了吧！下这大的雨天这黑，哪个愿去上围子，上了围子又怎么办？熊大壮不让挖他们田的土，何老汉也不让挖自己田的土。你叫我么法！算了算了，又不是哪一家的田！说不定淹不了的，四婶你就莫操心了！"大生说完打了个很响的呵欠就再不做声了。

四婶在雨里站了好久，如呆了一般。雨还在下，噼噼啪啪响得好狠。四婶愣了一会转身回屋。半个时辰后，四婶的屋门又打开了，一个瘦瘦的影子很快就没入大雨的夜中，一盏摇摇曳曳的灯光从小湾出发，穿过田埂路走向二道围子。那灯光是亮在一盏小马灯里，在浓重的夜色里，显得那样弱小无力。

小湾家家户户的灯都熄了，人们睡觉了。谁也不知道有一盏灯走向田野。在这样的雨夜听屋瓦上的雨响，睡在夹被子里他们感到很惬意。谁也没有想到，有一个女人在朝二道围子进发。

路太难走，马灯的光只能照很小的亮。四婶一手提灯一手提锹，摸索着一步一步慢慢前行。熟了的稻子被雨水打得东倒西歪的，有不少穗子盖住了田埂。多好的稻子，那是血汗啊，踏着冰凌下种，顶着骄阳除草，一天天盼着发青，扬花，如今成熟了，四婶不忍心把它们踩进泥巴。她用铁锹把穗子一把把推向大田，然后再朝前走。风雨中，那台五寸径的电动水泵还在尽职地响着。四婶推开稻子，稻子上的雨水已湿透她的衣袖，裤腿虽挽在膝盖上，但塑料雨衣下摆不断被风掀起，四婶裤腿很快就湿到大腿根了。她终于上了围子。天哪，围子外的水在摇荡着，马灯光照上去现出土色。水流转着漩涡，水位不断在升，大约几座排灌站都在尽力排水，升上的水位一会又稍微降一点，洪水急急地朝大渠流去。围子边，浪头在一下一下地拍着泥土。围子的顶离水位只有寸把高了。必须马上加高围子，再过两个小时，洪水将漫过围子顶，稻田就成一片汪洋了。四婶来不及多思索，把马灯放在围子上，提起锹就朝围子里的稻田冲去。也许是跑得太急，或者是太黑，马灯在围子上照不到田埂，四婶扑通一声跌在水田里，浑身立刻湿透了。她爬起来，用手摸到了锹，上了田埂又朝前冲去。穿过一道田埂，四婶摸到了自己家的那块五亩水田。这块田原本不怎么样，分给四婶后，四婶精心料理，就像料理自己的独生儿子一样，一把屎一把尿都送到田里。有时在路上碰到一摊牛粪或猪粪，四婶都要在附近摘根荷叶，把粪包起来送到田里。这块田四婶接手两年，就大大变样，庄稼种下去一片青，绿汪汪的人人称赞。四婶的心血浇在田里了，平时只要发现有一棵草，她都要脱鞋下田拔掉。这季水稻，长得特别爱人，估计这五亩田，收个六千斤谷子是靠得住的。

四婶摸黑到自家的田，手碰到了沉甸甸的穗子，心里一热。顾不了许多，四婶握着锹，摸着四棵稻子挖四锹。再将四棵稻秆折弯一缠绕，带根带土就被绕缠成一块长方形的泥砖了。四婶就这么摸着挖着缠着，一块块泥砖做成了，四婶把它们送上田埂。泥砖积起来，四婶伸伸腰，爬上田埂，抱起一块块泥砖朝围子上冲去。她把泥砖在围子顶一块接一块地码好，就着马灯光，使泥砖与泥砖之间紧连着，没有半点缝隙，然后离开围子转身又到稻田里去做泥砖，做好泥砖又朝围子上搬。

四婶不知跌了多少跤，最后雨衣也被撕破了，她干脆把雨衣扔掉，光着头，头发搭到脸上就用泥手顺顺，她头上是泥脸上是泥浑身是泥，双手抠着泥，指甲卷过来了开始钻心地痛，后来就麻木了。她在围子上田埂上稻田里滚着爬着，把稻子和泥巴做成砖，然后再一块块地搬到围子上。雨还在下着，天还是漆黑着，小湾的人们已进入梦乡了吧！时间不多了，围子顶已垒了一道泥砖堤，还只差一丈多宽没有接拢。四婶喘着粗气，她不知过了多少时辰！不能歇下，这一丈宽的口子不垒成，马上洪水漫上圈子，将前功尽弃。四婶在拼体力，她自己都不知道她瘦弱的躯体中哪来这大的力量。她连滚带爬，跑了几趟，终于把那一丈多宽的围子垒上了。

现在围子顶已经全都加高了一层，围子外的水在今夜是涨不上来的，围子里的稻子保住了。想到稻子四婶这才意识到自己家的稻子已被挖了一半啦，这一半是自己一锹一锹挖的，一把一把用手抠起来的，一块一块搬上围子的，她有些心痛，多好的稻子啊！但其他田里的稻子保住了，四婶想这也值得。

折腾了大半夜，四婶一身泥一身水，刚才滚爬跌撞不觉得，一坐下来她就感到又饿又累，浑身一点劲都没有，不想动弹。后半夜了，雨不知什么时候停了，四周还是黑黢黢的。四婶想站起来，回村去一下吧，昨夜还没吃晚饭咧。心里想站起来就是站不起来，浑身如有千斤重。她只好继续坐在围子上的泥地里。田野上在起风，风刮得稻叶沙沙响，四婶身上颤抖起来，感到说不出的冷，她就这么颤抖着颤抖着情不自禁。马灯在身边亮着，撕破了的雨衣在围子上耷拉着，不远处的电动小水泵啪啪啪还在不倦地工作。四婶想止住身上的颤抖就是止不住。她想回忆点愉快的事情，儿子就这个月大学毕业，儿子是个孝顺儿子，说大学毕业找到工作后，就要把四婶接去。四婶是哪里都不愿去的，老头子一个人在煤矿上，每到月底就回来住几天。她到老头子的矿上去住过一段日子，还是不如家里好，她等着老头子再打两年工后就回小湾来，这里才是真正过日子的地方。

轰哗！轰哗！连着两声雷响四婶惊醒过来，就着灯光看到围子外的水似乎又涨了不少。雨哗哗地又下起来了。她想站起来把这五十多米长的围子巡查一遍，还是力不从心还是在原地如生了根一样让雨淋着，颤抖仍然不停止。哗哗哗雨在下，哗哗哗轰响轰响，不对呀，这是什么声音？她扭过头去，只见一股水头通过围子射进稻田里。不好，缺口了，缺口了！她没有多想突然一使劲也就站起身来了，她向缺口扑过去，摔倒了，她就在围子上爬着爬着爬着，呵！终于到了缺口边，她想到田里去挖两块土把缺口堵起来。这时缺口在扩大她不能去挖土了，等她把土块搬到围子来缺口就扩得更大就无法堵住了。缺口现在还不大，这儿大概是鼠洞或蛇洞引起缺口的吧！她一翻身，一屁股坐在缺口里。

哗哗哗的轰鸣声没有了，只剩下哗哗的雨声。一个缺口不大不小正好被她坐着堵住了。她两肘扶在围子上的泥埂上，只感到背后冰冰的水在撞击着，一会腰脊针扎般痛了起来一会又不痛了，什么感觉也没有。她就这么坐着坐着她打算坐到一直有人来为止，她一点也不感觉到累了饿了困了乏了。身边的马灯油干，四周一片漆黑。

黑胡乡长有一嘴的黑胡子，他看看手腕上的夜光表，指针正指向凌晨四点钟。他披着雨衣拿着长电筒带着两名乡干部在各村查险情，凡是有围子的有渠坝的村子都派人在巡逻，他和乡干部都要走过去看看，并叮嘱巡逻的人小心谨慎。到了小湾朝围子方向一看，连个鬼火都没看见。这个小湾的几户人家他黑胡子是熟悉的，他妈的连个巡哨的都不派！李大生大概正抱着老婆做梦。

他气冲冲走进小湾，把李大生家的门擂得咚咚响，粗大的嗓门把李大生骂得连声都不敢回连忙爬起来。李大生叫了大虎二虎三虎细狗上围子，他怜惜四婶是个女人家就没喊。几个人听说是乡长来了也不敢不起来，大家提马灯拿电筒急急朝围子走去，连熊大壮听到胡乡长的大嗓门也出了门。人们经过田埂，水稻田里并没有积多少水，更不见白茫茫一片，都在庆幸昨晚围子还没漫水真是个奇迹。

当黑胡乡长的电筒照着码得整整齐齐的泥砖块，围子外的水并没有漫过围子顶，有人已在围子上筑了一道埂子，他心里感到踏实多了。

当李大生大虎二虎三虎熊大壮看到围子上筑了一道泥埂都感到奇怪，只有细狗还是缩着脑壳在看围子外的水，围子上有道泥垒的埂子对他来说无任何意义。

当所有人的电筒马灯一起照向坐在缺口里的四婶时，黑胡子乡长第一个反应过来，他扔下手中的长电筒向那个满身泥水动也不动的女人扑过去，大喊一声："四婶！"四婶已经不能答应乡长了。

大生随着乡长向四婶扑过去，并大声嚎啕起来。熊大壮看到灯光中扔在围子上的旧雨衣和他们家的田后面四婶家的已被挖掉一半稻棵子的田，看到缺口边已经僵了的女人，他突然抡起巴掌抽起自己的耳光来，直到嘴角滴血。

大虎二虎三虎成了三个呆子，细狗缩着脑壳还在望水，随着胡乡长的两个乡干部都在流泪。

太阳终于从云层里钻出来了，天真正的晴了，小湾的乡民要准备镰刀收割稻子。

母 亲 湖

我著阴丹士林布罩褂的母亲。蓝色的天，蓝莹莹的湖波一平如镜。微风吹过，你漾起了浅浅的笑。在儿女们面前，你的笑也是温温的。你蓝色的眼波，蓝色的皮肤，江南的秀女，柔柔的。蓝湖，我看望你，儿子看望母亲来了。你好静呀，你激动的心潮都掩在蓝色的胸襟中么？有早雾从你身边升起，你的头发染上了金斑，你的脸上有了酡红了。母亲，你不老，你怎么能老呢！你晶莹，你透彻，你胸博如海，你心明如镜。你没有一天停止劳作，你不息地哺育一代代儿女。那白帆，那春燕般哗动的船，儿女们栖伏在你的胸口，在吃着你的乳汁呢！有渔歌在湖面上飘动，婉转悠扬，满储着爱与情，那是儿女在歌唱你呢！歌唱蓝湖，歌唱母亲湖。凫鸟拍动着翅膀在湖里嬉戏，那是曲曲渔歌的音符在你身边跳动缭绕呢。白云拂过，给你蓝色的衣褂盖层轻纱。你真美呢，母亲。你有东方女性的静态之美，端庄之美，淑贤之美。我久久地伫望你，热潮在我胸腔里翻滚，我永远只做你的儿子，做一个真正的儿子啊，母亲湖，我伟大的母亲！

母亲湖在痉挛，在暴怒，我体会到你全身的抖动。披头散发，衣褂破碎，瞪着疯狂的双眼，浑浊的波涛，不安的躯体，呼啸着奔跑，从苍茫跑向黑夜，跑进一个伸手不见五指的可怕世界。母亲，我们是你的儿子呢，你要扼死我们么？我们是爱你的，我们还年轻，我们还小啊！你清醒清醒，你安静一下吧，母亲，我们无罪呀，你怎么就这样不分青红皂白，你的病怎么就这么突然地犯了呢！

"你他妈别在那里念咒语，用劲推桨，稳住船头！"

船尾的林水扯起沙喉咙喊起来，他的声音掠过我的耳边，立即被风雨抓去了。我用劲推起桨来，结巴坨也吊在桨把上，身子像筛糠般哆嗦，浑身湿透，朦胧的光里，看到几绺头发耷拉在一张娃娃脸上，娃娃脸因恐怖而变了形。这把腰桨，我们俩用劲地一把把朝前推。结巴坨根本站不稳，踉踉跄跄地吊在桨把上，使不出力。我说："小弟，你干脆到舱里去吧，我一个人摇还顺手些！"

结巴坨吸吸鼻子："我帮你一把。"

"你就在舱里待着吧，别碍手碍脚的！"林水在船尾又喊起来，结巴坨就乖乖到中舱去了。

雨哗哗地往湖里倾泼，风绞起漩儿打转转。平静的蓝湖不蓝了，浪头跳起好高。林水在船尾紧紧控住双桨，人像铁柱子一般地耸立在尾舱中。雨打在头顶、身上，开始觉得发麻，最后身上就木起来，没什么感觉。林水眼睛瞪得大大的，结实的胸脯挺得很高。他用一只桨把舵，一只桨往前划动。我和林水一同用劲，船在朝前缓慢地跳跃。突然，一个顶头浪来了，木船跳起老高，重又落下。我们前进了一点的船，又退回原处了。我浑身也哆嗦起来，身上已没有一处干的。在大雨中浇了两个多小时了，肚子饿了，浑身的劲早就使完了。回头看看林水，他牙齿咬得格格响，还像铁柱子一般耸立着。你千万不能倒哇，林水哥，你是我们船上的主心骨啊，你要是垮了，我们一切都完蛋。想到这里，一股劲又从身体的某处生出来，我狠命地朝前推桨。蓝湖，你怎么这样可怕！你的温柔呢，母亲啊！

暴风雨，一条小木船，三个还没完全成人的孩子。命运要把我们抛向何处？

"结巴坨，戽水！"沙喉咙响起来。

缩成一团的结巴坨，条件反射般地跳起来，找到戽瓢，死命地把中舱积起来的水戽起来倒进湖中。

二十年后，我坐在省城一所大学的小礼堂里。小礼堂黑压压地挤满了大学生，吵吵嚷嚷。礼堂前几排座位上，坐着省市文艺界的几位领导，还有我们这一班称为"诗人"的几个中青年。五四青年诗歌大奖赛在这里举行，前几排坐的我们是评委。评委们面前有茶杯，打印的一叠要在会上朗诵的诗，和一张张评选票，评委们认为哪首诗好，就在选票上写下来。

她轻轻地走上了台，在扬着头的麦克风前站定，亭亭玉立。伸出纤细的手，把麦克风的头按低一截，刚好对准她的小嘴。礼堂的喧嚷声立即静下来。她白皙的圆脸，大眼睛，秀长的乌发随意地甩在脑后。蓝灯芯绒牛仔裤，白底起红斜条的蝙蝠衫。静下来，静下来，她的小嘴通过麦克风，一句深情幽远的声音传来：

"蓝湖，我的母亲！"

我突然有一种异样的感觉，浑身的血立时畅通起来。我紧张地伸起耳朵，接住她发出的每一丝声音。声音缓缓的，缓缓的，像蓝湖水在轻轻荡漾。她是我蓝湖姊妹中的一个么？她虽然看上去只有二十岁，但我们共一个母亲。

母亲的苦难从她小巧的嘴唇间低沉地流出。

风雨夜。渔村。奄奄一息的造反者，是个文弱的秀才哩！官兵的马蹄哒哒而来，如骤雨击打瓦顶。搜查。拷打。渔村一把火，烧成一蓬烈焰。母亲，少妇啊，蓬头垢面。鞭子像蛇缠她丰满的躯体。温情的眼中冒火，鲜血从嘴角滴落，落了一湖滩的红荆果。匪首何处？藏在哪里？不知道！雨点般的鞭子。乡亲们的心在绽裂。利剑,寒光闪闪。扯开衣襟。神圣的双乳,雪蜂般的双乳,哺育儿女的双乳。惨叫之后的昏厥。母亲啊,倒在血泊里,一只乳房落地。官兵的马队驰远了。母亲,我的一只乳房的母亲又站起来。

麦克风在微微颤抖,鲜血闪着红光飞进每个人的耳膜。她在台上,低沉地,缓缓地述说,述说一个惊心的故事。

一次次,我随着父兄,缘着金水河恬静的流水,荡着小木船,划破缎子般的水面,曲曲绕绕,来到你的身边。湖边,散乱黝黑的茅草屋前,家家门口都悬挂着黑红色的渔网。小木船泊在岸边,被波浪轻拍着,发出款款絮语。父兄们在渔村讨价还价,购得十斤二十斤的鲜鱼,或回家办喜事,或在节日的酒席上待客。你每次都那么善良,都无私地给予,那一筐筐的鲜鱼,给我们小村,给我的弟兄们多少欣喜和营养。我趴在湖滩的草地上,不知疲倦地遥望着你。晴天丽日,万里无云。渔船在你的胸脯上穿梭游弋,水鸟发出清脆的啼鸣。你对我笑着,我的小腿没进你的湖波,那蓝色的波,我的双腿也染得蓝了呢!渔民老伯郑重地抬起手臂,指给我看乳山。远方,云蒸霞蔚,清波荡漾,那座洁白缥缈的圆形山,闪着白光的山,就是乳山么!我立即感到一阵乳香扑鼻而来,是我多么熟悉的山啊!当我呱呱坠地,万事对我是一片混沌,唯有这,这洁白温暖柔弱的乳山,对我是这般具体。这是我的根,是我生命的源,婴儿的梦。本能让我紧紧衔着乳头。狠命吮吸着。母亲,儿子是衔着你的乳头长大的。他在你的乳间爬啊滚啊,就这样一天天地大了。蓝波中的乳山,一霎时变得那么高大,那么亲切,我真恨不得涉过波涛,再扑向你的胸怀,让我再吸一口你的奶吧!

然而,母亲湖,你只有一座孤零零的乳山,还有一座呢?哪里去了?我遍寻湖面,尽眼光所及。没有!没有!只有一座孤零零的洁白。那么美,那么崇高,蓝湖撩起衣裾,正在给儿子喂奶。

我问指给我看的渔民大伯:"还有一座呢?"

渔民大伯摇摇头:"你小呢,孩子,长大就知道了!"

蓝湖的孤零零的乳山啊!母亲,你只有一只乳房。

风雨一直不停。天黑下来了,一匹无边黑布把蓝湖,把我的木船罩住。一个小时过去了,两个小时过去了,又一个小过去了。我估计了一下,从傍晚到现在,我们在风雨里搏斗了三个多小时。一道闪电哗地扯破了夜空,借着闪电的光照,我扭头看见林水屹立尾舱,像具塑像一样。他一只手像把铁钳抓住舵桨,一只手握紧另一只桨,像只机器人上的铁臂,提起桨片,然后伸进暴怒的湖水,向后搅起一簇浪花。林水铁青着脸,大嘴唇闭着。又一道闪电划过,他一动也不动。我学着林水的样,脚后跟抵着前舱板,双手用力地向前推着桨把。随着我们在黑暗中配合的行动，船一耸一耸地向前移动着。结巴坨戽完了中舱的水，蜷曲着身子倒在蒿草上，动也不动。我们这条船是早上出发的，缘着曲曲绕绕的金水河，林水荡着双桨，我和结巴坨摇腰桨，嘻嘻哈哈地走向蓝湖的。生产队长说："算了吧，小祖宗们，你们随便到哪里割点青草都行，何必跑那么远去割蒿草喂牛呢！"林水犟着脖子说："跟你没得关系，我们自愿！"

是的，我们自愿。我们早就想弄条船闯闯蓝湖，看看那座神秘的乳山。我们三个都是放牛娃，林水十六，我十五，结巴坨只有十三岁。我们的牛哇，天天在泥巴田里拉犁拖耖，到晚来累得气喘吁吁，连把青草都吃不上。原野上都是田地，田边地角的草早就叫四乡的放牛娃割光了。到蓝湖割蒿草。天晴得那么好，阳光晒得人心里都冒甜味。各自带了几只米粑，是作中餐的干粮。别看只有十六岁的林水那憨样，他却是我们的领袖，是我们崇拜的人物呢！有他在，我们还怕什么？结巴坨十三岁，竟不去读书，在教室里读课文时，一句话结巴得直冒汗，在一阵哄笑中，提着书包跑回家，宁死也不跨学校门了。我呀，读个高小毕业，考不上初中，不回来放牛么？当然应该回来。林水呢，他没有妈，他爹一个瞎眼老头，他还要养爹呢！

狗日的老天，说变就变，把个蓝湖搅得翻滚起来。雨，像鞭子，啪啪啪地抽在蓝湖身上了。我们三个孩子，也陪着蓝湖挨鞭子了。风折过来，小船一阵摇晃。是傍晚的时候，我们装满了一船青幽幽的蒿草，准备过湖返回村子。这狗日的风雨说来就来了，来了就不止，越来越大了。蓝湖突然变成一片汪洋，四周一条船也没有见到。风大了，船摇得厉害了。

"结巴坨，卸蒿草，往湖里丢！"林水命令着。

结巴坨不动。这一船蒿草，是我们三人光着膀子割了大半天的收获，是我们牛儿即将到嘴的美餐啊！结巴坨舍不得卸下来丢进水里。

"卸！听见没有？要蒿草，就不能要我们的命了！"

堆得像小山包的蒿草一捆捆地扔进湖里，湖水打着旋，立即吞了进去。蒿草卸得只剩下舱底的几捆了，结巴坨再也不愿扔了。是的，我们来了一趟，一点蒿草不拿回去就不像话。

就这样，我们在风雨里拼着，拼到天黑，拼到现在。弄不清方向了。船在湖心打着旋。前进，后退。沉雷在黑暗里响起，从遥远的地方来，来到头顶炸开。闪电像燃烧的枯树枝，在黑暗的空中亮着，突然又熄灭。

有一道白的影子在前方朦胧着，借一道闪电望去，我高叫："林水哥，前面是乳山，不远！"

"我看见了！我们回不去南岸了，就上乳山吧，加把劲！"

黑暗把我们的声音吞没了。结巴坨又拿起戽瓢在中舱戽水。好样的，结巴坨！好兄弟。

小礼堂的舞台上，她还在那里静静地站着，有泪光从她的秀丽的大眼里迸出。那嗓音，脆脆的嗓音，应该歌唱甜美，此时吐出的低音，时断时续，那么压抑。听众席上，静悄悄的，我甚至看到有几个女大学生在用手绢擦眼睛。谁说当代大学生是斜眼看生活？当有人用纯真惨烈的弹片拨动他们的心弦时，他们能不为之动容吗？他们的心地，实在还是单纯得如张白纸。

她的娓娓低诉，母亲啊，静躺在远方故乡的母亲，阴丹士林布褂下博大无私的母亲！你的女儿，在文学的殿堂里轻叙你的人生。你听到了吗？你一定要感动的，母亲湖。

官兵的马蹄哒哒地远去了，远去了如一阵腥风。失去了乳房的母亲挣扎着站起来。乡亲们扶着母亲，伫望着抽泣的湖波，湖波上有血光翻起。母亲一步步地跋涉着，跋涉着，跌跌撞撞，右手捂着流血的胸口。在丛生的湖草里，掩伏着一条破船。母亲艰难地爬进船舱，掀开一堆乱草。那个造反的头目，那个文弱的秀才，却已经永远地闭上了眼睛，蜡黄的脸上留下一缕期待的微笑。不！期待在一刹成了永恒，成了母亲心上的北斗星。母亲突然觉得腹中一阵躁动。母亲没有倒下，没有流泪。乡亲们帮母亲安葬了造反者，安葬了文弱的秀才。湖畔，有一座新坟，静对着湖波，听湖浪轻轻的絮语。母亲，一只乳房的母亲，沉默无语，碌碌劳作。春天，当湖畔新坟前绽了春花时，母亲傍着坟堆，敞着胸脯，用一只洁白的乳房给婴儿喂奶。乳汁静静地流进了无牙的小嘴里。母亲又有了恬静的微笑，如湖波荡漾开波纹。那颗北斗星，那个永恒的期待在母亲眼前，闪耀着光华，那是一双眼睛。母亲奶着婴儿，轻轻地吟唱着，吟唱如湖滩的草青，遍地绿了起来。母亲的儿子在绿草地上爬了，爬累了，又抓住母亲的一只乳房，吮吸着。孩子光着屁股能在湖边摸虾了，红兜肚艳艳的。孩子壮实得像只牛犊子。母亲的乳汁干了，儿子是个男子汉了，驾船在湖上驰骋，抓着旋网能旋开一朵黑色花。儿子喝酒了，一坛酒咕嘟嘟如喝茶一般。母亲望着健壮的儿子，笑出了泪花。

湖滩的坟堆旁，母亲带着儿子在磕头。儿子背把鬼头刀，叫了声爹，叫了声娘，扭头而去，跨着三尺步子，没有回头。母亲伫立着，望着儿子走到天边，变成一只黑点，最后黑点消失。母亲又回到茅屋里，过她的生活。

小礼堂舞台上的她，轻轻地叹了口气，向远处望着，她是在寻找什么影子，一定的。那个伫立湖边，著阴丹士林布褂子的影子。那是她的母亲，那是我的母亲。她上大学时，母亲是这样送她的；我上大学时，母亲也是这样送我的。

蓝湖，你是位慷慨的母亲，你只知道给予，从不索取。群鱼在这里自由地生长，繁衍，你给它们养料。青葱的蒿草林，迎风抖动嫩绿的腰肢，吵吵嚷嚷地挤在一起生长。肥藕在你的体内滋生粗壮的肢体，莲荷遮掩了一片水面，水芙蓉艳红着青春。母亲，你庇护着多少生命和物产。渔船来了，你敞开胸脯让他们捕获，成吨的鱼和水货，你毫不吝惜地给他们。只要他们来，总没有空手回去的时候。就像儿子衔住乳头，总要吸出一些乳汁来。天灾来了，赤地千里，你的儿子却很少有饿死的。鱼虾净了，莲藕净了，最后蒿草和芦根也净了，你终究把你的儿女们送过了难关。啊，那座洁白的乳山，总是遥遥地耸立着，给了童年、少年的我多少甜蜜的回味和浓重的感情啊！怎么能够离开你呢，我的母亲！没有母亲，儿子还能活吗？

  闪电不断地扯起来。每一次闪电的扯起，我们三人都把眼睁得大大的，拼命辨别着方向，寻找乳山那朦胧的影子，像幼年时寻找母亲的乳头。林水把船把得牢牢的，风浪把船身刮歪时，他立刻又把船头扳正。我把身体里的最后一点力气都使出来了，拼死地划呀划呀！可恨的船头，在巨大的风浪面前，显得太软弱。冲两步，又退一步，但毕竟还是前进了一步。突然，一个沉雷响过后，一座浪山朝船头猛扑过来，船头一下调了个方向。林水在尾舱使劲地一板桨，想把船头正过来，用力过猛，啪啦一声桨片断了。小船没有了舵，像只陀螺在湖心旋转起来。我在前舱正使劲，没防到这一着，一屁股坐到舱隔板上去了，屁股火辣辣地痛。手上的桨把飞了，木桨贴着船帮，随着船身打转。林水骂了声"妈的B"，松了手中的另一把桨，一下坐到尾舱。木船失去了控制，已经没有了生命，听任风浪操来操去。有两个浪头蓄谋掀翻木船，没能得逞，它在咆哮着，在黑暗里积蓄着力量，再来一次进攻。不掀翻船只，不吞灭三条生命，它是不甘心的。

  我浑身瘫软了，寒冷、恐怖、疲倦、饥饿一齐袭来。我抓着船帮，连坐起来的力气也没有了。林水在尾舱一边骂着粗话，一边喘气。他也站不起来了吗？那我们就完了，彻底地完了。霎时，死像条冰冷的蛇，爬过我的心头。

  中舱传来结巴坨的抽泣声。船尾的林水，静了好一会，突然长叹一声："天灭我们，我们没有作过孽啦，老天爷！"

  风声雨声。天边的黑暗。闪电没有了，雷声退隐了好久。哗哗的浪涛仍在一次一次地掀动木船，在作着不懈的努力。尾舱，林水问我："你在想啥？"嗓子哑哑的。

  "我在想我娘，死之前，我能再见她一面就好了！"我心酸酸地答。

  "娘，娘！你再见不到我了……呜呜呜……！"结巴坨听见我的话，便放声哭起来。

黑暗里颤抖的木船，笼罩着悲凄。尾舱的林水高叫起来："你们都有娘想，可我，我没有娘呀！我的瞎眼爹没有了我，他今后怎么生活啊！"林水呼天抢地起来。我们完了，我闭着眼睛，等待着那一刻的到来。

"妈的，我们不能死！我们一定要找到乳山，游也要游到。不能死，听到没有！不许软蛋，不许嚎丧，你们一定要见到你们的娘，我们不——能——死！"林水陡地站起来，在黑暗的湖波上狂喊起来，风雨把沙哑的声音传到远处。

"结巴坨留在船上，我俩下水，抓紧船帮！一定不能让船掀翻！有了船，就死不了！"船尾的林水一声声嘶喊着。

结巴坨立刻停止了哭声。扑通，林水下水了！扑通，我二话不说，跳进了动荡的湖水，双手死死扳着船帮。

小礼堂的空气还在压抑着我的情绪。舞台上，她朝远方伫望着，留下了一段时间的空白，听众稍稍嘘了口气，腾起了一阵轻微的骚动，是赞叹的骚动。突然，舞台上，她的脸色变得严厉、冷峻，漂亮的娥眉竖起，一阵风雷从她少女隆起的胸脯滚过。她巍然站立，像位严正的法官，凛然不可侵犯。她的嗓门提高，脆亮的语言闪着锋刃的寒光。诗行从她的小嘴里吐出来，震撼着听众的心灵。

三年后，背着鬼头刀出外的儿子回来了，是一个月黑风高的夜晚。日子是在母亲的手指上扳过的，三年，一千多个日子，母亲在心头念叨，母亲在茅屋前伫盼。儿子盼回了，马蹄哒哒地响着，村里有鸡飞狗跳了。母亲的伤口痛起来，那被官兵剜去乳房的伤口痛起来。老人挺着不屈的身子，不会倒下去的。即使另一只乳房也被剜去，仍不会倒的。柴门啪啪响了，母亲开门，一个高大的汉子从马上跳下来，单腿跪下："娘！"是儿子回来了，母亲伸出手去，抱着儿子的头，喃喃自语："好，好！你回了，你回了！"

儿子是个土匪头子。队伍驻扎在村里，渔村的猪被杀了，鸡被捉了。乡亲们反抗，鞭子在他们头上飞舞。独乳的母亲啊，气得浑身发抖。

"这不是我的儿子，这不是吸我的奶长大的儿子啊！天哪，你怎么是这个样子呀！"当母亲跌跌撞撞找到儿子的住处，喝得醉醺醺的儿子从床上爬起来，床上有两个衣服被剥得光光的渔家女儿。一刹，母亲的心冷了，血像凝固了一般，一股怒火被强有力的意志压熄在胸中。母亲喝退了儿子的卫兵，带着醉醺醺的儿子，离开了渔村。

天是漆黑的，沿着湖滩上发白的小道，母亲拉着儿子上了一条木船。儿子跌坐在船舱，趴着船帮又呼呼地睡着了。母亲推着桨，木船在湖面滑行。母亲痛呼："天哪，惩罚这个孽子吧！天哪，降灾祸于我吧！我养的这个孽子，丧了天良，害了多少人啊！惩罚吧！惩罚吧！"

湖上立刻狂风大作，暴雨如瀑，平静的湖水暴跳着，呼啸着，如挥着千刀万枪杀来的军阵。愤怒的湖，惩罚的湖，如山的浪头打过来，埋过来，压过来。醉了的儿子清醒了，大叫了一声："娘！"母亲推着双桨，平静地说："迟了，接受惩罚吧！"

一声炸雷，一团火球，一个黑色的浪头劈过来，生命在一刹消失，善良和邪恶同时毁灭。一个时辰后，湖面归于平静，并且，月亮出来了。

小礼堂里归于平静，她起伏的胸脯也归于平静。她平静地注视着听众，像一轮皎洁的月亮。

蓝湖，母亲湖，有温柔的时候，像母亲爱抚儿子的手掌。你也有愤怒的时候啊，母亲，你愤怒的时候是严峻的，你高悬正义之剑，绝不心慈手软。是的，绝不心慈手软！邪恶不会长久，惩罚终究会到来。人们啊，请相信这点吧！请相信公正无情的母亲。我望着蓝湖在风雨里发怒时，我的心在激跳着。我是你的儿子，我决不背叛母亲，也不背叛我的故乡。我虽然受了些苦，我的道路虽然坎坷，但我是正直的，我无罪于这个世界。蓝湖，在你面前，我能永远保持是你的儿子的称号。

那是哪一年？一场湖上突来的风暴，掀翻了一只过湖的船，船底朝天，风暴过后，该遇救的人都得救了，淹死了三个人。两天过去，波浪把他们的尸体卷到一个湖岔子里，他们的面目被撞得破碎不堪，使人不敢认尸。这死的三个人，一个虐待老母，逼老母喝臭水沟里的水；一个亲手扼死了自己的女儿，女儿才刚刚出生；第三个呢，乱伦，强奸了自己的姑妈。罪该如此，这就是惩罚。当我听到这故事，毛骨悚然。母亲湖，是严厉的，对那些该严厉的人。

林水下水后，扳住船尾的梢板，我在船头，扳住船帮，结巴坨也跳下水了，游到我的身旁帮我使力。浪头从木船的左边打来，我们就用肩膀顶住船的右帮；浪头从右边打过来，我们就狠命地抓住右帮，不使浪头掀起木船。林水在船尾喊叫着，指挥着我们怎么用劲。风浪在持续着，我们在湖水里浸泡着。奇怪，在船上时，身上感觉到冷，直哆嗦。到水里后，身上倒不感到冷了。我们紧紧地护住木船，这是我们的生命方舟。

不知过了多长时间，我们在水里泡着，不离我们的木船。林水不断地喊着我们的名字，声音几乎完全沙哑。我和结巴坨在船头的水里答应着。结巴坨瘦弱的身子贴着我，不再颤抖。我们互相依靠，身上感到添了不少的力量，死亡的冰冷感觉从身上消失了。风暴渐渐转弱，慢慢地，就悄悄地熄灭了。东方的鱼肚白快有了。突然，我的脚触到了泥地，实实在在的泥地。一阵巨大的欣喜从心头升起，我大叫："我踩到泥地了！"结巴坨也高兴地喊："我也踩到了，我也踩到了!"林水的嗓子一点声音也发不出来。我回头望他,在一阵曦光中,林水的脸上水淋淋的,我不知那是泪水,还是湖水。

船很快搁浅在浅水滩上,我们奔上岸,奔上光灿灿的乳山。啊,乳山,兀自静立在晨光里,我们三人抱头痛哭,又互相搂着在泥地上打滚。太阳升起来了,我们张开双臂,朝乳山奔去,像儿子奔向母亲,小手急不可待地掀开母亲的衣襟,抱着母亲的乳头吮吸起来,趴在乳山上,久久地趴着。母亲,我们,我们没有做过背叛的事,惩罚怎么会落到我们身上呢!

湖水蓝莹莹的,湖波又变得柔和起来。母亲,你著阴丹士林布罩衫,又在静静地笑着,深情地注视着你的儿女。

小礼堂里,舞台上,她的朗诵已近尾声。这首漫长的,关于一个母亲的史诗,是那么悲怆、冷峻。她朗诵得那么舒缓跌宕起伏,在一种严肃的气氛中,那是那么端庄、圣洁,真不愧是我故乡母亲湖的女儿,她在叙说着我们的母亲的经历。

蓝湖上,从此有一座圆形的乳山,远看洁白,近看,是白色的石头。湖波荡漾,簇拥着这座孤零零的乳头。母亲,这是你高耸的纪念碑么?你世世代代的子孙在这里向你致敬!

万 斤 苕

　　从一个人的本名看不出这个人的为人，从一个人的绰号却可以看出这个人的特征。《水浒传》里的一百单八将，个个有绰号，个个绰号都符合它主人的性格。

　　万斤苕是他的绰号。

　　他并不姓万，他姓张，叫张发子。如今，村里没有一个人喊他张发子，都喊他万斤苕。弄得年轻人真以为他叫这个名字，还说，什么名字不好叫，偏叫万斤苕，多难听！

　　要知道红薯有好几种叫法，有叫番薯的，有叫山芋的，有叫地瓜的。在张发子家乡一带，偏偏叫苕。乡里人还把傻子，心里不通窍的人也叫苕。苕变成了形容词，像"这个人苕里苕气"，"这人是个大苕"，意思就是这个人傻里傻气，这个人是个大傻瓜。他叫万斤苕，一万斤，多大的一个苕。

　　那是在火热的、沸腾的、共产主义前脚跨进了中国的一九五八年。在金水河畔的金水大队，一群从武汉来农村锻炼的大学生，在吃了半个月的不要钱的三菜一汤，雪白的大米饭后，给金水大队房屋的山墙上留下了形形色色、花花绿绿的壁画：稻堆子堆到了天上，堆稻的老头正就着太阳点烟；一个娃娃抱着西瓜大的芝麻嘻嘻笑着；十轮大卡车拉着一只大包谷棒子，轮胎都快要压瘪了；一个社员正用一把锯子锯一棵稻子，那个拉锯的社员真像张发子。嗯，不能叫张发子，否则就是不尊重他，应该叫张连长，他是金水大队的民兵连长哩！前天有人喊他张发子，他装着没听见，不理人家；人家赶快改口喊张连长，他才满脸笑容地答应，还敬了那人一支喇叭筒烟。

　　那个年代，户户无闲人，炼钢的炼钢，生产的生产。唯有张连长穿着从部队复员时带回的那件黄不黄、白不白的破棉大衣，领子油腻腻的发黑，倒背着一支套筒枪在村里溜达着，他在维护治安。虽然是共产主义时代，共产主义听说还有警察呢！他感到不满足的是，当一个连级干部，却背着这种老套筒枪。当年，他在部队时，他们连长挂的是闪光的盒子炮，可威风了。现在，他统领的这个民兵连，拢共才五支破枪，他还是挑的一支好一点的。

　　他在村里溜达着，碰到有人，上前喝问两句：干什么的？为什么不劳动去！

没人时，他就靠墙坐一会。今天，他的心绪很不好。他是村里唯一从部队回来的，他还到过朝鲜呢！可惜革命了好几年，连个党也没入上。回到村里，大伙热情地欢迎他，在大队当书记的是他本房族的一个弟弟，叫张富子。他从小就看不起这个张富子，穿个破裆裤鼻涕吊了半寸长，哼，还当书记哩！我张发子论水平比你高，凭资格比你老，这个大队书记应该我来当。可惜他还不是党员。他一回村就申了请，准备一入党就代替富子当书记。他的这个思想，富子似乎看出来了，偏偏不发展他入党，老是说支部通不过。还好，他多少弄了个民兵连长当当，连级干部啊，不容易哩，部队里的连长带百把号人啦！当连长也当得憋气，富子一点权力都不给他，只让他维持一下治安，好多会也不让他参加。昨天，当他打听到富子又要在大队部召开干部会后，就耐心地等着，直到晚上也没见到有人通知他，这下他生气了。

"妈的，开什么玩意会，把老子撇了，老子偏要去看看。"

他背着他的套筒枪，气冲冲地推开大队部的门时，几个大队干部正油光满面地喝着鸡汤，这香味使他暗暗咽了一口涎水。他愤怒了，狗日的，躲在这里享口福，也不叫老子一声，太小看我这个连长了，老子叫你们也吃不成。他挥起他的套筒枪，把桌上的碗哗啦啦扫了个精光。

张富子霍地站起来："张发子，你要干什么？"

"我是民兵连长，为什么开大队干部会不通知我？我当兵去朝鲜打仗时，你们都躲在屋里偎老婆哩，到今天，你们排斥欺侮我这老革命，老子就是不答应！老子不干什么，要你们吃不成！"

张富子见他充起老子来，脸上发青，气得眼睛直冒火。

"你个混蛋，你给我滚出去！你不够格参加这个会，我们是开支部会！"

张发子一听，心里慌了，怎么不搞清楚呢？说不定他们今晚正准备研究我入党的问题哩！这下可完了，他们要同意也不同意了！他抬头看看在座的人，果然都是党员，大家把眼睛都瞪着他。他想糟了，赶忙背着老套筒，用破大衣裹着身子，溜了。

只听见身后响起哈哈的笑声与骂声："神经病！"

他靠墙根坐着，想到昨天晚上自己的粗野行为，懊悔地用拳头擂着自己的脑袋：张发子哟张发子，你真是个混蛋，这次把支部的人都得罪光了，你还入得了党吗？想到张富子，自己能斗过他吗？想代替他当书记，自己连党员都不是哩。嘿，听说张富子的叔岳父是公社的书记哩，他有后台呀！

他叹了口气，朝对面望了一眼。对面墙上正好画着那幅社员用锯子锯稻子的壁画，那社员正锯得汗流满面，汗珠子画得有他家小宝玩的皮球那么大。嗯，都说这个人像我，他回忆了一下在部队照的一张照片上的他，还真有点像哩。不过，连级干部能够去锯稻子么？他还从来没流过这么大一粒的汗哩！哪有一棵稻子这么大？画画的学生娃娃真是扯他妈的蛋。

他从破大衣口袋里掏出了烟荷包，从另一支口袋里掏出一张小报，撕下一小块，很熟练地卷起一支喇叭筒，伸出舌头舔了舔，把喇叭筒粘住，划着火柴，深深地吸了一口，吐出一股浓烟。看看报上有些什么玩意吧，民兵连订了一分县报，这张县报就成了他的卷烟纸。他被一幅照片吸引住了，嗬，稻田里密密麻麻的稻子，亩产五千斤哪！高产！高产！这里的稻子过去最高产量也只能打个六百斤。嗬，全县劳动模范哩，一个中年汉子，在报上望他笑着；试验田里亩产五千斤，他成了全县劳动模范，县委书记和他握手，他上了报纸，全县有名。我也来这么一下，怎么样？亩产一万斤，那时不怕你张富子不叫我入党，我当这个金水大队的书记怕是稳当当的！嗯，我去种块试验田试试，说不定能成功。好主意！他高兴得一下从墙边站起来，懊悔的心情早被一阵风吹走了。他背起他的老套筒，一只手插在破大衣口袋里，哼起了两句汉腔：

"本帅打马下山林，要到唐营走一程。"

吃饭的时候，他又犯难了。别看这米饭好吃，可种起来难哪，他毕竟是农村人，知道一些种庄稼的事。要亩产一万斤，别说难达到，就是让他去耕田栽秧的，他也有点怕，那才是累人呢，他的勇气消失了一半。

回到屋里，爱人带着儿子小宝刚从河对岸的娘家回来。小宝的外婆在河那边的山里住，与这金水大队不是一个公社，爱人每隔个把月都要回去看看娘。

小宝穿着新衣褂，拿着一个苕在啃。

"爸爸，这苕好吃哩，外婆屋里蛮多！"

他在儿子拿着的苕上啃了一口，嗯，是还蛮甜。爱人说：

"我娘她们那里今年苕多哩，一个都有斤把重，一亩地能挖几千斤，就是没人挖，都去炼钢了。我娘看着可惜，自己去挖了几篮子回来，其余的都在地里怕要烂掉了。"

什么？一亩地能挖几千斤！种苕，这东西肯定能高产。岳母她们那里都是山地黄土，我们这里土地黑乌乌的肥得流油，种苕一定比她们那里挖的多，搞个亩产万斤不成问题。搞一块好地，多施些肥，一定能行。他高兴得身子直摇晃，消失了的勇气又鼓起来。他决定种苕，一鸣惊人。

"小宝他妈，你再抽个空到你娘那里去一趟，叫她们给我留点苕种，我要种苕！"

"咳，你疯了！食堂的白米饭吃厌了，要吃苕么！你种苕？哼，我怕要苕来种你。"

"就我自己种，我要搞一块试验地，创一个高产纪录。哼，别小看我啦，我要叫你们看看我这个连长是怎么当的！"他这话不知是说给小宝妈听的，还是说给大队书记张富子们听的。

爱人好不容易才答应过几天再过河去说说。他这才背着套筒枪，晃荡着出门去执行他的任务去了。

经过几天的转悠、侦察，他把认为比较好的几块地进行了选择比较，最后选定了大队学校门前的一块菜园地。这块地在金水河边，离水近；又在学校前边，离肥近，他可以把学校厕所的肥全部施到田里；同时还可以解决劳力问题，叫那几个老师和些小学生娃挖地、送肥也方便，学校门口不是写着"教育与劳动生产相结合"么！

说干就干，第二天一早，他就披着他的破大衣，背起套筒枪，到学校找到了校长。

"刘校长，今天你们全体老师和学生都拿上工具，把那块地翻一遍，要深翻，挖三尺深。"他把下巴朝那块菜园地扬了扬。

小学校的刘校长领导着两个老师、三个年级的百把名学生。刘校长听到这位连长的命令，忙忙点头答应：

"好！好！张连长，你这是要种什么东西啦？"刘校长明白这连长的权力，半个不字都没说，反正学校这年头上课不上课都无所谓。

"嗯，我种苕，这里做试验地。"他眼睛望着河那边答应。

好热闹的场面，一百多个学生娃娃吵吵嚷嚷，哭哭叫叫，一年级的学生只有七岁，三年级最大也才十岁，张发子家的小宝也上一年级。刘校长带着两个老师挖地挖得汗流满面，学生娃子们的积极性也高得很，好像这挖地比坐在教室里听老师教那些头痛的粉笔字要好得多，虽然个子还没锹把高，他们也拖着鼻涕格嗤格嗤地挖着。两个小娃子打架了，一个娃子哭了，老师吼了半天，才止住。张发子闲悠地背着枪在地边踱来踱去，这里指点一下，那里指点一下，有时也从小娃子手中接过铁锹挖一阵，然后再蹲在地头卷起喇叭筒抽几口。他感到很快活，他的理想，他的希望，就要实现了啊！

这时，大队书记张富子从那边走了过来，大概是从野地里检查炼铁炉回来的。张发子老远就看见了，哎，书记还是不能得罪的，他只好迎上去，好像没发生过前几天晚上的事一样，打着招呼。

"富子，你这是从哪里回来？"

常言说，伸手不打笑脸人，书记的肚量也还大，见他主动打招呼，也笑着说：

"发哥，你这是搞么事呀？和娃子们玩得这大劲？！"

"嘿，书记，我准备把这块地翻出来做试验地，培育高产作物。"

富子书记惊奇了，这条懒龙大概闲得无聊了，今天出来汲水哩。管他的，随他搞去吧！

"种什么东西？"

"种苕！我要培育大苕，高产苕。"

什么？种苕。这可是金水大队的稀奇事了，这里过去从来不种苕。这家伙搞么新鲜板眼？嗯，随他吧！随他吧！

"那好，好！你弄吧，我走了。"书记匆匆离开了。

张发子望着书记的背影，心里骂道：看你小子神气的！

在他的亲自督促下，学生娃子和三个老师挖了几天，才按他的要求把一亩地深翻了三尺，倒把一些生土都翻出来了。随后，他又亲自督促老师和学生把学校厕所的粪肥全都弄到地里，泼了一层，刚好起南风，弄得个小学校上课臭了三天。

爱人到娘家要苕种也很顺利，那边生产队说，你们要多少就挖多少去吧！他和爱人一起，拣那个儿大的，背了两筐子回来。他小心翼翼地侍弄了一块地埋下去，只等苕藤长起来，他就可以把藤子剪成一截一截的。往试验地里插了。这些事，他没有要人帮忙，都是亲自动手，也难为了他。他后来又到岳母那个队里，向有经验的人请教过苕的栽法、管理等技术，他感到胸有成竹。

往地里插苕藤了，他又去找校长下了一道命令，小学校又全体出动。这次只让学生娃从河里用脸盆端水，由他和三个老师往地里插苕藤，苕藤插下去后，只留那片芽叶在地面，再浇上水。他的要求是那样严格，棵距、行距都按尺寸来，稍微歪了一点，他都要重新来插，整整忙了一天。

真是老天也开恩助他，苕藤插下去后，下了两场小雨，那在野地里筑的炼铁小土炉都被雨浇灭了，而他的苕秧子长出来，绿油油的，爱人得很。他背着套筒枪，有事没事都到地头转几次。要松土啦，施肥啦，他就到学校给校长打个招呼，老师和学生就出动。他觉得他这个连长调动小学校的老师学生，比调动他统领的民兵要容易多了。妈的，那些民兵可不大听他的调遣，富子那小子说去炼钢，呼啦一声就把他的兵带走了，他都成了个光杆司令。不过，能调动老师和学生娃也可以，总比没人调动强。等着吧，等他的奇迹创造出来后，他的威信就会比富子高得多，那时看他们听不听我的吧。

他叫大队的木工师傅给他做了个大木牌子，牌子刨得光光的，他找来了红油漆，用他刚扫过盲学的几个字，在牌子上歪歪斜斜地写着：

	干部试验地	
试验人	亩产	品种
张发子	万斤	苕

牌子写好了，他欣赏了半天，觉得自己写的这几个字还蛮不错的，油漆红艳艳的，字儿歪歪斜斜的，这是一种体哩。欣赏了半天，就扛到试验地插起来。木牌桩子插进地里一尺多深，他用手摇了摇，纹丝不动，看来是不会叫人拔走的。

插好木牌，他又围着地边转了转，绿油油的苕藤已经快把黑色的土地盖住了，他似乎听见黑色土地里的苕正长得咔咔直响。快长吧，长吧，最好长得一个有南瓜大、磨盘盘大、石磙大。明天再叫刘校长带学生娃们施一次肥，舍不得施肥，苕长得大吗？

试验地正处路口，来往行人很多。人们看到这个牌子，觉得蛮稀奇的，都要停下来看看。

"亩产万斤，牛皮吹破天吧！"

也有人看到那绿油油的、翠绿欲滴的苕藤，也夸两句：

"这苕还长得不错哩！"

内行人却说："这苕不能再施肥了，要疯长哩！"

一天，公社的王书记，大概是张富子的叔岳父吧，从试验地路过，看了牌子和试验地，找到了张发子，把他大大地表扬了一番：

"嗯，老张哪，你的试验地不错哇，这样搞很好嘛，你创造一条经验来，大面积推广嘛！亩产万斤，如果全公社都达到这个产量，那要增产多少哇？你放了个大卫星哩！"

这下可把张发子喜得屁股都要颠成两半了，见人就说：

"我那试验地可是大卫星哩！公社的王书记都表扬了我哪，我可要成为了不起的人了！伙计，将来得了好处，我决不会忘了你。"

被"大跃进"跃得有些头脑发昏的人们，谁也不能断定他的试验地就达不到一万斤的产量，说不定还要超过呢！人有多大胆，地有多大产！人们恭维他：

"张连长，这下可出名了，你怕要升官了吧！"

他嘿嘿地笑着，装得有点不好意思的样子，连忙熟练地卷起一支喇叭筒烟，递给为他戴高帽子的人，然后又背起老套筒，乐颠颠地转到地头，嘴里又哼起汉腔：

"本帅打马下山林,要到唐营走一程。"

小学生们下课就跑到地边玩玩、看看,可谁都不敢动一动苕藤。有一次,一年级的一个学生娃子摘了一片苕藤叶子,被张发子看见,耳朵都拧得发肿了。小娃子们围在地边,不敢动苕藤,就念木牌上的字。大队书记张富子的儿子张小军读二年级,如今的学生读书认字都是横着一行行地念。张小军按木牌上横的字读着:

"干部试验地,试验人亩产品种,张发子万斤苕。"小军有些奇怪,又把第三行读了一遍:

"张发子万斤苕!"

娃子们轰地笑起来。"哈哈,万斤苕!万斤苕,张发子!张发子,万斤苕!"他们一遍遍地叫着、跳着。

"小宝,你爸爸是万斤苕,你爸爸是万斤苕,哈哈!"

小宝哭着背起书包,找到了正在村子里转悠的张发子。

"爸爸,他们骂你是万斤苕!嗯嗯。"小宝边哭边说。

"什么?骂我万斤苕,哪个狗日的敢骂我?"

"是张小军骂的。"

小军,张富子的儿子,这不是他老子教的么?哼,老子今天要收拾你。他丢下哭着的小宝,从口袋里掏出根绳子,背起套筒枪跑到学校,教室里正在上课,他不管三七二十一,闯进二年级教室,把小军一把拧了出来,把娃子捆在了门前的电线杆上。小军扯起喉咙哭,教室里一下乱了套,刘校长忙跑过来。

"张连长,这是怎么了?"他结结巴巴地问。

"这小狗日的仗他爹的势,辱骂革命干部,说我是万斤苕,老子今天要教训一下这小狗日的!"

刘校长吓得不得了,早有另一个老师跑去喊来张富子。

书记赶到学校,看见自己的儿子被捆在电线杆上,火光直冒,上前对着张发子就是一掌,把他推了丈把远,把小军身上的绳子解了。张发子从来没受到这么大的侮辱,爬起来抓住老套筒,把枪栓拉得哗哗响,大吼一声:

"举起手来,狗日的东西,竟敢打老子,老子毙了你!"

这下可把刘校长和两个老师吓得脸都白了。刘校长哆哆嗦嗦地扑到张发子跟前:

"张连长,嗯,嗯,嗯,做不得!有话好说,好说。"

张富子冷笑了一声:"打吧,朝老子胸口打!"他把胸口拍得啪啪响。"你那破枪吓别人还行,吓老子可不行!狗日的神经病,小心点。"说完牵着儿子愤愤地走了。张发子懊丧地拍拍枪，枪里没有子弹。

书记和民兵连长的意见越闹越大了，两人结下了仇。张发子想，等老子的试验地打响了，看老子整你。张富子想，这狗日的神经病，等有机会，非把他的民兵连长撤了不可。他还想入党，白日做梦去吧！

书记和民兵连长闹崩了不说，"万斤苔"三个字不胫而走。万斤苔，哈哈，这名儿不错，加在他身上刚刚合适。看他酸样儿，芝麻大个官，露水大个衔，偏摆出个天大架子。哼，亩产万斤苔？真是个万斤苔。

人们只敢在背后议论，谁也不敢当面喊他这雅号，不知是人们怕他那支套筒枪，还是怕他是个连级干部。

这一年的雨水特别好，大片的田地里庄稼因没人管，荒草比禾苗长得还高。人们早出晚归去炼钢，谁还顾得种庄稼。张发子试验地的苔长得特别好，他三天两头命令刘校长带领学生施肥、翻藤，绿汪汪的苔藤长得有半人高，把黑油油的土地遮盖得连缝都没有，像一床绿绿的厚毯子。人们对这块地也来了兴趣，见了张发子的面，都要竖起拇指夸上两句：

"张连长，你这试验地亩产万斤没问题，只会多，不会少！"

"张连长，你这回创奇迹，放大卫星，要上报，出名哩！"

这些不知是奉承还是真心赞扬的话，把张发子抬到了半天云里，他像喝了一瓶汉汾酒一般，浑身飘起来了。天气热了，那件黄破大衣脱去后，身上剩一件白布对襟衫，腰里扣根从部队带回的武装带，老套筒仍然倒背着。他不断地给说好话的人卷喇叭筒烟，一天三遍地在地边转悠，看着那一片绿色，抚摸着软乎乎的苔藤，肚子里像装了几斤糖水，都流出嘴角了。有时，他抱着枪打坐在地头，望着苔藤出起神来。啊，理想马上就要实现了，报上登着他背枪的照片，他在嘻嘻地笑着，一个像石磙一样的大苔放在展览馆里，苔上系着红绸带子，县委书记亲切地握着他的手。他入党了，他当了金水大队的书记。张富子因打击革命干部，打击模范被撤职了。张富子来了，朝他谄媚地笑着，"发子哥，发子哥"叫得那样亲热，他决定头也不回，从鼻子里哼一声。

"你哼什么？"张富子叫了起来，把他从梦中惊醒了。他懒洋洋地站起来，张富子果然站在面前，脸上并没有谄媚的笑，而是对他冷冷地说：

"你这民兵连长蛮负责哩，成天保卫着你这一亩试验地，不可出岔子哩。我说，发子哥，公社王书记来电话，要在你的试验地挖苔时开现场会哩，你是不是明天上午把苔挖了，下午通知开现场会的人来。"不等他回答，张富子就走了。

嘀，开现场会！啊，露脸的时候到了。张发子喜滋滋地背起老套筒，去学校安排明天上午挖苔的事。可是关键时刻啊，他一遍遍叮嘱自己，要稳重，万万不能昏了头，产量肯定能达到的，人家都这样说。他一身轻快，走着走着，连跑带跳起来。

第二天一早，张发子像迎接盛大节日一般，全副武装起来，穿起单军装，扎起武装带，带起老套筒，威风凛凛。百多名学生吵吵嚷嚷地挖着苕。学生娃子的口水都快流出来了，可谁也不敢啃一口那甜甜的苕，张连长在地边监视着哩，小宝扯住他的衣角：

"爸爸，我要吃苕！"被他给了一巴掌：

"小狗日的，这苕不能吃，下午要展览用。"

挖着，挖着，张发子心里有点慌了。那石磙一样大的苕呢？没有！连磨盘大的也没有。最大的只有他从部队带回的搪瓷杯那么大。哎呀，怕要出问题了，哪来一万斤苕？这怎么交差呀！一时，他心里发火了，妈的×，这地也跟老子作对。嗯，说不定大的都长到地底下去了。

"哎，龟儿子们，再挖深些，下面有大的！"

小学生们拿出了吃奶的力气，把地挖了三尺深，还是没有挖出石磙大的苕来。他急了，他慌了，他骂人了。

"妈的×，妈的×，这是怎么搞的？这是怎么搞的？"

学生娃们黑汗水流地挖了一上午，好不容易把一亩地的苕都挖出来了。堆成两大堆。他在堆子旁来回地估量着。嗯，好大两堆，苕是压秤，苕铁苕铁嘛，看样子有一万斤。他喊住了带着学生正要离去的刘校长。

"哎，校长，你说这有一万斤吧！"

刘校长把堆子估了一番。"有！有！肯定有一万斤，张连长你放心吧！"说完堆着笑脸，赶忙溜了。

他等大家都走光，又围着苕堆转起来。有一万斤吗？好像差不多。不，好像差得远，那怎么办？下午要开现场会，得想个么法子呀！他就这样在苕堆边转来转去，转了一个中午，连午饭都忘了回去吃。

下午，开现场会的人都来了，公社的王书记，各大队的书记们都和张发子打着招呼。

"伙计，来向你学习呀！"

张发子心里像揣了只兔子，腿肚子有些发软，他越来越觉得这两堆苕没有一万斤，肯定要砸锅了。他一边和开会的人应酬着。一边用两只眼盯着苕堆，希望苕堆突然变大，达到一万斤。

担心的事终于发生了，张富子几个人很快用磅秤把两堆苕称了一遍，天啦，两千多一点，还差七千多斤啦！

公社的王书记说："老张,还有苔呢？"

张富子说："就这两堆,还哪里有啊！"

各大队的书记一阵哄笑。王书记气冲冲地拔木牌子,拔不动,张富子连忙上去帮忙,木牌子拔出来了,王书记把木牌子朝路上一摔:

"哼,万斤苔,你欺骗领导,吹牛撒谎,富子！"

张富子忙跑到叔岳父跟前:"在！嘿嘿,您有什么指示？"

"你们支部开个会,严肃处理这件事,处理结果上报公社。"张富子正中下怀,连连答应:"好！好！"

张发子脑子响成一片:完了！全完了！

王书记带着开现场会的人走了。

张富子狠狠地瞪了张发子一眼,意思是说,怎么样？你的期限到了。

张发子坐在地上,脑壳深深地埋在大腿下,嘴里是哑巴吃黄连,有苦说不出。他干么事要找这个麻烦呢？民兵连长当得好好的,偏偏种他妈的么事试验地！现在后悔也来不及了。

试验地的路边上,木牌被王书记摔成了两半,下半块上赫然地写着"张发子万斤苔",显得格外醒目。

金水大队党支部在书记张富子的领导下,对张发子的处理一点情面都没留。张发子不是党员,无党籍可开除,把他的民兵连长撤了,由连级干部降到社员。张发子没什么话说,他想,算我倒霉,我又没有后台。连级干部撤了,套筒枪上缴了,连那县报也成了新连长的卷烟纸。嘿。提起那县报,张发子就一肚子火,要不是它,他的连级干部怎么会撤呢？他怎么会想着去种什么试验地呢？

张发子正式变成了万斤苔。没有往日的威风,没有老套筒,人们当面喊他万斤苔了。书记的儿子张小军见了他,边跑边喊:

"万斤苔！万斤苔！"

小宝从学校哭着回来:"爸爸,小军骂你是万斤苔,嗯,嗯！"

"哭你妈的鬼,老子还没死！"小宝倒挨了一巴掌。

共产主义的前脚跨进了中国的大门,后脚又从后门里跨出去了。什么原因？大约是没有好东西招待它。没日没夜的大炼钢铁,粮食没有收上来,人们一天三两米的定量,树叶、草根都吃光了,共产主义饿跑了。

万斤苔老了许多,他的腰弓了,人瘦得像只大虾子,那件棉大衣更破了,腰上紧紧缠着一根草绳,一来防寒,二来把肚子捆住,免得咕咕直叫。他仍然爱在村里转悠,代替套筒枪的,是一只捡粪用的小粪扒。他走到那些学生画的壁画前,望望那些画,心里骂道:

"扯他妈的蛋,芝麻哪能长得西瓜样大呢!"

有人喊他"老万",这是对他的尊称,代替了万斤苔。

"你吃过了吗?"

"吃什么,一碗稀汤屙泡尿,早没有了!"那人叹了一口气说:"要是真能一亩地挖一万斤苔,我们也不会饿了。"

他狠狠地瞪了那人一眼,找个墙根坐下来,掏出烟荷包,烟叶早没有了,烟荷包里装的是枯荷叶。他用枯荷叶卷了一支喇叭筒,卷烟纸是小宝的旧课本。他吐了一口浓烟,望见了对面那堵墙,墙上正画着一个社员拿锯锯稻子,那社员真像他。

多少年过去了,万斤苔的雅号再也离不开他了。

别人喊他万斤苔,他也习惯了,也能笑着答应了。张发子这个本名被人忘记了。

关于万斤苔的故事,当年的金水大队如今的金水村的老人都知道。张发子的孙子后来读了大学中文系,做了作家,他在家乡作乡村调查时,知道爷爷绰号的来历,写进了他的非虚构作品中去了。

东天一朵云

那天，队长三叔捧着大海碗喝粥，如果没有坐在他家的后门槛上，这一切都不会发生。

粥是三婶熬的，不干不稀不冷不热，白花花的放几根家制酸萝卜，三叔喝得呼啦啦山响，惬意极了。一碗粥喝完，就将右手端的空碗朝身后递过去，响亮地喊："云，给我添碗粥来，多放几根酸萝卜。"

屋里有女孩脆脆的应声："来了，爹！"

队长三叔把空碗递到屋里时，眼睛看到大路上来了一群人，灰沓沓地走过来。

三叔的屋子坐北朝南，一条乡间公路从他屋子的西山墙边朝南而去，三叔屋子的后门，又有一条稍小些的公路经过，朝东去了。村子里的其余屋子，都在三叔屋前一排排摆着，队长三叔的屋在村里是殿后一排。

云十三岁，高条个，瓜子脸，皮肤像三婶，白皙细嫩，一笑脸上就露两个小酒窝。云上小学六年级，乡间少女懂事早，胸前已看得见两只小桃子，小屁股也圆了。

云给三叔递上一碗粥，站在爹身边不走了。

大路上那群灰沓沓的人已经走近，有七八个人，一个年近五十的老者，脸上满是黑胡子；两个小伙子，一个方脸一个长脸；一个小媳妇，长得很有几分姿色，身段好看，穿的衣服也鲜亮，手里抱个娃子。剩下的是三个少年，两个男孩，一个女孩，女孩的头发黄黄的，真正的黄毛丫头。

除了小媳妇和手里的娃子外，每个人背上都背了个包袱，包袱都鼓囊囊的。

灰沓沓的一群人走近队长三叔和云跟前时，大家都朝三叔捧在手上的海碗里的粥望了一眼，云甚至看到那个黄毛丫头的喉结处还动了一下。

眼前这个村子不大，看上去最多二十户人家，大概是个生产小队。老者领着一群人在队长三叔跟前只停了一刹那，就又迈着双脚，沿着向南的大路朝前走。

队长三叔捧着海碗站起身来，朝那老者说："大哥，你这是到哪去啊？这大家人，歇口气喝杯水吧！"

三叔的屋角，也就是大路和朝东的公路交接处，有一棵大苦楝树。这是阳历9月底的天，还有些热，而且正是吃午饭的时候。

黑胡子老者听到三叔的招呼，停下来，拱手答道："不瞒兄弟说，我们这是朝前面去，前面不知道是否有大庄子？我们是个戏班子，找地方演戏。"

老者说的是河南话。三叔这个村有两家河南人，湖北河南是邻省，湖北人听河南话并不稀奇。

云一直站在三叔身边，听说是戏班子，忙高兴地说："那你们就在我们这儿演戏吧！"

说话的当儿，抱娃子的小媳妇和三个少年，已在苦楝树下坐下了。

三叔横了云一眼："小娃子，就你多话。"

长脸的小伙子忙从怀里掏出包大前门牌香烟，递一支给三叔，三叔见是好烟，便推辞着。长脸的小伙子不收手，三叔只好接了。

长脸说："大叔，你村里要演戏吧，我们优惠的，一个晚上只收二十块钱。《沙家浜》《红灯记》《智取威虎山》《奇袭白虎团》，我们都能演。我们还有证明的。"

黑胡子老者就从怀里掏一张盖公章的纸，递给队长三叔，三叔摆摆手不要。三叔说："我看你们不是坏人，你们演的都是革命戏嘛。"

"要不，你们就演一场吧！"黑胡子老者期望地说。

三叔想了想，对站在身边的云说："云，你去喊一声蛤蟆二伯来，还有会计五叔，我们研究一下。"

云蹦蹦跳跳地走了。

云的弟弟改这时也出来了。三叔对改说：

"去叫你娘提壶茶来，给这些客喝。"

改进屋去了，三婶提壶茶出来。一群人就在树下喝茶。三婶看到小媳妇手中的娃子，喜欢得不得了。娃子团头大脸，见了生人就笑。三婶问："多大了？"

小媳妇说："十个多月了。"

三婶进屋去盛了一小碗粥，加了点糖，让小媳妇喂给娃子吃，小媳妇感激不尽。

云领来了贫协组长蛤蟆和会计五叔。五叔已经吃完了饭，蛤蟆正在喝粥，就端着粥碗走过来。

三叔说："双抢已完了，唱场戏也叫大伙歇歇，二十块钱，你们看怎么样？"

长脸给蛤蟆和五叔各递支烟。

五叔说："要得。"

蛤蟆从黑胡子老者手里要过证明,看了半天,点点头。

云好高兴,今黑里村里要演戏,她似乎也有些功劳。

一群人安排在队长三叔家吃饭。三婶去灶上忙活,云给娘帮了一会儿忙,时间到了,就背着书包上学去了,改已经先走了。云要告诉她的老师和同学,今黑里到村里来看戏。乡间看一次戏,是件大事哩。

黑胡子老者带着戏班子,在队长三叔家的西屋里休息,整理行头,做好晚上演戏的准备。

漂亮的小媳妇把睡着了的娃子交给了方脸小伙子,方脸小伙子无疑是娃子的父亲。小媳妇挽起袖子帮三婶做事。三婶忙拦阻,小媳妇说:"婶子,我闲着还不是闲着。"

小媳妇帮三婶扫地收拾房子,把屋里弄得清清爽爽。三个少年也找事做,长脸小伙子去挑水。

三婶乐得颠颠的,笑眯眯地给戏班子做饭。

三婶看到小媳妇手腕上带着只亮闪闪的手表,那值一百多块钱哩,三婶想。

戏台就在队长三叔的屋东山墙下,是前些年村里搞文艺宣传队时,一伙年轻人从大队窑上拖来红砖,一层层垒起来的。砖头垒得很马虎,没用石灰水泥凝结,时间久了,戏台上就有大大小小的缝隙。乡下戏台使用率不高,要用时,就拿扫帚在上面扫扫,凑合着吧,反正也没什么大剧团来演戏。

戏台后半部分的两侧,各竖一根柱子。那柱子本是杨树杆,扯幕布用的,没想到埋下去两年后,就生根长叶伸枝了。也好,要用时,把枝条砍砍,扯上幕布,就分开了前后台,很有一些舞台气氛。

戏台前面是一片空场子,场子是生产队的稻场,上面堆了稻草垛子包谷秸垛子,还有一只圆形的粮垛子。

傍黑时,稻场上已经很热闹了。戏台上扯着两只大电灯泡,照得明晃晃的。戏台前已经摆满了一排排的长凳子方凳子竹靠椅,孩子们早挤成一堆,趴在戏台边看。

邻近村子里来了许多大人小孩,见了这个村子里的熟人,大声打招呼说笑。姑娘媳妇们收拾打扮一番,找个地方坐成一团,嘻嘻哈哈快乐无比。

戏台上的幕后,小媳妇、方脸小伙子、长脸小伙子已化好了妆。小媳妇的妆化得艳艳的,浑身透出一股撩人之气,那身材被行头一裹,就衬出了身体的各部位来。

黑胡子领着三个少年打起闹台锣鼓,哐才哐才哐才地打得热烈,激动人心。

忙坏了队长三叔,他在前台张罗,安排外村来的乡亲,吆喝小孩不要追逐。

忙坏了三婶，烧了许多锅茶水，让看戏的唱戏的都有水喝。

忙坏了云，她早已顾不得请来的老师和同学了，她在后台帮小媳妇带娃子。小媳妇叫珍，云和珍交上了好朋友，云很佩服珍崇拜珍，口口声声喊着珍姐。珍是这个戏班子的顶梁柱，她能演阿庆嫂李铁梅江水英方海珍柯湘，唱腔好，人也长得漂亮。云下午从学校放学就跟珍凑在一起了，那个黄毛丫头只比云大两岁，黄毛丫头在云面前把珍说得如仙如神。云想，我要能像珍那样就好了。

全戏班就只珍有块手表，戴在手腕上很神气。戏班子的头领黑胡子老者都没有手表，要知道时间，就都问珍。

云在后台看着珍化妆，看着珍换衣服。云一直帮着珍抱娃子。云看到戏班子的人，除了她抱着的娃子外，人人都忙。黑胡子老者能打鼓点能拉京胡还要演戏，三个少年要饰演各种跑龙套的角色还要打锣鼓，主要演员珍和方脸长脸的小伙子要饰演各种角色，不演角色时就去打锣鼓。

演出开始了。第一场是折子戏《沙家浜》中《智斗》一场，珍当然演阿庆嫂，方脸是胡传魁，长脸是刁德一。

锣鼓敲得热烈，京胡拉得响亮，阿庆嫂一段"来的都是客，全凭嘴一张"唱得温婉动听。不太像收音机里听到的那味，而是一种豫剧与京剧的杂交味，使得听众新鲜不已。而且阿庆嫂那身姿那动作，也不是样板戏的标准动作。珍演得婀娜多情，在观众面前，在胡传魁面前，都有些温情脉脉。珍的演出，盖过了胡传魁和刁德一，赢得了观众不断的掌声。云抱着珍的娃子，在后台掀开幕布的一角，看得呆了。云觉得自己是一辈子都不能忘记这场演出的。

《智斗》演完，接着是《智取威虎山》中的《深山问苦》一场。

黑胡子老者领着孩子们大敲锣鼓，方脸长脸和珍在后台急急地换装，脸上的妆色也要变一变。三个人忙得一塌糊涂，气喘吁吁。长脸不断地说："快点，快点！"

珍饰演小常宝，她急急地把脑后的髻变成大辫子，忙急而不慌乱。边变装束，边和抱着娃子的云说："云妹子，真谢谢你啦！我们这戏班就是这样。一末带十杂，累呢！"

云也感觉得珍累，感到这戏班子累。演出一个夜晚，二十块钱，嗓子唱得哑了，出得几身汗。

前台锣鼓敲得紧了，长脸说："珍，快点。"

珍站起身，在后台走了两步，觉得可以了，就准备朝前台走。忽又停下来，把手腕上的表摘下来，递给云："云妹子，手表帮我拿着，好吧！"

云说："好的。"

云听着越来越紧的锣鼓，接过珍的手表，眼睛却看着幕外的前台。珍踏着锣鼓点子走出幕后，到了前台。

珍在前台一亮相，台下又是掌声。

云好激动，接着手里的娃子，另只手把珍递给她的手表，朝娃子身上塞去，塞在什么地方，她一点也不记得。云的全部身心都集中到戏台上的那人那唱腔那动作上去了。

天黑下来不太久，那天有月亮，月亮柔柔地眨眼，看这乡野间的乐事。村庄和树影都在月光下，人都集中到戏台前了。乡下的文化生活贫乏，这种戏班子的演出，竟也看得哈哈的笑声一片，如醉如痴的。

东天，有朵云彩飘过，月亮暗淡了一下，又亮了。

戏班子的演出，因为有一个珍，有珍的大胆动作吸引观众，加之唱腔也不赖，河南人吼得响亮，观众是欢迎的，应该说演出是成功的。

后来，方脸小伙子换下黑胡子老者掌鼓。黑胡子装扮了《海港》中的马洪亮，唱了一段，获得了掌声。

黑胡子的黑头唱得好。

又接着演《红灯记》中的折子戏，黑胡子唱李玉和，黄毛丫头饰李奶奶，珍就饰铁梅。

三人在台上摆好，看到李奶奶那小模样，观众里有笑声飞起。

戏还是往下唱了，高潮过后，已近尾声。

终于，锣鼓停息，观众呼儿唤女地散去，火把灯笼把人引向夜色中的四面八方。

幕布卸了，戏班子到了队长三叔家，一个个都累了，软软地坐在堂屋里凳子上，直喘气。

三婶煮了面条，打了荷包蛋。

队长三叔、蛤蟆二伯、会计五叔陪着戏班的人坐着。会计五叔说："辛苦了辛苦了，戏唱得不错。"

黑胡子老者拱拱手："请各位乡亲包涵包涵，小戏班子，就这水平了。"

云把娃子交给了珍，帮娘往外端面条，请戏班子的人宵夜，改早上床去睡了。

戏班子的人，还有三叔、二伯、五叔都在吃面条。

事情在这个时候才发生。

珍想看看时间，娃子已睡着，她已将娃子放在休息的地铺上了。珍伸手腕时，没见手表，她记起了在戏台后面，她把表交给了云。

珍就问云："云妹子，我的手表呢？"

云一听，立时怔了怔。是的，手表呢？云完全地忘了。云记起来，珍在出台前，是递给了她手表，可手表放哪儿了？

云怔了一会，忽记起放在娃子身上了。忙跑到地铺边，在睡着了的娃子身上摸了摸，却没有。

云没了主意，她站起身，又在自己的身上摸了摸，上下身衣服的口袋都摸了，没有。

云说："哎呀，手表？手表不在我这里了，我这里没有手表了。"

云的叫喊，使得一屋子人都静了下来，吃面条的人都停了筷子和咀嚼，吃惊地望着云。珍曛地站了起来，盯着云说："云妹子，在戏台后面，我是亲手交给你的哟。你记记，你放哪里了？"

云呆呆的，满面通红。她的手不由自主地在身上摸着，口里喃喃地说："珍姐，我这里没有啊！"

云回忆着，珍好像是把手表交给自己了。可是手表呢？手表到哪里去了呢？

云惊恐地可怜巴巴地望着珍。云带着哭腔说："珍姐，我这里没得手表了，我不知道手表在哪里，珍姐，怎么办哪？珍姐，你的手表给了我吗？"

珍急了，珍说："我是给你了，让你帮我拿着，我唱小常宝，戴了手表不方便，就摘下来给你了。"

云说："你好像是给我了，可我这里没有手表啊！"

方脸小伙子，是珍的丈夫。他说："手表是给云了，我看见了的。"

珍撂下没吃完的面条，伏在桌上呜呜地哭起来，哭得肩膀一耸一耸的。珍哭着说："我的手表是给了你呀，这可怎么得了，这手表是我们两口子省吃俭用买的哟，我们这么多人唱一晚上戏，只二十块钱，这手表是一百二十块钱啦。我的天，这怎么是好。"

三婶一把抱住吓得惊恐了的女儿，流着泪说："乖，想想看，手表是不是你拿了？是你拿了，就给她吧！我们是清白人家，再穷，也不能昧了这手表啊！"

云伏在娘怀里，只顾哭着。

长脸小伙子脸色很不好，他站起来，在堂屋里走着，他没有作声。长脸想，这里人看上去都不错，这小姑娘表面上多可爱，但真难想象她是个贼。长脸断定这手表是找不出来了，他是看到珍将手表递给云的。

黑胡子老者一直没作声，那三个少年也一直没有出声，他们把碗里的面拨来拨去的，没有再吃了。

蛤蟆二伯说："云，不要哭，你想想看，这手表她给过你没有？给了你就拿出来，没有给你，你就说没给，不要哭了，哭有什么用！"

会计五叔说："不要急，不要急，再找找，是不是掉在其他地方了。"

只有队长三叔脸上铁青铁青的，眼睛里似乎有火要喷出来。在这深夜里，在他领导下的生产队，在自己家里，却出了这种事，叫他的面子朝哪儿放！

队长三叔朝云吼起来："哭，哭你娘的丧呀！快说，手表给你没有？给你你就拿出来，要不然老子剥了你的皮。"

云吓得立刻噤了声，朝娘怀里倚了倚，用惊恐的眼光望了爹一眼，嗫嗫嚅嚅地说："我记得珍姐好像是把手表递给我了，我只顾得看戏，不知道手表到哪里去了。我现在没有她的手表。我没有拿她的表。"

队长三叔蹦起来了，像头发怒的狮子，突然挥手给了云一个耳光，"啪"的一声脆响，在夜里传得好远。

云的脸颊立刻印上了五道手指印。云痛得大哭起来。

黑胡子老者和蛤蟆二伯、会计五叔忙把队长三叔扯住。

会计五叔说："你怎么能这样呢？不能这样打孩子，要是冤枉了孩子呢！"

黑胡子老者抱着队长三叔的臂膀说："大兄弟。别这样了，孩子小，可能把手表忘在哪儿了。实在对不起，我们打扰你们了，如果我们不来，也就不会有这码子事的。我看算了吧！"

队长三叔说："不能这样算了，我这个村子风气正得很，从来也没发生这类事情的，话好说，但名声不好听，今后我们怎么见人啦！云，你不消哭得，哭是没用的。你既然承认拿了人家的手表，你就要把手表交出来，交不出来，你就不要活了。"

一屋子人不知怎么办才好，珍哭着哭着声音小了下去，变成了抽泣，只是肩在微微抖着。

云在娘怀里停止了哭，但是呆呆的，不知如何办。

三婶搂着女儿叹气，不断地擦眼泪。

夜好深好深，屋外的月色很亮。村子静静的，除了队长家，早没了灯光，家家都在睡梦里。

蛤蟆二伯说完，拉着会计五叔走了。

戏班子的人就到西屋。西屋是队长三叔家的一间空屋，地上已铺了稻草。戏班子的人把铺盖放在铺草上，也无心思洗漱了，倒下便睡。

珍抱着娃子躺着，身边睡着丈夫方脸。

珍想着自己的手表，手表如果丢了，对她来说，是个很大的损失。珍想，云这小姑娘，难道真的昧下自己的表么？不会吧！但她为什么不拿出来呢？这小姑娘也难说，问她时，她满脸通红，为什么红脸，这就有名堂了。你没做亏心事，脸红什么？明天再做做工作，让她把表交出来，想着想着，珍也就睡着了。

云睡在娘的脚跟头。睡下时，娘反复说："儿呀，这事做不得的，你还要做人，你还小呢，你还要过几十年，要是把名誉坏了，就一辈子抬不起头来。儿啊，你才十三岁，莫做糊涂事哟，你要是喜欢手表，我和你爹将来卖房子卖家具，也要给你买一只陪嫁。可人家的东西是人家的，我们不要。我们是有志气的人家，你爹是有志气的人，你爹是队长，要不然今后怎么好说人家。儿啊，你莫糊涂，千万莫糊涂。"

三婶只顾自己唠唠叨叨，叫女儿莫糊涂。可是三婶就没检讨一下自己糊涂不糊涂。

女儿是自己生的，自己养的，难道对女儿不了解不相信？云在村里在学校里是好孩子好学生。云见人一脸笑，一笑俩酒窝，大伯大婶大哥的，喊得亲热甜腻。云会做事，又勤快，在家是娘的好帮手；云才十三岁，心地好。知道疼人爱人，对爹妈对弟弟改，尽小小的心来爱他们疼他们，云对村里的老人也尊敬，帮他们做事。云在学校里成绩好思想好，年年是三好学生。

好好的一个女孩子云，人见人爱的十三岁的云，怎么就这样命苦呢？怎么就碰上了这码子事呢？手表找不出来。真是跳进黄河也洗不清啊！云可不愿背个贼的名声，云可不愿连累自己的爹娘，不愿连累弟弟改。

爹娘，你们要相信你的女儿，女儿真的没昧了那手表。但是云记得，隐隐约约地记得，珍姐是把手表交给自己了，可手表就是没有了。

没有了，手表又到哪里去了呢？

娘在床那头还在絮絮叨叨地说着，叫云莫做糊涂事。云在床这头想心思，娘说着，云也回答。

云说："娘，我没拿那手表，我真的没拿啊！"

云那哀哀的回答，那哀哀的呼唤，一声声的，动人心魄，令人心里直发抖的。

是的，这样的声音，这样的女孩，她怎么可能干昧良心的事呢！

云的哀婉的呼唤，甚至传到了西屋，传到了戏班子头黑胡子老者的耳里，传到了珍的耳里。

黑胡子老者叹息了一声：可怜的孩子。

珍把怀里的娃子抱了抱，只觉心里一阵发抖。珍有些后悔了，手表丢了就丢了，云是多好的女孩，她不是贼样子，真不该逼问她的。珍心里好恐怖，老天，别出什么事。

夜深了，很深很深了。村里有鸡啼，鸡啼了一遍，又啼了二遍，又啼了三遍。天要放亮前，很暗很暗。全村都睡得很沉。

队长三叔的火爆性子，昨夜打了云一嘴巴，事后心里也难过，他不相信自己的爱女做这等事。他要等到天亮，把蛤蟆二伯和会计五叔叫来，好好地查查这个手表事件。他是在女儿嘤嘤的哭声中睡过去的。

三婶絮叨完了，也没太在意云，小孩子家么，明天再说。三婶白天做饭烧茶水的，也累了。三婶打了个呵欠，也慢慢地睡熟了。

云小小的年龄，也信起了命。奶奶在时，云是何等的娇贵，奶奶没让云受过一点委屈，谁敢委屈孙女，奶奶就拄着拐棍找谁论理。

奶奶在时，云怎么会受这种委屈！奶奶去世了，云哭得眼睛都红肿了，那时村里人都夸云是个孝心的妮儿。

奶奶在世信菩萨，奶奶天天给菩萨烧香念经，奶奶给云讲了好多好多菩萨的事。

云在鸡叫了三遍时，睡着了。云睡着了后，就梦见到奶奶。云一见奶奶，就扑在奶奶怀里哭了起来。云喊着："奶奶，我没有拿他们的手表。"

奶奶抱着云。奶奶一言不发。

奶奶后来就走了，云爬起来，追着奶奶走。云说："奶奶，你带我去吧！奶奶，云想你啊！"

奶奶还是不做声。奶奶在前面越走越快，云就跑起来。

山村还在睡梦中。

天就慢慢地亮了。

三婶一觉醒来，发现脚头的被子空了。三婶就喊："云，云，你在哪里？"

没有人答应。

三婶爬起来，到厕所里看了看，厕所里也没有。三婶的冷汗一炸，三婶就带着哭音喊起来："云，云儿，你在哪里！"

三婶的喊声惊动了一屋子人。队长三叔爬起来问："怎么了？云呢？"

"云不见了！云不见了！"三婶哭喊起来。

戏班子的几个人都跑过来。黑胡子老者惊问："孩子去了哪儿？孩子呢？"

三叔摇摇头，三婶就瘫软在地，哀哀地哭起来。

"云儿啊，我的好云儿，你到哪里去了，你千万不要吓娘呀！云儿哟，我的好云儿，你回来呀！"

改起来了。改到处找姐姐，姐姐不在。

村子里的早晨闹嚷嚷的。蛤蟆二伯会计五叔都来了，村里的社员都来了。

戏班子的珍和那三个少年，都吓得不敢做声了。

蛤蟆二伯和会计五叔立即派人分东南西北四方去找云。黑胡子老者和方脸小伙子也参加了寻找的队伍，大家都急慌慌的。

队长三叔坐在自家屋后门的门槛上，默默地呆呆地坐着，一动也不动。

三婶和改只是哭着。改这年十岁。

各路找人的队伍回来了。河里找过，塘里找过，走很远的路，云的姑家、舅家都去找过，都没有云。

云到哪里去了呢？

会计五叔和蛤蟆二伯商量了一下，五叔拿了二十块钱，递给黑胡子老者，说："大哥，你们走吧！"

黑胡子坚决不收。黑胡子说："对不住啊乡亲，是我们来害了孩子。"

蛤蟆二伯说："你们走吧，与你们不相干的事。"

戏班子除了抱在怀里的娃子外，就人人背了包袱，走上了朝南去的大路。

黑胡子老者站在队长三叔身边说："兄弟，是我们给你带灾来了。对不住了，我们先走了。"

三叔坐在门槛上没动，朝黑胡子摆摆手，大颗的眼泪从眼窝里掉下来。

珍抱着娃子，跪在三婶和三叔跟前磕了个头，口里叫着："云妹子，你回来哟，姐姐不怪你。"

一群人慢慢地走在大路上，踩起一阵灰尘。

这是个晴天，天上没有一丝云朵。

十年后，一伙年轻人在拆老戏台，他们决定在这里修个乡间俱乐部，戏台太简陋了，准备再修个好的。

靠着东山墙根，坐着个老头，在抽着旱烟，老头看着一伙年轻人热火朝天地在拆戏台的砖。改也在年轻人中间，改已经是个大小伙子了。

有个年轻人叫了一声："哎呀，这里有一块手表，夹在砖缝里了。"

众人停了手脚，一齐看那块表。那表一点也没有锈蚀。

改走过去，改一把抓过手表，愣了愣。

改突然望着东边，跪在地上大哭起来："姐呀姐呀，你是受了委屈了。姐哟，你在哪里，你回来吧，手表找到了啊，姐！"

改的哭声瘆人，哭得人的毫毛直抖。

那时，倚靠在东山墙的老头突然大叫了一声，吐了一口血，一头扎在地上。

那是三叔，云的爹。

改急忙跑过去，扶起老人，一边大声叫着："爹，爹，你怎么了？"三叔缓缓睁开眼睛，却一句话也说不出来，只把眼向天上使劲看着，天上一朵洁白的云，轻盈柔弱，正悠悠地飘了过来。

酒　姐　儿

酒姐儿名有有，姓孙，孙有有。酒姐儿是她出名之后的外号。

孙有有是县城南关人，父亲早亡，只她和母亲在一起生活。七十年代中期，她高中毕业，赶了个上山下乡的尾巴，到龙口镇上河村当知识青年。后来就嫁给了当地的青年李邦邦。后来知识青年都离开农村了，孙有有生了孩子，把一个招工的指标让给了丈夫。

李邦邦选了个离家很近的单位，在龙口机电配件厂当业务员，龙口镇离上河村不到三里路。

孙有有的母亲是个苦命人，三十岁死了男人。孙有有也是个苦命人，三十一岁死了丈夫。

那是一个秋日的傍晚，晚霞在西边天燃烧如火，孙有有带着五岁的妞儿，刚从菜地里回来，准备做晚饭。李邦邦说好今天要回来吃晚饭的。从龙口镇骑自行车回家，十几分钟的事情。

孙有有刚到家，安置好了妞儿，正要进厨房，一辆军绿色的吉普车"日"的一声停在她家门口，孙有有想，饭还没做呢，怎么就坐车回来了呢！

吉普车门打开了，从车上下来了李邦邦的厂长和办公室的胖子主任，却没见李邦邦的人。胖子主任过去见了孙有有总爱笑嘻嘻开玩笑，今日却一脸的严肃，使得孙有有心里一愣：坏了，出事了。这样想着时，人就呆了。

厂长走到门口，对孙有有说："有有，带上妞儿，我们一起去县城医院，邦邦住院了，你去照顾一段。"

孙有有半天才回过神来，说："厂长，主任，他怎么啦？要紧不要紧？我马上带妞儿去，我马上去。"

孙有有带着妞儿到了县医院时，李邦邦还没有醒来。一进病房，孙有有就闻到一股浓烈的酒味，她望了望厂长和胖子主任，问："他喝了多少酒？"

厂长说："他今天中午和城关机电厂的冯七天在小酒店里喝的，喝到下午三点钟就倒了。"

胖子主任说："据小酒馆的老板说，他们两人喝了五斤苔干白，拦都拦不住，要一赌输赢。"

"城关机电厂拿了我们价值三万元的配件，一直不给钱，冯七天是供销科长，他跟邦邦打赌，如果他喝酒输了，就想法子还钱。邦邦为了讨回欠账，就跟他赌上了。"厂长对孙有有说了实话。

孙有有紧紧搂着妞儿，坐在昏迷不醒的邦邦床边，头脑里一片空白，不言也不语，眼里的泪顺着脸颊流下来。你为什么总是要赌酒呢，邦邦！酒是个好东西么？你终于是栽在酒上了呀！

医院给邦邦输液，邦邦一直不醒。很晚了，孙有有就这么一动不动地坐着。胖子主任把孙有有的母亲请来了。老人最后只把妞儿抱回去，让孙有有陪着邦邦。

李邦邦一直没有醒过来，他在孙有有的陪伴下断了气。

孙有有抱着李邦邦哀哀地哭，哭得也不响，哭得浑身抽搐，嘴里只有喃喃的话：你怎么就要赌酒呢，酒是个好东西么？你终于是栽在酒上了呀！

"有有，要哭就放开哭一场，这样哭要伤身子的。"在一旁的人看孙有有难受，就劝。

可孙有有就是放开不了哭，还是哀哀地哭得抽搐，哭得牙齿咬得格格响。

李邦邦的死，是与厂里有关系的，他是为了讨回欠债呢。厂长和工人们是很讲人情的，他们不能给李邦邦戴以身殉职的帽子，就想法在镇上买了两间房子，把孙有有和妞儿的户口转到镇上，安置她娘俩住下。

孙有有在龙口机电配件厂上班，先是干车工，后来向厂长要求，还干丈夫那事情：业务员。

孙有有让在街道纸盒厂干的母亲提前退了休，搬到龙口镇和她一起住，照顾妞儿。

李邦邦的死，是和冯七天有关系的。给李邦邦办丧事时，冯七天没参加，据说一是怕挨打，二是他还没有完全清醒，他喝的酒并不比李邦邦少，只是他没喝死。

事后，胖子主任到城关机电厂要钱。机电厂的头说："这是冯七天的事，我们现在承包了，你找他去。

胖子主任找到冯七天，冯七天说："这是我和李邦邦俩的事，你们不要插手！"

"李邦邦已经喝死了，你难道要把这账赖了不成？"胖子主任有些气愤地说。

冯七天冷冷一笑，说："这个嘛，你们就不要管了。生意是我与李邦邦两人做的。李邦邦说过，只要是他喝酒输了，这钱他就不讨了。我说过，只要是我喝酒输了，这钱我马上就还。如今李邦邦输了，他当然就不讨了呀！"

胖子主任火了："冯七天，你还有王法没有？你把李邦邦灌死了，没找你追究，你还要赖账，你怕不怕？"

"我怕个屁！你去告嘛，李邦邦喝酒死了与我有个屁相干，你追究不了我。你说我赖账，我赖了你的账么？我是跟李邦邦谈的业务，只跟李邦邦交往，与你不相干。"冯七天跟胖子主任说话时，竟从屁股口袋里抠出个扁玻璃瓶来，对着瓶口，咕嘟嘟喝了几口酒。

胖子主任气得一甩门，转身就走，口里骂了句："流氓，地痞无赖。"

冯七天在身后哈哈大笑。

孙有有是在听了胖子主任说了这番经过后，找到厂长，要求顶替丈夫当业务员。

孙有有是个文静的女人，平时说话轻轻的，缓缓的，一双黑亮的眸子温温地望着人。丈夫死后，她到厂里默默地工作，加上她的身体有些单薄，厂里人心里疼疼地同情着她，真担心她承受不了丧夫的哀痛与孤独。

"我去当业务员，顶替李邦邦的工作。"孙有有平静地说。

厂长睁大了眼睛，惊讶地看着她，问："有有，这是为什么？车间的活路做不惯？有人说你什么了？"

孙有有摇摇头："不是。我去当业务员，我要去收回李邦邦销出的产品没收回的钱！"

"什么，你去收钱？"厂长望望孙有有单弱的身体，摇了摇头。"有有，你别为难自己了，又没人说你什么，那事情不是女人干的，特别不是你这样的女人干的。"

"我能干！厂长，你就让我干吧！"孙有有望着厂长。

厂长被孙有有那温温的黑眸子制服了，厂长发现那眸子中有种说不清的力量。厂长无法拒绝她，只好答应了。

胖子主任领着孙有有到财务室，找到会计，查了查账簿。李邦邦经手的业务，尚有三笔大一点的账没收回。一笔是湖南某县的客户，欠账一万五千元；一笔是省城武汉某厂，欠账一万三千元；第三笔就是本县城关冯七天，欠账三万元。

孙有有将那业务账仔细地看了，经李邦邦的手销出的是什么产品，多少种，什么时候销的，单价多少，合计多少，对方是什么人经手的，一一记下来。孙有有的心细，记性也好。她笑了笑，谢了会计。

李邦邦这人，大大咧咧的，讲义气，讲信用，孙有有是很了解的，既然是经他的手赊的账，那么对方一定还是讲究些信用和义气的，即使像冯七天这样的人，虽然有些无赖气，但他会遵守某种契约的。孙有有对自己顶替丈夫收回欠账，心里颇有信心。

孙有有回家后，对母亲说了要出去做业务员讨债的事。母亲知道有有的性子，这丫头从小就文静，但脾气却像她死去的父亲，执拗得像牛。母亲什么话都没说，只嘱咐她在路上当心，早去早回。

孙有有决定先远后近，先讨少的，后讨多的。就是说对冯七天，她要最后来对付，而且她还打算要不一般地对付，丈夫李邦邦毕竟是与他喝酒喝死的，输在他的手上。

孙有有出发往省城讨债的那天早晨，在龙口镇东头等汽车，厂长和胖子主任赶来送行。

厂长说："有有，路上要小心，那钱讨得回就讨，讨不回算了。你要早点回来，有什么紧要事，给厂里挂电话或者发电报都行，千万莫出事，你再出了事，我们对不起李邦邦了。"

胖子主任说："有有，你估计要多少天才回来？我们心里好有个数。"

孙有有用手把额前的一绺头发朝后理了理，平静地笑了笑，说："厂长，主任，你们回吧！我先到汉口，再转车到湖南，大概就十天半月的。你们放心，没有什么事的。我比邦邦强，有什么困难，我会打电话找你们的。"

到汉口的长途汽车来了，孙有有拎起提包上了车。车上人不多，孙有有找个靠窗口的位子坐下了，朝厂长主任扬扬手，柔柔地说："你们回吧！"

十天过去了，龙口机电配件厂没得到孙有有的任何消息。厂长着急了，对胖子主任说："莫出事呀！莫出事呀！"

胖子主任心里没底，一个弱弱的年轻女人，到社会上去闯，而且是去讨账，真不该同意她出去的。胖主任只有壮胆安慰厂长说："不会出事的！再等两天看！"

孙有有是第十二天傍晚回来的。回来时，厂里有人看到她，她只笑了笑，打了个招呼，从汽车站直接回了家。看到她的人说，孙有有头发散乱了，满面灰尘，人瘦了，显得有些疲惫，拎只满是灰尘的提包。

第十三天，孙有有到厂里向厂长和主任汇报，说是欠账的人答应尽快把钱汇到厂里的账上。

厂长心里想，恐怕是骗你的，哪那么容易！口里却说："有有，辛苦了辛苦了！好好休息几天，买点好东西改善一下伙食吧，你妈和妞儿在家过得苦呢！"

厂长的话把孙有有说得低了头，眼睛就有些红了。

胖子主任暗暗捅了厂长一下，厂长才觉得说漏了嘴。拿什么改善伙食？有有的工资很低，有有的妈退休只有生活费，因为是街道办的厂。一家三口，在这年头，生活费都够呛。厂长正想说什么，却见孙有有缓缓地走出门去了。

厂长对胖子主任说："这个月给她补助一百元，从我的工资里扣。"

胖子主任说："我扣五十你扣五十，我们俩出吧！"

第十四天，汉口的一笔欠款一万三千元汇到账号上。

又过了一个星期，湖南的一万五千元也到了账号上。

厂长和胖子主任吃惊了。孙有有是有点什么绝本事，这要欠账的事，可不是一般的难。她第一次出马，就把两笔账要回来了，是不声不响干干脆脆地要回的，没半点拖泥带水的。

厂长派人把孙有有请到办公室，厂长笑容满面，表扬孙有有说："有有，你真不简单，汉口和湖南的钱都汇到了，一共两万八千块，你为厂里立了功呢！"

孙有有温温地说："厂长，这是应该的。这事是李邦邦留下的，他死了，我是他的妻子，我有责任去把它完成。"

孙有有的话，把厂长说得噤了声。

"有有，你可不能这样想，厂里的领导和工人都没这样认为，你完全没有必要这样去想的。"胖子主任连忙解围。

孙有有用手捋了一下头发，说："是我要这样想的。厂里领导和群众对我娘仨这样好，我就更要这样想这样去做，要不，我对不住大家。"

厂长和胖子主任只好叹了口气，他们本想问孙有有是怎么讨回这两笔欠债的，想了想，终于觉得还是不问为好。

厂长和胖子主任很快就见识了孙有有讨欠债的招数了。孙有有向冯七天讨回李邦邦经手的最后一笔欠债，使得龙口机电配件厂和龙口镇的居民大开眼界。

孙有有此举使她成名，她很快就跻身于小镇精英之中。

那是个很平常的上午，上班的各自在自己的岗位上干活，做生意的坐在自己的摊子后面打呵欠，九点或者十点钟的光景，小镇热闹过去了，显出一种平静来。

从县城过来的班车吐出一群人之后，又发着哮喘般地开走了。冯七天腆着个将军肚，摸了摸短茬头发，晃动着五短身材，走到下车的人群中。

李邦邦死之后，冯七天这是第一次到龙口镇来，龙口镇有他的一个把兄弟，老大皮武子。皮武子在龙口镇开了个小酒店，门口飘扬着白布幌子，写着个斗大的酒字。小酒店叫皮子酒店。皮子酒店专卖苕干白酒，酒的劲头大，货真价实。苕干白是皮武子的另一个把兄弟的酒厂酿的，皮武子只卖他兄弟的这种酒，其他酒不卖。

冯七天特地来拜会老大，讨顿酒喝，他对皮子酒店的苕干白特感兴趣，似乎其他牌子的酒都不如它好。

酒店店堂不大，摆四张桌子，此时无客，皮武子正靠在躺椅上打瞌睡。冯七天走进店堂，皮武子把眼睁开了。

冯七天赶上一步，双手抱拳："大哥，你好呀！"

"哟，老七是稀客了，多久不见了，请坐。"皮武子站起身，给冯七天递了支烟，并招呼老伴泡茶。

"咳，大哥，我不好来得呀，李邦邦的事我心里还是不好受的。今天特地来看大哥你的。"冯七天吸着烟解释。

"那是命，怪不了你的，又不是你逼着他喝的。不过，邦邦办丧事那会儿，你应该来送送么，毕竟朋友一场。"

"哎哟大哥，那会儿我也爬不起来，只是没像李邦邦那样没醒过来。"冯七天说。

"算了算了，过去的事不管，今天中午好好喝几杯。"皮武子伸了个懒腰，吩咐里间掌勺的厨子备菜。

皮武子和冯七天两人抽烟喝茶聊天时，一个年轻文静温顺模样的女子走进店堂，皮武子和冯七天一齐朝她望去。那女子也用黑眸子看着他们，脸上甚至有些羞涩的神情。

"啊，是吃饭的么？"皮武子问。

女子轻轻地摇了摇头，把腰躬了躬，轻轻地问："二位是皮大哥和冯七哥么？"

"啊，是的是啊！你是哪个？"皮武子答。

"我叫孙有有，是龙口机电配件厂的业务员，是李邦邦的媳妇，今天特来请教两位哥哥。"女子不急不缓地答。

"什么，你是李邦邦的媳妇？他的死与我不相干的。"冯七天忙站起来说。

"我也没说与你有关，我不是说来请教两位哥哥的么？冯七哥不至于见了我这个小女子就发慌吧！"孙有有把黑眸子盯在冯七天身上。

皮武子连忙起身，说："原来是李家嫂子呀，稀客稀客，过去不晓得，不知你来龙口镇了，应该我们去你家看望的，邦邦在时，和我们的交情不错，请坐请坐！"

"两位哥哥，我今天来拜访请教的目的，是了亡夫的心愿。亡夫生前的最后一顿酒饭是在这酒店里吃的，那是冯七哥请的客。今天我借皮大哥的酒店，代表亡夫，在这里请冯七哥的客，以还亡夫未了之情，不知冯七哥是否赏脸?!"说完，孙有有又将那黑眸子看着冯七天，使得冯七天感到很不自在。

"喝酒么？"冯七天问。

"当然喝酒，而且喝皮大哥店里的苔干白！"孙有有答。

"那好，我今天就陪陪李家嫂子，领李邦邦的情。"冯七天说。他心想，李邦邦就是在这里倒下去的，我还怕你个妇道人家不成。

"好！好！你们在一起喝喝酒，喝个团结酒，也增加小店的收入，谢谢关照了。"皮武子打着圆场，催厨子备菜。

"不过，"孙有有把黑眸子眨了眨，说："今天就请皮大哥做个证，我和冯七哥喝酒的喝法，就照冯七哥与亡夫先前喝酒的老规矩办。我和冯七哥用大茶杯喝，一人一杯，喝到尽兴为止。冯七哥还欠配件厂三万块钱，这事是亡夫生前经手的。现在厂里已经把这收款的事包给我了，我为了生活，不得不找冯七哥要钱。今天这酒么，如果是冯七哥喝输了，就把三万块钱想法还了，好吧！"

冯七天听完孙有有不慌不忙说出的一番话，血已涨到脸面上来了。这小女子今天是来找我冯七天较劲的，我冯七天能当缩头龟么？你个弱女人，有什么本事？你丈夫是在这里喝倒的，你还想倒在这里么！一股豪情涌上来了，冯七天笑了笑，朝皮武子摇了摇头。

冯七天说："李家嫂子，就按你说的法子喝，喝输了，这三万块钱，我卖房子卖家什，也要还了。不过，要是你喝输了呢？"

"从此再不提起这笔款子！我输了就走路。"孙有有说。

"实在不行，我让你三大杯，免得外人传出去笑话。"

"我不求你怜悯，我们是公平比试，冯七哥你就放心吧！这笔债总要有个了结的！"孙有有的话总是温温的。

"好，痛快！有其夫必有其妻。李家嫂子，你与李邦邦一样硬气，就这么办，我来做证，不过，如果出了什么事，你们就各自负责了。"皮武子说。

"这个已有先例，请皮大哥放心。"孙有有说。

喝酒是从上午十一点过十分开始的。皮武子吩咐人把菜上了，然后搬出了瓶装苔干白酒，一溜摆了五瓶。上次李邦邦和冯七天较量时，就是五瓶酒。今天换成李邦邦的媳妇，五瓶足够了。

皮武子拿出两只搪瓷茶杯，也是上次用过的，一般大小，一瓶酒只能装两杯子。

"开始吧，我来倒酒，"皮武子说完，就开了两瓶，一人一瓶，把各自的酒倒入各自的杯子中。

"那就请了!"孙有有说。她端起茶杯,送到嘴边,咕嘟嘟一口气喝完,还伸出小舌头把嘴唇舔了舔,嘴里发出丝丝声,连眉都没皱一下,菜也不吃一口。

"喝得好干净利落,看你的了,老七!"皮武子说。

冯七天不慌不忙,端起茶杯,仰起脖子,只见那喉结动着,不一会,酒也干了底。

"你们吃菜!我再倒第二杯!"皮武子说。

"你请了,冯七哥!"孙有有让道。

"还是你先来,你怎么喝,我就怎么喝!"冯七天说。

孙有有吃了两口菜,见皮武子已把两只茶杯倒满,那两瓶酒也倒完了,就又端起杯子,一口气咕嘟嘟又干了。孙有有喝下了这第二杯酒,白皙的面皮开始发红,眼睛变得清亮清亮,浑身有种舒坦轻松的感觉,而后背心,一双脚板下,开始沁汗了。

孙有有喝完之后,看着冯七天,温温地说:"对不起,我的习惯就是一口干,喝不慢,你可以分几口喝,慢点喝,我不计较的。"

"不!你怎么喝我就怎么喝,我还能要你让么?"冯七天说着,端起杯子,仰起脖子,又见那喉结耸动着,茶杯里的酒也干了。

孙有有轻轻抿嘴一笑,笑得分外妩媚。她的眼前出现了十分清晰的一幕,她没有作声,眼睛望着酒店墙壁上的一幅国画,那画是雪地原野图。孙有有的眼前有团雾气。

十八岁的年龄,喜欢睡懒觉,下雪天的早晨,外面多冷,被窝里多暖和!孙有有和同伴波波缩在被子里不起来。

李邦邦来了。李邦邦是大队团支部书记,分管着知识青年呢!李邦邦敲门,"起来呀小姐们,太阳都要晒破……"晒破什么被李邦邦咬住了,他大约是突然意识到这话不能当着女知识青年说的。

"起来干吗?你不像个团支部书记,像个黄世仁,这冷天逼我们起来,心狠不狠?"波波在被子里说。

有有在被子里笑。

"劈树蔸子,做饭!我把斧头扛来了!你们不饿么,都中午十一点钟了。"李邦邦说。

男知青们回城去了,他们不愿待在乡下受苦,孙有有和波波坚守知青屋,李邦邦十分关心她们,这是他的工作。有有和波波起床开了门,李邦邦一身雪花冒着寒气进来,外面很亮,是真有了太阳,可雪花在飘着。

肚子是真的饿了,昨夜偷懒没做晚饭,没柴烧了。李邦邦特地来为他们劈柴。李邦邦还挟了一瓶酒来。附近湾子里有家酿酒作坊,李邦邦经常去买酒。李邦邦就他和娘在一起过日子,父亲前几年得病死了。李邦邦喜欢喝酒,娘说你迟早是要死在酒上的,李邦邦笑着说不可能。李邦邦的娘后来也得病死了。

两个姑娘起来后,冻得瑟瑟的。李邦邦就说,你们要是不怕,就喝两口酒暖暖身子。波波就喝了一口,呛得直流眼泪,连喊辣死我了辣死我了,邦邦坏。李邦邦那会儿已脱了棉袄,从波波手里接过酒瓶,咕嘟了两口酒,就劈起柴来。李邦邦把一个树蔸子劈了一些柴屑下来,说:"酒可不是女人喝的,你们谁要是能把这酒喝半瓶,我保证给你们把柴火备好,不要你们操心,把饭也给你们做好。"这本是个玩笑话,孙有有却认了真,拿起酒瓶,咕嘟嘟地喝了半瓶,喝得李邦邦说,你不要命了。可孙有有却笑了笑,没事一般,只觉得身上暖和多了。李邦邦可是呆了,这个文静的姑娘,喝酒像喝茶,可不一般。孙有有也不知道怎么回事,她过去可是从未喝过酒的。后来李邦邦就劈柴,就做饭,就经常跟孙有有赌酒,每次总是李邦邦输。再后来,李邦邦和孙有有就成了一家子。波波走了。波波说:你们酒哥儿酒姐儿成一家,很好。酒姐儿就成了孙有有的外号。可这外号只有他们三人知道。波波嫁到外地去了,孙有有和李邦邦结婚后,孙有有也不喝酒了,只是邦邦戒不掉。

皮武子这时已把另外两瓶酒开了,把孙有有和冯七天的茶杯倒满了。皮武子说:"再接着喝,我看看到底是谁狠?"

孙有有眼前的雾气散了,眸子又变得分外明亮。她端起第三杯酒,眼都没眨,干了。

冯七天也把第三杯干了。

孙有有干了第四杯,冯七天也干了第四杯。

已是中午饭的时光,皮子酒店拥了不少人,有人是看热闹,有人是来酒店吃饭的。当配件厂厂长和胖子主任得讯赶到酒店时,孙有有已经喝了第五杯酒。

这时的孙有有,头发蓬松着,面如桃花红,眼如湖水深,她站起身,不摇不晃,挺着饱饱的胸,一改平日的文静,叉着腰,亮着嗓,叫着:"冯老七,喝吧,当着父老乡亲们的面,把这酒喝下去。不喝,认输也可以。"

厂长和胖子主任忙上前阻止孙有有。孙有有一笑,露出白白的牙齿,说:"你们放心,我今天是要为李邦邦争个脸。喝酒算什么,你们晓得我是谁,我是酒姐儿,李邦邦叫我酒姐儿,波波晓得的,我是酒姐儿。"

冯七天的头已经晕了,他从没见过这阵势,一个小女子,竟是这等的厉害。他站起身,有些摇晃了。他端起第五杯,咕嘟嘟干了。"喝,喝,我不喝是龟孙子,喝了!喝了!笑话,李邦邦喝败了,我能败在他媳妇手里。喝!"

"皮老板，再倒酒，我跟冯老七喝到底！"孙有有说。

"再喝不得了！再喝不得了！"厂长和胖子主任一齐说。

"没事，不要你们管！"孙有有叫道。

"冯七天，还能喝不能喝？"皮武子问。

"喝！"一个喝字说完，冯七天倒在地上，起不来了。上次和李邦邦比，他们一人喝五杯，邦邦倒了，他没倒，是隔一小时后才醉过去的。今天也是喝五杯，一是一口一杯喝得太急，二是上次醉过，躺倒好几天，身体抗酒精的能力不强了。

冯七天眼睛发花，倒在地上已经人事不醒了，他已无法应战。

"到此为止！到此为止！"皮武子宣布结束。

"谁输了谁赢了？你是证人，你要说个结果。"孙有有揪住皮武子的衣袖，说。

"你赢了他输了，这是明摆着的，我为你作证。"皮武子当着看热闹的人说。

"哈哈哈，哈哈哈……"孙有有突然发出一阵脆亮的笑声，"我赢了他输了，当然是我赢了嘛！哈哈哈！"

厂长和胖子主任要搀扶孙有有，孙有有把他们推到一边，朝皮武子躬了躬腰，说："谢谢皮大哥的酒了，我酒账我明天来结。"

"好走好走！这酒钱算我的，我不送了。"皮武子说。

孙有有走出皮子酒店，往家里走，走到一个墙角，她把脚上的半高跟皮鞋脱下，从鞋里倒出了好多的酒汗。这个动作被远远跟着的厂长和胖子主任看到了。

冯七天回家后，吐了几大口血，昏睡了七天，还算是醒过来了，但从此之后，见酒就头昏，一蹶不振。

半个月后，龙口机电配件厂收到冯七天转来的三万元货款，会计上完了账，告诉了孙有有。

孙有有找厂长和胖子主任，辞掉了业务员的工作，还是回车间干车工。

孙有有不再喝酒，仍然是那么文静单弱，温温柔柔的，见人说话甚至有点腼腆。

但酒姐儿的名声响遍了龙口镇，不管她自己是否承认，她都是小镇名人了。一位搞地方志的先生，将孙有有写进了《龙口镇志》。

一　枝　梅

金水河边有一堆人。这是我故乡的河,长江的一条支流,流在湖北境内,不是别的同名字的河。

那时是中午,中午这个时辰大人们都在家吃中饭,睡午觉,喂猪,种自留地。河里有只黑黝黝的打鱼船,剽悍的棕色大汉拉沉甸甸的网,心在蹦蹦跳着:发沉一网。大汉用力一提网,网里有具穿花衣的女尸。

女尸是我黄婶,我三婆的儿媳妇,因此三婆唱得头头是道有声有色,黄婶的一对小儿女却咿咿呀呀,哭得没有章法。

她甩着一双肉滚滚的脚拍得河滩啪啪响,响得人堆里男人们朝她直瞄,瞄她粉嘟嘟的脸,丰满的胸和臀颇有韵味地抖动着。她挤进人堆,嘴巴一咧,我刚好挤到她身边,我以为她要哭出好听的歌来,她却从嘴巴里丢出一串话,声音还是那样好听:

"哎哟哟,我的好黄妹子咧你有男人有儿女有婆婆,你么样要去死了有个么好哟,活着该有几多好!活着该有几多好,活着吃几粒炒蚕豆也是好的咧,你为么事要去死呢,黄妹子哟!"

她真是这样说的,我就挨在她的身边,挨在她的左腿边,我的胳膊抵着她的裤子口袋里的东西。你知道那是什么?那是炒蚕豆。

人真是个古怪的东西。人难道不是个古怪的东西么?到了现在我学写小说,我才深深地认识到这一点。知识分子说,人是复杂的;乡间人说,人上一百,种种色色。乡下的五叔说,你就写她嘛,我晓得她。写她有什么呢?又没得个好故事,从她身上又找不出个哲学意味和什么象征呀这个东西。写她叫一枝梅,她为么事叫一枝梅,她其实叫王大梅,我喊她胖婶,五叔叫她梅嫂。她既不伟大也不渺小,既不崇高也不下贱,既不明白也不糊涂,既不贞洁也不淫荡。从她身上找出点什么来表现呢?要不,就写她一枝梅,这是个绰号,没来由。我现在想,叫她一棵草一片树叶一朵喇叭花什么的都可以,没意义。嗯,说不定那时候大人给她起绰号,是因为她好看。我想起来了,她是挺好看的,给人一种甜腻腻软乎乎肉球球的感觉,肤色特好,脸上一笑俩酒窝。我那时还是细伢儿。

五叔说，梅嫂是床白花花的棉絮，好些人想垫，垫不到。乜哥有福气，垫这么软和的棉絮。乜哥是只跳蚤。乜在我的故乡人们中理解的是小，不像《新华字典》上的解释。胖婶不仅丰满，且高大，约一米七。乜叔瘦小但灵巧，识文化，是我们湾子里的会计。那天中午，五叔说。我们趴在乜哥屋后的窗口朝里看，跳蚤叮在棉絮上了，多舒服的事情啦！突然一不小心，棉絮打了个喷嚏，跳蚤没有防备，被一种弹力弹到地下。乜哥爬起来骂了句："妈的×！"我们哄笑着跑了。五叔那时也是个孩子，他大不了我几岁。他真有点缺德，偷看人家打喷嚏。

　　我现在想，胖婶对乜叔的爱还是很深的，这种深是我故乡的女人那种特有的尺度。至于后来发生的那种叫好多人摇头切齿的事，那要具体分析，也是事出有因的。五叔也同意我的观点。

　　我那乡间过年过节，闲下来了，就押宝。我小时候也押的，现在近二十年没玩，好多规矩都忘了。押宝就是赌博。我那时身上的压岁钱，都是在赌桌上输掉的。

　　乜叔家是一个点，腊月到正月，夜夜都有人坐在那张亮晃晃的方桌边，一副花牌打得啪啪的。那张桌子真漂亮，全栗木的，漆的生漆，光滑透亮，是乜叔的爱物之一。乜叔的其余爱物就是胖婶和两个虎头虎脑长得圆溜溜的儿子了。乜叔喜欢抹牌，我父亲也喜欢，每夜除了乜叔和我父亲外，还有湾里另两个赌友。他们凑到一起，不到天亮不分手。输赢一般十元二十元的，那时候还值钱，我母亲总为这事跟父亲吵，但女人奈何不了男人。

　　我在其他赌场输了钱，就到乜叔屋里，趴在父亲身后，看大人们的游戏。胖婶把孩子弄睡着了，也坐在桌边看。父亲有时烦我，给我两角钱，我就拿这两角钱到我输了的地方赶本。父亲有时不叫我走，我心里高兴，我准有两个荷包蛋吃。

　　半夜了，乜叔哼一声，拿眼朝胖婶一望。胖婶麻利起身到灶房烧水下面条，面条里卧一排白色的鸡蛋，端上桌，牌友们一人一碗，我在就有我的，碗里两个蛋。胖婶有时也喝点汤水，但没有蛋的。男人放了手里的牌，忽啦啦风卷残云把碗里的东西倒进肚里。赢家从面前的票子里抽出张块票和角票压在灯盏下，算是给的灯油和夜餐费。这些粗心的男人没说声谢，也没注意胖婶吃没吃，他们注意更重要的东西：每人手中的牌。

　　收拾了碗筷，胖婶拉着我挨她睡了，她的两个儿子也在床上。我睡在她身边，很舒服。

　　清早，有锣声响起来了，我认为是湾里来了玩猴把戏的，抬脚就朝外跑。天哪，真了不得哩，公社武装部长背了支盒子枪，像电影里武工队长背的那种。乜叔，我父亲和另两个赌友，脸上灰黄，耷拉着脑袋规规矩矩站着，很老实的样。另有几个背长枪的民兵在一边。

武装部长说："刘小乜你还有么话说呢，你是没得话说的。你家这是个赌场天天赌博你们这几个赌棍啦！没话说得，背起桌子跟我到公社走一圈，游街！你要是不背这桌子我们就砸烂它放把火烧了，你背不背呢！"

乜叔胆怯地望望部长又望望他的爱物栗木桌子，很为难的样子。我父亲这时很勇敢地说："我来替他背，好不好？"

部长说："那是不行的，非得他背不可！这桌子如果是你家的就由你背是他家的他就一定要背，不背我就烧了的啦！这是惩罚！"

乜叔家的全栗木闪闪发亮的桌子重得很呢，乜叔那小的个子非压趴不可。乜叔的爱物栗木桌子眼看凶多吉少危在旦夕啦！

胖婶那天清早显得特别的妩媚，她头发也没梳好，搭拉在光洁的额前，甩着肉滚滚的脚手还在扣那种大衣襟褂子的扣子，当然她那种颤动的韵味都出来啦！五叔对我说：那时男人们说，一枝梅的笑一枝梅的跑。懂吗？她笑好看跑起来更好看。

胖婶映入武装部长的眼帘，部长愣了下。胖婶朝部长一笑，说："我是刘小乜的婆娘，他个子小这桌子太重他背不起，我来背。部长哟，这桌子烧不得这是他屋里传了好几代人的东西。"

部长不知怎么的就点点头。胖婶把桌子掀起来，旁边有个背长枪的民兵帮了一把，栗木桌上了胖婶的肩。胖婶脸憋得通红，说了声，走！就咧咧歪歪像踩高跷扭秧歌般地朝湾子头走去，那里是去公社的大路。

武装部长怔怔地跟着到了湾子头，看热闹的孩子们跟后面，我当然也在其中。

到了湾子头，部长拉着背在胖婶身上的桌子脚，说："一枝梅，算了吧，不要你去了，桌子也还你好不好！赌博不好咧那是非常不好的事！"

胖婶放下桌子，嘘了口气，粉嘟嘟的脸上都有汗了。原来部长认识胖婶，我想。我当时看见胖婶婶亮亮的眼睛望了部长一眼。部长是个转业回农村的解放军班长。

乜叔我父亲和另外两位被部长带到公社，腰包里的赌资被没收了，那副花牌也上交给公社了，后来不知做了什么用？准是他们自己留着玩，五叔说。四个人被罚做了两天煤球，父亲说他们做的煤球可以让公社伙房烧半年。

从此父亲不再抹牌，乜叔家的点也取消了，我再也吃不上胖婶的荷包蛋。我也不押宝了，虽然我很想赢钱，而且我相信我是能赢钱的。

那时，我想我家乡的父老是很幸福的。大伙一起出工，热热闹闹；回家就种自留地，自留地的东西都长得不错，比大田里的庄稼还好，不知是什么原因。生产队里收入还可以，粮食够吃，还有点余钱用来押宝抹牌的。五叔说，那几年最好，就是一枝梅背桌子的那几年，还记得不？她家的那张桌子还在呢，有一回城里来个人，要用一万元钱买走，乜哥不干，苕坨子一个。苕在我家乡的意思是傻。五叔接着说，现在有么好？一点都不热闹，田地分到户，自个做自个的，不好玩。要那么多钱那么多粮食做么事？农村就是不好玩，晚上闷得慌，电视机只能收一个频道，又没得新鲜货。那几年真好。其实这是五叔的偏见，绝不是我的观点，那几年五叔正是玩的年龄。

幸福的日子不久长，这当然是不对的，也当然是五叔的话。我父亲不抹牌后，就成了个大好人，他干活卖力，农活样样精通，不知怎么他就当上了生产队长，会计呢，还是乜叔。在我父亲当生产队长时，湾子里家家都揭不开锅了，没粮食吃，真要命。

大人小孩端着碗找队长要吃的，队长又不是生饭的机器。发明这机那机的，为么事就没得人发明造饭机。五叔说。你说哪里有粮食？粮食都爱了国献了忠心，支援了那狗日的越南，他们吃了我们的米，今天还来打老子们，真是忘恩负义的东西。五叔说。湾子里住着工作队，工作队就是部长，就是要一枝梅背桌子的那个人。五叔说。其实这段过程，五叔不说我也晓得，我那会在县城上中学，放寒假在家里呢。部长还让我写了些红红绿绿的标语，写什么批资本主义割尾巴之类的东西，现在看来，没意思极了。

湾子里人在饿饭，工作队又要批主义。生产队仓库里还有些粮食，哪个敢有这个狗胆分？五叔说。快过年了，队长会计急得像圈在栏里的猪，撞来撞去的。再怎么样，还是要让老少爷们过个年吧？乜叔屋里，父亲和乜叔在灯下嘀咕着。那时，胖婶的一对儿子都十来岁了，正长个子的时候，饭量像头糙子猪。没吃的，圆脸饿成了尖脸。胖婶那时候却没瘦，她吃野菜喝凉水也不瘦，只是脸上的颜色少了红的色素。这真是古怪的现象，为什么胖子喝凉水也不瘦？

胖婶对灯前的乜叔和我父亲说，干脆的，把仓库的粮分了，老少都分十几斤，让大家伙过个年吧，好长时间都没吃到白米饭了咧！你们是队长会计的，为么事拿着粮食叫人饿饭？

我想我父亲当时一定说："我拿着粮食？我有这个权？那个狗日的才有这个权呢！分了，分了你不怕我还怕咧，那个部长不好惹，我惹过他一次，叫我做煤球我怕了。分粮，他不把你铐起来送到牢里你就不让我姓刘跟你姓王！这狗日的叫人怎么活？这个屁队长有什么当头，划不来划不来，真的划不来！"父亲平时不骂人，那天他一定急得骂了。乜叔一定在一边直点头。他很同意我父亲的观点。

"怕他？怕那个部长？这事不用怕他，他要是抓你们，让他抓我好了，他不抓我的，这事算在我身上。他不是到县里开会去了么？趁这机会你们赶快分粮。等他过完年回来时，谷变成米米变成饭饭变成屎了。"胖婶就是这样说的，我想胖婶一定是笑着说的，声音很好听，脸上露出了酒窝。

乜叔和我父亲这两个爷们真被胖婶的酒窝漩糊涂了么？男人们为么事就不想想女人的话？部长为么事就不抓胖婶，胖婶为么事就不怕部长？但是想了又么样，想了他们也要分粮食，他们心里早就在打那囤战备粮的主意了。去他娘的，分！乜叔和我父亲就那样决定了。

五叔那时是个小民兵了，是队长的好助手，挨门挨户通知到生产队仓库分粮过年，他是完全按照秘密工作的程序来做的，并逐家逐户宣讲了保密工作的重要。五叔说，分粮在夜幕掩护下进行，全湾老少的心里是欣喜的，但表面上又不能露出来，只好憋着。他妈的，人高兴却要装出不高兴的样子来，还真难受呢，你试过没有？五叔问我。我回答说我没试过，估计不是太难受，没这点本事，就不能当地下工作者，电影里的地下党都有这套本事，说得五叔点点头：到底还是作家有出息了啦！

那个春节过得确实还不错。工作队不在湾子里，每家每户的烟筒里冒出的烟味都不同，有香味啦！煮野菜的烟子，你闻闻看，寡味。辛苦了一年的我的父老乡亲们，过年吃上碗白米饭就满足了，他们是很容易满足的，是不是？正月初一，好多好多人到我家拜年，说恭喜队长发财啦领导有方啦心肠好啦为大家啦是个好队长啦等等，尽量拣好话说，反正好话又不花钱购买。乜叔家里也是一样，胖婶忙进忙出招呼客人端茶倒水也没忘记跑出她的韵味来。

这些人感激错了，应该感激一枝梅就是梅嫂的，不是她，你父亲和乜叔有那个狗胆分战备粮么？结果大家都没感激梅嫂子，五叔不平地说，太不公平哩！

那是个傍晚，是个晴朗的日子，我记得很准确的。新年刚过，田野一片黝黑，几头老牛在只剩稻茬的大地上漫不经心地溜达，不时抬头看看天空上快要隐去的冷云。路边的树秃秃的，几根乱七八糟的黑枝条非常随便地戳向渐渐到来的夜色。我去吆喝老牛们回栏里去睡觉，牛还不是要睡觉，那时我还管着生产队的三匹老牛哩，现在这老牛们都死了，死了就剥皮吃肉。其实人比起牛来要划得来多了，这狗日的牛，做了一辈子活，到老了还要杀肉剥皮，真划不来哟！老牛的肉不好吃，很难煮烂。五叔说。那时候，大路上走来一个人，匆匆的还喜滋滋的，大概回去过了个好年吧！我一看，妈吔，是工作队长回湾里来了。我赶忙把脸转向一边不看他装着看我的老牛,心咚咚跳。我这人真没本事,肯定做不了秘密工作。我指望他快点走过去,他个东西偏不走过去,反而停下来喊我:"五爪,邀牛哩!"我一看逃不脱说几句话,就连忙转过身,装着才看见他的样:"噫,是部长啊,您老人家回来了屋里人都好吧,是的是的我邀牛哩!"他那天特别的和气,还掏出支烟递给我。当时那烟都没把的现在烟都有把的了,我就不抽没把的烟,瞧我这打火机多少钱?三十四块八角。今天你来我给好烟你抽,你不抽烟,当作家不抽烟好哇!可惜,我这烟是英国的剑牌,十元一包,五角一支,你不抽可惜了。五叔如今是一个什么公司的经理阔气得使人不相信。这阔气他还说不好玩没那几年生产队出工做活打打闹闹好玩,我真不理解。五叔点着烟,接着说。部长给我点烟,那个打火机,五角钱一个的,如今哪个用?我受宠若惊,忙说:"谢谢您老啦部长!"部长说:"社员们的新年过得好吧?"我说:"好好,不不,您家去问社员们好了你家先回去我还要去邀牛呢部长!"说完我像心虚的贼样逃到田野捉我的老牛。我那时真沉不住气,五叔说。

部长工作队回村,乜叔胖婶我父亲还有湾里的所有人,对他都很客气,真像电影里的老百姓和八路军那种军民鱼水情深似海啦!大家向部长问寒问暖问部长的年是如何过的玩得可痛快,初一干什么初二干什么初三干什么?为么事今天初四就来了不在家多住几天哩,真是辛苦啦。为我们湾子操心年也没过好呀!这种少有的变态的热情使部长有点受不了了!肯定要出事的,当时我在场,我要到正月十五后才上学。要出事的,我的乜叔父亲胖婶及乡亲们太善良,对部长的热情太过分了,完全像蹩脚的作品把军队和老百姓的关系情分写得太过火了,过火了就不自然。

部长吸着大家给他敬的烟,脸上在笑着,我却发现他的眉头有点轻微的皱动,完了,我在心里说。

部长还真不愧是解放军侦察班长转的业,他的鼻子在嗅着,像一只有经验的猎狗已经嗅到了猎物。他还在笑着说着,我的乡亲们陪着他笑着说说,人们心里大约在侥幸着,希望能过关。我心里说,已经完了。

果然,在乜叔和我父亲和乡亲们松了口气,思想上有了松懈的缝隙之际,部长用手磕了磕烟灰,叫了保管员有才叔的名字:"把仓库的钥匙给我,今晚我要到仓库去看看。"

这一拳打得可真够准的,部长的话不啻是一声炸雷,一屋人都被炸昏了。笑声停止了说话声没有了,屋里的气氛正如有个作家形容的,一根针掉到地上都要响成轰的声音。我当时想,我父亲我乜叔一定头昏眼花四面楚歌极希望水面漂来一根救命的稻草。保管员有才叔半天没动,部长面色变青,喊:"刘有才,交出仓库钥匙！"喊着，部长由坐着变成了站着，很威严。

有才叔手颤颤地掀开罩衣露出裤带上吊的一串钥匙，手颤抖得太厉害以致取了半天钥匙还没取下，最后由我帮忙才取下来。

胖婶出马了，胖婶端出杯茶，脸上笑俩酒窝，浑身走出了韵味："哎唷，我说部长，干吗发愣哟快先喝杯水，过年到我屋里来水总是要喝一口吧啊，这仓库好好的无虫无鼠，你要查看你工作太细心了，明天再去吧，今天天晚了，大家伙都在这里你就给我们讲讲批资本主义好么？也让我来学习学习。"

胖婶说了半天，屋里人只顾着看部长都没理会她，今天也没人欣赏胖婶的好听声音和一身韵味的两个酒窝。我看见部长似乎注意到了，部长果然端起胖婶的杯子，喝了一口，说声谢谢，提起钥匙串转身出门。

人们呆了，乜叔矮小的身子似乎缩了一截，我父亲抱着头呆坐着不做声。

接下来是一个惊心动魄的夜晚舆论纷沸的夜晚月色朦胧的夜晚。因为在部长离开胖婶家后，我也回家睡觉去了。这中间的细节是五叔今天才讲给我听的。我真感谢我的五叔，当了个什么经理，钱赚得不少就退居二线，其实五叔才五十岁多吧，五十多岁就退居二线每天悠哉闲哉叫不好玩。碰到我这个能引起他回忆过去的谈话对象，他好不高兴，什么都谈，谈了好些事，当然这部小说写不完，留着以后慢慢写吧！写小说的，遇上五叔这样个人真是运气好咂，他说这机那机当作家的要有小说素材机，五叔他自己就是这样一部机。

钥匙到了部长的手上，队委会干部的会就是在生产队仓库里开的，就是在瘪了的粮食囤边开的。这个会在一盏二十五瓦灯泡的光亮下开得庄重严肃窒息杀气腾腾，工作队部长叉腰挺立，对着我的父亲乜叔还有妇女队长贫协组长民兵排长保管员等队委大小干部，铁青着脸大谈阶级斗争不可轻视反帝反修支援世界革命援越抗美，这战备粮是国家的粮食是毛主席指示的深挖洞广积粮的粮，如今私分这粮吃了这粮罪可不小。部长举例说某某生产队分了粮也是战备粮，队长被开除党籍撤销职务坐了两年牢，会计也坐了一年牢，队委会大小二部都撤了职。如今你们分了这粮你们自己说怎么处理是谁的主意坦白从宽抗拒从严！大家都不做声，妇女队长竟不合时宜地打了个哈欠，遭到部长狠狠瞪了一眼，连忙把第二个要打的吹欠藏起来。

我父亲是个忠厚人这我知道。他当时一定想我不是党员没什么可开除的，撤销队长职务那好啊，我早就不想当这个狗屁队长了，当队长太划不来了。坐两年牢有点麻烦，家里还有老婆孩子大儿子在县城读高中，这坐牢怕要影响儿子的前程。我可怜的父亲当时一定想到我，所以他有点悲哀。

乜叔当时一定想，这不当会计对我不大好，我虽是个男人但我个子太小，力气不大,不当会计当社员天天做活我吃不消咧!坐一年牢我那老婆王大梅怎么办还有两个儿子怎么办?再说这坐牢就是要做事,那年在公社罚做两天煤球黑得我他娘的两个星期没跟我那可爱的棉絮做活。这坐一年牢就要干一年的苦活我受得了吗?想到这里,乜叔一定掉了眼泪,我敢肯定。

队委会开到鸡子叫了二遍才完,其实没完,大家很坚强没有说话没人出卖谁出的主意。部长宣布散会,明天再开,开到非找出负主要责任的人,看看背后是不是有阶级敌人搞鬼。可惜我的湾子里没有一家地主富农。

队委会干部如斗败的鸡们一个个低头闷声地走出队仓库。他们有谁知道有一个人一直蹲在仓库外黑暗的墙角参加他们的会,外面有些冷,好在那个人身上的脂肪较厚抗得住。

人都走了,部长才缓缓站起身,他娘的没带手电筒,部长把电灯关了,摸黑锁了门,披着件旧军大衣回房东家睡觉。部长警觉性很高,他见有团黑影闪过来,说了声:"谁?"一个好听的声音答:"我!"部长立时不做声了。那个好听的声音说:"走,跟我走,我有话跟你说。"部长乖乖地跟那个影子走了。

五爪即我的五叔在生产队稻场的稻堆取捆稻草,准备给他的老牛添饲料,人没饭吃牛还有草吃,五爪骂着。有人过来了,五爪想大约有好戏看了,就在黑暗里伏下来大气不出准备看出龙凤相交的戏。

两个人走到草堆边,胖婶柔柔地说:"三毛,私分仓库里的粮食是我出的主意这是真的,我是怕我的一对儿子饿坏了,他们成天吵着要吃白米饭,我就叫队长把粮食分了!你把我弄去坐牢吧,我相信你不会叫梅姐去坐牢的,是不是,三毛!"

伏在暗处的五爪想,部长么样叫三毛这梅嫂什么时候又认识这个三毛呢?真是怪事。

部长说:"我不相信,这事情你不要管了,要知道这是犯法的事!小乜你男人估计没问题,队长非让他去坐牢不可,要是上头追下来我承担不了这个罪责的,你不要管了不要管了好不好!"部长的声音有点急躁。

"真的是我,真的是我,三毛兄弟看在梅姐的分上这事就不要追究了吧!啊,我的好兄弟!我好冷哟!"胖婶打着哆嗦在部长还没反应过来时就扑到部长的怀里了。部长惊呆了不知怎么办?

胖婶说:"三毛你那时不是喜欢我么,那时你太小只有十六岁我比你大得多。三毛我晓得你喜欢我的,高粱地里我让你亲过你摸了我的奶子的是吧!我其实是很喜欢你的呀,你那时太小,你是第一个摸我的呀,你哭着说要脱我的裤子,我不同意,其实我是喜欢你的呀三毛。我现在还不老,我晓得很多男人是想我的,你还喜欢我么，三毛，你要是喜欢你就亲我摸我脱我的裤子都可得。三毛兄弟你莫鄙贱你梅姐，你梅姐只求你一件事，就是分粮这事你莫查了，队长和你小乜哥都是好人，他们为全湾老少都能过个年，其实这主意是我出的。真的呀，我的三毛兄弟，梅姐只求你这一回，这事只要你不上报，上面不会查下来的。只要你同意你要梅姐做什么我都愿意的呀，我的好兄弟。"

部长看着偎在怀里的王大梅，那个当年做梦以求的那个胖婶美姐，身子似乎抖动起来，头脑里一团混沌，他不由自主地搂住了胖婶。良久，部长叹了口气，轻轻然而又艰难地推开了胖婶："梅姐，这个事我怕不能答应，这是违背政策的事，是犯错误的事呀，梅姐，我么样能答应你呢，这事好难啊！梅姐你快回去吧！"

胖婶嘤嘤地哭起来，哭得好伤心好伤心哟。

五爪伏在黑暗里大气都不敢出，本来想看看一双男女苟合之戏，没料到是胖婶和部长。五爪先是吃惊继而是愤怒接着是尊敬，最后是同情甚而有些着急。部长你的立场还蛮坚定呢，梅嫂这样的女人扒在你怀里你却把她推开了，哎唷你真是共产党的干部，拒腐蚀而不中美人计呢，梅嫂你好可怜，你一片衷心不被人接受。这回完了，部长要是不答应这队长和会计都完了！分粮的事上面晓得了，整个湾子的人都没好果子吃咧，部长你答应了吧，梅嫂好咧，要是换了我，我一定答应，谁晓得这事哟，五爪也就是我五叔那天在黑地里急出一头的汗。

胖婶一哭，部长就没主意了，部长其实一直没忘了梅姐，当晓得梅姐嫁给刘小乜时他感到很窝火。部长其实是拒不了腐蚀的，对梅姐的进攻部长是咬着牙抵抗的。梅姐这一哭就把部长的钢铁防线摧毁了，部长溃不成军。部长是有老婆和孩子的，但部长还是败在梅姐的白花花的身子上，部长终于像发疯般压住梅姐，他的梅姐发出轻轻的哼哼声。

五爪都听见了，五爪等他们走了后从黑地里站起来，他拿不准自己是什么心情？是高兴？是伤心？是失望？是遗憾？都不是。那晚他没给他的老牛加草料，他要让老狗日的牛饿一顿。

五叔说到这里，再三向我发誓赌咒说，这件事他从来没对任何人说过，谁要是说了谁就不得好死。我从来都没说，你信不信？我看你是写小说的我才说了，没半句假话。

我没有说可是别人知道这事，肯定知道这事，全湾人都晓得的，真是怪哉，五叔说。

我父亲和乜叔当然既没撤职也没去坐牢，湾里发生的这件分粮的事情也没有追究，我只知道部长很快就走了，他要求调一个村当工作队。部长调走了，我们湾子里就再没工作队来，大家松了一口气。

我很快就上学去了。下面的事不是五叔说的。五叔说，他娘的真古怪，湾子里好像气氛有点不对头，那些媳妇婆娘们在一起总是嘀嘀咕咕还对梅嫂指指点点，梅嫂过去了她们不谈了。男人们看梅嫂那眼光里又多了几分淫荡。梅嫂出工做活，默默无言，一改往日的闲谈说笑，她脸上酒窝少见跑起来的韵味没有了，她说话的声音也变得沙哑了，没过去好听了。

那天，梅嫂的儿子和另一个小家伙打架，两个小东西脱了裤子露出小雀雀对骂起来，日你妈是你妈的没什么新鲜话。那个小家伙忽然来了句：你妈偷人你妈偷了部长！刚好梅嫂收工回来碰上了，梅嫂听了那孩子的话，突地站住，脸上惨白。她拉起儿子咚咚地跑回家去。那夜，梅嫂屋里传出梅嫂号啕的哭声，继而号啕变悲哭变抽泣变伤心的号叫，那哭声使得一湾子人心惊肉跳。那夜我也流泪了，五叔说。湾里有人摇头有人叹息！乜哥陪着梅嫂一夜没有做声，两个儿子看着妈妈哭也跟着哭。

一枝梅王大梅梅嫂梅姐我的胖婶是这样的，死得好奇怪真是古今少有的死法。

胖婶腿子溃烂了化了脓，她没出工在家休息。胖婶坐在矮凳上溃烂的腿子露在外面裤脚提到大腿根。胖嫂在纳一只鞋底子，堂屋里有几只鸡在寻食。乜叔在仓库里算账，两个儿子上了学。

突然胖婶一声惨叫，一只芦花鸡在她的烂腿上啄下一坨腐肉来。胖婶昏死过去。芦花鸡趁此机会指挥鸡们一拥而上饱啖它们主人的腿肉，味道甜美。鸡们是一群恩将仇报的东西。

人们发现胖婶时，胖婶倒在血泊中，她的一枝烂腿只剩下白惨惨的骨头。

一枝梅死了，全湾人都松了一口气，包括我的父亲，五叔除外。

我问五叔，她为么事叫一枝梅，五叔说谁晓得？大家都这么叫她。

我去看乜叔，乜叔老了，大儿子娶了媳妇，小儿子当了兵。乜叔也新修了房子，我看到那张黑亮亮的栗木桌子摆在堂屋里。

这个故事怎么样？读者说吧。

铜　　镜

　　身边这位于昨天之前还是陌生的老人，竟然是他的舅舅。老人西装革履，精神矍铄，额顶不多的毛发白了大半。在这座省城博物馆的出土文物陈列室里，老人就如乡下的孩子来到设备繁多的儿童游乐场，表现出惊喜、热爱、细细观赏，流连忘返。老人说自己是搞历史的。

　　他突然有了这么一个舅舅。小时候听母亲讲，母亲曾有一个比她大一岁的哥哥，十六岁被抓了壮丁，后来被打死在战场上了。不，母亲的哥哥没有死，四十多年后，漂洋过海回来找着了已经年老的妹妹和尚还年轻的外甥。被抓壮丁的乡下孩子舅舅和细细研赏文物陈列品的历史教授舅舅，这两者相距遥远，他还不习惯。

　　舅舅在一张如写字台样的玻璃柜前停了好久好久了，甚至还以西装口袋里掏出一只放大镜凑在陈列柜的玻璃上看起来。什么宝贝，他凑上去瞄了一眼。陈列柜里铺了一层枣红色丝绒布，布面的精致木托里放着一只铜镜。铜镜圆形，有中号饭碗口那么大，镜面有些微绿锈，在红丝绒的衬托下，闪着暗淡的光彩。这有什么稀奇，他想，就这么只铜镜么？看老人那虔诚神秘的样子，他以为是什么稀世珍宝呢！

　　"舅舅，到那边转转吧！"

　　"不，让我再看看！真了不得呀，我们祖国的地底下埋着一部历史啊！"

　　"舅舅，这只铜镜是么宝贝？瞧您惊奇的样子！"他说。

　　"宝贝啊，这是一只殷商时代的铜镜，制作精巧，纽细，几何图形的花板，漂亮极了！这样的铜镜很少见的！"舅舅掏出手绢擦擦眼睛，又对着放大镜细细地看起来。

　　他又扭头看了一眼，宝贝着哩，跟我有的那只一样。他看清了纸片上写的出土地点：郢城公社，嘿，正是我下放的地方。他不禁自言自语地说了句："我也有一只！"

　　舅舅吃惊地抬起眼望着他："怎么？你说你有一只，在哪儿？跟这一样的么？你怎么会有呢？"

"是的，我有一只铜镜，跟这只一样的，是我在郓城公社得的。可惜，现在失落了！"他有些感伤地说。

"嘿，太可惜了，怎么失落了呢？"舅舅又拿起放大镜对着铜镜仔细研究起来。

怎么失落了？舅舅，难道失落了的东西都有原因么？我何止失落了个铜镜！看舅舅那个虔诚的样子，他真有些遗憾了。铜镜要是还在，他可以送给老人，让他不用这样隔着玻璃弯着腰地细细把玩了。让老人沉浸在观镜的乐趣之中吧！悄悄地退到一边，他找了张木椅子坐下来。

早晨天没亮，他就被那个刚从部队复员回来的人叫醒了。喝了三大碗稀饭，他和耀子、肖笛三人一组，跟着民工队伍走到工地。人们打着呵欠，扛着锹，稀稀拉拉地走着。他们三个是知识青年，刚到队里半个月，就遇上公社挖百里长渠，他们就被糊里糊涂地派到工地。他妈的，这个接受再教育真可厉害的，两天下来，手掌上打满了血泡，手臂因为甩了两天的土块，像脱了节一样，如今连抬一下都困难。这百里长渠就是在好好的庄稼地里挖一条大沟。人站在沟里，挖起满满一锹土，然后使劲甩出去。沟挖得越深，沟坎上堆的泥巴越高，挖的土就越难甩到土堆上。那个从部队复员回来的头，见他们三个不是块料，也不难为他们，干脆让他们一块干，免得妨碍了别的民工干活。挖了两天，头说："毬用，这个坑埋你们仨还嫌小了呢！"那时他们刚下乡，还抱着接受再教育的决心，老实得很。要是后来，那个复员兵的头敢说这种话，不被耀子揍扁了才怪。耀子后来打架在会公社知青中是头块牌。

早晨喝的稀饭，尿多，到了头天挖的坑中，三人一齐撒完尿，就挖土。肖笛个子最小，力气也小，挖了一小块土端起来一甩，土被甩到土堆半腰，又滚下来。肖笛只好叹口气，再挖。耀子劲大，勉强甩了一块上去，却累红了脸。他的手掌打满血泡还在痛，可还得要干活呀！他真羡慕那些民工，甩起土来像玩儿样。他挖了一个小土疙瘩，甩上去了。他告诉耀子和肖笛，就这样挖的土块小点，慢慢甩，准行。三人就这么蚂蚁搬大山似的，他们的坑也慢慢挖深了。他们挖出了黑漆漆的烂木头烂骨头。据说这里过去是坟地，后来挖平种了庄稼。耀子说："我们在这里要挖出个金元宝就好了，那时，我们把元宝献给国家，国家就能给我们记功。"他说："我不要记什么功，只要国家让我回去上学就成了。"他中学时成绩很好，当搬运工的父亲累弯了腰要把他培养成大学生。他也喜欢读书，可是读到初中，就到农村来接受再教育了。虽然他的母亲也是农村人，一九四九年以后随父亲进的城，可他毕竟是在城里长大的。

肖笛用袖子擦擦汗，说："别他妈做梦了，小心挖出个蝎子窝，把咱哥仨毒了。"这小子人小力小，可说话够粗的了，一张口都有"他妈的"出来。

　　挖到太阳偏西，还没挖出金元宝，倒是又挖出几块烂木头和烂骨头来。"喳"的一声，他感觉到插进土里的锹碰到了硬东西。他一用劲，把土块翻起来，土块里有个什么疙瘩。耀子说："金元宝！"肖笛说了声："毬！"

　　他蹲下去，把土疙瘩掰开，原来是个圆金属片片。他用手指甲在金属片片上刨着，刨开了表面的土，"是只铜镜！"他说。"反正不是金元宝！"耀子说。"这他妈的玩意能当镜子用么？古人真是蠢到家了！"肖笛说。

　　收工了，耀子和肖笛扛起锹，歪扭着步子跟随队伍回工棚，他拿着铜镜跟在他们后面。工棚前，他看见了复员军人头，就把铜镜递上去说："我在挖渠时挖的只铜镜，交公！"复员军人头打量了一眼锈斑斑的铜镜，说："啥毬东西，又不是宝贝，你留着玩吧！"耀子和肖笛朝他努努嘴。

　　他把铜镜塞到工棚里自己的铺盖底下，有空就拿出来，用手指甲抠上面的泥巴和锈斑。

　　下了农村，他还总想着有朝一日再坐到教室里读书，他的下乡行李中，有一大摞课本和其他书籍，耀子和肖笛经常嘲笑他的读书梦，叫他呆子。到工地时，他也带了课本来。谁知白天劳动这么紧，累得人连饭都不想吃，哪还有心思读书。晚上，一二十人共个工棚，两排地铺睡得人挨人，臭袜子臭鞋味弥漫不散。吃过晚饭，他坐在地铺上，掏出课本，想看两页。耀子一把夺过去，垫在屁股下压着。肖笛说："算了，醒了你他妈的那个读书梦吧，这地盘还读书哩，不把臭气都吸饱了么？所以你学的是臭知识？"他也感到没心思，精疲力竭了。可他总似乎有点不甘心，多好的时光啊，就这么一锹一锹地挖土疙瘩挖过去么！马灯前立刻围了几个小伙子，一副烂扑克牌放在地铺上，赌起烟来。耀子和肖笛凑上去看热闹。有人招呼他也拢去来两盘，他不会。他嗅着工棚里的气味，想吐，赶忙捂着被子睡了。

　　博物馆陈列室大厅静悄悄的，那些立柜平柜各种架子上摆着的文物，坛坛罐罐的，在各种丝绒的衬底下发出幽幽的光。这些都是宝贝，都是几千几百年前的东西，舅舅拿着放大镜，还在那里聚精会神地看。没几个参观的人，是人们不懂得这些宝贝还是没什么雅兴来看这些坛坛罐罐？一件事物，是不是每个人都懂得其价值？你说它是宝，他却说它是破瓦片。他坐在大厅的一角，看着舅舅在那边欣喜地从各种角度对铜镜进行观赏。

　　在工棚里整整滚了三个月，这三个月使他和耀子肖笛变了个样。没心思去把衣服穿得整齐，衣服上的油垢脏污何必洗呢？他们和民工一般，白天苦干，夜里偎被窝闻臭气打牌听那些荤故事，开始不习惯，不久就顺耳了。一日三餐，只要塞饱肚子就行了，有时半夜跟几个年轻人去套条狗回，能肥肥地吃两顿。他们的嘴角也叼上烟了，一些下流话也能如嗑葵花籽般地从他们的嘴边溜出来。他感觉到自己在堕落，还摸什么课本，那几本书不知被谁偷去做了解手纸。他妈的，这就是生活么？生活就是这样改造人么？

　　百里长渠工程结束了，他们捆好了行李，放了一把火烧了工棚。看着熊熊的大火在燃烧，他真希望烧掉这可怕的日子。大火熄了，他突然想起了放在地铺草里面的铜镜，赶快跑到灰里扒弄。耀子说："你扒什么玩意？"他答："铜镜。"耀子说："那鸡巴玩儿有毬用？"肖笛说："他准备洞房花烛夜用来照新娘的脸蛋！"他没理他们。铜镜安然无恙，三个月来被他抚摸捂弄，又经火烧，倒显光灿灿的。他捡起还有点烫手的铜镜，揣进兜里，身上似乎热乎乎的。

　　回村里，他们住进队里为他们仨特地做的知青屋，低矮黑暗，土砖稻草，里外两间，外间作饭，里面睡觉。

　　在修渠工地上与本队的青年外队的青年混熟了一大帮，如今他们三人有了个窝，他们的外间屋成了个俱乐部。乡间的青年又没个活动处的，张哥李哥的，天天晚间都有人来打扑克，赌烟，赢了烟的就见人丢一支。耀子和肖笛是积极参与者，他就躲进屋在灯下看书。他想从头开始，不能这样混下去，他要干点什么有意义的事情才好。

　　耀子进屋拿烟，见他用功，一把抢过书，丢在地下，踩了一脚："算了吧我的哥，还读这鸡巴书哩，你是呆性不改哪！读书有什么用？臭老九没人要，快跟我出去玩两盘。"他气极了，但又奈何不得。他天生的不会吵架，遇到生气时，连话也说不出。何况他与耀子、肖笛三人同居一室，是同甘共苦的兄弟。

　　耀子见他生了气，忙递上烟："哥们息怒，抽根烟顺顺气。别读那个破书了，我是怕你使坏了脑子！"

　　他能说什么呢？他只有苦笑。他捡起书，掸掸书上的土，放起来。他也读不进去，外面闹哄哄的，叫喊笑骂声不断，简直要把人的耳膜震破，他还能读书么？他只好站起身走出去。耀子高兴地拍着他的肩膀："这才够哥们！"

　　知青屋里每夜都要闹到转钟，耀子肖笛还真感激乡里的这群土哥们。土哥们很讲义气的，常给他们仨带点菜呀瓜呀等好吃的，他们仨有事，只要一招呼，土哥们跑都跑不赢。晚间除了打牌外，还吹牛，吹牛完了再谈乡间的各种龌龊新闻：张八爹跑到媳妇屋里去被儿子用棒槌打折了腿；翠香那玩意出嫁三个月生个小胖闺女，你知是谁的种？妇女队长跟他男人在一个盆里洗澡，洗着洗着就抱搂着上了床，狗胜趴在窗外看见的。除了这些乱七八糟的见闻，再就是结伙走三五里，到外村偷鸡回来熬汤。这些活动，他是不参加的，别人也不要他参加。耀子说他是圣人。肖笛说他是君子。耀子肖笛离不开这伙土哥们了。他在乡下漫长的夜里，似乎也需要这热闹来驱散他的寂寞。

晚上闹得太晚，早晨偎在被窝里谁也不愿起来。耀子肖笛一起央求他起来做早饭，"好哥，善心的哥，你起来吧，只做早饭，中饭晚饭我们包了！"他负责做早饭，而另两位做的中饭晚饭夹生不熟的，"就这么凑合吃吧，我们哥仨有福同享有苦共尝，是不是？"耀子说。白天出工做活，拄着把锹，在田埂上打瞌睡。到了晚间，小屋灯一亮，劲头又来了，哥儿们陆续到了，他们的快乐就又开始。知青小屋的夜生活，风雨无阻。

他无处去，他也只好混入其间，习惯就成自然了。

他把铜镜带回小屋后，把铜镜擦得亮晃晃的，真能照见人影子。铜镜很漂亮，背面有半圆形的钮，钮周围是几何图形的花纹。他把铜镜挂在墙上，能照见他们仨俗气变形的脸。耀子肖笛说他臭美。

舅舅大约把陈列柜里的铜镜看够了，那每一道花纹，每一条痕迹，甚至每一点绿锈，都被老人用放大镜观察过了。这只出土时间久远，体形大而漂亮的殷商年间的铜镜，已经刻在老人的心坎了。舅舅走过来，他立即站起身问："还看么？舅舅！"

老人说："看是看不够的，不过我已将它的特点形状一丝一厘地记下来了。走吧，孩子！"舅舅招呼他。

博物馆外是一处园林风景区，绿树成荫，红花飘香，石桌石椅，游人也不多。他和舅舅在一条甬道上漫步走着。

"舅舅，当人拥有一件东西时，他并不觉得这件东西的价值，所以也不珍惜；当他失落了这件东西后，他才认识到这件东西的珍贵，可惜已经晚了。这个道理是不是真理？"他突然这样问舅舅。

老人沉吟了一会，说："这个道理是否为真理，我说不准。不过，一般都是这样的。我们明白了这个道理后，就要认识我们所拥有的东西，分清楚价值的大小，珍惜它爱护它。"

"舅舅，听我妈说，你是被抓了壮丁，你那时并没读什么书，今天你怎么成了历史学教授的呢？"他又问。

老人叹了口气，在一处树荫下的长椅上坐下来，他也随着老人坐下。老人说：

"我这几十年的经历说起来话长，要详细说，怕要几天几夜的。若简单些呢？几句话也就可以概括了。我很早就懂得珍惜该珍惜的东西，当机会和条件到了我的手上后，我就紧紧抓住不放，用全身心来利用它，珍惜它，这样我就成功了。

不信么？我由当勤务兵到随主人到国外，到苦学苦钻，到最后成为教授，这不是很正常的么！我要是没有珍惜和利用我得到的东西，我恐怕只能长久地做个勤务兵或帮别人做个管家或帮人打工。孩子，珍惜你拥有的东西吧！大陆的阳光都温暖些，花都红些，树都绿些，这是多么好的条件啊！这么大的博物馆，这么多珍贵的文物，这对我们搞历史的来说，多么难得啊！我这次回国，时间短暂，但我要珍惜这一切。我准备每天来博物馆一次，我要细细读我们祖国本土上从地下挖出来的历史。"老人说得有些激动了。

他说什么呢？在舅舅的经历面前，他有什么可说呢？他终于还是说了："舅舅，我已经失落了好多，我没有珍惜。我没有从环境中跳出来，没有勇气和力量。我真的有过一只铜镜，跟你今天在博物馆里看的那只一样，我认识，而且它们在同一个公社出的土，都是郢城公社。可是我的铜镜失落了！"

冬天了，知青屋每夜仍是那么热闹，成了青年人的俱乐部。玩够了，土哥们各自回家睡觉。他有时与这伙人玩玩，但都是提前睡觉的，因为早上归他起来做早饭，耀子和肖笛不允他在灯下读书，却允许他早点睡觉，要不，没人起早床做饭。肖笛这小子有起夜的习惯，不论多冷的天，每夜都要起来拉两次尿。耀子说肖笛的膀胱小了，盛的尿太少。冬天起夜，到屋外冷，肖笛就买了只罐子，说是到处不见便壶卖，只好用罐子代替。尿拉在罐子里放着，骚得很。耀子骂："你那爷们的茶叶水骚得人难受，想个什么办法嘛，简直叫哥儿们睡不成觉。"

肖笛在罐子里"叮咚"完了后，自言自语地说，"他妈的，是有点骚，想个什么法子呢？嗯，有了，这玩意正好盖住！"肖笛在黑暗中把什么弄得响了一下，又把什么盖在罐子上。然后，牙齿打着磕磕钻进被窝里睡觉去了。

他早上起来做早饭。"妈的！"他骂了声，然后把肖笛的被窝掀开，照肖笛的屁股上踹了两脚，踹得肖笛"妈呀"地叫了起来。耀子也醒了，裹在被窝里问啥回事。

他骂道："啥回事，你看看他妈像什么话，把老子的铜镜拿来盖他的尿罐子！肖笛，你他妈的太捉弄哥们了！"

肖笛在被子里捂着屁股哼了起来，"你他妈的的下脚太重了，我的屁股被你踢肿了，今儿上不了工，你帮我向队长请假吧！你那破玩意，只能盖尿罐子，这叫物尽其用！"

耀子在被窝里伸出头看了看，附和说着："这玩意还有点用处，盖尿罐子不大不小呢！"

耀子和肖笛在被子里哈哈大笑起来。

他突然感觉到自己受了污辱，他实在是忍无可忍了。下乡来快一年了，这一年他干了什么？除了吃喝拉撒外，就是在这种无边无际的无聊中挣扎，他知道他是无力冲出这种无聊的，但他又不甘心，又想发火，想叫喊，想痛骂，对自己，对这种生活。在耀子和肖笛的哈哈笑声中，他飞起一脚，只听哗啦乒乓两声，尿罐子碎了，铜镜沾满了尿滚到墙角，泥土地很快把尿吸了进去，但骚气却充溢了内屋。

耀子和肖笛吃惊地停住了笑，翻起身来呆呆地望着他，声都不敢作。

他突然想笑，不由得趴在自己的床上号啕大哭起来。耀子和肖笛吓坏了，都从被窝里钻出来，肖笛连鞋都没顾得上穿，抱住他的肩膀说：

"好哥哩，是我惹你发火，是小弟的不是，原谅小弟好不好！我们哥仨好不容易到一起来了，我们要同舟共济哩，小弟有错，好哥哩，原谅吧！原谅吧！别哭别哭！"

耀子爬起来后，把肖笛臭骂一顿，骂得肖笛直眨眼，不敢还嘴。

不知怎么搞的，耀子肖笛这一劝一骂，不仅没有止住他的哭，他反而哭得更伤心了。他不是怪耀子肖笛，他们仨的关系是真的不一般。他只是想哭，哭个痛快，寻找一次发泄的机会。他抱着肖笛哭，他抱着耀子哭。肖笛也咧了咧嘴，也哭起来。耀子愣了愣，见他们俩哭得伤心，也哭起来。三个人莫名其妙地哭了一早晨，连早饭都没吃成，哭过之后，三人心里好像轻松些了，反而更团结了。

肖笛又到镇上买罐子，终于买到一只便壶，不需要他的铜镜做盖子了。铜镜被尿浸染后，又长了一层绿锈，他就让铜镜在墙角里妄自锈着。

有一天，他发现里屋放灯、书和杂物的唯一的桌子歪了。他扶住桌面一看，原来是垫在桌子腿底下的瓦片碎了，他把碎瓦片掏出来扔掉，一时又找不到更合适的东西垫上。他抬眼看到待在墙角落的铜镜，想了一下，便捡过来放在桌子腿下垫上，正合适，桌子腿平了，桌子再也不歪了。这也许是铜镜最好的用处，他想。

舅舅静静地坐在树荫下的长椅上，默默地听他讲铜镜的故事。看到老人听得这么认真，他似乎受到了莫大的鼓舞。他决定尽快把自己的故事讲完，再陪舅舅回家，因为时间已经过去好久了。

生活的流水就这么流着，是平庸的流浑浑浊浊的流。知青屋的土墙被风雨剥蚀，朝下直落土粉末，稻草顶已经换了三次了。他们已由十六七岁的孩子长成二十郎当岁的小伙子了。白天的劳动永远都是那么没劲，大家都没劲，有劲做一天也分不到三毛钱。他们是老知青了，口粮吃完到仓库里去称，柴草烧完了到队里的草堆子上去拉。农村养了他们三年，他们也在农村混了三年。就这么混！混！混！他觉得这个混字真贴切。三年，他们的小草屋夜夜热闹，三年，他们偷吃了不知多少只鸡鸭。三年，耀子学会了搞女人，把一个刚结婚的新媳妇搞到手后，回来对两个弟兄炫耀，谈那女的漂亮，胸脯如何高，屁股如何大，把他吓得直往被子里钻。天哪，我们成了什么玩意了？流氓，太可怕了。三年，肖笛长高了，心窍长多了，终于以跟公社妇联主任的女儿谈恋爱的名义，弄到一个进省城工厂的名额，忍痛和耀子与他告别了，气得耀子大骂。肖笛到了省城后，自然也和公社妇联主任的女儿拜拜了！

耀子也没能和他同甘共苦到头，那年冬季招兵，穿上军装与他挥泪告别了。耀子走时对他说："好哥们，别太呆了，找个机会走吧，我们在农村受教育三年了，也该回去了！保重吧，好哥们！"听说那个和耀子打得热火的新媳妇送耀子上车时直哭得眼都红了，回家挨了王八丈夫的打。

回到曾经热闹的知青屋子，他木然着，躺在床上不想动弹。都走了，人去屋空。再没人来这里打扑克牌赌烟吹牛谈荤话了，他对这一切不感兴趣，别人也不来了。三年来，他所渴望的安静现在终于有了，他一下子受不了这个安静。他望着发黑的稻草屋顶，这个小屋竟然住了三年。这三年，他觉得自己学坏了，没做一点好事。从现在开始，做点什么正经事吧，再没人来打扰他了，再没人来抢他的书了。可他突然觉得他不想从床上起来，他觉得自己的思想生了锈，生了绿斑斑的锈，就像他白天里从桌子腿下拿出来的铜镜一样。他想鼓起勇气从头来，但气好鼓也好消，他终于一事无成。

他也要走，别人走了，他也该走。村里人倒同情他，干部对他也好。那两个不如这个老实，都走了，留下个老实的不让走。不能让老实人吃亏呀！于是很快就有一个招工指标，很快他就被招了工。

临走那天，他收拾好了行李，乡亲们与他告了别也都忙活去了。他等着队长拖着板车送他。这时，队长的三岁儿子刚刚来了。小刚刚长得胖嘟嘟的，很逗人爱。他抱起刚刚。刚刚睁一双明亮的大眼睛望着他说："叔叔，你们走了再不来了吗？"他说："再不来了！"三岁的刚刚叹口气说："再莫来了，这里不好玩！"

三年，他们到乡村来是玩了一趟么？三岁的小刚刚说得对，这里不好玩，他们也再玩不得了，玩得太久了。

这时，来了个收破烂的老头，老头挑着一副担子，担子里装满了破烂，筐子上有一只木匣子，木匣子里一大块糯米糖。老头说："有破烂么？破铜烂铁换糖！"

他望了一眼空荡荡的屋子，屋子里什么都没有，他的旧鞋子旧衣服及生活用具都送了人，哪还有破烂。他扫了一眼自己的行李，网兜装着的脸盆里放着绿锈斑斑的铜镜，他犹豫了一下，放下刚刚，把铜镜拿出来，递给老头。

老头接过铜镜，在手里掂了掂分量，扔进他的破烂篓，拿出小锤和錾子，在木匣子内敲了一块糖给他。他说太少了，老头又加了一小疙瘩。他把糖都给了小刚刚，小刚刚说："谢谢叔叔！"

　　队长拖着板车来了，他把行李放在板车上。队长说："你也坐上去吧！"于是他坐上了板车，被队长拉着离开了农村。队长还是那位复员回来的军人，他在修渠工地时，队长那是民工队的头。

　　失去了的，永远地失去了。铜镜失落了，铜镜是无价宝啊！可惜吗？他真有点可惜。他不是可惜铜镜能值多少，他是可惜失去了多么好的送给舅舅的礼物。他当然知道文物是不能出口的，但他可以让舅舅在国内的这段日子高兴啊！失落了，铜镜！除了铜镜，他还失落了许多，他想。

　　舅舅和他一起离开了博物馆前的园林，坐进了出租汽车。舅舅说："不要惋惜，孩子，你还只三十多岁，还来得及，再不让生活失落！你失落了铜镜，你也许得到了另一面镜子。我们都要珍惜生活！"

　　汽车在宽展的柏油马路上奔驰，他透过车窗，再一次望望博物馆的大屋顶。突然，一个闪念在他头脑里出现，明天再陪舅舅来一次，再仔细地看看那面铜镜。难道能够排除那个收破烂的老头把铜镜当废铜卖给收购站，收购站在把铜镜送去融化之前被位识货的行家发现，从而送到博物馆来的可能吗？是的，很可能是这么回事！

　　他真希望博物馆的那面铜镜是他曾经有过的那面，如果是的话，他可要松口气了，因为失落的铜镜已经送进了出土文物陈列室，包括他们这一代人的那段生活。

国道边的人家

　　这新社会的世事变化就这么日怪的快,头两年你能想到有这么长这么宽的大公路从这里过么。啧啧,黑溜溜像玻璃样平滑闪光,陈老大想,像我这样的老骨头在上面走不小心怕是要摔跤子的。

　　这是一条国道。国道就在陈老大的西瓜地旁边,陈老大就一次也没有上那国道上去走。那样的路,怕不是我们这样的人走的。

　　陈老大的西瓜地有四五亩,从一个山冲里突出来,左右都是长满笆茅草的小山。瓜地里搭了座楼棚屋。四根木柱子竖在地里,拦腰用木板捆绑着像楼板,顶子上铺了茅草,成了棚子状。坐在楼板上,可以看得好远,看国道上"日"地过去一辆车,又"日"地过来一辆车,也可以看到瓜地的每一个角落,看清太阳底下绿瓜藤里卧着的一个个圆滚滚的瓜。楼板底下铺了板子放了被褥,可以睡觉。陈老大白天坐在楼板上,夜里就待在楼板下。

　　中午了,太阳老大,很有点热,可陈老大坐在楼板上,能享受到四面来风,还凉快。他眯缝了眼,怀里抱了根猎枪,靠着一根柱子想心思。

　　这国道是修得好,修得好我也能沾点光。

　　西瓜地被陈老大一家盘了四年了,现在地盘熟了,西瓜的收入比种麦子要强得多。每年西瓜熟了后,父子俩用板车朝军店街上拖,拖好多天,人累得发昏。

　　那时没得路啊,还国道呢,连能走拖拉机的土路都没有。那时的西瓜地边,是条废河,河里有尿尿水,满河滩都是麻骨石卵子。拖了西瓜,板车就从石卵子上面走,板车上的瓜蹦得老高,娘的脚,十几里路拖到镇上,撞破一小半。国道好呢,儿子凸子说,拦辆货车,装了,眼一眨,"日"的就运到镇上。

　　陈老大在一个大中午的,在他的瓜棚楼上迷糊着。这时国道上的车辆也少了,四周有些静。风溜溜的吹在身上好舒服,陈老人就迷糊着,好像是在做了个梦。

　　会是在老广家的堂屋里开起来的。老广家的堂屋在小陈冲最大,老广是队长,开社员会在队长屋里开,所以堂屋做得大。今天这会据说很重要,一家来个当家的,分地。

老广说:"中央有这个政策,我们大耳朵百姓一个,听上头的,把这地分毬了。我们队里的地,有好有孬,么办?拈阄。这地就从村子边近的往远的排,从南到北的顺序,你拈到哪号,就按顺序剁块分。"

陈老大蹲在堂屋右侧的鸡埘边,抽着旱烟,看着会计喘娃子端出一脸盆纸团。小陈冲只二十四户,就是二十四张纸团,陈老大看成一脸盆。

众人在七嘴八舌地说着话,热气好高,挽袖摩拳的,要试试自己的运气。

陈老大没作声,这场合没他作声的分,他是才摘去地主帽子没几天的人,屁股不干净。能让他到老广堂屋里来开会,他就幸福得不得了。过去让他开会,都是斗争会,他低头站着,让人斗争。

陈老大有点不明白,为么样这地又要分了呢?又各家分开种,不像土改前那样子了么?这新社会的世事就这么日怪。陈老大只能心里想着,又看别人都那样兴奋,他觉得自己也要兴奋一下,就嘿嘿嘿自个儿乐着。

陈老大立即就觉得脸上有点麻辣了,他用眼角一扫,发现贫协组长陈六指在盯着他,他赶忙收敛了笑容,抽着叶子烟嗞嗞响,默默的。陈老大就想起陈六指在土改时分他家的地时那种神气。那时陈老大的爹眼泪汪汪的,陈六指就踢了一脚,说老地主你还舍不得。

爹死后,这地主就由陈老大顶替了。陈六指经常踢陈老大的屁股,骂他狗地主。

陈老大出了口气:地主终于也做出了头,做梦的好事。

"拈阄拈阄,一个个来。"老广吆喝着。

屋里的人就都拥到那脸盆边,伸出手,却半天不敢下手拿那纸团,都怕拈着个差的号码。老广就催促:"快点快点,是好是孬,各人的运气,你又看不见哪好哪孬的。"

迟疑的手就到脸盆里抓一个纸团,展开,由会计喘娃子登记在本子上。

"陈老大,你怎么还不来拈呀?"老广喊。

陈老大忙起身,走到脸盆边,随手拈了一个纸团。展开,3号。运气很不错,喘娃子忙将号码登记在陈老大的名字下。陈老大高兴得嘿嘿直笑。

忽然他看到陈六指的眼睛又狠狠地盯着他,脸色很难看。陈老大立刻觉得浑身不自在。

陈六指拈到的是小陈冲的最末一个号,24号,将要分到最差一块地,就是废河滩边突出去的那块河沙地。

老广正要宣布散会,陈六指忽地站起来,大声咳了咳,说:"这分地拈阄我没意见,但是陈老大是个地主,凭什么要分给他3号地?我个贫雇农,解放来当了这多年的贫协组长，抓阶级斗争，听党的话，我凭什么只分最差最差的地？"

"老六，话不能这么说。"老广插言道，"这拈阄你也同意，凭各人的运气么！老大过去是地主，现在是社员，给他摘去帽子是中央的政策呢！"

"我知道！"陈六指不屑地说："拈阄凭运气，对其他人都可以，但对陈老大就是不可以。摘帽了就神气么，还反了天啦，他的屁股还有屎的。他怎么能分到好地，而贫雇农只能得孬地，那不是旧社会了！喘娃子，把陈老大的3号给我，把我的24号给他，就这么定了，这是贫下中农的意见，我说的。"陈六指说得很权威。

会场上立刻嗡嗡起来，没人做声。

生产队长老广说："老六，你么样这样说呢？不行的。"

"谁说不行，这事跟你不相干！"陈六指颐指气使。

"我就跟他六爷换了吧，我种24号，他六爷种3号，应该的！应该的！"陈老大说。

陈老大和陈六指以及小陈冲的人家，都是一个祖宗，陈老大的儿女喊陈六指要喊爷的。只是陈六指从没好声答应过他们。

小陈冲就只陈老大是地主，唯此一家。生产队长老广就把手一挥，说："换吧换吧，算毬了。散会散会，我这队长也退休了。"

陈六指便分到了本该属于陈老大的那块好地，离村近，土质好，种麦子棉花季季丰收。

陈老大分到的河沙地，离村子远，土质差。陈老大认了，心想，这是一堆狗屎，我不吃谁吃呀！

从此，陈老大就带着全家人，日日在这地里流汗下力，硬是把这块生地盘得熟了，种一季西瓜，收入也可以。

儿子凸子去年高中毕了业，没考取大学，回来做帮手。凸子头脑比陈老大灵活得多，陈老大感觉到儿子总想做点什么事，他有些担心。

陈老大当了二十多年的地主，帽子摘了，他还在当着地主，很老实守法。

陈老大眼睛立即睁开了，用手提了提怀里的那支猎枪，其实猎枪是吓人的幌子。陈老大从来打不响它。

是凸子来了。凸子提着饭篮，扛着一杆秤和一块小板子，摇摇摆摆地走过来。

儿子的这种走路法陈老大很看不惯，不像个山里种地人的走法么！不是个种地的料呢，陈老大叹了口气。

凸子走近了棚楼，放下手中的饭篮，"爹，吃饭！"

陈老大从板楼上滑下来，坐在板楼底下的被褥上，端起钵子，呼啦啦地吃起午饭来。

凸子到西瓜地里转了一圈，把那些西瓜拍了拍，听那声音。凸子回到棚楼边，陈老大已吃完了饭，正在喝茶壶里叶子茶。他抬头望了眼儿子，不明白地看了看儿子拿来的杆秤和木板，那木板用墨涂成了一面黑。

"爹，瓜有三分之一熟了。没熟的在近两天也差不多了。"

"嗯。"陈老大喝完了茶水，抽起了旱烟。凸子蹲下身，从篮子底拿出支粉笔，在涂黑的木板上写字：西瓜出售，现摘现卖，价格合理，欢迎洽谈。

"你写的么事东西？"陈老大问。

"卖西瓜的事。我把板子靠在路边，看有没有车停下来。有人在这里买了，也免得我们花钱租车拉到镇上。"凸子说。

有那好事么？陈老大没理会儿子，年轻人会想。凸子把木板靠在瓜地边的一块石头上，木板和字都很醒目，国道上来往的车辆都能看到。

陈老大的一锅烟还没抽完，就有一辆轿车"日"的一声，停在了瓜地边。

司机拉开车门："喂，老乡，西瓜么样卖？"

凸子说："现摘现卖。你们是见过世面的，现在城里刚上市的西瓜多少钱一斤？我只要一块。"

"拣大的摘两个来。"司机很爽快。

凸子忙到地里，抱来了两个瓜，装在篮子里，一称，"两个瓜二十五斤"。

"甜得很哩！"凸子说。

司机把瓜从窗口递进车后座，对凸子子说："老乡，你最好在这儿开家饭店，辟个停车场，保准你发财。"

凸子对司机扬扬手："不瞒师傅说，我有这个打算。"

轿车"呼"的一声开走了。

又一辆面包车"日"的一声开到瓜地边停下。

车上的人看到了路边的木板，口渴得很，就停车买瓜。

陈老大看到儿子自如地跟轿车司机应付着，卖了几只西瓜，好容易就得了几十块钱，有点惊讶儿子的本事。

又见有车停下来买瓜，陈老大把旱烟收了，主动到地里把那熟了的西瓜摘到棚楼边来。

面包车里下来好几个人，连价都不问，让凸子称了斤数，用凸子茶壶里的水冲了冲，有人竟带了刀子，把瓜剖开，张口就咬。

"好瓜，真甜真甜，多买点老板。"有人喊。

有个秃顶中年人看起来是这伙人的头，别人喊老板，他就说："哥们放开肚皮吃，吃饱了我再给你们一人买一个大的带走。"

唏溜唏溜的声音响成一片，陈老大看得呆了。如今这人啦，钱多着哩！吃西瓜吃得一点都不心疼，他看见丢在地边的瓜皮，红瓤还剩好多。

面包车上的人吃饱了，又装了好多个西瓜，老板跟凸子结了账。"零钱不用找了，小兄弟，你这是块好地盘呢！"中年秃顶人说完，转身上车走了。

又一辆卡车到地边停下来了。

司机座里下来两个人，看了看扔到地边的西瓜皮，径直走到棚楼边。有个个子矮点的，递烟给陈老大，陈老大心慌慌接了，忙说："多谢多谢！"

递烟给凸子，凸子说："多谢，我不会抽烟。"

"西瓜怎么卖？谈个价好么，我们买一车。"高个子说。

凸子对陈老大说："爹，你到地里看看，能不能挑出一车熟西瓜来，我跟这俩同志谈谈。"

陈老大忙起身，到地里去拍西瓜去了。

陈老大弓着腰，一个一个拍那些西瓜，他拍得很仔细。凡熟了的，他就把原来卧着的瓜竖起来。这样人摘的时候就能一眼看到。儿子今天表现得很出色，狗日的，看来没白供他读了个高中毕业。他高兴有这么个儿子，他从心里佩服这儿子。但他心里总有种怯怯的感觉：事情哪会有这么顺利的，便宜的事不是我们这些人得的。要给儿子说说，莫张扬，我们这种出身，比不得贫雇农的。

把地里西瓜摸拍了个遍，陈老大回到棚楼边，那两个人正跟儿子谈得热闹。见他过来，儿子问："爹，有多少熟的？够两千斤不？"

"有两三百个，怕是差不多。"陈老大说。

凸子就对那俩人说："二位，摘瓜吧？

"好吧，一回生二回熟嘛，今后还有打交道的日子。看来你小兄弟是个爽快人，也是个聪明人。"高个子说。

"爹，摘瓜！"凸子喊。

陈老大就又忙不迭地到地里摘瓜，凸子和那两个人就把瓜朝路边搬，不一会就堆了一堆。这时又有车停下来问瓜。

凸子忙把那木板收了，对停车的人说："对不起师傅，今天的瓜都卖完了，明后两天还可成熟一批，欢迎再来。"

车就开走了。

大半个下午，陈老大和儿子凸子就干卖西瓜装车的事，把卡车厢都装满了。

算账，交钱。那钱有好厚好厚两叠，看得陈老大心里都有点慌。他看了看四周，好似害怕别人看见一般。

"凸子，这样没什么事吧!"陈老大惶惶地问。

"有什么事?"凸子望望爹，奇怪地问。

凸子继续数那钱。卡车开走了。

"我是说这钱，别人不会说吧！一块钱一斤是不是贵了，去年没卖这个价的。"陈老大说。

"爹，看你说的，这钱是我们劳动所得，怕哪个说？一块钱一斤，哪里会贵，我比市场上的价还低两毛钱。这些人都是懂行情的。"凸子说。

陈老大不做声了，靠着棚柱子抽烟。他也累了，摘瓜送瓜的，来来回回，出了不少汗。

凸子数完了钱，放在口袋里装好。说："爹，我们赶紧把这瓜地里的瓜卖完了，积些资本，就在这里盖房子，开饭馆。"

"开饭馆，盖房子？干么事？"陈老大吃惊问。

"做生意么！那比我们种西瓜要划算得多。开饭馆，一年四季都有进项。把其余的地辟成停车场，司机们吃饭，要地方停车，停一次车还可以收一块钱停车费。"凸子的算盘算得很仔细的。

"那别人不说?"陈老大完全被凸子的想法弄糊涂了，"这地不是我们自己的哩！是国家的。"

"哪块地不是国家的？这地现在该我们种，我们种西瓜也可以，开馆子也可以，反正到时我们给集体上交各种税就行了，还怕哪个说。他凭什么说?"

陈老大几乎无话可说了。"你回去吧，晚饭叫你妈煮点稀饭就行了。"

凸子提着饭篮子摇摇地回去了，把木板和秤丢在棚楼。"明天再卖些西瓜。"凸子说。

陈老大爬上楼板，把猎枪抱在怀里，眼睛四处张望。

国道在傍晚的阳光下，闪着青幽幽的光泽，像条黑色的巨蟒在丘陵地带通行无阻，车辆还是那么多，奔过去跑过来。儿子说过，这朝东去，国道直达省城，这朝西去，国道通北京，到中央去了。

陈老大叹息自己这辈子过得冤枉，最远也只到过县城，那是公社里让四类分子去县城修广场，出义务工呢。

陈老大望着村里的房子，大部分都变了砖瓦房哩。现今这日月是比往几年要好过，收入多得多。

陈老人的房子也改了砖瓦房，闺女出阁，嫁了个吃国家饭的教师。儿子回来了，照眼下这样，是个心眼子活的家伙，陈老大应该放下心来享福的。可陈老大心里就是踏实不了。

陈老大却又没法改变儿子的计划和想法。谁也不听陈老大的，自己的儿子也不听呢。

一季西瓜下来，凸子没让陈老大插手，收入了近六千块钱。

凸子干得很好。西瓜收净后，凸子让爹和妈把藤子扯了。

陈老大说："还有不少秋瓜蒂呢，到秋后，还能收个几百斤的。"

凸子说："那不中的，靠那几个小钱还不饿饭。扯了扯了，我有安排。"

凸子才刚满二十岁，陈老大看着儿子，觉得他不应该是这样的。可他又说不出什么来，就和老伴扯瓜藤，把地里弄得光溜溜的。

凸子连着几天都在军店镇上跑，瓜地弄干净了的第二天，凸子带着辆卡车开回来，车里跳出个人，陈老大好熟。凸子说："他上次来买过瓜的。这回我们合伙，在这里开饭馆，他叫凹子，我们凸凹合伙，饭店取名凸凹饭庄。"

陈老大再细看，果然就认出他就是那次买瓜的矮个子。

凹子给陈老大递烟，陈老大就弓腰接过来，叫着："多谢多谢！"

凸子说："爹，你的事情不多，先在这里照管下材料，建筑队今天开工，在这盖房子。"

卡车就来来回回地朝地里拉材料，红砖水泥沙子石灰，都拉来了，桌椅板凳炉子煤炭厨房用具也拉来了。

凹子和凸子就指挥起请来的建筑队，让他们抓紧盖房子，平地基。

三天后，一幢五大间的平房就修起来了，陈老大弄不清楚，这房子修得好好的，为么事顶上不盖红瓦，而要盖上茅草。

凸子说："爹，你就别多管事了，等着过舒心日子吧！"

陈老大的日子却越过越不舒心，总在提心吊胆."怕不会这么顺畅的。"陈老大说。

你说不顺畅，他那里饭店就开了张。

凸凹饭庄，一块大牌子写着四个大红漆字，很耀眼地竖在国道边。大牌子还写着一行小字：吃饭停车，内设旅社。

新修的五大间房子，门口平整整的，洒了些沙子，不见灰尘。茅草顶，红砖墙，窗户大，玻璃光洁。房间里桌凳干净，从军店镇请来了掌勺的厨师，还有三个长得端端正正的服务员，山里的女孩子，那种俊美很清新。

一套音响放在饭厅里，放着港台歌星唱的歌，很哆很甜也很好听。

生意果然就很红火。

国道上来来往往的车辆，肚子饿了，就停车，在饭庄里吃了喝了，休息一会，再上车赶路，很舒服的。

凸子和凹子当着老板，军店镇那边，有时来几个穿税服戴大盖帽的人，陈老大看了心里直发慌。

凹子却迎了上去，拍肩膀称哥们，拉到饭厅里去摆一桌。临走，再塞条把烟。

凸凹饭庄的生意既红火，又无人找麻烦，每天营业额近两千元。最差的时候，也有近千元的进项。

只要有国道存在，这生意就能做好做红，钱就永远有赚的。凸子的这着棋走得好。

凸子找凹子做合伙人也找对了。凹子是军店镇长的小舅子。当凸子的同学向他介绍凹子时，凹子拉着凸子的手大笑："我们早认识了，是朋友。"

日子过得很快，钱也赚得不少。

陈老大先是在饭庄停车场守车，负责收钱，但陈老大见到那些司机们都弓腰微笑，说话都不敢大声音，使得那些奸狡些的司机，把车停了，不交钱，吃完饭，"呼"的一声就把车开走了。

这影响了饭庄的收入。

凹子跟凸子商量了，就另外从镇上请了个狠老头子守车。凸子叫陈老大回家去。

"爹，你苦了一辈子了，现在退休吧，在家里享福去，这饭庄的事你就不用管了。"凸子说。

凸子每月给爹和妈不少钱，让他们拣好东西买了吃。

陈老大在小陈冲里走动时，还是低头弓腰的，他那头就是扬不起来，那腰硬是伸不直。

陈老大总感觉到有很多眼睛在盯着他，盯得他心里发慌，惴惴不安。

一天，陈老大碰到队长老广。老广现在不当队长，当村民小组长。小陈冲是个村民小组。

老广说："老大呀，你赚了不少钱吧！拿国家的地开饭店，你发了横财哩。"

陈老大觉得很惭愧，他不知怎么跟老广说才好。他说："哪赚了钱啊，是凸子他们弄的，我没管，我没管。"

"你要管哩，你是户主么！哼。"老广背着手扬长而去。

陈老大就愣在原地，半天没做声。

过一会儿，陈老大又碰到陈六指。陈老大忙迎上前，一脸是笑，给陈六指敬一根好烟，说："他六爷啊，忙吧！"

陈六指站住了，狠狠地盯着陈老大看。他挥手打掉了陈老大敬的烟，说："忙啊，我是忙，忙他娘的脚。你个狗地主，发财了吧，在我的地上开饭店呢，那是我的地，是我拈阄拈到的，跟你换的，是不是！你现在好了，发财了，抽好烟，我贫协组长还穷着哩。"

陈六指气愤地扭头就走，走了几步，又停下说："陈老大，叫你儿子把那饭庄拆了，我要收回那块地，那块地是分给我的。"说完，走了。

陈老大从地上捡起烟，悄悄说："那地是你嫌孬了，硬是要跟我换的哩。怎么又要换回去呢！"

陈老大自己也知道，这话陈六指是听不到的。陈老大就一个人待在屋里怕着，他没有去给凸子说，他怕凸子年轻气盛，不服这口气。

两天后，村民小组长老广挨家挨户通知：晚上在他家堂屋里开会，会很重要，一户只来一名户主。他到陈老大门口，喊着陈老大说："你一定要来，听见没有。"

村里人各种各的地，各奔各的日子，很久很久没开会了。

今儿通知开会，大家觉得挺新鲜的，吃过晚饭后，早早地到了老广家。

陈老大还是蹲在老广家的鸡埘边，还是抽着叶子烟。凸子给他的带嘴香烟他抽不习惯。

老广宣布开会。老广说："今儿个开会，是解决陈六指和陈老大的地的问题。在分地拈阄时，大家知道，陈六指是拈到24号，就是现在陈老大家开饭店的地。陈老大赚钱饱了哩，当时陈六指和陈老大把地换了是他们俩自愿的，现在陈六指要求把地换回去，大家研究一下，就这事。"

堂屋里立即嗡嗡起来。

陈老大蹲在鸡埘边，脸上在冒汗，他好像又在挨斗争。陈六指还是那么威严地咳了声，说："我跟陈老大换地，并不是让他换地去开店子的。现在他开店子赚了钱，我就要换回那块地了。娘的脚，我也去开个店子。钱不能都叫陈老大父子这样的人赚去了，我们贫下中农也要赚一点呢。陈老大，你的店子开了一年，也赚得够了吧！明天开始，你就停业吧，我要在那里修房子开饭店。这是贫下中农的意见，你听见没有。"

陈老大在鸡埘边，低着头嘟囔着说："听见了听见了。"

这时，老广家的门推开了，凸子走了进来，屋里立刻静了下来。

凸子从口袋里掏烟，给大伙发烟。给陈六指递烟时，陈六指不接，凸子也就不给了。

凸子说："六爷，你刚才的话我都听见了。这地么，是你当年硬要换给我爹的。现在你要换回去，可以，但再不许第二次反悔了。再个，"凸子话音提高了，"我跟你说六爷，给地主富农摘帽子是中央的政策，你不能反对呢，你再口口声声的地主地主的，就是与中央政策唱对台戏呢。"

凸子拉起陈老大："爹，我们回去。六爷，那地从明天开始，就是你的了，你去修饭店好了。"

陈老大和凸子走出了老广家，走进夜色中。

这新社会的世事就这么日怪的怪，陈老大在离村很近的地里劳动时，爱拄着锄头朝国道边看，发出感叹。

陈六指在凸凹饭庄的原址上建了一栋漂亮的小楼，是通过女婿的关系，在银行里贷款三万元修的。可是这段国道偏偏就改成了全封闭型的高速公路，路两边竖起了水泥柱子，拉起了铁丝网，连条狗都难跑到公路上去。

陈六指的饭店还没开张就熄了火。而凸子和凹子又在军店镇开了座酒楼，生意仍然很红火。

陈六指在新修的小楼边望着高速公路上奔跑的大小车辆，"日"的一声过去一辆，"日"的一声又过来一辆，眼里都要流出血来。

他转过身，望了望正在村边麦地里锄地的陈老大，牙齿咬得格格响："狗日的地主，看老子不把地换过来才怪！"他知道这是不可能的，陈老大有他儿子凸子呢。

藤溪的两个老师

最早的那个老师叫普白牙,其实牙一点也不白。普老师到藤溪小学时,才二十挂零。

普老师要上课了,就一手拿菜刀一手拿锤子,锤子敲得菜刀哐哐响,二三十个娃儿就呼啦冲进教室。菜刀是普老师做饭时切菜切肉的刀,锤子是普老师修理学校桌凳窗户时敲钉子用的。普老师说,藤溪小学的工具都要兼用。

叫小学实在是有点名不符实,一座孤零零的庙,大殿做教室,侧殿做普老师的寝室兼办公室,另一侧殿改做了厨房。

关键是这学校就只普白牙一个老师,普老师教的这二三十个娃儿,却有三个年级,是复式班。普老师一人要教三个年级的语文算术政治唱歌图画体育。

普老师最喜欢上体育课。普老师穿一套蓝色上面有红色的运动衫,口哨用根绳子穿了吊在脖子上,脚上穿着白球鞋。普老师在操场上很神气地站着,哨子一吹,娃儿们站队。

普老师吩咐:"女娃儿们统统跳绳,一二年级的男娃儿打球,三年级男娃儿捡柴火。"

娃儿们哄地散开了,各人玩各人的。捡柴火的就到教室后的山坡上去掰干树枝。

普老师就站着看小孩们玩。

庙前有块平地,普老师让生产队派了义务工修成了小操场,操场上竖两根木柱子,木柱子上钉一块方木板,方木板上有只铁圈圈。娃儿们在木柱子前站队,抱着篮球拼力朝铁圈圈里扔,如果扔进了,还可奖励让他再扔一次。

别小看这一二年级的小娃儿,七八岁可力气不弱,山里的娃儿么,那球也经常扔进去了。当然那篮筐也不正规,很矮的啦!

孩子们玩的时候,普老师就背着手站在操场边的高坡上朝远处看,一看就好半天。

学校旁边就是藤溪,有三四米宽,砂石底,有很薄的几缕水在沙石中流。藤溪的对岸,走三百来米是村庄,村庄靠山而聚,叫靠山坳,靠山坳有三十多户人家，是个生产队。

藤溪小学的学生娃儿都是靠山坳的。

普老师的眼光越过靠山坳，穿过坳后那山。山下有条公路，沿公路走上五六公里，是军店镇。军店镇是这个山区县的第二大镇。

普老师就是军店镇人，粗短矮胖，为人豁达开朗，能吃苦。

那时，普白牙从县城师范学校毕业后，就被分配到藤溪小学。普白牙先到学校看了看，条件差极了。先他之前的老师是生产队的会计，兼职，有时间就上课，没时间就让娃儿们放假。普白牙算是这里的第一任教师了。

普老师站在操场看远处好久了。捡柴火的娃儿们把干树枝放在厨房边的屋檐下，也去抢篮球，他们不站队，小些的学生就哇哇叫。

普老师看看表，糟了，这节课超了半个多小时。他连忙跑到厨房里敲响了菜刀。

下节课是一年级算术二年级语文三年级图画。普老师先在讲台上放只茶杯，叫三年级照着画；然后给二年级布置了课堂造句，让他们写在本子上；最后才给一年级娃儿教用小棒算加法，三根加两根等于五根。

放学了，孩子们都走了，普白牙就用娃儿们捡来的干树枝烧火做饭，一个人吃得挺香的。

日子过得不紧不慢，也不太难受。晚间，改完了不多的作业，普白牙就踩着石头到靠山坳里去串门，和年轻的姑娘媳妇们说笑，快乐着呢！有时村里过来几个年轻人到学校，陪着普老师打扑克牌，玩升级，玩得高兴。

普白牙和靠山坳的乡亲们很处得来，他的群众关系好。

藤溪在天晴时，是条美丽的小溪，溪两边有青草野花，溪底的砂石中蹦跳着绿水，有蝴蝶翩飞着沾绿水歇花丛，四周群山恬静怡然，也不失为一处景致。

雨天时，藤溪就不是一条溪了。下小到中雨时，溪水满溢，浊黄，上游的积水都下来了，成了满当当一条河。如果是下暴雨，引起山洪暴发，藤溪就是一条真正的黄色水藤，在山中挥舞着，抽打着，横冲直撞。

这时，孩子们从靠山坳走出来，到了藤溪边站着，看那一溪黄水，溪边的青草野花冲得东摇西摆，很好玩。

孩子们就站在溪边，放开喉咙一起喊："普老师——"孩子们的嗓音拉得好长，清脆稚嫩，在雨天的山中盘旋，很好听。于是，普白牙就撑着伞从坡上的学校走下来。他可能刚吃完饭，嘴巴还在嚼着什么。他边嚼边应声："来了来了，这狗杂种雨。"

走到溪边，普老师用下巴把伞柄夹住，蹲下腰脱了鞋袜，挽起裤腿，再站起身，举着伞，不慌不忙涉过浊黄的溪水，走到对岸。

到了岸边，普老师就把腰微微一躬，说："谁先来的，先上来！"

站在溪边的娃儿们就有一个爬到普老师的背上。普老师就一只手举伞，一只手兜住娃儿的屁股，娃儿的双手就搂着普老师的脖子。普老师从水中走过去，把娃儿们一个个地背到学校，溪水不宽，背起来也快，耽搁不了半节课。

普白牙用手兜娃儿们的小屁股时，肉肉的热热的，心里陡生一种感动，有了一种父亲的责任感。

于是敲响菜刀开始上课。一年级写字、从点横、撇捺练起；二年级图画，每人画十个五角星；三年级上语文课，学"锄禾日当午"。

可惜是下雨天，操场不干，不能上体育课。

放学了，溪水还深。

普白牙就走在娃儿们中间，娃儿们簇拥着他走到溪边。

普老师就又脱鞋袜挽裤腿，从溪水中来往涉过，把孩子们一个个地送到溪对岸，叫他们早点回家。

普白牙在藤溪小学日复一日，月复一月地干，干得津津有味的。

靠山坳的乡亲们对这么个矮胖的青年老师，印象很好。普老师对乡亲们总是笑眯眯的，很和善，村里的人常叫上学的娃儿给老师带去吃的东西，一条黄瓜两个嫩包谷三个茄子的。

一个学期过去了。两个学期过去了。三个学期过去了。

藤溪小学三年级娃儿升四年级，就要多走两里路到堆金小学去读。据说，从藤溪去的孩子们成绩都还不错，特别会造句。

靠山坳的乡亲都说普白牙是个好小伙，思想好，吃国家粮，不嫌弃咱们这山里人。

于是就有人晚上到学校找普白牙，为普白牙介绍媳妇："我娘屋的舅的姑娘，十九岁，初中毕业，要长相有长相，要心窍有心窍，普老师只要你说行，那边我打包票！"

普白牙就笑笑，谢谢媒人，也不说行也不说不行，只说："我再想想！"

靠山坳的几个年轻姑娘经常到学校找普白牙，有个姑娘还为他纳了一双满是喜字的花鞋垫子。普老师没有急着表态，别人说他在挑选考验呢。

如果不是普白牙后来成了模范，离开了藤溪小学，普白牙说不定就在靠山坳找个媳妇结婚安家了。对这点，有人感到遗憾。

一切的起因都从那个该死的记者开始。

记者姓刘，省报的。刘记者五年前就到靠山坳住过，一住就一年，是搞路线教育割资本主义尾巴的。刘记者在靠山坳时，藤溪边的庙是生产队的仓库，没有学校。

刘记者搞了一年的工作队，就回省城去了。可他心里常记着靠山坳，刚好出差到这个山区县，采访这里的黑木耳增产畅销的事。

刘记者说什么也要来看看靠山坳的乡亲。在靠山坳搞了一年的工作队，靠山坳的乡亲对他好啊，刘记者还写过一组《怀念山村》的诗。

下雨也要去，这种机会也不是很多的。县委宣传部新闻科张科长陪着刘记者，坐辆吉普车就来了。雨下得不小。吉普车身溅满了山区公路上的泥巴。

吉普车到靠山坳村头时，雨已经小得多了，村里升起了炊烟，到吃午饭的时候了。

望着靠山而聚的小村，村头的杨柳被雨洗后青翠欲滴，刘记者很激动。他不停地朝车窗两边看去。

那时，正是藤溪小学放学的时候。

普白牙举着伞，领着一群孩子吵吵嚷嚷地走到藤溪边。孩子们就停住了，看普白牙脱鞋袜挽裤腿。在普白牙弯腰时，一个小女孩过去接过普白牙的伞，举在普老师头上。

藤溪的水满当当的，浊黄浑沌，急急地流。普白牙裤腿挽到大腿根，一手举伞，一手兜住背上孩子的屁股，慢慢地涉过溪水，把孩子们一个个送到对岸。

就在这当儿，吉普车里的刘记者看到了。刘记者眨眨眼，看着这感人的一幕，看着普白牙小心翼翼地涉水送学生。他眼睛亮了，这是难得的镜头。刘记者叫司机停了车，提着照相机跳下吉普车，张科长忙撑开伞举在刘记者和照相机上面……

普白牙背完了娃儿们，只是朝吉普车这边看了看，几个娃儿喊："普老师，他们在照相！"

普白牙没作声，提着鞋袜回学校去了，他还要自己烧午饭吃哩。

刘记者和张科长一齐进了靠山坳，在老队长家里吃饭。

问起了藤溪边庙改学校的事，老队长说了普白牙许多的好话。张科长就记下来了。

老队长的女儿，就是那个给普白牙做鞋垫子的姑娘，听到了这一切，就觉得不好。

果然，刘记者张科长离开靠山坳一个星期后，省报就登出了刘记者照的普白牙背学生过溪的照片，还登了张科长写的一小块文章。

这就够了，过去只有靠山坳的乡亲和藤溪小学的娃儿们知道普老师，如今全县和全省的教师都知道普白牙。

普白牙却无所谓，还照样教他的书，下雨天还是背学生娃儿过溪水。

日子过得好快。在第三个学期结束时，普白牙被评上了全县的劳动模范。

普白牙在藤溪小学工作的第四个学期，老队长的女儿追求他已经很紧了，他都快要答应的时候，县教育局突然下了文件，调他到教育局当办公室主任。

接替的老师还没找好，县里又催，普白牙只好让学校放了假，自己到靠山坳告别熟识的乡亲。只有老队长的女儿不见他。

普白牙有些惆怅有些恋恋不舍地离开了藤溪小学，到县里上任去了。

梅青青到藤溪小学接替普白牙时，藤溪小学的娃儿们因没有老师，已经放了一个星期的假。梅青青的到来，使得乡亲们和娃儿都高兴。

梅青青也高兴。她刚走出学校门，对一切都很新鲜。藤溪小学虽说就她一个人，但这儿安静自由，这儿的孩子们好，这儿的乡亲们淳朴，这儿的山色风光也好，野花开得满山都是，小鸟在树棵子中叫得婉转清亮。

这儿是苦点，要教三个年级的孩子，要自己做饭。人家普白牙不是在这里过得蛮好么，还当了模范，我难道就过不好。

梅青青是城关人，虽说是县城，也只能算是山里长大的。梅青青不是个娇女子，她小巧玲珑，短头发圆脸，大眼睛小嘴，很逗人喜欢。她热情活泼，也能吃苦，在学校时是个优秀共青团员。

梅青青决心在藤溪小学好好干。

新老师来了，而且是个女的，娃儿们很快就背着书包上学来了。

梅青青摇响了上课的铃铛，叮当，叮当，叮当，这铃铛是在县城里买来的，她听普老师说这学校没铃铛，就自己掏钱买了一只。

孩子们却不知这就是上课铃。

三年级的班长说："梅老师，普老师的铃铛不是这样响的，那响声是哐哐哐，哐哐哐！"

梅青青说："那从现在开始，我们的铃声就是叮当叮当，大家要听指挥，听见没有？"

学生娃儿就一起喊："听到了！"

梅青青在学校里实行了一些改革，比如上课。上政治课时，三个年级一起上，梅老师给孩子们读报，讲故事。除了政治课，上图画课也一样，一起上，然后在黑板上画三个东西，每个年级的学生画一样，当然是一年级简单点，二年级难一点，三年级再难一点。

梅青青上语文课，最喜欢朗读，纯正的普通话，把课文一遍遍地读着，孩子们读得琅琅的，很好听，在外面听来，这很像个学校。

梅青青的改革，效果不错，孩子们的学习成绩有所提高。

明显的，梅老师不喜欢上体育课。普老师在的时候，每星期要上三节体育课。梅青青现在是三个星期才上一节体育课。

梅老师上体育课，不要孩子们去捡柴火，因为梅老师做饭烧煤。梅老师上体育课，让男孩子沿着学校门前的小路跑步，让三年级的班长领着跑，口里喊："一二一，一二一，一二三四！"孩子们喊得很带劲的。

梅老师就带着女孩子玩跳橡皮筋。梅老师也跟着跳，嘴里还念念有词。

"跳皮筋，跳跳跳，树上落下只大核桃，

打着我的后脑勺，后脑勺上起了个包。"

跳赢了，梅老师和女孩子们笑，跳输了，梅老师也跟女孩子们笑。

师生之间玩得好高兴。

梅老师最喜欢上的课是唱歌。梅老师的嗓子好，唱得好听，学生娃儿喜欢听，也就喜欢学了。

每逢上唱歌课，梅老师就把歌词抄在张大纸上，再把大纸用图钉按在黑板上。

梅老师唱一句，学生娃儿就唱一句。梅老师还边唱边用手打拍子。

"我抬头向青天，搜寻远去的从前，白云悠悠尽情地游，什么都没改变……"

唱着唱着，梅青青想：不能什么都没改变。

梅青青也到靠山坳去串门子，她嘴甜，总是大叔大婶地喊，乡亲们就说：这女娃儿亲热。

梅青青胆子小，晚上一个人住学校里怕，她就邀老队长的女儿和她做伴，有时生产队的其他女孩也来学校陪梅青青。

晚上，梅青青就教她们一群女孩子唱歌，梅青青唱一句，她们就唱一句：

"送你送到小村外，有句话儿要交代，虽说已是百花儿开，路边的野花你不要采……"

唱着唱着，姑娘们就打闹起来，你野花她野花地逗乐，藤溪小学晚上很热闹。

山里的雨季来临了。

下第一场雨的那个早晨，藤溪里流着满满的浊水，一些被冲断的花草枯枝随溪水奔流。

上早学的几个孩子背着小书包，站在藤溪边，他们一齐鼓足了劲，喊："梅老师——，梅——老——师，背我们哟!"

梅青青听见学生娃儿的喊叫，赶忙跑到溪边，看到一溪翻滚的浊黄水，梅青青愣了眼，心里在扑通扑通地跳。梅青青胆子小，而且最怕水，见了水，她的腿子都要发软。

孩子们在对岸叫："梅老师，背我们过去啵!"

梅老师说："你们等等，不要慌，我想想办法看。"她就站在溪边转，看那溪水，不是一时半刻能退得了的。怎么办？她束手无策了。

孩子们在那边说："梅老师，你过来背我们，你是大人，不要怕，普老师是一点也不怕的。"

可梅青青就是怕，她急得直流眼泪。

这时候，刚好村里的一个牛倌牵牛过来了，那牛倌看梅青青急得那样，笑了笑，就下水把孩子们一个个地送到小学那边。

梅青青感激不尽，连连道谢。

那牛倌也只笑笑，牵牛走了。

到了放学的时候，溪水还没退，牛倌早到了溪边等着。

孩子们从教室里走出来，梅青青把孩子们送到溪边，牛倌就又下水里，来来回回涉水，把孩子们背到溪的另一边。

梅青青再次道谢，那牛倌又只笑笑。

牛倌是个年轻人，是靠山坳里有名的闷娃子，读书读到初中，就是不爱说话，只会笑笑。牛倌参加劳动不太内行，后来就叫他当牛倌，放牧村里人家的两头牛。

从此，只要一下雨，牛倌就到藤溪边放牛，只要娃儿们到了溪边，上学时，他就把他们送到溪那边；放学时，他就涉水过去把娃儿们背过来。他很高兴这样做，好像这是他的义务。梅青青每次总要感激他，他每次也总是笑笑。

梅青青决定要做两件事。

第一件事，就是给牛倌写篇表扬稿。梅青青先是给老队长讲了这事。

老队长说："表扬个啥，小孩子家多做点事应该，他是个闷娃。"

梅青青觉得这样的好青年应该表扬。

梅青青认真地写了一篇表扬稿，修改了三次，抄了两份，分别寄给县广播电台和镇广播站。县广播电台和镇广播站都广播了。

表扬稿说牛倌学习雷锋甘当无名英雄，下雨天义务背送孩子们过溪上学。

那时普白牙在县教育局长了副局长，普白牙听了县广播电台广播的表扬牛倌的表扬稿，笑了笑，觉得藤溪那地方不错，出人才。

关键是要脱鞋袜下到溪水里去。

军店镇政府刚好要招一名通讯员。镇长听说靠山坳有这么个青年，就派人把牛倌找去。镇长见他的模样，只笑不说话，觉得他可靠能保密，就招了他，当了通讯员。

梅青青知道了这事，心里很安，觉得牛倌应该得到重用。

梅青青把更多的心思放在做第二件事情上。雨季现在算是过去了，可不能保证老天再不下雨了。如果再下雨，藤溪里涨了水怎么办？牛倌也走了，谁来背孩子们上学！梅青青决定在藤溪上修座桥，不论下雨天晴，都能让孩子们自由自在地上学放学，再也不要别人背送了。

梅青青下定了决心，这事非办不可。

梅青青是个秀气的姑娘，也是个倔强的姑娘，她要办的事，她就一心去办。

梅青青利用一个星期天，到了军店镇上。

梅青青找到镇建筑公司的一个副经理。副经理是个年轻人，见梅青青这么漂亮的姑娘来找自己，就客气地接待了她。

梅青青说："我想修一座桥，请你去看看，行不？"

副经理有点诧异："你是哪单位的，你修什么桥？"

梅青青说："我是藤溪小学的老师，我想在藤溪上修座小石桥，让我的学生上学不涉溪水。"

"你有多少钱？"副经理问。

"我参加工作不长，我只有三千元的积蓄。"梅青青回答得很干脆。

军店镇建筑公司的副经理是从部队转业回来的，他立刻看到面前这位姑娘性格中的闪光一面。他摇摇头说："三千元钱哪能修桥？走，我跟你去看看！"

副经理用自行车把梅青青带着，两人离开军店镇到藤溪小学看现场。

看完了现场，副经理说："这桥至少要一万元。你们学校的领导呢？同意吗？"

梅青青说："我们学校没有领导，就我一个人。一万元？还差七千元，我去筹。"

副经理说："好，你去筹吧，筹齐了，我们来修，不收你的工程费。"

晚上，梅青青找到靠山坳的老队长，老队长现在叫村民小组长了。

梅青青向老队长说了自己的想法，老队长沉吟了一刻，答得很干脆。

"梅老师，难为你一片诚心，修桥辅路自古都是好事。余下的七千元，我们村民小组里想办法，大家捐款。"

现今的农村也不是太穷了，老队长主持召开了村民会，发动大家捐款。村民们一共捐了六千二百五十元，余下的差额老队长补齐。

梅青青拿了钱，又到军店镇，找到那位建筑公司的副经理。

副经理这次更热情地接待了梅青青。

副经理说："好的，你放心，三天后我带人来修桥，修不好，你找我。"

三天后，副经理带着满载着石灰水泥石块的大卡车，来到藤溪小学边。

梅青青正带着孩子们上体育课。梅老师又和几个女学生娃儿跳橡皮筋，她跳得很轻灵很调皮，建筑公司的副经理看到了，心里头一热乎，他觉得她像他的一个战友，部队那个小卫生员。

副经理带着手下的工人干得很卖力。

小石桥很快就修好了。副经理还在桥面的石板一侧，镌了三个字：藤溪桥。

梅青青脸红红地握了下副经理的手。副经理的手是很有力很有男人味的。

副经理带着他的手下人回镇上去了。

藤溪上从此有了这么座小石桥，靠山坳的乡亲们在晴天挑点粮食什么的到学校操场上摊晒，也很方便。

不论下什么雨，学生娃儿们上学放学再不需要老师背送了，他们从小石桥上走，很安全，也很高兴。学生娃儿有时就站在桥上看溪水，看浑浊的溪水把青草野花吹得摇摇晃晃。

日复一日，月复一月，年复一年。

靠山坳的孩子们一天天的大了，他们小学毕业，又中学毕业，还有几个考上了大学。

到城里上大学的这个孩子的普通话说得好，最善于朗读，他从小受了梅青青的教育。

藤溪小学的第一个老师普白牙，已经升任为县教委主任了，副县级干部。

靠山坳那个牛倌到军店镇政府工作后，进步很快，当了团镇委书记了。

牛倌回家时总要走过小石桥看看梅青青，仍然不多话，只是笑笑。

梅青青的小女儿四岁了，坐在妈妈的教室里跟着一群哥哥姐姐听妈妈讲课。

梅青青的爱人在镇建筑公司当经理了，大家都叫他企业家。

但梅青青的家仍然安在藤溪小学那庙的侧殿里，十来平方米。

靠山坳的老队长来了。老队长说："怎么搞的，普老师在这里做老师不到两年就调走了，梅老师在这里十年了，还不调人家？"

一天，县教委终于来了个红头文件。

梅青青打开文件看，上边写着：

"任命梅青青为藤溪小学校长。"

永 远 的 树

二十年后，一个平常的星期天。

鹧鸪在坡上林子里空灵地鸣啼，清晨好静好静，淡青色的晨光透过薄雾涌进窗户。室内光线朦胧，有粗犷和细微的鼾声此起彼伏。组合柜中间格子上有只座式电子钟，时钟指向七点。

梅三妮从床上爬起来，先看了看身边躺着的丈夫，然后到隔壁房间看了看从镇上中学回家过周末的儿子。她是个麻利的女子，两分钟后，她悄无声息地到外间屋刷牙洗脸，再回内屋梳头整衣。再看看睡得正香的丈夫和儿子，又出去了。穿过外屋，开了大门，早晨的清新不请自入。

高脑子小学的校长兼教师梅三妮，此时手持竹条扫帚，站在她的学校门口。她没有久站，就微弯腰肢，挥动扫帚清扫学校前后的枯叶浮草，扫帚发出有节奏的沙沙声。

她的学校是一座旧庙，白墙青脊瓦顶，门前的青石阶和大殿的廊柱看上去结实沉稳。东侧殿改成内外两间加一厅，住着梅三妮的一家三口。

因为是星期天，丈夫才从林业公司回来住，儿子也从镇中回家看爸妈。也因为是星期天，学校寂然静悄，梅三妮才多睡了一个小时起床。

扫完了地，梅三妮满意地看着洁净古朴的学校，有种舒适自胸间生起。学校是在半坡上，离坡下的高脑子村不足百米。薄雾渐渐淡去，村屋绿树显露明白，村里鸡鸣狗吠，老牛哞出长音。晨炊袅袅，人声嘈杂，山乡人的生活就是这么开始的。

山民忠厚善良，对梅校长尊敬亲热，孩子们单纯听话，对梅老师恋如母子。这所小学有四个年级，共有三十八名学生，孩子们的父母多在外地打工。梅老师给一二三四年级上语文数学政治图画音乐体育各门课。

梅三妮在高脑子小学工作了二十年。

这个学校因为梅三妮的到来才诞生，这个学校后来到山外去读书的孩子，有十多个考

取了大学和职业学校。

梅三妮热爱这个地方。上面几次征求她的意见，要调她回城镇或平原的学校当老师，

都被她拒绝了。

梅三妮拒绝离开高脑子，绝不是因为学校墙上挂了不少锦旗奖状，也不是因为她年年被评为县里的先进教师。她不离开，就是她觉得自己应该是属于这里的。高脑子的山，高脑子的人，才是她的山她的乡亲。她有一种由衷的奉献热望，如果离开了这山里，她不能说这热望还能继续。

这个平常的星期天早晨，梅三妮已经打扫完了学校周围，放下了竹条扫帚，走到旧庙的后面。沿着一条淡痕般的小路，走了百十步，停下了。

梅三妮面前是座黄土堆的坟包，坟包上已是青草覆盖，一种紫色的碎米花点缀其间。坟包边栽着几株松柏，松柏不高，但却苍劲凝重。这里葬着梅三妮的瞎眼娘。梅三妮不离开这里，除了舍不得孩子们外，还有就是她要陪着娘。

梅三妮手扶树干，登上块凸出的青石，朝高脑子西边眺望，晨风将她的头发吹乱了一缕。

西边是一片莽莽的山，重重叠叠，那是海山。

海山那里有万丈悬崖千仞绝壁。那里有一棵虬松，苍老的枝，斜挂的身子，一身的凛然与硬气。

站在青石上的梅三妮也凛然了，脸上静得不起波纹，她觉得自己突然成了一棵树，根缘着石壁缝钻进去，扎牢了，枝伸展着，与身边的松柏汇成绿浪。

疼。浑身像被人抽过鞭子一般，火辣辣的疼，头脑里被许多钻子钻着，欲要爆裂。疼，疼得浑身蜷缩起来，双手紧紧抱着一个东西，像捞着根救命稻草。四周一片黑暗，像沉入了深渊，晕眩，飘摇，下坠，陡停，疼。意识无条理，纷乱如麻。睁开眼看看，用力地睁开眼，眼就睁开了。

眼前一面石壁，眼前有了光亮。是在哪儿？这是怎么回事？双手紧紧地抱着一块突出的石块，抱着，死死地抱着，是潜意识在指挥着么！

眼睛能分辨清楚周围的东西了。石壁向上，笔陡陡的，连个窝窝坎坎裂缝都没有。朝下一望，妈吔，赶紧闭上眼睛。下面是什么？刚才一刹已经看清楚，下面是绝壁，是无底的深渊，是死亡的黑洞，一股冷森森的气从下面冒上来。打了个寒噤，我怎么到了这里呢？

意识逐渐清醒了，完全地清醒了。我这是在干什么？我为什么要这样？冷汗迸出来了，眼泪流出来了。被挂在了悬崖绝壁的半腰，不能上不能下，只有等死了。闭上眼睛，双手却不松手，紧紧地抱住凸出的石块。

听得见悬崖底下的松风呼啸,听得见头顶上的鹤鸣。晕眩了,又沉浸到黑暗中去了。还是紧紧抱住凸出的石块。

怎么到这里来的呢?

高脑子小学的小老师梅三妮,早就听说过那莽莽的山地是海山,海山险峻,松涛林海一片,悬崖峭壁丛生。

小老师梅三妮,到高脑子办学两个月了。楚楚的模样,那微笑使得高脑子的山民见了

心都在流血。山里人不论自己多苦,而同情心总是富足的。小小的人儿,带个瞎眼老娘,住在旧庙里,天天教山里娃子读书识字。小老师啊,高脑子人就觉得是自己的妮儿,好可怜的。小小人儿,莫总是苦苦的,你该好好的笑,笑得像那山花,你该好好地长,长得就像山里葱郁的花栗木。可如今你像苦槿花,生活得像苦楝枝。山里人只能远远地怜惜着这小老师。

也是个平常的星期天,孩子们都不上学了,旧庙好安静。梅三妮给瞎眼娘准备了午饭,和娘一起吃过了早饭。

梅三妮穿了双解放鞋,系了根腰带,腰上别着把砍柴刀,再缠了一根长长的指头粗的绳子。给娘讲了声:妮子去山里砍捆柴去,烧饭的柴火已用不了几天了。不能总是让学生娃子们给她送柴火。

梅三妮其实是很想往西边那海山里看看。那么大的山那古的林那陡的壁,为什么不去看看呢?危险,有什么危险,危险对梅三妮来说,好像无所谓。

只记得走呀走呀,山路弯弯曲曲,像是谁漫不经心随手抛在深山里的烂绳子,绕来绕去,时断时续。爬坡,下崖,翻过山头。两边不是石头就是树。偶有几缕泉水汇一汪如线的小溪,淙淙随山路流了一截,又一头钻进草丛不知去向。松鼠跳到路上瞪着小黑豆眼,虫鸣鸟叫在树棵子草丛中。头顶有太阳,走呀走呀,很少有被太阳晒着的时辰。偶尔晒晒太阳,只觉从绿丛中到了红光下,眼睛一片发花,摇摇头,适应了阳光,就又走进了绿荫。

向西!向西!一座大山迎面而来,这就是海山了吧!冷峻严肃,板起了脸,默不作声。走进海山,感觉温度下降,冷气森森。海山海山,海是水,山是石,海是低,山是高,海与山怎么连在一起的呢?

岩石狰狞,突崖险恶,海山好可怕哟。

梅三妮走累了,在一处石上坐下来。

坐下来就不想起身了,浑身酸软无力,很有些疲累了。我到过海山了,海山好严峻啦!

世界是严峻的,生活也是严峻的。梅三妮说。

梅三妮坐在石上,低垂着头,听山风沉郁地吹着,吹出了她的满眶泪花。妮子好苦哇!妮子好苦哇!山林里有只鸟在哇哇叫着,梅三妮听懂了它叫的是什么。

师范专科学校教导处,梅三妮哼着支曲子,蹦蹦跳跳地走来。梅三妮脆脆的嗓子喊了声:

"报告!"

没有回声。梅三妮看到教导处里坐着书记、校长和教导主任三个人。梅三妮在这所师专也是个名人的,毕业班的班长,学习成绩头一名,活泼愉快,文娱活动的积极分子。师专的领导、老师和学生,没有不知道她的。

就是待在教导处的这三个人,前几天还分别向她透露,毕业后,准备留她在师专当专职团委书记,抓全校共青团的工作。

可今天这三个人的脸都阴沉着,很冷的眼光瞪着站在门口的梅三妮。使得梅三妮吓了一大跳。

教导主任朝梅三妮点了一下头,冷冷地说:

"进来吧!"

梅三妮一进教导处,教导处的门就关上了。

梅三妮同学,你父亲是与另一个罪犯杀了地质队员而自杀的。最近这个案子才破,另一个罪犯交代了你父亲。虽说党的政策是不搞株连,但让你留校当团委书记显然是不合适的。因此关于你的分配去向,我们将再研究,你先等待吧!校党委书记对梅三妮说。

梅三妮听得目瞪口呆,她只知道父亲在她十岁那年从山上摔到悬崖下死的,是瞎眼娘把她拉扯大并供她读书的,她自小缺少父爱。可如今,父亲是个杀人犯,听这消息她如五雷轰顶,不敢相信。她如傻了一般,摇摇晃晃不知自己是怎么走出教导处的。

躺在宿舍的床上,两天不吃不喝,人已经虚弱得只剩一口气。

那天她低着头从教导处走出来,她感觉到沿路碰上她的教师与学生,都在鄙视着她,耻笑着她,那些眼光在说:

哼,看不出她平时积极进步,原来都是假的。她原来是个杀人犯的女儿。

梅三妮觉得那些眼光都像刀,每个人都拿着刀在朝她的心上扎,她的心在淌血。

她一头扎回了宿舍,躺到床上,再也不起来。

毕业班正临分配之际。学生们都很紧张，这是决定每个人去向的关键时刻。有门路的在找门路，有办法的在想办法，无办法无门路的就尽量表现好，希望有个好果子落到自己面前。

梅三妮不吃不喝躺在床上两天，没有人给她递过一杯开水，没有人对她说一句话，劝劝她。同宿舍的女孩，一个个对她的存在视而不见，就如见架子床上摊着的是一床没叠的被单，而不是一个人。

好冷好冷啊！梅三妮浑身抖战着。她只有等死。

第三天，宿舍的人都去教室了，静悄悄的。梅三妮像具尸体躺在床上。她已真是一具尸体了，明天或者是后天。

宿舍的门被人推开了，有人迟迟疑疑地走进来。走进来，迟迟疑疑地走近梅三妮的床边，停下了。

"梅三妮同学，"她听出这是个男声。"你应该吃点东西，你这样自己残害自己，完全没有必要。这一切都不是你的错，你还年轻，今后的路还长。记住，你这样做是懦夫，你要做强者。死很容易，而活着就要难得多了，你要活着。"

接着，声音消失了，来人很快就走了。

梅三妮朦胧之中，听出来人好像是同班的那个高个子男生，毕业班的团支部书记。梅三妮跟团支部书记两人平时有些不和，这次为留校当团委书记事，据说团支部书记和她竞争得很厉害。

这下你赢了，你的目的达到了，可以安心留校了。梅三妮想。她动了动胳膊，手触到一团软乎乎的东西。

梅三妮睁开眼，见床边放着三只白面馒头，还有一茶缸水，水还在冒热气呢！

望着冒热气的水，望着望着，梅三妮突然挣扎着坐起来，吃馒头喝热水。

对，我为什么不活呢？我还只二十岁呢！

同学们很快都去了新的岗位，师专毕业生各学校都要。只有梅三妮在等待着分配。

遥远的大山区，有个高脑子村，那里要办学校，需要老师。

梅三妮就分配到高脑子小学了，实际是分配到一座破旧的庙里来了。教导主任征求她的意见时，她一口就答应了。

梅三妮家里只有一个瞎眼娘。梅三妮就把娘接到高脑子小学，母女俩相依为命吧！

海山陡地起了一股旋风，坐在石头上的梅三妮的心颤巍了一下。放眼看，山石狰狞，突崖险恶，林木阴沉，头上的大鸟叫出哭声来。

海山严峻，生活严峻！梅三妮颤抖了，意识在一霎迷乱起来。世界好暗好冷啦，光明呢？

梅三妮站起身，梅三妮朝前走。梅三妮走到一处悬崖边。对，光明好像在那里，温暖好像在那里，我为什么不去呢？用我二十岁的年华去追求。

梅三妮一脚跨过去，立即感觉脚步踏空。

梅三妮就闭上了双眼，飘摇起来。

紧紧抱住凸出的石块，再次睁开了眼睛，头脑里和身上的疼痛被一种恐惧感压过了。

求生的欲望强烈地生出。诅咒着自己，胆小鬼，为什么要走这一步？要走这一步何必到这悬崖绝壁边来呢？当初在学校再饿两天也就成了。

死是容易的，活着才有些难！这是谁说的话，就是那高个子团支部书记说的话。我为什么要选择容易的呢？我为什么就不迎难而进呢？

何况，我还有瞎眼的老娘啊！

我还只有二十岁，就这么消失在海山的丛林中，用身躯去喂那翩飞的雕鸟或是狼狐，我不甘心。

我要活下去！活下去才是重要的。我还有老娘，我还有那些已经熟了的亲热了的学生娃子。

高脑子，那座旧庙，多么清静多么自由的地方。

梅三妮被卡在一堵百丈悬崖的中间石块上，紧紧地抱着石块，这才体会到活着的幸福与活着的好处。

她迫切地渴望活，她将尽心尽力地追求生。

追求死是很容易的。她的手一松，身子一滚就完成了。

梅三妮细细地观察卡住自己的石块。石块是陡壁上凸出的一部分，有小桌面大，一头大一头小，小的一头如胳膊粗，像是石块伸出去的一只柄。梅三妮紧抱住的就是这只柄，是这只柄救了梅三妮的命。

看清了石块，梅三妮就松开了双手，身子趴着慢慢地后退，退到石块宽大的一头，然后慢慢站起来。站直身子时，与身子齐高的地方，有一蔸老树根，刚好让她扶手。

朝上看，是崖顶，梅三妮就是从那里掉下来的。梅三妮估量了一下，她站着的石块离崖顶，大约有两丈来高。两丈多高的崖顶处，斜长着一株虬松。那虬松限于立脚之地是悬崖，根系深深地契进崖缝，树身斜横一截后，又傲然坚定地昂起头，朝上长去。崖缝的营养有限，松树长得不高，但枝疏而有力，苍劲地伸浮在绝壁顶，虬盘一团墨绿。

虬树是在险峰的无限风光。

梅三妮又一次偷眼朝下瞄，就又一次闭上了眼。

下面是黑洞洞的峡谷，笔陡的，无攀越的任何物件，更没有路。往下，是没有生路的。

只能往上了。徒手攀爬，除非是飞檐走壁的武林高手，或是身轻如燕的猿猴。梅三妮是绝无可能爬上去的。

要想上就只能依靠那棵树，那棵苍劲的虬松了。

崖顶如果有人，垂下一根绳来，梅三妮就可以抓着绳子攀越上去。梅三妮就尽着嗓子叫了一声：

"救人啦！救人啦！"

山谷里发出了回声，一阵阵嗡嗡地漩荡。

再喊！再喊！再喊！

山谷里只有回声，声音嗡嗡地漩荡开去。

有谁来海山呢？这大山老林里，没有打猎的。山里人打柴，没有谁像梅三妮跑这么远的路到这儿。

海山在五年后才创办了个林场，由县里林业局管。

时已正午，绝壁上没有荫凉，崖顶上的虬松不能荫庇梅三妮，梅三妮已是头脸冒汗了。

是晒得冒汗还是急得冒汗，都是。

梅三妮用一只手压下飘起的衣角，摸到了腰里的带子绳子和砍柴刀。三样东西都完

好无损地在腰间。

梅三妮心里一喜，她觉得有救了。

这是自己救自己。没有人到这深山老林里来的。

梅三妮一手抓着树蔸，一手抽出砍柴刀，放在脚下的石块上。再解下缠在腰里的长绳子，堆在脚下。最后解下腰带，腰带是条布条子，丈余长，很结实。梅三妮将布带子一头系在自己的腰上，一头系在那枯树蔸上，两头都打了死结，再用手拉拉，牢靠得很。

好了，现在就要想办法把长绳子系到崖顶上的虬松杆上。梅三妮从石块上拿起绳子，估摸绳子有五六丈长。这绳子是用苎麻绞成的，梅三妮用来捆被子行李用的。

把绳子的一头扔到树上，只能这样。

梅三妮拿起绳头，狠命朝上一扔，绳头飞起来，像根腾起的蛇。可蛇只能腾起丈把高，离虬松还远着呢！再扔，绳头又腾起来，还是丈把高，又落下来，摊在石块边。

梅三妮想了想，绳子头轻了，再怎么扔也扔不高。绳头必须要系一点什么，最好是一块小石头，这样扔起来就方便多了。

梅三妮在石块上蹲下身子，找石头。上下左右都是石头，可都是崖壁石头，结成黑黝黝的板块，没有碎石头子。用手抠，抠不动，用脚踢，踢不动。天啊，哪里去找石头呢？梅三妮拿起砍柴刀，朝崖壁上砍去。石壁被砍得火光直冒，梅三妮的虎口都震痛了。再看崖壁，崖壁上只留一道灰色的痕迹。梅三妮咬紧牙，再次用刀朝崖壁砍去，叮当一声，虎口震得发裂，还是没用，崖壁纹丝不动，倒是砍柴刀缺了个大口子。

石头子弄不到了。大山里到处都是石头子，可梅三妮现在困在悬崖中间，上不能上下不能下。她现在多想有一块小石头子啊！可是没有。

崖壁下的松涛呼啸着，有种什么野兽嗥叫起来，嗥叫得梅三妮浑身的毫毛直乍。那是狼嗥吧，梅三妮想。

梅三妮握着砍柴刀，砍柴刀有两三斤重，呈半月形，是把小砍刀，这砍刀在山里只有小孩子用。

梅三妮心灵一动，为什么不把砍柴刀系在绳子的一头朝上扔呢？可以试试的。砍柴刀的把后刚好有个圆洞洞，梅三妮把绳子的一头穿进圆洞里，系紧。现在好了，可以扔了，梅三妮满怀着信心。

提起系着柴刀的绳头，梅三妮感到手上沉甸甸的。她摆着绳头，对着崖头的虬松，使劲一扔。绳头借着砍刀的力量，朝上飞去，划出一个长弧，柴刀碰到了树干，又悠然落下，失败了。

提起来，再狠命地朝上扔去。这次柴刀没有碰着树身，却碰着崖壁，直落下来，刀刃对着梅三妮。梅三妮吓得一叫，身子一让，脚踩空了，摔下了石块。完了，梅三妮眼一闭，但她并没有坠下深渊，系在枯树蔸上的布带子拉住了她。砍刀落在石块上。好险哪。

梅三妮靠着布带子的拉力，又揪着爬上了石块。她在石块上坐下来，平息一下激跳的心。别无选择了，只能扔绳子，梅三妮歇了会，站起身子，提着系了柴刀的绳头，又朝上扔。一次，柴刀碰到崖壁上火光一冒，摔下来了。又扔，柴刀刮下了一枝短枝。再扔，落下来。又扔，只听扑的一声，这次梅三妮没有躲闪，砍柴刀不偏不倚砸到了梅三妮的背上。幸好不是刀刃朝下，柴刀只是平砸下来，梅三妮没有叫唤，只是眼冒金花，倒下了，倒在石块上，双手紧抱着石块那伸出的柄。

　　她没有完全昏迷，她趴在石块上，觉得有些累，就趴着一动不动，歇息着，歇息着，积攒着力量，再来新的扔绳子行动。她觉得手臂很无力了，疲软了，扔了这么长时间的绳子，能不疲软么！肚子也饿了，没吃中餐，她估摸现在恐怕是下午两点钟以后了。

　　天啦，要赶快离开这凸出的石块，要回家了，要回那高脑子旧庙里去了。要不然，天黑前赶不到家。娘还在家里呢，她会着急。明天孩子们要来上学，等着她给他们上课呢！她现在特别怀念这些孩子们。男孩女孩，亮亮的眼睛，眼里是天真的叫人心动的稚情。孩子们给她送只南瓜，送只包谷坨，还有的背着一捆柴来，捧着一小碗酸菜来，她都感到那一股真情，那幼小的心和孩子们父母的纯朴的心。她骂自己真混蛋，怎么会跑到这儿来，怎么会产生跳崖的想法。她这一生没有完，她还可以给高脑子做些事，教这些孩子们。高脑子的人都晓得她这个小老师是个苦命人，人们同情她爱护她，碰到她热情地喊她梅老师。山里人感激她，有这个梅老师才有了这个小学校。

　　我这个教师没有了，这山里的学校也就没有了。她很明白，没有人愿意到这高山区来的。

　　梅三妮正在歇息着，突然觉得呼地一阵风刮过耳畔，她一惊，翻身坐起，只见一只秃鹰拍打着翅膀，在不远处的峡谷里停着，秃鹰麻苍色，两只脚爪都张着，长嘴尖如利矛，黄亮的眼瞪着她。很显然，秃鹰刚才把她当做个死了的动物，准备攫起做一顿丰盛的午餐。

　　她打了个冷噤，站在石块上，握着柴刀，大声啊啊呼喊着，向着秃鹰。她在告诉秃鹰，她是个活人，她并没有死，你走远点吧，不要打坏主意了。

　　果然，秃鹰盯着她看了一会，拍拍翅膀，遗憾地飞了。

　　就在这时，她突然有了个发现，不由得呵呵地笑了起来，笑声在峡谷引起空洞的回声，却有点怕人。

　　她说：我真是个笨妮子傻妮子，我为什么没有早点想到这个呢？真笨，笨得挨柴刀砸，活该。

　　她把系在绳头的柴刀解下来。她把脚上穿的解放鞋脱下一只来，多好啊！她用绳头系紧了解放鞋，再提到手里，不轻也不重，很适手。

　　她提起绳头，先甩了甩，瞄准那虬松，狠命地用力一扔。那解放鞋像只鸟，呼的一声带着绳头就朝崖顶飞去。啪！解放鞋打在树干上一响，又呼的飞回来，落到梅三妮的脚下。

　　梅三妮又提起绳头一甩，鞋子又呼地飞去，又啪的一声，呼地飞回原位。

虬松还斜挂着长在崖壁上，斜出的树杆只有半尺多，然后又陡地转折起来，成了个曲尺弯，朝上长去。

梅三妮的那鞋子，必须带着绳头，很准确地飞过那半尺多的曲尺拐，再落下来，这样绳子就系在虬松杆上，梅三妮才能把绳子双着，攀住绳头爬上崖顶。

鞋子一扔，飞起来不难，但穿过那曲尺拐却难了。

梅三妮不气馁，一次次地朝上扔，鞋子又一次次地朝下落。手臂扔得疲软得都抬不起来。日头在一点点地朝下落了，已经是下午四五点钟的光景。梅三妮到底扔了多少次绳子，她记不清楚了，几百次了吧！

但是她必须还要扔。她大口地喘着气。她决定就这么扔下去，一直扔到日头落到深山，扔到黑暗降临，再接着扔到明天天亮。只要有一口气，只要还有一点力气，就要扔绳子。扔绳子就是生，不扔绳子就是死。

扔，气喘吁吁，再接着扔，手臂就要断了，咬着牙抬起来再扔。那解放鞋碰在崖壁上，碰在虬松上，啪！又落下来。再接着扔。不扔干吗！越扔，梅三妮的意志倒越发坚强起来，假如她生命还剩下一点钟的话，这一点钟她没别的可做，只有朝上扔鞋子。

那只解放鞋已经碰得没有模样了。一次次，解放鞋像受伤的鸟，摇摇晃晃地飞上去。只差那么一点点，下次一定有希望。又差一点，下次一定有希望。

扔绳子，已经成了一种机械动作。既是机械性的，人的精神作用就小多了。那绳头就那么飞着，又落下来，又飞着。无所谓了，飞到曲尺拐里都无所谓，让绳子飞起来才是目的。

日头一点点在朝大山后落下去，在日头到达山顶的那一刹那，迸出了一片血红的光艳来，真好看。梅三妮手里在扔绳子，眼睛被那灿烂的一片吸引去了。

也就在这一刹那，梅三妮感觉那鞋子朝下落时，落得比较缓慢，落到头顶的地方却停住了。

怎么回事？梅三妮把眼光朝落日那边收回来，抬头朝崖顶眺望，那虬松此时一身正气，苍然默语，盯着梅三妮。

解放鞋带着绳头，穿过曲尺拐，落到她的头顶停住了。她忙把另头的绳子松了松，解放鞋就落到她的跟前。

意识很明白告诉梅三妮，她成功了，她得救了。

但她很平静，没有狂欢，没有眼泪，有的只是自然而恬静。她把解放鞋解下来，穿在脚上，她用柴刀割断了系在腰上和枯树蔸上的布带子。再把长绳子拉了拉，绳子套在虬松上很结实。她捋了捋头发，甚至望了一眼脚下的悬崖，然后义无反顾地缘着绳子攀向崖顶。

落日终于沉进了大山，梅三妮终于攀上了崖顶。

二十年后一个平常的星期天，梅三妮做好了早饭，叫起了睡得正香的丈夫和儿子。

一家人吃了早饭。一家人今天去海山林业公司，丈夫是海山林业公司的总经理，就是那个高个子男生，二十年前他留师专当了团委书记，后来听说梅三妮分到了海山，他追到海山，调到林业公司工作。

梅三妮今天要去看望那株悬崖边所虬松，那是她永远的树。

书　　道

　　鄂中枣城县东临汉水，西靠荆山，二十几万人口，物产富庶，民风淳厚，崇文尚静，蔚然成风。当然，这种说法，古今有别。

　　县文化局副局长刘少轩，本是省城武汉人，来此小县，已有三十余年了。

　　刘少轩早晨五点半即醒，这是多年的习惯。醒来后，瞪着屋顶看一会，想想即将开始的一天要干的几件事，然后才翻身起坐。穿衣服鞋袜，刷牙洗脸，六点钟准时推开后门，进入自家的小院。

　　县城西边，荆山脚下，有一排宿舍，均是平房，住的都是县委县政府的机关干部。前有石阶，后有砖砌院落，树常青，花常开，不失为幽静舒适的住处。年轻人不愿住，老干部争着来。刘少轩住其中的三间一套。

　　刘少轩年方五十出头，黑发红颜，腰板挺直。他早晨挺立小院，收腹吁气，做完一套养气功，再开院子门，沿一条蜿蜒小路，朝山坡上溜步。

　　刘少轩蹲下身子，细细揣摩小路上的一条死蛇。死蛇土青色，被人漫不经心地扔在路上，成了个一笔成功的字：白。

　　白字稚拙，天然成趣，蛇头是起笔的一撇，蛇尾弯到白字中成一横。刘少轩看了一会，用手在空中划了半天，心里称妙。

　　那边有人喊了一声："嘿，少轩，在看蚂蚁打架啦？快过来看看这边！"

　　刘少轩这才立起身，恋恋不舍地再看一眼死蛇，朝喊他的人那边走去。

　　县文化馆长夏云之，和刘少轩是省艺专的同学。三十年前，两人风华正茂，决计要干一番大事业，相伴着申请分配到枣城。两人都是学的美术，夏云之偏重画油画，刘少轩则用心书法，他们都是要当大家的人。

　　岁月和生活是很难随人的意愿行事的。三十年过去了，两人已然成翁，当年的志向到底实现了多少，都不再提了。两人同在文化部门担任领导，旧情新谊，互相配合，步调一致，倒也难得。只是夏云之画得少了，刘少轩的书法却日臻成熟，别具一格。

　　刘少轩来到夏云之站立的地方。夏云之抬臂指着山坡下的县城。只见房屋栉比，楼房林立，杂以绿树，炊烟袅袅，凝重而又热烈的一幅油画。东边汉水如带，绕城而过，更添一种灵气。枣城的早晨很美。

"你看，这不比你蹲在小路上看的东西好看么！"夏云之调侃说。

刘少轩微微一笑。"你要背起画夹，好好地画一画了。"刘少轩说。

"咳，油画这里人不喜欢。再说我忙啊，文化馆得想办法搞活经济，以文养文，我这馆长哪有你那局长当得悠然，连早晨到山坡上来看风景的时间都是多久才有一次。"夏云之说。

刘少轩在看汉水上驶过的一只船，船烟囱冒出的浓烟正往晨空里抹涂着什么字。

"哎，我说少轩，"夏云之用手臂轻轻碰了碰刘少轩说："你别那么书生气十足，你得要行动。还民风淳厚，屁！见了官，恨不能喉咙里伸出只手来。你谦让，你悠然，该要不要，人家局长扒拉到手了，你写几个字有屁用！"

"画画写字不是我们的目标么？"刘少轩反问。

"我是彻底的不行了，油彩干了，画笔秃了。你的字呢？也只见你天天写，省里的书法展览你也不参加，也没见你的名气。画画写字没有用，仕途上的机会来了，你却不动声色。"

"我觉得你倒是很适合干呢！"刘少轩说。

"别开玩笑了老兄，我一个文化馆长有什么资格去竞争文化局长？你是第一副局长，这局长的空缺是你的。你看你后面的郑天、王中仁，成天往县长书记家跑，都盯着这位子呢！你要争啦老兄，别忘了我们当年来枣城的志气。"

"那是什么志气？年轻，头脑发热，狂妄。云之，别说了，我干不了这个。再说，该你得的，别人要不去的，不可强求。"刘少轩平静地说。这时，他看见太阳好像突然从汉水里蹦出来，湿淋淋的，新鲜娇嫩，忙拉着夏云之看。

夏云之只好摇头，叹口气。

刘少轩同夏云之分手，回到家里，吃了老伴备的早点。

刘少轩的儿子大学毕业留在了省城，已娶妻生子。女儿正读高三，一早就上学去了。

老伴在县卫生局上班，再干两三年退休。

吃完早点，刘少轩提了他的人造革提包，提包里有茶杯茶叶，还有用细竹篾子卷起来的几只毛笔。这套书法工具，他随身带着。

到文化局上班，他慢悠悠地精神着走，路上不断有人招呼："刘局长早哇！"

"早哇！"刘少轩不断地点头应答。

文化局局长兼党委书记，在半个月前就下文退了休，目前此位正空着，三个副局长，谁得这个位子？众人猜测纷纷。

郑天、王中仁，这几天没见他们的影子，都在忙活着。忙什么？大家心里明白。

只有刘少轩不忙，照常优哉游哉地过日子，天天上班，喝茶，写字。

众人议论：刘局长有后台，胸有成竹。

刘少轩在文化局人缘好，作风正派，大部分群众都希望他来当文化局长

只有夏云之知道刘少轩既无后台，胸中也无竹子。严格地说，他们俩是外来户，虽说落根三十年，还是不能算真正的枣城人。

夏云之急，他真心希望刘少轩能当局长，倒不是希望刘少轩当局长对自己有个什么照顾，他是觉得应该这样，刘少轩当局长合适。

可刘少轩却一点也不急。他本来与县长书记有些熟，县长书记有时也练练毛笔字，请教过他。这种时候，他去找找县长书记，完全可以。刘少轩不仅不找，反而尽着法儿避免，害怕同他们见面。

刘少轩已全然超脱。

刘少轩活得有滋有味的。是生活启示了他。

夏云之对刘少轩的态度不甘心，他决定要和老朋友深谈一次，要知道都是五十出头的人了，说不定这是人生的最后一次机遇，过了这个村就没这个店了。

当晚，夏云之让老伴备了几个菜，把刘少轩拉到家中，拿出瓶好酒，两个老朋友慢斟细酌，推心置腹，说了半宿的话。

终了，夏云之不仅没说服刘少轩，反而被刘少轩说得动了心，第二天整理画夹油彩，准备重新画油画了。毕竟都是搞艺术的，有些话是一说就通的。

刘少轩和夏云之，是枣城县文化馆的两个没改造好的资产阶级知识分子，两个人同一天被赶出文化馆，下放到乡村。那是七十年代初。

刘少轩下放到南岭公社，夏云之下放到紫垌公社。这一别，两人五年没见面。

分别时，两人相视苦笑，他们能互相从苦笑中品出滋味。

怀着多大的雄心而来？到了小县，勤奋苦干，积极要求进步，为自己进步不快而急躁而苦恼。社会主义教育运动，积极参加，没日没夜地干工作，画宣传画，写大标语。

结果，双双成为没改造好的资产阶级知识分子，双双都是"削尖脑袋想钻进无产阶级队伍里来的人"，假积极，以求得信任，攫取文化大权，复辟资本主义。

只有苦笑了。苦笑之后是沮丧，是无可奈何，是决心改造自己，放弃追求。

夏云之干脆丢了画笔，即使到后来回到县城，真正"攫取"了文化馆长的

职务，仍然画得少。

刘少轩开始到农村时，与夏云之一样，决定再不写字了。

社员对他好，尊重他是知识分子，劳动生活照顾他，口口声声喊刘老师。刘少轩在农村改造，觉得倒也不苦。

劳动完毕，回到住处，闲着有些空荡，不觉又想着书法。自己对自己说，我不写字，难道看看字帖也不行么？行的，自己给自己回答。

休息回城，把保存的各种字帖找出来，打成一包，背到乡下。

收工回家，或是下雨不能外出干活，刘少轩就待在房子里研究字帖。乡下的夜静，乡下的雨天也静。刘少轩独坐窗前，看那各家各派的字形字体，运笔结构，气韵风骨，不觉悠悠入境。一个字揣摩半天，一个笔画翻来倒去的看，也能看出许多的乐趣来。

刘少轩觉得这字还是要写的，改变了刚下乡时的那种沮丧先手的心情。

有一日，生产队的男劳力往地里送粪。一人挑一担粪桶，从大粪窖里用舀子挖起粪水来，装得满满的，一根扁担挑着，悠悠闪闪，哎嗬嘿荷，稳稳当当，粪水不洒。劳动之中，也是有不少讲究的。不会挑担喊号子者，挑粪不仅累，而且那粪水准得洒得一地。

刘少轩没这能耐，只能站在粪窖边，握只长柄粪舀，专门干挖粪的活。

别人挑着空粪桶来了，歇在粪窖边，他就挖粪倒在粪桶里，装满后，挑走了，下一个人又来了。偶有间歇，拄着粪舀，吁吁气。

粪是臭的，但在臭气中久了，也就不闻其臭了，刘少轩也习惯。

社员马三汉，个高，挑着粪桶，腰佝着，粪桶离地好高。看马三汉挑担，也是一乐。他还哎嗬嘿嗬地哼，那腰如虾米，腿子迈得像戏台上走台步。即使这样，马三汉挑着粪水，也是点滴不洒的。马三汉的粪桶虽被粪水污了，但仍看得出是桐油油出的黄亮来。

马三汉把空粪桶歇在刘少轩身边，憨憨地喊了声："刘老师，累吧？"

刘少轩说："还好。"

说完就用长粪舀挖了一舀粪，端起来正准备往空粪桶里倒时，刘少轩眼睛忽地亮起来了。

马三汉那担黄亮的粪桶耳子边，各写着三个字：鲁程记。

可以看出，那三字是用毛笔写在桶板上的，然后再上桐油，是主人做的记号。

刘少轩看那三字，陡地一奇。鲁程记不仅笔法结构得当，空疏有致，而且透出许多的奇拙意趣，真率脱略，野而不粗，任性自然，天成无饰，真真的是三个好字，堪称书法中的艺术品。

刘少轩简直不相信在这乡野之中，能在一担粪桶上看到这么好的字。

刘少轩把马三汉的粪桶装满后，放下粪舀，说："三汉，歇会儿吧！"

刚好队长在那边叫："休息啰！"

马三汉把扁担朝地上一放，坐在扁担上。刘少轩坐在粪舀的长柄上，从口袋里掏出烟，递给马三汉，说："抽烟，三汉。"

眼睛却一直没离粪桶上的字。

"三汉，你姓马，这粪桶上为何写着鲁程记呢？"刘少轩给马三汉点着烟，问道。

马三汉接过刘少轩的烟，高兴得很。"这粪桶是我大舅家里的。我表弟表妹们都招工进城，我大舅又是个大队干部，用不着这粪桶，我就挑回来了。刘老师你还识货，这粪桶是好桶呢！"

刘少轩点点头，又问："你大舅姓鲁？"

"对，姓鲁，就是隔壁大队的支书。"

"啊，他写字么？"

"写字，大队书记当然写字！刘老师问这个干吗？"马三汉有点奇了。

"三汉，什么时候带我去见见你大舅，这粪桶上的三个字写得真好，很有功夫。"刘少轩说。

"真的，那好办，今儿晚些，我就带你去见我大舅。这三个字写得好吗？"

"好！好！真的好！"刘少轩嘴里说着，眼睛一直盯着鲁程记三字，细细看，慢慢品，硬是要把那一笔一画铭在心里。

休息毕了，继续挑粪。刘少轩一边挖着粪水，一边想着粪桶上的字，他真希望快点天黑，他好跟马三汉一起去见见这写字的人。

刘少轩自己也觉得奇怪，说是不再写字了，没想到现在对写字的兴趣，比过去更浓了。他只是想看看别人的字，看别人写。

马三汉带着刘少轩到了他舅家。马三汉的大舅见到刘少轩这位城里的下放干部，揣着一瓶酒来看自己，特别高兴，叫老伴泡茶。他自己请刘少轩坐了，递上了香烟。

"真是稀客啦刘同志！"鲁支书说。

马三汉说："大舅，刘老师今儿见了您送给我的粪桶上写的三个字，刘老师说那字好得不得了，是书法家的手迹，一定要我带他来见你。"

"书法家的手迹？"鲁支书吟了吟，突然哈哈哈地发出一阵笑来。

刘少轩望着鲁支书迷惑不解。

鲁支书说:"刘同志,哪是什么书法家哟,这字不是我写的,是我们大队的张木匠写的。张木匠怎能叫书法家?他只读过小学四年级,我晓得的。"

刘少轩听了,更惊奇了。小学四年级,初小毕业,能写出这么几个字来,不简单不简单。刘少轩对鲁支书要求,他一定要见见这个张木匠,要请他写几个字看看。

鲁支书说:"见他还不容易。哎,你去把张木匠喊来,就说我找他有事,叫他马上来!"鲁支书朝他的老伴招呼着。

鲁支书的老伴马上就出门,去村里叫张木匠去了。

鲁支书说:"我不懂你们这知识分子的名堂,写几个字么,不过是碰巧写出来了,能叫什么书法家?张木匠能称家?他只能是个木匠家。"鲁支书是个开朗人,说完又是哈哈哈一阵笑。

刘少轩说:"鲁支书,真的,这三个字是很有功力的,浑然天成,在书法作品中是佳品。"

马三汉坐下来后,听着大舅跟刘少轩说话,没过一刻,就打起了瞌睡。

鲁支书说:"这几个字是我看着他写的。那年我叫他给我做一担粪桶,做成后,我说,你干脆就帮我在上面写几个字,做个标记,免得今后跟别人的搞混了。他说,写几个么字?我说,写鲁程记,因为我老伴姓程。张木匠平时也喜欢写几个字玩。他当时就写上去了,字干了后,才油了桐油。"

这时,鲁支书的老伴带个瘦瘦的男人进来了。刘少轩估计他就是张木匠。

张木匠看上去三十来岁,穿得不太整齐,脸色灰暗,胡子拉碴的。他进屋后,没有坐,看着鲁支书,满脸堆起笑说."鲁支书,您家找我么?"

鲁支书说:"坐,张木匠。"说完扔给他一根烟。

张木匠赶紧接了烟,弓着身子坐下了。

鲁支书指指刘少轩说:"这是县里下放干部刘同志。"

张木匠忙躬腰站起,打了招呼,又坐下。

鲁支书说:"张木匠啊,这回你可以出大名气了。刘同志看见了你那年帮我做粪桶时在粪桶上写的字。刘同志说,你那写的字是书法佳品。你都成了书法家啦,看不出呀,你小子。"

张木匠忙说:"鲁书记,你莫开玩笑了哟,我个粗腿子木匠,哪懂什么书法啊?"

刘少轩说:"是的,张师傅,你那字是写得很有功夫的,气韵结构笔画都有特点。你就莫谦虚了,你练过什么帖?"

张木匠眨巴着眼,想了半天才说:"鲁书记晓得的,我一直做木匠,没炼过铁。五八年也没炼过。不过我有些喜欢写毛笔字，这是因为我做活随时备有墨汁的，写着好玩。"

刘少轩笑着说："我说的练帖，是字帖，你照着练过没有？"

"没有没有！我没见过字帖。"张木匠说。

鲁支书说："那行了，既然刘同志喜欢你的字，你就为刘同志好生地写几个字吧！一定要好好地写。说不定刘同志把你的字拿回县里去，专家们看了，要调你去专门写字呢！"

刘少轩就说："张师傅，你就给我写几个字吧，随便写。"

张木匠连连应答："好，好，我马上回去拿墨汁和笔来，刘同志要怎么写就怎么写。"他显然很高兴。

笔墨都备好了，刘少轩帮他铺好了纸。

鲁支书、马三汉和刘少轩都站在一边看张木匠写字。

张木匠提着笔，在墨斗里舔着，有点紧张，有点局促，手都有些发颤，那拿笔的姿势就不对。刘少轩有点惊讶，忙说：

"张师傅，别紧张，放松些，自然点。"

张木匠在纸上一连写了好些个字，可那些字看不出一点功力和笔法来，歪扭笨拙，大小不一，真想不出那粪桶上的字是出自他的笔下。

刘少轩又说了些话，一再叫他放松，张木匠又写了一张纸的字，写得头上都冒汗了，那字仍没有一个可见神韵的。

刘少轩大失所望，觉得自己做了一件荒唐事，但心里突然悟出了一个为人为书的道理。

张木匠回家去了，带有许多的遗憾，他也看出了刘同志对他写的字并不欣赏。他觉得他已尽了最大的力量了。写鲁程记时，那不过是一忽儿的事情，哪有今天用的力气多。

告辞了鲁支书，刘少轩和马三汉回村。

马三汉说："刘老师，张木匠今儿的字写得一点都不好。他想写好，写不好。写在粪桶上的字，是他瞎猫子碰了死老鼠，碰上的。"

刘少轩心里一动，马三汉这憨人，似乎也说出了点道理。他想起傅山说的："但于落笔时先萌一意，我要使此字为如何一势，及成字后与意之结构全乖。亦可知此中天倪造作不得矣。"意料之外的机趣可能会带来比意料之内更富有想象力的生动性。书法注重的是"写"，是纵心奔放，顺应自然的挥毫流露；过分的意志控制，最终会丧失作品的活泼泼的生机。

并且，刘少轩从书道中悟出了人生之道，人道与书道有许多相通之处。

刘少轩微笑着生活，一点也不觉着累了。

夏云之和刘少轩一同从乡村回的县城。落实政策啦，夏云之回文化馆就负责搞基建，后来就当了馆长。

刘少轩呢，在文化馆当美术干部。也不怎么见他画画，只是在图书馆里研究字帖。后来就写字了。写着好玩似的，不当一件正经事。

刘少轩的生活很简单的，闲逛溜步，上班翻字帖，关门写了许多的字，写完又扔掉。从不拿来示人，也不寄出去参加什么展览。当了馆长的夏云之说："少轩，拿几幅字去参加省里的书展吧！"

夏云之是偶然看到刘少轩写的几个字，觉得刘少轩的字已达到相当的地步了，比原来的字有了飞跃。

刘少轩却笑着摇头，写着好玩的，参加什么展览？"你为什么不画油画了？"他反问。

夏云之不回答，两人互相看着，哈哈一笑。

突然的，刘少轩当了文化局的副局长，成了夏云之的上级。

夏云之前来祝贺，刘少轩与他把盏对酌。夏云之看出，刘少轩把当文化局的副局长看得很淡，没有喜色。

"喝酒，我现在不写字就像缺点什么！"

"我没时间画画了。忙哟，刘局长。"

"扯淡。不想画就不画，想画就画，听凭自然。官要当好，要么就不当！"刘少轩说。

刘少轩当文化局副局长几年，工作很得人心，群众都喜欢他，他的官当得也轻松。

刘少轩的字还是被人发现了。

枣城县里，没人的字能超过刘少轩的。

刘少轩不写招牌，也不为什么报呀刊呀题写刊名报名。但他乐于写大标语。时间一过，那标语就作废了。

仍然不参加任何书展。

有不少人上门求教写字之法，刘少轩尽已所知，乐于传授。县长、书记有时也请刘少轩去指点一下他们写毛笔字。

但书法最重要的是靠人的性灵，那笔法气韵，靠握笔者自己去揣摩，去悟。

这就到了文化局长兼党委书记退休的时候了。夏云之为刘少轩鼓劲，刘少轩却无动于衷，还是上班，写字。溜步，还做气功。

夏云之与老同学喝了一次酒，再也不在刘少轩面前谈竞争局长事了。他自己破天荒地画了扔笔多年后的第一幅油画，画好后，送给刘少轩看，得意洋洋。

那是画的一片净土，黄昏，恬然。

枣城县县长和县委书记都是五十开外的人，年龄和刘少轩差不多。县长与书记是老搭档，他们俩的关系就像刘少轩与夏云之的关系一样，老同事。

严格地说，县长和书记只能算写毛笔字的爱好者。虽说他们各自在书房里备有文房四宝，高兴起来铺纸挥毫，为下级写几幅条幅，平时批文件用毛笔，字写得龙飞凤舞，但那字确实不能算是书法的。

县长和书记那天碰到一起，写了半天字，然后论起书法来，打电话把刘少轩请去。

刘少轩正在办公室，接了电话后，不得不去了。他提了自己的人造革提包，朝县委大院里慢慢地走。

文化局机关消息传得好快，县长和书记一起找刘局长了，这文化局的一把手怕是他的了。

刚好这天郑天、王中仁两个副局长都在办公室。郑王二局长见刘少轩走了，两人冷坐着，都没说话。一会，两人却相视一笑，苦笑。

到了县委书记的办公室，县长书记同时客气地请刘少轩坐，秘书泡了茶。

接着书记县长都拿出了自己的作品，请刘少轩谈书法。

刘少轩啜着茶，品着县长书记的大作，微微吟着，半天不作声。终于，他说话了。

"要说你们两位的这两幅字呀，实际上是入不了品的，即使入品，也只能是下品。"

县长书记对视着，微微一笑。他们没想到刘少轩不讲一点面子，连句鼓励的话也没有。"二位的字共同的毛病是，意在笔先，刻意造作。二位都是领导，都是领导几十万人的头，平时听的顺耳话多了。写字么，想到自己一定写得不错，这幅字我一定要写成上品。写的过程中，特别的刻意，一笔一画拘拘谨谨，这样写出的字无生气少自然，怎么可能写出好的字来呢？刻意求之，适得其反。"

说到这里，刘少轩突然住了嘴，看了看县长和书记。

县长说："说下去，老刘，说得有道理！"

书记说："是的，有道理。我们可是很少听到少轩同志这样的直言呢。"

刘少轩这才接着说："书法讲究一种自然天成，自然的心态，万念皆消，一心在手，气到笔落，适意而出。书家云，澄心运思至微妙之间，神应思彻。又同鼓瑟纶音，妙响随意而生；握管使锋，逸态逐毫而应，就是这个道理。"

县长听完之后，拍着手说："哎呀，老刘，你可是修炼到家了呀！佩服佩服，是这么个理。你说是不是，老伙计？"县长问书记。

"谁说不是呢？书法是个宝，学问不浅，但可修身养性。少轩，退休后我们正式做你的学徒，好不好？"书记说。

"互相学习吧，你们两个领导，可是忙呢，练练书法，对身体有好处哩。没别的事，我就告辞了，好么？"刘少轩放下手中的茶杯，说。

县长朝县委书记看了一眼，县委书记马上说："少轩同志，再停一会，我们有一件事想征求下你的意见。"

刘少轩停下，望着县长与书记，很平静。

书记说："你是文化局的老同志了，你说说看，你们局里谁担任局长合适？"

刘少轩没做过多的思索。随口答道："县里两位领导这么信任我，我就直言了。其实这事我早有过思索。我认为现任文化馆长夏云之当局长比较合适，他是我的老同学老同事，内举不避亲嘛！他这人懂行，又有干劲。"

县长和书记交换了一下眼色。县长握着刘少轩的手说："很好，老刘，你的直言很好。谢谢你对我们书法的指导。"

书记也和刘少轩握手再见。书记的手握得很有劲，蕴含着某种意义。

文件下来的那天，刘少轩和郑天、王中仁都在文化局的办公室里，刘少轩喝着杯中的茶，正静静地看《人民日报》。

县委文件送来了。

刘少轩先看看，然后递给了郑天。郑天看得脸上的肌肉直抖，再递给王中仁。

王中仁看完，"唉"地长长叹了一口气。

郑天骂了一声："他妈的。"

只有刘少轩无动于衷，仍在喝茶看报。

夏云之下班后，急匆匆地赶到刘少轩家里。刘少轩正在书房里练字，那字在纸上似乎一个个都活起来了，活得潇洒，活得自在。写字者屏心静息，气运腕上，流入笔端，他已入境了。

夏云之站了片刻，没有惊动刘少轩，悄悄地离去了，他想，跟他没什么说，说什么都是多余的。只有好生地干这个局长，才行。

夏云之决定，即使当局长，也决不放弃画笔。他现在特别希望画画了。

刘少轩还是每天早晨五点半钟醒来，望着屋顶想一天要做的事。然后穿衣服鞋袜，洗漱完毕，六时推开后门，在小院里做一套气功，再开院子门沿蛇曲小路爬山坡。

鄂中的枣城县罩在早晨的曦光中，空气清新，万物葳蕤，生气蓬勃。

刘少轩在小路上溜达时。抬眼看见前面的夏云之。夏云之坐在一块石头上，正在画夹上涂抹油彩，他画枣城的晨曦。

刘少轩没惊动老伙计，自顾自地走路，拾起小路上的几片竹叶，端详了半天。

那竹叶像饱蘸浓墨的笔写出的一个笔画。

刘少轩已被选为枣城县政协副主席了。

刘少轩生活得仍很轻松，不累。

单元楼里的最后一对夫妻

生活中有些事情，我们熟视无睹，可一经人提醒，就觉得不平常了，从而让我们动脑筋去思索它的前因后果。

我住局机关大院宿舍楼六栋西门右单元，顶天，四楼。住了三年多，日子过得平静如流水，没有发现什么异常。

局里搞两个文明建设，要评模范家庭，每个科室评一个，给予表彰。

我们科由老周科长亲自主持会议，大家积极发言，推举出一个模范家庭来。

老周科长已经到点了，据说下个月就要退休。我们科还有两个副科长，一个是大张，三十七八岁，一个是我，已临不惑，大张排在我的后面。

老周科长退休后，谁来当科长，这是个很敏感的话题。按道理，应该是我，而不是大张，对这点，我是有信心的。

评选我家为模范家庭，是由男老李首先提出的。男老李瘦高个子，瘦脸上的一副大眼镜透出诙谐与幽默来。

"这个模范家庭非老易莫属。同志们看看，老易住的那个单元，一楼的那家怎么样？二楼的那家怎么样？三楼的一家又怎么样？而我们老易两口子，是那个单元楼里的最后一对夫妻！"

我开始一愣，继而释然，我只是惊讶自己在这个单元里住了三年多，竟没有男老李的这个发现。我觉得颇有意思，也有些自得。

接着男老李发言的是女老李。女老李说："我完全同意老李的意见，如今讲究更新，就有人搞家庭更新，我们这个院里，离婚的有多少对？老易那个单元楼里四家，三家是离婚户，老易同志砥柱中流，夫妻恩爱，是我们这个院子里的最稳定因素。现在强调稳定，所以老易在那种特定的环境下的稳定，更难能可贵。我同意易中山同志的家为模范家庭。"

形势已经很清楚了，我们科六个人，另一个小刘是个姑娘，还没结婚。小刘说："我经常看到老易和他爱人晚饭后散步，他们感情好，和谐，他们的儿子长得很可爱。我同意。"

儿子可爱与模范家庭没多少关系，但我对小刘的话还是听得很入耳的。

大张也表态了。我知道他表态同意评我们家为模范家庭，是无可奈何的。因为任何对我有利的事，对他都是不利的。

我忙推辞着说："哎呀我们家还做得很不够的，我看大张家很不错。"我做了个姿态。

大家都清楚大张经常跟他老婆吵架，他老婆是纱厂女工，骂起人来满院子都听着热闹。

我没提老周科长，大家也都没提老周科长，因为老周科长是个鳏夫，老妻十年前去世，一直未再娶。提起老妻，老周科长就伤感，真是少见。

老周科长认识我老婆，我老婆在中学里教书，平时很严肃。老周科长的小儿子曾是我老婆的学生，后来考上大学走了，老周科长对我老婆很尊敬，觉得她这样负责的老师少有。

老周科长当然赞同我家是模范家庭，因为模范家庭我光荣，我老婆也光荣。

就这样，我家被我们科的同志一致推举为模范家庭。我很高兴。

下班后，我骑上自行车到集市场采购，回来做了几个菜，摆上了葡萄酒。

老婆和儿子一起回家。儿子在老婆工作的学校里上初一，娘俩早晨一起骑自行车上学，晚上一起回家。中午饭在学校吃，晚饭我做。

我向老婆和儿子报告了喜讯，这是我们全家的光荣。儿子高兴地跳起来喊爸爸妈妈万岁，妻子则很文静地笑笑，眼睛多情地望了我一眼。

晚餐很愉快，我们举杯相庆，其乐融融。

晚饭后，儿子做作业，我和老婆相偕着，走出院子，到僻静的街道上漫步。这是我们的习惯了，除了刮风下雨或是一方有事情。

我说："我们是单元楼里的最后一对夫妻！"

我老婆说："怎么这样说？"

"是我们科里同志这样说的。"我答。

我老婆是个一心扑在教学上的人，平时对院子里的事不怎么关心，显然她与我一样，过去没有意识到我们是单元楼里的最后一对夫妻。

她问起我，楼下那三家是怎么个故事。

我只能简单地对她讲述一番。

一楼的小两口，结婚还不到一年。那女的看上去像个纯而又纯的少女。两人常在一起出出进进的，挽着手，唱着歌，那种快活劲，惹得我们这些中年人羡慕得很。

忽一日，那女的对男的说："我已辞掉了工作，到天红开发公司公关部工作了。"

那女的从此就把家当客店，一个月回来住不了两夜。那女的抽很长的外国烟，白酒都可以喝一斤。

又一日，那女的对男的说："我有个情人了，我们分开吧！"

于是小两口在院子里的花坛边坐了好久，那是个傍晚，花坛里的花开得很好。第二天，他们就离婚了。

我们单元楼二楼住的是个老头，参加革命很早，儿孙满堂的。忽一日就离了婚，老头一个人住这里，那房子据说机关里没人进去过。

三楼是个漂亮女人，丈夫在外地工作，不经常回来。有次丈夫回家来，女人不在。丈夫在家里等，等了一会有个男人用钥匙开门进来了。两个男人四目相对，于是这一家也就瓦解了，漂亮女人就剩了一个人。

我老婆听完我的介绍，沉吟了一刻，说："没多少故事，恐怕比不上我们将来的故事多。"

"不吉利！"我说。

"这有什么不吉利，我们住的这个单元楼必然如此。你不是说我们是最后一对夫妻么？最后一对迟早是要消失的，你懂这最后一对的意思么！"我老婆是教语文的，喜欢抠字眼。

我说："怎么会呢，我们多么恩爱，我们不是模范夫妻么？我们不是最稳定因素么！"

说完，我伸手搂住老婆的腰肢，我老婆忙抬眼看了看周围，见有人注视，推开我的手，说："别没皮没脸的了，男人，谁说得准呢。"

我们回家了。我们的日子过得很平安。

我发现老婆有了些小的变化，她似乎比过去更体贴我了，帮助我做不少的家务事。星期天洗衣服，她在屋里洗好了，让我拿到晾台上去晒，说是让我在院子里树立模范丈夫的形象。

我老婆忽然研究起时装来了，花好几块钱买时装杂志，还买了一本日本人写的《时装配色手册》。

夏天来了，我老婆买了两件连衣裙，一红一绿，花色艳丽，领口开得好低。

我说："你穿吗？"

她说："当然我穿。我们又没女儿。"

我说："你对着镜子照照，都老太婆了，穿这花色，是不是太艳了些。"

她说："这不是为了你吗？你过去老说我不打扮，现在我要打扮打扮了，我还不老呢！"

我老婆小我好几岁，出于职业习惯，平时穿着朴素端庄，色彩多以蓝黑为主。

老婆把花连衣裙一穿，脸上稍稍抹点什么擦点什么，嘿，还很像那么回事。在我眼里，她至少年轻了十岁。看来女人化化妆，买点时装打扮一下，那就很不一样了。

但我老婆第二天上班时，又是蓝裙子白衬衣，恢复到平时的朴实。

我说："你怎么不穿花连衣裙？"

她说："在学生们面前不能穿，那只能在家里穿给你看。"

我心里叹道，可怜的教师职业，女人都不能化妆打扮了。

日子仍然很平静。我是个很好的机关干部，按时上班打开水，按时下班敞晚饭。对上级谨慎小心，交下来的事情不折不扣地完成。对同行们谦虚诚恳，也能力所能及地帮助别人。按科里男老李看过我的手相后预测，我的人生道路平坦，官运尚不错，不说当大官，当个把局长是不成问题的，但不能急，要慢慢等，男老李莫测高深地说。

大张又跟他老婆吵架了。他老婆说他跟别的女人跳舞，是个老骚狗，并一拳把大张的脸打青了。

大张老婆在院子里骂大张老骚狗时，我看见老周科长正从旁边走过，老周科长的脸色很难看，就像大张老婆骂的是他。

老周科长那天找我谈了话。老周科长对我很客气，请我在他的办公室里坐下后，就开门见山地说："老易呀，我的年龄到了，下个月就要办退休手续啦！"

我马上故作惊讶地说："哎呀，您怎么能退休呢？您的身体还不错，再干十年都不成问题的。再说您这一退休，我们科里就没了主心骨了呀！"

"哪里哪里，工作都是你们干的么！将来就靠你们年轻人了。老易呀，我看你这个同志是很不错的，为人谦虚诚恳，正派朴实。科里的工作，今后你要挑担子呀！我准备向局里推荐你来接我的工作，希望你干好。"老周科长说。

我谦虚地说："周科长，我这人您是了解的，能力不行啦！如果有那么一点优点的话，还不是您和同志们的帮助么！"

"好好干吧，多依靠科里的同志们，你干得了的。"老周科长怕我再谦虚，摆了摆手，表示这事就这么定了，别再谦让了。

其实我早就不准备谦让的，但样子还得装装么！你说是吧！

从科长办公室出来，回到我们的大办公室，女老李朝我笑了笑，说："老易呀，得请客哟，评了你个模范家庭，总得表示表示哟！"

男老李说："模范家庭有什么值得请的，老易要请客是因为另外一件事。"

小刘问："什么事呀？"

女老李说："你个姑娘呀，少问。"

小刘有点莫名其妙了，就不再参与闲聊，趴在桌上，对着小镜子摆弄她的眉毛。

女老李说小刘的眉毛太粗了，小刘想把自己的眉毛弄细点，成柳叶形。

只有大张哭丧着脸，埋头桌上读《参考消息》。大张脸上被老婆打的青印痕还没有褪去。

怪可怜的，大张同志，我很同情他。

当天的晚饭，我又准备得比较丰盛，又摆了葡萄酒。

我老婆问："怎么，又有喜事？"

我说："那当然．别人给我看过相，说我这人运气不错，你嫁给我，是占了大便宜了。"

当科长的事，不能当着儿子的面说。吃过饭喝过酒，儿子做作业，我和老婆又去饭后百步走。我告诉了老婆今天老周科长找我谈话的情况。

我说："这个科长要是当成了，我们还是应该把科里同志请来聚聚，加强同志之间的感情么！你说可以吧！"

我老婆吟了半天，才说："你莫太高兴早了，现在的事情说不准，见到了文件再说。"

这还有什么再说的，不提我当科长，难道还提大张不成，瞧大张老婆那满院子骂街的德性，这科长给他当，我们整个科室都丢人。这话我放在心里没说，我要拿个有文件的科长给我老婆瞧瞧。

我耐心地等待着局党组的文件，任命我当科长，那时再张扬吧！

女老李在我们科里，是个消息灵通人士，别人说她是新华社。

一早，女老李就在办公室里宣布：我们局机关院里又有一对夫妻拜拜了。

大张问："是谁呀？"

我觉得大张这样问，是表现出了他的一种心态。大张实在也可以跟他老婆拜拜的。

男老李说："还能是谁，行政科那个画马的小子，把屋里画得像个狗窝，他老婆受不了，就离婚了。"

我这才知道是那个家伙，戴副眼镜，懒得出奇，却自吹自己画的马放在文物商店里可以卖到一千元一张。有次这小子当着好几个人的面，说某某的老婆比我老婆长的还丑。

简直是放他妈的屁。

他被他老婆蹬了，活该。我很高兴。

小刘说:"我们的老易同志好。"

我不明白小刘这说我好指的是什么!

男老李说:"没什么稀奇的,这离婚结婚都是自由自愿的,不犯法,没什么好说的。"

女老李见自己的独家新闻被男老李贬了,办公室其他的人也没表现出大的兴致,噘起嘴,瞪了男老李一眼,不做声了。

我忽然想,我当了科长,大张还当副科长,另一个副科长是让男老李当还是让女老李当呢?让男老李当了,女老李不高兴,让女老李当了,男老李不高兴,看来这还是个棘手的问题呢。

晚上,我老婆让儿子先回了家,她回娘家去看她妈,她妈说是不舒服,病了。

我照顾儿子吃了饭。

儿子做完了作业,九点钟之前上床睡觉。

老婆是九点二十回家的。

老婆说:"哪里有什么病?是和儿媳妇闹了点小别扭,让我回去劝劝,消气。"

老婆忽然来了兴致,匆匆地洗了澡,然后对着穿衣镜子描眉化妆,再穿上她的红色淡黄花的连衣裙,亭亭玉立地站在我面前,说:"怎么样?"

嗬,真个改变了模样,像个十八九岁的大姑娘了。我老婆的身段一直保持得很好。

我说:"这么晚了,你这是干吗?"

老婆说:"今天在街上看到个女孩,穿的连衣裙跟我的一样,很好看。我这是试试效果。"

我说:"效果很好,好得你的丈夫想抱着你亲个够。"说着,我就走过去。

老婆说:"慢点,你陪着我到你们办公楼去一趟,我要给我妹妹打个电话,我妈叫她明天回娘家一趟。"

当时没普及手机,私人家安电话的也很少,用公家电话是常事。我看看表,都晚上十点钟了。

老婆说:"没事,她上中班,只有现在才能打电话,她家楼下就有传呼。"

我正在读古龙的小说,只好满不情愿地站起来陪老婆去办公楼打电话。

上了三楼,打开办公室的门,老婆就给她妹妹拨电话。电话很快拨通了,她们姊妹俩就在电话里说上了。

说什么事得意起来,我老婆竟然咯咯笑起来。我老婆的声音很好听,她那清脆的笑声，在办公室里传递开来，引起了嗡嗡的回声。

此时的办公楼，早已没人，安静而冷清，我老婆的笑，引得办公楼充满了温情。

打完了电话，我锁上了门，和老婆一起回家。

走廊里只有一盏很昏暗的电灯，照得人影朦胧，虚虚实实。

我们一起走下楼梯。楼梯口有一盏很昏暗的灯，吊得很高，只能使得下楼梯的人，隐隐约约觉得楼梯在那儿，不致摔跤。

我老婆其实眼睛有点近视，但她又不戴眼镜，怕难看。下楼梯时，她看得不够真切，就倚偎在我怀里，我拥着她的腰，我们一步步地朝下走。

看着朦胧灯光下的老婆，我似乎看到她十几年前的倩影。我突然的来了激情，把老婆搂得紧紧的。周围又没有人，我情不自禁地把脸贴上去，吻了老婆一下。

老婆倚偎着我，正注意着脚下，被我突然一吻，便娇嗔地推了我一下，"嗯"了一声。

从三楼下至二楼，又从二楼下到一楼。楼梯拐角处都有暗角，黑糊糊的，灯光照不到，我们当然不会朝那暗处看的。

这是个多么美妙的夜晚，我拥着苗条温馨的老婆，想着院子里那些离了婚的男女，想着我即将到手的科长，我志得意满，我觉得人生充满了鲜花。多么幸福，多么美满，爱情，夜色，家庭，我觉得无可挑剔，我真想唱支歌。

可我太不会唱歌，我唱不出来，我只有紧紧地搂着我的老婆，从无人的办公楼里走向夜色，走回我们幸福温暖的家。

上我们单元的楼梯时，经过一楼，经过二楼，经过三楼，到达四楼。只有四楼有个幸福的家，只有我们是一对美满的夫妻。

第二天一早，我代表科里，到一个县里面去参加一个会，两天后回来。

我回来后，立即到办公室去上班。

我走进了办公室，科里的同志都在。

小刘正在对着镜子摆弄眉毛。我说："你好，小刘！"

小刘望了我一眼，尴尬地笑笑，算是答应。然后撇撇嘴，转过头继续弄她的眉毛。

男老李和女老李都正襟危坐在办公桌前，好像他们都有许多公务要处理，没有主动搭理我。我在走廊里时，明明听见他俩说话说得很热闹，这会儿他们都噤了声。

只有大张站起来，主动和我握了个手，说："老易呀，辛苦辛苦，才回来么?"

大张的情绪不错,大概这两天没跟老婆吵架了。

我说:"不辛苦,周科长来了么?我去跟他把情况说说。"

大张忙说:"来了来了,在他的办公室呢。"

老周科长在办公室里,很严肃地听了我关于县里的那个会议的有关情况汇报,完了只说一句:"好的。"

我就离了他的办公室回自己的办公室。

我在门外分明听到办公室里在说话,但我一推门进去时,办公室里立刻就没有说话了。

小刘还在弄眉毛,男老李女老李又正襟危坐在自己的办公室桌边。

有什么情况不对头,我再呆笨,也嗅得出这空气中的异味。怎么回事呀,我对你们可是不错的啊,没有冒犯哪个吧!怎么这样对待我呀?这多难受。我得要进行语言侦察。

我在自己的办公桌边坐下。我对男老李说:"怎么啦伙计,我出去两天,怎么变生疏了呀?"

男老李抬起脸望望我,我发现他眼镜上两点亮光一闪。男老李说:"是觉得你变得生疏了些,看你精神焕发,满面桃花,有喜事了吧伙计!"

我发现女老李、小刘、大张其实都在张耳听着,而手上又装着在做事。

我心里一愣,说:"伙计,此话怎讲?"

男老李说:"我上次给你看手相时,你手掌上有条纹线我没说,其实你这个人的感情线丰富,你是有桃花运的。"

我说:"开什么玩笑,我这人除了老婆外,还有哪个女人看得上?是不是,小刘!"

为了扭转这尴尬的局面,我把话头转向小刘,这小姑娘单纯。

小刘撇撇嘴,说:"这我就说不上了,老易呀,男人四十一朵花哟!"

没想到小刘这姑娘说出这种话来。

女老李这时插过来说:"老易哟,你可是我们科里评出来的模范家庭里的丈夫呢,你是你们那个单元里的最后一对夫妻,是我们这个院子里的最稳定因素哟,你可不能倒了牌子,辜负了我们科里对你的一片期望哩!"

我说:"你们放心,那不会的,绝对不会的。"

男老李说:"老易的感情线那道掌纹隐藏得很深的,不注意看,是看不出来的。是不是老易,要不你把手掌摊开让我们再看看。"

这时老周科长走进来了,大家立刻都装着忙自己的事。

老周科长说:"局里马上要开会了,你们各人手里的材料赶快拿出来,不要拖了。老易,你把这次出去开会的情况写个材料。"

老周科长说完就走了。

这一天我都不舒服。他妈的,这是怎么回事呀?我扪心自问,确实没做什么对不起人的事,你们怎么这样看待我呢?这里面肯定有什么误会。

大家都在忙材料,办公室里没人扯闲天了。

晚上回家,闷闷不乐,做了晚饭。儿子吃饭时叫了起来:"爸爸,这菜怎么没放盐呀!"

老婆说:"你爸爸这是提倡淡食呢,少吃盐可不得高血压。"

我却笑不起来。

饭后老婆拉我散步去,我没了兴致,老婆也就不勉强了。

这一天这一晚,都不愉快,见了鬼了。

局里正式通知老周科长退休,欢送会开过之后,老周科长又找我谈了一次话。

老周科长语重心长地说:"老易哟,这日子过得也真快,我就这么的退了休。你呀,也四十多岁的人了,今后不论组织上对你怎么样,你都得要接受组织考验,可别一失足成千古恨啦!特别在生活作风上要严格要求自己,在这方面犯错误不值得,千万记住我的话。"

老周科长的临别赠言,我觉得很宝贵,连连点着头说是。但我似乎从中意会到了一点东西,联系到科里同志对我的态度,好像谁抓住我犯了作风错误一样。可我确实没跟任何女同志接触过界的情况,除了我老婆之外。

机关里的氛围,真叫人难以捉摸。

老周科长一退休,局里很快下了文件。

我读那文件,心里凉了半截,可脸上还得笑吟吟地祝贺人家,那味儿像打馊嗝。

大张被任命为我们科的科长。

男老李提升为我们科的副科长。

我当然还是副科长,没犯错误,不会撤我的职。但我总觉得这里面有点什么名堂。

我们祝贺大张,大张有意味地朝大家笑笑,说:"今后还靠大家多支持了。我的工作能力有限,这大家知道的。"

哼,如果我当了科长,我说的话肯定比这话漂亮。瞧他那得意样儿,他该不知道这科长本来应该是我的吧!

小刘吵着要大张和男老李请客。

男老李说："小意思，今天中午到四季美吃汤包，算我和张科长请客，好吧！"

男老李马上开始改口变大张为张科长了。

只有女老李黑着脸，噘着嘴，一声不响。

男老李主动向女老李打招呼："好吧老李，今天中午，请客，吃汤包。"

女老李哼了一声，把屁股对着他。

男老李修养不错，没有理会。

回到家里，我有些心灰意冷了。还是我老婆有眼力，说得对。官场上的事儿说不准，没有文件下来就不算数，这到手的科长不就让别人当去了么！想想哪一方面，我都比大张强，可就是大张当了科长，我就当不了。

老婆劝着我说："算了算了，一个科长，也不是个什么大官。想开点，不当官的人还是多数。何况你还是个副科长，比有的人强。"

我老婆的精神很阿Q。

只能这样想了。不这样想又怎样想呢？难道还去与局领导吵架不成?！

我们局有八个科，五六十号人。一个机关院，天天见面。平时我的人缘关系不错，见面打招呼，大家嘻嘻哈哈，很热闹的。

自从大张当科长后，我发现很多人对我冷淡起来。你和他打招呼，他哼哼地点个头，赶紧离开，生怕你缠住了他似的。

不就是我没当正科长吗？这些人真他妈的狗眼睛。

人情冷暖，世态炎凉，我灰透了心。

没想到的是，我弄得后院起火了。

那天张科长派我到市里去开一天会，晚饭后才回来。早上我对老婆说好了的，今天她下班回来自己做晚饭吃，别等我。

我开完会，晚上九点多钟回家时，发现我家的窗口黑洞洞的，没有灯火。

怎么回事，难道老婆和儿子还没回来么？

我打开家门，拉亮了灯，屋子里好冷清。

客厅里的方桌上，有一张纸条子。

我拿起纸条，纸条上写着：

"本单元楼里的最后一对夫妻终得要解体的，这是必然。迟解体不如早解体。我带着儿子走了，我们住到学校里。不要来找我们，你什么时候考虑好了，写份离婚报告，我签字。儿子归我，其他的我都可以不要。"

我的天哪，这是怎么一回事哟？一切都乱了套，我这是犯着谁了？好好的仕途，突然就遇到了坎坷。好好的一个家，突然就要破裂了。离婚，干吗要离婚？我们是这个单元楼里的中流砥柱，还砥个屁！我们是这个院子里的稳定因素，还稳定个什么，这不出现了动乱吗？难道现在观念变了，人们都要离婚才时髦吗？

这是为什么？是什么原因？

我拿着老婆留下的纸条，一个人坐在长沙发里。我一定要找出这个原因。

第二天到办公室里上班，我发现女老李朝我偷偷看了一眼。我默默无言，我知道我的脸色很难看，昨夜我基本上没睡觉。

做工间操的时候，女老李去买菜，男老李和张科长去打太极拳。小刘是从不去做操的，我也留在办公室里。

我故意唉声叹气，愁眉苦脸。

果然有了效果。小刘一边钳眉毛，一边问："老易，怎么不愉快！"

我说："痛苦死了。"

小刘说："看你这大年纪，还蛮衷情的，玩起情人来，还死去活来的。有什么痛苦的，跟老婆离婚，跟那年轻小妞结婚不就得了！"

我心里咯噔一下，有眉目了。我忙正色道："小刘，别瞎说，我哪里有什么情人？"

"哼，你还骗我。你带着你的小情人晚上十点钟到办公楼里搂搂抱抱，还接吻，有人亲眼见到了。你还真够浪漫的呀，真看不出来！"

小刘这姑娘，说起情人什么的，连脸都不红。

哦，我心里的疑团像被堵住的水，闸门一开，哗哗奔流，真相大白。

这时工间操已经结束，办公室里的人都回来了。大张虽提成正科长，但他的办公桌还没有搬到科长办公室。

我站在办公室中间，清了清嗓子说："各位同僚，我现在宣布. 有人想使我们那个单元楼里的最后一对夫妻解体，说我晚上在办公室楼梯上搂情人接吻。我现在承认，是有这件事。但我的这位同僚也许是人老眼花，没看清楚，我搂的吻的人是我老婆，这个我老婆可以作证。"

我发现男老李与小刘呆了，女老李脸色苍白。只有大张无动于衷，他的科长已经当上了。

我宣布完了，就离开了办公室。

我先去找老周科长，我并不指望他再推荐我当正科长，但我要说明那情人是谁。

我然后再去找我老婆，把她和儿子接回来，我要我们单元楼这最后一对夫妻永远中流砥柱。

空　　寂

　　街是背街，自北往南延伸，不足两百米就汇入大街。背街窄，禁止机动车辆通行，行人也不多。街两边有绿叶婆娑的梧桐树，更掩住一街的静，这在江城是难得的所在。

　　秋公纪念馆设在黎明自修大学内，学校门口挂着块长方形的牌子，黑底镂金粉字，字是中央某领导题写，极潇洒。

　　一对青年男女走上背街。女子问，秋公何许人也？男子答，是大革命时期的一个革命家吧。女子说，那时候他们住的房子好大呀！男子附和：是搞革命的需要呀。女子说，我们要间房子结婚都没有。男子无话可说了。

　　青年男女很快走过去了，他们朝西拐往西马巷，汇进了人流。

　　连秋公是谁都不晓得，你们就连走进学校院子，爬上这幢砖木结构的小楼，看看秋公的生平陈列的时间都没么？只要十分钟，有图片有实物，还有我的讲解呢！有箭头指引方位，又不收门票，唉，你们这些人啦！

　　麦默在楼上的寝室里，倚着西窗，眼光越过背街，望着西马巷方向，耳朵却一字不漏地听见了青年男女的对话，心里愤愤地说。

　　已经有三天没有讲解了。没有人上楼来，她讲给谁听呢？

　　初秋的天气，初秋好寂寞啊。黎明自修大学是省政协办的，人很少。学校放暑假，要到十月底才开学。

　　小操场上空无一人，很少几家住在学校里的老师，探亲访友或出外旅游。学校食堂停了伙，看守校门的郭老头在自顾自地打瞌睡，麦默想象得出他的口水已拖了半尺长。

　　秋公纪念馆占一幢小楼，小楼坐西朝东，楼下几间房子被锈锁锁住。楼上一间房做了麦默的宿舍，余下的都做了陈列室和展厅。

　　和麦默同宿舍的玲子，一星期前结婚了。请假回北方度蜜月。

　　麦默倚着西窗，手里还握着副望远镜。望远镜是在体育馆听费翔唱歌时买的，是为了把费翔看得更清楚些。

　　现在望远镜有了新用途。麦默每天都倚窗看西马巷。

西马巷是个小商品市场，一街筒子做生意的个体户。望远镜里，人流滚滚，男男女女，花花绿绿，吵吵闹闹，红火，热烈，大批倒货物，大把赚票子。

那才是生活么？麦默不知道。要是让她在那里过久了，她会嫌太闹了，从早到晚在那喧嚣中，人都要短寿命。

麦默现在的生活呢？又太静了，静寂得使人心里发烦。麦默二十三岁，又不是当尼姑，守着纪念馆，受得了么！

麦默真希望有人来参观，哪怕一天来十几人都可以。听玲子说，前些年她当讲解员时，这里参观的人如流水不断，有时背街上停满了等待参观的队伍。参观登记簿两天就记满一本。这两年，一本登记簿用几年。

人们都干什么去了呀？都跑到西马巷那样的地方去了么？

应该分一些人到这边来，来好好地看看秋公当年闹革命的艰难危险，来听听麦默银铃般的嗓子发出带有感情的颂歌。

但是他们不来，他们路过纪念馆的门口都不进来。他们赶到西马巷去买那从海外走私进来的旧西服旧裙子，去买那光亮照人的新式皮鞋，拿回家穿三天就断了鞋底。那些骗人的个体户该死，但他们又那么能吸引人，要不西马巷为什么总有那么多的人。

麦默受不了纪念馆的冷寂，只好远望西马巷的热闹，以求得一种心理上的平衡。

麦默的家远在三百里外的平原县城，江城没有她的亲人。学校食堂关门后，她就自己煮波纹面，都快吃得人眼睛发绿了。

不吃，怎么办？不在这里待着，往哪去？

晚上，麦默锁好各个房间的门，同郭老头说一声，就去看电影。电影看腻了，麦默就不出门，一个人待在寝室，搬出她的两大套泥人，坐在地板上摆泥人阵玩。

两套泥人是麦默的高中同学送的，高中同学在南方一个省城读美术工艺学校，他爱麦默，麦默愿意等他，所以在江城她不交男朋友。

玩着泥人，她就想起高中同学那头如电烫了般的头发，那头发裹着张俊脸朝她笑。

泥人不玩了，麦默就听袖珍收录机，几盘磁带反复听，听腻了就关门睡觉。

麦默就这么过着日子，好寂寞好难捱呀！再寂寞也要过，再难捱也要捱！这是工作，这是生活，年轻人，要受受锻炼。这是江城市文物管理处老处长的话。

麦默吃完了波纹面，在地板上铺张席子睡午觉。白天午休，她不关寝室门，如果有人上楼，木楼梯噔噔噔的声响会及时叫醒她。

果然木楼梯在响，噔噔噔噔，听得出来不是一个人。麦默心中一喜，这是三天来第一起来纪念馆参观的人。麦默很快起身，扯扯衣服捋捋头发，提着讲解棒迎出门去。

　　两个矮粗黑胖的中年男子正好沿楼梯走上来，两人穿一样的黑色T恤衫、牛仔短裤、高跟黑牛皮凉鞋，腰间斜挂着鼓囊囊的腰包。

　　看见麦默，走在前边的男子说："你好呀，小姐！"广东口音。

　　麦默忙有礼貌地回答："你们好！"她准备拿登记簿先让他们登记，再对他们好好地讲解。没想到那男子又说："小姐，你楼下的房子出租吧，我们价钱给得很高的啦！我们租下来做存货仓库啦！"

　　麦默顿时像被冷水淋了般，心凉了半截。本以为是参观纪念馆的，没想到是做生意的。

　　麦默仍微笑着说："对不起同志，这里是纪念馆，不出租的。二位要参观的话，我可以讲解，请进吧！"她的右手朝第一间陈列室伸着。

　　两位广东人听说房子不出租，有些失望，对麦默连连说着："不出租那就算了，谢谢小姐，我们太忙，没时间参观啦！"

　　说完，两人头也不回地走了。

　　麦默提着讲解棒，一动也不动地站在楼上走廊里，眼泪缓缓地从她的脸颊上流下来。

　　过了好半天，麦默才回到宿舍里。她想了想，就找了张白纸，用毛笔蘸了墨在纸上写着"秋公纪念馆的房子概不出租"。写完，将纸贴在锁着的门上，很醒目。

　　麦默又倚在寝室的西窗边，朝西马巷方向望着，但她的眼光并没有停在西马巷的人流里，她的眼光漫无目标地游荡。

　　干点什么呢？读书，书摊上买的那些花花绿绿的杂志，已对她没什么刺激。严肃些的小说，就那几本，她读过。她真希望像郭老头那样，能舒服地打瞌睡，她恨不能把郭老头的酒瓶子拿过来，咕嘟嘟地喝一气，醉一醉试试。

　　她的眼光落到人流里了，好像人流有涌动。她拿起望远镜架在眼睛上，西马巷一下被拉近了，变得清晰起来。

　　两个扛扁担提绳子的乡下汉子，西马巷叫他们脚力，一个高个偏瘦，一个矮个黑胖。两个人正争吵着什么，旁边有个商人拉着两只装得圆鼓鼓的大袋子，惊恐地望着两个脚力。四周的人围着看，踮起脚伸长了颈子。来来往往的人流在这里受阻。

　　麦默用望远镜看得很清楚。就是听不见他们的叫骂声。

矮胖个跳着脚朝瘦高个叫着，大约是他已谈好了帮旁边的商贩挑两只大袋子，而瘦高个挣进来捣乱压价，于是商贩就不要矮胖个挑，而要瘦高个挑。矮胖个不依，朝瘦高个叫骂。瘦高个仗着个高，一把抓住矮胖个的衣领，想提他起来扔在地上。矮胖个绝不是好惹的，吃脚力饭的人都不是孬货。瘦高个抓住矮胖个的衣领时，矮胖个抡起手中的扁担，打在瘦高个的屁股上。瘦高个没防到这一招，忙松了手，举起扁担还击。一场恶斗开始了，四周看热闹的立即把圈子扩大了，让两个脚力在圈子中施展功夫。只可怜那个商贩，大袋子被人踢来踩去的，哭叫不得。两条扁担抡着，各有胜负。忽然，警察们的摩托车来了。人群立即四散了，两个肇事者也立即停止了战斗，抱头逃窜。那个商贩不能跑，被警察连人带大袋子一起弄到摩托车的拖斗上。商贩向警察申辩着什么，警察不理会，还是带走了他。

望远镜里的西马巷就像池塘里荡了圈涟漪，很快又恢复了它的热闹嘈杂叫买叫卖。

放下望远镜，麦默叹了口气，觉得没一点意思。

突然，楼下郭老头在喊："麦默麦默，你的电话，快点！"

麦默连忙答应："来了来了！"

麦默从听筒里一听到老处长的声音时，喉咙都有些发哽了。

麦默拖着哭腔对这位文物管理处的上级说："老处长，你做做好事，换换我的工作吧！这里连着四天没有人参观，我在这里难受死了，寂寞得要命！处长，让我换个地方吧，我做什么都愿意。"

老处长在电话里很耐心地说："麦默呀，秋公纪念馆是个很重要的地方，你不在那里干，谁去干呢！都是革命工作嘛，好好干啊，有什么事找我联系，打个电话就行了，好吧！"

电话挂了。麦默这里拿着听筒还愣了半天。老处长就是这样，你别指望他给你解决什么问题。麦默叹了口气，把听筒放回电话机上。

纪录在不断刷新，第五天没有人来参观，第六天麦默看见有人走到楼前，但终究未踩响楼梯上楼。大约是看见贴在门上的纸条子，他也是想来租房子的吧！

星期天闭馆休息。麦默哪里都懒得去，似乎一周来的体验，使她觉得上街也没用。到处都是寂寞，麦默本有些活跃的天性也变得落落寡欢了。干脆关门睡觉，或者玩泥人，再就是用电炉子煮波纹面。只有波纹面，才是生活的必需。

星期一，麦默照常开馆，把陈列室和展厅的门都打开，把地板拖了拖，把陈列室里的玻璃橱柜用抹布擦了擦，弄得窗明几净，麦默的脸上淌了些细粒的汗。

做完了这一切后，仍没人上楼来。麦默回到寝室，又倚到西窗边，朝西望西马巷。

今天，西马巷似乎添了些新鲜。她又举起望远镜架在眼睛上。

原来西马巷两边的房子，今天插上了好些面彩旗，红的绿的黄的，哗哗飘得热闹。巷子里的警察多了起来，警察都戴着白手套，变得十分的文明。有什么人要来参观西马巷了。

麦默在心里说。她要看看这些人。

果然，一队人由西马巷的另一头走过来。麦默随着那队人变换着望远镜的角度。是老外们，高鼻子蓝眼睛红脸膛白皮肤黄头发，男男女女十几人，脖子上吊着照相机身上穿着花衣服。旁边陪同的中国人脸上堆着微笑，不断地用手比划着向老外们讲着什么。老外们很高兴，在巷子两边密密的小摊子旁停下来，照相，拿起小商品问价，嘴里唔唔哇哇地说话，翻译赶忙翻译。一个老外付给摊贩一张票子，要了顶黄布帽子戴在头上，好神气。另一个老外买了只用彩纸做的风车，拿在手上，像个幼儿园的孩子，春风把风车吹得转起来。巷子口边，有个卖氢气球的老汉，腰带上胸前的扣子上，都系满了吹足气的彩色气球，脖子上也系着两只。老汉立即引起了老外的注意，十几部相机都对准了老汉。

西马巷走完了，一队人站在西马巷与背街相连的地方。麦默心里一动，忽然充满了希望，陪同人会对老外们说，背街上有一个秋公纪念馆，老外说不定要来纪念馆参观一番的。麦默紧紧地握着望远镜，迫切地盯着老外们，希望他们快点朝背街这边走来。

陪同的中国人指着背街，对老外们说着什么，几个老外朝背街方向张望，而更多地老外还在看着他们刚走过的西马巷。

突然，老外们都转头回西马巷了，他们由来路返回。

麦默无力地收起望远镜，垂下双臂，她又一次失望了。

下午两点半钟，沉寂了七天的纪念馆迎来了两个真正的参观者。

来人的脚步声在楼梯上噔噔地响起时，麦默就从寝室里走到陈列室门口。楼梯上走来两位很精神的男人，中年样子。两人都戴变色眼镜，薄呢西装，领带系得很地道。两人的风度及气质，使得麦默肃然起敬。

麦默微笑着递给他们登记簿，其中一个在登记簿上很潇洒地写下了姓名地址职业：胡作、贾来，江城大学历史系讲师。麦默看了一眼，怪不得呀，大学的老师呢。

麦默很高兴，这是她一个星期之后的第一次讲解，她把积蓄了七天的激情尽量地散发出来，普通话说得标准极了，声音很好听，又带感情，她自己都觉得讲解得特别好，是她当讲解员三年来第一次的好。

两个讲师很安静地听麦默讲解，听得很仔细。麦默带着他们看三个陈列室和一个展厅。在看最后一个陈列室的玻璃橱柜时，两个讲师停留了好长时间。一个讲师和麦默讲着话，夸奖她讲得真好，真有感情，并问她的姓名和年龄，说是要写封表扬信表扬她。

另一个讲师趁他们讲话的当儿，用一只放大镜很仔细地观察橱窗里的陈列品，看完陈列品，还仔细地看了看陈列室的房子和门窗。到底是历史系的，瞧他那仔细劲，肯定是研究秋公的。

两个讲师都和麦默聊天，麦默巴不得有人同她谈话，显得异常的兴奋。他们谈了一会儿后，麦默提出一个问题："老师，为什么现在人们不大来纪念馆参观了呢？"

两个讲师笑了笑，那个用放大镜看橱柜的讲师回答说："现在人们可能太忙了些。待过些时候，人们的物质生活丰富了后，会转向寻求精神生活了，那时各种纪念馆将会热闹，这种情况很快就会到来的，一个民族不能没有历史，不能没有纪念馆和博物馆。"

回答得真好，麦默想。

麦默送两个讲师下了楼，欢迎他们再来。

两个讲师都说，他们会来的。

麦默今天是近段时间心情最好的日子，接待了两个参观的讲师，他们和她聊了天，对她评价很好，她能不高兴么！

整个下午，麦默都没有到寝室的西窗边望西马巷。晚上煮波纹面时，麦默还快乐地哼起了费翔唱的"你就是那，一把火……"。

晚上，麦默锁好了陈列室和展厅的门，回到寝室玩泥人，玩得好晚好晚，玩得兴味十足。

这一夜，麦默睡得特别香甜。夜里，世界上发生许多的事情，这些事情，麦默一点也不知道。

两个讲师的到来，似乎预兆着一个新的开始。星期二，星期三，以至到星期六，天天都有人来纪念馆参观。虽说是断断续续的，三三两两，但毕竟有人来了，来听麦默的讲解，来参观秋公的陈列物品和照片，麦默有工作做，麦默的工作得到观众的承认，因此她就感到充实。

麦默闲下来的时候还是比较多，在这种时候，麦默也时常倚着西窗望着西马巷，望远镜里的西马巷还是那般红火热闹花花绿绿。

有一个晚上，麦默正坐在地板上玩泥人，突然听到救火车尖厉的呼叫，麦默从窗户里看到西马巷有火焰腾空，西马巷遭火灾了。

麦默飞快地锁了门，冲到西马巷口，她绝不是去看热闹，她是想去救火。但在巷子口，她被警察拦住了，巷子已被封锁，救火车在吐出水柱。麦默一直等到火被扑灭，才回到寝室里睡觉。

第二天，麦默从望远镜里看到花花绿绿的西马巷，有一截黑糊糊的地段，很刺眼。而其他的地段，仍旧那么热闹，人们照样叫买叫卖。

相对来说，背街和背街上的秋公纪念馆，还是显得寂寞空闲。麦默已经慢慢地习惯了这种空闲和寂寞，心已经静下来了。

市文物管理处的老处长和两名穿公安制服的人，登上纪念馆的楼上时，麦默正给一群中学生讲解。中学生们好虔诚，很安静地听着麦默的讲解，很认真地往小本子上记。

老处长对麦默点了点头，算是招呼，然后带着那两个人直奔第三间陈列室。麦默没指望老处长来纪念馆，他两年都没到这儿来。老处长和那两个人在第三间陈列室里干什么，麦默不知道，她没停下对中学生们的讲解。

麦默带着中学生到了第三陈列室时，那两个穿公安制服的人正和老处长握手告别，老处长把他们送到楼梯口，那两个人噔噔噔噔地走了。老处长转回身，站在走廊里，等着麦默。

中学生们参观完了纪念馆，带着满意的收获走了。他们回去要写一篇作文。麦默真感激他们的老师。

麦默向老处长走去，麦默说："老处长，您来了，有什么事吗？"

老处长慈祥地笑了笑："麦默呀，蛮热闹嘛，怎么会寂寞呢。这么多人来参观，怎么说没有人呀！是不是思想问题呀！"

"老处长，您这是碰到的第一批团体参观者。前些时呀，连个人影都没有，冷清得打得死鬼。"麦默有点委屈地说。

"好了好了！"老处长见麦默抱屈的样，赶忙说，"来参观的人会一天天多起来的，你放心，有你讲解的日子，到时怕要累死你。"

老处长带着麦默走进第三陈列室，在一张平躺着的橱柜前停下来。老处长说，"麦默，你看看这橱柜里陈列的派克金笔、怀表的链子是不是被人调换过了？"

麦默伏在玻璃橱柜上仔细一看，立即吓白了脸。"老处长，这这这两样东西被人换过了！"

老处长微微一笑；"是的，被人换过了。麦默呀，这不怪你，怪我们太大意了。案子已经被公安局破了，是罪犯交代的！麦默，明天从文物管把张莉派过来，跟你做伴好不好？玲子回来后，她再回去。"

麦默心里在想着，什么人在什么时候用什么办法，把金笔和金链子换走了呢？我一直住在楼上待在楼上，没离开呀！这人的本事真大咧。老处长的话她听得不太清楚，就点了点头。

老处长嘱咐子她几句，就朝楼梯走去。麦默忙喊住了老处长，问："老处长，能不能告诉我，是什么人作的案？"

老处长说："是两个冒充讲师的人，夜间进屋里调换的，这是两个惯犯。"

老处长走了。麦默却呆了，她眼前立即出现了那两个历史系讲师的模样，好有风度好有气质，想不到他们……

日子像流水，慢慢流淌着。张莉来了，又走了。玲子结婚回来了，到下班后就急着回家，晚上还是麦默一个人住楼上。

麦默觉得日子也很好过的，不难捱。她不再感到寂寞了，因为黎明自修大学已经开了学，学校食堂也开了伙，麦默不再吃波纹面了。

而且，每天都有几起来秋公纪念馆参观的人，麦默天天都能有讲解的机会。

西马巷那边的热闹景象，似乎有点萧条。

麦默的心中总还是有些空寂。

小　　说

县文化局汤局长给胡天明送了个"小说"的绰号，结果，懂得什么叫小说的人都一致竖起了大拇指，说：妙！

胡天明对这个绰号，似乎没什么反感。别人喊他"小说"，他坦然应答。多年后的今天，我对他说我要用这个绰号写小说，他就学着用河南话音回答我：无所谓了。

因此，这篇作品前面的"小说"两字，既是体裁，又是题目，也是作品主人公的绰号。

汤局长是个文人，写句子老长老长的诗，刊物上发表出来，每行都要拐弯。诗的稿费是以行计算，别人一行只一个"啊"字，最低一块钱，他一行四十多个字，也是一块钱，很划不来。

汤局长很爱才。改革开放几年，D县出了以他为首的三四个诗人，就是没出一个写小说的。县文化馆副馆长老国，是位落实政策回馆的错划右派。老国说，他没当右派之前，有一部像《青春之歌》那么长的小说，人民文学出版社要出版。他当了右派后，那小说当然不能出版啦，原稿也丢失了。

汤局长听了很兴奋，说："你再把它写出来。"

老国说："汤局长您说得轻巧，二三十年了，早忘光了，我现在连好多日常字都不会写！"老国姓张，一米八的个头，干瘦。喊他老国，是因为他有张国字形的脸，脸上简直没有肉，只有张打皱的皮。但无肉也是国，像非洲的第三世界——穷国。

老国告诉汤局长一个振奋人心的消息：本县的远湖乡，有个叫胡天明的年轻人，在省里的文学杂志上发表了篇小说，而且是头条，含标点符号共10324字。这是D县新中国成立以来在文学杂志上发表的第一篇小说，胡天明破了零的记录，这是D县60万人民的骄傲。

县报加花边发了这条消息，县广播站在一天内三次广播了这个喜讯。县报和广播站的稿都是老国写的，老国得了两笔各10元的稿费。那时稿费低。

汤局长把胡天明调到县城，安排在文化局搞创作。

胡天明是个农村户口。汤局长说，先搞个合同制创作员，将来成就大了，就转成干部吃商品粮。

胡天明二十岁出头，在乡下干了三年。他眼睛的光特别亮，亮到有些灼人。他背只黄挎包，黄挎包鼓鼓囊囊的，装满了小说稿子。他对老国和汤局长说，这是一部分手稿。他三年写了两部长篇十二部中篇二十四个短篇。

胡天明说这话时，正在汤局长为他摆的酒宴上。汤局长这人没架子，平易近人，特别是对于文友们，更是随便，可以称兄道弟，没有局长的派头。

老国在一旁作陪，不断地帮汤局长劝酒，给胡天明夹菜。胡天明说口较标准的普通话，这就不简单，D县地区的人，说普通话大都是夹生的，胡天明的普通话不夹生。

胡天明发了篇头条小说，已经喜得不认方向了。如今文化馆长作陪，汤局长接风，自己又调到文化局搞创作，就两杯酒下肚，跟里的光发热，头脑晕晕乎乎的，大谈自己的创作。老国在一边听得肃然起敬。

"汤局长，咳，今后就称你汤司令了，老国，国大哥，我胡天明记住你们啦！我胡天明日后有点名堂的话，就不会忘了你们的。是你们发现了我，支持了我啦。我考什么大学，大学能培养出作家诗人来吗？汤司令你是诗人，你就没读什么大学嘛。毛泽东老人家不是说大学里教不出文学家吗！文学家是在土壤里长出来的。"

汤局长举起杯子，和胡天明的杯子碰了，说："喝吧！"

胡天明"吱溜"一声，把杯子里的酒干了，解开了夹衣扣子，又说起来。

"我就算准了，我要出来。村里好多人做生意赚小钱，父亲给我在乡办棉织厂找了个机修工名额，我不去。搞文学的人，怎么只能看得这么浅呢！钱这玩意算什么，是俗物，我看不起。我就写呀写呀，我一定要写出来，要奋斗出来。事业才是我的生命，土地，是我的母亲！汤司令，老国大哥，你们说是不是了"

老国陪着喝了口酒，国字脸挤得皮子打皱，说："当然当然，天明，你年轻有为，是有前途的。我没打右派那会儿，也是你这般年龄，我的那部长篇小说……"

汤局长举起了杯子，对着老国和胡天明说："喝，喝，你们喝酒。"

汤局长虽说是个文人，但毕竟当了好几年的局长，所以比较冷静。他害怕老国又滔滔不绝地讲起他的没打右派那会，谁知道他那会儿是怎么回事。汤局长对胡天明的话，有些不太喜欢，小小年纪，读书写作刻苦是不错的，充满些自信也不错，但不能狂！他觉得胡天明有点飘，决定今后对胡天明多培养帮助。

胡天明留在文化局机关，汤局长吩咐行政人员给胡天明弄间房子住。胡天明住进文化局宿舍五楼楼梯拐弯处的一间小房里。

胡天明躲进小房成一统。白天小房总是关着,文化局的人经过小房门前时,有些肃然起敬:人家是作家,多么刻苦哟!傍晚,胡天明从小屋里钻出来,脸儿白白的,衣服皱皱的,双手背剪在身后,作沉思状,踱着四方步子,来往于县城大街。

胡天明傍晚去找汤局长。汤局长也是常人,白天是局长,傍晚回家是家庭妇男。汤局长的爱人在工厂上班,女儿读中学。汤局长在家做饭兼洗衣,还得督促女儿学习,他爱人太忙。汤局长的诗是在忙完这一切后写出来的。

胡天明见到汤局长时,汤局长腰间系着围裙,正在做晚饭。

汤局长说:"小胡,坐!坐!待会就在这里吃晚饭!"

胡天明用灼人的眼光看了汤局长那模样,没有坐,只说了句:"你忙你忙,我已吃过饭了,没事,到处溜达一下。"他的普通话使得正在内屋做作业的中学生,特地出来瞄了一眼。

胡天明走了,背着手踱着方步。没出息,洗衣做饭婆婆妈妈,能写出好诗来才怪了!胡天明心里嘲笑着汤局长。

女儿问爸爸:"爸,他是干什么的呀?"

汤局长说:"写小说的,作家!"

女儿说:"那个窝囊样还作家呀?他的普通话说得还可以!"

"快做作业去,小孩子别多嘴!"汤局长催着女儿说。

胡天明再不去汤局长家了,就到文化馆找老国。

老国家住两间小屋,一个儿子两个女儿,挤得一塌糊涂。老国见胡天明来了,像接待个大人物一样,兴奋得方脸上开了花纹。老国说:"稀客稀客,快坐快坐,天明,今天写了多少字?"

胡天明没有回答老国的话,用他灼亮的眼睛打量了一番老国的家,看了看围在一张小方桌边吃饭的人,那是老国的老伴和三个孩子。

老国忙指着胡天明对家人介绍:"你们看,他就是胡天明,写小说的,青年作家哩,跟我没当右派那时一样,是个高产作家。"

只有老国的老伴站起来,笑着点点头,然后给胡天明泡了杯茶递上。胡天明接过满是茶垢的茶杯,说了句:"谢谢!"

三个孩子各自吃着饭,调皮的小女儿用眼角扫一下胡天明,抿起嘴笑了笑。她发现胡天明吊在颈子上的那条领带,像她的一双袜子。

胡天明把眼睛盯着老国的脸,半天不动,他似乎从老国那皮包骨的脸上读出了什么。他问:"老国,你一直住这里吗?你就是过的这种生活呀?"

老国眨巴着眼说:"是呀,是呀,我就是这么过的!"

胡天明摇了摇头,用他的普通话大声说:"这太不像话了!这太不像话了!"

说得太响了,老国和围在桌边吃饭的家人都吃惊地望着胡天明。

"嘿,我们的国家还不富裕啊,怎么能让我们的知识分子住这么差的房子呢?低矮窄小,阴冷潮湿。啊,我们的知识分子太廉价了,生活标准太低了。我们的领导,他们干什么去了?他们为什么不管一管,不问一问?老国呀,你真的太老实了,太伟大了,在这样的条件下,你还不声不响地工作,不讲价钱,这是我们知识分子的美德。我要向你学习,老国同志!"

富有情感的话如朗诵般地说完,胡天明紧紧地握着老国的手,激动得双眼闪光,久久不松开。

老国鼻子一酸,眼里就不由自主地滚出一串泪来。

胡天明和老国成了忘年交,两人的友谊与日俱增,常在一起喝两杯酒,谈文学,谈政治。老国见人就说:"胡天明是个人才,他的长篇小说肯定能打响,就像我没当右派那会。可惜后来我被错划了右派。"

汤局长很忙,没有许多时间和胡天明在一起。但汤局长还是很关心胡天明的创作,碰到胡天明,总问:"小胡,小说写得怎么样了?"

胡天明说:"汤局长,创作这个东西你是知道的,我正在写个大东西,不能急于求成,我要精益求精。"

胡天明说完就走,好像不愿汤局长多问。

汤局长望着胡天明离去的背影说:"那好那好。"他是真心希望胡天明再拿出好作品来,但他也知道创作是不能急的。

有时文化局的人一连几天看不到胡天明,胡天明在文化局又没个办公室,他吃住工作都在那小房里。唯一能表示他还存在着的,是他每天早晨对整栋楼的骚扰。

胡天明好久都不出门了,连傍晚时的踱方步也取消了,他好像正在进入一个大的创造中。

老国去找他,看他门上贴张纸条,纸条上写着:"创作时间,请勿打扰。"

老国于是就在心里直赞叹,这年轻人不错,不错!自己也得到一次鼓舞,也想关起门来写点什么,但他的门关不住,孩子们一骚扰,他就写不成了。

汤局长下乡,想带上胡天明,派人去叫他。去的人回来告诉汤局长,胡天明说他正处在写作高潮中,走不开。

文化局宿舍住的人找汤局长告状,说住在五楼的那个作家,是个神经病,每天早晨五点钟,大家正在睡梦中,他就站在窗口大声吼叫,把大家都吵醒了。

汤局长住在县政府院里，为了调查情况，汤局长特地起了个早床，跑到文化局宿舍楼下，要听听胡天明吼叫些什么。

果然，准时五点，五楼的那间小房的窗户开了，窗户里飘出了胡天明操普通话的吼叫：

"啊，天空里纷飞着破碎的尸体，

一腔猩红的热血，血，血，血，

染红了东边那一轮硕大的太阳，

血滴下来了，滴下来了，滴到大地，

大地上盛开了缤纷的带泪的花朵。"

是读诗，汤局长心里说。只是声音太大了，声音旋飞着，搅动了早晨梦中人们的神经。

汤局长摇摇头，走了。他对告状的人说："作家是有些怪毛病的，大家体谅些吧，只要他能写出好小说来。其实，五点钟你们也该起床了，早晨的空气好咧。"

文化局里每两周要集中学习一次。那天，传达一个中央首长对文艺界的讲话，汤局长对办公室的主任说："去把小胡喊来听听吧，作家不学习也是不行的。"

办公室主任去敲门，胡天明不开。主任急了，站在门外喊："胡天明，汤局长通知去听文件，快点！"

门开了，胡天明站在门口，双眼的灼光投射在办公室主任身上，半天不做声，好怕人。

办公室主任吓坏了，掉头就跑，连胡天明骂他的一句"混蛋"也没听见。

那天，省里一家文学杂志的编辑到D县，汤局长亲自把胡天明喊到办公室，向编辑介绍胡天明的创作情况。

胡天明跷着个二郎腿坐在会客室的沙发上。汤局长给编辑泡茶，一提开水瓶，没水了。

汤局长说："小胡，你去弄瓶开水来！"

胡天明起身走了，却一去不来。

事后，胡天明对老国说："不像话，要我去弄开水，把我当了个勤杂工。我是个作家，是写小说的，我才不干呢！"

汤局长这次是真的生气了。你有点才气么，这个我承认，但不能太过分了嘛！年轻人，狂妄，目空一切，这是很不好的。为文也要为人。

到汤局长面前说胡天明闲话的人越来越多。特别是文化局宿舍的住户，实在不能容忍了。胡天明早晨五点钟坚持吼叫，比县剧团的演员练嗓音还准时。

而且，胡天明到文化局三个月了，领了三个月的工资，却未见他再在报刊上发表一个字。D县报副刊的编辑曾经找胡天明约稿，胡天明眼睛一眨，说："哪有时间给你们小报写稿，好几家大杂志的约稿我都没时间写哩！"

D县报的编辑转过身就骂："狗屁，他那篇小说不晓得是怎么碰上的，看他那神经兮兮的样子，写得出大文章来就把我的名字倒着写。"

县直机关年年搞压缩，叫精兵简政，文化局就从局机关压出人来，往下属单位安排。

有人提出精简胡天明，汤局长只好挥泪斩马谡，同意了。其他人都有留在机关的理由，只有胡天明有该精简的理由，何况他本来就是个招聘人员，精不精简都那么回事。

胡天明从D县文化局精简到县文化馆，完成了文化局的精简指标。胡天明到文化馆还是搞创作。

汤局长找胡天明谈话，说："小胡呀，到文化馆后，还是要努力地写呀，争取再发几篇好小说。"

胡天明的灼眼扫了汤局长一下，答："是的，局长。"

局办公室主任马上让文化馆给胡天明腾了间小房，叫胡天明搬过去，他要让文化局宿舍的住户早日睡个安稳觉。

胡天明搬到文化馆的一间平房里，和老国为邻。老国表示出十二分的欢迎，忙前忙后，帮他布置房间。胡天明倒在一旁很悠闲，就像搬到小屋里来住的是老国，不是胡天明。

胡天明一搬走，文化局的人收拾他住过的小房，从小房里扫出三大筐垃圾，尽是些撕烂揉皱的废稿纸，还有许多快餐面包装袋，小房里臭气两天不散。

而且，局办公室主任立即把这间小房配给了一位干部，这位干部对小房觊觎已久。过去局办主任不愿将小房给他，一是因为这干部住房面积已不小了，二是局办主任还想留着机动使用。现在赶快给出去，局办主任害怕汤局长哪天再弄来一个像胡天明这样的神经病，让大家跟着受罪。

老国备薄酒为胡天明接风。胡天明喝了不少，赤红着脸骂汤局长说："个官僚，亏他还写诗，急功近利，我真怀疑他懂文学。"

老国忙摆手："天明，不谈领导不谈领导，来来来，喝酒喝酒。"

胡天明举起杯，吱溜一声见了底："老国兄，知我者你也。创作是寂寞的，我愿寂寞到底，要是写不出像样的小说来，我对不起你老国。"

胡天明的话把老国的眼睛说得红红的，好激动。

文化馆搞以文养文，馆长派胡天明在舞厅门口收票，兼维持舞厅内的秩序。

胡天明跳起来了："馆长，我到文化馆是搞创作来的，不是给你看门来的，你这是侮辱人。"

馆长早知道胡天明在文化局的表现，说："胡天明，这以文养文是中央都提倡的，你发表篇破小说，不要尾巴翘到天上去了眼睛长到额角上去了，作家我见得多啦，你这样的作家倒是第一次见到。怎么样，干不干？不干，奖金没有，每月发70%工资，你就专心搞创作吧，嗯！"

馆长的一席话，把个胡天明说得眼里冒出火来，脸涨得通红，但就是说不出话来。胡天明平时说话还算顺畅，不乏尖刻，但一遇到吵架，就哑口无言了。

馆长摔门而去。

文化馆舞厅每晚嘭嚓嚓嘭嚓嚓响到10点钟，红男绿女翩翩起舞，兴味盎然。

胡天明当然没有去收门票维持秩序，他决不低下他高贵的作家头，他宁愿不要奖金，就只拿70%的工资。

老国天天晚上在门口守门收票，佝偻着他的腰，脸上的皮皱着。老国没办法高贵，他的家庭挺困难的。

胡天明的小屋就在文化馆舞厅的后面，每晚的嘭嚓嚓扰得他不得安宁，他就弄了两团棉花，把耳朵塞得紧紧的，然后就趴在桌边，面对稿纸痛苦着。在文化局宿舍住着的时候，他天天早起吼叫，就没想扰了别人，现在他得了很公平的回报。

胡天明搬到文化馆后，再也不早晨五点钟起来，吼那些莫名其妙的句子了，什么原因，不得而知。

胡天明还是关起门来写他的小说。这部小说是什么题材，有多少万字，什么时间可以写完，老国不知道，汤局长不知道，文化局文化馆其他人也不知道。

文化馆长说："他写的那玩意，八成是叠废纸。"

汤局长照样关心胡天明，只是胡天明不大愿意搭理汤局长，有时看到汤局长过来了，就远远地弯路走。

汤局长只好问馆长和老国。

馆长说："汤局长，你招聘的这个作家怕有点不正常，他的情况我不知道，你问副馆长老国吧，他分工管创作。"

老国在汤局长面前直点头："不错不错，我知道他在写部大东西，这人很刻苦，汤局长这人才算是看准了。"

胡天明转眼到文化馆也有一个多月了。

突然有一天，文化馆来了几个人，刚好胡天明从小屋里钻出来上厕所，碰上了。胡天明这一偶然的相遇，使他停下了苦苦写作的小说，开始了一次与他性格非常切近的探险。关于这段探险的经过，都是老国说出来的。胡天明相信老国，所以才给老国说得比较详细。

胡天明从厕所里出来，边走边系裤子，抬头看见那三个男的两个女的围着馆长，正说什么，而且说的是普通话。在D县地方话的泛滥中，普通话总是很吸引人的。胡天明就走了过去。

一位高个头的男青年，留着个小平头，穿条脏兮兮的牛仔裤，高腰的旅游鞋显得大而且重，上身是黑色绒毛运动衣，衣上印着白油漆的外文字母。高个头手里拿着张介绍信，在馆长面前扬着，说："馆长同志，我们没什么要求，只想在你们文化馆找个地方住一夜。随便什么地方都行，我们自己带着行李呢。"

高个头青年旁边的两男两女，穿着打扮都差不多，牛仔裤或运动裤，脏兮兮的旅游鞋，上身运动衫相同。两个女的，面目都还端正姣好，运动衫把胸脯裹得有些饱满，使得馆长朝那儿溜了几眼，胡天明在一边看得清楚明白。他们手里都提着背囊，像地质队员用的那种。

胡天明看见一个小男孩似的青年，手里握着面三角小红旗，上写黄字：咪咪长江漂流队。

馆长说："你们有介绍信，可以去住招待所或者旅店，我们文化馆确实没地方住呀！文化馆穷，知道吧！"

"馆长同志，我知道。我们是热血青年，我们宁可离开温暖的家，停下了各自的工作和学习，要到长江上去漂流闯荡，不惜生命危险，为的是什么？馆长同志，我们是为了民族精神的振奋，为了国民精神的高扬，我们都是自费的，自筹资金旅费，没要国家一分钱。馆长同志，我们是为了中华的兴起，为了华夏的腾飞，我们要到惊涛骇浪中去闯去漂去飞，即使是丧生了青春生命，我们也是值得的。馆长同志，你们是文化馆，是有文化的，相信你能够理解我们的行动，支持我们。"

高个青年说得抑扬顿挫，振振有词，馆长没有言语。

胡天明的心头突然涌进了一股热流，眼前闪过一道亮光，浑身的血液都沸腾起来。他按捺不住自己，情不自禁地走上前去，紧紧握住高个子青年的双手，激动地说："好样的，同志们，我理解你们，我愿意支持你们，而且希望能追随你们。我叫胡天明，写小说的作家，文化馆招聘的创作干部，欢迎你们欢迎你们。"胡天明也是说的普通话。

胡天明拉住五个人的手，逐一握到。

高个青年立即柳暗花明，马上兴奋起来，向胡天明一一介绍了他的漂流队员们。

他们从河北某市来，高个是队长，名高巴，小男孩似的青年叫光光，另一黑皮肤的矮胖子叫黑三。两个女的，一个叫刘咪一个叫王咪。

"我们尊重女士，用两个女士的名字做我们的队名。"高巴兴致勃勃地说，他没想到在这南方的小县里碰到了胡天明这样的人。

馆长冷在了一边。馆长知道胡天明的德性，也不想多管，就叫来副馆长老国，让老国来接待这几个漂长江的家伙，还有刚掺和进去的胡天明。

胡天明向漂流队介绍老国说："这是D县的名流，作家老国，副馆长，有颗诗人的心有腔年轻的血，我的知音。"

老国躬身和大家紧紧握手。

高巴队长又慷慨激昂地把他们的漂流队的追求、理想、目的演讲了一遍，他说得很熟练，口若悬河，很有点号召力。周围这时来了不少的行人，他们惊奇地听着。

老国激动得不行，说："青年朋友们，我敬佩你们，欢迎你们，你们是民族和国家的骄傲，我们要坚决支持你们的行动，全中国人民都像你们这样，中国就有希望了。我们一定想办法让你们住下来，有我老国在，就有你们吃住的地方。"老国的国字脸激动得通红。

胡天明一直在旁边站着，眼里的灼光闪烁，又听了一遍高巴的讲演，又被打动一次，他突然面对围着的行人说："同胞们，大家听到了吧，这是伙优秀的青年，他们为了国家和民族的振兴，敢去惊涛骇浪中闯荡。同胞们，他们是自筹资金出来的呀，他们住不起招待所，他们要在文化馆睡地铺。我说我们应该支援他们的行动，给他们捐些钱，支援他们的漂流。"

胡天明说完，把口袋里的一迭钞票拿出来，当着众人的面塞给了高巴，对高巴说："这是我这月的工资，交给你们用在更需要的地方。"

高巴激动地握着胡天明的手直摇动，连王咪也走过来，摇着胡天明的膀子直叫感谢。

围着的人群骚动了一会，有两个中学生上学经过这里，把身上的两块钱交给了王咪，王咪用她的手在两个学生脸上摸了摸。

老国的手也伸进了口袋，口袋里有40元奖金，是他守了一个月的舞厅门得到的。原想用这钱将这个月的伙食改善一下的。老国的经济一直比较困难，全家伙食吃得很差。老国的手在口袋里犹豫了片刻，终于，他咬咬牙还是掏出来了。老国说："能力有限，这40块钱，只表示我的一点心意，请同志们收下吧！"

胡天明老国捐了钱，两个中学生捐了钱，而其他人却无动于衷，像看稀奇，没一个人再掏钱出来。

胡天明说:"好麻木的一群。"

在老国的办公室,胡天明和高巴谈得火热。两人像是一见钟情的男女,那么投机那么知心,真有点相见恨晚的劲头。高巴对胡天明说:"天明兄这年头怎还能关在书斋里写小说啊,你真是呆气。应该走出来,到社会上去闯,去锻炼,去寻找一个崭新的世界。不去经风雨,关在书斋里写的小说,能鲜活吗?不干巴才怪呢!"

胡天明一拍巴掌说:"高兄所言极是,我要走出书斋,这改革的年头,这沸腾的时代,多少人在生活中搏击,打出了自己的天下啊!高巴兄,我跟你们去,欢迎吗?"

高巴没防到胡天明真的这么要求,心里一愣,但嘴上说:"天明兄,我们这个漂流队可是准备一去不回的啦,这个决心你能下么?"

"我已经下了这个决心,为了理想和事业,什么苦我吃不了!"胡天明激动地说。

漂流队的其他四人,歪在办公室里的破沙发上打瞌睡,他们步行了五六十里路,今天也是够辛苦的了。

老国支持胡天明的决定:"去闯一闯,好样的。我是老了,要不也去闯的。要写好小说,就是要去经风雨见世面。"

咪咪漂流队把馆长办公室当做临时落脚点。老国说:"条件有限,男的睡在舞厅里,抬两张乒乓球台子就可以了。女的睡在办公室,就在办公桌上打铺,行李你们有。"

舞厅晚上还得营业,音乐一响,咪咪漂流队除了小男孩光光待在办公室外,那两对男女到舞厅里跳舞跳得很带劲。老国说,这在D县是超水平的舞技。

胡天明当夜收拾了简单的行囊,把没写完的小说包在一个包里,存放在老国家,把全部积蓄三百多元带在身上。他给汤局长写了封信,叫老国转交给汤局长,说他漂流长江去了。

胡天明对老国说:"国大哥,拜托了,我这未完成的小说手稿放你这儿啦!好男儿志在四方,我如果回来了,就接着写这部小说,如果回不来,国大哥,就烦你把手稿寄给中国作家协会,这是一个青年作家的未完成小说。"

老国说:"放心去吧兄弟,我等你的好消息。"

两人告别得很是悲壮且充满了豪气。

胡天明跟着咪咪漂流队上路了,老国把他们送得好远。但老国心里留下了个疙瘩。

早晨起来，老国喊漂流队员们起床吃饭，老国让老伴熬了一锅粥，在饭馆里买了一脸盆馒头。老国看见队长高巴从办公室里出来，两个女队员睡在办公室里。老国不悦，怎么男女乱睡？

一个星期后，老国正在办公室里处理些乡里作者的来稿。老国看东西，必须戴老花镜。老国偶然抬起了头，看见一个满面灰垢，头发蓬乱，面孔发黑的人站在办公室门口。老国想哪来个讨饭的？

那人突然喊："老国，国大哥，我是胡天明！"

"胡天明，哎呀，你是天明呀！"老国立刻跳起来，双手拉着胡天明的手直摇。"天明，你怎么变成这副邋遢样呀？漂流成功了吗？怎么这样快？吃了好多苦吧，天明！"

胡天明顾不上回答老国的许多问话，进了办公室，一屁股把沙发坐得吱呀直叫。他抓起老国的茶杯，咕咕隆隆地把一杯温茶喝干了，然后喘口气，抬头望着老国，眼里的灼光已经没有了。

"你知道我是怎么回来的么？我是沿途乞讨回来的！"胡天明对老国说。"我被那帮家伙骗了。我们走了三天，他们是伙流氓，男的女的睡一起，我看不惯，骂他们，他们就用蒙汗药把我弄睡着了，然后把我的钱拿光，丢下我跑了，谁知道他们跑到哪里去了？"

老国吃惊极了，眼睛瞪得大大的，似乎不相信。老国说："他们不是要走到长江源头吗？你应该去追！"

"漂流个屁，我看这几个家伙是骗子，打着漂流的旗号，到处游山玩水，到处行骗蒙人。咳，我这回是吃一堑长一智，这真是部好小说素材，我很有收获。老国，把我那没写完的小说还我，我要继续写下去。"

鉴于胡天明给汤局长留张条子，不辞而别，文化馆长与副馆长闹了意见。馆长要把胡天明辞退，说他无组织无纪律，不服从工作安排。老国说，对于搞创作写小说的人来说，就是要不断地深入熟悉生活，不能辞退他，他还有部小说的计划，要让他写出来。

馆长说，他那是胡闹，受骗上当该他倒霉，这样的人能写小说吗？真是见鬼，文化馆留下个祸害。

不管馆里和局里怎么处理，胡天明又回到那小房中，还是埋头写他的小说。晚上舞厅里照样响起音乐，他照样用棉花球塞住耳朵。好像没发生过什么一样，胡天明的生活又进入了以往的轨道。

汤局长最终还是爱才，在听了文化馆正副馆长谈的情况后，汤局长想了想，表态说："还是留下来吧，让他写小说。小胡这人哪，就是个小说。"

汤局长说胡天明是个小说,文化馆长理解成汤局长给胡天明取的绰号,想了想,觉得这个绰号还真贴切。

胡天明从此被称做小说。

他写的那部小说还没拿出来,他还是天天在写。

好多年过去了,到我写这小说的今天,胡天明的小说还没写完。

没有绿色的太阳

　　认识枝子，是在一次文学青年的聚会上。那么小巧玲珑，那么娇嫩秀丽的女孩，跳起迪斯科来，却有股激情。好看的肩膀，好看的臀部，扭得很得体，很有韵味。
　　我看得很专注，如在欣赏艺术。
　　老光是聚会的头领，《青年报》的编辑部主任。
　　他把枝子带到我面前，说我俩都是老师，应该交流教学体会。
　　枝子是幼儿园的老师。我是大学毕业刚留校，还没上讲台，无体会可交流。
　　枝子笑得很灿然，纯洁地说："我们跳舞。"
　　她娇小的身躯随着我慢悠悠地舞着，似偎未偎，我嗅到缕缕女孩的香味，很醉人。枝子的小手搭在我的肩上，微闭着眼，淡淡的灯光下，睫毛很长，脸蛋很美，很圣洁。
　　两天后，枝子给我寄来一首小诗。小诗无题，但我觉得很清新。草地很柔软，和风轻拂，鸟声滴着绿韵，遍野开满了绿色的花朵，春天的小女孩躺在草地上，双眼在天空寻找。
　　老光来找我，问我感觉如何？我拿出枝子寄给我的小诗，说感觉良好。
　　我由学生变为老师，还没喘过气来，朋友们都来关心我，好像为我介绍个女朋友，他们就会得枚勋章。老光说："把这诗拿报上发了！她过去寄我些诗，都没这首棒。"
　　我说行么？他说行。你给安个题目。
　　我给她安了个题目：《绿色的太阳》。
　　第一次上枝子家，印象很深很深。枝子跟妈在一起生活，她妈生下枝子不久，她爸就与她离婚了，枝子对爸爸没一点印象。她对我说，她有些恨爸爸，爸爸抛弃了她娘俩。
　　枝子家是私房，两进深加厨屋，宽约丈余。
　　枝子妈是医院护士，前几年退职，在自家门口摆个摊子，摊架上挂着个体户执照。

枝子那天轮休，枝子妈没摆摊子，停业一天，娘俩为迎接我，做了许多准备。

我看见枝子，不由一愣。枝子的连衣裙上闪光，我认不出那是啥玩意。枝子的小耳垂上吊着翡翠耳坠，细白的脖子上戴串沉甸甸的项链，看得出是纯金。枝子给我递茶时，灿然一笑，我看她手指上戴着很好看的金戒指。

枝子在家珠光宝气，全不是我在聚会上见到的样子，那样子很惹人喜爱，现在却让人有点不敢爱。

从我进屋起，枝子妈的眼光就没离开过我。枝子妈很胖，穿件旗袍，那眼光里是欢迎亲昵，看得我好不自在。

有街坊来串门，看来与枝子家很熟。枝子妈待来串门的特别热情，满面红光地介绍我："小张，大学的老师！您家坐吧，枝子，给倒茶。"

我有些机械地应付着这些人，又回答些枝子妈的问话，我感到好局促。

特为招待我做的这顿午饭，丰盛极了，鸡鱼肉蛋海参，摆了一桌子。

枝子妈不断地往我碗里夹菜，眼睛笑眯眯地，看着我吃。

我出了好大一身汗。

事后，我有些冷静地思考了一番，那天枝子的穿戴，枝子妈的热情，为什么使我不舒服？和枝子谈朋友，合适吗？

可我再见到枝子时，又是那么娇秀小巧，一双无瑕的眼睛仰望着我，灿然一笑。散步时，小手插在我的胳膊里，那么可人。我又嗅到女孩的香味了。

我不喜欢她珠光宝气的，那中间有种我不喜欢的味。我和枝子约会，尽量不去那条小街。没什么重要事，我也不去枝子家。

枝子又写了不少诗，给我读。那些诗小巧，灵秀，当然也稚嫩，柔柔的，就像枝子。

有次约会，枝子靠在我的臂弯里，扬起小脸对我轻轻说："我妈为我存了5万元。那是我们的，知道吗？"

我吓了一跳，想不到我臂弯里的姑娘，是个5万元小姐。在80年代5万元户不是小数字。我说："枝子，我爱你不是因为你有钱，我爱你这个人。你就是个穷光蛋，我也喜欢你，我自己就是穷光蛋。"

枝子说："我知道。"说完，稍踮起脚，在我脸上柔柔地一吻，好甜。

系里安排我在写作教研室，而且本学期就安排了我的课。我立即认真备课，查资料，写教案。

那天，我走进系资料室，一眼就看到了文先生。文先生教过我的课，是系里的教授。

我恭恭敬敬地喊了声:"文先生,您好!"

文先生从老花镜框上看我,半天才"啊啊"地答应我:"是张老师呀,你好!"他说完,还从老花镜框上用眼巡视了我一遍。

我一愣,文先生怎么这么客气,称我老师来了,我留校才几天?!

我有些疑惑地离开了文先生,突然有人拍我的肩膀,"啊哈"一声,我一看,是王老三。王老三是我上一届留校的,这一学期才安排了课,我们挺随便。

王老三说:"伙计,不简单啦,腰缠万贯啦,请哥们到餐馆里吃一顿吧!"

看我不明白的样子,王老三说:"舍不得?你别鼻孔里插葱,装蒜啦!"

这时,看管资料的胡老师喊我,我丢下王老三,忙到胡老师的办公桌前。胡老师说:"张绍琪哎,你是个体户的第一个大学老师女婿哟!说说,是怎么谈到手的?那姑娘长得好看吧!"

我又一愣。胡老师是怎么晓得这事的?

胡老师这时递给我一张晚报,说:"张绍琪,报纸上都登了哟,你是个人物!"

我看了晚报"小巷人物"栏里的豆腐块,不知说什么才好。怪不得文先生那样看我,文先生是最喜欢读晚报的。王老三敲我请客,肯定也是看了晚报的。

豆腐块文章说,枝子爸原来是个知识分子,看不起小商人家庭出身的枝子妈,抛弃了这娘俩。枝子妈下决心要给女儿找个知识分子丈夫,于是就找上了我,大学教师。枝子妈高兴得逢人就说,让那个负心男人看看,枝子不也找了个知识分子么?大学教师哩,专门教知识分子的知识分子,这回算出了口气。

我成了枝子妈出气的资本。没心思查资料了,我出了资料室,就给枝子挂电话。我很严肃地说:"枝子,你看了昨天的晚报吗?你妈怎么能这样说呢?"

枝子急得结结巴巴地说:"什么事呀?我没看晚报。"

我说:"你看看再说吧!"就挂断了电话。下午,枝子挂电话给我,急得要哭的声调。她说:"绍琪,你来吧!来我家里,一定来啊!"

到她家时,枝子妈已收了摊子,正在厅里用手绢捂着眼睛鼻子流泪。枝子生气地翘着小嘴。枝子妈见了我,像受了极大委屈似的,"呜呜"地哭出声来,边哭边拉着我诉说:"小张啊,看枝子玩了你这个朋友,我是高兴哟!我只给几个街坊说过,是哪个烂舌头的说给记者,这缺德的记者又写成文章,这不是丢我们的丑哇?"

枝子说:"打官司,告这个家伙,侵犯隐私权!"

话说得很冷,也很坚决。

枝子妈说:"告状去吧,小张,你们商量商量,我做饭去。"就到后面厨房去了。

我对枝子说："算了吧，你妈就这样说的么?!"

"我妈这样说?！我爸爸妈妈的隐私，又没请他写，他凭什么写。要写，我们自己会写。"

两天后，老光到学校找我。老光说："算了吧，哥们，何必打官司？那哥们已表示认错，愿意上门赔礼道歉。何况你那岳母大人确实是那样说的。"那作者是老光的朋友。

"这是谁对谁呀。"我说，"她真的告状？这事跟我不相干。"

老光说："你别推了！枝子听你的，你再做做工作嘛！"

我说："那就试试看。"

我约枝子，枝子说："等几日吧，绍琪，我正忙着呢！我要那家伙不好受，谁叫他无聊，拿别人的隐私去写文章。"

我傍晚到枝子家时，晚报的文章在那条街早传开了。有几个认识我的街坊，指指点点地对不认识我的摊主说："这就是她屋里女婿，大学老师呢……"

枝子已下班了，正伏桌上写什么。枝子娘在清理屋里的货物，见我来了，忙打招呼。

枝子收起了写的东西，对我说："是份材料。"

我负起说客的责任，对枝子娘俩说，这件事已经出了，是不太好，但也没什么大不了的损害。算了吧，枝子！不要告了，告赢了又怎么样？传出去的话又不能收回。再说么，作者又是好心，从文章里看不出作者想损害我们，是不是！作者是老光的熟人，已表示认错了。

枝子半天才轻轻说："那就算了吧，便宜他了，这是看在你和老光的面子上。"

枝子妈望望我们，没吭声，到后面厨房里去了。我马上把枝子搂在怀里，她又是我怀里的一只小鸟了。

晚饭后，枝子在里间屋洗澡。枝子妈陪着我坐在外屋里。我在枝子写材料的桌上，发现了一张报纸，就顺手拿过来看看。

报纸是张专登各种稀奇新闻的小报，小报上用红笔圈了块豆腐块，我细看，心里就直跳荡了。豆腐块说，某著名女作家告东北某刊物，某刊物登载了写女作家爱情的文章，侵犯了女作家的隐私权。女作家告状打官司，赢了，输方赔偿女作家名誉损失费9千元。

我给自己提的第一个问题是，枝子把这张报留着，并把这文章划了红圈，是为什么？难道枝子告状，与这文章有关系么？枝子告状是为了什么？我接连给自己提了一串问题。

枝子还在里屋没出来。枝子娘好像怕我被心里提出的问题难倒，与我说起话来。"小张，这状不告了呀？据说像这种情况，打官司若是我们赢了，对方要赔上万元名誉损失费呢！这不便宜他了?!"一边说一边抽烟。

这就是所有的答案，这答案简单明了，不需要我再去寻找了。我坐不住了，说实话，我也很不愿意在这屋里坐下去。我只好苦笑着站起，对枝子娘说："伯母，我记起来了，今晚系里有个重要会议，我必须赶回去参加。伯母，你跟枝子说说，这状就不要告了，算了吧！我走了，伯母！"

枝子妈留我，我执意要走，她把我送到门口，大声地说给街坊们听："再来啊，小张。"

豆腐块文章的事就这么了结了，枝子娘俩没再告状，也没再提这件事。

枝子来了两次电话，约我会面。我推说很快就要上课了，我必须抓紧时间备课。我说的是实话，我也得再想想我和枝子的关系。我没有赴约。我心里有块乌云。

星期天，有人敲门，我和王老三正在宿舍里走象棋。我开门，枝子斜背个大黑挎包，怀里抱着束鲜花站在门前。她朝我灿然一笑，坦然地进了宿舍，见有生人在，就朝王老三点点头。

王老三惊愕得叫起来，"啊，一个美丽的星期天，一个美丽的女孩，抱着一束美丽的鲜花，站在你的门前，使得你的心美丽起来了。"

我捶了王老三一拳，为他俩作了介绍。

枝子很大方地和王老三握了握手，她显得很快活。王老三很识趣地找了个借口，出去了。

枝子扑到我怀里，小手摸着我两天未刮的胡须问："课备好了么？把我想坏了！"

我心里的那块乌云立刻露了霞彩，我搂着枝子吻起来，吻得枝子满脸都是幸福和满足。

枝子的大黑挎包里装的尽是好吃的。枝子说她妈怕我累了，特地做了好吃的带来。

我把王老三找来，我们狠狠地吃了一顿好的。

王老三事后对我说："你哥们有福气呀，那么可人的一个女孩，给你送来那么多好吃的东西。"

我真的有这个福气么？枝子是可爱的，她也爱我。枝子妈这人不坏，也是喜欢我的。但我总觉得这娘俩身上有什么东西，是不那么使我满意的。也许是那个环境，那条街的缘故。我暂时还不愿加速我们的爱情进展，我不愿陷得太深。我与枝子除了接吻搂抱外，没有任何实质性的行动。

不久，一个区文化馆里开诗会，老光把我喊去，讲了个把小时的课。讲完课，我看时间还早，就想顺便去那条小街，看看枝子和枝子妈。自那次我逃离枝子家，到现在我还没去过。

我匆匆步行着，朝着小街。小街口围着群人，吵吵嚷嚷的，好热闹。我也是个喜欢看热闹的人，想弄清是什么事，就快步奔过去。

人圈子围得很紧，我站不进去。从两个人的脑袋之间，跷起脚看过去，我的脚跷酸了，我没有马上离开，把事情从头到尾看完。我好有耐心，你说我看到了什么？

老光后来找我问情况时，我这样对他说。

那天枝子上早班，枝子下班较早，就骑着三轮车为她妈运货。

枝子骑着三轮车，车上进的是一批服装。她踩着车朝小街口驶过来。小街一年四季，从早到晚，总是人挤人的。枝子骑着三轮车，边驶边吆喝："让开！让开！"

偏有个女孩没让开。女孩看样子是从县城来的。

女孩的裙子被三轮车轮的辐条钢丝卷了一下，听得"嘶啦"一声，拉开了个口子。

女孩立刻叫起来："我的裙子撕了，你停车！"

枝子停了车，擦了擦脸蛋上的汗。

女孩说："你赔我裙子，我这裙子是才买的新的，被你撕了，你赔吧！"女孩生怕三轮车跑了，紧紧地抓着三轮车把手。

枝子说："我不断地叫喊让开让开，你干吗不让呀？这不把你的裙子撕了，但我不是故意的。"

女孩很心痛她的裙子，是条今年在市面上很时髦的黑裙子。那女孩可能是攒了好久的钱，才买了这裙子，伤心得不得了，非要赔。

枝子说："赔吧赔吧，你这裙子38元一条，我这满街都卖的是。"枝子从身上背的挎包里拿出钱来。

那女孩要接钱。枝子把拿钱的手一缩，说："慢着，你把裙子脱下来，我再给钱你。我赔你一条新裙子，旧裙子就归我了么，我补补还可以穿的。"

女孩没想到枝子来这一手，一下子答不出话来。有几个游手好闲的大背头叫着："脱下，脱下！让我们看看里面穿的是什么啊？别没穿短裤吧！"

女孩又急又羞，哭起来了。要人家赔裙子，可怎么能当着这么多人，在大街上脱裙子呢！不要她赔裙子，自己买的新裙子又撕破了。

女孩哭着，哭得好伤心。女孩慢慢地松开了抓着车把的手，捂着脸哭着冲出人堆。

枝子在整个冲突中，表现得很冷静，小脸儿红彤彤的，汗津津的，脸上的神情很麻木。

女孩走了，枝子又骑上了三轮车，口里喊着："让开让开！"

我扭头就离开了小街。

我知道我不能再见枝子，我见不得那娇小惹人疼爱的模样。我必须要认真地考虑，我和枝子的关系到底怎么办？进，我们就热下去，我们就向前跨一步，准备结婚。我或许会得到幸福。美女，金钱，都有了。退，我们就必须说清楚，快点断了。枝子还小，她可以再去寻找意中人，枝子娘可以再去挑选一个知识分子女婿，为她争口气。

老光是在我矛盾犹豫之时，特地赶来找我的。认识枝子，是老光牵的线，他可能从枝子那儿听到了我近来的变化。

我把心里话和盘托出，老光像听故事，津津有味。打官司赔款，赔裙子脱裙子，老光是头一次听说。

我说完了。老光说："怎么办？"

我问他："怎么办？"

他想了会儿，说："这其实也没什么了不得，不过是你们的观念不一样罢了。在那条小街上，人们的观念就那样，比不得你们大学，知识分子味浓。枝子在小街不这样生活，就奇怪了。"

我想，老光说的可能有道理。"再考虑考虑吧！"我对老光说。

没有给我太长的考虑时间。我收到枝子寄来的一叠诗稿。诗还是写得柔美娇嫩。枝子写的是她的幼儿园。枝子把她最早寄过我的被我加了个题目发表的那首诗，又重抄了一遍寄给我。

我再读这首诗。草地很柔软，和风轻拂，鸟声滴着绿韵，遍野开满了绿色的花朵，春天的小女孩躺在草地上，双眼在天空寻找，没有绿色的太阳。

我觉得一种沉重的失落感，在慢慢地噬咬着我的心灵。

老光那里的信息：枝子妈在小街上对街坊说，哼，小张算什么，说起来是大学教师，一月的工资还不够我抽半月的烟钱。

我想象得出枝子妈说这话时的神情，说完，她会狠狠地吸一口烟。

我的失落很快就消失了。

半年后，在市青年作家协会的一次活动上，我又看见了枝子。还是那般娇嫩秀气，正与一位蓄小胡子的男孩对跳迪斯科。好看的肩膀，好看的臀部，扭得很疯狂，很尽兴，一头披肩发，忽前忽后地飞飘，看得人的眼都花了。

　　枝子应该属于迪斯科，我想。

　　一曲终了，一曲又起。枝子轻轻地走到我面前，叫着："张老师，您好！"她问我跳舞不？

　　我说："跳吧！"

　　她随着我慢悠悠地舞着，似偎未偎，我又嗅到熟悉的香味了。枝子的眼睫毛依然长，依然美，但脸上成熟多了，我没有神圣的感觉。

　　活动结束了。我和许多人道了再见，也和枝子道声再见。

　　我看天上，没有绿色的太阳。

星期五起飞

单位的车到武昌火车站接人，顺便把王小茵送到南湖飞机场。这是一九八七年的夏天，中午十二点的太阳正毒，王小茵穿套黄色起小黑点的连衣裙，披肩发束成马尾巴，右肩挎只小坤包，左手提只旅行箱，眼睛上戴副麦克镜，很潇洒很漂亮很惬意地和同宿舍的女伴告了别，又与一路碰到的同单位的老的少的男的女的告了别，司机在门口把汽笛按响催她快点，车里面没空调，司机坐在里面好热。

司机把王小茵送到南湖飞机场门口，帮王小茵把旅行箱提下车，朝王小茵笑笑说："小茵再见了，我还得到火车站接人。应该有个人送你上飞机的，是不是？等待那一瞬间吧！"说完开车走了。

王小茵在杂志上发的那首小诗，单位里人人都知道。

王小茵朝司机啐了一口，笑骂司机混蛋。

王小茵孤零零地一个人了，她提起旅行箱慢慢朝候机大厅里走去。飞机下午两点起飞，时间还早，王小茵在候机厅里找了个座位坐下来。

周围都是坐着的人，高声地谈话，爽朗地发笑，很热闹。旅行人和送行人还在互相谈着什么，叮嘱、祝福都有。

机场的服务员一个个都好漂亮，蓝裙白衣红领结，都是年轻的姑娘。问讯处坐着个小姑娘，很恬静妩媚，她跟前围着不少的人，在问她各种问题，她都很平和很得体地回答。

有两部电话机，坏了一部，余下的一部跟前站了好多人，刚出来，临上飞机还要给家里打电话，这些人哪！

在喧闹的人群旁边，王小茵一个人悄悄坐着。

她没有同伴，没有送行的亲友，也没有谁需要她打个电话去告别。王小茵突然地觉得自己好孤单好冷清哪！

王小茵二十六岁了，生在江南的一个小城里，学校毕业后分到省城武汉一家设计单位。王小茵有张白净的瓜子脸，大眼睛，身材高挑，婷婷袅袅，条件是不错的。

王小茴谈过两个男朋友，都没能成功。这所谓谈，总是好心人先介绍，然后两个人再来往几次。没成功的原因，拿王小茴的话说，就是感觉不好。她谈朋友凭感觉，就像写一首诗。写诗的女人，爱情总是多灾多难。

于是王小茴就发表了那么首爱情诗。于是大家都知道王小茴在等待那一瞬间。

单位的团委把王小茴划在大男大女之列，在举办各种大男大女牵线搭桥聚会中，总通知她去，但王小茴一次都没去。她的爱情不需要别人牵线搭桥。

候机厅的广播喇叭响了，往广州方面去的乘客请经过安全门登机。

大厅里乱嘈嘈了一阵，很快地走了一批人。一会，透过候机厅的玻璃窗，看到一架大飞机腾空而去。

问讯处的那位小姑娘拿起了半导体话筒，很好听的声音传过来："旅客同志们，往大连沈阳方面去的飞机，因海洋性气候的变化，不能按时起飞，请大家在候机厅休息，耐心等待。"

问讯处旁边的告示牌上，往大连沈阳的飞机14点起飞中间的"14"，被擦掉了，空着一块。这说明，这架飞机不知什么时候起飞。许多人涌向问讯处，纷纷问着小姑娘："几点能起飞呀？"

小姑娘平静地回答："大家耐心等待吧，几点起飞我会及时通知大家的。"

王小茴和候机厅里的一部分人叹了口气。耐心地等待着吧！急有什么用？急不能解决任何问题。

王小茴想到自己的爱情，这也是不能急的，急是急不来的。问题是要碰到一个感觉好的，必须要耐心等待。

人们的等待和耐心是有限度的。候机厅挂着的壁钟，敲过二点，三点，四点。这期间，往北京的飞机走了，往南京上海的飞机也飞走了，唯独就只有王小茴她们要乘的这架飞机飞不走。不是飞不走，后来人们打听清楚了，是沈阳那边根本就没飞过来，气候不好，那边飞不过来，这边当然也就没飞机飞过去了。

候机厅的人慢慢地少了，安静了下来。王小茴把旅行箱放在座位的椅子上，站起身慢慢地踱到问讯处。王小茴问："同志，你估计这飞机什么时间能来？"

小姑娘望了望王小茴，友好地一笑，说："这就说不定了！那边机场没电话来。"

王小茴又问："那我们先回去行不行呢？"

小姑娘答："我没权力让大家回去，大家在这里耐心地等等吧！要大家回去时，我们会通知大家的。"

王小茴只好又叹口气。这等飞机的味道比等其他的味道更不好受，你又不能离开，只能在这里等待，等待，等待那云层里的希望。王小茴难过得要写诗。

问讯处的小姑娘对王小茴旁边的男人说："同志你有什么事吗？"

那是个标准的男人，一米八的个子，方正的脸，白皙的皮肤，头发梳得很整齐，洁白的衬衣，藏青的质地很薄的裤子，黑牛皮凉鞋，手腕上一块黑色的石英表。王小茴在小姑娘和男人说话时，早就把这男人打量了一遍，倜傥潇洒，看上去三十六七岁，气质很好。王小茴心中一动，但她马上断定，这样的男人，没有结婚的少有。

那男人用纯正的普通话回答问讯处的小姑娘："谢谢，我想问的这位小姐已经都问了，你也回答了，我现在没什么可问的了！"说完看了王小茴一眼，王小茴也正看他，他给了王小茴一个很友好的笑。

男人说："就这样慢慢地等吧！我们的生命有多少是在等待中消失的，唉。"

王小茴还他一个友好的笑。他问："怎么，你到大连还是沈阳？出差的么，就你一个人。"

王小茴很有礼貌地回答了他的话。他回到自己的座位上去了。王小茴也回到自己的座位上，拿出一本朦胧诗选读起来："把我引向蓝灰色的湖泊／在微微摇晃的倒影中／我找到了你／那深不可测的眼睛。"

五点钟到了，飞机还没来。王小茴在读诗。

六点钟到了，候机厅有服务员换班吃饭，机场餐厅开台卖饭菜了，盒装的。王小茴买了一盒吃起来，饭有些夹生，她吃了一半就放下了。

她看见那个男人坐在一张餐桌的旁边，桌上有两个炒菜，男人在喝听装啤酒，自斟自饮，很自得。

吃完晚饭又回到候机厅，候机厅就只三十来个人了，都是往大连沈阳方面去的。三十几个人，你看看我，我看看你，面孔也都差不多看熟了。

于是就互相聊起天来，说起这飞机，这气候，就摇头，就叹气。抱怨有什么用，抱怨得也够多了，中国人只知道抱怨。有个蓄着小胡子的青年，东北话，把人说成银。小胡子说："我跑这趟航线多了，停飞，晚点，家常便饭，有什么稀罕的？小飞机，就只能这样。我是经常地等待啦，已经等习惯了，所以各位就不要抱怨了，打坐休息吧！"

小胡子说完，把椅子上的纸收起来。小胡子刚在纸上摆了香肠罐头面包刀子叉子的，他吃完了自备晚餐。小胡子把纸上的一应物件连同纸一起，装进自己身边的旅行包里。

旁边有位提着照相机的老头，看到小胡子那慢条斯理的样子，问："你的家什准备得很齐全啦，跑采购的么？"

"算你老人家说对了，家什我是齐全的，长年在外嘛，跑采购也好，摸信息也好，赚钱做生意也好，都是那么回事。"小胡子是个喜欢说话的人，就和老头聊起来了。

老头说他和老伴一起去大连旅游。老头旁边的胖老太婆打起瞌睡来了。

王小茴听小胡子说话很有意思，就放下手中的诗集，望着他们。王小茴感觉有人在她旁边坐下来，转头见是那个男人。

男人坐下后，掏出手帕擦擦脸，问："吃过了么？"

王小茴答："吃过了。"她觉得这男人要和她聊天了。

果然男人就和王小茴聊起来。男人叫张目，一个造船厂的工程处副处长，工程师。张目也是到大连出差的，开一个工程方面的会。处里只有一个指标，所以张目就一个人来了。张目说："武汉热，要不是为了事业，我才不愿在这里待呢！这次能去大连躲半个月，能解解凉了。"

张目是北方人，从大学毕业后分来武汉有七八年了。

初步交谈，王小茴发现张目是个风趣的人，懂得的东西不少。王小茴对这个邂逅的男人充满了好感。

七点多钟了，空中有隐隐的引擎轰鸣声传来，等得不耐烦的旅客拥到窗边朝天空看。引擎声消失了，人们只好又失望地回到座位上。

王小茴和张目正在谈朦胧诗。张目说："朦胧诗的妙处在于你似乎懂了，但又没懂得彻底。于是你就再读，越读越有味，越读就越懂不彻底，但又确实说出了你心中的某一点什么。这时如果要你把诗的意思解释一下，你将会目瞪口呆，一个字也说不出来。朦胧诗只能读而不能解释。"

"哎呀，你说得真准确，体验和我的完全一样！"王小茴身上的诗人气质突然苏醒了，她竟抓着张目的手摇起来。

张目只是笑笑，像个大哥哥对小妹妹，使得王小茴发现自己不得体，但并没有尴尬的感觉。

飞机继续不来。王小茴已没有等待的烦躁了，她和张目继续谈诗。

问讯处的小姑娘在八点半时拿起了半导体话筒，人们渴望她宣布飞机起飞的消息，她却宣布："飞机不来了，请大家各自回家，明天下午一点准时赶到机场。"

天已黑了，既然飞机不飞，为什么不早点通知我们回去呢？真不像话！但没人来回答旅客的这些抱怨。

王小茴的单位离飞机场好远，要倒三次车。

张目说："你孤零零的一个姑娘，这么晚了，我送你回单位吧！"说完，抓起王小茴的旅行箱，另一只手提着自己的旅行箱，走出候机大厅，往公共汽车站走去。

王小茴没有推辞，她好像觉得没有必要推辞，她的感觉很良好。她和张目在公共汽车上还在谈诗，使得车上的乘客不断地看着他们，而王小茴一点也不觉得。

快十点钟时，王小茴才到自己的单位。张目在门口和她握了握手，握得很多情，王小茴觉得自己的小手在张目的大手中握着好舒服，但她还是果断地抽出来，说明日见。她还不知道张目安的什么心呢！他会不会有妻子和孩子?!

张目很潇洒地扬扬手，说："你明天中午在这里等我，我的车子来接你，我们一起去机场，好吧!"

王小茴点点头，然后转身走进单位的大门。

门房的老头看见王小茴，问："你就回来了，不是到大连么？怎么这快，到底是飞机。"

王小茴一笑，说："我没走成呀大爷，飞机没有飞。"

王小茴回到宿舍，敲开了门，女伴惊慌地迎出来："小茴，怎么是你，你没有走呀？"

王小茴见女伴的男朋友穿着短裤在宿舍里。王小茴很难堪，说："飞机没起飞，我只好回来了。"

女伴很快就带男朋友走了，王小茴说："我不是故意的!"

第二天中午，王小茴再次和女伴道了别，说："你放心好了，今天就是飞机不飞，我也不回来了。"

女伴说："没事，小茴，飞不了你还是回来，我们另找别的地方，真的。"

王小茴又和院子里碰到的男的女的老的少的道再见，打招呼，解释昨天没走成的原因。行政科长见了，热情地说："小茴，我派车送送你!"

王小茴说："不用了，今天有个朋友的车来带我去。"

说着话，张目的上海轿车在单位门口停下按汽笛，张目开了车门，把王小茴引进了车后座，上海车就开走了。

上海车把张目和王小茴送到南湖机场门口，司机帮他们提下旅行箱，和张目道了再见，就回去了。

王小茴问："哎，你夫人怎么不来送你？"

张目愣了愣，很快笑了，说："鄙人今年三十六岁，尚未婚配，所以没有夫人前来相送。那么你呢，王小姐，你的男朋友怎么没有来送呢？"

王小茴也笑了，说："本小姐还待字闺中，尚无如意郎君，所以没有男朋友前来相送。"

两人站在机场门口，拉手大笑。

进了候机厅，昨日熟悉了的三十几张面孔陆续出现了。一回生，二回熟，大家见面笑一笑，点点头。小胡子见了张目和王小茴，笑笑说："你们二位还挺准时的，到大连去探亲访友还是度蜜月？"

张目望望王小茴，笑着说："开会！"

王小茴脸红了红，说："玩儿去！你不也很准时的么？"小胡子说："我根本就没离开这儿，我就在机场旅店里住的。在旅店是休息，在这也是休息，我到沈阳才工作呢！"

旅客是很守纪律的，大家一点钟前都到齐了。

今天天气好，还是热，大约飞机两点会准时起飞吧！问讯处换了另一位姑娘值班，问讯处的牌子上，飞往大连沈阳的飞机起飞时间仍然空着，人们感到不祥。

果然，两点钟时，没有听到上飞机的通知。旅客问那姑娘、那姑娘大约今天有什么不高兴的事，一张冷脸回答道："你们不要问了，我也不知道什么时候起飞！"

就只好再叹气，再抱怨，再等待。

三点过了。四点过了。五点过了。六点钟了，机场饭厅开饭了。问讯处值班的冷脸姑娘端着一碗饭菜吃起来。

往广州的飞机飞走了。往北京的飞机飞走了。往南京上海的飞机飞走了。往大连和沈阳的飞机仍无消息。

小胡子望望候机厅里的三十几个同患难的旅客，笑了笑说："各位别着急，吃晚饭吧！餐厅待会儿就关门的。"

小胡子又从提包里面拿出纸来，又拿出家什，开罐头吃面包咬香肠，自得其乐，津津有味。

王小茴和张目已经谈诗谈得入了港。张目这人别看个子高高大大的，学的是工科，但对文学相当有造诣，他的一些文学见解很精辟。

张目说："我在大学时是写过诗的，后来觉得没多少意义，中国能有多少人读诗呢，我就不再写了。"

王小茴说："那还是要写的，就写给那些不多的读诗人看么！诗并不希望有很多读者。读者多了，那诗就不是诗。"

张目对王小茴的观点不置可否，笑笑说："走，吃饭去！"

王小茴站起身，扯了扯连衣裙，说："那就走吧！"她很自如，好像她和张目已经认识好久了，已经是老朋友了。直觉告诉她，张目还是很喜欢她的，这从他的眼神语气和态度中看得出来。王小茴不怀疑自己的直觉或者说是感觉。从她接到飞机票时她就直觉到这次旅行会有收获，她等待的爱情的那一瞬间就要到来。这不是来了吗？虽然说不是一瞬间，而是有些缓慢，但王小茴的情绪已经调动起来了，她不会怀疑这次的成功。

王小茴在餐厅里占了张桌子，张目买了听装啤酒，让王小茴点菜，王小茴只点了一个她喜欢吃的鱼。张目就另点了几个炒菜。他们两人很有派头很有风度地共进晚餐。

王小茴说：“这次旅行有意思，偏偏就不能按时起飞，使我遇到了你这位同志，有意思。”

张目说：“这是什么缘分吧，要是按时起飞，我们昨天就到了大连，今天晚上能坐在这儿吃饭么？我们能认识么？”

"这是命运。今天要是再走不了，我可不好意思再回去了。再让那些人吃一次惊，再和那些人道一次再见，我不干了。"王小茴说。

"那我就陪着你，还聊文学，行吧！"张目笑着说。

"那当然！还聊文学，除了文学和诗，还有什么可聊的？"王小茴望着张目的眼睛说。

这时，云空里传来引擎声，有飞机在朝机场降落，候机厅里有一阵骚动。

张目和王小茴已吃得差不多了。张目说："快点吧，可能是飞机来了，我们今晚上就聊不成文学了哟！"

王小茴嗯了一声，说："我现在无所谓了，一点都不急，我觉得这等飞机很有意思的。"

两人回到候机厅，已是七点钟了。刚坐下，问讯处的那位不高兴的女孩用半导体喇叭喊："去大连和沈阳的旅客，请大家做好准备，飞机将于八点准时起飞。"

候机厅里的三十几位旅客立刻发出了欢呼声。

夏时制的八点钟，天还没黑。出了候机厅，只见机场上停着一架小飞机，机组的人员个儿都高，连几个空中小姐也长得颀长，看得出来，他们是北方人。

按登机证的座位坐好，小胡子和张目坐到一排，王小茴坐到另一排了。小胡子说："你俩咋不坐一块呢？来，我们悄悄换一换！"

王小茴说了声"谢谢"，就和小胡子换了座位，张目朝小胡子友好地点点头。

飞机八点起飞了，小飞机起飞时，震耳膜。张目就把王小茴的手握住，王小茴让她的小手很听话地待在张目的大手中。两人静静的，没有说话。

飞机上天后，天就慢慢地黑了，地上的都市、灯火看得还很分明。王小茴望望飞机下的武汉，心想，这夜间的飞行，有好多故事发生，生活真是难以预料和琢磨的。今晚终于不再回单位去了，同屋的女伴和她的男朋友，一定很愉快。王小茴也很愉快，她愉快得想写诗。

机舱里很安静，顾长漂亮的空姐送茶送点心，大家都显得挺有教养地说声"谢谢"！一样都不多要。人们大约是等了两天飞机等累了，不想说话了，靠在椅背上闭目休息。

飞机在空中飞行，机舱里只听得见隐隐的嗡嗡声。

王小茴把手放在张目的手掌中，靠在椅背上竟然睡着了。她做了个梦，梦见自己做新娘子。宾客们簇拥着披婚纱的她，向着新郎走去。但新郎是谁，王小茴硬是想不起来，也看不清面目。她觉得自己荒唐透了，当了新娘子竟不知道新郎是谁。王小茴匆匆地朝前赶过去，但手却被人拉住，走不动。

王小茴醒了，见自己的手被张目握着，想想梦中的事，笑了，笑得很妩媚很多情。张目回报了她一个笑，也很多情。

机舱里的人们感到有种压力，很不舒服，耳膜被压得发痛。飞机在往下降，从云层中往下飞。有人看到飞机下面的一串一片的灯火，是个城市。很显然飞机要在这里降落。人们觉得飞机降得越来越低了。

王小茴看看表，才夜里十点四十几分，不会这么快到大连吧！她迷惑地望望张目。

有人问了句："怎么，这么快就到了呀？"

小胡子接过了话头："到了？你刚才做梦了吧！这才到济南呢！明天再飞吧，今晚大家做个好梦了。"说完打了个呵欠，还举起双臂伸了伸懒腰。

"到济南干什么？我们今晚住哪儿呀？"有人担心地说。

"这就不用你担心哪，同志！我们除非不上飞机，只要上了飞机，在没到目的地前，一切都由民航局包了。沈阳民航这回算赔了血本了。今晚我们住每晚七十元的房间。"小胡子说。

说着话，飞机已经着了地，空中小姐通知大家拿好行李和登机证，按顺序下飞机。

下了飞机，有辆大轿车在等着，大家就都上了轿车，王小茴一直紧跟着张目，扯着张目的手臂，像个小妹妹依着大哥哥一般。张目提着两只旅行箱，王小茴背着自己的小坤包和张目的一个挎包。

机组人员上了前面的一辆面包车，两辆车一前一后地离开了机场，开上了到市区的路。一会，车子又离开了市区，走上了没有路灯的路，经过了一些很暗淡没有辉煌灯光的建筑，甚至穿过一处有稀泥巴路面的地方。

"我们这是上哪去呀？"大轿车里坐的全是同一架飞机上的乘客，连机组人员也没有，开车的司机一句话也不说。终于有人这样问。

还是小胡子答话了，这时，人们觉得有小胡子在，好像就有希望在了。小胡子说："这是到舜耕山庄，济南的高级饭店，三星级的。同志们，那房间是七十元一夜呀！钱由民航局交。房间里的东西都是给了钱的，比如肥皂牙膏牙刷拖鞋购物袋洗发精等等，不拿白不拿。"

车上的人笑了，说你经常碰到这种事情吧，好熟悉呀！

王小茴坐在张目身边，笑了，她觉得小胡子好有趣。

张目没有理会，咕噜了一句什么，王小茴好像听清了那咕噜声是"俗气"两个字。

舜耕山庄终于到了，大轿车在饭店门口停下来，旅客们提着行李下了车，有服务员把大家引到大厅服务台前。

真不愧为三星级的饭店，王小茴还是第一次进这种饭店呢！气派，豪华，处处琳琅满目，地上全铺满了猩红色的地毯，顶灯壁灯晃亮高雅，像艺术品一般。

旅客们凭登机证换房间钥匙。换好了钥匙后，有服务员上前提行李，送你到房间，并道一声晚安。

女旅客被安排在四楼，男旅客安排在二楼。

王小茴从张目手里拿过旅行箱，把挎包递给了他。张目说："晚安，亲爱的小姐，祝你今晚做个好梦！"

王小茴嫣然一笑，也说："晚安，亲爱的先生，祝你晚上不要胡思乱想的。"

两人同时笑了，笑得颇有意味。

王小茴一进房间，就进入了一个舒适的领地。房间里的空调开得不冷不热，洁白的卫生间，柔软的席梦思床，小冰箱，彩电，电话，音响，应有尽有。床头柜旁有个控制开关，坐在床上，想开顶灯壁灯床头灯和写字桌上的台灯，都能操纵自如。这样的房间，住一夜七十元啦，王小茴觉得自己是开了一次洋荤。要是按她的出差待遇或自己掏钱去住，王小茴是一辈子都难住上这样的房间的。王小茴很快洗漱完毕，在席梦思上睡得很舒服，没有做成一个好梦。她醒来时，天已亮了。

电话响了，是服务台打来的："小姐，您好！请带好您的行李，到餐厅用早餐，然后到服务台交钥匙，领回您的登机证，准时去机场登机，祝您旅行愉快！"

王小茴刷了牙洗了脸，梳好头发，画了淡妆。她整理好了自己的行李，发现小胡子昨天说可以拿的东西都在。那拖鞋好漂亮，但不结实，值不了几个钱，王小茴犹豫了一下，这些东西拿不拿呢？拿了吧，那牙刷牙膏旅行用很好的。你不拿也没人感谢你。拿！王小茴下了决心，把牙刷牙膏拖鞋洗发精等放进购物袋中，一股脑装进旅行箱里。

王小茴出了房间，下到一楼餐厅，张目在餐厅门口等她。张目问："你睡得好吧？"

王小茴答："当然好啦，和你一样好！"

两人到餐厅吃早餐。有牛奶有鸡蛋还有点心。昨天飞机上的人都陆续来了。

吃完早餐，到服务台换登机证。王小茴和张目顺利地用钥匙换回了登机证。但王小茴看到有几位游客被拦住了。服务员说："请把钢化玻璃杯和浴巾拿出来，这是不应该拿走的。"

被拦住的旅客很尴尬地打开旅行包，把东西交出来了。

哪个房间差什么东西，电话早打到服务台了，服务员根据钥匙号码，和颜悦色地让旅客拿出来。

王小茴吓得出了身冷汗，幸亏她只拿了该拿的东西，要不然在张目面前出丑，那多难堪。

张目催她赶快走。王小茴就随张目上了一辆大轿车，这辆轿车比昨晚的那辆大些，机组人员和旅客都坐这辆车。

人都到齐了，大轿车准备关门时，一个服务员从饭店门口赶过来，服务员赶到车上，叫下了机组中的机长。机长下了车，服务员踮了脚，在机长耳边悄悄说了几句什么，机长皱了皱眉，就又回到轿车上。机长弓腰站在车门口，扫了大家一眼，说："旅客同志，很对不起，是哪位同志误拿了房间里的毛毯，请交出来，要不然我们走不了。这是误会，交出来没事，我们不会说什么的。误会误会！"

轿车里立时安静了，机长的话大家都听清楚，但是没人做声。

王小茴听到身边的张目呼吸有些异样，就望了他一眼，但张目不动声色，半天没有动静。

还是没有人做声。这时有人埋怨小胡子说："就是你昨天叫大家拿东西，这下好了，我们走不了啦！"

小胡子说："我是叫你们拿该拿的东西，并没有叫你们拿不该拿的东西。房间里还有彩电冰箱，你也拿呀？"

大家又不做声了。张目这时不慌不忙地站起来说："是我错拿了！"张目很从容地打开了旅行箱，把一床纯羊毛毯子递给了机长。

王小茴长这么大都没这么吃惊过。天哪，怎么是他拿了，你看他不慌不忙的样子，连脸都没有红一下。他懂文学，谈诗歌谈得头头是道，他昨天还骂小胡子俗气呢!

张目把毛毯子交出来了，关上了旅行箱，朝小胡子很不友好地看了一眼。他坐下来后，朝王小茴望过来，王小茴把脸转到一边，有两粒泪珠悄悄地滚出来了。

车上静极了，静得只听见三十几人的出气声。机长对司机扬扬手："开车吧!"轿车就直开济南飞机场。

王小茴上了飞机后，对小胡子说："我的位子还是调过来吧，我不愿坐你那个座位了。"

小胡子不解地看了王小茴一眼，就坐到张目身边去了。

飞机起飞了，直飞大连。王小茴看看腕上的日历表，怎么，今天星期五？她心里咯噔一下：星期五在西方人眼里，是个不吉利的日子，果然。

王小茴在大连下飞机后，直接去了她要去的单位，去复制图纸。她丢弃了一次爱的机会，在星期五。

王小茴边走边默念着这样的诗句："河水涂改着天空的颜色/也涂改我/我在流动/我的影子站在岸边/像一棵被雷电烧焦的树。"这是北岛写的。

张目在后面喊过她，她完全没有听见。

他有什么病

他得的什么病？许多医生都说不清楚。了解他的莫如他自己，他自己就从不承认有病。这像有病的样子么？能吃，吃得不多，只想吃好的．能睡，睡着的时间不多，宁愿躺在床上云天雾地地想，不想起来，不想做事，到田里地里一站就是半天，眼睛望着一个地方不拐弯。父亲见他不是个做农活的架势，就叫他回去休息，他就慢腾腾地回村去，八成又躺到床上去；没精神，没劲，村里年轻人跳舞跑到邻村看电影打麻将牌赌钱等等热门活动，他一概懒得介入，连那天晚上被珍子拉到小河边幽会，面对着珍子那熟透了的丰满胸脯和圆鼓鼓的屁股，他都提不起精神去抚摸一下，以致珍子噘着好看的小嘴骂他"不中用"。

他就这么生活，他觉得这也是一种生活方式，管它今后怎么样呢，过得今天就不管明天了。他的这副模样，把父亲急老了一大截，两个已经出嫁了的姐姐急得团团转，刘家就这个人种啦，母亲去世早，没想到这位宝贝弟弟成了个神经兮兮的废人，要说是种，就是粒瘪种了。父亲对他说："儿呀，你要想开点哪，不就是高中毕业考大学没考上么，没考上有什么要紧的，我们这家里有吃有住有穿，就在乡里快快活活地过日子，蛮好的。想做事就做，不想做事就玩，何必成了这样呆不呆傻不傻的模样呢？把你的老父亲急得个死！"

他笑了笑，躺在小房间的床上。他本来想回答父亲，他蛮好的，一点不呆一点不傻，他是要办点什么事的。可是他不想说，懒得动嘴说，他仅仅笑了笑。

父亲把他带到省城一家医院看病，医生查了半天，听了他的胸脯，翻看了他的眼皮，按了他的肝部，抽了他的血化验，查了他的大便，临了，穿白大褂的医生说："身体不错嘛，小伙子没有病！"

他朝医生礼貌地点点头，说："我本来就没病，我蛮好的。"

医生说："那你来医院检查个什么呢？"

他指指父亲对医生说："是他要我来的。"

他和父亲在省城姑妈家住了两天，这两天他的病似乎减轻了不少，虽说还是懒洋洋的，但毕竟没有成天躺在床上望屋梁了。姑妈在省城的一条小巷子里摆了个摊子，卖点小商品，七零八碎的，竟然也是万元户了。

父亲对姑妈说了他的病情，说得直叹气，临走，姑妈塞了他一把钱说："你这病不是病，年轻人要想开点远点，拿些钱去，到处玩玩，有空到这里来住一段时间，你表哥在外地工作，你姑父早出晚归到钢厂上班，我一个人摆摊子，忙不过来，你来帮帮忙吧！"

他笑着说："好，我来！"

从省城看病回来，他刚见好转的那病又复了原，又是成天懒洋洋的，不说少笑，床上躺的时间多，地上活动的时候少。父亲又急得黑了脸，叹气的日子越来越多了。

二姐生了气，骂他是装病，少爷坯子，不想劳动，想读大学想疯了。二姐只比他大两岁，可从小享受的待遇可不能与他比了，他吃甜的，二姐可是吃尽了苦的。没娘的孩子，他又是个独儿子，儿子不能与女儿比的。

听了二姐的骂，他一点也不动气，他懒得动气。二姐说他想读大学想疯了，他不承认，就是他考上了大学，也会这样的，他自己说不清楚他为什么会这样子。

大姐毕竟是大姐，年龄大些，母亲去世后，大姐带着他长大的，大姐心疼他。大姐听人家说，得了肝炎病的人就这模样，莫非他得了肝炎。得了肝炎好治，据说吃黄豆很有效。要其他的东西可能难一点，要黄豆那就容易了。大姐家的责任地里黄豆丰收了。大姐把那上好的黄豆炒了一口袋，给他送来，要他慢慢地吃，黄豆有营养，既可治病又滋补身体。尽管吃，吃完了大姐再炒。黄豆炒得香喷喷的，咬在嘴里咯嘣脆响，很好吃。

于是他每天的重要任务就是吃黄豆。吃黄豆是个很轻松的事，黄豆吃在嘴里的味道也好。他躺在床上吃，呆望着某一个地方时，眼睛不拐弯，但手却不停地从口袋里掏出炒黄豆来，一次一粒，能准确无误地扔进嘴里。开始他扔得并不准，但吃的黄豆多了，扔的次数多了，他就扔得很准了。他觉得这很好玩，这也是乐趣。越觉得是乐趣，黄豆就越吃得多了，勤了，而扔黄豆的准确性就越高，最后达到炉火纯青的地步，能左右开弓，黄豆要扔到哪儿，就能扔到哪儿，真是神了。

这其中大姐为他又炒了五次黄豆，累计算起来，他大约吃了大姐的炒黄豆六十斤开外。大姐很高兴，她觉得弟弟的肝炎病一定在慢慢地好转，为了弟弟的病，莫说吃了六十多斤黄豆，就是吃了六百斤六千斤，她也心甘情愿。

吃炒黄豆唯一的不好，也就是说唯一的后遗症就是：放屁。这点没办法解决。他住的小房间里，睡觉的被子里，经常是臭烘烘的，他自己闻了都有些不好受。那天，珍子姑娘又来找他，一进他的小房间，就被那股臭气冲走了，珍子再也不来了。他和珍子的最后一点感情被那股臭气熏走了。不过，他不遗憾，他并不想找女人，或者说他觉得自己还年轻，找女人的时候还不到。他其实长得很标致的，皮肤白皙，五官端正，又在县城读了个高中毕业，有一种气质在。再加上他那种懒洋洋满不在乎的神气，曾吸引不少乡下姑娘，在读高中时，也曾有个女同学追求他，那女同学是县商业局长的千金。这些追求他的女孩们，得到的下场都与珍子姑娘一样，只好惋惜地离他而去。能像珍子那样骂他"不中用"的姑娘，在乡村算是开放派了。

姑妈没有忘记她的诺言，在城里写信来，让他到省城去给她帮忙，顺便治病。姑妈说："三子伢，你是我刘家的一点血脉了，见你得了这种病，我真是痛心。你来吧，我为你找了个专治各种疑难病的医生，你住在这里，一边治病，一边帮我守守摊子，赚点钱，你自己可以存下来将来娶媳妇用。到时，我还会送你一笔钱的。"

他读着姑妈的信，笑笑，心里说：你给我钱干吗，我要钱做么事哟！没有钱，我也过得不错，只要经常有黄豆吃就行了。

他决定到省城姑妈家去住一段时间，散散心吧！城里与乡村里也差不多，他觉得自己到哪里都可以。既然姑妈要他去，他就去一下。大姐为他新炒了二十斤黄豆，他将背着二十斤黄豆到省城去。炒黄豆吃完了，就写信回家，大姐说再派大姐夫给他送二十斤去。他的炒黄豆绝对保证供应。大姐一定要用炒黄豆治好他的肝炎病。

临走的前一天晚上，村里停电，停电是经常的，如今处处用电紧张，用电的东西太多，电就不够用了。他倚在小房间里的床上，桌子上点了一根蜡烛。他望着那萤火般的烛光出了一会神，手在不断地朝口里扔黄豆。他想早点睡，就停止了吃黄豆，躺下了身子。他掏出了一颗黄豆，随手朝蜡烛一弹，击中了烛光，烛光立时灭了。他很快就睡着了，今天睡得很顺利。他做了个梦，梦见自己在大街上弹吉他，唱一支很古怪的外国歌，许多人围着他看，他吃着炒黄豆，听见人群中的议论：这个人有病！他知道那是在议论他。他摇摇头，说：我没有病。

他坐在姑妈的摊子后边，看着摊子前边来来往往的人流，拎包背袋的，还有用扁担挑两只箩筐的乡下小商人。这是省城最有名的一个小商品市场，千把米长的街筒子里，两边密密麻麻地摆满了小摊子。小摊子千奇百怪，形状各异，摆着挂着堆着的货物也是千奇百怪，这种场面这种街巷如今遍布全国城乡，大同小异。而在小摊子中间穿来穿去的人，总是那么多，好像这伙人成天就在这里慌慌张张地簇拥着，奔忙着，他们大约是不用去种田的，他想。

他对人流感兴趣，穿红着绿的女人，高高矮矮服装不一的男人。他坐在摊位后，眼睛就看着这些，一看半小时，不知道挪动。他不去招徕顾客，他不去叫喊自己的货物的价码便宜独家经营之类的话。反正这摊子是姑妈摆的，摊架上挂着贴有姑妈照片的营业执照。摊架上的货卖多卖少赚钱赔钱与他不相干，他懒得管。有人来买，不必讨价还价，一手交钱一手交货，他的生意做得像冬天的冰，有时一天难赚两块钱。姑妈这两天忙着进一批货，没精力管摊子，就说："行，卖一分钱算一分钱，你帮我把摊子照看住就行了，指望你赚钱，我刘家的祖坟还没冒气。"

他来省城的当天晚上，姑妈就带着他找到那位包治各种疑难杂症的老医生，老医生为他摸了脉，看了舌苔，摸了他的后脑壳。老医生怔了半天。姑妈上前殷勤地问："王老先生，您老仔细看看，我这侄儿的病有半年多了，求老先生的神药治治，我会重谢的！"

老医生搔了搔头上的几根白发，朝姑妈翻了翻白眼说："没病，都正常得很。"

无论姑妈怎么说好话，怎么许愿，老医生还是那个话："没病，我不能把没病说成有病啊！"

姑妈叹口气，只好带着他回家了。他发现姑妈的叹气与父亲叹气的模样很像，到底是兄妹呀，他想。

早饭后，姑妈把摊位摆开后才离去，他就微弓着腰坐在摊子后面，懒洋洋地看街上人流。看许多的裤子和许多的鞋子移动着，慌慌地奔行着，他觉得很有意思，看着看着，竟微微地笑起来了。在他用眼睛看人流时，手还在不停地朝口里扔炒黄豆，先用右手扔，再用左手扔，炒黄豆在嘴里嚼得咯嘣响。吃过了黄豆，就放屁，他努力使屁放得不怎么响，他的摊位两边都有摊位，一个摊位后坐着个少妇，打扮得浓艳风流的，招人眼，所以生意也就好得多。少妇摊子上的生意红火，更衬得他摊子上生意的冷清。他摊子另一边的摊主是个小姑娘，小姑娘是姑妈家的小邻居，年龄和他差不多大，也是高考落第者，小姑娘长得不好看。他坐在她旁边，一次都没朝她看过，这使得小姑娘有些悲哀，悲哀自己长得不好看，引不起旁边的他的注意。

他今天一笔生意都没做成，两边的少妇和小姑娘已做成不少生意了，他还在懒洋洋地看人流中的裤子鞋子，还在不慌不忙嚼黄豆，他提不起精神来。虽然到了省城，省城又怎么样？省城人还不是要生活要过日子。小商人们把调子拉得长长的，叫卖声不绝于耳，他觉得这些人真没什么意思。两边的少妇和小姑娘，向购货者露笑脸媚态，做成了一笔生意后就喜洋洋的如拾了块金元宝，也没意思。挑一条裤子，为还一块钱的价费了半天口舌没意思，街筒子的人流，各种冬样的裤子鞋子奔行跳动，也没意思。税务工商管理人员在街上巡查，戴着那样的帽子穿着那样的服装，也没意思。这世界呀，有意思的东西真少，整个来说就是没意思，他这样想，嚼黄豆似乎有那么点小意思。

街那边出现三个不一样的裤子，裤子挺特别的，牛仔裤上缀了许多的口袋，每个口袋上有两枚铆钉似的玩意，裤腿到脚踝骨处，都撕成了一条条的。三个裤子下面穿一样的牛筋底的鞋，旅游鞋，鞋面脏得可刮下二两泥垢来。他看到了许多的裤子和鞋子，唯独这三个裤子和鞋子不一样。引起他奇怪的是，三个裤子和鞋子停在他的面前不走了。他继续看裤子和鞋子，他懒得抬头。他嚼黄豆，手在一颗颗地扔黄豆进嘴里。他发现三个裤子和鞋子不动了，在看他，观察他。看就看吧，摊子上的货看中了就开口，想他招呼他们，做不到，他懒得招呼。有个沙哑的嗓子开口了：

"老板，买货呀！怎么不抬头呢？看什么，看我们的好东西呀？"

他慢腾腾地抬起头来，首先映入眼帘里的是三颗爆炸发式的头，接着是三张长满肉瘤的脸，三双凶凶的嘲笑的野性的眼睛。他瞟了这三个牛仔裤一眼，懒懒地答："要什么？"他的口音是乡下人的口音。

"嗬，是个土鳖子呀！"一个爆炸头说。

"要三副这玩艺，多少钱一副？"一个爆炸头歪了歪一头的爆炸发，用手扯住了挂在货架上的海绵乳罩，瓮声瓮气地说。

"十块！"他答。

"你他妈的杀肥羊呀，赚钱赚到老子的头上来了，五块钱一副！"说话的爆炸头从怀里摸出三张五块的票子，拍在他的摊子上，扯下三副乳罩。

他叫了声："五块钱不卖，你们放下，把钱拿走。"他的身子都没从凳子上站起来。"妈的个土鳖，爷们还没碰到个狠人，今天倒要见识见识这个乡下佬了！哥们，上！"为首的爆炸头发出了指令，另两个立即扑了上来。

他两边的少妇和小姑娘赶忙护住了自己的货物，并把贵重点的东西塞进了摊位下的蛇皮袋子里。其他的摊主像没见到这一切样，各人做各人的生意。街上的人还在来来往往地流，有喜欢看热闹的人就停了步，准备看一场武打片，没有一个人上前解劝。

他掏了颗黄豆正准备朝口里扔时，只见一个爆炸头的拳头已经冲到他的面前。他想，狗杂种，打吧，狠狠地打吧，挨一次打也是刺激，说不定有点意思。他本准备挨一顿打，但在拳头打到他身边的那一刹，本能使他一让，爆炸头的拳头落了空。他没被打着，手上的那粒黄豆对准爆炸头瞪着的凶眼欻的一声飞去，只听得爆炸头"啊呀"一声叫，连忙捂住了眼睛。他左右手同时使用，又连发了五粒黄豆，三个牛仔裤的六只眼睛在短短几秒钟内，被神奇地击中了，三个爆炸头晃着直叫唤。

领头的爆炸头捂着眼睛，朝着他直鞠躬：

"大师大师，算我三人有眼不识泰山，冒犯了大师，望大师手下留情，我等三人这里赔罪了！请饶恕！"

另两个牛仔裤也捂着眼直鞠躬，完了，三个人捂眼逃窜。

他把被扯下的三副乳罩又挂在货架上，那三张钱还在他的货摊上，他吹了口气，把那三张票子吹落在地，立即被人捡拾去了。

他仍旧坐下来，微弓着腰，看街上的人流，口里还在嚼着炒黄豆，嚼得咯嘣响。

看热闹的人呆了。好厉害的家伙，那黄豆点哪打哪，百发百中，真是神手。看他那漫不经心的样子，是个高手！这叫真人不露相。他那飞黄豆厉害，他手一抬，那黄豆就飞出打人。三只坐地虎败在六粒黄豆下，这可是真本事。一条街筒子立时就传遍了他的神奇武功，他很快就成了知名人士了。要知道那三个爆炸头牛仔裤是这条街上的灾星，连工商税务人员都不愿碰他们，那些小商人们谁敢斗他们？只好由他们敲诈。如今他为大家出了气，他就是英雄了。许多人都跑过来看他，有不少客户来买他的货。他懒懒散散的，递货收钱慢腾腾的，是个生手。旁边的小姑娘丢下自己的摊子来帮他的忙，他的生意今天做得不错。

他的摊子成了热闹的地方，他都有点手忙脚乱之感。他觉得这真没什么意思。忙了一阵，他才忙中偷闲地坐下来，喘口气，吃几粒黄豆。小姑娘帮了他半天忙，这会儿，他还是不朝小姑娘那边看，小姑娘更伤心了。

姑妈隔壁的小姑娘姓李，虽然大学没考上，可心思大得很，在小街上摆了三年小摊子，早已存款五万了。他越是不看小姑娘，小姑娘越是难过，就越是敬佩他。小姑娘心里下了决心，要把这个傻俊的哥儿追到手。瞧他那一身本事，小黄豆击败三个流打鬼，神了。

小姑娘采取了行动，白天做生意坐摊子，他不朝小姑娘看，小姑娘偏朝他看，有生意找上他的摊子，他懒洋洋的，小姑娘就帮他招呼，帮他卖货收款，小姑娘一人照看了两个摊子。他落得清闲，就坐着吃炒黄豆和看街上的裤子鞋子的变幻。小姑娘找他说话，他只是"嗯啊是"地答着，提不起一点兴趣。这使得他另一边的少妇直朝小姑娘撇嘴，满是嘲笑的意味。

姓李的小姑娘矢志不移，毫不灰心。晚上，小姑娘到姑妈家里，一口一个"姑妈"的喊得好亲热，小姑娘帮姑妈做好多家务事。小姑娘没事做了，就陪着他，找他有一句没一句的说话。他还是"嗯啊是"地答着，整个的没意思，提不起精神。

小姑娘甜甜的嗓子问："三子哥，你那一身功夫哪学来的？你的飞黄豆真绝了！你会气功么？你会铁砂掌么？"小姑娘除了卖货，还有个爱好就是喜欢读武侠小说，她真愿嫁身边这个一身功夫的又俊又傻的哥儿。

他说："我哪有什么功夫，我什么都不会，没意思！"他回答这几句，就嚼黄豆。

"你谦虚嘛！三小哥，跟我说说嘛，我又不是外人，你的功夫教给我，行么？我可以每天起得很早跟你学功夫。"小姑娘真心想当一个女侠客。丈夫有武功，妻子也应该会几套，她想。

他仍在朝嘴里扔黄豆，一扔一个准，扔进嘴里嚼得咯嘣响。他真不想回答小姑娘了，他想到床上躺着去。可小姑娘不走，硬是缠着他，他没办法，感到没意思极了。

小姑娘见他扔黄豆的准头，两只亮眼紧紧地盯着，看得呆了一般，看得他没办法躲避。小姑娘穷追不舍，"三小哥，你对我说说嘛！"小姑娘的小手把他的肩膀推得直晃。他闻到一股浓浓的香水味。他实在没办法了，为了打发走小姑娘，为了早点上床睡觉，一个人待着，他只好说："哎呀，这有什么可说的呢！我喜欢吃黄豆，天天往嘴里扔黄豆，扔得久了，就准了！就这本事。黄豆往嘴里扔得准，往其他东西身上扔也就准了。就这些，真没什么功夫了，骗你我不是人！"说完，打了个呵欠，站起身，其意思很明白：你要回去了，我要睡觉了。

小姑娘好不灰心，这家伙，这个木头人呆子傻子，我的一片情你就看不出来吗？你真的有病吧！你就是真的有病，我也要把你治好，我有钱。你跑不了的。小姑娘越看他那种漫不经心的样子就越觉得可爱。见他站起身送客，小姑娘只好回去了，明天再来，她想。

小姑娘有一天在摊子边碰到一个同学，这同学不知怎么混到一家小报纸当了记者，是合同制。这记者听说了飞黄豆击败三流氓的故事，就找到小街来了。碰巧见到了同学小姑娘。记者想采访他，他什么都没说，他懒得说，于是小姑娘就在自己的摊子边，自告奋勇地代他说了，说得头头是道，还加进了许多感情色彩。小姑娘当然也说了他这飞黄豆功夫是如何练成的，而且除了这飞黄豆外，他没其他功夫。小姑娘与记者说话时，他仍坐在摊子上吃黄豆，使得记者亲自见到他扔黄豆的准确性，叹服不止。而他，对小姑娘与记者则充耳不闻，视而不见。

记者采访到了飞黄豆的故事后，回家连夜写了篇《黄豆大侠飞黄豆，三个流氓抱头窜》的稿子，寄给了一家通俗文学刊物，很快就发表了。

在小街被他击中眼睛的三个爆炸头，好久没到小街来了，小街安静了好长一段时间，摊主们很骄傲，他们的队伍中有个黄豆大侠，大家对他很感激。他并不领受，还是坐在姑妈的摊位后吃黄豆。

三个爆炸头在别处发了点小财。那天正在街上游荡时，突然见到地摊上卖的通俗刊物，刊物封面上有"黄豆大侠"的字样。其中一个就买了一本，翻读了一遍，脸色立即气成了一块猪肝。"哥们，看看这！好个婊子养的，这狗屁黄豆大侠，原来就这点本事呀！老子还以为他有其他功夫呢！看老子怎么去收拾他！"

另外两个爆炸头把刊物一看，立即叫起来了！"狗杂种，欺人太甚，算账去！"

"先不忙去，要作点准备。明天我们三个都戴副厚玻璃眼镜，还是要防他的飞黄豆呀！"领头的爆炸头说。另两个立刻点头。

早晨，小街的摊子都已摆开，就如经过一夜饮露的花，在阳光下绽放得更艳丽明媚。摊位后坐着的男女摊主们，一个个精神焕发。

他坐在摊位后，一如既往地干他的事：吃黄豆，看裤子鞋子。小姑娘今天打扮得一身艳红，做着生意，拿眼瞟他，那眼里有钩子，就是钩不动他的灵魂。小姑娘已急不可待了，她准备向他进行最后的进攻了。

这时，那三个久违了的牛仔裤进入了他的眼帘，停住了。他知道怎么回事，他也不愿多想，今天就挨挨打吧！他朝口里扔一粒黄豆时心里想。

牛仔裤们逼过来时，他才懒懒地抬起头，三个爆炸头下都戴上了墨镜。他口里嚼着黄豆，没有做声。

"上！哥们！"一个爆炸头发令。三个爆炸头扑上来，他只觉得胸口挨了重重一拳，脸上又有一拳来了，嘴里出了血，他吞咽黄豆时，觉得是咸咸的。他倒下去了。他似乎听见了旁边的小姑娘发了一声尖叫，他躺在地上，没有爬起来，他真想这样躺下去，什么也不想，一动不动，那才有意思呢！

他感觉到身上又挨了几脚。一个声音说："算了，哥们，这小子不还手不吭声，算得个汉子，我们报了仇了，走！"是那个说话有点瓮声瓮气的家伙。

他很快就睡着了。姓李的小姑娘等三个牛仔裤走了后，帮他清理被打散的摊子，捡起了牛仔裤们扔下的一本杂志，小姑娘见了杂志上的那篇文章，叫了起来，她痛骂她的那个做记者的同学，真是个婊子养的，她觉得自己和他都被出卖了。她发誓要找她的同学算账。

他醒来时，是在姑妈家里。他躺在床上，头上已包了纱布，嘴角擦了红药水。他睁开眼，见姓李的小姑娘坐在床边，她望着他，他望着她，他看见她眼中的光芒，他就闭上了眼，不想再看什么了。他觉得挨了这一顿打，身子似乎好多了，不过还有点懒洋洋的。

他想干点什么。他想起来了,有好久没吃炒黄豆了。小姑娘这时刚好把一粒黄豆送到他嘴边,他立即嚼起来,嚼得咯嘣响。

小姑娘手边有一本《半月谈》杂志,杂志翻开的一页上,有用红笔画出的几句话:

"无兴趣病突出特征是,患者浑身乏力,整天昏昏欲睡,对工作和学习等任何事情都无兴趣或感到厌倦。它像艾滋病一样,迄今尚无有效的方法和药物阻止其流行和发展。"

"一定得治好它!"几个红字写得歪歪扭扭的。

错 位

墓地在村后的那面向阳的山坡上,离公路不到五十米。墓地终年都一团葱郁,柏树挺拔,山松常青。松柏浓荫掩着的大大小小的坟茔,也是绿草缠覆,野花纷开。墓地是村子的一处景致。

有夜鸟在村后呜哇一声,在床上倚靠着打盹的老五,惊得一个鲤鱼打挺地翻坐起来,用电筒照了照床边小桌上的闹钟,十二点过了二十分。老五站在黑屋里静心听了听,四处悄静,村子沉睡得好深。可以行动了,老五心里说。

老五摸着系牢鞋带,扎紧腰带,把短钎和锤子放在麻袋里裹了,手电筒揣在腰里,提了挖锄和板锹,出了自己的屋子,反手把门掩上。也不需锁,屋里没几件值钱东西。

真是个好夜晚,无明月,但有掩在云里的月光透出来,四处朦胧。看不真切,但也不是墨黑的锅底。

农历九月底了,夜里还是有股寒气,老五打了个冷战,使眼睛很快适应了夜色,就快捷地朝村后墓地走去。

路是熟路,走了几十年,出了村,就见那团在夜色里的墨黑。风吹松柏飒飒有声,墨黑里透出股阴气,直朝这边飘来,老五立时感觉到了,不由得停了脚步。脚步只停了一霎,老五又朝前奔去,直对那团墨黑。妈的,胆小鬼只够格饿死。老五决不做胆小鬼。

五六分钟的时间,老五已接近了墨黑的边缘。有刷啦刷啦的声音,是一块高粱地,高粱穗子已割了,只留一地的无头秸秆,风吹叶片,刷啦刷啦不停。

"格格格……"一串女人的笑声从高粱地那边传过来。老五的头皮一炸,双腿软了,妈的,碰到女鬼了。老五吓趴在高粱地里,大气都不敢出一丝。

"珍珍,下次回来,我给你买串珍珠项链,戴在你这白颈子上,一定漂亮。"一个男人的声音。

"求你了,波波,别动,别动好不好!"女人的声音,有气无力的。

接着是粗重的喘息声。"好,我不动不动!"男人的声音嘟嘟囔囔的。

妈的,真是碰到鬼了,深更半夜的,还跑到这里调情。老五松了口气,他听出那一男一女的声音是谁了。村里的两个年轻人，男的在城里建筑队当泥工，赚了些活钱。明天碰见他，敲他一包烟抽。这地方调情好，胆子也够大的，就不怕墓地的鬼么？真是色胆包了天哩！

怕鬼，我怎么不怕鬼！老五突然想。胆子这东西是靠其他东西撑大的，偷情的胆大，干我这事的胆也大。

那俩年轻人在那边干柴烈火地烧，老五这边是决不能行动的，老五就自叫晦气。趴在地里又不能乱动，老五听着年轻人的动静，就想心事。

老五也不老，过了年才四十一岁。老五好长时间没碰女人了。老五现在没有女人了，女人走了，不知到了哪里！

老五没兄弟姐妹，两岁时娘病死。爹是当娘又当爹，把老五拉扯大。娶了媳妇，爹才去世。爹本来可娶个后娘的，但怕老五受委屈，爹就打了几十年光棍。

老五在他的堂兄弟中排行第五，在他爹这房就他一根独苗，娶的媳妇没想到是个寡蛋，不生孩子。

是个老鼠也生崽，这么个大活人就是不鼓肚，每每想起来，老五就伤心。他这房不能在他这一代绝了种呀？

跟媳妇吵架，媳妇骂："你怪我？这事怪你自己，你们屋里缺德，是个绝户头么？"

老五心里火起："个婊子养的，不生孩子还有理把责任推到我头上来了，欠揍！"

口里说欠揍，老五的拳头就挥过去了，打在了媳妇脸上。鼻子打破了，流了血，媳妇就杀猪般叫唤起来。

三个月前，媳妇就走了。丈人家、亲戚家都找了，不见了人影。有女人嫌女人，没女人想女人。有女人还是好，缝补浆洗做饭种菜，家里也热乎，单身汉的日子难呐。

那边的女人还在哼呀哼的。老五心里骂，骚狗日的，还有完没完？别坏了老子的大事。

媳妇跑了三个月，到处无消息。有一天，在城里贩鱼的同村人告诉老五，说是有次看到一群提篮子买鱼的女人中，有一个好像是老五的媳妇。他正准备问话时，那女人掉头就走了，他也不能丢下鱼担子去追。

老五问："是真的，你没看花眼吧？"

贩鱼的说："千真万确！我能看花眼？笑话，称鱼时秤杆上一星一毫我都看得清，我还看不清你媳妇。"

老五就按贩鱼的说的大致方位，进城去找媳妇。

老五分析，她提篮子买鱼，很可能她在某人家里做保姆。只要是做保姆，就得买菜，我就在这买菜的女人中去找，总有一天要找到。

老五现在已经想通了，没子女就没子女吧！中国人口太多，没子女的人又不是我一家。

老五一定要把媳妇找回，老五要对媳妇说：你别再走了，我再也不打你骂你了，要好好待你，我们俩过日子吧！我们这辈子没有孩子都行。

老五在城里找了三天，没见着媳妇的影子。老五把家里的积蓄六百多元钱带上了，白天找媳妇，夜里就在街头找个地方过夜。第四天早上，老五从一处院墙边爬起来，身上的钱都被小偷摸去了。

媳妇没找着，钱被偷光了，回家的路费也没有了。老五就去找同村的那个鱼贩子。鱼贩子见了老五，问："找着了吗？"老五丧气地摇摇头，并向鱼贩子说了自己的钱被偷光的事，找鱼贩子借钱买车票回家。

鱼贩子说："媳妇不找了？"

老五说："不找了！"

鱼贩子说："你一个人，回去做么事，乡里地是没得种头了，一年种到头，还不如我贩两担鱼来得快！"

老五说："我又没路子贩鱼，又做不了其他生意。"

鱼贩子说："看在乡亲的分上，我给你介绍个事情，一天也能挣个五六十元的。你就在城里一边做这活路，一边找你的媳妇，好么？"

鱼贩子把老五带到江河鱼行，是一个老板经营的。一进鱼行，就有一股臭哄哄腥烘烘的味道。

鱼行老板说："可靠么？"

鱼贩子说："和我同村的兄弟，可靠极了。"

老五夜里再不睡街头了，而是到鱼行里上班。

老五的工作就是把一粒粒黄豆大的碎石子从鱼口里塞进去，一条鱼可塞两三粒。

老五觉得这工作是缺德，这明明是坑害人么，我老五怎么做起这种事情来了？他心里很不安。

可是，每晚工作五六个小时，下班时，老板塞给他五十元或六十元钱，老五的心就又动了。这钱可是真的，这钱也真好赚。在乡下，一担谷子也只能卖百把多元钱，我两三个夜晚就赚一担谷子。

拿了钱，就能买碗面条买只馒头吃吃，一边找媳妇，一边在城里四处逛。

逛得多了，看得多了，也就觉得这城里人赚钱也真心黑。明明看他是在这条街上买的衣服，六十元一套，他拿到另一条街上，用电喇叭叫得响响的："快点快点，出口转内销，一百元一套，一次性处理！"

竟然就有许多人去买，一套赚四十元，老五看得目瞪口呆。

他得出了个结论：胀死胆大的，饿死胆小的。乡下人胆小的多，所以受穷的就多。

晚间再去鱼行里上班，往鱼嘴里塞小石子时，老五也不觉得内疚了。他妈的，都在赚黑心钱，只苦了种田的。我这一个晚上赚五六十元钱，是劳动换来的，心安理得。

同村的鱼贩子那天一担鱼卖了好价钱，碰到老五在街头逛荡。鱼贩子问："有影子没有？"老五只是摇头。

鱼贩子说："我是千真万确看到了，我是不骗你的。走，跟我去喝两盅，今天高兴，你陪陪我。"

在家很小的餐馆里，鱼贩子和老五对酌起来。两盅酒下肚，鱼贩子拍拍老五的肩说："怎么样兄弟，这不比种田好多了！种田卵子打得大胯响，能挣四十元钱？"

老五说："这钱赚得有点不安分，心里有愧。"

"哎哟哟，你还圣人起来了，这是什么时候了，谁他妈圣人谁吃苦，假农药假化肥假种子，我们种田的上当还少了？一条鱼塞两把石子，也骗他们一下，不应该？"

老五喝了几盅酒了，想了想，觉得也该。他妈的，那些骗人的人，也该受点骗，要不，就不公平。

那是个晴天，老五从鱼行里出来，口袋里已经有好几百元的票子了。他在小馆子里吃了两碗热干面，就又在街上转悠起来。媳妇他妈的跑哪儿去了，怎么再不上街来买鱼呢！只要你在这个城市里，我总有一天要把你寻到的。老五这么想着，不觉间就逛进了一条窄街。

窄街很窄，不通汽车，两边都摆的是摊子，中间仅够自行车推着来往。窄街上的人不很多，也不很少。没有吵吵嚷嚷的，蹲在地摊跟前的人，多是干部和知识分子模样的，他们和老板轻言细语聊着，文明得很。

老五就情不自禁地走进窄街，蹲在一个地摊跟前看稀奇。摊主是个老头，胡子一大把，可那双眼睛好亮灼。摊子是一块长方形塑料布铺地，上面摆着缺了口的碗，断了把的壶，还有黑黢黢的铁罐子烂铜钱。更可笑的是，有两块青砖，三片烂瓦，一个瓷烧的菩萨。就那菩萨还完整，老五想，这摆的是什么摊子？这也有人买么？

195

再看附近的摊子，嗬，都是这些玩意，跟老头子摊子上的东西差不多。而且每个摊子跟前都有人在谈。

一个穿着西装头上没头发的男人，提只亮晃晃的黑皮箱，在老头摊子边停下来，然后蹲下。

老头说："要点什么？"

那光头男人没做声，把那堆烂铜钱扒了扒，挑了几个出来，拿在手里细看了看，又从西装里拿出只有把的圆镜子照着看了看。完了，光头男人把铜钱放在手心里掂了掂。

老头说："真正的汉代古钱。"

那光头男人说："出价吧！"

老头说："你是识货的，我不多要，五枚钱五百元。"

光头男人就掏出五张一百元面值的人民币递过去，抓了铜钱就走。

老五呆了，这破烂铜钱这么值钱啦，买了这玩意儿有什么用？城里人真是有些怪。

老头做了笔生意，颇高兴，见了老五，说："兄弟，你要什么货？"老五摇摇头。老头又说："你有什么货？"

老五就问："你这摆的东西都能卖钱？"

老头说："当然啦，不卖钱摆在这里干什么？"

老五突然想到自己的裤带上有两枚铜钱，一直缀在裤带上，是爹传下来的。老五就从腰里解下裤带。递给老头说："这两个铜钱你要吗？"

老头看了那两枚铜钱，笑了笑说："你这是清代的钱，不值钱，要卖，五角钱一枚。"

老五说："你刚才卖给那光头，一百元一个呢！"

老头说："兄弟，那叫文物。你这铜钱到处都是，贱着哩！"

老五说："啥叫文物？"

老头就指了指地摊上的东西说，这都叫文物，都值钱呢！这条窄街，叫古玩一条街，做的都是这生意。有宝贵的文物，成交价在十万八万甚至百万元的也有。但珍贵文物，国家不让出口，那是犯法的事。"

老五就说："你这些烂东西是从哪里来的呀？"

"收购的呀！"老头说，"大兄弟，看样子你是乡下来的，乡下有好多值钱的东西呢！比如说那古墓，里面埋着东西，很值钱的。碰得好，一个墓地有十万八万的收入。别看破罐破碗，都值钱呢！我前些天收购到一个铜尿罐，花了一万多元。"

说起古墓，老五脑子里立刻闪现出村后那片松柏掩住的坟茔。听爹说，那墓群中有一丘坟茔，是明代的一个举人的，那举人家很有钱，埋的时候肯定有不少陪葬品。

老五的脑子一闪念，立刻被老头那亮灼的眼睛捕捉到了。老头想，这庄稼汉子身上说不定有戏，就更加热情详细地对老五大谈古玩的价值。夜里去把古墓挖了，拿出里面值钱的东西，送到这条街上来，一夜成了百万元户的多着哩。那墓你不去挖，总有一天有人去挖，你不得就别人得了。见财不发不是行家。你挖了古墓，然后再填起来，谁知道哇？就是知道了又怎么样？现在有谁来管这些事情呢。

"怎么样，大兄弟，我这是教你一条发财的门路呢。如果你或是你的朋友有这类东西，可以送到这条街上来找我，我姓宋，这是我的姓名和家庭地址，咱们交个朋友。我这人是走江湖的，讲的是个义字，绝不让你吃亏的。"

老头递给老五一张喷香的乳白色名片。老五忙推辞着说："不，不，我不要！"

但老五终究还是把那喷香的名片接下来了。

呜哇呜哇，夜鸟凄厉的叫声，把在高粱地睡着了的老五叫醒了。老五摸了摸手边的麻袋包、挖锄和板锹，立即明白自己是来干什么的了。

老五听了听，高粱地那边已没了男人的喘息和女人的哼哼声。这两个狗日的过足瘾回村去了，个婊子养的，硬是耽误老子这么长时间。幸亏夜鸟叫醒了我，要不我还要睡到明天天亮。

老五站起身，穿过高粱地，碰得高粱叶子刷啦刷啦响，他直直地朝墓地的那团墨黑走过去。

一进墓地，一股阴森森的凉气扑过来，老五又打了一个寒噤。老五看到那黑暗中的一丘丘坟茔，静静地卧着，老五想，那里面都躺着人呢，不过那人都已经死了，已经不能动了。老五的爹和娘都躺在这里，村子里死的人都躺在这里。老五在心里说："各位长辈乡亲打扰了，对不起。你们不要惊慌，我老五今天来，决不碰你们一下，你们放心吧！我今天是找那个举人的，他死了几百年了，我是想借他陪葬的东西用用。别人愿出高价钱买呢，他留着埋在地里一点用也没有，不如借给我，换几个钱用，也发一回财。行吧，举人老爷。"

老五念叨着，在墓地里转了转，找到了举人的坟茔。坟茔很饱满，被青草覆盖着。这座举人的坟，村里人谁不知道？老五是闭着眼睛也能摸到的。

老五在坟头跪下，磕了三个头，然后站起身，举起挖锄，朝坟头挖下去。

呜哇！突然一声锐叫，老五吓得丢了挖锄，一屁股坐到地上。待明白又是那只夜鸟时，老五骂了句："个婊子养的，吓老子半死。"就捡了块土坷拉朝树上打去，那鸟就刷地拍着翅膀飞走了，飞起时，又呜哇地叫了一声。

老五静听四周，没一点声音。老五想，今天得抓紧点，在天亮前把事情办成，下午就可赶到窄街去找那宋老头了。宋老头看到老五提来的罐子，眼睛里的光都能烤熟鸡蛋了。这是真正的举人的东西呀，宋老头递给老五一叠叠一百元面值的钞票，老五就装进麻袋里。她娘的，走就走了，不生蛋的鸡，该你没福气。我老五有钱，再去娶个年轻女人，能像珍珍在高粱地里那样哼哼，然后再给老五生儿子，那时多好呀！

老五胆子大起来，老五举起挖锄，挖那坟头，一锄挖下一大块土，老五越挖越有劲，嘴里还偶尔发出"嘿嘿"的叫声。村里人不会听到，公路上深夜没人，也不会发现。

挖下了一大堆土，坟头已经平了。老五放下挖锄，用大板锹把土铲开。铲完了土，老五举起挖锄又挖起来，土块一块块被翻起来，又用板锹去铲。

坟坑出现了，慢慢地凹下去，老五心里越来越激动，他好紧张啊！棺木就要出现了，举人的棺木，一定不同寻常，那是雕龙镂凤的樟木棺。奇迹就要有了，举人的棺里一定有大堆的文物古玩。

挖锄"砰"的一声，碰到什么了，是棺木。老五心跳着，放下挖锄，站到坟坑里，用板锹铲土挖土，把棺材盖上的土都挖开铲光了。

老五站在棺盖上了，但他感觉到那举人的棺材并不是很大，好像就与一般人的棺材差不多。怎么回事呢？举人家难道没钱，死了睡这么小的棺材。老五小心地打开了手电筒，那棺材上既无雕龙也无镂凤，而且边缘已经朽烂了，根本就不是什么樟木。

管他呢，棺材是什么木料一点也不重要，重要的是棺材里的陪葬品。那金晃晃银灿灿黑乎乎的各种东西，才是老五的目标和追求，棺材有什么用，宋老头才不收棺材呢！

老五越来越激动了，他把手电筒开着，放在坟坑的一边，从麻袋里拿出短钎和锤子。老五把短钎对着棺缝，用锤子敲了敲。短钎很快就扎进了棺缝，老五握着短钎用劲一撬，棺盖动了。老五把短钎在棺盖的周围撬着锤着，棺盖终于撬起揭开了。

一股尸气扑面而来，冲得老五一阵头晕，他晃了晃，稳住了身子，眼睛随着手电筒的光，在棺材里搜寻着。

棺材里没有金晃晃银灿灿的东西，只有一堆白骨。老五喘了口气，失望得靠着土堆吐涎水。担惊受怕，熬夜下力，满怀的希望，发财的梦，难道就是这堆白骨么？难道是白干了，老五好不甘心。

老五跳到棺材中，用短钎翻动着那举人的骨头，希望在骨头里能发现点什么，哪怕是一个缺口碗断把壶，或是一个尿壶也好呀！

老五最终还是失望了，妈的，狗屁都没有一个。这举人家的子孙真他妈的小气，老爷子死了，连一丁点的陪葬品都不给，真不像话，真是个狗日的小气鬼！是畜牲不是人！老五气得乱骂。

没有收获，老五气得用手中的锤子把那举人的骨头锤得乱糟糟的，害得老五白干一气，你这把老骨头。

老五爬出墓坑，把撬烂了的棺材盖子胡乱地盖住了墓坑，再握着板锹，把刚才挖出的一堆浮土铲到墓坑里，浮土落到棺材上啪啪直响。

墓坑很快就填平了，老五再把所有的土归拢起来，堆成一个坟堆，并依其他的坟茔模样，堆得头大尾小。坟茔堆好了，把乱乱的青草往坟上细细铺了，与其他坟茔无异。明天即使有人来，不仔细看，是看不出这坟被人挖过的。

忙完了这一切，老五出了一身臭汗。娘的，得不偿失，一无所获。老五沮丧地捡起短钎锤子，还用麻袋裹着，夹在腋下，再提起板锹挖锄，软软地悄悄地溜回村子。

推开虚掩的门，回到空空的家，老五扔了工具，疲倦极了，倒在床上就呼呼睡去，这一睡就睡到下午才醒。

老五从床上醒来，看到破闹钟已到下午四点了。老五在床上躺着没有动，脑子在回忆着什么。老五觉得自己刚才是做了个梦，梦见爹浑身血淋淋地回到家来。爹眼泪汪汪地站在老五床边，爹说："儿呀，我把你含辛茹苦地养大，爹对得起你呀，爹省吃俭用给你娶了媳妇，让你成家了呀！你不该把爹砸得血淋淋的，没一块好肉啊！"

老五说："爹啊，我没有打你砸你啊，你是冤枉儿子了。儿子再不孝，也不至于打爹呀！"

爹说："我明明看见是你打的砸的，你还不承认。孩子啊，为人心要正，要走正道，做良心事，千万莫做坑害人的事情。"

老五正要说什么，爹就走了，老五也就醒了。

老五想到这梦，不知是何意思。想不清就不想了，老五就起床，烧了锅水，洗了个澡。然后再煮一碗面条，饱饱地吃一顿。

老五想，没发了财，可不要把城里鱼行的工作丢了。再说，媳妇也还是要找的。乡下娶个媳妇难，如果不去找，难道白扔了不成。

第二天一早，老五就锁了大门，对隔壁堂兄弟交代了一下，说去城里找媳妇去。这回不找到就不回。老五背着只破人造革的包包，慢慢地离开村子，上了公路。老五在公路上一抬头，就看见了那一片葱葱郁郁的墓地。见了墓地，老五就想前天夜里的事。真他妈的怪，一座明代举人的墓，里面任什么都没有，还是老五没福气哟。

走着，老五想，那墓挖了后，不知堆盖得怎么样？反正只几步路，我为什么不去看看呢！

说去看就去看，老五从公路上一拐，就拐向去墓地的小路上。墓地柏树浓绿挺拔，山松摇曳，一派森森阴冷，直向老五扑来。老五不怕，老五怕就不干。

老五走过那片高粱地，进了墓地。墓地深处，有村里的放牛娃子在骑牛横笛，曲曲牧歌从笛孔里飘出，乡趣无穷。

老五找到那举人的坟茔，坟茔青苍苍的好饱满，头大尾小，坐北朝南，根本看不出被人挖过了的。

老五奇了，心想这不见了鬼么？我前天夜里明明挖了的，今天坟茔上的花草就长得这么茂盛了。

老五的眼睛就在坟茔堆里转悠，突然他看到一个坟茔坟土泡浮，坟草枯萎，野花零落。老五跑过去一看，立时天昏地转，双腿一软，扑通一声跪在坟前，叫了声："爹！"

老五再没去城里，他大病一场。病好后，就安心种庄稼。不久，老五的媳妇也自己回来了。

清明雨纷纷

长途汽车在金水镇头停下时，显得好疲惫。车门哗啦开了，乘客们提篮携袋蜂拥而下。他提只小旅行包，最后一个下的车。

早晨在堰城上汽车时，下起了毛毛雨，现在雨停了，天空很白很亮，但找不到太阳。这很好，他没带伞。

到这个小镇来，是临时决定，是深埋在心中十五年的情感使然。他出差到堰城，堰城离金水镇坐两个小时的汽车就到。宾馆的台历告诉他今日是清明。他要来，他要来看看长眠在土里的杨六婶，给杨六婶扫一次墓。

他还想看看巧姐，看看那个青竹般葱翠多情的山女子。他近四十岁了，儿子都上小学三年级了，十五年来，巧姐的形象常出现在他的脑海里，使他感到很难为情。

人是个怪东西，许多过去的事情，想忘掉，偏偏就忘不掉，甚至记一辈子。

金水镇没怎么大变，街道还那么窄，铺在街面的青石板还是那么光亮。街两边的房子多数还是青砖青瓦，杂有少数几幢红砖红瓦的二层或三层的小楼房。临街铺面却大变样了，那些挂着的摆着的服装杂货，与各地的商品街差不多，只是这中间插入了一些山货。小镇的人也多了，十五年前，街上行人寥寥无几，今天却可以说是熙熙攘攘了，窄窄的街筒子好拥挤。

他叹息了一番，十五年，国家又增加了多少人口！

他提着旅行包，心里算计着买些什么东西，信步走近街东头的一幢二层红砖楼房前。一楼是店堂，店堂的门面涂得大红大绿的好惹眼。

他跨进店堂，货柜后面有一男二女，正忙着生意。男的二十来岁，白净面皮，文静秀气；女的看上去三十五六岁，啤酒桶般的身躯，脸颊的两块肉耷拉着，两只眼看上去很大，但大得不纯，他似乎从两只眼里看出什么熟悉的东西来。女人耳朵上吊着大耳环，嘴里叼着烟，从神态看得出，她是老板。

女人见了他，略多看了两眼，便迎过来问：

"买点什么呢？同志？"那声音有些沙哑，疲疲的，使得他从她眼里看到的那点熟悉立刻荡然无存。他看见女人走过来时，裹在薄呢上衣里的肥肉颤颤着，女人放在柜台上的手指戴有两枚黄亮的戒指。

他指了指码在柜台上的钱纸和存在架子上的鞭炮，说："一挂鞭五斤纸。"

女人说："扫墓来的，今日清明啊！"

他点点头，不大想与眼前的胖女人答话。

女人麻利地为他称好了纸，递过鞭炮，他另外又要了些糖果点心，一起装进旅行包。女人没用算盘，心算了会，说："二十块。"

他一边掏钱也一边心算，结果发现女人多收了他一分钱。整数么？一分钱丢在地上都没人捡，他当然也不会要胖女人找给他。

他提起旅行包的那一刹，突然发现货架子一边挂着好几条彩色纱巾，鲜艳耀目，其中有粉红色的，飘飘若飞，使他眼睛一亮，心有所动。他毫不犹豫地说："请再给我拿一条粉红色纱巾！"

女人怔了怔，又望了他一眼，便默默地取下纱巾递给他。他付了款，装好纱巾准备离开。

女人说："买纱巾送人么？"

他又点头。

女人一笑。他又发现那笑里有点似曾相识的东西，而且他觉得女人的笑里有些惆怅。

他跨出店堂，想早点赶到杨柳村去。

金水镇离杨柳村五里路，走得快不要半小时。十五年前，他大学毕业不久，派到堰城搞工作队。堰城的同志带着他在镇头下了车，车站上早有当地的同志在等着。他去的村子叫杨柳村，一个十七八岁的小伙子帮他挑着行李。他记得有首很有点影响的诗叫《重返杨柳村》，他要去的村庄也叫杨柳村，从这里回去，什么时候再回来，那时，他也可以写首同题诗了。

挑行李的小伙子叫憨子，杨六婶的独生子。杨六婶中年丧夫，另外还收养了个孤儿巧姐，是憨子的姨表姐。他就住在这样的一个家里。

他在这里住了一年，这一年，给他留下了多少难以忘怀的忆念啊！六婶像母亲一般地爱护他，巧姐憨子像对待亲兄长一般地尊敬他。特别是巧姐那双明亮的大眼，那青葱翠竹般的姿影，还有那一口一个"刘哥"的甜脆叫声，使他人到中年还不能忘怀，使他十五年后还重返杨柳村。他走在金水镇到杨柳村的土路上，他想这次他可以写《重返杨柳村》的同题诗了。

他回杨柳村，并且在清明时节，更主要的目的是要给杨六婶扫墓，要在杨六婶坟前磕几个头，烧几斤钱纸，放一挂鞭。

杨六婶死得很突然，人们都没有想到。早晨，六婶给他烧好了粥，然后坐在脚盆边洗衣服。他吃完了早饭，带着巧姐憨子到坡上垒田去。六婶平时身子很硬朗，从不缺一天工的。这天，六婶说她头有些晕，想歇歇。他叫六婶好好休息，就跟巧姐和憨子扛起工具走了。到中午时，有人慌慌地朝坡上奔来，带着哭音喊："快点快点哪，六婶淹死了！"

他听清了那话，头一炸，就像自己的娘突然死了的感觉一样，扔下工具，拔腿就朝水库冲去，他身后巧姐和憨子的哭叫声，他一点都没听到。

杨柳村北有座近二十亩的水库，库深水阔，水面蔚蓝，是村人吃水用水的地方。他跑到水库边时，只见他熟悉的一只水桶在水面漂着，一只水桶装着洗过的衣服放在岸上，六婶的两只布鞋在水边。

在坡上干活的人都来了，很快人们就捞起了六婶，但已没气了。看着六婶苍青的面庞，他流泪了。巧姐趴在六婶身上，披头散发，哭得声音沙哑，憨子猛扯着自己的头发跪在六婶身边嚎叫得惊天动地。

他和村里的人张罗着掩埋了六婶。六婶埋在那块绿茵茵的山坡墓地里，他带着巧姐和憨子在六婶的坟头立了块小碑，碑上的字是他写的。他于暮色中站在六婶坟前，心里默念着：

"六婶，我的第二位母亲，安息吧！"

在乡下一年的期限到了，他离开了杨柳村，他到杨六婶的墓前磕了头，告了别，说他还要来的，来给杨六婶扫墓烧钱纸。

他也是出生在乡间，他一直就不认为磕头烧钱纸是迷信，他觉得是一种风俗，或说是一种寄托，是活人对死者的精神补偿。

巧姐和憨子一起送他到金水镇上车，憨子眼红红的，没掉泪，毕竟是个男子汉。巧姐拉着他的手哭了，哭得幽幽的，那大眼里有种说不清楚的东西，使他很感动也很难受。

可是，十五年里，他这还是第一次回来。过去有过的东西，现在还存在吗？杨六婶的坟前是否荒草萋萋？憨子和巧姐现在怎样了？还有他和社员们在山坡上垒的田，还长粮食么？

旅行包装得鼓囊囊的，糖果点心钱纸鞭炮之类的东西，也并不轻。他匆匆地赶路。

匆匆赶路的人不少，男男女女，步行的骑车的，篮里包里都有钱纸鞭炮，看得出都是上坟的。时而有一辆两辆吉普车面包车在土路上驰过，留下两道辙印。能开着车到乡下扫墓，那就不是一般老百姓了。他想。

在他感觉到身上有些汗意时，杨柳村到了，他心里有一霎的激动。

水库大坝依旧挺立，坝南面的那团葱茏绿荫下的村庄，灰白的土砖茅屋农舍堆里,增加了些红瓦房的亮色。村子静谧安恬,时有鸡啼狗叫传过来,好淳朴的江南小村庄,他停住脚步,久久地望着,很受感动。

他没有急着进村去找憨子和巧姐,他要先去墓地看望杨六婶。

他走上了一条小岔路,路面还没干,他的皮鞋沾了不少湿泥巴。他上了山坡,在一片杨树林子里,露出了密密麻麻的绿色坟头,还有几座看得出来是新坟。时光流逝,不少人死去,不少人出生,这也是规律。许多坟顶都用土块压了钱纸,坟前留有鞭屑和纸灰。他找到了杨六婶的坟,坟前他写字的石碑还在,字迹有些模糊了。坟堆变得高大,这是每年都有人添土的缘故。坟堆上的草嫩绿匀称,有几朵不知名的小白花绽开着。

"六婶,我来看你了!十五年了啊,我来迟了,你不会怪我吧?六婶啊,十五年前你把我当儿子般看待,照顾我吃照顾我穿;我生病你守着我,我晚上出去开会你在灯下等着我;有好吃的你留给我,衣服破了你给我补。六婶啊,你待我太好了,我会永远记着你。"

他默立了一会,然后扯了把小树枝,绕着六婶的坟拂了拂,这就是扫墓了,这是种象征。

他打开旅行包,拿出了钱纸和鞭炮。五斤钱纸的堆头不小。他想,六婶活着的时候,总是缺钱花,巧姐是个大姑娘,想买块花布都掏不出钱来。后来六婶在雪天里进山砍了两天柴,累死累活挑到砖窑厂卖了两块五角钱,给巧姐做了件花布罩衣。那时他每月的工资有三十六元,他想帮助六婶,但六婶死活都不要。有两次,六婶家连买盐的一角五分钱都没有,他就悄悄地去买了几斤盐,事后六婶给他做了一双棉鞋,那棉鞋暖和极了,其价值绝不止他买盐的几角钱了。

他掏出火柴划着,去点燃那堆纸钱。火柴熄灭了,钱纸没点着。他又划了一根火柴,小心翼翼地伸到钱纸堆里去,又熄了,钱纸仍没点着。周围又无风,怎么回事呢?他在心里说:六婶,是不是你怪我十五年后才来看你,你要罚我,就让我点不燃钱纸呢?

钱纸烧不了,他就捡来些石片压好,说:"六婶啊,你自己处理吧!这都是送给你的。"

他把包装得富丽堂皇的鞭炮拆开,包装上写着是五千响,可拆出的鞭炮却不长,而且鞭梗都细,找不出一个粗一点的,塞在包装里的马粪纸块倒有好大一堆。黑心肠的鞭炮作坊,这不是坑人嘛?他上当了。上当也无法,他还是把鞭炮点燃,劈劈啪啪响了一会就完了,怕是连一千响都不足。他有些憋气,他妈的,没想到从省城到这乡镇上受骗。突然,他心中一闪,忙又蹲下身子,扒开压着钱纸的石片,用手去摸用土黄色的粗纸做成的钱纸。啊!竟是湿润润。他妈的!这些个体商户，为了钱什么缺德事都干！他重又用石片把钱纸压好，无可奈何地叹了口气。他想，你个体户把这钱纸洒水，多一斤也不过几角钱，靠这种手段发财当万元户能靠得住么？

他把旅行包收拾好，然后双膝跪下，朝着坟头磕了三个头，这才站起身……

他走进村子，已近中午，有不少人家的屋顶冒起了袅袅炊烟。正是放水整田育秧时节，能做得起活的劳动力都下田去了。他没碰见一个熟识的人，也许是时间久了，他变老了，那几个蹲在墙壁下的老者眼花，认不出他这个十五年前的工作同志，而他也确实认不出那几个老头是谁。

他找到当年熟悉的茅屋，茅屋依旧，只是屋顶已翻盖了新茅草，土砖墙看得出来也修整过，有的还是新砌的。憨子第一眼就认出了他，激动得大声叫喊："刘哥，我的刘哥！"一下迎上来，紧紧地攥住他的手。

憨子已是一条大汉，脸膛宽了，骨架大而结实了，但那憨憨的神态还没变。

憨子把他扯进屋里，朝灶屋里大叫："来客了来客了！弄几个好菜来！"

灶屋里出来个黑黑的少妇，五官端正，一脸的微笑。少妇还抱着个光屁股孩子，长得虎头虎脑的，瞪双明亮的小眼睛看着他。

憨子说："这是我媳妇！"说完伸手把小孩抱过来说："这是小儿子。大的是个丫头，上学去了。"

憨子又对媳妇说："这是我常对你说的刘哥，娘在时，他在我屋里住了一年呢！"

憨子媳妇忙说："稀客稀客！"就麻利地进灶屋做饭去了。

他把旅行包打开，把糖果点心一股脑拿出来，只把那条纱巾留着。

憨子说："刘哥，要你花钱做么事呢！"

他告诉憨子，刚才他去为六婶扫了墓。憨子说他真是好人。他又告诉憨子说他买钱纸和鞭炮上当的事，憨子直骂奸商断子绝孙不得好死，还说："哪样东西不假？只有刘哥的心是真的。农药化肥也有假的，棉花地里洒了农药，结果红蜘蛛越发多了起来，你说坑人不坑人！"

他问憨子如今日子过得咋样？憨子说："要说富也富不起来，在土地上盘庄稼的难得富。要说穷吗，也比你在这里那会儿好多了。粮食足，衣服穿不起好的，但有穿的了，零花钱也多了，有好几家还买了电视机呢！"

他突然想起巧姐，就问憨子："巧姐呢？"

憨子顿了顿，才说："我姐啦，如今不一样了啰，她不大来我这穷兄弟家了呢。今日清明，她都没来给娘上坟，虽不是我娘生的，但亏我娘养大了她。"

憨子不大愿意说起巧姐，只告诉他巧姐嫁到金水镇去了，经营个商品铺子，有钱呢。他沉默了……

　　憨子媳妇很快做起了几个菜，有腌鱼、腊肉、鸡蛋，还有不少青菜。憨子和媳妇一迭声地说："刘哥莫见外，乡间的菜端不出手，事先也不晓得你来，没能作个准备。"

　　乡间的一顿午饭，他吃得很惬意，和憨子俩各自喝了两杯谷酒。他很高兴，这使他想起了十五年前的许多事，他心里更有一种快点见到巧姐的迫切愿望。

　　吃完午饭，稍稍坐了会儿，他坚辞了憨子两口子的热情挽留，说是要赶回堰城去，明天还得办事。

　　他想，今后有机会，应该经常来看看憨子，还有苦命的六婶。

　　他快步走在土路上，他的旅行包中还有一条粉红色的纱巾呢，那是他送给巧姐的一件礼物……

　　那年，生产队在山坡上改了一个冬季的田，好不容易给社员们放了一天假。巧姐和村里的几个小姐妹约好到金水镇去玩。年轻人在村里成天干活，总得歇口气找个地方消遣消遣。到堰城太远，只有金水镇可去。

　　姑娘们出门总想把自己打扮得好看一些，走在路上让人多看两眼就是她们的乐趣。可是那阵子家家穷，也拿不出钱来给女孩儿买穿戴。巧姐看上了隔壁新过门媳妇的粉红色纱巾，就找新嫂子借来，围在脖子上出了门。

　　小姐妹们见巧姐围了条纱巾，好羡慕啊，这个拿过来围一会儿，那个拿过去试一下。当纱巾最后回到巧姐脖子上时，小姐妹就取笑她："看呐，巧姐好漂亮，像个新娘子！"

　　巧姐满面羞红，追着同伴打。小姐妹们就这样打打闹闹地往金水镇走去，好不快活。

　　她们在金水镇的简易剧场里看了一场电影。简易剧场又小又破，人挤得满满的。巧姐和小姐妹们待在一处，被电影里的故事吸引了。巧姐觉得有些热，就把脖子上的纱巾解下来拿在手中。

　　电影散场了，小姐妹们被人流拥出了剧场，走到了街上。可是纱巾不知什么时候丢了，巧姐急得眼泪都流出来了。小姐妹们都帮着巧姐回剧场里去找，可哪里有纱巾的影子？她们又到街上找，那就更找不到了。见到有人脖子上围着粉红色纱巾，她们就去问是不是捡来的，结果被骂了一顿。

　　本来想快快活活玩一天的小姐妹们，扫兴而归。回到村里时，巧姐的眼睛都哭得红肿了，小姐妹们陪着巧姐难过。

　　为了给新媳妇赔纱巾，巧姐到山里砍了一个星期的柴，挑到窑厂里卖了，才凑足钱。为了一条红纱巾，巧姐吃了许多苦，人也累瘦了。

这期间，他刚好回城去休假了。当他回到村里，听说了这件事后，心里感到酸酸的。乡间的女儿哟，你们好苦。他想下次回城时，一定给巧姐买条粉红色的纱巾，作为礼物送给她。送给她，仅仅是作为对乡间少女的同情么？他也说不清楚，他觉得巧姐可爱也可怜。

但是，等他下次回城，却是结束他一年的工作，撤回单位，再不来了。他却没忘心里的诺言。十五年后，他来了，买了条红纱巾，也许，巧姐今天不需要了，她有更高级的围巾或纱巾，而他这样做，仅仅是为了一种心理平衡。

金水镇很快就到了，他看看表，已经是下午两点半钟了。天在慢慢阴沉下来，看样子又要下雨了。

镇子东头的那家大红大绿门面的店堂开着，店堂里没几个人。他想起早上在这里买钱纸买鞭时上的当，很有些气。但他又不愿去找那胖女人理论，不值得。那假鞭炮不会是她生产的，那钱纸她洒了水，你又能把她怎么样呢？

他急于要找巧姐，找个老人问问。见到巧姐又怎么样？他问自己。不怎么样，不过是叙叙旧，他是想再看看那个青竹般葱翠的山女子。

问起杨巧姐，金水镇的人都热心地为他指点，都很熟的。他是从街头逛到街尾然后再问的。被问的人都说巧姐住在街东头。他就从街尾又朝街东头走。

当最后被问到的人指给他看巧姐的家时，他大吃一惊，简直呆了。那个有大红大绿门面的店堂，竟然是巧姐的家。那个胖女人是谁？他心里一抖，天哪，还能是谁？她是巧姐么？他记起他上午在她身上看到的那点若有若无的熟悉的东西，这怎么可能？巧姐，那个明眸皓齿一笑两酒窝的女子，那个青竹般葱翠的女子，那个脆脆甜甜地喊他"刘哥"的女子，怎么能是又胖又俗嘴上还叼支烟的胖女人呢？那个刁钻地往钱纸里洒水黑了良心的胖女人绝不会是巧姐，她或许是巧姐婆家的什么人吧，他在心里这样说。

他站在巧姐家的店堂外面，久久没有进去。他害怕进去，但他又不愿就这么走，他确实想看到巧姐，这个念头十五年来都没断过，就像他要来看看杨六婶的坟的念头一样。他旅行包里还有那条粉红色纱巾呢，他真没想到他买纱巾的人家正是他要送纱巾的人家。

他终于走进了店堂。店堂里已经没有顾客了，那个二十来岁的小伙子正趴在柜台上打瞌睡，他是她家的伙计吧，他想。

正倚靠在柜台边抽烟的胖女人见到他了，忙扭动着啤酒桶般的身躯走过来，脸上挂着有些不太自然的笑，说："您来了！"

他不明白她这话的意思。只是客气地说："我想找一下杨巧姐。"

胖女人笑了，不自然的笑变成了真正的笑。

"刘同志，你不认识我了，我就是巧姐哪！上午我就认出你来了，你是贵人眼高啊！"

他一霎时如雷击了般，岁月啊，这般的无情，他心中的那竿葱翠的青竹枯萎了，折断了。他想他真不该来找巧姐，他找到的是这么样的一个丑陋的东西。她早认出了我，她知道我买钱纸和鞭炮干什么，可她还是照坑不误……真不该走进这个店堂啊！

他听见那沙哑的嗓音响了："刘同志，你惊奇了吧，我不是当年的那个巧姐了啊！那时候是个穷光蛋，为一条纱巾哭肿了眼睛，又累个臭死。唉，那时候多穷啊！"

她说完，摆了摆头，耳环乱晃。她熟练地从一个装潢高级的盒子里掏出支加长嘴的香烟来，递给他："请抽烟！"

他摆了摆手，表示不会。

她没劝，就自己衔在嘴上，"吧"地按燃打火机点着，深吸一口，再吐出一串烟圈来。

他朝她尴尬地笑笑，说："你忙，我要去赶车回堰城。"

他逃也似的一口气赶到车站，上了车，车很快就开动了，车窗外，雨又下起来了。先是一阵急雨，打得车厢顶啪啪响。很快，雨变小了，变成了纷纷细雨。

他坐在一个靠窗的座位，闭目沉思……

雨丝幽幽，如怨如诉。有一团粉红色飘入纷纷的清明雨中。

黄 昏 槐

这是一九八六年的故事。

夏天的黄昏，七点半时才吧塔吧嗒地来临。黄昏到达时，足球场上有三个裸着粗壮大腿的男学生，把只瓜皮足球踢得满场飞；两个着红运动衫的女学生舞着球拍，打得羽毛球吧嗒吧嗒响；双杠上有人倒八叉，单杠上有人吊秋千，各人有各人无限的乐趣。

我寄住在妻子任教的中学的红色宿舍楼里，红色就是因为墙壁上没有粉成白的或灰的，露出红砖的本色来，瓦顶也是红的。红色宿舍楼是这所学校规格最低的宿舍。我家住在二楼，我当时正站在南边房间的窗户边朝外看。

窗前有棵树，槐树。槐树的枝梢伸到我的窗台了，黑黢黢的枝干参撒着冷清与严峻。这是棵枯朽的槐，并没有彻底死去，顶端上还有一抹绿色，在苍黑的枝干中显得暗淡。老槐南边是道篱笆，篱笆里是绿汪汪的菜畦，附近农民种的。我望着老槐出神，老槐望着我无言。我想呀想呀，就是想不出个开头来。

笃、笃、笃、笃……那根弯把拐棍漫不经心又有节奏地戳着，戳得水泥楼板和阶踏直叫唤。詹文要从三楼下来了，下来了，那个被人称做詹老头的退休老教师。我赶紧离了窗户，跑到写字台边，扭亮台灯，让灯光照着稿纸，亮晃晃地照着。这创作真累，比我在车床旁站八个小时还累。要当作家么？要当作家就不能怕累，想想詹老头！

他苍老了。他的头颅还是方的，方头上直直地竖满黑白相间的长发，东倒西歪地搭在额前，胡子也是黑白相杂的乱蓬着，胡须上沾着些许汤汁。一件分不清是白是灰的圆领汗衫，圆领中伸出一颗脑袋，汗衫上前后都有破洞。土黄色的裤子上有许多油垢，皮鞋龟裂，满沾尘灰。詹老头走出了宿舍楼的门洞。

门洞前有群孩子，把装电池的冲锋枪打得啪啪响，响出一条火舌；跳橡皮筋的小姑娘，小辫上的绸蝴蝶上下翻飞。

詹老头出现了。

孩子们有礼貌地喊："詹爷爷好！"

"呵呵，小朋友你们好！"詹老头停下来看着可爱的孩子们。

孩子们立刻唱起了歌，童声小合唱。

小燕子，叽叽叽，

唱着歌儿到这里，

这里的红花开放了，

这里的春天真美丽。

詹老头把弯把拐棍夹在胁下，两腿微张，腾出双手来打节拍，合着孩子们的歌声。

孩子们唱了一会就去玩自己的去了，丢下了詹老头站在门洞前，如一棵黄昏里的树，詹老头老泪横流，滴在胸襟前。他那夹在胁下的弯把拐棍像树干上横斜出来的枝杈。

在院子边看着孩子们玩的年轻母亲们，也站成一团，手上织着红的黄的毛线衣，像绽开的朵朵鲜花。有个孩子走到詹老头跟前，瞪着惊讶的眼："爷爷，你哭了？别哭别哭！"

詹老头一惊，醒过来，对孩子说："好孩子，爷爷没哭，是高兴。你们唱的爷爷的歌，唱得真好，那是爷爷为你们写的！"

孩子说："我知道，妈妈告诉过我的，说你是个作家，这支歌，妈妈小时候也唱的。"

孩子说完蹦蹦跳跳地跑开了，边跑嘴里边发出"叽叽叽"的叫声。

詹老头高兴地拄着拐棍朝大操场走去，浑身轻快。球场上踢球的学生走了，旁边打羽毛球玩单双杠的学生也没再玩了。操场边的小树林中有男女学生的笑声。

黑色的煤渣铺成的跑道，紧箍住足球场，画了一个很大的椭圆形。詹老头把拐棍提在手里舞着，双腿沿着黑跑道缓缓行进。一边走，一边舞动拐棍，嘴里念念有词，活像一只推磨的毛驴。黑色跑道上留着他数不清的脚印，也留下他构思的诗句。他每想好一句，吟一遍，觉得不行，就随口扔在跑道上了。这些句子尽是"小燕子，飞呀飞"或"小燕子，背剪刀"之类。多年来，跑道被詹老头的"小燕子"盖满了，谁需要这类句子，去跑道上拾就是了，可拾一大筐。

我能体会得到詹老头那种乘龙驭凤驰骋四方灵魂出窍目空一切的境界，此时什么黄昏、什么球场、什么树林、什么跑道，一切的一切都不在话下，都视而不见充耳不闻。詹老头已经"进入"了，进入了他的构思，他的诗句，他的"小燕子"。詹老头曾对我说过他的创作计划：写一组关于"小燕子"的系列儿童歌曲，这是他一生的追求与伟大目标。

詹老头在操场上转磨子转得汗水淋淋，转得黄昏越来越深，夜幕降临。他终于叹了口气,我知道他今天又一无所获,一句诗都没想出来。

妻子织着毛线上楼回来了,儿子背着冲锋枪做了妻子的警卫员。妻子瞄了一眼我面前白得发亮的稿纸和我头上被拉乱了的头发,撇了撇嘴,一句挖苦话终于被她的理智咬住。我却听见了她那还没说出来的话:哼,当诗人哪,是那块料么?我心里反驳:咋不行,《江城晚报》不是发了我一首诗么?还得了十块钱的稿费咧!你当教师又有啥了不起。当然,写诗,也真是难。

儿子扑到我的膝上,抓起桌上的笔,在我白晃晃的稿纸上画了一棵树,这树没有叶子。

这个黄昏我和詹老头一样,一无所获。

披着暮色上楼,一路笃笃的拐棍戳地声,詹老头回家了。詹老头住在三楼,开门进屋,把门甩得啪的一声锁上了。开灯,然后朝那把旧藤椅里狠狠一坐,藤椅吱吱直哭。这是詹老头不高兴的时光。他呆呆坐着,像个幽灵样。

身后是一排四只小书架,乱糟糟塞满了书。书架边是单人床,床上散乱地扔着被子袜子脏衣服,还有打开的书刊。地上也有堆起来的书刊,打成捆的手稿。写字台上、书架里、床铺上到处都有詹老头的手稿,第一句写的都是"小燕子"。

屋里有一股霉气潮气和谈不出味道来的许多气。我曾怀着敬畏的心情拜见过这位作家,我虔诚地在这里坐了十分钟,那股气味把我熏得实在难受。那十分钟,詹老头的写作间兼卧室,给我留下了永不磨灭的印象。我看到那剥落的墙壁上有只很旧的镜框,镜框里有一张中华人民共和国文化部颁发的奖状,是詹文同志的儿歌《小燕子》获的奖,奖状日期是一九五六年。我尊敬这位老同志曾经取得的荣誉。

詹老头呆坐在藤椅里,屋里其他东西都零乱地堆放着。

突然,詹老头跳了起来,显得轻松愉快。他按了一下写字台上的收录机键子,装上磁带,收录机里立即响起熟悉的音乐。一首有名的儿童歌曲,我和妻子以及我的儿子都熟悉的,一位少年歌星唱得人人都熟悉。那音乐那嗓子纯净甜美,有多少童年的天真美好都被唱了出来。这支歌的词作者就是詹文,也就是如今的詹老头。磁带是詹老头的一位朋友送的。詹老头百听不厌,常常听得热泪盈眶。

收录机的音量开得很大,音乐过门完了,就是那个少年歌星甜润的嗓子了:

小燕子,叽叽叽,

唱着歌儿到这里,

这里的红花开放了,

这里的春天真美丽。

歌唱完了，又是一段过门音乐，接着又是少年歌星的甜润嗓子。这支歌在磁带上是连环录下的，想听，可以连续听下去。詹老头听着听着，就从藤椅上站起来，手脚情不自禁地舞动起来。他那双沉重的脚步，踩得水泥楼板咚咚发响。

我的隔壁正是詹老头的楼下，隔壁住了对青年夫妻，丈夫是学校开车的。我听到男的在骂："老疯子，又开始冒疯气，住他楼下真难受！"

也是的，詹老头每天晚上都要听这支《小燕子》的歌，每天也要把楼板咚咚地踩一番。

幸好我没有住到他的楼下。

隔壁的女主人把头伸到窗户外，仰起脖子朝上喊："詹老师詹老师你又把楼板搞得响！"

詹老头惊醒过来，马上停止脚步，把头伸到窗外，朝下说："对不起对不起！"

吧嗒一声，少年歌星安静了，她明天晚上将再接着演唱下去，后天大后天大概也如此。

我看着儿子在我的稿纸上画树画草画狗画房子与小汽车，耳朵在听詹老头屋里传来的歌声，心里既敬佩又悲哀。詹老头有一支名歌流传下来了，得到过一张奖状，光荣挂在墙上，但他并未满足，还在写。他的燕子系列组歌要是出笼了，或许更有影响吧！光看他房里那些手稿，堆得一摞一摞的，说不定那里面有精品。詹文写这首成名歌时，年正三十。我如今也刚好三十岁，只发过一首无声无息的诗，谁也不知道我，我很悲哀，只好看儿子在我的桌子上画画。

詹老头听罢音乐，思想又沉浸到一种艺术的境界中去了。三十年了，除了这支《小燕子》外，他写了几万支关于燕子的歌，手稿都有几十上百公斤重。这么多歌词，詹老头一支都不满意，统统比不上他的"小燕子，叽叽叽"。三十年，他只晓得写呀写呀，构思呀构思呀，不写出绝唱来就誓不罢休。作家能甘于寂寞，这是一种可贵的品质。寂寞怕什么？寂寞是伟大作品诞生的催生剂和营养素，寂寞的时间越长，即将诞生的作品就越伟大。詹文三十年不发表一个字，他的工作就是构思，写作，然后扔掉。当然不是真的扔掉，是将这些废稿存放起来打成捆。他的即将诞生的"燕子系列组歌"，是要从这几万首歌词的废稿中诞生的。

詹老头伏在写字台前，拿起他那支老式金笔，在稿纸上哗啦哗啦地画起来，画出来许多的字。字迹排列整齐，互相守望。他心是热的，情是急的，样子无限虔诚！

詹老头一口气写了两张稿纸，写了五段歌词，终于嘘了口气，放下笔，激动得不得了。哈，说不定这就是三十年来他寻找的东西了。他从藤椅上站起，拿起刚写完的稿子朗诵起来，开头几句他朗诵得抑扬顿挫，满储情感，但越读声音越沙哑，变小下去。我知道，詹老头现在又判了他的稿子的死刑：这个夜晚他是白写了，他寻找的那首伟大的歌词作品没能在今天出现，那就留给明天吧！明天詹老头还要寻找灵感的，还要写下去的，明天他将要写《小燕子》怎么的呢？

詹老头读不下去自己的作品，揪住自己的一把头发，在藤椅里痛苦地扭动着。许多优美的意念，词句，看似很近，落笔时又发觉很远、很远！

那时，他的"小燕子，叽叽叽"，来得多畅快，詹文像是写着好玩的就写出来了，写在一张烟盒纸上。那是搞合作化时期吧，他们一帮人下去整社。他写在烟盒纸上的四句诗，被同行的一位省群艺馆的编辑看到了，编辑同志给他改了两个字。从乡下回城，那编辑编了一本少儿诗选，把这首"小燕子，叽叽叽"选了进去。某电影导演正拍一部儿童故事片，缺首主题歌，翻到这本少儿诗选，就选了詹文这首诗作歌词，请一位知名作曲家谱了曲。

一切都来得突然，电影放映了，主题歌流传开了，詹文成了诗人，得了奖状，在一个少儿集会的主席台上就坐，一个小姑娘为他系上红领巾，听孩子们唱起他作的歌：

小燕子，叽叽叽，

唱着歌儿到这里，

这里的红花开放了，

这里的春天真美丽。

詹文心里决定：他下半辈子的事业就是为孩子们写歌，写出"小燕子系列组歌"来，要当个真正的孩子们喜欢的诗人。

为了写作，他辞去了学校教导处主任的职务，只给一个班学生教课。

三十年寒来暑往，风流倜傥的青年詹文变成了如今的詹老头，孤单一人，老伴作了古，只有个养女叫詹燕，是在他的"叽叽叽"声中长大的。詹燕出嫁了，每个星期天来看望一次养父。詹老头啊，你心中的那只燕子呢？怎么这样难得寻找捕捉啊！为了这只燕子，你失去得太多了。当年和你一同参加革命的，当官的当到厅级了，做学问的出了一大摞著作，当了教授。三十年来，你连根燕子毛都没拾着，但你还在追寻着的呵！

妻子在屋里备课，儿子睡了，我收拾起被儿子涂得一团糟的稿纸，今夜是绝不会有什么收获的了。我又站到窗前，从宿舍楼窗口透出的灯光中看那棵老槐树，老槐树被灯光映照得古里古怪的，老槐树的背后，是一团漆黑。老槐树就这么站着，大半都枯朽了，只有顶梢还有一抹绿色。学校的人说，把它砍掉再栽一棵年轻的树；总务科长说，它没死呢，砍不得。于是老槐树就留下来站在夜色里，站在我枯竭的思维里。

妻看见我发呆，就说："要根据自身的条件来开发自己，你不是当诗人的料子，快拐弯子哟，搞点其他事情，不要像楼上詹老头那样！"

我说："詹老头么样？了不得呢，人家有追求，还得过国家级奖！他值得！"

"那也值得？不是那四句诗，三十年呢？"听妻的话味，她是瞧不起我和我在《江城晚报》上发的那一首短诗的。时间不早了，我明天还要去上八小时的班哩，只得丢手了。

我躺下后叹了口气，心里叫着楼上的詹老头，"睡吧，明天接着干吧！不要痛苦，不要悲哀！"

熄灯睡了，梦里我仍在寻找诗人的桂冠。

那个夜晚，詹老头呢，他撕扯着自己的头发和胡子，撕扯着睡去。他感到身体很不适应了，透不过气来。挣扎是无用的，只好眼睁睁地看着墙上的那面镜框，看着他未完成的那些数不清的手稿。逐渐，这些都离他远了，小燕子离他远了，黑煤渣跑道离他远了，他抓不住弯把拐棍了，他要离开这个世界了，再也听不到"小蒸子，叽叽叽"了。

一个恶魔，叫做心肌梗塞，詹老头碰到它了。

第二天是周末。夏天的黄昏在七点半时又吧嗒地来临，球场上仍然有裸着粗壮大腿的男学生在玩瓜皮足球，打羽毛球的学生没有了。这所学校是所寄宿中学，离家近的学生回了家。单双杠那儿仍然有人在倒八叉吊秋千，各人在寻找各人的乐趣。

我在红色宿舍楼二楼靠南的窗户前站着，我拒绝了妻子要我陪她散步的要求，我太忙了。妻子只好带着儿子散步去了，她有儿子陪着，我有窗外的老槐树陪着。

我的老槐树呀，黑黢黢的枝干参撒着指向黄昏，夏日的一个周末的黄昏，一边是悠闲的散步，充满着温馨和爱，一边是孤独的屹立，充满了严峻和冷清。黄昏中的老槐树哟，你那一抹绿色迟迟不肯退去，你在这绿色的菜圃中争一分暖意，你在艰难与死亡中挣扎着不枯朽，你要活你要发绿，不仅是那一抹绿，你要全身披绿。抗争吧，向严峻与冷清抗争，向腐朽与枯萎抗争。或者你终究要枯朽下去，但你只要是抗争过了，你就不愧为一棵真正的槐树。

我冲到写字台前把我胸中关于老槐树的联想倾泻到稿纸上，我要写一篇散文，歌颂这黄昏中的槐树，这棵老槐树，我的朋友。

什么干扰都没有，周围那么安静，家家户户都到外面去领受黄昏去了。只有我伏在桌上写呀写个不停。我对自己充满了信心,我怎么一下子变得这么能写了,简直是文思如涌。多好呀,我的灵感之门从此开启,门里已透出了灿烂的希望之光。我的天哪,我已经进入了境界,我就是槐树,槐树就是我,我的抒发是槐树的抒发,我的追求是槐树的追求,我是槐树的嘴,代它唱代它讲代它呼喊。

只听得我的心在强劲地跳,只见我的手在不停地挥动,只听得我的笔在刷刷地写,只见我的思想鱼贯而来,最后铺满了三张五百字的大稿纸。我不知身在何处,我不知夜之已至,到我打了最后一个句号,我的儿子已用冲锋枪抵住我的腰眼喊着:

"举起手来!"我就乖乖地举起手来。

不,我立即放下手,把我的"杰作"藏进抽屉里,否则这篇《黄昏槐》的散文就成了儿子的牺牲品,那我这辈子写的唯一的一篇散文就留传不下来了。

妻子见我的神态,仍然撇撇嘴。我想,你别做那样子给我看,我还终于写成了篇散文呢。当然我不说出来,我要在报上发表出来,让她吓一跳,当然我知道她不会吓一跳的。

我当时还真吓了一跳呢。今天晚上一定有什么事忘了,或是丢了什么东西,或是出了什么问题。但到底是什么呢?我说不出来,我凭第六感官知道,这是一定的,一定有什么事情。仔细想想,我就想呀想呀使劲地想也想不出什么名堂来。儿子从我的腿上跳下去缠他妈妈了。我打开抽屉翻着,在书架上找着,又把头伸到窗户外寻,还是一无所获。怪哉,今天晚上是怎么的了,咋这么不正常呢,像丢掉了魂魄似的!妻子见我那样子,关心地说:"怎么啦?"

我说:"我也不知怎么啦?好像要出事。我想是的。要出什么事,我又不知道。"

妻子把手贴在我额上说:"你不发烧哇,我怕你在说胡话呢。"

这个美妙的周末之夜简直就要浪费掉了。直到躺到床上,我还在想,翻来覆去睡不着。

妻子说:"你到底怎么了?"

我说:"我也不知怎么了!"

妻把背对着我,骂句:"神经病!像詹老头!"

"哈,找到了!就是詹老头!"妻的提醒使我恍然大悟,我今晚感觉不正常的就是詹老头。今天晚上没有听见笃笃笃的拐棍拄地的声响,没有听见"小燕子,叽叽叽"的歌声,没有听见隔壁男子的骂声。这詹老头哪里去了呢?自从我住到这个学校以来,还从没遇到詹老头不听他的歌的。他不下楼散步那是有的,因为是雨天或雪天。我把我的担心给妻说了。

"睡觉吧！说不定是詹燕把他接去了呢！"妻子说。

那我就睡觉啰！

星期天的早晨，詹燕来得很早。这个养父，詹燕是有感情的，但感情并不太深。詹老头自从得了个奖状，有人称他诗人后，就一心忙起他的事业来了，忘了吃忘了穿忘了玩，当然也就忘了妻子和养女了。养母死后，詹燕就失去了母爱，反倒要过来照料养父。詹燕那天拎了一网袋方便面，这是詹老头一周的伙食。推门，门不开。大概在睡觉吧！詹燕用钥匙打开了北边房的门，把厨房清理了一番，烧了壶热水。她今天要给养父把被单洗一洗。

詹老头住的南边房门还未开，詹燕要趁早拆洗被子，她有钥匙，就用钥匙打开了南边屋。她的养父直挺挺地躺在床上，已经死了。

詹燕没有哭，没有像女人们死了亲人那样哭得凄凄惨惨戚戚的。我们去看死了的詹老头时，发现这个女人把牙咬得格格的，脸色铁青着。我看见她把詹老头的尸体在床上摆端正，用很大的力气推开窗户，让清新的气流涌进来。然后，她安然地收拾着她养父杂乱的屋子。学校的许多老师来看望她安慰她，她都是木然的，没有表情。到底是养女，连滴眼泪都不流，我心里说。

詹燕把詹老头堆在桌上未完成的手稿一卷，卷起的手稿和许多捆手稿放在一起。詹燕找了只大麻袋，把它们都装了，鼓鼓囊囊的好大一堆。

我说："这是詹老师一辈子的心血，这些手稿需要整理，里面说不准有许多好作品的！"

对于詹老头的死，我是感到痛惜和哀伤的，多么潜心的一位老人，献身文学事业一辈子，呕心沥血搞创作，这样的老人是我的楷模。当早饭后我听说詹老头死了时，抢先跑上楼看望。我上楼时听到我隔壁的那个男的说："终于死了，再迟点死，我也要疯了！"我没理会这个家伙，他哪里能理解一个作家呢。

就在我说詹老头的手稿之类的话时，我发现屋子里围着的人都没有附和我，没有说"是呀他一生写了一麻袋作品，这麻袋里肯定有好作品"之类的话，连我的妻子也没做声。倒是詹燕狠狠望了我一眼，我发现她的眼睛黑的少、白的多。她望过我之后，把那只麻袋用脚推到一边去了，免得妨碍她继续清理房间。

我心里感到许多的不舒服。

殡仪馆的运尸车来了，詹老头的尸首要送到殡仪馆去。可怜巴巴的，还是那件不知是灰是白的圆领汗衫，土黄色又有些发白的斜纹布裤子，皮鞋龟裂着。老头的头发及胡子都没来得及剃。

临开车时，詹燕找了把梳子梳了梳她养父的头发和胡子。运尸车走了。我朝远去的运尸车招招手，像和一个熟人告别。

追悼会是要开的，詹文同志是这所中学的退休教师，曾经执教好多年。据我妻子说：学校给市作家协会寄了一份讣告，希望作协送个花圈什么的，当然能有个领导进治丧小组最好。谁知作协回电话说，他们不知道有个詹文，会员花名册中没有这个人，因此作协不派人参加追悼会。这使学校的教师和领导大为不满。詹老头这样一个为写歌词发奋了几十年的人，也曾得过全国奖，他们都不知道，不让入会，那作的什么协呢？但人家不承认，你气也无益。

这消息倒使我垂头丧气了半天，詹老头这样的人市作协都不知道，何况我这类角色！作家头衔真难弄到手呵。

追悼会还是开了，学校领导出席了，老师们参加了。我找工厂请了半天假，早早赶到会场。詹老头已经变成了骨灰。骨灰盒里据说还放了盘少年歌星唱的"小燕子，叽叽叽"的磁带；还有詹老头从不告诉别人来历的那支写了三十年的老式钢笔，笔尖含金量不低；还有那张奖状，从嵌着的镜框里弄出来，还弄破了一个角。

"詹文同志随着他的作品他的武器他的荣誉离开我们去了。詹文同志安息吧！"校长致悼词说。

詹燕代表家属，没有讲话只是朝参加追悼会的人鞠了三个躬。这天詹燕脸上布满了悲戚之色，但仍然没有哭也没有流泪。这真是个坚强的女人。

"安息吧，詹老师！你的歌声在千千万万儿童心里响着，你的精神激励着许许多多在创作道路上一往无前的青年，我就是其中一个。我将沿着你的路走下去！"回家后，我在日记本上记下了这样一段话。

隔了两天，我收到《江城晚报》编辑的一封信，通知我寄给他们的那篇《黄昏槐》的散文即将发表，当然文章还要由他们润色一番。我当然非常高兴，继发了一首诗后，又将发表一篇散文，我的创作有长足的进步，看来当作家也不是太难。有了第一步就有第二步也就有第三步！我将一步步地走下去，走到底。我心情畅快，我信心百倍，精神气十足。我下班后就往家赶，我要让妻子知道我的又一次成功。

我神气十足地走到红色宿舍楼下，发现楼洞门口有辆三轮车停着，三轮车上已装了不少废报纸书刊之类的东西。收破烂的来了，我想。不！我发现楼洞里有一男一女正往外吃力地抬一只麻袋，麻袋鼓鼓囊囊地好沉。我注意看去，那不是詹燕吗？呀，麻袋，这是詹老头三十年心血写出的手稿呀！

我站住了，问詹燕："你们这是干啥？搬家？"

詹燕帮那个男的把麻袋掀到三轮车上，擦擦汗水回答："有什么搬的，我们到废品站卖废纸去。"她说得很轻松，指挥那个男的踩三轮，她一抬身坐到麻袋上。那男的是她的丈夫吧。

我吃了一惊，忙拦住三轮车："詹燕，怎么能这样呢？这麻袋里是你父亲一辈子的心血啊！你要不愿整理，我来帮你整理出来，这里有好东西的。"

詹燕的眼睛又变得白多黑少了。"这里有什么好东西？我还不清楚！我父亲就会'小燕子，叽叽叽'的，没那个才气，当什么作家？他写不出什么好东西，从我懂事起就明白这个道理。他已经被这玩意害死了，我不愿这玩意再害你了。对不起，我们还要拖两趟？"

三轮车踩走了。我呆呆地站在楼洞门口半天没出声。

夏天的黄昏在七点半时悄悄来临了。

我突然想起有好多天没看窗外的老槐树了。老槐树黑黢黢的枝干夯撒着，仍是那般冷清与严峻。我寻找树梢的那抹绿色，怎么寻也寻不见。我奇怪起来，前些天还有，怎么今天就没有了！那么这棵老槐树是死了啰！

我很悲哀。回到写字台边，我收起白晃晃的稿纸与钢笔。我想起詹燕的话：我不愿这玩意再害我了。

我想我该要做点什么了，比如上电大职大等等，或者学木工手艺，将来做一满房新式家具。

我从二楼下来，准备找儿子，陪儿子玩玩。几个小姑娘在跳橡皮筋，一边跳一边唱：

小燕子，叽叽叽，

唱着歌儿到这里，

这里的红花开放了，

这里的春天真美丽。

这是詹文詹老头写的歌，他一生就只写了这四句，人们还知道他吗？

1994 年的标底

老三进屋时，项宗大和二老板秃子坐在方桌边，正就着一碟花生米和一碟炒蚕豆喝酒。老三就自己拖了条长凳横里坐了，抢过项宗大的酒碗，喝了一口。

酒是乡酿酒厂酿的谷酒，纯正醇香，口感不错，没兑过水的。

老三喊着："大嫂大嫂，怎么用这样的菜招呼客人？莫太小气了！"

项宗大的老婆应了一声，说："哪个晓得你个小短寿的来了，他们两个贱货只要花生米和蚕豆么！"

不一会，项宗大的老婆慧嫂端来一盘炒鸡蛋和一盘卤猪头肉，放在桌上，嘴里叨着："你们少灌点。还好意思，两个月没事情做，二十几个大男人，那么点田又不够种，还要娘儿们养着！还不想办法呀？"

二老板秃子咕了口酒，他的头皮已经发亮了。"妈的，这些婆娘们没良心，我们在外赚钱时，她们在家吃香喝辣的。我们才没活做，她们就嫌弃咱们了。"

"情况怎么样，老三？"项宗大问。

"情况很不好！狗日的二乡长不吃这一套。"老三把黑提包往桌上一放，接着说："他连这包看都不看，说什么你那标底咱们不谈，回去对你们老大讲，要想中这个标，非降低标底不可。"

"别人的标底是多少？"秃子问。

"我有个同学在面粉厂筹建小组里。据他私下告诉我，来抢这个标的建筑队不少，但拿得下这个工程的，只有我项岭和大塆两个建筑队。大塆的标底，可能是一百四十二万元。"

项宗大咕了口酒，嘘了口气，骂了句："狗杂种，老子三万元现金他看都不看。老二，算算账。"

秃子摸了摸额头，嘴里念叨，脑子里在默算着："一幢厂房，一幢办公加住宿的两层楼，还有仓库、厨房、厕所、围墙、门卫小屋。一百四十二万元，肖麻子他们能赚个屁，最多三四万元钱。"

"肖麻子他妈的也是急红了眼，三四万元钱发工钱都紧巴巴的。还有额外花销呢？弟兄们干一场不赚几个还成？"项宗大紧皱着眉头，又喝了一大口酒。

"得要想法子老大，两个月没活干了，婆娘们都嫌了呢！"秃子愁着脸说。

"我们不能像肖麻子那样搞。一百五十万元的标底一分也不降，要不我们把这工程接下来没意思。"

"人家不给你干呢！"老三喝了酒，就吃炒鸡蛋和卤猪头肉。在项岭建筑工程队里，他位列老三。在家里弟兄排行，他也是老三。他能有老三这个位置，是因为他年轻，高中毕业，头脑里点子多，嘴巴能说，是个攻关型人物。

人称二老板的秃子，会算账，能管人，原来是大队的会计。大队改村后，他辞了会计职，投奔到项宗大手下。

项宗大是老板，能设计，懂工程技术，讲义气，有号召力，他的建筑队二十几号人，都是一个村里的，听他的。

"二乡长凭什么不给我们干？他不给我们干，这个工程我们干定了。肖麻子他们干不了，趁他没与肖麻子的建筑队签合同之机，我们要想办法，拿下这个工程。"项宗大捏紧了拳，轻轻捶在桌上，把桌上酒碗和盘碟捶了一跳。

"有什么办法？有什么办法？"老三念叨着。

"就看你的水平了。一百五十万，拿下这个工程，老三你这个智多星我就服了。"秃子用激将法。

"二哥，你再怎么说我都没办法。你的标底比人家高八万元，人家他妈的吃多了，非得找你不可！"

"动动脑子嘛！"秃子跟上一句。

"这个脑子还是有个限度的，把脑壳抠破了也没用。"

"老三，也别把门封死了，不是有山穷水尽疑无路，柳暗花明又一村之说吗？来，我们三个喝酒。"秃子端起了碗。

"不是春节过了才开工么？二乡长说过在除夕之前订合同。还有将近十天呢，来得及，我们再想办法。"项宗大端起酒碗说。

三人把酒碗碰得"当"的一响，一口干了。

老三干完了酒，把黑提包推给了秃子："这三万元没动，我不能在这儿待着，我得要去想办法。这当儿，每一点信息都很重要。"

"我说老三不是孬货吧，你一定会成功的。"秃子笑着说。

老三跨出项宗大家的门，走了。

二乡长叫张进先，是青林乡副乡长。张进先爱说：这事我说了算，咱青林乡是乡长第一，我第二。时间久了，大家就称他二乡长。

二乡长四十多岁年纪，在青林乡干了十来年，属本乡本土干部，为人有些固执，干事有些武断。

乡里搞开发，上项目，县里新近批准他们上马一个面粉加工厂，银行贷款二百四十万元做开发费。

乡党委经过研究决定，面粉加工厂由张进先负责筹建，选地皮，购设备，建厂房，全由他一个人说了算。

张进先在党委会上拍了胸脯："这面粉厂的事，建不好找我。保证三年盈利还贷。干得不好，这个副乡长我不当了，辞职。"

地皮选好了，设备也在省城订购了。选择哪个建筑队建厂房，却不是那么容易的事情。二乡长这几天被各种各样的建筑队的头领们包围了。青林乡各个村都有建筑队，邻乡的建筑队知道消息的，也找上门来。送烟酒，送冰箱彩电，送金戒指金项链，有的干脆送现金，一百元的票子一扎扎的。

二乡长是多年的干部，晓得这些东西是不好拿的。拿的时候舒服，今后的日子就不好过了，那些东西能牵着你的鼻子走。二乡长对送东西的，一律不接不看。你再啰嗦，跟你公开，你可就不好看了。

二乡长决定：面粉厂修建工程实行公开招标。

各建筑队报来标底。

目前稍微有些谱的，只有两家。这两家都是本乡的。其余的建筑队报的标底，离谱太远了，不必考虑了。

这两家一家是大塆建筑队，头儿是肖麻子，在县城承建过几个工程。肖麻子的标底是一百四十二万元。另一家是项岭建筑队，头儿是项宗大，也是建过些中小工程的。项宗大的标底为一百五十万元。

二乡长当然希望标底越低越好，但他还不忙于表态签合同。让他们再竞争一番，二乡长希望通过两家的竞争，能将标底再降低一点。他决定明天下午就把这标招了，春节之后就开工。离招标时间还有一天，不慌。

这几天，仍然有不少建筑队的攻关人员找上门来，县城的建筑公司也派来一个攻关的女人，打扮得花枝招展。问她的标底，二百万元。他立即把那女人打发走了。

各式各样前来攻关纠缠的人还是络绎不绝。二乡长不愿回家了。家里总有人等着他，开口说话，就是面粉厂工程，就是我这个建筑队修过多少房子，速度快，质量好，张乡长，这工程让我们干，保证你不会吃亏。

问标底，没有低于一百六十万的。

二乡长有些烦。他妈的，哪来这么多建筑队？村村有建筑队，乡乡有建筑队。有的建筑队，从来人谈话的那口气，硬是连北京人民大会堂都能建。问他技术力量，妈的，只能建建乡村农民的住房，建幢三层楼怕都拿不下，要价还云里雾里的高。

是下午四五点钟的光景，二乡长从乡政府办公室里出来，披着件黄色军棉大衣，把手拢在袖子里。腊月间的天气，待在屋子里尚不觉得，走到屋子外就有些冷了。

乡政府里也有些冷清，干部们有的回家忙年去了，有的到联系的村里收提留去了。二乡长想，现在得找个地方混混。回家，他讨厌那些建筑队的头儿和说客，再说即使没这些人，家里待着也没多大个意思。

到乡中学去看看。二乡长一想到乡中学，就有一种温暖的感觉。他立即想到了胡香香老师。胡香香那银盆般的面庞，高隆的胸脯和圆滚滚的屁股立即出现在他的面前。胡香香老师是县城郊区人，师范毕业后分到青林乡中学，曾经抽到乡广播站去当了一年的广播员。胡香香胖，胖得好看，性格特别的开朗，见人笑口常开。

二乡长是在胡香香在乡广播站当广播员时，和她搞上的。二乡长很少跟女人乱搞，可他见到胡香香那一刹那，就乱了心思。事情的经过很简单，那晚二乡长在乡政府值班，其他乡干部都回了家，只有广播站里胡香香在。二乡长就到广播站里坐着和胡香香聊天。晚上十一点之后，他们两人就聊到一个被子里睡了。那时胡香香已经结婚，丈夫在邻县一个三线工厂工作。和胡香香睡觉，二乡长最难忘却的感觉是：在这女人身上伏着，就像伏在一床暖被子上，很舒服。之后，二乡长有机会，就和胡香香睡一觉。二乡长来了，胡香香就接待，好久不来，胡香香也无怨言。他们的来往很自然，让人看不出破绽，三四年了，没有人发现他们的私情，胡香香在乡广播站干了一年，后来教育部门提意见，胡香香就又回到了乡中学当老师。

二乡长不知不觉就走到了乡中学的门口。学校已经放了假，很安静。胡香香估计也回了家，她一个人还待在这里干啥？二乡长想。胡香香结婚这么多年，仍然没有孩子，一个人住一间宿舍，经常回城关郊区的家里去。

进不进去呢？进去看看吧，既然来了。二乡长望望四周没人，就进了学校。前面一排是教学楼，门窗紧闭，空无一人。转过教学楼，就是一幢两层的教师宿舍。

天已经黑下来了，二乡长抬头看到胡香香那间房里有灯光，心里一喜，她没走嘛，今天没白来，但胡香香房间楼上的那房间里也有亮光。二乡长就放轻了脚步，悄悄地走到胡香香的门口，敲响了房门。

胡香香开了房门，见是二乡长，只"咦"了一声，就把二乡长放进屋里。

这一切，都被二楼一个刚从厕所解手出来的人看见了。

老三被他的高中同学，现在乡中学当老师的张晓春叫来，和留在学校值班守校的两个男老师一起，凑成一桌搓麻将，从中午开始到天黑，就老三一个人输了。

"老三是老板，输点没关系。"三个人说。

"还老板呢，现在停工歇了业。"老三说着又打出一张臭牌，张晓春和了。

张晓春到厕所里解手，进屋时一手扣裤扣一手掩门，嘴里说："二乡长到我们学校来了。"

听到二乡长三字，老三神情一振，全部注意力都集中了。他有种预感，今天他输了点钱，却要获得点什么。

"再不能来了，这东西搓得哗哩哗啦响，被乡长听了不好。再说你们二位还得要回到岗位上去，值班室晚上不能没人。"张晓春说。

"是真的，我们得走了！"两个值班老师说。

"妈的，你们赢了钱，拍屁股就走哇？"老三不服气。

"有本事明天再来嘛！"一个值班老师说。

"几根毛，对你来说算个球！"张晓春让两个老师走了。

"哎，二乡长到你们学校来干吗？"老三问。

"他三不知的来一回，在这里来找他的快乐呗！"张晓春朝老三神秘地眨眨眼。

果然有戏。老三装做不相信的神态："你又胡球扯，吃了饭没事干，瞎编造的。他个当乡长的，能在你这个破学校找乐子，我不相信。"

"这个你当然不相信啦，晓得这事的除了他们两个人外，第三个就是我了，好几年了呢！"

"跟谁呀？你们学校就找不出一个像模像样的来，你骗别人可以，骗我不行。"

"胡香香！喧喧的，虽说模样不是很了不得，但还有点味的。这个事是说不清楚的，他们两个就搞上了。"

"真的？"

"当然，他们现在就在楼下。"

"我不信？"

"你信就信，不信就拉倒，我凭什么要你一定相信！告诉你，我亲眼看见了，怎么样？"张晓春懒得说了。

老三很快从张晓春提供的信息里看到一丝黎明的曙光，他妈的，这可是个宝贵的情报，甚至是一颗重磅炸弹。如果能有证据，把证据弄到手，二乡长就只有挨炸的份了。

老三装着不很在意的样子，掏出烟，递给张晓春一支，自己嘴里叼一支，点着，深深地吸了一口，吐出了个烟圈："肚子饿了么？"

"不饿。玩麻将还兴饿肚子的！你那点酒菜，留到10点钟时再干吧！我今天不是来陪你玩的么？"老三说。

麻将也不能搓了，现在玩什么呢？"看电视吧！"

"电视有什么看头，不开了。我们哥俩聊聊天不好么？"

"聊什么？"

"聊点稀奇事，比如说你是怎么发现二乡长和胡香香有一手的？"老三说。

"怎么，你有兴趣？"

"谈什么兴趣不兴趣的，闲着还是闲着，聊点野棉花找乐子呗！"老三说。

"不说你不信，有多少人信这事？不是我亲眼看见，我也不信。二乡长平时咋咋唬唬的，可在这个事情上，没听人说他什么。哪晓得他跟胡香香有一手？"

"胡香香是教生物的，乡中学就她一个生物老师，她的那间办公室和我的办公室原本是一间屋子，后来用些柜子隔成两间。我是教化学的，也就我一个人。我喜欢搞摄影，几个钱都花在这方面了，这你是晓得的。我把我的那六个平方的办公室，封得严严的，经常在里面冲片子，搞成了个暗室。别人也不到我那办公室里去，我的课又不多，大部分时间消磨在暗室里。乡中学有个好处，就是除了教课外，别人都不干涉你，所以我就一直不愿离开这个学校。本来我还可以调到更好一点的学校去的。但我在这里自由。"

"那是一个星期天的晚上，学校的老师有的看电影去了，有的回了附近的家，他们星期一早上才来。大约是10点钟的样子，我还待在我的暗房里弄胶片。我想弄出几幅好一点的摄影作品，参加省里的一个摄影比赛。我干得正起劲时，突然听到走廊里有脚步声传来，轻轻的，似乎是两个人的。我们那两间小办公室，在保管室的西边角落里，平时去的人少。这么晚了，还有人来，是谁呢？我顺手关了暗室里的小红灯，外面根本就看不到我那屋里有亮光。脚步声在我的办公室门口停了一下，过了一会，隔壁胡香香的办公室门打开了，脚步声消失了，门关了。灯亮了，有压低了的唔唔细语，听出来是一男一女的声音。我很好奇，也想弄清楚是谁，就凑到两只柜子间，那里有个缝隙，透出了一丝亮光。我前面说过，我们那两间小办公室是用柜子隔开的，当然不可能隔得很严实。我贴着缝隙看过去，我看到二乡长紧紧抱着胡香香，正没头没脸地亲。那个馋相，像是一百年没见过女人一般。胡香香嗯嗯地呻吟着，软在二乡长怀里。一会，他们各自脱了衣服，胡香香一堆肥肉堆在二乡长怀里，他们就抵着办公桌干起来了。我就赶紧离了那缝隙，呆坐在小屋里，一动也不动，等到那边的男女事干完了，出了屋子好久，我才悄悄地出了暗房。"

"嗨，老兄，你可是有艳遇呢，大饱眼福。这样的事情怎让你给碰上了。真的么？"老三笑着说。

"我他妈的无聊，再怎么也不会去编造这类玩意哟！你以为碰上什么好事？乡里人认为遇上这事情倒霉。所以我那次苦心经营的几张片子，参加摄影比赛，连个优秀都没弄到，还不是我碰见了这对男女的好事！"

"他们的地点选得很好嘛！他们经常干么？"老三装出很感兴趣的样子。

"反正二乡长只要一到学校来，他们就会干这事。他不能白来呀，而且也不好经常来。我是碰到好几次的。"

"那你说他今天来了，他们会不会干？"老三问。

"肯定会干。二乡长这么晚来，他不干能甘心？"

"他们不会在你楼下干？"

"只要我们把房间里的灯亮着，而且我们一直在上面不停地走动，他们就不会在房间里干的。何况刚才那两个值班的老师已到值班室里去了。我们这宿舍楼很惹眼。"

"我就看不到这好的事情啰！"老三很神往的样子，叹了口气。

"你是不是很想见识见识？其实这又有什么好看的！"

"我是想看看平时一本正经的二乡长，和胡香香这个胖娘们搂在一起的模样。"老三完全显出一种想恶作剧的神态。

"你真想看？"张晓春追了一句。

"真的想看。可惜你又没什么法子！"老三有点失望的样子。

"那好，我们今天就开个玩笑，他们乐，咱们哥俩也乐一乐。老三，你就在这楼上不断地走动，我现在就到我那小屋里去藏起来。他们要不了一会就会去的。等他们干起来，我拍两张片子你看一看。我的摄影水平你是晓得的吧！"张晓春说。

"要得要得，你快些准备吧！一定弄成。"

"没问题，你就等着看好东西吧！"张晓春今天决定和他的老同学乐一乐。他提了照相机，再次叮嘱老三要不断地把楼板走得响些，然后就悄悄地溜出去了。

张晓春潜入到自己的办公室，先开了小红灯，把门关好，把柜子的那个缝隙找到，用手抠大了一点，然后把照相机的镜头对准了那个窟窿，把镜头拉长，做好了一切准备。

张晓春把灯关了，在黑暗里等着。

果不出所料，那两个人的脚步声传来。开门。关门。开灯。两人迫不及待地脱衣服，余下的情节就不用说了。当二乡长和胡香香抵着桌子，把桌子弄得吱呀响时，张晓春在隔壁房里咔嚓咔嚓地按了两下快门。那一对男女正在快乐的高潮之中，哪里听到了这危险的咔嚓声！张晓春待那两个人完了事，离开了房子后，才悄悄地开了小红灯。把相机里的胶卷取了出来，当时就冲洗起来。

效果，是出奇的好，两张黑白照片上，二乡长把胡香香抵在桌子上，战得难分难解。看着那神态，张晓春调皮地笑了。他完全没认识到这件事情的严重性，他只是开个玩笑。

张晓春把照片和胶片一齐装在信封里，背着照相机回到寝室里时，已是晚上11点多钟了。他看到老三还在屋里来回走动着，不禁哑然失笑。

"好了好了，再不要走动了吧，已经办好了，你看个稀奇吧！"说完，张晓春把信封丢给老三。

老三把信封里的照片抽出来看了，不禁抱着张晓春哈哈大笑，连说："有趣！有趣！"

看完照片，老三说："没吃晚饭哩，肚子饿得很，你去了这么久！"

"我得洗印出来让你先睹为快呀！来，我们一起来热菜喝酒。"

张晓春备有煤气炉，两人热了菜，喝了酒，一个睡床，一个睡沙发，两人呼呼地睡得特别香。

老三睡在张晓春的床上，张晓春自己睡沙发。其实老三这一夜睡得不安稳，但他装成睡得特别香。老三很兴奋，张晓春拍的那两张照片，不亚于给他提供了两颗重磅炮弹。太好了，肖麻子，你的标底订得再低，即使赔血本，也不如我这标底厉害。你的大塆建筑队靠边去吧，没戏了。二乡长，面对我的标底，你得乖乖地就范。你再固执再武断，但你的固执与武断是鸡蛋，而我这个标底却是石头，不怕头破血流，你就碰吧！

迷迷糊糊的，天蒙蒙亮，老三就翻身起床了。他穿好衣服，推了推张晓春："晓春，我走了呀！"

张晓春迷迷糊糊地，翻了个身，说："你走吧，我今天下午回家，正月初二我来你家拜年。"

说完，又睡着了，他完全忘掉了昨夜的恶作剧。

老三把装有底片和照片的信封揣在怀里，出了张晓春的房间，下了楼，朝楼下胡香香紧闭的房间看了一眼，迈开步子，离了乡中学，快步朝项岭村奔去。

怀里揣着那个小小的信封，比揣着十万元钱都激动，老三越走越起劲。乡中学离项岭村七八里路,老三大半个小时就走到了,额上热气腾腾出了汗。

老三没回家,直奔项宗大的家,敲响了紧闭的大门。

项宗大家还没起床呢!老三把门敲得很急,边敲边喊:"宗大哥,快开门,我是老三呀!"

项宗大很快地起了身,披了衣服打开大门,见了汗流满面的老三,立即板起了脸,说:"老三,你昨天一天都没露面,跑到哪里去了,到处找不到你。"

老三进了屋,说:"怎么啦大哥,有什么事?"

"还有什么事,急得火烧眉毛了。乡里来了通知,说是今天下午就研究面粉厂的基建招标的事,是二乡长昨天中午决定的。他们说,我们如果想夺标的话,今天下午就得把标底送去。你说急不急人。"项宗大边说边扣衣服扣子。

"大哥,不要急不要急,我拿到一个重要的东西了,这比任何标底都有力。我昨天就是去忙这个事去了,所以今天一早就赶回来了。这个基建任务肯定归我们了,你放心。"

"你说什么大话,你有个原子弹么!"项宗大说。

这时慧嫂也起来了。

老三说:"能不能叫大嫂去把二哥叫来?"

项宗大就对慧嫂说:"你去把秃子叫来,我们有重要事!"

"我给你们当佣人啦!"慧嫂唠叨着出去叫秃子。

老三伸手从怀里拿出了个小信封,颤抖着递给项宗大。

项宗大接过信封,有点不解地望着老三。

"你打开看看吧,大哥!"老三激动地说。

项宗大打开信封,掏出照片看了,脸立即变得苍白起来,向老三:"这是真的么?你怎么搞到的?"

"这还有什么假不成!告诉你,这是现场拍摄的,而且就是昨天晚上。"老三的口气显得很自豪。

项宗大苍白的脸立即变得通红了。他高兴地拍着老三的肩膀说:"太好了,太好了!老三,我的好兄弟,你立了大功了!你看看我,糊里糊涂的,还批评你呢!老三,你真了不得呀!"

这时二老板秃子匆匆地赶来了,项宗大立即把秃子和老三带到里间屋,给秃子看了老三拿回的照片。

秃子先是不信,继而大叫:"妙极了!妙极了!"

"这是个标底,这个标底我们今天上午就得想办法送到二乡长手里!"项宗大说。

"我们还只提一百五十万元么？或是再加一点！"二老板秃子问。

"我看我们还只提一百五十万元。这照片只是增加一点砝码的重量，要不然我们就要变成讹诈了！"老三发表意见。

"算了，老三说得有道理，我们还是定一百五十万元吧！按这个报价把工程接下来，我们还是能赚一些的。钱是赚不尽的，心不能太黑。"项宗大说。

"那么，我马上草拟个详细预算，按一百五十万元做，今天上午十点，我们就可以给二乡长送标底了。"秃子马上行动。

老三在这边喊："大嫂大嫂，做早饭吃呀，我的肚子饿了。"

"一早上就听你喊，喊你个魂。还有功呀，没你吃的。"慧嫂在厨房里说。

"当然有功啦，过了年我们就上马大工程，免得你们这些婆娘在屋里唠叨，嫌我们吃闲饭。"项宗大说。

"真的呀！"慧嫂从厨房里跑过来，说："你们要吃什么？"

"金针蘑菇肉丝面！"老三笑着说。

"就你嘴巴馋。"慧嫂笑呵呵地进厨房去了。

项岭建筑队夺标乡面粉厂的基建任务，变得十分的合情合理了。当二乡长宣布项岭建筑队的标底一百五十万元，面粉厂的基建任务由他们承担时，大塆建筑队的肖麻子不服。

肖麻子每个麻坑都涨得通红，脖子也红了一半，他说："他们一百五十万，我只要一百四十一二万，凭什么让他们承建不让我们承建？这里面有名堂，不合理！"

"有什么名堂你查吧！项岭建筑队的水平比你们高，他们建的工程得了几个优秀，我们不仅要看标底，还要看建筑队的技术。"二乡长有点武断地说完，招标结束。

肖麻子气呼呼地走了，他是不知道上午那精彩的一幕的，他是失败了。

上午十点钟，项宗大带着二老板秃子和老三，找到二乡长家里。

二乡长说："三位有事吗？"

"我们送标底来的！"项宗大说。

"标底今天下午在乡政府交给我吧！现在我不收！"

"在乡政府不方便，现在交给你好。"秃子说。

"你要不看这个标底，你会后悔的！"老三说。

二乡长看看三个人站着说话的模样，疑惑地接过项宗大递给他的大信封，打开了一叠纸，首先映入眼帘的是那两张照片。

二乡长呆了，满脸通红，浑身打颤，豆大的汗珠从脸上淌下来。过了好一会，他才将照片等物装进信封。

项宗大说："放心，照片我们只用这一次，底片我们会毁掉。"

"三位请坐请坐，我们好好谈谈。"二乡长苦笑着说。

谈判的结果，就是肖麻子下午听到的结果。

小说人语：

二十年后，已是武汉建筑行业知名公司老总、全省知名助学企业家的项宗大，与我这个作家老乡在一起喝酒时，喝高了点。他对我讲了他和秃子还有老三当年创业的艰难，有很多故事，其中包括1994年的标底这件事。我说我要写出来。他说可以。于是我就写了。

中篇小说

向 阳 湖

第一章

  一九六八年元旦过后的第二天，生产队长韩瘌痢从公社开完会回来，当晚就召集全队社员开会。

  积极分子老矮端个花瓷碗蹲在门口喝粥，韩队长经过门口丢下句话：

  "老矮快点喝完，通知男女社员到会计屋里开会，每人记三分工。四类分子不参加，子弟可以参加！"

  老矮忙着答应："好的！"进屋放下碗，出门时，韩队长已经披着棉衣走了。

  于是，小湾生产队的夜空里响起了老矮那略有些嘶哑的叫声：

  "男女社员注意了，快点到会计童吉喘屋里开会，每人记三分工，四类分子子弟也要参加！"

  老矮省掉了四类分子不参加的话。正在吃夜饭的小湾人听到老矮的声音，觉得那声音有些苍凉。

  我跟几个半大小伙子最早到会计屋里。会计童吉喘的一家正在厨房里吃饭。

  堂屋的火塘边，队长韩瘌痢正坐着抽烟。

  我们跟队长打了招呼，就围到桌子边玩起了扑克牌。

  扑克牌是我从老矮那里拿过来的，已经烂得软塌塌的，又黑又脏。小湾的男女社员们陆陆续续地来了，男的就和韩队长一起，围着火塘坐，抽叶子烟。女的聚在吊着的电灯下，从怀里掏出鞋底子纳起来，嘴里还搭着话。

  屋子里立即就有很重的土烟叶子的辣味。

  小湾的男女社员不到二十人，除两个富农分子外，在老矮的呼叫下，都来齐了。会计童吉喘和他媳妇也从厨房里出来了。

  老矮从屋外进来，说："队长，都喊了！"说完，找个空地方蹲下来。

  正在电灯下女人堆中纳鞋底的桂桂，用眼角瞟了一眼蹲着的老矮，看到老矮正在擦汗。老矮沿着村子跑了两圈。

队长韩痫痫咳嗽了一声，磕掉了烟锅里的烟灰，说：

"你们玩牌的收起来，开会了！"

我就立刻收了扑克，理齐。我们玩百分，我赢了。

"我们开个社员大会，这个会很重要。"韩队长把咳在喉咙里的痰吐进了火塘，说起了今晚开会的内容。

"中央布置下来了战略任务，要在咸宁向阳湖做干校。向阳湖我和会计那年买竹子时去过，那湖大得没有个章程。现在呢，要在湖边筑土围子，叫做围垦，围住大片的湖滩做田。现在是冬季，正好围的时候。"

"那怕能围出几千亩田来，那湖大呢！"会计童吉喘插言。

"这是个战略任务，咸宁地区九个县，十几万人要去挖土围垦，各县成立民兵师，各区成立民兵团，公社民兵营，大队民兵连，生产队民兵排。我们小湾出四个人，叫民兵排，我们队人少地少，去的人也少。"韩队长顿了顿，点着了一锅烟。

"四个人连个班都不是，还叫排？"从部队复员回来的泽林嘟噜了一句。

积极分子老矮蹲在地上听得很起劲，眼睛亮亮的，这可是个光荣任务哩，一定要去，老矮心里想。

老矮正积极要求入团。我帮他写了份很长的入团申请书。老矮被大队通知去参加过两次要求入团的积极分子会。

队长韩痫痫吸了口烟，接着说：

"这次任务很艰巨，也很光荣。去的人，工分照家里头等劳力记，每天由工程指挥部补助八角钱，除了吃菜，我算了算，还可以落五角钱。任务分到了排，必须在过大年前完成，还有一个半月。粮食和柴草由各县指挥部统一运送，我们自己可以不操心。"队长又停下来抽烟。

老矮已经完全地听进去了。他在谋划，一天五角钱，一个半月能攒下二十多块钱呢，过年时能买点好东西。

韩队长接着说："我们队去这么四个人。"他从口袋里掏出张纸片来，凑在眼睛前边看了看。

老矮的眼睛紧紧盯着队长手上的纸，他想这纸上的名字一定有他。

我和几个半大小伙子也盯着队长手上的纸片。我们这些十七八岁的半大小伙子，对出外做民工修水库的事很有兴趣。外出虽然苦些累些，但人多，好玩，一年四季待在小湾里，闷得慌。有这种外出机会，大家都想去。

韩队长把眼睛从纸片上抬起来，宣布道："泽林去一个，他是复员军人，当我们小湾的排长；山娃去一个，他是初中毕业生，可以当宣传员。这次上面要求每个排配个宣传员，加强工地宣传。"韩队长说着，望了我一眼。

我立刻感到有好几双羡慕的眼睛望着我。没说的，我满意极了。

"桂桂去一个，负责做饭当炊事员。大旺去一个。"队长宣布完了名单，望了望大旺，大旺就微低了头。

老矮蹲在地上呆了般，眼光暗淡下来，头也耷拉了。

桂桂停了纳鞋底子，望了望垂头丧气的老矮。

队长韩癞痢宣布散会。老矮眼泪汪汪地第一个离开了会场。

开完会回家，我抑制不住兴奋，哼着毛主席语录歌《下定决心》的曲子，猫在我的小屋里找两本书，好带到向阳湖去。

从县一中回乡时，我捞了一摞没有封皮的书提回来，这些书是造反派们从图书馆里偷出来读完后扔掉的，这些书伴我度过了许多个乡下寂寞的夜晚。

我爹和我妈都参加了社员会，妈回家后就开始为我清衣服，好像我明天一早就要走似的。

队长韩癞痢告诉我们，准备两天，元月五日出发。

我爹不管我的事，他大概又跟会计童喘他们玩牌去了。队长韩癞痢和大旺也是一伙的，都喜欢玩牌，赌点钱。

这时候老矮来了，和我妈打了招呼，就一头钻到我的小屋里，唉声叹气。

老矮其实不矮，一米六八的个头，大眼睛，皮肤黑，壮实，憨厚。我们上小学时同过学，我上二年级时，他已读过三个二年级。后来就回到生产队当社员。

我跟老矮关系不错，他这人实在，待人真心眼。

老矮说："山娃，我要像你这样，有个初中毕业的文化，这回我也能去了，泽林做领导，桂桂当炊事员，我也不能比，可大旺能去，我为什么就不能去呢？他妈的，韩癞痢欺负人，平时叫我为他跑路多干活，有好事时就把我扔到一边，真他妈气人！"

我立即收了高兴的模样，说："也是的，你的条件跟大旺差不多，而且你比他表现好，在队里劳动积极，还要求进步，你完全应该去的。"

老矮朝我的小床上一歪："韩癞痢就要他去，你说怎么办？"他叹了一口长气。

"哎呀，说不定不是什么好事的，是很苦的活路呀！要不我跟你换。"我安慰老矮说。

"我肯定是不能跟你换的，你有文化要当宣传员，我当不了。活路是很苦的，这我晓得。可是我去了,能省下些粮食呀,能省二十多块钱呢!我早就想买点什么送给桂桂,就是没有钱呀。这次桂桂也去了,这是个机会。"老矮说。

老矮娘前几年得大肚子病死了,老矮跟他的喉包爹一起过日子。喉包爹一到冬天就犯气喘病,乡下人叫喉包病。

喉包爹和老矮饭量大,父子俩的粮食总不够吃。

老矮跟我说过,他喜欢桂桂,桂桂对他似乎也有点意思,只是态度不明朗。

老矮又说:"泽林也没说媳妇哩,别看他老实样,可人家毕竟当过几年兵,还穿黄衣服哩!"

我明白老矮的另一层意思了,他还不放心桂桂和泽林在一起哩。我笑了笑,很同情地给他出主意:

"要不你去跟大旺商量商量,要是大旺能和你换一下,你去,和桂桂在一起,有了加深感情的机会,说不定能成!"

老矮立时从我的小床上直起身子,说:"你说能成么?要是大旺不答应怎么办?"

"那你就多说两句好话,求他帮帮忙还不成么!"

老矮沉吟了半刻,说:"对,去试试,现在就去说。"

老矮换了个模样,跳起身,出了我的小屋,在堂屋和我妈告了别,找大旺去了。

我在小屋继续哼《下定决心》的曲子,选了两本没有封面的厚本子小说,一本《林海雪原》,一本《野火春风斗古城》。

第二天是个晴天,泽林得到通知,去大队开赴向阳湖围垦的各生产队领队会,我们照样出工干活。

我跟着社员挑土粪送到冬麦田里。

老矮挑着满满的两筐土粪,吭唷吭唷地大步走过来,走在我的身后。他干劲十足,头上直冒热气。

老矮在我身后说:"山娃,问题解决了,大旺和韩队长都同意换我去了,后天我们一起走。你可要帮助我呀!"

我说:"哎呀,那真不错呀,祝你成功老矮!"

"好说!"老矮答应了一声,几步就跨到我前面去了。

这天,老矮干活特别卖劲,真不愧是积极分子。

泽林从大队开会回来,晚上召集老矮、桂桂和我开会。

泽林说,大队布置,各生产队的民工自己走,大队不集中了,六日赶到咸宁甘棠镇就行了,公社的营部设在那儿。泽林还说,到甘棠镇有两种走法,一种是从金口镇乘汽车到县城,再从县城乘火车到咸宁;一种是从金口镇乘船到武昌,再从武昌乘火车到咸宁。从咸宁到甘棠镇步行。

"我们怎么个走法?"泽林问大家。

桂桂望望泽林,望望老矮,不知怎么回答。桂桂没出过远门,说不上来。

老矮出门去做过多次民工。老矮说:"从武昌走!"

泽林说:"那就得多花几个小时!"

老矮说:"但可以节省八角钱的车费,你算过么!"

我很佩服老矮的算计能力,同意从武昌这条路线走。

元月四日这一天,老矮一早就去了金口镇上,到中午才回来。

桂桂家和我家是邻居。中午,桂桂端了饭碗到我家,把我叫到我的小屋里。桂桂说:

"你晓得老矮今天到金口干什么去了?你晓得韩队长和大旺为什么同意换老矮去向阳湖么?"

我望着桂桂有些涨红的圆脸,摇了摇头,说:

"我闹不清楚!"

"黑了良心的东西!大旺跟队长赌博,输了队长十二块钱,大旺还不起,队长就让大旺去围垦,攒钱回来还赌账。老矮找大旺,让大旺换他去向阳湖,大旺说只要还了队长的十二块钱的赌账就成。老矮今天到金口把家里的糙子猪卖了,交了十二块钱给大旺。"桂桂一口气说完了原委。

我惊讶得不禁噤了声,心里在说:老矮呀老矮,你这又是何必呢?但看看面前正往口里扒饭的桂桂,觉得老矮这样做,也许值得。

我们背着扛着挑着棉被、铁锹、扁担和一些必需品,一早就离开了小湾朝金口镇进发。队长韩癞痢,会计童吉喘以及泽林、桂桂和我们家里人,把我们送到村头。老矮的喉包爹没有来。

我妈逐一托付泽林、桂桂和老矮说:"你们多照顾山娃子!"

老矮挑着桂桂和他自己的行李,仰起头说:

"放心吧,婶子,有我在呢!"老矮那口气很自信。

小湾走到金口镇,有十五里路。我们四人兴高采烈地上了路,把小湾丢在了脑后。

老矮给桂桂讲了一个故事,讲得桂桂咯咯咯笑弯了腰。

泽林不大说话,背着捆得方方正正的黄军被,扛一把大铁锹,步子迈得大大的,陪着桂桂笑两声。

我们赶上了金口镇九点开往武昌的船。

这是在长江里跑短途的一种简陋的小轮船。底舱里不怎么透气，人多，闷得慌，箩筐担子多，空气混沌。二层倒是空气流通，但周围只遮圈油布，冷风不断地灌进来，也不舒服。

船小人多，不论底层和二层，都被人挤得满满的。

泽林和老矮先抢上了二层，占住了一排能坐四个人的座椅。桂桂被人挤着退了几步，我就在后面帮助桂桂上了船。泽林和老矮在二层喊叫我们快点。

终于安顿下来了，行李堆作一堆，四个人都有座位，比起站在船舷边的那些人来，我们够舒服的了。

汽笛吼了一声，桂桂吓得一跳，引得我们三个人哈哈笑了起来，笑得桂桂扬起小拳头直擂老矮。

船开了，船头犁起长江一簇簇浪花，朝武汉方向疾驶。

这时我们才发现，船上没见我们大队向阳湖围垦的其他民工，他们肯定是下午乘汽车到县城走了。

泽林掏出烟锅抽起烟来。

桂桂说："泽林哥，你怎么一回来，就把乡里男人们的样儿都学到了，抽什么抽，辣死人了。"

泽林笑笑："我本来就是乡里的男人嘛！"

老矮说："泽林，你怎么搞的，当兵一次不容易，你怎么去养了三年猪，真划不来。"

泽林尴尬地笑了笑，有点不好意思，我忙岔开，说：

"这当兵干什么，自己能决定的么？泽林哥是服从分配！"

我们四个人说说笑笑好热闹。

"哎——"突然，我们背后响起了一声拉长的叫喊。

我们回过了头。在我们椅子的后排，歪着三个头发蓄得好长，嘴里叼着纸烟的家伙，其中一个用眼睛盯着桂桂的脸蛋，嘴巴歪着，眉毛挤挤。接着这家伙就对着桂桂唱起来：

"搞了个半天不是你，原来是个土克西！"

另两个家伙立刻淫荡地笑起来。

桂桂的脸立刻变得通红，骂了句："流氓！"眼泪出来了。

"牛忙马不忙！"有个家伙接着了桂桂的话。

这是挑衅，看这三个家伙不是好东西。唱的几句词意思很不好，"土克西"是城里人骂乡下人的用语，土老鳖的意思。这几个狗东西，想占便宜。

就在我和泽林正准备说点什么,而桂桂正在流泪的时候,老矮崩的一下从座位上站起,一拳朝那个唱歌的家伙打去,只听"啪"的一声脆响,那家伙脸上开了花。

三个流里流气的家伙看上去都是十七八岁,这时一起跳起来,围着老矮挥起拳头。老矮身上挨了几下,但没有停止还击。我马上扑上去帮忙。

泽林也上来了,拉住一个家伙,说道:"你们干什么?不许打人!"

被拉住的家伙照泽林的胸脯擂了一拳,泽林哎哟了一声蹲下了。

桂桂在一边直叫喊:"你们不要打了!"

那个唱歌的家伙朝桂桂扬扬脸,说:"不要急,土妞,我们收拾了他们再来!"

这时,老矮一下子从我们的行李堆中抽出了泽林带的大铁锹。大铁锹口亮闪闪的,刃口锋利。老矮把铁锹拿在手里,用锹板照一个家伙的屁股一拍,叫道:"你们这几个流氓,是不是还想打?要打,老子今天把你们的瓢儿开了!"

这时我也拿了一把铁锹在手上,站到老矮一边,虎视眈眈地瞪着三个流氓。

三个流氓一下子呆住了,站着都没敢动手。

泽林喊着我和老矮的名字说:"别动手,别动手!"

那三个流氓看看占不了什么便宜,就灰溜溜地回到座位上去了。

其中有一个说:"好说哥们,到武昌上了码头我们再说!"

老矮说:"到了哪里老子都不怕,狗日的活得不耐烦了!"

轮船很快就到了武昌汉阳门码头,有几个好心的乘客提醒我们:"上岸了你们防着点,这是武汉的流氓,小心他们报复。"

老矮说:"不怕,他们要打,我就拼了!"

老矮把挑着的东西背着,手拿铁锹走在前面。桂桂和泽林走在中间,我提着一把铁锹断后。我们四人排着一列纵队在武汉街头警惕地走着。街上的行人看了稀奇。

我们一直走到武昌火车站,那几个家伙没见露面。

下午,我们从武昌车站上了火车,直奔咸宁向阳湖。

第二章

大队民工连的领队是团支书陈毛子,陈毛子穿双半筒胶靴,扛把铁锹,转到我们的地段,站住了。

陈毛子说:"向阳湖围垦工地九县十几万民工,就你们排最小了,四个人。我丑话说在前头咧,到时可不许拖了我们大队的后腿哟!"

刚把一担湿土挑到坝址上倒了转回来的老矮,见了陈毛子,笑容满面,一边放下空箢箕,一边打招呼说:

"陈书记,你放心,我们决不拖后腿的!"

桂桂用锹挖土往箢箕里放,陈毛子也帮忙挖起土来。

桂桂说:"这湖滩太湿了,你看这一担湿土挑到坝上,倒出一半,又粘了一半回来,烦人!"

"这是个问题,大家都这样,很影响进度。老矮,好好干啊,你是要求入团的积极分子,这次围垦,是个机会。"陈毛子对老矮说。

"请陈书记考验我吧!"老矮受到了鼓舞,劲头足得很,挑起两箢箕湿土,飞也似的朝坝上跑去,赤脚踩得湿土夸夸响。

我和泽林挑着空箢箕来了,我们的箢箕里都粘了不少的湿泥,两只空箢箕都有几十斤重,倒又倒不干净。满满一担湿土,挑到坝基上,只能倒出一点来,其余的就又粘回来了。

我跟陈毛子打了个招呼,放下空箢箕,桂桂忙朝箢箕里装土。桂桂也打了双赤脚,裤腿挽到小腿上,露出白皙的一截腿肚来。桂桂负责给我们三个人装土,她脸上红扑扑的,鼻尖上已有细汗粒了。

天还是个阴天,有北风呼呼地刮着。我汗湿了的内衣好冰人。

泽林对陈毛子说:"你能不能帮我们弄一双半筒胶靴来给桂桂穿。这到处是湿泥巴,穿什么鞋都不成,我们都没带胶靴。我们打赤脚可以,总不能叫人家个女孩子成天打赤脚吧,要照顾妇女啵!"

陈毛子一边帮桂桂挖土,一边看了眼桂桂的赤脚,说:"这是个问题,我一定想办法。"陈毛子说完,又转向我说:

"山娃子,我看你们这个排虽只四个人,干劲都不错,你写篇稿子,交给指挥部广播站,让他们播一播。"

陈毛子扛起锹,又转到另一个排的地段去了。

我看到桂桂朝泽林多情地看了一眼,泽林却没理会。

我和泽林挑起满满的湿土担子,朝坝基上奔去。

工地上人很多,插满了红旗,湖滩很辽阔很遥远。沿着一道围堤坝址,民工们朝远处散开,到处是黑油毛毡的工棚。每个民工连都插面红旗,都埋着根柱子,柱子上挂个大喇叭。大喇叭里放样板戏,放毛主席语录歌,还播放通知,播放工地上的好人好事。

我听到那广播员的声音很好听。

十几万人都在为着一条大坝奔忙,大家做同一个工作,挖湖滩上的湿土,挑到坝址处,筑一条大坝。用大坝把向阳湖围出一块来,开田种粮办干校。

工地以民工排为单位,分任务。小湾民工排分的一段长四米。所有的坝底都是宽二十米,坝顶宽十六米,坝高四米。我粗略地算了一下,我们四个人要完成任务,筑成这四米长的堤坝,要完成土方二百八十八个。按四十个标准工计算,我们每人每天必须完成一点八方土,不然,我们就会拖了工程的后腿,就不能按时回家过春节。

我们干了三天,天天累得筋疲力尽,可每人每天不到一点五方土。进度慢的原因,就是筵筵粘泥,每担土倒在坝上的有效部分太少。

我写了篇《排小干劲大》的广播稿,投到广播站,被那个好嗓子的广播员播了。我写的是我们这个只有四个人的民工排,领头的泽林带头干,老矮挑多跑得快,桂桂是女中豪杰,不仅做饭而且还和大家一样挖土。我嘛,就没写了。

桂桂说:"算了吧山娃,你再莫写这些东西了,完不成土方咋办?"

老矮却说:"要写要写。这土方嘛,完得成的,我拼了命也要完成,你们放心。"

我们在工棚里,吃着桂桂煮的饭,菜呢,是干萝卜丝,又没有什么油水。

我们的工棚很小,分里外两间。里间住着桂桂,外间住着我们三个男的。工棚旁边搭了个小间,做厨房。

陈毛子没有食言,果然给桂桂送来了一双半筒的胶靴,女式的,不知他从哪弄到的。

四个人中,我是最不行的了。吃完晚饭,我就倒在地铺上不想动弹,浑身如散了架一般,两个肩膀头火辣辣地疼。

老矮坐到我床头说:"伙计,怎么了,不中呀!"

我苦笑,说:"肩膀头疼。"

泽林过来,帮我脱了棉衣,翻开我的肩膀看了看,说:"好家伙,已经肿了!不过不要紧,用水敷敷,过两天就好!"

桂桂洗完碗筷,端了一盆热水过来,绞了热毛巾,敷在我的肩上。

桂桂像个姐姐一样,大眼睛看着我,问:"不要紧吧山娃子,你才从学校出来,娇嫩呢!"

我说:"不要紧,很快就好的!桂桂,你行吧?"

桂桂说:"我是做惯了的,这有什么不行的!"

晚饭后的广播喇叭里,正在放《下定决心》的曲子。

泽林蹲在工棚门口抽烟，老矮站在泽林旁边，正跟泽林说什么。

夜里下了场小雨，雨点打在工棚的油毛毡顶上发出笃笃的声音。雨夜里，我睡得很香，半夜醒过来一次，感觉身边睡着的老矮在不断地翻身。

我迷迷糊糊地说："老矮，快睡吧！在下雨吗？"我又睡着了。

早晨起来，感觉气温比昨天下降了许多，不由地打了个冷战。工棚外的湖滩上积了一层浅水，这样的天气还能干什么？

桂桂已烧好了早饭。我们四人围着一脸盆干萝卜丝，蹲在地上吃起来。泽林闷头喝粥，老矮眼圈上有黑晕，说明他昨夜没睡好。

吃完早饭，泽林说："山娃子，你们休息一天，我和老矮去工地。"

我说："桂桂休息，我跟你们一起去，我是男的。"

桂桂说："不，我们都去，我们要下力，早点完成任务。"

老矮很动情地看着桂桂，桂桂横了老矮一眼。

脱了赤脚，第一步踩在泥水里，我浑身的毫毛都竖起来了，皮肉立即感到刺骨的疼。没有逃避处了，就大胆往泥水里踩吧！立即，双脚麻木了，浑身冰凉得也有一种麻木感。

我看到各民工排的人都是赤脚上工地。

我挑起装得满满的两筅篼泥，朝堤坝上爬。堤坝也粗具规模了，现在就是要使它加高筑牢，达到技术要求。

湖滩地更湿更软了，迈第一步，脚就被陷进泥里，再朝前一步，拔起这只脚，另一只脚又陷进泥里。

北风呼呼，棉袄穿在身上，像纸壳壳一般，不起作用。

我看到老矮这时脱了棉袄，只穿一件旧绒衣，腰里系根围巾，挑着一担泥土飞跑起来。老矮的双脚迈得快，脚还没来得及被陷进泥里，就迈开了，他的双脚一次也没被陷进去。

泽林喊："老矮，不要蛮干，你受不了的！"

老矮说："没有事，跑跑就热乎了。"

我受到感染，也加快了脚步。但不行，我发现我的脚步特别的沉，不一会就气喘吁吁了。

倒完了泥，挑着空筅篼，到桂桂跟前，桂桂给我装土，说："山娃，你再给老矮写个表扬稿吧，他做梦都想入团的，像他这样的人，应该让入团，可惜我不是团支部书记。"

我说："一定！老矮这样做不光是为了入团，他是急呀，怕我们任务完不成。他是个好人，桂桂。"

"我晓得!"给我的箢箕装满土,桂桂说。

这一天干得太阳落西,黄昏来临时我们一个个泥一身水一身的。

检查质量的技术员给我们算了算土方,五个,比昨天还少,老矮和泽林只好叹了口气。

泽林也是跑着挑了一天的泥。

区民工团指挥部设在甘塘镇,广播站也在镇子上。

我给广播站写了篇表扬老矮的稿子,广播站没有播出。陈毛子对我说:"他们不会播的,他们觉得我们民工连最差,因为我们民工连的工程进度在全区倒数第一。"

果然,喇叭里那个好听的嗓音连着三次报告全区各民工连的进度,按完成土方数计算,我们这个民工连倒数第一。我们听了,心里很不是滋味。

陈毛子的脸黑了,立即召集各民工排领队人开会。陈毛子在会上叫着:

"我们不是孬种,男人们,怎么办?我们拼命也要甩掉这个倒数第一的帽子,拼命!听见了么!大家回去传达,没什么新精神,就是要下定决心,拼命也要把土方升上去。"

泽林回来原原本本地传达了陈毛子的话。

老矮说:"拼命吧,人家是人,我们也是人,我就不信拼不过人家!"

桂桂默默地望望老矮,又望望泽林,没有说话。

"那就拼吧,"我说,"这照头等劳力记工,每天补助八角钱,可不是能轻松得到的呀!"

说完,我挑起湿土就冲堤坝上奔去,泽林和老矮也飞跑起来。桂桂一个人装土,累得脸通红。

赤脚踩在湿泥里,正是隆冬季节,任我们再怎么奔跑,我们的脚都是木的,没有感觉。我们迈动的不像是双脚,而像是两只木棍连着的木板板。

咬着牙,挖土挑土倒土。桂桂咬着牙,我咬着牙,老矮咬着牙,泽林也咬着牙。我们咬着牙有时还哼哼,泽林咬着牙,连哼都不哼一声,他真是个老闷。

晚上下工,我们都累得瘫了。可桂桂还要烧火做饭。老矮总是去帮桂桂的忙,泽林和我去帮时,桂桂说:"这里容不下,你们先倒些水去洗脚,再把脚焐一焐,然后吃饭。"

我和泽林打了热水,洗了脚。泽林把我的双脚放在他怀里,我把泽林的双脚放在我怀里,我们互相温暖着,直到焐热有了感觉时为止。

老矮的脚,总是由桂桂焐的,老矮不好意思,桂桂说:"莫想邪了,这是什么时候呀，焐热了脚早点休息，明天好干活。"老矮就不做声了，任桂桂把他的脚抱在怀里，一动也不动。

我和泽林看到了，觉得很自然。

工程进度还是不快，土方上不去。陈毛子来了，陈毛子对泽林说："加油呀，你这个老闷，你是从解放军这所大学校里出来的，要革命加拼命哪！"

看到老矮，陈毛子说："伙计，拼命，把进度抓上去，做个榜样，我回去就发展你入团。听见没有，伙计！"

老矮没出声，只顾飞快地挑土倒土，跑得呼呼声。

陈毛子也打双赤脚，裤腿挽得老高，到各民工排鼓劲，督促拼命干！他巴不得一夜之间，让堤坝矗立起来。

桂桂说："书记呀，你干脆拿根鞭子抽吧，你看哪个人空了一会，都在拼命呢！就怕拼到最后没什么再拼的了。"

"当然，也要劳逸结合。目前要抢时间，抢在春节前拿下土方工程。区里公社里在用鞭子抽我呢！"陈毛子无可奈何地对桂桂说。说完就走了。

那天夜里，我睡到半夜冻醒了。我们三个人总是挤在一起睡的，湖滩上铺一层油毛毡，油毛毡上铺层稻草，我们就睡在稻草上面。我睡中间，左边是老矮，右边是泽林。泽林睡着了喜欢打点小鼾。平时为了暖和，我总是往老矮睡的左边靠，挤得紧些，就热乎些。

我冻醒了后，就裹着被子朝左边靠，扑了个空。我伸手一摸，老矮被子里没有人，左边的泽林正在打呼噜。

奇怪了，老矮哪里去了呢？我屏息静气地听了听，桂桂在里面睡着，发出均匀的呼吸。老矮不在工棚里。我爬起身，呼叫起来：

"老矮！老矮！"老矮不见了。

泽林和睡在里间的桂桂都醒了。桂桂说："山娃子，深更半夜的，你喊什么？"

我说："老矮不见了！"

泽林和桂桂都爬起来了，桂桂点着了马灯，我和泽林穿好了衣服，桂桂蓬着头发，一边在扣衣服一边吃惊地问："老矮怎么会不在了呢？"

泽林说："我不晓得呀！老矮没有夜游症吧！"

"没得没得！我出去找他！"桂桂说。桂桂似乎明白老矮现在在哪里，她是很了解老矮的。

工棚外的湖滩漆黑，北风呼啸寒气逼人。

老矮慢慢适应了黑暗，使得眼睛分得清湖滩上被人踩出的小路。老矮挑着一担箢箕，提一把锹，朝工地慢慢地摸索着走去。

到了土塘，老矮把棉袄一脱，一股冷风袭来，老矮打起了哆嗦。老矮把腰里的线围巾一紧，脱了鞋子，用锹挖了一堆土，装在箢箕里，然后挑起来就往坝上跑。

老矮的眼睛越来越适应夜的黑暗了，很快他就如白天一般熟悉了路线。老矮挖土，装土，挑起来跑到堤上倒，倒完了土，朝回跑，又挑土装土挑着跑。

老矮一个人干着，跑着，很快就不打哆嗦了。老矮在开始感到冷的时候，嘴里在不停地念着：下定决心，不怕牺牲，排除万难，去争取胜利！下定决心，不怕牺牲，排除万难，去争取胜利！老矮像念经般，嘴里不停地喃喃着。别人说，念了这段毛主席语录，就能克服困难。老矮口里不断地喃喃着，果然身上就发热了，跑得带劲了。

老矮想，多挑几担土吧，我们的任务要完成，完成任务早点回去。老矮想，我多挑一担土，泽林山娃桂桂就少挑一担土。桂桂对我真好呀，每次帮我焐脚，她的手在我的小腿肚子上轻轻揉着，搓着，使麻木的脚快点发热。桂桂真好。泽林这人闷，也好，不偷懒，他好像晓得我跟桂桂好，他并没有要在我们中间插一杠子的意思。山娃子年纪小，刚出校门就跟我们一起拖着，也不简单呢！

哼，这点任务真没什么，偷偷多加几个夜班，这土方还不就上去了。想着，挑着土跑着。"啪"的一响，脚下一滑，老矮摔了一跤。爬起来，摸摸屁股，他妈的，摔痛了。下定决心，不怕牺牲，排除万难，去争取胜利。好了不痛了，再挖土，再装土，再跑。

怎么回事？土塘里有马灯？哎呀，他们几个都来了，泽林、桂桂、山娃，都来了，都挖土都挑起土就朝堤坝上跑。

我和泽林桂桂在土塘里找到老矮时，老矮身上脸上沾着泥巴，挑着湿泥巴土跑得正起劲。

老矮说："你们来干什么！你们去休息，去睡觉。我是睡不着，失眠，来挑几担土暖和些，真的！你们去睡觉，桂桂，泽林，山娃子，你们去睡，真的。"

我们三个什么都没说，我们在马灯光的照耀下，挖土，挑土，朝堤坝上倒。

寒夜中的向阳湖，没有白天的喧嚣，一盏小小的马灯，发出微弱的光，照着我们四个人在拼命挑土挖土。

第三章

民工连的负责人陈毛子点名要我写篇表扬稿,我写好后交给他,他亲自送到甘棠镇区民工团指挥部的广播站。

我写的《夜半挑灯战湖滩》上午被那个好听的嗓音播出来了,那个嗓音播得很有感情。

桂桂说:"山娃,你写得真好,那词用得多好呀!"

老矮挑着担湿泥土追上我说:"你把我写得太好了,其实我哪有那么高的境界呢?我只想着完成任务不拖后腿。"

听说陈毛子送去的广播稿被民工团的胡团长压住。胡团长说:"你那个民工连进度慢,还能表扬么?"

陈毛子据理力争,说:"团长,我们进度慢是因为我们的地段地势低,泥土湿。可是你看看我们的民工,他们自己半夜里起来挑土筑堤,为的是什么?为的是抢进度,早日完成中央下达的任务。团长,这样的先进事迹不表扬,那表扬谁呢?"

陈毛子说动了胡团长,我的表扬稿才得以播出。

我们民工排的事迹一广播,各排都学,半夜爬起来挑土,工地上星火点点,人们没有日夜地干起来。

陈毛子的脸上露出了笑容,民工连的工程进度直线上升,人平土方每天达到二点八方。

泽林和老矮每夜领着桂桂和我,打赤脚流热汗地在土塘里干一阵。泽林叫我们三个休息,说他一个人干;老矮叫我们三个休息,说他一个人干,他有力气。

最终我们四个人谁都不愿去休息,我们都陪着干到半夜,或是半夜起来干到天明。

我们都渴望睡眠,真恨不得能躺下来睡他个三天三夜。我们的疲倦已到了极限,我们的大脑已变得非常简单了,我们想的就只是挖土挑土倒土,从土塘到堤坝上来回奔跑。

二十多天过去了,我们天天干活,冬天打赤脚,泥里水里。我们是民工,为了完成上面交给的任务。队长韩痫痫派我们来说明一条,拿头等劳力的工分还拿八角钱的补助,我们能向谁抱怨呢!

看着一天天朝上升起的堤坝,我的眼窝情不自禁地热了。想想看,眼前这粗具规模的长得看不到尽头的大坝，是我们这些民工用泥巴一块一块地垒起来的，而且还将把它垒得更高更大，我的眼窝能不发热吗？

泽林还在不声不响地挖土挑土，老矮也在不停地挖土挑土，桂桂除了为我们做饭的时间外，也扑在土塘里手不空闲，挖土装土。

我们像是一个家庭，我们是一个整体，为了那四米长的堤坝，我们的心都跳在一起了。老矮在睡梦里双脚在不停地动，嘴里在嘟噜着：下定决心，不怕牺牲，排除万难，去争取胜利。

我被吵醒了，把腿伸出被子外，朝他的被子蹬了一脚，他立刻翻身爬起来："好，开始了，我马上来！"我只好笑着骂他："你才睡半小时呢，说梦话，吵醒了我！"

老矮马上倒下去，很快又睡熟了。

从地区到县到区到公社，层层指挥部抓进度催进度，天天催，像催命一样。进度不保证，春节前完成不了土方任务，将影响明春的下一步工程。

层层领导，像催命鬼一样。工地上的喇叭天天叫，胡团长在喇叭里点名骂那些进度慢的民工连。

陈毛子的脸又黑了，眼里都充了血。

陈毛子的民工连虽说日夜干，进度比过去快多了。但是，进度还是慢了，照这样下去，余下的二十天完不成任务。

偏偏老天不长眼，又出事了。

我们民工连所处的地段，确实是全区最低的湖滩。别人的地段，地势高，土干，干起来带劲，挑一担土算一担土，我们的地段，挑一担土只能倒出来半担。

湖滩地势低，而且有一条丈多宽的河沟穿过此地段。堤坝的走向，切断了这条河沟。河沟是干的，填土堵住，没费多少劲。

有河沟的这段堤坝，在我们大队民工连的地段，而河沟这段堤分给了张湾民工排。

张湾民工排来了十多个人，是我们小湾民工排的三倍。

张湾民工排一直是我们民工连的先进，他们的进度快、他们的劳动力确实强。

他们笑话我们小湾民工排只有四个人。"笑人前，落人后！"桂桂对我说。桂桂说这话的当天夜里，下起了淅淅沥沥的雨。这雨一下就没个完，竟然下了三天三夜。

这样的季节下三天的雨，真是少见。工地上不能开工，土塘积满了水，大家就窝在工棚里，不能出来。

湖滩湿透了，我们睡的地铺，能将那稻草抓出一把水来。就在水里住吧，我们无处可逃。

陈毛子嘴上急满了燎泡。

第三天的中午，张湾民工排的地段出了事。堵起的河沟，聚满了浊水，那堤坝是用湿土筑的，还没最后完工，本来就不结实。河沟里的浊水一用劲，那堤坝就哗啦一声倒了。急骤的浊水冲向被围堤围住的湖滩，湖滩上散布着油毛毡的工棚，浊水朝工棚漫去。

一条长蟒般的堤坝被折断了，张湾民工排辛辛苦苦挑来的土被水冲走了。

工地上响起了报警的铜锣声，这铜锣不知是谁带到工地来的，铜锣声响得惊惶而急促。

民工们冒雨从工棚里冲出来，冲向缺口处。

陈毛子在缺口处急得跳脚。

缺口还在扩大，人们站在缺口处不知怎么办才好。

泽林、老矮和我在一起，桂桂把工棚的门关上，也赶来了。

老矮突然跳到口子里叫着："一部分人跟我来，一部分人去抱铺草，用铺草包泥块堵口子。"

泽林也跳进去了，伸手拉住了被冲得趔趄的老矮的膀子。我也跳下去了，几十个人跳下去了，缺口中立时站起了一道人墙，大家手挽手，水头小了。

站在水中的人浑身湿透了。我和大家一起打哆嗦。

陈毛子糊涂了一刹那，经老矮的提醒，立即指挥大家掀铺草打土包，堵口子。

人们奔跑着，土块挖出了，包好了，在缺口两边垒起了。一个小时后，缺口被堵住了，雨也停了。

站在水中的我们，被冻得个半死。

区民工团指挥部送来了一批草袋子。那些被抽了铺草的工棚，领了些草袋子回去垫了睡觉。

老矮泽林和我的衣服都湿透了。我们回到工棚后，都钻了被子。可怜的桂桂一个人为我们三个人烤衣服。

张湾民工排在大家的帮助下，虽说堵住了垮了的地段，堵住了河沟的浊水，但损失了大批的土方，他们干了二十多天，现在又得从湖滩上取土，从头筑起，垒起他们的坝段。张湾人再不笑话我们了，他们很感激老矮。

张湾地段的倒口，使得民工连的土方降了很多，陈毛子的工程进度又是全区倒数第一。

陈毛子坐在工棚里叹气,他似乎已经无能为力了。

区民工团的胡团长骂他,公社民工营的头头来鼓他的劲,他就苦笑笑,说:"干,我拼命干!"

我们大队民工连各排都在拼命干,进度就是上不去。

突然的一天早晨,我们爬起来推开工棚门,眼睛被一种光晃得睁不开。再细看看,漫天漫野一片白,天空还在纷纷扬扬地飘洒着。

好一场大雪。

我们都太劳累了,昨夜也因天气太冷,没人半夜起来加班挖土挑土。一上床,人就睡死过去,老矮的失眠早就无影无踪了。大雪下了这一夜,我们竟然都不知道。

天灰蒙蒙的,鹅毛般的雪花轻巧无声地洒落着,地上积满了半尺深的雪。黝黑的湖滩全铺上银白,修筑了一半的黑色堤坝不见了,只见一条银色的胖龙在雪地上蜿蜒伸展,伸展向远方。

湖滩上散乱的工棚,都是黑乎乎的油毛毡搭盖的,平日看上去,丑陋无比,现在看起来,一只只冰清玉洁,成了雪堆堆,像湖滩上冒出的许多蘑菇。

只有被堵住的河沟,沟边缘盖着雪,沟中的水成了深黑色,冒着袅袅的淡烟般的水汽。

桂桂最先起的床,她推开被雪堵住的工棚门惊叫声叫起了我、老矮和泽林。我们钻出被子时,一阵冷风钻进了窝棚里,我们打了个冷战。

我们一起看到了这场少见的南方大雪。

一切都被盖住了,这样的天气肯定不能开工了。

按说我应该高兴,不能开工就睡觉吧!可没有筑成的堤坝怎么办?那是任务,你不去完成,没有人去帮你完成,它迟早还得叫你去筑好它。

离过旧历年只有半个月了。我有些忧虑。

泽林望着迷蒙的天空,不出声地在扣衣服扣子。

老矮却无可奈何地叹了口气。

桂桂叫起来了:"天哪,我们用什么来烧早饭哪?"

我们的柴草剩得很少很少了,团指挥部是应该在这几天发柴草的。粮食也不多了,发粮的日子也到了。

我们剩下的一点柴草,全被大雪压住了。我们还得吃饭哪!

桂桂喊叫完了,老矮一弯腰,钻到雪地里,跑到柴草堆边。柴草只剩下两捆了。老矮用手扒开柴草上的积雪，把柴草扒出来后，就提起两捆柴草钻进工棚。

我和泽林忙接住了。柴草是棉花秆子。我们把被雪浸湿了的一部分挑出来，把干的抱到桂桂正忙活的厨房里。

我们窝棚边的小厨房冒起了炊烟，桂桂烧早饭了。

早饭是大米粥，咽干萝卜丝，老一套。两碗粥喝到肚子里，身上热乎多了。

桂桂收拾完了碗筷，坐到我的铺上来。

雪还在不停地下，桂桂说："要下到什么时候呀我的天，这样下法，我们还回不回去过年？"

泽林没吭声。老矮说："天晴了再狠干几天，年还是要回去过的。我那个喉包爹这几天怕是又要犯病了。"

桂桂说："别说家里的事了，说家里的事难受。我妈现在不知道在不在唠叨我呢！来玩扑克牌吧，打百分。"

老矮就拿出了那副很脏的扑克来，我们四个人把脚窝在被子里，围在地铺上玩起了扑克。

我们毕竟年轻。一会就玩得高兴起来。老矮和泽林一对，他们老输，我和桂桂一对，我们赢了。桂桂快活得发出咯咯的笑声。

"嘿，还蛮热闹哩，笑得多痛快呀！"陈毛子不知什么时候进来的，他的脸色很有些忧郁。

"哟，是书记来了呀，参加一个吧，我让你来！"泽林说。

我们几个也立刻和他打了招呼。

陈毛子说："哪还有心思玩这啰！你们看看，这工程真是压得人要上吊了。泽林，山娃，你们俩到民工连部去开个会，我们碰碰头，看看怎么办。我们不能困在这里呀！"

"啊，还有，"陈毛子又说，"各民工排派人到甘棠镇团指挥部去挑柴草和粮食。据说很少，你们四个人，只让老矮一个人去就行了。大批的粮食柴草还没运到。你们节约着用，这雪还不知下到什么时候。"

泽林和我跟陈毛子去开会。

泽林对老矮说："老矮，你就辛苦点吧！"

老矮点点头，在我们走后，他就朝甘棠镇去了。

桂桂一个人在窝棚里看家。桂桂纳一双鞋底子。那鞋底子一看，就知道是给一个男人做的。

老矮把围巾在棉袄外面系紧，双手笼在袖子里，夹着条扁担，扁担一头吊着串绳子和米袋子。我们几个都没有风雨衣，老矮连帽子也没有。老矮就缩着脖子走进雪地里。

湖滩工地离甘棠镇大约两三里路。甘棠镇说是个镇,其实只有半截子街,街上有两三家小铺子,有家邮电所,有个小学。除此之外,与一个稍大点的村子没什么区别。

老矮脚上穿了双解放鞋,这是老矮唯一的一件像样的家当。解放鞋踩进雪地里,立即被雪掩埋了,老矮的脚脖子马上有一种冰冷刺骨的感觉。老矮把脚拔出来,发现八成新的鞋子已被雪水浸湿了不少地方,老矮有点心痛。

老矮停下来,把解放鞋脱了,把鞋夹在腋下,打起赤脚走在雪地里。

赤脚开始时是刺骨的痛,一会就麻木了。麻木过后,又有一种火辣辣的痛。再之后,又麻木,就没什么感觉了。

老矮觉得赤脚走在雪地里,比穿鞋子轻松多了。赤脚踩在雪地里,一踩一个雪窝,很惬意。

路上碰到几个去甘棠镇的人,是其他民工排的,大家都是去领粮草的。见老矮这模样,几个人咧着嘴,发出嗞嗞的声音。

"老矮,凉快吧,你可真是好样的啊!"

老矮说:"打赤脚便利得多,还不算冷。"

那些人脚上穿着半筒雨靴。有人说:"老矮是积极分子。老矮个杂种,挑土跑得飞,这次回去肯定可以入团。"

老矮朝说这话的人善意地笑了笑。

甘棠镇不一会就到了。

在团部等着领柴草的队伍里,老矮看到不只他一个人打赤脚,并不是所有的人都有半筒雨靴的。

走路时不觉得,但站队领粮草时却觉得有些冷了。老矮吟着腰,把赤脚踩在地上啪啪响。

团部胡团长从旁边路过,看到领粮食柴草的队伍里的几个赤脚汉子。胡团长停下来了,胡团长命令发粮草的人,先让打赤脚的民工领。

老矮领到了两捆棉花梗子柴和一袋米。老矮把两捆和成一捆,系在扁担的一头,把一袋米系在另一头,挑起来踩雪朝湖滩走去。

雪还在下着,老矮把扁担闪得悠悠的。听着赤脚踩雪发出的扑扑声,望着满眼的一片白色,不知怎的,老矮喉咙有些痒了,想唱几句什么。唱语录歌,《下定决心》,这歌只适合一个人挖土挑土什么也不想的时候唱念,而现在不适合。现在唱什么歌好呢?

老矮想了想,嘴里不知不觉唱出了:"哎——搞了半天不是你,原来是个土克西！"

这是老矮从家里到武汉时在船上听到几个流氓唱的，我怎么唱起这来了呢？老矮大吃一惊。

老矮很快就想到了桂桂，桂桂的脸，桂桂的胸，老矮觉得自己很下流。

回到民工排的窝棚前，老矮推开了草帘子做的门，桂桂一个人在里面纳鞋底子。老矮的脸突然腾地红起来。

"天哪，你像个雪人了。你怎么打双赤脚？"桂桂惊慌地跳起身，接过老矮的担子。

"不碍事的，赤脚爽快些。"老矮稍稍平静了些，说。

桂桂把老矮肩上的担子接下来后，马上拿了盆子在外面挖了盆雪进来，让老矮坐在铺上。

桂桂把老矮的一双脚放在雪盆子里，抓起雪，在老矮的脚背上、脚掌底、小腿肚上用劲地搓起来，搓得呼呼响。桂桂搓得很仔细。

老矮的双脚由麻木到有了知觉，到火辣辣的痒痛起来，桂桂一边搓一边埋怨着：

"你看你这个人，干起活来不要命了。你不是有双解放鞋吗？为么事要打赤脚呢？"

"解放鞋穿在脚上一点作用都不起。"老矮辩解说。

"再不起作用也比打赤脚要好！"桂桂说。

桂桂看着老矮的双脚搓得发红了，就一下子放到自己的怀里焐起来，用自己的棉袄大襟盖着。

老矮的脚在桂桂怀里扭动起来，老矮不好意思。老矮说："桂桂，拿出来，我的脚焐热了，真的！"

老矮的脚在桂桂怀里扭动时，老矮的脚已经有知觉了。老矮浑身像触电一般，心立即跳动起来，浑身的血液陡地加快，呼吸有些急促起来。

因为老矮的脚触到桂桂那软绵绵的肚子和胸脯。

桂桂的脸有一刹那的红晕，她很快就沉静下来，狠狠地朝老矮的脚上打了几巴掌。桂桂说：

"你放老实点，莫又想邪了！莫动，这脚不焐，非冻坏不可的。"

老矮立刻老实了，双脚一动也不敢动。老矮觉得从桂桂的肉体上，有一股热气，通过双脚传到了心里。老矮的眼睛眨了眨，心里一热，大粒的眼泪流出了眼眶。

妈死了好些年了，那时老矮才十五岁。妈死之后，老矮从没得到任何一个女人的爱护，他和爹过的那真不是叫人过的日子。没有女人的家是不能叫家的。

桂桂使得老矮想起了逝去已经很久的妈。

桂桂扭头见了老矮的眼泪，吃了一惊。桂桂慌慌地说："哎呀老矮哥，你怎么哭了？我刚才的话说得伤了你么？你莫往心里去。"

老矮摇摇头，说："不！你没有伤我。桂桂，我是觉得你太好了。"

说到这里，老矮双手拉住桂桂的手说："桂桂，我喜欢你，你看得起我么？桂桂，只要你喜欢我，我当牛作马都愿意。真的，桂桂，你喜欢我么？"

桂桂先是愣了愣，继而很快镇定下来了。桂桂慢慢地从老矮手中抽回自己的手。桂桂说："老矮哥，你是个好人，真的你是个大好人，老实人。你受过很多罪，吃了许多苦，我很尊敬你。老矮哥，现在莫说这个事情好吧，回去以后再说，我也不拒绝你，让我再考虑考虑好吧，这里的任务还没完成呢！"

老矮听了轻轻地点了点头。

桂桂用手摸了摸老矮的脸。老矮的脸又黑又瘦，胡子拉碴的。老矮觉得摸在自己脸上的那双可爱的手手心里满是茧子，老矮心里发颤。

桂桂把老矮的脚从怀里拿出来，放进被子里，让老矮好好睡一觉。桂桂说："你太累了。"

老矮就安静而听话地睡去了，睡得特别香。

当我和泽林从连部开完会，踏雪回到工棚时，桂桂正在收拾老矮从甘棠镇挑回的粮食和柴草。

陈毛子传达了营部团部以及师部的指示：为了完成向阳湖围垦这一战略任务，全体民工要发扬一不怕苦二不怕死的精神！雪天里要大雪大干，小雪狠干，不完成任务决不下火线。

可漫天里还在飘着鹅毛大雪。

泽林说："桂桂，烧午饭吧，吃了饭上工！"

第四章

桂桂做好了中午饭，让我喊老矮起来吃饭。

我推了推老矮，说："伙计，你睡得还蛮舒服呢，快起来吃饭，吃完饭还要大干呢！"

桂桂说："山娃子，你莫没良心，不是老矮上午去挑回粮食柴草，咱们吃了今天就没明天了，他累狠了。"

我推老矮时，老矮哼了一声，要是在过去，他早翻身起来了。我觉得有点不对，伸手摸了老矮的额头。我惊得叫了起来："哎呀，老矮的额头好烫啊，在发烧！"

泽林和桂桂一起跑过来，他们一人摸了一下老矮的额头，都叫起来："天哪，是在发烧！"

泽林说完，冲出工棚，说："我去请医生。"

公社民工营有一位工地医生，民工营部设在湖滩上。泽林不一会就领来了医生老许。

许医生检查了一下老矮的舌头和眼睛，量了烧听了胸部。许医生说："不要紧，他只是累狠了，又受了风寒，这是重感冒。吃点药，休息两天就好了。"

许医生还在老矮的屁股上打了一针，然后留下了药，在我们的谢谢声中走了。

桂桂喂老矮吃了药，问老矮吃不吃饭。

老矮躺在被子里无力地摇了摇头。

我们三人吃了饭。这时广播喇叭响了，那个好听的播音员的嗓音在雪里湖滩上飘洒，和漫天的雪花一般。

"革命的民工同志们，根据总指挥部的命令，为了早日完成向阳湖围垦这一神圣任务，我们不能困在湖滩了，我们要与天斗，与湖滩斗，请同志们马上开工，湖滩千里战风雪，一不怕苦二不怕死！下定决心，不怕牺牲，排除万难，去争取胜利！上战场，枪一响，老子下定决心，今天就死在战场上了。"

女播音员念起了一串鼓劲和不怕死的话，连着一起念，也不知这些话是谁和谁说的了。

没有犹豫的时间了。泽林给老矮掖了掖被角，对桂桂说："你不用出工了，留下来照顾一下老矮，我和山娃子去工地！"

我和泽林拿起铁锹和箢箕，冲进风雪里。箢箕上原来粘的湿泥，现在全都凌上了，一只怕都有二三十斤重。

我一脚踩进雪地里，积雪立即淹没了我的半截小腿，我的半截裤脚立即湿了，一股寒气穿透裤腿和鞋袜，如锋利的针刺，刺向我的肌肤，我颤抖起来。没有退却的地方，我不可选择。我是个年轻人，不是怕死鬼，不是逃兵。我学着泽林的样子，在雪地里跋涉着，走向土塘。

土塘已经被雪盖住了。我和泽林放下工具，用手把积雪扒开，扒出黑黝黝的湖滩来。

十个手指头立即扒红了，麻木了，成了十个没有知觉的胡萝卜。我们机械地扒着，狠命地扒着。天上的雪花还在不断地飘洒，洒在我们的心头，钻进我们的颈子，立即融化成水，流到我们的背上和胸前，凉飕飕的叫人打战。

广播喇叭里在不断地播放着《下定决心》的歌曲。

我觉得唱这歌的人，不断歇地唱，最后嗓子都唱嘶了，可还在唱，还在唱"下定决心"！

我心里想着那个女播音员，她怎么不到雪地里来下定决心试试呢！

我看到各个民工排都出动了，红旗也插到雪地里来了，白的雪地里，红的旗帜在飘展，像血一样鲜明。而千千万万的民工像一群黑色的蚂蚁点子，在雪地里蠕动着。

我和泽林扒了半天雪，扒出了黑色的泥土后，就用锹挖出土块，装在筿筿里，往满是雪堆的堤坝上挑。

穿着鞋袜走在雪地里，很不方便。我要脱掉，泽林拦住我。泽林说："不能脱，穿在脚上不起什么作用，但不能脱，脱了打赤脚，你的双脚要冻坏的。"

我和泽林就穿着鞋袜，挑着土，朝堤坝上走。不能叫走，应该叫爬。我们一步一步地跋涉着。

头上是雪，身上是雨，双脚踩在雪地里，裤脚和鞋袜早已冻住了。我们爬得很慢，想快都快不起来。

这时，我的联想挺丰富的。我想，我长这么大，这可是从来没受过的罪，从来没有吃过的苦啊！我想，红军爬雪山时，那滋味也大约跟这差不多吧！

我想起了《钢铁是怎样炼成的》里的保尔，他不是也跟着一群共青团员共产党员们，在风雪泥泞中修一条路么？不是有个人把党证都退了，不愿吃这苦，跑了么？那交出的党证，被筑路领导人放在灯火上点着，烧成了一卷黑色的灰烬。我很崇敬保尔，我不愿做那个交出党证的逃兵，我要学保尔，再苦我也要干下去。

泽林在我前面爬着，爬得哼哧哼哧地喘气，我紧紧跟在泽林身后，一步也不落下。

我们把雪土倒在堤坝上，又跑回土塘再扒雪挖土。刚才扒出的黑色泥土，又被雪盖住了。

当我们爬着挑了三趟土后，再回到土塘时，我们看到桂桂也在土塘里扒雪挖土。

泽林叫着："桂桂，你回去！"

我也说："桂桂姐，你回去看护老矮，这里有我们两个就行了！"

桂桂说："不！老矮吃了药已经睡了。"

桂桂的脸颊冷得通红，头上包了个布头巾，埋着头一声不吭地扒雪挖土，往我们的空箢箕里装土。

我和泽林不做声了，挑起满满的两箢箕土，又朝雪地里的堤坝上爬。

待我们再回到土塘时，我们看到桂桂正苦苦地劝说着老矮："你回去，行行好，你回去吧，我的老天爷！"

我和泽林呆了。我们看到老矮光着头，赤着脚，棉袄上系着那条又旧又破的围巾，正趴在土塘里的雪地上，双手不停地扒雪。老矮的脸通红，雪花朝他身上洒着，洒到他的脸上额上，很快就成了水滴。

任桂桂怎么劝说，拉他，他都不吭声，两只手像两只箭子，飞快地把积雪扒得纷飞起来。积雪被他扒开了，黑色的泥土在他身后露出来。

老矮说："桂桂，快挖土。"

泽林丢了担子，上前拉住老矮，吼叫着："老矮，你回去，你不要命了！回去，听见没有？我是民工排的领导，我命令你回去！"

老矮哪里肯听，甩开了泽林的手，继续扒雪。

我说："老矮，这样要不得的，你是病人，你的病会加重的，回去吧！"

老矮还是一个字："不！"这时广播喇叭里的毛主席语录歌《下定决心》正唱得带劲。老矮的嘴唇也在不断地动着，我们听到了，他嘴里发出的声音是：下定决心，不怕牺牲，排除万难，去争取胜利。

我们无计可施，这个老矮简直是疯了。

这时，我们看到工地上走过来一排人，有几个人穿着毛领黄色长大衣，头上戴着毛帽子，脚上穿着齐膝深的长筒靴子，踩着雪，不慌不忙地走过来。

旁边跟着民工团的胡团长，还有个背照相机的年轻人。

是总指挥部的首长到工地来视察了。

这一行人在我们的土塘边停下来了。

泽林喊了一声："首长！"

首长中有一人跳下土塘，和泽林握了个手，再和我握了手。我感到那手热乎乎的，软绵绵的。

首长握着桂桂的手说："谢谢你们了，你们真是一不怕苦二不怕死的战士！"

首长走到正在扒雪的老矮身边，拉着他的胳膊，说："好同志，好同志！"

桂桂说："首长，他在发高烧，硬是要来扒雪，我们劝不住他。他这样要坏事的，首长你劝劝他吧！"

首长摸了摸老矮的额头，看了看老矮的一双赤脚，愣了一会儿。首长眼里已有光点了，像是没掉出来的泪花。

首长缓缓地说:"小同志啊,你烧得不轻,你是好样的。但身体是本钱,还是回去休息吧,病好了再干,好吧!"

老矮望着首长,说:"不!不这样我们的任务完不成,我们回不去的!"

胡团长对首长说:"他们是全工地十几万民工中的最小的民工排,只有四个人。"

首长点点头,望着我们四个人,不做声。

胡团长说:"你们谁是宣传员,给这位同志写篇表扬稿,好好表扬一下。"

我们都没做声。首长们走了。

我想,写表扬稿?老矮你可不是为了这个表扬。

老矮和我们一直干到天黑。表扬老矮的稿子我没写。

天黑了,我们才回到工棚,桂桂烧开水,让我们洗,让我们焐脚。

桂桂为老矮搓脚,用雪搓,一直搓到发红,才焐到她的怀里。

我和泽林的半截裤腿,鞋子袜子全冻住了,冻成了硬邦邦的树棍。

这天的温度怕要在摄氏零下五六度的,我想。

老矮没有出问题,吃了药后就睡了。到后半夜,我们起来看他,摸他的额头,热度竟然还下去了不少。

这一夜,我睡得很不好,我有些失眠了。我在被子里想我的家,父亲,母亲,还有几个妹妹。想着想着,我流了泪。我暗地里擦干了泪,心里骂自己没出息。

雪,仍在不停地下着,湖滩上的积雪越来越厚。

广播喇叭里再没有关于大干苦干拼命干的鼓动了,而换成了京剧《智取威虎山》中杨子荣的唱段:穿林海,跨雪原……还有毛主席诗词歌:北国风光,千里冰封,万里雪飘……

这个播音员倒会触景生情地放些关于雪的唱段。

工地上彻底停工了,没有人再到雪地里去扒雪挑土了。事实证明,大雪大干是行不通的,得不偿失。人冻得不行,却挑不了几块土上堤筑坝。人毕竟是肉做的,像昨天下午那样干两天,十几万民工都得倒在雪地里。

总指挥部的首长视察之后,决定停工。等待天气好了再干,现在养精蓄锐。

我们天天都要用扁担铁锹等把工棚顶上的雪扒掉铲掉。工棚顶上的雪积厚了,会把工棚压垮的。已有几十个工棚被雪压垮了,而且是在夜间,民工被埋在雪堆里喊救命,大家就都去扒雪救人。

我们的工棚小而且结实,每天扒铲顶棚上的雪也很容易。我们觉得这是很轻松很有意义的活干一会儿就完了。

我们就回到工棚，我在被子里玩老矮的扑克牌，它又脏又烂，但比没有强。老矮已经完全退了烧，人瘦了一圈，可以在被子里陪我们玩了。

桂桂说："我们的米和烧的柴已经不多了，最多够吃三顿。"

泽林就去找陈毛子问粮草的事情。陈毛子说，粮草正往这里运，这几天大家少吃点，节约吧！

严重的问题出现了，工地断了粮草。

咸宁火车站离向阳湖还有几十公里的路程。向阳湖十几万民工困在湖滩上，粮草堆在火车站无法运送。

山区县的公路本来就差，通往向阳湖的公路被积雪冻住，车辆一压，压出不牢固的路基中的稀泥浆，汽车轮子陷进泥里，呜呜叫唤，泥浆纷飞，车子却爬不出来。

各县区民工指挥部粮尽柴绝，民工们领不到粮草。

总指挥部积极想办法，首长们坐卧不安。

甘棠镇是个小镇穷镇，附近农民的口粮标准很低，每人年平均不到三百斤稻谷杂粮。这鱼米之乡根本拿不出多余的粮草来给湖滩上千万个民工们使用。

我们和所有的民工一样，将要经受一场饥饿的考验。

离春节还只有十来天了，围垦任务还没完成。完不成任务就不能撤走，民工们难道还要在这荒湖滩上过春节么？

我们感到着急了，其程度绝不亚于陈毛子和胡团长。

桂桂说："我长这么大还没在外面过过年，过年要是不能回去，那才倒霉了，这湖滩上用什么过年？"

泽林说："我在外面过了好几个年了，我过年是在猪圈过的，陪着猪过。"

老矮有些羸弱，他说："我也可以留下来，我回去过年不过年都无所谓。我跟我爹有什么年好过哟！"

我说："那好，你们俩留下来，我跟桂桂俩人回去过年。"

泽林说："那好呀，只要你走得了。下这么大的雪，只怕是火车都要停了，你们就飞吧！"

我们边玩牌边聊天，就到了晚上。

桂桂说："做不做晚饭吃呢？柴米快没有了。"

我们都没有回答，大家就静默下来。

我们一天只吃两顿稀饭，而且一人只吃一碗。稀饭喝到肚子里，拉两泡尿就完了。肚子于是就咕咕地叫起来，我们就忍住，尝着饥饿的味道。

那天早晨，桂桂把最后的一点米熬了稀饭，一人盛了一小碗。

泽林把自己的一碗端起来，倒了半碗在锅里。泽林说："我不想吃了，我这两天没怎么活动，不饿。"

老矮没接桂桂递给他的粥碗，脸上现出很难过的表情。老矮说："你们吃吧，我不舒服不想吃东西，我想睡一下。"

桂桂看着我，我说："桂桂姐他们不想吃东西，我也不吃了。桂桂姐，你太辛苦了，你吃吧！"

桂桂把我们轮流看了一遍，突然捂着脸，低着头钻进她住的内间，趴在床上呜呜地哭起来了。

我们三个男人面面相觑，不知是什么原因。我们一起跑进桂桂住的内间，站在桂桂的床前。泽林说："桂桂桂桂，你怎么啦？"

桂桂哭着说："你们出去，不要管我！"

老矮嗫嚅地说："桂桂，我们哪里得罪你了？"

桂桂大声说："怪我么？我有什么办法？都不吃东西，都饿死掉好不好？没有粮食，我拿什么做给你们吃？你们还赌气，不吃东西！都不吃，你们走！"

我说："桂桂，我们没有怪你呀，真的，没有怪你。"

这时泽林大声说："好了，我们每人都把自己的一碗粥吃掉，这是最后一顿饭了。已经没有米了。我们四人一起出来，就要有福同享，有苦同吃。桂桂，起来，你把你的一碗吃了。大家都吃，这是任务。"

我和老矮默默地跟着泽林走出来，泽林把倒进锅里的半碗粥盛进自己碗里。我和老矮各自端起自己的粥碗喝起来，我们喝得很慢很轻，没有发出过去那种呼啦啦的响声。桂桂过了一会儿也出来了，端起自己的一碗粥，慢慢地喝起来。我们四个人，在漫天风雪的湖滩工棚里，庄重而严肃地喝掉了我们最后的一餐粥。

工地上彻底断了粮。民工连无法可想，民工营无法可想，区民工团县民工师以及整个向阳湖围垦总指挥部也想不出什么法子。

大家只好困在雪地里，等待天晴，等待路干了运粮草进来。工地上的广播喇叭也不响了，红旗也没打出来，有点死气沉沉的气氛。

停伙了一天，我们这一天只喝了一点开水。

睡了一夜，第二天早上还是爬起了床。泽林说："躺在床上没有用，也是饿。干脆我们出去转转，到甘棠镇去看看，看是否能弄点吃的东西。"

老矮说："甘棠镇怕也弄不到什么吃的东西了，我们区有多少民工排多少民工连啊，就只一个甘棠镇，即使有粮食，也没我们的分。"

泽林说:"我们是男人嘛,总还能想些办法的。走,拿上锹,我们去挖地老鼠吃。"我说:"老鼠能吃吗?没吃过。"

泽林说:"我当兵时,有个战友是广东人,带我去挖过几次地老鼠,那肉可鲜嫩呢!"

老矮马上爬起来,说:"那好啊,你能吃,我就能吃,这有什么难的,有吃的总比没吃的好。"

我说:"那好吧,我听你们的。"

我们三个人很快起了床,穿好了衣服,打开了工棚门。一看,嘿,雪竟然停了,东方竟然有红的太阳冒出来,天晴了。

我们跟桂桂打了声招呼,老矮和泽林各提了一把锹,我空着手,我们三人摇摇晃晃地朝甘棠镇走去。

连着几天没吃饱,昨天又饿了一天,有气无力是很显然的。到甘棠镇不到三里路,我们走了四十多分钟。甘棠镇后面就是一片田,田基高出湖滩许多。田里的稻茬被雪盖住了,有田埂的地方凸出来一条条的埂子。田野上没有人,附近的庄稼人此时一定围在家里烤火,或者捂在被窝里做着梦吧,我这样想。

泽林有过挖地老鼠的经验,他带着我们在田野里转悠了好半天,也没看见黑色的洞洞。

我说:"这里不比你当兵的那地方,怕是地老鼠也捂在地洞里睡觉吧!"

泽林说:"那它们总得有个洞洞透气吧!"

老矮突然指着前方一个黑洞洞说:"泽林,这是不是?"

泽林跑过去一看,肯定地说:"就是这,就是这。"

泽林叫我站在一边看着,等会老鼠跑出来时,帮忙扑打。他和老矮就沿着那洞洞挖起来。

老矮照着泽林的指点,一锹挖下去,翻起好大一块土来。我立即看见有只大灰鼠从那土块里钻出来,就大叫:

"泽林,看,老鼠出来了!"

泽林眼疾手快,早"啪"的一锹,拍到了大灰鼠。我跑上去从雪地里提起来,怕有半斤重,真肥。

泽林说:"还有一只,他们一般是两只一洞,夫妻么!"

果然,挖了一会,又拍死一只灰老鼠,比先前的一只还大。两只老鼠一斤多重,我们的收获不小。

更重要的收获是,我们在鼠洞里挖出了一堆稻谷,我们细心地把稻谷装在泽林的罩衣里,再包起来,怕有四五斤。这些地老鼠偷粮食也真够厉害的。

我们在雪地上继续寻找,再也没找到黑洞洞了。我们挖了两处像是老鼠洞的地方,可里面什么也没有。

肚子在咕咕叫着,我们就停止了搜寻,提着战利品往回走。回去比出来要走得快些,因为我们都指望回去后将战利品做些处理,好好吃一顿。

我们三人晃晃荡荡地走,我甚至哼起一支曲子,当然是毛主席语录歌,除此之外,其他的歌曲都不能唱。

在甘棠镇时,从我们对面走来一个穿军大衣的姑娘,个子娇小,皮肤白皙,五官端正,两只翘翘辫耷拉在背后。

那女孩看见我时稍惊讶了一瞬,立即朝我跑过来,叫道:"刘山,你怎么到这里来了?"

原来是我中学同学徐英子。

"我怎么到这里来了?我来当民工呀,修堤坝围垦呀!徐英子,你怎么来了?"我说。

"跟你一样,我在区指挥部当广播员!"她说。

怪不得的,我天天听那广播里的声音很好听,原来是我的老同学在当播音员哪!播音员可是舒服得很,又不劳动,每天只是念念稿子,比我们挖土挑土强多了。

徐英子见我们三人在一起,问:"你们这是干吗呢?"她是部队干部子女,她父亲那部队就驻扎在我们区。

泽林说:"我们找吃的。山娃,你和老同学再聊聊,我们先走一步了。"

老矮也朝徐英子点点头,跟泽林先走了。

徐英子把我带到广播站,正赶上指挥部里吃午饭。徐英子把她的一份饭给我了,她自己吃饼干盒里的饼干。到底是指挥部,还没断粮。我把徐英子的小馍馍吃得一个不剩,喝了杯开水,就告辞走了。

徐英子叫我还来玩。我说:"待我饿得太狠了时,再来讨一顿饭吃。"

徐英子说:"宁可我饿,也要给你吃。不过我告诉你刘山,粮食问题马上就可以解决了。我们县的粮草已经用小船从金水河穿斧头湖朝这里运了,大约三天后就可以到的。你看,天也晴了,这公路也说不定马上就修好的。"

我想,那好啊。就跟徐英子扬扬手再见。

回到工棚,泽林老矮桂桂三人正喝稀糊糊,一碗烧得喷香的鼠肉放在中间,泽林和老矮吃得津津有味,桂桂一直不敢吃,怕恶心。我吃了几块,味道确实不错。

桂桂让我喝稀糊糊,我说中午在区指挥部吃过了。

泽林和老矮说:"你的同学招待你吃好东西吧!"

我说:"那当然!我可以为你们节省一点么!可惜,没有带的,要不,我一定带给你们吃的。"

我告诉他们我们县的粮食柴草已经从金水河起运,三天后即可到达的消息。

我们再熬三天吧!天晴了,我们还要大干呢!没吃的,就大干不成。

第五章

可是,没等熬到三天,我们小湾民工排却出了事,出了一件天大的事情,这件事使我终身难以忘怀。

由于没有粮食,大家都挨着饿,即使天晴了,也没有人到土塘里挖土挑土。各级指挥部领导也没督促大家上工,民工们没吃的,当然也就没劲去上工。大家都在等着粮食。

大约是上午十点钟的光景,太阳暖洋洋的,工棚顶上少量的积雪开始融化,朝下面滴答滴答地滴水。民工们也是懒洋洋的,有的躺在地铺上蒙头睡觉,有的坐在工棚门口的太阳底下,把身子晒得软乎乎的。

这样的天气,没有吃的,人们更感到饥饿难熬。湖滩上死气沉沉的,除了未建成的堤坝外,就是铺在湖滩上正在化去的积雪。远一点的甘棠镇,街上难以买到吃的。即使有吃的卖,民工们手上也没有钱。

甘棠镇东边,有一块十来亩水面的塘,水塘与向阳湖的大片湖滩紧靠着,塘周围有土圩子。夏天向阳湖水满时,水塘的平面就与湖水一样高。冬天向阳湖的水枯了,而水塘里还蓄着一塘水,塘水里养着鱼。水塘里有水草和少量的荷叶,冬季里都枯干了,垂首在塘面,听任鱼儿追逐。

鱼塘属于甘棠镇东山大队,东山大队指望这鱼塘的收入来过年。平时舍不得捞,一直蓄着养着。

看看年关已经近了,天气又晴得很好,东山大队决定把鱼捕起来。

一早,十来个社员就将鱼塘圩子上的小节制闸门抽开,把塘水放到通往向阳湖的河沟里。

从高处往低处放水,那水哗啦啦一涌而出,欢快奔驰。闸口处拦着竹帘子,顺水而下的鱼,碰到竹帘,跳起老高老高,在冬日的阳光下闪耀着金色的光泽。

一塘三四斤重一条的鲤鱼,社员们看到越来越浅的塘水里,鲤鱼如没头的苍蝇,撞来撞去,心里乐滋滋的。

上午十点左右，鱼塘干了，塘泥显露出来。社员们准备了筐子，下塘捉鱼。

散布在湖滩上的民工棚子，冷火无烟。民工们只得三三两两，游荡到鱼塘边。看到满塘的鱼，蹦蹦跳跳，煞是可爱。民工们心里痒痒的。娘的，老子们到这鬼湖滩来下死力围垦，已断顿两天了，而这里的社员，却有这满塘的鲜鱼，捕回去能过个好年。饭香鱼香，一家人围着，多美的事呀！

于是鱼塘边聚集了越来越多的民工。反正又没有开工，窝在棚子里肚子也饿，不如到鱼塘边来饱饱眼福。

甘棠镇周围的民工有三千多人，大家都饿着，都在等粮食，都在闲着渴盼着填肚子的东西。

这些民工，百分之九十几都是青壮年农民，也没那么多觉悟那么多修养。

水干鱼跃，民工们围在塘边叽叽喳喳。东山大队的十多个社员下塘捉鱼，高高兴兴，他们根本没有防到民工们会下湖抢鱼。炸塘是发生在一瞬间的。一个大块头的民工，看到塘边泥里卧着一条三四斤重的鲤鱼，竟然忘乎所以地跳下了塘，连脚上的鞋子也没脱，抓住了那条鱼。大块头下了鱼塘，围在鱼塘边看热闹的民工眼红了起来。他妈的，饥饿的人还讲那么多干什么哟！下去，抓几条鱼回去，白水煮着吃了，也能填饱肚子。马上有第二个人跳下塘，第三个民工也跳下塘。围在鱼塘边的民工呼啦一声，纷纷像鸭群一般跳进满是淤泥和鱼的塘里。

正在鱼塘里捉鱼的东山大队的十多名社员一看这阵势，吓得呆了。天哪，这么多人，这不是来抢鱼的么？这不是炸了塘么？有人就大喊起来：

"干什么？你们想干什么？青天白日的就发抢来了！快走，你们这是犯法的！"

没人听他喊叫，他的喊叫在大群民工中间，溅不起半点回响。

我和老矮正在离鱼塘不远的地方溜达，看到鱼塘那边吵吵嚷嚷的，不知发生了什么事，我们一起跑到鱼塘边。

一看那架势，我还不明白。老矮就叫起来了："山娃子，快，脱鞋子，炸了塘了，我们也下去捉几条鱼回去打牙祭！"

老矮边说边脱鞋子，我看到老矮把脚上的解放鞋脱下后，掖在腰上系的围巾中，然后"扑通"一声跳下了鱼塘。

我学着老矮的样子，也脱了鞋子，跟在老矮后边跳下鱼塘。下了鱼塘，稀泥立即没到膝盖上了，冷得人只打寒战。我看到老矮在泥塘里很快抓了一条大鲤鱼，提在手里。前面又有一条，老矮又抓着了，他一只手提一条鱼，看到第三条鱼卧在泥里，他已没有手空出来抓了。

老矮说："山娃子，快，有没有绳子？"

这时我也抓住了一条鱼。这塘里鱼真多真大，捉到的鱼，提在手里沉甸甸的，刚才下塘时感觉到的那点冷意早没有了。

"我没有绳子！"我说。

老矮把捉到的鱼塞进泥里，使鱼不容易跑掉，然后飞快地抽下做裤带用的绳子，把裤子往上提一提，再把腰间的围巾系紧。老矮用裤带把我手里的鱼串上，又从泥里把那两条鱼抠出来，也串上。这时我又抓到一条鱼了，老矮也一并串上，提了提，说："山娃子，快，你先把这四条鱼提回工棚去，再带一根结实的绳子来，我在这里等你，快！"

我听从老矮的吩咐，提起穿着四条鱼的裤带绳子，爬上了鱼塘的堤坝，拔腿就朝湖滩上的工棚跑去。

"炸塘了，炸塘了，快去捉鱼呀！"有人这样喊叫着。

我往回跑的时候，看见有几百上千的人朝鱼塘方向奔去。天哪，这是怎么回事哟！我可从来没见过这阵势。我顾不得多想，拼命朝工棚里跑。

跑到工棚，只见桂桂一人在工棚里。桂桂见我提着一串鱼，满裤腿满脸的稀泥，累得气喘吁吁的，惊慌地说：

"怎么了山娃？怎么了山娃？"

我说："甘棠镇那边炸了塘，这是我和老矮捉的鱼，快收起来，再给我一根结实的绳子，我还去，老矮在鱼塘里等我。"

桂桂慌慌地接过我的鱼，忙递给我一根挑柴草用的粗绳子。桂桂说："山娃，你去叫老矮快回来，这要出事的。"

我问："泽林呢？"

"他到民工连开会去了！"桂桂答。

"叫他回来到鱼塘边去接应我们。"我丢给桂桂一句话就跑了。我想我这回拿的一根绳子，能串好多条鱼，肯定断不了。我不断给自己说，快跑，再迟了就没有鱼了。

根本就没等到我跑到鱼塘边，就出事了。

抓了几条鱼已经送回工棚去了，老矮和几百个民工还在鱼塘里抓那卧在泥里的鱼。就只两只手，抓多了无法拿，充其量也只能一只手提一条。眼看塘里活蹦乱跳的鲤鱼，老矮急得没有法子可想。山娃回去了怎么还不来呢？老矮抬头朝鱼塘岸上望去。

天哪，湖滩上有许多人朝鱼塘这边跑，人越来越多，知道了炸塘消息的民工都往这里跑。大家肚子都饿，大家都想抓几条鱼熬了吃。

老矮着急没东西装鱼的当儿，突然听到前面泼剌地响了一声，朝响的地方一看，老矮兴奋得丢了手中的两条小些的鱼，朝那条大鱼扑去。那是一条有十来斤重的金鳞红尾鲤鱼，正瞪着晶亮的眼睛看着老矮，大鲤鱼的尾巴像把小扫帚，张开的嘴边有两根长长的胡须。

这真是个鱼中之王。

老矮扑向鲤鱼，双手把鱼压住，直朝泥里按。鲤鱼尾巴一搅，拍在泥上，溅得老矮一脸的泥浆。老矮腾出一只手擦脸的当儿，鲤鱼一个大翻身，老矮没能按住。鲤鱼尾巴一扫，正撞在老矮的腿上，老矮没提防，一个屁墩坐到稀泥里。老矮火冒三丈，爬起来又用双手紧紧地压住鲤鱼。

就在这时候，湖滩上的大喇叭响了，女播音员徐英子的声音飞向躁动混乱的鱼塘：

"民工同志们，请遵守三大纪律八项注意，不拿群众的一针一线。我们到向阳湖是修堤围垦的，我们一定要搞好与当地老百姓的关系。农民的鱼是集体财产，我们不能拿，拿了的同志，要送回去！"

徐英子的声音虽然好听，但软弱无力，鱼塘里越聚越多的民工无动于衷，大家继续捉鱼。

东山大队捉鱼的十几个社员，见抢鱼的民工越来越多，他们阻拦不了，就都爬到鱼塘的岸上，望着鱼塘里疯抢的人群哭起来。他们中的一个队干部跑回大队报信去了。

工地上的大喇叭里立即换了一个声音，民工们一听就有点不安了，是胡团长的声音。胡团长破口大骂：

"狗日的，我限定你们立即离开鱼塘，把抢的所有的鱼统统送回东山大队去。快点！马上离开鱼塘，再不离开，你们小心点，一切后果自负！"

胡团长骂完后，人群有一刹的骚动。先来的人已抓到鱼了，提着鱼朝岸上爬。后来的人见先来的人都已抓到鱼了，觉得不平。妈的，他们都已抓到了，老子也该抓两条。于是，还是不断地有人朝鱼塘里跳。

东山大队青壮年有百把人，他们的民兵连还有七八条旧枪，都放在机干民兵手中。跑回家报信的队干部说："快点快点，他们把我们的鱼塘抢了！快点去，再去迟了，我们一塘鱼会一条都不剩的。"

大队干部正在开会，研究怎么拨出点粮食来支援挨饿的民工，准备把种子粮拿出来一些的。

书记和民兵连长听了报告，马上就不开会了。还支援个屁，人家已经抢到门上来了。

民兵连长敲钟，召集了他的持枪机干民兵，其他男女社员三百多人，包括老幼，青壮年全部出动。他们要捍卫自己的利益，要保卫自己的财产，决不容许别人来干扰他们的生活。

三百多男女老幼，拿锹扛锄头，蜂拥到鱼塘边。

鱼塘里还有黑压压的捉鱼人，一塘鱼已经基本上抢完了，只剩下躲在淤泥里的侥幸者。

机干民兵们的枪其实是个摆设，里面都没有子弹。只有民兵连长有十多发子弹。民兵连长是个复员兵，现在遇到个放枪的机会了。他把子弹压进了步枪里。

民兵连长朝天连放了三枪：呼！呼！呼！

枪声短促，尖啸而清脆。

"快跑，他们拿着枪来了！"鱼塘里有人喊。

于是，鱼塘里的人像炸了窝的蜂子，立刻乱了起来。大家慌不择路，前扑后拥，东倒西歪，连滚带爬，手上的鱼也不要了，鞋子跑掉了，帽子也跑落了。

听说事后东山大队从淤泥里抠出鞋子帽子用箩筐装，挑了好几担。

其实，大家本不该慌的，不用说东山大队来的三百多人，面对这黑压压的民工不敢动手，就是那几条旧枪，多是打不响的，即使民兵连长的枪能打响，也不敢朝人身上放，何况他只有几颗子弹呢！

但是抢鱼的农民工们，虽说把他们编成了连排等军事单位，说到底他们还是农民，在真正的枪炮面前，他们还是逃命要紧，其他一切都不管了。

悲剧就是这样发生的，悲剧就发生在那一刹那。

老矮正把大鲤鱼狠命朝泥里按，准备用手扼住鲤鱼的鳃，再提起来时，岸上的枪声响了，鱼塘里发生了骚乱。

东山大队的人群是从甘棠镇方向来的，枪声也是从那边响过来的，因此鱼塘里乱了套的人群就朝湖滩这边的岸上逃，成百上千的人一起朝这边压过来，谁也挡不住了。

人们发了疯，好像子弹就追着他们的屁股，大家都不要命地跑，边跑边发出哇哇的叫喊。

老矮还来没得及伸直腰，就被人流撞倒了。老矮立即又爬起来，他没有马上随着人流朝岸边跑，他觉得丢下到了手的鱼跑走很不合算。

老矮在站起身来的一刹，突然发现插在腰带上的鞋子丢了。这双解放鞋是老矮唯一的像样的物件，可不能丢，丢了就没有穿的了。老矮想都没想，又弓下腰在泥里找自己的鞋子。老矮一样东西都不想丢掉，他要先摸着了鞋子放好，后捉了大鱼再走。

就在老矮躬身在泥里摸鞋子时，人流压过来了。老矮只觉得自己身子一歪，一下子没进泥里，身上立刻就有成百上千双脚踩过来，踩下去。老矮眼前一片漆黑，耳里还隐隐地听到哇哇哇的呼叫声，很快这声音就远逝了，消失了。老矮觉得自己好累好累，就静静地睡去了。

老矮一声都没喊，老矮已经摸着了自己的一只鞋子，紧紧地抓在手上。那条十几斤重的大鱼，也被踩进泥里，它倒没有被踩死。

鱼塘里发生骚动，枪声响了的时候，我正拿着一根粗绳子往鱼塘跑，本想去接应老矮，让他用这根粗绳子多串几条大鱼回来。还没等我跑到鱼塘边，鱼塘里的人爬起来拼命朝回跑，边跑边喊：

"他们放枪了，来了公安局的，要捉人了，快跑！"

我根本就不能逆向越过他们朝鱼塘跑，我被大队奔跑的人群裹挟住了，朝湖滩跑起来。我边跑边喊："老矮，老矮，快点跑，快点跑！"我当时肯定老矮在奔跑的队伍里，老矮不会傻到待在鱼塘里让他们捉去。

我气喘吁吁地跑回了工棚，泽林和桂桂惊恐地迎着我。

桂桂说："老矮呢？"

我说："我没看见他，我还没跑到鱼塘，他们就放枪捉人了。"

泽林很显然已经知道了炸塘的事，说："不要慌，这又有个什么事咧，无非是把鱼还给他们，他们不会捉人的。快，我们找老矮！"

湖滩已经没有人了，刚才千军万马，现在却鸦雀无声，人们都跑到工棚里躲起来了。

泽林、桂桂和我在湖滩上四处寻找老矮，我们大声地喊："老矮！老矮！你在哪里啊？"

可是没有人答应我们。

我们朝鱼塘边走去，但我们不敢走得太近，因为东山大队的男女老幼现正站在鱼塘边，他们手上还有枪。

我们站在离鱼塘很近的地方喊："老矮，老矮！"

仍然没有人答应。

桂桂说："是不是被他们捉去了？"

我说："也可能老矮跑到其他地方躲起来了！"

泽林说："我们到区指挥部去，让指挥部出面打听，看他们捉了人没有。老矮如果跑到其他地方躲起来了，那更好办，他待会就会回来的。"

泽林带着我和桂桂到了甘棠镇，甘棠镇上正在议论纷纷，说的都是东山大队抢鱼的事情。我看看自己的模样，身上泥呼呼的，让人一看就是个抢鱼的人。

泽林说:"山娃,你回工棚去,把身上洗洗,我和桂桂一会就回来。你这模样见了胡团长,他不把你抓起来才怪呢!"

我想也是,就转回工棚去了。

我把自己收拾好了,换了衣服,就在工棚里等老矮。我望着棚子的门,我巴望着老矮从那门里晃进来。

老矮没回来,泽林和桂桂回来了,他们垂头丧气。

胡团长臭骂了泽林一顿。胡团长派人跟东山大队联系过了,东山大队的人说:"没捉人!你们要赔偿我们的损失!"

老矮哪里去了呢?

我们的老矮失踪了,民工连的陈毛子急红了眼,就发动全大队各民工排的人寻找。

在湖滩在甘棠镇找了一遍,不见踪影。

我到团指挥部的广播站找到了老同学徐英子,央求徐英子播份通知,徐英子立刻答应了。

湖滩上的喇叭响了:"陈清江同志,请你听到广播后立即回到你们排的工棚去,有急事找你!"

陈清江是老矮的大名。

徐英子的声音反复响了几遍,可是我们的老矮还是没有露面,老矮啊老矮,你到哪里去了呢?

夜幕低垂,湖滩工棚里亮起了灯火,雪原静静,堤坝横亘,断炊之夜,人们唉声叹气,湖滩的夜有些凄凉。

到鱼塘里捉了鱼的民工,被逼着把鱼送还了东山大队,大家白忙活了一场,结果连片鱼鳞都没得到,还损失了许多的鞋子帽子和力气。

我们损失了老矮,全工地就一个老矮失踪,奇怪。

我和桂桂、泽林一起待在小小的工棚里,我们什么也没说,我们对着一盏孤灯,等待老矮回来。

我心里有一种不祥的预感,会不会是……我不敢说出来。泽林和桂桂不做声,他们是不是也想到什么,但他们不敢说,和我一样呢?

湖滩上,工棚里,我们一夜未眠,老矮一夜未归。

第二天早上,有人报信来了。

东山大队的社员在鱼塘里清塘时,抓到一条十几斤重的大鲤鱼,也从泥里捞起了老矮的尸体,老矮手上紧紧地抓着一只解放鞋。老矮死得很痛苦。

泽林、桂桂和我听了,拔腿就朝鱼塘边跑。老矮哟老矮,你怎么能死了呢?

你是不能死的呀老矮！

老矮的尸体放在鱼塘的岸上，蜷曲着，浑身是泥。几个社员在边上惊恐地看着，不知所措。

我和桂桂哇的一声大哭起来，老矮呀——！

泽林二话没说，抱起老矮就朝湖滩上走。泽林说："老矮，我们到处找你，昨天等了你一夜。老矮，我们回工棚去吧！"

泽林把老矮抱回工棚后，放在老矮的床铺上。桂桂端来了清水，绞了毛巾，给老矮擦洗。

桂桂停止了大哭，眼里的泪珠子一粒粒滚落下来，落到老矮的泥脸上。桂桂很细心很安静地为老矮擦洗。她把老矮的头发、眼睛、耳朵、鼻子、嘴巴里的泥细细地掏出来，再细细地擦去，她做得那么认真，那么仔细，就像在给一个孩子洗脸洗澡。

老矮的湿衣裤脱下来了，脱光了身子。桂桂没有回避，还在为他擦洗，就像是他的妻子。身上的泥洗净了，连大腿根的泥都洗去了。桂桂做这一切时没有半点羞涩感，而是显得很圣洁很庄重。

老矮浑身发乌，老矮是被泥巴活活憋死的。

我和泽林要帮忙擦洗，桂桂不让我们沾手。

在我们这最小的民工排最小的工棚外，聚集起几百名民工，他们知道了消息后，自动地聚拢来，默默地站在湖滩上，悼念着他们中的一个。

我们这个最小的民工排现在只剩下三个人了。

第六章

中午时分，区指挥部通过湖滩上的广播喇叭通知，从金水河起运的粮草船已经到达向阳湖北岸的河沟里。泊船的地方离湖滩的工棚距离只有几百米。除了粮食和柴草外，为了抢在春节前完成围垦的第一期工程，区里通知家里人尽量的多来工地，支援工地的民工。因此随船只到来的，还有上千的民工到达工地。

徐英子把这一喜讯反复广播了几次，工地上立即腾起了一片欢呼声。饥饿结束了，有粮食柴草，有白米饭吃了，可以把肚子吃得饱饱的了。而且家里来人支援，土方任务会很快完成，大家可以回家过年，不在工地受苦了。

很显然，在一阵欢呼、一顿饱饭后，工地上会立即掀起大干苦干的高潮，堤坝会很快筑成。

可是老矮再也吃不上家里送来的粮食了，再也不能挑起箢篼打赤脚跟我们一起挑土挖土朝堤坝上奔跑了。

我们小湾民工排失去了一员苦干大干的战将。

我和桂桂泽林一起，在工棚里守着老矮。老矮已经洗擦干净了，浑身上下都穿戴整齐，换上了他从家里带来的换洗衣服。

桂桂洗干净了老矮的泥巴衣服，放在工棚外晒着。老矮没有鞋子穿，打着赤脚。

泽林拿出自己的鞋子，要给老矮穿上，他们两人的脚差不多大，我的脚比他们的脚小多了。

桂桂拦住了泽林。桂桂从里间拿出了一双新布鞋给老矮穿上，正好合脚。

我明白了桂桂在工地纳的鞋底子是谁的了，桂桂是帮老矮做的鞋子。可惜老矮生前并不知道。老矮深深地爱着桂桂，爱得纯朴而强烈。如今老矮去了，终于穿上了心爱的姑娘给他做的鞋子。

我们听到了广播，我听到了徐英子那好听而兴奋的声音。可我们兴奋不起来，我们失去了老矮，我们没有像其他民工一样，跑到工棚外去叫着跳着，去迎接自己队里来的船只和民工。

我们和老矮在一起。

不知过了多少时候，我们听到工棚外有陈毛子的声音。陈毛子说："到了，就是这个工棚。"

我们三人扭过头朝工棚门口看去，只见我们小湾生产队的十来名男女站在门口，他们背着粮袋子，挑着柴草，扛着行李和工具，会计童吉喘还扛着一爿猪肉，他们呆呆地站着，队长韩瘌痢领头。

我父亲来了，桂桂的父亲也来了。

我哇的一声扑向父亲的怀里，伤心地痛哭起来。

桂桂怔了怔，立刻趴在老矮的尸体上哭起来。几个妇女立刻进来，陪着桂桂鼻涕眼泪一把地哭着。

泽林走到队长韩瘌痢面前，低着头说："大叔，都是我的不好，我没领好队，老矮死了！"

队长握着泽林的手，说："你们辛苦了，你们都是好样的，只是老矮死了。唉，老矮死了，么样跟他的喉包爹交代呢？"说着，队长的眼泪也掉下来了。

我们四个人，离家才个把月，可变化大了。泽林脸上胡子拉碴的，下巴都瘦得发尖。桂桂脸上的红润没有了，寡黄寡黄的。我是又黑又瘦，头发长得像个囚犯。

而老矮,已经死了。

队长韩瘌痢会计童吉喘和我父亲等男女社员,都留在向阳湖的工棚里,来完成我们小湾民工排的土方任务,泽林、桂桂和我,护着老矮,驾一条小木船回去。

陈毛子和我们队里留下的人到河沟边送行,陈毛子站在岸边默默地望着小船里躺着的老矮。陈毛子在想什么呢?他是在想他作为民工连的领队,自己的队伍里死了人他感到应负的责任吗?他是在想他曾许下回去就发展积极分子老矮入团的诺言吗?

我站在船头,泽林在船尾握桨,桂桂在船舱里陪着静静地躺着的老矮。

我望望向阳湖的这片湖滩,我在这里挖土挑土一个多月,我在这里挨饿受冻了好多天。今天又是个晴天,民工们有了粮食和柴草,又补充了新的战斗力,大家热火朝天地大干苦干。工地上红旗飘飘,人声喧闹,广播喇叭里正在播送一篇表扬稿,徐英子的声音仍是那么好听。

我在心里说:再见了向阳湖!再见了我的工棚!再见了徐英子!我们回家了。泽林把船头调离了岸。桂桂说:"老矮,我们回家了!走吧!"

我们一船四个人,离开了向阳湖,转入斧头湖,又进入到风平浪静的金水河。

我们的小船走了三天三夜。湖上的风浪使我们驾船的技术得到了一次次的严峻考验。第四天,当我们看到小湾的轮廓时,我们三个人望着村子,流出了眼泪。

"老矮,我们到家了!"我们三个人一起说。

可老矮还在安安静静地睡着,睡得好沉,似乎正在做一个梦。老矮,你梦见了什么呢?

你的梦该好深好深吧!

附　　记

一九六九年,湖北咸宁向阳湖迎来了从京城来的六千多名文化人,中央文化部五七干校在这里开办。三年之后,这些人陆陆续续地离开,回到各种岗位上。若干年后,人们才知道,这所干校集中了中国文化的精英,那些名字说出来,每一个都要令我们惊讶半天,仰视倾慕一回。

向阳湖，是留在许多文化名人心中的一波五味俱全的湖水。

四十年前，在这些文化名人还没到来之时，湖北咸宁九县民工十几万人，就艰苦奋战在向阳湖畔。

我是那十几万民工中的一员，我是个初中毕业回乡的十几岁的小民工，那段日子的记忆永久地刻在我的心壁上，难以忘怀。

十多年前，我写了一部中篇小说，记述我当时的生活经历，现在抄正出来，以献给四十年前战斗在向阳湖畔的我那十几万民工兄弟姐妹。

巫山之云

严峻生，武汉某大学哲学系教授，过去的专业是化学，从业余研究巫术起步，且有这方面的专门著作出版。当记者采访他时，他谈起了自己的一段人生经历，且同意记者以此为素材写小说。

那年的七月，学校放了暑假。严峻生在下午四点钟时，锁了家门，提着只黑色旅行包，沿着楼梯从三楼下到一楼。宿舍区很安静，老师们或出外旅游，或回到父母家度假，严峻生住的这栋楼都是青年教师的宿舍。严峻生下到一楼后站住了，身边有一排梧桐树，有蝉在枝叶间枯燥地叫。

严峻生站了一会，又返身上楼，到自己的家门前停下。从裤带上把一串钥匙摘下来，踮起脚放到家门的门框架上。

所谓家，就是一间十四个平方的房间。严峻生在里面生活了十多年。

严峻生放好了钥匙，转身匆匆地下楼，头也不回地走了。他在校园里低着头走，不看任何人，不愿与任何人打招呼。出了校门，上了公共汽车。车上有座位，他坐下，把旅行包放在膝上，摸了摸包里的那只方匣子。他仿佛摸着了甜甜的头发，说：甜甜，好女儿，我们这就出发。

公共汽车直达江边，严峻生下车后，过轮渡到汉口，找到了禹王号旅游船，并找到了自己的舱位。

这是条小型旅游船，舱位很小，只放两张双层木架子床。严峻生爬到一张床的上铺，安顿好了旅行包里的匣子，就坐在上铺等着开船。禹王号要六点钟才离港启航。

舱位里另三位游客陆续来了。大家互相打招呼时，严峻生只是礼貌地点点头而已，显得很木讷。

一阵汽笛响过之后，禹王号在一群亲友的送别声中离岸。没有人给严峻生父女送别，严峻生在上铺把装有甜甜骨灰的匣子从旅行包里拿出来，匣子上罩上了一层白布。同舱位的人猜不出那是什么东西。严峻生面朝舱壁躺下来，把甜甜放在身边。

舱室里有一只小风扇在转动着，且有江风拂拂地吹进，不是太热。

严峻生泪流满面地托着白布罩着的匣子。严峻生说：甜甜，好女儿，我们去游三峡，爸爸和你在一起。

去年天气才刚刚回暖时，严峻生就答应甜甜，暑假带她去游三峡，看那巫山神女。甜甜当时高兴得拉着爸爸直旋转。爸爸，到时可不能耍赖哟！严峻生说，决不耍赖，但你的高小毕业考试每门功课要达95分以上。甜甜说：好！我们拉勾。严峻生的小拇指就和甜甜的小拇指钩在一起了。

考试完了，甜甜的成绩在班上名列第一，顺利地升入严峻生所工作的大学附中。严峻生给甜甜做了好吃的。提前买好了去三峡旅游的船票，父女俩在兴奋中作好旅游准备。

半夜里，甜甜喊头痛胸闷，要喝水。严峻生起来倒凉开水时，顺便摸了摸甜甜的额头，甜甜在发烧。

天刚亮，严峻生就用自行车驮了甜甜上医院。学校医院水平有限，严峻生把女儿送到省医学院附属医院。一位值班的中年医生先是量了一下体温。孩子在发高烧。他说。中年医生伸手摸了摸甜甜的下巴颏下面，又摸了摸甜甜的腋下。紧张地盯着医生看的严峻生发现医生的眼睛睁大了，眉梢跳了跳。医生坐下来，在几张单子上写着字，嘴里在和严峻生拉家常。这孩子上初中了吧？暑假后就上。成绩好吧？毕业考试在班上是第一名。严峻生回答时，甜甜在一边羞涩地笑了。漂亮的脸蛋红红的。

医生填完了几张单子，叫来了护士，让护士带严峻生父女去几个地方作检查。医生微微地叹了口气，严峻生却没怎么在意。大约是感冒吧，他们后天就启程去三峡呢！

检查的结果都有了，护士把甜甜带到观察室休息，让严峻生把检查的单子送到医生那儿。不知怎么的，那个秀气的护士看严峻生的眼光里有着几分忧虑。

一切都明白了，当中年医生看了那些写有检查结果的单子后，半天才开口说，你女儿患的是淋巴癌。

犹如一根棍子，一下子把严峻生打倒在椅子上。邪恶的力量从四方向他压过来，他觉得自己的身子被压成了一张薄纸，飘飘散飞，飞向一片虚空。他想抓住点什么，但什么都没有，他没什么东西可抓。终于，他落到地上来了，他看见了面前坐着的那位中年医生。

医生说：住院，马上住院！

甜甜有救么？医生！你们要救她啊！她是多么聪明懂事的孩子，她是个多么好的孩子啊！没有了甜甜，我怎么办？失去了甜甜，我还剩下什么？医生啊，你要救救她！他可怜巴巴地在医生面前喃喃道。

我们会尽一切力量的，请你放心。医生同情地拍了拍他的肩膀，叹了口气说。

甜甜从此就住进了这家医院。严峻生从此就天天陪着女儿在病榻旁。医院里使尽了力气，严峻生使尽了力气，终于没能挽救一个小女孩的生命。严峻生和甜甜在医院里待了一百零八天，当甜甜最后在他怀里说了：爸爸，我要和你永远在一起！爸爸我爱你！爸爸你带我去三峡啊！之后，就咽了气。甜甜死的时候，十三岁还差二十天。

严峻生抱着甜甜的尸体号啕大哭，那哭声真可谓惊天动地。甜甜，我的女儿，你走了，你丢下爸爸走了，你带走了爸爸的希望，你剜走了爸爸的心，你击断了爸爸的精神支柱！严峻生已经枯瘦如柴，两眼发红，头发蓄得好长好长，胡子拉茬的，形同一个幽灵。

医生和护士劝阻着严峻生，把甜甜送进了太平间。

严峻生不吃不喝，在医院太平间门口的台阶上坐了一天一夜。

甜甜临死之前，闭口不提妈妈二字。一百零八天里，严峻生偶尔看到甜甜默默流泪，但就是不提妈妈。他心如刀绞。

甜甜的妈妈，那个狠心的女人，曾在严峻生心上狠狠地刺了一刀。甜甜死时，她也许在大洋彼岸，正在与另一个男人寻欢作乐吧！

甜甜，你想过你妈妈吧？你悄悄地流泪，你的泪水是为她流的么？她不值得你流泪，我的甜甜好女儿！

严峻生在甜甜死后曾想过，在女儿住院期间是不是应该给在国外的那个女人去一封信，或许她会回来见女儿一面。甜甜在这女人宣布与严峻生离婚之后，就从没在他面前提起过妈妈，多么懂事的女儿啊！甜甜，你死时没有见上妈妈，你遗憾么？但你那妈妈不见也好，是她抛弃了我们父女，是她在出国半年后与爸爸离婚，嫁给了一个美国佬。这些事爸爸没跟你细说，但你都知道。甜甜不提妈妈，是怕爸爸伤心。甜甜，你留下了爸爸一个人，爸爸多么痛苦啊！

舱位里的灯亮了，吊在舱顶的那只塑料喇叭匣子响了。游船上的播音员向游客们问了好，公布了游客在船上应注意的事项。播音员告诉大家，船尾厨房里有肉丝面出售；中舱里的娱乐室开了门，欢迎大家进去玩扑克麻将看电视；顶舱有小舞厅，欢迎大家跳舞，每张舞票十元。

有两个女子进了严峻生的这个舱室，这两个女子与舱室里的另三个男子是一起的。两个女子一进来，舱室里就热闹了。

"走，吃面去，大刘你请客！"一个大嗓门女子说。

"请客算什么！我现在担心的是我这两条腿往哪里放的问题，这床比我的身子短了一尺。"身高一米八的大刘说。

"谁让你长这么高的？从膝盖这里锯下来！"大嗓门说。

立时一阵笑声。

"怎么，这位都已睡了？"另一个柔柔的女声。

"他一上船就睡了，好像有什么心事！"一个男子压低嗓门说。

"嗯，我感觉到了一股阴沉之气在舱室里游荡，这位朋友肯定遇到过灾难，而且不是一般的灾难。"柔柔的女声说。

"你这个巫婆又来神了，你不认识人家怎么就知道人家有什么灾难。你得注意点，不是熟人，可别乱开玩笑。"一个男子低声说。

"我是凭一种气感。每个人都有一股气，这种气一般练气功的人都能感觉，我也说不清楚。"柔柔的女声辩解。

"好了好了，咱们吃面条去！"大刘说。

一伙子五个人，离开舱室朝船尾走去。

禹王号游船在长江里稳稳地航行着。

严峻生没有睡着，刚才几个男女的对话他都听到了。他翻身坐起来，抱着匣子，从上铺溜下来，走上了夜色里的船甲板。甜甜，爸爸带你看看夜江景色。

小小的禹王号游船，灯光灿烂，欢声笑语不时溢出。夜的长江，江水在灯光下显得淡黄如纸，船行的前方，夜幕如瀑，点点航标灯在闪烁，来往船只拉响短促的汽笛。江风柔柔地吹过来，严峻生觉得冷嗖嗖的。生活如果能像这游船，朝着明确的目标驶去，该是多好。严峻生觉得面前没有目标。妻子弃他而去，爱女顷刻消亡，由于他在医院里陪着女儿，失去了晋升副教授的机会。甜甜死后，严峻生试着给学生讲了几次课，效果糟极了，讲着讲着他就在讲台上哭了起来。于是系里就连着两个学期没安排他的课了。严峻生除了在他的那个十四平方的家里陪女儿外，什么都不能做，他成了个废人。今后怎么办？他什么打算也没有，只想陪甜甜走一趟三峡，再找个归宿吧。

江风大了些，严峻生似乎看到江风掀动着甜甜的裙裾，露出嫩藕般的腿子。他不由抱紧了怀里的匣子，朝舱里走去。甜甜，我们回去，甲板上风太大了。

舱室里，严峻生把甜甜在上铺安顿好，在下铺的床沿坐下来，高个子大刘回来了。

大刘微笑地朝他打招呼："不去宵夜么？"

他摇了摇头说:"不饿,上船前吃得很饱。"

大刘请他抽烟,他谢绝了。大刘告诉他,他们五个人是长江流域规划办公室的,常年搞的是长江流域的规划工作。这次算是有了个假期,作为游客,好好地看看三峡。他们四个跳舞去了,我不会跳,就回来了,大刘说。

他告诉大刘,他姓严,在一个大学里教书。

说了一会话,多是大刘说,他听。十点钟左右,他就爬到上铺躺下了。甜甜,睡觉了,已经十点钟了。

不论严峻生怎么木讷,不论严峻生怎么成天沉浸在与甜甜的心谈中,他终于脱不了活泼的生活,他终于与长江流域规划办公室的五名游客认识了。严峻生认识这五个人,是船到宜昌,停在葛洲坝船闸边等待过坝的时候。和严峻生同舱的三个男人是高个子大刘,胖乎乎的青年姓李,戴眼镜的姓王,他分别称他们小李小王。两个女的,大嗓门的叫张燕,脸上有雀斑;柔柔声音的叫巫月,长脸。两位女子都有二十七八岁的样子,长得不漂亮也不丑。这五个人挺快活的,小李小王是电工,两位女性是财会人员,大刘是卡车司机。

五个人都喊严峻生为严老师。

小李和小王跟张燕在一起的时间多些,张燕的大嗓门在禹王号游船上这里那里响着,他们并且联络上了另一个武汉的游客,凑成了个麻将班子,打麻将打得热火朝天。当然要带点彩,玩两分的,两分就是两块钱。

大刘是个老大哥的形象,巫月不玩麻将,就常与大刘待在一起。巫月练气功,而且练到相当的火候,能发气。大刘因吃了船上的硬饭,胃感到不舒服,她就让大刘躺着,站在三尺开外竖起双掌发功。大刘开始觉得胃部有点热,热过一阵后,就连叫:"好了!嗯,好了!"

张燕见了,就说:"巫婆,又在卖狗皮膏药!"

禹王号游船停在船闸里,一下子升得很高,又一下子降得很低,那是闸门在调节水位,让船队平稳过闸。严峻生站在船舷边,扶着栏杆,体验着从波峰到浪谷的那瞬间变化,呆呆地看着浑黄的江水旋起的泡沫,似乎在悟着什么道理。

这时,一直站在严峻生身边的巫月说话了。

"严老师,你很忧郁,你经历过大灾难,现在需要从灾难中解脱出来。"

严峻生吃了一惊,转过身呆呆地看着巫月,什么话都说不出来。他觉得巫月的那双不大的眼睛里透出柔柔的光中有一种锐利,似乎穿透了他的灵魂,到达了他的心底。这个女人怎么啦?这个张燕称之为巫婆的女人怎么啦?她要干什么?

就在严峻生发呆的当口,巫月向严峻生身边贴近了一步,严峻生就觉得有股气很强烈地撞了他一下。巫月抓起严峻生的左手，命令严峻生摊开手掌。严峻生感觉到巫月柔软的手把自己的手心手背捏摸了一阵，然后很认真地看了看手掌的纹线，说："严老师，你好命苦！你失妻丧女，事业受挫，郁气阻心。严老师，你必须要立即解脱，不然要毁了自己！"

严峻生像听到一阵惊雷，浑身震动了。他莫名其妙，他恍恍惚惚，这是怎么回事？我真的碰上个巫婆了，她为什么能知道我的一切，难道她在我工作的学校有朋友熟人亲戚？她为什么能弄得这么清楚？我跟她是第一次见面的啊！世界上难道真的存在着这种事吗？这是迷信还是一种学问？总之，严峻生紧张地盯着巫月，说不出话来。

看到严峻生的神态，巫月倒有点紧张了："严老师，我只是凭我的感觉说的，错了你千万莫见怪！"

"巫月，你瞎说个啥呀，快给严老师道歉！"原来大刘也站在一边，看见了这阵势，赶快出来打圆场。

严峻生却痛苦地摇了摇头，苦笑着说："巫月，你说的都是真的，不用道歉！你说说，你是怎么知道这一切的？你去过我们学校么？"

"我没有去过你们学校，我这是第一次见到你。严老师，我觉得你是个好人，你的痛苦使得我好难受，所以我就真实地说了我的感觉！严老师，我希望你过得好一些。"巫月很诚恳地说。

"谢谢你，巫月！你是个好心人，但是我求你不要打扰我，让我安静地游完三峡，我是和我的女儿甜甜一起来的，我要和她待在一起。"

"你的女儿甜甜？严老师，我们怎么没有见到她？"巫月惊讶地问。

"这孩子从小就有一种恐高症，这船闸这水流的落差太大，我担心她害怕，把她一个人留在舱室里了！"

"舱室里没有人呀，他们都出来了！"巫月说。

"巫月你不要问了，让严老师安静一下吧！我知道严老师是带着女儿来的，他的女儿很听话，在舱室里静静地待着呢！"大刘突然明白了严峻生经常抱在手上的那个匣子是什么了，他拉着巫月走开，附在她的耳边悄语了几句。

巫月说出严峻生的灾难，完全是一种无意识的直感，当她听了严峻生带着女儿的骨灰盒游三峡时，她的心灵受到了撞击。这个处在痛苦中的男人啊，要想法子解救他。当巫月想要设法解救严峻生时，她并没有想到自己是否有这个能力。她只是凭一种冲动，一种直觉，要让这个男人尽早走出灾难。

严峻生要求巫月不要打扰他，巫月就在暗处静静地关注着严峻生的一举一动。

大刘拉着巫月走开了，禹王号游船随着一溜船只顺利过坝，拉响一声汽笛后，在宽阔的江面继续前行，开始进峡了。

"甜甜，我们的船已经过了船闸，开始进峡了。我带你出来玩吧，马上就能看到一些景色了！"严峻生回到舱室里把匣子从上铺拿下来，抱在怀里，重新走上甲板。"甜甜，你看这儿的江面好宽阔。前面就是南津关，然后就可以看到黄牛峡、灯影峡、明月峡等很多峡谷了。但这些峡都只是三峡的第一个峡西陵峡，一直到官渡口止。甜甜，你看见了吗，那高高的崖壁，那狰狞的石头。别害怕好女儿，好看的还在后面呢！"

严峻生在甲板上站着，心里在与甜甜对话，眼睛看着江上风景。

巫月和大刘站在远远的船舷边，注视着严峻生。"我们想办法帮帮他，大刘！"巫月说。

"你这个巫婆，真有那么大的法力么！"大刘说。

"我从没觉得我有法力，我只是凭直觉！"巫月对大刘说。

船上的广播通知：厨房里现在开始供应午餐。

严峻生还呆呆地站在甲板上，一动也不动。

巫月说："大刘，你去买三份饭来，我在这儿等着。"

大刘把三份盒饭买来了。巫月拿起一份，走近严峻生，柔柔地说："严老师，吃午饭了！"

严峻生回过神来，看到巫月眼里的关切，就接过饭盒说："谢谢你，巫月！"

巫月回到大刘身边，两人在船舷边吃饭。

"他们四个还在战斗呢，瘾头真大！"大刘说。

巫月却像没听见一般，在想着什么。

张燕和小王、小李及那个武汉人组成的麻将班子，上船不久，就扎在一起玩麻将了。白天玩，晚上也玩，常常是凌晨一两点才回舱室休息，游船上的电是不停的。巫月说："你们是出来旅游还是出来赌博？"

"这叫什么赌博？这叫好玩，输赢几十百把块钱。你没看别人玩的麻将，输赢都是几千块，那才是赌博！"张燕说。

"你也看看风景哪！"

"这风景我还没看够？不就是石头，山呀水的么！何况我们一边玩麻将还可以一边看的嘛！"张燕说。

禹王号驶入巫峡段，下午两点左右，接近神女峰了。巫山神女，有多少传说？留给游客多少想象？游三峡，在神女峰上看不到神女，岂不是白来了一趟。

但是，就是有人进出三峡几次，一次都没看到过神女的倩影。其实所谓神女，就是神女峰边一块兀立的石笋。看神女，需要好角度，和相应的天气。据说小阴天下点毛毛雨最好。这时神女的韵味最足，看得最清晰，而且是飘飘欲仙地生动。

禹王号到神女峰附近时，天正好洒下点点细雨，没有太阳，是看神女的最好天气。

游客们除了张燕他们四个玩牌的外，全聚到甲板上船舷边，有的还拿着望远镜。

严峻生抱着女儿的骨灰盒，在前甲板上占据了一个最好的位置。严峻生说："甜甜，好女儿，咱们马上要过神女峰了，马上就要看到巫山神女了！甜甜，你的眼睛好，两只眼睛都是1.5呢，你会看得最清楚的。"

游船上传来一阵阵惊呼："啊，看到了！看到了！神女，好像好像！看，还穿着裙子呢，连衣裙！"

"她在向我们招手，她在向我们问好！"

啊，是的，严峻生也看到了，看得好清楚。在直立云端的神女峰旁，有一俊美女人，亭亭玉立，侧目远眺。她怎么不朝我们这边看呢？她怎么不看我和甜甜呢？啊，还有一个女人跑到神女峰下立着呢，她是谁，她怎么是陈娜？是陈娜！是她，那个贱女人，无耻的女人，那个自荐枕席、朝云暮雨的女人！

严峻生紧紧盯着神女峰旁的那个女人，眼里全是冷气寒光，是压抑不下的激怒。

巫月和大刘在前甲板的另一个地方，紧紧盯着严峻生和他手里抱着的匣子。

陈娜与丈夫严峻生在同一个大学里工作，陈娜在外语系当教师。

陈娜读大学时，是学校里的校花。她苗条白皙，妩媚俏丽，大眼睛高胸脯杨柳细腰，当年曾吸引了多少风流学子。陈娜最终看中了严峻生，嫁给了严峻生，生了女儿甜甜。追求过陈娜的人想不通，陈娜到底看中了严峻生的什么？是看中了严峻生的呆气么，陈娜自己也说不清楚。她只说严峻生这人重感情，靠得住，永远不会背叛她。

陈娜和严峻生在那间十四平方的房子里组成了一个家，生了甜甜后，安心教书，英语水平在系里是公认的呱呱叫。甜甜十一岁，出落成一朵娇艳的小花，陈娜揽镜自照，发现自己也并没有人老珠黄。三十五岁的女人，身材没变，皮肉没松弛，胸脯还那么饱满坚挺，少妇的韵味更超过少女时代，具有更大的魅力。

陈娜却常常自叹，难道这辈子就这么过算了？夫妇俩都是讲师，工资只那么多，住的房子看样子也很难改变，学校人太多，轮不到他们。相比之下，社会上一些人的消费却令人咋舌。出进星级酒店，豪华车，大哥大，一套服装上万元，两百万元一套的花园别墅楼眼都不眨就买下来，陈娜越想越有一种失落感。自己哪一点不如人？做生意，赚他个百万千万元的，她和严峻生都不是这块料。就安贫认命吧，那种躁动却又难以平静下来，她似乎在等待着某种机会。

外语系来了几个外籍教师，其中有个叫查理的美国人，一米八的个子，高鼻蓝眼黄头发，真够帅的。

查理第一次见到陈娜，发出惊叹："呀，陈小姐，你真漂亮，东方美人啊！"并张开双臂，要拥抱她，她吓得心惊肉跳地跑开了。

在一起工作，她发现查理这个人不错。查理工作认真负责，对学生很热情，对系里的中国教师很友好。

查理对陈娜说："中国好，中国人很好。只是有一点不好，中国找不到爱情，我找不到情人啊！"

查理的话，说得陈娜心里直跳。陈娜说："查理先生，这是东西方的文化差异，习惯不一样。"

陈娜和查理很接近。

查理在一个星期天突然访问陈娜，这使陈娜和严峻生感到慌乱。

查理迈进他们的十四平方米的家时，惊奇地问："陈小姐严先生，你们和你们的女儿就住在这儿？"

陈娜点点头。

查理说："这房子太小了，要是在我们美国，你们夫妇都在大学教书，是可以住上一大套房子的，甚至买得起一栋别墅。"

查理走后，陈娜叹气。严峻生说："这是中国，别听美国人那一套。"

陈娜说："我们要是有机会去美国就好了！"

陈娜想，我为什么不能去美国呢．我的英语连查理都赞赏不错。我若有机会去美国，将来再把严峻生和甜甜弄出去。可是怎么才能去呢？没有门路，公派轮不上，自费没钱，又没亲戚朋友在美国。要想实现这个愿望看来只有靠查理，为什么不和查理做朋友？查理不是说中国缺少爱情吗？那我就给他爱情吧！

"陈小姐，你天天总是这么漂亮！"在一次没旁人在场时，查理这样称赞陈娜，并扬起双手作拥抱状时，陈娜没有脸红心跳地躲开，而是投入了查理的怀抱。

查理很有分寸地吻了吻陈娜的面颊。

查理邀陈娜到市里外宾俱乐部跳舞，陈娜欣然应允，并着意地打扮了一番，使得查理见了，又激动一番："陈小姐，东方美人啊！"

查理的舞跳得棒极了。陈娜像个依人的小鸟，偎在查理怀里，含情脉脉，使得查理充满了爱情。

舞场上有一场情侣舞，熄了灯跳。查理紧紧抱着陈娜吻着，一只手拥着她的腰，一只手在她的胸脯和大腿根抚摩着，弄得陈娜"唔唔"地哼着。

灯亮了。查理松开了陈娜，请陈娜坐到一边喝饮料，欣赏着陈娜满面通红的模样，哈哈笑起来。

舞会没完，查理拉着陈娜出了俱乐部，拦了辆出租汽车，回到学校。查理瞒过了守卫，把陈娜带进了他住的外籍教师楼。一进房间，查理就把陈娜像鸡样扔到床上，然后像堵墙般压到陈娜身上。

陈娜处在一阵暴风骤雨中，她的耳边响着查理的声音："陈小姐，谢谢你给我的爱情，多美的爱情啊！"

在查理的床上，陈娜做了一场去美国的梦。

这梦后来还真的成为现实。一年后，查理回到美国。两个月后，陈娜得到了去美国留学的签证。

学校里有人说，陈娜是用自己的美貌和肉体取得这张签证的。只有严峻生不知道，他相信妻子。陈娜去美国也好，将来甜甜和他也可以去。他倒不是像陈娜那样迷信西方，只是觉得如果有机会到美国去看看，对他这个三十多岁的教师是会有好处的。特别是女儿，将来有机会到国外留学，那是多么好啊！

陈娜刚到美国，不断地给严峻生写信，给甜甜寄明信片；但是半年之后，却寄来了一份离婚申请书。

严峻生这才明白陈娜与那个美国人查理的"爱情"。他气得咬牙切齿，恨不得杀了那个与自己生活了十几年的女人。你欺骗了我和女儿甜甜，你这个十足的荡妇！

严峻生同意离婚。陈娜说，甜甜留给严峻生在国内上学，待她高中毕业后，再把她接到美国去读书。

可是甜甜把妈妈给她寄的明信片全都烧了。甜甜说："爸爸，我和你永远在一起，我不去美国，也不见妈妈。"

严峻生就把甜甜抱在怀里，泪流满面，心里说："好女儿，乖女儿，爸爸为了你，可以赴汤蹈火，可以去死！"

此刻严峻生眼露寒光，盯着巫山神女，咬牙切齿地嘀咕：你个贱货，看老子不杀了你。那变做了陈娜的神女却望都不望禹王号游船上的严峻生和甜甜一眼，显得异常冷漠。

禹王号游船拉响了一串汽笛，在游客们争睹神女的喧闹声中，掉了一下船头，神女消失了一刹那又出现了，这时已经换了一个角度。那神女在人们的视线里，更清晰更逼真了。这个角度的神女，显得飘逸清秀，甚至有点天真烂漫，完全是一个少女的形象，似在朝着游客们微笑招手，说着：你好，欢迎你们到神女峰上来。

游客们兴奋极了，发出了一声声的惊叹。

严峻生盯着神女陈娜时，那女人突然消失了，只见一片苍碧的山峰。过了一会，神女又出现了。严峻生现在看到的神女不是陈娜，而是他的心肝宝贝甜甜了。

甜甜站在神女峰边，在几片淡云的衬托下，显得那么漂亮那么招人喜爱，似乎在对严峻生招手，对严峻生说悄悄话。

爸爸，我的好爸爸，我好久没见到你了，我好想好想你啊爸爸。爸爸，甜甜现在很好，甜甜的病也好了，甜甜的日子过得好快活。爸爸，你看这三峡，这神女峰的景色多好啊，有百鸟与我作伴，有百花供我采摘，有百果供我食用。爸爸，我都已经成仙了。爸爸，我想回去看你，你一个人过日子好苦吧？没有甜甜给你作伴，你一定很寂寞。甜甜没有爸爸在一起也很难受。爸爸，我说过，我永远不离开你，我要永远陪伴着你的，爸爸，你来吧，你快来吧！船就要开过去了，甜甜快再也见不到你了。爸爸，我的好爸爸，你来接甜甜回家呀，甜甜等你好久好久了，爸爸！严峻生目不转睛地看着神女峰下的女儿，听着甜甜一声声呼喊，不禁泪流满面，也在心里喊道：甜甜，你等一等爸爸，爸爸这就来了，爸爸接你回家！

就在严峻生处在一种恍惚沉迷之中，正准备从甲板上往下跳的一刹那，他的两只胳膊被人拉住了。

"严老师！严老师！你怎么啦？"有个声音在喊他。

严峻生清醒过来，他看到站在他身边的巫月和大刘。天已经下起了毛毛雨，游客们大都回到舱里去了。巫月举着一把伞给严峻生遮雨，一只胳膊挽着严峻生的左臂。大刘挽着严峻生的右臂，另一只手托着严峻生不离身的匣子。

那神女峰边的甜甜，已经消失了，严峻生急得直跳脚，问巫月："甜甜，甜甜呢？"

巫月指指大刘手中的匣子，说："严老师，甜甜在这里呢，他大刘叔叔带着呢！"

严峻生一下子从大刘手中夺过匣子，紧紧地抱在怀中。此时，他已从恍惚沉迷中清醒过来，他明白了刚才的一切都是幻觉。他低着头，对巫月和大刘说："对不起，我刚才失态了。"

巫月说："严老师，你一定要从这种痛苦的心态中走出来，你不能一天到晚总想着失去爱女的痛苦。你如果总是这个样子，甜甜要是有知的话，也会伤心的。"

严峻生没有言语，泪流满面地抱着甜甜的骨灰匣，走回舱室，爬到上铺躺下了。

大刘和巫月只好不再说什么，两人就坐在舱室里不急不缓地说些闲话，但彼此心照不宣的是：他们要照看好严峻生，要帮助这个不幸的人。

不一会，巫月感受到了一股气息弥漫开来，那就是严峻生周身的阳气上浮，阴气下沉。她预感严峻生很快就会从迷误中走出来，会有一个好的结局。而这一切，必须要看准火候，由严峻生自己去体验去觉悟。

巫月想把自己感到的东西说给大刘听，但她忍住了。她怕大刘和张燕一样，说她神神经经的像个巫婆。有时巫月也不相信自己感受到的东西，但事实证明她感受到的东西都是准确无误的。她自己也解释不了这种现象，是练气功练到一定的程度的结果？是特异功能？抑或真的是张燕所说的巫术？

禹王号游船驶过了神女峰，江面上变得晴朗明亮了。雨停了，下午的太阳又露出脸来了。

傍晚时分，禹王号游船响过一阵汽笛后，在巫山县靠岸了。船舱里响着欢快的音乐，播音员在介绍巫山城的历史沿革。游客们纷纷拥到甲板和船舷边，仰望着长江北岸的这座山环水绕、风景秀美的古城。

巫月却有些坐卧不宁，浑身上下奔涌着一股气流，热乎乎的，逼着她找地方散发。刚才在舱室里，她在读一本关于巫山的小册子。小册子上说：早在唐尧时，巫山以巫咸得名，又称巫咸山。巫咸是一位非常高明的医师，常为帝尧治病。"生为上公，死为贵神，封于是山，因以巫名。"《巫山县志》读到这里时，有一种感觉出现了，巫月觉得巫山城对于严峻生来说，至关重要。他的病只能在巫山治疗。但怎么治？禹王号在巫山只停一夜，明晨游客将转乘小船去大宁河。今晚无论如何要让严峻生到巫山城里走一遭。这当口，一股热气流在巫月身上出现了，而严峻生还在上铺躺着，似乎睡着了，又似乎没睡着。

巫月脑子一转，就对大刘说："大刘，今晚我们动员严老师到巫山城里去转转，他太忧郁了，让他去散散心才是。我就在船上待着，帮他看着甜甜的骨灰盒。你待会帮我劝劝他。"

"好，他是该散散心的。我陪你在船上待着吧！"大刘热心地说。

"那好，你现在去买饭吧，三份！"巫月说。

大刘一出舱室的门，巫月立即站起身，双腿呈骑马步下蹲，双掌竖起，对着躺在上铺面朝舱壁的严峻生发起气来。只听得咝咝声响，巫月觉得身上奔涌的那股热气流倾泻而出，强烈而有力地击向严峻生，甚至使得他的身子也颤抖了一下。只用了两分钟不到的时间，巫月将气全部发完，浑身感到舒畅。她非常高兴，她似乎看到严峻生面前的坦途和阳光。但是严峻生今天晚上必须上岸，否则前功尽弃。

严峻生似睡非睡，怀里搂着甜甜的骨灰盒。有那么一会，他觉得有一股热气在他周身拂过，然后进入了他的体内，他的关节和体内的器官立时得到了调节，畅和轻松溢满了灵肉，近两年啦，他从没这种感觉。

大刘的份饭已经买来了。巫月推了推严峻生："严老师，吃饭了，起来吧！"

严峻生从迷朦中醒过来，听到巫月的叫声后，从上铺下来，似乎有些不好意思地朝大刘和巫月笑了笑，情绪与过神女峰时比起来，判若两人。

"谢谢你们了！"他从巫月手里接过饭盒，有滋有味地吃起来，食欲是少见的好。

吃完晚饭，严峻生主动把三只饭盒收起来送到厨房。

"严老师，你今晚到巫山县城里去玩玩吧，你需要排遣排遣心中的忧郁！"巫月望着严峻生的眼睛，诚恳地说。

严峻生的心动了动，巫月大刘真是好人，他们是为了帮助我。是应该到岸上转悠一下散散心，带甜甜一起去。但天黑，甜甜又有早睡早起的习惯，把她留在船上，一个人怎么行呢？

似乎看透了严峻生的想法，大刘说："严老师，你就一个人上岸去好好玩玩吧，我和巫月因在长办工作，巫山县城是去过好多次了，我们在船上陪甜甜。"

严峻生朝大刘和巫月感激地点了点头。

晚饭前，张燕、小王、小李和那个武汉人的牌局终于结束。总结战绩，小王大胜，几天来总共赢了两百多元，而张燕输得太惨，损失达到三百多元，小李和武汉人输赢不大。小李说："本来就是娱乐嘛，混时间，图快活。"

"人家说，三男一女打牌，总是女人赢，你们他妈的太没绅士风度，让我一个人输，不像话！"张燕忿忿地说。

"是小王赢了你的钱，不是锅里碗里的事么？叫小王还你。"小李嬉戏着说。

张燕瞪了小李一眼。"小王，你请客，今晚我们上岸跳舞，一切消费都是你的。"张燕说。

"那没问题！现在我请你们吃晚饭。"小王很大方。

"请吃饭可以，不吃白不吃，请跳舞我们可不去。你和张燕去吧。"小李说。

饭后，小李小王回到舱室，请大家跳舞去。巫月和大刘表示不奉陪。严峻生说他要一个人转悠。

"那就我们两个去，好好地玩玩，反正这游船通宵都不锁舱门，明早才出发。"张燕说。

过了神女峰之后，严峻生的心情好多了，他自己也说不太清楚这种变化。他好像从一种忧郁沉迷中复苏解脱开，一种精神上的追求出现了。他毕竟还不到四十岁，还有许多的日子要过，这也是甜甜所希望的。严峻生的这种顿悟，是不是巫月的气功或者说是巫术所起的作用？这是难以说清楚的。几年之后，严峻生研究中国巫术，他给巫术下的定义是：巫术是早期人类与自然界作斗争的一项手段，通过巫术行为的有形活动与信仰，激发人类对自身能力的认识和信心。巫月练的是气功，有些东西她是知其然而不知其所以然的。巫月很敏感，能感觉到好些事情，但说不出道理。但她通过语言和行动，激发严峻生对自身能力的认识和信心这一点，是不可否认的。

严峻生把甜甜托付给巫月和大刘，在夜幕降临江面，巫山城满城灯火的时候上岸了。巫月追上来说了句："严老师，我预感你今天晚上心情会很愉快，会有个很大的收获的！严老师，要充满信心！"

"谢谢你，巫月！"严峻生说。

严峻生从禹王号游船登上江滩，江滩的沙土柔软温暖，严峻生的感觉很好。当他一步步爬上江岸，走进巫山县城的一条街时，就立时融进了生活的热流中。他不急不缓地在街道上行走着，看两边的各种店铺，以及店铺里摆着琳琅满目的商品。顾客出出进进，购买着各种土特产，严峻生看出，这些人多数是旅游者。巫山城这几年随着旅游业的发展，已成为长江岸边的一个大埠了。

转过一条街，两边是各种小吃，食物多放麻辣，典型的四川口味。严峻生看到那些吃小吃的游客，一个个辣得发出咝咝声，但又吃得津津有味。严峻生想，生活就是这样的呢！

到了一个有些热闹的去处，人声喧嚣，音乐声热烈。严峻生抬头一看，亮着灯的招牌写着：月圆歌舞厅，票价每张十五元。十五元一张舞票，很便宜。严峻生对舞厅很陌生了，自从陈娜走后，他再也没进过舞厅了。本来他是很能跳舞的，舞技也不差。今晚他感到许久未有的好心情，听到那熟悉的舞曲，他不禁想进去看看，今晚不是出来散心消遣的么！主意一定，他掏钱买了一张舞票。

舞厅很平常，四周有座位，有乐队伴奏。跳舞的人大约有三十来对，不少。乐队奏的曲子热烈，节奏感却不甚鲜明。严峻生在一个空座位上坐了，静静地看着舞池中跳得很畅快的人们。他发现，这些跳舞的大多是旅游者，果不其然，就有人走上台去唱歌，唱歌者是宜昌市来的某个公司的经理。不论乐队怎么努力，那歌唱者还是唱得有些走腔跑调的。

乐队奏了两支热烈的曲子后，又奏起了一支轻柔抒情的慢舞步曲子，真好听。严峻生甚至也想上去跳一曲，他快两年没跳舞了。

严峻生扫了一眼舞池边座位上的人，看到坐在他旁边不远处有个穿蓝色连衣裙的女子。这女子坐在那儿，娴静端庄，长发梳成马尾扎在背后，脸上化淡妆，眼睛大大的，皮肤白皙，气质不错。严峻生感觉到她正在朝这边扫描，看样子也是一个人没有伴。严峻生太想跳这支曲子了，他站起身，走到那蓝衣女子面前，躬躬腰，说："能请你跳一曲吗？"

那女子微笑着站起来，说："谢谢！"

两人走进舞池，眼光互相对视了一下。这样的对视，其丰富内涵严峻生事后分析起来，真是应有尽有。那是互相对心灵的洞察，是理解，是默契，是一切。

两人把手伸出来，搂腰搭臂，迈出脚步，那种心灵的感应，准确无比，达到了一种天衣无缝的程度。

舞曲奏得轻曼，舞步跳得轻松自如，透出了一种亲密无间。两人是第一次见面，相互是陌生的，甚至不知道姓名。但是随着舞步的迈动，两人像是熟悉很久了解很久的朋友与情侣。

"先生，你的舞跳得真好！我的感觉好极了。"女子说。

"小姐，是你跳得好，跳得好轻好熟练！"严峻生说。

"称我小姐好像不太合适，我觉得我好老了！不过现在我觉得我好像年轻一些了。"

严峻生仔细地打量了一下怀中的舞伴，她决不是少女，但也说不上老，大约就三十来岁吧！她是什么人？干什么职业？看上去是个知识文化人。她为什么一个人来舞厅，也是来旅游的么？她略微显得有点憔悴，但挺耐看，气质不错。

"你还很年轻，怎么不称小姐？在国外连六七十岁的老太太都可以称小姐的！"

"国外对结过婚的人是不能称小姐的！我不能称小姐！"

"那称你夫人吧！"严峻生笑着说。

"随你的便吧，先生！我觉得今天碰到你很幸运很愉快！要不然我又是一个孤独的夜晚。你呢，怎么一个人呢？"

"我一个人已经好久了。我有一个女儿，在花朵一般的年龄夭折了。她的灵魂和爱陪伴着我！"

"你的夫人呢？"

"不提了，她远走高飞，去了国外，不再回来了，嫁给了外国人！"

"对不起，我不该问起这些不愉快的事情！"女人说完，再不说什么了，但经过手的交流，严峻生感到一股温馨与柔情向他传递过来。

月圆歌舞厅，月圆之夜。蓝色连衣裙单身女子和严峻生跳了一曲又一曲，跳得和谐而愉悦。

"谢谢你给了我一个愉快的晚上！"两人在舞会结束，随着散场的人流走出歌舞厅时，严峻生对蓝衣女子说。

"也谢谢你的友谊！这是个难忘的晚上，你能告诉我你的地址和姓名么？"蓝衣女子说。

严峻生把自己的姓名和工作的学校告诉了她。还说，他正随禹王号旅游船游览。当严峻生希望知道蓝衣女子的姓名和地址时，蓝表女子却微微地笑了一笑，说：

"请允许我不能对等地告诉你。不过，有情千里来相会，我的情况和你是差不多的，再见！"

说完，蓝衣女子很快地消失在人流中了。

严峻生感到有些怅惘和遗憾。不过，这一晚的邂逅，给他的精神以振作，给他的信心以鼓舞。是的，巫月和大刘的话是对的，我还要生活，我要扬起新生活的风帆。

严峻生顺着大街，轻松地走着，他要快些回到船上去，让自己的好心情也感染一下巫月和大刘，他要让巫月和大刘知道，他的巫山之夜对他后半辈子的人生是个转机。人真是怪，一句话，一次特别良好的感觉，有时会改变一个人的生活。

他要特别感谢巫月和大刘，是他们放弃了到巫山城里的游玩，主动帮他陪着甜甜，使他有机会上岸得到了一次对生活的鼓舞和启悟。他还要对甜甜说：女儿，我的宝贝女儿，爸爸从此要从忧郁低沉中走出来，过一种有滋有味的生活，你一定也会高兴的。

严峻生近两年很少与人打交道，当他兴奋不已匆匆地奔向江畔，这才发现江边的码头不少，而且形状也都大同小异。禹王号游船停在哪个码头？他一下子找不到了。江风拂拂，空气清新凉爽，江滩坐着不少的男女，那大约是情侣。他不好意思去询问打听，就一个码头一个码头地寻找禹王号游船。

在一处旧船阴影遮蔽的沙滩上，他碰到了一对令他十分难堪的情侣。幸好那对男女正在忘情之时，没发现他。而他分明看清了那是禹王号上的两个游客：张燕和小王。

张燕背靠着旧船,小王紧紧地抱着张燕,把张燕抵在旧船上,张燕的裙子被撩开了,轻轻地哼着。

严峻生面红耳热,寻路而逃,不料竟逃到他遍寻不见的禹三号船边。

如今的年轻人啦!严峻生感叹着,同时也有着一种冲动。他是个男人,他已有两年没接触过女人了。他想,回到武汉后,是该找个女人成家过日子了。

严峻生从趸船的跳板上回到禹王号船,找到自己的舱室。微弱的顶灯光线下,巫月坐在床边,怀里抱着甜甜的骨灰盒,与坐在另一张床边的大刘正在闲聊。

"我感觉到严老师今天晚上会过得愉快的,他该从抑郁绝望的生活中走出来了。严老师是个好人。"巫月说。

"唉,好人不一定有好命。我看还得全靠他自己,尽快地忘却过去的痛苦,以重新振作的勇气去创造新生活。"大刘很同意巫月的话。

巫月和大刘的对话严峻生都听到了。他跨进舱室,感动地握着巫月和大刘的手说:"巫月,大刘,谢谢你们了。我们只是萍水相逢,但你们对我关心、开导,使我受益匪浅。我严峻生能够新生,将来能够做出点什么有益的事情的话,我会牢记着你们的一片真诚的。"

"严老师,晚上过得快活吧?"巫月问。

"快活!很快活!谢谢你们了!"严峻生向巫月和大刘再次道谢。

巫月说:"严老师再别说什么道谢的话了。同船过渡,五百年修,只要严老师日子过得好,过得快活,我们就放心了,是人嘛,谁也免不了倒霉的事,谁也需要别人的关心帮助。"

"巫月说得对。严老师,但愿你今后有好运道。"大刘说。

小王小李和张燕还没回来。巫月回自己的舱室休息去了。严峻生从巫月手里接过甜甜的骨灰盒,爬到上铺躺下了。

夜江,泊船,江风轻轻拂过,船灯摇曳闪烁,好静谧好温馨的夜晚。

严峻生抱着甜甜的骨灰盒,心里有股暖暖的气流,畅畅地滚过,他很快就睡着了。

蓝衣女子朝着严峻生温柔妩媚地笑着,严峻生和蓝衣女子还在跳舞。那舞曲是从来没有听到过的曲子,动听缠绵余味无尽,而且好长好长,长得没有止境。严峻生和蓝衣女子拥抱着。和谐动情,舞步配合得天衣无缝。舞曲无尽地奏下去,舞步无尽地走下去,生活充满了明媚的阳光,世界一片温暖……

甜甜朝严峻生走过来。甜甜抱着严峻生的膀子说:"爸爸,我要个妈妈,你给我找个新妈妈吧！嗯，嗯……"甜甜一边说一边翘起嘴巴撒娇。

"好，我一定给你找个好妈妈。"严峻生按了按甜甜的鼻头，甜甜开心地笑了。

严峻生想，我要给甜甜找个妈妈了。找个什么样的人呢？陈娜那种女人肯定不能再找了，要找就找和我一起跳舞的蓝衣女子那样的人。与蓝衣女子在一起，感觉是特别的好，只可惜没有问她的姓名和地址。但是她不是记下了我的姓名和单位么？但愿奇迹能够出现，但愿蓝衣女子能与我联系。

禹王号游船上的音乐把游客唤醒了。严峻生睁开眼，天已大亮，这一夜是在美好的梦中过去的。他精神很好。

"你昨天夜里玩得痛快么？"小李问小王。

"当然痛快。你呢？"小王问小李。

"我昨夜孤独死了。跟那个武汉人在县城里游荡到半夜，又去喝酒，没意思。"小李伸了个懒腰。

严峻生想起昨夜在江岸边见到小王和张燕在一起的情形，不觉脸热起来。回忆自己梦中情形，他想与他看到小王和张燕那一幕不无关系吧！

音乐放完了，游船上的播音员通知游客：起床后，希望大家抓紧时间用早餐，八点钟，全体游客分乘两条机动木船游大宁河，进小三峡。禹王号仍停在原地，等大家回来，然后返航回武汉。

严峻生翻身起床，第一次和舱室里的三个人每人打一声招呼，问声："早上好！"这使得小王和小李有些惊诧。

洗漱完毕，巫月和张燕过来了。大刘和小王小李去买了六份早餐，六个人挤在舱室里吃，气氛很好。

巫月边吃饭边打量着严峻生。她感觉到严峻生身上散发出来的气是顺正的暖热的，而且脸色不错，那种阴沉呆滞的神气一扫而光了。

"严老师，你昨天一定睡得很好，而且做了个好梦。"巫月说。

哎，巫婆你安静点好不好？怎么吃饭也要说你的那些感应呢！严老师你别理她，她就是这么神神道道的。"张燕说。

"真的，我睡得很好，做了个好梦！"严峻生笑着说。

"你一定梦见了一个女人，年轻漂亮是啵！"小李玩笑说。

"小李，你乱说个甚！"大刘阻拦。

没想到严峻生笑着承认，他确实梦见了一个年轻漂亮的女人。

大家一起笑起来，严峻生很久没这样笑过了。

巫月感到特别快活。她也说不清楚，严峻生的情绪变化，给她带来的是一种特别好的感受，她觉得浑身通泰，气顺心宁。

上午八点，禹王号上的游客全部上了木船，分坐在木船两边。张燕和小王挨在一起，巫月坐在大刘和严峻生中间。严峻生把甜甜的骨灰匣子装在一个旅行用的布背袋里，抱在胸前。甜甜，我们现在开始游大宁河，也就是小三峡了。严峻生心里对女儿说。

机动木船在大宁河里犁起晶莹的浪花。大宁河两岸山青崖秀，林木葱茏，不断有奇岩异洞出现。导游是个漂亮的川妹子，她把那些自然景点加进了不少人文观点，介绍得情趣盎然，栩栩如生。游客们笑谈着，指点着，其乐无穷。在严峻生眼里，那些一座座迎面扑来又疾速消逝的山峰岩石，好像是有生命的活物，活得千姿百态，生气勃勃。大自然哟，不为悲喜所动，不因成败而移，始终保持着自己的生存品格，就这么岁岁年年地立于天底下风雨中，倔强地作着自己的奉献。

山的奉献是什么？给旅游者一种怎样的感觉和启悟？

有猴在岸边的峰间林中蹦跳作态，给山色一片生机。

严峻生目不暇接地看着两岸风光，本已舒展的胸臆更觉开阔沛然了。

木船驶到大宁河上段的一处地方，傍岸停泊。岸边有古栈道，有铁索桥。河滩上搭有篷帐，有卖各种小吃的炉灶，摆了桌凳。有卖木耳香蕈烟草茶叶何首乌等各种土特产的小贩。

游客们上岸后，立即散开，各人找各人的乐子。小王小李张燕一起走了，巫月大刘跟严峻生一起。

有几个男女山民拥过来，他们端一盆子，里面装着石头。"同志，买三峡石吧，真正的三峡石，买几颗作纪念吧！"

又拥来一群孩子，衣服穿得有些破，手里端着碗，也嚷着卖石头。

"伯伯，买一颗吧！"严峻生感到谁在扯他的衣角。

是一个大约七八岁的小女孩，穿得很破，一条小辫像猪尾巴，脸黄黄的。她一只手举着装石头的破碗，一只手里捏着几张皱巴巴的角票。小女孩望着严峻生，眼里流出渴求的光。

严峻生心里一紧，忙蹲下问："你的石头怎么卖？"

"一角钱一颗！"小女孩说。

破碗里的石头质量都很差。

"你怎么不去上学呢？"严峻生问。

"我妈妈走了，不回来了。爸爸打石头摔死了。我自己挣钱上学，现在是放假。"小女孩说。

"你要挣多少钱才能上学？"严峻生问。

"要六十块钱。"

"你现在挣了多少钱？"

"只有两块钱。"小女孩沮丧地回答。

严峻生站起身来，望了望四周的山和山上凿出的古栈道，他想起了女儿甜甜。

"伯伯，买几颗石头吧！"小女孩又扯了扯他的衣角。

严峻生从口袋里掏出了六十元钱，递给小女孩，说："孩子，这是伯伯给你的上学费。你不要再卖石头了，你要好好地念书。"

小女孩惊讶地将手缩回去，不敢接。巫月把这一切都看在眼里，便蹲下身，对女孩说："快拿着吧，伯伯给你的。你要好好地念书。"

小女孩接过钱，朝巫月和严峻生鞠了一躬，转身飞快地跑了，破碗里的水和石头全撒在地下。

中午饭是回到禹王号游船上吃的。吃饭时，禹王号拉响了结束三峡之行，返回武汉的汽笛。返航时，禹王号行下水，过宜昌葛洲坝后，再回武汉，大有千里江陵一日还的速度。

船行上水时，游客们沿途观景兴致盎然，行下水时，便大都缩在舱室里，谈天说地三个一群五个一伙。小王小李张燕又找那个武汉人打麻将，寻找他们的乐趣去了。

严峻生显得十二分的平静。他把甜甜的骨灰盒摆在上铺，和巫月在一起研究气感、悟性以及巫术的问题。巫月只能现身说法，讲出她的感觉经印证后的实例，大刘在一边默默地听着。吃饭时，总是他为巫月和严峻生跑腿服务。

禹王号游船回到武汉时，是下午三点钟左右。龟山电视塔和武汉长江大桥出现在游客的眼帘里时，禹王号拉响了雄浑的汽笛，颇有气派。

巫月突然中断了谈话，屏息闭目一会，对严峻生说："严老师，今天码头上将会有个女人迎接你的归来。"

"不可能的事情，我出来旅游，没有任何人知道。何况在武汉也没有哪个女人会来接我的。"严峻生连连摇头。

"但我感觉到了。我的感觉从来不欺骗我。"巫月说。

禹王号靠了汉口的一个码头，码头上有不少人等着。大刘和巫月都各自看到了自己的家人，小王小李张燕早扬起手，朝码头趸船边接他们的人打招呼。

有一个穿蓝色连衣裙头发梳成马尾扎在背后，脸上化着淡妆、眼睛大大的女子夹杂在人群中。严峻生眨巴几下眼睛，她不是舞场上的那个女子么？她不是出现在他的梦中的女子么？她来接谁的？难道是来接我的？天哪，巫月，你真是个巫婆！

下船后，严峻生和巫月、大刘等五人一一告别，感谢他们一路上对他的照顾。他特别感谢巫月和大刘对他的启悟。

"严老师，我们会来看你的。"巫月扬扬手说。

他们各自走向自己的家人。

严峻生抱好怀中的匣子，充满着自信地朝蓝衣女子走去。蓝衣女子也发现了他，微笑着向他跑过来。

严峻生又有了个家，夫人贤惠淑静，他们的日子过得和美而温馨。严峻生开初利用业余时间研究巫术、气功与人的感觉，专著出版后，哲学系就把他调过去，还评上了教授。他的化学专业以后就没再搞了。

严峻生与写这篇小说的记者是朋友。

诗人谷子

> 凭什么样的精神，什么样的勇气，
> 什么样的愿望和热情，
> 我们过着我们的生活：完全错了！
> 于是我们来改变我们的人生。
>
> ——1963年诺贝尔文学奖获得者塞弗里斯

一

谷子走在大街上的时候，身上落满了行人眼光。

操，有啥看头，还能不是个人么？谷子用藏在琉琅色蛤蟆镜后的眼睛，朝行人骂了一眼，然后把脚底的皮鞋狠命地踩在街上，把水泥街面踩得咯吱咯吱直叫唤。

谷子左手握着本卷成圆筒的杂志，是新近的一本《诗刊》。谷子自费订阅了《诗刊》、《星星》和《诗歌报》，谷子对两刊一报采取的是通读法，连上面登载的邮购消息都一字不落。

街上吹过来一阵惬意的风，把谷子的一缕长发吹到脸颊上，谷子抬手把头发朝后捋了捋，再抹了抹披肩的长发。十月刚过，秋高气爽，谷子脖子上松松地围了条白绸长围巾。围巾的一头耷拉到胸前了，谷子提起来，朝脖子后一甩，甩得十分潇洒利落。

抬腕，看表。谷子的双脚就加快了频率，不再理会行人的无聊目光，行人走路总得看点什么，不看东西岂不浪费？看一碗金子与看一摊粪便同样感到惊奇。从他们的眼光中绝对寻不出伟大与崇高来。谷子时常从一些日常现象中悟出哲理来。

谷子急着赴女友的约会，咯吱咯吱的节奏快起来。

谷子心想，珍子等着急了吧！

珍子果然在卫校大门口的树丛里，手上捧着本书，在慢慢地踱着步，看上去似乎在背诵外语单词。珍子穿着上下两截的白色薄呢套裙，拐着只月芽形小坤包。谷子走拢时，从眼镜里看到珍子今天描了眉，抹了口红，脸上显得十分生动。

珍子见谷子在看自己，小嘴巴也就翘起来了。谷子就觉得那嘴巴翘得很好看。

珍子说："谷子，你迟到了五分钟，你要是再不到，我就不等了。"

谷子说："没有骑车，走来的，我走得很快。"

谷子扬了扬手中的《诗刊》说："新来的一期，老掉牙的手法，土地呀情人呀，没意思极了。"

珍子说："要不，你的诗怎么上不了呢？你就别指望他们了，还读得那么认真。"

"我得寻找知音呀，《诗歌报》还不错，是那么个味道，但高质量的诗不多。你读了这期的报纸吗？"谷子说。

"还没呢！走吧，这里不是谈诗的地方！"珍子说。珍子是卫校的打字员，她上班时间溜出来会谷子，确实不宜在校门口久待。

谷子在前，珍子在后，谷子昂首挺胸，脚下咯吱咯吱响得带劲。珍子袅袅婷婷，脚下的半高跟大红皮鞋发出咚咚的回音。

看看离卫校远了，谷子把胳膊一抬，珍子就把手臂插进去，两人手挽手走着，走出一片景色来。

街道两边的眼光这时像密集的子弹般飞来。谷子和珍子无动于衷，走得坦然，仿佛穿了防弹衣似的。

操．这在广州、上海算什么，内地人浅眼窝子，谷子又在心里骂。谷子是这个内地小城里土生土长的，却没这城里人的味，说口北方话，骂人也是北方味，这是他的本事。

谷子一米七八的个头。团头大脸，皮肤白皙，眼镜和长发更增加了他的风度，使行人的回头率很高，珍子把身子尽可能地朝谷子怀里靠，一种自豪感油然而生。

谷子说："那两首关于海的诗打印完了么？"

珍子说："完了，装在我的包里了。谷子，你没到过海边，能写出这样好的海洋诗，你是怎么写的？"

"诗就是要这样写，如果我到了海边，说不定就写不出来了。写诗要凭着心灵的一种感应，一种醒悟，语言只是一种颜料，能把心中的意识涂抹出来就成了。至于别人怎么说，懂不懂，那不是诗人关心的事情。珍珍，你真的读懂了我的这两首诗？"

"我能懂，但是说不出个所以然来。"

"这就已经不简单了，珍珍，这说明我们的心灵有相通的地方了。我们是在慢慢地靠拢。"谷子侧过脸望着珍子的眼睛说。

珍子的眼睛立时放出光来，脸也兴奋得发红，身子不由得更紧靠了谷子。

忽然，谷子把挽住珍子的手放下来，把偎在身边的珍子推了推。珍子定定神才发现，他们到了市委的院子，珍子立刻站直了身子。

珍子说："去王金那里么？"

谷子说："没地方去，只能去他那里，我们要好好讨论几首诗，好吧？"珍子听话地点了点头。

市委大院的牌楼高大庄严，围墙两侧挂了许多的牌子。说是市委大院，实际上市政府，市人大，市政协都在一个院里。

牌楼下是大门，门房老头正盯着谷子和珍子。

谷子走到老头跟前，微微躬了躬腰说："老师傅，我们找团市委宣传部的王金同志！"标准的普通话。

门房老头愣了愣，把眼光在珍子身上顿了顿，点点头说："在三号楼二楼办公，你们去吧！"老头坐着像尊门神。

珍子很乖地跟着谷子进了大院。大院里绿树葱茏，花枝摇曳，水泥的甬道，两边是修剪整齐的冬青树。

谷子领着珍子沿着水泥甬道穿过了几幢办公楼房，来到了宿舍区里的一幢旧楼前停下。谷子指了指一楼的一间有窗户的房子说："这就是王金的房子，你在这里等一会，我去他的办公室取钥匙。"

珍子在旧楼前的桂花树下等着，她从坤包里取出一本书，看几眼书，再想一想，其实珍子读的是一本现代诗选。珍子觉得谷子让她读的这本诗选很难读，有的诗想破脑袋也想不明白是些什么东西，有一部分诗她反复读，也只能凭猜测明白一点意思。

珍子中师毕业，认识谷子后，义务为谷子印新诗稿。珍子爱上了谷子，也就学着读诗，拜谷子做老师。谷子很认真地教珍子写诗，珍子写的诗谷子说没感觉，对生活没有悟性，就让珍子读一批现代派的诗。珍子读了许久，仍然似懂非懂。

谷子有时问珍子读某首诗后的感受，珍子就说她觉得这首诗有怎样的意思，其实这意思是她估摸出来的。谁知谷子听了，连连夸赞珍子理解得不错。珍子心里清楚，自己对这一切是莫名其妙的，谈不上理解不理解。

珍子觉得诗人大约都像谷子这样，很可爱却又说不明白。珍子就努力让自己去理解谷子。

谷子很快找到了王金。王金是谷子的诗友，在团市委宣传部当副部长。王金正一个人在办公室里闲着，他在翻一本期刊上的诗歌。

王金抬头见了谷子，高兴地站起身，张开手臂扑过来，王金说："老伙计，你怎么来了？正想着你呢！"说完两人拥抱起来。

谷子松开了王金，说："还有个人来了，在你宿舍门口等我，把你的钥匙给我吧，我们用用你的房间。"

王金说："是谁呀？"

谷子说："珍子，女朋友！"

王金就忙从一串钥匙中把房间的钥匙摘下来，递给谷子说："我五点半下班，你们在这里吃饭吧？"

谷子接过钥匙说："不了，我们上街去吃！"

谷子拿了钥匙便走，王金呆呆地看着谷子宽宽的背影，一动也不动，他在想着什么，还长长地叹了口气。

谷子拿了钥匙回到旧楼前，珍子还在读诗。谷子说："进去吧！"

王金的房间有十四五个平米，一个人住，够宽敞的。房间里放了张床，床上的单子和被子铺得很整齐。两只书架，书架上插满了书，大部分是诗集。一张三屉桌，桌边竟还有皮转椅。

谷子一屁股坐在皮转椅上，说："小官僚，住的地方不错，够舒服的，我常来。"

珍子站在谷子身边，手搭在谷子肩上说："只听你说王金，我还没见过呢？还没结婚？"

"结婚了，老婆在下面县里，还没调来。王金是从乡下出来的，写乡土诗，没啥意思。"谷子说。

珍子拉着谷子的手说："谷子，你爱我吗？亲亲我呀！"

谷子把珍子搂住，在珍子那红晕升起的嫩脸上亲了一下。谷子说："老一套，干吗总问我爱不爱你。不爱你，我跟你总是在一起干吗？"

珍子软在谷子的怀里不动，珍子说："再亲亲，再亲亲！"

谷子就又亲了亲珍子。他想把珍子放开，他要珍子给他打印的诗稿。

珍子双手却把他抱紧了，珍子的脸上红晕密布，珍子闭着她的大眼，眼睫毛抖抖的。珍子嗯嗯地说："谷子，抱紧我，要了我吧！"

谷子从没看见珍子这模样，他很快站起身，把珍子扶起来。谷子说："珍珍，我怎么不要呢，我当然要你，你是我的知音和朋友啊！"

珍子的眼睛里泪光闪动，泪水慢慢溢了出来。

谷子已经放开了珍子，到书架上去翻看诗集了。他发现了王金新买的一本诗，很有兴味地读起来。

珍子用手绢擦干了泪水，轻轻叹了口气。她从坤包里拿出她亲手打印的几页纸，上面是谷子写的海洋诗。

珍子说："谷子，你看看，行不行？"

谷子接过诗稿朗诵起来：

海洋，你这蓝色的荡妇

何时才能够安宁和沉静……

珍子的脸好苍白。

珍子说："谷子，我觉得好累。"

谷子停了朗诵说："今天又没走多少路，怎么累了？"

"我是说跟你在一起累，读这些诗太费劲太累人了！"珍子说。

"你觉得读诗累，读诗费劲，这就说明你读进去了，你读出其中的味道来了，好极了！"谷子望着珍子的眼睛说，可珍子脸上却没有了那种兴奋的光彩。

珍子说："今天我不想跟你说诗的事情了，我现在想回去，我有点不舒服，真的。"珍子挎起了小坤包，站起身子就要走。

谷子说："你真的不舒服？是不是感冒了。那你先回去好好休息吧，我过两天看你去。我这会儿不能送你了，我要等王金回来，我们再谈一会儿诗。"

珍子走了。谷子坐在皮转椅上，倚着桌子，读他新发现的那本诗。

王金的房间里有只闹钟，秒针走得的答的答响，谷子随着秒针走进了手中的诗集，那诗集是《四个四重奏》，艾略特著。谷子忘了时间和空间。

房门上有轻轻的敲门声，敲得小心又胆怯，敲了两遍，谷子才从诗里醒过来，去开了门，原来是王金下班回来了。

王金一进屋，眼光飞快地在房里一扫，不觉有些惊异："伙计，你的朋友呢，让我见见嘛，怎么不在了？这一下午过得愉快吧！今后要借这房间，可以随时来，我愿提供方便。"王金说完。诡谲地笑。

谷子说："她走了，说是不舒服！"

王金说："怎么会让她不舒服呢，你可是个笨蛋。你这样的笨蛋还写诗呢，绝对写不出好诗来。弄得我老老实实在办公室里等到五点半才敢回来，真是的。"

谷子拍拍手中的书说："这本是哪里买的呀，我去买一本，太好了。"

"这本是给你准备的,你拿去吧！我还有一本放在办公室里了。走吧,到食堂吃饭去,啤酒招待!"

王金带谷子去食堂时,还望了一眼自己的床铺,心里骂谷子太残酷了。要知道凭王金的想象,他今晚一个人睡在床上,不失眠才怪呢。

二

谷子带着自己的一叠诗稿,捧着一束鲜花敲开省作协专业作家老光家的门时,老光正在睡午觉。

老光的弟弟刚从乡下来,他代老光开了门。

谷子说他是专程来拜访老光的。

老光的弟弟说老光在睡午觉,这时客厅壁上的电子钟才中午一点过十分。

谷子坐在老光家的沙发上,把花束靠在沙发扶手边。谷子说:"不碍事,我等光老师起来。"

老光的弟弟就和谷子聊起天来。老光的弟弟也是个文学爱好者,不知不觉就和谷子聊得亲热起来。谷子谈他的一些文学见解,特别是他标准的普通话,使得做乡村民办教师的老光弟弟尊敬起来,称他是青年诗人。

其实老光在谷子敲门时就醒了,他很不喜欢一些文学爱好者在他休息时上门拜访,老光特别不喜欢诗,他年轻时写过十来年的诗,这里发一点那里发一点,很难出诗集。现在老光改写小说,他说年近知天命了,写诗是年轻人的事,他如今没什么激情了。

老光躺在卧室的床上,听客厅里谷子说着标准的普通话,弄明白了谷子也是个上门拜访的业余作者,因而就不急着起床了。他中午一般都要躺到两点后才起来。

谷子的普通话抑扬顿挫,滔滔不绝,声声传入老光的耳朵,老光就有些忐忑难眠了,瞧这小子的语气和语音,怕是见过些世面的。从乡下来的作者,或者把写作看得神圣崇高的作者,能这么自如地谈论写作么?他们胆怯谦虚还来不及呢。老光觉得不能老躺着,他还是应该早点起来见见这位作者。

老光这时突然记起他读过的一篇文章。文章是他认识的一个这两年在国内文坛稍有影响的青年作家写的,这青年作家是从基层奋斗出来的,平时有拼命三郎之称,写起作品来不要命,这文章发在省内一家带有辅导性的文艺杂志上,文章尖刻冷峻,可以体味到这位青年作家写的时候那种咬牙切齿的情感。

文章是写他如何走上创作之路的。青年作家在文章中写到，当年他在乡下吃尽千般辛苦，熬灯油节衣食，写了一叠子小说稿，那小说是写在账本上的。他听说他们县文化馆有个某某老师，是个作家，在粉碎四人帮后才复刊的某刊上发了篇小说，那小说革命得很。于是他就抱着一种崇拜求教的心情，走了八十多里山路，风尘仆仆地赶到县里，找到文化馆，找到某某作家。他胆怯地把写在账本上的小说稿递给某某作家，恳望某某作家指教帮助。

某某作家坐在办公桌后面，脱了鞋子的脚放在办公桌上，傲慢极了。某某作家翻了翻旧帐本上的稿子，鄙夷地看了看他，冷笑着说：作家梦很甜哪，凭你这副模样就想当作家？算了吧，还是回去好好学大寨吧，别做作家梦了。说完把稿子仍给了他，自顾自去挠脚丫子去了。

青年作家抱着自己用心血写成的稿子，望着正挠脚丫子的某某作家，一句话也没说，扭头出了县文化馆的大门。他觉得自己受了污辱，在心里呐喊着：某某，十年后再看，我不把你踩在脚下就不是人养的了。从此他更加发奋努力，把这次受到的冷遇污辱作动力。果然，他成功了，他真的把那个号称作家的某某踩在脚下了，那个某某如今可怜巴巴，甚至还求到这位青年作家面前来。青年作家就写了这篇文章，来教训某某。

老光读了这文章后，都有些后怕了。平时，他接触过不少的青年作者，有时态度可能要傲慢一点，谁能保证这些作者中将来不出几个名人，到时他们回忆起第一次见到老光时的情景，是不是也要写篇文章来泄愤呢，那才丢人哩！

老光自此之后，对来访的青年作者客气多了，决无半点傲慢之意。今日来的这位，普通话说得好，而且谈起创作又头头是道，他更不敢怠慢了。

老光从床上爬起来，穿好了衣服，打开卧室门走进客厅。老光的弟弟立刻停止了和谷子聊天。谷子很快站起来，趋前一步，微躬了腰。捉住老光的手紧握着。

"光老师，非常对不起，打搅了您的休息，太不好意思了！"谷子谦恭地说。

"啊，没关系没关系，快坐快坐！"老光一边和谷子握手，一边客气地说。

老光的眼光很快被沙发扶手边的那束花吸引了，那是一束马蹄莲花，鲜艳高雅，几片绿叶衬托着，恰到好处。老光心想，果然不俗，还带花来了，有点诗人气。

谷子的屁股挨在沙发边上，眼睛就盯着老光看，谷子说："光老师，您好年轻啦，跟您的诗文一样年轻！"

老光谦虚地摆了摆头说："我早已不写诗了，写些小说。过去写的那些诗么，也早已被人遗忘了。"

"不，没有被人遗忘。光老师，您的那首《玫瑰》收进青年诗选中，我还能背得的。你的搏斗，用尖刺戳破雨珠/夜色 绿叶啪嗒下泪/哀悼你的残落……"谷子用纯正的嗓音，把老光多年前写的一首短诗背了出来。

老光很惊奇，也有些激动起来，想不到这个小伙子还是自己诗的忠诚读者。谷子是真的读过好些年前出版的那本《青年诗选》，从诗尾作者简介中知道老光是本省诗人。谷子有个本事，就是读过的诗，略加记忆，就能背诵出来。

谷子这次是随王金到省城来玩的。王金到省里参加团省委宣传工作会议，谷子就跟着来了。谷子到东湖公园玩时，看到了省作家协会的招牌。谷子突然记起了老光，于是就前往拜访。

东湖公园侧门口有卖花的，谷子就买了一束拿在手上。

谷子很容易地找到了老光家。

谷子背诵了老光的诗后，又大大地把老光的诗恭维了一通。谷子说："光老师，您的诗深刻隽永，意象奇崛，柔美与阳刚融于一炉，既有现代意识，又有传统审美效果。光老师，您的诗既继承老一代诗人的衣钵，又开启新一代诗人的探求之风。您是承上启下的一代，不容易呀光老师。我是从西城市特地来的，来求教，来拜师，光老师，您可千万要给我指点呀！"

谷子说完，毕恭毕敬递上自己的一叠诗稿，请求指导。谷子的这叠诗稿是从西城市带来的，一直放在随身的挎包里。他是想在省城找个诗人给推荐推荐的。原本是想找另一位老诗人，今天见到了老光，就交给老光指点吧。

老光很谦虚，见谷子确实还懂诗，自己这几年离诗远些，就没有多给谷子谈什么。听谷子对《玫瑰》一诗堆砌了那么多的溢美之词，也就明白了谷子属于哪类年轻人了。

老光说："说不上指点，互相学习吧！这几年我没怎么读诗，感觉不一定准确。你如果信任我，就挑一组你认为好一些的诗给我，我拜读后，再写信同你谈，好么！"

老光的话意思很明白，这次就不当面谈了，稿子留下，过后再说。

谷子想了想说：光老师，那好那好，不知您能不能帮我向省里的刊物推荐一下，我一定不忘老师您的栽培。"

"我尽力吧！"老光说。

谷子就在自己的诗稿中挑选了一组诗，在稿纸的尾页写了自己的姓名，地址，邮政编码。谷子把诗稿双手递给老光时，虔诚的心里寄予了很大的希望。

谷子说："光老师，这组诗是写海的，凝进了我的理想和追求，您一定会喜欢的，我觉得我这诗比《诗刊》上发的好多诗都要强。光老师，你一贯奖掖后进，请您推荐啦！"

老光站起了身，说："请放心吧小伙子，我一定认真拜读，如果可能，我一定推荐，一定的。"

谷子这才把另外的诗稿装进挎包里，向老光和他的弟弟道了再见，然后拿起放在沙发扶手边的马蹄莲花束，向老光恭恭敬敬地弯了弯腰，"拜托了光老师！"谷子说完就走出了屋子，慢慢离开了省作协大院。

老光从窗口望着谷子捧着花束，昂昂地走。谷子的披肩发在老光看起来不失为一种风度，谷子颈上系着白绸围巾在他的背后飘动着，有一种飘逸的感觉。

老光有些不明白，是不是自己得罪了这位诗人，他怎么把拿来的花束又拿走了呢？也许他原本就没打算送我的吧。老光想，这家伙有些古怪，说不定还是个真诗人。老光在书桌前坐下来，读谷子的诗稿。

诗稿是用激光打印机打印出来的，字迹清晰，纸张很漂亮。

谷子心里想着作家老光。好像还谦和的样子，也没什么架子。要是老光能帮他把留下的诗稿推荐发表就好了。到目前为止，谷子已写了近四百首诗，珍子帮他全部打印出来了。可这些诗只在西城的小报上发过三四首，还没在省级报刊上发表过，更不用说在《诗刊》上发表了。

谷子真想在《诗刊》上发表诗。如果在《诗刊》发表了诗，谷子这诗人的地位就稳固了，名声就响亮了。谷子信心十足，他相信自己一定会成功。

谷子就这么走着想着，不知不觉又走到东湖公园的侧门口了。谷子听见公园门口有卖花的吆喝声，这才突然发现自己手里还拿着一束马蹄莲花。谷子想，我这花是送给老光的，怎么又拿出来了呢！

还是要送去，谷子想，要不光老师会说我不虔诚，对他不恭敬。对，一定要送去。

于是谷子又转身朝省作协走去，走得很得劲，他的皮鞋又咯吱咯吱地响起来。

谷子再次敲开作家老光家的门，老光见是谷子，心里就有点不耐烦了，但脸上没有表露出来。老光说："啊，你的稿子我还没看完呢！"

谷子忙说："不不，我不是问稿子的。光老师，是这么回事，这束花本来是特意献给您的，献给我敬爱的诗人和作家的，可不知怎么我又拿走了，走到半路我才发现，又转来给您送回来。光老师，请您接受我一个学生的致意。"

谷子说完，把花递给了老光，转身扭头就走。

老光说："谢谢你了，谷子！"老光已看到他留的姓名，知道他叫谷子。

谷子很潇洒地朝老光扬了扬手，说："再见，光老师！"

老光捧着花束，竟然有些感动，这个年轻人爱诗已入了魔。老光决定要给谷子推荐诗稿，为谷子的真诚，也为使谷子将来不写老光看不起年轻人的文章。当然，就老光看过了的谷子的一首诗来说，似乎也有那么点说不出的味道，不似那种人云亦云的粗俗之作，诗中也透出些才气来。

当天晚上，老光读完了谷子的诗作，似懂非懂不得要领。老光对这些青年人写的诗作，说不上好感也说不上反感，他懒得去分析琢磨。于是给一个在本省文学期刊的朋友写了几句话，希望这位朋友给谷子看看诗，能发则发，不能发，就按作者的地址退回去。

老光的朋友在刊物负些责，见是老光推荐来的诗，就决定挑两首刊用，余下的按地址退还谷子，还给谷子写了一封信，告之这一情况，并且还鼓励了他几句。

谷子就这样在省级刊物上发表了诗作。

三

谷子的诗作《望海》（外一首），在省里的文学刊物《大江》上发表了。刊物在西城邮局报刊零售柜摆出来时，谷子把所有的刊物都买了，一共二十三本，是西城邮局全部的零售量。

谷子为了等到这一天，到这个零售柜来了不下二十次。谷子自从收到编辑的信后，就算计着这期《大江》出版的日期。他每天上班时，都要绕到零售柜前问一次：“《大江》来了没？"

恰恰这期《大江》拖了期，苦了谷子。谷子等得心焦火燎的，邮局零售柜的小姑娘也不耐烦了，每次总答："没来！"

"为什么没来，按照出版时间，应该来了嘛！"谷子说。

小姑娘见谷子直眉瞪眼的模样，心想这人中了什么魔？天天来问，也不怕跑路。小姑娘说："什么时间出版与我无关，来了我就卖，没来就没来，你说为什么，我不知道。"

谷子就叹口气，耷拉了他平时总是昂起的头，他想，是不是刊物印刷出了毛病，或是内容出了毛病呢？可千万别把我的诗抽下来呀！

谷子那天从老光家出来后，回到住处，见了王金就兴奋地报告他见到老光的情景。王金不以为然地说："见到了老光又怎么样？难道就此成了作家不成！"王金这么回答谷子，是谷子平时总有点看不起王金的诗，王金也不喜欢谷子写的那些似懂非懂诗。

谷子并不计较王金的态度，拉着王金说："走，喝酒去，一人一瓶啤酒怎么样？老光留下了我的一组诗，就是那组写海的，他答应帮我推荐的。"

王金说："别那么高兴了，你那种诗呀，编辑不会喜欢的，自己都弄不明白，还让别人读去哩！别喝酒了，会议的餐票还没用完哩！"

"明天我来帮你用，今晚去喝酒！走。"谷子把王金拉出了饭店。

要了几个炒菜，谷子和王金各喝一瓶啤酒。他们俩喝酒水平都不高，平时只喝啤酒，也只能喝一瓶。

喝酒吃菜，谷子把猪蹄子啃得"夸夸"响，嘴上沾满了油。

谷子说："老王，你那乡土诗没什么写头了。都新世纪了，还在那里土地呀黑色的金子之类的叫，这是小农经济的文化，老掉牙的五十年代的老调子，还有谁唱呀！"

王金喝了酒就脸红。王金瞪着眼，说："狗屁，你那诗是什么玩意，还朦胧还现代呢，情人呀荡妇呀肚子里的狗尾巴草呀，这能叫诗，这能叫新世纪呀？这纯粹是一种堕落和倒退。我劝你还是老老实实写点生活，你那诗人民是不欢迎的。"

谷子的脸也红起来。谷子说："跟你这人真说不清楚，对牛弹琴，你根本就不懂诗。编辑们发你的诗，真是瞎了眼。"说完，拣起一只猪蹄，又"夸夸"地啃起来。

"你那狗屁诗，就像你咬猪蹄子的声音，还现代意识呢？跟在人家外国诗后面拾人牙慧，假洋鬼子，编辑发你的诗，才真是瞎了眼。"王金也骂起来。

两人一面吃，一面互相攻击。猪蹄子咬完了，两瓶啤酒也空了，他们各打了一个嗝，相伴着回到了饭店。

谷子到王金房里看电视。王金是会议包的房，两人一间，有卫生间彩电。谷子是自费，没人报销食宿，只能住最便宜的房间。

王金让谷子洗澡。谷子说："洗了也白搭，那床铺，真他妈脏透了。还是你们小官员优越。"

"所以你就只能写那种似是而非的玩意儿。谷子我劝你还是收手吧，老老实实当个国家公职人员，收好税。"

谷子在西城市一个区税务所工作，谷子的精力都放在诗上了，工作向来搞不好。

谷子跳站起，说："你要我不写诗，好让诗坛上没有竞争对手么？你的那些乡土诗就能独占诗坛了？让我去收税？收来钱供你们住好房间开会，办诗刊只发你们的那些乡土诗？老王，你的盘算不错，不愧是副部长了不得！"

"不过，"谷子又接着说："老王，我倒真心地劝你，你不要写了，你没什么诗人气质，你太实在了，做人没诗味，写诗怎么会有诗味呢？我是不会退却的，老王，诗坛只要有我谷子在，就不会有你王金的地盘的。你再别写诗了，一门心思做官吧！"

王金笑笑，盯着谷子眼镜片后闪闪发光的眼，缓慢而有力的说："你的诗不合国情，在西城市诗坛，只要有我王金，就不会有你的地位的！"

"你别自吹自擂了老王，你很快就会被淘汰的，我马上就能取代你！"谷子坚守阵地决不退却。

王金发现谷子精神抖擞，目光在镜片后灼灼闪亮，像头战斗力旺盛的狼。王金只好摇头笑笑说："谷子．今晚休战了吧！你也取消不了我，我也取消不了你，我们和平共处，平等竞争好不好！"

谷子却大声说："不！老王，我一定要取代你，把你挤下诗坛，你作好充分准备吧！"

王金只好再次摇头免开尊口了。

从省城回来，谷子给珍子买了串彩石项链。珍子问：花了多少钱？谷子说："礼轻人意重嘛。"

珍子把彩石项链戴在脖颈上，沉甸甸的，珍子说："好重的东西，冰凉！"

谷子说："我这回到省城去，特地到了省作家协会，见了诗人作家老光，他帮我推荐诗稿呢！"

珍子说："是哪几首诗？"

谷子说："写海的，就是你帮我打印的那一组。"

珍子说："我最喜欢你这一组诗了，我估计这回说不定能发出几首来的。"

谷子说："这回一定能发表！"

珍子和谷子这次会面是在卫校门前的树丛中，他们站着说了会儿话。谷子要珍子和他一道再去王金宿舍，珍子推说打印室走不开，就回去了。

珍子发誓再不跟谷子去王金的宿舍，谷子是个木头人，成天只晓得魔在诗上。珍子很有些不满意。

谷子收到老光编辑朋友来信的当天，就打电话通知了王金和珍子。

珍子在电话里祝贺谷子。谷子约珍子出来，找个地方好好地谈谈即将发出来的两首诗，珍子婉言拒绝了，说是打字任务重，走不脱。

谷子和王金通电话时，谷子说："伙计，祝贺我吧，我的两首诗就要发在《大江》上了，编辑已经给我来了信。"谷子说着，就把手上的信纸抖得哗哗响，让王金在电话那头能听得见。

王金说:"不要骄傲么,发两首诗,并不能说明你就是诗人了。你离诗人还远呢,这个我清楚得很。"

谷子说:"老王,你这家伙别忌妒好不好,我请客怎么样?还是喝啤酒。"

"我才不忌妒你呢,我早就在省级刊物上发过诗了。嘿,现在请客还早,等刊物出来了再请,这回不喝啤酒,喝白酒,咱们就比试比试,敢么?"王金说。

"有什么不敢的,一言为定,在你宿舍里,我买酒菜!"

谷子一口答应,把电话挂了。

谷子于是就天天到邮局,等候《大江》的到来。

《大江》终于来了,谷子看到了自己的《望海》(外一首),就把二十三本刊物全买下了。

零售柜的小姑娘这回高兴了,过去《大江》每期都要剩好些卖不掉,这期拖了期,反而一下子就被卖完了。

谷子抱着刊物,拿出一本,翻到《望海》,就朗诵起来:

海洋,你这蓝色的荡妇

何时才能够安宁和沉静

伴我长眠于世纪的终结……

谷子边朗诵边朝邮局门外走,旁若无人,步子迈得雄健而有力量。柜台前围着的不多几个人,朝他奇怪地看。

有个穿税务制服的中年女人把嘴撇了撇,对走在她旁边的男人说:"这是我们局里的诗人,走火入魔了,活宝一个!"

柜台里的小姑娘这才恍然地说:"诗人?难怪这样子!"

谷子把二十三本《大江》放在一个大包里,夹在自行车后面。他的头昂得高高的,临跨上自行车前,伸手把披肩发抹了抹,把白绸围巾的一头提起来朝后一甩,风度依旧。谷子一路吹着轻快的口哨,上班去了。

谷子在一本《大江》的扉页上题了字:珍珍,诗与你同在我的心中。谢谢你对我事业的支持与帮助。谷子。

珍子拿到刊物后,高兴地在谷子脸上吻了个响。谷子笑了笑,说:"我的工资全花完了,借我三百元吧!"

珍子立刻就从精巧的钱包里掏了三百元给谷子。珍子有些冷下来的恋情,又因为谷子送她的刊物而热起来了。

谷子说:"今晚陪我到王金宿舍去吧,我请王金喝酒,我要把他喝倒,教训教训他,叫他赶快收手别写诗了,他哪是我谷子的对手!"

珍子一听去王金宿舍，就嘟起了小嘴。珍子说："我不去，晚上回家晚了，我妈要说我的。再说去那个地方，我总感到不好。"

谷子已收好了钱，就说："你不去也行，反正是我们男人的事。明天见！"谷子这回主动地吻了一下珍子的嫩脸庞。

谷子提了一瓶白云边酒，买了些卤菜油炸鱼和花生米什么的。进了市委大院，把王金从办公室里找出来。

王金说："嘿，喝白酒，有什么好事。"

谷子说："老王你的忘性怎么这样大，说过了的，刊物出来了请客，不喝啤酒的，今天我得和你拼一下。"

王金说："刊物出来了？我以为早黄了呢，真发表了你的诗么？莫不是同名同姓吧！"

"你少啰嗦，快点回宿舍，我们把这瓶白云边分了。"谷子有些不耐烦了。

王金带谷子回到宿舍。谷子拿了本《大江》，送给了王金。刊物的扉页上写着：王金兄，请翻到第五十四页，看看这页上的诗吧！谷子。

王金果真就翻到五十四页，见上面登着谷子的名字和诗。王金说："不管这诗如何，也不管是不是瞎猫儿逮着死耗子，总之上面有你的名字，我还是祝贺你！"

"这才是开始，是第一步！老王，说正经话，你好好读读，这不比你那些浅薄的乡土诗强百倍么？"谷子认真地说。

"算了吧，谷子，我不读也知道你写的是什么狗屁玩意。"

"我们还是来喝酒吧！喝白酒，李白斗酒诗百篇，不能喝酒算什么诗人。你是啤酒诗人，没度数。"

"你才是啤酒诗人呢，而且是冒牌的！"谷子反驳。

卤菜等摆上了桌子，王金找了两只碗，把瓶里的酒平均分了，筷子也备好了。

王金说："怎么样？现在叫饶还来得及的！"

谷子举起碗，和王金的碗碰了一下。就仰脖喝了一大口，只觉得喉咙火辣辣的，不由得皱了皱眉，似有一蓬火从胸口烧起来。但谷子不能示弱。

谷子说："你叫饶吧！你写诗不行，喝酒也是草鸡。"

王金也喝了一大口，咬着牙，算是咽进肚里。一股辣味从胃里翻起，嘴里辣得丝丝叫。

王金说："喝嘛，谁不把碗里酒喝干，谁就是草鸡。"

谷子和王金很少喝白酒的，今天他们算是豁出去了，这每人半斤白酒是非干掉不可了。

吃菜，嚼花生米，又把碗碰得山响，喝一大口酒，带着酒气，又互相攻击。

突然，谷子站起身，把落到胸前的围巾朝后一甩，脸红脖子红眼珠子也红了，他抓起送给王金的《大江》，翻到《望海》，抑扬顿挫，大声朗诵：

海洋，你这忘恩负义的汉子

一刹那变得疯狂凶狠没有理智

你要置我于何地？我操你妈

和你拼了海洋鱼死网破破碎了我蓝色的梦

我望着你望得泪满襟袖哟海洋我的爱

谷子哭了，哭得涕泪交流。强大的酒精力量使得谷子难以自控。谷子抓住自己的胸口，高声叫道：

"谷子谷子，你他妈真了不起呀，你能写出这样的诗来，佩服佩服！王金，你小子服了吧！你能写出来吗？啊，海洋我的情人呀！"

王金也摇摇晃晃地站起身，王金大声叫起来：

土地呀，我的衣胞罐子埋在你心里。

我站在你身上，我的脚生了根呢扎进了你的肉体，

土地呀，我的父亲……

"谷子呀谷子，连你都是从土地里长出来的呢！你那是什么狗屁诗呀？来，喝，把酒干了！不干就是草鸡孬种。"

谷子说："喝，干了！"

两只酒碗碰在一起，咕噜一声，酒碗里的酒全干了。

两人突然哈哈大笑，各自扬起胳膊，两人抱在了一起。

"服了吧，兄弟！"王金说。

"服了吧，老王！"谷子说。

两人松开了各自的手。

谷子又呜呜地哭起来，哭得好伤心。

王金也哭起来，哭得悲痛欲绝。

两人坐到地上，倒在地上，很快就睡去了。

四

柴街税务所属西城市税务局城南分局领导，一个所长两个兵。所长姓金，老

税务员了，老实苦干。一个兵姓朱，人高马大的，部队转业回来，人称大朱。再一个兵就是谷子，税务学校毕业，其父是税务系统的老模范，已逝。

金所长带着大朱经常在辖区内转悠，负责外勤，谷子不喜欢跑，喜欢安静，就守着窝子，常年坐办公室，算内勤。

谷子骑着自行车到了税务所，锁了车子，进了税务所唯一的办公室。金所长和大朱已经穿好制服戴了帽子，各提一只税务包，准备出去查税催税收税了。

谷子朝二位点点头，走到自己的办公桌前，放下提包，朝椅子上一坐。

金所长说："谷子，迟到不好。"

谷子自顾自打开提包，从提包里拿出几本杂志，往桌上一摆，再掏出玻璃瓶做的茶杯，放了茶叶，然后站起身拿起办公室里的电烧壶出门打水，没理所长。

谷子打了一壶水回来，插了电插头。

金所长又说："谷子，不是我说你，税务人员应该穿制服，你总是不穿，小心被局里的检查人员看到，挨批评的。"

大朱这时朝谷子皱皱眉头，谷子横了大朱一眼。

金所长说："你这孩子呀，我可是看着你长大的，你得接好你父亲的班啊，当个好税务也不简单。"

金所长还想说什么，谷子很快站起来，推着金所长往外走。谷子说："够了够了，我的所长大人。你怎么这样啰嗦呢，我的任务就是看家嘛，看家还穿什么制服？我最讨厌穿制服。嫌我来迟了？我住得远嘛，明天来早些好不好？你们快走吧，让我清静清静，我求你了！"

大朱是个好人，就只笑着摇头，随着金所长走出门去。

待他们一出门，谷子就把门关上了。

金所长和大朱上街查税，一般中午就在外面吃饭了，他们一天不回税务所。谷子就在办公室里待着。

谷子翻开桌上的刊物，逐字逐行读起来。这些刊物除了谷子自己订阅的《诗刊》、《星星》、《诗歌报》外，还有他从王金那里拿来的一些纯文学刊物。谷子只读诗，其他文章一律不看。

金所长很奇怪，跟大朱说："谷子这孩子是怎么回事呀？整天就读那些诗呀诗的，每年还花好几百块钱订这些杂志，有什么用？真不好琢磨。"

大朱说："各有所好呀所长，就像我喜欢抽烟一样！"

大朱说完掏出烟来，点着，深深地吸了一口，无比满足的样子。

金所长说："这抽烟也不好，大朱你以后就少抽些烟吧，抽烟更费钱的。你经常抽纳税户的烟，不好说话的。"

"抽包把烟算什么,我又没受他们的贿!"大朱说。

金所长只好叹口气,他摊上这么两个兵,有什么法?大朱还好,能跟着他跑路,还干事。那个谷子就真头痛了,诗呀诗的,魔魔道道的别指望他干什么事。

柴街税务所管辖的工商纳税户不复杂,个体户少,扯皮拉筋偷税逃税的情况不多。查税核税纳税等等事情,金所长和大朱在办公室外就办理了,很少有找到税务所办公室来办的事。但也有个别纳税户偶尔找上门来。

柴街有个开小店的妇女,是个留职停薪人员。除了在小店里卖些日用品外,暗地里还批发些紧俏百货,她丈夫是个跑车的乘警。她批发的这部份百货虽然不多,但一直没交过税。此事终予被金所长与大朱查出来了,让他补交五百元税款。

这天,这个妇女的丈夫跑车回来,听说了这事,觉得这五百元税款补多了,就匆匆地跑到税务所来说道理。这个列车上的乘警姓胡。

胡乘警来到柴街税务所,金所长和大朱已经出门了,税务所的门紧闭着,谷子正聚精会神地盯着桌上的期刊,诗行像煮熟的面条,被谷子滋溜溜吸进肚子里。

许许多多的诗行,吸进谷子的大脑后,就在大脑里堆积发酵,在大脑里游动撞击,纠缠拉扯,弄得大脑里塞满了膨胀的诗。谷子就成天沉浸在诗里,大脑的其他功能大为减退。别人的诗堆积多了,谷子就从这些诗中酿成自己的涛,想象中,完全没有生活实感,居然也可以写出诗来。

胡乘警到了税务所,就敲起门来,"砰砰",声音轻柔。

谷子正沉浸在一首翻译诗中,没有听到。

胡乘警又"砰砰砰"地敲了几下,这次敲的声音重些,谷子在里面似乎听到了,但他仍然没有回过神来。

是不是没人,都出去了!胡乘警想着,就趴在窗缝里朝屋里看。

屋里有一个人,正趴在桌上读什么,眼睛凑得低低的,专心致志的样子。

胡乘警又敲了一次门,仍然没有回应。

"啪!啪!啪!"胡乘警这次用了劲,把门敲得惊天动地,与税务所毗邻的几间屋里的人都伸出头看。

胡乘警喊:"开门!开门!"有些气愤的样子了。

谷子哗啦一下把门开了,瞪着大眼望着胡乘警。谷子说:"你干什么?把门敲得这么响,捉人啦!"

胡乘警说:"我敲了半天你不开门,怎么回事?"

"我没听到!"谷子说。

"我找你们税务所有事情！"胡乘警说。

"那你找所长去，他到街上去了！"谷子答。

"你是不是税务所的人？"

"你查户口么？我是的！"

"我给你说也一样，你就向所长反映一下，我们的那五百元税款收多了！"胡乘警说。

原来你他妈的是来赖税的，看你穿身警服，我还纳闷警察跟我们税务执什么法？谷子心里明白怎么回事后，就更有点不耐烦了。

谷子说："谁查了你们的税，你就去找谁，我不管。再说纳税是公民应尽的义务，你穿这身衣服，就更应该带头纳税，不要在这里闹了！"

胡乘警早已不高兴了，又听谷子这么说话，就更火了。

胡乘警叫起来了："你是税务所的，不找你找谁，你还教训起我来了！谁在这里闹了？来反映情况，敲门你不开，上班时间你在干什么？"

谷子用眼球傲慢地横扫了一下胡乘警说："我干什么你管得着吗？你不是我的上级，你无权过问。"

胡乘警这时一步跨进屋里，抓起桌上摊放着的刊物，叫起来："有你他妈这样的税务员么？上班时间，关起门来读杂志，读这些狗屁诗，你就这样工作？"

这时候，毗邻房子的那些信用所、街企管办、街计生办等部门的工作人员，都围过来看热闹，没一人上前劝解。

谷子见胡乘警骂人，并污蔑他读狗屁诗，而且胡乘警的手指点在自己的鼻子上，心里立时腾起怒火，挥起一拳，打在胡乘警的脸上，打得胡乘警身子一歪。

"你凭什么骂人. 你个流氓东西，老子今天就教训教训你！老子上班就读诗，怎么样？你能读得懂么？你知道什么叫诗！"谷子也大叫起来。

胡乘警年龄比谷子大，个头比谷子小。但当了这么多年的乘警，吼叫惯了的，哪容得如此污辱，他不顾一切冲上去，朝谷子的大脸上揍了一拳，谷子的嘴唇立即流血了。

两人争吵的时候，旁边看热闹的人，觉得有趣。大家都知道谷子那神经兮兮的样子，听他吵架也是一乐。待看到两人打起来了，就有许多人上前扯住，分开了两人，劝他们讲理，别打架。

刚好这时金所长带着大朱回来了，他俩在街上时别人报信，说是有人在税务所取闹。他们就急急忙忙地跑回来。

大朱一见谷子满脸的血，就一把攥住了胡乘警，吼叫着："你他妈跑到这里打人了！"大朱挥拳欲打，被金所长一把拉住。

金所长叫着:"大朱,别莽撞!"

金所长拉开大朱,对胡乘警说:"来来来,息息火气,有事情慢慢说,把道理讲清楚!"

谷子和胡乘警各说自己的道理。临了,金所长说:"要你们家交五百元税款,一点也不多,你要是不服气,我们就通过公安部门细查,看看你从铁路上每次带了多少货回来,这些货是怎么卖的,我们再重新定税好不好!"

胡乘警说:"税款定多少,纳税人有权来反映情况是不是,可你们的税务所工作人员关门不接待,还动手打人,这算什么作风,我要告到派出所去!"

金所长说:"行,你告吧,你也打了人,你的动机恐怕是因为对纳税不满,到税务所取闹打人,还能有理?"

胡乘警最后和金所长达成了协议,双方都不再追究了,胡乘警家的税款还是五百元,不加也不减。

胡乘警白白地费了半天时间,还挨了一拳,想想真划不来。为心里平衡,胡乘警决定在金所长他们乘火车时,再整治他们。

谷子挨了一顿批评不说,金所长还把此事报告到市局去了。金所长这回是真的动了气。

"你也太不像话了,大白天关门读诗,动手打纳税人,你这是什么作风呀,是国民党的税务局么?平时对你太迁就了,让你搞内勤,是照顾你,没想到你这样子,太辜负我和大朱对你的一片好心了。这下子好了,我们柴街税务所被你闹出了名气。要不是看在你老子的分上,我就开除你!先扣你一个月的奖金,再好好给我写一分检讨,我报到局里去!"金所长说。

大朱说:"谷子,你怎么让那个家伙打了你?"

谷子说:"平手,我先打了他一拳,他还了我一拳。"

让金所长发火的事接二连三地发生,谷子对金所长的批评完全无动于衷。

上班的时候,谷子无论如何也不愿上街收税,他仍然坐办公室,有时把办公室门敞开,有时还关门。

谷子上班时,提包里总是装着与诗有关的书籍。当然,还有他自己写的诗。

谷子诗兴来了,就趴在税务所的办公桌上写起来,写成后,读一遍,得意的不得了,手舞足蹈,自吟自诵。

毗邻的人们,经常听到谷子抑扬顿挫地朗诵诗,满带感情。大家知道诗人的诗兴又发了。

诗写好了,谷子就在办公室里给珍子打电话。谷子说:"珍珍,我告诉你,我又写好了两首诗,这两首诗我自己感觉棒极了。你听听,我给你朗诵一遍。

好，那我就不朗诵了。我马上给你送来，你给我打印五份。你在门口等我，三点二十分准时到。好，再见！"于是，谷子把税务所办公室的大门一锁，骑上自行车走了。

谷子也给王金打电话："老王，这期诗歌报你读了没有？第三版，探索诗一栏，有一首诗棒极了。你在办公室，我马上给你送来，你一定会被震动的，你写乡土诗，一辈子也写不出这种感觉来，你等我，我马上就来！"

于是柴街税务所的门又锁上了，谷子骑车走了。

税务分局的一位科长碰到大朱，问："你们柴街税务所的电话怎么老没人接呀，我要几个数字。"

大朱说："你不知道我们有多忙，我们成天都在街上，找纳税户们收税，我们人手少呢。"

"那个谷子呢？"科长问。

"还不是跟我们一道上街了。"大朱掩饰道。

金所长越来越头痛这位诗人了，他已经没有信心带好这个兵了。

王金到省里开会的时候，谷子要随王金一道自费去省城玩一趟。

谷子找所长请假："金叔叔，我请十天假！"

金所长说："你请假干吗？"

"我去省里文艺界看看，拜拜老师！"谷子说。

"不行！"金所长很干脆。

第二天早晨上班时，金所长和大朱来到办公室，见桌上有张纸条："金所长，我请假去省城，十天时间。请假期间的工资我不要了。谷子。"

金所长气得骂娘。"太不像话了！"大朱只笑笑，没有说话。

五

傍晚，谷子来到西城市南苑小区时，太阳早没了光彩，夜暮已经笼住都市。南苑小区是一片住宅区，新开发的，幢幢楼房巍峨挺拔，很有气势。

据说，能住进这片楼房的人，最起码是科长以上的官，或者是工程师高级教师之类的知识分子。

此时，楼群灯光辉煌，电视机和各类音响播放出的音乐或柔美或高亢，使这里的傍晚声情并茂。

西城区税务局的局长何老头就住在这里。谷子站在一幢楼房旁欣赏了一下高级住宅区的傍晚风光，除了溢出的音乐和灯光外，还有各家厨房里散发的浓浓香气。

谷子咽了口唾沫，晚餐他只吃了一碗白菜煮面条，为了早点赶到何老头家，谷子根本就没吃出面条中的香味。

昨天税务所金所长很严肃地通知谷子："明天晚饭后，你去一趟何局长的家，何局长要亲自找你谈话。"

"为什么？"谷子问。

"你去了就知道了，局长召见，不会是什么坏事吧！"金所长闪烁其辞，并告诉谷子何局长家的门牌号码。

谷子很容易便找到了，他揿了一下门铃，有音乐悠扬而起。

门开了，是个年轻的姑娘。看上去准是保姆。

"你找谁？"果然一口的乡间话，谷子为自己的判断准确而得意。

谷子挺了挺胸，把披肩的长发朝后捋了捋，扶着眼镜架朝上推了推，然后再把垂在胸前的白绸围巾的一头朝肩后一甩，咳嗽一声后用一口标准的普通话答：

"请问这是何忠汉局长的家吗？"

谷子的气质，他在门口的这一套动作，以及在西城的一片方言中显得特别引人注意的普通话，都被站在姑娘身后的瘦高老头看见了。

瘦高老头穿件开胸的羊毛衫，光着头，头发茬已经银白了。大约是晚间喝了点酒，脸膛红彤彤的。

瘦高老头一步跨到门口，面带笑容地迎着谷子说：

"啊，客人来了，他们和我打过招呼了，快请进！梅子，给客人沏茶！"

谷子坦然地随瘦老头进了客厅。客厅好大，怕有四十多个平方米。客厅摆设整齐洁净，墙上挂了几幅字画，靠墙摆着几张沙发。谷子在沙发上坐下了。

叫梅子的姑娘泡好茶，端到谷子面前的茶几上，瘦高老头坐在另一只沙发上，说："请用茶。"

谷子端起茶杯说："谢谢！"喝了一口茶后，谷子问："你是何忠汉局长吧！"

瘦高老头忙答："是的，我是何忠汉。你路上辛苦了吧！"

谷子是从家里步行来的，大约走了二十分钟。今天晚上来见何老头子，谷子给珍子打过电话。本来今晚谷子答应陪珍子去看电影的，临了不得不打电话改变计划。

谷子说："不辛苦，路不远。"

何局长稍稍把身子从沙发上挺了挺，说："我们西城市税务局这两年有了些变化，党委一班人加强了团结，我兼任了党委书记后，注意了一班人思想的统一，所以全局的工作有了很大的起色。税务人员忠于职守，为国家收回税款几亿元。"

谷子对何老头对他说这些话有点不明白，这是怎么回事呀！可能是对我进行政治教育吧！谷子只好老老实实地听着。谷子有个习惯，身上常装着只圆珠笔和小本本。为了表示自己对局长的话很重视，谷子就掏出笔和本子来，一边听局长讲话，一边煞有介事地往小本上记。边记边点头，偶尔还向局长提一两个问题。

谷子问："何局长，西城市个体纳税户们纳税情况怎么样？有偷税漏税的么？"

何老头说："从整个情况来看，西城市三千多家个体商户，还是遵纪守法，照章纳税的，但这些人必须要看紧些。税务人员必须对他们加强监督，经常检查，否则，他们就会偷税漏税。据有关统计材料说，个体户中偷税漏税达百分之九十。这个比例在我们西城市，不太实际，我们这里决没有这么高的比例。"

"那么是不是说西城市个体工商户就没有偷税漏税的呢？"谷子喝了一口水，又问。

何老头说："也不能这样保证，偷税漏税总是有的，我是说我们这里情况要好得多。我是个老税务了，在税务部门干了三十多年。税务工作者自身的思想建设很重要。如果税务人员的思想不过硬，纳税户就能打开缺口，国家的税款就不能实事求是地收回来，就要受损失。我们特别注意抓全局几千职工和干部的思想教育，税务本领过硬，偷税漏税的就不好钻空子了。

谷子在税务所干了快两年了，实在的税务知识和税务法规知之甚少，除了在柴街税务所那间办公室里守守电话外，就是趴在桌上读诗写诗。偶尔到街上转悠转悠，也是跟在金所长和大朱后面，他只是看热闹，没干过实际工作。谷子只能算是个外行。

何老头今天兴趣很高，对谷子大谈特谈西城市税务局的工作。老头到底当过多年局长兼书记，对税务部门的情况熟，看问题透，谈话有材料有观点，典型事情举例说明。老头是有准备的，谈话条理分明，不拖泥带水。

谷子不断地朝小本上记着，他不知何老头今天对他谈这些有什么用，谷子又不当头，他只想写诗，他记下的这些玩意能用来写诗么？何老头是局里有名的狠人，他批评人严厉，有威信，局里上上下下都服他，也怕他。谷子也有些心怯这位何局长。明明对这些东西没兴趣，可又不敢不听，听了还得记在小本上，谷子今天倒霉透了。

何老头谈兴极浓，边说边解开了羊毛衫的扣子。他脸上的红光可以灼人了。何老头还在喋喋不休地说着，说着西城市税务局的十条经验，十大新闻人物，办的十件大事。何老头今天的晚饭至少喝了三两酒,谷子想。

突然,何老头说:"我们西城市税务局的人才不少,我们平时对这些年轻人很重视,充分发挥他们的才干,为社会主义干事吧!比如说,我们柴街税务所有个青年税务员,叫谷子。这孩子虽是我看着长起来的,其父也是个老税务。谷子写诗,诗写得不错,在省里刊物上发了不少,这也是人才嘛!笔杆子很重要的哟!"

谷子停了笔,他感到好惊奇。柴街税务所的青年税务员,叫谷子,不就是我么?他看着我长大的?我如今坐在他面前咧。谷子说:"何局长,你停停。"何老头把手摆了摆说:"我马上说完,我们税务部门,需要搞文学搞新闻搞美术的,甚至也需要搞音乐的,我们也要运用各种形式来宣传税法么?你说是不是?"

"何局长,你听我说!"谷子又想打断何老头的话。

客厅的角落里有一只方茶几,上面卧着一只电话机,这时电话的铃响了起来。

何老头对谷子说:"你等等!"就走过去接电话。

"喂!嗯,我是何忠汉,是小王呀!我吃过了。我正在和记者谈话呢,什么什么,他今晚有事不能来了?他不是来了吗?他明天来,好!好!"

谷子透过他的大镜片,看到何老头脸上很气愤的表情,何老头很快就把电话挂了。

何老头走到谷子身边,恶狠狠地盯着谷子,盯得谷子不知所措。谷子本是个不怕人的角色,可今天在何局长面前还是有些心怯。

谷子啜嚅着说:"何局长,我……"

何老头问:"你叫什么名字?"

谷子说:"你看着我长大的么,我叫谷子,是柴街税务所的,金所长叫我来的。"

何老头吼叫起来了:"你他妈的混蛋。我跟你爸老谷子是战友,我是看着你长大的,你说说看你现在像什么样?戴个眼镜,围个围巾,头发蓄得这么长,男不男女不女。连我都认不出来了,还他妈撇口普通话,你说说你像话吗?"

何老头显然气得好厉害,他急急走了几步站下来说:"你爸在的时候,一直是我们税务部门的老模范,勤勤恳恳干工作。你呢,像什么话,成天诗呀诗的,大白天关门写诗,还和纳税户打架。无组织无纪律,想走就走,想来就来,我们税务局不是公园。到我这里来,就得好生干,就得收税。成天诗呀诗的,能收得回税款么?能给我完成每年国家下达的税务指标么!我告诉你,你要干就好好干,不干你就卷铺盖走路,我们税务局不想养你这么个狗屁诗人!"

何老头冲着谷子一顿好骂，谷子少年印象中的何伯伯，这会儿变成了凶神恶煞。骂得太狠了，谷子忍不住，陡地站起身来，"狗屁诗人"把谷子的火引爆开来。

"何局长，你刚才跟我讲了那么一大套是干什么？要知道你仅仅只是个局长，你有权利批评我的工作，但没权利污辱我的人格。我戴什么眼镜蓄什么头发围什么围巾与你无关，我说普通话，这是国家提倡的，你无权干涉。我写诗是我的权利，你凭什么骂我？"

"老子就是骂你，你爸不在了，老子就是你爸。你个狗日东西还犟嘴，看老子不整治整治你，你还上天了。梅子，拿剪刀来！"何老头大声喊了一嗓，又说："老子还把你当成了北京来的记者，害得老子跟你汇报了半天的工作，算我瞎了眼。"

那个叫梅子的姑娘一直站在一边，她不知道发生了什么事情，吓得有些呆了。听何老头喊她拿剪刀，她有些犹豫不决。

"快点拿剪刀来！"何老头又叫了一声。

梅子只好转身进房里拿来了剪刀，递给了何老头。

何老头接过剪刀，走到谷子的面前。狠狠地瞪着谷子。

谷子不知道这位有名的阎王局长要干什么，心想他不至于把我杀了吧！他竟站着动也不动。

何老头二话不说，抓起谷子的披肩发，拿起剪刀，咔嚓咔嚓几下，把谷子漂亮的长头发剪得不成形状，乱蓬蓬的像母鸡的尾巴。

谷子呆了，眼泪立刻盈满了眼眶，他泪眼婆婆地望着何老头，他竟站着没动，任凭何老头剪。

何老头剪了几把，把剪刀扔在沙发上，气喘吁吁的，老头子今天看样子气得不轻。

"何忠汉，你这个混蛋局长，我记着你了。"谷子愤愤地说。

"你给老子滚！再不好好干，老子开除了你！"何老头也吼起来。

谷子拉开何老头家的门，头也不回地走了。何老头把门砰的一声关上了。

何老头骂起了北京来的那位记者：妈的，说是今晚来采访我，又不来了，老子受骗上当，白汇报半天。"

#

谷子三个月没有和珍子在大街上行走了。珍子很奇怪，打电话找谷子，谷子说："我忙，忙得一塌糊涂。"

谷子不见珍子，珍子找到谷子家，谷子却避开了。珍子想，谷子大约对我已经没有了兴趣。也好，珍子对谷子本来也有许多不满意的地方，总觉得谷子这人怪怪的，不好把握。跟他在一起总是谈诗，好累人。既然你不见我，那咱们就拜拜了。

其实谷子自己在三个月里，也没到大街上走。谷子每天早晨，戴着税务人员的大沿帽，穿着税务制服，脸上捂只大口罩，骑着自行车，匆匆地从背静的小街巷里穿过，早早地到柴街税务所上班。

谷子一到办公室，就扎进里面不出来。他仍然不跟金所长和大朱出去，只愿坐办公室，管内勤。

金所长和大朱一走，谷子就开始读诗报诗刊，写诗。如今写好的诗稿，他也不请珍子打印了，自己反复修改后，再抄正。有时谷子也投稿，省报的副刊竟然用了一首。

谷子独自高兴了一回。王金看到报纸，打电话给谷子，一来表示祝贺，二来邀谷子去他那里喝酒。

谷子说："很对不起老伙计，我忙得脱不开身，待闲些时再来吧！发首把诗有什么值得祝贺的，小玩意。"

王金说："嚄，谷子变得谦虚了啊！进步了，谷子忙起工作来了，那我们的四个现代化可望早日现实了！不错不错。"

这边，谷子把电话却挂了。

王金愣了愣，只好放下话筒。这家伙，又犯病了。

王金后来又打了几次电话，谷子都推辞有事，避而不赴朋友之约。王金就有点生气了，算了算了，也不过就发了三首诗吧，小人之志，无非诗友一场，散就散了吧！

谷子好像真的是改弦易辙了，独来独往，沉默时间多于说话时间。上班下班，三个月里没旷过工。

金所长到税务局开会，碰到何老头。何老头问：那个谷子怎么样了？金所长说：这小子现在乖多了，上班不迟到早退，天天穿着税务制服，再也没和别人吵架捅乱子了。

何老头说："那好，青年人嘛，以批评教育为主，有缺点毛病改了就好。他上次来我家，我好好地把他批评了一顿。看来对年轻人还是要多批评教育。他还写诗吗？"

金所长说："好像还在写，不过基本上不影响工作。"

"让他写写也可以.让他多写点税务部门的好人好事!"何老头亲热地拍拍金所长的肩膀说。

谷子在悄悄地作着准备。他让跟他在一起生活的妈妈到河南,住到随军河南某部队的姐姐家,姐夫是现役军人,姐姐的孩子小,正需要老人。

谷子说:"妈,你安心地去吧,我这么大个人了,还要你担什么心呢?我能照顾好自己的!我每月都给你写信,等姐姐的孩子大了,我再去接你回来。"

老人临走时,把一张存有五千元钱的存折交给谷子,说:"这存折你拿着,有什么急用时,就取出来。你要好好工作,再莫去诗呀诗的,成天像个疯子一样。诗不能当饭吃的。"

谷子点头答应,送老人上了火车。

谷子把全部积蓄清了清,把存折上的款子取出来,共有八千元钱。

谷子把家里的东西归拢了一下。把家门口焊了个铁框子门。他还把换洗的衣服清出来,装在一只小提箱里。

谷子摘了大沿帽,站在大镜子前面照了照,抬起手摸了摸头发,头发终于长起来了。谷子找了把梳子,把头发梳成披肩式,虽说短了些,但还有些风度。

三个月了,谷子为这头发戴了三个月帽子,三个月不会朋友也不上街。

谷子趴在家里的桌子上给金所长写信:

"金所长,恕我不当面辞行。两年来谢谢你对我的关照与宽容,但柴街税务所确实不是我待的地方。我这人天生属于诗的,所以我最终还是要献身于诗。而柴街,而税务,是俗界,与诗相去太远。我将远行,我去寻诗的境界,诗的国度。你们可能不理解我。好儿女志在四方,大诗人浪迹天涯,这是写作的需要,高层次的人被理解的不多。不要问我去哪里?哪里有诗我就去哪里!我也不能肯定我去哪里!

"请转告老局长何忠汉,他痛骂过我,他剪掉了我的头发,我都原谅了他。但他污蔑过我的诗,这是不能原谅的。他说他要开除我,不需要他开口,我来除自己的名。

"问候大朱,他对我的友好我将不忘,我心中有首美好的诗将献给他!再见!"

写完了给金所长的信,谷子给珍子打电话,珍子不在,接电话的人说她请假出去了。

谷子又给王金打电话,电话通了,接电话的人说王金到省城开会去了。王金的会真多。谷子叹了口气,朋友也见不上了。

谷子回家,又趴在桌上给王金和珍子各写了一封信。

当晚，谷子锁了家门，提了小提箱，走到大街上。

谷子上身穿件羽绒服，脚穿一双高帮旅游鞋，裤子是牛仔裤，颈上仍然围着长白绸围巾，没必要捂口罩了，谷子的头发又披散下来，大玻璃眼镜架在鼻梁上颇有气派。

谷子走在大街上，夜幕笼罩了城市，霓虹灯闪起各种图案，内地的城市也学得洋气开放了。

街上人不多，春节即将来临，人们准备过春节，好忙。

谷子提着提箱朝火车站走去。

路边有一邮筒，谷子把贴了邮票的三封信扔进邮筒里。

谷子登上了南去的火车，他倚着车窗，朝灯光灿烂的西城扬了扬手。

谷子在心里喊：再见了西城！

有几行诗句在他心里涌起，他默默地吟诵着：

凭什么样的精神，什么样的勇气，

什么样的愿望和热情，

我们过着我们的生活：完全错了！

于是我们来改变我们的人生。

谷子大声说："真他妈不错。"

谷子身边的旅客吃惊地看着谷子。谷子说："对不起！"

金所长从局里开会回到税务所的第二天，谷子没有上班，金所长还嘟噜了一句：这家伙怎么又犯病了。

待到下午收到谷子寄给他的信时，他就着急了："这是怎么回事，怎么能这样搞呢？还像话不像话！"

金所长立即向税务局何老头打电话报告。

半年后，团市委宣传部副部长王金受了处分，因为他经常留一个叫珍子的女孩在房间里过夜，并且和县城的老婆闹离婚。婚没离成，王金被撤了副部长职务。

珍子还经常给王金打电话，谈诗。

珍子在电话里告诉王金："听说谷子在海南搞街道诗展呢。"

王金说："真的么？"王金简直就把谷子忘了。

省作家协会的老光到西城出差，顺便打听一个叫谷子的年轻人，别人就告诉他，谷子中了诗魔，不知去向，单位已经将他除了名。

老光沉吟半天，心想：我没有害他吧！

金 手 镯

城北镇派出所长鲁大元和鱼贩子黄宝是嫡嫡亲姨老表。公元一九九九年十二月二十日,他们共同的大舅在八大家村去世,当天下午,两人都去吊唁,碰到一起了。本来两个人小时候经常混在一起,年龄也差不多,打起架来,鲁大元总是输。后来长大了,各自上学,当的当兵,做的做工,又不住在一起,见面的机会就少了。

大舅七十去世,算是白喜事,亲戚们都到了场。鲁大元和黄宝见面,各自愣了半天,三十几岁的人,半天没认出来。鲁大元先喊了声:"老表。"黄宝却扑上去,把鲁大元一拖:"哎呀,我的表弟哟!怎么总不见你的影子,你是公安局的人呀!"

两人亲热了半天。鲁大元嗅出黄宝满身的鱼腥气。

"鱼老板,发大财了吧!要守法哟!"鲁大元说。

"你放心,不会犯到你手里。不要以为你是公安的,好像别人都怕你。我是不怕的。"黄宝说完哈哈一笑。

大舅的大儿子,他们的大表哥说:"要不你们再打一架,看谁输谁赢。"

"那他今天绝不是我的对手。小时候他总是欺负我。"鲁大元也笑起来。

"再不能跟他打架了,公安局的都有一套的。我犯不着惹他,他还记着小时候的仇呢!"黄宝说。

两老表说是说笑是笑,在大舅的遗体前并排磕了头。

晚上,四个人守夜,其他人睡觉。

遗体边摆张方桌,四个人各坐一方。大表哥,村里的支部书记,鲁大元和黄宝。长夜难熬,打麻将,以消遣时间为主,带点彩,钱数很少。

边摸牌边聊天。

"还在市公安局么?"黄宝问鲁大元。

"下来了,到城北镇当派出所长,快两个月了。"鲁大元摸了张牌,回答。

"那地方复杂得很,旁边不是有个劳改农场么!"村支书打出了一只北风,说。

"那里鸡多。"黄宝看着自己的牌,全是废张子。

"劳改农场办了养鸡场?"大表哥没有领会过来,问。

其余的三人全笑起来。大表哥莫名其妙。

"你经常去打鸡?小心碰到我。"鲁大元望了一眼黄宝。

"本人没去过,一是我奉公守法,二是没那个爱好,三是没银子。"黄宝说。

"那你怎么说鸡多,给我脸上抹黑。"鲁大元打了一张牌。

大表哥摊牌,和了个七对。"你大舅保佑我和牌。"大表哥很高兴。

"赢了钱就多买些钱纸烧给你爹。"村支书说。

洗牌。码牌。黄宝讲起另一个鱼贩子在城北镇打鸡的故事。故事不错,鲁大元听了,全记在心里。此处不写,下面再详叙。

天亮了。一夜牌战,大表哥和村支书各赢了几十元钱,鲁大元保本,黄宝一个人输了。

"你不输谁输?赚了别人的钱,总得吐些出来作贡献吧!"鲁大元揶揄黄宝。

"我作贡献是应该的,小意思。我赚的钱是辛苦钱,哪像你,那收入说不清的,抽的红塔山,自己不掏钱,有人送到家里。什么时候那好酒喝不完,我去帮帮忙。"黄宝立即还击。

早上又给大舅烧纸。鞭炮响了,下辈人磕头。

鲁大元和黄宝并排给大舅磕头。磕第二个头时,鲁大元身上响起了蛐蛐的叫声。

黄宝瞪了一眼鲁大元,把最后一个头磕完,站起身。

鲁大元看了腰里的BP机,派出所的电话号码。

八大家村没有电话,怎么办?鲁大元急了。

黄宝阴阳怪气:"就是当个派出所长吵,挂个屁屁机,怎么不配个大哥大?"

黄宝说完,变戏法似的从口袋里揪出个小手机。

鲁大元服了。妈的个鱼贩子,还有这个玩意儿哩!他也顾不上计较,忙和派出所里通话。

派出所值班的人员告诉鲁大元:出了凶杀案,镇后街的熊婆婆被人扼死在自家屋里。副所长已带人去了现场。

鲁大元抱歉地向大家打了招呼,向大舅的遗体告别,跨上自己的三轮摩托,发动起来。

鲁大元对黄宝说:"表哥,对不起啦!待我把这个案子办完,请你到我那里喝酒。那酒是我自己买的,不是别人送的。"

三轮摩托冒出一股浓烟,飞也似的离了八大家村。

鱼贩子黄宝在麻将桌上讲的另一个鱼贩子在城北镇打鸡的故事，鲁大元将其组织充实一下，就变得比较完整了。另一个鱼贩子叫王七，一个中午，他跟黄宝等几个贩鱼的人在一起喝酒，为着炫耀自己的本事，把这故事说出来了。

傍晚时分，天下着小雨，有溜溜的小北风。在黄城市操皮肉生意的胖女和瘦女下午出的门，一直没遇上主子。胖女和瘦女自身条件不好，年龄都是三十几岁，在四川老家都是生过孩子当了妈的人，长相也一般。两人到黄城打工，在城边沿的三官村租了一间农民的房子居住。在城里，她们很难有客人，在那些妙龄女郎浓妆艳抹香郁四溢的面前，她们自惭形秽，只有败北。但总得要工作，她们就在城郊开辟战场。

巡游来巡游去，遇到几个痞子，没一个规矩的爷。眼看天快黑了，又下起了小雨，两人心中着急，又没带雨伞，就四处寻找躲雨的地方。刚好庄稼地里有一农民守望的草棚，两人忙钻了进去。

草棚里有铺草，既可躲雨，又还暖和。两人一屁股坐在铺草上。

"今天怕是没得戏了，又白浪费了一天。"胖女叹息着说。

"唉，老天爷也不照应，连晚饭都赚不到啊。"瘦女附和。

正说话间，草棚外冲进一个男子，三十来岁，小平头，黝黑壮实。男子进了草棚就骂："个狗日的，今天起早了，碰到鬼了，出门不利。"

男子骂完，这才看清楚草棚里早有两个女人坐在铺草上。男子冲两个女人打量，两个女人也朝男子打量，三人的眼光一对，似乎有亮点一闪。男子马上明白这两个女人是干什么的，立即有微笑浮上脸颊。

"哈哈，老天照应，让我躲雨碰到两位大姐。幸会幸会，你们好。同船过渡五百年修，同屋躲雨，怕是要修一百年。"

男子自顾自说，胖女瘦女并没挪动屁股，也没搭腔。

男子是鱼贩子王七。王七下午骑摩托车到城北镇鱼场去找农民买鱼，没想到摩托车在城北镇坏了。王七的摩托车是买的旧货，经常出毛病，今天出的毛病。任他怎么鼓捣都动不了。王七认了，只好把摩托车推到镇上的一家修理所里丢着，说好明天来取，就步行往黄城市去。

王七走到半道上下起了雨。王七正准备拦一辆车走的，却不想又看见了路边的草棚。王七就冲进草棚躲雨。

王七坏了摩托车后，并没多少事做。他只想进城蹓跶，所以先是步行，然后一再准备拦车。既然老天作合，让他碰到这么两个女人，王七哪能不闻不问。

王七也一屁股坐到铺草上，和那胖女挨得很近，那胖女立即闻到一股鱼腥气，忙用手掩了掩口鼻。

"两位今天怎么会跑到这草棚子里了?"王七问。

"我们是来躲雨的。下午到外面玩,不想就碰到了雨。"瘦女搭了腔。

你搭了腔就好办,王七心中一喜,今天这鸡就打定了,虽说这两个鸡一般,但总比他一个人闲着无聊好。我是不准备出大价钱的,最多几十块钱,王七想。

"两个大姐是四川人吧,这话音真好听。如果你们今天晚上没有安排的话,我请你们陪陪我。"王七单刀直入。

"我们两个人啊,又没个地方。你准备在这草棚里过夜呀!"胖女知道有戏了,就积极配合。

"两个我都请,没问题。地方我有呢,前面镇上我有个亲戚,刚好有空房子,我们到那里去过夜。"王七说得很豪爽,边说边扬起手,话说完,那手就落到胖女的肩上。胖女就伸手把王七的手打下去了。

瘦女用眼盯着王七,脸上傻笑。

这时候雨停了。

三人从草棚里钻出来,站在公路边拦车。胖女瘦女本可以把王七带到她们在三官村程住的房子里去,但闻到了王七身上的鱼腥味,怕王七把她们的被子熏腥了。既然王七有地方,那就随他去吧!

王七拦了一辆机动三轮车,讲好价钱,三人就上了车,机动三轮车就朝城北镇开去。

黄城市是江汉平原上的一个比县高半级的中小城市。随着国道的修通,改革了开放了,经济发展速度很快,这几年上了几个合资项目,外地涌来了不少的打工人员。黄城就由原来的县城臃肿成一个市了。

城北镇是个小镇,离黄城市十公里,是郊区。

城北镇作为一个镇,是比较古老的。虽说开放搞活,镇子一天一个模样,修了许多新的房子,挡次不算高,但镇上的旧房子却不少,而且旧房子的建筑水平以及结构,都要比这些年新起的房子好。

城北镇旁,不到两里路的地方,又有一片房子。那片房子集中在一起,平日不太喧闹繁华,老百姓也很少往那里去。那是一个劳改农场。劳改农场有一大片土地。

在劳改农场的土地上耕作的,是一群穿着灰色衣服,剃着平头或光头的犯人。

这些犯人是这样的犯人:刑不重,罪不大,判个两三年,这里劳动一下,时间到了就回家,另有一种,是在监狱里表现好,还差一年半载就到期了,他们也被送到这里种田。

总之，城北劳改农场的犯人，他们是不想跑的人，因为逃跑对他们来说不划算。跑了，抓起来后就要再加刑。而在这里老老实实，把时间熬到了，他们就光明正大地重新作人了。除了个别情况，城北劳改农场是没有犯人逃跑和在服刑期间再犯罪的。

城北劳改农场也有自己的一套管理犯人的方法。

城北劳改农场是个模范单位。

城北镇与城北劳改农场所属领导不同，但两家团结还不错，叫做警民关系和谐。

鲁大元到城北镇当派出所长，他们与劳改农场的管教干警关系当然更是亲密的。

这些情况后面再叙。再接着王七的故事说。

机动三轮车载着王七和胖女瘦女到镇上时，城北镇已是一片灯火了，临街的小酒店小饭馆热气腾腾，酒香弥漫。

瘦女说："肚子饿了哟。这下午没干事，倒还饿得快。"

胖女说："就是呀，中午吃得那么饱。"

王七给机动三轮车付完钱，对两女说："走，吃饭去。我们三个走到一起是缘分呢！算我的。"

小饭馆里，三人坐定，王七要了四个菜一个汤，三人忽啦啦地吃了个痛快。王七本想要几瓶啤酒，后来一想，这他妈的好事没成，我花得太多了不划算，就没要啤酒。

吃完饭，王七带着两女走出饭馆。王七说："走吧，到我亲戚家去，早点休息。"

胖女说："急个啥子嘛，有一夜的光景呢！在街上走走再说。"

街上有单身男子走动，王七是怕两个女人跟了别人去，那他就亏了本。

刚好有一处放录相的点。瘦女停下说："干脆我们看一场录像怎么样？时间还早嘛！"

胖女赞成，王七就说："走，买票去，算我的。"

看完录像，走到街上，已是星光满天了。两女有些倦了，打起了呵欠。王七说："现在可以回去了吧！"

王七带着两个女人，左穿右拐，走到街后的一座旧砖瓦房旁。王七叫两女等着，自己上前敲门。

门开了，屋里出来个六十多岁的老婆婆。胖女和瘦女站在黑暗处，把老婆婆看得很真切。那老婆婆穿着打扮都挺讲究的，耳朵上两只金耳环晃荡着。突然，胖女和瘦女同时心跳起来，她们看到老婆婆的一只手腕上闪出一道金光，再仔细一瞧，那金光是源自手腕上的一只金手镯。

一只金手镯，沉甸甸的。两个黑暗中的女人看得呆了，她们看过金项链金戒指金手链，但一只金手镯她们是第一次看到。这金手镯多重？值好几万吧！

王七跟老婆婆进了屋子。王七说："婆婆，我的家属来了，干部批准我接见，只能用你的房子啦！"

老婆婆看王七是个平头，她没去看王七的衣服颜色，老人有些色盲。

老婆婆从怀里掏出钥匙，递给王七，说："三十块钱。"

王七掏出三张拾元的票子递给老婆婆。

王七出了门，老婆婆把门关了。

王七用钥匙开了旁边一间房的门，招手让两个女人进去，开了灯，再把门关上。

王七说："不能让老太太看到我带两个女人来了，要不然她要骂我的。我这亲戚对我要求严咧。"

房间不大，有一张大床，床上铺盖齐全。

这一夜王七和胖女瘦女之间的荒唐淫乱，黄宝在麻将桌上要细讲时，被鲁大元禁止了。

鲁大元说："不要说了，大舅还睡在旁边呢！"

黄宝吓得舌头一伸。

黄宝只说了王七作为光荣而对他们吹嘘的话。

王七说："第二天天还没亮，我悄悄地起身走了。我的摩托车放在车行，昨晚也修好了，我骑上摩托车买鱼去了。怎么样哥们，我请吃一顿饭看一场录像，把这两个鸡搞了一夜。原本谈好价我还要付她们一人一百元的。"

那两个四川女人早上起来没有看到王七，不知她们作何想法，也许她们找过老婆婆，老婆婆说她根本就不认识王七王八的，只知道他是被批准"接见"的平头。

上午九点钟刚过，鲁大元的三轮摩托车灰尘满身"日"地一声，停在了城北镇后街熊婆婆的屋门口。熊婆婆的旧砖瓦房，在后街偏僻的角落，门前有排树高过人的女贞子，房子前有块小场地，此时场地上停了一辆吉普车和几辆摩托车。围观的人被挡在场地外围。

鲁大元跳下摩托车走进屋子里，市公安局刑警大队的老李和法医，镇派出所的三四名警察正在忙着，他们拍照，取证，察看房间的各处地方，提取指纹和脚印。

鲁大元和老李与法医握了手，道了辛苦，与自己的下级打过招呼，也立即投入对案情的了解。

熊婆婆穿着睡衣，倒在房里的地上，脸上是恐怖的表情，看来她死得很痛苦。

与正屋毗连的隔壁的房间，门已打开。熊婆婆的在镇上唯一的侄儿，正在回答一个警察的提问。房间里的一张大床，乱扔着两床被子，被子脏兮兮的。

脏兮兮的被子边是两个没有枕巾的枕头，从枕头上拈起几根头发，有长的有短的。

熊婆婆的侄儿是个三十来岁的农民，属城北镇边的菜农。他说，他是隔天到婶子家来看看，帮婶子做些重活。婶子无儿无女，叔叔是个木器社的会计，死了有十多年。婶子的日子过得还富裕，叔叔死时留有些积蓄，婶子这几年通过隔壁的房子，也赚了不少的钱。今天早晨，他来婶子家，敲了半天门敲不开，他是趴着窗台才看到倒在屋子中的婶子的。他不敢撬门，就到镇派出所报了案。

婶子家里有多少现金，他不知道。但是婶子耳朵上的一对金耳环和手腕上的一只金镯子，他是知道的，镇上熟悉婶子的人都知道。

在现场的侦察和取证工作在上午十点半时结束，鲁大元通知街道办事处伙同熊婆婆的侄儿，一起照料熊婆婆的后事。至于熊婆婆的房子和家产，暂时封起来，待破案后再按法律和政策处理。

鲁大元跟市公安局与派出所的其他同志一起，回到了城北镇派出所，大家围坐在简陋的小会议室里，梳理归总目前已了解的案情。

鲁大元抽着烟，在团团蓝色烟雾里听着市公安局老李和法医先谈，然后再听派出所到现场去了的同志谈。几个人谈得很热闹，鲁大元却一直不怎么做声。他在思考，在归纳，他把大家谈的情况和自己看到的情况在头脑里组织了一番，很快把案情的条理列了出来。

这是一桩凶杀案，杀人者是谋财害命。根据法医的现场查看判断，熊婆婆遇害大约在凌晨一点到两点钟之间，就是说熊婆婆死于一九九九年十二月二十一日凌晨。鲁大元脑子跳闪了一下，自己这个时间正在八大家村为大舅守灵，和黄宝、大表哥、村支书一起玩麻将呢！黄宝说打鸡的故事可能就在这个时候。

熊婆婆的脖子上有勒痕，法医认为那是用柔软的织物勒死的。根据死者皮下的瘀伤看那东西一定不是麻绳或电线铁丝等物，大约是用围巾布带子或女人的长统袜子。熊婆婆的耳环和金手镯全部没有了，凶手杀人后，抢走了金手镯和金耳环。凶手在拉熊婆婆的金耳环时，用力过大，致使死者耳垂上留下了拉伤皮肉的血痕。

房间的柜子和箱子均被翻过，显得很凌乱。但从柜子和箱子里拿走了什么，目前无法知道，因为熊婆婆是一个人生活，连她的侄儿都不清楚她的财产。熊婆婆有些钱，在现场侦察的干警从熊婆婆的户口簿中找到两张各一万元的定期存款单。凶手没有细细地看这户口簿，要不这两张存单肯定留不下来的。熊婆婆是否有现金留在家里，干警们在现场是没有发现的。作案者是否抢走了一批现金，目前情况也不清楚。

熊婆婆的其他财产，如冰箱、彩电、录像机等家用电器都没被劫，熊婆婆的侄儿说，这些东西摆在原来的地方没动。

熊婆婆住的正房隔壁房间里床上发现的长短头发，尚未进行化验，但明眼一看，那头发既有男人的，又有女人的，而且绝不会仅只一两人的头发。那张大床上睡的男人女人很多了。

是些什么人来到熊婆婆家的这间特别的房间来睡觉？十二月二十日夜里在熊婆婆家睡觉的人是谁？

十二月二十日夜里睡在熊婆婆家的人是凶手的可能性很大，甚至就是凶手！在案情汇总后，几个干警都这样肯定地说。

什么人到熊婆婆家特别房间睡觉？这个问题的答案鲁大元是清楚的，城北镇派出所的干警们也是清楚的，甚至市公安局的干警也知道。这是个特殊的情况，大家也就不谈这个问题了。

这个问题与城北劳改农场有关。

前面说过，城北劳改农场的犯人，鉴于他们的犯罪性质和刑期的期限以及自身的表现，他们是属于不愿逃跑的犯人，他们是一群穿灰衣服剃平头的人。说是犯人，这些人却享有一定的自由。比如，他们在管教干部的安排带领下，在大地里劳动，可以交谈，甚至可以哼哼歌唱唱戏。比如，在节假日或星期天，犯人三人以上者，可以请假一起到镇上去逛逛，买点日常用品，时间一般不能超过两个小时。再比如，犯人的家属来劳改农场探望，犯人可以请假陪家属交谈，上街。对于犯人的配偶来了，管教干部可以批准他们上镇，找一处老百姓的房子，聚上那么一两个小时。如果是晚上，管教干部可以批准他们在外面过一夜。当然被批准在外面过夜的犯人应该是表现良好的犯人，并不是所有的犯人都可以请假在外面过夜的。

犯人与配偶的这种短暂接触，叫做"接见"。

久而久之，"接见"一词成了城北劳改农场和城北镇市民的一种特有专用名词了。男人女人在一起成了"接见"，使得外地人昕得莫名其妙。

对于这种"接见"，鲁大元和他的干警们都知道。这种情况你说去管呢还是不管呢？当然是不好管了，这里还有个人道主义吧！何况劳改农场的管教干部也是公安系统的，人家批准了的，也是不违反政策的。

熊婆婆家的特别房间，是个"接见"的地方。当然城北镇还有几处供"接见"的特别地方，镇派出所心中都有数。

问题复杂的是：提供"接见"房间的主人，只认钱不认人，反正每次"接见"，收房租三十元，至于那"接见"的男女是否是农场犯人和他的配偶，就懒得去追究了。特别是像熊婆婆这样的人老眼花的人，想去追究已没法子追究。

一九九九年十二月二十日晚，是什么人在熊婆婆的特别房间里"接见"了的？这是侦破熊婆婆被害一案的关键。

鲁大元想到了城北劳改农场的犯人和表哥黄宝讲的故事。鲁大元把手中的烟头在烟灰缸里按熄了，起身给市公安局领导打电话汇报案情。

市公安局的陈局长听完汇报后，指示：

城北镇这起凶杀案由鲁大元领导派出所的干警侦破，尽快破案。市局刑警队的老李和法医可以撤回，侦破中有需要配合的地方，随时与市局联系。

放下电话后，鲁大元向大家传达了陈局长的指示，并当即成立专案组，鲁大元当组长，组员是王军和范小五。派出所其他同志随时配合，派出所指导员负责所里日常事务工作。

中午吃饭时，刑警队老李对鲁大元说："伙计，这是你来城北镇当所长遇到的第一个凶杀案吧，早日破了就好。"

鲁大元点点头，说："谢谢你了，我一定努力。"

城北劳改农场的场长和政委很热情地接待了鲁大元。会客室的墙壁上挂满了先进单位模范农场之类的奖状和锦旗，表示出这个农场的管理水平。鲁大元带着王军和范小五坐在沙发上，望着会客室的豪华与讲究，心里生出农场与派出所两重天的感慨。劳改农场当然富有，劳改犯们只出力没工资，城北这个农场一千多名犯人，他们的劳动会创造富有。而派出所能有什么收入？市局每年拨下来的钱有限，他们只能住旧房，所长当然无手提电话，连那个鱼贩子老表都不如。不过鲁大元不在乎，他头脑里的这段意识流，使他又一次想起那个鱼贩子表哥黄宝来。

政委给鲁大元三人递烟，硬壳红塔山。场长张罗人给鲁大元三人泡茶。三只精致的白瓷茶杯，泡着碧螺春茶叶，摆在茶几上。政委和场长自己捧着不锈钢茶杯陪着。

场长说："早就说要去拜会鲁所长的，就是脱不开身，才从省里开会回来。鲁所长来了正好，今晚上好好喝一杯。"

政委说:"很感谢镇派出所平时对城北农场工作的支持,劳改农场今后还仰仗鲁所长关照。今天晚上一定喝一杯。"

鲁大元苦笑了笑,说:"场长政委哟,谢谢你们的好意了。不过今天不行,今天有案子。"

场长说:"有案子怎么啦?有案子饭也不吃酒也不喝。我们公安这一行,哪一天没有案子?"

政委说:"鲁所长,城北镇发生的案子,需要我们农场配合的,请直说,我们是随叫随到。"

鲁大元就把镇后街熊婆婆被人勒死,抢走金手镯金耳环的事情说了。

"熊婆婆家有间房子,平日经常有农场的犯人接见家属时去用。根据判断,熊婆婆是今日凌晨一点左右死的。所以,我要请求场长与政委支持的是:城北农场昨天晚上是否有犯人和其他可疑人出去接见过?"鲁大元说。

场长和政委听了鲁大元的案子汇报,立即严肃起来,再不说喝酒的客气话了。"我们马上可以查出昨晚是否有犯人在外面过夜!其他情况也可再查。"场长是个爽快人。

场长到隔壁办公室打电话,查问各管教队昨夜犯人外出情况。政委给鲁大元三人杯子里续水。政委说:

"接见这种事我们知道,最近我们把得很严,特别是晚上,我们一般是不许犯人出外的。现在有些社会上的人,冒充农场犯人,在镇上找房子嫖娼,却打着接见的幌子。"

"这种情况我们在查在管,希望农场的同志和我们配合,打击嫖娼卖淫活动。"鲁大元喝着茶,与政委交谈。

场长进屋了。场长说:"各管教队都查了,昨夜没有犯人出去接见家属。一般的像晚上批准犯人出外,管教队是要汇报给场部领导的,农场的制度是严格的。"

不会是犯人!鲁大元来农场时,头脑中就有这种直觉。那么,如何查出昨天晚上住过熊婆婆房间的人呢?

一阵蛐蛐的叫声响起来,鲁大元腰间的 BP 机响了。

鲁大元看了眼 BP 机的显示屏:大舅明天出殡火化,希望所长先生今天晚上能赶来,明天给大舅送行。

是黄宝呼他。鲁大元想,我正想找你呢!

场长政委挽留再三,鲁大元还是带着王军范小五告辞了。案子在身,哪能喝酒,留待来日吧!

"需要我们配合的事，请随时打招呼！"场长握着鲁大元的手再次说。

"好的！我们会的！"鲁大元说。

回到派出所，鲁大元和王军范小五简单地交换了一下意见。鲁大元给王军和范小五布置了任务，然后，鲁大元找了辆非公安牌照的摩托车发动起来。"请随时注意跟我联系。"鲁大元骑着摩托车走了。

鲁大元带着王军范小五在三天之内就破获了城北镇的杀人抢劫案，在黄城市公安局引起反响。"这小子还很有一手哩！"熟悉鲁大元的人在背后说。

《黄城报》副刊编辑找到鲁大元，采访他，要就他破案神速的事迹写篇报告文学，在《黄城报》上分三次连载。

但是鲁大元没能谈出什么精彩的情节来。鲁大元在案子破了之后，自己也感到奇怪，破这个案子主要是直觉预感在指挥他，在起作用。那么直觉和预感在刑事侦破中到底有多大作用呢？公安人员在侦破中如何借助直觉与预感来工作？这倒是个有趣的问题，这是个心理学或是其他什么学的问题，鲁大元说不清楚。鲁大元很希望有人就这个问题和现象写出通俗易懂的著作来。

一九九九年十二月二十一日下午四点钟后，鲁大元骑上摩托车离开城北镇，前往他大舅的村子八大家村。摩托车在乡间的公路上跑得沙沙直响，鲁大元的头脑中却像在放电影，那种直觉预感使他组织起一幅画面。这些画面竟然与他的表兄黄宝有点关系。与黄宝有点关系是因为黄宝讲的鱼贩子王七嫖娼而不给钱的故事。这王七与那两个操皮肉生意的女人与熊婆婆的死，有什么关系呢？鲁大元在心中问自己，他害怕他的直觉与预感把他引向侦破的歧路。但直觉与预感又使他不愿放弃这条线索。

因此，在鲁大元骑着摩托车驶进八大家村时，一些行动步骤在他心里已十分清晰了。

那时，暮色已经降临。

鲁大元的摩托车停在大舅家门前的自行车摩托车群中，发现他到来的人不多，那时许多客人正在吃饭喝酒，堂屋和几间侧屋里摆满了方桌，桌上是大鱼大肉。乡间的白喜事热闹非凡，乡亲们送上二十元钱或是一床被面一块细布，就算是祭礼了，就要请他家里来人吃上一顿。客人太多，主事者忙得一塌糊涂，到处是一种乱的感觉。乱热闹。主家要的就是这效果。

鲁大元把正在桌上喝得酒气熏天的黄宝拉出来。鲁大元轻声说："老表，有个案子需要你配合！"

"你是背后背老鼠，装猎人。要你来不是破案子，是为大舅守孝送殡，我配合个么事？黄宝的话和酒气一起吐出。

"你得听我的。你马上把王七呼来，今晚我们在一起玩麻将。玩多大码子我奉陪，但不要暴露我是公安人员的身份。"鲁大元说。

"怎么，王七犯了案子？"黄宝一惊，马上正经起来。

"是这样的！"鲁大元拥着黄宝，走到更远离人群的僻静处，把案子的情况对黄宝说了。鲁大元说："目前只是侦察调查，并没有什么结论，所以你一定要支持我的工作。"

"好的，看在小时候我俩的情谊上，我配合你，即使将来这个案子真与王七有什么关系，你也不能说出去。总之，我是什么也不知道，否则我将来怎么在鱼道上混。"

"这个你放心，与你不相干！"鲁大元说。

黄宝又进屋去把村支书和大表哥找来，鲁大元嘱咐了他们两个一些话，让他们配合。其他情况，鲁大元没细说。

黄宝很快用手提电话和鱼贩子王七联系上了。

"王老七，得请你帮兄弟的忙咧！"黄宝说。

"黄宝兄，说吧，有什么事，只要兄弟能办到的，决计两肋插刀。"王七说。

"我大舅去世了，我现在八大家村。大舅明天出殡，客人不少。原计划的鱼，现在看来还少了点。老兄是不是马上给我送两百斤鱼来。老兄来了，也为我抬个庄，明天给我大舅送个行。今晚我陪老兄搓一场，两块钱带满算。"

"啊，你大舅去了，你不说我不知道。我马上送两百斤鱼来。这种事，我早该打招呼的。"

王七很豪爽。

王七用带车斗的摩托车送鱼到八大家村时，已是晚上八点钟了。这时，喝酒吃饭的客人已经走了大半，少数年轻人围着两桌麻将在玩，两角钱的，玩得小。

黄宝接住王七，派人把鱼送到厨房。王七掏一百元钱递给黄宝的大表哥作祭礼，然后到黄宝大舅灵前跪下磕三个头。黄宝和大表哥陪着磕头。

黄宝把鲁大元介绍给了王七，只说："我表弟。"

村支书也和王七握手，说了感激话。

鲁大元、村支书、王七和黄宝坐下，先喝酒。

王七说他吃过饭了。

黄宝说："我们还没吃昵，等着你来一起喝两杯。你吃了也还要加几杯，谁不晓得你的酒量！"

王七就和几个人喝起酒来。

黄宝就在鲁大元和村支书面前巧妙地吹嘘王七，把个王七说得了不得。先是巧妙地吹，后来就露骨地吹了，使得酒桌上的话题围着王七转。王七这人义气，够朋友，在社会上吃得开。王七能喝酒，玩牌技艺高超，做鱼生意讲信义。王七这人有头脸，文化底子不浅，将来决不仅仅是个鱼老板，前途难说。

王七已在云里雾里了。鲁大元和村支书也顺着黄宝的话路子，给王七灌米汤。鲁大元看到王七的秃头上直冒热气，两眼闪亮，额头放光，已经完全进入状态了。

黄宝适时而止，让大表哥找了间僻静的小房间，把麻将桌摆好，泡好了茶。黄宝说："请吧，我们陪王老兄搓一把，试试他的水平。"

王七忙说："哪里哪里，我的水平很差，决不像黄宝说的那样。都是朋友，玩玩混时间吧！"

鲁大元、村支书和黄宝拥着王七进了房间，四人摸了东南西北风，在座位上坐下，稀哩哗啦搓牌，开始了鏖战。

一边打牌一边说话，话题仍然围着王七转。

鲁大元出了张幺鸡，王七手上有两张，就碰了。黄宝说："王兄英雄，不愧打鸡高手，这下三只鸡，比前几天两只还厉害。"

王七说："还提前几天的两只鸡呢，今天在黄城市郊三官村旁，就在你给我打电话一小时前，我还碰上她们了。"

"那是你们有缘呀，机会多好，再打一梭子嘛！"黄宝说。

"哪里哟，今天晦气呀，那两个婊子认出了我，拉着我不放，非要还她们的账不可。她们在路嚷嚷着：你不给钱，我们就去报告派出所。"

"报告派出所，那她们也落不到好！"

"是呀！但我不想跟她们纠缠，我正好联系了一批鱼，我还得去安排运出来呢！算了算了，该付的还是要付，我就一人给了一百元，把账结了。"王七说得笑嘻嘻的，他和了一个七对。

"王兄很讲义气哟！那两个女人住在三官村么？"鲁大元很有兴趣地问。

"怎么你老弟有想法？那好办，像你这样的人才什么鸡打不上？"王七没有回答问题。

鲁大元的脸却红了。

"王兄别想岔了，我这表弟可是个没见过世面的人，他怕是被你的故事迷住了。"黄宝圆场，引开话头。

"那一胖一瘦两个女人，肯定住在三官村无疑。她们从我这里要了钱就进了村子。"王七还是把鲁大元想听的话说出来了。

玩牌到夜半，大表哥给四人端了夜宵来吃了。继续玩时，大表哥上桌，鲁大元说要睡一下，悄悄从黄宝那里要了手提电话出了小房间。

鲁大元呼了王军范小五的 BP 机号码。

王军很快给鲁大元的手提电话回了话。

"你们现在哪里？"鲁大元问。

"在黄城。我们已经给市内的几家黄金首饰加工行业店布置了任务，市局刑警队也给予了配合。"王军说。

"你和范小五马上到三官村，通过村公安室查询住在这村里的两个女子，一胖一瘦，都是四川人，三十多岁。查到后，控制起来，并立即通知我。"鲁大元的电话是在房子外边的夜色下打的。与王军范小五通完话，鲁大元抬头望了望星光明净的夜空，心里突然地也明净起来。

杀害熊婆婆的就是这一胖一瘦两个四川女人。

为什么？鲁大元问自己。

但鲁大元自己不回答，他像一头警犬，嗅到了目标。

城北镇杀人抢劫案结案之后，鲁大元特地在城北镇盛春酒店请黄宝、大表哥和八大家村村支书吃饭。在酒店二楼一间小厅里，四人围桌而坐，没有其他人参加。

黄宝说："是搓麻将还是喝酒？！"

"只能喝酒，这酒是我早答应了的，由我私人掏腰包，与派出所无关。我很感激几位兄长对我工作的支持。"鲁大元边点菜边说。

"那喝了酒后再搓麻将吧！"

"不行！在城北镇，在我眼底下搓麻将赌博是决不允许的。你们要反问前两次我为什么也参与搓麻将活动吧，那是在城北镇外，那也是工作的需要。"鲁大元没一点口气。

"哟哟，我就知道你是个翻脸不认人的家伙，鬼才再给你帮忙，到你这里来，连麻将都不许玩，没得味道。"黄宝的嘴巴不住空，不断挑刺儿。

"该要你帮忙的事还得要你帮忙，但在这里就是不能搓麻将，不能坏了我的规矩。"鲁大元没松口。

"那好吧，快点上酒，喝了酒好走路。"黄宝故意叫。

村支书和大表哥聊着村里的事。

酒菜很快上来了，四个人就喝起来。

"你这个案子的情况给我们说说吧，权当是听故事。"大表哥对鲁大元说。

鲁大元就讲了案子的基本情况。不是要听故事吗？鲁大元在叙述语言上下了点功夫，尽量把故事讲得生动些。下面就是鲁大元的讲述。

黄城市的扫黄打非、打击卖淫嫖娼的工作抓得很紧，公安局领头，其他有关部门配合，风声急迫，行动迅速。

租住在三官村的四川流窜过来的胖女和瘦女，生意越来越不好做，收入减少，日子很难过了。

交房租的日子就到了，她们没钱交房租。胖女向房东说好话："张爷，再宽限些日子，我们肯定不会拖欠您的钱的，这风头过了，生意肯定会好转的。"

那房东也知道这两个女人的名堂。正因为胖女瘦女是做皮肉生意的，所以他收的房钱也不低。你们那钱是怎么赚的？你租房子不出大价钱行么？宽限就宽限吧，房东为的是钱，不怕你们跑了。

胖女瘦女下午出外，逛荡到天黑也找不到两个主顾。太晚了，在街上逛荡，警察就要管了，她们只好回到三官村。"又白白地浪费了一个夜晚。"两人睡下时这样说。

在城北镇的那个夜晚，她们在熊婆婆家被王七嫖了一回。早晨醒来，胖女问瘦女："那人呢？不是跟你在一起么？"瘦女瞪着眼睛说："不是跟你在一起么？你还问我。"

两人明白，那家伙跑了，那个平头带着满身鱼腥味的男人跑了，让她们白陪了他一夜。

"他叫王七，个狗日的，白搞了老娘。"胖女骂道。

"他是王八的哥，个狗日的东西，老娘总有一天要碰到他，要他还钱。"瘦女骂道。

她们问熊婆婆，熊婆婆说："么事王七王八的，我不认识他。我没得他这个亲戚，我是个孤老婆子。我这房间三十块钱一晚，便宜得很。"

熊婆婆和胖女瘦女说话时，两只金耳环在耳垂上晃动，熊婆婆扬起手来，以手势助语气，那只硕大的金手镯在她枯瘦的手腕上滑动。胖女和瘦女的眼睛被那黄澄澄的光泽晃得有些发花。她们对熊婆婆和她的小屋以及那黄澄澄的东西留下了很深刻的印象。

一九九九年十二月二十日下午，胖女和瘦女出门找生意。城里找不到，公安局打击得很厉害，她们就在城乡结合的公路巡游。沿着公路，胖女和瘦女朝前走，田野里绿意淡薄，冬小麦把黝黑的土地还盖不完全，溜溜北风吹得人身上，时而打个寒噤。

"算了啰，再待几天回家过年吧，老公孩子怕是想我们了！"瘦女说。

"是要回家了。可是我们用什么回家？原来赚的几个钱寄回去了，这个月连房租钱都交不出来。我们总得带几个钱回去过年嘛！还要一笔路费呢！"胖女说。

"哪里来钱呢？已经四五天没得生意了，吃饭都成了问题。狗日的男人们胆子小，望都不望我们呢！"瘦女说。

　　"三十块钱一回都没得人上门。"胖女说。

　　"我们只有去偷！"胖女说。

　　"是的，只有去偷！"瘦女说。

　　胖女和瘦女说出去偷的话时，她们沿着公路越走越远了。她们这时就看见了路边的那个守望庄稼的草棚。

　　"我们那天在这里躲过雨。"胖女说。

　　"狗日的王七骗了我们。"瘦女说。

　　"前面是城北镇呢！"胖女说。

　　"走，我们去找熊婆婆！"瘦女说。

　　"走！找熊婆婆去。"胖女说得有些咬牙切齿的样子。

　　两个女人没再说什么，她们也没商量，她们两人的心是通的，她们都明白对方说去找熊婆婆是什么意思。胖女从瘦女眼睛里看明白了那意思，瘦女也从胖女的眼睛里看明白了那意思。

　　两人的行动一致，两人的配合默契。

　　这时，就有一辆卡车停在她们身边了。司机从驾驶室里控出头来问："二位大姐去哪里？要不要我捎一程。"

　　胖女瘦女都站住了。胖女望望前面不远的镇子，望了一眼司机，说："不要！"

　　瘦女也连忙说："不要！"

　　司机说："你们今天晚上有去处没有？要不陪我们哥俩到前面镇上开旅社，价钱好说。"

　　司机旁边还坐着个男人呢。

　　胖女和瘦女互相对望了一眼。胖女转过头对司机说："快开你的车吧，我们是良家妇女，我们不做那个事。"

　　"我们不做那个事。"瘦女连忙跟着说。

　　卡车呼的一声就开走了，扬起了一阵灰尘。

　　胖女和瘦女又对了一下眼光，两人默无声息地朝城北镇走去，她们像两个进城归来的镇上妇女。那时太阳就落下来了，夜幕笼罩了城北镇。

　　胖女和瘦女来到镇后街熊婆婆的家门口时，已是晚上九点钟后了。这时胖女和瘦女已经在餐馆里吃过了晚饭，并在录像厅里面看了一场录像。那是一个香港凶杀片，说的是两个女人合伙杀死了老板，抢走了老板的钱财后亡命天涯的故事。

两人到了熊婆婆的家门前，瘦女想起了录像片里的故事，身子有点抖颤。胖女用手捅了一下瘦女："你怕什么？"

瘦女小声说："我不怕，我是有点冷呢！"

胖女上前敲门，门很快开了，熊婆婆还没睡，正在看电视。熊婆婆对胖女和瘦女说："什么事呀？"

熊婆婆没有认出这一胖一瘦两个四川女子。

"我们想在你旁边的小房间里住一晚。"胖女憋着本地腔说，她怕熊婆婆听出她的四川话，从而记起前些天王七的故事。

"交三十块钱。这是钥匙。"熊婆婆从口袋里掏出钥匙来，在两个四川女子眼前亮着，同时亮着的还有熊婆婆手上的金镯子。

瘦女从口袋里掏出三十块钱，递给熊婆婆，熊婆婆就把钥匙交给了瘦女。熊婆婆没多说什么，转身关了大门，去看她此生能看的最后一次电视节目。

胖女和瘦女用钥匙打开了小房间的门，开了灯，用房间里的水洗了脸。两人坐下来，四目相望。

"先睡一觉吧！"胖女说。

"对，睡一觉。"瘦女说。

两人就睡下去了，关了灯，没有再说话。

半夜，大约就是十二月二十一日凌晨吧，瘦女醒来，身子动了一下。胖女睡得很沉，但这夜特别的警觉，瘦女仅仅是动了一下，她就醒了。胖女一下子爬起身来，问："几点了？不早了吧！"

"几点不晓得，半夜了，肯定不早了！"瘦女说。

"不早了！那就开始吧！"胖女说。

"那就开始吧！现在正好。"瘦女说。

两个女人开了灯，瘦女开始"哎哟哎哟"地呻吟，一边呻吟一边穿衣。胖女一边穿衣一边说："忍着点！忍着点。"

两人把声音弄得响响的，目的是要让隔壁的熊婆婆听到。"把你的长统袜留下一只给我。"胖女对瘦女说。

瘦女就把长统袜递了一只给胖女，自己的脚只穿了一只袜子，她又能些抖颤了。

胖女看了瘦女一眼，说："听我的，你呻吟吧！"

瘦女又"哎哟哎哟"哼起来。

胖女打开了房间门，敲响了隔壁熊婆婆的大门。

熊婆婆问："是谁？有什么事呀！"

"是我们呀，婆婆！我那个同伴肚子痛得好厉害，想找你讨点开水喝。我们房里的一瓶水昨天被我们洗了脚。"胖女哀哀地说。

瘦女的"哎哟哎哟"声哼得更响了。

熊婆婆穿着睡衣，披着棉袄起身，打开了屋里的电灯，来到大门边，把门打开，说："肚子痛，准是受了风寒。"

胖女一下子进了屋子，手里的丝袜朝熊婆婆颈子上一套，双手拉着袜子一用劲，熊婆婆"喔喔"了两声，就倒在地上了。

瘦女手忙脚乱地从熊婆婆耳朵上拉耳环，用的劲太大，把熊婆婆的耳垂都拉裂了。胖女从熊婆婆手腕上摘下了那只黄澄澄的手镯。

胖女检查了一下熊婆婆的胸口和鼻息，肯定她已经没气了。胖女把袜子取下来，扔给愣在一边的瘦女说："快穿上。"

瘦女就穿袜子。胖女把熊婆婆的棉袄捡了起来，搜了一下口袋，搜出了三十几元的现金。胖女不死心，把棉袄随手扔到熊婆婆睡的床上，就在内屋寻找起来。

瘦女穿好了袜子，也进内屋寻找。两人在枕头底下找出了不到两百元的现款。柜子箱子里没找到值钱的东西。

"快点走，不能久留！"胖女说。

"快走快走，我好怕。"瘦女说。

两个女人灭了灯，锁好门，把钥匙扔在屋子里面，然后扯起双腿，逃进夜色中。

鲁大元站在八大家村的夜空下，给王军范小五布置完任务后，做了一番冷静的思考。鱼贩子王七所说的胖女瘦女两人，是不是杀害熊婆婆的凶手呢？假如不是，那么凶手又是谁？劳改农场尚未发现嫌疑者，而镇上的闲散杂居人员中，派出所副所长与另一个干警作了调查，也访问过群众，目前也没发现嫌疑分子。王七的闲聊吹嘘，却把两个四川卖淫女送到了鲁大元的面前。鲁大元紧紧地沿着这条线追下去。杀人者必定是这两个女人！鲁大元对自己的判断毫不动摇。

鲁大元在十二月乡村的夜空下溜达了快一个小时。这时腰间的 BP 机响了，鲁大元回到屋子里，借着灯光看清了呼叫的号码，用黄宝的手机回话。

电话通了，鲁大元又走入夜空，听王军范小五那边的情况。

王军范小五根据鲁大元的吩咐，到三官村找到了公安室值班人员，一起碰了情况，说明来意，直奔四川女子租住的农家，敲开了门查户口。两个女子陡见穿着公安服的值班警察，脸都吓黄了，瘦女抖颤起来。警察看了两个女子的身份证和暂住证，训了几句话后，就出来了。

王军和范小五分开，王军悄悄监视两个女子，范小五和警察把房东张老头带到公安室问情况。

据房东张老头说，这两个四川来的女子，并不坏，她们做什么事他不知道。她们租住房子另外开了门，自己有钥匙，什么人到她们房里去过，张老头说不知道。张老头说，最近，她们好像手头很紧，欠了他的房租也没给。

"她们是不是有时不回来住？"范小五问。

"有时不回来住，说是在外面打工加夜班。"张老头说。

"昨天晚上她们回来住了没有？"范小五问。

张老头想了想，肯定地说："昨天晚上她们在外面加班，没有回来。今天早晨我起来买菜去，才看见她们从外面匆匆回来，好像走了很远的路。"

"张老头难道不知道这两个女人是干什么的吗？"鲁大元在电话里问。

"他肯定知道，包括公安局的人怕也知道。但现在这些事啊，难得说。"范小五说。

"好，你们一定要看住这两个女人，注意她们的行动，有情况再报告给我。我争取明天上午赶过来。"鲁大元关了手机。

猎物已在手心了，现在就是看她们如何行动，关键是拿住证据，一举擒获了。鲁大元打了个呵欠，四十多个小时没睡觉了啊！现在也没地方睡了，大表哥的家里，凡是可以睡人的地方都已睡满了人，乡下来客太多。

鲁大元就又走进黄宝王七四人搓麻将的小房里。

牌桌上鏖战正激，王七的火气不行了，已经输了两三百元钱了。黄宝的牌运正转，好牌不断摸到，高兴得脸上都是光彩。搓麻将搓到高潮处，牌桌上的人只看手上的牌和别人打出的牌，对牌之外的事情早已置之度外。鲁大元进来时，没有人和他打招呼，大家正忙着。

鲁大元发现小房间里还有一只小沙发，旧得不得了。鲁大元不管沙发旧不旧了，走过去往沙发上一靠，闭目休息，不一会就进入了梦乡。

一九九九年十二月二十二日早晨，鲁大元的大舅，一个普通的农民离开他居住几十年的房子和村庄，上路了，走向另一个世界。殡仪馆的面包车开来了，死者的尸体送到车上特别担架里放好。鞭炮放得轰隆震响，硝烟弥漫，钱纸翻飞，一群披红孝布自孝布的子孙辈跪满了场坪，给老人送行。面包车开动了，哭声一片，叫声一片，老人走了！鲁大元默默地给大舅送行。

殡仪馆的车子走了后，鲁大元立即向大表哥、黄宝、村支书告辞，他要赶回去，有事情等着他。

王七输了钱，一大早就骑摩托车走了，连殡都不送了。

鲁大元握着黄宝的手说："谢谢你了老表，事情完了，请你喝酒，一定！一定！"

黄宝却用另一只手拥着鲁大元说："表弟，我们小时一块长大，你是比我有出息的。祝你事业成功，有什么地方用得上我，就招呼一声吧！"

鲁大元的摩托车离开了八大家村，朝黄城市飞也似的奔去，他要会同王军范小五擒获凶手。

早晨，胖女醒来，见天已大亮，屋里白晃晃的，太阳照射进来。隔着桌子的另一张床上，瘦女睁着眼睛躺在被子里想什么。"你早就醒了？"胖女问。

"我想回四川去了，待在这里不是个事，提心吊胆的。"瘦女答非所问地说。

"回去呀，我也想回去。但那么点钱，把张爷的房租一交，路费还是不够呀！"

"那我们就住在这里等公安局来抓呀！昨天夜里把我的魂吓掉了。"瘦女说。

"你的胆子太小了么！人家只是查户口的。"胖女说。

"把那个东西卖了，得了钱，我们快些走嘛！"瘦女说。

"是的，卖掉，卖得钱就走。卖到哪里去？"

"城里有个地方专门收购金银珠宝，是国家开的，按国家金银的正常价收购，那地方安全。"

"你怎么知道那地方？你去过。"胖女问。

"去过。是个男人带我去的。那家伙带我上舞厅，没有钱，就带我到那里把他的戒指卖了。"

"你还碰到这好的事情，没听你说过哩。走，我们今天就去那里，把东西卖了，就买车票回四川。我也想我老公和女儿哩！"胖女爬起来穿衣服。

"那是去年的事哩，那时生意还好做，找我的男人还不少，不像现在这么难过日子。"

"我们把耳环子一个人留一只，把金手镯卖了，行吧！"

"行！听你的。"瘦女答，也急急忙忙穿衣服。

两个女人穿好衣服，铺好床被，洗了脸，梳了头，就结伴出了三官村，朝市里走去。

胖女和瘦女并不知道被人盯上了。

黄城市中心大道八号是一家金银珠宝首饰商店，这家商店既卖各类金银首饰珠宝，也收购金银珠宝首饰，生意不错。全黄城市像这样的店子还有三家。

胖女瘦女进了商店，被店里的金碧耀眼琳琅满目弄晕了头。妈呀，柜台里有多少金银珠宝呀？这世界真是无法估量的。

她们走到专门收购金银珠宝的柜台前，框台里一个五十多岁面目慈祥的男子正在看一只翡翠戒指。

胖女把金手镯递上前，说："师傅，请你看看这只镯子值几个钱？"

那男子听见招呼，忙放下手中的戒指，接过胖女递上的手镯，在手上掂了掂，然后放在身边敲了敲，再仔细地辨认其成色。

胖女和瘦女盯着男子的一举一动，那男子很仔细，看了一会，叫来了另一个年轻些的男子，让他也看看。

老年男子说："你看看，我到后面去一下就来。"

这时候，鲁大元带着王军和范小五一拥而上，王军抓住胖女，范小五抓住瘦女，鲁大元给胖女和瘦女一人戴上一只手铐，那手铐亮晃晃的，像银子的光。

打算去柜台后面的男子转回头来。"我正准备去打电话的，你们就来了。其实这只镯子是包金的，里面是铜，值不了几个钱。

"什么？这手镯是包金的？那耳环呢？"瘦女叫起来。

"耳环倒是二十四K金的，还在你们手上呢！"王军说。

"我们戴上银手镯了，你们把铐子松一点好不好，我的手腕卡得好痛。"胖女的手腕粗，叫起来了。

城北镇的凶杀案不到三天就破了。这案子破得很顺利。罪犯文化低，有点蠢。鲁大元这样说。

"你要写成小说呀，没什么故事性，平平淡淡的，肯定没有可读性。"鲁大元说。

"小说不仅仅是可读性，小说还有其他的东西。"我说。

我是《黄城报》的记者，我就写了这篇小说。

河 沙 场

牛老七像头磨道上的驴,围着光溜的河沙场转来转去。间或,他停下步,看看浑黄雄阔的江面,晴天暑日,涛浪不兴,四层楼五层楼的江轮上往四川,下去上海,唱出悠扬的汽笛。冒着黑烟子的拖轮,轰轰轰地爬行着,几只木船只敢依着江岸,如散步般地航行,木船上安装的柴油机啪啪地叫着。

长江永远热闹,江水昼夜流淌,江面上船来船往,但就是没有牛老七盼望的运沙船。牛老七从昨天中午就在江边眺望,到现在已是下午四点了,运沙船连影子都不见。

"我日死你胡成进的老娘,说话不算话,这不是要断我的生路么!"牛老七咬牙切齿,挺着肚子朝着长江大声叫骂。

牛老七从衣袋里抠出支烟来,掏出打火机点火,连按几下没一丝火星,再看,没气了。扬起手,那只一次性打火机就飞到长江里,溅起了一星水花来。

牛老七就钻进河沙场边的小砖屋里。牛老九在铺板上睡觉,一台电风扇在摆着头扇风,条桌上放着包红金龙烟与一只打火机。

牛老七抓过桌上的打火机,把嘴上的烟点着,狠狠地吸了一口,然后又愤愤地吐出来。

牛老九醒了,从铺板上坐起来,他长得牛高马大。

"哥,船来了吗?"

牛老七摇了摇头,说了句:"还没哩!"

他不愿自己的焦躁与愤怒影响牛老九,牛老九是个头脑比较简单的人。

"老九,你在这待着,注意江上,运沙船来了就给店子打个电话。我先回去看看。"

牛老七吩咐完,跨出小屋,匆匆地离开河沙场,翻过江堤,上了公路,在路边的树荫下站住抽烟。

公路一头通往县城,一头通往省城,公路岔出的一条石子路朝江堤方向延伸,然后翻过江堤,直达江边。

潘镇是县政府在改革之年划出的一片土地而新建的,带有开发区的性质。公路从潘镇边经过。因为建镇，政府在江边设了简易码头，但停靠的船只不多。

牛老七的河沙场建在江边。建河沙场其实很简单，在江滩上弄块平地方，周围用砖头砌上简易围墙，围墙口修座小平房。平地方上堆沙，小平房里营业，再加上一台称车装沙子的地磅秤，这就是个企业。

牛老七是这个企业的经理。他的生意出奇的好。

这时代，办个企业很简单，当个经理再容易不过了，关键在于能赚钱。

可赚钱就很难很难了。赚钱的关键又在人。

比如说牛老七的河沙场，还有他在潘镇经营的孺子牛餐馆旅社能否赚钱，就在于牛老七他怎么做了。

潘镇上的那个小餐馆和旅社，由牛老七的妻子莲蓬经营。妻子还是听他的，她姓余。牛老七中学时的老师给餐馆旅社写招牌时，代他们取了个孺子牛的名字。

这名字还雅，牛老七是十几年前的初中毕业生，他懂。

县政府的政策很优惠，凡愿来潘镇办企业经商或居住的人，给你很便宜的土地让你修房子，给你办居住证。农民也可以来，当然要交些钱还要带项目。这项目包括你开个小副食店或者摆个书摊子。

牛老七带着全家最早从老家孝感农村迁到潘镇。

潘镇一直像个建筑工地。修房子需要的沙要到五十公里外的县城去拖。县城的沙质不纯，且价格不低。

牛老七在离潘镇百多公里处的下游黄沙洲拖过三年的板车。黄沙洲的沙金灿灿，颗粒匀，是建筑用的头号沙子。黄沙洲的沙取之不尽用之不竭，沿长江用船运到潘镇，这生意大有做头。

牛老七的中学老师也调到潘镇中学，他给牛老七写过孺子牛的招牌后，常到餐馆来喝酒。牛老七碰上了，就要和老师碰上几杯，有时也和老师谈谈生意上的闲话。潘镇的孝感人不多。

"老师，我要办个河沙场，要不要得？"

"要得，这是能赚钱的事，你有眼光。"已经五十多岁的老师说。

牛老七的河沙场就办起来了。

牛老七在银行贷不到款，就找潘镇的潘老大借了五万元的高利贷。

牛老七到黄沙洲找了一家黄沙公司，签了供销合同，黄沙公司用船将黄沙运到潘镇江边，每吨五十元。牛老七再把沙卖给潘镇客户，每吨七十元。

潘镇用沙的工地就到牛老七的河沙场买沙。牛老七的沙好，价格与县城的沙相同，而且方便。

牛老七的河沙场生意出奇的好。

牛老七就请他的老师到孺子牛喝酒。牛老七心里有点忐忑，觉得这钱赚得不难，恐怕要出点什么事。

"只要能赚到钱，就不要去讲究手段了。兵来将挡，水来土掩，老七你要咬着牙干。"喝干酒，老师说。

牛老七觉得老师说的话不像一个老师说的，有点玄。

牛老七在公路边的树荫下把手里的烟卷捏碎了，牙咬得格格响，想着老师说的话，寻思着办法。

一辆满载沙子的卡车从他身边驰过，那是因为他的河沙场已两天无货，要沙的客户不得不去县城的沙场拉沙。他站了不到半个小时，已有八辆满载着沙的卡车开过去了。

"牛老板，你的沙什么时候到？我们可不愿意费时费力地到县城去拖！"一辆东风大卡车在牛老七身边刹住，司机从驾驶座伸出头来喊。

牛老七满脸堆笑，说："快了！快了！我正在组织货源。"

东风卡车走了，车上满载的是沙子。

牛老七看到车上满载的是钱。从黄沙洲组织回来的沙子，牛老七每吨可以赚二十元。

看到钱就是不能赚，狗日的胡成进不送沙来，他的黄沙1号运沙船难道翻船沉江了！翻了船沉了江，淹死他个老狗日的。牛老七在心里恨恨地骂，他却没想到黄沙1号真的沉了江，还有谁给他运送沙子？那他的钱还能赚么？

黄沙1号如果没有翻船沉江，他毕竟还有指望。

黄沙洲的挖沙公司有好几个，但像黄沙1号这样能在长江里跑的船只有几艘，大多的船是在内河里跑，吨位小。

把黄沙1号争到手，牛老七可是费了旦天的力，其他的能在长江里跑的船都有了固定的主子。

黄沙1号已给牛老七跑了近两个月，每天送一船沙来，每次二百吨。牛老七每天赚多少钱，黄沙1号的船长胡成进心里是清楚的。

"牛老板，生意好呀！"胡成进说。

"小本生意，小本生意！"牛老七边给胡成进递烟点火，边谨慎地说。

胡成进吸着牛老七给他递的烟，却淡淡一笑。

牛老七看见胡成进的淡笑，心里一沉，这要出鬼的。

果然就出了鬼。前天黄沙1号没有到。

牛老七派妹夫李文武赶到黄沙洲问情况。李文武夜里来电话，说是黄沙1号出了点故障，胡成进答应第二天中午运沙过来。

李文武昨天上午赶回潘镇。但昨天中午黄沙1号没有来。今天一早，牛老七就在江边等黄沙1号，黄沙1号仍旧没有影子。

牛老七回到孺子牛餐馆旅社时，已快是下午五点了。

牛老七走进自家的餐馆时，春儿、荷叶、玉环和李文武四个人正在玩扑克，他们的玩法叫跑得快，当然也带彩，一角钱一张牌，输赢很小。餐馆此时没客人。

妻子莲蓬正在厨房里备着菜。莲蓬的名字叫得与她的身子有些关联，她的屁股大，胸脯高，都像熟透饱满的莲蓬。莲蓬的腰却不粗，皮肤白里透红，很有几分姿色。莲蓬和丈夫共同创业，是牛老七的内当家。

玩扑克的四个人中，春儿是牛老九才娶的媳妇，二十来岁，身材好脸蛋俏皮肤白，姿色超过莲蓬。玉环是李文武的老婆，是牛老七唯一的妹妹，读过高中，相貌端正。荷叶是莲蓬的妹妹，与莲蓬同一个娘，皮肤却黑，个子小，却也机灵。包括李文武在内，都是二十岁上下的年轻人。

李文武见牛老七进来，忙问："七哥，船来了吗？"

牛老七摇摇头，有些沮丧。

"文武，你昨天看了那船没有？是不是真的有故障？"

"我看到船了，是不是有故障我说不准，胡船长说得蛮肯定的，第二天一定送沙来。"李文武说。

"还第二天，现在第三天都快完了，我看姓胡的是故意使坏。"玉环说得一针见血。

"算了，你们把扑克收起来吧！"牛老七说。

"玉环，你去学校把老师叫来，我找他有事。春儿和荷叶得准备待会儿来客人好接待。你们还是要到门口去招呼，不能坐等人家上门。"牛老七说。

"七哥，老九呢？"春儿一边收牌一边问。

"在江边守着呢！"

"那我等会给他送晚饭去。"春儿对男人记挂着。

女人们走开了，牛老七问李文武："你估摸一下胡成进到底是怎么回事？"

"这狗日的说不准，反正是个蛮坏的家伙。"李文武说。

"五哥和权子呢？"

"他们在屋后砌猪圈，是春儿喊我来陪他们玩扑克的。"李文武赶紧声明。

李文武到屋后和牛老五与权子一起砌猪圈。

牛老五是牛家弟兄中活着的老大，当初牛老七带全家从孝感农村来潘镇时，牛老五因孩子多，没来。牛老七办起河沙场后，牛老五就到潘镇给牛老七帮工。

权子是荷叶还没结婚的男人。

牛老五和权子都是老实的农民。

玉环把老师请来了。牛老七就和老师上楼，开了个房间，打开空调，师生二人就聊起来。玉环把茶水和西瓜端进房间。

"运沙船还没来？"

"还没哩！把人急死了。三天损失我万把元。今晚不到，我明天就赶去，问问是怎么回事！狗日的姓胡的在整人，我还有合同哩！"

老师喝了口水，摸了摸下巴颏，沉吟了一会，又开口：

"你那合同治不了他。你与他的公司签的是供与销合同，并没涉及运输问题。黄沙1号是胡成进承包的船，他说船有故障，你是没法子的，除非你再另外想办法找船。"

"另外找船很难。为了找胡成进这艘船，我塞了他不少。如今他这样坏我的事，真他妈不够义气。"

"你塞的与你赚的比例如何？如今生意道上的人心黑。你还是要给胡成进摸顺毛，把他的心思摸准，对症下药。我看无非还是个财字。"

"我塞得太多，我就赚不了多的钱了。"

"其实他胡成进想帮你，二百吨的船可装三百吨，沙这东西不占地方。反正一船都算二百吨，你又无法去称斤两。同样，他想败你，一船也可以只装一百五十吨。在黄沙洲给运沙船装沙的工人全听胡成进的。"

牛老七赶忙给老师递烟。他心里惊叹，我这个老师不得了，他什么都知道。他怎么甘心在这个乡镇中学教书呢？他要是去经商的话，还有我们这些人的日子过吗？

"其实像我这样的人，只能说说，要是让我去经商办企业呀，可能会赔得老婆孩子都掉进去了。"老师说，"只要有赚的，就要舍得投资。财不行，还有色。"

牛老七陪老师喝酒，房间的空调开着很凉爽。

楼下餐馆的厅堂里摆的几张桌子，都已坐了客人，春儿与荷叶忙进忙出地端菜送酒，李文武也在帮忙。厨房里莲蓬站在灶上掌瓢勺，她炒起菜来，手脚不停，灵活麻利，客人点的菜，一般不会久等。而且莲蓬炒出的菜，色味香齐全，孺子牛餐馆的生意总不清淡。

春儿端菜进进出出，会惹些客人用眼光跟着她，这女子中看呢！有从省城到某县而路过潘镇歇脚吃饭的客，看到春儿的模样，在心里说：这小镇上也出如此美人呀！

轻狂些的客人，时时借点菜接菜盘的机会，免不了动手动脚，触摸春儿一下，春儿总是机灵脱身，用身体语言告诉客人要放珍重些，而脸上还是那平静的微笑。

春儿是聪颖的，很适合当服务员。

餐馆里食客们都已入座，菜也基本上齐，大家都已吆五喝六地进入境界了。作为服务员，事情已不多了。

春儿看看壁上的挂钟，已指向七点，她记挂着在江边守场的牛老九。牛老九块头大饭量也大，恐怕已经饿了。要给他送饭去了，春儿对这个大块头憨厚的丈夫很爱，心里总是记着他。

春儿到厨房，准备对嫂子说送饭的事。

莲蓬忙得汗流满面，衣服的后背也湿了。春儿对这位嫂子既尊敬也佩服，妯娌间相处得不错。

莲蓬在灶上看见春儿，忙喊：

"春儿，快给江边的老九送饭去，再不去他就要饿坏了，你不心疼我心疼呢！"莲蓬笑着递给春儿一只提把饭盒。

春儿接过饭盒，沉沉的，心里说，嫂子你想得真周到。春儿知道，饭盒里的饭菜一定不差。

"嫂子，那我就先去了啊！"春儿很亲热地说。

"快去！快去！路上注意点，天还不晚。"莲蓬正炒菜。

"荷叶，叫文斌、权子，还有五哥过来吃饭！待会儿要是船到了，他们还要出力气哩！"莲蓬盼咐道。

荷叶答应了，不一会儿，李文武、牛老五、权子到厨房边的一间小屋围桌吃饭。

"姐，给两瓶啤酒我们喝吧！"李文武不叫嫂子叫姐，表示亲热。

"荷叶，给他们拿啤酒。文武，把剩菜吃掉呀，莫糟蹋了。"莲蓬手上不停，嘴巴很少空。

李文武看到桌上有大盆的菜，眉头一皱，嘴里嘀咕："我们只有吃剩菜的命哩！里面莫有烟头。"

那盆菜是客人桌上剩下的，倒掉可惜，牛家的工人和牛老七、莲蓬都吃。

严格些说，牛老七与莲蓬是老板，余下的人都是他们的工人。

"你不吃让我和权子吃吧！我们在乡下过年过节才能吃到这样的菜呢！"牛老五盛了一碗饭，闷闷地对李文武说。

李文武连忙闭了嘴。

春儿提着饭盒来到江边,夕阳西下,江边很安静,江面在夕阳的余晖中泛着金鳞般的细浪,江风徐徐,吹在人身上很舒服。

平时堆得像山样的河沙场看不到沙子,围墙伴着一块平地,两间砖砌平房孤零零地蹲在围墙边,有点落寞。

春儿看到牛老九蹲在平房前,弓着腰,眼睛望着江面在抽烟。春儿看牛老九那个憨样,有些好笑,她踮起脚,轻悄悄地走到他背后,突然"嘿"地叫了一声。

牛老九一下站起身,把脸车过来,用眼瞪着春儿像不认识似的,倒把春儿吓了一跳。

牛老九笑了:"你想吓我!我要是吓你能把你吓死的。"

春儿挥起拳头捶在牛老九身上,骂了句:"死东西。"

牛老九在小屋里吃饭,他吃得又狠又快,好像那菜饭是他的仇人,他把它们快准狠地咬住嚼烂然后吞掉。

春儿看着牛老九的吃相,笑着说:"你饿坏了么?看你吃饭像猪一样,生怕被别人抢走了。"

"这样吃过瘾些。狗日的胡船长还不送沙来。"

"是不是得罪了胡船长,七哥急得要死。"春儿说。

"春儿,我要日你。今晚我又得在这儿守夜了。"牛老九说话不转弯子。

春儿脸红得像夕阳,嘟起嘴说:"你这人是猪,这青天白日的怎么搞?来个人多难为情。"

"这会儿还有谁来?我都忍不住了。"牛老九说着就把春儿搂进怀里,撩开了春儿的裙子。

"你说我是猪,那你就是个小母猪。"牛老九一下进入了春儿,边用劲边说。

春儿就哼哼地呻吟着。

黄沙1号运沙船正在夕阳下的长江上行驶,它傍着南岸,由东向西逆水而上,船是满载,吃水较深。这是艘铁驳子船,货舱深而宽大,适宜载煤、石头与沙。它载重量是二百吨,但装个三百吨也能行走,这点胡成进很清楚。

船尾的驾驶舱里,胡成进把着舵盘,操纵着船的行进速度。黄沙1号尖尖的船首,犁起一条浪沟,不慌不忙地朝潘镇犁去。

船上共有五个人,这五个人是胡成进的三叔,六十多岁的老头子,成天在厨房忙,做一日三顿饭。胡成进的弟弟胡前进,三十来岁,是除了胡成进之外唯一能把舵盘驾驶的。另两个是胡成进的堂弟和侄儿，都是二十来岁的小年轻。五个人里胡成进是船长，除了三叔外，胡成进对三位船员是能吼能骂，大家都乖乖听他的。

胡成进在黄沙公司承包了黄沙1号后，把在老家内河驾船的弟弟侄儿和三叔弄来，就在长江上跑起来。

黄沙公司的老板被牛老七塞了钱，指定黄沙1号跑潘镇，给牛老七运沙，每天运一趟，工作量不算重。

黄沙1号原来给另一处沙场运沙，那工作量比现在要轻，且收入要好一些。但那沙场已经关闭，人家那地方的建筑已搞完，再不需要沙了。

潘镇现在是大量需要沙的时候。

胡成进给牛老七运沙，有时超点吨位，但大多数总是平吨位。超或平，牛老七心里应该有数。牛老七每次接船也热情，烟呀酒呀猪肉呀往船上送一些，有时也三百五百元的给胡成进塞钱，那个度把握得严。胡成进觉得牛老七这个人不大方，没有多的油水捞。

胡成进给潘镇运沙，不是很下力。狗日的牛老七，老子再不会给你多装了，装多了你赚钱，老子得不到多少好处，你小气老子也不大方。

连弟弟与侄儿都在胡成进面前发牢骚，"牛老板不懂味是不是？给他运沙，好清苦呢，如今连打麻将的钱都弄不到呢！他一个月能赚了好几万哩。"

这话当着胡成进说，还有另一层意思：你这当船长的，是不是一个人得了好处，忘了手下的船员。

"少叫穷叫苦的，牛老板不就是送了几次香烟、啤酒和猪肉么！你们还要什么钱？你们每个月有工资。"胡成进说。

三叔就说："你们少打麻将，牛老板不可能额外给钱，他这做河沙生意的，也赚不了几个！"

几个发牢骚的见胡成进沉着脸，也不再说什么了。

胡成进觉得还是应该给牛老板一点味道尝尝，也平抑一下船员的怨气。

于是，第一天他宣布船有点小毛病，检修一天。

昨天本说好中午给牛老七送沙的，他一早把李文武打发回了潘镇，却宣布留三叔守船，其余人放假，回老家去待一天。今天下午三时，他才让黄沙1号起锚，给潘镇送沙。这船沙，胡成进没让装满，他估摸着只一百六七十吨，让你狗日的牛老七吃点亏，你太没把我胡某当人了。

胡成进人到中年，儿子在老家高中毕业，进了地区的师范专科学校，两个小女儿在上中学，老婆在县城石油公司当会计，他们家的经济不紧张，他两口子的收入都不错。胡成进也不是钻到钱眼里去的角色,他在外面跑船半生,更讲究是一种江湖义气。你不义气,他就要使一点坏。

看看快到潘镇那个不像码头的地方了,夕阳快要沉江。胡成进叫来了胡前进。

"你来把舵,拉三声汽笛,通知码头。"

胡前进代替胡成进驾驶,拉了三声响亮的汽笛。

胡成进从驾驶室出来,走到船甲板上,叫堂弟和侄儿准备缆绳系桩靠岸。

这时夕阳完全沉江,江面被夜色掩盖,一片朦胧。

胡成进身边是两个年轻人,一个是他的堂弟一个是他的侄儿,手里提着缆绳,好像有点兴奋。

"成哥,船今夜就停这里吧,我们不走了吧!"堂弟问。

"嗯,不走了!"胡成进点点头。

"那我们就能去镇上潇洒一回了。"侄儿说。

"这里有个屁潇洒的,像一个建筑工地,到处堆的是石头砖块,到处竖的是没建成功的楼房,走路都绊脚。"

"就没个舞厅和唱卡拉 OK 的地方么?"堂弟说。

"有哇,但是现在还正修着,正等我们运沙子来呢!你们待会上去找,找到了就去跳去唱嘛!"胡成进说。

"不上去玩,在这江边待着,有个意思。要不成叔你陪我们打麻将。"

"想赢老子的钱?你手艺还差点。不过今天没空,牛老七肯定是要缠我的,我今天要好好地点化他一下,为我们大家都争点利益才好!"

"好,注意,船靠岸了,系缆绳。"胡成进指挥着。

黄沙1号陡地拉响的三声汽笛,把正靠着桌子忙活的春儿和牛老九吓了一跳。牛老九忙扯起裤子系上,春儿满面通红地把裙子理好,顺了顺头发,横了牛老九一眼。

牛老九没顾得上春儿,打开平房的门朝江面上一望,对春儿说:"春儿,运沙船到了,我给七哥打电话,你快回去!"

牛老九给牛老七打通了手机,然后跑出门。

牛老九跑出门,嘴里骂着:"个狗日的胡船长,两天不来,这一来就晚上来,老子们今天夜里是不能睡觉了。"

春儿叹了口气,把饭盒收拾好,就着灯光,把平房地上可疑的痕迹用脚擦去。这个粗人呐,快活过了,就不管别人了。春儿再次理了理衣裙和头发,提着饭盒慢慢地走出平房,看牛老九已跑向江边了,就离了沙场回潘镇。

这个时候，正好是运沙船往岸边靠的当儿，简易趸船上的灯亮得光明，胡成进在甲板上看两个年轻人紧缆系缆，同时他也看见牛老九朝船边跑过来，嘴里嚷嚷着。

牛老九嘴里嚷着什么胡成进没听到，胡成进是看到春儿从平房里提着饭盒出来，朝船这边看了一眼，后又袅袅婷婷地朝潘镇走去了。

好俏丽的娘们，胡成进心里一动。

牛老九已经过来了。胡成进从运沙船跳到趸船上站定，牛老九就嚷嚷：

"胡船长你来了，我们可是盼星星盼月亮呀。我在这里等你三天，我们三天无货供应，损失大哟！"

"哎呀，我还不是急得不得了！前天船出了故障开不动。昨天船没修好，今天下午三点才修好，我们连气都没喘一口就来了。"胡成进听牛老九说损失大，心想就是要你们晓得厉害。待会牛老七来了还要叫的。

"老九哇，你快去通知老七来卸沙吧，早点卸完我们好早点赶回去，争取给你们多运几趟嘛！"

"马上就来，我已经给我哥打了电话了，我老婆回去也会说的。"牛老九身上只有红金龙牌烟，只好给胡成进和两个系缆绳的年轻人递过去。胡成进接了烟，心里忖着刚才那个俏娘们原来是老九的媳妇！这个憨老九有艳福哩！

两个年轻人看牛老九递过来是红金龙烟，懒得接。

大约10分钟的样子，牛老七带着牛老五、李文武、权子，肩上扛着铲沙锹来了。

牛老九把卸沙用的传动带式机器推过来了，将那机器一头对着围墙内的平场，一头对着运沙船的船舱，然后把发动机什么的准备好，就开始卸沙了。

卸沙的人分两班，牛老九和权子先跳进船舱，把那沙子用大板锹铲了，扔到传动机的带子上，那带子呈凹形，把沙送到岸上的平场里。

牛老五和李文武就接他们的班，轮流铲沙轮流歇口气。

出乎胡成进的意料，牛老七见到他，并没有像牛老九那样叫损失抱怨，一句这方面的话都没说。

牛老七笑微微地走过来，给胡成进和两个年轻船员递烟，口里说着"辛苦了辛苦了"的话。

两个年轻人见牛老七递的是黄鹤楼软包装的烟，就接了。

牛老七还跳上沙船，给船上的胡前进和三叔递烟。

牛老七递完烟，对三叔说："明天早上我再送两箱啤酒和肉菜来，生活不能差，你们跑船的辛苦呢！"

做完这一切，牛老七才再上岸，和胡成进站一起，点着烟，吸了一口说："听说船出了点故障是吧！修好了么？"

"抢修了一下，这不，下午三点才修好，我就赶着来了，怕耽误你牛老板的生意呢！"

"嘿，不谈什么生意，都是过日子活人。今夜这里你就不管了，跟我去，我们弄点酒，弟兄伙的好好喝一喝。"牛老七拉着胡成进的胳膊就要走。

胡成进说："那我对他们说一声！"

"三叔，您老就早点休息呀！你们几个要是上岸去玩，就早点回船。明天早上我们开船，下午再给牛老板送沙来。"

胡成进说过后，就和牛老七一起朝潘镇走了。

胡成进跟牛老七走进孺子牛餐馆的厅堂时，吃晚饭的客人已经走净了，餐馆里是牛家的自己人在吃饭。看见胡成进，莲蓬和玉环赶忙站起身打招呼：

"胡船长来了，稀客稀客，吃饭了么？"

"都八点钟了你们才吃呀！我在船上吃过了。"胡成进答。

荷叶没起身，朝胡成进笑了笑，又吃她的饭。

只有春儿没和胡成进打招呼，她用一双大眼看了胡成进一下，胡成进却一下子盯上了她，那眼里分明有一种内容。

莲蓬忙介绍说："这是给我们运沙的胡船长，这是春儿，老九的媳妇。"

胡成进又看了看春儿，才知道她就是刚才在江边的那个女人，这小娘们耐看。

"啊，老九媳妇呀，过去没见过。"胡成进站了站。

"才过门不久呢！"莲蓬说。

荷叶和玉环笑了。春儿脸红了红，分外好看。

这一切都被牛老七看在眼里。牛老七说：

"我带胡船长上去休息一会，你们送些西瓜和饮料上来。11点钟，跟我们弄点酒菜，我陪胡船长喝两杯。"

牛老七带胡成进上了二楼，胡成进上楼时又看了一眼春儿，看得牛老七心里发毛。个狗日的！牛老七心中骂。

二楼有几个房间，作旅社用。天气太热，潘镇又正在建设中，很少有客人来。牛老七把胡成进带进一个房间，空调早已开了。牛老七让胡成进坐了沙发竹椅，然后递烟，点火。

"胡船长，条件差呢，将就着休息一下吧，我去去就来。"

牛老七出了胡成进的房间，转身进了另一个房间。

老师还在房间里，酒已喝好了，正在点着烟休息。

"老师，没喝好吧，运沙船来了，我陪了个半截子。"

"喝好了喝好了，你忙吧老七，要不我先走了。"

"老师，我把胡船长请来了，在东头那个房间里坐着哩。您见不见一下？"

老师略一沉吟，说："摆麻将桌，你上我上，再找个人陪陪。我来真的，你得设法送几个给他，让他赢。我来会一会这个船长。"

牛老七从楼上下到一楼厅堂，厅堂里的饭已吃完。莲蓬正在切西瓜拿饮料。

"玉环荷叶，你们马上去东头1号房里，把清洁做一做，把西瓜饮料都拿上去，把房间里的电动麻将桌打开。"

莲蓬朝牛老七望了望。牛老七顿了顿，看了看春儿一眼，说："你去洗把脸，待会上去陪我们打麻将。"

春儿说："我打不好！"

"老师和我都在，不怕。你想怎么打就怎么打，输了算我的，赢了归你得。这三千元你先拿上。"牛老七把一叠百元的票子递给春儿。

春儿其实是很喜爱麻将的，在娘家村里时，与女伴们打麻将上过瘾，不过那都是玩一角两角的。如今有这等好事，心里是喜的，就接了钱，回房间去梳洗去了。

莲蓬望着牛老七。

"要把这个狗日的胡船长拿住，要舍得本钱。"牛老七说。

莲蓬点点头。"江边卸沙的怕要送一次吃的去。"她说。

"你就和玉环荷叶办吧！"牛老七说完就上楼。

春儿穿上一件淡绿无袖连衣裙，和老师、牛老七一起到麻将室里，说陪胡成进玩麻将时，胡成进眼睛都放出了光彩。胡成进显得很兴奋，浑身流动着一种畅快，这将是个十分愉快的乡镇之夜，胡成进想。

"潘镇这地方小，正在建设，委屈胡船长了。"在牛老七把胡成进和老师做了互相介绍之后，老师这样说。

"这地方好，清静。"胡成进说。

"潘镇连个像样的歌舞厅都没有。胡船长我们陪你玩玩麻将，不来大的，只玩一块钱开一口的，混混时间好吧！"牛老七说。

一块开一口！妈呀，弄不好一晚要输三四千块钱。春儿心里想。但她明白自己今晚主要是陪玩，输了没关系。她一面微笑着和胡成进搭话，一面把麻将桌中间的按钮按下，码好的麻将立即从牌桌肚里升起来。

"胡船长手下留情呀！"春儿笑着说。

"哪里哪里，玩玩混混时间，友谊为重。我的牌玩得臭，春儿多配合嘛！"胡成进望着春儿，开着玩笑。

先各人摸一张牌定下东南西北的位置。

老师在东，牛老七在南，春儿在西，胡成进在北。春儿是胡成进的上家。

哗啦哗啦的洗牌声在夜晚显得清脆而有韵律。

老师玩得很认真，眼睛不断地观察着牌场的变化，他一开始就连着和了几个小和。

春儿玩得很投入，有几次她的牌不错，大和已经听了，但硬是没和成，被老师的小和搅了。

胡成进的感觉很好，开始时起的牌虽然不怎么好，但他无意去和小和，就一边欣赏着春儿出牌，一边等着机会和大和。

胡成进连着和了几个大和，老师点了他一炮，牛老七点了他一炮。他自己又来了个两杠开花。

胡成进很高兴，千把块钱已经到手了。

春儿有些急了，嘴里叨叨着："硬是起不到牌，和不成！"

"你不能只图大和，小和能和就和几盘再说。"胡成进开导她说，然后瞅准了春儿要和的牌，连点春儿三个小和的炮。

春儿就笑逐颜开了。

四圈牌重摸风，春儿就到了胡成进的下家了。

第一个风四圈牌，老师略赢几百块钱，春儿略输几百块钱。牛老七基本没和牌，输了两千多元，胡成进是大赢家。

第二个风开始后，胡成进就不怎么和牌了。胡成进心里有数，这是想让我高兴，故意输钱给我。胡成进这人有点怪，对这种做法不以为然，他今晚决计不赢钱，这种玩意是幼儿园的游戏，他不感兴趣。

能有春儿陪着玩玩，就是一种愉悦，胡成进这个人严格说，也不太坏，他不贪财，特别是不愿要不义之财，点把小便宜他也不拒绝。胡成进喜欢女人，但也不胡乱瞎搞，有机会有条件也玩女人。跑船的人，长年在外，家不在身边，能完全禁女色也难。

胡成进故意不给牛老七送沙，是种说不清的心理。他知道少给牛老七送一船沙，牛老七就会少赚几千元的钱。两个月来，牛老七也赚了近十万了吧！可牛老七出手不大方，给点小油水，这点吃的东西，胡成进看不起，就成心玩他一下。今天想用玩麻将来送钱，胡成进不想领受好意。

胡成进今晚的兴趣在春儿身上，他要让春儿愉快。

胡成进稳稳地把握自己的牌，能和牌时也不和，听了和时，也拆得不听和。牛老七的原则是自己不和，要让胡成进多和。老师呢，只和点小和，使自己不输。

春儿就玩得很顺手了。和小和时，想要什么牌，上家胡成进就打什么牌，让春儿吃，让春儿很快就和。

春儿打条一色，已经倒了两句条子了，按规定，谁打第三句条子就该谁包。这当儿，胡成进打出一张条子，春儿又吃了，并兴奋地叫：

"胡船长，这回我的清一色该你一个人包赔了。"

"没问题，我敢出牌，我就敢包赔！"胡成进笑着说。

转手，春儿条子自摸，高兴地一推牌，和了。

胡成进一个人赔春儿四百多块钱。

春儿连着赢，脸上兴奋得放光，胡成进看在眼里，恨不得把春儿搂过来，放在怀里坐着。

最后的结局是：春儿赢了一千来块钱，胡成进保本，老师赢了千把多块钱，牛老七当然只有输了。

牛老七输得心里有点乱。

胡成进睡了，春儿回家了。

牛老七送老师到街上。

老师说："胡船长看来瞧不上小钱。给他大钱你又用不着，你拢共才赚那么一点。这家伙喜欢漂亮女人。老七，想把这个家伙拿住，只有用女人啦！舍不得孩子打不了狼。"

凌晨五时多，牛老五牛老九李文武权子四个才从江边回来，他们一身的疲倦，倒床便睡。黄沙1号近两百吨黄沙，是他们一锹一锹地卸净的。

他们得抓紧时间睡，上午八时后，潘镇会有许多车辆到河沙场拖沙，他们又得去装车。

当然，他们也可以在装车的间隙轮流在那平房里睡觉的。都是干体力活的，他们的体力恢复得也快。在牛老七这里吃一份饭，拿两千元的工资，哪里能享福呢！

从内心的想法看，李文武是巴不得黄沙1号经常停运，不来潘镇，那么他们就可以休息，无沙可卸无沙可装。

胡成进早晨起来后，牛老七陪他吃了早点。

"牛老板，我走了。谢谢你的招待啊！今天下午我再送一船沙来。"胡成进和牛老七一边说话，一边用眼睛在餐馆厅堂里寻找，他没见到春儿。只有玉环和荷叶在忙着。

莲蓬从厨房出来送胡成进，说着："胡船长，好走。"

春儿呢？早晨怎么没见到她，这俏娘们让人看了舒服。胡成进回到船上，牛老七已把两条烟两箱啤酒和一大块猪肉送来了。胡成进让胡前进把舵盘，开航回黄沙洲，他到舱室的小床上躺着休息，心里还想着春儿。

春儿早晨不在孺子牛餐馆。天还没亮时，她娘家村里有人到潘镇，给她带了口信：她弟弟考上了大学，但是属于独立学院之类的，学费较高，家里没钱，她爹要她回去商量办法。

春儿给莲蓬打了个招呼，就急匆匆地赶回娘家去了。

春儿姐弟二人，父母亲是老实的种田人。父亲十几年前修水利，把腰摔伤了，做事出不了大力。一家人在土地里讨生活，日子过得总是紧巴巴的。

春儿的弟弟秋儿，读书到高中毕业。按春儿爹的想法是，秋儿应该回村种田或出外打工，不要读书了，农村读书读得出去么？大学不是为秋儿这样的人办的。

春儿坚决要弟弟读书。大学为什么不是为农村人办的？农村人就是要上大学。春儿说："秋儿你努力读书，将来考大学。"

爹说："说得轻巧，考上大学哪有钱上啊！"

"我去赚钱，供秋儿上学。"春儿斩钉截铁地说。

秋儿果然被省城的一家三类大学录取，但这家大学要交的学费不低。

"要多少钱？"爹问。

"进学校交一万七千元。每月住宿与吃饭也要上千元。"秋儿说。

爹和娘吓得张开嘴半天合不上去。

"一万七千块钱，你把我和你娘卖了都值不了这个钱。"爹说，"我早就说过大学不是给你这样的人办的。"

秋儿就拿着录取通知书哭，连饭也不吃。

于是爹就托人带信，叫春儿回家一趟，劝劝秋儿。

"姐，你说弄钱给我读书的呢。"秋儿见了春儿，第一句话就这么哭着问。

春儿看了秋儿的入学通知书和报到时交的钱数，也惊呆了。这么多的钱，我哪里去弄啊？

"秋儿，算了算了。你姐姐又没开银行，她哪去变钱去。你明天跟你姐去，让你姐夫在河沙场或餐馆找个事做，赚点钱。"爹和娘都劝秋儿。

春儿抱着比她还高的秋儿的肩膀，静静地说：

"秋儿你莫哭，真的莫哭。你是个大学生哩。我要给你想办法，姐一走要让你去上大学。"

爹、娘和秋儿这时候都瞪着眼睛望春儿，看她有什么办法。

吃完早饭，牛老七送走了胡成进的船就跑到潘镇的几个建筑工地，告诉工头说：

"伙计，黄沙洲的沙昨夜里运到了，你们今天要沙就去拖。老价钱，肯定比你们到县城沙场要划算。"

"牛老板，你要天天保证供应才行，可别再缺货呀！"工头说。

"不会的！前两天是船坏了，船现在修好了，保证供应。"牛老七说完，就匆匆回到家，准备着喊牛老五几个人起床，到河沙场装车售沙。

牛老七这天的生意火烘烘的好，下午三点不到，场子里的沙全部被人拖光。

牛老七对累得有些歪歪倒倒的牛老五牛老九李文武权子四个人说："晚饭叫莲蓬弄些好菜饭你们吃。你们现在赶快回去睡觉，夜里沙船来了你们还要卸沙。"

李文武跟着牛老五三人往潘镇走，心里说：这就是资本家的剥削与压榨。你是工人，就得给他死干，赚的钱是他的，你得的工资很少，你吃的是他的餐馆里客人吃剩下的饭菜。你还不好说他什么，他是你的亲戚或兄弟，你好像还要感谢他，是他给了你一个工作的机会。

将来我要当老板，我也要这样干。李文武心里说。

下午三点钟后，牛老七的河沙场又是光溜的，白花花的太阳照在残剩的沙粒上，反射灼人的光。江边很安静，牛老七在江边走动着，没有昨天下午的那种焦虑和咬牙切齿的怒骂。

牛老七眺望着一泻千里的长江，江面上来往航行的大小船只。太阳光在浪尖上跳动，江浪哗哗像吞吃着一缕缕的阳光。牛老七心里此刻有种欲望和力量，他也要向前奔泻，也要吞吃一种东西。他是个农民，他是个拉板车起家的农民，他吃过许多苦，他受过别人的剥削和欺诈甚至污辱，他是在污泥浊水中爬上岸的。

牛老七上岸了，他觉得自己是上岸了。他觉得自己还很弱小还不强大，他要更有力量些要更强大些，他就要吞吃东西。哗哗哗哗，就像江浪吞吃着阳光。

要想壮大些，就要把住胡成进。把住胡成进，他的河沙场就能兴旺发达地办下去。办河沙场能赚钱，从办的两个月情形来看，牛老七认为这是个太有赚头的生意。如果不出意外问题，让他经营一年，牛老七就觉得自己比较壮大了，他的根基就会要牢靠一些。

舍不得孩子打不到狼。套住胡成进，就要舍得孩子，牛老七在长江边一遍一遍地想。

牛老七一个人在河沙场守场子,晚饭是荷叶送来的。

"他们几个起来没有?还在睡么?"牛老七边吃饭边和荷叶说话。

"还在睡呢!"

"回去后就叫他们起来,让他们吃饭,待会船来了要他们来卸沙的。"

"好。"荷叶点头。

"春儿回来没有?"

"还没有哩。听说她弟弟上大学要交钱,春儿回去想法子去了。"

"是这样!"牛老七应了一声。

"改改从县城回来了,今天是星期六。"

改改是牛老七和莲蓬的独生儿子。牛老七通过老师的关系,把儿子弄到县城上初中,平时住校。

牛老七吃完了饭,看看表。七点多钟,运沙船也快来了吧!他让荷叶提着饭盒回去,叫牛老五他们早点起来吃饭,准备干活。

当夜幕降落江面,近八点钟的时候,黄沙1号拉响了三声汽笛,表示它的到来。

牛老七赶忙开了简易趸船上的灯,站在趸船上迎接胡成进的到来。

沙船靠好岸后,胡成进从船上跳下来,情绪很不错。他接过牛老七递的烟,朝牛老七扬了扬张开的手指。

"牛老板,今天至少给你多装了这个数。"

"辛苦辛苦胡船长,兄弟不会忘了你给的好处。"牛老七谦卑地说。

"走,伙计,今晚还是去玩麻将,混时间,把你昨天输的钱赢回来。"胡成进兴致很高。

牛老五牛老九李文武权子四人,连夜卸沙船。

牛老七老师和玉环,陪胡成进玩麻将。

"春儿呢?"胡成进问。

"春儿回娘家去了,她娘家有点事儿。"牛老七说。

胡成进立刻像泄了气的皮球,兴致提不起来了。

牛老七看在眼里,小心翼翼地陪着胡成进。

春儿从娘家匆匆回到潘镇,一进孺子牛餐馆,见到莲蓬时,眼睛红红的。莲蓬吓了一跳,春儿回娘家不到两天,面色憔悴,人瘦了一截,头发乱蓬蓬的也没梳理。

"怎么了春儿?家里出了什么事情?"莲蓬关切地问。

"嫂子,也没什么大事,却又是急死人的事。"春儿说,"秋儿考上了省里的大学,这入学费要交一万七千块,以后还要每月近千元的住宿生活费。"

"嚰,上个大学要这么多的钱,我的天哪!"

"秋儿想去,哭得连饭也不吃,我爹我娘没有法子,找我回去。嫂子,这事你帮我想个什么法子,我是非要支持秋儿去读书不可的。"春儿说着,红红的眼睛里有泪水溢出。

莲蓬忙安慰春儿:"快别难过,我们一起想法子。你先回去洗洗脸收拾一下,我跟你七哥再说说,这钱太多,还不晓得拿不拿得出来。"

"七哥呢?"

"他又急颠颠的不知跑哪去了!那个胡船长昨天又不送沙来,今天还不晓得来不来?一天不来,就损失几千块呢。"莲蓬说。

"胡船长在搞鬼名堂呢。"春儿说。

春儿回到属于她和牛老九的家。那家是修在孺子牛餐馆旅社后面的一幢五间的平房,春儿牛老九住其中一间,其余几间由牛老五李文武玉环和权子住着。

春儿用钥匙开了门,见牛老九在床上睡着还在打鼾。春儿上前捏了捏牛老九的鼻子,牛老九醒了,见是春儿,高兴得爬起来抱住了她。

春儿却在牛老九怀里流眼泪。

"怎么了春儿?"牛老九急煎煎地问。

春儿就把秋儿上大学要钱的事说了。

牛老九不做声了。牛老九是个老实憨厚的庄稼汉子,干活出力是好手,可他一辈子也没见过春儿说的那么多钱。一万七千块钱,哪里去弄啊!

"老九。你要想法子咧。"春儿眼红红地说。

"春儿,你说想个么法子呢?把我们手头的钱全部给秋儿,也还是差得好远啊!"牛老九着急,他看到春儿那样子,心里很难过。

"老九,我刚才对莲蓬嫂子说了,你再去对七哥说一下。只有先找他们借,然后我们两人再给他们帮工,还!"春儿说,边说边偎着牛老九的胸脯。

"七哥这会儿正恼火,个狗日的胡船长又在捣蛋,不送沙来。七哥拿他没法子。待会我去找七哥,一定去,莫急春儿。"牛老九把春儿抱着,上了床。

春儿在牛老九的身子下边,听任牛老九去动作,春儿在想胡成进。这个胡船长,送一会沙子又不送了,这分明是在搞名堂呢!她想起胡成进看她时的那种色迷迷的眼光,她陪他玩麻将时他故意点炮让她和牌时的情景。这个胡船长不好对付,七哥要想把河沙场办下去,兴旺发达,非得把胡船长拿住。

牛老九做完事之后,又躺在床上睡着了,他难得有大白天睡觉的机会。春儿从床上起来，打水洗了洗脸和身子，然后对镜梳头，淡淡地妆扮了下自己，就锁门到前面屋里，去忙餐馆里的事情。

玉环、荷叶见了春儿，都主动问些她家里的事，春儿都一一说了，几个人感叹一番：这大学一般人家读不起呢！

中午有客人来吃饭，大家都忙活起来。

牛老七此时在楼上的一个房间里睡觉。所谓睡觉，只是躺着，并没有睡着。狗日的胡成进又在捣鬼，按常规他昨晚应送沙来，结果没有来。今早上沙场又无沙供应，潘镇要沙的客户就开始骂他了：牛老七你这样三天打鱼两天晒网的，一时有沙，一时无沙可不行呢，我们只有去县城拖沙了，你打乱了我们的计划呢。

牛老七只好赔笑脸：各位朋友，不是我牛老七的错，是那狗日的河沙船呢，突然的又不来了，连个招呼也不打。前次是船出了问题，这次怕也是船的毛病。我马上联系，沙一来我就通知大家。对不起！对不起！

牛老七给胡成进打手机，手机关机。牛老七就给黄沙洲的黄沙公司打电话。黄沙公司的供应科张科长接的电话，张科长是牛老七的熟人，得过牛老七的不少好处。张科长在电话里说："你个牛老七哟，这点本事都没有哇？你把胡成进照顾好点么！他这个人啦，不服狠，人也不坏，也不贪大钱，只有点把爱好，喜欢漂亮点的女人，其实很好照顾嘛。"

"我的科长大哥哟，我是小心翼翼地照顾的呀！我给他打手机他关了机，没有法子我的科长，请你一定想法通知他，请他无论如何今晚给我送沙来啊！我求你了科长大哥，下次来请你喝酒。"牛老七在电话里说好话。

"好，我去转达吧！"供应科长答应了。

打完电话，牛老七就被莲蓬叫过去了。莲蓬在厨房边的小屋里告诉牛老七，说是春儿回来了，春儿的弟弟考上了省城一个大学，要交费，一万七千块钱。春儿希望他们能想法子帮助。

牛老七的眉头紧皱了。牛老七说："天哪，一万七千块，我办河沙场才找人借五万块呢！上个大学要这么多钱哪。"

"生得太亲了，老九是你的弟弟，秋儿是她的弟弟，老七，能筹一点就帮助他们一下吧，我们尽心尽力。"莲蓬望着丈夫的脸，轻声柔语地说。

牛老七想到了胡成进那看春儿的眼光，突然血往脑袋上涌，他心里一动。用春儿拴住胡成进。牛老七默不做声，他要仔细想想，他的老师不是说：舍不了孩子打不了狼么？

"莲蓬，我先到楼上房里去躺一下，有些事我要好好想想，安排安排。你告诉春儿，叫她先别急，办法总会有的。你把中午的客人招呼好，忙完了，到房间里来找我，我们再好好商量商量。"牛老七说完就上了楼。

牛老七睡不成，他头脑中有两个声音在交锋。

牛老七，你要发财就要闭起眼睛咬着牙这么干。让春儿陪胡成进睡觉，把胡成进缠住，让他每天按时运沙来，每次运沙都多运那么几十百把吨。能这么坚持个一年半载，牛老七，你能赚好多万呢！春儿那里也好说，她不是缺钱让弟弟上学么？你就借钱给她，对她说清楚，这钱是报酬，也不要她还了，只要她缠住胡成进就行。一个声音这样说。

牛老七你他妈王八蛋，春儿可是你的亲弟媳啊，你要她去陪胡成进睡觉，你这是干什么？你这是逼良为娼，你这是有辱祖宗卑鄙无耻丧尽天良啊！你没有人格，你见钱眼开，你要钱不要脸面了。一个声音在痛骂。

牛老七躺在床上，让空调呼呼地吹着风，两个声音在打架，他的头都是昏的。

胡成进这么样捣蛋，不想个办法，要沙的客户如果都烦了，不买他的沙，都去县城河沙场拖，牛老七你的河沙场就关门吧！

现在都什么时代了，还讲究什么脸面人格尊严的？笑话。有多少大学生研究生女孩凭自己的脸蛋身子到南方去赚够了钱，再出国，再回内地当老板，她们都是陪有钱人睡觉，那些报纸杂志上不这样登着的吗？只要有钱，什么事都可以做，何况只牺牲一个春儿？

第一个声音越说越有劲了：何况你这样做，也是帮助春儿，她的弟弟要上大学啊！她不这样做，她弟弟哪来那么多的钱去读书！牛老七你要当机立断啊！

第二个声音只是不断地痛骂牛老七，但那骂声却有点软弱无力了。骂，骂不出钱来啊！

已是下午两点钟了，牛老七听到有脚步声传来。牛老七熟悉这脚步声，这是莲蓬的脚步，莲蓬朝他走来。

牛老七从床上起来，他已经决定要怎么做了。

还是那句话，舍不了孩子打不了狼。

莲蓬推门进来，手里还端着饭菜。

"吃饭吧。"莲蓬说。

牛老七一边吃饭，一边和莲蓬说话，把自己的主意对莲蓬说了。

莲蓬没有表现出牛老七所想象的那么多惊讶。

"是不是这么定了？"莲蓬问。

"只能这么办了！"牛老七说。

"我去把她叫来，我们一起对她说。"莲蓬说。

牛老七点点头。对于莲蓬的态度，牛老七心里感到些许宽慰。

不一会，春儿和莲蓬一起走进房间。

莲蓬轻言细语不慌不忙地说了牛老七的打算。

春儿满脸通红，有些坐不住了。

牛老七在一边默不做声，埋头抽烟，但显得很不自在。

"为了秋儿上大学，能有什么办法呢？"莲蓬说。

春儿哭了，伏在莲蓬的肩头哭了。

"嫂子！我是一定要叫秋儿上大学的，我是没有法子啊！"春儿哭得好伤心。

"这事只有我和你嫂子晓得，不能让任何人晓得这事，特别是不能叫老九晓得。"牛老七说。

立秋之后，虽说夜晚凉快了许多，但白天的气温仍然不低，热乎乎的风，热乎乎的气流。

在一个夏天里，潘镇在平坦的土地上生长，道路铺起了，楼房盖起了，各种商店饭馆旅社兴起了，潘镇越来越像个城镇了。

潘镇的建设还在继续扩大，新的地基开挖，新的脚手架搭起来。牛老七很忙，忙而不乱。他的河沙场处在了发展的高峰期。胡成进的黄沙1号再也没有出毛病了，每天晚上八点左右准时到达潘镇江边简易码头。胡成进对迎在码头边的牛老七说："这船检修后，发动机现在没一点故障了，咱们按合同办，每天一船沙，决不会延误的。"

牛老七递上烟，说："胡船长，全靠你支持了！"

于是牛老七就把成条的香烟和成箱的啤酒．还有肉呀菜的送到船上。胡成进的三叔接过东西，口里说着多谢牛老板，又让你破费了。

牛老九、牛老五、李文武和权子早作好了准备，握锹上船卸沙，传动机的凹形带子把沙送到沙场里，空空的沙场慢慢就堆起了沙堆。

最近的沙船，装得满满的，每次绝不止二百吨。

卸着沙的李文武心里嘀咕：这姓胡的肯定得了七哥的大好处了，要不怎么天天超载装沙，这是给七哥送钱哩！只苦了我们这打工的，每天要多卸沙多装沙。

卸沙的当儿，胡前进就带两个年轻人上岸逛潘镇，胡成进规定他们晚十一点回到船上。胡成进自己就跟随牛老七到孺子牛饭馆，在楼上东头的那间1号房里玩麻将，作陪的总是牛老七、老师和春儿。

玩麻将到一点的时候，胡成进就在东头2号房间里睡觉。

牛老七就送老师，这对昔日的师生有时对几句话。

"春儿的弟弟秋儿上学了吧?"

"上了,每月还给一千元生活费!"

"进项怎么样?"

"还可以。只要姓胡的每天准时送沙来,这进项就不愁。这些时,他每次都多装一些。"

"情绪还好嘛,正在兴头上,要把准点呢!"

"莲蓬问过春儿,姓胡的真的动了情呢。我担心老九。"

"老九要招护好,万万不能出事。"

"这三千块钱你拿上,天天麻烦你来作陪。"

"我们之间是什么关系?你别客气了,我每天来也散散心么!马上也要退休了。"老师与牛老七推扯了一下,收了钱,装进口袋里。

"老师退了休,如不嫌弃,到我这里来做点事。"

"好,到时候我说不定来给你做点事的。"

牛老七送走老师,回到他和莲蓬住的房子。孩子在县城上学,莲蓬已处理完餐馆和旅社的一应活路,在灯下等他。两口子上床睡觉。

"今天营业收入怎么样?"牛老七问。

"不错,这几天吃饭的人多,中午晚上总有好几桌。旅社每天也能住满几个房间。今天有千把多块钱净收入呢!"莲蓬算了算,说。

"还真不少呢。累了吧!睡。"

"累了!天天总是累!睡。"

早上起来,牛老七送走胡成进和黄沙1号沙船,就到潘镇几处建筑工地通知工头,今天给他们几车沙,叫他们带支票或钱先到玉环那里办手续,再去沙场拖沙。

牛老七的河沙场,生意太好了,沙子只能是提前预定,然后交钱运沙。

牛老七让自己的妹妹玉环管账,只有玉环心里清楚,牛老七的河沙场近来赚了多少钱。

当然牛老七自己心里也清楚。

早饭后,牛老七就和他的四个工人,也是弟兄的牛老九、牛老五、李文武、权子待在河沙场。他把四个人的工作时间作了点调整,让他们每人每天能保证充足的睡眠,休息好,不能太累。因为工作是长期的,长期的累,必定难以坚持下去。

河沙场旁边的平房里总是有床铺。晚上卸沙时,只需要两个人,另两个人就睡觉,然后轮换。白天给来拖沙的汽车装沙时,也只需两个人,四个人也是轮流地休息工作。

牛老七在河沙场的工作是司磅,他收下拖沙司机交给的提沙单,然后把车装到一定的吨位。司机的提沙单是在玉环那儿开来的。

牛老七一直忙到沙河场上的沙子全部被拖完为止。

日子就这么不急不忙平平缓缓地过去了。长江之水天天东流,时缓时急,总是波翻浪涌。生活之波天天泛起,时变时新,总是故事迭出。

在一个很平常的秋夜,凌晨两三点钟的样子。牛老九和李文武在江边卸沙,狠干了一通。看看余下的工作量由牛老五和权子干,不很多了,牛老九喊醒了他们接班,与李文武休息。

牛老九先到江水里洗了个澡,洗得很舒畅,回到平房里时,见李文武已睡着,还打起了呼噜。牛老九就躺在另一张铺上,闭目休息。

牛老九睡眠是出奇得好,往日一上床就睡着,这天却怎么也入不了眠,他想春儿了,他想要春儿。

牛老九爬起来,在夜色中悄悄地出了平房,朝潘镇走去。他很快到了自己的家,他想象此时春儿一定四仰八叉地睡着了,春儿美丽的身子使牛老九热血沸腾。

牛老九打开屋门,屋里却空空如也,春儿不在家。

这么深更半夜,春儿哪去了呢?真是奇怪。

牛老九走出屋,他住的屋子旁边一间是荷叶住的小房,荷叶可能知道春儿哪去了,说不定春儿是回娘家去了的。

牛老九敲了敲荷叶的房门。

"谁呀?"荷叶睡意朦胧地问。

"荷叶,我是老九。春儿哪去了?你晓不晓得!"

"春儿是不是陪胡船长他们打麻将还没回来?"荷叶说。

"他们在哪里打麻将呀?"

"在旅社楼上东头那间房子里。"荷叶打了个呵欠。

牛老九欲见春儿心切,心想现在什么时候了,还打麻将,难道打通宵,不睡一下么?

牛老九是个粗人,粗人心也细,他去找春儿,并不想惊动别人。他放轻了脚步,悄悄地爬到旅社楼上。楼上的房间都黑着灯,东头的那间房也黑着灯,并无麻将牌的哗哗声。难道他们在另外的地方玩麻将?牛老九疑惑地想。

牛老九正准备走时,东头房间里的一种声音留住了他的脚步。他仔细地听了听,那是一种他很熟悉的低吟声。

也是该当要出事。平时春儿与胡成进云雨一番后。就要回家去睡的。这天胡成进吃了一种什么药，夜里和春儿在一起时，有点没完没了，掀起一次次浪潮。凌晨的睡梦中，胡成进又翻到春儿身上，春儿情不自禁地发出了低微的呻吟声。

牛老九在门外听清了那声音是春儿的时，头不由得变得巴斗大了，浑身的血液咆哮狂奔欲出，他变成了一头发怒的狮子。牛老九想也没想，飞起一脚，将那房间门板踢开，顺手把房灯按钮开了。

双人床上，胡成进黝黑的身躯趴压在春儿白腻的身子上，突如其来的变故，胡成进吓呆了。春儿一眼看清了事态的危险，把胡成进从自己身上推下去，抓起床头的连衣裙，往赤裸的身上一套，飞也似的跑了，连鞋也没顾上穿。春儿心里叫着：天哪！天哪！要出事了。

春儿还没来得及下楼，只听得牛老九狂叫的"啊"声撕破夜空，惊心动魄。接着又听到"扑通"一响，一件什么东西被扔到楼下的水泥地坪上，夜又归于暂时的安静了。

牛老七和莲蓬最先听见声音是发自旅社楼上，等他们跑出来一看，只见春儿披头散发赤着双脚惊恐地缩在楼道里。而楼下水泥地坪上，赤裸的胡成进头颅开花，倒在血泊中。

莲蓬听到牛老七不断地叫着："我的河沙场啊！我的河沙场啊！"

回 家 过 年

在老家四方村，在刘家我这一辈兄弟们中，我排行老大。我离家乡到武汉有20多年了，但老家的情况，我基本上是随时了解着的。兄弟们经常到我这里来，那个位于金水河畔的四方村，离武汉也就30多公里路。

四方村有十来个青壮年农民，在新洲县一个农民建筑队里当帮工。农民建筑队在武汉一处住宅小区里承建一幢宿舍楼。我老家四方村的十来个人，由我家老四带领。老八刚刚高中毕业，没能考上大学，也在老四的带领下干活。老四老八都是我三叔的儿子。

新洲县和我老家武昌县，都是武汉市的郊县。郊县农民农闲时到武汉打工，组合在一起是常事。新洲县农民建筑队的头我见过，很机灵的汉子，都叫他向老板。我家老四大名叫刘四喜。刘四喜找到向老板时，向老板一口答应，"兄弟，我们一起把这幢楼搞完，回家过年。"他们合作时，是在秋天，九月份的事。

腊月二十一的时候，我到了老四他们的小区建筑工地。他们建的13号宿舍楼已经竖起来了，我看到老四他们在脚手架上给楼房外墙抹灰。

老八看到我了，他对老四说："大哥来了。"

我说："你嫂子和侄儿放寒假了，刚好嘉鱼县有个农民企业家朋友请我去住几天，我准备明天带他们一起去。在嘉鱼我弄一些写小说的材料，然后直接从那里回四方村过年，特地来给你们说一声。你们什么时候回家过年？"

老四说："这幢楼已近尾声了，向老板说最迟腊月二十四就可以走。大哥你们先走，我们随后就回来的。"

老八说："狗日的向老板逼得很，天天叫我们干到12点，我们已经干了十几个夜班了。"老八说着打了好大个呵欠。

我看到老四的脸色不好，很疲惫的样子，还不时地用手抚抚胸部。我说："你们千万要注意安全，要休息好，钱是赚不尽的。"

老四望望我，点点头。老四是个忠厚人，做事舍得下力。老四说："大哥，你放心吧，这里有我。"

这是老四对我说的最后一句话。老四和老八跟着又爬到脚手架上去了。我离开工地好远，回头看了他们一眼，我看到他们在脚手架上，身影很小，像一只只蚂蚁。

如今我很后悔，我那时怎么刚好就要离开武汉呢？如果我不离开的话，后来发生的事情，也许就不是那个样子了，我可怜的四弟，可能就不会送掉性命的。

后来发生的事情，都是老八对我说的。当然，我写的是篇小说，有些东西是我按照老四的性格想象出来的。

腊月二十三的下午，新洲县农民建筑队承建的13号宿舍楼主体完工，外墙全部粉刷完毕。向老板在金马酒家订了两桌酒席，让打工的新洲人庆祝一番，明天就让他们回乡过年。金马酒家的店堂只有两张桌子，向老板又在黑牛酒家订了一桌，让老四带着武昌县的十来个人就座。也好，两拨人分开吃，各地乡风不同，难得弟兄们干了几个月，又是老板请客，大家可以放开量闹一闹酒。

老四老八和村里的柱子、亮儿、水生等四方村的人，吃喝得分外尽兴。亮儿问老四："四哥哥，明天就回家，这个月我们能发多少钱？"

老四说："向老板还不是太抠，发几多钱他还没作声气，我猜想，不会少于一千吧！"

"我们这个月日里夜里死拼，少于一千还像话么？"老八喝了酒，红着眼睛说。

"有千把块钱，这个年还能过得滋润。明天去中南商场给媳妇买件衣服。"柱子说。

"想媳妇了，个把月没挨怕是要长霉了！"水生一说，引起大伙儿一阵哄笑。

于是大家算计这钱是怎么样用？有人就想起四方村那个家来，恨不得向老板今天晚上把钱开下来，连夜赶回家去。

正是在这当儿，向老板端着酒杯由金马酒家过来了。向老板向大家敬酒："谢谢各位弟兄的关照啦，没大家的合作这楼我是码不起的了！来，把这杯酒干了。"

于是，四方村来的弟兄们就和向老板碰杯，把杯中酒喝干了。

老四觉得胸部很有些不舒服，但他还是把酒喝干了，喝完后就咳嗽起来。

向老板拍拍老四的肩膀，说："老四，过来一下，我们说个事。"

老四起身离席，随向老板走出酒家。"向老板开钱了！"老八说。

老四和向老板站在黑牛酒家的门口，向老板手里还握着空酒杯。向老板说："老四，是这么回事。这些日子弟兄们辛苦了，为了抢时间，加了不少班。这月给大家开一千元的工资。但是，小区基建办公室说了，我们建的13号楼的内墙必须要在春节前抹好墙面，春节之后装修工人就要开工。我估计了一下，还有一个星期的时间，抓紧干是可以完成的。你带着你的那帮弟兄干吧，新洲的这帮人我明天放他们的假，他们一过完春节就来上另一个工程。"

老四抚抚不舒服的胸部，未及搭腔。向老板接着说："放心老四，我不会亏待弟兄们，干完内墙粉抹的活，给你那帮弟兄一人再发一千元。春节后我们接的新工程，如果你们愿意，还是欢迎你们合伙。接下来吧，腊月二十九我给你开钱。"

那时候，我们家的老四还是没有急于搭腔，在思考着，老四自小就是个不急的性子。向老板站在一边也没催，没抓杯子的手从口袋里抠出支烟，递给老四，再抠出一支，自己衔上，然后用打火机给老四和他自己的烟点上火。

老四终究还是答应了向老板，说："那就搞吧！"

向老板满意地拍拍老四的肩臂，"老四，够朋友！二十九晚上，我准时送钱来，你们三十回家。"向老板走了。

我揣度老四答应向老板留下来抹内墙有三个因素。一是老四这个人心肠软，对别人求他办的事，他不好意思推辞，总是尽力去办。二是老四对给过他好处的人，总是加倍地还别人好处，所谓滴水之恩当涌泉相报。我的家乡四方村虽说离城里很近，但那里的乡亲很少来城里打工做生意，属于一种不太开放的乡间观念。老四带着一帮弟兄到武汉找事情做，是向老板收留了他们，老四就认为向老板有恩于他。如今向老板有求于他，他哪有不答应的道理。三是老四经不起那一千元钱的诱惑。一千元钱，老四要是不出来，在四方村种田，那要流多少汗水才能挣得？如今有这么容易挣钱的机会，为什么就不挣呢！老四想起乡下的一对儿女，马上开年上学，要交几百元的学费。老四想起我那四弟媳，一个人在乡下种几亩责任田，把各种费用一除，没剩下多少钱了，多挣一千元钱回去，让她高兴高兴吧！老四想起他那因超生一个孩子被拆了一间房子的住屋，要重新做起来。如果钱多，隔一两年，做幢小楼房更好。四方村做楼房的已有好几家了。老四或许还想到我这个当作家的大哥，今年带着一家回乡下过年，他是要请吃一次饭的，有了钱，就可以把酒菜办得丰盛些。

老四就这么答应了向老板。

老四答应了向老板，就把已经出了问题的身体，推向了危险的边缘。

老四回到了黑牛酒家，四方村的一帮弟兄已喝得差不多了，有两个酒量小的已经有点醉了。今晚吃的钱算向老板的，大家就敞开肚皮吃喝了。

老四回到酒桌边，柱子红着眼睛问："四哥，向老板给了多少钱？"柱子真的恨不得把钱拿到手上，今夜里急行军走回家去。

"这个月的工资是一人一千元。"老四说着，伸出筷子拈了一只肉丸子吃了，

"不过，我们还不能走。"

"为什么？"老八喝干了杯子中的酒，虎虎地问。

"向老板要我们留下来，把这幢楼的内墙抹了面子再走。向老板答应在我们做完这活后，每人再给一千元。"

"我答应了！"老四说，"我们再辛苦几天，在二十九里把活干完，三十里回家。还有六天时间，我们抓紧些。"

吃喝得正热闹的我四方村的弟兄们静了半天，那几个想快点回家的人不得不把心收回来。一千元钱，六天时间，对乡下弟兄们来说，当然是个诱惑。

"水生，你明天一大早回去，通知各家，说我们三十里回来，你再到各家收些米，下午赶来。"老四吩咐道。

"好的！"水生答应了。

"大家如果吃好喝好了，就回工棚里休息吧，明天起早和灰抹墙，二十九之前一定搞完。"老四说着，站起身。

"四哥就这样不要命的干了起来。"事后老八对我说。

四方村的一伙弟兄跟着老四离开黑牛酒家，回到工棚，那几个喝多了的家伙连脚也来不及洗，倒在铺上就睡着了。老四让老八给他们一一脱掉鞋子。水生在工地土灶上烧了一锅热水，给老四端了一盆过来，老四叮嘱了水生明天回村时，到各家看看，就匆匆地洗了脸洗了脚，钻进被子里躺下了。老四觉得自己的胸脯像被什么东西堵住了一样，有一阵阵的钝痛袭来。抽时间到医院去看一下，老四想。

隔壁工棚里住的是新洲县那帮人，那边好热闹。他们领到了工钱，明天就回家过年，分外兴奋。有尖着嗓门唱变了调的流行歌曲：你到底有几个好妹妹？有几个家伙用扑克牌赌钱，吵吵闹闹，半宿不得安静。

老八躺在床上，气得骂了句："婊子养的！"就用被子盖住头，睡着了。

老四咳嗽起来，咳得胸脯扯着痛。老八被咳醒了，说："四哥，你到医院去看看嘛！"

"不碍事的，快睡吧！把活做完了，我去医院看看。"老四忍住咳嗽说。

老四不知道自己睡着了有多大一会，一阵胸痛醒来时，四周很安静，隔壁新洲人工棚里也没有声息。新洲人可能已经走了，他们回家要到江边赶早班轮船。老四想。

睡了这么一会，老四觉得浑身的倦意已经去了，胸部虽时有阵痛，忍一忍也就没事了。醒了后就睡不着了。六天时间，连自己十个人，要把这24套房子的内墙和楼梯全部抹上墙面，任务不轻，得要日夜干呢！老四觉得躺在铺上也睡不着，不如起来开始备料。

老四悄悄爬起来，穿好衣服，走出工棚。工棚外的夜空，有几粒星子在眨着眼，前面不远的工地上，有明晃晃的电灯泡亮着，但很静谧。有股凉气袭来，老四颤抖了一下，忙抬起脚步，走到工地上。

老四敲了敲工地守卫向老头的小屋门。向老头开了门，见是老四，问："你怎么不睡觉？"

老四说："睡过了。你把仓屋打开，我搬水泥。今天开始抹内墙了。"

"老四，莫太拼狠了哇！还是要睡觉的，事做不尽，钱赚不尽。"向老头是向老板的叔父，在工地守夜，他把仓屋的钥匙递给了老四。

老四接过钥匙，说："睡不着了，不如早点把事搞完，好早点回家过年。"

老四把仓屋的门开了，把电灯打开，然后开始朝外搬水泥。他把水泥袋提起来，然后蹲下身子，弯下腰，把水泥袋扯向自己背部，再一用劲站起身，水泥就扛在他的肩上了。大包水泥，一百斤一袋，他扛起来走出仓屋，走到和灰的平场上，手一松肩一歪，水泥就扔到地上了。他一趟趟地扛水泥，身上的寒意早没有了，出了些微汗，却把他那散在袋外的水泥沾到身上了，很不舒服，但他全没在意。在建筑工地上干活的农民工，什么脏活累活都干，哪有舒服的时光啊！老四在扛第二十包水泥时，准备一早赶车回乡的水生起来了。水生看到工地上的情景，就把大家喊醒了："起来起来快起来，你们看四哥一个人在工地上扛水泥都扛了一大堆了。四哥要累坏的。"

水生这么一叫，大家都爬起来，急急地穿衣服，赶到工地上干起来，推沙、拌灰、浇水，干得热乎乎的。那时老八看了看腕上的表，才五点钟，老四大约是早晨三点钟起来的。

天亮了，老四说："水生，回去吧，早点赶来，早去早回。告诉家里人，说我们很好。"

水生洗了洗手，对老四说："四哥，你不能太累了，你最近瘦得厉害。"水生说完就走了。

老四又吩咐亮儿去买馒头当早点，吩咐老八烧开水泡一桶茶。其余的人把水泥、沙与石灰和好后，吃完早饭就进入楼房里抹墙面。安排好人员后，老四觉得自己好累了，胸部又阵痛起来，他只好抚着胸脯，坐下来喘气。

向老头走过来，关心地看着老四，"怎么了？老四！"

"胸口总是感觉不舒服，时不时地阵痛。"老四说。

"我说你是累狠了。老四你做活真是没有话说，身体要紧，你早饭后到医院去看看，买点药吃。"向老头在吃馒头。

亮儿买了一脸盆馒头，大伙儿停了活路吃早饭。

工棚里原来有个新洲做饭的大嫂，大嫂今早晨也回家过年了，老四望着眼前蹲着吃馒头的弟兄，吃饭成了问题。

"老四，我帮你们做饭，尽义务。叫老八给点钱我，我去买些菜来，你们的生活要过好。"向老头在一边说。

老四谢了向老头，让老八给钱向老头买菜。老八说："向老头，钱就这么点，但又要吃好点，你不要把你的钱垫进去就行。"

"你个八蛋，跟你四哥拼着干吧，干完早点回去过年。我肯定是要贪污你们的菜钱的。"向老头摇晃着身子走了。

我的四方村来武汉打工的这帮弟兄们，在狗年的腊月间，在别人都回家置办年货准备过年时，他们为了给一幢宿舍楼抹内墙，在拼命地干活，累得连狗都不如。猪年春节后，亮儿、水生、老八对我流着眼泪叙说他们的累。"是四哥带着我们干啊，大哥！四哥是个讲面子的人，是个实在人，他是答应了向老板的，他要把活干完才回家。要是在平时，这幢楼的内墙粉抹非二十天不可。我们六天搞完了。"水生抹着眼泪说。

"不是四哥领着，大伙也不会干。大腊月间的，别说一千元，就是五千元，大伙也不一定干。我们是农民，我们要回家过年。"亮儿说。

"四哥，你是累死的啊！"老八嚎哭出声。

早晨三点钟，老四就被胸口的阵痛弄醒了。他抹抚着胸部，触摸到自己的肋骨了。旁边的连铺上睡着四方村来的一帮弟兄们，鼾声此起彼伏，他们在梦乡里流连。昨夜洗完上床时，已经十二点了。只睡了两三个小时。老四浑身的疲倦一点都没有消失，他想再睡会儿，可怎么也睡不着了。昨天下午水生从四方村回来，背来了米，还提了几挂腊肉腊鱼来。家里人都说，快点回来过年，这多年苦日子都过了，不指望那几个钱。水生还告诉老四，他妻子把过年的物资都备好了。两个孩子都放了假，叫水生带信给爸爸，要爸爸给他们买衣服回家过年。小儿子说他要一件皮夹克。想到小儿子圆嘟嘟的脸，老四笑了。才七岁的孩子，就晓得什么皮夹克了。好，一定买一件。给妻子和女儿也买一件好点的衣服才行。

远处传来一声沉闷的汽笛声，是长江上的夜船发出的。该起来了，不起来不行。昨天苦干了一天，还只抹了三套半房子，按这个速度，六天干不完，还有两个门洞的楼梯呢！老四悄悄地爬起来，摸黑穿了衣服。身边的鼾声还在此起彼伏，都是二十几岁的小伙子，正是睡觉的时候。老四摸索着打开了工棚的门，生怕弄出了响声，让他们在多睡一会吧！老四出门时，听到大木正在着梦话，"枝儿，嗯，枝儿！"老四笑了，大木是在上个月回去拿的结婚证，婚期定在正月初八,他在梦中正和枝儿在亲热吧!老四想起自己已经有一个多月没回家了,妻子那贤惠的身影在脑子中出现了,妻子在望着他微笑呢,她总是那温温地笑。老四摇了摇头,摇走妻子的微笑,一步跨出了工棚,走进腊月的夜空里,不由打了个寒噤。今天气温很低。他转身轻轻带上了工棚的门。

老四走到工地,用钥匙开了仓屋的门。他不再叫醒向老头,向老头昨天把钥匙交给他了。向老头不错,为他们做饭,大伙吃得合口味。向老头说:"我是老做饭的。"

老四开始从仓屋往外扛水泥。他蹲下身,弯腰把水泥袋扯向自己的背部,站起身,一袋水泥就扛在肩上了。突然,他感到自己的腿子有点发颤。怎么回事?他一咬牙,就走出了仓屋。老四扛了一袋又一袋,冷汗从额头上流下来,他气喘起来,胸脯胀得慌。他一用劲,一股热气从肛门排出,他感到轻松些了。他扛了几趟后,发现场子上已开始推沙、加水、和灰的身影,他们都起来了。

水生说:"四哥,你起来好半天了,你应该叫一叫我们,这么多活,你累死一个人也干不了。"

"我正准备去叫你们的。"老四站下身子,喘口气笑着说。

一天的劳动就这么开始了。

早饭前,该和的水泥都弄好了,平场上堆着一堆堆和好的水泥堆子,铁青的颜色,在晨光中显得十分的冷峻。

向老头端来馒头,大伙洗手吃馒头。向老头用大铁锅熬了一锅稀饭,还有一大碗辣萝卜条。场地上,大伙把稀饭喝得山响。

向老头说:"你们像猪吃食,吃得这么响。"

"现在是狗年,我们像狗样做事。马上是猪年,我们像猪样吃饭。"老八说。

"老八,你还有点口才,为么事考不上大学。"向老头说。

"大学的先生们看不上啰,我们做活的命。"老八有点沮丧。

早饭后,老四把灰桶装得满满的,一手提一桶湿水泥往楼上爬。抹墙先从六楼抹起,从高层抹到底层。丢下饭碗的亮儿赶忙拿起木灰板和铁抿子,也提起两桶灰往六楼爬去。亮儿赶上老四,说:"四哥,这顶子上最难抹,抹了半天,颈脖子都仰得还不了原了。弄不好,抹了半天的水泥又掉下来,还得重来。"

"你先把顶子上的预制板浇点水,再抹时那粘合力就好些。"老四说。

按部就班,各人干各人的活,都钻到房间里开始抹墙了。老四就一趟一趟地往楼上运水泥。两桶湿水泥沉沉的,开始提着上楼似乎问题还不大,可越提就越重了。本来干这事是由辅助的小工用扁担挑着往上爬的。老四嫌麻烦,干脆就用手提,利索快捷些。现在每个人都既是大工又是小工,他恨不得一个人当两个人用。

老四提着两桶水泥,上楼梯的步子就越来越沉重了,腿子像灌了铅,两只手臂像要断了一般,胸部又疼痛起来了。他咬紧牙关往上爬着,爬着,一步一串冷汗。他在心里说,怎么了老四,两年前你还能扳住村里的那头六黑牛的角,和它斗斗狠,今天这么两桶水泥都提不动了?我就不信这个邪。老四一用劲,一提精神,把那沉重的脚步迈得快些,啪啪啪像跑着似的朝楼上奔去。一层楼,两层楼,三层楼,四层楼,五层楼,终于到六层了。他把两桶水泥放在亮儿身边,亮儿正专心地把那水泥一点点地朝砖墙上抹。听见了喘着的粗气,亮儿抬眼望了望老四,吃惊地说:"四哥,你的脸好白好白呀,快歇一会,你没休息好,身上又不适。你放心,我们会把这活儿做完的。"

"不碍事,不碍事!亮儿你放心吧!"老四提着两个空了的灰桶下楼。

下楼时,老四觉得两条腿子软得筛起糠来,他心里说,老四,不能这样,你能抵住大黑牛的角呢!还有几天,干完了就好好地玩他十天半月还不行?这帮弟兄是你带出来的,你要不行,大伙心一散,这活儿肯定就做不完。你是在向老板面前答应了的,你还指望向老板明年给你活路做啊!不能松劲哪,老四,要挺住。心里这么说,可腿子像不是自己的一样,还是照样发颤。老四觉得自己好没出息,用空灰桶砸了自己的腿子一下,腿子晓得痛了,痛了就止住了发颤,老四觉得这还真是个办法。就登登登地下楼,到场地上装水泥。上楼时,腿子又有些发颤,他就用灰桶撞击,撞得腿子痛了,他似乎力气又上来了。

一天天的日子在我四方村的弟兄们咬牙苦干中过去了,我的兄弟老四正在苦熬着。他压榨着自己,残酷地压榨着。夜里,胸痛使得他彻夜难眠,浑身的骨头都酥软了,骨髓里的油正被他自己一滴滴地榨出来。身上的每一根神经都麻木了,像一根根的丝线,毫无任何知觉。我的兄弟老四,在心里高喊着:没有什么关系,我是个农民,我十三岁开始做活路,我什么苦没吃过,我什么力没下过?我做了二十二年的苦活路了。不要紧,我的身体就是这样,是个贱东西,你把他当回事,它就娇气起来,你只能把它不当一回事,当做狗,当做猪,它就听话的。我的兄弟老四,牙都咬碎了,眼睛熬得凹下去了,身上那结实的肌肉化做了一丝丝的肉末,被连日的苦干劳累一点点地剜下来了。他总是三点钟起床,自己去扛水泥包,自己去铲沙,和水泥,提灰桶,与别人轮换着抹墙。他不声不响地在工地上像只闷头的公鸡,狠劲地啄食着那些活路。除了吃三顿饭,老四连气也不想多喘,晚上十一点后才收工,躺在床上又受那胸脯的熬煎。他也不多说话,也不多吆喝,用自己的不要命来带动四方村来的那帮弟兄。我的那帮弟兄也是纯朴善良争气的,他们跟着四哥干,他们看着四哥那样子,还好意思偷懒么!他们多干一点，四哥就会轻松一点。

新婚后不久的大木，和他新婚的妻子枝儿到武汉来我们家，大木说："大哥，那会儿多想回家啊。正月初八是我的喜日子，枝儿也要我早点回去，准备些东西。我们腊月二十几还在工地上拼着命干。为那几个钱吗？绝不是的。我看四哥是为了义气，为了他答应了向老板的话，他不能说话不算话。我其实好几次都动了提前走的心思，我几次找到四哥，可话到嘴边我说不出来了。我要是说了，四哥肯定会让我提前两天回家，但我一走，那活儿又少了一个人干，四哥又干得更苦了。我看到四哥他快要熬干了的身体，我说，四哥，你歇歇吧，你到医院去看看病好么！可四哥总是摇摇头。四哥说，马上就完了，活完了我就去医院买点药，然后回家过年。快了，还有两天！大哥，四哥这样个人，你说他是为什么，我也说不清楚，最后硬是他自己累死了。大哥，你是作家，你就写写刘四喜吧！"

大木说这话时，枝儿在一边抹眼泪。

腊月二十八的那天，老四照样是三点钟起床，干了一天，到晚上十一点，他把大家赶回工棚休息去了。他睡不着，明天一天就要把所有的活路干完，向老板明天下午就来验收，并且送工资来的。连着五天的苦干，弟兄们都是好样的，都在拼着干，没说什么苦啊累啊的。想到这里，老四似乎觉得自己对不住他们。自己接了活答应了向老板，拖着大家没能早点回去过年。胸部又在隐痛了，老四对老八说，"你们睡啊，明早起来，一鼓劲干完就算了。我去向老头那里坐坐。向老头帮着我们哩！"

柱子和亮儿说："四哥，你去了早点回来睡啊，太累了。"亮儿跟着打了个十分响亮的呵欠。

老八骂着："婊子养的向老板，要了我们的命了！"

"算了，我还洗个屁，就这么睡了！"大木钻进被子。

柱子说："后天回去，连老婆都不能搞了。"

没有人搭腔，大家都学了大木，钻进被子睡觉。不一会，工棚里鼾声四起。

老四到了向老头的小房，向老头正在收捡着扔到工地上的工具。老四说："向老头，辛苦了你呢！"

"我不辛苦，你们才累呢！老四，快去睡会，明天干完活，到医院去看看病，身体要紧。"向老头说。

"没有事，这一咬牙不就弄完了么！人这个东西就是怪，你一逼，事情也就做了，你一懒，那事情就难得很。向老头，我们一走，这工地就剩你一个人了。好孤单呢！"

"我个孤老头子，一个人惯了。在这里看看场子，没得事的。老四，回去睡吧!"向老头催着。

"好,我这就走。"老四离了向老头的房子,到场子上转了转。他看到有两桶装好了水泥的桶子放在场子上。他突然想,该去每个房子里看一看,看抹好的墙有没有脱落的,明天向老板来了,要是墙抹得不好,对不住人哩。他顺手把两桶水泥提起来,一步步向楼梯上爬去。

老四提着水泥桶爬楼梯,一步步的腿子直打晃荡。真该要好好地睡一觉了,这个念头一产生,一股巨大的困意突然袭来,他人就摇晃了一下,趴到楼梯的木扶手上,使身子不倒下去,他就睡着了,嘴角边有涎水滴落下来。他睡得好香好香。楼梯口有一盏昏黄的电灯,灯光照在他蓬乱的头发上,照在他脏兮兮的棉袄和满是泥水的旧解放鞋上,照在他苍白憔悴满是病容的脸上。老四趴在楼梯扶手上睡得好香好香。

小区工地是圈起来的一块拆迁地皮,圈子外面是马路,马路边是大楼。武汉的夜色五彩缤纷,音乐厅里传来歌手吼出来的歌声:妹妹你坐船头,哥哥我岸上走,恩恩爱爱纤绳荡悠悠……

我四方村到城里来打工的农民弟兄,早沉入了梦乡。老四,我的兄弟,你在人间的晚上已经很少很少了,你累了,你睡着了,你竟然在一幢还没竣工的楼房的楼梯上睡着了,你手上提的两桶水泥,有一桶已经翻倒了,水泥泼在了楼梯的台阶上。你在拉纤么,你肩上的那根纤绳不是抒情的荡悠悠,而是艰难的沉重。

老四在楼梯口醒来了,他听到附近有一幢楼房里传来唏哩哗啦的搓麻将声。不是麻将声吵醒了他,是胸部的阵痛痛醒了他。他揉揉眼睛,见水泥泼了,就蹲下身,用手把那湿水泥捧起放到桶里。捧干净了水泥,搓搓手,又提水泥上楼去。腿好沉好沉,他一步一步地朝楼上爬着,气喘吁吁。他把水泥放到一间还没抹墙的房间里,然后到白天抹了墙的房间里看了,一间一间地查看,见那抹了水泥的墙铁青着平板的脸,他放下心来。没有脱落的,弟兄们干活都是好样的,他有些骄傲起来。说实话,他是想跟向老板合作两年,做几个工程,锻炼锻炼,学些技术,过两年后,他要在四方村拉一支建筑队,打进武汉来。老四想,我要拉起来的这支队伍是过硬的,接些小工程干起,干得漂亮些,谁说我就不能干些中型的工程呢!金水河畔四方村的子弟干活是从来没话说的,别人挑不出毛病。

事后,老八和水生多次对我说起,老四实际上是要组织一个农民建筑队的,不过目前力量和技术还不够。四哥要是不死的话,这支队伍一定能拉起来的。

老四在一间房一间房查看着,心里想着将来拉起四方村的建筑队时,远处沉闷的汽笛声响起来了,长江上的夜船在向武汉报到了。老四把手腕上的电子表看了一下,已是凌晨三点钟了。老四在心里算了一下,我在楼梯口睡了两三个小时呢，这瞌睡也是少有的大了。这就不必再去睡了，今天白天抓紧干活，把这最后的尾巴收好，明天回家过年。这时，老四觉得自己的精神少有的好。望得见到手的成功，已握住即将到来的胜利，人都是兴奋的。老四从楼房里走出来。今天他不一个人先干了，他要叫醒所有的兄弟起个早床，一起干。

腊月二十九的早上三点钟，老四推开工棚的门，拉亮电灯，把大家把吆喝起来。"三点钟了，快起来，搞完了算了，我们好走路。"

都从被子里爬起来了。水生心细，看了一眼老四的铺位，被子根本就没打开。水生说："四哥，你没有睡觉？"

老八有点怨言了："四哥是个铁人，他睡个什么觉。"后来，老八为自己说的这句话后悔好久。

老四早就出门扛水泥去了，没听见他们的话。

场地上热火朝天，大伙儿的情绪都比前几天好。今天弄完，明天就回家啊！这可怕的劳累，马上就要结束。

一切工作都是有条不紊地进行着，抹墙的进度很快，老四还是上上下下地奔忙着，指挥着，把每面墙壁都抹得平整光滑。整个上午，老四的精力都很充足，他的眼睛周围是黑圈，眼睛里有红丝丝。管他呢，不是弄完了吗，明天就休息，就回家。中午，向老头弄了几个好菜，大家吃得呼啦啦的。老八说："向老头，你今天贴了钱了，该你背时了，我们是不会加给你的。"

"我本来也不指望你加钱。告诉你老八，今天中午我请客，是看在老四的面子上，你们是一起沾光的。"向老头笑着对老八说。

老四是这个时候感觉一阵晕眩的，胸部似乎有什么东西要涌出来，他想呕吐。他赶紧端着碗走到一边，吐出一口咸咸的东西，是一口血。他瞧瞧周围没人注意，用脚拨了片沙土把血盖起来。老四想，我怎么吐血了？明天一定要去看病，是累了些，不要紧，休息休息就好了，他安慰自己。向老头喊他，"老四，你过来吃这鱼块和红烧肉，你不吃，老八他们就吃光了。"

老四笑着说："我吃了吃了，向老头，跟我们回去过年算了。这工地叫向老板再找个人来看护。"老四说着，走拢桌子，拣了两块红烧肉在碗里，强迫着自己吃下去。

"老四，有你这话，明年过年我就到你们那里去过，今年不行了！"向老头说。

"欢迎！欢迎！你要多买些鱼肉去，我们好吃你。"老八抢着说。

"我看你是张嘴，要学你四哥，要干出个样来。"

午饭后，大家一鼓劲，三下五去二，下午五点钟时，整幢宿舍楼的内墙与楼梯全部抹好了水泥，工程结束了。

"啊，我们干完了！"大木、老八、亮儿、柱子、水生等几个年纪差不多的青年人，把木灰板铁抿子一扔，倒在地上打了个滚，不起来了。

向老板坐着红色富康庄大道出租车刚好这时到。向老板从车里出来，看到坐在地上耷拉着脑袋的老四时，吃了一惊。几天不见，这个汉子瘦了一截，脸是黑乌的。

老四把整个事情弄完，腿子一软，坐在地上起不来了。老四很想像老八他们那样躺在地上，舒展一下肢体，可是他不得不挣扎着坐起来，去迎向老板。

向老板望着老四的脸，半天才说："老四，弄完了？"

"弄完了，刚刚弄完你就来了，你去看看吧！"老四说。

"不去了，老四做的活我放心！你们辛苦了，老四！"向老板拉着老四的手说，"来，到工棚里去，我将钱交给你们，你们明天回去过年。"

老四把老八和水生喊来，让向老板把钱交给他们。"平均分了吧，一人总共两千！"老四说。

向老板说："老四，你们怎么分那钱我不管，这一千元是我给你的，你带着大伙，跟我干了这长的时间，你是个实在人。"向老板又掏了一千元递给老四。

老四接了，说了声谢谢！又把那钱递给水生，说："再一人分一百元。"

向老板叹了口气，嘱咐老四明天去医院拿点药，春节后迟点来，过完正月十五。然后向老板又找向老头交代了工地守护的事。就又坐红色富康出租车走了。

"狗日的向老板！"老八悄悄地骂了一句。

六点钟的时候，向老头把晚饭做好，来喊大家吃饭时，工棚里鼾声一片，没一人想起来吃饭。

向老头用脚踢醒老八。老八说："向爹爹哟，你让我们睡哟！我困死了，我哪吃得进去饭哟！"

向老头见老四也睡着了，就把被子搭在老四身上，转身带上门，摇摇头出门去，在工地上转悠起来。

这一觉从腊月二十九下午五点多钟睡起，一直睡到腊月三十的上午九点多钟，中间没有任何打扰。向老头到工棚来转悠了三次，三次都只听一片鼾声，他们太累了啊！九点多钟了。"你们还回不回去过年的？就在这里睡到明年去呀！"亮儿吆喝起来。

这才都惊醒了，赶忙爬起来，收拾东西，还要急着回家，还要到商店去买东西。也没什么东西好收拾，把被子一卷，找根绳子捆了，交给向老头，正月十五后还要来的。余下的就把几件换洗衣服塞在各种各样的皮包里，那皮包廉价质差,拉链或提手都是坏的。乡下来城里不讲究的农民都用的这种包。"你们把钱装好,千万莫出事情,别做得累死,都是为小偷做的!"老四提醒大家。

这才都摸摸那藏得很紧的两千多块钱,都在。得感谢四哥呢,不是他这钱赚不到。就有人说:"四哥,你快收拾一下,我们一起走。"

"你们先走,我今天上午先到医院里看看,弄点药,坐下午的车回去。你们先到家的人,对你四嫂说说。"老四说。

老四也是被亮儿喊醒的。醒来后有些奇怪,这一觉睡这么长,他一次都没有途中醒过,连天天都要痛的胸部也没痛。过去他每天三点钟就醒,今天九点才被亮儿喊醒。事情做完了,病也好了么!刚这么一想,胸部又痛起来,痛得他一咧嘴,老八刚好看到。老八说:"四哥,你下午赶几点的车?我先去买点东西,然后到车站等你。"

"你先走,我一个人还怕丢了么?"老四说。

"四哥,我和老八在车站等你。中午十二点好不好?就在傅家坡车站,你在哪个医院看病?"水生也说。

"我去省立三医院,看完病我就来。"老四答应了。

四方村的子弟们,收拾完东西,忽啦一声就散入武汉这都市的人流中了,他们在这城市流汗出力,赚了点钱,他们然后在这城市购买东西,回乡去过个滋润年。

老四和向老头告了别。向老头久久地望着老四远去的身子,老头心里突然飘过一道阴影,心就无端地跳起来。

我的四弟刘四喜,提着黑色旧人造革提包,提包里装着几件换洗衣物,抚着疼痛的胸部,蹒跚地离开了小区的工地。除了看守工地的老头外,老四是小区几百民工中最后离开工地的一个。

走上城市的大街,人流滚滚,车水马龙,虽说是现代都市,但春节毕竟还没取消,大街上还是见到一些即将过节的气氛。这种气氛比乡下当然淡多了。乡下过年的气氛是一种独特的无可比拟的气氛。老四在大街上走着,走出了一个农民工在城里体现出的那种局促质朴和小心翼翼。

一条不宽的街,两边全部挂的是衣服,男的女的老板们,拿着根叉子,眼睛盯着你的钱包,嘴里吆喝着衣服衣服出口转内销出厂价直销价七折快来买。

这条服装街只能赚取农民和低层市民的钱,服装档次低,假货多,当然卖不出高价钱,也就是没指望赚大钱了。

老四先是只看不作声。看完了后老四就给小儿子买了件仿羊皮夹克还带毛领,五十元钱;给妻子买了件呢短上装,一百多元钱;给女儿买了套连衣裙,因季节不对，很便宜，二十元钱。老四没给自己买什么东西，没什么要买的，衣服都够穿。而且一个多月前，我曾把我不再穿的一包衣服给了老四，够老四穿一两年的。

老四把衣服放在提包里装好，用胳膊肘撞撞自己的胸部，感觉着装在胸口袋里的两千元钱还在。老四出了服装街，到了电车站，刚好来了一辆电车。车上人不多，老四就上了车，买了票，还坐到一个位子。

电车上有四五个背着很鲜艳的航空包的年轻人，那包上还挂着纸片，广州至武汉。年轻人大声说着叽哩哇啦的广东话，老四不知他们说得地道不地道，但从他们偶尔说出的几句话中，老四听出他们是湖北某个乡下的人。他们大约是去广州打工的，赚了几个钱，坐了飞机回来，说广东话，有种很荣耀的感觉。

老四在省立三医院门口下了车。太阳很温暖，医院高大气派门楼像张开的大嘴，吞食着一个个到医院治病的人。今天是除夕了，可医院好像不准备过年，人还是那么多，进进出出的，很繁荣。

老四在挂号室排队挂号，轮到他了。问他病历，老四说没有。用一块钱买份病历。挂哪科？老四说胸口痛。用五角钱挂内科吧！

内科门诊在二楼，人不多，老四只等了一小会就轮到了。一个白白净净的青年男医生接待了老四。

"怎么不舒服？"青年医生很和气。

"胸口痛，一阵阵的，时痛时不痛。"老四答。

"多长时间了？"青年医生边用听诊器听老四的胸部，边问。

"有快两个月了。"老四说。

"怎么不早来呢？硬是拖到今天腊月三十里，快过年了哩。"医生边检查老四的胸部边说。

老四把毛衣用手撩着，他的一只手隔着毛衣抓住了衬衣上面口袋里的钱，他不想让医生知道那里有钱。

青年医生很快检查完毕，在老四买的那本崭新的病历上龙飞凤舞地写着字，字很潦草，老四认不清楚。医生写完病历上的字，又在好几张检查单化验单上填上老四的名字，写检查项目，然后把单子夹在病历里递给老四说："你先去检查这几个项目，结果出来后再到这里来。"

"医生，你给我开点药就行了！"老四说。

"那怎么行？现在还不知道你有什么病，怎么能乱开药呢？快去吧，我们今天下班早，要不然来不及了，下一个。"医生朝走廊里喊。

老四拿着病历和单子走出来。别人告诉他先拿单子去划价，然后去交钱，然后再去检查。等到检查结果出来了，再去找那个医生。那医生根据检查结果再诊断你是什么病，再给你开处方。你拿着处方再去划价，再去交钱，最后才能拿到药。医生看病他妈的比我们建房子要复杂多了。老四想。

老四拿着单子找到划价的窗口时，胸部又在痛了，而且浑身感到十分疲惫。老四把单子递进窗口，窗子里一个戴白帽子的人头都未抬，拿着笔在单子上流利地划了几个数码，又从窗口扔出来。

老四看到那单子写的数码：120元；80元；96元；70元。共四张单子，老四算了算，病未看出，先检查费就要366元。这医院可不是我们这种人上的哟。

胸口还在痛，老四抚着胸离开窗口，见交费取药的一楼大厅靠墙有一排长条靠椅。老四提着包，走到长条椅上坐下来，手里还握着那几张单子发愣。

老四看收费共有三个窗口，每个窗口都有五六个在排队，排队的人一手握着单子，一手握着钱，表情麻木而茫然，脚在机械地缓慢朝前移动。老四又抚抚胸，钱是一大叠子，全在贴身衣袋里，共二十张一百元的票子。老四棉袄口袋里只有十几块钱了。老四想还是去交费吧，有病没病检查一下放心些。突然，邻近的一张椅子上坐着的一个中年妇女发出好长一声叹息。妇女看样子是个工人，旁边坐的男人手里拿着一盒药，脸上木然着。"花了几百元检查费，查来查去没查出什么，开了十几元钱的药，厂子里医疗费包干，白花了这几百元。"妇女说。

"没病不是更好吗?"男子说完，扶起妇女朝外走。

"我这像没病的人么？他们查不出来就是了。"妇女边走边说。她扶着男人的膀子，慢腾腾地移步。

老四抚着胸部装钱处的手放下来了。三百多元钱呢，是我的血汗钱呢，是给儿女交学费的钱呢，要几担谷子呢。查不出什么病来，不就白花了么！我的身子哪有这么娇贵的？我十几岁就开始在土地里流汗流血地做，没得什么病。什么苦我吃不了？胸部痛，是我这段时间太累了点，马上就回家过年了，回去好好地睡几天，就会没事的，我还能和黑壮牛扳角的。算了吧，这医院哪是我们进的？检查一下就要几百元。回去回去，不查了，药也不买了，我就不信能痛死了我。

老四的决心已下，陡地从椅子上起了身，却感到一阵晕眩。站起来时太急了，他定了定神，又坐下去了。他看看表，才十一点钟。表是我给他的一块旧表，我给表他时，说，这没多大用处的，你戴着还能看看时间。我是在老四带着四方村的弟兄到武汉打工时送表给他的，我有好几块电子表石英表的，这表现在不值钱。

老四看了腕上的表，又看了医院收费大厅壁上的表，是的，都是十一点钟还差两分钟。老四想，我这么早到车站去干什么呢？与老八约定的是在中午十二点钟在车站里碰头的,去早了没有用。回家的汽车很多,随时去随时都有,现在的交通真繁荣,只要你有钱,车票钱每年都在翻跟斗般地涨价。老四决定干脆在医院里休息一下,到十一点半之后再往车站去。老四也不想去街上了,给家里人买的东西都买了,街上的东西多得很,你没那么多钱买,就干脆不去街上转悠,看也不看是最好了。老四也受不了大街上的那种热闹和喧嚣。

老四在椅子上坐了,一坐下就想睡觉。老四看到有一张椅子上睡着人,也没旁人干涉。老四就躺下身子,把手提包枕在脑后。睡下到底比坐着舒服,老四微闭着眼,手抚着胸部,旁人看起来他是胸口痛的病人。老四呢,他是既抚着有些暗痛的胸部,也是抚着那一叠钱,一举两得。老四提醒自己,只睡一个小时,千万别睡过了头啊。

瞌睡这东西有时是不受人的意志控制的,老四还没想得很清楚时,就睡着了。他睡得很香,好几个交完费取了药的病人本想找个地方坐坐休息一下的,但看他睡得那么沉,都不忍心叫醒他让个坐处来。

我要说说我的三叔即老四的父亲。我的三叔是一个强壮的农民,他的力气能抱起一只石磙子。三叔是一个不多言语的农民,只晓得在田地里死做,他种的庄稼他做的农活在四方村可说没人能比,连我做农活样样精通的父亲都佩服他。父亲在我小时候对我说,做事要像你三叔那样,做一行精一行,行行第一没人能比。三叔在农村还是人民公社时,年年都是劳动模范,年年赚的工分都是四方村生产队最多的。三叔是前年死的,三叔是累死在田里的。那是一个双抢的日子,三叔田里的稻子割了。风雨眼看就要来了,三婶那天恰好走亲戚去了,三婶的妹子在镇上病了,三婶去看妹子。看着满田摊着的稻子,三叔急了,不能让辛辛苦苦种出的粮食泡在风雨里。三叔一个人呼呼啦啦地干起来,把那稻捆子捆得山样大,然后一担担地往稻场上挑,跑得呼呼的。在挑最后一担稻捆子时,风雨来了,那两捆稻捆子见了雨,沉得像铁砣。三叔把稻捆挑到稻场后,吐了一大口血,瘫在稻场上,肝胆迸裂。等到三婶从镇上赶回来时,三叔已经静静地去了。等到老四从另外一处田地里赶过来时,三叔已经不能再跟他说什么了。那时老八还在上初中。

老四躺在省立三医院收费取药大厅的椅子上睡觉时,突然就看到了我的三叔他的父亲。三叔看上去还是那么强壮,老四看见他时,喊了声:爸!三叔停住看了他一下,说:四喜你怎么躺在这里?老四说,我想看看病,检查费太贵了,我不看了。三叔默默地看着老四,老四看见他眼里的慈爱来。三叔看了老四一会,转身就走了。老四爬起身,说:爸,你去哪里呀?三叔不理会,老四就跟上三叔走。老四看到眼前是一片无边无涯的沙漠地,到处是光秃秃,只有溜溜光的沙子，呈现着白色，又像是雪地。太阳好大，空气干燥，天地间热烘烘的，像火在烤。老四看到三叔走在沙漠里缓慢地跋涉。一步一个沙窝。老四跟着自己的父亲走着，可总又跟不上。老四喊：爸，你在哪里呀，我们回家吧，回家过年。三叔在前面既不理他，也不停步。老四决不能让三叔一个人走，就在后面一步一步地跟。老四一步一个沙窝，身后留下了一长串的脚印。好热好热啊，太阳毒辣地烤着，老四听见自己的皮肤被烤得滋滋地叫，浑身的汗如流水一般地滚落在沙漠地里，连个湿印都没有，很快被吸干。皮肤烤干了，没有汗可流了，黄皮肤变得乌黑，像家乡四方村腌的腊肉皮子。老四突然想，这是在哪儿啊，金水河呢，流在四方村边的金水河呢？四方村呢，那很远就能望见的一团绿杨树掩映着的四方村呢？四方村周围的平野呢？平野里长得绿的水稻，黄的菜花，白的棉花呢？爸，你这是要到哪里去哟，我们走得太远了，回不了家哟。渴，好渴好渴啊，心里像干枯的井了，没一滴水了。老四的头晒得发昏，眼睛直昌金星，嘴唇干得裂开了好大的口子，血珠一滴滴渗出来。老四停了步子，老四看着走在前面的三叔，突然想到：爸不是死了吗？他怎么在沙里面走呢？老四正沉思着，耳边传来了三叔沉闷的话语：四喜，就这样走，往前走！往前走！

　　前面有什么呢？什么都看不到。没有山，没有水，没有村子，没有一棵树一根草。到前面去干什么？但老四是个听话的人，既然自己的父亲说了，那就往前走吧！老四咬紧牙关，一步踩出一个沙窝。老四边走边想，我妈呢，老八啊，还有我的妻子和一对儿女呢，他们在哪里？想到这里时，就听到后面有人喊他：四哥！是老八在喊；四喜！是妈在喊；老四！是妻子在喊；爸！是一对儿女在喊。老四回头一看，看到妈牵着一双儿女跟过来了，看到妻子不声不响地跟在自己的身后。只有老八从最后面冲过来，从妈手中把一双儿女夺下来，牵着他们朝后走。老八说：他们要上学，他们要学点什么，莫种田了！他们不能跟着走。

　　老四看到很奇异的东西，在他踩出的沙窝里有绿色出现，很快那绿色变成了麦穗和稻谷。在妈和妻子踩过的脚窝里，也长出了麦子和稻谷，还有棉花呢！老四很奇怪，就加快了踩沙窝的速度，他每踩一个沙窝，就出现一棵庄稼。妈和妻子的脚窝里也是这样。老四说，那我们就快点走吧，越走快沙窝越多，我们收的庄稼也就越多。妈和妻响应着说：是的！他们加快了速度。老八扯着的一双儿女哭了！妈和妻子停下来望着两个孩子。老四朝老八喊：老八，带他们上学去！我这里有钱，给他们交学费。老四说得喉咙里一阵腥味，就哇地吐出一口血来。那血在沙漠上停了一会，就变成了一张百元的票子。老四又吐了一口，那血又变成一百元的票子。老四对妈和妻子说：你们把这钱拿回去，照顾孩子上学，我去把爸找回来。老四哇啦哇啦地吐了很多口血，那血就变成了票子。老四想，有这些钱,这个年过得去,那房子是可以修一下了。这样一耽搁,老四回头寻找三叔,已不见了踪影。老四喊:爸,你在哪里?老四加快了脚步,朝前冲去。突然,步子一踏空,老四一头栽进了一个深湖里。啊,好凉快好滋润好爽心呀,老四在湖里只顾咕噜咕噜地喝水。太渴了,太热了,太晒人了。老四喝水,喝着喝着就沉下去了。老四的手脚痉挛,不能动弹了,只能听任自己的身体朝下沉。沉,沉,老四沉到了无底深渊,老四没有知觉了。

省立三医院的收费取药大厅里,靠墙的一张长靠背椅上,有一个看上去是农民工的汉子枕着旧手提包,手抚着胸部睡着。大厅里人来人往,没有人去细细地观察这个睡觉的汉子。

老八和水生腊月三十的上午,在武昌商业大楼等几处热闹地方逛了逛,水生给老婆买了衣服,自己也挑了一套廉价西装穿在身上,把旧衣服装进提包。老八却不买衣服,在书摊子上买了一大摞花花绿绿的杂志,然后又买了几盒磁带。老八有一台收录机,他喜欢听流行歌曲。买的几盒磁带中,有盘芍子上有《天不下雨天不刮风天上有太阳》这支歌,老八很喜欢,他已经跟着街上的音响中放出的这支歌,哼了个八九不离十了。

老八和水生是十一点半后到达武昌傅家坡车站的。他们两人到候车厅里里外外地找了一遍。"四哥还没到!"水生说。

"那我们就等一等吧!"老八说。

十二点钟过了,老四还没来车站。

十二点半过了,老四也没到车站来。

"怎么还没有来呢?四哥平时可是很守时的呀!"水生看着手表,有些着急了。

老八开始还哼着歌,哼着哼着就觉得不对了。是呀,十二点半都过了,莫不是四哥在医院里查出大毛病来,走不脱身吧!想到这里,老八汗毛一炸。"我们不能在这里傻等,我们到医院里去看一看,到底是怎么回事!"老八说。

老八和水生提着行李,匆匆忙忙地离了车站,到街头公共汽车站等车。不一会儿,车来了,二人上车,买了车票,朝省立三医院去了。

水生和老八在省三立医院门口下了车。老八后来对我说:大哥,我从车上下来,和水生跨进医院大门的一刹那,我突然心惊肉跳了,有种不祥的感觉。我在心里祈祷着,四哥,你可千万别出事啊!千万千万!家里人等你回家过年哩!我们一起回家呀!

老八看到医院的那个火红的大十字,腿还些发软,步子迈得慢了。水生说:"怎么了?老八!"

"没什么，水生，我们快去找四哥！"老八说。

老八和水生走进医院收费取药的大厅。那时，医院里人已经很少了，已经是中午，那些收费取药的小窗洞都已关闭着，一些病人和家属等待着医院下午上班。

水生和老八同时看见躺在长椅上睡着的老四。水生说："你看四哥在那睡着了，怪得他误了时间。"

老八快步跑上前，用手推着老四的手臂。"四哥，快起来，看看什么时候了，你还在这里睡觉。我们快回家啊！"

老八推老四时，老四没有一点反应，老八感觉老四的手臂发硬，再一推时，老八突然哭叫起来："四哥，你怎么了？快起来，我们回去啊！"

老四醒不过来了，老四死了，永远地睡过去。他死得很安静，死在医院大厅的长椅子上。

老八和水生同时哭喊起来："四哥，你怎么啦？快醒醒，快醒醒啊！"

老八和水生的哭叫，惊动大厅里的人，立即有人告诉他们："快，快把他送到急救室里去！"

老八一把将老四抱起来，朝急诊室里冲去。水生捡起老四和老八的提包，跟在后面跑着。

急救室里的医生正吃饭，看这架势，忙丢了饭碗，让老八把老四放在台子上。医生先用听诊器听了老四的心脏，再用手扒开老四的眼睛看了看，摇了摇头说："你们送来晚了，他已经死了一个小时了。"

水生听了医生的话，一下瘫了，手里提着三个提包，呆呆地像个傻子般，一句话也说不出来。

老八却扯着医生的手说："医生，求你救救他，要多少钱我们都给！求你救救我四哥，我给你下跪了。"老八说着，一下子跪在医生面前。

医生是个快五十的男子，他拉起老八，说："兄弟，医生治得了病治不了命啊！救不活了。你准备后事吧！"

没有希望了，真的没有希望了！老八和水生哭着把老四从急救室里抬出来，抬到医院的大门口，放在大门口喷水池的水泥台子上。

"老八，我们把四哥背回去，背回去过年啊！"水生说。

"背回去过年！水生，我们把四哥背回去过年。"老八喃喃着。

老八把老四背到医院门口的汽车站旁，水生拦了一辆辆的汽车，人家都不让上。公共汽车不载死人。

老八说："水生，你在这里看着四哥，我回工地去找向老头，借辆板车，把四哥拉回去!"

水生说:"我去吧,你在这里陪着四哥。"

当水生把板车拉到省三立医院的门口,已经是下午两点多钟了。老八和水生把老四放在板车上躺好。水生还顺便把老四的被子拿来了,他们给老四盖好了被子,然后动身回家。

"四哥,我们走吧,我们回家过年了!"老八拉起了板车。

"四哥,你睡好,我们动身了!"水生在板车后面跟着。

农历甲戌年腊月三十,夕阳西下,除夕的气氛在城市也慢慢地浓了起来。在武汉的大街上,从我老家四方村来城里打工的两个兄弟,拖着一辆板车,板车上睡着我的堂弟刘四喜。板车轧轧而行,老八和水生脚步沉重。他们穿过人流,穿过车影,披着城市的喧嚣和繁华,回归乡野。

"四哥,回家过年!"老八边走边念叨着。

"四哥,回家过年!"水生边走边念叨着。

腊月三十的夜里,我们四方村的乡邻家家都在吃年饭,老四的妻子和一对儿女,还有我的三婶在村口等着老四回家。

老八和水生拉着板车载着老四回到四方村时,已是晚上九点钟了。

立时,哭声和除旧岁的鞭炮声一齐响起来。

我是在我老父亲平时看的那台黑白电视机前看春节联欢晚会时听到哭声的,我赶到村口时,老四已在一片哭声中回家了。

我的老家,金水河畔的四方村是在丧事中辞旧迎新的。

春节之后,我回城里上班。翻看积攒了一些时的报纸,在晚报的二版右下角的地方,我看到一则火柴盒那么大的消息,题目是:《一外地包工头揣满钞票赴黄泉》。

消息说,腊月三十的中午,一外地包工头在省立三医院死亡。有关人士呼吁,不能为了赚钱而不要命地干,为了家人和自己,还应多多保重。

我望着报纸上的文字,泪流满面。

河 东 河 西

　　我跟着会计童吉喘大叔走上找秧之路时，我正在十六岁里面。吉喘大叔不说话，脸上是一片忧伤之色，就像他的小女儿珍妹淹死时那样。珍妹和我的小妹妹一年生的，原来约定下个月就去报名读小学一年级的。那天，大人们都去加高堤圩子去了，大水已经淹没了大田好深，也把在田边捉一只绿蛤蟆的小珍妹淹没了。多好的个小女孩啊，胖嘟嘟的脸蛋，见人就笑出俩酒窝，喊我"菱角大哥"时很好听。珍妹被大人从田里捞起来时，小肚子鼓胀着，两只眼睛瞪得好大好大。珍妹娘哭得死去活来，我娘和队里的许多女人们哭成大合唱，我也像女人一样地哭了。会计童吉喘大叔没有哭，他不像现在这样一脸的忧伤望着那片大水。

　　我的心情也沉重起来。我打赤脚穿了双棕色的塑料旧凉鞋，这双鞋我穿了两个夏天了，底子已经磨得很薄，有一只的带子快断了，春光就用一根布带子系住，还蛮管用的，到底是女孩子有心窍。我提了提短裤，把背着的黄军用书包往腰后推了推。这军用书包是我上中学时背书用的，现在里面装着套换洗的背心短裤，还有够我吃一天的烙饼。烙饼是我娘今天起早床做的，面粉中还调进了两只鸡蛋，够香的。我娘这时正站在路边的杨树下，旁边站着春桃还有我的大妹妹大欢小妹妹小欢。她们的脸上都是黯黯的，就像我家的茅草屋顶样，没一点明亮成分。春桃的眼睛望着我，眼光里有些东西，我是不明白的。

　　我把提在手里的草帽转动了一下，我想我们该动身了。我望望吉喘大叔，他还是那忧伤的样子呆着没动。吉喘大步是个黝黑的汉子，大脸盘络腮胡，平头上的短发直愣着像刺猬。吉喘大叔一手提顶发了黑的破草帽，一手提着只白布面口袋，那口袋的内容跟我的黄书包差不多，但多一把烟叶子和百十来块钱。那钱是我们生产队的最后一点家当。吉喘大叔的一双像枣木树枝的腿子杵在村头，腿肚子上爬满像蚯蚓般的蓝筋，两只大脚掌装在用橡胶轮胎皮做成的凉鞋里，这玩意耐用，但太粗糙太难看。

　　队长韩癫痫是个小个子，他这时正和一堆男女社员站在另一棵大杨树下，与我娘他们站的那棵杨树形成了夹道欢送的仪式。韩癫痫和一堆男女们望望我和吉喘大叔，谁都没有作声，但大家的眼光里是千斤的重托万斤的信任啊！我掂出了人们的希望的分量。全生产队一百几十张嘴,他们要吃,一百几十口人,他们要穿要过日子。还有公粮。

队长韩癫痴叹了口很大的气,朝我们俩摆摆手:"会计菱角呀,你们早点动身吧,全队人的希望在你们身上啦!你们路上注意呀,有了消息,早点摇个电话回,电话摇到公社,我老大会回村来把信的。唉,你们再看看这田,这是三百多亩田啊,我的天啦!"

韩癫痴说完就蹲下去了,双手抱着他那颗光秃秃的头。他身边人堆中已有女人的抽泣声了。

是的,要看看这田,这三百多亩田,只有记住了这惨状,我们就会想天方设地法拼命地要弄回一批秧来,有秧就有法,无秧就无收。队长挑中我和会计吉喘出外找秧,是有考虑的,我年轻刚从学校回来,可能灵活些。会计吉喘呢,是队里的内当家,能吃苦也有权谋的。我们俩这回出去,是非要找回秧不可的,要不就没有脸面回来见父老乡亲。

这时大约是上午七点钟左右。太阳出来了,日头在东边逍遥自在地工作着,把红艳艳的光彩涂染了大朵的云团,离日头近的云团红了,离日头远一点的云团亮了,红的亮的云团簇拥着日头,组合成一块斑斓东方。是的,太阳这时是美丽的,天气还不热,早晨的凉风还没褪尽,站在村口看东方,是一种美的欣赏和享受。

我对着抱头蹲地的队长韩癫痴,对着面容凄切的一堆乡亲,还有脸色黯然的娘和春桃们,对着失女之痛未消又添灾毁之痛的会计吉喘,我有心思欣赏东边那日出之美吗?我在中学时培养的那点诗意早消失净了。我只感觉到心痛,只感觉到悲凉和压抑。

东边,那斑斓的色彩下面是我的乡亲们苦心经营的三百多亩好田。半个月前,我结束了中学的生活,失去了上高中的希望,我悲痛我灰心。我挑着被子行李回村来,当我第一眼看到我家乡的这一片无边的绿浪时,我的悲伤失意荡然无存,我是张开双臂扑向这片绿海的。

二季稻秧返青拔节,三百余亩稻秧平展展的一望无垠,秧苗绿翠浓青,浓得发紫,这是我故乡的稻田才能生长出来的颜色,是我的乡亲用胸脯捂出的颜色,用血汗浇洒出来的颜色。这是有生命的碧色,有灵性的碧色。用眼望吧,放开嗓门喊吧,绿色无遮无拦无穷无尽,光滑的绿色,你的眼光可以像飞机在它的跑道上滑行般地滑过这绿色,你的嗓音可以像城里孩子玩的飞碟那样紧擦过绿色的尖梢而飞向远方。微风起了,碧色荡动起来,荡动得那么优雅那么缓慢,像漫舞的少女轻掀她绿色的裙裾。缓缓荡动,缓缓荡动,那印象在我脑子中刻印下深深的形状，若干年后，我在城时里生活了，夏天，当妻子从冰箱里端出碧色的果冻时，果冻那缓缓的微颤，使我想起家乡那浓得化不开的绿色稻田。

就是绿色的令人神往的舍不得用手心去碰一碰的绿色，在一个夜晚就消失了。百年未见过的瓢泼大雨下了一夜，某一处圩堤倒口，湖水肆无忌惮地淹没了绿色，也淹没了会计童吉喘的小女儿珍妹。

一个星期后，水退了，圩堤筑固了，可乡亲们的三百多亩稻秧，那使人心疼的绿色在哪里？

我的眼前是一片惨景。昔日纵横有序的爬满青藤草的嫩绿田埂，如今被乱七八糟地抛撒着，像理不清的烂草绳，像乡亲们百结的愁肠摊在光秃的田野上。田野里的洪水没有了，只留下腐烂的发黑的稻秧的尸体，空气里有股沤青草的臭味。没有幸存者，稻秧的美丽的躯体碧绿的青春被洪水们摧残殆尽，青春夭折了。队长韩癞痢那天早上起来，是号啕着的，今天他都不敢再看一眼稻田的惨景了，他只好抱着头。一个星期的恶水，再坚强的生命也要被泡浓发臭。人们悼念着，悼念着失去了的稻秧，悼念着会计童吉喘失去的娇女。

我不敢再看下去了，那狼藉的田野，那没有了绿而呈现凄凉无生气的田块。太阳照在田块中的水泡烂泥奄拉的灰死秧禾上，发出刺目的光。

我们该动身了，我望了望身边的会计童吉喘，他已收回了目光，他的目光却落在村子里。村子是小村，一色的土砖茅草屋，那该冒起炊烟的屋顶，都没有一丝生气。全村人都聚在村边了，他们中有多少人像我娘早晨一样没吃东西，或许喝了点清汤拌菜叶之类的东西。一些屋里断了粮，没断粮的家现在也得要把一粒粮食当做两粒用了，人们准备度饥荒。出去找秧，在被淹过的田里再抢插一季，秋后能收些粮食的。人们做出这种决定，不是什么抗灾夺丰收之类的壮举，而是为了队里百十口人锅里有煮的，有活命的粮食。春桃这里从我娘身边走过来，走到我身边悄悄问："菱角，几时回来呀？"

我说："这说不定的，三五天吧，时间要赶早咧，要不就晚了季节，插下去秧也没用。"我好像懂得不少，其实这是我听队长说的。昨天晚上他反复叮嘱我和吉喘大叔，要我们快去快回。

吉喘大叔毅然地收回目光，把白布面袋朝肩上一搭，喊我："菱角，我们上路了！"说完头也不回，抬脚就走。

我看了看我娘我妹妹春桃和队长以及树下的男女，也转身跟上吉喘大叔走了。

春桃在后面喊："早点回来！"

我没有答她，心里想，我还不晓得早点回。脑子里却留下我小妹妹的样子：

她怀里抱根竹竿,是我娘为她备的。我娘说:"小欢,你用这去赶鸡鸭,莫让鸡鸭糟蹋田里的稻秧啊!"如今我小妹妹没必要赶鸡鸭了,田里的稻秧没有了。

有个作家写道:太阳牛卵子热。这种感觉太奇特了,我想起来我跟吉喘大叔上路时,对太阳的感受就是如此,不过还不是一天中最热的时候。吉喘大叔的大脚掌丑陋的凉鞋踩在地上叭叭响,他的枣树枝子般的腿迈动起来快而有劲。我跟在他的屁股后面,也觉得走得很起劲,我觉得浑身有种使命感在涌动。

我们还是走在河东的土地上。要找秧。必须要过金水河,到河西山地里去找。金水河不是北京的那个河,而是长江的一条支流。河东是平地,朝东看过去,平展展的,可以望到长江的大堤,像条巨蟒样横亘在远处。在大堤背后的大片平地上,有大大小小的湖,我们在家乡叫做湖区。湖区有了不少的水利设施,但还是怕水,下大雨倒堤圩,是我的家乡最怕的事情,比对"文化革命"还怕。"文化革命"嘛,别人革命,他们种田,互不相干;下大雨倒堤圩呀,庄稼淹了,没吃的,最怕。我和吉喘大叔还走在河东的土地上。吉喘大叔不作声,他在看,看别的生产队的田淹得怎么样?结果是差不多,大家都淹了,都是湖区嘛,老天爷不讲面子的。别的队淹了,别的队也要找秧,那我们找秧就更困难了。要快,吉喘大叔走得更快了,我还在鼓足劲紧跟着。

渡口到了。金水河百把米宽,春夏时节,风和日丽,她袅袅婷婷,像个文静温顺的少女。那时,她水平如镜,照着白云,照着帆影,戏着小船,轻拍石埠头,真是条好河。河好河美就逗人喜欢,那时河上有多少渔船,艄婆荡桨,发髻还插那么朵小黄花,艄公立船头,把那小渔网撒得像花般好看,然后捞起泼刺刺的鱼来,好有韵致。夜晚,踏着月色,来到河畔柳树边,听河水絮语,年轻人就放声地笑吧叫吧,好不快活。春桃拉我来过,我看到河上的夜景,岸边泊两三点渔火,我"啊啊"了半天,想念出几句诗来,却硬是什么也念不出来。现在看起来,春桃那时是喜欢我的。春桃是我姨的女儿,大我两天,可我从来不喊她姐的。幸亏我们那时没有相爱,要是爱上了,婚姻法是不允许的。金水河,水性杨花,说变就变的。就在我们的田被淹的那一天,她突然发起怒来,成了个凶狠丑陋的大肚子泼妇。她膨胀了她变粗了,满荡荡的一河浊水撑大了她的肚子。河柳摇摆,金水河披头散发,拼命地用肚皮撞击着河岸,大声呼啸,我不明白她要冲上岸去干什么?去帮湖水淹田吗?湖水早把田盖住了,你何必还来为虎作伥呢?丑陋的泼妇没人喜欢,渔船们早跑了,河面上没有插花的艄婆和张开的网花,金水河是个没人理会的丑婆娘。

我和吉喘大叔在渡口停下来,渡口有排柳树,柳树底下已有不少人了,而渡船在河西还没过来。吉喘大叔站在柳树下,敞开赤胸,摘下他的旧草帽扇风。我也摘下草帽扇起来,扇来的风解决不了什么问题,刚才的一阵急走,使得我有些喘气了,额上满是汗。吉喘大叔见我的样,问:"累了么菱角?你看这些人,怕还得等两船才过得完!凫过去吧,往上头找个僻静些的地方!"

我望望河面,河水不清不浊,在曾经疯狂过几天后,现在安静了。太阳在一点点地大起来,现在比牛卵子热多了。我感到热,我想到水里去凉快一下。这百把米宽的河,对我们这些湖乡男人来说,不值得一谈。我说:"好!走吧,吉喘大叔,要抓紧时间。"

我们一前一后沿着河岸往上游走去,河岸呈倾斜状,不干不湿的泥沙土上长着蓬蓬绿草,这些草的生命力倒强,没被水淹死。我们踩在泥沙和绿草上蛮舒服的。走了一截子路,看看离码头远了,那儿的人望这边也不会望得清楚。吉喘大叔停下来,一把扒光了裤子和上衣,将一尊赤铜雕塑现在我面前,那胳膊那大腿那胸脯那肩膀,多么壮实有力,我相信此时即使天垮下来到他头上都要打个顿儿,这根铜样的柱子会顶挡一阵的。我学吉喘大叔那样,也拉下了衣裤,我简直惭愧极了,我看到我的胳膊胸脯大腿肩膀又小又白又没劲。在吉喘大叔身边,我像只雏鸡,什么东西伸出手来一捏,就能捏碎我。吉喘大叔是棵老杨树,我是老杨树边的一根蒿草。我两手摸摸屁股,我的屁股蛋子是尖的,我好伤心啦!我父亲两年前去世,我娘拉扯着我们兄妹三个,还要供我上中学。幸亏姨妈姨爹好,春桃也好,队里的乡亲们都好,他们对我家的照顾我永生不忘。我上中学时,吃的穿的都不如人,我营养跟不上去,到现在十六岁了,还长得这点点个子,太伤心了。

吉喘大叔在我发愣时,把我的衣服和黄书包再加上他的衣服一齐塞进白布袋中,我发现他的白布袋好大。他把白布袋顶在头上,一手高举他的黑草帽,连他的丑陋凉鞋都没脱,就走进水里去了。吉喘大叔在水里走着,一直是走着,下巴离水面好高,肩膀掌握方向,往前一拱一拱的,好快。我知道这叫踩水,是游水中的高招。

我也不脱凉鞋,扑进水里。我不会踩水,那时还不会蛙泳,我的蛙泳是后来在省城里工作时在游泳池里学的。我只会两只手两只脚一起动的姿势,我们乡下叫"打鼓秋",打得水啪啪响,且速度也不快。草帽没有手拿,只好戴在头上,凉鞋没脱是大大的失算,穿着凉鞋打鼓秋,好不方便。我在河水里啪啪不停地前进着,我感觉到双脚在扬起来露出水面时被太阳晒到的热,又感觉到双脚回到水里时河水带给的凉意,我的身子是伏在水里的,舒服极了。

吉喘大叔已经上了岸,穿好了衣服坐着一块半截砖上,我的衣服和黄书包放在一边,他看着我打鼓秋,说:"要学会踩水,踩水好!"

我爬上了岸,身子刚从水里出来,立时就尝到阳光的热辣尖锐了。我连身上的水都不擦,三下两下地套好衣裤,背上黄书包。吉喘大叔站起身,一脚把半截砖踢到河里说:"我们节约了半个小时,要等那破渡船啦,至少要走三里路了。"

我这时突然发现我的草帽出问题了。我的草帽是春桃买的,麦草瓣子编得细密结实,白晃晃的真是顶好帽子。春桃送给我的当天,我在草帽上写了"扎根农村"四个字,毛笔蘸着红广告颜料写的,不是用的红油漆。我的草帽被水浸湿了半边,广告颜料见了水,"扎根"二字成了团红粑粑,只留下"农村"两个字。我惋惜了一下。见吉喘大叔的胡子,干干的,连点水沫子都没有。我还是要学会踩水。

吉喘大叔在前,我在后,我们踏上了河西的山地了。

东西是不同,东西是个界限。我们河东地是黑油油的,可是到河西一看,地都是白的黄的甚至是红的,好有色彩。河东连个土包都没有,河西却有一嘟噜的山包,挨河边的小些,越往西望就越大,大到层层叠叠只看得到蓝乎乎的影子。到山地了。我看河岸边的一只小山包被人挖了个坎坡,坎坡裸露的土一层一个颜色,好看得很,真是五彩的土地呀!我跟在吉喘大叔的身后走着,大阳辣辣地照,周围没什么人,只听我们的四只脚踩在路上喳喳地响,时而带起些碎米石飞溅着。河东河西的路响声都不一样,一是"叭叭"声音有些皮;一是"喳喳"声音好脆。河西人做活路比较懒散,现在都快九点半了,他们都还没下地。远处山包下有白房子黑瓦,有树和炊烟。河西人做的活路不多,田地薄,收成不如河东好,可他们住的房子比河东好,基本没有茅屋。他们的底子厚,是世代祖居在这块土地上,长年积累下来的财产。土改时,据说河西山地里有一家地主,拥有幢四十八个天井的大瓦屋,简直可以住河东一个村的人。河东人都是从外省逃荒来的,他们能吃苦,种庄稼精,湖田也肥沃,就是容易遭灾,所以他们如今住茅屋,不如河西人现在还在家里待着不下地过舒服光阴。

现在就有两个河东人在奔走,顶着太阳寻找。吉喘大叔说:"菱角呀,我刚才看见渡口人堆里有几个隔壁队的人,也提着袋子背着书包的,我敢肯定他们也是出去找秧的,我们要快!赶在他们前面。"

我紧走几步,也说:"要快,不让他们走在前面。"我说话时,我觉得身上已经汗淋淋的了。我拿手在额头上一抹,抹了一手水,甩到砂土路上,打湿了几块灰尘。

吉喘大叔在前面奔头走着,脊背一耸一耸地好快。我跟着他,我不断流汗,我都有些气不匀了。但我不作声，我不能叫吉喘大叔等我呀，不能要他慢点走呀，现在是要赶时间。刚才看见的那个白房子黑瓦的村庄，似乎不远，其实好远，让我们赶了一个多小时才听到村口的狗叫。我们到了村头，见村子边有几十亩水稻田，都已插了秧。那秧黄黄的，在太阳下有气无力地瘦弱着。山地的水田肥力土质都不行，水稻产量不及我们河东田里的一半。山地人主要种包谷土豆，种些稻子主要是为了自己有大米吃。我看见那些可怜的稻秧，真有些惋惜，这些秧要是插在我们那田里，嘿，那不是绿油油的才怪。

吉喘大叔在前面"嘿"地叫了一声，我赶紧跑过去一看，"嘿"，我也叫了一声。我本来快要消失了的劲头现在又鼓起来了，一股喜悦在全身散发开来，太阳都似乎不大了。

我们看到在几十亩瘦黄秧棵的水稻田中间，杂夹着一块秧，麻麻密密挤得缝隙都没有，秧苗儿长得有尺把多长。是块秧田，我们没看错。我紧跑几步到了田边，真是块秧田。天哪，真是老天照应，我们出门就找见了秧。我大致估摸了一下，这块田有两亩左右，这秧扯了运回去，可以栽四五十亩水田。虽然秧老了些，这是正常的，现在的二季稻栽秧季节已过了半月多了，谁还剩下嫩秧？有些队之所以剩下秧，是因为秧苗出得齐，水田里用不完，他们就把秧留着长高些，到时割了喂牛。我朝吉喘大叔喊："是秧田是秧田！"

吉喘大叔跑过来，伸出他的大手抚摸着秧苗，轻轻的，就像过去抚摸他的爱女珍妹。我看见他的黑脸上有微笑闪出。他站起身，大手一挥："走，进村去！"

一个一手提着铁皮锈蚀得很厉害的铁桶另一只手握双筷子的老头把我和吉喘大叔带到队长门口，把我们带到队长门口后，他躬着个腰脊站在一边看着我们，不走。我朝他的锈铁桶里一看，里面有小半桶鸡粪。看来这些鸡粪是他在村里各处用筷子捡起来的了。老头有双昏浊的眼睛。

队长好半天才从屋里出来，赤着膊披件白布衫子。见了我们，队长伸开双臂伸了个懒腰，打了个大大的呵欠，似乎还没睡醒的样子。队长细高个，不到三十岁，穿件蓝布叠腰短裤子，看上去蛮窝囊的样。

队长说："么样，是喊我去公社开会去的么？好久没开会了，队里又没得多少活做了，口里也淡了，开会可以打打牙祭哟！"

队长的屋里蛮凉快的，却是有些乱糟糟的，也没什么家俱摆设，几只东倒西歪的凳子脏得使人不敢就座。

吉喘大叔谦恭地说："队长，我们是河东的，我们队的水稻田被水泡了，我们是来找你们买秧的，用谷子换也可以。你们队里有秧吧？"吉喘大叔这是故意问的。

"啊,不是通知我开会的?!"队长又伸开双臂打了个呵欠。"当队长不开会,没得么意思!再不开开会,我懒得当这个队长了。公社开队长会打牙祭,那蒸肉好吃得是没得说的。"队长说完,咽了口涎水,喉结那儿咕噜了一声。

吉喘大叔又谦恭地把买秧的事说了一遍。

队长说:"秧?有哇!就在村头那块田里。差点被犁掉肥田了呢!不是老二那天犯懒病就留不下来。我派他去犁那快秧田,他请假上街卖猪,就没犁成。你们人到齐了没有?那块田四百斤谷子,你们人到齐就去扯嘛。旺才叔,你招呼一下子就行了,谷子你们秋后送过来。"队长扯下布衫,准备回里屋去了。

那个捡鸡粪的躬腰老头用昏浊的眼睛打量了我们一下,忙喊:"队长,不是他们!昨天来买秧的是德宝的亲家,他们今天下午来的。"

队长又回过身来,看了看我们:"怎么,不是你们,你们不是德宝那个队的!那就对不起了,我们的秧叫别人买走了。"

吉喘大叔这时再也忍不住了,拉起我的手就走。我也扭头跟吉喘大叔快步离了队长的屋,真是的,这样的糊涂队长,啰啰嗦嗦耽搁了我们好多时间。我们快步穿过村子上路,那个捡鸡粪的老头子跟在我们后面,用他昏浊的眼睛送走我们。吉喘大叔说:"狗屁队长!"

我也大声说:"真是狗屁队长,叫他吃不上蒸肉!"

心里有火,时间已快到吃午饭的时候了。太阳这时和那个狗屁队长默契起来,毒辣辣地灼人。四处都是热浪,太阳光如数万根烧红了的针尖,在我和吉喘大叔的皮肤上戳着,身上热,内外夹击,我看到吉喘大叔脸色铁青地板着。他在恨狗屁队长还是在恨这天气,我无从知道。总之,我们在这个村耽误的时间一定要赶出来。我们快步疾飞,汗啦,烫得我呀无心去想了。我跟在吉喘大叔的身后走着,我们往下一个村子赶去。光走路,又没人说话,不想点事是做不到的,我的脑子又忍不住想起了事,乱糟糟的。

半个多月前,我还有着许多的梦想:上高中,再上大学,将来搞写作,到六十岁时就得到鲁迅那样的名气。现在看起来,真好笑。我连上高中的命都没有。"命里只有八合米,走遍天下不满升",我娘这样说我,她老人家是信命的,在命运面前规规矩矩,从来不知道反抗一下。我的命就只是在这炎热天气里在大太阳下奔行找秧么?我不信,我是要反抗一下的。后来我反抗了,若干年后我实现了自己理想的一部分:搞业余创作。但是得到鲁迅那样的名气,是太狂妄了点,这辈子莫想,这只能当个三流作家。

在太阳底下行走,热渴难当,我觉得浑身的汗水已被太阳挤干了,喉咙渴得冒烟了,身躯再晒一会怕是要烧着的,烧起一蓬火,烧成一把灰。这时,我对中学生活非常留恋。虽然我们是乡镇的中学，而我又是比一般孩子家庭要苦的学生，但那确实比在太阳底下舒服一千倍。坐在教室里听老师讲课，讲得晕晕欲睡的，毕竟在屋子里不热呀！中午，班长逼着大家睡午觉，几十个人挤在一间潮湿的寝室里，可以甜甜地睡，虽然那寝室的气味难闻。待大伙睡着了，几个好伙伴悄悄溜出去，到镇边的金水河里洗冷水澡，打鼓秋，痛痛快快地玩。可是这种日子结束了，没有了。升高中的名单里没有我，再说即使有，我也不忍心让娘和大妹妹养着我，每月供给我四十斤米背到学校。我的路只有一条，回到乡间来，用我稚嫩的肩膀顶起我们家的屋顶，家里有我这个男子汉，才能叫做家。

　　那天，我拿着个小本本的毕业证书，挑起我的粗布被子和只木脸盆，木脸盆里有我已用不上了的课本练习本，我有气无力地由学校所在地金口镇往家走。我知道我没条件读高中，到真正已经决定不能读高中时，我少年的心是灰的，整个人也是灰溜溜的。那天我走在回乡的土路上，慢腾腾地挪着，比起今天的行路速度慢了一整拍。我走呀走呀，十来里路走了整半天。到村口了，我看见了那一大片绿色和在绿色里扯秧草的人群，我的心胸突然开阔了。特别是从秧田里爬起来接过我的担子的春桃，那晶亮的眼望着我："回来了！"我说："回来了，再不去了！"她说："真的?!"竟有些高兴起来。她高兴，我也突然高兴了。我心上的灰色也变得和稻秧一般绿了，我不知道是什么原因。春桃的晶亮的眼和家乡田野的绿色使我高兴了吧！我本来就是这块田野里的一棵秧苗或者是一棵小草的，和春桃一样。

　　天越来越热了，四周一点风也没有，天空没点颜色，只是发亮。我跌跌撞撞地跟在吉喘大叔后面走。吉喘大叔像是和谁赌气似的，抿着嘴唇，一声不吭，只听他的大脚踩得哗哗响。我的旧凉鞋有点磨脚了，不过凉鞋在热地上已经变得软和和的，发烫。身边是有气无力的稻棵田，坡地上有瘦不禁风的高粱，叶子耷拉着。没有水，水田的水是浊黄的，漂几片苔藓，苔藓是黑的。我再朝前看，前面有光向秃秃的山包，没有树。我们这样走到啥时候呢？这山地的村子怎么这样少？我想说话，但忍住了，也不吭声，只任着身体朝前奔着，奔着，跟着吉喘大叔，嘴里呼着气。此时，我渴望有一杯水，有一片凉荫，然而都没有。我咬紧牙关。我读过作家艾芜的《人生哲学的第一课》，我现在是在上这一课，何况我身后还有希望的眼睛。

　　爬上一座山坡时，山路完全变成了黄色。吉喘大叔加快了步子。这时我听见了知了在树上热得叫唤的声音，虽说这声干极了，在热空气中有些刺耳，接着有狗的叫声，我心里一喜，这说明前面有个村子。

　　吉喘大叔在前面甩过话来："菱角，加把劲，前面有个村子叫白云庵，快到了。我们在那里去歇歇，吃点干粮讨口水喝！"

我大声回答："好！"脚下的步子快起来，剩下的一点劲就最大限度地鼓起来了。

我和吉喘大叔相跟着进了村子。村子在一片凹地上，绿茵茵的一片大树掩着十来幢房子，村子周围也有几十亩水田，稻秧长得不错，和我们河东的稻子长得不相上下。房子都是白墙黑瓦。此时炊烟袅袅，饭香四溢，好一派和平安静的田园正午。此地风水不错，我们从山坡下到村里，身上的气温感觉降下了五度，就像从地狱进了天堂一般。但是此地无白云啦，有云只会在高处飘，不会飘到这样凹处吧！为什么叫白云庵？这里可能有个庵堂。我小时曾看过楚剧《庵堂认母》，庵就是尼姑住的地方。现在还有尼姑么？倒是可以见识一下的。我这人就是爱乱想些东西。

村子东头有间孤零零的小瓦房，白墙已经有些驳落，黑瓦沟里长有青嫩嫩的草，房子后面有株大苦楝树，枝杈如伞般罩住了小房。小房当门有三级青石阶，一扇木门虚掩着，木门可以看出红的底色来。房檐的四角翘起四只小兽蹲着。吉喘大叔直趋小房子，到了小房门前的青石阶上坐下，把肩上的白布口袋和头上的旧草帽摘下来朝脚边一撂，擦擦脸上额上的汗水，长长吁了口气，像回到了家一般。我看见吉喘大叔坐下来，就站下用眼细细打量这小房子，在小房的门楣上望见了块凹进去的青石板，嵌在砖墙上，青石板上有"白云庵"三个隐隐约约的隶体字。我明白了，这是个真正的庵屋。我也像吉喘大叔那样摘下书包与草帽坐下来，哎呀，青石板上冰冰的，屁股舒服极了。

虚掩的木门吱呀一声推开了，小房里走出一个老婆婆，这么热的天气，还穿件细布长袍，穿双黑布鞋，一头银发纯净发亮，找不出根杂色来。老婆婆颤巍巍的，脸上布满皱纹，但气色不错，一双眼睛看上去和善清明，给人一种慈爱的感觉。见老婆婆出来，吉喘大叔忙站起身，欠了欠腰身。我被老婆婆的仪态吸引住了，也站起身学着吉喘大叔的样子欠了欠身。吉喘大叔说：

"老人家，身子还硬朗啊！好些年没有来了，您还是这般健旺。"

老婆婆扶住门框朝吉喘大叔仔细地打量了几眼，说："你是河东童家的老三吧？也见老相了啊！我还好，多亏队里五保，只是年纪大了，八九十岁了，到了阎王不请自己去的日子了。"老婆婆顿了顿，又望了望我，问：

"这个后生哥面生啦，是你们湾里哪个的伢呢？骨头嫩嫩的，跑这远来做么事哟？"

吉喘大叔答："他是刘家四伢子的老大，四伢子前两年过世了。他叫菱角，刚从中学毕业哩，跟我出来找秧的。"

老婆婆把双手朝胸前一合，那个姿势庄重而好看。老婆婆说："四伢子死了哇，遭孽遭孽！我看你们俩面带晦气，是遇到难事了。找秧呀，白云庵这村里没得的。你们喝口水歇歇气吧，我给你们弄饭去！"

吉喘大叔忙上前拉住老婆婆说："不用啦老人家，我们带着有面饼子，天气热，不吃也放坏了！"

老婆婆说："那我给你们弄点喝的来，水是有的呀！"吉喘大叔只好松了手。

老婆婆一会给我们端出口小陶缸来，陶缸里有两只带把的竹筒。吉喘大步把陶缸接过来放在石阶上。老婆婆也在另一级石阶上坐下。我和吉喘大叔喝水吃干粮，老婆婆在一边闭目打坐，作冥思状。

我用竹筒舀了一筒陶缸中的水，水呈淡青色，亮亮的，我渴极了的喉咙立即咕噜咕噜起来，一筒水喝完，我用口腔细细品了品，水沁凉清香，略带点甜味，既消热又解渴。我又舀了一竹筒喝了，身上凉爽舒服，口里甜润清新，真是好茶水。那时，我一口气喝了三竹筒，把我娘为我做的鸡蛋面饼吃了一半，使得肚子饱饱的。在那酷暑的八月，在山地的一个凹处的村庄，坐在浓荫罩住的安静的小庵前，听村里偶尔传来的几声犬吠鸡鸣，旁边有老尼打坐闭目，饮了山中的仙泉，吃了美味喷香的蛋饼子，暑气消失了，旅途的饥渴劳顿疲倦没有了。那种舒服惬意劲，那种静谧安宁逸然的境界，使我终生难忘。现在想起来，总觉得那小陶缸的水还在润浸着我的喉咙，使我回味无穷。啊，美丽的白云庵，虽然没有白云，但比起白云深处的仙山一点也不逊色。白云庵，我再也没去过那美妙的小山村。

我打了个盹，我在梦里见到了一大块稻秧如绿毯一般。突然秧苗的绿毯飞起来了，我拼命地追呀追呀，身子轻了，我也飞起来。绿秧毯像块绿云，与我总隔那么一段距离，我伸出手去抓，可总抓不住。就在这时，吉喘大叔推醒了我，我睁眼一看，我们还坐在小庵前，老婆婆还在闭目打坐。我看到小庵的门前和石阶上洒下了一些水迹。吉喘大步说，他刚才帮老婆婆挑了两担山泉水。吉喘大步说，老婆婆陶缸的水是用一种草泡过的，这种草泡这山泉水，清冽芳香解热消暑，我们河东人是很少喝到的，更不要说住在大城市的人了。

吉喘大叔脸上的气色显得和缓多了，他高大的身躯看上去充满活力与自信。小庵前的小憩，使得我们如一架疲倦少油的机器，充了油，经过修整，立即精神饱满，渴望快速运转。叶喘大叔提起白布口袋，戴上草帽，朝我招招手，要我们悄悄离开，不要打扰了老婆婆的好梦。

在我们抬腿要走的当儿，老婆婆睁开了眼睛，眼光朝我们身上一睃，然后站起身来。老婆婆伸手拢了拢头上的白发,说:"就走呀,这白云庵就不要停了,你们上路后,翻过这道梁子,有两条岔道,你们沿向西北那条路走,到半下午就有收获的。千万莫朝西南那条路走,你们的气数不宜在西南,凶多吉少。童家老三,听我的话没错,带好这刘家四伢子的嫩秧秧,他的日子还长呢!"

吉喘大叔朝老婆婆欠了欠身腰,谢道:"老人家,谢谢您的指点哪!祝你健旺长寿哇,打扰了!"

我也朝老婆婆欠了欠身子,我谢谢她为我们提供了这么好的休息处所和甜香的茶水。

我和吉瑞大叔相跟着离开了白云庵,爬上了山梁。我把头朝凹地看下去,村子还是那么宁静,老婆婆还在小房前的青石阶上坐着,她大约还在闭目养神。这是个多么幽美的小山村啊!

我们又置身在太阳底下了,刚凉下去的身子又增加了温度,汗很快地寻找一切孔窍流出来。吉喘大叔在前面走的劲头很足,大脚掌踩在山路上喳喳地响得有节奏,我努力跟上吉喘大叔踩出的节奏来。山梁翻过了,那个叫白云庵的小村子不见了。我们朝前走了一截,果然山路分岔了,一条朝西南一条朝西北。我们在岔路口站住了脚,吉喘大叔朝西南那条路的方面望了望,西南那边的山势平缓得多,且有绿荫荫的颜色;西北方向呢,此时阳光正炽,只见一片耀眼荒坡秃岭,一色的黄土。按常识分析,山地人靠西南方向的水稻田多些,而西北方向的水稻田肯定要少些。我们找秧,肯定应该到水稻田多的地方去找,那里剩秧的机会也多些么。

吉喘大叔在岔路口犹豫不决。我望着吉喘大叔的脸,他的脸罩在旧草帽留下的一道暗影里,呈沉思状。

我指了指西南方向:"我们从这边走!"我说。

吉喘大叔没做声,过了一会儿,他摇了摇头,朝西北方向坚定地说:"朝这这走,老婆婆的话不会错的!"

于是我跟吉喘大叔就沿着西北方向的那条山路走去。山路变得小了,坎坎坷坷的也多,石子变得大起来,大石头被太阳晒得发烫。路两边的绿色也少起来,有一丛丛的乱茅草棵子,没有像样的一棵树,只有丛丛灌木堆子,整个山景显得荒凉些。路边也偶尔有些田地,地里是不足三尺高的包谷秆子,包谷果已被掰了,只留下干枯了的秆子。有点田,田里水少,有几株有气无力的稻秧,看来这稻秧是活不了的,纯粹是浪费种子。越走,太阳越大,我也越有点丧失信心了。这兔子不拉屎的地方,能有秧苗吗?我们怎么能相信一个老婆婆的话呢?老婆婆的那一套不是迷信么?吉喘大叔呀,家里等着秧呀,我们耽搁不得时间啦,我们要快点找秧啊！现在找秧的人多，河东那大片的湖田被淹，各队肯定要到河西山地来寻宝的。现在是谁寻到了秧苗，谁就能收到粮食。

吉喘大叔在前面坚定地走，没有一点犹豫的样子，好像前面有块金子等着他去捡似的。我想了许多，但我不敢说，因为吉喘大叔那么坚定有信心，谁又能说前面没有秧呢？谁又能说朝西南那条路就一定有秧呢！在我们俩人之间，我是应该绝对服从他的。我没有做声，只是吃力而强撑着跟上吉喘大叔的步子，冒着毒辣辣的日头，走完这条似乎没有尽头的山路。

我们走过一片荒无人迹的山坡，山坡平缓，但就是不长有绿色的生命，只长一些龇牙咧嘴爬着黑藻的石头。两面山坡夹峙，形成一个小山谷。我们走在山谷中时，四周寂静，没有一丝风，太阳似乎离得远了。我紧跟几步，和吉喘大叔挨紧了。吉喘大叔无所谓的样子，不停步往前走，边走边对我说："这个地方我似乎过来，是五八年大炼钢铁的时候吧，我和你父亲及一群小伙子来打石头，说这山上的石头能炼铁。他娘的，劳神费力把石头运回去，锤了碎块，烧了不晓得几多柴，烧出来的还是石头疙瘩，只是比倒进炉子时烫手些。嗯，就是这山，不怎么长草么，大概是什么矿石吧，只是我们烧不出来罢了！我记得，翻过前面那道梁子，有个叫竹林的村子。哎，菱角，加把劲，到那个村子歇脚！"

我说："好呀，我现在就想歇呢。竹林村就是种竹子的，能有秧么？"

吉喘大叔说："你这孩子不要说丧气话。老婆婆要我们朝西北走，肯定不会错的。竹林村没有秧，其他村还有嘛！老婆婆说话灵验，我晓得的，五八年时，我们试过。"

"你们么样试过？"我好奇地问。

吉喘大叔说："我们打石头运石头过白云庵时，在她门口歇气。她那时还不太老呢，给我们送茶水。她算了我们打的那些石头，什么都不会炼出来，是劳命伤财。后来果然就劳命伤财了，灵不灵？"

我心想，那有什么灵不灵的。我也晓得石头烧不出铁。但我没有做声，紧跟着吉喘大叔走。我们俩再没有说话了。

走出山谷，翻过山梁子，太阳又热辣辣的了。我的身上脸上又挂满了汗珠子。皮肤灼得疼，脸上感到热烘烘的，就如站在一座炉子前朝炉门添柴样的感觉。肩膀子背脊等处，都感到太阳的热力，脚每次踩下去，都似乎冒出了一串烟子。塑料凉鞋发软，像烧化了般，十分烫脚。吉喘大叔不吭声，我就决不吭声，我们在山梁子上奔命，我们寻找，寻找那绿茵茵的能长谷子的秧苗。山梁子走完了，下到坡底，吉喘大叔有些兴奋地说：

"看，前面就是竹林，到了到了！"

我一看，啊，果然在一片郁郁的竹林里坐落着一座村子，村子还不小呢！

这山梁下面的绿色又多起来，与我们刚才走过的荒山坡形成了鲜明的对照。我们不觉加快了步子，笔直朝竹林村走去。

我对白云庵那个老婆婆算是服了，她的指点是灵验的。她真的会神机妙算？我决不会相信。可事实又摆在我的记忆里不可更改，直到几十年后的今天，我还想不清楚老婆婆的预言。是巧合？不像。是心灵的感应？但心灵感应又是什么东西呢？老婆婆叫我们朝西北走，朝西北走到半下午就有收获。老婆婆叫我们不要往西南，往西南凶多吉少。后来发生的事证明老婆婆这个预言也是准确的。我们朝西北走，找到了秧。在我们找到秧的第二天，有两起找秧的人碰上了我，他们说他们在西南方向的几个村子都问遍了，连根秧毛也没找到。他们对我说这话时，吉喘大叔正在竹林村的一家农户里躺着，脸上微笑着，还没等我们村里人进屋，他就咽气了。

那天我和吉喘大叔到达竹林村时，大约三四点钟的光景，正是半下午的时辰，与白云庵的老婆婆说的时间很吻合。当我们走近村子时，村里有狗汪汪叫着迎出来。我和吉喘大叔吆喝住了狗，转过一片竹林。我们立即停住了脚步，像呆了一样，眼前的情景使我们简直难以相信是真的。

我们第一眼看到的是个老人，光着古铜色的赤膊，戴顶硕大无比做工粗糙的草帽子，坐在一只独脚凳上。独脚凳的独脚实际是根圆树棍，树棍插进了田埂的泥土里。老人的身边是毗连着的两块田，大约有七八亩的面积。山地里有这么大面积的田是少有的。两丘田里都是密密麻麻的秧苗，挤得不透风，说明这秧没受损耗，长得很好。秧苗也有尺把高。四周并无多少水田，大约有三四块田，但田里没水，插下去的秧苗已经干枯了。而秧田有点湿润，是因为秧田旁边有口大塘，塘里的水是黄粉色的，水已不多了。秧苗田里此时正有两头牯头吃秧苗，吃得呼呼的，吃两口就抬头咀嚼一会，似乎对秧苗不太满意。老人坐在独脚凳上，戴副眼镜，竟在看一本叫做《薛仁贵征东》的书，这是我后来才发现的书名。

看到牛正在残酷地啃吃秧苗，我和吉喘大叔同时一愣，我们俩的心都疼了。看看，我们四处像觅宝样的找秧，这里的秧竟被牛糟蹋，太可惜。两头牛已啃吃了簸箕大的一块秧了。说时迟那时快，我和吉喘大叔几乎同时冲到老头面前，使得老头吃了一惊，眼睛从架在鼻梁上的眼镜框上望着我们，不知发生了什么事。

吉喘大叔脸上立即堆满了歉意的笑，我发现吉喘大叔脸上从来没有这样灿烂过。吉喘大叔柔柔地说："老伯，请做点好事吧！我们是从河东过来的，我们河东的湖田全被大水毁了,我们正在四处找秧补插。老伯,请您把牛从秧田里吆喝起来吧,这秧太宝贵了,卖给我们吧!"

老头听说,呵呵一笑,慢慢站起来说:"怎么,这秧成了宝贝啦?队长早就叫人犁的,是我留下的,我说留给我的牛吃吧!算你们运气好!"

老头不慌不忙地走过去赶牛,那两头牯牛伸出舌头一撩,立即卷出一把秧到嘴里,嚼得卡巴卡巴地响,像嚼着我和吉喘大叔的心,我看到吉瑞大叔脸上痛苦的表情。

老头牵起了牛,看了看被牛啃掉的一块秧说:"问题不大,这半茬子秧也可以插的,返青还快些。"老头像个种庄稼的内行。

老头把牛安顿好了后,又坐在独脚凳上看起书来。吉喘大叔上前小心翼翼地说:"老伯,这秧我们买下了,找谁联系呢?"

老头放下书,摘下眼镜说:"那要找锁队长咧,锁队长进县城去了,怕得两天才能回来。"

吉喘大叔问:"那村里还有谁当家呢?"

"还有谁当家?谁也不能当家。除非找锁队长的娘子,她能当家。"老头说完,为我们指点了队长的家,就又去看他的书了。在这深山里,竟还有这么个识文断字的老人呢,他大约是个退休老教师或是什么的,我想。离开老头时,我朝他膝盖已经合起来的书瞄了一眼,我看见了书名。

我和吉喘大叔穿过一片竹林,到了队长的屋门前。队长娘子是个端正直爽的中年女人,看得出年轻时是风流标致的。她从屋里走出来,听完了吉喘大叔说明了来意,又朝我望了一眼,那一眼是很亲热友好的。队长娘子立刻变得热情开朗起来,忙说:"快进屋坐快进屋坐,就这码子事么,我当家,秧给你们了,秋后收起了谷子,给我们这里送些来就行了,好啵!"

我和吉喘大叔连忙道谢,说她的心肠好,这下子能解决我们队很多问题。队长娘子摇摇头,说别说这话了。当初是队长要下这么多的谷种的,说是坡地可以改田的,要搞旱改水。等秧苗长好高了,旱改水才改了几块田,而且水源不足,插下去的秧也枯死了,这样,那两大丘秧也留下来了,秧田也快干了。你们再迟些来,那秧不叫牛吃光,也叫旱干死了。

队长娘子让我们坐了,进屋给我们端出两大茶缸凉开水,看着我咕噜咕噜地喝下去,疼惜地说:"这孩子白嫩白嫩的,累得好狠啦!饿了啵,大姊给你做荷包蛋吃。"

我忙说:"谢谢大姊,我不饿,真的不饿。"

队长娘子一笑,露出一口白米般的牙齿。

我和吉喘大叔趁这当口将茶缸的水喝完了,仔细回味一下,没白云庵那婆婆的茶水好,但是对于我们在太阳底下走了这么远的路的人来说,是蛮好的,解渴生凉。

吉喘大叔说:"他婶子,这秧的事情我就说好了,说定啦,不变卦吧!"

队长娘子扭头对吉喘大叔说:"你这人啰嗦,我又不是三岁小儿开玩笑,说定了,不变卦,你通知人来扯秧吧!"

吉喘大叔说:"那好那好。他婶子,你们公社怎么走?那里有电话么?我跟屋里说好了摇电话通知他们的。"

"有电话有电话,出村朝西南方向走,有二十来里路咧,走到一个镇子就是贺山镇了,公社在那里。再走八十里就是县城了。这里到贺山不通车。"队长娘子爽快地介绍情况。

吉喘大叔问:"朝西南方向走?就这一条路么?"

"就一条路,非从西南方向走!"队长娘子斩钉截铁地说。

吉喘大叔和队长娘子一问一答的,就像没有我这个人似的。秧找到了,我的心放下来了,浑身松了劲,立即感觉疲倦袭来,有点坚持不住了。但我晃晃脑袋,想把疲倦赶走。他们的对话我听得不是太真切,再加上队长娘子和我坐在一条长凳上,她的眼光常来光顾我,弄得我好不自在。但我知道我们必须到贺山镇上摇电话回河东我们那个公社,告诉队长韩癫痫的儿子,说我们找到秧了,叫队长快带人来运回去。

吉喘大叔站起身,戴好草帽,提着白布袋要走的样子,我也站起身,背好黄书包,戴好帽子,准备跟吉喘大叔走。

吉喘大叔说:"菱角,你就不要去了,这电话我一个人摇就够了,你在这里守着秧田,免得再有人来买去了。"

我说:"不会的吉喘大叔,她已经答应卖给我们了,不会变卦的。我陪你一起去吧!"

"菱角你不要去,听话啦!守住秧,我很快就赶回来的!"吉喘大叔转过身,又对队长娘子说:"他婶子,这孩子让他在你这里待着,我去摇电话去的。秧不要再答应给别人了。"

队长娘子说:"你这人像个女人样,放心吧!我说话算话的,你快去快回,时候不早了。菱角这孩子我看也累了,就在我屋里休息,没得事,我会照顾好的。"

吉喘大叔转身就走了,我送他到门口。他不许我送。我不知道这里有点什么名堂,吉喘大叔为什么不让我和他一起去贺山镇?我很困了。吉喘大叔走了,我打了个呵欠。队长娘子在屋里喊我，我进了屋。队长娘子已经把一只竹床摆后门口了，有风从后门外吹进来，凉爽爽的。竹床用湿毛巾擦过，竹床上放了只系着枕席的枕头。队长娘子端了盆水来，盆里有新毛巾，叫我擦擦脸，然后在竹床上睡一觉。我擦了脸，突然觉得队长娘子像我娘，或者像春桃，她们是爱的给予者。我感到心里一热。

疲困的力量太大，我终于抵挡不住竹床的诱惑，就躺在竹床上睡了。我睡得好香好香，什么都不知道，连个梦都没有做。我毕竟是刚出学校门，这一天的劳累奔波，使我稚嫩的筋骨渴求放松和休憩。

当我在我故乡西部的山地中的竹林村的竹床上睡着了的那几个小时，世界发生了什么变化，我说不清楚。但肯定是有变化发生了。事后我想，当我睡得正香正甜之时，吉喘大叔顶着并没有弱下去的酷热，在山地里走着，他的大脚掌频率飞快，喳喳声不断，他在往西南方向行走。我想吉喘大叔之所以不要我随他去的原因，恐怕是因为这个西南的方向问题。在吉喘大叔不可选择地朝西南行进时，白云庵那小房子门前打坐的老婆婆有什么预兆没有？或者老婆婆心血来潮，掐指一算，就知道吉喘大叔要出事么?！我不相信，我决不信这一套玩意。老婆婆说我们朝西南走就会凶多吉少。吉喘大叔为了不叫我跟着一起受难，要我避开凶气，才坚持要我留下的。我觉得这一切都是胡说八道毫无根据。事后我问我娘，问春桃，她们在我出去找秧时心里有什么感觉？他们说他们一直在担心，盼望我们快点找着秧回来。这种感觉是完全正常的。吉喘大叔出问题的根本原因，是他有夜盲眼，一到天黑就看不清东西了，只靠摸索。我要是早知道他有夜盲眼，我会一定要陪他去的，我有一双好眼睛呀，在夜里特别的敏锐。我晓得吉喘大叔有夜盲眼是后来听我娘说的，那时吉喘大叔已经死了，到我父亲和小珍妹生活的那个世界去了。

总之，我睡着了好多个小时，听队长娘子说，她看我睡得太香了，舍不得叫醒我。队长娘子很心疼我很喜欢我，她有两个生得不错的女儿，就是少一个儿子。她很想把她的大女儿娇娇嫁给我，后来看到春桃对我那般的好，就灰了心，要我叫她干娘。我最不愿给人做干儿子，只同意喊她婶子，她也就让步了。我发现这位竹林村的婶子是个好心肠的人，是个好婶子。在我的乡村人物中，这个我都叫不上名字的婶子是排在其中的，所以我就要写写她，让她存在于我的小说中。

总之的总之，在我睡着了的这几个小时里，发生了如下的事情，使我终生后悔。

吉喘大叔没了我这个累赘，就健步如飞地赶路。二十里山路，他一个多小时就赶到了。到了贺山镇，吉喘大叔无心去观赏街景，其实那也谈不上什么景。吉喘大叔一心一意找公社院子。找到公社的院子，别人已经下了班。吉喘大叔找管电话的秘书，秘书正在打牌，背上已被人贴了三只乌龟。吉喘大叔忙不迭地向几个打牌的上烟。吉喘大叔上了烟，帮忙点了火，就向秘书说好话，希望他能把办公室的门打开，他借电话用用，他有急事。

背上有三只乌龟的秘书这盘又输了，第四只乌龟马上就贴上了背。他要输了赶本，把身上的乌龟甩掉，就把办公室的钥匙交给在旁边抽烟的炊事员，叫炊事员开门看着吉喘大叔摇电话。吉喘大叔再三感谢，在炊事员的陪同下，开了门，摇通了电话，叫队长韩癫痫的儿子连夜回村通知，叫全队人来竹林村扯秧运秧。

摇完了电话，吉喘大叔向打牌的人道了谢，又上了一圈烟。吉喘大叔长长松了口气，任务基本上完成了，没有辜负乡亲们的期望啊！在吉喘大叔离开几个打牌的人时，公社秘书背上又贴了一只乌龟，一共五只了。

吉喘大叔从公社院子里出来后，到贺山镇唯一的一家小餐馆里要了碗蛋汤，把布口袋里面的饼子拿出来，就着蛋汤吃了。面饼子在布口袋里装了一天，已有点馊味。吉喘大叔饿了，风卷残云般吃光，打了个饱嗝。看看布口袋里的饼子没有了，百十元钱的钞票还在，吉喘大叔就系紧布袋口子，戴上草帽，走出小餐馆。天已经快要黑了，草帽用不上了。吉喘大叔就把草帽拿在手上，提好布袋，趁着落日的余晖，走完回去的二十多里路。

吉喘大叔完全可以在贺山镇上住一夜的。但是他没有，他想起了那两丘绿汪汪的密麻麻的秧，他也想起了我，他把我放在竹林村了。他必须赶回竹林村，他要尽快地站在秧田边，守住那秧。或者他走下秧田，把那秧扯了，扎成一把把的，明天队里来人好运走。明天是个大热天，明天也是最忙的一天，两丘秧要扯完，要运回河东，即使打夜工也要干完。秧早一天插下去就早一天收获。吉喘大叔想，队长韩癫痫的儿子这时肯定骑了自行车往村里赶，他要报告大家一个好消息：吉喘会计和菱角找到秧啦！

吉喘大叔的步子迈得越来越快了，要赶紧走路，要争取在天黑前赶到竹林村才好。天马上就要黑了，天黑了就太难办了。吉喘大叔知道自己是夜盲眼。由于电话已经通了，吉喘大叔有些高兴，他完全忘了白云庵小屋前那个老婆婆的警告。他就是不忘又怎么样呢，反正他是个夜盲眼，他不带上我，是很大的错误，但是后悔不及。

太阳的余晖很快就消逝了，山里说黑就黑，夜幕刷地一下就落下来了。吉喘大叔开始还能看得见隐隐发白的山路和隐隐发蓝的山影，后来就什么也看不见了。四处一片漆黑，没有声音没有灯光没有山也没有路，吉喘大叔只觉得有无数的黑墙壁朝他倒过来，压过来。吉喘大叔提腿踢那黑压压的墙壁，用肩膀斜撞那黑压压的墙壁。他的一只手紧紧抓住布口袋，口袋里有队里的最后百十元现金和他的一把还没来得抽的烟叶；一只手拿着他的那顶发黑的旧草帽。黑压压的颜色踢不开撞不开，吉喘大叔没触碰到什么东西。他想叫，他就放开嗓子呼吼起来，仍然无济于事，吉喘大叔的声音被夜色裹挟去了，然后随便扔在那个石头旮旯里。夜色狞笑着，狂舞着，紧紧包围住吉喘大叔。吉喘大叔流汗了，喘息了，他渴望除了黑色之外的任何颜色，此时有只萤火虫也能救他。但什么颜色也没有，萤火虫也没有，只有黑色，这可恶的黑色凶狂的黑色恶毒的黑色，吉喘大叔恨死了这黑色，他要突破这黑色，他要冲出这黑色，他要走向竹林村他买的秧边，他要走向金水河，走向我们的村子走向我们队的大田，他弄回的秧苗要插到田里去，他插在田里的秧要碧沉沉的绿油油的秋后一片金黄色。

　　吉喘大叔刚才在黑暗降临之际，只顾对会那黑暗去了，也不知自己转了几个身，现在东西南北他是彻底地分不清了。哪个方向是朝竹林村去的呢？没有谁告诉他。他用脚轻轻地探着，探着实在的路时，他才踩下去，然后再抬起脚探，再踩下去。有几次他探着了山坡坡或大石头，那肯定不是路了，就只好又退回来。他估计这里离竹林村不会太远了，最多只有七八里路的样子。他要这样摸索着走到竹林村，或者路上会来个什么人，他将求那人把他带到竹林村。吉喘大叔那时又想起了我和队长娘子。队长娘子不会把秧苗再答应给别人吧，有菱角在那里呢，有个人在那里守着呢，保险得很。不过今夜是一定要摸到竹林村去，村里的男女明天一早就会赶到，他要和韩癞痢队长商量工作，让一部分人扯秧，一部分运秧，先运到金水河边再说。两丘田的秧运回去，插那一片大田，将秧苑分细点，大约差不多了吧！如果还差点，再派人出外找点秧回去。

　　吉喘大叔在黑暗里摸索着路，脑子想了许多的事情。

　　危险被黑暗掩盖着，死亡被黑暗遮掩着。在吉喘大叔摸索着的山路边，是一堵三丈来深的绝壁，壁上光光的连绊脚的草与树枝都没有。吉喘大叔摸索着前进着，一步一步，他要走出黑暗走出山谷。吉喘大叔脑子里还在想事情。他想起了小女儿珍妹，那天该嘱咐女儿不要到水边去玩的，女儿是个听话的孩子。没顾得上嘱咐，跟珍妹娘急急地上堤圩子抢险堵口去了，珍妹就淹死了。珍妹睡在棺材里，棺材小小的，妻子哭得死去活来。想起珍妹，吉喘大叔就心如刀绞，但在人面前他不哭。在这黑暗之中，吉喘大叔眼里涌出了泪水，他用握着的草帽和手臂擦去。

　　就在吉喘大叔用手臂擦眼泪的那一刹那，他用来探路的脚因为踏不到实处，就继续往下放，身体的重心朝壁边倾斜，终于吉喘大叔一脚踏空，山里响了一声，像只布袋摔到崖底的响声一样，很快就沉寂起来。

过了好久，几颗星星在山顶上冒出来，眨着小眼睛注视着寂静的山里，一条蜿蜒的山路边，有一顶旧草帽。

我在竹林村队长娘子家睡的一觉太长了太长了，队长娘子出于对我疼爱，不愿叫醒我。当我醒来时，我发现我睡在陌生的地方。回忆了半天，才想起这是竹林村，我突然想起吉喘大叔，他到贺山镇摇电话去了，现在回来了没有？我一骨碌从竹床上翻坐起来，把竹床弄得吱呀一响。

电灯被扯亮了，我看到队长娘子从内房里出来，只穿了条花短裤和白纱布做的圆领衫。队长娘子很好看，那屁股那大腿那脖子那乳房都是恰到好处的大。我那时年龄小，对女人似乎不太感觉到兴趣。队长娘子说："你起来做么事？还早得很，再睡睡吧菱角！"

我说："吉喘大叔回来没有？现在是什么时候了？"

队长娘子说："他没有回来呀，现在都转钟两点了，他肯定在贺山镇住旅社了，要不怎么现在都没回来呢？"队长娘子把小闹钟给我看。

我心里立即有了不祥的预感，说不定出什么事了，我却在这里睡觉。深山半夜的，吉喘大叔一个人危险，我要去找他去。我下了竹床，穿上凉鞋。我说："我去找他！"

队长娘子惊讶地说："孩子，这深更半夜黑灯瞎火的你么样去？你不能去。"

"我非得去不可，吉喘大叔要是出了事怎么办？"我边说边系好凉鞋的带子。

队长娘子想了想，朝内房喊："娇娇娇娇，起来！"内房里有人"嗯嗯"地应着。

一会，内房里出来个女孩子，十五六岁的样子，身个模样都跟队长娘子一般，连穿的花短裤白纱布圆领衫也是一样的，只是比队长娘子更粉嫩一些。

队长娘子说："娇娇，我们快穿上外衣，把马灯提上，跟这位哥哥到路上去接人，接一个找秧的大叔。"然后又对我说："菱角，我跟娇娇陪你去！"说完进内房准备去了。娇娇看样子是个温顺的孩子，听了娘的吩咐就进内房了。

没有等到五分钟，娇娇娘俩准备好了，提一盏马灯。娇娇出房门时，偷偷地打量了我一眼。队长娘子灭了电灯，把后门插上，把前门锁了。她告诉我，小女儿细娇还在房里睡着没醒呢。

我们三人提着马灯上路了，娇娇走在前面，她对这路看来是很熟的。娇娇不怎么说话，有时，我发现她回过头来，用她的大眼睛悄悄地盯着我。队长娘子的话很多，好像等来了个好机会，不断地向我提问题。你家里还有哪些人啦？你是哪一年生的呀？为么事不读书了哇？你们那个地方好不好呀？等等问题飞向我，我就逐一地回答。反正没事，而且我对这娘俩半夜里起来陪我摸夜路找人的行动抱着感激之情，回答得很详尽。我说了我的家，说了我为什么没上高中，说了我们队里的一些情况。娇娇一直没做声，但耳朵在仔细地听着。娇娇是个好姑娘，不多言多话，温顺善良，她将来准会是个贤良媳妇，可惜我没这福气。

　　天上有星，夜风沁凉，四周围是黑的。我们的马灯的如豆光焰，射穿黑夜，给冷的山路带来些许温暖。马灯的光焰有限，远处的黑魆魆的山影默默地瞪着我们这夜行人。我们沿着通向贺山镇的路走。队长娘子和我对着话，三个人的脚步喳喳地踏响山径，我们走得很快。我希望快点见到吉喘大叔。吉喘大叔难道真的住在了贺山镇了么？他就是住在贺山镇，我也要赶到镇上把他找到。

　　走夜路时有人说话，时间过得快，路也不知不觉地走了很多。我们大约走了四十分钟的样子，路上什么也没发现。一会，娇娇的脚步稍慢了下来，队长娘子和我抢上一步，与娇娇站在一起：马灯光下的山路边有一顶黑草帽。我的心突地狂跳起来，我喊着："这是吉喘大叔的草帽。"

　　队长娘子一把从娇娇手里抢过马灯，举起来朝山路的绝壁下照去，三丈多深的绝壁下，趴着黑影子。"是吉喘大叔！"我哭叫起来，准备往下跳去。娇娇一把拽住了我，"跳不得！那边有路下去。"她温温地说。

　　我是跌跌撞撞地跟着队长娘子和娇娇从另一条更小的山径下到壁底的。娇娇从队长娘子手里接过马灯照住那趴在地上的黑影子。影子立刻不黑了，影子变成了吉喘大叔，我哭喊着扑上去，"吉喘大叔！吉喘大叔！"我拼命地喊着。

　　吉喘大叔怀里紧紧地搂抱着布口袋，在他躺倒的地方有好大一摊血。队长娘子蹲下身，把吉喘大叔的头抬起来，搁在她的大腿上。队长娘子没做声，我看见她的眼里有泪水，娇娇这时已哭出声来了。队长娘子对我说："不用哭了，现在得把他背回村去！村里有个专治跌打损伤的老中医，请他治治，说不定还来得及。"

　　我停止了呼叫哭喊，这里三人，就我是男子汉。虽然说吉喘大叔个子高大，我个子太弱小，但我拼命也要把他背回去。时间就是生命，我二话不说，蹲下身，把吉喘大叔朝我背上拉。

　　队长娘子说："菱角你不行，你太小了，我来。"不容我分辩答话，队长娘子推开我，把吉喘大叔背在身上了。我看见她站起身的那一刹，身子晃了晃，但终于站住了。

　　一个大个子的躯体压在她的肩背上，她是个女人啊，虽不说是娇小的，但也不是高大的。那时我的竹林村的婶子，一个女人家，咬着牙，把那一百五六十斤的大男人背着，摇摇晃晃，走七八里坎坷不平的山路。这需要多大的勇气，需要多强的意志。她是在拼命，为了救人，救一个与她并不太相干的人，她忍受了巨大的压力和痛苦，她一步一步地迈着她那好看的腿。我的竹林村的婶子哟，你黑夜山道背人的形象已经烙进了我的心田，使我终生难忘。我看见你的衫子湿透了，我看见你的头发耷拉下来，这都是汗水所冲的啊！你气喘吁吁，你迈步艰难，但你还是咬着牙走，后来我看见你的嘴唇都咬破了，出血了，我的好大婶。我一次次地求你，放下吉喘大叔歇歇吧，我来背，娇娇也求你歇歇，她来背。你只是哼了一声，朝我们瞪着眼，脚步仍在不停地移动，移动。你那颀长俊秀的身个中有多少力量？我估摸不透。娇娇提着马灯，抽泣着走在前面。我在队长娘子身边，扶着她背上的吉喘大叔。

天亮了，我们终于把吉喘大叔弄回到竹林村。队长娘子把血肉模糊的吉喘大叔放在我睡过的竹床上，她自己却一屁股坐在地上，累瘫了，她不断地呼气，丰满的胸脯不断地起伏着。她喊："娇娇，快去喊寿昌爷来！"娇娇连忙出门去了，她仍坐在地上，伏在竹床边呼气。

我把她扶起来，喊道："婶子，多亏了你呀，我一辈子也忘不了你。"

她站起身，用手拢了拢耷拉到脸颊上的头发，朝我疲惫地笑笑："傻孩子，这有么事呢，救人要紧。"

寿昌爷急急忙忙地来了，我一看，这不是昨天那个坐在独脚凳上放牛吃秧的老人么！

寿昌爷进屋后直朝吉喘大叔躺着的竹床走，没有理会我们。娇娇打来了水，绞了湿毛巾递过去。寿昌爷把吉喘大叔的脸擦净了，再把其他地方的血迹擦了擦。寿昌爷摸了摸吉喘大叔的心窝，然后把吉喘大叔翻过身来，做了半天的推拿。半个时辰过去了，在我们紧张的等待中，吉喘大叔呼了一口悠悠的气，竟然睁开眼醒过来。

吉喘大叔睁开眼后，看到我们站在身边，嘴唇动了动，朝队长娘子寿昌爷和娇娇感激地笑了一笑。吉喘大叔说话了，声音小得听不清楚，我把耳朵贴在他的嘴唇，我听到断断续续的声音：

"菱角，秧要扯……扯回去快点插插下去……布袋子交给队……长，你莫……莫……走西南方……向了……"吉喘大叔又闭上了眼。

我这时才想起了白云庵老婆婆的预言，我这时才明白吉喘大叔为什么不要我跟他一块走西南方向的路。原来他是想逢凶让他一个人逢去，他要留下我。

"吉喘大叔，"我趴在吉喘大叔的身边哭起来。寿昌爷这时对队长娘子悄悄说："怕是希望不大了，内脏破裂……"

我立刻跪在寿昌爷的跟前，我求他："寿昌爷，你一定救救他呀，救救吉喘大叔呀！寿昌爷，我求求你了。"

寿昌大爷扶起我，擦干我脸上的眼泪，摇了摇头。

这时，太阳已经出来了，一缕阳光照在吉喘大叔的脸上，我看见吉喘大叔的大脸盘在阳光中显得庄重而神圣。

门口有人问道："请问这是队长家里吗？"

娇娇的声音在答："是的，有么事吗？"

来人说："我们是找秧的。昨天在西南山里转了天，一根秧也没找到。把你们队的秧卖给我们吧！"

娇娇干脆的声音："不行，我们的秧已经有人买了，马上就有人来扯的，你们再另找地方去寻吧！"

来人叹叹气："早点来就好了，走吧！"脚步声远去了。

这时躺在竹床上的吉喘大叔吐了一口长气，脑袋突然一歪，歪到枕下了。寿昌爷伸手朝吉喘大叔胸口一摸，就老泪纵横地宣布："已经断气了。"

这时，太阳已经出得一杆子高了，村里有炊烟升起，正是做早饭的时候。

我趴在吉喘大叔身上放声大哭，我不知道我哪来的那么多眼泪。这是我一辈子最痛快地哭的一次，是我流眼泪最多的一次。以后我再也没有那样哭过了。去年，我娘在五十七岁时去世，我回乡下奔丧，我只流泪，也没像吉喘大叔死时那般哭过。

队长娘子也哭了，哭得伤心。娇娇见我哭得可怜，就拉着我的膀子，陪着我哭。

门外有闹嚷嚷的人声。我在眼泪中，看到队长韩癫痴，还有我娘、春桃、妹妹大欢以及全队的男女老少，他们来了，他们连夜赶来的，他们是来扯秧运秧的。

吉喘大叔的妻子也来了，她当场昏倒了。

我见了这么多亲人，我哭得更伤心更酣畅了。我越哭得伤心，娇娇把我的膀子抱着越紧。

我看见春桃一边流泪，一边用大眼睛瞪着娇娇，她有些不高兴。

我的这篇东西必须要结尾了。这里再交代几句。

秧从竹林村运回河东后，很快就插下去了。由于被大水泡过的田肥沃，秋后是一个少有的丰年。

那年，我被评为五好社员，公社有线广播还表扬了我，说我在抗灾夺丰收的战斗中有功。我得了个搪瓷脸盆奖品。

吉喘大叔的坟埋在他的小女儿珍妹旁边,他们父女俩在一起了。

若干年后,我离开了乡村,没有再与河西山地联系了。我经常走西南方向的路,没遇到过什么风险。

远逝的窑场

1

去他妈的，不录取我算了！上大学有么事好。有么事了不起的！我读书早就读腻了读烦了，还是回来的好！回来有几多的自由自在，有几多的舒服！农村是个大学是最大的大学，是那个高尔基说的"我的大学"。

我都20岁了，是个真正的男子汉了。以上的那段话是我的"男子汉宣言"。参加过第三次高考回家，我感觉比去年考得还差，我决不再复读了。一进屋，父亲一见我的神态，他那多皱的脸折叠得更厉害了；母亲望望我，眼里是我永不忘怀永远熟悉的慈爱之光。她默默地走进灶屋为我煮面条荷包蛋。哥哥在乡里当个小官僚不在家；嫂嫂冷冷地看了我一眼，鼻孔里发出一声"哼"。我立即发表了我的"男子汉宣言"，当然鼻孔也忘不了还给嫂嫂一个"哼"。小侄女从屋外奔进来抱着我的腿直叫："叔叔好！"她的这点礼貌是我平时在家训练出来的。我立即奖赏小侄女一块巧克力糖。

我进了我的"大学"。哥哥还是有点权力的，请村干部安排。安排干什么？村里只有窑厂一个企业，管它呢，多少是个带"厂"字的单位，而且是拿工资。村支书认了哥哥的面子，就召见了窑厂的厂长，把我分配给了他。我心里并不感激哥哥的帮助，好像我进这个窑厂是开后门，说出去不好听。可不到窑厂又能到哪儿呢？家里那点责任田还不够父亲一个人种的，再说种田，我实在没什么天赋。

窑厂厂长夏长生是村里有名的结巴子。村里一群孩子学他的结巴学得像极了，最后把自己的不结巴话忘了。于是就抚育出了一群小结巴。我读小学时差点身受其害，后来被父亲的一巴掌打得回了头，所以今天我不是结巴子。结巴子厂长用眼瞪瞪我，我用眼瞪瞪他。他用手抓后脑壳，我就不抓了，因为我后脑壳不痒。结巴子厂长抓了半天后脑壳才说："走、走吧，跟、跟我走！"他说话太难受了，所以这篇小说中我将尽量不写他说话，除了万不得已的情况。

夏厂长带着我毫不犹豫地一掌推开虚掩着的门。屋里地坪上铺几块芦席，芦席上四人盘腿打坐，四颗有毛无毛的头都没转过来，四双眼睛盯着四只手中擎着的扇形的纸牌。我看清了，这叫撮牌，但我至今不会玩。我玩麻将还可以，就是不会玩这种又长又瘦的油纸牌。他们四人可玩得带劲，那脸色是志得意满胸有成竹稳坐钓鱼台垂头丧气的大合唱。终于有一光头转过来，是老万，朝厂长笑笑。

"我们玩玩哩，有么事吗厂长？"

其他的三颗头都转过来了。我全认识，他们是皮猴、憨子和二苕，都是本村村民，知名度均不低。这三颗头看见了厂长也看见了我。我穿件西装短裤针织半袖汗衫，汗衫上有外文字。

憨子站起身，憨憨一笑不言语。皮猴二苕瞄瞄厂长然后朝我做了个鬼脸，坐在芦席上动都不动。

夏厂长甩上门走了，我留在屋子里。这是窑厂的伙房，一堵墙隔成里外两间，墙上有硕大的窗户，炊事员将从这里把饭递给吃饭的人。里间是灶屋，有大案板大水缸大灶大蒸屉，还有摞得好高的一筒筒的瓦钵。这是我的"大学"的课堂，这是我的工厂的车间。夏结巴子派我做炊事员，或者干脆说是烧火的，做老万的帮手或者叫徒弟。这个结巴子就这么栽我一下。不过在我熟悉了窑厂的各种工作后，对夏厂长的安排就没什么意见了。窑厂的各种工作就数烧火的最舒服。看来夏厂长还是看了我哥哥的面子照顾了我。我不感激他，我最讨厌照顾。假如现在有谁照顾我升大学，我也不会去的。

因为我在四个玩撮牌的人面前发表了我的"男子汉宣言"。

最先是皮猴问我："秀才，怎么又考砸了？来吃泥巴饭，可惜可惜呀！"他一边说一边取他的牌。

憨子就望我憨笑笑。二苕叫苕，其实他妈的最精，是我小学的同学。我比他多读了三年初中五年高中，没想到又回来与他同伍，想起来我就心中有火。尤其他那种阴笑使我不自在。你阴笑什么？笑我考了三年没考上？你去试试看。那考题真他妈难，亏得那出题的人想得出来！"秀才秀才，"二苕阴笑着说，"原以为是个饱学之士哩，看来不过是个老瘪，瘪秀才！"这狗日的，我要痛恨他好久好久，因为从此以后，大家都喊我瘪秀才或者老瘪了，这全是二苕的创造。

憨子不会欺负我，这我知道。他自小就喜欢我，夏夜到小河那边去偷瓜我吃；他带我去捉鱼，他捉的多，我捉的少，他就把鱼分给我一些，让我们俩一样多。砍柴时，他把我的柴捆和他的柴捆一起挑着，让我跟他空着手走。这么样一个老实哥哥，今天叫我看起来也不顺眼，干吗总朝我憨笑，有什么好笑的？这笑是什么意思？

我站在他们面前，大声地发表宣言："大学有么事了不起，不录取我，我还真不想上呢……"我知道我在学一个叫阿Q的人，语文课本里写了这么个阿Q。

皮猴说："好，伙计，我们又多了个伴！来一支！"他扔给我一支带把的香烟。我吸了一大口，呛得眼泪直流。

几个人把牌朝芦席上一甩，皮猴说："快十点了，会账会账！"二苕从芦席上折了根篾，在地上算起来，

"憨子，你今天又输了十五块。拿出来吧！"

憨子立刻哭丧着脸说："狗娘养的怎么又输了！明日再不来了再不来了，哪个要来是杂种养的！"说着，从短裤口袋里抠了半天才抠出张皱巴巴的十元票子来："就这十块钱了，猴子，再差你五块吧！"

猴子说："你昨天不是领了十八块奖金吗？怎么只这一张钱？"

憨子带着哭音说："这个把月都没拿钱回去，昨天给了老婆八块钱，这十块钱是我悄悄藏下的。明日再不来了！"

皮猴轻浮地笑笑："嘿，不要紧，你有个好老婆。憨子，加今日欠的五块，你一共欠我一百二十三块了，不赖账吧？"

憨子急红了脸："我么时候赖过账？等得了奖金慢慢还你！"说罢站起身，拍拍肥肥的屁股朝我憨笑说："没意思没意思，明日一定不能来了！唉，要挑水了！二苕，我挑好了水，你快牵着牛来和泥哟！"说着走出门。

二苕说："憨子，明日再来赶本，哪有输了钱不赶本的？去挑水吧。水挑好了喊我。我牵牛！哎，猴子，你的牛吃饱了没有？吃饱了有劲！"

皮猴在数一堆零角票子，他今日又赢了，说，"我的牛在河边放了一早上。肚子胀得像鼓样，饱得很。"

老万站起来，摸摸光秃秃的葫芦头，捶捶腰，懒懒地说："要蒸饭了哟！"说着朝我看看，"好，你来了，欢迎。你的任务是挑水，要保证缸里不断水。再个是，抱柴火，凡是窑上可以烧的只管弄到灶门口堆着，灶门在房子外面。"老万把手指朝外一点。"这活路轻松得很，咱爷们商量着干吧！中午开饭时，我们都在窗口卖饭收票。"

老万五十多岁了，我知道他前些年一直是坏蛋，村里开斗争会，他就上台和地主富农站在一块，低下他光亮的头；如今他大约是个好人了。反正给他当下手，有机会来了解他的。

皮猴收好钱，和二苕躺在芦席上休息。老万到里间量米。我问皮猴："你们几个蛮闲散的，还有时间抹牌赌钱，不怕厂长批评你们？"

二苕说:"闲散?你做的这事才闲散哩!我得五更头起来,牵着牛和好一塘泥,做瓦的上班后才有泥压瓦。等会又得去和一塘,一天两塘泥,难呢!人和牛都在泥里踩,脚都踩烂了。猴子要放八头牛,憨子一天要挑八十担水。轻松吗?你秀才来试试,不累趴了你我就不信邪!"

皮猴说:"抹牌真是个好事哩!他妈的,累死累活,不抹牌做么事,又有得个老婆!等憨子再多输几个再说。"

老万在里间屋喊:"秀才,挑水挑水,莫和那两个坏东西嚼牙巴骨。厂长有么事管的,活路都是承包,做完了事,就抹牌。城里人做完了事去跳舞!"

2

劳动是值得歌颂的事情,诗呀小说电影呀把劳动写得很美很伟大很抒情,没有劳动就没有世界就没有人类,这些话可能都正确是真理。可挑水这种劳动确实不美不舒服。所以我决不歌颂它,我宁可歌颂憨子每天用八十担水磨出来的他肩上的两块膙皮。我的乡亲们从不说劳动美,他们在田地里做事,累得气喘流汗。他们说休息才美,像皮猴与二苕那样躺在芦席上睡觉才是最舒服最美的事情哩!我挑着两只大木桶,光空桶也有十多斤。大木桶在扁担两头晃悠着。窑厂旁一条河,叫金水河,是长江的一条支流,不是天安门前的那条。我挑着水桶从河岸上下到河水边,花了四分钟。我在河水边的石埠上把木桶放下,先用一只桶底把水面些许的漂浮物拨开,再倒下桶沿,挖起满满一桶水,双手提起放在石埠上,再用另一只桶来重复一次。然后用扁担两头的铁钩钩住桶梁,就上肩了。我毕竟是在农村长大的,挑水这劳动还不至于不会。待我挑着满满两桶水,大约有一百二十斤左右吧,爬到河岸上时,就只有出气的分了。我回忆我爬坡时,开始几步还不错,越往上,我的腿子就越打颤。一担水挑到厨房的大缸边,我的力气快要用尽了,两腿酸软,肩膀火辣辣地痛。在我挑水爬坡时,我好像看到两百米远处的河坡上有几个穿红着绿的女人在指点着我,我感觉到那里有一双眼睛在关注我。

我擦擦头上的汗,把水倒进大缸里。这口大缸可以装四担水,好在里面原来就有半缸水,再挑一担就满。我喘着气,摸摸肩膀。老万正歪一只小铁筒量米,量满一筒倒进饭钵里,再把饭钵加满水。他朝我笑笑,"歇歇吧!"

"不,我再挑一担!"我挑起空桶,又晃悠着来到河边。

憨子正在石埠上挖水,扁担在肩上,一只手把住一只桶,就那么轻轻一挖就上肩了。见我来了,他歇下担子,要帮我挖水。我不让,我要自己来,我再不是憨子过去照顾的那个小男孩了。憨子看着我放下扁担一桶桶地挖水很吃力的样子，就说："慢慢来，你还没做习惯。"

一阵带有金属音的脆脆笑声传过来。我一看，刚才在那边河坡上挖土的妇女们不见了，离河埠不远处有一红一绿两个女子在就着河水洗脸，笑声是从他们中间传出的。这两个女子一个叫娥子，是老闷叔的女儿，穿红衫；另一个穿绿衫的，叫花子，是杨绊叔的女儿。杨绊是乡下戏曲中的人物，是丑角，一个傻里傻气遭人嘲笑的角色。杨绊叔在北京当兵。转业在北京一家厂子里做事，可他偏又带着家属回乡下，真真的杨绊。

这笑声肯定不是花子发出的，我碰到她怨怨的眼光，忙低下头。我踏进窑厂的那一刹那，就感觉到这双眼睛的存在了，这双眼睛总在注意着我。

我狠狠地横了眼放肆的娥子，笑什么笑，瞧你那疯样子！

"哟，秀才哥哥挑水像扭秧歌像跳迪斯科，好看么？笨得好看！"这嘴真损。我看见花子撞了她一下，脸红了。

我挖好两桶水．不理这丫头片子，跟憨子搭腔："憨子哥，你这一天挑八十担水受得了吗？"

"不碍事，分两次挑。他们把土挖好，我就挑水浇湿，二苔再和泥。"憨子答。

我看着憨子油光光的脊梁，情不自禁地伸手去摸他肩上的两块臒皮，硬硬的。我想起小时候在河里游泳，趴在憨子肩上，那时他的肩膀可是嫩嫩的。

娥子红衫在我们面前一闪，站住了，花子也怯怯地走过来。这是两个完全成熟的少女，一个活泼一个文静，都挺秀气端正的，我家乡的女孩子都是喝金水河水长大的，没有丑的。这不是吹。花子面团般的小脸，大眼闪闪，有些怕羞，丰满的胸脯起伏着，好不平静。我和花子是有一段纠葛的。读高中时有媒人到我家为我说媒，女方就是花子。我们家乡有开早亲的习惯，做孩子时就说上媳妇。我母亲激动得很，说花子是个好姑娘。哥哥说不行，说我还要读大学呢，找个农村姑娘作啥？父亲就说母亲瞎咋呼。我当时还懵懵懂懂的，要媳妇也可不要媳妇也可，家里人就谢绝了媒人。听说花子哭了半晚，杨绊叔还骂我家是狗子上轿，不依人抬。如今大学读不上了，回乡下吃泥巴饭，这媳妇恐怕是要一个的，谁知人家花子还要不要我？

娥子把柳腰一扭，小手上拿块打湿了的花手绢扇着风："哟，大学生，秀才哥，不在学堂读书，跑来挑么子水哟！"

我迎着娥子的眼光说："考不上大学回来的，么事得罪了你呢？女孩儿家，少尖嘴尖舌的，小心找不到婆家。"

娥子叫起来，扬起小拳头直捶我："你坏，你个烂秀才臭大学生，你的舌上长疔疮。"

憨子和花子都笑起来，我发现花子笑得蛮好看的。

两个丫头走了。憨子说："做么事都一样，上不了大学算了。给老万帮忙烧火要得，挑水慢慢挑，要不，我每天帮你挑几担！"

我谢绝了憨子的好心，咬着牙终于把又一担水挑到厨房里。老万已经盖好蒸屉，到灶门口用大树蔸子架火烧饭了。大火在灶堂里呼呼叫着笑着舞蹈着。窑厂的柴火多，柴火都淋柴油烧窑，烧起饭来那火也是好的。

开起饭来好热闹，男的女的挤了一大屋。窑厂有四十多号人，除了挖土的和泥的放牛的，还有压瓦的端瓦的做砖的装窑的烧窑的。那端瓦的都是年轻姑娘，压瓦机上的人出大力，压出的瓦放在瓦托上，由女孩们托着穿梭般地送到瓦架上晾起来。一块瓦坯有十多斤重，一手端一只瓦坯，像端两只大盘子。据说做一个班下来，两支胳膊都发肿。这些女孩子的臂力都是相当大的。

伙房实际只供应一顿中午饭，而且没有菜，菜都是各人从家里带来的。我和老万在窗口卖饭，实际就是把饭钵送出去，把餐票收进来，简单得很。夏厂长端过饭，窑厂里我认识的叔叔伯伯辈以及一群青年男女们端过饭。我考不起大学回村分配到窑厂做烧火的，以及我的外号叫老瘪或瘪秀才一下子在这几十号人中传开了，有好几个人开始叫我老瘪了。狗日的二苕，是他个混蛋传开的。

端了饭各人找地方吃去了，我的任务也完了，我们也得吃饭啦！我没餐票，又没带菜来连筷子都没有。我从里间屋走到外间屋，皮猴憨子二苕又凑到一块了，他们在芦席上放着几样从家里带来的酸菜萝卜鸡蛋饼等，吃得有味。娥子和花子提着小网兜进来，找老万端了饭。花子瞄着站在外间屋里的我，磨蹭着没有立刻走，娥子端了饭准备走。二苕站起来走到她背后，用手拉拉她的胳膊。

"娥子，到我们这里来入伙，有什么好菜给我吃一点，别一个人藏着吃呀！"

娥子厌恶地甩开二苕的手说："我凭么事要给你菜吃？"

皮猴在一边凑热闹："互助互助嘛。给二苕吃一点，有好处的，别往窑门那里送了。"

"管得着吗？我想往哪送就往哪送。你们是什么好人？喂狗都不给你们吃！"娥子说完，匆匆走了。

"她去喂陈侉侉去了。二苕，有个么用哟，连她的狗都当不上！"皮猴挑衅地说。

"哼，那个河南人想得到她是妄想！"二苕灰溜溜的。

花子轻轻对我说："你没带菜吧，去端一钵饭跟我走，我这里有菜！"

我不知自己怎么突然变得这么听话了，而且是听这么个女孩子的话。我端起一钵饭随花子去了，身后皮猴二苕在起哄，憨子在憨笑着。我要劝劝憨子，不要多和这两个家伙接近。

我和花子在一个瓦架子弄里坐着吃饭。花子只顾把她那茶缸里的榨菜肉丝朝我碗里夹，她不说话，我也不说话。我觉得这顿饭是我近二十年来吃得最好的一顿饭。我吃完了一钵饭，再看看花子，她却没吃，眼睛有点红，不知为啥？

给厨房里挑了水，我得捡柴火了。窑厂的人们各就各位地忙着，我在窑厂各处转悠着。窑厂的柴火堆得到处都是，也堆着山样的煤。我想看看窑，就转到窑门口。

我们的窑厂共有两口窑，像两只土包倚在河岸边。窑门是朝河边开的。烧窑的火工们在窑门口搭个棚子，日夜轮流烧火，窑顶上袅袅地冒着白烟。窑工师傅的技术一是表现在装窑上，二是表现在看火上。窑里的砖瓦坯装得不当，烧的时候会坍塌；而火候掌握不好，整窑的砖瓦或是烧流了，成一堆死疙瘩，或是烧不匀，有的砖瓦还是土坯。在金水河一带乡村，烧窑的师傅多是河南人。河南人在这里烧窑种西瓜，拿高薪。我真不理解，我家乡的父老什么农活都会，就是不会种西瓜和烧窑，学也学不会。有人不信邪，结果种的西瓜不开花，烧的砖窑死疙瘩，只好再请河南人。乡亲们说河南人不洗澡，吃面条，大家叫他们"老乡"或是"侉侉"。这种称呼不知是贬义还是褒义，我没有作过研究，请河南籍的同志们原谅我的乡亲们。

我在窑门前看到了他，他叫陈华明，二苕叫他陈侉侉。其实他怎么算侉呢，挺标致的一个小伙子，文文静静，看上去比我大不了几岁，竟有一手好技术，我心里佩服。他不时到两个窑门前的望火孔里看看，然后指示火工们是烧大火还是烧小火。他沉静自如，胸有成竹。几个烧窑的火工，黑汗水流的，只穿条短裤衩，脸庞胸脯熏得黑黢黢的。而他却和我一样，穿件西装短裤，半袖开领汗衫，潇潇洒洒。怪不得娥子总爱往窑门前跑，把从家带来的好菜送给他吃，还帮他洗衣服，使得二苕妒火中烧。二苕是想着娥子的，只是娥子不愿理二苕，这都是花子后来告诉我的。

陈华明看了窑火，戴上副镀金架的变色眼镜，更增添了几分风度。他转身看见了我，主动走过来和我搭话。没想到我们一拍即合，我找到了一个可以对上话的人了。我不管怎么说，读了好多年书，总得有个读到高中以上的人做朋友吧！和皮猴二苕憨子老万们，似乎没什么好谈的，就是和花子，也不可能与她谈文学谈历史之类的东西。和陈华明就可以谈，他也是高中毕业没考上大学的货，就跟他父亲学烧窑，在几个省流浪，终于学得一手过硬的技术。我要像陈华明样，做一个技术人，我想。

　　离窑门不远处，有座简易小砖屋，外表上看，像座放杂物的小棚子。陈华明带着我走过去推开门，我是很有些吃惊了，这座不到七平方米的小屋，收拾得整整齐齐：木板床，白蚊帐，衣箱，热水瓶，小书桌，小书桌旁边的竹子书架。书架上竟然摆着一套十多本的"二十世纪外国文学丛书"，还有些其他的文学书哲学书。小屋的墙上，贴着几张山水画，淡雅俊逸。在这么个窑厂，在这个乱糟糟的泥巴与火的世界里，还有这么个高雅清净的去处，而且这个去处的主人是位拥有高超的烧窑技术的河南青年，你不奇怪吗？

　　总之，我们成了朋友，我挑水捡柴火，做完了该做的事，就到这座小砖屋里来。陈华明按时到窑门前看火，指挥火工加强火势或减弱火势，完了后就回小屋。我们无话不谈，谈人生谈理想谈文学谈政治，怎么想就怎么说，无拘无束，快活得很。陈华明比我大三岁，在社会上比我闯的时间长，读的书也比我多，我真的从他那里学到了不少东西。我难以忘怀的小砖屋啊，给了我多少美妙时光。

　　我在小砖屋里偶尔碰到娥子，娥子对我友好多了。娥子与花子都是窑厂的挖土工，休息时常往陈华明这里跑，即使我在场，娥子也是呆呆地看着陈华明，看他对我说话，看他到窑门前观火。相比之下，陈华明对娥子这种炙热的爱，表现得很冷静也很有分寸。

　　我有一种本能的感觉，他们的这种爱情会凶多吉少。

3

　　赌徒的心理值得研究，沾上了一个赌字就像染上了毒瘾一样。赌场上什么龌龊肮脏的事情都可能发生。这些话我是相信的。窑厂伙房外间屋是个固定赌场，固定的人固定的地点固定的赌具和固定的时间。窑厂的有些活路是承包的，这几人做完了该做的事就到这里来相聚。结巴子厂长似乎找不到理由来管。何况这类小赌，在乡村里比比皆是，有谁管呢？乡村需要文化生活而乡村又缺少文化生活，他们就去打麻将抹牌，赌点钱，党的书记看了都不管。

　　憨子这么老实的人，沾上了赌就踏进了泥坑。我劝了他好几次："憨子哥，你莫和皮猴二莒那两个家伙玩了，那不是正经角色。你同他们抹撮牌，你总是输，莲香嫂子知道了要吵架的。"憨子听了，对我的关心很感激，像每次抹完牌拍屁股起身时所下的决心一样："是的，我再也不来了，再也不来了！抹牌不好真的不好，我都输了好几百块了！你千万不要告诉你莲香嫂子啊！一定一定！"

说的时候，脸上是懊悔不及的样子。

到第二天吧，我推开伙房的门，外间屋的地下，那四颗有毛和无毛的头颅又凑在一块了。那颗光秃的头是老万的，那颗蓄成的平头是憨子的，有棱有角，但我断定这颗平头里没装多少内容。那四颗头正在运筹，那四颗心正在企盼，企盼有张好牌光临！运筹如何将对方击败。这是一场无声的战争，谁都相信自己下一场能胜。

我站在四位赌友的后面，看他们把那牌理顺组合，却怎么也看不明白那规律。憨子见了我，黑脸红红，憨憨一笑。"他们硬拉我来。只来今天这一次，我得把输了的赶回来。"我知道，憨子的话是不作数的。皮猴给我扔烟，我接过来又夹在他的耳朵上。我不抽烟了。二苕盯着手上的牌，嘴里骂着："憨子，你他妈的谁拉你来的，是你自己要来的么！老瘪，你少管闲事就是，人家憨子愿来，输田输地输老婆是他自己的，与你屁相干。你还是跟那河南侉侉混去吧！"

和这些人没话说，我就懒洋洋地离开了。进内间屋，找了桶，下河挑水，把大缸装满，把要烧午饭的柴火堆好，就算没事了。

在我把第三担水挑回来时，外间屋里的赌友们结束了当日的牌战，正在算账。憨子站着，脸涨得通红。两只大手搓着，裸背上是油光光的汗粒。憨子今日又输了十几块。皮猴在扳着指头算账："憨子，差我二百四十块了，莫赖账哟！"

憨子说："放屁，我几时赖过账了？"就走了。

二苕说："不赖账就好，不赖账就好！"

老万摸摸光头，伸着懒腰说："做饭啰！"善意地望我一眼，走进里间灶屋量米。

突然，一阵骂声飞进屋来，随即闯进一个老汉。老汉瘦精精的，声音洪亮，是本村的木匠老六。老六一阵风地冲进来，手里握根长竹鞭，看到皮猴，就呼地一鞭抽去。皮猴丢了手中正数的钱，双手护住了脑壳，但光脊背上挨了一鞭，立刻起了一条血梗子。老万、二苕上前扯住了老六，说："六爹，有话好说有话好说！"

老六跳起来骂："猴子，我日死你祖宗，你个婊子造的，放你娘的么牛沙，自己躲在屋里歇凉，把牛放到我地里，把我三亩地的芝麻糟蹋了一大半。你要赔老子的芝麻，老子又冇得罪你，你为么事要害老子？呃！"老六的嘴角白沫乱飞，眼里都气出了老泪。

皮猴一溜烟地跑了。他不是怕老六打，是去找他的牛。几匹牛早被老六抓了，系在窑厂边的几棵苦楝树下。我跟着皮猴出来，看到皮猴放的几匹牛，瘦得与皮猴差不多。这狗日的，只顾抹牌，不好好放牧，把牛饿成这样，真要不得。

这窑厂没纪律，结巴子厂长也不批评。

突然有一天，憨子走了，走得好远，也不知到什么地方去了。听莲香嫂子说，他走时只留下一句话，要到远处发了财再回来，叫莲香等着他。莲香瘦弱的肩膀哭得一耸一耸的，好伤心好凄凉。莲香嫁给憨子正合适，女的老实男的憨厚，两人结婚才年把多。莲香怀过个孩子，到医院检查说是葡萄胎，打了。医生说要两年后才能再怀，所以他们至今还没孩子。

莲香只晓得哭，问她："憨子为么事走的沙？"她说不出，就又哭，把些劝解的婶子大妈们急得直跳脚。问得急了，莲香就说："没脸活着呀，死了算了死了算了！狼心狗肺的东西，黑心烂肝的东西，天打五雷劈的东西，断子绝孙的东西，你不该害我呀！没脸见人啦，让我死了呀！"劝解的人似乎心里明白了点什么，但又似乎什么都不明白。这个平时不言不语的女人，今天骂起人来，成串成串的，颇有口才的。她骂的是谁？是骂憨子吗？又不像。骂别人，这个人是哪个，又做了么坏事伤害了她？不晓得。

我记起来了，在憨子出走的前几天，他的情绪似乎有些不正常。见了我，再不说"我再不来了抹牌不是好事"这样的话。我因劝了他几次，都没用，就再也不说他了。

四颗头颅碰在起，憨子的平头有时冒火，骂起皮猴和二苕来，骂得这两个家伙直眨眼，不晓得这个老实人怎么变得火气大了。老万在四个人中间。不大言语。他玩牌一般都是不输不赢，完全是为了凑个角。不玩牌，他的闲隙时间无法打发。

憨子输得惨极了，很少有赢的。他总共欠皮猴四百块钱。皮猴让二苕写了张字据，叫憨子画了押按了指印。憨子骂："妈的×，像地主黄世仁样，要老子按手指印。再来，不来是龟孙，老子非把本赶回来不可！"

皮猴说："再来可以，你把账还了再说。老是赊账么意思！"

憨子说："不会差你一分的，一定还。"

二苕找憨子密谈过一次，憨子脸红脖子粗地跳脚骂娘。二苕把双手一摊，朝憨子说了句什么。憨子又蔫了。两个人在一个砖坯堆边说了好半天，那时，我刚好找柴火路过那地方，二苕见了我，赶忙不做声了。憨子抱着头蹲着，没看到我。

憨子挑水端饭碰到人打招呼。都显得有些反常，不是一声不吭，就是大声大气。这个老实人心里有事。

算起来，这四颗无毛有毛的脑袋有三天没凑在一起了，有三天没打牌了。三天，伙房间冷清了许多。老万没有牌打，无所事事，很不舒服。后来，他找了两块石头，找了把凿子和锤子，凿起石头来。我看出他凿的是两扇小磨盘。他凿得很精心，一天干一会，以此来消磨时间。

三天，伙房里没开牌局，从此之后，伙房的这个小赌场就自动消亡了，消亡得无声无息，而且再也没有恢复起来，致使老万还常常怀念。

安静的三天过去了。第四天也就是憨子出走的那天，一早，我推开伙房的门，外间地下的芦席上，皮猴二苕老万坐在一起抽烟。老万把那又瘦又长的撮牌洗了一遍又一遍。皮猴喜气洋洋，给我一支带长把的香烟。我又不抽，顺手夹在老万的耳朵上。

二苕说："么样？还顺利吧，伙计？"

皮猴说："顺利顺利，她根本就没分出我和他的味来，只是完事了时，她才觉得不对头，我就走了。"

老万瞪眼望望他们，手里仍在洗牌。他们在等憨子，我心里感到一阵厌恶，满以为他们会散场再不干了呢。

憨子进来了，沉稳地进来的。皮猴和二苕都望着憨子的眼睛。二苕说："再来吧，憨子！"憨子无动于衷，却不坐下。

皮猴从裤子口袋里抠出张纸条，递给憨子说："憨子，给你，旧账一笔勾销！咱们从头来起。"

憨子把纸条捏在掌心里，捏着捏着就成了一只小瓦钵般的拳头。憨子摇摇摆摆地朝皮猴逼过去，皮猴吓得站起来，说："憨子，你要干什么，这可是你自己愿意的啊！"

憨子哼了一声，挥起一拳，只听"噗"的一声，皮猴倒在地上，嘴角冒出了血。我和老万惊呆了，只有二苕说："憨子，你不能这样，你不能打人。"

憨子转过身，号啕着冲出屋子，飞样地跑了。

憨子出走了，没有回来。这天没有人挑水和泥，窑厂陷入半停工，结巴子厂长急得嗷嗷叫。

4

我到窑厂的时间不长。我觉得在窑厂是暂时栖息一下，这里不是我的久留之地，不是真正的"我的大学"。你能想象，叫我帮老万挑一辈子水捡一辈子柴禾么？我觉得我还有自己的事业。我仍然到陈华明的小砖屋里去度光阴，陈华明到窑门前忙去了，我就一个人待在小屋里读书。慢慢地，我把陈华明书架上那十多本"二十世纪外国文学丛书"读完了，也读了其他一些文学书。加之我原来就喜欢语文，高考败就败在数理化上。我忽然有一天想到，我是否有可能写小说，写我的所见所闻呢？当个作家试试，而且当作家似乎不坏。陈华明呢，有烧窑技术，走遍天下有饭吃。我有什么技术，文不文武不武，总不能说挑水是技术吧。何况我挑水比起憨子差多了，娥子还笑我挑水跳迪斯科。唉，可怜的憨子跑了，不知在哪里吃苦。

我决定当作家，先花他十年时间打基础，读书，思索，观察生活与人物，记录下来，终会有一天能当成作家的。这个决定只我一个人知道，连陈华明和花子都不告诉，我将来要让他们吃一惊。我开始记录我身边的人和事了。

皮猴，姓皮名猴，短小身材，貌猥琐不扬，年纪在三十岁至三十五岁之间。尖腮尖嘴，小脸上漫不经心地散布着几粒白麻子，长发，梢发黄。走路一摇三摆，但人很精，思想活跃，却没用在正经事上。父母早亡，跟兄嫂长大，其兄是抗美援朝的志愿军，据说在朝鲜当过俘虏，人很老实。从朝鲜回来后就种地，常常受审查，那是前些年的事。嫂子长得极丑，是我们村少有的丑女人，是外地嫁过来的。长得丑但为人凶，皮猴自小挨此悍嫂的打骂，常常被赶出屋，真可谓食不果腹衣不遮体。皮猴在此环境下长大，好事干不了什么，坏事干得不少，是村里有名的刺头儿。人长得矮小不好看，名誉也不好，偷鸡摸狗赌博样样精，所以至今也找不上媳妇，光棍一条。我到窑厂来的时间不长，见他干得最多的事就是抹撮牌，放八头牛，不好生放，牛饿得哞哞叫，夏长生厂长批评他，他与厂长对着凶，夏厂长结巴着说不过他，只有说："你好，好、好、好……"我看他挨了两次打，说明皮猴不是个好东西，该打。挨木匠老六的打，是因为他放的牛糟蹋了老六家的芝麻地。挨憨子的打，到底是为什么？尚是个谜。二苕知道内情，老万似乎也知道。继续调查。

在我的"生活札记本"上，关于皮猴这个人的记录如上。现在，我翻开这个绿色塑料皮的笔记本，再接着记他的故事轶闻。关于皮猴我将跟踪记录，这是个人物"坯子"。

皮猴挨了打又挨了结巴子厂长的处分，情绪很低落，见了我的面也不递烟了，唉声叹气的。结巴子厂长撤了他放牛的职，让另一位半老头去放牛，那个半老头果然把牛放得很壮。憨子跑了，结巴子厂长就叫皮猴接憨子的班，每天挑八十担水，皮猴哪里经受得了如此磨难，背地里在我面前直骂结巴子厂长的娘："狗日的结巴子，我日你祖宗，你整老子是不是？你整老子决没好结果，你给老子小心点，老子要你吃不了兜着走。"

皮猴骂了一通，见我不大搭腔，就说："老瘪呀，这他妈的挑水真是苦活，亏憨子干的。像你，一天只挑几担水也好。我可要挑八十担啦！反正我是完成不了任务的，他结巴狗日的愿怎么处置就怎么处置。"皮猴挑三天水，三天都只挑了四十担，每天差四十担。夏厂长见皮猴确实不是块料，就又撤换了他，叫一个大块头接替皮猴挑水。对于这次撤换，皮猴感激不尽，说："夏厂长你真做了好事！"夏厂长说："你放、放牛，牛吃、吃芝麻，挑水、水又他、他妈的挑不动，你做么子事呀。呀、呀……！"

皮猴暂时没有工作，在窑厂打杂，听候发落。没事时，他又凑到伙房来，看老万凿石头做磨盘。皮猴说："万叔，你这手艺好咧，可以凿碑呀，死了人坟前竖一个，可赚钱咧！"老万说："凿个狗屁，有心思，做副磨子，你来推米粉子，老子们炸面窝，来不来？"皮猴说："来来来，哪还有不来的，你老万的吩咐我还敢不来。"

头天夜里下了场雨，暴雨把窑厂晾瓦房浇塌了一大块屋顶，房里的晾瓦架上的瓦坯都成了稀泥。第二天，是个大晴天，天气热得很。结巴子厂长派皮猴上房捡瓦，并派两个端瓦的女孩子当下手．帮皮猴递递瓦条和瓦。

皮猴领了任务，拖着双破凉鞋，穿条大裤衩，上身还穿了件和尚领的汗衫子，比平日打赤膊要好多了。有女孩子当下手，皮猴格外高兴，一摇三摆，嘴里哼着谁也不知的曲子，俨然像个做大师傅的样子。到了施工现场，他吩咐两个小姑娘："你们在房下等待着，我上房顶，要什么你们就递什么！先休息会吧，抽根烟再干！"说完就坐下来点着烟，慢慢地品着烟味。反正这活路又不是承包，慢慢来吧。两个女孩坐在另一边屋檐下等着。

皮猴过足烟瘾，紧紧裤带，说："干吧！"就爬上了房顶。他先把几块破瓦扔下去，清理了两条断瓦条，就喊打下手的小姑娘："递根瓦条来！"

一个小姑娘把准备好的木条子举着，走到皮猴站着的房顶边，抬起头朝上递木条。木条还没举起来，小姑娘在抬头的一刹那，叫了声"妈哟"，丢下木条就跑，皮猴在房顶上莫名其妙，小知小姑娘被什么吓住了，眼睛朝下一望，没见什么吓人的东西呀！皮猴只好朝另一个小姑娘叫道："你来递吧，这有么事怕的？这房子不高，比这高得多的房子我都上过。我站在房顶都不怕，你们怕么事沙，老鼠胆子。"

另一个姑娘见第一个姑娘吓跑了，也不知是什么事。好在这个姑娘比第一个姑娘大两岁，胆子大一些。见皮猴喊递瓦条，就捡起第一个姑娘扔下的木条子，举起来朝房顶上递。就在她抬头的一瞬，她先是怔了怔，马上就像第一个姑娘那样尖叫着，丢下木条就跑。这下把个皮猴更弄得糊涂了，这丫头片子，狗屁大个胆。这有么怕的。哼，都跑了，对不起，我坐会再说。皮猴坐在屋顶上，点起了烟，一边抽一边朝四处观望着。金水河在脚下哗哗流着，夏天水涨了，河面显得格外宽。村庄被绿树围着，成了一大团绿荫。绿荫周围是平坦的土地，绿油油的棉苗芝麻苗，黄豆都挂了串串豆角。有穿戴耀眼的女子在地里间芝麻苗，头戴一顶圆草帽，女人握着锄边锄边扭动着腰肢，臀部扭出一种韵味来。皮猴看得上劲了。嘴在嘻嘻笑着，想，这不像莲香吧！他细细地回味起。

结巴子厂长从那边急急地走过来。皮猴忙收起他的心猿意马。我本来尽量避免写夏厂长的结巴话的，因为他的结巴语言不好记录，又没有什么规律。但这个地方非写他说话不可，只好不太准确地来写他的话了。

"猴子，你、你搞的么、么名堂沙、沙，那两个女孩蛮、蛮听话的、的，怎么把她、她们搞走了沙？"夏厂长说这几句话费了好大的力气。

皮猴说："厂长，我也不晓得么样搞的，叫她们递瓦条给我，她们都跑了，叫我么样办！"

夏厂长捡起地上的木条，抬头递给皮猴，皮猴站起身，伸手来接，没想到结巴子厂长一顿臭骂："皮猴，你个狗日的流氓，我日你祖宗！你看看你的裤子，你给老子下、下、来！"结巴子厂长生气了，开头几句话竟然没有结巴。

皮猴看看自己的裤子，蛮好的，冇得么事不对头的地方。结巴子厂长却从下面看到皮猴大腿根的一丛黑毛。那个东西像根线茄子吊着，怪不得把人家女孩子吓跑了。结巴子吼道："你狗日的下来，下、下来，听见了没、没有！回去跟老子换、换条长裤子穿，穿上再、来、来！"

结巴子厂长扭头就走，皮猴只好从房顶上下来了，心里在嘀咕：真他妈的人背时，连长个这玩意也让别人容不得。这热的天，穿长裤子不捂出一身臭汗才怪，我日你结巴子的娘。

我趴在陈华明小砖屋的书桌上朝我的"生活札记本"上记皮猴，记完了皮猴盖房顶这段后，觉得时候不早了，得回伙房去看看。我收好了塑料皮本子，带上小屋的门，顺手从窑门前堆的柴火堆中扛了两只树蔸，朝伙房走去。伙房的灶门大得很，扔一只树蔸可以蒸一顿饭。我哼哧着把树蔸扛到伙房，老万正在灶门前点火。我说："快，把这蔸子塞进去，管用。"老万笑盈盈地接过树蔸说："不错。哎，瘪子，你刚才去哪里了？花子到处找你呢！"我说："么事？"老万说："不晓得！哎，瘪子，这娃儿不错咧，弄到手，是你的福气。"我说："谁晓得呢，杨绊叔那里通不过，生了我们的气了，说我家狗子上轿咧！"老万说："放心，我去说说看！"我说："不慌哟，我还要看看，还小咧，谁晓得人家是真心还是假意？"

正在聊闲话开心时，我立时有些不安了，感觉告诉我有双眼睛正盯着我的背脊。趁老万弯腰点火的当儿,我说:"我走了,再去搞点柴禾吧!"就离开灶门,朝河沿望去,果然花子正在河沿的一棵苦楝树下朝我招手,小黄手绢在风中飘展着。她们挖土的一群女人们大约休息了。我朝花子慢悠悠地走去。不能急,在女人面前你急她不急,你不急才能撩拨得她急,这是位老大哥告诉我的经验,蛮灵验的。

花子用手绢扇着风,那小手动得好看,脸红红的,鼻头冒着汗粒,她又穿件绿绸衬衣,她特别喜绿颜色,一共有长短袖的绿色衬衣八件。花子翘起小嘴:"不晓得跑到哪里去了,害得别人好找!"我在树下找了块砖头坐下,说:"有事吗?刚才我到陈华明的小砖屋里去看书了!"花子说:"我还正想说这事咧,你今后别去陈师傅小屋。娥子有意见,她说她每次去找陈师傅,都看见你在那里,她都不好进去得,人家两人在相好咧!"

花子的话点醒了我,是呀,有好几次我看见娥子去了,见我在,待了一会儿就走。我这人呀,就没从这上面想。可是窑厂除了这间小砖屋可以提供我读书记笔记之外,再也找不出第二处地方来,失去了小砖屋,那损失太大。花子见我不做声,估准了我的心思,说:"呆子,你就不能在娥子不在的时候去么?我们挑土的,每天上午十点下午四点歇伙,这个时候娥子才有工夫往小屋去;再就是中午休息时,她也去。除了这三个时辰,你都可以去的!"女人的心细,我真服了。

花子说:"哎,今晚王家墩放电影,去吗?"我说:"么电影?"花子说:"《月亮弯的笑声》。"我说:"里面不是有个老头吗?老掉牙的片子,有么看头!"花子没说话,低下了头。我见她那样,身上的哪一点窍突然被捅开了,说:"去吧,你等我。"花子笑了,我特别喜欢她的笑,那笑有种说不出的味。笑得我身子骨都有些酥酥的。

这天晚上,我们并没去看电影。晚风和煦的河岸边,我们坐在草地上,听河水哗啦啦流,看萤火虫款款飞。我听着花子的小嘴里吐出的细细的话语,我还从来没听过她说得这么多这么好。花子在人面前总是那么温良,不多言多语,这晚她说得好多,那话和夏夜草的清香以及她身上散发的那种青春气息,使我迷醉了。我把她搂在怀里,她柔软的肢体发烫的嘴唇,她像只温顺的猫趴在主人怀里,我吻了她。这是我第一次吻一个女人,吻得花子轻轻地叫我"哥哥"。我觉得我应该娶花子做媳妇,那时我二十岁,花子十八岁。

5

老万是个好人，过去好多年别人都说他是个坏人，那些年我还小，不知他到底怎么坏，只听人说他当过国民党的兵。看到电影里国民党的兵倒背着枪歪戴着帽到村子里捉鸡杀猪打人，想到老万是这么样的一个人，心里也就恨他了。有一次斗争一个四类分子时，老万也在挨斗的一排人中，我和几个小伙伴爬到高高的苦楝树枝上，摘了苦楝籽打他的光脑壳，发出"梆"的响声。后来民兵排长过来把我们赶走，我们一边跑一边喊："嘀，电灯泡子打破啰！"

老万和我家那个生产队队长袁叔是亲兄弟，袁叔的儿子和我是小学同学。我猜不透，为么事袁叔姓袁，他却要姓万，袁叔是共产党员，他却是国民党的兵，袁叔是好人，他却是坏人，他们还是亲兄弟呀？

我问父亲，父亲赠我一"毛栗子"，骂着："小伢们，问这些做么事？给老子好生读书！"我问村里的另外叔伯们，他们轰地哗笑。有个叔子说："他还是姓袁，别人叫他老万，是说他头上有一万个癞痢！"这真是瞎说，老万头上绝没有癞痢，他之所以光头，拿现在我懂得的道理说，是脂溢性脱发，我高中有个老师也这样，年纪不大，头上却光秃秃的，列宁同志也是。村人这样污蔑老万，也太可恶了。可老万不在乎，听习惯了，我现在都喊他老万咧！

老万现在当然平反了，他是因家里太穷，卖壮丁到国民党部队的，当了两个月的兵就偷跑回来了。他现在仍然是贫农，可如今有个贫农也无用，贫农与地主一样劳动，谁的本事大谁就钱多。老万在窑厂做饭，是很尽职的，不喜欢凑热闹，也不喜欢多说话，抹牌不成了，就凿磨子。有天和我聊起从国民党部队偷跑的事，我觉得是个好细节，过后记下来了。

他娘个球，那些国民党当官的心狠呢，把我们这些壮丁弟兄不当人，白天叫我们打石头，一日三顿清汤霉米饭，还不让管饱。毒太阳下打石头，身上都晒脱了皮，稍稍停下来，皮鞭子就抽在身上。夜晚把我们塞在一间大屋子里睡觉，横七竖八地躺在地上，门口还有哨兵站岗。弟兄们受不了这苦，就偷跑，抓回来后就活活打死。那时我家里就只个娘，弟弟年纪小，爹早死了。我想我一定要跑，在这里迟早是要折磨死的。那天夜里，我故意最后进屋，睡在门口，离放哨的很近。半夜了，那放哨的家伙伴着盏昏暗的马灯，抱着枪直打呵欠，他的同伙有一个班，住在另一间屋子里。待放哨的困得不行了，我爬起来，悄悄地出了屋门。一出门，我就放开步子跑，跑了不一会，听见后面有人声追来，我知道已被发觉了，看见路边有一个大粪坑，活命要紧，跳进去了。粪坑好深，粪水都齐到我的颈子了。追赶的兵来了，我憋着气，一头埋进了粪水里。那个臭呀，那个憋呀，那恶心呀，简直比她娘的死还难受。为了不死，就要受呀！我憋在粪水里，那帮狗日的用电筒朝粪坑里照了照，朝粪坑里打了几发子弹，我想这回准完了，但我还憋着，就是不浮出来。那帮狗东西终于走了，我爬起来，一身粪水跑呀跑，跑到水里洗了个澡又接着跑。当我跑回家时，我都像个鬼了，一身臭气，把我娘吓得直叫唤。

我说老万，你是被迫的么？后来把你当坏人，你为么事不申辩？

"还由你申辩？你长一万张嘴也说不清！他们说你杀了人，你也有得法。我就认了吧，让他们斗来斗去的，没什么新花样。可怜我那侄儿，就是和你同学的火火。小学上中学时，就不让上，说是有个坏大伯。我他妈的哪里坏？比他们那些男盗女娼的家伙们好多了。"老万说。

老万这人打开了话匣子，话也不少。那时，我和他开完了午饭，没什么事。就在窑厂附近转。棉花乌油油的已经挂铃了，芝麻长得半人高，煞是爱人。可是窑厂周围大约十多亩的地方，被挖得大坑小坑的，坑里积满了脏水，浮着孑孓，臭烘烘的。这里过去是多好的地啊，油沙地种啥收啥，可如今挖成这样，都是窑厂取土时挖的。老万说："这叫靠山的吃山靠水的吃水，我们靠着地，就吃地吧！把祖宗传下的地吃光了就算球了。这地里的土做成瓦，烧得格外好。只是可惜，地挖了就没用了，种不成庄稼啰！"老万抽着烟，望着眼前的坑感伤着。我说，"老万，莫伤心，地多的是，挖不完的。再说做砖瓦总比种庄稼划得来多了！"老万站起来说："是的，地多的是，做砖瓦赚钱就做吧，如今什么都赚钱，最不赚钱的是种庄稼的。一担谷子换几个钱？做一天生意比一担谷子的钱多得多。不能都去做生意沙，没人种庄稼，吃个球。"老万扭头就走，我也跟在他后面走着。我想老万的话对不对呢？这做砖瓦把好地挖了也真可惜。我看见花子娥子等一群人正在挖新的一块地。

老万从外面回到伙房，情绪似乎很低落。刚好皮猴和二苕来了。自从憨子跑了后，这几人再没机会抹牌了。皮猴没具体事，到处打杂，二苕还是和泥巴。夏厂长把皮猴盯得紧，皮猴的工资已经从原来的乙等降到丙等了，致使他对结巴子恨得牙痒痒的。老万对皮猴没以前那么亲热了，说话间有点厌恶。皮猴二苕提了半桶油来了，喊老万：

"老万老万，油弄到了，炸面窝吃么？这他妈的口里淡寡得很，加点油吧！"

"那好吧，你们真他妈的是老鼠，这油是哪搞的，瓦机上的吧！管他的，靠山吃山靠水吃水，我们烧火的，也来吃一点吧，不吃白不吃。"老万说。

"老瘪，怎么样？"二苕问。我答："随便，听老万的！"

皮猴架磨，磨是老万新凿的。老万从大米缸里挖了一脸盆米来。这些米都是窑厂的工人交来的，一斤米给一斤饭票。老万这一挖，是挖了窑厂四十多号人的。平时，老万倒是蛮规矩的，我们俩吃饭，也是按月交米的。今天老万是咋的了？想不透。老万挖了米，用水淘洗一番。二苕推磨，老万往磨眼里喂米和水，白色的米浆从磨边流在一只大木盆里。没我的事，缸里水不多，就挑两只空桶下河。

老万的手艺真还不错，这面窝炸得焦黄焦黄的，还真好吃。我吃饱了，又抓几个，留两个给小侄女，其余的送到小砖屋，给陈华明吃了。陈华明说："哪来的？"我说："他们做的。"陈华明说："这是瓦机上的油。我看这窑厂搞不长的，迟早要垮，夏厂长不是个搞企业的料。"我与陈华明有同感。窑厂从附近油榨房买了许多油脚子来，瓦模子上必须经常擦油，这样压出的瓦坯子才光溜发亮。油脚子装在大缸里，面上的油经过沉淀，现出一层清亮的油，瓦机上的人把面上的油偷回去炒菜吃，一个个吃得嘴上油光光的。

炸面窝的事还是被发现了。夏长生厂长找到老万，问："怎么搞、搞的，偷油、油、油吃，像、像什么话！"老万不慌不忙地说："是我偷的，罚我的钱吧，反正地也挖了，先吃点再说。"结巴子厂长脸急得通红："那就罚十块钱、钱吧！"

皮猴和二苕又在背后把夏厂长的娘骂了个痛快。老万没有骂，闷着头抽烟。皮猴和二苕再想吃面窝时，老万把好好的一副石磨凿破了。老万又去找两块石头，没事又凿起磨来，只是到我离开窑厂时，石磨还没凿起来。

老万五十多岁了，还是孤身一人。我问："老万，怎么不找个伴？"老万说："那是你们年轻人的事，我一个人惯了，一个人饱了全家人饱了，受不了那个拖累。"老万这个人不好琢磨。他对我看书是很赞赏的，好些事不让我做。我每天就挑几担水从别处搬几个树苑来，实在是清闲得很。老万说："秀才，还是想法多读些书吧，读书好呢，明白事理，能做大事咧。"

在我和老万相处一个半月的时间里，老万就是这样不慌不忙不卑不亢地生活着。我感觉到他很冷静，他似乎看穿了好多事，但他轻易不说，偶尔说一点，也不往深处说。一个半月后，经过三年高考已经完全失望了的我，突然接到一份通知，县里办了个电大班，是师范班，读完后可以分配去乡村学校教书。这个电大班录取了我。进这个学校要交两千元学费。父亲先是喜，后来又是愁，哪来两千块钱，我的天哪，进学校要交这么多。母亲还是那样不声不响，望着我。眼里是我永不忘怀永远熟悉的慈爱之光。嫂子又用鼻子"哼"我："这个学生真难养哟，读了三个高中毕业班，用了几千块，上个破电大，又是两千，这个家就为你读书读穷了。"我什么也没说，我能说什么呢？哥哥说一定要让我读。

　　我感激老万，我不忘老万。我筹钱，我着急。我的家乡可不像报上说的，有多少个万元户。一个都没有。感激老万，为我到杨绊叔家说媒，杨绊叔本来就是个"杨绊"（注：武汉话里把外行充内行的人称为"洋绊"），先是高低不成，后来又眉开眼笑答应，叫我和花子高兴得那晚在小河边坐到半夜才回。花子把自己的体己钱拿出来了，又找杨绊叔要了几个，共凑了五百元钱交学费，哥哥想法为我弄了一千元。还差五百块，老万不声不响递给我，只轻轻笑笑，说："拿去吧，先交了学费再说！"老万叔啊，你真是个好人。我将永远感激你，我恨不得给老万磕个头。

　　我是无法报答老万这个恩了，永远不能报了。我上了县里的电大班，好歹也算个大学生了吧，虽然是什么样的大学社会上清楚我们自己心里也清楚。假日里，我高高兴兴喜气洋洋地回村来，我到窑厂去找花子去找老万也去找陈华明以及皮猴二苕。花子找到了，她脸通红，眼睛直直地看着我，要不是在白天，她会扑到我怀里的，我相信。老万没找到，陈华明没找到。老万死了，陈华明走了，回了河南。

　　听说，老万死得有些古怪。那天他到河里挑水，刚好河边没有人，他就那么栽到河里去死了。老万会游泳呀，老万泅水技术高，能在水里闷好长时间，年轻时跑壮丁在粪水里也憋了好长时间呢。老万怎么就死了呢？还死得不声不响？我听了花子说给我的噩耗，我不相信。金水河，你怎么要淹死这么个人呢？我跑到金水河边，跑到我前不久天天挑水的石埠头，我望着哗哗的河水，把各种詈骂的语言扔进河里，你真不该淹死我的老万的！你这河哟！花子也跟着我到河边，手里拿着手绢在擦眼泪呢。

　　我还欠老万的五百块钱呢，这钱我将还给谁呢？老万孤身一人，无子无女，我仔细地想着。

　　花子陪我到老万的坟上看了看，我依本地乡俗习惯，给老万烧了一叠纸钱，还磕了一个头。

6

　　在我的家乡，人们对苕的概念是颇值得研究的。苕即是红薯，家乡人喜欢吃。苕用作形容词时，即是傻。老辈人都愿意把自己的孩子叫苕。就我记得的，我村就有苔货、药苔、苔筒子、苔砣子、面铺苔、粉坊苔等,这后两种叫法,是说这两家曾开过面铺、粉坊,而这两个苔是他们家里的。各种与苔有联系的名字成千上百,但提起李家的两个苔,则是无人不知无人不晓的。哥哥叫李一苔,力大无比,急公好义,是个相当不错的好小伙子,可惜已死去七八年了。李一苔的死奇特、悲壮,是让人踩在淤泥里死的。关于李一苔的死,是我另一部小说的内容,这里不说。这里只说弟弟李二苔。李二苔的材料记在我的生活札记本上,后面的一部分,是假期间花子为我提供的。假期间,我也和他在一起喝过酒,但他是白蚀了这顿酒宴,因为我没给他帮忙。

李二苔的爹娘倒是两个少有的老实人,整天埋头种田,日子现在当然是好过得多了。一苔死了后,就剩二苔一个儿子了,两个老人围着二苔转。二苔吼一声,他的爹娘都要打颤抖。二苔这人我在前面说过,精得很,做公家事不出力,有便宜可沾上的地方抢着上。村里人说李家的两个苔不像一个种,大的厚道,小的刻薄,没人缠。

二苔比我大两岁,是看上了村头老闷叔家的娥子了。论长相,二苔不比娥子差,俩人挺配对的。二苔的爹娘一切由儿子说了算.二苔要娶娥子做媳妇,爹娘没意见,可娥子有点不大情愿。我们家乡有句丑话,叫"抠屁眼吮指甲",二苔就是这样的人,娥子嫌他这一点。二苔爹娘在田里做得汗水淋淋的,穿得破破烂烂的,回家只能喝稀粥蘸豆酱,么原因?二苔所为。他要拼命攒钱,成个富翁。娘养了五只母鸡,每天要向二苔交五个鸡蛋。媒人是李家的剃头大哥,剃头大哥找到老闷叔:"恭喜恭喜呀,把娥子说给二苔吧,这家境可是殷实呀!"老闷叔闷头抽烟,老闷叔的后婆娘嘴里嵌颗金牙,一笑一闪光:"要得要得,多谢剃头大哥,我们冇得意见。"她当然冇得意见。娥子又不是她生的,是老闷叔的前妻生的,前妻死了,后娘巴不得娥子早点走,能有个好价钱。至于娥子的意见,那是无关紧要的。

李家的剃头大哥没拿到老闷叔的准信,但拿到老闷婆娘的允诺,找二苔报信。这事再做做工作,估计问题不大。二苔当然高兴,谢了剃头大哥,送给他大半包圆球牌香烟,算是谢礼。剃头大哥出门数了数,烟盒里只十三根烟。剃头大哥顺手把烟扔在二苔家的后菜园里:"日你妈,好大的出手,这个媒老子不做了。"第二天,二苔到菜园里捡到这大半包烟,还高兴了一阵,够他抽一天的。

这些都是在河南烧窑师傅陈华明没来之前的事。二苔和娥子的亲事处在冷落之中,剃头大哥是决不出面了。娥子说:"嫁这个人,怕是要卖老婆的裤子!"这话是说给花子听的。

窑厂里,娥子看中了河南人,热火得不得了。河南人的正派沉稳,河南人的技术和对人的真诚,深深吸引了我家乡的这个妹子。娥子的爱炙人,一天几次往陈华明那里跑,陈华明对这真诚的南方女子的爱,接受的方式是冷静而有头脑。娥子帮他洗衣补衣,从家里带来好吃的送给他,他则为娥子买些小礼物,帮她学些文化,讲讲烧窑的技术。可惜陈华明走了,娥子哭了一场后,对花子说:"他要是不走,他的烧窑技术会被我学得差不多的。现在不行,我还没学到家。"

娥子和烧窑师傅打得火热,窑厂里有些议论。老万在时,曾对我说:"这两个应该说是蛮好的一对,不过,怕是不会成的!陈师傅是个不错的人咧!"老万的话常常是很对的,他的话你不能寻底,他只说到此为止。

皮猴说:"二苕,你他妈的就看着河南人摘你枝上的花?你有球用?有用就去夺回来!那娘们有么蛮大的本事?治服不了,算个么事男子汉啰!"皮猴说这些话,就像他对女人的本事大得不得了,全没想到自己是光棍一条。

二苕听了直眨眼,我看得出来,他的炉火在心里烧得厉害。去缠娥子,总是被娥子白眼骂开,来不得硬的,娥子这女子是越硬越不怕的。二苕是不会甘心的。在憨子出走之后,他们的牌局拆散了,二苕休息时就在窑厂四处溜达,在河沿上看女人们挖土,人群里有娥子;在窑门前看火工烧窑,河南师傅陈华明在看火,他瞪陈华明的眼光是狠狠的。

终于有一天,二苕钻进了陈华明的小砖屋,那时,小砖屋里只有陈华明一个人,他正在看书。

十分钟后,他们两人同时从小砖屋里钻出来。我刚挑完水,到小砖屋里来读书,正碰上他们。陈华明的脸上很坦然平静,但胸脯在不平地起伏。二苕呢,耷拉着头,双手剪在背后可眼中有凶光。他们一定干了什么,我想。待二苕走了后,我问陈华明。陈华明说:"朋友,这是我们的私事,你不要问了,我不想告诉人!"我也就不问了。

二苕往老闷叔家跑得勤了,娥子对花子说:"真讨厌,像条绵虫,现在缠我后妈了。"二苕三天两头地到老闷叔家,和老闷叔聊天儿,给老闷叔递带嘴的烟。二苕吸取了剃头大哥的教训,现在带点好烟在身上了。何况如今的烟大部分带嘴,乡村抽的也是带嘴烟。二苕很会讨好嘴里有金牙的女人,一口一个大婶喊得亲热极了。二苕到窑厂工作后,拿到工资带奖金,家里田由爹娘种,爹娘又花不了什么钱,二苕手头是活泛得很,银行里据说存了有好几千块。皮猴出主意:"多和娥子的后娘做工作,不要太奸吝了。"二苕听进去了,狠了狠心,常给嘴里有金牙的大婶买斤砂糖,送斤饼干,或者买双袜子买块香皂的,把娥子的后娘收买了成了牢固的统一战线。但是老闷叔还没正式开口,娥子见了他横他的眼,使他好不着急。老闷叔是个闷脾气,认准了的事,一般是不拐弯的。这个老闷,几根带嘴的烟不起作用，送其他的东西，他不会收，二苕也舍不得。时间长了，二苕觉得很划不来，东西送了不少，钱花了几十块，只见着娥子后娘闪着金牙的廉价的笑，老闷叔闷声不响地抽烟。这他妈的有么搞头，不想个办法，媳妇到不了手，还白赔进去时间和钱财。二苕在窑厂每天还是和完两塘泥，然后找个角落里坐下想心思。二苕终于决定来最后一手了。管他妈的，娥子到不了我的手，也不能叫河南侉侉陈华明占了便宜。对不起呀娥子，我们就刺刀见红吧！

二苕采取的这刺刀见红的行动，其实并不是逼亲杀人，只是闹起了一场风流风波，陈华明忍痛而走，娥子名声扫地伤心欲绝。这事是发生在我离开窑厂之后了，我没见着。

那天下班之后，二苕急急忙忙赶到老闷叔家，金牙婶朝他热情地笑，他没理。他凑到刚从田里劳动回来正坐在门口抽烟的老闷叔跟前惶惶地说："闷叔，不得了呀，我今日听到窑厂的妇女们议论娥子，说她跟烧窑的河南人好上了，啧啧，那河南侉侉是个流浪汉，半年不洗一回澡，脏呀！又没个固定的家，娥子将来怎么办？闷叔，你在村里是个有头有脸的人物，要管咧，别人指着背脊骨骂咧！我真的亲眼看到，娥子中午下午休息的时候朝那个烧窑的河南人屋里跑呢！"二苕说着。偷看老闷叔的脸色，老闷叔的脸像块刚出膛的猪肝、紫乌紫乌的，两眼冒火，双手气得打颤。"二苕，你说的话是不是当真，是当真，看老子把那个河南人和那小贱货打折了腿。你的话要是假的，老子要打歪你的嘴的。"老闷叔说。"真的真的，闷叔，我是看到我们是近邻乡亲，特地提醒下，免得到时出丑，大家脸上都不好看。不信，你自己去看看，闷叔！"二苕拍胸说。

闷叔的倔犟脾气是村里有名的，既倔又爱脸面，眼里容不得沙子。娥子娘死后，又娶个后婆娘，后婆娘生了两个儿子，老闷叔对娥子并不亏待，念她娘死得早，还宠着她呢！后娘对娥子不好，闷叔护着娥子，常吵点嘴。李家剃头大哥来说媒，闷叔有些看不上二苕，一直没答应。如今出了这样的伤风败俗之事，闷叔闷了一肚子的火气，当晚连饭也没吃就躺倒睡了，他要查清这件事。娥子当晚回家，没觉察到爹的情绪。

第二天上午，挑了半天的土，领头的宣布休息半小时，挑土的妇女各找地方歇气。娥子像往常一样，朝窑门走去，闪身进了陈华明的小砖屋。陈华明正在小屋里看书，只穿了件背心短裤衩。陈华明负责烧的两窑砖瓦已经封了窑停了火，他估计这两口窑又是上好货，火候掌握得较准，隔两天开窑，他的心血和技术将得到大伙的夸奖。像作家对待自己成功的作品一样，陈华明对这烧成的两窑砖瓦，心里有一种成功后甜滋滋的感觉。

娥子推门进屋，脸红红的，手上握块小手绢扇风。陈华明见是娥子，微微一笑，站起身来。娥子一屁股坐在小床上，口里喊着，"热死我了。呆子，拿点喝的来。"陈华明递过一杯凉开水，见娥子仰起头，咕噜咕噜地喝着，娥子的胸脯扬起来，圆鼓鼓的。陈华明本是个严谨内向的人，见娥子那可爱的模样，不由自主地也坐到小床上，把手爱抚地搭在娥子肩头，说："看你渴得像旱蚂蟥，慢点喝呀！"

"哐当"一声，小砖屋的门被推开了，老闷叔握一根柴火棒子，脸色铁青地站在门口。身后，是幸灾乐祸的二苕。陈华明一惊，赶忙把搭在娥子肩上的手拿下来。娥子见是爹来了，手上的杯子惊得掉到地上摔碎了，满脸通红地站起身，叫了声："爹！"

老闷叔大吼："我不是你爹，我不要你这个不要脸的小娼妇，还不快给我滚出来，看我教训这个野狗日的东西，欺负人欺负到老子头上来了！"说完，朝小砖屋跨进一步，举起柴火棒子朝陈华明头上打去。陈华明见来者不善，举起手臂来挡棒子。娥子见爹发凶，尖叫一声"爹"，朝陈华明扑去。只听"扑"的一声响，柴火棒子竟打在两个人身上，陈华明的右臂立时垂了下来，骨节好像脱了，娥子背上受了一击，晃晃悠悠倒地，不省人事。这边的吵闹声早惊动了窑厂的其他人，跑来一群人扯住了老闷叔，花子等几个妇子冲进小砖屋，扶起倒在地上的娥子。娥子的背上渗出血来。河南人陈华明捂着右臂，两眼冒火，脸上气得发乌。老闷叔被众人扯住，还跳起脚来骂："你个哪里跑来的野种，勾引我的女儿，你是癞蛤蟆想吃天鹅肉。老子的姑娘嫁不出去，也不嫁给你个侉侉，你再起心思，看老子不把你打死了，打死了老子偿命。"老闷叔蹦跳着骂，骂得白沫纷飞。

窑厂人都知陈师傅和娥子好。一来嘛，这烧窑的小师傅为人还不错，二来呢，如今的年轻人谈恋爱，别人何必管呢？哪晓得这事叫老闷叔知道了，这个闷棍子，谁也不敢惹。只是这事是哪个舌头长疮的人告的状呢？在闹嚷嚷中，据说老万去了，见了二苕，老万说："二苕，这事干得不地道，你不该不该呀！"说得二苕不敢辩解，只好趁大家不注意时灰溜溜地走了。老万的眼睛有准，他一看二苕就知二苕干的坏事。

娥子被几个妇女弄回家去躺倒了，肩臂上被老闷叔打了一条乌血痕，肿起老高。金牙齿的后娘还直骂她不要脸。

当晚，陈华明不顾结巴子夏厂长的一再挽留，和窑厂会计算清了工资，收拾起简单的行装，给娥子留了封信，就走了。他漂泊四海，以自己的技术来换取报酬。

陈华明给娥子的信里写道："你我是不宜相爱的，谢谢你对我的一片深情，我这人无权享有妻室，忘掉我吧，娥子！"娥子看了信后，大哭了一场。

我分析陈华明信中的话，还是弄不明白。"我这人无权享有妻室"，为什么？二苕还在窑厂，见我回来度假，请我喝酒，要我当说客，说服娥子嫁给他。我吃了他的酒菜，但没找娥子说，我知道娥子是不会答应的，我也不愿意。让他这个小气鬼白赔一顿酒菜吧！

窑门前的那幢小砖屋已经易了主人，是新请来的位老师傅，无疑也是河南人。

我很怀念那幢小砖屋里的读书时光，我很怀念陈华明。

7

寒假离年关很近。我回家的几天时间，除了访访亲友，看看熟人外，有空就读点书，做点生活札记，作家梦并没有醒来。晚上，我一般都到杨绊叔家里待着，花子陪着我。杨绊叔对我不错，我想他原来就喜欢我的吧！我现在是个假假真真的大学生，将来虽说当乡村教师，但毕竟是领工资的，饭碗旱涝保收。加上我和花子确实好，当父母的当然高兴。花子说她妈担心我们太亲热了怕出事，我则向花子保证：除了亲亲嘴外，决不干其他的，放心。

花子给我讲窑厂的新闻，不断充实我的生活积累。那天晚上，在花子房里，花子为我泡了杯茶，对我说："今天窑厂出了件大事咧，乡里县里派了五个人组成的清理经济的班子，已经住进了窑厂。说是这几年经济效益不高，勉强只顾得工人的工资，给村乡上缴的税款太少，有问题。工作组一进厂，就让夏长生厂长停职了，说是有人告状，说夏厂长贪污一千块钱，夏厂长结结巴巴的，哪说得清楚。我看他不像贪污的人，那么老实，咋会贪污的？"

我先是有些惊讶，是的，结巴子厂长能贪污么？继而想，人是复杂的，这事谁说得准？目前正临打击经济犯罪的火候，报上揭露不少材料，前两年的这经理那经理，这改革家那改革家，不是有人贪污诈骗几十万元吗？人，的确是最说不准的。我说："花子，先莫给别人打包票。无风不起浪，你说夏厂长不会贪污，那说不准的呢。"

第二天，花子又带来新的消息：夏厂长停职反省，夏厂长的爱人跑到工作组里求情，说是愿意把家里的电视机和两头大肥猪卖了，赔一千块钱，只求工作组别把夏厂长抓走了。我说，"这简直是乱弹琴，这不是添乱子吗？就是夏厂长真的没贪污，人家也要怀疑。女人啦，见识短！"

花子说："我晓得写告状信的人是哪个，是猴子！"我说："是皮猴？"花子说:"不是他是哪个?"我说:"他为么事要告?这个猴子不是个东西!"华子说:"是不是个东西,我寻思他是报复,想害夏厂长。"

我离开窑厂时,皮猴就没个具体事,整天打杂,做这不行,做那也不行,工资低到不能再低了,奖金没有。皮猴背着结巴子厂长骂娘,说夏厂长打击他,排挤他,和他过不去,他要日死夏厂长的老祖宗。打击经济犯罪运动来了,皮猴就来了这一套,写了几封揭发信寄到县打办、县乡镇企业局、乡党委,告夏厂长贪污一千块钱。

过了两天,有两个人找到我,说是要调查结巴子厂长贪污的事。他们是五人工作组的,启发了我半天,叫我有点莫名其妙,这狗日的皮猴莫把我拉进去了!

我说,我是在高考没有接到入学通知书这期间在窑厂当炊事员的,大约两个月时间。我说我只看见皮猴二苕老万憨子他们抹牌,赌点小博,憨子欠皮猴的赌账,憨子后来跑了。我说,我不晓得夏长生贪污,我只晓得他结巴我怕他说话听他说话叫人着急。我说,我跟老万搭帮手烧火……那两个找我调查的人不想听我说了,客客气气地告辞。他们不想听我说,我还懒得说呢!

窑厂里开听证会,请了好多人参加,也叫了我。去去也好,可以扩大我的生活面,听听这个结巴子厂长是么样贪污的?屋里坐满了人,工作组的人坐在桌子边,结巴子厂长耷拉着脑袋,闷声抽烟。给人一种威严感觉的是,方桌边坐着一位戴大檐帽穿白制服的法警,是公安局是检察院是法院的人?人们弄不清楚,我也搞不明白这三个部门的制服的区别,反正是公检法的人。二苕坐在一大排人中,屁股下一块砖,眼光只朝娥子瞄,娥子根本不理他。我和花子坐在一起。看着神气洋洋的皮猴。皮猴抓耳挠腮,好不得意地看着结巴子厂长。村支部书记坐在桌边,给工作组和穿白制服的人递烟。穿白制服的人很严肃,翻着一大摞材料,眉头皱着,在思考着什么。

听证会开始了。穿白制服的人抬起头,不动声色地问:

"皮猴同志,你能与经济犯罪作斗争,主动积极地揭发有问题的人和事,这是非常好的。请问,你是怎样发现他贪污的呢?"

皮猴站起身,朝一大排听众微微一笑,然后正正经经地回答说:"报告首长,夏长生身为厂长,不好好抓管理,打击积极分子,让我打杂,扣我的我工资奖金,致使窑厂经济效益大降。"

穿白制服的人抬手制止皮猴乱扯:"请说他贪污的事。"

皮猴说:"是,我马上说。结巴子,不,夏长生早就有贪污的心思,我知道。那天,我蹲在厕所里,就是我们窑厂的那个破厕所,晓得吧?我蹲中间那个坑上拉屎。"听的人忍不住要笑了,皮猴瞪了瞪,说:"严肃些,这是严肃的事。我蹲在那里拉屎,这时有个人急急慌慌地钻进厕所,蹲在我的旁边一个坑上,在我和他的坑中间的矮墙上有个洞,大家晓得的。我想,是哪个蹲在我隔壁呢?就从那个洞里望过去。我望过去,妈的,原来是结巴子,不,是夏长生厂长,他当时手里拿着一把钱,正在数着。他蹲在坑上假装拉屎,其实他根本就没拉,是跑到厕所里数钱的。我咳嗽了一声,我从洞里看到他一惊,把钱朝怀里一塞,口里惊慌地问:谁?我说,厂长,不要惊慌嘛,是我!他一听我的声音,更慌了,说:皮、皮、猴子,我拉、拉、屎、屎、的!我说:不,你数钱,你哪里弄来这么多的钱呀?是贪污的吧!他慌了,见瞒不住我了,就说:皮猴、猴,你莫、莫做声,我、我们的、的、关系不错、错吧!莫、莫说出去了!他为了拉拢我,还拿出了五百块钱。从墙洞里递给我,要我不要说。当时,有一只蛮大的老鼠从我们面前跑过去。"皮猴说到这里,指着夏长生厂长吼问:"夏长生,是不是这样?"夏长生厂长一急,结巴了半天,竟没结出一句话。

穿白制服的那人招招手,叫夏长生不要说了,结巴子想说的那句话终于扼杀在嘴巴里了。白制服说:"皮猴同志,他给你五百块钱是为了拉拢你,这是事实吧?"皮猴说:"当然是事实,他是想塞住我的嘴巴,让我不告发他!哼,我的嘴巴塞得住么?"

屋子里静悄悄的,结巴子厂长刚才一句话没结出来,满头沅汗,伸出袖子直擦汗,白制服脸上更严肃了,把一摞材料翻得哗哗响。完了,他两眼朝皮猴面上一扫,像道剑一样,把皮猴扫得一噤。白制服说:"皮猴同志,夏长生的贪污问题我们经过调查,目前证据不足,还不能落实,我们再继续调查。今天把你的问题落实一下吧!"

皮猴一惊:"首长,我的什么问题,是夏长生告发的吧,你们不能听他的呀,他报复!"皮猴有些急了。

白制眼说:"不是的,是你自己说的嘛!你刚才不是说夏长生拿五百块钱拉拢你吗?这五百块钱你要交出来。什么时候交?说个准日子吧!嗯!"

皮猴一下傻了眼,天哪,五百块钱,要交五百块钱,哪里弄去,我凭什么要交五百块钱?我又没得到他的一分钱,要我白交五百块,我他妈的发鸡窝疯了。五百块钱,够得我十个月的工资,我他妈白干十个月?我为么事要白干十个月?哪个狗日的得了五百块钱,一分钱都没见到。要我交五百块钱,老子不交,看你怎么办?

白制服在皮猴傻了眼蔫了劲满脑子叫苦之际,冷静地把一摞材料翻得哗哗响。这时屋子里出现了奇特的效果,静,静得连落一根针都能听成是放炮。皮猴你这个狗东西,你的末日到了,看你么样交代,我坐在人群里,心里有一阵快感。花子朝我望望，眉梢透出一股高兴劲。我看看周围的人，大家都抿着嘴不做声，我想他们心里一定很痛快的吧！皮猴这个人太可恶了，大家都讨厌他。皮猴脸色变了，浑身筛起了糠。白制服朝他看一眼。不慌不忙地问："想好了没有，嗯？什么时候交钱？"

皮猴望望人群，望望坐在桌边的工作组和村支书，人们的眼光里没有皮猴所想看到的东西。突然，皮猴抬起右手，抽起了自己的耳光，边抽边说："我不是人我不是人我是畜生是畜生！"皮猴抽着自己的耳光，鼻涕眼泪流了一大把。白制服突然威严地一吼："皮猴，怎么回事？"

皮猴腿一软，双膝跪地，哭喊着："首长，那都是假的呀，是我瞎说的呀首长，我没想到还要我退五百块钱出来，我是胡编的呀首长。夏厂长没有贪污一千块钱，他一分一厘钱都没有给我呀首长！什么上厕所，什么厕所里有只老鼠跑过去，都是我编的呀！我不是人不是人，原谅我吧首长，我拿不出五百块钱哪！结巴子厂长总和我过不去，扣我的工资奖金，我想报复他，我就告他的状。都是假的假的！"皮猴哭喊了一阵，白制服说："起来！"皮猴赶快爬起来，又求起来："工作组的领导，支书呀，你们行行好吧，不要我退钱呀，我没钱退，我说的都是假话呀！"

参加听证会的人呆了，突然有人笑起来，引来了一阵哄笑，我和花子也加入了笑的队伍。大家笑，笑皮猴自己搬石头砸自己，笑皮猴的愚蠢笑皮猴的丑相。

白制服缓缓地站起身，他的话干脆清晰："同志们，这个听证会开到这里。有些人以为自己聪明，怀着阴暗的心理，妄想制造一起冤案假案，这是违法的，这种作法是愚蠢的。皮猴诬告夏长生同志贪污，这也是犯法的，皮猴犯了诬陷罪。"白制服讲完了，工作组讲了一下窑厂的经济账目，基本是清楚的。最后，村支书讲了话，他说："夏长生同志的停职审查已经解除，他所谓贪污纯属被诬告。窑厂这两年经济效益确实差，夏长生同志的组织能力有限，村支部将马上考虑窑厂的班子问题。"

结巴子厂长陡地站起来，脸上有泪光在闪，他似乎想说点什么，但终于没说，他说话太困难。

8

好一个热闹的新春佳节，乡村把旧历年看得很重，做完糍粑摊完豆丝杀了年猪打好豆腐，门上贴大红对联墙上糊满花花绿绿的年画。该好好玩它几天吃它几天热闹几天享受几天了。串亲访友请客送礼，见面互道恭贺满口吉祥发财。鞭炮从腊月三十里开始密集起来，噼里叭啦轰轰隆隆不止。

按规矩，女婿正月初二上丈人家拜年，可我有点破旧俗立新风，三十晚听了从乡里回来过年的哥哥醉醺醺的教导之后，初一不想再听了，就提了两瓶酒两盒点心到杨绊叔家叩头拜丈人，然后少不了一堆碗鸡汤。鸡蛋是不能给女婿吃的，吃了鸡蛋越走越淡。

一碗鸡汤吃得好不畅快，吃得花子抿着嘴笑，说我是从饿牢里放出来的。我已成厂这个家庭里的一员了。想我将来当个乡村教师，家里有花子这样的妻子，已经心满意足了，就像刚才喝的这碗汤。

门外嘻嘻哈哈，人还没进门声音进了门，是娥子。娥子口旦喊："拜年拜年，恭喜发财！"进门见了我说："哟，秀才大哥一早就登丈人的屋是不是太急躁了点，嗯？"花子横了她一眼说："你的嘴不要太厉害了，小心嫁不出去！"两人嘻嘻哈哈一阵。花子说："你这早跑出来，你那闪金光的后妈不要你帮忙待客吗？"一提待客，娥子气了，"待他娘的脚，那个不要脸的东西，一早提了酒上我家拜年，我爹阴着脸，我那后娘喜滋滋的，对不起，我就溜之乎也！"。

这时杨婶端出瓜子糖果点心来，娥子马上活跃起来："吃吃，一年也只有这几天快活，快快活活吧，不要发愁。"我发现她的快活中有愁怨的成分。

憨子昨天回来了，天黑进的村，没人看见。回到自家屋门前，门已关了。憨子敲门，莲香在屋里问："哪个？"憨子答："是我，是憨子！"此时村里家家户户鞭炮齐鸣，家人团聚，只有憨子家冷冷清清，黑灯瞎火。莲香听到是憨子，在屋里边哭边骂："你还是个男人？你滚，死出去莫回来，我没你这个男人，我宁愿守活寡也不要你！走吧走吧，到远处发财，不要找我了！"憨子在门外求着："莲香，开开门，我回来了，我再不走了，我是人是狗就这一次，快开门吧，莲香！"莲香死不开门，憨子就在屋外求着。今早有人早起拜年，憨子蹲在自家门前，一夜没进屋。

听到这消息，我和花子娥子一起到了憨子的家。旁边已围了不少人，大家都劝莲香开门。莲香在屋里哭得很伤心，使大家心里沉沉的，与眼前这春节气氛不相称。我们也加入了劝解，花子娥子喊着："莲香姐，开开门吧，憨子已认了错，他再不跑了，开门吧！我们给你拜年了！"叫了好久叫不开，村支书说："找个东西，把门闩拨开。"马上有人回家拿把扁刀片，从门缝里捅进去，终于把门拨开。憨子进了屋，见莲香趴在床上哭着，枕巾哭得湿了个透。

离人群远远的大树边，我看到皮猴露一下脸，马上又消失了。皮猴被判了半年的刑，监外执行。我觉得憨子夫妻两人的不和与悲剧，是和皮猴有关系的，这个狗日的皮猴，害人害己，终于没有好下场。

我想起了老万。老万孤零零地躺在荒冢之中，好寂寞啊！老万，你是个好人，你不该死得那么早的。我叫上花子娥子，一起到老万的坟头，给老万叩个头，也算拜了年。老万的坟头摆了碟酒菜，老万的弟弟老袁和侄儿火火来过的。老万是我和花子的媒人咧。

春节期间我去看了结巴子厂长，他告诉我，支部已经同意他辞去厂长的职务，他说："我确、确、确实当不好这个、个、个厂长！"

据说，村支部开了会，决定加强窑厂的领导，调整窑厂的领导班子，派刚从部队复员回来的王家元当窑厂厂长。王家元雄心勃勃，向支部立过军令状，今年底要上缴村里十万元纯利润。

窑厂的生气上来了。初五过后，我要到县里去上我的电大师范班了。我到窑厂去告别，看到两座窑已是青烟袅袅，压瓦机哐当哐当节奏分明，托瓦坯的姑娘们燕子般穿梭来往。窑厂伙房的墙上，贴着抄写得整整齐齐的规章制度表格，气象颇新。

憨子又在挑水，每天八十担，他干得挺带劲。见了我，憨子说："兄弟，好生读书吧，不要忘了我们！"

我忘不了窑厂，我在这个"我的大学"里只待了两个月，但我学到了不少的东西。

远　　湖

0

远湖，遥遥荒凉的水域。二十二年后，我在故乡的田野上劳作时，远湖已空有其名了。泥土还是二十二年前就存在的泥土，水没有了，流迄了，和漫漫岁月一道，被蒸发成我故乡的历史。

远湖已变千亩良田，无边的稻浪摇曳欢歌。

我发掘着故乡的历史，那一堵短墙，一棵老树，甚至一只石磙，都刻写着一部故事，等待着我去演绎。

那天是我十六岁的生日。是早春，太阳照在田野上，有气无力的样子。远湖的田野，白汪汪的一大片。没有绿色后，田野就是没有爱情的寡妇，阴郁得叫人难受。早晨的空气冰冷冰冷，我在田埂上寻找不到一瓣草芽。

队长不管我生日不生日的，派我和王金山拉田塍。王金三和我一样，也是从学校回乡的，都是初中未毕业，就碰上了"知识青年到农村去"。我们一天赚六分工，就只做六分的活路：拉田塍。

拉田塍，种水稻地区的活路。一个人站在水田里，手里握一根木柄，木柄下端横连着块两尺长五寸宽的薄木板，木板两边系着绳子。站在田里的人把木板杀进泥里，站在田埂上的人拉动绳子，将一堆泥土拉到田埂边壅着。待泥土半干后，另有人用锹把泥土整成与田埂一般高，在田埂外帮了一圈新泥土，就叫做整田塍。

王金三做活耍滑弄奸，他狗杂种见困难就让见容易就上。一早上他就要我站在水田里扶木柄，他穿着鞋站在田埂上拉绳子。他一边拉绳子一边哼小曲，得意洋洋。

我赤脚站在水田里，腿肚子如针刺一般，冻得心都是冰的。看看田野，白晃晃都是汪着水的田，再一看横一条竖一条的田埂，如横在心里的枝枝丫丫，戳搅得难受。这么多田埂,我们什么时候才能拉完?

"闭住你的鸟嘴,唱,唱你爹的个卵子!"

我突兀地骂起了王金三。今天是我生日,早上吃了我妈煮的三个荷包蛋,可到田里还要挨冻,真他妈叫人恼火。狗杂种王金三,得了便宜还唱雅调。

王金三唱得正在兴头,被我一骂,眼睛直眨巴,真像他妈的那双红眼睛。他眨巴明白我在骂他后,跳起脚,进行还击。这狗杂种骂人,能骂出花样来,我哪是他的对手。

骂不过他,我改换战术,从水田里爬上田埂,趁他没防备,把他推到水田里,他的鞋子和裤脚立即在泥里了。

他在水田里骂得更带劲了,他把我妈糟蹋得太不像样了,我气得直打战,不知怎么办才好。突然我想起了大人们曾经悄悄说过的那件事,就毫不犹豫地抖出来了。

"王金三,你个狗日的,你妈有好多男人哩,你爹被用麻袋装着沉大湖,你个狗日的还凶个么事呀?"

我说过,那天我十六岁,我不知道这两句话的分量和后果。我只知道我骂出口后,王金三立刻如遭到雷击般呆了,停止了对我妈的辱骂。他穿着鞋站在水田里,静静地站着,眼睛望着我。四周好安静,静得能听到从田野上吹过的风抚摸田水发出的嘘嘘声。远处有遗留在水渠里的野鸭子发出的呷呷叫喊。

太阳光在水田里惨白惨白,都快到中午了,我赤脚站在田埂上,情不自禁地打起了寒战。

啊,十六岁的少年,我还不懂事。王金三在水田里待了半天,突然一屁股坐在水田里,号啕大哭,哭得好伤心。

那是一九六九年,在我的故乡金水河畔的九家墩。九家墩是远湖公社的一个大队,公社的一个副社长正带着工作队住在村里,在搞个什么清理队伍运动。

王金三的爹王三眼和大伯王大眼二伯王二眼,由响当当的贫农于一夜间变成了坏人。王金三的两个哥哥王金一和王金二说要杀了我,使得我和我们一家人胆战心惊。

王大眼王二眼王三眼被当作了坏蛋,就是因为我和王金三在田野里对骂时我抖出的那件事。但那件事被工作队的人作为依据,绝不是我说的,因为那件事九家墩的大人们都知道,那是我故乡的一个历史插曲。

王金一王金二王金三要杀我,是绝对地冤枉了我。当然他们只是恐吓,真的杀了我,这故事就不能演绎成小说,九家墩只出了我这么一个作家。

1

在我的脑海里，远湖在涌动着民国三十六（1937）年的波浪。湖上无风，波纹很小，轻轻地涌得很有韵律。我看到，那是个大而无光的大湖，几千亩水面？我想没有必要设计个准确数字，大约囊括了后来的远湖公社的大部分水田面积。

远湖就是被远湖公社的万余劳动力消灭掉的，他们把它开成了田，叫做围湖造田。

那时远湖很荒凉，荒凉得人迹罕至。野鸭成群在湖面嬉游，在湖滩自由地追逐下蛋繁衍后代。湖里的鱼虾一代代活下去，直到老死，寿终正寝。蒿草青了，青得碧翠，蒿草死了，慢慢腐烂。芦苇成了林，从浅湖滩一直长到深水边，芦苇长得一人多高，风来了，起伏成绿浪。到了秋后，芦花飘飞，芦苇枯黄，第一阵北风刮过，芦苇林里就能发出呜呜的声音，如呜咽悲泣。夏天里成荫的藕荷，此时都已枯败，成熟了的莲籽在北风的敲打下，纷纷地落壳而坠入湖里，来年再生长出些小荷叶来。

冬天的远湖，鬼都不来。

我看到的是民国三十六年时候夏天的远湖。满眼都是绿色，芦苇正年轻，荷叶正田田。远湖东岸有一片百把亩的藕荷林，两尺直径的荷叶举起一片绿伞，绿伞丛中碗口大的莲蓬像大姑娘的奶子，饱满而结实，莲籽已经快熟透了。荷林里，偶有迟发的莲花，粉红得娇艳，妩媚得叫人不敢久望。

荷林的南边，是一片肥厚的芦苇林，密密麻麻，挤满了干湖滩，又漫延至湖水边。芦苇里静静的，偶有几只野鸭惊飞。芦苇边缘处的湖滩上，干干的。在几株芦苇竿之间，闪亮着一双红色的眼睛，惊恐而又警觉，悄无声息。

芦苇林和荷叶林之间，有条五尺余宽的水道，湖水碧澄着，可见湖底麻乱而发红的水草，纠缠搅绕不清。

这条水道是王金三的爹王三眼和两个伯父王大眼王二眼开出来的。那时王三眼才二十一岁，王二眼才二十七岁，王大眼四十岁。那时王三眼还没老婆，所以二十二年后要杀我的王金一王金二王金三都还没被生出来。

大眼个子又矮又横，眼睛虽大而无光泽，四十岁的汉子看上去有点像个五十多岁的老人。二眼个高一点，约一米六五的样，壮而有力，两臂的肌肉鼓得要涨破皮肤；眼也大，那是猎人的眼，时刻在搜索，随时准备在捕捉什么东西。三眼个子修长，身材适中，皮肤比两个哥哥白，一双眼秀丽有精神。

弟兄三人从湖滩摇摇晃晃走到湖边，大眼和二眼跨上了一只小木船，小木船立即晃了晃。三眼待两个哥哥在船上坐定后，拔起了系船的木桩，连桩带绳子扔在船头，然后拿起搁在船边的竹篙，抵住船头使劲，身子一跳，稳稳地站在了船头，船就如刀划开湖面，沿水道朝湖里开去。

水道沿荷林边缘朝右拐了个弯，小船到拐弯处插进了荷林。荷林高出水面数尺，小船立即被荷林淹没，只看得竹篙在荷林里时时移动。王家三兄弟很快就投入了他们的工作，周围仍然很静。

湖滩越靠东就越高，高到一定的地方，筑了道土围堤。土围堤内，是片被人拓荒而成的湖田，稻子已经收割了，田里留下些稀稀拉拉的谷茬子，茬子上面冒出些青青的嫩秧秧来。田埂子若有若无，很小。田种得很粗糙，湖田里有许多的蒿草和鱼肠草，好荒芜。

沿着湖田中间的条土路再朝东，走上两三里路的样子，有一个高出周围不少的土墩，土墩实际上是土山。土墩上是一簇房屋。那时的房屋还不太多，都是稻草顶土墙壁的草屋子。我就是出生在这个村子，这村子就是我的故乡九家墩。九家墩东边，沿着条金水河，由南向北，过金水闸，在金口入长江。

远湖的土围堤是湖田的主人筑的，泥土堆起来很草率，只能挡点小水，挡不了大水。反正湖田一年只收一季，收了稻谷，水就来淹了。第二年春上退水后再种一季，种一季稻谷就够墩上人吃一年了。

土围堤上有只草窝棚，窝棚低矮，无墙无门，顶是蒿草，墙是芦苇竿子扎的。窝棚是王家三兄弟的住所。

我头脑里浮现的远湖那时的情景就是这些了。

伏在芦苇林里的那双红眼睛，看到王家三弟兄的船只没入了荷林，再侧耳听了听，没有什么响动，就活动活动身子。芦苇林里扎起了一个小窝，拔起的芦苇竿搭在一起，湖滩上铺了层苇叶和杂草，她就是在这上面过了一夜。

这是个十八九岁的姑娘，圆脸，适中的身材健壮丰满。她叫什么名字我没弄清楚，我记事时，大人们都叫她红眼。她是王金三的妈，我决定让她在作品中还叫红眼。

红眼活动了一下有些发僵的身子，将身上乱糟糟的衣裤扯了扯，发现裤子的膝盖处破了个窟窿，露出了白白的肉。这是她的一套嫁衣，是几天前才穿上身的。她理了理散乱的头发，把芦苇林拨开条缝，朝围堤走去。

红眼走得摇摇晃晃，头好晕，身子发软，双脚迈动得很困难。她已经好虚弱了，这一天一夜，她跑了多少路，已经记不清楚了。她沿着江堤跑，然后沿着金水河堤跑。后面有人追，追上了她就会没命了，追上了她就会被重投入火坑，会被那几个恶魔烧得连骨头渣子都不留。

　　昨天黑夜里,她逃到了九家墩,村子里有灯光,有狗咬,她不敢进村。她绕着村子转了一圈,最后沿着村西通往远湖的路,一头扎进了芦苇林。她一天一夜没吃东西了,她一天一夜没有停息地逃,急匆匆地奔走。到底要跑到哪里去,她自己不清楚,她只想逃掉那几个恶魔。

　　昨夜扎进芦苇林,她拔了几把芦苇扎了个窝儿,在窝里昏睡了大半夜。后半夜饿醒了,她就挖芦苇根吃,芦根很脆,还有股甜味,嚼得她的嘴巴角都是青色的汁沫。

　　天亮时,她才发现离芦苇林不远的围堤上有座窝棚。她看到窝棚里有三个汉子,早晨钻出窝棚朝芦苇里撒尿,撒得哗哗响。看到男人的那个东西,她浑身颤抖,双眼紧闭。她没有羞耻感,她只有恐惧和痛苦。

　　她看到窝棚里有袅袅的炊烟冒起。清早的湖滩,空气很纯净,当窝棚里散发出的粥香弥漫开来时,引起了她胃里一阵痉挛。多么诱人的粥香?她许久没有喝到过粥了,她差一点冲出芦苇林,朝三个汉子说:"大哥,可怜可怜我,给我点粥喝吧!"

　　她终于忍住了,没有走出芦苇林。谁能保证她被这三个男人看见,而不告之那个恶魔刣猪佬,还有那姑爹大表弟二表弟三个恶魔呢?那是群野兽啊!

　　三个男人端着三只大海碗,蹲在窝棚前的空地上喝粥,屁股对着屁股,喝得好带劲,喝得芦苇林里的红眼嘴巴直吧嗒。

　　她看见三个汉子各喝了三大碗,喝得舒服而惬意地站起身。面目清秀,年轻些的一个收拾碗筷,到湖边洗净了。年纪大些的一个又蹲下来,抽着一锅烟,烟窝里冒出股辣味。身子壮实的一个站着,打了个饱嗝,说:

　　"大哥,早点下湖吧,这莲蓬两天怕也摘不完!"

　　"两天弄完吧!"抽烟的说。

　　年轻的洗净碗筷放好。抽烟的说:"走吧老三!"

　　"好,我就来!"年轻的将捆芦苇竿子往窝棚门前一靠,大约是为了拦野猫或野兔吧!其实什么都拦不住的。

　　三个人走成一串,摇摇晃晃地走向湖边的木船。

　　红眼已经迫不及待了,她钻出芦苇,躬起腰身,飞快地扑向窝棚。她穿的是套粉红色粗布衣衫,早晨的湖滩上红光一闪,她进了窝棚。她早看清了,三个汉子是从挖在围堤上的土灶上的鼎锅里盛的粥。

　　红眼钻进窝棚的那一刹,太阳出来了,朝霞映在湖面,闪起一圈圈红色的波纹。那时,大眼二眼已经抓起一个个的莲蓬,将莲蓬里的籽实一颗颗地敲出来,倒在船舱里。三眼握着竹篙，根据大眼二眼采莲的速度，移动着木船。少数籽实没完全成熟的莲蓬，大眼二眼就摘下来，也扔在船舱里。

红眼揭开鼎锅盖子，鼎锅里还有半锅白花花的米粥，她的心跳起来，眼都花了。她拿起只大碗，舀了一碗，如三个男人样，呼拉拉地喝起来，喝得山摇地动，日月无光。这时，只要让她把肚子喝饱，叫她去死，她都无所谓了。

趁着红眼喝粥的当儿，我将红眼跑出来的经历说一说。红眼的这段经历，是我婶娘对我说的。那时我骂了王金三后，红眼找到我家告状，我妈刚好不在家，红眼就拉着我婶娘鼻涕眼泪一起流着，把她的经历说给我婶娘听。红眼说我不该骂给她儿子王金三听的，那会儿我早躲了。我婶娘后来又将红眼对她说的经历说给我听时，我已当了作家，而红眼，即王金一王金二王金三的妈已经病死了。

红眼没见过她的亲爹。红眼喊爹的那个人有一张长得出奇的马脸，长马脸上是横肉。他打起红眼娘俩时，朝死里打，马脸上的两只眼睛凶得要吃人。马脸是后爹。

马脸本来有两间房三亩地，地种得还好。那一日，他到镇里赶集，不想进了赌场。马脸好赌，那天手气不好，大半个夜晚，把田输了，把房子输了。马脸还不收手，把老婆折合十块银元。一个赌徒说："你那老婆老得皱了皮，不要。你姑娘怎么样？十二块银元。"

马脸说："可以的，反正又不是我亲生的姑娘。加三块怎么样？可是黄花闺女哩！"

马脸把红眼押了十五块银元。不到一个时辰，又输了。

没什么可输的了。马脸拍拍屁股，说："明天去领人，个狗日的，手气太差了。快来领啊，迟一天，我还得供一天饭。"马脸输得精光的，倒像没事一样。旁人说，这人好肚量。另有人说，他是畜生，要不怎么长张马脸。

赢了马脸的赌徒第二天找到马脸领人。那是个大个子男人，有两只三角眼，嘴角还有颗黑痣。那男人到了马脸家时，红眼正在菜园里给菜浇水，太阳还没有升起来。

马脸喊回了红眼，当着红眼娘的面对红眼说："你也十八九岁了，姑娘大了总是人家的人，我也不留你了，跟着他去过好日子吧！"

红眼哭着扑在亲娘的怀里，娘两个抱在一起痛哭起来。

来领人的男人对马脸说："时候不早了，我今天还要赶回去呢！快点吧，嗯！"

马脸就朝哭得正伤心的红眼娘俩的屁股各踢一脚，吼着："快点快点，哭什么哭，哭丧啊！这是叫你去嫁人，又不是叫你去死！走吧走吧，老子心里烦，别叫人家久等啦！"

红眼娘帮红眼收拾了个小包袱，里面装两件换洗衣服，给红眼换上了一套粉红色的裤褂，是用粗棉布染的。

收拾好了，那男人拉起红眼的手就走。马脸却劈手夺下了红眼的小包袱，骂着："妈的，让她穿套衣服就不错了，老子还要赔换洗的呀！"

红眼望着娘大哭，不肯走，红眼娘也上前拖着女儿不让走。马脸掰开红眼娘的手，男人拉着红眼急急地走了。

走了好远，红眼还听见娘的哀哀哭声，心如刀绞。

嘴角有痣的男人姓钱，是个劁猪佬。劁猪佬裤腰上挂着劁猪的刀子和牛角小号，走乡串镇的，经常转悠在新洲鄂城黄陂几县。劁猪佬常年在外，善赌，走一处赌一处，赢了就吃喝嫖，输了就劁猪。

没想到这次手气这么好，赢了个黄花闺女。红眼除了眼睛红外，身材和脸面都不难看。带着这么个大姑娘要怎么安置呢？劁猪佬心里想开了。自己家里有老婆儿女的，肯定不能把她带回家。带她到哪里去呢？总不能白扔了她呀？这是十五块银元哪！再说这么个黄花闺女，不享受享受也实在是太亏了。

劁猪佬先是拉着红眼走，边走边劝她不要哭。劁猪佬说："你还舍不得你那个马脸爹呀！要是我，巴不得离开他！"

红眼呜呜呜地哭着，说："我舍不得我娘！"

"你总不能跟你娘一辈子呀？莫哭莫哭，跟着我只要听话，保证有你的好日子过。"劁猪佬安慰着姑娘，不觉走到一条岔路跟前。走左边这条路就是回新洲钱家大湾，那里有劁猪佬的家，不行。走右边这条路到青山。青山，对了，劁猪佬心里一动，自己的姑爹和两个老表不就在青山么？自从姑妈去世后，姑爹家就剩下三个光棍。

去青山，劁猪佬心里已经有了怎么安置红眼的主意了。

红眼记得很清楚，劁猪佬带她坐条大木船过江。江上浪有些大，一江的黄浑水托着船颠簸着，劁猪佬紧紧地拉着她，生怕她一头栽进江里。她是劁猪佬的一笔财产。

过了江后，劁猪佬带她到一处小店里吃了两碗面条。有人问劁猪佬："哪里弄来个闺女？"

"给我表兄弟找的媳妇！"说完带着红眼匆匆赶路。

红眼到老来还记得那两间有些颓败的瓦屋，砖墙驳蚀得坑坑凹凹，瓦屋顶上长了不少的青草。红眼和劁猪佬到达青山的那个村子时，已是傍晚了。村子看起来没有什么生气，几个光屁股的孩子靠着土墙呆望着他们。

到了那两间破瓦屋跟前，劁猪佬大声喊："姑爹，姑爹，来客人啦！"

瓦屋里跑出个光脑壳的老人，脸上却红亮红亮。老人先是看见红眼，那老眼光一闪，在红眼饱满的胸脯上盯了一刻，红眼把头一低。老人这才看见了劁猪佬，立即嘻开了黄牙："呀，大侄儿来了，稀客稀客！快进屋快进屋。"

红眼跟劁猪佬进屋。屋里空空荡荡的，有股霉臭气。不一会儿，回来两个后生，都喊劁猪佬表哥。

两个后生都是三十岁上下的年龄，有些呆头呆脑的模样。见到一个大姑娘在家里，那眼睛就像见了猎物的饿狼，恨不得把红眼活吞了。

劁猪佬当然看到了这一切，就吩咐两个后生把两间内屋整理一间出来，换上干净的单子，两个后生立即钻进下面一间内屋里，翻箱倒柜起来。

红眼低头坐着，她不知道自己的命运。在小店吃面条时，听劁猪佬的话，好像她要嫁给她的一个老表。

劁猪佬叫红眼到两个后生收拾好了的内屋去休息，顺手带上了门。劁猪佬在外屋和三个男人在悄悄说着什么。

内屋里有张大床，很旧了，油漆脱得只剩些白灰。床上铺条破草席，放着两只旧枕头和一床黑乎乎的棉布单子。除了床外，还有只三条腿的破桌子，一只破立柜没有了柜门，一口箱子箱盖与箱体分了家，破桌子上还有盏煤油灯。

红眼的命运不言自明了，她看样子要嫁给这个家里的一个男人，这间房就是她的新房。想到这里，红眼一下子趴在床上呜呜地哭起来。跑了一天的路，红眼又累又伤心，哭着哭着就迷迷糊糊地睡着了。

不知过了多久，朦朦胧胧中，红眼觉得有人在解自己的衣服裤子，她立刻惊醒起来，一把抓住那双解衣服的手。一个低沉的声音响起来："不要动，是我！"红眼听出是劁猪佬的声音。

红眼惊恐得想叫，但劁猪佬的手从她的手里挣出来，捂住了她的嘴。劁猪佬说："你识相点，你马脸爹把你卖给我了，十五块银元呢！听话些，给我当老婆，比给你那后爹当女儿好！"劁猪佬说完，手一用劲，红眼的裤子被扯掉了。红眼拼命挣扎扭动着，劁猪佬一下子压在她的身上。

这天夜里，红眼醒过来时，总感觉有人压在她的身上，她推，推不掉。她的下体已经麻木了，疼痛不已，她觉得躺着的草席，是湿漉漉的。她没有一点力气，她是只被人宰割瓜分的羔羊。她又昏过去了。

黎明，她醒来，白日的光亮已透到房间里。她睁开眼后，发现自己躺在一张陌生的木床上，她的身边，躺着个赤身裸体的老人，光亮的头，红红的脸，正打着呼噜。

她一声惊叫，爬起来，见自己也是赤裸着，下身火辣辣地疼。她咬着牙忍住疼，抓起自己的衣服穿起来。

躺在床上赤裸着的老人醒了，起身穿了衣裤，说："你收拾一下吧，我去做点东西你吃，你昨天没吃晚饭哩！"

她锐声叫着："我不吃！他呢？那个劁猪佬呢？他骗我到这个地方来，他害我，我要跟他算账。"

老人一边系裤带一边说："姑娘，你就别犯傻了。你找他算什么账？你是他买的，他把你放在我家了，你就是我家的人了。他名义上是你的丈夫，他不在时，你就是我们爷仨的老婆！"说完，带上门到堂屋里去了。

红眼这回算是明白了劁猪佬是怎么安置她的。她放声大哭，她很怕，她想她唯一的亲人娘。怎么办啦？她在心里叫道。

接下来的两天，老人每到吃饭的时候，都送上饭菜给她吃，饭是玉米夹大米煮的，菜是没油的青菜。她都吃了，而且吃得很饱。她想只有一个办法：跑。

夜里，两个呆头呆脑的后生和他们的光头爹，轮流到她床上发泄性欲，这爷仨久不见女人，像三头野兽般疯狂。第三天夜里，轮到小儿子进她的屋。老人和大儿子大约是累了，睡得很沉，在上屋里扯起了鼾声。

小儿子上床就干，连房门都没关，干完后就像只猪般地睡着了，打起很响的呼噜。

她必须要走了。她不能再在这屋里住下去了。过几天劁猪佬回来，她想走也走不了。她悄悄地起了身，摸索着穿好自己的衣服，拿起了昨天晚间她藏下的两只米粑粑，摸出了房门。

夜很静，她听着爷仨不同的鼾声。她记得这家灶屋里有个大窗户，又不高，没窗门，平时只用两个草把子挡着。她摸到灶屋，拿掉窗户上的草把子，从窗户爬了出去。

屋外，满天星斗，夜风正凉。她没有犹豫，冲出了村子，上了大路，没命地奔跑起来。

跑到江边，过不了江，没有船，她就沿着江堤跑。她从青山跑到武昌，再跑到金口、金水闸，反正沿着江堤跑。她总觉得后面有人追，不是那爷仨，是劁猪佬，是劁猪佬那个恶魔。她想，劁猪佬要是抓住了她，准会用那把劁猪的刀子把她劁了。她跑呀跑，昨天夜里竟跑进了远湖的一片芦苇林里。

我很相信我婶娘的记忆力。我婶娘对我说的红眼的这一段经历，是真实可信的，世界上两脚直立的动物很多。

当红眼在这远湖边王大眼王二眼王三眼的窝棚里，把粥喝得稀哩哗啦时，我补叙她的这段经历，是恰到好处。

虽然逃命消耗大，路上只吃了两个米粑，在芦苇林里又嚼了些芦根，红眼的肚子也只能装进两大碗粥。她抹抹嘴，打了个很舒服的嗝，不慌不忙把碗拿到湖边洗净，又照原样放好。再看看鼎锅里的粥，虽然浅了一截，但不细心看，是看不出被人吃过了的。

那时，远湖边上没有人影子，王家三兄弟已进入了荷林，九家墩离湖边好远，远得站在湖边只能望得到个影子。我在前面说过，九家墩那时人很少，只九家人家，他们只种一季湖田，收了庄稼后，再不到湖边来的。

红眼喝完粥后，在窝棚后的围堤上响亮的撒了泡尿，然后留恋地看看窝棚前的那只鼎锅，就回到芦苇林中的窝儿里睡觉去了。

太阳已经升得好高，有些热辣辣地晒人。

2

那天，王家弟兄大眼二眼三眼摆弄着小木船，进了荷叶林。他们拨开民国三十六年的荷叶，摘着民国三十六年已经成熟的莲籽。大眼磕掉烟锅里的烟末，挂在裤腰带上，抓住挨在船帮的第一个莲蓬。莲蓬已变成了紫红色，莲蓬窝中的籽实已经坚硬变黑，完全的松动了。大眼把莲蓬头拉到船帮上，轻轻一磕，就像刚才磕烟锅一样，莲籽立即脱壳而出，落在船舱里。松开手，他又拉住第二个莲蓬头，又一磕，莲籽又蹦出来。他坐在小船的前舱横梁上，默默地干这一切，太阳出来，照在他紫酱色的光膀子上。

二眼坐在中舱的横梁上，看见大哥干起来，就重重地叹了口气，叹得在船尾撑篙的三眼望了他一眼。二眼抓起面前的莲蓬头，狠狠地一磕，莲籽蹦跳着进了中舱。他不声言，见了莲蓬就抓，就狠狠地磕，有时一手抓住两三个莲蓬，他磕得狠而猛，效率比大哥快得多，不一会，中舱里已积了黑黑的一堆莲籽了。

三眼撑篙，不断地摆弄移动着木船，让大哥二哥抓住那些莲蓬。三眼一边撑船一边望着大哥和二哥，但他的眼光更多地落在二眼那壮实的肩头和沉郁的脸色上。

三眼本想说，二哥，你何必还记得那事呢？忘了吧！但他见大哥不言声，便也不做声了，只是默默地撑船。

二眼抓住了一个还是青鼓鼓的莲蓬，这莲蓬出来得晚些，籽实还没成熟，但长得特别饱满。二眼抓在手里，感到柔软而又丰满，立时，他的脑海里出现了那对柔软而又丰满的奶子。那是洁白的温暖的，莲蓬是青青的而无热气，莲蓬是倒扣着的乳房，这是我在前面用过的一个粗俗的比喻。在二眼的心目中，他正想象着那一回事。

二眼轻轻地抚着那鼓鼓的莲蓬，使得三眼不好移动船只，大歌的面前已无莲可摘了。三眼喊了声："二哥你干吗？"

这一声喊，喊得二眼躁烦起来，他"啪"地扭断莲蓬杆子，扔进船舱，又突地抓住三眼摆弄船只的竹篙的一端，抬起朝后一推，"扑通"一声响，三眼掉下船去，成了只落汤鸡。三眼火了，爬上船尾，抓住竹篙准备给二眼一竹篙时，坐在船头的大眼却"哈哈哈"地大笑起来，边笑边说："老三是要凉快凉快，歇会儿吧，嗯！"

见大哥如此，三眼只好住了手，赌气地坐在船尾，把屁股对着二眼。大哥从裤腰带上拔下烟锅，用火石点着火，抽起烟来。他的烟锅里，其实是装的干荷叶末子。

二眼望着一朵迟发的莲花出神，那朵莲花是粉红色的。望着望着，他伸手折了莲花，慢慢地将花瓣撕成碎片，扔在荷叶林盖着的湖面上，轻轻地漂浮着。

为了故事顺利地发展下去，我必须将我从大人们那里听到的我故乡的历史作一简介。我的故乡九家墩那时确实只有九家人。这九家人家都是从鄂城逃荒来的。他们祖居的地方，人多地少，土地贫瘠，荒年间活不下去了，便往南迁移。九家人家是在金口碰到一起的，他们拖儿带女，结伴而行。在金口，他们听说沿着金水河往南，过金水闸不远，有一个大荒湖，叫远湖，那里的湖滩肥得流油，种筷子能收竹林。只要舍得下力耕种，吃饱饭是不成问题的。

于是这九家人家就走呀走呀，果然有一片荒湖滩，芦苇成林，荒草遍野，野鸭翩飞，鱼虾成团。他们就找了一处土墩，聚居成村，取名九家墩。他们平分了能种粮食的湖滩，拓荒成田，每年在湖水上涨前收一季稻子，果然能吃饱饭。土改时，这九家中有八家是地主，只有我爷爷一家是上中农。我爷爷是裁缝，种不了田，我父亲和我叔叔又小，他们没能占住许多的湖滩土地。

九家中有刘老五一家。刘老五开了些湖田，他又占了远湖边唯一的一片藕荷林，那时谁发现了一块湖滩，在村里一宣布，他就成了那块湖滩的主人，别人也承认。刘老五占的藕荷林，就是这样办的。

九家人家占湖滩拓荒创业时，是公元一九四○年，我奶奶说那是民国二十九年的冬天。

王家三兄弟老家在汉川，遭了水灾，父母双亡。大哥王大眼带着两个兄弟找到九家墩，投奔了叔伯舅舅刘老五。

刘老五有一个儿子，瘦弱，有痨病，做不成重活。有个女儿叫珍姑，十八九岁。刘老五的年龄大了，正缺种田的帮手。当王家三兄弟睁着三双大眼看着叔伯舅舅时，刘老五真是夜里做梦想钱，天亮就拾个金元宝。

刘老五笑眯眯的："好好，你们来了，就算你舅妈多生了三个儿子。有你舅的饭吃，就不能叫你们饿肚子。"

王家三兄弟要是早几年来，他们也可以开出一片湖田来。可惜他们来迟了，湖滩已被人家瓜分完了。他们就帮刘老五种田，管理藕荷林。弟兄三个都是劳动好手，刘老五待他们也不错。

墩上人说："刘老五他妈的有福气，一下子捡了三个长工！看这老家伙美得胡子翘翘的。"

原来的九家墩很小，刚好摆下九家的房子。后来九家墩成了一个生产大队，住了两三百家人家，是因为远湖慢慢地干涸了，湖滩田已变成了良田，大家在良田上做屋，也不怕水淹。王家三兄弟到九家墩时，九家墩连放王家三兄弟窝棚的地方都没有。

刘老五既然收下了王家三兄弟干活，就得让三兄弟住下来。刘老五的三间屋，存放粮食农具，又加了三个人，显得够挤的了。屋子一挤，刘老五担心的事情出现了。

我现在回到远湖上来，接着演绎王家弟兄的故事。

王二眼撕碎了手上的粉红色的荷花瓣，看着碎花瓣在荷叶掩盖的水面上漂浮着，慢慢地远去了，泪水从他的大眼角悄悄地渗出来，挂在脸颊上。

珍姑见王二眼第一眼时，立即羞低了头，轻轻喊了声二表哥。刚来那年，大哥年纪看上去很大了，三眼看上去还没长成熟，而他正是壮实年轻的时候，一声柔柔的呼喊，二眼心里一热，多看了几眼珍姑娇好的脸庞和饱满的胸脯，脸也就不知不觉地红了。

从此，他抡着锄头挖湖田，躬着腰插秧，割谷挑草头，他总觉得背上有珍姑那热辣辣的目光。珍姑给田头送茶送饭，喊着"二表哥"，喊得他做起活路来，利落干净，劲头特别大。珍姑给王家三弟兄每人做双布鞋。珍姑把给他做的一双递给他时，他的手摸着珍姑嫩腻的手指，珍姑低头跑了，他也弄了个脸红脖子粗。二十多岁的人，从没接近过女人。他的眼睛又特别的灵敏，他处处总看到珍姑那苗条的身个和好看的胸与臂。夜里，他总是翻来覆去的难以入眠。

大哥像父亲般地对他说："老二，不要动心思花了眼。我们是么人？是他屋里的长工。吃饱饭活个命就成了，今后老天长眼，我们能娶上媳妇，先给你娶。我老了，老三还小。是该给你娶媳妇了，可我们用什么娶呀！"

听大哥哀哀的声音，他就连忙放平身子，装着睡着了，而老三王三眼早已发出了鼾声。

两年过去了，王家三兄弟帮刘老五种四十多亩湖田，经管一百多亩的莲藕，刘老五轻松了许多，而家道也愈加殷实。刘老五没有王家三兄弟不行。

两年七百多个日夜，王二眼处处都看到珍姑的面容和身影，做事想着她，睡觉想着她，他在想象中，已经把珍姑身体的每一处抚了个遍。

那是个傍晚，刘老五和王家兄弟在大田里干活。刘老五叫二眼先回去，到金水河里挑几担水，让他舅妈早点做饭。二眼听话地回到墩子上刘老五家。

二眼进了屋，听见刘老五的痨病儿子躺在屋里哼，舅妈又不在。他到厨房里拿了扁担和水桶，准备下河里去挑水。墩子里的人都是吃的金水河水。

二眼拿了水桶，经过珍姑住的下屋时，听见屋里有水响，房门关着。二眼情不自禁地贴近门缝，他想看看珍姑在干什么。当时，他绝没有想到珍姑在洗澡。一个大男人看姑娘家洗澡，他是不屑为之的。二眼是个正直仗义之人。

他贴住房门朝里看去，一下子呆了，血直往头上涌，感到一阵晕眩。珍姑光着身子正在洗澡，光洁的身子，饱满的胸脯和臀部，正是他日思夜想的那模样。他想马上离开房门前，他觉得自己太卑鄙了，太下贱了，但他却又挪不动脚步，他太想看珍姑的光身子了。那圣洁的裸体，是他崇拜的向往的，他的眼睛被粘在珍姑身上了，想车开眼光，硬是车不动。那时，他的心跳加速了，他的呼吸加重了，他浑身无力。他就那么盯着看，直到珍姑穿上短裤长裤，穿上褂子时，他还在房门口站着。珍姑抽开了房门栓的那一刹，他终于清醒过来，他身上那圣洁的东西隐退了，野性的东西复活了。他放下了水桶，一下冲进了珍姑的房里，把珍姑拥在怀里，而他的手却伸进了珍姑的胸前，抚着珍姑那柔软饱满的奶子。

珍姑先是惊恐地张开嘴，待看清是二眼时，忙闭了嘴，无力地倒在二眼怀里，听任二眼抚弄。

没想到这时刘老五回来了。刘老五看到了房里的二眼和珍姑，惊呆了。但刘老五很快回过神来，重重地咳了一声，什么话也没有说。

二眼忙拿出了自己的手，吓得掉了魂一般地冲出房门，拿起扁担水桶，跑到金水河里去挑水。那天二眼一口气挑了五担水，而刘老五家的水缸只能装四担水。

晚饭时，珍姑在房里关着没出来吃饭。刘老五倒像没事儿一般，叫王家兄弟多吃几碗，说是今天辛苦了，要吃饱，再这样干几天，田里的谷子就全收回了。

大眼和三眼吃得呼呼的，装了个肚儿圆。

二眼端着饭碗，心里像揣只兔子，眼不敢望刘老五，饭粒扒到嘴里不知是什么滋味。见珍姑没出来吃饭，心里更是不安。快来一场风雨吧，是打是杀，我二眼一个人担了，是我的错，可不能难为了珍姑呀！二眼在心里说。

吃了两碗饭，是硬塞进去的。放下碗时，怯怯地望一眼刘老五。大眼三眼脸上露出惊讶来：怎么吃这点儿？

刘老五温和地说："二眼，再吃一点吧！干活的人，吃少了身子受不住。"

二眼含糊地答："舅，我吃饱了！"

二眼那夜彻夜未眠，但不敢翻身，怕被大眼三眼知道。

连着几天收稻谷，二眼像发疯般地干活。

大眼似乎看出了端倪，找了个机会问二眼。二眼红着脸对大眼说了。大眼听后叹了口气，说："老二，死了心吧！"二眼看大眼那神态，像去世了的父亲。

收完了谷子。一天，刘老五把大眼二眼三眼叫到一起，有些为难地说："三个外甥啦，自从你们来了后，减轻了我的许多负担，我没把你们当外人吧？"

大眼忙回答："舅舅，你没把我们当外人，没当外人！"

"舅舅没把你们当外人。你们三个都是大人，将来呢，迟早得有个家。这墩子上的地基你们是看到的，现在连个猪栏都没地方盖。舅舅家的房子也挤，你们的那个病怏怏的老表，总还是个人。我正张罗着帮他弄个媳妇，这房子是太挤了。我想了想，远湖边的围堤旁，有个大土墩子，在上面盖个窝棚屋，是完全可以的。我想让你们弟兄三个住到那里去，占住那地基，也帮我管理那片藕荷林。你们看行不行？"刘老五说完，直朝王家三兄弟打量。

刘老五望到二眼时，二眼忙把眼睛车到一边去。

大眼一直静静地听着刘老五说完，望了望二眼和三眼，开口说道："舅舅，您这安排打算蛮好的，我看要得。我们单独住，也便于看管藕荷林。眼看这莲籽也快到了摘收的时节了。再说，我们真能占住一块地基也好。二眼三眼，你们看呢？"

二眼三眼听大哥的，只点点头。

刘老五说："三位外甥要是同意，我们就早点把窝棚搭起来，以后再盖屋。窝棚里的一应用具，我给你们准备，粮食由我屋里拿。从明年开始，舅舅不要你们白做了，拨点田你们，你们自做自收。你们也帮我种点田，我再补些粮食给你们。至于藕荷林么？明年起，收的莲籽我们二一添作五，我一半你们一半，但藕荷林全由你们来经管了。"

刘老五这种处置，大眼二眼心里明白。后来，三眼也大略明白是怎么回事了，但三眼了解得不详细。

王家三兄弟和刘老五就这么分开了。他们搬到远湖边的窝棚里住下来。大眼心里想，这样也好，不能跟刘老五过一辈子，刘老五收留了他们，他们也为刘老五干了活。

二眼既感到痛苦，又感到了一种解脱。痛苦的是，再很难看到珍姑了。感到解脱的是，明知得不到手的东西，与其看着痛苦，不如离得远远的，不再看到。

二眼还感到不公平，他妈的，我哥仨就白给他干两年啦！但二眼没说出来。不白干怎么的？难道还要他给工钱啦！他要说他养活了你两年又怎么样！

我看到藕荷林里，王家三兄弟还在木船上歇着。是的，他们要好好地歇歇了，刚泥里水里把稻子收割完了，刘老五又让他们在远湖边搭窝棚安家，他们一直在忙着。现在的事情就是采莲籽，可以不急不忙的。

二眼还望浮在水面上的莲花碎瓣，粉红色的，慢慢远去，像他破碎的心，也像远去的珍姑。

刘老五忙着娶媳妇嫁姑娘，显得有些急匆匆的，他叫王家三兄弟到九家墩帮忙，料理屋里屋外的活儿。刘老五家门前搭起了喜棚子，来来往往的乡亲客人不少，大眼在厨房帮厨师剁鱼剁肉切菜当下手，二眼负责从金水河里挑水，三眼负责接待来贺喜的客人，倒茶点烟。

刘老五患痨病的儿子娶回了媳妇，是个癫痫病，癫痫病媳妇的哥哥把珍姑娶去了，听说那男人不错，所以这门亲换得还算公平。亲家是金水河东岸的当地人，家里有些田地，日子还殷实。

鞭炮在响着，锣鼓在敲唢呐在鸣，二眼在往厨房里挑水，耳里听着珍姑在房里咽咽地哭。珍姑，你是舍不得离开爹娘在哭呢？还是不愿嫁到河东边去哭呢？这时候，你想过二眼么？二眼才是最可怜的。

珍姑终于出门了，一群穿红着绿的伴娘簇拥着她到金水河边，珍姑穿套粉红色的衣裤，眼睛红红的。

船来了，珍姑要上船了，唢呐吹得呜咽。珍姑回了头，看到了挑着担空水桶站在河边的二眼。珍姑流着泪说：

"二表哥，我走了！"

说完跨上了渡船。船摇走了，离开了，摇到了对岸。珍姑的身影变得模糊起来，只见那粉红色的点慢慢远了，远了，走向了河东岸的远山。

一条自南向北的金水河，在珍姑和二眼之间划了道难渡的界限。

二眼的泪流出来，他擦了擦，从河里挖了一担水，挑到肩上，觉得分外沉重。他爬河坡时，腿竟然是软的。

回到远湖边的窝棚，二眼蒙头睡了，三眼竟说二眼没出息。二眼心里想，你晓得个屁。

湖面上的莲花瓣已经漂得没了踪影,已经融进了浩渺的大湖里。太阳当顶了,大眼磕了磕烟锅;"干吧,老二老三,干一会该回去吃中饭了。"

弟兄三个动手干起来,配合默契,不一会,船舱的莲籽就装满了。弟兄三个的肚子也饿了。

王家三兄弟把船撑回到岸边,把船桩插在泥里。然后把船舱里的莲籽装在筐里,挑到了窝棚前的空地上摊开。

三眼点火,热了鼎锅里的粥。一人只有两碗了,二眼没吃饱。大眼问:

"老三,你今天的米下少了是不是?"

三眼说:"没少下米呀?跟往常一样多!"

藏在芦苇丛里的红眼已经醒了,听了大眼和三眼的话,掩口笑了。红眼本是农家子女,这些天受了苦累,经过一上午的休息,体力慢慢地恢复过来。

一个躲在芦苇林里的女子,和三个在窝棚里喝粥的男人,他们即将成为一个家庭。我是这样认为的。

3

我看到的是远湖在民国三十六年的夜晚。那是个普通的夜晚。傍黑时,天有些燥热,四围的风歇了,王家三兄弟喝晚粥,喝得满头满脸的汗,臂膀和胸背的汗在晚照中,闪烁着一种晶莹的光彩。

农忙过后,远湖一带的农家,一日三餐喝粥,这是很早就留下的规矩,以至于到今天还是如此。

天完全黑下来了,风也慢慢地吹拂起来。芦苇林和藕荷林摇曳多姿,月亮出来了,随着迸溅出稀稀朗朗的星。月光下的芦苇和荷叶,洒上了一层淡淡的清辉,摇曳之中,窃窃细语。站在围堤上,沿着水道眺望远湖水面,看不了太远。眼光所及之下的远湖,波纹闪闪,一片蓝暗色的水,映下了半轮月一片星。远处,是黑黝黝的夜幕,听远方水声嗒嗒,一起一伏,夹着响亮的泼剌声响,大约是鲤鱼跳跃,给夜的远湖增添些许生气。

远湖之夜,荒寂而又美丽,充满了神秘与传奇。

到了半夜,月亮隐进了乌云,星星闭了眼睛,一场暴雨突然来临。一时,雷声劈啪,闪电舞起火鞭,扯裂湖面上的夜晚,瓢泼大雨就那么稀哩哗啦地下起来了。芦苇林,被雨柱击得东倒西歪,荷叶伞,被雨点打得百孔千疮。远湖已被雨水控制,劈啪之声不绝于耳,湖水在暴雨的倾泼之下,慢慢地满起来,慢慢地爬上远湖近滩，芦苇林已慢慢地进了水，水在慢慢地朝高处爬。

红眼经营的芦苇小棚，小棚内用芦叶铺成的窝儿，在第一阵暴雨到达时，就已被击透，雨水通过芦苇竿与叶儿，毫不留情地洒在她的头顶和周身。红眼身上的粉红衣裤立即被雨浇湿。冰凉的棉布一湿，裹在红眼的身上，产生不了热量，冷得红眼牙齿直打磕磕。

往哪里去，朝哪里逃。身边是远湖，远湖的波浪深处，也许是最好的归属。红眼想过，跳进湖里，双眼一闭，人间的罪恶就云消烟散。红眼只有十八岁，十八岁就这么去死，红眼还不甘心。不甘心又怎么的，难道说能在芦苇林里躲一辈子，一辈子靠吃芦苇根生活么？走出芦苇林，到有人烟的地方去。芦苇林外的窝棚，近在咫尺，就是有人烟的地方。但窝棚里的三个男人，能说他们不是劁猪佬和劁猪佬姑父老表们那样的人吗？男人好可怕，红眼怕男人。

窝棚里，王家三兄弟在喝过晚粥，在湖里洗干净身上的汗粒后，就睡觉了。刘老五给他们一只马灯，但点马灯的油好贵的。点灯也没事干，为了节省油，三兄弟就早早地上了床，躺在床上想一会心思，想一会心思后就睡着了。他们根本就没有点灯。

窝棚是一个统间，没有分隔里外。统间靠里面是兄弟三人的统铺，统铺是木板搭成的，上面铺几张芦苇席，兄弟三人睡在上面很惬意。

夜半起了暴雨，大眼二眼都被惊醒了，三眼年轻，睡得沉些。大眼自言自语地说："迟来两天就好了，这场雨，要把熟了的莲籽打落不少。"

二眼在黑暗里翻了个身，说："睡吧大哥，打落多少都和我们不相干，收多了收少了都是他家的。"

于是两人不言语了，继续睡觉，暴风雨之夜，听雨水打着茅顶扑扑响，会睡得更香更沉。在我故乡的茅屋顶下，我是有着亲身体会的。

那夜，王三眼做了一个梦，是一个桃花梦。这个梦是王三眼后来对红眼说的，好多年后，红眼谈她的苦难经历时，对我婶娘说的，我婶娘又说给我听。

屋外风雨，王三眼全然不知。王三眼和大哥二哥一起，从老家汉川结伴出来找生计。不知到了哪个县，四周是山，山很青，长满了树，开满了花。三眼高兴地喊起来："大哥二哥，瞧多好看的花呀，真香！"说完就去嗅那花香，立即被那股芬芳迷醉住了。三眼只觉得身心晃荡，飘飘欲仙，处于一种无限幸福美好的境界之中。突然，三眼觉得四周好静好静，他转头回顾，不见了大眼和二眼。他喊着大哥二哥，不见人回答。他在山林里四处寻找，沿着条铺满花瓣的路，他来到一座林子。林子尽是桃树，桃树上缀满了一簇簇的粉红色桃花。三眼被桃花吸引着了，停了下来，忘了找两位哥哥。这时，三眼发现在一株桃树上，有一颗已经红了尖的桃子，饱满丰硕，芳香四溢。三眼到其他树上寻找，都只有花而无桃。真是奇怪，怎么只有一颗桃子呢？如果有三颗多好，大哥二哥和他一人一颗。可是三眼寻了好久，就只有这颗桃子。三眼想，有一颗就先摘下来吧，摘下来兄弟三人还可以分了吃呢！三眼立刻攀住桃树枝，抓住了桃子，正准备摘下时，只听得一阵凄厉而恐怖的尖叫："啊——救命啦！"三眼的梦醒了。

我故乡的远湖，那真是一个好湖啊，可惜现在永远地干涸了。远湖里多老鳖，故乡人叫团鱼。在如今团鱼卖到几十元钱一斤时，我就特别的想念远湖了。我几岁时，随父亲和二叔的船到远湖捞团鱼，那捞团鱼的玩意是种特制的工具，土名叫镣，这种东西连《辞海》上都找不到。我坐在船尾，看到我父亲和二叔不断地用镣把团鱼捞到船上，到回家时，他们已捞了半船的团鱼。那时团鱼不值钱，故乡人也不知怎么，不太喜欢这玩意，所以捞的团鱼都是到武昌走亲戚时送人。

民国三十六年的那场半夜里的暴风雨，远湖水被搅得浑浊了，水里的生灵们惊慌失措，有的藏在水草底下避难，有的钻进泥里躲藏。唯有团鱼们，似乎遇到了什么节日，它们伸头展脚，成群结队，一个个地朝芦苇林里的湖滩上爬。它们这些家伙，一个紧挨一个，慢腾腾乐逍遥地朝前爬着。

团鱼们已经爬到红眼营造的芦苇棚子跟前了。红眼当时正双手抱着臂膀，闭着眼睛，嘴里打磕磕，乞求老天快把雨停了。雨没有停，也没有减小，红眼听得四周有索索的声音，像是有什么东西爬过来，心里一紧。天哪，这是什么东西？是不是大蛇？是不是吃人的野兽？我可是无地可逃啊！正想着，忽然觉得屁股后面有什么拱动着，冰凉凉的。红眼紧张得伸手去摸，正摸到团鱼的甲壳上，腻腻的糙糙的冰冰的，是什么东西？红眼吓得尖厉地叫起来，没命地爬起来，朝芦苇林外冲去。

正在做梦的三眼和没有做梦的二眼和大眼，同时被红眼的尖叫惊醒了。这是一声女人的尖叫，恐怖无助竭尽全力，尖叫在雨夜里显得特别的凄厉和怕人。

大眼立刻爬起了身，用火石打着了火，点亮了马灯，茫茫荒湖之夜，亮起了唯一的星火。这是救命的火，这是生命之火，这是人类之火。红眼见了这一星火，顾不得这里是好人还是坏人，前面是刀山还是火海，拼命地向灯火冲过来。

大眼亮起灯时，二眼和三眼也爬起来了，弟兄三人举着马灯，即将冲进雨夜，去寻找那喊"救命"之人时，只见一个披头散发的黑影，从芦苇林方向冲过来，扑向窝棚。

红眼扑向窝棚的那一刹那，她没有防备也没有选择地撞进了一个人的怀抱，这是人的怀抱，是温暖的怀抱，是娘的怀抱。红眼长这么大，只有娘的怀抱有这么温暖，只有娘的怀抱才是她躲避风雨的港湾。红眼扑在一个人的怀抱里，紧紧地搂着那个人，从他身上取得温暖，从他身上驱走恐惧，她抱着他的肩膀，伤心地大哭起来。

被红眼抱住的是三眼。三眼正做着摘桃子的梦，突然被尖叫声惊醒，随着大哥二哥准备出窝棚时，却被一个湿漉漉的人抱住了。在他被抱住的那一刹，他吃了一惊，眼前是人还是鬼？但怀里人的恸哭，那紧紧的搂抱分明是在寻求一种救援和庇护，是人不是鬼。三眼那赤裸的胸脯，被一个女人的饱满胸脯抵住，使得三眼心惊肉跳，在女人恸哭时，三眼也情不自禁地抱住了她滚圆的肩头。

大眼举着马灯，照见了三眼怀里的女人。女人穿粉红的衣裙，已被雨水完全湿透了，紧贴在女人的肉体上，女人那好看的轮廓已是一览无余了。大眼不敢多看，从三眼身边拉开女人，用马灯照了照她的脸。大眼发现女人很年轻，面目还端正，虽说是双红眼睛。

大眼说："姑娘，不要怕不要怕，你这深更半夜的，怎么跑到远湖来了呢？"

红眼离开了怀抱，见窝棚里的三个男人都望着她，她看看自己，浑身的衣服贴肉，像没穿衣服般，立时满脸通红，双手抱臂地蹲下来，又放声恸哭。

大眼举着马灯，从只破木箱里寻了套干净衣裤，是三眼的衣服。大眼把衣服放在铺上，扔了条干毛巾在红眼身边，说："姑娘，你擦擦身子，把湿衣服换下来，免得湿成了病。"

说完，他就领着二眼三眼，到窝棚门口，把背对着红眼，催红眼快换衣服。

大眼说："你快换衣服吧，我们弟兄三人也是苦人家出身、从汉川跑到这里来谋生的，你相信我们，我们不是坏人，真的！"

红眼开始有些怕，见大眼这么一说，而且弟兄三个都面朝远湖的黑暗，背朝着她，动都不动。她发觉自己的这身衣服确实也难得再穿了，就三下五去二地将全身的衣服脱了，擦了水，换上了大眼给她的干衣服，当一切弄得停当之后，她才怯怯地说了句："我已经换过了。"

弟兄三个这才转过身来，马灯光照射下的工眼，被一套男人的衣服裹着，显得很可笑的样子。她用手梳理着头上的乱发，站着不知怎么办才好。

大眼对红眼说："你在铺上坐下吧！三眼，你烧点热粥给这姑娘吃。"

三眼去点土灶，二眼就帮忙三眼淘米。淘米水就在窝棚门口的湖边。这时，暴风雨已经过去了，刚才喧腾咆哮的远湖安静下来，只有芦苇林和荷叶林里还有的答的答的水声。二眼在湖边淘米时，大眼就举着马灯给他照亮。二眼抬头朝芦苇林那边一望，妈呀！芦苇林那边的湖滩上黑压压的一片，全是团鱼。

二眼喊三眼："三眼，快来抓团鱼煨汤喝。"三眼烧着了土灶，听了二眼的叫唤，忙跑出窝棚，抓了几只大团鱼。

大眼说："算了算了，这东西湖里多得很，抓那多没用，没有油吃它，腥死人了。"

大米粥煮好了，三眼盛上一碗，递给红眼。红眼边吹着气，使得热粥冷一些，边衔着碗边，小心地喝着粥。

大眼是位慈祥温和的长者，二眼看上去比较健壮，但也是善良之相。而刚才扑在三眼怀里，使得她似乎找到了归属，那归属温暖，安全，是她一辈子的依靠。三眼年轻，俊眉大眼的，是个好小伙子。想到这里，红眼脸红心跳的，悄悄低下了头。

喝完了粥，红眼感到很舒服。在大眼的再次轻声询问下，红眼流着泪，悲痛欲绝地讲述了自己的经历。

大眼沉默地抽着他的烟锅子，烟锅子里的荷叶末子烧得嗞嗞响。二眼握紧了拳头，叹了口气，他想起了珍姑，想起了珍姑走的时候喊的那一声"二表哥。"

三眼什么也没说，他一动不动地看着红眼，听着红眼的轻轻啜泣，心里如火烧火燎一般。他年轻，还没听说过世界上竟有这等卑劣龌龊的事情，还有这么些禽兽不如的人类。一种男子汉的情感升上来，他觉得他应该保护这等的弱女子。一个男人，如果让这等弱女子受到如此的蹂躏，就是失职，应该感到羞耻。他在心里发誓，如果碰到剖猪佬这帮人，他就要用双手扼死他们。

悲痛的哭诉停了，还看得到红眼的肩膀在抽动。窝棚里，三个男子静默着，谁也没有出声。马灯里的油不多了，微弱的灯火红着。

窝棚外是无尽的夜色，远湖此时已经风平浪静。隐进了乌云里的那半轮明月又钻出云层，把清辉撒遍湖面。星星们经过暴雨的冲洗，显得更加明亮，像是一天明亮的大眼睛，看着人间的悲喜剧，看着远湖的无动于衷。

大眼轻轻地叹了口气，磕掉烟锅里的荷叶末子，站起身，在窝棚里走了一圈，临了，他说："姑娘，你是个苦命人。你现在也无地方可逃了，留下来吧，就算是我们的一个妹子。有我们兄弟三人吃的，就有你吃的。就住在我们这里，远湖荒僻，没有人来，他们找不到这里的。就是他们找来了，他们也决弄不走你，有我们兄弟三人呢！"

大眼的话，给了红眼一片希望。到哪里去？无地方可去。红眼悄悄望望三眼，三眼也望着她，那眼光里是：留下来吧！红眼望二眼，二眼的眼光是和善的，和善里有着一种忧戚的成分。红眼起身，突然地朝窝棚里的三个男人跪下，磕起头来。红眼说："三位大哥，只要收留我，我做牛做马也要报答三位大哥的恩情！"

二眼一把拉起红眼说："快起来起来，不要这样。"

三眼跟着说："只要你愿意，跟我们永远在一起都可以。"三眼巴不得红眼能永远地留下来。

离天亮还早，大眼说："睡一下吧，姑娘你睡铺里面。"

红眼完全地相信她碰到了三个好人。她听话地睡到铺的最里面。她昨夜因遭风雨，完全没睡，这会一倒上铺，就香甜地睡着了。三眼、二眼和大眼也相挨着睡下了，睡得平静而深沉。

一个孤女和三个男人，睡在一张统铺上，鼻息在一起缭绕，相安无事，互不相扰，灵魂们是圣洁的。引得我们后人深深崇敬。

天明，太阳出来了。雨后的远湖明净而清新。芦苇林里昨晚爬上来的团鱼，早已逃之夭夭。芦苇叶里显得更加青葱。荷叶林里的荷叶，细小的被暴雨打得破烂不堪，耷拉下脑袋。而那硕大厚实的大荷叶，安然无恙。荷叶上积着雨水，在阳光下闪耀着，在荷叶盘里滚来滚去。

早饭是红眼烧的，按惯例，仍然是粥，兄弟三个喝着粥，觉着那粥格外的香，粥烧得稠而味道鲜。

二眼将昨夜抓的几只团鱼杀了。然后，弟兄三人又撑船出湖，到荷林里采莲籽。

中午，一船莲籽运回到湖边。兄弟三人已闻到鼎锅里的团鱼汤的香味了。窝棚前的竹篙上，飘着一套女人的粉红色的衣裤，像团红红的火，立时点燃了王家兄弟对家的向往与热望。那衣裤，才是生活中的亮点么！

回到窝棚，窝棚里干净整齐，桌子凳子是净的，连昨夜被点过的马灯罩子，也擦得亮晃晃的。

男人没有女人，就像生活中没有盐，当时，三眼是这样想的，我敢绝对地肯定。

4

民国三十六年，老辈子人都这样说。按公元的计法，是一九四七年。远湖一带还是荒僻着，人烟稀少。我的故乡九家墩的许多故事，在这一年里各自按其规律发展着。有开始就有结局，发生在远湖边王家三兄弟的故事，是要有个结局的。为了这个结局，我访问过九家墩的好多老人。

刘老五还在，已是九十老人了，还耳聪目明。刘老五的那个痨病独生子在新中国成立前一年就病死了。今天我访问刘老五时,他很慷慨地对我讲了许多他所知道的事情,这无疑对我写小说很有用处。一笔难写两个刘,刘老五和我一族,前些年一直是地主分子,现在摘帽了。

王家三兄弟,大眼的责任最重大,这当然是因为他是大哥,年龄长二眼三眼十几岁。娘是在三眼八岁时死的,娘死时拉着三眼的手不放,她是放心不下小儿子。爹死时,三眼十六岁。爹咽气前,指着床前趴着的二眼三眼,对大眼说:"两个弟弟就交给你了,你要把他们招乎成家,再苦也要活下去。"说完就断了气,也将一副重担放在大眼肩头。

要招乎弟弟们成家,大眼自己没想到成家,爹也没说让他成家的话。对于这点,大眼一点也不感到委屈和不平,他觉得自己已经老了,过了成家的年龄。他带着两个弟弟从汉川到远湖,在刘老五家舍命地干,求得立足之地,这一切都是为了两个弟弟。为了两个弟弟,他干死干活,都是天经地义的,两个弟弟对他也好,听他的话,他也很得安慰。他今后奋斗的方向就是帮弟弟们成家。

窝棚里,已经变了模样,最里面的角落已经用芦苇隔了个小间,红眼住小间里。弟兄三人的统铺仍在窝棚外间。窝棚里少数的几件家具与用物,摆放得整整齐齐,窝棚很有些家的气氛了。

红眼让二眼割了些芦苇来,在窝棚前的一块平地上晾干,然后用木槌子捶扁破开,用芦苇编芦席。红眼编芦席是一把好手,编得紧密结实而又好看。

三眼帮忙捶芦苇竿子,一天捶不了多少,人累得臂酸手疼的。三眼说:"像这么个捶法,真累人。"

红眼说:"如果有石磙子的话,用磙子碾,那就轻松多了。"

二眼说:"石磙?有呀!舅家不是有两只石磙吗?让他把那只小的借给我们用用,他留着也是空闲着。"

三眼二眼到九家墩找到刘老五要石磙,刘老五一口答应,说:"你们自己搬去吧!今后,给你们的那几块田里收到稻子,你们就在远湖边用石磙脱粒,蛮好的。"

三眼二眼把刘老五家的那只小石磙,用根粗纤绳系了,弟兄二人用根粗木杠子嘿嗨嘿嗨地抬到远湖的窝棚前。

看三眼二眼那样子,红眼哈哈笑了。红眼说:"你们真是笨,哪有抬石磙的?你们把石磙顺着路拖着滚来就是了!"

三眼憨憨一笑说:"没什么,轻得很,我们抬着回来快些,滚呀滚的太慢!"

看红眼踩在石磙上碾芦苇,那真是一种享受。

割来的芦苇去了叶片,光杆儿摆在平地上。芦苇竿已晾干了水分,正好柔韧有劲的时候。石磙推到芦杆子上,红眼站在石磙上,用她的双脚来驱动石磙。双脚踩动着,变换着角度,让石磙前进后退左转右拐,灵活轻松。石磙听那双小巧的女人脚指挥,女人站在石磙上,由于驱动石磙运动,人的身子就跟着舞动起来,前俯后仰,娴熟自如。小巧的腰肢,圆滚的肩膀配合默契,把女人身上的美都舞蹈出来了。红眼站在石磙上碾芦苇,就像表演一场舞蹈,博得二眼三眼一阵喝彩,乐得哈哈直笑。

藕荷林的莲籽已采完了,莲籽大部分都交给了刘老五,刘老五也留了一小部分给王家兄弟。王家弟兄用莲籽到十多里路的金水闸,换得些油盐布匹等生活日用品。红眼有双勤劳的手,用布为三兄弟各做了一双鞋子,三兄弟也叫红眼为自己做了两件换洗衣服。

稻收了,莲采了,是闲下来的时日,所以红眼才让王家兄弟割芦苇编芦席,这确是一项生财之道,过日子的手,永远没有闲着的时候。

大眼也帮着割些芦苇,也看着红眼碾芦苇竿子,跟弟弟以及红眼笑上一两回。但是事情毕竟不是很多,二眼和三眼跟红眼在一起,干得也带劲,大眼有时候插不上手。

窝棚前经常有笑声传来,大眼心里乐滋滋的。但他未表露,他有时一个人坐在旁边抽烟,眼望浩渺的远湖,在想着什么。

风雨夜偶然得到的女人,她勤劳善持家的本分,她悲惨痛苦的遭遇,使得他这位做大哥的很快认识到,这是个好女人,是农家难得的主妇。他想到父亲的嘱咐,两个弟弟都要成家,红眼是个最好的人选之一。看红眼那心思,让她成为王家的一员,她会答应的。

把她给二眼还是三眼做媳妇呢?这使得他这个做大哥的很为难。二眼三眼都需要女人,做红眼的丈夫都合适。可只有一个红眼,怎么办?大眼真希望再在一个风雨夜里,再有一个女人冲进窝棚,跑到他家里来,那样二眼和三眼就都能成家了,他这个当兄长的人生目标也就达到了,爹的愿望也就实现了。但是奇迹只能出现一次,冲到王家兄弟窝棚里的只有一个红眼,再没有第二个了。本来二眼和珍姑是很好的一对的,但是刘王两家悬殊太大,何况刘老五还指望用珍姑给痨病儿子换个媳妇回来呢?王家弟兄是不应该恨刘老五的,刘老五不也有他的难处吗?

还是把红眼给老二做媳妇吧!弟兄之间有个先后。大眼没想到自己,其实大眼自己也是需要女人的。自从红眼来了后,大眼也活得轻松了点。夜里,他常常醒来,他也有生理要求,也有欲望,他也想到睡在里间的红眼的身子。但在这种时候,他就压制住自己的冲动,他觉得自己有些卑鄙,他认为红眼应该是他两个兄弟中的一个的媳妇，而不是自己的，他生来就不该有女人。

得赶快作出抉择，把红眼的名分定下来。大眼到九家墩找刘老五，求刘老五拿主意。

刘老五说："让她跟二眼过吧！三眼还有机会的。"

在一个阳光普照远湖，湖面反射出道道刺眼光芒的下午，王家三兄弟撑着小木船到湖上游。他们对红眼说，他们是要到藕荷林那边看看，是否还有遗落的莲蓬未采。

远湖是温暖的，缎子样的湖水轻轻荡漾，湖面空旷无帆影，几只白亮翅膀的湖鸥沾水而翔。兄弟三人坐在木船里，由湖水把木船荡来荡去。二眼斜倚在船舱里，三眼双手抱膝，弓背坐在船首，大眼在船尾坐着抽烟。好一阵，兄弟三人都没出声。刚才，大哥已将他的想法说了。

二眼轻轻地摇着头说："不行不行，我的心已灰了，我这辈子不要任何女人。大哥，你让三眼娶了她吧！她是个好人，跟着我会受委屈的。"

二眼说完，眼睛已有点红了。他是忘不了珍姑。珍姑，我什么时候才能够见到你呢？你还想你的二表哥么？你知道二表哥的心里在流泪么？

三眼急了，从船头站起，使得小船一阵晃荡。三眼说：

"那不行。我最小，我还有机会的。二哥最需要红眼，二哥娶了她吧！"他想到二哥常常叹息，他就这样说。

二眼坚决不同意，这辈子，他似乎非珍姑不娶。

二哥态度这么坚决，三眼看看说不通，就转而说："大哥，那你就娶了她吧！"

大眼苦笑了笑，摇了摇头："我老了！"

兄弟三人争持商量，一时难下决心。大眼见二眼态度已经坚决到不能松动的地步，就最后拍了板："听我的，过几天给三眼办喜事！"

长兄如父，三眼无话可说。小船从远湖回到岸边，兄弟三人从船上跳到岸上，各人的心思不同，唯有三眼感到沉重。他是爱红眼的，他喜欢和她待在一起，她的身影常在他的梦中，和他共度好梦。现在两个哥哥把红眼给他，他觉得受之有愧似的，娶了红眼，他就欠两个哥哥的恩情。这样的心理伴着他，使他回到窝棚里后，一直保持沉默不说话，弄得红眼有点疑惑，不知弟兄三人到底怎么了。

大眼好轻松，他终于能给一个兄弟成家了。他很快对红眼说了，希望红眼答应做三眼的媳妇。

"大哥，你们兄弟三人都是我的恩人，你们救了我，我这辈子都愿为你们当牛做马。只要三眼不嫌弃我，我没有意见！我感激你们一辈子都来不及，我还有什么意见呢？"红眼诚心诚意这样说。

喜事办得简朴而庄重。兄弟三人一齐动手，将原来的窝棚稍作改建，扩充了一间茅棚子，新房就安在茅棚里。做舅舅的刘老五送了几件家具和一只木床。大眼二眼又卖了些莲籽和红眼编的芦席，给红眼和三眼各置了两套新布衣衫，余下的钱买了挂五百响的小鞭。

办喜事的那天，刘老五老两口和他的痨病儿子，癫痫媳妇都来了。珍姑据说在坐月子，没来贺喜，托人带来了一份礼品，即给新娘子一件衣料。珍姑没来，使得二眼又失望了一次。

鞭炮放响了，简单的酒席摆开了。莲籽、鱼、藕做的菜，几斤烧酒喝得大家脸红红的，二眼喝醉了。

三眼和红眼拜了天地，又拜了舅舅舅妈以及大眼二眼痨病表兄夫妇，然后进了茅屋，那是洞房。

刘老五一家人走了，回他们的九家墩去了。

远湖边上，有了第一对夫妻。

夜深了，三眼和红眼紧紧搂抱在一起，而大眼则在隔壁窝棚里照顾喝醉了酒的二眼。

二眼喝醉了酒，呜呜呜地抱头痛哭，他在哭着心爱的珍姑。

三眼叹了口气，对怀里的妻子说："红眼，大哥二哥是好人，我们成了夫妻，不可忘了大哥二哥。"

红眼偎在三眼怀里，轻轻地说："我听你的，我一定记着大哥二哥的恩德。"

三眼灭了马灯，四周一片沉寂。二眼停了呜咽，大约已经睡着了。

远湖的夜深沉起来。

二十二年后的一九六九年，我和三眼与红眼的儿子王金三在远湖变成的良田里拉田塍，我骂王金三的妈有几个男人的事，我在前面已经说了，是王金三的妈自己和我婶娘说的。

红眼和我婶娘诉说她的遭遇，说得原原本本，不留一点余地。红眼和我婶娘的关系之深，非同一般，她们之间的友好，是九家墩人所共知的。但我婶娘绝对没有给村里人说过这些事。我骂王金三的妈有几个男人，是听村里的大人讲的，这说明红眼与劁猪佬和劁猪佬的姑爹及两个表兄之间的事，红眼过去还给别人讲过。

红眼对我婶娘说起她与大眼二眼三眼那几年在远湖边的生活，那生活是值得一写的。

463

远湖边有了第一家真正的农户。我故乡人认为，没有女人的家不算家，也就不能叫做户。远湖边的王家，有了女人，是三眼的正式妻子。从此，男耕女织，炊烟一日三次升起。饭香粥滚了，红眼就站在窝棚前大哥二哥三眼的喊，声音脆脆的。被喊的人马上有一声厚重的答应，喊答声在远湖边空旷的天空下回荡，缭绕。

我说的女织，是指红眼编芦苇。远湖边的芦苇取之不尽，用之不竭，红眼有编不完的芦席。一只石磙，在她的脚步下碾来碾去。芦苇碾好了，她就坐在围堤上编席，一张张的芦席从她坐的屁股下变大，编成。

芦席编成了，就一张张地摞起来，摞到一定的数量，三眼就喊上大眼或者二眼一起，趁个五更天走十多里乡路到金水闸镇去卖，回来能带些日用品和布料回，到家都是天黑。

大约七八天，他们就送一次芦席上金水闸。每次送去的芦席都能卖完。

红眼在家编席，弟兄三人轮流上街卖席，但每次都留一个人在家帮助红眼做事。

大眼第一次留下来，和红眼一起在远湖边时，经历了一次灵魂的搏斗，多少年后，大眼想起那个早晨的事，他已经老了，他很平静很坦然。

只是红眼觉得大哥那天早晨，表现得很奇怪。

三眼和二眼挑着芦席很早就走了。走时天还没亮。大眼躺在床上，没有起来。他准备再睡一会儿，天亮时起来，到芦苇林中割几捆芦苇回来，帮红眼碾碾芦苇竿子。红眼是很辛苦的，一家人的饭食和衣服，都要她来操持，她还要编芦席，忙不过来。

一起到红眼，大眼突然感到一阵躁动，怎么也睡不着。他想象着红眼大约还没起床。红眼在床上躺着，微闭着眼。远湖的早晨静谧而无人迹，秋霜偷降，四野空阔。大眼的面前晃动着红眼的面庞，那饱满的胸那圆圆的小腹，充满了诱惑力。大眼老了，大眼四十多岁了，可从没挨过女人。想想这辈子，大眼觉得自己亏了，好可怜。但是爹临死时说的话，大眼又牢牢记着。活了四十多年没挨过女人，现在女人就在身边，四处又没人家……

混蛋！那是你的弟媳，平时对你那么好，你是畜生是禽兽呀？咬住牙，不许胡思乱想。

胡思乱想很难压下去，一条毒蛇样的东西在大眼心里窜来窜去。把它堵住，压下去，一会它又冒出来了，吐着信子。再压下去，它再冒出来。大眼头晕晕的，浑身的血液呼呼奔腾，整个灵魂都在颤抖。大眼受不了啦！那条毒蛇的血红信子已经舔上了他的心。

突然，大眼哼叫了一声，像头牛一样，从床上爬起来，只穿条短裤，呼地冲出窝棚，冲过三眼和红眼住的茅屋，朝早晨的远湖里扑去。

湖水冰凉，大眼一头栽进湖水，浑身一个激灵，感到皮肤麻酥酥的，不觉在心里打起了寒战。很快，大眼头脑清醒了，心里的那条毒蛇被水冲得无影无踪。大眼在水里翻腾了几下，活动了筋骨，寒战停止了。大眼看看湖面，湖面青藜色，远处的鱼肚白露出来，有一抹红光透出湖面。

刚从茅屋里出来的红眼，看到湖水里的大眼，吃了一惊，慌慌地喊道："大哥大哥，你怎么啦！"

大眼朝红眼很仔细地瞪了一眼，瞪得红眼心里发慌。大眼轻轻说："没什么，我心里烧得慌，早晨起来洗个湖水澡。"

傍晚时，三眼和二眼卖芦席回来，高兴地向大哥报着账，说是红眼编的芦席很畅销，今天卖的钱不少。三眼给大哥买了半斤真正的烟丝，二眼却打了一罐子烧酒回来。

大眼接过烟叶，看了看那一罐烧酒，什么也没说，只装了一烟锅烟抽起来。

三眼结婚后，二眼更加消沉了，他怀念着珍姑，珍姑已经在他的心里扎下了根。

大眼和三眼挑芦席去了金水闸，他们也是起五更走的，扁担压得吱呀吱呀地叫。

二眼留在家里，二眼在床上辗转反侧，他在思念他的珍姑表妹。

红眼做好的早饭，喊二眼吃饭。红眼看到二眼的黑眼眶，有些心疼，就说："二哥，要不你再睡会儿吧！"

二眼好摇摇头，说："睡不好，我还要割芦苇呢！"

二眼和红眼坐着喝粥，两人都没说话。

早饭后，二眼割了好几捆芦苇回来，累得吁吁直喘气。

红眼中午做了两个好点的菜，有腌鱼新鲜鱼，有野鸭蛋，有炒藕片和芦笋。

二眼抱着酒罐子喝起酒来。二眼喝的是闷酒。红眼见了。忙劝着："二哥，少喝点呀，喝多了伤身子！二哥有什么难处，我能帮么？"

二眼摇了摇头，眼睛突然红了，竟号啕哭了起来，哭得红眼不知所措。

哭了一会，二眼抱起酒罐子咕噜噜地喝起来，红眼见了，忙上前抢过酒罐子。

但二眼还是醉了。

二眼拉着红眼的手，口口声声地喊着"珍姑表妹"，喊得红眼都流泪了，二眼真是个痴情人啦！

465

那天，二眼是拉着红眼的手醉的，醉得一蹋糊涂，又叫又哭，又说又笑。

红眼一直照顾着二眼，一个下午都没织芦席。

红眼对我婶娘说，那时，如果大眼二眼要她怎么样，她都会答应的。"大哥二哥对我有恩，我愿报答他们。但他们是好人，他们是正人君子。"

大眼二眼1949年以后托新社会的福，都成了家。大眼娶了刘老五的寡妇儿媳。那人本有癫痫，嫁给大眼后，病竟然好了。二眼终于和珍姑结了婚。珍姑带个孩子，九死一生闹离婚，然后嫁给了她的二表哥。这都是后来的事了。

5

一九六九年，王家三兄弟被工作队判定为坏人，取消了贫农资格，理由有三：一，王家三兄弟从前和红眼关系紊乱，弟兄三人合用一个老婆；二，王家三兄弟与地主分子刘老五打成一片，敌我不分，王大眼娶刘老五的儿媳，王二眼娶刘老五的女儿；三，王家三兄弟在一九四七年合伙谋杀了劁猪佬，用石头绑在麻袋上把人沉了湖。

后来打听出来，这三条是九家墩一个积极分子揭发的。这个积极分子姓黄，是后迁来的。他要和珍姑的女儿谈对象，被拒绝了，就去搜集了王家的材料，上报了工作组，以出心头之气。珍姑的女儿又不是王二眼亲生，姓黄的家伙把气出在王家兄弟身上，真是冤枉。

工作组宣布的三条，只有第二条可以成立，第一条和第三条找不到证据。那个劁猪佬被沉了湖，谁证明？劁猪佬姓什么叫什么哪里人？都说不出来。第一条说王家兄弟合用一个老婆，你看见了？你抓住他们在一起睡觉了？但工作组不讲这些，他们清理出的坏人越多，贫下中农队伍就越纯洁，他们的成绩也就越大。

红眼对我婶娘说："二嫂，我对你说真话，我把你当知己哟。工作队说的第一条，那真是冤枉，大眼二眼真的没沾过我。那第二条第三条是真的，不假。劁猪佬不是好人，是个该千刀万剐的东西，不沉到湖里还留着害人啦，唉！"

我写的这些都是经过我婶娘证实了的。

秋慢慢地降临了，远湖的天显得更加空旷辽阔。湖水在降温，湖滩上的芦苇萧索，芦花纷扬。藕荷林里，荷叶枯萎，水草败落，湖鸥和湖雁啼鸣悠远凄凉。

红眼在远湖边的草棚屋里，转眼就两个多月了。红眼是个真正的好人，她很快就发现自己怀孕了。红眼的日子过得充实而平静。远湖是个远离丑恶和喧嚣的地方，这里的风清日丽，景色宜人，红眼喜欢这个地方，她真愿意在这里世世代代地生活下去。即将当母亲的喜悦，使得红眼觉得苦难已经很远了，世界充满了美好。

三眼和二眼收拾好了两大担芦席，准备挑到金水闸去卖掉。红眼想早点给腹中的孩子做几件衣服，要跟着男人们一起去，她要到镇上去挑几块好的花布，不知怎么的，她总觉得腹中怀着的，一定是个女儿。

红眼跟着三眼和二眼到了金水闸镇时，天已大亮了。金水闸镇因有一座节制金水河与长江的水流交汇的大闸而得名。依着大堤和大闸，有一条半里路长的街。街两面的店铺毗连，四乡八井的农户购买日用品都得到这里来。这里又是去武昌的必经之处，而且据说嵌在闸顶碑上的"金水闸"三字，是蒋介石所书写，因而这里是个热闹繁华的小镇。

红眼跟在挑着担子的二眼三眼身后，挤过人最多的街道，到了闸背顶上的一处树下。二眼三眼歇下担子，摆好芦席，立刻就有人上前问价了。讨价还价，然后挑选半天，终于挑走一张芦席走了。红眼看到闸背这地方是个市场，籴米粜粮，买卖红薯香葱小菜都聚在一起。

生意让二眼三眼做，红眼到饭馆里买了十几个热乎乎的肉包子，捧到闸背树下，三人趁热吃了，打着饱嗝。红眼就自己去布店里挑选花布，这种布扯两尺，那种扯三尺的，付了钱，把买好的布用包袱包好，夹在腋下，心想，那种粉红碎花布，可给自己做件短裤子。

红眼编的芦席，收益还不错。王家三兄弟在红眼的指导下，人人都会编芦席了。一家人有收益，红眼又会持家，常有余钱用来扯布打油，日子过得还滋润。

红眼从布店里出来，慢慢转悠到了街上人多的地方。人多的地方人挤人，这儿的商店大，品种多，甚至还有一处赌馆，赌馆里传出吆五喝六的声音。没什么好看的，红眼决定回到二眼三眼那里去，准备帮他们早点卖完芦席，早点回家。

就在红眼转身的那一刻，街对面有个人吹响了羊角号。听到呜呜的羊角号声，红眼吓得一抖颤，眼睛却鬼使神差地朝街对面看了一眼，吹羊角号的也立即看到了她。天哪，是那个嘴上有痣的劁猪佬！红眼吓得扭头就跑，冲过人群，往二眼三眼那边奔去。劁猪佬，他怎么找到这里来了？他是不会放过我的。怎么办？决不能跟他一起去，跟他走，就没有活路了，那种屈辱遭蹂躏的日子，红眼是不能再过了。快跑快跑，快离开这个地方，回到远湖边，永远不要再来这个地方了。远湖，那才是她的家，是她生命的寄托的地方。哪里都不要去，这辈子，红眼只要远湖。

出了一身冷汗，跑得脸儿通红气喘吁吁，红眼已经望见二眼三眼了，才停下步子。她又回头看了看，却不见劁猪佬跟上来。红眼想，大概他没看清是我，或者是我看花了眼,那人根本就不是剐猪佬。

三眼见红眼那模样,忙关切地问:"你怎么了,不舒服?"

得赶快离开这里回远湖去,红眼见三眼这样问,就顺势答道:"是有些不舒服,我心慌得很。"她不准备告诉他们她遇见了剐猪佬的事。

二眼说:"三眼,你就带着她回去吧!余下的芦席我一个人卖就行了。卖完了我再回去。"

三眼就带着红眼离开了金水闸镇,先走了。

路上,红眼有些慌慌张张的样子,脚步迈得飞快,有时还忍不住回头望望身后。身后什么也没有,剐猪佬根本就没有追上来。但是,红眼有个预感,剐猪佬是绝不会就此罢休的,今天一定要出点什么事。

这时,三眼又问她:"你到底是怎么回事呀?慌慌张张的!"

她说:"我心慌,可能是怀孕的反应吧!"

"那你就走慢些呀?"

"我想快点回去,好上床躺一躺。"红眼解释说。

回到远湖后,红眼真的病了。她满脸潮红,心惊肉跳,呼吸急促,四肢冰凉,浑身冷汗直冒。这可吓坏了大眼和三眼。大眼一遍又一遍地责问三眼:"你们是怎么搞的?她病得这样,你们怎么不注意哟!"

三眼说:"她去时还好好的,哪知一回就成这样子了?"

好在红眼在床上躺了一刻,喝了大眼熬的姜汤,又出了一些汗,身上轻松多了,病也没有了。

三眼拿手巾帮她擦净身上汗水,她紧紧拉住三眼的手,可怜巴巴地说:"三眼,莫离开我,我怕我怕!"说完,眼里的泪水直朝外涌。

三眼很有些吃惊:"你这人到底是怎么一回事呀?你今天是不是碰见什么了?怎么会这样呢,我不会离开你的,永远也不会,你快睡吧,啊!"

红眼慢慢地睡了,睡着了一会,又突然惊醒了,眼睛惊恐地四处看看,见三眼在身边,又紧紧地拉着三眼的手不放。三眼有些怕了,他不是怕别的,他是怕红眼有个三长两短,那可不好办了,难道又要他兄弟三人回到单身汉的日子么?何况红眼已经怀孕,那是王家的骨血呢!

可能要出什么事,三眼当时这样想。

已到了掌灯的时光了,大眼和三眼吃过饭,红眼在床上偎着,喝了点稀粥,精神好多了。

二眼还没有回来。

暮色四起,夜幕降临,远湖的秋夜,还有些明朗,湖堤朦胧,水面朦胧,数百亩的远湖处处朦胧。

大眼在窝棚里正收拾碗筷，把粥放在鼎锅里热着，等二眼回来吃。三眼在隔壁房里陪着红眼。

这时候劁猪佬走进了窝棚，他的那颗长在嘴边的痣在微弱的灯光照射下，轻轻颤动着。劁猪佬怎么找到远湖来的？劁猪佬为什么选在夜晚来，他怎么有胆量只身一人闯到荒僻旷野的远湖？这都是谜，是多少年后，红眼都想不清的谜。是他命该遭劫，是他该遭报应吧，红眼对我婶娘这样说。

劁猪佬走进窝棚时，大眼以为是二眼回来了，就说："粥在锅里，你吃吧！红眼病了，这会儿好些。"

没听见回答，大眼这才抬头望了一眼来人，发现不是二眼，而是一个在微笑的陌生人。

"你是谁？怎么到这里来了？"大眼问。

那人答："我怎么到这里来的，你不要管。我是红眼的丈夫，她是我用钱买来的。你们把红眼藏到这么好的一个地方，不错不错。我来是想找你们商量一下，什么时候把红眼交给我，我要带她回去。"说完，冷冷一笑。

大眼一怔，问："你是新洲的劁猪佬么？"

劁猪佬说："嗯，你们还晓得我啰，不错不错。你们是么样把红眼拐来的？得给我说清楚。"劁猪佬有点气势汹汹的了，他提高了声音。

"放你娘的屁！你是个禽兽畜生都不如的东西。红眼是怎么拐来的？你先说说你是怎么害红眼的吧！"

"你他娘的少管淡闲事，她是我老婆，我想把她怎样就怎样。少啰嗦，快叫红眼跟我走。"劁猪佬嚷起来。

隔壁的三眼和红眼都听见了这两个人的争吵，三眼起身准备过来看看是怎么回事，不想床上的红眼立即抖成一团。红眼声音抖颤着说："劁猪佬来了，劁猪佬来了。"

听说劁猪佬来了，三眼立刻明白红眼生病的原因，她今天在金水闸准是看见劁猪佬了，所以才吓成这个样。想到劁猪佬对红眼那些禽兽不如的行为，三眼男人的自尊心立即受到了损害。这个狗日的东西，今天还有胆子找到这里来了，看老子不教训他。三眼丢下红眼，两步就跨到隔壁来了。

三眼说："劁猪佬，红眼嫁给我了，是我的媳妇，你在这里吵什么？"

劁猪佬看了看三眼，哼了一声："她嫁给你，你要她我还不同意呢！她是她爹输给我的，我还没玩够呢？把她交给我吧，让我玩够了再送给你，怎么样？"

劁猪佬的话像给三眼的心火浇了油，三眼心里怒火立即腾地烧起来了。狗日的畜生，太张狂了。三眼二话没说，对着劁猪佬一耳光扫过去，劁猪佬没有防备，只听啪的一声响，劁猪佬的脸上立即留下了五道指印。

劁猪佬挨一下，蹦了起来，挥拳打倒了三眼。大眼见三眼被打倒，冲上来朝劁猪佬的裤裆狠踢一脚，劁猪佬伸手飞快地抓住了大眼的踢脚，轻轻一撩，大眼也倒了。

劁猪佬说："今天你们不要动武。怕你们动武老子就不来。老子走江湖，劁猪也劁人，没几手功夫还敢在外闯荡。怎么样？红眼在隔壁屋里睡着是不是？我去带人了。"

劁猪佬要往隔壁去，大眼和三眼从地上爬起来，一齐朝劁猪佬扑过去。劁猪佬又挥拳打倒了大眼和三眼。看来劁猪佬身上是有点武功的。

就在这个时候，二眼扬起他挑芦席的硬木扁担朝劁猪佬头上砸去。二眼刚从金水闸回来，他站在暗处，看见大眼和三眼被劁猪佬打倒，立刻赶来帮忙。劁猪佬没防着回来了个二眼，只听见哎哟一声，劁猪佬扑倒在地，后脑被砸开了花，当场昏死过去。

大眼和三眼再次从地上爬起来，见二眼已把劁猪佬打倒，两人都松了口气。三眼顺手拿过靠在窝棚的另一根硬木扁担，照着劁猪佬的肚子乱打。大眼连忙拉住，说：

"怎么办？他死了吧！这回可出人命了。"

"还留着他干什么？留着他再害红眼呀？"三眼说。

"弄死算了，这是个畜生，我们打死他，是为民除害。"二眼同意三眼的意见。

红眼从隔壁草屋里跑出来，看见劁猪佬脑袋开花倒在地上，吓得直打战，可嘴巴里还在咬牙切齿叫着："打死他打死他！劁猪佬是个禽兽不如的东西。"

怎么处置这个人呢？王家兄弟和红眼商量着。大眼说："刨个坑埋了吧！"

二眼说："找条麻袋把他装了，丢到湖里去。"

"瞧，他还在动弹呢，还没断气。"三眼说。一旁的红眼听三眼这么一说，吓得又抖起来了。

三眼说："女人家，你去睡吧！"

红眼就听话地回屋里睡去了。躺在床上，想起劁猪佬血肉模糊的脑袋，吓得蒙着被子，动也不敢动。

远湖上，淡淡的秋月照水，朦朦胧胧的，一只小木船从湖滩边朝湖中心撑去，人和船在湖上晃动着，悄无声息，慢慢地，夜雾包围了船只和人影，什么也看不清了。

"就这里吧!"

"好,稳住船,二哥,我们俩一起抬!"

"哗"的一声响,湖水溅得好高好高,荡起了层层波纹,一圈套一圈,慢慢地,湖水又平静下来。

"回去吧!"

人和船又悄无声息地回到了湖滩边。

这是一九四七年我故乡远湖的一个普通的秋夜,那时秋风阵阵,已经有霜降下来了。

6

红眼死了,我的婶娘也老了。婶娘为我讲了红眼对她说的许多事情,我是相信的,婶娘不会骗我,婶娘老了,没有人陪他说话,碰到我这个忠实的听众,她老人家说得津津有味,越说越有精神。

我故乡远湖边的这个故事,由我和红眼的三儿子王金三骂架起头。如今王金三和他的两个哥哥都已有家了,他们兄弟三人中有两个已参加了工作,住在省城武昌,一个留在九家墩,开了个小商店,生意还红火。

而他们的老辈子,王大眼王二眼王三眼都不在了,他们去世得早了一点。

我有个疑问,王家三兄弟把劁猪佬沉了湖,别人说是真的,红眼对我婶娘也说是真的,但口说无凭,没有证据。

我和年近九旬的老人刘老五说这事,刘老五的胡子扬扬着,说:"怎么没有证据?有证据的。这是不能叫谋杀的,这是叫为民除害。那个劁猪佬听说有人命债的。"

我问刘老五:"您说有证据,证据是什么?"

九家墩人在围远湖造良田时,他们挖湖泥筑田埂,在湖心的泥里挖出了一只石磙。大家把石磙洗干净后,有人认识,就喊"刘老五刘老五,你家的石磙怎么滚到湖中间来了。"

刘老五什么也没说,叫二眼三眼帮忙,把石磙抬回了家,那时二眼三眼还活着。

我这才明白为什么那天夜里湖水溅得那么高,原来麻袋外面还绑了只石磙。

这只石磙还放在刘老五家的门前,我见过。

包工头余从众之死

　　包工头余从众是个农民。余从众一九六八年出生在湖北省武昌县余家大湾。武昌县后划归武汉市管辖，现在叫武汉市江夏区，但余家大湾地处江夏最边远的法泗洲，离武汉市很远，这是个富不起来的乡村。这里的农民靠种田为生，住的还是土砖房，而余从众家的土砖房已很破烂了。

　　余家大湾大部分人家姓余，是一个宗族。余从众这一房从他老太爷爷开始，一根藤延续下来，一代只结一个瓜。他老太爷爷生他太爷爷一个儿子，他太爷爷生他爷爷一个儿子，他爷爷生他爹一个儿子，余从众的爹人称余老八，在堂兄弟辈中排行第八。余老八说，他这代一定要多生几个儿子，以突破他们家几代人的生育模式。

　　余从众生下来时，余老八一探是个带把的，喜不自胜，他的理想已经开始发芽了，他已经看到了希望。余从众满月时，余老八下了一碗四个荷包蛋的面条，请村里的教书先生给儿子取名字。教书先生吃了荷包蛋，问余老八，你儿子这名字有个什么讲究？余老八说，发人。教书先生是村里的民办教师，五十多岁，蓄点胡须。教书先生摸着胡须沉吟了一下，掏出支圆珠笔，在烟盒纸上写了余从众三字，递给余老八。余老八识字不多，瞪着烟盒纸上的三字不解。教书先生说，不是要发人吗？这三字中有多少人，你数数看！余老八数出了六个人，连说先生好学问好学问。

　　余从众的名字虽有讲究与寄托，但余从众的妈肚子不争气，生下余从众后，余老八再怎么努力奋斗，那肚子就是鼓不起来。余老八唉声叹气，但仍然坚持战斗。白天在外面苦干农活，晚上回家在床上苦干人活，连年累月，输出太多。乡下生活差，补给不够。到余从众读小学三年级时，余从众的妈陡生一场病，死了。余老八这下就惨了，多生几个儿子的理想没实现，老婆死了，他自己还不到四十岁，却已是老态毕现，腰常痛，走路腿肚子都是软的。

　　日子还是要过，余老八埋了老婆，调整了一下心态，不再娶女人了，又当爹又当妈的来培养余从众。余老八说，余从众，你要好好读书，能读多高我就是卖血也要供你多高。我们这房靠你呢，你名字中有六个人字，你要生几个儿子，我们上几代人的理想就由你来实现了。

余从众在十几岁读小学时，心里就记住了读书生儿子两件事。读书这件事他觉得比较难，有点硬着头皮为他爹读的味道。生儿子的事他还不懂，要像读书这样难那就惨了！余从众心中总有一种忐忑不安的感觉。

日子过得很快，余从众父子相依为命，一个人读书，一个人种田，吃没什么好吃的，穿也没什么好穿的，乡下人，都这样。

余从众读书读不上去了，读了个初中毕业，没考上高中。没考上高中，就回家种田。余老八望着瘦弱的儿子，无奈地摇了摇头。说什么呢？没娘的孩子，也遭孽啊！没考上就没考上吧，这是命呢！

余家大湾的人多，土地并不宽展，余老八家分的田地，他一个人种就够了。余从众回家后，没有多少农活要他做。余从众个头不高，身子单薄，营养不良的样子。余老八就让余从众做些简单的农活，想办法尽量弄些好吃的，给余从众补养身体，让他长壮，再给他娶房媳妇，要发人还指望他呢！

余从众在家闲散着，一晃就是两三年过去了。余从众个子是略微长高了些，但还是瘦。余老八是力不从心。父子俩，三顿饭能挣到口里就不错了。割肉剁排骨煨汤，那要钱，把鸡杀了吃，还指望鸡屁股生出油盐钱来。没女人的穷日子难啊！

余从众十九岁那年，余老八四处托人给儿子找媳妇。媒人到余从众家一看，嘴一撇，走了。两间破砖屋，两个瘦男人，钱没有，谁愿嫁来。你别小看了，咱江夏现在是武汉市的户口。姑娘的身价抬高了，哪像过去武昌县！余从众想要媳妇，娶个远处的穷山里的姑娘吧！

余从众这时娶媳妇的愿望并不强烈。余从众最强烈的愿望就是走出这个余家大湾，到外面去见见世面，闯荡闯荡。余老八四处求人给儿子介绍媳妇时，余从众不大理会。

一九八七年冬季，部队开始征兵，余从众报了名，经过体检，竟然合格录取。余从众报名参军，余老八并不知晓，当知道余从众录取后，余老八不让余从众走。余老八说，独子不当兵！乡武装部长和余老八是表兄弟，姓熊，上门做工作，说，现在计划生育，独子也要尽义务当兵。

熊表叔抖着手中的一张纸说："余正斌是你们湾的人吧，他当兵提干，这次转业，转到武汉市去工作呢，这不通知都寄给我们了。你个老家伙不懂谱，人家孩子找我开后门当兵我都不让，表侄子是自己考上兵了，这是条出路呢，将来干得好提了干，转业可安排工作，有你福享的。"

武装部长几句话把余老八说得无言以对，识字不多的农民，又不刁滑，最好做工作，一做就通。何况武装部长是他老表，又说得有道理。

　　包工头余从众曾经是个军人，在河南当过兵。
　　新兵训练，大操场上，口号喊得山响。余从众瘦小的个子，站在队伍的前列。当教员的排长胡老黑是个武汉人，络腮胡子，眼睛朝余从众扫了扫。
　　胡老黑走到余从众跟前，问："叫什么名字？"
　　余从众答："余从众。"江夏话。
　　胡老黑咧嘴笑了笑："瞧你这名字都没毬出息，跟在别人屁股后面跑。"武汉话。
　　余从众的小脸红了，大声说："不！余字一个人，从字两个人，众字三个人，我名字中藏六个人，好！人多力量大。"
　　胡老黑怔了怔，哈哈大笑起来。队列里的新兵也轰地笑了。难得的轻松。
　　胡老黑个子有一米八，黑而壮。胡老黑伸出右手，在余从众的肩背上拨拉了一下，余从众身子歪了歪，差点倒下。胡老黑还未等余从众站稳，用手又拨拉余从众的背。余从众这回没站住，倒在地上。队列里的新兵又笑了。
　　余从众趴在地上，愣愣地看胡老黑。
　　胡老黑说："毬，还人多力量大呀！我看你是开后门当的兵。你以为当兵这碗饭好吃的，起来！"
　　余从众的小脸更红了，他慢慢地爬起来，突然，他像一只小老虎般，一头向胡老黑撞去。胡老黑没想到余从众会来这一手，未设防，被余从众撞倒在地。余从众把胡老黑撞倒后，飞快入列，站好。
　　新兵们被眼前的一幕惊呆了，吓得谁都不敢出声。
　　胡老黑从地上爬起来，揉了揉屁股，脸黑着。突然胡老黑十分响亮地喊出口令："立正！向右看齐！向右转！跑步走！"
　　在新兵连，余从众训练能吃苦。络腮胡子胡老黑见他就笑眯眯的："你狗日的，身手还敏捷呢！小心老子揍你。"武汉话。
　　胡老黑说着，又伸手去拨拉他的肩背，余从众早有防备，哪里拨拉得动。胡老黑事后从没整治过余从众，对他挺友好。
　　新兵训练结束，分到各个连队，余从众分到三连。
　　三连长让新兵列队，训话。
　　三连长鲁大刚是湖北孝感人。三连长看见排在队列前边的余从众，情不自禁地走上去，伸手朝余从众的肩背拨拉。余从众一惊，忙用定力稳住了身子，心想，怎么这些人一见面都要拨拉我。

三连长问："叫什么名字？"

余从众答："报告首长，我叫余从众！"

三连长又问："怎么长得这么瘦小？是不是开后门当的兵？"

余从众答："报告首长，我家只有爹和我俩人，穷，自小没好东西吃，所以长得不高大。我当兵是考取的，没有开后门。"

余从众一口的湖北江夏话，三连长鲁大刚听得很舒服，有种亲切的感觉。训完话后，新兵们就开始分到各个班排里去。

余从众被分到炊事班，当伙头军。

三连长鲁大刚跟余从众个别谈话："看你这身个，别人都想拨拉你。到炊事班去，放开肚皮吃，三年后让你长成个沙奶奶说的大黑塔。"三连长喜欢哼样板戏，对《沙家浜》情有独钟。

余从众到炊事班后，先是专门烧火。后来炊事班长见他还勤快机灵，就教他做连队战士吃的大锅菜。余从众在家跟他爹两个人过日子，做饭做菜自然是会的，连队里的大锅菜学都不用学。他跟炊事班长搞关系，经常给班长买烟，想从班长那儿学炒菜技术，做几样特色菜拿手菜。班长见他还孝顺，也就教他几手，但没绝活。

在炊事班近荤油，吃得饱吃得好，余从众的个头真如雨后春笋，噌地就高了好多，身上的肉也多了，壮实了。部队养人呢！

三连长鲁大刚的爱人从湖北孝感老家到连队探亲。三连长让余从众服务，给他的宿舍送送开水，每顿开饭，把饭菜送到房里。余从众很乐意完成这个任务，他很喜欢三连长的老婆。

三连长的爱人吴淑珍三十来岁，脸面周正，浓眉大眼，身材适中，凸凹分明。第一次给他们送开水时，三连长对他爱人介绍余从众：湖北老乡，挺机灵的个兵。

余从众忙问候："嫂子，你好。"

三连长的爱人吴淑珍满脸是灿烂的笑："谢谢你，兄弟。我这一来，给你们添麻烦了。"

"不麻烦不麻烦，我特别欢迎你来！"三连长坏笑着说。

三连长的爱人一拳打在丈夫身上，骂道："狗嘴里吐不出象牙来！不许带坏了小兄弟。"

余从众忙起身要走，三连长的爱人拉着说慢走。她从包里掏出从家乡带来的花生，还有几瓶子孝感米酒，一股脑塞进余从众怀里。

三连长的爱人说："兄弟，出门在外，多关照些你们连长。你有什么事，连长也会关心的。在一起是缘分呢，将来回家乡，我们当亲戚走！"

三连长的爱人是个开朗热心快肠的人，在老家一个工厂里当会计。三连长对余从众说："我和你嫂子是在农村唱样板戏《沙家浜》时弄到一起的，她演阿庆嫂，我演郭建光。余从众，你小子刚到连队来时，那形象，活像刁小三。"

余从众几岁时看过样板戏，他觉得三连长的爱人果真像个阿庆嫂，他一下子就喜欢上这个嫂子了。

星期天早晨，炊事班长做了两份排骨藕汤，吩咐余从众给连长夫妇送去。炊事班长说："你们湖北佬喜欢这玩意，快送去，给连长补一补，他昨夜怕是战斗不歇！"

余从众想，我看连长的宿舍蛮早就熄灯了，怎么战斗？战斗什么！但余从众没做声，端起排骨汤就走，他想快点看到连长的爱人，获得一种愉悦。

三连长的宿舍和连部挨在一起，余从众把排骨藕汤端到三连长宿舍时，三连长夫妇还关着房门。余从众把排骨藕汤端到连部的桌子上放着，再到三连长宿舍门前，准备敲门。这时，余从众听到三连长爱人说："该起来了。"

三连长说："再来一盘。"

三连长爱人说："喂不饱的狗呢，不累？"

三连长说："饿呢！"

接着一阵响动，连长的木板床吱呀作响，三连长的爱人发出很迷人的哼哼声。

余从众脸红了，余从众的裤裆被那硬邦邦的一根顶起来了，余从众忽然想起女人了。连长爱人的哼哼声真美妙。余从众站着不动，大气不敢出，静听着房间的暴风骤雨，头脑里在想着三连长爱人的模样，难过极了。

好久，房间里风平浪静。余从众调平了呼吸，上前轻轻敲了敲门，柔柔地喊："连长，嫂子，给你们送的排骨藕汤放在连部桌子上了，你们趁热喝啊！"

三连长说："知道了！"

三连长爱人说："谢谢你兄弟！"

余从众转身就跑了，跑回炊事班，还在喘气。班长问，怎么去这久？

余从众说："听连长战斗咧！"

当天夜里，余从众在梦里和三连长的爱人战斗在一起，醒来后，流了一裤衩，畅快无比。余从众还是打了自己一耳光，和别的女人可以，怎么能和嫂子呢？余从众越来越喜欢这个连长嫂子。

三连长的爱人很快就要走了。余从众送行。

三连长的爱人说："兄弟，谢谢你！有什么事要帮助的，跟我说。"

余从众说:"嫂子,我家穷,只我和爹俩,别人看不起,将来复员回家,找不到媳妇,嫂子就帮我找一个吧!"

三连长鲁大刚说:"这小子想女人了!"

三连长爱人说:"只许你想,就不许别人想。兄弟,嫂子包了,到时没女人,找嫂子要。"

一年后,三连长鲁大刚要转业了。三连长把余从众喊到连部。连部没其他人,三连长伸手拨拉余从众,余从众动都不动。三连长笑了。三连长说:"兄弟,我要走了,你也长大了。当初来的时候你瘦小呢!我知道炊事班能把你养壮,你是从小吃的东西太差呢!有个壮实身体,到社会上才能养活自己。这是我对你这个小老乡的照顾。"

余从众哭了。

三连长鲁大刚帮他抹去泪。"铁打的营盘流水的兵,服完义务期就回家吧,你个初中毕业生还能有个么想头?现在提干,要读军校呢!给,这是我的家庭地址。有事写信,复员后去找我们,我和你嫂子欢迎你。"

三连长鲁大刚转业走了,回家后来信说,在孝昌县某镇当武装部长,分管民兵,协助妇联主任抓计划生育。

余从众服完两年兵役,复员回到江夏余家大湾。

余从众回到了家乡。当了两年兵回来,家还是那个家,两间土砖破屋;爹还是那个爹,比两年前更老态了,腰已经有些弓了。余从众看到自家的破砖屋和爹时,眼泪不禁汹涌而出。余家大湾像他家这种破砖屋已经稀少了,仅有的几间是别人家的牛屋。爹五十岁不到,却是白发苍苍,完全进入老境。那时余从众心里想的是,必须尽快努力奋斗,把自家的破屋换成新瓦房,要让爹后半辈子过得好些。

余老八看到儿子的第一眼,竟然有点不相信,那么个瘦小的儿子,怎么一下就变得这么高高大大壮壮实实!部队真是个好地方呢!

余老八拉着儿子的手说:"不哭不哭,回来就好。还去不去?"

余从众摇摇头,说:"爹,我回来给你养老,再不去了。"

余老八说,"那好,明天就去乡里,找你熊表叔,让他给你安排个工作。"

余从众口里答应着说好,心里却清楚,像他这种当两年兵回乡,哪里会有工作安排。

当夜,父子俩睡下聊天。余从众说,"爹,我们家的房子要修了。"

余老八说:"就是,等着你回来修呢!你明儿去找你熊表叔,让他帮你安排个工作，能拿工资，把房子修了，再就是快点娶房媳妇，跟我生几个孙子，我的任务就完成了。今后我就给你们带孩子。"

余从众第二天去了乡政府。他去乡政府倒不是像他爹说的那样，找他当武装部长的熊表叔要工作，而是部队规定，他复员回来，要到当地武装部门报个到。

乡政府同两年前相比，变化不小，一幢两层的办公楼，办公室门口横挂着三寸宽半尺长的木牌牌，写着党委办公室、政府办公室、组织部、宣传部、妇联、贫下中农协会、武装部等等，很像个机关的样子。

余从众找到武装部，门敞着，他看见武装部长他的熊家表叔坐在藤椅上，双脚跷在办公桌上，手捧一份在湖北本省发行量很大的都市报，看得津津有味，双脚的脚趾头在办公桌上一点一点的，很悠然自得。

余从众走进办公室，喊了声："表叔！"

可能声音太小，也可能是熊部长读报太投入，竟然没有反应。余从众等了等，见没反应，就声音大了点，喊："报告熊部长！"

余从众这一喊，把熊部长吓了一跳，双脚从办公桌上放下来，丢了报纸，愣愣地瞪着余从众："你是谁？干什么？"

余从众笑了。余从众说："表叔学习好专心哟！我喊了两次你才发现我。我是余家大湾的余从众，我从部队复员了，找乡武装部报个到。"

熊部长这才呵呵笑起来，站起身，拍拍余从众的肩膀说："这孩子，出去才两年，长这么壮实了，我都认不出来了。好好，回来好，支援地方建设，乡里欢迎你。"

余从众递上两瓶酒，是他从河南带回来的。熊部长说，自家人，客气个什么呢！

余从众交了手续，问："表叔，能安排个事做做吗？"

熊部长说："你入党没有？"

余从众摇了头。熊部长就说没入党，也没提干，没工作可安排，回去种地吧！

余从众本也没抱幻想，就回家了。

余从众回家对爹说了熊表叔没办法给他安排工作的事，余老八一下生了气："个狗日的东西，前年要你去当兵，骗我们说复员回来可以安排工作，现在怎么不算话了，是放屁吧！老子明天去找他算账。"

余从众拦住爹，说："爹呀，这你就不懂了。当兵如果提了干，转业回地方才可以安排工作。我又没提干，别人哪有工作给你。"

余老八说："那你怎么不提干呢？"

余从众苦笑着说："爹呀，只怪儿子不争气，读的书少了，现在部队提干部要军校毕业的呢！我的学历太低。"

余老八这才明白了些，答应暂时不去找熊家老表，但什么时候碰到这个老表，他是要骂他个狗日的。

余从众当了农民，和他爹余老八在余家大湾种地，并积极筹备盖房子。

余老八牢记着他的神圣使命，四处找媒人为儿子介绍对象。儿子娶了媳妇，才能为他生孙子。

媒人介绍了姑娘，见了余从众，姑娘心里有点意思。但看了余从众家的两间破房，和他的一个老爹，姑娘就不愿意了。媒人说，他家准备盖瓦房呢！姑娘说，盖了瓦房再说吧！余从众当两年兵回来，怎么还在屋里种地？

媒人对余老八和余从众说了姑娘的意思，余老八急得不得了，余从众倒是不慌张。临走，媒人说："我们莫在附近找了。看看这里，自从划到武汉市后，真真假假是武汉市郊区，自个把自个的身价抬高了，还不是一头高粱花子，可就没个好点的姑娘留在乡下了。"

余从众想女人，他也需要女人，媒人介绍的几个姑娘不愿意嫁给他，他也不急。余从众帮助爹把田地里的庄稼安排妥了后，把盖房子的计划拟了拟，打听了砖瓦木料的价格，把自己的复员费和余老八积蓄的几个钱归拢一筹，还差一笔款子。余从众决定借钱也要把房子盖起来。

余从众动身到孝感去找三连长鲁大刚。余从众要盖房子，要找女人，在江夏谁也帮不了他。他想只有去找连长和连长的爱人，他十分喜欢的嫂子，他们会帮助他的。

余从众先步行到镇上，坐了车到武汉，再从武汉坐长途汽车，到了孝感。孝感已改地级市，余从众按三连长留的地址，找到三连长爱人的单位，见到了热情洋溢的嫂子。

三连长的爱人还在厂里当会计，大家喊吴会计。三连长鲁大刚呢，还任孝昌县城关镇的武装部长。孝昌县是新设置的县，山区不少，经济不是太发展。

余从众见了鲁大刚，像见了亲人似的，充满了一种亲情。余从众的娘死得早，跟爹长大，家里没什么亲戚。当兵时，鲁大刚对他好，他是永久记着的。这不，有困难，他就来找鲁大刚，就像找自己的大哥样。

鲁大刚夫妇十分热情地接待了余从众。晚上，吴淑珍炒了几个下酒菜，已经转业的三连长鲁大刚和他的前部下余从众喝几杯。余从众站起来，端杯站起，给鲁大刚夫妻敬酒。

余从众说："大哥，嫂子，我余从众自小没娘，跟个老实爹长大，是到部队后，连长大哥把我当兄弟对待，嫂子去部队时对我那么亲，我就把大哥嫂子当亲人了，这杯酒请大哥嫂子干了，从此后把我当个小兄弟吧！"

余从众几句话，把吴淑珍说得泪涟涟的。鲁大刚先是愣怔着，过后细细一想，这孩子是说的真心话。于是三人把酒干了。吴淑珍起身去炒菜，鲁大刚就和余从众边喝边聊着。鲁大刚问余从众回家后的情况。

余从众就把复员回乡，在家里种地，他爹托人给他说媳妇，他家的房子太破，别人看不上，他准备盖房子的计划等等，就着杯中的酒，一一说给连长和吴淑珍听了。

吴淑珍炒了菜后，一直坐在旁边听。

余从众说，我这次来，一是看望老连长大哥，还有嫂子，二是来找嫂子要媳妇的，这是嫂子那年答应了的。

余从众的话说得鲁大刚和吴淑珍都哈哈笑起来。

吴淑珍说，媳妇包在我身上，嫂子说话算话。

鲁大刚说，房子的事么？大哥支持你，还差多少钱，大哥帮你想法子。

余从众探望老连长鲁大刚，取得了极大的成功。

吴完珍就这样出现在余从众的人生之中，成了他的妻子。吴完珍认识余从众，是因为他的堂姐吴淑珍。余从众住在鲁大刚吴淑珍家里，两口子都在县城上班，住的房子宽展，只一个孩子，在武汉上学。

吴淑珍说："小余，先在我家住下来，把媳妇说好再走。"

吴完珍接到堂姐吴淑珍托人带的口信，特地从村里赶到县城。她和吴淑珍的老家是一个村，鲁大刚是她们邻村人。吴完珍有事到县城，总是住在堂姐家。

吴完珍先见了吴淑珍，问："姐，你带信叫我来，有事？"

她们坐在吴淑珍上班的财务室，财务室是间小办公室，没外人。

吴淑珍笑着说："当然有事呀，我给你介绍个男朋友。"

吴完珍脸红了红，说："姐，我听你的。"

吴完珍就和余从众见了面。吴完珍个子小巧，圆脸，健康结实。虽说是在乡下长大，却也大方。

吴完珍听堂姐介绍了余从众的情况后，一见余从众，心里就喜欢上了这个鲁大哥的战友。

余从众对吴完珍也很满意，把吴完珍带回去，不比村里的一批媳妇差。余从众就探吴完珍的口气。说："我家里穷啊，房子还没盖，还有个爹，年纪快到五十了。"

吴完珍说:"我们有手啊,我们能劳动。爹年纪不大,还能给我们做帮手呢!穷是能变的。"

两人互相感觉都好,吴淑珍很高兴,留他们再住两天。

吴完珍是个勤快人,帮堂姐家做清洁,里里外外擦洗得亮亮堂堂。

鲁大刚把余从众带到镇政府去玩。在鲁大刚的办公室,两人边喝茶,鲁大刚边向余从众面诉机宜。

鲁大刚说:我和你淑珍嫂子当时都是公社文艺宣传队的,我们排演样板戏《沙家浜》,她演阿庆嫂,我演郭建光。你嫂子那时候俏着呢。胡洁魁、刁德一都在拼命地追她。我也是恋着她的,而她却举棋不定。我想我个正面人物,新四军的英雄如果得不到她,那岂不是正不压邪,让反面人物得逞。我要行动我要战斗,我要来她个措手不及。那天晚上演出,我和她在台上演得都不错,获得了阵阵掌声。演完之后,我约她到村外去散步,她先是不肯。我就说,你今天一定要陪我走走,我有重要事情要告诉你,否则你要后悔一辈子的。她见我说得如此庄重严肃,就跟我一起走了。我们来到村后的一片小树林里,她问:你有什么事,说得那么吓人。我说,我要你答应做我的老婆!她沉默了一下,说,我要不答应呢?我说,那绝对不行。你怎么能嫁给胡传魁刁德一之流呢,你只能嫁给郭建光,否则你就是叛变。说完,我就把她紧紧地抱起来,亲她的嘴。她开始还在我怀里挣着,但挣了一会她就不动了。嘴巴主动地迎合我。我接着就抚摸她,她立即就软了,软成一摊泥。我想,要乘胜前进,彻底占领阵地。那天晚上,在小树林里,我把你嫂子彻底地占领了,从此,她就成了我的。后来,我参了军,她招了工,我们就结婚了。

鲁大刚的故事把余从众听得迷迷盹盹的,嘴里啧啧着:"哎呀,大哥,你真勇敢!"余从众赞叹说。

鲁大刚喝了一大口茶,接着说:"女人啦,喜欢勇敢者,绝对不喜欢懦夫。我们当过兵,应该是勇敢者吧!我说这件事的目的,你清楚吧!你如果觉得完珍满意,你就冲上去,占领阵地,她就属于你的了。但是,我得对兄弟说,这媒人是你嫂子,今后只要吴完珍没有对不起你的地方,你不许抛弃她,否则你就对不起我和你嫂子。"

余从众说:"大哥和嫂子放心,不会有其他事情发生的。"

第二天,静静的上午,阳光灿烂,鲁大刚和吴淑珍上班去了,余从众和吴完珍留在家里,四周无人,两人坐在沙发上看电视,房门关着。

极好的机会,余从众想。

电视里正在播放连续剧,写爱情的,男女主人公正在接吻。余从众趁这当儿，把手放到吴完珍的腿上。吴完珍望了他一眼，眼里有脉脉的东西，手却把余从众的手拿开。余从众顺手把吴完珍的手抓住，嘴巴凑到吴完珍的脸上，狠狠地吻着。吴完珍的手没有挣出来，脸红了，气不匀了。余从众没有遇到坚强抵抗，两腿间已经挺起了冲锋枪，他想起鲁大刚冲上去占领阵地的话，就如疯了一般，三两下剥了吴完珍的衣服，把吴完珍压在沙发上。吴完珍完全没有了反抗的可能，嘴里说着，你是个土匪你是个流氓。

余从众在鲁大刚家的沙发上完成了他对吴完珍的占领，在吴完珍的压抑的尖叫声里，一朵红玫瑰留在黑色皮革面的沙发上。

吴完珍哭了，吴完珍说："我一辈子是你的女人了，你要是不要我，我就把你杀了，你不要不相信。"

鲁大刚和吴淑珍商量了后，借了五千元钱给余从众。

鲁大刚说："回去把房子盖了，早点把吴完珍娶回去，好好过日子。这钱等你的手头宽裕后再还，我们不等着急用。"

吴淑珍说："完珍是个好孩子呢，你放心，我会照顾好她的，你早点来接她吧！"

余从众告别了鲁大刚吴淑珍夫妇，他庆幸他摊上了这么好的两个人，他眼泪汪汪的。

吴完珍把余从众送到长途汽车站。吴完珍哭了。

吴完珍说："要照顾好爹，照顾好自己，我等你。"

余从众回到江夏余家大湾，找了村长，说了想把破砖屋重新翻盖的事。村长是他叔，村长说："你家那屋早就该盖了，没问题，劳力的事，大家帮忙。"

时值秋天，余从众在村里乡亲的帮助下，盖成了三间土砖红瓦房。余从众再用石灰把那墙内墙外刷得白白的，房里就显得十分亮堂，在余家大湾算是不错的房子了。

元旦节时，余从众把吴完珍从孝感那边接过来，在新屋里摆了几桌酒，正式结了婚。

余从众结婚那天，他爹余老八被村里几个老伙计灌多了酒。余老八高兴啊！

余老八说："新屋新媳妇，我就等着抱孙子哩！来，喝！喝！我没醉。"

余从众的婚后生活是幸福的，但也是艰苦的，只是他们的艰苦因为有了爱情而幸福。多少年没有女人的家，现在有了个年轻勤快手脚麻利的女人，就彻底告别了那种凌乱肮脏单调死气沉沉，有了干净整齐丰富充满了生气。

余从众的家庭太差了，原来的破砖屋只有几件烂家具。现在盖了新房，烂家具搬到新房里简直没法看,没法看也只能先用着再说。余从众盖房结婚两件大事办下来,钱用光了,除鲁大刚的五千元钱外,他的复员费和余老八有限的积蓄还不够,他又找村里人借了点钱。余从众决心艰苦奋斗两三年,把家建设好,把欠债还上。

夜里,余从众抱着吴完珍结实小巧的身子,有些惭愧地说:"完珍,我们这个家底子太薄,你跟着我受苦呢!"

吴完珍依偎在丈夫宽大温暖的怀抱里,心里只有甜蜜和幸福。吴完珍说:"我只要有你,讨饭都幸福。余从众,你不要觉得好像对不住我的似的。我能吃苦,我自小就吃苦,我们齐心协力,我们家会好起来的。"

多好的女人啊,余从众紧紧地抱着吴完珍,亲着吴完珍,他觉得他好爱好爱这个个子小巧的女人。他进入到吴完珍的身体中,他轻轻地抚爱她,他急急地撞击她,他从容他顺畅,像在长江里游泳,像在大湖里荡桨,他把吴完珍抚爱得发出一阵阵荡人心魄的呼叫,他自己也一下子升上了山巅,如神仙一样快乐。新婚期间,他们天天欢乐而幸福。

白天,吴完珍做饭,洗衣,养鸡喂猪。余从众父子俩有热饭热汤吃,衣服穿得整整齐齐。余老八像换了个人似的,比过去精神多了,脸色红润,腰似乎也伸直了许多。

余家大湾的土地不算很多,早些年分到余从众家是三亩田两亩地。吴完珍嫁过来后,村里已没有田地可分了。余从众家现在是三个劳力,余老八别看他老得快,可做起田地里的活来,却是全村顶尖的好手。他们家的田地,还是以余老八为主耕种,余从众吴完珍只能当帮手。

余从众说:"爹,你歇下吧,这田地让我和完珍去种。"

余老八说:"我还做得动呢,我不做田地里的活就要病的。你们好好学吧,当农民也不能半瓢水。等我做不动了,这田地就是你们的了。"

余老八使起耕牛犁地,虎虎生风,那牛服服帖帖。余老八割起水稻,那镰刀如游龙戏凤,谷子一倒一大片,在他手下整整齐齐地躺倒。余老八种的田地,没有荒过,那田边地角,杂草难找一根。田地里的庄稼,绿油油黄灿灿,人见人爱。余从众看着爹种田,感觉出了一种美。爹啊,你天生是个种田的高手呢!

但种田高手又怎么样?一年做到头,汗流光了,腰累弯了,粮食收了,卖不了几个钱,把那公粮水费农药和各种提留一交,所剩无几。乡村要想有几个活钱,就要进城打工,干什么事都比这种田来得快。余从众可不想像他爹那样,一生挨在田地里,到老来还是穷呢!

外面田里的活路余从众吴完珍做得不多,屋里田里的活路他们可是没有耽搁。余从众夜夜耕耘,吴完珍的那块田很快就有收获,她的肚子慢慢挺起来了。

吴完珍怀了孕,余从众有些闲了,心里就有些急。欠老连长和村人的钱,指望田地里的收入,要到哪年哪月?余从众决定进城打工。

余从众给吴完珍说了自己的打算,吴完珍不高兴了:"是不是嫌我脸上起雀斑丑了?结婚才几个月,就要离开我,我不愿意。"

余从众把吴完珍轻轻地搂着,说:"现在种田是赚不了钱的,何况家里的田地有爹种着,你可帮帮手。我这么个闲着不是个事呀!到武汉打工,离家又不远,可以经常回来嘛!不管找个什么事,总能赚几个钱。有了钱,我们早点把老连长和村里的借款还了,该有多好。"

吴完珍问:"你找到事情了?你不要到城里那花花世界里忘了自个,不晓得回家呢!其实呀,你说得有道理,我是舍不得你走哇!你是应该去找点事做的,你看村里那几个年轻人,成天游手好闲的,打麻将喝酒闹事,毁了呢!"

余从众听吴完珍说完,心想,好懂道理的女人呢!就从后背抱了吴完珍,要了她。吴完珍连说:"轻点轻点,我的祖宗,肚子里有我们的孩子哩!"

余从众开始打听到武汉去打工的事。村里有不少人在武汉打工,还有少数人跑到广东,他们有的做了几个月就回了家,有的长年在外。打过工回到家的人说:农民进城打工受欺负呢,你走在大街上,有几个人看得起你,就像个讨饭的。是呀,这就是农民向城市讨饭呢!给人家拖渣子,穿红背心印黄字给别人送煤气,拿个扁担在汉正街给别个挑货,在码头卸货,在建筑工地当小工,还能做什么?像你这样在部队当过兵,可以帮别人守门,当保安。什么苦你都得吃,什么累你都得受,遭人白眼你就忍了吧,钱莫嫌少,除了吃喝剩不了几个。不干?哼,你不干别人抢着干。什么事都难找,碰运气吧!讨饭么?你可能什么都讨不到。

余从众毕竟在河南当过两年兵,懂得些外面的事。他从来就没想过到城里打工是享福,赚大钱。那是要吃苦,只有能吃苦,才能干成事,余从众从来就不怕吃苦。

可是找谁牵线到城里去找个事呢?又不能盲目地闯,先有个人带着最好。

有一天,余从众当兵时的一位战友到余家大湾看亲戚碰到了余从众。他们在新兵连时在一起呆过,后来没有分到一个连队。余从众把战友接到家里玩。战友姓刘,叫刘福。两人是一起复员回乡的。刘福说,你还在家里呆着呀?余从众说,复员回来盖了房,娶了妻,最近是准备出去找个事做。刘福一复员就到武汉打工,在一家宾馆做保安,他姑爹在宾馆当老总。

余从众托刘福帮他在武汉找个事做做,混碗饭吃。

刘福说："我们宾馆是没事可找了，最近还要裁人呢！人多了。不过，我给你留心一下，有了消息就打电话给你。"

刘福回到武汉后不久，给余从众打了电话来，电话是打到村长家的。刘福帮余从众在汉口船码头上找了个卸货物扛包的事情。

汉口沿江大道一侧，铁灰色的水泥防浪堤外边，是一个挨一个的码头，有货运码头、轮渡码头，还有跑上海跑重庆的大轮船停靠的专用码头。多少年，这些码头总是热闹的，人流熙攘，市声沸扬。但如今，这些上下人的客码头冷清了萧条了，人们外出乘火车汽车飞机，谁还有耐心从汉口坐船往重庆，在江上走三天五天呀！人们过江，从长江一桥二桥乘公汽，比在武昌汉阳门乘轮渡到汉口，时间减少一大半。客码头冷清，货码头却很忙碌，南来北往的货物通过长江运抵武汉，水运的成本低得多吧！

一艘铁驳子船靠在趸船边，船上堆的是层层叠叠的水泥包。没有传输带，用的是人工卸货。余从众腰微弓，伸出右肩膀，驳子上两个人各抓水泥包两只角，提起来，朝伸出的肩膀上搁，一次搁两包。水泥包搁好，余从众把弓起的腰挺起，扛起两百斤重的两包水泥，一步一步步步踏实地走过趸船走过铁格子宽跳板，沿着江坡朝防浪堤上爬。防浪堤凹下一个缺口，是码头门。穿过码头门，防浪堤边有卡车停着，把水泥包送到卡车边，卡车上有人从扛包人肩上把水泥包提起来，码到卡车厢里。卡车厢码满了，开走，又一辆卡车开过来，再装那些似乎永远也装不完的水泥包。

肩上的水泥包卸去了，余从众有一刹轻松解放了的感觉，就又走进码头门，下江坡过跳板上趸船到铁驳子边，微弓着腰伸出肩膀，等人绐他肩膀上压重量。两包水泥上肩，余从众迈动步子，就又处于一种沉重的压迫的感觉中了。刘福介绍余从众扛包的这个码头，是个水泥专用码头，供应着武汉三镇的数不清的建筑工地的水泥。负责水泥装卸的是一群组合复杂的民工，民工来自三省八县。包工头是个四川人，四川人包工头只负责你扛一包水泥上来，付你一块钱，你一天扛二十趟，每趟扛两包，赚四十块钱走人。你自己找地方去吃，自己找地方去住，明天你活着能来，就扛包，你不能来他不管，死了病了是你自己的事情。余从众见了那矮个子包工头几面，一个年轻女人陪着他，到码头上转悠。柱子说，老板视察呢！柱子是扛水泥队伍中的唯一江夏人，余从众运用江夏话和他搞上了老乡关系，两人同住一个工棚。

装卸公司有三十来人，除了一部分人在附近租了住房外，剩下的十几人就住在江堤坡上违规搭建的简易工棚里。工棚里有个食堂，陈菊和老五叔做饭。陈菊是老五叔的侄女，都是湖北安陆人。余从众就想，这么个民工队伍，松散的没有契约，大家为那扛一包水泥一块钱而来，矮个子四川人还要叫个公司，真是好笑。不过，能当他这个包工头也不错，成天不做事，挎个女人，吃香的喝辣的，每月来钱怕也不少，都是剥削我们这些扛包的呢！

柱子与余从众年龄相近，还没娶老婆。白天扛一天包，人累得半死。扛包完了，人满头满脸满身都是水泥灰，跑到江边就着那浑浊的江水兜头兜脸地洗，洗完后到陈菊老五叔的食堂里去吃一大钵子饭，一碗红烧肉，然后回工棚，倒头便睡。那睡下的一刻，真是享受啊。

余从众这时就想老婆，他出来有半个月了吧，吴完珍的肚子肯定又鼓大了一些，她现在在干什么呢，她想我么？我这天天扛包天天累，也没时间没心思没地方打电话。别担我的心，我很好。等做完了一个月，领了工钱，就回来看你，看你这个小女人啊！

余从众想老婆时，柱子在那边铺上说话。柱子问，"小余，你将来最想做的是什么事？"

"我呀，我最想做的就是像那个四川人样，当个包工头，做个小老板！赚的钱，养老婆孩子和爹。"余从众答道。

柱子说："你的理想比我的大多了。我最想做的事是到年底，赚够了钱，娶个媳妇回家。晚上睡觉，有媳妇陪着，快活哩！"

余从众准备再说点什么时，柱子却发出了呼噜声。余从众想说的是，娶媳妇好是好，但好不长久，因为你得让媳妇把日子过好呀，赚钱是最好。赚钱能还账，赚钱能过好日子。当个包工头能赚很多钱吧！余从众想着，也迷迷糊糊地睡着了。余从众做了个梦，梦见了吴完珍。余从众见了吴完珍，抱住她就要行事。吴完珍推开他说：不行不行，我肚子里怀着孩子哩，有三个月啊！这时余从众醒了，当下就想，扛包太累，半个月这才第一次想女人。

在码头上扛包的都是壮实个大的男人，个子瘦小的在这里是要压垮的。陈菊是这个包工队男人群中的唯一女性。陈菊十八岁，初中毕业在家里待了两年。她要随村里的小姐妹去广东打工，父母不允她离家太远。她五叔就带她到武汉，在装卸队食堂里做饭。陈菊皮肤微黑，但五官端正。包工队食堂用瓦钵蒸饭，半斤米一钵，这饭也只有扛包做体力活的人吃得下，干其他事的人现在谁还一顿能吃半斤米的。食堂的菜多是豆腐烧猪血，海带排骨汤，红烧肉，各种粗纤维的青菜。

中午十一点半，就有人到工棚里来买饭，刚揭盖的屉笼，热气腾腾，屉笼里摆的瓦钵，一钵钵蒸得胀鼓鼓的，煞是爱人，勾人食欲。陈菊负责卖饭，一元钱一钵。五叔打菜，五元三元两元一元，每份菜价格不等。

收完钱，陈菊递一钵饭出去，手指烫得红通通的，每烫一下，陈菊皱眉咧嘴哈气，很是可爱。余从众见了，只是笑，陈菊看余从众笑，撅了嘴说："你这人没良心，看见我烫成这样还笑。"

余从众说："谁说我没良心，你烫一下我的心就疼一下。"

陈菊说："我不信。"

余从众说："你不信就来摸一下。"

陈菊递上一钵饭过来，烫得又是一哆嗦，嘴里说："快滚！你那心为你老婆疼去吧！"

余从众端了饭，却不离开。他对陈菊说："我告诉你个窍门，可以立马让烫了的手指不疼，你可以当场试验。"

陈菊说："那是个么法子，你快说。"

余从众说："这是个秘密的窍门，一般人我可不告诉，是陈菊你，我才说的。"

陈菊说："好啦，你又卖关子了。说吧，是真的灵验，我帮你洗一个月的衣服。"

余从众说："那就一言为定。我现在告诉你，你的手指烫了后，立即用烫了的指头摸耳朵尖，那烫了的指头就不疼了。"

这时一民工来买饭，陈菊端了一钵饭递上，手指又烫了，她马上用手指摸耳朵尖，真的手指头就一点烫的感觉都没有。陈菊高兴得叫了起来："哎呀，真灵！"

陈菊的叫声引得吃饭的民工骂余从众："你个狗东西，调戏人家姑娘呀，小心五叔打死你。陈菊呀，你莫上当，他有老婆的。"

陈菊不理会民工们的玩笑，很认真地问余从众："你怎么不早点告诉我这个好法子？这是个么道理呢？你是怎么晓得的？"陈菊一边向余从众发一连串的问，一边用手指摸发烫的饭钵，再摸耳朵尖，反复试验，真灵。

余从众笑了笑，吞下了一大口饭，说："我凭么事要早点告诉你，你对我又不好。你问我是么样晓得的这个窍门。告诉你陈菊，我今天在这里扛水泥包，是挣钱养家还债。我原来可是比你权力大多了，我跟师傅给一百多号人做饭哩！这个防烫的小窍门嘛，是我师傅秘传给我的。"

"你师傅是谁？你也做过饭？"陈菊问。

"我师傅是中国人民解放军某部某连炊事班长。"

"啊，我明白了，你是个炊事兵，伙头军。"陈菊笑着说。

一天苦力干完之后，民工们的夜生活最不安宁。在市内租了房子的，他们回到出租屋，累了的就睡，还有剩余精力的就到影碟屋去看武打片，或者看影碟里光屁股女人。也有三个人用扑克牌斗地主，四个人摆张方桌搓麻将，赌得很小，混时间呗。如果赌得吵起来，就打一架。余从众和一些民工就住在江坡的工棚里，晚上，工棚里有人打呼噜，有人斗地主赌钱。余从众有时睡觉，有时就找块石头，坐在江边看夜里的长江。余从众从不去赌钱。

这时，会有一些可疑的身影晃过来，站住，轻轻问："大哥，想家哩？要不要我陪你？五十块钱？三十块钱？"

余从众摇着头，余从众不理会。这是些可怜的农村妇女，到城里打工，干不了其他事，就卖淫。条件有限，进不了宾馆发廊，就到民工居住多的地方晃荡，拉住一个算一个，民工们称是打野鸡，三十元钱就可以玩一次，不贵。可余从众他们扛一天的水泥包，累得个半死，也只四十元钱哩！

防浪堤把大汉口的繁华喧嚣纸醉金迷灯火灿烂的夜挡在余从众的背后。余从众面对大江，大江上有不多的夜行船驶过。泊船和趸船上的灯火闪烁，夜行船的汽笛留下不绝如缕的尾音。江风吹来，江水东去，余从众十分十分想家了。余从众在做了一个月后，领了工钱回了家一次。吴完珍见到余从众，都高兴得哭了。爹很好，种田地种得兴味十足。吴完珍也很好，肚子大了些，已经出了怀，脸上的小雀斑又多了几颗。余从众只在家歇了一夜就回了武汉。他扛了一个月的包，除了吃喝，尽赚六百元钱。他把六百元交给吴完珍。他说：很苦很累，我瘦了是不是？不怕，我受得了。我做一年，就能把鲁大哥和村里人的几笔债还了。再做一年，就能给屋里置办些家具。

余从众在江边坐了会，就回工棚去睡觉，柱子早就在打呼噜了。又一艘夜行船留下长长的汽笛远去了，余从众在梦里去见的他妻子吴完珍。

夏天过去了，秋天过去了。转眼进入冬季。那天余从众又坐在江边看江水，江水浑浊得成泥土色，翻滚着向东流去，夜幕降临后，有灯光在江面扫过，江水又跳跃着闪闪的光斑，而没有灯火的江面，却是一片黑色。余从众正想着哪一天再去看看刘福，让他想法重新介绍个事情，这扛包累不说，挣的钱又少，他不能在这里长久干下去。

这时，余从众听到离他大约百多米的黑暗江滩上，有声音传过来。"小姐，一个人蹲在这里等谁？陪我们兄弟玩玩吧，两人一百块，价钱蛮高的，他先上我后上。"

另一个声音附和着："是呀，这江滩上的价其实是搞一次三十块钱的。我们出五十块，是看你年轻，么样啵？"两个声音都是武汉话，好像是两个年轻人。

"我不是做这个事的,你们走开些!"一个年轻女人的声音,夹些乡下口音。是陈菊。余从众听出来了,起身跑过去,并喊着陈菊陈菊。

余从众跑到跟前,陈菊看清了余从众,一下扑到他的怀里,身上直颤抖,带着哭音轻轻喊:"余哥。"

那黑暗中站着一高一矮两个人,抱着膀子看这一幕,矮个子说:"是么样回事呀,伙计!"

余从众拥着陈菊,对两个人道歉说:"对不起哥们,她是我妹妹,我们都住在那边工棚里,不是卖粉的。她刚才是找我的。"余从众边说边指离他们不远的工棚,工棚里还亮着灯光。余从众的意思是说,我们的人就在旁边呢!

看样子那两个武汉人也不是胡搅蛮缠的,听余从众这么一说,丢下一句:"年轻女人晚上不要在江滩上晃,免得别个认为是鸡,走了。"

那两个人走了,陈菊伏在余从众怀里不动,余从众拥抱着陈菊也没松手,两人相拥着在黑暗中,只听见彼此的呼吸声,过了好久,陈菊轻轻说:"余哥,你经常一个人坐在江边干什么呀!我刚才就是跟着你出来,蹲在那里看着你的,你总是不舒心的样子,我怕你……"

余从众笑了,说:"你怕我怎么啦,怕我想不开跳长江?我不会的,妹子。"

余从众拥抱着陈菊,闻着陈菊身上散发出的少女清香,身体有了反应。但他突然想起在乡下挺着大肚子的吴完珍,马上就平静下来。

陈菊问:"余哥,你喜欢我吗?"

余从众吻了吻陈菊的脸,说:"我们回去吧,要不你五叔会担心的。"

因为吴完珍马上要生了,余从众结清了工钱,离开了搬运装卸队,走的时候,他没有告诉陈菊。

看着儿媳妇的肚子一天天大起来,余老八就处在一种惊慌不安之中。儿子在武汉,田地里的活不要儿媳妇插手,余老八做得干干净净。余老八天天在心里祈祷,她要给我生个孙子啊!她要不生个男孩,我怎么办?余家这一房绝不能没有延续香火的人。余老八走了几十里路,到有名的黄龙潭寺庙里烧了香,磕了头,捐了五十元的香火钱。他只求菩萨让他有孙子,五十元钱他积攒了好长时间,他舍得捐出。为了他家的香火,余老八做牛做马都愿意。

余从众回家的第二天,吴完珍的肚子就开始痛起来。余从众请来了村里的接生婆四婶。那是在下午两点钟的样子,吴完珍生了个女儿,母女平安。

四婶对余老八说:"是个千金哩,恭喜啊八哥。"

余老八一下子瘫坐在椅子上,叹了一大口气,老泪纵横。

四婶说:"叹个什么气?按现在计划生育政策,农村里像你家这样的单传,如果一胎是个女孩,还可以生第二胎。今年是个孙姑娘,明年再生个孙子,有男有女,多好。如果头胎是个儿子,那就不能再生二胎了。"四婶是接生婆,也是村里管计划生育的干部,她懂政策。

　　四婶的一席话,把余老八说得破涕为笑,他忙颠颠地到灶后烧火,给接生婆下红糖鸡蛋面条,喊余从众杀鸡,给儿媳妇煨鸡汤。

　　家里有月母子,余从众就留在家里照顾吴完珍,帮爹种种庄稼。打了大半年工,赚的钱,把村里几笔小欠债都还了,还剩点钱,加上田地上的农业收入,凑了近三千块,可以还鲁大刚的一大半借款。春节期间,余从众和吴完珍带着孩子,先回吴完珍的娘家,再到孝昌城里给鲁大刚吴淑珍夫妇拜年。

　　鲁大刚和余从众喝酒,余从众说了他这一年的情况,说了他天天扛水泥包的经历。鲁大刚听得心里酸酸的,心想,他们在城里打工遭罪呢!辛苦呢!

　　余从众说:"天天扛水泥包,那撒满的水泥沾得人满头满脸满身都是,听说进鼻孔里,到了肺里胃里,时间一久,我的大哥啊,连拉出来的屎风一吹,凝固之后,硬邦邦的像混凝土橛子。我们这些农民工,成天都是灰扑扑的模样,都不愿到大街上去逛,免得城里人见了讨嫌。再说,干了一天苦力,也没有剩余的力气去逛街了,逛一逛有什么用?满街都是好东西,你有钱买吗?那所有的好东西没一件属于你。大城市不是农民待的地方。"

　　吴淑珍和吴完珍姊妹俩关在房里唠家常。吴淑珍抱着吴完珍的女儿,在孩子胖嘟嘟的脸上亲个不够。"小余对你好吗?那个地方和我们老家比起来怎么样?你们的日子过得困难不困难?"吴淑珍巴不得把所有的事情都问清楚。

　　"余从众对我好,还知道疼女人。那地方虽说是武汉市郊区,其实跟我们老家也强不到哪里去,穷人家也不少。我们的日子过得稍紧巴点,盖房结婚花费,他们积蓄少,借了些债,余从众打了快一年的工,还了一些。今年,再打几个月的工,可以把你们的钱还完吧!"吴完珍对堂姐细细叙说这一年来的日子。

　　孩子哭起来了,要吃了。吴完珍从堂姐手里接过孩子解开胸掏出奶头,孩子的小嘴立即吸得吧嗒吧嗒响。

　　吴淑珍在一边看了,喜欢得笑眯了眼睛。

　　在孝昌城住了一天,余从众带着吴完珍搭汽车到武汉,再转车回江夏。余从众先还了三千块钱给鲁大刚和吴淑珍,另两千块下半年一定还来。鲁大刚让他先用,不要着急。余从众非要还。结果吴淑珍用红包封了五百元钱给小孩,说是大姨妈给侄女的见面礼。余从众两口子推不掉,只有在心里感激鲁大刚夫妇了。

　　吴叔珍说:"我们是一家人,莫说两家话,兄弟,完珍妹子交你了,你要对她好啊！"

汽车开了，余从众看见鲁大刚吴淑珍在汽车走了好久后，还在车站门口站着。

从孝昌县回到江夏余家大湾，余老八把余从众叫到房里，父子俩讨论和商量余家他们这一房的传宗接代问题。

余老八说："从你太爷开始，到你这一代是五代单传。你爷爷死时跟我说的是我们家要发人啊！现在你媳妇生了个女儿。我也不封建，孙女也是宝贝。可我要孙子，没有孙子，我家就断了香火。儿啊，你要让你媳妇一定再生个儿子。"

余从众说："爹，你的这些难处我从小就记住了，我也巴不得要个儿子，可完珍生了个女儿，能怪她吗？现在计划生育是国策呢，国家规定不能多生。再说，我们现在的日子过得也艰难，再生孩子，养得起吗？"

余老八说："我没怪完珍，说实话完珍是个不错的媳妇，勤俭持家，孝敬老人。但我余家这屋的香火不能断了呀！我跟你说，你是无论如何要生个儿子出来的。你四婶管计划生育，你四婶懂政策。你四婶说像我们家这种单传的，头胎生了女儿，还可以再生一胎的。什么养不起？你和完珍还年轻得很，能做多少活，我还能做呢？只要是我余家的人，我讨饭也要养活他。"

余从众没再和老父亲讨论下去了。余从众知道，生儿子是他老父亲心里解不开的一个死结。他想，他这辈子要不生个儿子的话，他们家这一房是断了香火，他老父亲会不依的，余老八会死不瞑目。

余从众就和吴完珍频频做爱。吴完珍说："你是饿牢里放出来的么？怎么不顾及一下身体？"

余从众说："我爹希望你再生个儿子，为我们家传宗接代哩！"

"生儿生女是你们事，我是没法的。"吴完珍说。

"所以我就努力下种，下个长儿子的种，好让老爹放心。"余从众说。

夫妇辛勤做爱，余从众边做边把他们余家这一房五代单传的故事说了，把他取名余从众的来历也说了，说得吴完珍积极配合，决心和余从众共同来完成这个神圣使命。

余老八亲自给孙女取名余招弟，原先给余从众取名的那个教民办小学的先生死了，要不，余老八还会请他为孙女取个更好的名字。现如今的教书先生不会取名字，他们取的名字还不如余老八自己取的呢！

余从众和吴完珍的努力合作很快就有成效，吴完珍怀孕了。吴完珍一边给余招弟喂奶，一边在肚子里给余家孕育第二个孩子。妊娠反应大，吴完珍脸上的斑点更多了，个子本来就小，身子一臃肿，显得很有些难看。

吴完珍对余从众说："我现在很难看吧，你会嫌弃我么？"

余从众听了，皱了皱眉，说："少说无盐无油的话，你要给我们余家做贡献哩，我怎么嫌你呢？"

"那要是我这肚子里怀的又是个女儿呢？"吴完珍说。

余从众忙捂着吴完珍的嘴，低声吼了一句："不要瞎说，你这胎一定生儿子。"

"要是生了个女儿呢？"吴完珍硬是要设这个反问。

余从众沉默了一会，回答说："生了个女儿我也喜欢，我们家就是要发人！"

"那你们家怎么传宗接代？"吴完珍又问。

余从众想，这个婆娘今天怎么这样打破砂缸问到底呀！"再生！"余从众吐出两个字，再不理吴完珍了。那一刻，他脑子里闪过陈菊的身影。

农历的惊蛰节气之后，余从众把家里安顿好了，搭车到汉口，回到货码头的搬运装卸队，继续扛水泥包。工棚食堂还是五叔陈菊在做饭。陈菊看到余从众，显得十分高兴，却又噘着嘴问他："你去年走的时候连个招呼都不打，人家想送你都不行！"

余从众笑笑说："又不是不来，这不又回来了吗？"

少女陈菊是喜欢上了余从众。自那次余从众告诉她摸耳尖防烫之后，她帮余从众洗衣服，来往多起来。余从众看上去文文静静，不闹酒不抽烟，不赌钱也不嫖女人，到底是在部队里受过教育，这样的男人不多。而且，余从众不会永远在这里扛水泥包的，他会干更大些的事情，陈菊有这样的预感。

余从众也喜欢陈菊，陈菊比吴完珍长得漂亮，陈菊人也好。但余从众有吴完珍啊，他一个扛水泥包的打工仔，有什么权利弄个第三者二奶的？他想都不想，他把自己的喜欢压在心里。

江坡上那些没被石头压住混凝土盖住的泥土，长出一块块绿茵茵的小草，柔软嫩绿，春风吹过，春风绿了江南岸，春风也绿了江北岸。汉口在江北，武昌在江南，余从众在汉口打了年把的工，还没到武昌去看过。据说武昌有东湖有磨山有高新技术开发区，还有许多大学。在春风拂动江潮的日子里，余从众傍晚坐在江边，他想江夏的家又多了，想离开这个扛包的地方，找个更好的事情做的时间多了。余从众后悔自己的读书少了，要是初中努力，考上高中而后再上大学，毕业后肯定能干出些名堂来的。现在干什么？初中毕业生，能干到个包工头就是他最大的愿望。

搬运装卸队那里因运水泥的船只出故障，没准时停靠，无货可卸，放假休息。陈菊找到余从众："余哥，陪我到东湖玩一回吧，我没去过东湖呢！"

余从众说:"我也没去过呢,好,我们一起去玩一回,看看到底有什么东西。"

两人结伴,坐公交车过武汉长江二桥,直达东湖梨园大门。不是节假日,到东湖游玩的人不太多,来的人多是外地出差到武汉,慕其名而至。见偌大一个水面,碧波荡漾,见偌大一处园子,亭台楼阁,林木影映,杂树生花,轻舟湖上,歌舞翩跹,两人无不惊叹。好啊,东湖,好地方好地方。余从众和陈菊是第一次到东湖,陈菊打扮了一番,在那熙熙攘攘的人群里,看上去倒也不显是个打工妹子。她紧紧拉着余从众的衣服,在东湖园子里到处转悠。看那树,看那花,看那雕塑,看许许多多的人,兴奋得脸儿红红的。在几棵树掩着的石桌石凳边,陈菊说:"余哥,坐下歇歇吧,我脚痛。"

余从众见陈菊脚上穿的是双高跟鞋,笑了笑:"说,不习惯吧,别看这高跟鞋好看,穿它要技术吧!"

"要么技术?我要是天天穿它,肯定会穿得习惯好看。"陈菊自信地说。

有点口渴,余从众见不远处有座商亭,就说:"我去买两瓶矿泉水来。"

余从众在商亭边要两瓶矿泉水,正在付钱时,突然觉得肩膀被人用劲地拨拉了一下。余从众一转头,见一张笑脸对着他,一个壮实的汉子,腮络胡子,黑。那人说:"看什么看,不认识我了?你的名字中有六个人,我说你的名字是跟着别人屁股后面跑,余从众!"地道的武汉话。

余从众一下反应过来了。这是新兵连给他们当教官的胡排长胡老黑呀!余从众把矿泉水放在商亭的柜台上,伸开双臂扑过去,抱住胡老黑的膀子。余从众叫:"老黑哥,老黑哥,你怎么在这里?我们在这里见面了,好巧好巧。"

"这是缘分呀兄弟!我一看这身影,就估计是你,就情不自禁上前拨拉你。还好,没把你拨拉倒地,桩子还稳。"胡老黑说起在新兵边拨拉余从众的事,两人大笑。

胡老黑是到商亭买烟的。他陪几个客户到东湖游玩,客人到湖上荡舟去了,胡老黑叫人陪了,自己留在岸上,抽烟休息。

余从众把胡老黑带到陈菊坐的石桌边,对陈菊说:"这是我在部队时的老首长,老黑哥!"

陈菊见胡老黑一身名牌西装,领带打得挺挺的,面相和善,但看上去是个人物。她忙起身,喊了声:"老黑哥!"

胡老黑看了陈菊,高兴地说:"好哇好哇,余从众有出息,有这么漂亮的女朋友呀?不错不错。"

余从众忙解释:"不是不是,老黑哥真的不是,她是我在装卸队的同事,她叫陈菊。"

"同事也可以当女朋友的。是不是我不管了。今天见到你很高兴。说说看，现在在干什么？"胡老黑在石凳上坐了掏出烟，用打火机点着，深深地吸了一口。

余从众就把自己复员，到汉口船码头打工扛包的事说了一遍，他没有说他在江夏乡下结婚生女儿的事。当着陈菊的面，他不便细说。

胡老黑边听边点头。余从众说完，胡老黑说："怎么就这么点出息啊？就不能做大一点的事么，你都白当过一场兵啊！"

胡老黑扔掉手上的烟头，站起身，说："余从众，要干大一点的事，怎么能在那里扛一年多的水泥呢？我在一家房地产开发公司负责基建工作，正在开发建设汉口的大江新村。是我们兄弟有缘，余从众，你把那个装卸队扛包的活辞了，到我那里干，你组织个队伍，当个包工头，我给活路你干。我那里总是要人干活的，让自己的战友干，我放心些。怎么样？"胡老黑又掏出支烟，点着，深深吸一口。

余从众没想到有这么个天大的好事落在他的头上。日思夜想的搞个事做做，当个包工头的梦想马上就要实现了。胡老黑不会说假话骗我的。余从众说："黑哥，我是没机会呀！我怎么不早点碰上你呢？没说的，我今后就是你的部下了，跟着你干，一定干好，不给黑哥丢脸。"

胡老黑掏出一张名片给余从众，说："我今天陪两个客户玩东湖，你明天就到这地方找我，这上面是我的电话号码和手机号码。客户很快要上岸了，我去接他们。"

胡老黑正要走时，陈菊拉着他说："老黑哥，余哥到你那里去做事，那我呢？"

胡老黑看了看陈菊，哈哈一笑说："你就听从余从众的安排了，我让他牵头干哩！"胡老黑说完，就走了。

余从众这才看手中的名片，名片上写着胡老黑是大江房地产开发公司副总经理兼基建部经理。

余从众情不自禁地学着公园里的男女，搂了搂陈菊。真是好运气。不是陈菊要他来东湖，他能碰到胡老黑吗？这他妈的到东湖，两人来回花上几块钱的车票，再请陈菊吃一顿饭，却碰到这好的事，值！

余从众从东湖回到工棚，兴奋不已，焦急地等待着去见胡老黑。余从众对陈菊说："今天东湖见胡老黑的事，谁也不要说，免得别人节外生枝。"

陈菊连连点头说："晓得。"

余从众在江汉路一栋楼里见到胡老黑。胡老黑热情地与他握手，见他一身没有肩章符号的军装,利索干净,很显精神,就高兴地说:"我找到一位好班长了。"

胡老黑把余从众带到大江新村的建筑工地,把余从众介绍给项目经理向才明,说:"他是我的战友,是我把他请来的,让他带一支二十人左右的民工队伍,在工地上负责土建,土建事完之后,再给他们安排能干的其他活路。记住,他是我的战友,你可要好好地带着他们。"

项目经理向才明连连称是。

胡老黑要余从众组织队伍,三天后到工地上班。

"具体的安排找项目经理向才明,有重要事情再找我。"胡老黑拍着战友的肩,信任地说。

余从众立马回到工棚,把陈菊找到一边,说:"我回江夏村子里去招人,招自己的队伍来,这里我只要你和柱子两人。你还是到我们那边去做饭。其他人我就不惊动了,这里的四川包工头也需要人干活,我要带走别人,会拆他的台。"

陈菊说:"把五叔也带过去吧!"

余从众摇摇头:"我只要你一个人。"

余从众又找到柱子说了,柱子高兴得直拍屁股,说:"余哥,我跟着你去打一块天下,我会拼死跟你干的。"

余从众当天就搭车回了江夏余家大湾,家也顾不得落就在村里找人。余从众选了村里二十个能吃苦听话强壮的中青年弟兄,把他们请到自己家里。

余从众说:"我的战友在搞一个房地产项目,他把土建让我做。打仗还靠父子兵,我请各位弟兄们来,就是希望大家跟我去干。我余从众会根据大家的劳动,在工钱上决不亏待大家。我要是想赚黑钱,就不会回湾子里招人了。我招自己弟兄,是想肥水不流外人田。大家愿意干的,明天把家里事安排一下,后天带上铺盖行李,跟我一起到汉口。记住,都是弟兄伙的,丑话说在前头,我带出去的人,要听我的话。不听话的,到时候不要说兄弟不讲情面。"

听说在汉口找到工程做,又是余从众当包工头,大家没有不愿意的,都想赚几个活钱。过去只是找不到可做的事,许多人都窝在家里。当下众人约定后天集中的时间。

余从众把人都定好了,这才顾得上和妻子吴完珍老爹余老八说话。

余从众说:"爹,完珍,这回好了,我找到个好事情了,再不扛水泥包了。我们欠的债很快就能还了,我们会有钱的。"

余老八说:"你莫得意很了,要扎扎实实做事,要夹住尾巴做人,就是赚了再大的钱,也不要张狂哩!"

余老八的话说得余从众连忙点头。

吴完珍又怀孩子了。她手上抱着招弟，挺着个肚子，脸上的雀斑更多了。余从众从完珍手里接过胖胖的女儿，用嘴巴去亲，他没刮的胡子把女儿的嫩脸扎着了，招弟咧嘴哭了。吴完珍忙接过孩子，满眼深情望着余从众，说："你累了，快歇歇吧！"

吴完珍把孩子放在摇篮里，到厨房去给余从众做饭。

晚上，吴完珍等招弟睡着了，偎在余从众的怀里，摸着肚子对余从众说："我有些担心，要是这胎再生个女儿怎么办啊？给你家当媳妇，让我提心吊胆的。"

余从众说："你莫担心，生儿生女是命，我命中有儿子，就会有儿子，命中没儿，生十个八个也是女儿。生个儿子最好，生个女儿我也喜欢，你放心吧！"

余从众抱着吴完珍，安慰着她。吴完珍怀孕三个月，怕伤了胎气，劝余从众别想其他心思。余从众不能和吴完珍做爱，脑子里又出现了陈菊的影子。余从众想，陈菊会生儿子么？陈菊比吴完珍丰满呢！

余从众带着一帮余氏弟子到了汉口的大江新村建筑工地，陈菊和柱子早等在那里。余从众与项目经理老向接上头。老向给他安排了民工住的工棚和做饭的地方。老向让余从众住进已建成的楼房一楼的一套小户型房。老向说："这是你住的地方也是你办公的地方。你那一帮人就归你管理了，记住，你要按时完成我交代的任务，而且要做好，不能出任何问题。工钱按月给你结账。你先写张领条吧，这五千元是先给你们的开张费，是胡总交代的。"

余从众在给他居住与办公的一室一厅中写了领条，拿了五千元钱。向经理又递给余从众一只手机，说："这是只旧手机，你先用着，将来你再买新的，你手机的号码是1350XXXXXXX，我有事就打你的手机。我的号码你也记住，有事你找我。"

余从众十分顺利地当上了包工头，一年前他在江边扛水泥包时，见到四川包工头时产生的愿望就这样实现了。余从众想，这是命运，命运对我是公平的，让我遇上了鲁大刚胡老黑吴淑珍这样的好人，让我有了这样的机会。要感谢命运，要好好干。

余从众把自己的队伍安排了一番，大家住工地上的工棚。这工棚比江边那工棚好多了，实际上是一排红砖红瓦的平房。柱子做工地上的监管，在余从众不在时，指挥大家按要求挖土运土。陈菊做饭，余从众又请了一位家住在工地附近的周嫂子，作陈菊的帮手。周嫂子是个下岗女工，死了男人，孩子在上中学。陈菊借住在周嫂子家。

余从众的包工头事业就这么红红火火有条不紊地开始了。余从众带的余家兵勤苦劳作又听话，柱子死心塌地为余从众当监工帮手，大事小事出主意操心，陈菊周嫂子把伙食办得又好，大家吃得开心干得痛快。土方任务完成得漂亮，项目经理向才明按时结工钱。余从众是胡总的战友，向经理哪敢怠慢。结了工钱，余从众按时给民工发放，大家领到新崭崭的百元钞票，高兴得眯了眼，干得更带劲了。

余从众发给柱子的钱比一般民工高，柱子感激不尽，余哥是讲义气之人，能办大事。

向经理给余从众的钱，当然保密。总之，余从众慢慢地换了行头。他买了西装，买了皮鞋，换了新手机。余从众回江夏老家一趟，放了些钱在家里，让吴完珍带孩子去孝昌，把欠鲁大刚吴淑珍的余账还了，并送了几瓶好酒给鲁大刚。余从众买了彩电，把家里的破家具都重新更换了。余从众对吴完珍说："你好好养着，也去买几件好衣服穿穿，然后再为我们余家生个儿子。我现在赚的钱够养活你们了，你放心吧！"

包工头余从众一切顺利。他每天只去工地上转转，打个照面，交代柱子配合好机械挖掘土方，运土时撒落在街上的泥土要铲光洗净，严格按市政城管的要求办事。柱子管着二十个余从众村子里的人，大家也听柱子的话。

"你放心，余哥！你多去联络老板们，工地上的事有我。"柱子说。

余从众定期向项目经理向才明报告工地上的有关情况，剩下也就没有多少事了。他办公的地方在他的一室一厅房子里，民工的饭菜在工棚吃，他的饭菜由陈菊每顿由食堂里做好送来。陈菊给余从众送饭，给余从众洗衣服，她对余哥特别照顾，晚上食堂的活做完后，她总要先弯到余从众住的地方看一看，然后再回周嫂子家去住。

余从众为了保持自己的身份，规定他手下的民工不能随便到他的房间和办公室来。民工有事找柱子，柱子有事找他，先要得到他的同意，才能到他的办公室。只有陈菊才能自由地出入他的房间和办公室。

江夏老家打来电话，说是吴完珍快要生了，希望余从众回去一次。余从众当天就赶回了家，吴完珍没什么事，只是有点紧张，怕再生个女儿。吴完珍看着穿着整洁的包工头余从众，心里忐忑不安，吴完珍说："余从众，我要是再生个女儿，你还要我么？"

余从众因吴完珍没事叫他回来，心里就有点烦，现在她又提这样的问题，就说："你别再说这个事好不好！我不要你，难道把你抛弃掉么？你这个人有点烦人。"

余从众这一烦,吴完珍就哭了,说:"余从众,你不爱我了,我一脸的雀斑,长得丑,你就心里烦,是吧!"

余从众没法,只好软下来,好好地哄着吴完珍。

余从众回到汉口大江新村工地之后,继续当他的包工头。晚上在他住的房子的客厅里,把柱子叫来,让陈菊炒几个菜,三人喝酒。主要是余从众和柱子喝,陈菊只呡几小口。酒喝到一定的程度,余从众瞪着陈菊不转眼,想着吴完珍,这小女人现在变了,变得难看,变得烦人。这陈菊真不错,模样好,人善良,会做事。想到这里,叹了口气。

柱子也喝得差不多了,对余从众说:"余哥为什么叹气?有什么难事,让我和陈菊帮你做。余哥要知道,我们三个是从江边码头那里一起来的,没有余哥你,我还在那里扛包吃水泥灰哩。"

柱子说话时,陈菊深情地望着余从众。

余从众端起杯子,把酒干了,苦笑了笑说:"没事没事,把酒喝完,早点睡吧,明天还干活呢!"

柱子喝干了杯中酒,摇晃着站起身,对陈菊说:"我先走了,你照顾一下余哥,别走了。"

余从众头是完全晕了,眼迷离着,浑身是一种飘飘欲飞的感觉,而心里却如一团火般,在腾腾地烧着。陈菊上前,扶他到卧室的床上躺着,然后打来热水,给他擦脸擦身子洗脚,给他脱衣服,让他睡觉。

他突然抱住了陈菊,说:"来,快来,陪我睡觉,我要你,快点,我等不急了。"

陈菊听话地脱光衣服,钻进他的被子里。余从众翻身骑到她的身上,重力挺进。只听一声尖叫,余从众进去了,快乐无穷。他不顾身下那个人的痛苦呻吟,只一味快速抽动,直到泄了,才鼾然睡去。

余从众是被一阵抽泣声惊醒的,睁眼一看,窗外明亮,已是早晨。自己睡在床上,陈菊坐在床边哭着。余从众想了想,这是在哪儿,陈菊怎么在这儿?再看自己,赤身裸体的。余从众脑袋一下大了,天哪,昨晚喝多了酒,是不是错把陈菊当做吴完珍了?余从众爬起来,穿上衣服,问陈菊:"你怎么的了?"

陈菊说:"余哥,我没怎么的。我们那乡下的规矩,女人被谁睡了,就是谁的。我从今后就是你的人?"

陈菊说完,扯掉床上的床单,余从众看到,那床单上有鲜艳的处女红。

陈菊把床单和余从众的几件脏衣服,丢进洗衣机里,打开按钮,随洗衣机自动去洗,然后出门上工棚食堂,和周嫂子一起给民工做早饭。

余从众呆在屋里,心里是种说不出来的滋味。他把陈菊睡了,这难道不是他潜意识里的希求么?但是睡了陈菊,今后怎么办呢?他是有老婆吴完珍的,他不能娶两个老婆啊!和吴完珍离婚,余从众想都没想过。虽说吴完珍现在不好看,满脸雀斑一身臃肿,但吴完珍嫁给他时可是小巧玲珑的大姑娘啊。如果和吴完珍离婚,他对得起老连长鲁大刚和好嫂子吴淑珍吗?余从众决定,任何时候都不和吴完珍离婚。陈菊呢?余从众喜欢这个安陆打工妹,她对他好,他也对她好。好了,如今已经把人家睡了,还是个真正处女呢。陈菊刚才不是说了,她是我的人了。我能把她从身边推开么?我也舍不得推开她,我要她,我要把她养起来。只要陈菊不是非逼着我和吴完珍离婚,我就养着她。这叫什么?这叫养二奶。我余从众怎么也这样了?

余从众上午把自己关在屋里,想得头都发痛时,陈菊中间进了一次屋。陈菊没打扰他,只是把早点放在他的面前,把洗衣机里的床单与衣服取出来晾晒好,就又走了。陈菊和周嫂子要做中午饭。

吃中午饭时,陈菊给余从众送饭来。余从众说:"妹子,昨天哥喝多了酒,伤害了你,哥这里赔礼了,对不起了。"

陈菊说:"余哥,我情愿,我这辈子跟定你了,你不要我,我就死。"

"可我江夏家中有老婆孩子哩,我是不可能和她们离婚的。你说怎么办?"余从众挠着头说。

"离不离婚我不管,我就跟定了你。"陈菊说。

余从众要的就是陈菊这句话,心里放下了一块石头。余从众在吃完午饭,陈菊收捡完碗筷时,又把陈菊抱到床上,好好地做了一回爱,这回陈菊没有痛苦,只有愉快幸福的哼哼嘀嘀声。

陈菊的身份很快变了,她变成了包工头余从众的秘书。叫秘书好听点,陈菊能当什么秘书,再说一个搞土方的包工头要个什么秘书?陈菊的工作就是照顾余从众的生活,负责他住的一室一厅房子的卫生打扫,实际上是个保姆。不过陈菊担负的另一任务是保姆担任不了的,那就是陪余从众睡觉。余从众让周嫂子帮忙请了一个下岗女工胡嫂顶替陈菊做饭。余从众的一室一厅中有厨房,陈菊有时让柱子买了菜来,在小厨房里做饭,与余从众两人单独吃饭。

陈菊陈秘书是余从众的小老婆,或者说二奶,这事柱子和周嫂子最先知道,接着余从众的土方包工队的人都知晓。后来项目经理向才明和胡老黑副总经理也大略知道。在现今这时代,这样的事情很平常,似乎司空见惯,大家也不议论,让其顺理成章地发展。余从众对手下打工的弟兄们从不苛刻,所以余家大湾来的那些弟兄们,也没一个人把这事传回乡下,传到吴完珍的耳里。

余从众和陈菊过起了幸福生活。陈菊大部分时间住在余从众的屋里,偶尔也回周嫂子家,她租了周嫂子家一间屋。柱子仍然十分努力尽心地管理工地上的事,工程进度人员状况他随时来向余从众汇报。柱子有时也留在余从众屋里吃饭,还是陈菊做菜,柱子和余从众喝酒。

柱子说:"余哥,你活出个人样子来了,你值!我佩服你。"

一天夜里,余从众和陈菊亲热过后,陈菊说:"我可能有了,有一个月没来月经了,我怀上了。"

余从众惊喜地说:"真的?好陈菊,你要为我生个儿子啊。"

余从众已有好长时间没回余家大湾的家了。吴完珍挺着个大肚子,扳起指头算了算,自己快临产了,就又一次打了电话来,叫余从众回家一次。

余从众热恋着陈菊,手头的事情也有些多,同时他吸取了上次吴完珍没什么事情打电话叫他回家的教训,就一直没有回家。回家有什么事,还不是听爹的生儿子的唠叨,看吴完珍挺着大肚子长着雀斑的小脸左问右问要回答爱不爱她的问题,余从众确实有些烦这样的回家。

吴完珍终于动了胎气,在陈菊躺在余从众怀里告诉他说自己有了的那一夜,吴完珍的肚子痛得直叫唤。余老八知道媳妇要生了,忙摸黑拍四婶家的门,把四婶拖起来接生。四婶忙颠颠地穿衣起床,随余老八来到余从众的家里。四婶见吴完珍痛得直哭,检查了一下,忙吩咐余老八去叫喜子媳妇来帮忙,吴完珍要生了。

余老八就拍隔壁喜子家的门。喜子是余老八的侄辈,在余从众的包工队里打工,喜子媳妇玲子平常和吴完珍来往较密切。余老八喊:"玲子玲子快过来,四婶让你过来帮忙,你完珍嫂子要生了。"

玲子赶忙起床穿衣穿鞋,一阵风地到吴完珍房里,帮助四婶接生。

余老八在堂屋里祖先牌位前跪地祷告:媳妇这回一定要生个孙子,祖宗保佑啊!他一边磕头一边口里念祷。

嘹亮的婴啼穿透了余家大湾的黑夜,四婶和玲子齐声说:"好了,生下来了。"

玲子用完珍准备的褓裸包好了孩子,让完珍母女躺在床上。吴完珍睁开眼,疲惫无力地问四婶:"四婶,是男是女?"

四婶脸上堆起了笑容说:"好好,你又生了个千金。女孩好,女孩懂得疼娘。"

吴完珍闭了眼睛，豆粒般的泪珠从眼角边渗出。

玲子拉着吴完珍的手说："完珍姐，月子里不能哭啊，要落下病的。"

四婶从吴完珍房里出来，见余老八还跪在地上祷告。四婶说："八哥，你不要再祷告了，打电话叫余从众回来，他媳妇生了。"

余老八从地上站起，愣愣地看着四婶。四婶知道他要问什么，就说："完珍给你又生了个孙女。"

余老八听了四婶的话，什么话都说不出来，脸上的肌肉立刻僵了，嘴唇抖动，口水从嘴角淌了出来。

四婶一看不对头，赶上去扶住余老八，喊："八哥，八哥，你怎么啦？你怎么啦？"

余老八身子往下垮，四婶扶不住了，余老八一屁股坐在地上，发出一声瘆人的嚎叫："我的天啦！"

四婶和玲子既照顾月母子，又照顾余老八。

天亮后，四婶终于让村里人给余从众打通了手机，余从众当天就赶回了家。

吴完珍母女还平安，余从众抱着大女儿招弟，看着小女儿粉嫩的脸，对吴完珍说："我现在不比过去当打工仔，想回就回。我现在带着一帮人，天天要负责给他们安排活路搞管理呢，实在不能随便离开。老二就叫引弟吧！"

吴完珍躺在床上望着余从众说："我没本事，又生了个女儿。余从众，我不管你们家接代不接代。我生的女儿也是宝贝，是我的骨肉，我要爱她们，把她们养大，不让她们受委屈。我再是不生了的，你余家是怎么传宗接代是你家的事！我是没办法了。四婶说，我要是再生，那就违法了。"

余从众给吴完珍披了披被角，他想起怀孕的陈菊，心想，我还是有办法的。余从众说："完珍，你好好坐月子吧，把引弟喂好奶，差钱，就让玲子给我打手机。"

余从众请玲子每天到家里照顾吴完珍和生了病的余老八，每个月给玲子付工钱。玲子说："付不付工钱无所谓，隔壁左右，我照顾一下是应该的。"

余老八的大脑受了刺激，有些浑沌起来，加之又受了风寒，躺在床上没起来，余从众要走，到老爹房里告别。余老八又流泪。

余老八说："你混出个什么模样我不管，你不想法给我们这一房生个儿子出来，就是你的不孝顺，我是死不瞑目的。"

余从众回到大江新村建筑工地，找到现场督工的柱子，问了一下情况。柱子给余从众点了烟，说："这里有我，施工严格按照要求干的，弟兄们特别听话。哎，余哥，嫂子生了个什么？"

余从众吸口烟，慢慢吐出来，说："又生了个女儿。"

柱子说："女儿好，女儿好。"

余从众说："我老爹都急病了，说是我不生个儿子，他就死不瞑目。我的压力大呢！"

柱子说："没问题，余哥，叫陈菊给你生个儿子不就行了！"

余从众说："我和陈菊的事你就不要在外面说了。陈菊不能再住在周嫂子家了，你想办法在武昌租套房子，装修一下，让陈菊住过去，她已经怀孕了。"

柱子说："没问题，我尽快办。"

柱子和余从众的关系拉得越来越紧，余从众需要柱子在施工现场督阵指挥，他个包工头自己怎么能天天时时在现场督着呢？柱子跟着余从众，不再扛水泥包，能领导一批民工，每月收入不错。柱子已经在老家找了媳妇，定在春节结婚。这一切都是余从众给他的，他能不死心塌地么？

武昌徐东新村是一片新开发的住宅区，柱子在这里给余从众租了一套两室一厅的房子。房子本来就装修好了的，柱子和陈菊简单收拾了一下，陈菊到家具大世界挑了些家具，置办了其他的生活设施，一个家就像模像样了。余从众没有多操心，等陈菊一切布置好之后，他才来到这个家。

余从众很满意这个家，这像个大城市里居民的家啊，这跟江夏乡下那个家是两码子事，余从众渴望拥有城市的家，余从众的包工头再当几年，他购买这样的一套房子不成问题。城市里的家好呢，厨房卫生间、沙发、彩电、冰箱、洗衣机，用水用电用气方便快捷，这比乡村强多少倍了。

余从众拥着陈菊在宽敞柔软的席梦思床上，享受着城市之家的美妙。余从众此时的脑海里，暂时没有江夏的家，暂时没有吴完珍和他的两个女儿招弟引弟，但却有余老八的话：你不生出个儿子来就是不孝，我死不瞑目。余从众摸着陈菊的肚子，心里坚定地认为，肚子里一定怀着的是儿子，是招弟招来的，是引弟引来的。

余从众有时也觉得愧对老连长鲁大刚和好嫂子吴淑珍，但是我要儿子啊！他又这样原谅自己。

在余从众和吴完珍的二女儿引弟不到一岁时，余从众和陈菊的儿子出生了。陈菊是在娘家安陆县一个镇卫生院生的孩子。在武汉，他们没有结婚证准生证，住不进医院，而这个问题在乡下就好解决了。

余从众得到陈菊生了个七斤重的儿子的消息时，一个人在房间里抱着头哭了。余从众自己对自己说：我有儿子了，我们这一房终于可以传下去了。爹呀爹呀，你就放心吧，你已经有了亲生的孙子啊！完珍啊，是我对不起你了，我余家这一脉要延续下去啊！你再生是违反政策，而谁又能保证你再不生个女儿呢？我也知道，生儿生女责任在男方，但陈菊为什么一生就生个儿子呢？放心哟，女儿儿子都是我的，你和陈菊也都是我的，我会照顾好你们的。

陈菊的儿子满月时，余从众弄了一辆车，随司机一起到安陆接回陈菊母子，陈菊和儿子回到徐东新村后，余从众专门请了个小保姆照料儿子。陈菊不习惯外人住家里，说，我已经满月了，我可以照顾宝宝，免得花那冤枉钱。

余从众就把小保姆辞退了。

余从众给儿子取名余三宝。

余从众给儿子照了许多照片，照片里的余三宝胖嘟嘟的，逗人喜欢。

余从众抽空回了一趟江夏余家大湾，在家住了一天。余从众很好地安抚了吴完珍，给了吴完珍一些钱，和吴完珍做爱，让吴完珍快乐得像个幸福女人。

余从众把余三宝照片给病得呆呆的爹看了，余从众说："爹，这是你的亲孙子，在汉口养着。爹，这事不能让完珍晓得了，为了余家传宗接代，我做了这事，等三宝大了，再给完珍说。现在要是让完珍晓得了，闹出了事，我就犯法了哩！"

余老八看了余三宝的照片，立时从床上爬起来，人变得清醒了，病也好了。余老八说："不怕，只要有孙子，判你坐牢，我去给你坐。"

余从众苦笑了笑，很快就回了汉口。

余家大湾分管计划生育的四婶，找到吴完珍，说："完珍，你现在两个孩子了，再不能生了，跟我去医院结扎吧！"

吴完珍就跟四婶到乡医院，做了输卵管结扎手术。

包工头余从众在汉口包二奶，生了个儿子的消息就像纸包不住火，不久，余家大湾的人都晓得了。

只有吴完珍一个人不晓得。

余从众还经常回余家大湾的家，给吴完珍养家的钱，给吴完珍安抚，和吴完珍做爱。

在汉口，余从众天天回武昌徐东新村的家，和陈菊与儿子余三宝在一起，享受娇妻爱子的快乐。

吴完珍突然带着招弟和引弟，找到汉口余从众办公兼住宿的一室一厅的房子。

听到敲门声，正与余从众在屋里商量事情的柱子开了门，看到满脸疲惫一身风尘怀抱引弟手牵招弟背上还背个大包袱的吴完珍，惊得"啊"地叫了一声。

余从众跟出来，见了吴完珍娘仨，心里一愣，但他马上从吴完珍手里接过引弟，有些不高兴地说："来之前怎么不告诉我一声呢？你这一路奔波的，是怎么找来的？"

"怎么？不欢迎，我们想你呢？自己找来的。"吴完珍说。

吴完珍是怎么知道余从众在武汉养了女人生了儿子，又怎么知道余从众的工地和他居住办公的房子，这是个谜，吴完珍一直没说。

余从众到武汉打工这几年，没有带吴完珍到武汉来过，吴完珍很少到武汉，对武汉完全不熟悉。吴完珍的到来，肯定是从别人那里得到准确地址才找来的。

余从众把吴完珍和两个女儿接进屋，女儿"爸爸、爸爸"地喊着，余从众心里既惭愧又高兴。他对两个女儿的爱太少了。

柱子忙着倒茶，口里喊着嫂子辛苦！显得分外亲热，但心里却在打鼓。

正是临正中午的时候，余从众叫柱子去工地食堂端些饭菜来，他和吴完珍及两个女儿在屋里吃饭。

吴完珍显得很平静，余从众忐忑不安的心稍平稳些了。

余从众问："爹好吗？"

"爹很好！自从你上次回家后爹就精神特别好，像吃了神药一般，还下地呢！爹有孙子了呢！"吴完珍说完，用眼睛狠狠地瞪着余从众。

余从众心里一惊，心想这是有备而来，不禁惭愧不安起来。他给招弟引弟碗里夹些好菜，对完珍说："完珍，是我不好，先吃饭，晚上我再向你仔细解释。"

吴完珍仍很平静，说："好，我们吃饭，招弟引弟好好吃，吃完了出去玩！"

下午平安无事。吴完珍把余从众的一室一厅的清洁做了，把地擦了，把床上的被子晒了，单子洗了，弄得干干净净整整齐齐，屋子立即变得窗明几净了。

余从众下午在工地上和柱子说了说情况，显得很担忧。说实话，他对不起吴完珍，是他自己的错，但是他们余家是要有传宗接代的人啊！

柱子说："嫂子是怎么知道的，先不去追究，这事迟早是要让她知道的。我觉得嫂子是个懂道理的人，会说得通的。"

余从众给陈菊打了电话，告诉她今晚不回武昌，让她照顾好儿子。

陈菊说："忙你的吧！儿子我会照顾好的！"

陈菊不知道这是余从众和她的最后一次通话。

柱子和工地上的民工们，很关心他们的工头余从众所住的一室一厅，但是当晚很安静，那里没有发生任何争吵声。

柱子心想，吴完珍真是个懂道理的女人。

早晨七点钟，柱子买了油条面窝豆浆等食品，用只袋子提着，敲开了余从众办公兼住宿的屋子。

是吴完珍开的门。

柱子说:"嫂子,我给你们买了过早的东西,你们吃吧!"

吴完珍说:"谢谢你柱子,放在屋里的桌子上吧!"

柱子问:"从众哥?还没起来?"

吴完珍说:"我把他杀了。"

柱子说:"别开玩笑,你们可是好夫妻呢!"

吴完珍说:"我们是好夫妻呢,我太爱他了,就杀了他,我用的劲太大了,把他的颈子切了一大半,快断了,我正用索线给他缝呢!"

柱子这才看到吴完珍手上的血。他急忙跑到卧室里,他看到的情形令他终生难忘。

余从众和吴完珍的两个女儿,安安静静地睡在大床上,余从众倒在地板上,地板上满是鲜血。余从众的头与身子断开了,吴完珍用粗线索用针在尸首的颈子上缝缀着,还没缝完。一把沾血的斩骨菜刀放在地板上。

吴完珍说:"我爱他!他不要我,我就杀了他,和他一块走,我结婚前就和他说过的。"

余从众死了。柱子把招弟和引弟送到陈菊处,先往下再说。

胡老黑把工地上的事交给柱子管理,让柱子代替余从众管理包工队。胡老黑把余从众的后事办理了,他什么都没说。

鲁大刚和吴淑珍从孝感赶到汉口,在市公安局看守所,吴淑珍见到吴完珍,说:"你怎么这样蠢啊!你怎么杀人呢?"

吴完珍说:"没办法,我不能没有他。"

鲁大刚见吴完珍那模样,摇了摇头,却泪流满面。

附 录

刘益善创作年表

(1972—2014)

1972年 《坚持学习 坚持战斗》（随笔）发表于《湖北日报》7月14日；《禁绝一切空话》（随笔）发表于《长江日报》10月9日，与大学同学陈景泉合写。

1973年 华中师范学院中文系出版首届工农兵学员习作选，选入散文诗《下乡短话》、短篇小说《铁锁》以及随笔《坚持学习 坚持战斗》、《禁绝一切空话》。

1974年 《校园短章》（散文诗三章）发表于《湖北文艺》1期；《战斗的诗篇》（评论）发表于《湖北文艺》2期；《山哥毕业回了村》（诗）发表于《湖北日报》10月20日。

1975年 《东风浩荡》（300行长诗）发表于《湖北文艺》增刊，湖北人民广播电台配乐朗诵；另有一首诗收入诗集《我们是铁人的战友》（湖北人民出版社），一首歌词收入湖北省文艺创作室音乐组所编活页歌单，并被谱曲。

1976年 《长阳革命山歌蓬勃开展》（报道）发表于《人民文学》复刊号上；《毛主席啊我们永远怀念你》（散文）发表于《湖北文艺》5期。

1977年 《刻在石头上的歌》（诗）发表于《湖北日报》3月2日；《诗》（诗）发表于《诗刊》3月号；《工地号子》（诗三首）发表于《长江日报》12月19日；另有7首诗发表于《武汉文艺》、《贵州文艺》等刊物上，并入选《华主席的足迹》（北京出版社）、《春的声音》（湖北人民出版社）、《第一面军旗》（天津人民出版社）等诗集中。

1978年 《瞻仰毛主席纪念堂》（诗三首）发表于《长江日报》7月2日；《打杵颂》发表于《安徽文艺》8月号；《车城诗草》（诗三首）发表于《解放军文艺》12月号；另有3首诗1篇评论发表在《湖北日报》、《长江文艺》等报刊。

1979年 《觉悟，觉悟》（诗）发表于《山花》1月号；《泊舟夜雨》（诗）发表于《雨花》7月号；《第一支交响曲》发表于《奔流》12月号；另有8首诗和一篇短文发表在《郑州文艺》、《湘江文艺》、《河北文学》及《长江日报》

上;《第一枪》(诗)选入《春从北京来》(湖北人民出版社)诗集中。

1980年 《八十年代的第一束诗叶》(诗)发表于《芒种》1月号;《野炊》(诗)发表于《青春》3月号;《桂林山水》(诗三首)发表于《星星》10月号;《江上》(诗二首)发表于《新港》11月号;另有35首诗4篇短文发表于《芳草》、《作品》、《汾水》、《天津日报》等20余家报刊上;2首诗选入《现代爱情诗选》(长江文艺出版社)。

1981年 《写在长江第一坝工地》(诗三首)发表于《人民日报》1月27日;《我忆念的山村》(组诗)发表于《长江文艺》2月号,《诗刊》5月号转载,并选入《青年诗选》(中国青年出版社)、《黎明拾穗》(诗刊社)、《中国新文艺大系·诗歌卷》(中国文联出版公司)中,获诗刊1981—1982优秀作品奖;另有49首诗、3篇散文发表在《萌芽》、《上海文学》、《文汇月刊》、《延河》等30余家报刊上。

1982年 《祖国,我植了五棵树》(诗)发表于《诗刊》4月号,武汉人民广播电台配乐朗诵,获武汉地区创作奖;《海》(诗)发表于《人民文学》11月号;《我们在草地上数星星》(诗)发表于《诗刊》11月号;《水乡风情》(诗三首)发表于《人民日报》12月16日;另有70首诗9篇散文短论发表在《长春》、《边疆文艺》、《艺丛》、《花城》、《鸭绿江》等近60家报刊上。

1983年 《挑夫,你倒在了山腰》(诗)发表于《诗刊》2月号;《我们都年轻》(诗二首)发表于《青年文学》2月号;《长江,撷一捧浪花》(诗三首)发表于《江南》3期;《玛瑙石》(散文诗)发表于《人民日报》8月2日;另有81首诗9篇散文短论发表在《工人日报》、《羊城晚报》、《星星》、《芙蓉》、《北京文学》等66家报刊上。

1984年 《船娘》(诗)发表于《飞天》1月号;《林中感觉》(诗二首)发表于《星星》5月号;《乡党委书记》(诗)发表于《诗刊》9月号;《神龙架小记》(散文诗三章)发表于《人民日报》9月13日;《跳麦西来甫的诗人》(诗)发表于《绿风》6期;另有95首诗5篇短文发表在《福建文学》、《星火》、《青海湖》、《清明》等67家报刊上。

1985年 《黎明》(诗)发表于《中国青年报》1月4日;《江南的眼睛》(诗二首)发表于《人民日报》2月18日;《蓝色乡村》(诗二首)发表于《十月》3期;《没有忘记》(诗三首)发表于《北京文学》11月号;《农村人物速写》(诗二首)发表于《解放军文艺》12月号;另有104首诗9篇短文小小说发表在《诗人》、《山西文学》、《昆仑》、《文学报》等77家报刊上。

1986年 《江南的儿子》(外一首)发表于《诗刊》1月号;《没有万元户

的村庄》（组诗）发表在《诗刊》2月号；《水产大学生》（报告文学）发表于《芳草》8月号；《思念》（诗二首）发表于《世界日报》（菲律宾）12月3日；《怂哥的红领带》（短篇小说）发表于《北京文学》12月号；另有94首诗11篇散文报告文学与小说发表在《文学家》、《青年文学》、《诗选刊》、《中国教育报》等65家报刊上。

1987年　《原野》（诗二首）发表于《福建文学》1月号；《风暴》（诗）发表于《诗刊》6月号；《堤角》（短篇小说）发表于《红岩》5期；《一念之间》（短篇小说）发表于《春风》12月号；《胡家》（短篇小说）发表于《清明》6期；另有71首诗8篇散文报告文学小说发表于《当代作家》、《诗神》、《海燕》、《长江》等56家报刊上。

1988年　《黄昏树》（短篇小说）发表于《红岩》1期；《黄村第一棺》（短篇小说）发表于《北京文学》2月号；《李家坡一个专业户》（短篇小说）发表于《作品》3月号；《中国最小的官》（叙事诗）发表于《诗刊》5月号；《相术大师》（短篇小说）发表于《芳草》10月号；另有36首诗23篇散文小说纪实文学发表在《当代诗歌》、《特区文学》、《福建文学》、《中国旅游报》、《人间》等46家报刊上。

1989年　《崖畔水滴》（散文）发表于《散文》1月号；《河子驼》（短篇小说）发表于《山花》6月号；《大平原》（诗二首）发表于《诗刊》10月号；《逝水》（中篇小说）发表于《长江》6期；《铜镜》（短篇小说）发表于《城市文学》12月号；另有19首诗44篇散文小说发表在《中国旅游报》、《知音》、《鸭绿江》、《广州文艺》等40家报刊上。

1990年　《他有什么病》（短篇小说）发表于《作品》1月号；《乡村忧思》（组诗）发表于《人民文学》3月号；《给妻子》（诗二首）发表于《诗刊》6月号；《药伯》（短篇小说）发表于《北京文学》7月号；《灾祸难禳》（短篇小说）发表于《山花》11月号；另有19首诗33篇散文小说创作谈发表在《芳草》、《长江文艺》、《星星》、《青春》、《散文》等46家报刊上。

1991年　《怪石》（中篇小说）发表于《芙蓉》1期；《鄂南第一村》（特写）发表于《人民日报》3月14日；《皈依》（中篇小说）发表于《当代作家》4期；《铜锣·干娘》（诗二首）发表于《解放军文艺》9月号；《乡村商店》（短篇小说）发表于《飞天》10月号；另有47首诗45篇散文小说短论发表在《湖北日报》、《延河》、《诗潮》、《中国诗人》、《作品》等63家报刊上。

1992年　《两个老师》（短篇小说）发表于《边疆文学》1月号；《秋天的许诺》（短篇小说）发表于《朔方》2月号；《江南水域》（组诗）发表于《四

川文学》4月号;《诗二首》(诗)发表于《星星》9月号;《国道边的人家》(短篇小说)发表于《当代》6期;另有23首诗43篇散文小说纪实文学发表在《文学报》、《文艺报》、《当代小说》、《珠海》等61家报刊上。

  1993年 《古堡绿苔藓》(短篇小说)发表于《芒种》1月号;《蓉子复仇记》(中篇小说)发表于《中国故事》3期;《错位》(短篇小说)发表于《鸭绿江》7月号;《枣北"长龙"记》(散文)发表于《人民日报》8月20日;《东天一朵云》(短篇小说)发表于《北方文学》12月号;另有17首诗87篇小说散文纪实文学发表在《长江日报》、《南方周末》、《警坛风云》、《都市》等93家报刊上。

  1994年 《受贿的女人》(长篇小说)发表于《今古传奇》2期;《西山有塔》(小说)发表于《芳草》6月号;《诗魔》(中篇小说)发表于《清明》5期;《标底》(小说)发表于《都市》6期;另有17首诗66篇小说散文发表在《长江日报》、《作家报》、《当代小说》、《星火》等75家报刊上。

  1995年 《巫山》(中篇小说)发表于《青年作家》6月号;《夸父》(小说)发表于《都市》4期,转载于《中国文学》9月号;《堑智之间》(小说)发表于《北京文学》10月号;《孔家墩吕家》(中篇小说)发表于《天津文学》11月号;另有2首诗67篇小说散文报告文学发表在《湖北日报》、《警探》、《青春》、《工人日报》等69家报刊上。

  1996年 《中国悬索第一桥》(散文)发表于《人民日报》4月6日;《武当山上当阿Q》(随笔)发表于《文学报》8月29日;《河沙场》(中篇小说)发表于《芳草》12月号;另有2首诗49篇散文小说发表在《长江日报》、《武汉晚报》、《小小说选刊》、《中国民航报》等51家报刊上。

  1997年 《作代会日记》(散文)发表于《长江文艺》3月号;《坛子岭抒怀》发表于《散文》7月号;《致徐迟》(诗二首)发表于《诗刊》7月号;《三峡边的小屋》(散文)发表于《文艺报》10月25日;《城市风景》(小说)发表于《人民文学》12月号;另有14首短诗及长诗《珙桐树白鸽花》及57篇散文小说纪实发表在《小学生天地》、《中国教育报》、《文学报》、《中国林业报》等69家报刊上。

  1998年 《农民毛耕的一天》(小说)发表于《作品》1月号,《中华文学选刊》2期转载;《冒牌作家》(小说)发表于《鸭绿江》3月号;《江堤保卫战》(特写)发表于《天津日报》10月1日;《撤离家园》(报告文学)发表于《今日名流》11、12月合刊,选入《惊涛骇浪中的日日夜夜》(华师大出版社)一书;另有9首诗41篇小说随笔纪实发表在《当代作家》、《山花》、《湖北日报》、《楚天都市报》等43家报刊上。

1999年 《烟卷裹着的阴谋》（纪实）发表于《警探》3月号；《走出乡村》（散文）发表于《中国三峡建设》10月号；《不声不响做自己的工作》（随笔）发表于《文学报》11月4日；《文学期刊与作者队伍刍议》（理论）发表于《湖北广播电视大学学报》4期；另有5首诗34篇散文随笔发表在《长江日报》、《小说林》、《湖北日报》、《北方文学》等36家报刊上。

2000年 《郭小川在湖北》（诗三首）发表于《芳草》5月号；《巴山楚水处处情》（散文）发表在《湖北日报》8月5日；《悼念诗人昌耀》（散文）发表于《生活报》7月27日；《刘公好虎》（散文）发表于《创作》6期；另有8首诗24篇散文随笔发表在《长江文艺》、《青年文学》、《文学报》、《文化报》等30家报刊上。

2001年 《青铜之光》（散文）发表于《湖北日报》6月23日；《情感与现实》（评论）发表于《文艺报》6月30日；《金手镯》（中篇小说）发表于《啄木鸟》10月号；《梁上泉与〈小白杨〉》（散文）发表于《文学报》10月25日；另有5首诗20篇散文小说发表在《特区文学》、《警探》、《楚天都市报》等25家报刊上。

2002年 《赴京出席作代会日记》（散文）发表于《长江文艺》2月号；《咸宁温泉记》（散文）发表于《美文》2月号；《自重与尊重他人》（随笔）发表于《人民日报》7月20日；《读曾卓的〈母亲〉》（散文）发表于《山西文学》10月号；《金钗》（小说）发表于《春风》12月号；另有9首诗28篇散文理论发表在《扬子江诗刊》、《长江日报》、《幸福》、《文艺新观察》等33家报刊上。

2003年 《江南的湖》（诗三首）发表于《长江文艺》1月号；《他乡月下听故乡》（散文）发表于《文学报》3月27日；《老汉口奇案》（中篇小说）发表于《中华传奇》7月号；《回家过年》（中篇小说）发表于《十月》4期，《中篇小说选刊》增刊转载；另有3首诗28篇散文小说发表在《世纪行》、《政策》、《警笛》、《武汉晚报》等30家报刊上。

2004年 《远湖》（中篇小说）发表于《红岩》2期；《田野上的白发》（散文）发表于《湖北日报》5月7日，《散文选刊》8月号选载；《评田禾的诗》（散文）发表于《诗刊》9月号；《我的诗歌父亲》（诗三首）发表于《中国诗人》（4期）；另有4首诗10篇文章发表在《作文大世界》、《写作》、《长江日报》等12家报刊上。

2005年 《秦地拾诗》（诗三首）发表于《文学报》3月24日；《我遥远而

又永在的乡村》（诗三首）发表于《诗刊》6月号；《我们仨的老大》（散文）发表于《湖北日报》9月10日；《谱写天路辉煌的尾声》（报告文学）发表于《长江文艺》10月号；《西行诗草》（诗二首）发表于《星星》10月号；另有15篇散文发表在《长江日报》、《光明日报》、《广州文艺》、《中华文学选刊》等16家报刊上。

2006年 《法兰克福的歌德故居》（散文）发表于《长江日报》2月3日；《散文创作中情感的力量》（散文）发表于《文学报》3月30日；《毒品·性·阴谋》（纪实文学）发表于《中国作家》（纪实版）7月号，入选《2006年报告文学年选》（花城出版社）；另有5篇散文和1篇报告文学发表在《长江日报》、《岁月》等报刊上。

2007年 《七次作代会日记》（散文）发表于《长江文艺》1月号；《女囚心灵日记》（小说）发表于《中华传奇》2期（上半月）；《长江》（诗二首）发表于《扬子江诗刊》3期；《田野的希望》（散文）发表于《人民日报》10月30日；《韶华先生〈77抒怀〉画展诗读》（诗六首）发表于《文艺报》12月6日；另有20篇诗文发表在《星火》、《海燕》、《北京文学·中篇小说选刊》上。

2008年 《当代文学现状与作家的使命感》（散文）发表于《长江文艺》1月号；《总理与乘客》（外一首）发表于《湖北日报》2月22日；《流泪的镜头》（诗二首）发表于《星星》8月号；《隔河岩大坝》（外一首）发表于《诗刊》10月号（下半月）；《竹溪古关说秦楚》（散文）发表于《人民日报》11月10日；6万字报告文学《营救簰洲湾》连载于《党史天地》9、10、11月号；另有10余篇诗文发表在《雨花》、《湖北日报》、《鸭绿江》等报刊上。

2009年 《河东河西》（中篇小说）发表于《十月》2期，《中篇小说选刊》3期、《北京文学·中篇小说月报》5月号、《小说月报·增刊》转载；《酒姐儿》（短篇小说）发表于《广州文艺》7月号；《西岳诗抄》（三首）发表于《上海诗人》4期；《祝福与歌唱》（诗）发表于《光明日报》10月17日；《北部湾拾撷》（四首）发表于《民族文学》11月号；《我上大学》（散文）发表于《北京文学》12月号；另有20余篇诗文发表在《都市美文·海燕》、《红豆》、《湖北日报》、《炎黄》等报刊上。

2010年 《向阳湖》（中篇小说）发表于《芳草》3期，《小说选刊》7期、《中华文学选刊》7期转载，入选《2010年度中篇小说选》（漓江出版社）；《刘益善代表作选》（诗歌）发表于《中国诗歌》5期；《一支梅》（短篇小说）发表于《广州文艺》10月号；《藤溪的两个老师》（短篇小说）发表于《北京文学》

11月号；另有30余篇诗文发表在《湖北日报》、《大河》、《中国武警》、《文学报》等报刊上。

2011年　《巫山》（中篇小说）发表于《十月》3期，《小说选刊》7月号转载；《母亲湖》（短篇小说）发表于《作家》7月号；《铜镜》（短篇小说）发表于《天津文学》9月号；另有10余篇诗文发表在《湖北日报》、《长江日报》、《教育博览》、《今晚报》等报刊上。

2012年　《青铜之光》（散文）发表于《人民日报》1月9日上；《八次作代会日记》发表于《长江文艺》2月号；《大别山感怀》（诗二首）发表于《上海文学》3月号；《远逝的窑厂》（中篇小说）发表于《广州文艺》6月号；《书道》（短篇小说）发表于《雨花》10月号；《冬天一朵云》（短篇小说）发表于《福建文学》11月号；另有30余篇诗文发表在《湖北日报》、《绿风》、《中老年时报》、《中国纪检监察报》《党员生活》等报刊上。

2013年　《诗人谷子》（中篇小说）发表于《十月》1期；《梁上泉与小白杨》（散文）发表于《文艺报》5月6日；《闯王陵前萧萧风》（散文）发表于《人民日报》7月3日；《永远的树》（短篇小说）发表于《广州文艺》7月号；《秋天的许诺》（短篇小说）发表于《天津文学》8月号；《母亲的银元》（散文）发表于《光明日报》8月9日；《单元楼里最后一对夫妻》（短篇小说）发表于《红豆》9月号；另有30余篇诗文发表在《世纪行》、《天津日报》、《湖北日报》、《芳草潮》等报刊上。

2014年　《万斤苕》（短篇小说）发表于《福建文学》1月号；《从头开始》（诗七首）发表于《江南诗》1期；《刘益善序跋四篇》发表于《长江》3月号；《空寂》（短篇小说）发表于《广州文艺》5月号；《清明雨纷纷》（短篇小说）发表于《红豆》6月号；《江汉的平原》（诗二首）发表于《诗刊》6月号；《谁引清泉润京华》（散文）发表于《文艺报》6月25日；《河沙场》（中篇小说）发表于《鸭绿江》7月号；《徐迟先生纪事》（散文）发表于《芳草》5期；《2014年的乡愁》（诗三首）发表于《上海诗人》4期；《黄昏槐》（短篇小说）发表于《文学港》12月号；《我心中的香格里拉》（散文）发表于《人民日报》12月31日；另有30余篇诗文发表在《湖北日报》、《散文百家》、《文学自由谈》、《中国乡土诗人》等报刊上。